HEYNE

MILES CAMERON

# DAS GEFALLENE SCHWERT

ROMAN

Aus dem Amerikanischen
von Michael Siefener

Deutsche Erstausgabe

WILHELM HEYNE VERLAG
MÜNCHEN

Titel der Originalausgabe:
THE FELL SWORD

MIX
Papier aus verantwortungsvollen Quellen
FSC® C014496

Verlagsgruppe Random House FSC® N001967

2. Auflage
Deutsche Erstausgabe 10/2014
Redaktion: Joern Rauser

Printed in Germany
Karten: Andreas Hancock
Umschlaggestaltung: Nele Schütz Design, München
Satz: Schaber Datentechnik, Wels
Druck und Bindung: GGP Media GmbH, Pößneck

ISBN: 978-3-453-31442-9

*Für die Reenactors*

NÖRDLICHES
HURAN
Gepresstes Land
Nepan'ha
Thorn
ADNAKI
BINNEN
MEER
N'gara
Abbi
Lissen
Carak
Die Falken
Ruine
La
Tour
Der Co
Die Steine
Südlicher Cohoclon
ALBI
HARTE BERG
N
ALBIA
von der Wildnis umgeben

Die Drei Flüsse
Osawa
Die Grünen Berge
MITTELBURG
Ticondaga
Der See
Mittelburg
Dorling
Der Meander
Morea
Otterfluss
Albinkirk
Ostfort
Appia-Livia-Strasse
BROGAT
Der Albin
Lorica
Erste Brücke
HARNDON
Nach Jarsay & Occitanien
Nordkreuz

Südliches Huran
Der grosse Fluss
Thrake
Die Grünen Berge
Mittelburg
Lonika
Amphipolis
Bucht von T
Morea
nach Albia
Liviapolis
Bucht von Morea
Brogal
Nordk

MEER
UZ
GALLYEN
Lutece
MOREA
ZUM KONTINENT GEHÖRIG
BERIA

Kaserne
Stallungen
Universit
Maul des Löwen
Studentenviertel

West
tor
Nordturmtor
Arsenals
quartier
Palast
kaiserliche
Werft
Turm
Die Drei Schwestern
polis

PROLOG

# Der Kaiser

# 1

## Liviapolis · Morgan Mortimir

Während der Rote Ritter die Behausung des Wyrm in den Grünen Bergen verließ und südwärts zur Herberge von Dorling ritt, saß Morgan Mortimir, aus Harndon gebürtig, in seinem Klassenzimmer in der kaiserlichen Hauptstadt Liviapolis.

Das Klassenzimmer war mehr als tausend Jahre alt; darin standen dunkle Eichenbänke und massive Tische, an denen je vier Schüler hockten. Die Bänke waren so tief eingeritzt, dass man sich unweigerlich fragen musste, wie die Lehrer diesen Vandalismus hatten übersehen können. Es waren die Kritzeleien von hundert Generationen späterer Magister, und zwar in zehn verschiedenen Sprachen, einschließlich des Archaischen. Die Fenster waren mit Längsstreben unterteilt und boten allen Gelangweilten oder Enttäuschten nur einen verschwommenen Blick auf die Welt dort draußen.

Morgan teilte seine Bank mit drei anderen Personen. Zwei davon waren Nonnen aus einer der großen Städte, in denen es Dutzende von Konventen für adlige Fräulein gab. Es handelte sich um die Schwestern Anna und Katerina, die unter ihren langen braunen Kutten und Brusttüchern beinahe unsichtbar waren. Der andere war sein einziger – fast – Freund, ein Etrusker, dessen Vater der Podesta der ausländischen Kaufleute war: Antonio Baldesce.

Der Logik-Lehrer betrachtete die Klasse.

»Es soll sich jemand melden, der nicht Mortimir ist«, sagte er. »Nennt mir den Grund.«

Sechzehn Schüler der hermetischen Thaumaturgie für Fortgeschrittene wanden sich.

»Na los, meine Kinder«, sagte Meister Abraham. Er war ein Yahadut – der erste, dem Morgan je begegnet war. Außerdem war er einer der freundlichsten Lehrer, die es gab, es sei denn, er fühlte sich missachtet.

Sein Blick bohrte sich in den jungen Etrusker. »Baldesce?«, fragte er mit einer Stimme, die vor akademischer Ungeduld um eine halbe Oktave höher wurde.

Das Schweigen war schmerzhaft.

»Ich will das Problem noch einmal schildern«, begann Magister Abraham mit einer Stimme, die beständig gefährlicher klang. »Warum kannst du die hermetische Macht *nicht* unmittelbar innerhalb deines eigenen Erinnerungspalastes benutzen?«

Schwester Katerina gab ein leises Geräusch von sich; am ehesten kam es einem Jammern gleich.

Schwester Anna biss sich auf die Lippen.

Aber Baldesce war nicht der Typ eines Jungen – oder eines jungen Mannes –, der rasch in Verlegenheit geriet. »Keine Ahnung«, sagte er und zuckte die Achseln. »Aber sollte mir eine Vermutung erlaubt sein …«

»Nein!«, spuckte Abraham aus. »Vermutungen interessieren mich in diesem Stadium gar nicht. Also, junger Mortimir?«

Mortimir konnte zwar *Potentia* nicht in *Ops* übertragen, aber dafür hatte er jedes verfügbare Grimoire gelesen und jede Schriftrolle mit philosophischen Texten studiert, die er in die Hände hatte bekommen können, seien sie nun ethischen oder praktischen Inhalts. Er sah den Magister an – und zögerte.

Würden ihn die anderen besser leiden können, wenn er die Antwort *nicht* gab?

Vermutlich nicht. Außerdem sollten sie ihm egal sein.

»Magister, ich glaube, man *kann* das *Ätherische* durchaus unmittelbar im eigenen Erinnerungspalast manipulieren. Ich vermute jedoch, dass man es nicht tun *soll.*« Mortimir zuckte mit den Schultern, so wie Baldesce es getan hatte, und doch war es eine gänzlich andere Geste. Mortimirs Schulterzucken deutete an, dass es über dieses Thema noch viel mehr zu sagen gab.

Magister Abraham kratzte sich das Kinn unter dem langen Bart und richtete den Blick auf Mortimir. »Warum hegst du so seltsame und häretische Gedanken?«, fragte er. Er versuchte – vergeblich – zu verbergen, dass er sehr erfreut war.

»Wegen Vetronius' *Gladius Capitalis.* Und wegen Heraklits θανατηφόρα σπαθί.«

Schwester Anna zuckte unter seiner Betonung des Hocharchaischen zusammen, die nicht dem an diesem Ort gebräuchlichen Moreanischen, sondern dem Albischen entsprach.

Magister Abraham besaß die seltsame Angewohnheit, sich mit den Fingern gegen die Zähne zu klopfen, und das tat er auch jetzt. Wenn er Tinte an den Fingern hatte, machte dieses Klopfen bisweilen seine Zähne fleckig.

Er nickte. »Ja. Das gefallene Schwert. Eine Waffe, die in der wirklichen Welt dasselbe bewirkt wie in der ätherischen und deshalb beweist, dass sie im Palast der Erinnerung geschmiedet wurde. Doch sie kann auch anderswo eingesetzt werden.« Er erlaubte sich ein schmales Lächeln. »Und was wäre das … Ergebnis … einer Verwendung innerhalb des Erinnerungspalastes?«

Einen Herzschlag lang verstummte er, und fünfzehn Schüler und Schülerinnen erbleichten bei dem Gedanken an die Zerstörung, die es unter den sorgsam gehüteten Erinnerungen und Mechanismen anrichten würde.

»Aber das weißt du nicht, junger Mortimir, oder?«, fragte Magister Abraham. Es war eine rhetorische Frage. Jetzt war es an dem Magister, mit den Schultern zu zucken. »Und nun fort mit euch Kleinen. Die Alchemie wartet auf euch. Mortimir, du bleibst hier.«

Die übrigen Schüler eilten mit gesenkten Köpfen davon, um den Blick des Lehrers nicht auf sich zu ziehen. Manchmal verteilte er am Ende noch Aufgaben – Aufgaben wie Gewitterblitze, die entweder wahllos oder mit voller Absicht geschleudert wurden.

Mortimir setzte sich und spielte mit seinem Paternoster herum, bis auch der letzte Schüler gegangen war, und dann stand er so anmutig auf, wie es seinem rasch wachsenden Körper überhaupt möglich war, und stellte sich vor dem Magister auf.

Der ältere Mann runzelte die Stirn. »Du hast einen brillanten Geist«, sagte er. »Und du arbeitest härter als die meisten dieser Rüpel.« Er zuckte die Achseln und gab Mortimir eine Schriftrolle. »Tut mir leid, junger Mann. Es tut mir wirklich leid, dich mit deinen Fehlern aufzuziehen, und es tut mir leid, dir das hier geben zu müssen.«

Mortimir brauchte das Papier nicht einmal zu entrollen. »Ein Ruf? Vom Patriarchen?«

Der Magister nickte und verließ das Klassenzimmer. Als er die Tür öffnete, hörte Mortimir Baldesces Stimme, und Zervas – noch ein moreanischer Schüler – sagte etwas, worauf die anderen lachten.

Er wusste nicht, ob sie über ihn redeten, aber in diesem Augenblick hasste er sie trotzdem.

Der Ruf in seiner Hand bedeutete, dass er ein weiteres Mal auf die Macht hin getestet werden würde, und wenn er sie dann noch immer nicht hervorrufen konnte, würde man ihn wegschicken. Er hatte sein ganzes Leben dafür gearbeitet, hierherzukommen.

Und nun hatte er versagt.

Manchmal war es wirklich schwer, ein Wunderkind zu sein.

Morgan Mortimir war sechzehn Jahre alt und wuchs so schnell, dass ihm seine Kleider schon in den kürzesten Abständen nicht mehr passten. Doch sein Gesicht wirkte trotz seiner Körpergröße so jung, dass er als Zwölfjähriger durchgehen konnte. Er war zwar groß und dünn, aber das verlieh ihm keine Würde. Er war schlaksig und – schlimmer noch – mit Akne überzogen, die überall im Gesicht andauernd in weißen Pusteln ausbrach, sodass die moreanischen Schwestern im Kurs »angewandte Philosophie« ihn nur »die Pest« nannten.

Und Morgan wusste, dass er eine Pest war. Er war zu jung für die Schule, und – was sich wegen seiner phänomenalen Intelligenz noch verheerender auswirkte – es mangelte ihm an der Fähigkeit, die Welt unmittelbar durch Phantasma oder auch nur durch Alchemie zu beeinflussen. Dabei besaß er das größtmögliche Potenzial.

Doch er bekam die rohe, ungestaltete Macht nicht in den Griff. Es gelang ihm einfach nicht, *Potentia* in *Ops* umzuwandeln.

Aber er war klug genug zu wissen, wann er nicht willkommen war. Und für niemanden in der ganzen großen Schule der Höheren Philosophie und Metaphysik war er etwas anderes als der Sündenbock. Die anderen wollten nicht, dass er die Autoritäten zitierte, die er auswendig gelernt hatte, und sie wollten nicht, dass er ihnen mit den Begriffen der Mathmaticka erklärte, wie das Ätherische im Einzelnen funktionierte. Sie wollten nur, dass er entweder die Kraft benutzte und einsetzte, oder dass er ging.

Er saß in einer kleinen Taverne in der größten Stadt der zivilisierten Welt und starrte in einen Becher, der mit Wein gefüllt war.

Nach einer Weile starrte er in den nächsten Becher.

Und dann in den dritten.

Tag und Nacht hatten ihn die Magister in Situationen gebracht, in denen er seine Kraft und Macht hätte einsetzen müssen. Seine Fähigkeit, einen Zauberbann zu entdecken – sogar die feinsten Emanationen von Feigfisch zum Beispiel –, verhalf ihm zu großem Lob seitens der Magister. Jeder einzelne von ihnen war der Meinung, dass er die Gabe besitzen musste. Sein Maß an *Potentia* war offensichtlich phänomenal.

Aber inzwischen sagten sie es nicht mehr so laut und auch nicht so oft. Und heute hatte ihn der Patriarch gerufen, der jeden Kandidaten überprüfte und ihn zunächst als theologisch verlässlich beurteilen musste, bevor er einen Grad erhielt.

Am nächsten Sonntag würde es dann so weit sein.

Mortimir biss sich auf die Lippe, um nicht weinen zu müssen. Doch es half nicht – er weinte trotzdem. Es war bitteres, dummes Selbstmitleid, und er hasste diese kindische Regung, während er noch heftiger weinte. Der Patriarch würde ihn nach Hause schicken.

Eigentlich war es zu Hause gar nicht so schlecht. Es bedeutete bloß den Verlust von allem, was er je hatte erreichen wollen. Er wollte in Liviapolis leben, wo großartige, in glitzernde Gewänder gekleidete Frauen mit Männern über Philosophie sprachen, die Bücher schrieben, statt das Schwert zu schwingen. Er gehörte hierher und nicht in das barbarische Harndon.

Oder doch?

Sie schickten nicht einmal ein Mädchen an seinen Tisch, das ihm Wein einschenkte. Seine Bedienung war ein griesgrämiger alter Verbrecher mit höhnischem Grinsen. Er winkte nach einem weiteren Becher.

»Zuerst bezahlen«, sagte der Mann in so breitem Archaisch, dass ihn jeder verstehen musste.

Mortimir trug einen albischen Wappenrock und die dazu passenden Stiefel sowie ein Schwert. Also war er offensichtlich ein Barbar und wurde wie ein Narr behandelt.

Er schaute in den Becher mit dem dunkelroten Wein. Es war besserer Wein, als er ihn zu Hause bekommen hätte – ein Wein, gegen den die Weine von Albia nur die Schatten ihres Urbildes waren.

Er fluchte. Er kannte alle Theorien auswendig. Aber er konnte sie nicht in die Tat umsetzen.

Die Pest.

Er hatte sie als Kind gehabt – zumindest sagte man das. Und der Medizinlehrer, der das meiste Interesse an ihm zeigte, hatte mit schrecklicher Endgültigkeit betont, dass die Pest manchmal Hirnschäden hervorrief, die die Möglichkeit, die Macht zu wirken, endgültig zerstörten.

Er bestellte einen vierten Becher guten Weins und beschloss wieder einmal, sich umzubringen. Es war eine Todsünde, und seine Seele würde dafür auf ewig in der Hölle schmoren. Das erachtete er jedoch für angemessen, denn dadurch würde er Gott *verletzen* – jenen Gott, der es wollte, dass die Sünder bereuten und zu ihm kamen. *Nimm dies, du Mistkerl!*

Es war der Dualität der menschlichen Natur geschuldet, so wie die Magister der Philosophie sie lehrten, dass er beim fünften Becher Wein die schrecklichen und dummen Fehler seiner eigenen Theologie erkannte.

*Und es wird natürlich keinen Wein mehr geben.*

Doch an diesem Punkt nahm der Abend eine Wendung, die ihn überraschte.

Eine schöne junge Frau – älter als er und weltlicher, aber gut gekleidet und offensichtlich wohlhabend – blieb vor der Nische stehen, in der sich sein Tisch befand. Sie blickte sich zuerst nur nervös, dann aber geradezu verärgert um.

Der Wein stärkte ihn. Er stand auf und verneigte sich, war höflicher als gewöhnlich. »Meine Herrin? Kann ich Euch behilflich sein?«, fragte er in seinem besten Hocharchaisch, das ihm heute flüssiger als sonst über die Lippen zu kommen schien. Zu Hause in Harndon hatte seine größte Fähigkeit darin bestanden, das Hocharchaische zu lesen und zu sprechen, aber hier bedienten sich sogar die Verbrecher dieser Sprache. Es war die moreanische Landessprache.

Sie drehte sich um, und ihr Lächeln strahlte wie der Schein einer Laterne. »Ah, Herr. Pardon.« Sie errötete. »Ich bin es nicht gewöhnt, in aller Öffentlichkeit mit einem Mann zu sprechen«, sagte sie und hob ihren Fächer, bis er ihr Gesicht bedeckte. Aber es geschah nicht schnell genug, so bemerkte Mortimir die Röte, die wie eine Kavallerie vom Hals aus über ihr Gesicht preschte und …

Er blickte sich um. Es war Stunden her, seit er diese Taverne betreten hatte. Er hatte den Ruf zum Abendgebet nicht beachtet, ebenso wenig wie etliche andere Gäste auch, und nun beschloss sein Magen plötzlich, das neue Hobby der Trunkenheit mit ein wenig Nahrung zu unterlegen. Selbst wenn er später von einer Brücke springen würde. Sich in sein Schwert zu stürzen kam dagegen nicht infrage. Es war zu lang.

Er bemerkte wie im Traum, dass er sich wieder setzte. In irgendeinem Winkel seines Kopfes sagte eine Stimme: *Ich glaube, ich bin ziemlich betrunken.* Er war schon früher einmal betrunken gewesen – sogar schon zweimal. Aber nicht so wie heute.

»Würdet Ihr Euch zu mir setzen?«, fragte er, als wäre dies das Natürlichste von der Welt.

Ihre Augen blickten ihn über den Rand des Fächers hinweg an. »Nein, das geht wirklich nicht«, sagte sie. »Ich warte auf meinen Vater, der sich verspätet hat, und hier ist wirklich kein Ort, an dem sich eine Dame niederlassen könnte.«

Er vermutete, dass sie ungefähr neunzehn Jahre alt war, aber seine Erfahrung mit Damen – insbesondere mit Moreanerinnen – war äußerst beschränkt. In seiner Klasse befanden sich Nonnen, aber sie alle trugen den Schleier, und abgesehen von ihren Stimmen und der Tatsache, dass es ihm stets gelang, sie in Windeseile zu verärgern, wusste er nichts über sie.

Er konnte auch nicht sagen, ob diese Dame schön oder durchschnittlich oder sogar so hässlich wie die Sünde war, aber ihm gefielen ihr Erröten und ihre Höflichkeit. »Bitte setzt Euch doch zu mir. Ich werde Euch nicht belästigen«, sagte er, stand wieder auf und fragte sich, wie er so grob hatte sein können, sich in ihrer Gegenwart zu setzen. »Nehmt hier Platz, und ich werde durch den Raum spazieren, bis Euer Vater kommt …«

Er wollte den Worten Taten folgen lassen, aber sie streckte blitzartig den Fächer vor. »Ihr werdet nichts so Närrisches tun, auch wenn Euer Angebot für einen Barbaren ungewöhnlich edel ist«, sagte sie und übte einen leichten Druck gegen ihn aus, sodass er sich wieder setzte. Dann ließ sie sich ebenfalls nieder.

Es war wie das Durchblättern einer Bilderbibel. Er musste die Stellen der Erzählung erraten, die fehlten. Wann hatte er sich wieder gesetzt? War sie anmutig?

»Was hat Euch in unsere schöne Stadt geführt?«, fragte sie.

Mortimir seufzte. »Meine Mutter hat mich auf die Akademie geschickt«, sagte er mit ein wenig zu viel Selbstgefälligkeit, wie er sofort bemerkte.

»Ihr müsst sehr klug sein!«, meinte sie.

Er lächelte verbittert. »Sehr klug«, murmelte er.

Plötzlich war der Schankwirt da – der alte Bastard war beinahe kugelrund und hatte keine Haare mehr auf dem Kopf. Er schenkte etwas aus einer Kanne ein, und das Mädchen kicherte und dankte ihm, während sich der Raum ein wenig drehte. »Das bin ich wirklich«, bekräftigte er. »Ich bin so klug, dass …« Er suchte nach etwas, das er sagen konnte.

*Du bist so klug, dass du jede einzelne Frage in jedem Kurs beantwortest, obwohl du weißt, wie sehr du deine Kollegen damit verärgerst. Du bist so klug, dass du keine Ahnung von Humor hast. Du bist so klug, dass du nicht einmal mit einem Mädchen reden kannst. Du bist so klug, dass du auch nicht das einfachste Phantasma zu wirken verstehst.*

Sie wedelte mit ihrem Fächer. »Wo ist bloß mein Vater?« Es war eine rhetorische Frage. Der nüchterne, analytische Teil seines Verstandes bemerkte, dass sie sich nicht umsah, als sie das sagte. Er vermutete, dass sie es gewohnt war, bedient zu werden, und sich möglicherweise nicht einmal um sich selbst kümmern konnte. Sie lächelte. »Stammt Ihr aus einer guten Familie? Und was bedeutet bei den Barbaren eine gute Familie?«

Sie war richtig komisch. Er lachte. »Mein Vater ist ein Lord«, sagte er. »Nun ja, er *war* einer. Denn er ist gestorben. Es ist sehr kompliziert.«

Sie seufzte. »Was ist daran so kompliziert? Ich bin nicht in Eile, vor allem dann nicht, wenn Ihr mich weiter mit candischem Wein und Malvasier versorgt.« Der Fächer wedelte wieder. Nun aber bewegte er sich in einem anderen Rhythmus, und auch wenn er ihr Gesicht am Ende wieder verbarg, glaubte Mortimir für einen kurzen Augenblick das ganze Antlitz gesehen zu haben. Er war aufgeregt.

*Ich spreche mit einer moreanischen Adligen!,* dachte er.

Und versuchte seine Erregung abzuschütteln, denn schließlich beabsichtigte er, sich bald selbst zu vernichten. Doch es gab nur weniges, was er lieber tat, als über sich zu sprechen, und der Wein gebot ihm in keiner Weise Einhalt. »Nun«, meinte er, »ich bin ein Bastardsohn, aber mein Vater hatte keine anderen Kinder, und auch wenn er meine Mutter nie geheiratet hat, bin ich wohl doch sein

Erbe.« Er lehnte sich zurück. »Er war ein bedeutender Adliger, aber er besaß eine Burg und ein Stadthaus in Harndon. Meine Mutter lebt noch immer in diesem Stadthaus.« Er zuckte mit den Achseln.

Das Mädchen lachte. »Das klingt wie bei uns am Hof. Du gehörst nicht zur Kirche, nehme ich an?«

Er spreizte die Hände. »Nein, ich bin Privatgelehrter.« Er sagte es mit zu viel Stolz und bemerkte, dass sie sich darüber amüsierte. Er verübelte ihr diese Überheblichkeit und sich selbst sein Unvermögen, ein Gespräch zu führen, ohne gleich anmaßend zu werden.

»Seid Ihr reich?«, fragte sie und schenkte noch etwas Wein in seinen Becher.

»O nein«, antwortete er.

»In diesem Falle hat sie nichts mehr mit dir zu tun«, sagte da eine tiefe, kratzige Stimme. Die adlige Moreanerin drehte sich um, und Morgan hob den Kopf – er war überrascht, wie mühsam das war – und schaute in die blassblauesten Augen, die er je gesehen hatte. Sie saßen in einem mondförmigen Gesicht, das so groß wie der Brustpanzer eines Soldaten war. »Oder, Anna?«

Sie warf mit ihrem Fächer nach ihm und spuckte aus. »Geh weg, du Sohn eines Bastardköters und einer pestbeuligen Straßenhure! Geh in einer Latrine schwimmen!«

Mortimir erhob sich unsicher. »Ist dieser Mann …«

Der Riese strahlte. »Oh, Anna, nur eine Spalte, die so viel mitgemacht hat wie deine, ist groß genug für mein Glied …«

Ihr Fächer traf ihn an der Schläfe. Gleichzeitig rollte draußen der Donner. Doch der Riese zuckte nicht einmal zusammen.

»… für Euch eine Belästigung?«, gelang es Mortimir zu sagen. Er war unverhältnismäßig stolz darauf, diese Phrase aus seinem beschwipsten Kopf herausbekommen zu haben, und griff nach seinem Schwert.

Er trug nämlich ein Schwert. Dafür wurde er auf der Akademie oft verspottet, denn Studenten der Philosophie brauchten für gewöhnlich kein Schwert, und indem er stets eines mit sich führte, wirkte er noch mehr wie ein Barbar. Aber seine Unfähigkeit, auch nur den kleinsten Zauber oder das geringste Phantasma zu wirken, und seine starke jugendliche Sturheit sowie sein Stolz darauf, in den Kriegskünsten ausgebildet zu sein, führten dazu, dass er sich an dieses wichtige Zeichen seines Adelsstandes – zumindest in Albia – klammerte. Also trug er es trotz vieler Warnungen, einiger Drohungen und massenhaftem Spott auch weiterhin um die Hüfte gegürtet.

Und jetzt zog er es.

Der Riese trat von der moreanischen Adligen zurück und betrachtete ihn mit derselben Sorgfalt, die die Lehrer üblicherweise an den Tag legten, wenn sie eine Leiche sezierten – vorausgesetzt, die kirchlichen Würdenträger erlaubten so etwas.

»Du scheinst zu wissen, wie man eine solche Waffe zieht«, sagte der Riese.

Mortimir zuckte die Achseln. »Lasst die Dame in Ruhe«, sagte er.

In der Taverne wurde es still. Alle Augen waren auf ihn gerichtet, und er fühlte sich wie ein Narr – umso mehr, da der Riese einen Kopf größer war als er und ihn offenbar gleich zu Kleinholz verarbeiten würde. Aber er wusste mit bitterer Gewissheit, dass er zu stolz war, um jetzt nun noch einen Rückzieher zu machen.

»Hure«, sagte der Riese und zuckte mit den Schultern. »Ich habe nichts dagegen, wenn du mit mir kämpfen willst. Ich schätze einen guten Kampf. Aber dafür gehen wir besser nach draußen. Hier drin ist nicht genug Platz.«

Mortimir war noch nie eine Hure genannt worden, aber er wusste, dass dies Kampf bedeutete. Er war nicht allzu sicher auf den Beinen, doch als er den Tisch umrundete, befiel ihn eine Entschlossenheit, die ihn mit großer Tatkraft erfüllte. Mit der linken Hand griff er in seine Geldkatze und warf ein paar Münzen auf die Tischplatte – jeder Edelmann würde das tun.

Diese plötzliche Tatkraft – war das Angst? Es glich der Kraft, die die Lehrer der Natürlichen Philosophie aus den Metallkugeln hervorholten, und in seinen Fingern prickelte es.

Der Riese wich vor ihm zurück. »Leg das Schwert weg, dann werden wir uns einen ordentlichen Kampf liefern«, sagte er. »Wenn du aber darauf bestehst, dieses Ding da zu benutzen, werde ich dich wohl töten müssen. Ich habe doch nicht dich, sondern *sie* als Hure bezeichnet, du Schwachkopf. Wach endlich auf.«

Mortimir besaß gerade noch genug Verstand, das Schwert wieder in die Scheide zu stecken, und es gelang ihm sogar ohne großes Fummeln. Er hatte den Eindruck, dass ihm der Riese jetzt anerkennend zunickte. Er warf einen Blick zurück und sah, wie die moreanische Dame die Münzen auf dem Tisch einsammelte.

Es dauerte einige Zeit, bis er in den Hof hinausgetreten war, und nun entfernte er seinen Schwertgürtel. Der Riese war gewaltig. Er klang wie ein Nordikaner; das waren die Fremden, die sich der Kaiser als Leibwache hielt.

Dutzende von Männern quollen aus den offenen Türen der Taverne in die heiße Sommernacht hinaus; auch ein paar Frauen waren unter ihnen. Der Riese zog sich das Hemd über den Kopf und enthüllte einen Körper, der nur aus scharfkantigen Brocken fleischfarbenen Felsens zu bestehen schien. Er hatte noch weitere Muskeln ... auf seinen Muskeln.

Mortimir trug sein bestes Wams. Er zog es vorsichtig aus, faltete es und wünschte sich, er hätte einen Freund, der ihm die Geldbörse halten konnte. Er wünschte, er hätte überhaupt irgendeinen Freund.

»Ich will vorher bloß sagen, dass du ein tapferer kleiner Kerl bist, weil du es mit mir aufnehmen willst, und ich beabsichtige, dich gut aussehen zu lassen, bevor ich dich erledige«, sagte der Riese. »Aber du musst auch wissen, dass sie eine Prostituierte ist, und in diesem Augenblick starrt sie genauso auf deine Geldbörse, wie ein Trunkenbold auf einen neuen Weinkrug starrt.« Sein Archaisch hatte einen seltsamen Akzent. »Aber ich mag sie. Sie ist sogar meine Favoritin.« Der große Mann zuckte mit den Schultern. »Ich würde sie auch mit dir teilen, wenn wir Schwertbrüder wären.«

Mortimir lachte. Es war verrückt, aber plötzlich fühlte er sich tatsächlich erleichtert. Er war glücklich. Sein Lachen stieg hoch, und die Männer, die in der Tür standen und um den Ausgang des Kampfes miteinander wetteten, lauschten aufmerksam. Und die Wetten änderten sich ein wenig – zwar nicht viel, aber ein wenig. Er hatte doch sterben wollen, und nun musste er sich dafür nicht einmal selbst umbringen.

»Ich bin bereit«, sagte er.

Der große Mann verneigte sich. »Harald Derkensun«, sagte er. »Von der Leibwache.«

Mortimir erwiderte die Verbeugung. »Morgan Mortimir«, sagte er. »Von der Akademie.«

Bei diesen Worten brüllte die Menge auf. Die Akademie wurde in der Stadt sowohl geliebt als auch gehasst – sie galt als eine Bastion des Scharfsinns und gleichzeitig als ein Nest von Häretikern.

Mortimir war keineswegs ungeübt. Er bewegte sich auf den Zehenspitzen, wie es ihm der Waffenmeister seines Vaters beigebracht hatte, und da er nichts zu verlieren hatte, legte er seine ganze Kraft gleich in den ersten Angriff. Mit gespieltem Zögern kam er vor und trat heftig nach dem Knie seines Gegners.

Er traf auch – zwar nicht das Knie des Riesen, aber das Schienbein, und der Riese geriet ins Schwanken. Plötzlich fühlte sich Morgan wieder nüchtern, trat mit dem rechten Fuß noch einmal nach und trieb den Riesen einen halben Schritt zurück, da er nun den Bauch des Mannes traf.

Mortimir fühlte sich, als hätte er gegen eine Scheune getreten. Aber er verlagerte das Gewicht von dem einen Fuß auf den anderen und versuchte noch einmal auszutreten …

Und musste sich gleich danach aus dem Misthaufen kämpfen. Er hatte die Bewegung des Gegners übersehen, die ihn eine Körperlänge weit durch die von Fackeln erhellte Nacht schleuderte. Aber auch wenn er nun schrecklich stank, er war doch unverletzt geblieben, also stürmte er wieder auf seinen Gegner zu, der ganz aus Eisen zu bestehen schien.

»Guter Tritt«, sagte der Riese. »Wirklich sehr gut.« Der gewaltige Mann grinste. »Ich glaube, wir werden hier viel Spaß miteinander haben. Ich dachte schon, ich müsste beide Seiten des Kampfes allein bestreiten, aber anscheinend …«

Mortimir war dünn und drahtig, und sein einziger körperlicher Vorteil bestand in der enormen Länge seiner Arme und Beine. Während der Riese weiter plapperte, machte Mortimir erneut eine Finte, trat zu und erwischte den Arm des Riesen, als dieser ihn gerade schützend vor sich hielt.

Es war ein fast vollendeter Treffer – doch schon wieder segelte er durch die Luft. Diesmal traf er zunächst mit dem Hintern gegen die Stallwand, bevor er wieder in den Dunghaufen hinunterrutschte.

Der Schmerz war heftig, und das Lachen der Menge entzündete ihn wie eine Laterne. Er rollte von dem Misthaufen herunter und rannte auf den großen Mann zu.

Derkensun wartete mit stoischer Gelassenheit auf ihn und war von seiner jugendlichen Wut offenbar enttäuscht. Doch sobald Mortimir in die Reichweite des Riesen gelangt war, machte er mit den Hüften eine schwingende Bewegung, die er dem Wein sowie seinem Glück zu verdanken hatte – und tauchte unter dem Schlag des Nordikaners hindurch, der das Ende dieses Kampfes bedeutet hätte. Er stellte den Fuß fest hinter das Knie des großen Mannes, steckte seinen Kopf unter dessen Arm hindurch und warf ihn zu Boden. Er musste unglaublich fest drücken; es war fast so, als werfe er ein Haus um.

Aber Derkensun ging zu Boden.

Er lag nur so lange dort, bis er etwas gerufen hatte, dann rollte er sich schneller herum, als es einem so großen Mann möglich sein durfte, sprang wieder auf die Beine und rieb sich die linke Schulter. Dabei grinste er von einem Ohr zum anderen. »Guter Schlag, Kleiner!«, brüllte er und trat mit dem linken Bein aus. Mortimir sprang zur Seite – eher aus Instinkt als aus Erfahrung.

Mortimir schnaubte wie ein Bulle. Der Riese grinste.

»Ich vermute, das wird nicht noch einmal funktionieren«, murmelte Mortimir.

Der Riese schüttelte den Kopf.

Mortimir grinste. Das Gefühl der Erlösung war wunderbar; dieser körperliche Rausch machte einen ganz neuen Eindruck auf ihn. Und die Leichtigkeit seines Herzens konnte nicht nur vom Wein herrühren.

Er trat vor und wollte so tun, als ob er mit dem Kopf zustieß, aber dazu kam es nicht. Sobald er sein Gewicht verlagert hatte, lag er bereits keuchend am Boden, und sein Rücken schmerzte.

Der Schmerz stieg ihm bis in den Kopf, dann rollte er auf die Beine und packte den Riesen mit beiden Händen. Das war vermutlich das Dümmste, was er hatte tun können, denn der Mann war so gewaltig, dass er einfach Mortimirs Hände von sich löste und wegbog. Die Mühelosigkeit des Sieges ärgerte Mortimir noch weiter, und so veränderte er seine Haltung und rammte dem Mann das Knie in die Weichteile.

Der Nordikaner taumelte zurück, und Mortimir trat ihm heftig in den Bauch. Der Mann klappte in der Hüfte zusammen, und Mortimirs rechte Hand schoss vor …

Der Riese packte sie mit seiner Pranke, rollte sich nach links und warf den Studenten von sich, wie eine Blide einen Stein schleudert.

Mortimir traf gegen die Mauer der Taverne. Er konnte sich gerade noch über die ganze Sache wundern und sich vornehmen, mit dem Magister darüber zu sprechen, aber dann …

»Verdammter Jesus Christus, du hast mir wehgetan!«, sagte eine kratzige Stimme dicht an seinem Ohr. »Ich wollte dich nicht so schwer verletzen.« Er spürte, wie etwas Kaltes seinen Kopf berührte, das schmerzte. Aber schließlich schmerzte nun alles.

»Du bist ein ziemlich großer Narr«, schnurrte eine weibliche Stimme.

»Und du bist eine große Hilfe«, sagte die kratzige Stimme.

»Wir könnten uns wenigstens sein Geld teilen. Es ist schon viele Monate her, seit du das letzte Mal bezahlt worden bist.«

»Das wäre unehrenhaft, und so etwas würde ich auch nie tun. Außerdem werden wir dicke Freunde werden, wenn er sich erst erholt hat. Die Hexenfrau hat mir das gesagt.« Die kratzige Stimme kicherte. »Falls ich ihn nicht getötet habe. Sie hat gesagt, dass ich ihn vielleicht umbringen werde. Ich hatte versucht vorsichtig zu sein, aber dann hat er mir wehgetan, und ich habe die Kontrolle über mich verloren. Wie üblich.«

Mortimir überprüfte seinen Körper, als befände er sich bei einem Experiment in der Akademie. Das linke Bein bewegte sich, das linke Knie war voller Schmerz, das rechte Bein bewegte sich, der linke Arm ließ sich drehen, die linke Hand ebenfalls … die rechte Hand und der rechte Arm aber schmerzten wie …

»Heiliger Sankt Eustachios und alle verehrten Heiligen und Märtyrer!«, entfuhr es ihm. Er richtete sich ein wenig auf und stellte fest, dass er auf einem Bett lag – einem ziemlich hohen Bett.

»Heilige Mutter Gottes, er ist wach!« Die Frau gab einen Schrei von sich und sprang vom Boden auf, wo sie nackt gelegen hatte. Sie hatte lange Beine und einen muskulösen Bauch, und er hatte den Eindruck feiner Brüste hoch über einem leicht knochigen Brustkorb, und dann gab es da noch diese wundervollen Hüften. Der Anblick ihres Körpers dämpfte die Schmerzen in der gebrochenen Hand und dem ebenfalls gebrochenen Arm.

Der Riese beugte sich über das Bett. »Du lebst! Bei den Göttern!«

Mortimirs Kopf fühlte sich an, als sei ein Stachel hindurchgetrieben worden. Er legte die linke Hand an die Schläfe und stellte fest, dass der rechte Teil seines Kopfes feucht und klebrig war. »Mein Gott, du hast mir den Schädel gespalten!«

»Ach, ich hatte schon schlimmere Kämpfe mit meinen Brüdern«, sagte der große Mann. »Da ist allerdings eine Menge Blut«, gab er zu.

Mortimir zwang sich, den Kopf wieder auf das Kissen zu legen, und der Schmerz ließ ein klein wenig nach. »Wie lange war ich bewusstlos?«, fragte er und versuchte sich an das zu erinnern, was der Medizin-Magister über Kopfwunden gesagt hatte.

»Etwa einen Tag. Oder, Anna? Wie lange war er ohnmächtig?«, rief der Riese.

Die Frau erwiderte etwas, das unfreundlich klang. Sie schien sich gerade ein Kleid über den Kopf zu ziehen. Bevor ihr Haar darüber zum Vorschein kam, spuckte sie aus: »Vermutlich ist es dir egal, dass ich seit zwei Tagen nichts mehr gegessen habe, du vom Christ verfluchter Barbar! Und nun muss ich meinen nackten Körper von einem anderen Barbaren anstarren lassen. Und ich bin sicher, dass du mich nicht einmal bezahlen kannst. Heilige Mutter Gottes, ich öffne mich für dich und schließe mich für dich, alles ganz umsonst, und warum das überhaupt? Ich habe nicht die leiseste Ahnung, denn schließlich stößt du mich nur ab! Du bist der hässlichste Mann, den ich je gesehen habe, und ich bin eine wahre Perle dieser Stadt – die feinste Hetäre von allen. Das ist so, als ob eine prachtvolle Stute bei einem Eber liegen würde. Oh, wie ich mich selbst hasse! Warum mache ich das bloß? Vielleicht ist es die Strafe für meine vielen Sünden. Gott hat mich verflucht, weil ich mich mit der niedrigsten Lebensform in der Gosse paare. Als Nächstes kommt vielleicht noch ein Leprakranker an die Reihe.«

Derkensun betrachtete sie mit einem kleinen Lächeln auf seinem breiten Gesicht. »Bist du fertig?«, fragte er. »Ich hasse es nämlich, dich zu unterbrechen.«

Sie schlug ihn so heftig, wie es ihr möglich war; sie warf den Arm zurück, und ihre Hand bewegte sich wie der Hebel eines Katapults. Die Ohrfeige hallte durch den Raum, und danach hielt sie sich die Hand fest, als hätte der Riese sie verletzt. Dabei hatte er nichts anderes getan, als nur vollkommen still dazustehen, während sich ein schwaches Lächeln in seinen Mundwinkeln eingenistet hatte. Er beugte sich ein wenig vor, schlang die Arme um sie und küsste sie. »Aber«, sagte er langsam, »ich liebe dich.«

»Ich werde nie wieder herkommen«, sagte sie.

Derkensun lachte laut auf. »Wenn du darauf bestehst«, sagte er.

»Ich hasse dich!«, kreischte sie.

»Natürlich«, meinte der Nordikaner.

Als sie fort war, betrachtete der Riese lange die Tür, dann wandte er sich wieder seinem Patienten zu. »Wein?«, fragte er.

»Nie wieder«, sagte Mortimir. An seiner rechten Hand war etwas seltsam. Flammen schienen daran zu züngeln. Als er aber hinsah, war dort nichts als der Schein der warmen Sonne, die durch das einzige offene Fenster des Raumes – es war noch immer höllisch heiß – auf seine Hand und seinen Arm fiel. Aber es fühlte sich angenehm an, und es war viel besser als der Schmerz. Mortimir legte sich zurück.

Sein Gegner kam und brachte ihm gutes Wasser – mit Kohlensäure. Es stammte aus irgendeiner unterirdischen Quelle. »Trink es, und du wirst dich besser fühlen. Die Hexenfrau sagt das. Hör mal, ich muss wieder Wache stehen. Heute bin ich am Ares-Tor postiert. Heute und noch die ganze Woche. Ich komme aber wieder.«

Morgan nickte. »Ich dachte, ihr Nordikaner bewacht den Kaiser?«, fragte er.

Derkensun zuckte mit den Schultern. »Wenn ich am Tor Wache stehen muss, ist sicher irgendwas im Busch. Schlaf jetzt.«

Mortimir hatte ein höchst seltsames Gefühl in Kopf und Händen. Es war, als würde er fliegen, oder als wäre er plötzlich in der Lage, eine neue Sprache zu lesen. Es war alles …

Doch er schüttelte es ab, winkte dem Nordikaner zu und schlief wieder ein.

# 2

## Liviapolis · Aeskepiles und der Kaiser

Aeskepiles, der Magister des Kaisers, schritt vor ihm durch die Empfangshallen des Palastes; zwei nordikanische Wachen mit Äxten in den Händen begleiteten ihn. Ihre scharlachroten, reich bestickten Mäntel zeigten ihren Rang, und die großen Äxte sowie die schwere, lange Kette verdeutlichten ihre Aufgaben. Der Mann zu seiner Linken hatte eine Narbe, die vom rechten Auge bis zum linken Mundwinkel verlief, sodass er wie ein Höllendämon aussah. Der Mann rechts von ihm hatte Tätowierungen, die von der Stirn bis zum Nacken reichten und unter dem Kragen seines feinen Leinenhemdes verschwanden, das unter dem Kettenhemd undeutlich sichtbar war. Pagen folgten ihnen und trugen Helme sowie schwere Reiterspeere und Gesichtsschutz.

Der Kaiser hingegen steckte nicht in einer Rüstung. Er trug ein purpurnes Samtwams über einer scharlachfarbenen Hose und an den Füßen scharlachfarbene Schuhe, die nur er tragen durfte. Jede Schnalle an Schuhen und Gürtel, jeder Spitzenbesatz, jeder Knopf bestand aus massivem Gold. Doppelköpfige Adler waren mit Goldfäden auf Wams und Schuhe gestickt. Ein Page, einer der Palastdiener, trug die große Robe aus purpurner Seide, die ebenfalls mit Adlern bestickt und mit bräunlich-goldenem Pelz besetzt war.

Hinter dem Kaiser schritten weitere Nordikaner her. Jeder hatte seinen eigenen Pagen, und ihnen folgten weitere Amtsträger. Zwei trugen einen Sattel, einer hatte ein Schwert in der Hand, und zwei Sekretäre folgten dicht hinter dem Kaiser und schrieben seine Bemerkungen über die Staatsangelegenheiten und wirtschaftlichen Belange nieder, die ihm vom Majordomus und dem Kammerherrn aus einem ledergebundenen Buch vorgelesen wurden. Die beiden Männer wechselten sich mit ihren Vorträgen ab. Hinter ihnen befand sich Irene, die Tochter des Kaisers, die zusammen mit dem Logotheten der Trommel ging, einem schmalen Mann mit dem asketischen Aussehen eines Mönchs.

»Punkt dreizehn, Majestät. Zahlungsrückstände bei den Palastbediensteten, insbesondere bei der Leibwache.« Der Majordomus räusperte sich.

Kaiser Andronicus hatte das Blut der Paleologen in seinen Adern. Allgemein galt er als der schönste Mann im Reich und vielleicht sogar der ganzen Welt; seine Haut war dunkel gebräunt, das Haar glatt und blauschwarz, der Blick seiner dunklen Augen unter den gewölbten und ausdrucksstarken Brauen wirkte durchdringend. Außerdem hatte er einen langen, dichten Bart, um den ihn all seine Nordikaner beneideten. Tausend Jahre Fortpflanzung der schönsten Prinzen und Prinzessinnen aus der gesamten bekannten Welt hatten seiner Haut eine vollkommene Tönung und seinem Gesicht Züge von beinahe vollendeter Schönheit verliehen, die für gewöhnlich den idealisierten Unsterblichen vorbehalten war. Er schien wie aus Gold oder Bronze gegossen zu sein.

Seine Schönheit spiegelte sich in seiner Tochter wider, die nun die Hand auf den Arm des Logotheten legte. Der dünne Mann errötete und verneigte sich; dann trat sie neben ihren Vater. Irene ähnelte einer heidnischen Göttin.

»Dann bezahl sie«, sagte sie milde.

Der Majordomus verbeugte sich tief. »Imperator, wir haben kein Geld.«

Der Kaiser nickte.

Seine Tochter hob eine Braue. »Vater, wir müssen welches auftreiben«, sagte sie. »Unbezahlte Soldaten sind der Fluch von Kaisern und ganzen Reichen; sie sind für uns das, was die Fliegen für die Pferde sind.«

Der Magister warf einen raschen Blick auf die beiden Mörder, die den Zug anführten. Die Treue der Garde war legendär. Aber unbezahlte Soldaten waren tatsächlich so unangenehm wie der leibhaftige Teufel.

Der Magister hatte seine eigenen Gründe, aus denen er die Leibwache hasste – nicht der geringste bestand darin, dass sie ihm Angst machte. Er setzte eine unbeteiligte Miene auf und verbarg dahinter seine Gedanken.

*Ich bin der größte Magister der Welt, und ich bin hier an diesem verblassenden, heruntergekommenen Hof gefangen, wo ich doch genauso gut anderswo sein könnte – ich könnte überall sein.*

*Ha! Und das werde ich auch bald sein.*

Er sah den Kaiser nicht an. Und auch nicht seine Mitverschwörer.

»Wie viele Fragen des heutigen Morgens drehen sich um Geld?«, fragte der Kaiser.

Der Kammerherr kicherte. Er war ein großer Mann und sah wie ein Schläger aus; seinen Verstand verbarg er hinter seinem Lachen. »Alle Fragen drehen sich um Geld«, sagte er. »Außer denen nach Gott.«

Jegliches Gelächter wurde von dem eisigen Blick des Kaisers erstickt.

Irene wandte sich mit kalter Gleichgültigkeit an den Kammerherrn. »Ihr nehmt Euch zu viel heraus«, sagte sie.

Schweigend gingen sie weiter; ihre Schritte hallten leise durch die gewaltigen Marmorgewölbe, die die äußeren Hallen des Großen

Palastes bildeten. Früher waren diese Hallen voller Abgesandter und aufgeregter Besucher gewesen. Über ihnen berichteten riesige Mosaiken von den Taten der Vorfahren des Kaisers. Hier war der heilige Aetius zu sehen, wie er die Wildnis in einer Schlacht besiegte, die beinahe fünfzig Ellen vollendet gestalteten Mosaiks einnahm. Die polierten Steine glitzerten hoch über ihnen, und das massive Gold an Aetius' Schwertgriff schimmerte wie eine aufgehende Sonne im Zwielicht des frühen Morgens.

Der Kaiser hielt inne und blickte zu seinem fernen Vorfahren empor, der tausend Jahre zuvor gelebt hatte. Das Schwert des Heiligen steckte bis zum Griff in Amohkhans Brust, und der große Dämon ragte über ihm auf und wollte gerade mit seiner steinernen Axt auf ihn einschlagen. Die Fackeln der Diener im hinteren Teil der Prozession erhellten die Szenerie mit flackerndem Schein. Und der unablässige Luftzug, der durch die Hallen blies, kräuselte die Flammen und brachte die Szene zum Leben.

»Er hat alle aus der Familie des alten Kaisers getötet«, sagte der Kaiser. »Der heilige Aetius. Er hat Valens und seine Frau und all ihre Kinder und Enkel ermordet. Er glaubte, das würde einen Bürgerkrieg verhindern. Stattdessen hat er dem Reich den Kopf abgeschlagen.« Er blickte sich um. »Er hat der Wildnis bei Galun Einhalt geboten. Aber er hat das Reich vernichtet. Darin liegt eine wichtige Lektion.«

Der Kammerherr nickte weise. Der Majordomus wartete geduldig.

Irene sah ihren Vater mit leichtem Entsetzen im Blick an. Aeskepiles bemerkte es.

Sobald der Kaiser weiterging, sagte der Majordomus: »Es erscheint uns so, Majestät, dass die Lösung darin besteht, gewisse Sparmaßnahmen durchzuführen.«

Der Magister hätte den Majordomus am liebsten erwürgt. Er starrte den Mann mit einem bösen Blick an, der andere schien darüber erstaunt zu sein und wirkte verletzt.

*Warum gerade jetzt? Warum heute? Warum nicht vor zehn Jahren, als wir noch genug Gebiete und ausreichend Steuereinnahmen hatten?* In dem historischen Mosaik hoch über ihm erregte etwas die Aufmerksamkeit des Magisters. *Der Würfel ist also gefallen.*

Die Blicke des Kaisers und des Majordomus trafen sich. Er nickte wehmütig. »Dem stimme ich zu«, sagte er.

Die beiden Schreiber kritzelten rasch etwas auf ihre Wachstäfelchen.

Der Kaiser hob die Hand, als hätte er allmählich genug von diesen Dingen, was vermutlich auch der Fall war. Er schritt durch die Haupttür der äußeren Halle und sah, dass zwei Diener aus dem Osten mit einem Dutzend Pferden auf ihn warteten.

Die Pferde waren an die Säulen der großen Vorhalle gebunden. An diesem Ort wirkten sie seltsam unpassend, außerdem hoben ihre Bewegungen die Leere des riesigen Hofes und der beiden Säulengänge, die in die Ferne führten, deutlich hervor.

»Vielleicht sollten wir die Etrusker einladen, unseren Marmor zu brechen«, sagte der Kaiser und hob seine allzu vollkommen wirkenden Brauen. »Alles andere gehört ihnen ja sowieso schon.«

Einer der Schreiber setzte den Griffel an. Der andere gab ihm einen Stoß.

Einer der Ostmänner hielt dem Kaiser den Steigbügel, und er saß mit der geübten Eleganz eines erfahrenen Reiters auf. Sobald der weiße Wallach den Mann auf seinem Rücken spürte, erstarrte er, und der Kaiser lenkte das Pferd einige Schritte zurück und nahm von einem der Diener seine Reitrobe entgegen. Die Morgenluft war kühl.

Der Kammerherr gab dem Kaiser das Schwert. »Es ist noch genug Zeit für mich, Euch eine angemessene Eskorte zusammenzustellen, Majestät.«

Der Kaiser zuckte mit den Achseln. »Der Herzog hat mich gebeten, ohne eine solche zu kommen. Sollte ich etwa gerade jetzt anfangen, meinen Offizieren zu misstrauen?«

Aeskepiles hasste ihn. Er hasste seine nutzlose, sinnlose Zuversicht, sein endloses Vertrauen und seinen guten Willen.

Der Kaiser wandte sich an seinen Magister. »Ihr scheint heute Morgen nicht ganz bei der Sache zu sein, Gelehrter.«

»Eure Sorge ehrt mich, Majestät«, sagte der Magister. »Ich bin aber sicher, dass es nur Verdauungsschwierigkeiten sind.«

Der Kaiser nickte. »Ihr habt meine Erlaubnis, Euch zurückzuziehen, wenn es Euch das Beste dünkt, mein Freund.«

Die Worte »mein Freund« trafen Aeskepiles wie der Schlag einer Streitaxt. Er machte ein ausdrucksloses Gesicht. »Es wird schon gehen«, sagte er mit einem heiseren Krächzen.

Der Kaiser sah seine Tochter an. »Und du, mein Kind, scheinst vom gleichen Übel befallen zu sein.«

Prinzessin Irene neigte vor ihrem Vater ehrerbietig den Kopf. »Es geht mir tatsächlich nicht gut«, gestand sie. »Vater, einer der Berichte beunruhigt mich …« Sie hielt inne, und der Kaiser lächelte sie gütig an.

»Mein liebes Kind«, sagte er, »du bist eine Prinzessin aus einem alten Hause.«

Sie senkte den Blick.

Im Einklang mit ihrer Bewegung verneigten sich der Majordomus und der Kammerherr tief. Die meisten Diener fielen auf das Gesicht. Die Wirkung des Ganzen wurde vom Verwalter ein wenig beeinträchtigt, der zunächst eine Leinwand auf dem Boden ausrollte, bevor er sich darauf niederwarf.

Die Tochter des Kaisers machte einen tiefen Knicks, sodass sich ihre Röcke um sie ausbreiteten wie die Blüten einer Seidenblume.

»Meine Liebe!«, sagte der Kaiser. »Ich hatte geglaubt, du begleitest mich.«

Der Magister hatte das ebenfalls angenommen.

»Es tut mir sehr leid, Majestät.« Sie verharrte in ihrer ehrerbietigen Haltung.

Der Magister dachte: *Sie muss prachtvolle Beine haben, wenn sie diese Anspannung so lange ertragen kann. Warum reitet sie nicht mit ihm? Ahnt sie etwas?*

Der Kaiser lächelte alle Anwesenden gütig an. »Ich sehe euch beim Abendessen«, sagte er und gab seinem Pferd die Sporen.

Andronicus, der Herzog von Thrake und Vetter des Kaisers, befand sich fünf Meilen vor der Stadtmauer. Auch er galt als ein schöner Mann. Er war in den Vierzigern, trug sein Alter mit Würde, und obwohl Bart und Brusthaar schon grau wurden, war er doch eindeutig von der gleichen Abstammung wie der Kaiser. Er war in einfaches Blau gekleidet – seine Lieblingsfarbe. Und er trug den albischen Rittergürtel. Das war keine Affektiertheit, sondern ein Zeichen seines Ranges als Megas Ducas – Kommandant der kaiserlichen Armeen.

Er erwartete den Kaiser auf dem Feld von Ares, einer weit ausgedehnten Wiese, auf der sechzigtausend Mann zusammenkommen konnten. Das war sogar schon viele Male geschehen. Er liebte es, auf diesem Feld zu sein und das Gras zu spüren, über das Aetius geschritten sein mochte – und sicherlich auch Livia. Außerdem hatte hier Basil der Zweite, der Hammer der Irks, seine großen Armeen formiert und gemustert.

Heute schien trotz des kalten Spätfrühlingswetters die Sonne hell auf Rüstungen und farbenfrohe Banner. Der Herzog hatte eine Armee auf das Feld geführt – beinahe dreitausend Mann. Das gewaltige Feld machte sie jedoch zu Zwergen. Sie wirkten ein wenig in Unordnung.

Andronicus musterte sie aus Gewohnheit und ließ sie strammstehen. Er sorgte stets dafür, dass ihr Erscheinungsbild so gut wie möglich war, bevor der Kaiser seine Männer inspizierte. Er ritt die

Front des Latinikon ab, das in der Hauptsache aus albischen Söldnern bestand, zwischen denen sich nur hier und da einige Gallyer und Etrusker zeigten.

Er wendete sein Pferd und ritt an einer der Reihen entlang. »Wie heißt dieser Mann da?«, fragte er auf Archaisch.

Ser Bescanon lächelte. Er war ein alter und sehr zäher Occitanier aus der Gegend südlich von Albia und diente als Kommandant des Latinikon. »Ah, mein Herzog, ich werde mich gleich darum kümmern.«

Der fragliche Mann trug ein Kettenhemd und sonst gar nichts – keinen Helm, keine Körperrüstung, keinen Schild. Er hatte nicht einmal einen Sattel. Mit bloßem Hintern saß er auf einem Kriegspferd.

Der Herzog beugte sich vor und versetzte dem Tier einen heftigen Schlag. Es wich einen Schritt zurück.

»Das ist ein Karrengaul«, sagte er.

»Ich glaube, Ser Raoul hat eine Meinungsverschiedenheit mit seinem Grundherrn. Seine Rüstung und sein Pferd sind im Augenblick wohl nicht verfügbar. Ich werde dafür sorgen, dass er bei der nächsten Musterung vollständig ausgestattet ist.«

»Entlasst ihn«, sagte der Herzog.

Der Söldner schüttelte den Kopf. »Nein. Mylord, das wäre voreilig. Wir kämpfen doch heute nicht, oder? Also gibt es keinen Grund, ein Exempel zu statuieren, oder?«

Der Herzog hob die Brauen.

Bescanon zuckte unter seinem Blick zusammen. »Wie Ihr wünscht. Ser Raoul, Ihr seid entlassen.«

Ser Raoul lachte. Es war aber kein gewöhnliches Lachen. »Bezahl mich, und ich gehe, du nutzloser Sack Mist.«

Der Herzog lenkte sein Pferd weg von dem Mann.

Bescanon nickte. »Mein Freund Raoul hat nicht ganz unrecht, Messire. Keiner von uns wurde bisher bezahlt.« Bescanon lächelte sanft. »Schon seit sehr langer Zeit nicht, Messire.«

Der Sohn des Herzogs, Demetrius, der Despot des Nordens, setzte sein Pferd zwischen den Ritter und seinen Vater. »Ihr werdet am Ende dieser Parade bezahlt werden. Ser Raoul, Ihr seid ohne Bezahlung entlassen. Wenn Euch das nicht gefällt, dann werde ich dafür sorgen, dass Euch die Haut vom Rücken abgezogen wird, und Euren nutzlosen Körper werde ich danach in die Sklaverei verkaufen.« Die Stimme des herzoglichen Sohnes klang wie das Knallen einer Peitsche. Er besaß die übereifrige Aggression eines jungen Mannes, der bei jedem Hindernis sein ganzes Gewicht in den Streit legt.

Ser Raouls Atem ging nun sehr schnell. Sein Haar war ungekämmt, ihm fehlten einige Zähne, und seine Nase war oft gebrochen worden. Es war die rote, knollenartige Nase eines schweren Trinkers, die ziemlich deutlich anzeigte, wohin sein Lohn wandern würde, sollte er welchen bekommen.

Er griff nach seinem Schwert.

»Raoul!«, fuhr Bescanon ihn an. »Tu das nicht!«

Hinter dem Despoten hatten zwei Ostmänner mit ausdruckslosen Gesichtern ihre Bögen gespannt. Der Despot ging ohne seine ausländische Leibwache, die ihm aufs Blut verschworen war, nirgendwohin.

Pferdeschweife fuhren hin und her, und die Frühlingsfliegen summten.

Raoul seufzte. Er griff hinter sich und kratzte sich sehr vorsichtig am Hintern. Und wendete sein Pferd. Und ritt davon.

Eine halbe Meile östlich von Ser Raoul stand Harald Derkensun im Wächterhäuschen am Stadttor.

Nordikaner dienten fast *nie* als Torwächter. Sie empfanden einen Wert, der sie solcher Tätigkeiten weit überhob. Aber der Logothet der Trommel hatte vor einer Woche befohlen, die Torwächter auszutauschen.

Überdies hatte er angeordnet, dass die Nordikaner in den einfachen Gewändern und Mänteln der städtischen Miliz Wache stehen sollten.

Derkensun hielt das alles für Unsinn. Er war größer als die meisten Moreaner und vermutete, dass jeder, der das Tor passierte, genau wusste, wer er war. Aber so war es nun einmal in Morea. Räder drehten sich, manchmal innerhalb von anderen Rädern, und manchmal aus keinem anderen Grund als aus dem, dass sie sich drehen mussten. Es gab Intrigen und weitere Intrigen, mit denen andere Intrigen verdeckt werden sollten, und einige Menschen spannen sie nur, weil sie sich gern selbst reden hörten, wie Derkensun herausgefunden hatte.

Doch heute Morgen erwiesen sich die Vorsichtsmaßnahmen des Logotheten als durchaus sinnvoll, denn Derkensun hatte genug Palasterfahrung, um zu wissen, dass die Gruppe, die nun auf ihn zuritt, vom Kaiser höchstpersönlich angeführt wurde. Er zog sein Schwert und hielt es vor seinen Schild.

Der Kaiser zügelte sein Pferd. Neben ihm befand sich Garald Gurnnison, der gefährlichste Mann der Leibwache. Er sah Derkensun kurz an und nickte kaum merklich.

Der Kaiser hatte ihn natürlich sofort erkannt. Er kannte all seine Leibwächter. Seine Finger bewegten sich. Er sagte: »Gut, dass du hier Wache stehst. Sei achtsam.« Dann gab der Kaiser Derkensuns Salut zurück. »Leibwächter Derkensun! Wirst du gerade wegen einer Übertretung bestraft?«

Hinter dem Kaiser sah Derkensun den Logotheten. Der dünne Mann hob eine Braue. Derkensun erlaubte sich eine Miene der Verlegenheit. Wenn dem Kaiser nichts von der erhöhten Sicherheitsstufe gesagt worden war, dann war es nicht die Aufgabe des Leibwächters Derkensun, ihn darüber in Kenntnis zu setzen.

Der Kaiser lachte. »Arme Nordikaner! Zu viel Disziplin.« Er hob seine Reitgerte zu einem Zeichen des Lebewohls und ritt durch das Tor.

Ser Raoul kratzte sich noch immer – und ärgerte sich über den Herzog –, als er an dem Kaiser vorbeikam, der ohne eine Eskorte aus der Stadt ritt. Aus Gewohnheit stellte er sein Kratzen ein und verneigte sich auf seinem Pferd. Der Kaiser winkte ihm kurz zu.

Hinter ihnen wandte sich der Despot an seinen Vater. »Wo sind die Vardarioten?«

Die Vardarioten, der ganze Stolz der Kavallerie, waren Ostmänner von jenseits des Ozeans und noch weiter weg. Sie waren Überbleibsel einer vergangenen Zeit, als das Reich noch von den Steppen Daciens über das Meer bis zu den Bergen von Albia und darüber hinaus gereicht hatte. Schon seit zwanzig Generationen war kein Kaiser mehr über die Steppen geritten. Aber noch immer verließen junge Männer und Frauen ihre Clans und kamen zum Kaiser, wie ihre Vorfahren es ein halbes Jahrtausend zuvor getan hatten. Wie die Nordikaner waren sie besonders treu ergebene Leute.

Der Herzog beobachtete, wie sich der Kaiser näherte. »Die Vardarioten waren an meiner Musterung nicht interessiert«, sagte er milde. »Also habe ich befohlen, dass sie in ihrer Kaserne bleiben.«

Der Despot starrte seinen Vater an. »Was hast du da getan?«

Der Herzog zuckte die Achseln. »Etwas, das schon vor langer Zeit hätte getan werden sollen.«

»Vater!«

Der Herzog wirbelte zu seinem Sohn herum, wie sich ein Tiger auf seine verwundete Beute stürzt. »Nur das Hier und Jetzt zählt, du kleiner Narr. Betrage dich wie mein Sohn, oder stirb hier zusammen mit allen, die mich nicht unterstützen wollen.«

Der Despot sah sich nach seiner Leibwache um und bemerkte, dass sie sich in einer Entfernung von etwa fünfzig Pferdelängen von ihm befand, umgeben von den Rittern seines Vaters.

Vater und Sohn beäugten sich böse.

»Ich mache das für *dich*«, sagte der Herzog leise.

Der junge Despot hielt dem Blick seines Vaters stand und kniff die Augen zusammen. Er stieß einen langen Seufzer aus – und grinste.

»Dann will ich die Lady Irene haben. Als meine Frau.« Der Despot schaute zum Kaiser hinüber.

»Abgemacht«, sagte sein Vater. Das würde zwar zu Verwicklungen führen, aber er war froh – wirklich froh –, seinen Sohn nun neben sich zu haben.

Der Despot schüttelte den Kopf. »Warum hast du mir das nicht vorher gesagt?«

Der Herzog hob die Hand. »Ich habe es niemandem gesagt. Das ist die einzige Möglichkeit, etwas geheim zu halten.«

Der Magister beobachtete den Herzog und seine Männer aufmerksam, während er auf sie zuritt. Sie standen in geordneten Reihen, ihre Rüstungen waren blank poliert, und die Wimpel flatterten in der Brise des späten Frühlings.

Der Blick des Herzogs Andronicus begegnete dem des Magisters.

Der Magister stellte sich in die Steigbügel, streckte seinen Stab aus und blies die Köpfe von zwei kaiserlichen Leibwächtern weg. Kopflos saßen sie weiterhin auf ihren Pferden, während er sich umdrehte, mit seinem Stab auf die beiden jungen Nordikaner zeigte und sie traf – den einen mit einem massiven *Kinetikos* in die Brust, der dem Mann die Rippen durch den Panzer hindurch zerschmetterte, und den anderen mit einem sauberen Schnitt, der ihm den Hals öffnete. Er protzte vor seinem neuen Herrn und Meister und wollte dem Mann zeigen, wozu er in der Lage war.

Seine eigentliche Geschicklichkeit aber, die er nicht offen zur Schau stellen konnte, bestand darin, dass er bei jedem Angriff die vielschichtigen und in einigen Fällen brillanten künstlichen Verteidigungsmechanismen überwinden musste, die den Nordikanern vertraut waren. Zum Beispiel besaß der Spatharios-Anführer Tätowierungen, die ihn eigentlich hätten schützen sollen – zumindest gegen einen weniger mächtigen Zauberer.

Soweit Aeskepiles wusste, war es noch nie einem anderen Praktizierenden gelungen, ein Mitglied der Leibwache mithilfe der Kunst zu töten – geschweige denn vier innerhalb von zehn Herzschlägen.

Er erlaubte sich einen Augenblick des Triumphes und erhielt als Ergebnis einen Dolch in die Seite.

Der Logothet.

Der Magister hatte ihn nie als einen Mann aus Fleisch und Blut betrachtet. Der Logothet holte ein Schwert – ein ziemlich langes – aus der Luft und ritt an die Seite des Kaisers.

Aeskepiles erschuf eine Reihe leuchtender Schilde um sich herum, aber es war zu spät, denn der Dolch hatte sich tief in ihn hineingebohrt, und seine Seite wurde schon kalt. Er spürte das Gift an der Klinge.

Es war, als wäre er wieder auf der Akademie und würde einen Test zurückbekommen und feststellen, dass er eine Kleinigkeit übersehen hatte – weshalb all seine Antworten ungültig waren.

Er kannte etliche Zauber, die gegen Gift wirkten. Er musste nur seine Panik so lange im Zaum halten, bis ihm einer eingefallen war …

Der Despot sah, wie der Logothet einen schmalen Dolch in die Seite des Magisters rammte und ein Schwert aus der Luft erschuf. Im gleichen Atemzug preschten die Ritter des Herzogs auf den Kaiser zu, und ein ungerüsteter Mann, der auf einem feinen Pferd aus dem Osten hinter seinem Vater saß, hob eine leichte Armbrust. Er schoss; der Bolzen verfehlte den Kaiser nur knapp.

Der Logothet schien unter den Bolzen zu *fließen*. Das hätte eigentlich unmöglich sein sollen.

Sein schmales Schwert durchschlug den Armpanzer eines Ritters und auch das Handgelenk, sodass die Hand des Mannes ins Gras fiel.

Mit einem rückhändigen Schlag rammte der Logothet sein Schwert in das Auge eines weiteren Ritters. Dieser schrie auf.

Der Kaiser zügelte sein Pferd und wusste offenbar nicht, was er tun sollte.

Der Leibwächter, dessen Brust von dem prahlenden Zauberer zerschmettert worden war, war noch *nicht* tot. Irgendwie war es ihm gelungen, mit der einen Hand seine Axt zu heben. Sein Schlag spaltete den Helm eines anderen herzoglichen Ritters und bespritzte so alle Männer, die sich in der Nähe befanden, mit Hirnmasse.

Der Logothet hatte nun die Hand an die Zügel des Kaisers gelegt. Er parierte mit seinem Schwert, wendete das kaiserliche Pferd …

Und das Schwert des Despoten köpfte ihn. Er hatte sich vorgestreckt, während sein Pferd schon in einen Trab gefallen war, und dann so heftig ausgeholt, wie es ihm möglich war, denn er hatte befürchtet, dass der Mann Phantasma um sich herum erschaffen hatte. Doch das Schwert traf ihn mit voller Wucht, und der Kopf des Logotheten, der jedes Geheimnis aufbewahrt hatte, das der Kaiser besaß, rollte durch das Gras.

Der Leibwächter versank in seinem eigenen Blut und kippte aus dem Sattel.

Der Herzog ergriff die Zügel des kaiserlichen Pferdes.

Der Kaiser starrte den kopflosen Leichnam des Logotheten an. Tränen traten ihm in die Augen.

»Majestät, Ihr seid mein Gefangener«, sagte der Herzog.

Der Kaiser sah ihn an. Die Verachtung, die in seinem Blick lag, war vollkommen.

»Ihr habt gerade eben das Reich getötet«, sagte er.

Ser Raoul beobachtete die Gefangennahme des Kaisers vom Rande des Ares-Feldes aus, wo wilde Ebereschen und Quittenbäume wuchsen. Er hatte die Gewalt in den Augen des Herzogs und des Magisters gesehen.

Nun schüttelte er den Kopf. »Sohn Gottes«, sagte er und lenkte seinen Karrengaul auf das Stadttor zu.

Er wollte das alles überdenken. Vor allem schuldete er dem verdammten Kaiser gar nichts – schließlich hatte ihn dieser Bengel nie bezahlt.

Aber er kam zu einer Entscheidung. Er konnte den Grund dafür nicht angeben, doch vielleicht spielte dabei sein Verlangen eine Rolle, mehr als ein Heckenknecht mit einem sanften Karrengaul zu sein. Er gab seinem Reittier die Sporen und trieb es zu etwas an, das man vielleicht als Galopp bezeichnen könnte. Und preschte auf das Tor zu.

Hinter ihm hörte er, wie der Despot nach seinen Ostmännern rief.

Er drehte sich um. Sechs kleine Männer auf gescheckten Pferden hatten sich aus dem Heer abgesondert und verfolgten ihn. Ihre Pferde waren kaum größer als Ponys, und sie ritten wie Zentauren.

Er warf sich so dicht über sein Pferd, wie es ihm möglich war; er hatte den halben Weg zum Tor zurückgelegt, als seine Verfolger die ersten Schüsse auf ihn abfeuerten.

Der dritte Pfeil traf ihn in den Rücken. Zwar tat es verdammt weh, aber das Kettenhemd musste den größten Teil des Aufpralls abgefangen haben, denn er lebte noch. Die Pfeilspitze war in seinen Rücken eingedrungen; er spürte jeden Fingerbreit von ihr, während er von seinem elenden Pferd durchgeschüttelt wurde.

Unzählige Tavernenschlägereien hatten ihn gelehrt, Schmerzen zu ertragen. Aber schließlich war er ein Iberer, und Iberer waren berühmt für ihre Fähigkeit, alle möglichen Qualen hinzunehmen.

»Mutter Gottes!«, spuckte er aus.

Irgendwann während der nächsten fünfzig Schritte wurde er abermals getroffen.

Ser Raoul hatte kein gutes Leben geführt. Eigentlich war es vollkommen typisch für ihn gewesen, bei einer Musterung ohne sein eigenes Pferd und ohne Rüstung zu erscheinen. Er betete nicht, er tat keine Buße, er übte nur selten den Schwertkampf. Er war übergewichtig, trank zu viel, und er hatte eine unstillbare Vorliebe für anziehende junge Männer, die dafür sorgten, dass er nie auch nur eine einzige Kupfermünze für sich behalten konnte.

Trotz alldem – oder gerade wegen dem allen – weigerte sich Raoul, von seinem Pferd zu fallen, obwohl er bald von einem dritten Pfeil getroffen wurde. Es wäre schwer zu erklären, warum er weiter auf das Tor zu ritt und dabei unablässig fluchte.

Der Despot lachte und beobachtete, wie seine Favoriten den Mann verfolgten und immer wieder trafen. Er hoffte, dass das eine Lektion für jeden nachlässigen Soldaten war.

Der große, ungerüstete Mann mit der Armbrust hob eine Braue. »Ich dachte, wir wollten die Leute am Tor überraschen?«, meinte er leise. »Und den Logotheten gefangen nehmen?«

Der schlechte Ritter und seine sechs Verfolger preschten über die stille, morgendliche Straße und wirbelten viel Staub auf. Die Soldaten schossen noch immer auf ihn.

Der Herzog zügelte sein Pferd und war sprachlos vor Wut. Seine Faust schoss vor und erwischte seinen Sohn, der zurückwich und dabei fast vom Pferd gefallen wäre.

Der Herzog spuckte aus. »Idiot«, sagte er. »Angriff! Sofort.«

Der ungerüstete Mann schüttelte den Kopf. »Zu früh. In der nächsten halben Stunde wird keiner unserer Männer auf seinem Posten sein.«

Der Herzog wirbelte zu ihm herum. »Willst du deinen Platz behalten, Spion?«

Der Mann ohne Rüstung sah seinen Herrn gleichmütig an. »Ich werde tun, was ich kann«, sagte er. »Aber wenn wir einen verfrühten

Angriff führen, enttarnen wir unsere Agenten, und dann werden wir verlieren.«

»Das werden wir nicht«, sagte der Herzog.

Seine Sporen brachten den Karrengaul zum Bluten, doch das Tier rannte weiter auf das Tor zu.

Die sechs Ostmänner waren zwanzig Pferdelängen hinter ihm und holten weiter auf. Sie schossen.

Und lachten.

Die äußeren Mauern von Liviapolis waren so alt wie die Paläste und die Stoa – und ebenso massiv erbaut. Sie erhoben sich drei Stockwerke hoch und bestanden aus glatten, gelblich gebrannten Ziegeln mit Zierwerk aus rotem Ziegel, das jedes Stockwerk vom nachfolgenden abhob. Großartige Mosaiken prangten über jedem Tor, und jeder Turm – sie standen in einer Entfernung von fünfzig Schritten voneinander – war von einem roten Schindeldach gekrönt. Die Mauern erschienen unüberwindbar. Tatsächlich handelte es sich um zwei vollständige Mauerringe.

Natürlich stand das Tor offen. Weit offen.

Das konnte Ser Raoul von seinen Augen nicht behaupten, denn sie schlossen sich allmählich. Es war, als würde sich das Tor immer weiter in einen tiefen Tunnel zurückziehen, während er den Blick darauf richtete.

Als er auf den Boden schlug, war er bereits tot, und sein Pferd kam nur wenige Schritte vor dem großen Tor taumelnd zum Stillstand.

Die Ostmänner wieherten vor Freude.

Derkensun beobachtete eine hübsche Frau, die mit einigen Gänsen an ihm vorbeiging, während er darauf wartete, dass ein Yahadut-Gelehrter seinen Ausweis hervorholte. Derkensun schenkte dem Mann keine große Aufmerksamkeit, denn er schien harmlos zu sein. Aber solange er am Tor stand, wurden die Regeln eingehalten.

»Meine Tochter hat mich davor gewarnt, dass das irgendwann einmal passieren würde«, sagte der Gelehrte. Er öffnete einen Lederbeutel und durchwühlte ihn. Und noch einmal. »Bitte, Herr. Es ist ein ganzer Tagesmarsch bis zurück zu meinem Dorf.«

Derkensun schüttelte den Kopf. »Ich halte mich an das Gesetz.«

Der Yahadut nickte müde. »Ich auch.«

Derkensun sah, wie ein Mann vom Ares-Feld auf das Tor zu ritt. Er hatte ein schlechtes Pferd und gab ihm gerade die Sporen.

Weitere Männer folgten ihm.

Als Gardist hatte Derkensun an vielen dummen Soldatenstreichen teilgenommen, und er erkannte einen, wenn er ihn sah. Er richtete seine Aufmerksamkeit wieder auf den Gelehrten.

»Vielleicht steckt der Pass in deiner Bettrolle?«, meinte er mit ein wenig Wärme in der Stimme.

Die Yahadut waren Sauberkeitsfanatiker, und der Gelehrte trug auf dem Rücken eine mit Schafswolle ausgepolsterte Matratze sowie zwei dicke Wolldecken.

Sein Gesicht durchlief ein Mienenspiel, das Derkensun verriet, dass er richtig geraten hatte.

»Der Segen des Herrn komme auf dein Haupt herab!« Der Mann legte die zusammengerollte Matratze sowie die Decken auf den Tisch und schnallte die Halteriemen auf.

Am Rande von Derkensuns Sichtfeld stimmte etwas nicht. Er drehte den Kopf und nahm das Geschehen mit einem einzigen Blick auf.

Der Mann, der gerade vom Pferd fiel, war Ser Raoul Cadhut, ein iberischer Söldner. Im Kampf waren sie hin und wieder aneinandergeraten, aber jetzt steckten einige Pfeile in dem Iberer, und ein halbes Dutzend grölender Ostmänner umkreisten ihn und hatten neue Pfeile in ihre Bögen eingelegt.

Derkensun kannte Raoul und zögerte einen Herzschlag lang. Er fragte sich, wie sich der Iberer in diese Lage hatte bringen können.

Noch während er das dachte, trat er in sein Wärterhäuschen zurück und betätigte die Alarmglocke. Der schrille Lärm trug in der frischen Morgenluft weit.

Er zog sein Schwert nicht. Er griff auch nicht nach der großen Axt, die an der Wand seines Wärterhäuschens innerhalb der Stadtmauer lehnte. Stattdessen packte er den Gelehrten am Kragen seiner Robe und schleuderte ihn in die Stadt hinein.

Die Ostmänner zögerten. Einer schoss einen weiteren Pfeil in Ser Raouls Leichnam. Ein anderer spannte seinen Bogen und zielte auf Derkensun. Er grinste.

Derkensun machte noch einen Schritt in sein Häuschen hinein und zog an dem großen Hebel, der den Mechanismus für das Fallgitter in Gang setzte. Der Pfeil bohrte sich in das Eichenholz, aus dem sein Unterstand gezimmert war. Die Ketten des Fallgitters kreischten, und es schlug auf den Granitboden nieder. Die herabschießenden Eisenzähne setzten einen zweiten Mechanismus in Gang, der nun rasch gegen eine mächtige Feder rotierte, und die großen eisenbeschlagenen Eichentore traten aus ihren Vertiefungen. Kaum zehn Herzschläge, nachdem er den Hebel gedrückt hatte, krachten die beiden Flügel des Eichentores gegeneinander, und zum Schutz legte sich eine Stange über sie.

Die Matratze des Yahadut und auch der ganze Tisch, auf dem sie gelegen hatte, waren zwischen den beiden Torflügeln zerquetscht und gegen das Fallgitter gedrückt worden.

Die hübsche Frau mit den Gänsen, die soeben vorbeigeschritten war, stand nun stockstarr, und der Gelehrte kämpfte sich wieder auf die Beine.

Derkensun nahm seine Axt von der Wand. Er verließ das Wärterhäuschen und bemerkte, dass ein halbes Dutzend Männer – harte

Kerle – unter dem Olivenbaum in der Plataea saßen und das Tor anstarrten.

Er lächelte, hieb mit der Axt durch die Luft und untersuchte die Schneide, die noch immer scharf war, auch wenn er damit soeben die Kette durchschlagen hatte, mit der das Fallgitter wieder hätte gehoben werden können.

Das hübsche Gänsemädchen versuchte, nicht die Soldaten anzusehen.

Wenn man zu der kaiserlichen Leibwache gehörte, hatte man gelernt, Menschen anhand ihrer Körperhaltung so zu lesen, wie die Gelehrten Bücher lasen. Derkensun ging kühn von seinem Tor weg, legte sich die Axt nachlässig über die Schulter und trat auf die Gruppe unter dem Olivenbaum zu.

Einer der Männer, ein pockennarbiger, hartgesottener Kerl, hob die leeren Hände. »Hier gibt's keine Schwierigkeiten, Boss«, sagte er.

Derkensun lächelte und nickte einen höflichen Gruß. »Ich dachte bloß, ihr wolltet es wissen«, sagte er.

»Was wissen?«, fragte das Pockengesicht. Der Mann war hässlich. Der Knoblauchgeruch aus seinem Mund war deutlich wahrzunehmen, obwohl Derkensun etwa zehn Fuß Abstand zu ihm hielt.

»Dieses Tor ist jetzt geschlossen«, sagte Derkensun. »Ich habe die Kette durchgehackt. Es wird einen ganzen Tag dauern, bis es wieder geöffnet werden kann.«

Das Pockengesicht sah seine Gefährten nachdenklich an. »Ich vermute, wir sind hier nicht erwünscht«, sagte er.

Derkensun nickte. »Ich werde euch wiedererkennen«, meinte er. Sein Nordikaner-Grinsen sagte hingegen ganz deutlich: *Beim nächsten Mal töte ich euch.*

Der Klang der Alarmglocken breitete sich in der Stadt wie ein Feuer aus, das vom Wind angefacht wird. Der Herzog hörte die Glocken und beobachtete die großen Maschinen, die ihm die Tore gleichsam vor der Nase zuschlugen. Er war noch hundert Pferdelängen von den Mauern entfernt. Und fluchte.

Der Kaiser saß auf seinem schönen Hati-Pferd in einigen Schritten Entfernung und schüttelte in aufrichtiger Sorge den Kopf.

»Ihr! Ihr habt uns in diese Lage gebracht, Ihr tragische Missgeburt, die so unfähig zum Herrschen ist!« Der Herzog ließ einer zwanzig Jahre lang angestauten Wut auf den von Gott gesalbten Herrscher freien Lauf. »Und jetzt wird es einen Bürgerkrieg geben! Ich sollte Euch einfach töten!« Er wirbelte herum und zog seinen Säbel.

Ser Christos, der beste Ritter des Herzogs, fiel ihm in den Arm. »Wir waren übereingekommen, ihn nicht zu töten«, sagte er mit gedämpfter Stimme.

Magister Aeskepiles war es gelungen, das Gift aus seinem Blut zu entfernen. Er fühlte sich zwar noch schwach, war aber wieder im Rennen. Dann räusperte er sich. »Er sollte sterben. Jetzt. Es würde für uns alle einfacher werden«, sagte er.

Der Kaiser sah seinen Magister schockiert an. Seine blassen, wässerigen Augen richteten sich milde auf den Mann, der ihn am liebsten tot sähe; es war der Blick, den ein enttäuschter, aber wohlwollender Vater seinem Kind schenkt. »Tut, was Ihr tun müsst«, sagte er. »Gott hat seinen Willen gezeigt. Es ist Euch nicht gelungen, die Stadt einzunehmen.« Er lächelte. »Tötet mich und ladet den Fluch Gottes auf Euch.«

»Dafür werde ich den gesamten Rest des Landes in meine Gewalt bringen.« Der Herzog fasste sich nach einem Augenblick des rasenden Zorns wieder und warf einen Blick auf die Tore. Von hier aus konnte er drei Tore sehen, und sie alle waren geschlossen und verriegelt. Weißes Licht wurde von den gerüsteten Gestalten widergespiegelt, die sich hoch auf den Mauern befanden. »Aber ich werde den Palast in einer Stunde eingenommen haben.«

»Ihr seid dumm gewesen«, sagte der Kaiser. »Doch selbst jetzt noch verlange ich von Euch nichts als Eure Unterwerfung …«

Weder der Despot noch der Kaiser sahen den Schlag kommen. Der Herzog trug einen Panzerhandschuh, und seine Faust traf den Kaiser wie ein Hammer und schlug ihn sofort bewusstlos.

Alle Anwesenden zuckten zusammen. Hinter sich hörte der Magister einen Ritter murmeln: *Er hat den Kaiser geschlagen.*

Und in den Windungen seines Hirns formte sich der Gedanke: *Tu es doch.* Er strahlte seinen Willen ab …

Wieder trat Ser Christos dazwischen. Sein Pferd schien außer Kontrolle geraten zu sein. Der Kopf des Hengstes stieß gegen das Reittier des Kaisers, und beide Pferde scheuten. Der Kaiser wurde abgeworfen und geriet zwischen die Hufe seines Pferdes, doch Herzog Andronicus fasste sich wieder und schüttelte sich.

Harald Derkensun stand fünfzig Fuß über dem Gras auf der Mauer und sah zu, wie der Herzog den Kaiser schlug. Er sah auch, wie der Kaiser zusammenbrach. Er drehte sich zu seinem Korporal um, einem Riesen mit nachtschwarzem Haar, der aus Uight kam, das sogar noch nördlich von Nordika lag.

»Durk Schwarzhaar, sie haben den Kaiser gefangen genommen«, sagte er. »Wir haben ihm den Treueeid geschworen.«

Schwarzhaar nickte. »Soll ich Pferde holen lassen?«

Derkensun zuckte die Achseln. »Jemand muss dem Palast Mitteilung machen. Ich weiß nicht, ob so etwas schon jemals passiert ist.« Er betrachtete wieder die purpurfarbene Gestalt des im Staub liegenden Kaisers. »Er könnte tot sein. Wer ist dann Kaiser?«

Schwarzhaar schüttelte den Kopf. »Ich habe keine Ahnung. Sollten wir nicht zu ihm reiten und an seiner Seite sterben?«

Nun wurde der Kaiser von vielen Händen aufgehoben und über sein Pferd gelegt. Vom Ares-Feld kamen Hunderte Stradioten und

Ostmänner in Rüstungen sowie ein gewaltiger Block von Infanterie mit Speeren und Bögen.

»Das sind mindestens dreitausend Mann«, sagte Derkensun.

Schwarzhaar fuhr mit dem Daumen in seinen Bart und zupfte an ihm. »Sollen wir loslegen?«, fragte er.

Derkensun lächelte. »Nein«, antwortete er. »Ich bin kein Feigling, aber allein werden wir dort draußen gar nichts erreichen.«

Schwarzhaar lachte. »Ich bin noch nicht ganz verrückt. Du hast am Tor gute Arbeit geleistet. Beweg deinen Hintern zum Palast und sieh zu, ob du den Majordomus erwischst. Du sagst, der Logothet war beim Kaiser? Und auch beide Spatharioi?«

»Er hat mir zugeblinzelt«, sagte Derkensun. »Und Spatharios Gurnnison hat mir zugenickt. Ich schwöre, er hat gewusst, was kommt.«

»Dann erhalten wir jetzt also keinen Sold mehr«, sagte Schwarzhaar. »Ja, Gurnnison hat uns heute Morgen in Alarmbereitschaft versetzt.« Er blickte über die Brustwehr hinweg. »Du weißt, dass ich der Senior-Korporal bin.«

Das hatte Derkensun nicht gewusst. »Dann bist du also jetzt der neue Spatharios«, sagte er.

»Ach, verdammt«, meinte Schwarzhaar nur. »Geh jetzt endlich zum Palast und finde jemanden, der den Rang über mir einnimmt. Ich mag den Wein und das Lied der Axt zu sehr, als dass ich derjenige sein wollte, der die Kommandos gibt.«

Derkensun verließ die Mauer und suchte nach einem Pferd. Liviapolis war so groß, dass man schon ein Pferd brauchte, wenn man die Stadt an einem einzigen Tag durchqueren wollte. Von den großen Toren bis zu den Toren des Palastes, bei dem es sich natürlich ebenfalls um eine Festung handelte, waren es sieben Meilen.

Der alte Yahadut-Gelehrte saß am offenen inneren Tor und wirkte völlig niedergeschlagen. Derkensun blieb bei ihm stehen und reichte ihm die Hand.

»Tut mir leid, alter Mann, aber ich musste das Tor schließen. Sonst wärest du getötet worden.«

»Ich bin sowieso fast getötet worden!« Er hob die Hände. »Barbar!«

Derkensun seufzte. »Weißt du …«, begann er, doch dann entschied er, dass der Mann zu schockiert für ein vernünftiges Gespräch wirkte. Er schulterte seine Axt, lief über die Plataea und suchte nach einem Pferd.

Er war zwei Häuserblocks weit gerannt, als er endlich eine dürre Mähre zwischen den Stangen eines Karren fand, der einem Scherenschleifer gehörte. Er trat vor den Schleifer, auf dessen kleiner Bank einige Küchenmesser lagen, die er nacheinander gegen einen schnell rotierenden Wetzstein hielt, dass die Funken flogen.

»Ich nehme mir dein Pferd«, sagte Derkensun und lächelte. »Im Namen des Kaisers.«

Der Mann stand von seinem Schleifstein auf. »Warte. Ich zahle brav meine Steuern. Du darfst nicht …«

Derkensun hatte das Pferd bereits von der Stange losgebunden; einen der Riemen hatte er einfach durchgeschnitten.

»Ich werde verhungern, du Bastard!«, rief der Scherenschleifer.

Derkensun zuckte die Achseln und schwang sich auf den Rücken der Mähre. Sie war recht ungestüm und vermutlich nicht an einen Reiter gewöhnt. Ihre Hufe klapperten über das Pflaster, und der Scherenschleifer blieb zurück und rief ihm Verwünschungen nach.

Er folgte den alten Aquädukten über die Hügel, die sich in der Mitte der Stadt erhoben. Als er die zweite Erhebung hinter sich gebracht hatte, kam er nahe an seiner eigenen Wohnung vorbei. Der scharfkantige Rücken der Mähre drückte seine Männlichkeit schmerzhaft, sodass er wünschte, er könnte kurz anhalten und seinen Sattel holen. Aber das würde zu viel Zeit kosten. Er hatte keine Ahnung, wie sehr er sich beeilen musste, denn in der Stadt wirkte alles noch recht normal.

Aber er vergaß nicht, dass Ser Raoul bei dem Versuch gestorben war, die Nachricht von dem, was sich draußen vor den Toren ereignet hatte, in die Stadt zu bringen – was auch immer es sein mochte. Und man hatte den Kaiser gefangen genommen. Und der Logothet sowie der Spatharios hatten die Garde kurz zuvor in höchste Alarmbereitschaft versetzt.

Er ritt den letzten Hügel hinunter, und die Mähre, die noch ziemlich jung war, näherte sich allmählich dem Ende ihrer Kräfte, auch wenn unter ihren Hufen noch immer die Funken aufflogen und ihr Geklapper ihm vorauseilte. Frauen drückten sich dicht gegen die Häuser und zogen ihre Kinder an sich; Männer verfluchten ihn, sobald sie glaubten, er sei weit genug entfernt und könne es nicht mehr hören.

Die Palasttore waren geschlossen.

Die Männer der Wache waren Scholae. Sie waren in jeder Tavernenschlacht die ewigen Gegner der Leibwachen und die Kavallerie der eingeborenen Moreaner. Er kannte keinen der beiden Männer beim Tor; es handelte sich um junge Moreaner mit gestutzten Bärten; sie wirkten gleichzeitig überheblich und besorgt.

Er wusste nicht recht, was er ihnen sagen sollte.

Also beschloss er, archaische Würde zu zeigen. »Ich muss den Majordomus des Palastes sprechen, und wenn das nicht möglich ist, dann euren Vorgesetzten«, sagte er.

Die beiden Männer regten sich unbehaglich. Wie die meisten Adelssprösslinge in den Scholae hatten sie vermutlich noch nie zuvor Wache gestanden. Er beugte sich zu ihnen herunter. »Christos Pantokrator«, sagte er leise.

Der Kleinere sah ihn böse an. »Was?«

»Das ist das Passwort des heutigen Tages«, meinte Derkensun und bezwang sich, nicht mit den Augen zu rollen oder seiner Verachtung einen anderen Ausdruck zu verleihen.

Die beiden sahen einander an.

»Kennt ihr überhaupt das Passwort?«, fragte Derkensun und stieg ab. Dabei nahm er die Axt in die andere Hand, sodass sich der Kopf nun unter der linken Hand und der eisenbeschlagene Stiel in der rechten befand.

»Bleib zurück«, sagte der Kleinere.

»Ich werde euch beide töten, wenn ihr mir nicht sofort die Bestätigung gebt«, sagte Derkensun. Er hatte keine Ahnung, ob sie Narren oder Verschwörer waren.

»Quartierwache!«, rief der kleine Mann und setzte mit angestrengter Stimme hinzu: »Hilfe!«

Der größere der beiden Scholae stellte sich breitbeinig hin und hob seinen Speer. Er sah klüger aus und steckte in einem schönen östlichen Kaftan und hohen ledernen Schaftstiefeln, die ihm bis über die Knie reichten und mit Gold besetzt waren. Selbst für einen Höfling sah er großartig aus.

»Verdammt«, sagte er über seinen Speer hinweg. »Das *war* das Passwort. Wir sind gerade erst zur Wache abkommandiert worden. Verdammt. Die Antwort ist … Caesar etwas. Caesar Imperator.« Er verstummte.

Derkensun entspannte sich. »Das ist richtig«, bestätigte er.

Der größere Mann senkte seinen Speer. »Eigentlich wollte ich heute heiraten«, sagte er. »Wir sind vor einer halben Stunde zum Palast gerufen worden.«

Der kleinere Mann stieß die Luft aus. »Bei unserem Erlöser, es wird mir nie wieder passieren, dass ich ein Passwort vergesse.« Er warf einen Blick hinter sich. »Wo bleibt denn die verdammte Quartierwache?«

Derkensun machte einen Schritt nach vorn. »Ich habe keine Zeit«, sagte er. »Aber ich gebe euch mein Wort, dass es sich um eine Angelegenheit von höchster Dringlichkeit handelt.«

Die beiden Männer warfen sich einen kurzen Blick zu, dann nickte der Bräutigam. »Er hat das Passwort«, sagte er.

Sie traten auseinander.

Der Bräutigam verneigte sich. »Ich werde dich begleiten.«

Derkensun machte sich nicht die Mühe, das abzulehnen. Er trottete durch das Tor und den großen Hof dahinter, der von Wandelgängen mit Marmorsäulen eingefasst wurde, die sich einen ganzen Bogenschuss weit erstreckten. Der kaiserliche Hof war buchstäblich mit Statuen von Männern und Frauen übersät, die ihr Leben für das Reich hingegeben hatten. Derkensun stellte sich vor, dass Ser Raoul bald ebenfalls hier stünde – mit seinem grausamen Mund und der Trinkernase darüber in Marmor gemeißelt.

Er war einen guten Tod gestorben. Einen brillanten sogar.

Sie liefen an dem nördlichen Wandelgang entlang und betraten den Palast durch ein selten benutztes Dienstbotentor, das zwar geschlossen, aber nicht verriegelt war und bei dem niemand Wache stand.

Der Bräutigam schüttelte den Kopf. »Wir haben hier einen Mann postiert, als der Kammerherr uns gerufen hat«, sagte er.

Das Tor führte sie an den Hauptstallungen vorbei und an dem äußeren Hof entlang, in dem die meisten Geschäfte, die zum Betrieb des Palastes nötig waren, getätigt wurden. Hier wurden die Nahrungsmittel angenommen und verteilt, hier wurden auch die Kaufleute empfangen und vieles Weitere erledigt. Derkensun hätte sich auch mit verbundenen Augen im Palast zurechtgefunden. Das war wörtlich zu verstehen. Ein Teil der Ausbildung der Nordikaner-Garde bestand darin, sich mit verbundenen Augen im Palast zurechtzufinden.

Als er durch einen großen Lagerraum lief, der sich im oberen Stock der Stallungen befand und in dem Hunderte von Säcken mit Getreide, Zwiebeln, Knoblauch und Oregano sowie etliche Fässer mit Olivenöl standen, versuchte er zu entscheiden, wohin er sich nun wenden sollte. Das Büro des Majordomus befand sich nicht in dem Gebäude mit den Stallungen. Die Männer nannten ihn den Lord des äußeren Hofes, und das war mehr als nur ein Scherz. Aber der Majordomus konnte nicht gerade als ein Freund der Leibwache gelten.

Er seufzte und drehte sich auf dem oberen Absatz der Treppe um, die von dem Lagerraum hinunterführte.

»Ich ruiniere mir meine Kleider«, sagte der Bräutigam.

»Ich brauche dich nicht«, meinte Derkensun.

»Da bin ich anderer Meinung«, erwiderte der keuchende Mann.

Derkensun sprang die letzten vier Stufen hinunter und landete auf den glatten Steinplatten des Stallbodens, dann wandte er sich nach rechts, rannte an den Pferden des Kaisers vorbei. Sechzehn Abteile waren mit Purpur behangen. Dem Kaiser gehörten unter anderem zwei der besten Kriegspferde der ganzen Welt. Dann bog Derkensun wieder rechts ab, nachdem er an Bucephalus, dem Lieblingstier des Kaisers, vorbeigekommen war. Das alte Pferd hob den Kopf, als Derkensun an ihm vorbei ins Freie rannte. Die Tür zum Büro des Majordomus stand offen, und der Vorraum war leer, obwohl er doch eigentlich mit etlichen geschäftigen Schreibern hätte bevölkert sein sollen.

In weiter Entfernung hörte er den unmissverständlichen Lärm eines Kampfes, der durch den Luftzug herbeigetragen wurde, der andauernd durch die Hauptgebäude des Palastes fuhr.

Derkensun sah den Mann aus der Schola an und überlegte, ob er ihn zerhacken sollte – aus Sicherheitsgründen. Er hegte keinen Zweifel daran, dass er den Bräutigam überwältigen konnte.

Aber dessen Blick war offen und ohne Argwohn. »Ich habe keine Ahnung«, sagte er. »Aber ich bin dem Kaiser treu ergeben, und ich weiß, dass etwas nicht stimmt. Was immer du tust, ich helfe dir.« Er richtete sich auf. »Es sei denn, du bist ein Rebell. Wenn du einer bist, dann sollten wir es hier und jetzt hinter uns bringen.«

Derkensun grinste.

»Folge mir«, sagte er.

Es dauerte zwei lange Minuten, bis sie den Ort des Kampfes entdeckt hatten.

Inzwischen waren fast alle tot.

Irene, die Porphyrogenetrix, lag zusammengeringelt in einer Ecke; ihre langen Roben waren blutdurchtränkt. Irgendwann während des Kampfes hatte sie einen Schlag erhalten, und zwei Schneiderinnen standen mit ihren langen, scharfen Scheren über ihr und sahen sich einem Dutzend Angreifer gegenüber.

Der Majordomus war tot. Der Kammerherr ebenfalls. Und auch die Quartierwache der Scholae.

Die letzten Verteidiger der Prinzessin waren – außer den beiden Frauen – ein ziemlich ungewöhnliches Paar: ein Mönch und ein Bischof, einer mit einem Stecken, der andere mit seinem Stab. Derkensun hatte sowohl sie als auch ihre Angreifer mit einem einzigen Blick erfasst; bei den Letzteren schien es sich zunächst um gewöhnliche Palastdiener mit Waffen zu handeln.

Aber sie hatten mehr Narben als gewöhnliche Palastdiener, die ihre Stellung üblicherweise auch wegen ihres guten Aussehens erhielten.

»Für den Kaiser!«, rief er auf Archaisch und machte sich an das Handwerk des Tötens.

Seine Axt schwang vor und zurück, und er fällte einen entsetzten Angreifer. Dabei trennte er dem Mann mit geringer Mühe etwa ein Drittel seines Kopfes ab, drehte die Klinge in der Luft und hieb sie dem nächsten in die Schulter. Der Mann kreischte auf, als sein rechter Arm zu Boden fiel.

Der moreanische Bischof hob die Spitze seines Stabes und brüllte: »Im Namen Gottes des Vaters!« Weißes Licht blitzte auf. Der Mönch schlug mit seinem Stecken auf die ausgestreckten Arme eines Schwertkämpfers ein und brach sie ihm.

In der gegenüberliegenden Tür hob ein großer Mann in einem Kettenhemd sein langes Schwert. »Überwältigt sie, Brüder!«, schrie er. »Tötet die Prinzessin, und der Tag gehört uns!«

Während er dies rief, schoss ein versteckter Bogenschütze einen Bolzen in den Bauch des Bischofs, der schreiend zu Boden ging. Der Mönch wich einen Schritt zurück und schwang seinen Stecken nun mit beiden Händen. Einer der Schwertkämpfer versuchte an ihm vorbeizuschlüpfen, und eine der beiden Schneiderinnen, eine grauhaarige Frau in einem Seidenkleid, rammte dem Angreifer ihre lange Schere in den ungeschützten Rücken.

Derkensun schlug noch zweimal zu, nach vorn und nach hinten. Die Männer zuckten vor ihm zurück.

»Jetzt der Gardist!«, rief der Mann im Kettenhemd auf der anderen Seite und hob das Schwert. »Und die Frauen! Tötet sie alle!«

Der Bräutigam warf seinen Speer. Er tat es mit einer seltsam hüpfenden Bewegung, die ganz anders als alles war, was die Männer in der Stadtwache oder im Militär lernten. Sein Speer war eine kurze Waffe mit breiter Spitze, die fast wie eine Saufeder wirkte, und sie drang durch das Kettenhemd wie ein warmes Messer durch Butter und fällte den Attentäter, von dem nun ein Aufblitzen hermetischer Energie ausging. Er fiel auf das Knie, als der Speer plötzlich wieder aus seinem Körper flog.

Derkensun tötete einen weiteren Mann, drehte sich um und hatte den Mönch erreicht. Seine Axt beschrieb ein verwickeltes Muster zwischen seinen Händen, als er sie so hin und her schwang, wie er es gelernt hatte, damit seine Handgelenke nicht ermüdeten.

Die Attentäter hielten kurz inne, und der Bräutigam brüllte: »Zu mir, Scholae!«

Jedermann im Raum konnte nun das Trappeln der herannahenden Wache hören.

Die Attentäter gaben auf und flohen. Derkensun erwischte noch einen von ihnen, als er sich umdrehte, und der Bolzen einer Armbrust schoss ihm die untere Hälfte seines rechten Ohres ab, als er seinen Schlag führte. Der Mönch parierte darauf zwei Schwerthiebe und holte heftig mit seinem Stab aus, aber der Angreifer wehrte den Stab mit seinem Schwert ab und stach dem Mönch einen Dolch in die Hand; dann sprang er zurück. Er war so dürr wie ein Gespenst und trug Schwarz. Derkensun konnte sein Gesicht nicht erkennen. Der Mann rannte in das Audienzzimmer und verschwand schließlich zwischen den Säulen.

Der Bräutigam kämpfte gegen einen weiteren Attentäter, erhielt dafür einen Dolchstich in die Seite und brach dem Mann den Arm, als er ihn in den Würgegriff nahm. Nun stach der verzweifelte Angreifer noch drei weitere Male auf ihn ein.

Der Scholae-Mann stürzte sich auf seinen Gefangenen und rammte ihm den Kopf auf die Bodenplatte, bis er ohnmächtig wurde.

Die ältere Frau, an deren Schere Blut klebte, bedeutete der jüngeren, sich hinter sie zu begeben.

Derkensun sah sie an. »Was ist mit der Prinzessin?«, fragte er.

Die jüngere Schneiderin spähte hinter der anderen hervor. Ihr Gesicht bildete ein vollkommenes Oval, die Lippen waren prall und rot und die Augen von einem fast unmöglichen Blau.

»Kümmert euch um sie«, sagte sie und deutete mit dem Kopf auf ihre Retter und den Mönch. »Vielen Dank, meine Herren.« Sie wich einen Schritt zurück. »Kann mir irgendjemand sagen, was hier eigentlich los ist?«

Derkensun kannte die ältere Frau. Sie war eine der vielen unbedeutenderen Mitglieder der kaiserlichen Familie, deren Aufgabe es war, den Palast zu dekorieren. Sie hieß Lady Maria. Ihr Sohn war einer von Derkensuns bevorzugten Trinkkumpanen – und zugleich sein sehr geschätzter Ringkampfpartner.

Er verneigte sich vor der Prinzessin. »Verehrte Dame, der Herzog von Thrake hat Euren Vater auf dem Ares-Feld gefangen genommen oder getötet. Und auch den Logotheten und die Spatharioi.«

Die junge Näherin hielt sich die Hand an die Brust. »Getötet?«, sagte sie. Dann schien sie sich zusammenzureißen. »Also gut«, begann sie mit bemühter Gelassenheit. »Sollen wir den Palast halten?«, fragte sie.

Derkensun sah den Bräutigam an, der sich gerade den Staub abwischte und dabei mit den Schultern zuckte. »Lady Irene, als ich vor einer Stunde meinen Dienst angetreten habe, waren alle Tore von den Scholae besetzt und geschützt.«

Derkensun fragte die Prinzessin: »Wer hat die Scholae in der Zwischenzeit abgezogen, verehrte Dame?«

Sie deutete auf den Leichnam in Scharlachrot. »Der Majordomus. Wegen irgendetwas, das der Logothet gesagt hatte.«

»Heiliger Christus am Kreuz«, meinte Derkensun. »Wir sollten von hier verschwinden, verehrte Dame.«

»In meiner Gegenwart wird nicht geflucht«, fuhr Irene ihn an. »Wenn wir jetzt den Palast verlassen, werden wir ihn nie wieder zurückerobern können.« Sie warf einen raschen Blick auf Lady Maria, die ihr zunickte.

»Zum Thronsaal«, sagte sie. »Zumindest wird der kaiserliche Purpur ein ausgezeichnetes Leichentuch abgeben.«

Derkensun nahm sich einen Augenblick Zeit und sah den Bräutigam an. Er war unverletzt; unter seiner Hochzeitskleidung trug er eine Rüstung, die so fein gearbeitet schien wie die Schuppen eines Fisches.

Derkensun zog eine Grimasse.

»Ich lebe in einer rauen Gegend«, sagte der junge Mann und kniete sich neben den Bischof, der inzwischen nicht mehr schrie. Der Mann war tot.

Gemeinsam schleppten sie den bewusstlosen Gefangenen des Bräutigams mit sich, während sie durch die große Audienzhalle zu dem zentral gelegenen Thronsaal gingen. Hier sollten eigentlich sechs Nordikaner-Wachen Dienst tun. Doch da lagen nur die Leichen von zwei Scholae.

Die Prinzessin begab sich unmittelbar zum Thron. Sie hielt inne, raffte ihre Röcke und setzte sich.

Lady Maria nickte ihr kurz zu.

Derkensun ging zum Leibwächterstand auf der rechten Seite und nahm Haltung an. Ihm schien das ganz natürlich zu sein. Der Bräutigam stellte sich auf die linke Seite.

Der Mönch verneigte sich und blieb stehen, da Irene ihm keinen Stuhl anbot.

Sie betrachtete die Anwesenden. »Irgendwelche Ideen?«, fragte sie.

Derkensun fand, dass sie sehr gefasst klang – und weitaus schärfer als der Kaiser. Sie sprach wie eine wahre Herrscherin.

Maria sah die beiden Soldaten an. »Wir haben die Stadt noch nicht verloren?«, fragte sie.

Derkensun neigte den Kopf. »Madame, ich selbst habe den Tor-Alarm ausgelöst. Aber an anderen Toren könnte es Verrat gegeben haben.«

»Was ist mit der Armee?«, fragte die Prinzessin. Oder war sie nun die Kaiserin? Ihr Zögern war trotz ihrer bestimmten Art deutlich zu bemerken.

»Die Vardarioten sind in ihrer Kaserne. Viele der Nordikaner …« – Derkensun hielt inne – »… sind tot.«

Der Bräutigam verneigte sich. »Ich habe die Leichen von zwanzig Scholae gesehen«, gab er zu.

»Der Herzog von Thrake hat mindestens dreitausend Mann vor den Toren stehen, vielleicht sogar doppelt so viele.« Derkensun sprach mit großer Behutsamkeit. Er hatte bisher nur zwei- oder dreimal mit dem Kaiser persönlich gesprochen. Das hier war die längste Konversation, die er je mit einem Angehörigen des Herrscherhauses geführt hatte.

»Und wir haben ein paar Hundert Soldaten«, sagte die Prinzessin. »Während ich aber offenbar eine ganze Armee benötige.«

Lady Maria machte einen Knicks. »Mylady, ich weiß zufällig, wo wir eine herbekommen könnten.« Sie lächelte schwach. »Euer Vater hatte bereits eine zusammengestellt. Er hat meinen Sohn ausgesandt, damit der sie herbeiholt, wie Ihr Euch vielleicht erinnert.«

Die Porphyrogenetrix Irene lehnte sich zurück und seufzte. »Noch mehr Söldner? Sie sind doch schon seit fünfhundert Jahren der Fluch unseres Volkes«, sagte sie. »Womit will mein geschätzter Vater diese angemieteten Schwerter denn bezahlen?«, fragte sie Maria.

»Mit Euch«, sagte Maria und machte einen weiteren Knicks. »Majestät«, setzte sie hinzu.

»Ah«, meinte die Prinzessin. »Ja, jetzt erinnere ich mich.«

TEIL EINS

# Die Prinzessin

# 3

## Die Grünen Berge in der Nähe von Morea · Der Rote Ritter

Der Hauptmann der Truppe stand fast allein in der Morgendämmerung und sah dem Aufgang der Sonne zu. Er hatte den einen Fuß auf einen massiven Schemel gestellt, während ihm sein Knappe die Beinrüstung anlegte.

Toby war klug genug, nicht zu sprechen. Er arbeitete einfach weiter. Er hakte die untere Schiene in die Halterung am Knieschutz und hielt dann die gesamte Panzerung auf, sodass der Ritter mit dem rechten Bein hineingleiten konnte.

Der Hauptmann aß gerade eine Wurst.

Toby kämpfte gegen die Schiene; sie blieb gern an dem Stoff des ausgepolsterten Beinlings hängen, der recht steif war, wenn er frisch gewaschen war. Die Luft war kühl, beinahe kalt, und so war auch das Leder steif.

Doch Toby machte sich keine Sorgen. Er schaffte es, die Schiene zu schließen, befestigte zuerst den unteren Riemen, dann den oberen und machte sich danach an die vielen Schnallen, die den Panzer den ganzen Tag über am Bein seines Herrn halten würden.

Der Hauptmann war nun mit seiner Wurst fertig, spuckte ein Stück Haut aus und befestigte den oberen Teil der Beinrüstung an seinem Wams.

Die Sonne stieg über den Horizont; sie schien im Osten zwischen zwei Berggipfeln geradezu hervorzuspringen, und ihr voller Schein fiel auf ihn. Er hatte dunkles Haar, einen Spitzbart und grau-grüne Augen. Die Morgensonne ließ seine Haare beinahe blau und seinen roten Waffenrock scharlachfarben erscheinen, und sein Kettenhemd glimmerte.

Toby klopfte gegen den gepanzerten Oberschenkel des Hauptmanns.

»Gut«, sagte der Rote Ritter.

Toby holte den Brust- und Rückenpanzer – der an vielen Stellen eingekerbt war – vom Ständer und hielt ihn auf, während der Hauptmann hineinschlüpfte. Als er sich daranmachte, die Schulterriemen festzuziehen, nahmen ein Dutzend Bogenschützen und Diener die vierundzwanzig Seile des Zeltes auf, das dem Roten Ritter als Unterschlupf diente. Dann bauten sie es genauso schnell ab, wie Toby die Riemen befestigte. Als der Hauptmann die Arme reckte, war sein Zelt bereits verschwunden.

Hinter ihnen wurde das ganze Lager abgeschlagen. Die Zeltreihen fielen zu Boden wie die Kegel auf einer Kegelbahn. Wagen wurden allerorten beladen; und die Pagen striegelten die Pferde und brachten sie zu den Rittern.

Die Männer urinierten in die Feuer.

Der Hauptmann sah alldem zu, aß dabei einen Apfel und nickte. *Urin ins Feuer.*

Seine neue Pagin Nell erschien mit seinem hässlichen Kriegspferd. Er hatte dem Tier keinen Namen gegeben, denn nachdem er vier Jahre lang ein einziges Pferd geritten hatte, brachte er nun bei jedem Kampf eines um.

Und ein Pferd kostete hundert Gulden.

Dennoch gab er dem hässlichen Tier das Kerngehäuse seines Apfels, und es fraß den Fruchtrest mit größerem Behagen, als sein unförmiger Kopf erahnen ließ.

Nell stand nervös daneben. Toby versuchte sie wegzuscheuchen. Sie war erst dreizehn Jahre alt, und außer Toby wusste niemand, warum sie zur Pagin des Hauptmanns ernannt worden war. Ihm hingegen war immerhin bekannt, dass die Pferde sie liebten.

Der Rote Ritter sah sie an und hob eine Braue. »Ja?«, fragte er.

Sie zuckte zusammen. »Ich weiß nicht, was ich machen soll.«

Der Blick des Roten Ritters glitt zu Toby hinüber, dann ging er zu einem kleinen Feuer, das einer der Diener für ihn hatte brennen lassen.

»Du darfst nicht mit ihm sprechen«, zischte Toby. »Heiliger Jesus, Mädchen! Er wird dich in irgendetwas Unnatürliches verwandeln. Sprich mit mir, aber niemals mit ihm.«

Meg gab ihm einen Becher mit Hippokras.

»Ihr seid wohl heute wieder der Frohsinn selbst, was?«, fragte sie.

Er sah dorthin, wo Toby mit Nell redete und dabei wild gestikulierte. »Ich weiß nicht, warum ich immer auf die Kinder aufpassen muss«, sagte er und zuckte dann mit den Schultern. »Hör einfach nicht auf mich, Meg. Sind wir zum Abmarsch bereit?«

Die Näherin zuckte die Achseln. »Sehe ich etwa wie ein Offizier aus? Mein Wagen ist beladen, das kann ich Euch versichern.« Sie hielt kurz inne. »Natürlich mit Ausnahme meines Zeltes und meiner Tochter.«

Der Rote Ritter lächelte und trank ihren Hippokras – den besten im ganzen Lager.

Tom Schlimm – sechs Fuß und einige Zoll Muskeln mit langem schwarzem Haar – trat aus dem drittletzten Zelt, das noch stand. In der Zeltklappe war Megs Tochter Sukey zu sehen, die eine sehr anziehende entblößte Schulter zeigte. Tom Schlimm war in voller Rüstung und schimmerte in der Morgensonne.

»Ich werde euch alle vermissen«, sagte er, »wenn ich erst meine neue Aufgabe als Viehtreiber versehe.«

Meg warf einen finsteren Blick auf ihre Tochter. »Beeil dich, Mädchen, sonst wird dich der Hauptmann hier zurücklassen!«

Der Rote Ritter hob eine Braue und sah seinen Korporal an. »Sind wir zum Abmarsch bereit?«, fragte er.

Tom Schlimm schaute sich nicht einmal um. »Trinkt Euren Wein aus, Hauptmann. Ihr habt ›Matutin‹ gesagt, und es hat noch nicht einmal geläutet.«

Die beiden Männer, wie sie da beieinander standen und sich unterhielten, wirkten wie ein Magnet. Ser Michael trat als Erster hinzu; er war vollständig gerüstet. Ser Gawin war der Nächste; er schritt aus der entgegengesetzten Richtung und hielt sein großes braunes Kriegspferd fest bei den Zügeln gepackt, und Ser Alison – Pampe – saß bereits auf einem Pferd und galoppierte ebenfalls herab.

»Ich muss nicht einmal den Befehl geben lassen. Wo ist Gelfred?«, fragte der Hauptmann.

Es wurde nach dem Förster geschickt. Man konnte Nell von Wagen zu Wagen rennen sehen, als hinge ihr Leben davon ab. Sie war sehr schnell.

Ser Alcaeus, der Moreaner, kam mit einem Falken auf seinem Handgelenk herbei; zwei kleine Vögel hingen von seinem Gürtel herab. Er und Gawin unterhielten sich in gedämpftem Tonfall über den Jagdvogel.

Schließlich waren auch die drei verbliebenen Zelte abgebaut. Die Bewohner des letzten, die jeden Morgenruf und auch alle Befehle verschlafen hatten, wurden mit kaltem Wasser übergossen und ins Freie getreten. Der neue Trompeter des Hauptmanns, der sich selbst als Edelmann betrachtete, war einer von ihnen.

Cully, ein Bogenschütze, schlug dem jungen Mann gegen den Kopf. Es entstand allgemeines Gelächter.

Gelfred kam auf einer hübschen Stute herbei.

Pampe streckte die Hand aus, streichelte den Kopf des Pferdes und blies ihm dann ins Maul. »Süßes Ding«, sagte sie. »Was für ein schönes Pferd!«

Gelfred strahlte sie an.

Der Rote Ritter trank seinen Becher leer und warf ihn Sukey zu, die ihn auffing.

»Alle fertig?«, fragte er.

»Wie sieht der Plan aus?«, wollte Pampe wissen.

Der neue Trompeter – der bis auf die Haut nass war und an dessen Kopf sich nun eine dicke Schwellung zeigte – taumelte an den Feuerstellen entlang.

Der Hauptmann kratzte sich am Bart. »Gelfred reitet nach Liviapolis und sucht uns ein nettes, gut zu verteidigendes Lager in einer Entfernung von ungefähr einem Tagesritt. Höchstens von zwei Tagesritten.«

Alle nickten. Vor zwei Tagen hatten sie die Nachricht erhalten, dass der Kaiser – ihr zukünftiger Arbeitgeber – verschwunden war. Liviapolis war seine Hauptstadt; sie war eine der drei größten Städte der Welt und auch die Heimat des Patriarchats, eines der Zentren des Glaubens, sowie der Akademie, dem Mittelpunkt aller hermetischen Gelehrsamkeit.

Ser Alcaeus nickte. »Und dann versuchen wir herauszufinden, was geschehen ist.«

Tom grunzte. »Das klingt langweilig. Warum überhaupt dieses verdammte Morea?«

Der Rote Ritter blickte zu den Bergen im Osten hinüber. »Wegen des Ruhmes. Und des Reichtums. Und der weltlichen Macht.«

»Und wie sollen wir mit Mittelburg fertigwerden?«, wollte Tom wissen. Die Festungsstadt Mittelburg, die drittgrößte in Morea – nach

Liviapolis, das weithin nur als »die Stadt« bekannt war, und nach Lonika, der Hauptstadt des Nordens –, wurde allgemein als uneinnehmbar eingeschätzt und lag genau zwischen ihnen und ihrem Ziel.

Der Hauptmann schnaubte verächtlich. »Die Einheimischen nennen sie Kilkis; nur albische Kaufleute nennen sie Mittelburg. Freunde haben bereits für unsere Möglichkeit gesorgt, ungestört zu passieren.« Er begegnete Toms Blick. »Wenn wir keine Schwierigkeiten machen, wird uns die dortige Garnison ziehen lassen.«

Gelfred zuckte zusammen. »Und wie steht es mit Futter?«, fragte er.

»Wir werden jemanden treffen. Aber ich kann dir versichern, dass für alles gesorgt ist.« Der Hauptmann wurde ungeduldig.

Ser Gawin seufzte. »Es wird leichter sein, dort hineinzugelangen, als wieder herauszukommen, wenn etwas schiefgeht.«

Der Hauptmann sah seinen Bruder finster an. »Deine Bedenken wurden zur Kenntnis genommen.«

Gawin rollte mit den Augen. »Ich wollte nur sagen ...«

Ser Alison – Pampe – legte die Hand auf Gawins Schulter, worunter er zusammenzuckte. Es war die Schulter, die nun mit feinen grünen Schuppen bedeckt war. Doch das war Pampe gleich. »Wenn er so ist wie jetzt, hat es keinen Sinn, ihm zu widersprechen«, sagte sie.

»Und was ist mit den Lindwürmern?«, fragte Mutwill Mordling.

Gelfred lachte. »Kein einziger«, sagte er. »Wenn wir kämpfen, werden wir uns nur Menschen gegenübersehen.«

Die Bogenschützen schauten einander an. Eine Stille setzte ein.

»Noch irgendwelche Bemerkungen?«, fragte der Hauptmann mit einer Stimme, die jegliche Einwände unterband.

»Ich habe gehört, es gibt da eine Prinzessin«, sagte Pampe.

Der Hauptmann grinste schräg. »Das habe ich auch gehört«, meinte er lang gezogen. »Wir reiten los!«

## Harndon · Der königliche Hof

Der König saß bequem auf einem großen schwarzen Eichenstuhl und kraulte mit herabhängenden Fingerspitzen zwei Wolfshunde, die sich rechts und links von ihm niedergelassen hatten. Der größte Teil seiner Aufmerksamkeit wurde jedoch von zwei Gesellen beansprucht, die Rüstungsteile auf einem schweren Tisch in der Ecke des großen Empfangssaals unter dem Lindwurmhaupt auslegten, das er mit seinem eigenen Namen versehen und dann an die Wand hatte nageln lassen.

Der König war groß, breitschultrig und blond, hatte einen Spitzbart und einen dichten Schnauzbart. Er hatte die Muskeln, die zu einem Kampf in voller Rüstung nötig waren, und sein enger scharlachroter Waffenrock dehnte sich jedes Mal ein wenig, wenn er sich bückte und seine Lieblingswolfshündin Emma kraulte.

»Wenn du dir den Wolf geholt hättest, du kleiner Bastard, dann gäbe es auch für dich mehr Fleisch«, sagte er zu Treu, seinem jüngsten Hund. Er versetzte dem Tier einen spöttischen Hieb, darauf sah es ihn mit der Ehrerbietung an, die die Hunde ihren Herren stets zeigen.

Der Stapelmeister räusperte sich höflich.

Der König sah auf, und sein Blick glitt von dem Stapelmeister zu der ausgelegten Rüstung.

Die Königin legte die Hand auf den Arm des Königs und atmete hörbar ein. Es hätte ihr unrecht getan, wenn man sie als schön bezeichnet hätte. Sie war jenseits von bloßer Schönheit. Ihre Haut erzeugte bei jedem Mann den unstillbaren Wunsch, sie zu berühren, um herauszufinden, ob sie wirklich echt war. Der Ansatz ihrer Brüste, der sich über dem eng geschnürten Kleid zeigte, leuchtete, als sei er eingeölt worden, und zog die Aufmerksamkeit eines jeden Mannes im Raum auf sie, sobald sie sich bewegte, auch wenn ihr Kleid und ihre elegante Haltung alles andere verbargen. Ihr rot-braunes Haar strahlte im Sonnenlicht, und vermutlich hatte sie sich die Zeit genommen, ihren Stuhl so zu stellen, dass die spätnachmittägliche Sonne sie besonders vorteilhaft beschien. Ihr lachsfarbener Überwurf passte so perfekt zu ihrem Haar, dass sogar die Männer es bemerkt hätten, wenn nicht noch so vieles andere an ihr zu bewundern gewesen wäre.

Die Aufmerksamkeit des Königs wurde von der Rüstung weg und auf sie gelenkt. Er lächelte sie an – er strahlte sogar, und sie errötete. »Diese würdigen Herren«, sagte sie, »versuchen dir etwas über die Münzen zu sagen, mein Liebster.«

Das gerötete Gesicht des Königs deutete an, dass er plötzlich an etwas ganz anderem als an Münzen interessiert war. Aber er seufzte, lehnte sich zurück und hörte auf, seine Hunde zu kraulen. »Sagt es noch einmal, Meister.«

Der Stapelmeister hieß Ailwin Dunkelholz und galt als der reichste Mann in Albia. Vom König hatte er das Stapelrecht für Wolle auf drei Jahre gekauft, und alle Wollsteuern flossen ihm zu. Ihm gehörten auch die meisten Lagerhäuser in der Stadt sowie fast alle Schiffe im Hafen. Auch wenn es sich bei den Kaufleuten üblicherweise um fette Männer mit gierigen Augen handelte, war er hingegen groß und hübsch, hatte pechschwarzes Haar, das erst allmählich grau wurde, und eine Haut, die zu lange der Meeresluft ausgesetzt gewesen war, um noch vollkommen sein zu können. Er trug eine lange schwarze Wollhose und einen schwarzen Wollmantel über einem schwarzen Wollwams. Alle Verzierungen von den Reihen kleiner Knöpfe über den Griff seines Dolches bis zu den Schnallen an seinem Gürtel bestanden aus reinem Gold und waren mit roter Emaille eingefasst. Er trug einen Ohrring aus Perlmutt, an dem ein Rubin wie ein Blutstropfen herabhing. Bei einem anderen Mann hätte es weibisch aussehen können, aber bei ihm wirkte es piratenartig. Das passte gut, denn es lief das Gerücht um, dass er den Grundstein für sein Vermögen in einem verzweifelten Seekampf vor der Küste Gallyens gelegt hatte.

Bei ihm waren der Oberbürgermeister von Harndon, Ser Richard Smythe, und Meister Random, dessen Coup mit den Getreidewagen und Booten vom letzten Frühling ihn in die erste Reihe der städtischen Kaufleute katapultiert hatte. Dabei hatte er einen Fuß verloren, und dennoch schien er unablässig zu lächeln.

Auch Meister Ailwin lächelte und nickte der Königin zu. »Euer Gnaden, meine Frau sagt oft zu mir, dass ich zu viel rede und zu selten auf den Punkt komme; deswegen erlaubt mir, es kurz zu machen.« Er legte ein Dutzend Münzen auf den Tisch.

Hinter ihm hatten die beiden Gesellen die Rüstung nun vollständig ausgebreitet und zogen sich zurück. Ihr Meister trat ein, verneigte sich tief vor dem Thron und stellte sich unterwürfig an die Wand.

Der König betrachtete die Münzen. »Leoparden aus Gold und Silber. Vielleicht sind das nicht unsere feinsten Prägungen. Seht nur, wie oft diese da abgeschliffen wurde!« Er lachte. »Aus dem Jahr Vierundsechzig-neunundzwanzig? Mein Großvater hat sie noch vor Chevin prägen lassen!«

»So ungefähr«, murmelte Meister Random.

»Aber diese hier scheint so fett wie ein Schaf mit einem Lamm in seinem Bauch zu sein«, fuhr der König fort und hob eine schwere Silbermünze auf. Er zog die Augenbrauen hoch. »Vierundsechzig-dreiundsechzig?«, fragte er. »Ich habe doch gar keine neuen Münzen prägen lassen.«

Ailwin sah seine Gefährten an. »Sie stammt auch nicht aus den Münzwerkstätten Eurer Gnaden«, sagte er.

»Entweder kommt sie aus Gallyen oder aus Hoek«, fügte der Oberbürgermeister hinzu.

Der König runzelte die Stirn. »König aller Könige«, sagte er. »Wer wagt es, meine Münzen zu fälschen?« Dann lehnte er sich zurück.

»Aber sie ist massiv. Eine feine Münze. Mein Vater ist gut getroffen.« Er warf sie in die Luft.

»Der König von Gallyen und der Graf von Hoek fälschen unsere Münzen«, erklärte Meister Random. »Bitte verzeiht, dass ich in Eurer Anwesenheit nicht *stehe*, Euer Gnaden. Ich bin bei Lissen Carak verwundet worden.«

»Das ist mir wohlbekannt, Meister Random, und deswegen dürft Ihr in meiner Gegenwart auch stets sitzen. Ihr habt das Tor gehalten, und das gegen all diese Wichte. Die meisten Ritter hätten dabei versagt – mehr noch, sie hätten ihre linke Hand dafür gegeben, es wenigstens versuchen zu dürfen. Nicht wahr?« In den Augen des Königs glitzerte es. Er machte sich daran aufzustehen. »Das erinnert mich an … ich wollte …«

Die Hand seiner Frau zog ihn auf den Stuhl zurück.

»Der König von Gallyen und der Graf von Hoek fälschen die Münzen Eurer Gnaden«, sagte Meister Random noch einmal.

Der König zuckte die Achseln. »Ja, und? Es sind doch sehr gute Münzen.« Er sah die Kaufleute an. »Sie sind keine Straßenräuber, sondern hohe Adlige. Wenn es ihnen gefällt, Münzen wie die unseren zu prägen …«

Die Königin drückte seine Hand.

»Meister Pyle!«, rief der König.

Der Rüstmeister stand an der Wand; er war klein und stämmig, wie man es von einem Schmied erwarten konnte, und er hatte einen langen grauen Bart sowie klare graue Augen. Er richtete sich auf und verneigte sich. »Euer Gnaden?«

Die Königin beugte sich vor. »Du musst diesen würdigen Herren Gehör schenken.«

»Das tue ich doch, Liebste«, sagte der König. Er lächelte sie an und wandte sich dann wieder an seinen geliebten Meister Pyle. »Pyle, löst dieses Rätsel für mich. Warum schafft das einen solchen

Unfrieden?« Er lehnte sich wieder zurück. »Ich bin zu dumm dafür. Entweder haben wir genug Geld, oder wir haben es nicht. Ich nehme einmal an, wir haben es nicht. Ist das der Grund für den ganzen Aufruhr?«

»Der Captal de Ruth«, verkündete der Herold plötzlich.

Meister Ailwin zuckte zusammen, als der Mann eintrat.

»Wenn Ihr mehr Geld braucht«, sagte Jean de Vrailly, »dann müsst Ihr diese Männer stärker besteuern. Es ist eine Schande, dass sich ein Mitglied niederer Gesellschaftsschichten wie dieser Geck dort kleiden kann. Nehmt alles Gold von ihm; das wird ihn lehren, sich in der Öffentlichkeit nicht mehr so zu zeigen. In Gallyen herrscht mehr Zucht und Ordnung.«

»Nun, Captal, in Albia ist das anders, und wir glauben, dass unser Königreich deswegen umso stärker wirkt.« Der König bedeutete dem Captal, Platz zu nehmen. »Und nun seid ein guter Junge und helft mir ein wenig. Diese Knaben hier strapazieren meinen Verstand.«

»Wie ich soeben sagte …«, begann Meister Pyle. Er stellte sich vor die Münzen, und Meister Ailwin schenkte ihm einen dankbaren Blick.

»Der König von Gallyen …«, sagte de Vrailly.

Der König richtete seinen durchdringenden Blick auf den Sieger von Lissen. »Meister Pyle redet jetzt, Ser.«

De Vrailly wandte sich ab und starrte wie ein beleidigter Basilisk aus dem Fenster.

»Also«, meinte Meister Pyle. Er warf einen abgenutzten Silberleoparden auf den Tisch; es klang wie ein Feenlachen. Dann warf er einen fetten Silberleoparden daneben, und es ertönte ein grobes Klirren. Er zuckte mit den Schultern. »Mehr Zinn als Silber«, sagte er. »Wie ich höre, führen der Graf von Hoek und der König von Gallyen einen Angriff auf Eure Münzen.«

»Ihr lügt!«, sagte de Vrailly. Er befand sich als Einziger der Anwesenden in voller Rüstung.

Meister Pyle betrachtete ihn eingehend. »Diese rechte Schulterplatte muss gegen Euer Kettenhemd drücken«, bemerkte er nach einem Augenblick.

De Vrailly schwieg.

Die Königin hatte den gallyschen Ritter noch nie so verblüfft gesehen.

De Vrailly räusperte sich. »Das stimmt«, gab er zu. »Meister Pyle, Ihr dürft die Ehre des Königs von Gallyen in meiner Anwesenheit nicht in den Schmutz ziehen …«

Meister Pyle gab keineswegs nach. Er sah den König an. »Das habe ich gehört, Euer Gnaden. Es ergibt auch einen Sinn. Unsere Wolle verdrängt die ihre vom Markt. Sie haben keine Gesetze wie die unseren, die unsere Stoffe stützen und schützen, weil bei ihnen die einfachen Leute kein Stimmrecht besitzen.« Sein Blick flog zu dem Mann in der Rüstung hinüber. »Da ihr Handwerk versagt, müssen ihre Herrscher das Geld dadurch eintreiben, dass sie die Münzen entwerten. Und das ist wie ein Angriff.« Er hob die Hand, um sowohl de Vraillys Einwände als auch die des Königs abzuwehren. »Aber unsere Währung ist solide; Euer Vater hat dafür gesorgt. Hm? Daher handelt jedermann in den Zehn Häfen mit unserem Geld, und das ist unser Schutz. Sie entwerten ihr Geld, wir tun das nicht, und daher ist unser Handel stark. Was also haben sie getan?« Er holte tief Luft und war sich endlich sicher, dass ihm der König nun zuhörte. »Sie haben unsere Münzen gefälscht und weniger Edelmetall hinzugegeben. Richtig? Nun schlagen sie uns in zweifacher Hinsicht. Sie geben ihre abgewerteten Münzen als Wechselgeld, was die Händler glauben macht, dass unsere Münzen weniger wert geworden sind, und sie nehmen höchstwahrscheinlich unsere eigenen Münzen und schmelzen sie ein.« Er warf den kleinen, oft abgefeilten Leoparden wieder hoch. »Und unsere Münzen sind alt, Euer Gnaden. Sie sind alt und müde und im Laufe der Zeit kleiner und leichter geworden, aber sie sind noch immer aus purem Silber. Dennoch haben sie einiges von ihrem Wert verloren.« Er sah Meister Ailwin an. »Wie war das?«

»Brillant«, sagte der König. Seine Stimme klang nicht mehr scherzend, sondern hart. »Wie sehr hat uns das geschädigt?«

Ailwin schüttelte den Kopf. »Zuerst hatten wir geglaubt, dass das nur den Ereignissen des vergangenen Frühlings geschuldet war. Aber dann hat Meister Random den fallenden Silbergehalt aufgezeichnet und errechnet, wie hoch unsere Verluste dadurch sind.«

»Wie hoch denn?«, fragte der König.

»Hunderttausend Leoparden«, sagte Meister Random.

Schweigen setzte ein.

»Die sämtlichen Einnahmen Eurer Gnaden sind dahin, und wenn die Menschen ihre Steuern bezahlen und dazu abgewertete Münzen benutzen, haben wir noch weniger Geld, als wir vermutet hatten«, sagte Meister Ailwin.

»Gütiger Herr, ich würde mich lieber einem Trollangriff gegenübersehen«, klagte der König und stützte den Kopf auf die Hände. »Was sollen wir tun?«

Der Oberbürgermeister betrachtete die neue Rüstung, die sorgfältig auf dem Tisch ausgelegt worden war. Die meisten Teile waren fertig, aber man hatte noch keine Riemen und Schnallen an ihnen befestigt, und statt der Verzierungen gab es nur sorgfältig gezogene weiße Linien.

»Sagt erst einmal das Turnier ab«, meinte der Oberbürgermeister. »Es wird genauso viel kosten wie ein Krieg, und so viel Geld haben wir nicht.«

Die Königin legte die Hand an ihre Kehle.

Der König sah Meister Pyle an. »Sicherlich gibt es noch bessere Möglichkeiten, um zu sparen«, sagte er.

Meister Random hob die Hand. »Ich würde es sehr bedauern, wenn das Turnier abgesagt wird«, meinte er. »Warum öffnen wir nicht wieder die Prägeanstalt und geben neue Münzen heraus? Wir mischen ihnen Kupfer bei, was unsere Bilanzen für eine Weile auffrischen wird.« Er sah Meister Pyle an. »Pyle besitzt die Fähigkeit, den Schmelzvorgang durchzuführen; das weiß ich. Wir könnten Kupfermünzen in der gleichen Größe und mit dem gleichen Gewicht wie die Kaisermünzen von Liviapolis herausgeben, und jeder Kaufmann und Bauer westlich der Berge wird uns dafür dankbar sein.«

Pyle rollte mit den Augen. »Ich stelle Rüstungen her. Dazu brauchen wir einen Goldschmied.«

Meister Random schüttelte den Kopf. »Nein. Zur Rettung Seiner Gnaden benötigen wir vor allem einen vollkommen vertrauenswürdigen Mann, und das seid Ihr, Meister Pyle. Ihr seid ein Freund des Königs. Wenn Euer Name hinter den neuen Münzen steht, wird ...« Er verstummte jedoch, als er bemerkte, dass er damit andeutete, die Menschen könnten dem König allein möglicherweise nicht vertrauen.

Aber der König war nun auf die Beine gesprungen. »Gut gesprochen«, sagte er. »Bei Gott, Random, wenn alle Kaufleute so wären wie Ihr, dann hätte ich gern ein ganzes Korps aus Handelsrittern. Zumindest kann ich Euch verstehen. So soll es sein, Meister Pyle. Eröffnet die königliche Münzprägeanstalt wieder und prägt uns ein paar Münzen.«

»Der Rat muss dem noch zustimmen«, sagte der Oberbürgermeister. »Allerdings hat uns der Rat bereits gebeten, diese Sache bei Euch zur Sprache zu bringen, und deshalb wird er wohl zustimmen.«

»Warum greift mein Vetter, der König von Gallyen, meine Münzen überhaupt an?«, fragte der König. »Und warum ausgerechnet der Graf von Hoek?«

Alle Anwesenden drehten sich zu de Vrailly um. Er verschränkte die Arme vor der Brust. »Das ist doch absurd«, sagte er und blickte sich um. »Wenn Ihr kein Geld habt, warum sammelt Ihr es nicht bei denen ein, die es Euch schulden? Wie ich höre, ist der Graf von Towbray mit seinen Zahlungen stark im Rückstand.«

Der Oberbürgermeister lächelte. »Große Adlige sind für gewöhnlich keine großen Steuerzahler«, gestand er ein. »Wer sollte auch schließlich das Geld bei ihnen eintreiben?«

Ailwin Dunkelholz sah den gallyschen Ritter mit einem Anflug von Respekt an. »Wenn es Euch gelänge, Mylord, stünde dieses Königreich tief in Eurer Schuld«, sagte er.

»Towbrays Steuerrückstände allein würden das Turnier finanzieren«, gab der Oberbürgermeister zu. »Und die Steuern eines einzigen Lords aus dem Norden würden die Kosten des Krieges bestreiten. Allein der Graf von Westwall schuldet dem König mehr Geld, als alle Kaufleute in Harndon innerhalb von zehn Jahren erwirtschaften könnten. Aber er zahlt eben nie.«

Der Graf der Grenzmarken, der bisher geschwiegen hatte, nickte. »Doch es würde eines weiteren Krieges bedürfen, um die Muriens davon zu überzeugen, ihre Steuern bezahlen zu müssen«, sagte er.

Der König lehnte sich vor. »Meine Herren, Ihr bewegt Euch hier auf gefährlichem Gebiet. Mein Vater hat dem Grafen gewisse steuerliche Zugeständnisse gemacht, damit er eine starke Garnison im Norden unterhält.«

Rebecca Almspend hatte während des ganzen Treffens geschwiegen. Sie war klein, dunkel und auf eine ferne und ätherische Weise schön; den Worten der Königin nach sah sie wie eine wunderschöne Maus aus und kleidete sich auch wie eine solche.

Sie war zwar nicht die Kanzlerin, aber über die Königin hatte sie Zugang zu allen Papieren dieses ehrenwerten Mannes. Der Bischof von Lorica war in der großen Schlacht gefallen, und seine Position war bisher nicht neu besetzt worden. Raschelnd drückte Lady Almspend zwei Schriftrollen gegeneinander und sprach mit sehr leiser Stimme.

»Die Untertanen des Grafen von Westwall schulden noch eine Menge verschiedener Steuern.« Sie hob den Blick. »Seit der Krönung Eurer Majestät ist keine davon entrichtet worden.«

Der Graf der Grenzmarken lehnte sich zurück. »Er versteckt sich hinter Eurer Schwester, Euer Gnaden.«

Der Captal nickte. Sein Helm bewegte sich dabei heftig auf und ab, und sein Kopf wirkte eher wie der eines Pferdes als wie der eines Mannes. »Ein Feldzug in den nördlichen Bergen würde mir sehr gut passen.« Der Captal, der nicht gerade für sein Lächeln berühmt war, strahlte bei diesem Gedanken. »Was für ein Abenteuer!«

»Dann ist es abgemacht!«, sagte der König offensichtlich erfreut. »Meister Pyle wird der Meister unserer Münze sein, und der Captal treibt die Steuern in Jarsay mit königlicher Erlaubnis und einem starken Gefolge ein. Und ich werde einen hart formulierten Brief an den Gemahl meiner Schwester schicken und darin andeuten, dass er möglicherweise der Nächste sein wird. Ausgezeichnet! Bevor ich es vergesse: Random, könnt Ihr knien?«

Meister Random lächelte, biss die Zähne zusammen und senkte sich auf die Knie. »Ich bitte um die Gnade Seiner Majestät«, sagte er.

Der König wandte sich an seinen neuen Knappen, den jungen Galahad d'Acre. »Schwert!«

Galahad hielt dem König das Schwert mit dem Griff voran hin. Es wirkte äußerst schlicht, und das Gold, das einst die Parierstange geschmückt hatte, war fast vollständig abgeschabt. Doch in den Griff war ein Fingerglied des heiligen Johannes des Täufers eingelassen, und es hieß, dass kein Mann, der dieses Schwert trug, je vergiftet werden konnte.

Der König zog es. Die Klinge pfiff durch die Luft und ließ sich wespengleich auf der Schulter von Ser Gerald Random, dem Kaufmann und Abenteurer nieder.

»Steht auf, Ser Gerald«, sagte der König. »Niemand verdient den Ritterschlag mehr als Ihr. Ich bestehe darauf, dass Ihr den Kopf eines Wichtes als Euer Wappenemblem nehmt. Ich beabsichtige, Euch zum Meister des von uns geplanten Turniers zu machen. Treibt das Geld auf und rechnet es mit dem Kanzler ab.«

Ser Gerald stand so behände auf, als hätte er noch beide Füße, und verneigte sich. »Es wird mir ein Vergnügen sein, Euer Gnaden«, sagte er. »Aber dafür benötigt Ihr auch einen Kanzler, mit dem ich abrechnen kann.«

»Da nun der Graf hier mein Oberhofmeister ist, kann er nicht gleichzeitig der Kanzler sein. Und Lady Almspend vermag diese Rolle nicht auszufüllen.« Der König lächelte sie an. »Eine Frau als Kanzlerin?« Er sah sie an, und für einen Augenblick war seine Klugheit stärker als seine Trägheit. »Es ist nicht so, dass Ihr nicht der beste Kanzler wart, den ich je hatte, Mylady. Aber ich benötige kein Talent, sondern jemanden mit genug Rückhalt im Parlament, sodass meine Gesetze, meine Münze und meine Kriege glatt durchgehen.«

Der Captal blickte sich um. »Euer Gnaden, wenn ...«

»Nehmen wir halt Meister Ailwin«, meinte Meister Pyle.

»Ein gewöhnlicher Bürger soll das höchste Amt im Lande bekleiden?«, fragte der Captal. »Wer würde ihm denn vertrauen? Vermutlich würde er bloß Geld stehlen.«

»Als Ausländer ist sich der Günstling des Königs zweifellos nicht der Tatsache bewusst, dass der Bischof von Lorica ebenfalls ein Bürgerlicher war«, sagte die Königin mit freundlicher Stimme, aber mit festem Blick. »Captal, inzwischen müsstet Ihr doch wissen, dass eine solche Bemerkung die Albier beleidigt.«

Der Captal zuckte die Achseln; die Schulterteile seiner Rüstung hoben und senkten sich dabei und zeigten an, wie kräftig seine Schultern und sein Rücken waren. »Dann sollten mich diejenigen, die ich beleidigt habe, zum Duell herausfordern. Ansonsten ...« – er bedachte die Anwesenden mit seinem holdseligen Lächeln – »... muss ich annehmen, dass sie mir zustimmen.«

Wie immer setzte nach de Vraillys Worten Stille ein. Diesmal war es ein verblüfftes Schweigen, als die Männer ihn zu verstehen versuchten. *Hat er wirklich das gesagt, was ich gehört habe?*

»Da dieses Treffen zu einer Versammlung des Königs und seines Rates geworden ist, möchte ich etwas dazu sagen«, warf der Graf der Grenzmarken ein. »Seit den Kämpfen in diesem Frühling ist der Norden in vieler Hinsicht nicht mehr zur Normalität zurückgekehrt. Ser John Crayford berichtet, dass es in den Wäldern dort von Kobolden und noch Schlimmerem wimmelt.«

Der König nickte und lächelte seine Königin an.

Sie erwiderte sein Lächeln und nickte dem Grafen huldvoll zu. »Es ist wichtig, alle getöteten Offiziere der Krone zu ersetzen«, sagte sie. »Und Lorica braucht einen neuen Bischof. Seine Anwesenheit in unserem Rat wird schmerzlich vermisst.«

Der König nickte abermals. »Er war ein guter Mann. Und ein ausgezeichneter Ritter dazu.« Er sah sich um. »Er war so lange bei uns, wie ich zurückdenken kann – wie der alte Harmodius.« Seine Blicke schweiften weiterhin durch den Saal. »Mein Vater hatte ihn eingesetzt.«

De Vraillys Kopf ruckte herum. »Ein König kann doch keinen Bischof einsetzen, wie sehr Gott ihn auch begünstigen mag!«

Der König zuckte mit den Schultern. »Jean, vielleicht habe ich mich missverständlich ausgedrückt.«

Der Graf der Grenzmarken schüttelte den Kopf. »Captal, unser König hat das Recht, seine eigenen Bischöfe einzusetzen, natürlich nur mit Zustimmung des Patriarchen in Liviapolis.«

De Vrailly seufzte. »Der Patriarch ist zweifellos ein ehrenwerter Mann, aber er ist nicht der rechtmäßige Erbe des Petrus.«

Jeder anwesende Albier stutzte entweder bei dieser Bemerkung oder wandte sich gelangweilt ab. Es war die Angewohnheit von Arles, Etruska, Gallyen und Iberia, religiöse Meinungsverschiedenheiten in offenem Streit auszutragen, und die Einsetzung eines Bischofs sowie der Primat des Patriarchen von Rhum waren zwei besonders hart umkämpfte Punkte. Aufgrund ihrer Entfernung und Abgeschiedenheit war die Nova Terra gegen solche Streitereien immun. »Vielleicht ...« Der König grinste. »Vielleicht finden wir einen Kandidaten, der beiden ehrenwerten Vätern als würdig erscheint. So machen wir dann alle miteinander glücklich.« In seinen Augen funkelte es. »Entspräche das nicht der Weisheit eines Salomo?«

Die Blicke Meister Ailwins und des frisch zum Ritter geschlagenen Ser Gerald trafen sich.

Ser Gerald verneigte sich auf seinem Sitz. »Euer Gnaden, das erscheint zunächst sinnvoll, aber damit würdet Ihr ein königliches Vorrecht aufgeben und zwei Männer, die ihre Existenz gegenseitig nicht einmal zur Kenntnis nehmen, darum bitten, sich auf einen Kandidaten zu einigen.« Er sah sich um, ließ das Grunzen des Captal unbeachtet und zuckte mit den Schultern. »Lorica und der Norden brauchen sofort einen neuen Bischof.«

Lächelnd blickte der König in die Augen seiner Frau. »Ich werde mich darum kümmern. Stellt einen Ausschuss zusammen. Captal, Ihr scheint doch so viel von Religion zu verstehen. Würdet Ihr Euch bitte darum kümmern?«

»Es wäre mir ein Vergnügen, Euer Gnaden«, sagte der Ritter und verbeugte sich klappernd.

Der König flüsterte seiner Frau etwas zu und erhob sich. »Das waren genug Amtsgeschäfte für einen Nachmittag, meine Herren.«

Die Pagen huschten umher, und der Raum leerte sich, bis nur noch Ailwin sowie Gerald Random, Meister Pyle und zwei Diener zurückblieben.

»Das war gut gesprochen. Der Bischof von Lorica war der Freund der kleinen Leute.« Pyle schüttelte den Kopf.

»Ich fürchte, der Captal wird uns einen gallyschen Kandidaten anschleppen«, sagte Ailwin.

Random zuckte die Achseln. »Wir haben das Münzrecht bekommen. Den Bischof werden wir halt nicht bekommen. So ist das Leben bei Hofe nun einmal.« Er stand auf und humpelte in die Halle, wobei er sich auf die beiden Diener stützte.

Der Captal befand sich bereits dort, umgeben von zweien seiner allgegenwärtigen Knappen und seinem neuen, frisch aus Gallyen eingetroffenen Leutnant, dem Sieur de Rohan. Alle drei waren stattliche, große Männer und befanden sich in voller Rüstung.

»Das ist die Vorstellung des Königs von einem Ritter«, sagte Rohan, als Random vorbeikam.

Er blieb stehen, drehte den Kopf und lächelte den Günstling des Königs sowie dessen Freund an. »War das als Beleidigung gemeint, Ser?«, fragte er.

»Nehmt es auf, wie Ihr wollt«, fertigte Rohan ihn ab.

Random humpelte vor und neigte seinen Kopf dem jüngeren Mann zu. »Ihr meint damit, Ihr seid zu feige, mir zu sagen, was Ihr damit sagen wollt?«

Der Sieur de Rohan … errötete. »Ich meine damit, dass ich mich nicht mit einem unbedeutenden Menschen aus dem niederen Stand unterhalte.«

Random hob die Hand und zog nicht allzu sanft an dem Bart des Mannes. »Ich glaube, Ihr habt bloß Angst.« Er lachte. »Fordert mich doch zum Duell heraus, solange ich noch auf den Beinen stehen kann. Oder haltet den Mund und geht nach Hause.« Er lächelte den Captal an. »Ich hoffe, ich habe mich deutlich genug ausgedrückt.«

Der Sieur griff nach seinem Dolch.

Der Captal packte ihn am Handgelenk. »In einem Waffengang hat Ser Gerald einen Fuß verloren, um den ihn jeder von uns beneidet«, sagte er. »Du wirst dich zurückhalten.«

»Ich werde ihn töten!«, sagte Rohan.

Gaston d'Eu kam wie aus dem Nichts herbei und stellte sich zwischen Rohan und Random, der keinen Schritt zurückwich. Er verneigte sich vor Random. Random erwiderte diese Ehrbezeugung und humpelte davon.

»Uns stehen schwere Zeiten bevor«, sagte er zu Meister Pyle.

## Zehn Meilen nördlich von Albinkirk · Ser John Crayford

Ser John steckte nicht in seiner Rüstung.

Er lag am Ufer eines kleinen Flusses und war mit einer Hose bekleidet, die so alt war, dass die Knie schon mehrere Flickenschichten aufweisen konnten, und seine Weste hatte er vor zehn Jahren einem Bauern abgekauft. Ihre undefinierbare Farbe wirkte etwas heller als eine Scheunenmaus, und im Schein der späten Sommersonne war sie sehr warm.

In der Nacht hatte es geregnet, Wassertropfen hingen noch an den Farnen neben dem Fluss. Die aufgehende Sonne erschuf Feuer in ihnen; sie strahlten wie winzige, aber großartige Juwelen in einem hermetischen Brand vor dem dunklen Fluss, der langsam vorbeiwallte.

In der rechten Hand hielt Ser John eine vier Schritte lange Angelrute, von der eine halb so lange Schnur aus geflochtenem Pferdehaar herabhing, an deren Ende sich ein Haken mit einem Federbüschel befand. Er bewegte sich so vorsichtig wie ein Jäger, der auf Großwild aus ist – oder auf etwas noch Gefährlicheres. Sein Blick hingegen blieb auf die Wasserjuwelen an den Farnen gerichtet, die er mit freudigem Herzen beobachtete, bis sie nach einigen Dutzend Herzschlägen erloschen.

Dann waren sie nur noch Tropfen, da die Strahlen der aufgehenden Sonne nun in einem anderen Winkel einfielen. Er trat auf einen Felsen der niedrigen Böschung. Sein Handgelenk bewegte sich so geschickt, als führe er einen Schwerthieb, und die Fliege an dem Haken segelte über seinem Kopf nach hinten – er spürte, wie das Pferdehaar gespannt wurde –, und dann schleuderte er die Angel nach vorn. Das Pferdehaar entrollte sich, und die Fliege fiel in das schwarze Wasser. Dies geschah mit der Zartheit einer Fee, die gerade Seelen erntet.

Als er den Atem ausstieß, den er unbewusst angehalten hatte, schoss in einer regenbogenfarbenen Explosion ein Leviathan aus der Tiefe, packte die Beute und tauchte wieder unter.

Ser John richtete sich auf, hob die Spitze seiner Angel und zog.

Die Forelle widersetzte sich dem Zug, floh und sprang aus dem Wasser. Ser John wirbelte den Fisch herum und versuchte ihn davon abzuhalten, mit seinem vollen Gewicht gegen das geflochtene Pferdehaar anzukämpfen. Er spürte, wie das Gewicht zunahm, und trat nach rechts, als wenn er einem tödlichen Gegner gegenüberstünde. Er gab ein wenig von der Leine nach und drehte den Fisch so leicht, dass dieser mit seinen Flossen nicht ins Wasser gelangen konnte. Er fiel auf die Seite – und Ser John zog.

Bald hatte er den Fisch auf dem Ufer, und in der nächsten Sekunde stellte er den linken Fuß darauf. Dann zog er seinen Runddolch aus dem Gürtel und schlug mit dem Griff gegen den Kopf des Fisches, was diesen sofort tötete.

Pfeifend zog er den kostbaren Angelhaken heraus – das Werk eines Meisterschmieds – und suchte die Leine nach Rissen ab, bevor er ein weiteres Messer aus seinem Gürtel nahm. Er schlitzte die Forelle von oben bis unten auf, weidete sie mit dem Daumen aus und warf die Eingeweide in den Fluss.

Bevor sie versanken, schnappte etwas mit einem großen grünen Schnabel nach ihnen und riss sie in die Tiefe.

Ser Johns Hand fuhr zu seinem Schwertgriff. Weniger als sechzig Tage war es her, seit er die letzten Irks von den Feldern südlich von Albinkirk entfernt hatte, und die neuen Siedler kamen erst allmählich herbei. Er war noch immer sehr nervös.

*Das wird nur eine Schildkröte gewesen sein,* beruhigte er sich.

Aber als sich die Sonne über den Rand der Wildnis erhob, kam Ser John der Gedanke, dass die Schildkröte, der Biber – und die Forelle – ebenso Kreaturen der Wildnis waren wie der Irk, der Kobold oder der Troll.

Er lachte über sich selbst, legte den ersten Fisch des Tages in seinen Korb und stellte diesen an den Fluss – und zwar sehr vorsichtig, damit ihn die Schildkröte nicht erreichen konnte. Doch er besaß ja einen Speer. Falls sie es versuchen sollte, würde er sie töten.

»Ich liebe die Wildnis«, sagte er laut.

Und warf wieder seine Angel aus.

Das Herrenhaus von Mittelburg war nie groß gewesen und nur für die Beherbergung eines einzelnen Ritters erbaut worden, und zwar vor neunzig Jahren. Helewise Cuthbert stand vor den Ruinen ihres Torhauses und drückte die Zunge gegen die Zähne, um nicht zu weinen, während ihre junge Tochter näher bei ihr stand als seit vielen Jahren.

Die Ritter von Sankt Thomas hatten gesagt, sie könnten nun ruhig in die Heimat im Norden zurückkehren, und hatten ihnen Werkzeug und Saatgut gegeben. Helewise betrachtete ihr Haus. Es wirkte wie der Schädel eines erst kürzlich getöteten Menschen. Der Stein war vom Rauch geschwärzt, der früher smaragdgrün gewesene Hof war mit Schutt übersät. Daraus hatten einmal ihre Wandbehänge und die Wäsche bestanden. Die Fenster, die mit Glas aus Harndon bestückt gewesen waren, worauf die Familie sehr stolz war, waren allesamt eingeschlagen worden, außerdem lag die große Eichentür am Boden, während ein kleiner Dorn durch das Gitterfensterchen ragte.

Hinter ihr standen weitere zwanzig Frauen. Jede von ihnen war eine Witwe. Ihre Männer waren bei der Verteidigung von Albinkirk gestorben – oder eher bei dem Versuch, es selbst und die kleineren Orte südlich und westlich von Albinkirk zu verteidigen: Falkenhaupt und Kentmere und Südfurt und die Sawreys.

Sie alle gaben einen gemeinsamen Seufzer von sich, der einer Totenklage gleichkam.

Helewise riss sich zusammen und nahm ihr Gepäck auf. Sie lächelte ihre Tochter an, die mit der Fröhlichkeit einer Neunzehnjährigen zurücklächelte.

»Jetzt oder nie«, sagte Helewise. »Die Arbeit, die wir nun nicht mehr in Angriff nehmen, wird auf immer liegen bleiben.«

Phillippa, ihre Tochter, wiegte den Kopf hin und her. »Wenn du es sagst, Mama«, brachte sie mühsam heraus.

Ihre Mutter drehte sich zu ihr um. »Würdest du lieber aufgeben?«, fragte sie. »Nach einem oder zwei Jahren Arbeit sind wir wieder auf den Beinen. Wenn wir es nicht versuchen, werden wir auf immer die armen Verwandten der Cuthberts in Lorica sein, und du wirst irgendjemandes jungferliche Tante abgeben.«

Phillippa betrachtete ihre Füße. Sie waren recht hübsch – so hübsch, wie Füße eben sein können –, und die Schnürriemen an den Schuhen besaßen nette Bronzespitzen, die bei jedem Schritt aufglitzerten. »Ich glaube nicht, dass mir das gefallen würde«, sagte sie und dachte dabei an einige Jungen in Lorica. »Da wir nun einmal hier sind, sollten wir uns wirklich an die Arbeit machen.«

Die nächsten Stunden waren fast genauso schlimm wie die Zeit ihrer Flucht, als der alte Ser Hubert die Männer des Gehöftes zum Kampf gegen die Kobolde zusammengetrieben hatte. In Phillippas Erinnerung war er ein säuerlicher alter Mann, der nicht einmal mit den Frauen schäkern konnte, aber er hatte sich mit seiner Axt auf die Ungeheuer geworfen und die Straße gehalten. Sie erinnerte sich daran, wie sie zurückgesehen und ihn beobachtet hatte, während sich seine Axt hob und senkte.

Ihre Ansicht dessen, was an einem Mann nützlich war, hatte mit den Worten ihrer Mutter eine »grundlegende Veränderung« erfahren.

Jenny Rose, eines der wenigen Mädchen in ihrem Alter, fand die Leichen zuerst, aber sie schrie nicht auf. Die Frauen hatten keine Kraft mehr zum Schreien. Aber sie sammelten sich um Jenny und tätschelten ihr die Hände. Die alte Gwynn gab ihr einen Becher mit Holunderbeerwein, und dann räumten sie die Massen aus Knochen und Knorpel weg. Die Kobolde warfen sie auf einen Haufen, den sie später verbrennen würden. Die anderen …

Es waren Ehemänner und Brüder und Söhne. Und in zwei Fällen auch Töchter. Sie alle waren gefressen worden; das Fleisch war säuberlich von ihren Knochen abgenagt. In manchen Fällen machte dies die Arbeit der Frauen einfacher. Phillippa hasste es, tote Mäuse aus den Fallen zu holen – sie waren so schwammig und meist noch warm. Das hier war nicht ganz so schlimm, auch wenn es sich um die Knochen von Menschen handelte, die sie gekannt hatte. Wenigstens ein Skelett gehörte zu einem Jungen, den sie schon einmal geküsst hatte – und sogar noch ein wenig mehr.

Doch ohne Fleisch sahen sie alle gleich aus.

Später am Tag entdeckten sie im Obstgarten einen zweiten Leichenhaufen. Inzwischen war Phillippa schon abgehärtet. Zumindest glaubte sie das, bis Mary Rose ausspuckte und sagte: »Das sind *Misthaufen.*« Sie spuckte noch einmal aus – nicht vor Verachtung, sondern weil sie verhindern wollte, dass sie sich übergab.

Phillippa, Mary und Jenny waren die jüngsten Frauen, aus diesem Grund wurde gerade den dreien die gröbste Arbeit übertragen. Sie waren ziemlich geübt im Umgang mit der Schaufel, und Phillippa wusste, wie man eine Axt schwang, auch wenn sie dadurch Blasen an den Händen bekommen würde, was den Jungen in Lorica gar nicht gefallen mochte. Falls sie je wieder nach Lorica kommen sollte.

Als die Sonne den Zenit überschritten hatte, läutete ihre Mutter die Glocke. Die Ungeheuer stahlen keine wirklich wertvollen Dinge, so wie Diebe und Plünderer es wahrscheinlich täten. Die Mädchen verließen den Obstgarten, der an einem Hügel lag. Unter der Traufe des Herrenhauses befand sich noch ein Fass mit Regenwasser, in dem sie sich die Hände wuschen.

Jenny Rose lächelte. »Du hast schöne Hände, Phillippa.«

Phillippa lächelte. »Danke, Jen. Aber ich befürchte, sie werden hier nicht gerade besser.«

Mary Rose blieb stehen und tauchte ihre Hände ebenfalls ins Wasser. »Wie waren die Jungen in Lorica?«, fragte sie rotzfrech.

»Mary Rose!«, rief ihre Schwester.

»Eigentlich so wie überall«, sagte da eine neue Stimme.

An der Hausecke stand eine große, schlanke Frau in einem schwarzen Nonnenhabit mit einem Kreuz des heiligen Thomas vor der Brust. Sie lächelte die Mädchen an. »Schön, lustig, wütend, aufgeplustert, dumm, eitel und wunderbar«, fuhr die Nonne fort. »Bist du Phillippa? Deine Mutter hat sich schon Sorgen gemacht.«

Die drei Mädchen machten einen Knicks. Jenny und Mary verneigten sich so steif vor ihr, wie der Dorfpriester es ihnen beigebracht hatte. Phillippa sackte geschmeidig nach unten und erhob sich dann wieder so mühelos, als steckten in ihren Beinen überhaupt keine Knochen. »Schwester?«, fragte sie.

Die Nonne hatte ein wunderschönes Lächeln. »Komm«, sagte sie.

»Diese Bewegung musst du mir beibringen«, flüsterte Jenny.

Das Abendessen bestand aus Schinken, Käse und einem guten Brot, das mit der Nonne von der Festung gekommen sein musste. Die Mühle beim Kreuz von Gracwaite war nur noch eine ausgebrannte Ruine, und die Orte um Albinkirk herum hatten schon seit Wochen kein Brot – kein frisches Brot – mehr gehabt.

Im Hof standen ein feiner Zelter und ein Maultier.

Die Nonne war eine Seltsamkeit. Sie schien nicht von hohem Adel zu sein, kam aber auch nicht aus dem Volk. Sie war ein wenig zu *robust* für eine Edelfrau; ihr braunes Haar wirkte dicht, aber ungekämmt, die Lippen waren etwas zu voll, und ihr Blick war eher befehlsgewohnt als träge. Doch Phillippa bewunderte sie sehr.

Die Nonne wirkte beruhigend auf die versammelten Frauen. Sie schien den Schatten, der über ihnen allen lag, nicht wahrzunehmen, und sie hatte Samen für eine späte Aussaat mitgebracht. Das Muli sollte als Zugtier für den Pflug dienen, bis die Festung Ochsen herüberschickte.

»Ich vermute, ihr habt etliche Tote hier gefunden«, sagte sie ohne Umschweife oder falsche Betroffenheit.

»Es waren fast ausschließlich Männer«, bemerkte Helewise. »Ser Hubert war nicht darunter. Ich hätte ihn an seinem Panzerhemd erkannt.«

»Ich habe ihn kämpfen sehen«, sagte Phillippa unwillkürlich. »Ich konnte seine Axt erkennen. Eigentlich habe ich ihn nie gemocht. Ich war nicht nett zu ihm.« Ihre Stimme brach. »Er ist für uns gestorben.«

Die Nonne nickte. »Harte Zeiten verändern uns weit über alles das hinaus, was wir uns bis dahin vorstellen konnten«, sagte sie. »Sie lehren uns vieles über uns selbst.« Sie runzelte die Stirn.

Dann schaute sie auf. »Lasset uns beten«, sagte sie. Nachdem sie damit fertig war, aßen sie in Schweigen. Als die Nonne ihren Teil verzehrt hatte, erhob sie sich. »Wenn wir abgewaschen haben, begraben wir die Toten und lesen eine Messe«, sagte sie.

Phillippa hatte nie viel für Religion übrig gehabt und war erstaunt, wie ergriffen sie von den ruhigen Gebeten der Nonne war und von ihren Bitten an den Himmel für die Seelen der Verstorbenen sowie von ihrer kurzen Predigt, in der es darum ging, wie sehr sie alle betroffen waren und dass sie auf Gott vertrauen mussten.

Als die Nonne geendet hatte, lächelte sie und küsste alle Frauen auf beide Wangen. Dann ging sie zu dem Haufen der toten Kobolde. Sie stanken nicht, aber schließlich verwesten sie auch nicht so wie die Menschen. Ihre lederartige Haut und das schwere Knorpelgewebe ihrer »Panzer« brauchten lange, bis sie zur Erde zurückkehrten.

»Gott hat die Wildnis erschaffen, so wie er den Menschen erschaffen hat«, sagte die Nonne. »Obwohl sie unsere Feinde waren, bitten wir dich, dass du sie ebenfalls aufnimmst.«

Die Nonne hob das Gesicht gen Himmel, schloss die Augen und machte das Zeichen des Kreuzes. Der gesamte Haufen verwandelte sich von einem Augenblick zum nächsten in reinen Sand.

Für kurze Zeit konnten die zwanzig Frauen keinen Atemzug mehr tun.

Die Nonne wandte sich an Helewise. »Es ist noch früh am Nachmittag. Wie wäre es, wenn wir mit der Aussaat beginnen?«

Ser John hatte zu lange gefischt.

Er hatte mehr als zehn Pfund Forellen gefangen und getötet – vielleicht sogar noch viel mehr als zehn Pfund –, und das Angeln war sehr einfach gewesen. Vermutlich auch deshalb, weil die anderen Fischer tot waren. Er wollte nicht aufhören, doch als die Sonne allmählich im Westen versank, zwang er sich dazu, die Angelleine aus dem Wasser zu ziehen. Er befand sich etwa eine Meile weiter stromabwärts von der Stelle, wo er begonnen hatte – eine Meile entfernt von seinem Pferd und, wie er plötzlich erkannte, auch eine Meile entfernt von seinem Speer.

Er hatte zwar keine Angst, aber er kam sich dennoch wie ein Dummkopf vor. Also nahm er seinen Fang aus dem Wasser und ging am Flussufer zurück. Das Licht des späten Sommertages war noch hell und rot, und die Wildnis hatte selten weniger bedrohlich auf ihn gewirkt. Allerdings war Ser John zu erfahren in den Dingen der Wildnis, als dass ihn das zum Narren gehalten hätte. Er bewegte sich schnell und machte so wenig Lärm wie möglich.

Er hatte etwa ein Viertel der Strecke zurückgelegt, als ihn plötzlich etwas in Aufregung versetzte. Vielleicht war es eine Bewegung gewesen oder ein Laut. Er erstarrte kurz und ließ sich dann ganz langsam auf den Boden nieder.

Dort blieb er lange reglos liegen und beobachtete seine Umgebung, während die Sonne immer tiefer sank. Dann erhob er sich wieder und schritt rasch den Uferpfad entlang. Jedes Gewässer, das so aussah wie dieses, besaß einen solchen Pfad, gemacht von Menschen und Tieren. Sie benutzten dieselben Wege.

Als er nur noch einen Bogenschuss von seinem Pferd entfernt war, kletterte er auf einen Baum und sah sich um. Es gab zwar keine Aasvögel in der Nähe, aber im Süden raschelte andauernd etwas, und zweimal hörte er das ferne Geräusch eines großen Tieres, das sich zu schnell für jede Heimlichkeit bewegte. Und die Dunkelheit war nur noch eine Stunde entfernt.

Er schwang sich von dem Baum herab, fluchte auf seine Schultermuskeln, auf sein Alter und auch darauf, dass er am nächsten Tag starke Schmerzen haben werde. Dann hob er den Korb mit den Forellen auf, den er an dem Baumstamm abgestellt hatte.

Zu seiner großen Erleichterung – er hatte nicht einmal bemerkt, wie besorgt er gewesen war – lebte sein Pferd noch. Es war nur nervös, nicht aber den Kobolden zum Opfer gefallen. Er sattelte sein großes Reittier, ein ehemaliges Kriegspferd, und holte seinen schweren Speer aus der Gabelung eines Baumes, wo er ihn bei Sonnenaufgang versteckt hatte.

»Ich bin ein Idiot«, sagte er laut.

Die Armee der Wildnis war geschlagen, aber die Wälder steckten noch immer voller Gefahren. Es war sehr dumm von ihm gewesen, sein Pferd allein zu lassen. Er stand neben dem Tier und beruhigte es.

Dann stellte er den einen Fuß in den Steigbügel, schwang sich in den Sattel und machte sich auf den Heimweg.

Zweihundert Fuß vor ihm schoss ein junges Reh zwischen den Bäumen hervor und sprang auf die Wiese. Es war zu jung für jede Vorsicht, kam einfach auf ihn zu, sah weder den Mann noch das Pferd.

Hinter ihm brach plötzlich ein ganzes Dutzend Kobolde durch das Unterholz. Der Anführer hielt inne – eine dürre Gestalt, deren Umrisse sich deutlich vor dem Licht abhoben –, und es dauerte eine Weile, bis Ser John begriff, was er da sah. Der Kobold hatte einen Wurfspieß.

Er schleuderte die Waffe, die so schnell wie ein Pfeil war, und sie erwischte das Reh an den Hinterläufen. Es taumelte, fiel, und Blut spritzte. Aber Schrecken und wilde Entschlossenheit befeuerten es, und so erhob es sich wieder und rannte weiter – auf den Ritter zu.

Ser John spürte die Nerven des Pferdes zwischen seinen Beinen. Der alte Jack – so hieß es – hatte als Kriegspferd versagt, weil er im Tumult immer wieder gescheut hatte.

»Es kommt immer eine zweite Gelegenheit, sich auszuzeichnen«, murmelte Ser John und senkte seinen Speer.

Nun sah das Reh das Pferd und versuchte noch zu wenden, aber seine Glieder versagten, und es fiel zu Boden. Sofort waren die Kobolde über ihm.

Ser John gab seinem Pferd die Sporen, und der Wallach sprang unter dem alten Baum hervor.

Das Reh kreischte. Einer der Kobolde hatte es bereits aufgerissen und zerrte nun die Eingeweide hervor, während ein anderer sein an vier Gelenken hängendes Maul in den Hinterlauf grub. Aber der Kobold, der den Spieß geworfen hatte, besaß überdies ein langes Messer. Das Wesen gab einen jammernden Laut von sich und riss seinen Spieß aus dem sterbenden Reh.

Ser John hatte nicht die Zeit, die Kreatur niederzureiten, doch er wollte sich dem Wurfspieß nicht ohne Rüstung entgegenstellen; deshalb stellte er sich in die Steigbügel und warf seinen eigenen Speer – eine Elle reinen Stahls am Ende eines sechs Fuß langen Schafts aus Eschenholz. Es war zwar kein sauberer Wurf, aber er erwischte den Kobold am Kopf und wirbelte ihn durch die Luft. Das Wesen kreischte auf.

Ser John zog sein Schwert.

Sein Pferd senkte den Kopf, als er es auf den Kadaver des Rehs zutrieb.

*Um Himmels willen, ich räche ein totes Reh,* dachte er. Als er endlich an den Zügeln zerrte, waren vier der Wesen tot. Dasjenige, das er mit seinem hastig geworfenen Speer gefällt hatte, blubberte ganz so, wie es diese kleinen Wesen immer taten, wenn sie zerschmettert wurden. Seine flüssigen Innereien traten durch Risse im Panzer aus, als stünden sie unter Druck.

Einer fehlte.

Das Pferd scheute. Es hätte ihn beinahe mit einem Schritt zur Seite abgeworfen. Rasch drehte er den Kopf herum und sah jetzt erst die Kreatur, die über und über mit Kot und Schmutz bedeckt in einer

Explosion aus Blut und Muskelgewebe aus dem *Innern* des Rehs hervorsprang. Seine Klauen griffen nach dem Mann.

Das Pferd trat nach dem Kobold aus – nach rechts und nach links hinten. Ser John gelang es mit Mühe, im Sattel zu bleiben, als das entsetzte Pferd den Kobold zertrampelte, der nun im Staub der alten Straße lag.

Ser John ließ seinem Pferd freien Lauf. Damit fühlten sie sich beide besser.

Dann sah er nach seinen Fischen.

Der Nachmittag ging allmählich in den Abend über, und die Nonne befand sich mit Phillippas Mutter in der Küche. Phillippa gesellte sich zu ihnen, weil sie helfen wollte. Als die Dunkelheit hereinbrach, bekam die Sauberkeit der Kamine die allergrößte Wichtigkeit. Helewise und die Nonne waren darin übereingekommen, das Abendessen dafür ein wenig nach hinten zu verschieben.

In den Kaminen befanden sich Vogelnester, Waschbären hausten in den Schornsteinaufsätzen. Phillippa war der Ansicht, dass diese Arbeit angenehmer war, als nach weiteren Leichen zu suchen, und so kletterte sie im letzten Licht des Tages mit Jenny Rose auf das Dach und verscheuchte die Waschbären mit einem Besen. Sie wollten aber nicht weichen – sondern schauten Phillippa über die Schulter an, als wollten sie sagen: »Wir möchten bloß ein hübsches Stück Hühnchen haben. Können wir denn nicht alle Freunde sein?«

Sie bemerkte eine Bewegung im Norden und streckte eine schmutzige Hand nach Jenny Rose aus. »Psst!«, sagte sie.

»Sei doch erst einmal selber ruhig«, meinte Jenny. Doch dann sah sie Phillippas Miene und erstarrte.

»Hufgetrappel«, sagten sie beide wie aus einem Mund.

»Kann ich jetzt Feuer machen, meine Liebe?«, rief ihre Mutter von unten herauf.

»Ja, aber da kommt jemand!«, rief sie zurück. Ihre Stimme war etwas schriller und lauter, als es nötig gewesen wäre.

Sofort trat die Nonne aus der Küchentür und stemmte im letzten Licht des Tages die Hände in die Hüften. Dann drehte sie sich langsam um. Und nun schaute sie zum Dach hinauf. »Was siehst du, Phillippa?«, fragte sie.

Phillippa tat jetzt das Gleiche, was die Nonne vorhin getan hatte. Sie drehte sich langsam um und balancierte dabei auf dem Dach.

Jenny sagte: »Oh!« und streckte den Arm aus. An dem Fluss, der westlich von ihnen lag, war ein flackerndes Licht zu sehen – ein wunderschönes rosafarbenes Licht. Und dann noch eines.

»Feen!«, sagte Jenny.

»Selige Jungfrau Maria«, sagte Phillippa und bekreuzigte sich. »Feen!«, rief sie der Nonne zu. »Am Fluss!«

Die Nonne hob die Arme und machte ein Zeichen der Abwehr.

Das Hufgetrappel kam näher.

Die Feen bewegten sich anmutig am Flussbett entlang. Phillippa hatte schon früher Feen gesehen und liebte sie, auch wenn sie ein Zeichen für die Macht der Wildnis waren und es angeblich eine Sünde darstellte, sie zu bewundern. Zusammen mit dem Hufgeklapper aber wirkten sie weitaus düsterer.

Die Sonne senkte sich hinter die Bergkette im Westen.

Fast sofort wurde es kälter, und die Dunkelheit war nahe. Phillippa trug nur ihr Unterhemd und ein Kleid darüber und zitterte.

Stahl glitzerte auf der Straße, das Hufgetrappel war nun sehr nahe gekommen. Das Pferd war müde, doch der Mann ritt gut. Er war sehr alt und hatte wildes graues Haar, das hinter ihm herflatterte. Doch er hielt den Rücken gerade und saß fest im Sattel. Er war wie ein Bauer gekleidet, trug jedoch ein langes Schwert an der Seite. Sie hatte schon den ganzen Sommer unter bewaffneten Männern verbracht. Und in der Hand hielt er überdies einen Speer.

An der Ruine des Torhauses zügelte er sein Pferd, stellte sich in die Steigbügel und sagte etwas zu seinem Pferd. Das Pferd reagierte mit einer letzten Anstrengung, und der Mann geriet für kurze Zeit außer Sicht, nur um gleich darauf unter den beiden alten Eichen der Auffahrt wieder zu erscheinen.

Die Nonne hob die Hand. »Die Seele des Tages sei mit Euch, Messire«, sagte sie mit klarer Stimme.

Der alte Mann hielt am Rande des Hofes an. »Seid gegrüßt, schöne Schwester. Ich hatte nicht gewusst, dass die Wiederbesiedelung schon so weit fortgeschritten ist. Als ich heute Morgen hier vorbeigekommen bin, hätte ich schwören können, dass noch niemand da war.«

Die Nonne lächelte. »Das stimmt, guter Ritter.«

»Ma belle, Eure Rede ist sehr höflich. Gibt es hier ein Bett für einen alten Mann mit einem alten Pferd?« Er verneigte sich im Sattel. Es machte Spaß, den beiden vom Dach aus unbemerkt zuzusehen. Phillippa gab ihnen Bestnoten für Höflichkeit – sie redeten wie die Menschen in den Ritterliedern, die sie so liebte. Und *nicht* wie diese törichten Jungen in Lorica, die allesamt langweilige Dummbatzen waren.

»Wir können Euch keine so bequeme Unterkunft bieten, wie es uns früher möglich gewesen wäre, Ser John«, sagte ihre Mutter, die gerade in den Hof trat.

»Helewise Cuthbert, bei allen Heiligen!«, sagte der alte Mann. »Was tust du denn hier?«

»Es ist mein Haus«, sagte ihre Mutter mit der für sie so charakteristischen Schroffheit.

»Jesus am Kreuz«, meinte Ser John. »Seid bloß vorsichtig. Ich habe einige Kobolde fünf Meilen von hier auf der Straße getötet.« Er grinste. »Aber ich bin froh, dich zu sehen, Mädchen. Wie geht es Pippa?«

Phillippa hatte ihrer Mutter schon seit Jahren nicht mehr erlaubt, sie Pippa zu nennen, und obwohl sie inzwischen ahnte, wer dieser

Mann war, konnte sie sich doch nicht erinnern, ihn je zuvor gesehen zu haben.

»Recht gut für ihr Alter. Bestimmt möchtest du einen Becher Wein«, sagte ihre Mutter. »Du bist hier willkommen.«

Er stieg ab und sprang wie ein junger Mann aus den Steigbügeln auf den Boden. Doch das Bild wurde dadurch gestört, dass er sich danach die Hand gegen den Rücken hielt. »Soll das hier ein Kloster werden?«, fragte er die Nonne.

Die junge Dienerin Gottes lächelte. »Nein, Ser Ritter. Ich bin nur zu Besuch hier. Ich werde zu jeder neuen Ansiedlung nördlich von Südfurt reiten.«

Ser John nickte und ergriff dann die Hände von Phillippas Mutter. »Ich dachte, du seist nach Lorica gegangen«, sagte er.

Sie streckte sich ihm entgegen und küsste ihn. »Ich konnte nicht dort bleiben und die arme Verwandte spielen, während ich hier ein Zuhause habe«, erwiderte sie.

Ser John trat von ihrer Mutter zurück und lächelte. Er wandte den Blick von ihr ab, sah sie wieder an und verneigte sich vor der Nonne. »Ich bin Ser John Crayford, der Hauptmann von Albinkirk. Gestern Abend hatte ich mir noch gesagt: ›Reite und sei guten Mutes.‹ Aber mein kleines Kobold-Abenteuer von heute hat mich nicht unbedingt glücklich gemacht. Dabei fällt mir ein, dass ich für einen Lappen und etwas Olivenöl sehr dankbar wäre.«

Phillippa war von der ganzen Szene fasziniert. Ihre Mutter verhielt sich … seltsam. Sie warf ihr Haar wie ein junges Mädchen – sie hatte es gelöst, weil sie gearbeitet hatte. Und der alte Mann war *wirklich* alt, aber er hatte etwas an sich, das schwer zu beschreiben war. Etwas, das die Jungen in Lorica nicht hatten.

»Ich hol dir einen Lappen, John. Bitte bleib bei uns. Es sind nur Frauen hier.« Auch die Stimme ihrer Mutter klang seltsam.

»Helewise, sage mir nicht, dass ich über ein Schloss voller Jungfrauen gestolpert bin. Ich bin nicht annähernd jung genug, um das zu genießen.« Der Ritter lachte.

Die alte Gwynn kicherte. »Von Jungfrauen würde ich nicht gerade sprechen, alter Mann«, meinte sie.

Phillippa war erstaunt, als sie die Nonne ebenfalls kichern sah. Ihrer Erfahrung nach waren Nonnen strenge, sauertöpfische Frauen, die niemals lachten. Besonders nicht über Scherze, bei denen es um *Geschlechtliches* ging, selbst wenn sie harmlos waren.

Die Nonne hörte auf zu lachen und sah den Ritter an. »Ich komme auf der Straße durchaus allein zurecht«, sagte sie.

»Beim heiligen Georg, Ihr seid die *Bonne Sœur Sauvage!*«, sagte er. »Schwester Amicia?«

Sie machte einen Knicks. »Dieselbe.«

Er lachte. »Bei den süßen Wunden des auferstandenen Christus, Helewise, du brauchst mich hier nicht. Diese gute Schwester hat vermutlich mehr Kobolde abgeschlachtet als alle Ritter westlich des Albin zusammengenommen.« Er lächelte die Nonne an. »Ich habe ein Päckchen für Euch, das noch im Donjon liegt. Ich werde es Euch zuschicken.«

»Ein Päckchen?«, fragte sie.

Er zuckte die Achseln. »Es ist vor einem Monat angekommen und wurde von einem Boten aus dem Osten gebracht. Von der Herberge in Dorling.«

Sie errötete.

Der Ritter fuhr fort: »Solltet Ihr zufällig planen, auf meinen Straßen zu reisen, wüsste ich gern, was Ihr dort vorfindet. Die Wildnis ist noch immer da, und ich würde sagen, dass sie seit dem letzten Jahr sogar noch näher gekommen ist. Diese Damen können sich glücklich schätzen, dass sie Euch haben, *ma sœur*. Da brauchen sie doch mich nicht!«

Phillippa gelüstete es nach ihrem Abendessen, und so kletterten sie und Jenny Rose die Leiter hinunter. Dabei bekamen sie nicht mit, wie Mistress Helewise sehr sanft sagte: »Einige von uns brauchen dich trotzdem … unbedingt, Ser Ritter.«

## Burg Ticondaga an der Mauer · Der Graf von Westwall und Ghause Murien

Sie blickte viel zu lange in ihren silbernen Spiegel.

Und seufzte.

Ihr blondes Haar war noch immer so weiß-golden, wie es Kunstfertigkeit und Phantasma fertigbekommen konnten, und es fiel ihr bis auf den Ansatz der Hinterbacken. Ihre Brüste waren groß und fest; dafür wurde sie von vielen Frauen beneidet, die nur halb so alt waren wie sie.

*Was soll es?,* dachte sie. *Ich bin so viel mehr als nur die Summe meiner Brüste und Beine. Ich bin doch ich!*

Aber es bekümmerte sie trotzdem sehr. Sie wollte all das sein, was sie war, und weiterhin jeden Mann verzaubern, nach dem es sie gelüstete.

Sie hob eine pelzbesetzte Robe auf. Die Morgenkälte stieg hoch, die Feuer waren nicht entzündet, und eine Gänsehaut vergrößerte ihre Schönheit nicht gerade. Genauso wenig wie eine schlimme Erkältung.

Sie legte sich die Robe um und bedeckte einem plötzlichen Impuls folgend ihre Brüste mit den Händen, als sie eine Bewegung hörte …

»Nicht jetzt, du Narr!«, zischte sie ihren Gemahl an, den Grafen. Aber schon hatte er den Kragen ihrer Robe gepackt, hob sie mühelos an und warf sie auf das Bett. Dort hielt er sie mit einer starken Hand fest, während er sich mit der anderen aus seiner eigenen schweren Robe schälte.

»Ich werde … hör auf!«, sagte sie, als sich sein Gewicht auf sie legte.

Er drückte seinen Mund auf den ihren.

Sie wand sich unter ihm. »Du Ochse! Ich bin gerade erst aufgestanden! Kannst du nicht anklopfen?«

»Wenn du deinen prachtvollen Körper vor einer offenen Tür zur Schau stellst, bekommst du halt, was du verdient hast«, hauchte er ihr ins Ohr.

Seine Füße waren kalt; er trug nie Pantoffeln. Aber von seinem Beharren ging ein gewisser Zauber aus – seine starken Hände waren äußerst geschickt, und als sein Knie langsam ihre Beine spreizte, packte sie seinen Arm und rollte ihn herum – wie eine Ringerin. Sie setzte sich auf seine Brust, lehnte sich zurück, packte seinen Schwanz mit der Hand, und er keuchte auf.

Sie pfählte sich auf ihn, und er sah sie erstaunt an, weil sich ihre Rollen so plötzlich vertauscht hatten. Er nahm ihre Brüste in die Hände. »Herzlichen Glückwunsch zum Geburtstag, du treulose Hure«, knurrte er gegen ihre Kehle.

»Was schenkst du mir, du großer Narr?«, fragte sie, als er versuchte, sie abzuwerfen und wieder auf sie zu klettern. Sie packte seinen Arm, hielt ihn gegen das Bett gedrückt und warf ihr Haar so über sein Gesicht, dass er nichts mehr sehen konnte. Sie lachte, er lachte, aber er legte seinen stahlharten Arm über ihren Rücken, fuhr daran entlang, und sie stöhnte …

… und dann war er auf ihr und grinste wie das Tier, das er doch war. Aber er behielt seine Hand unter ihr, hob sie an, drückte sie an sich, während sie auf eine Weise rammelten, dass alle Muskeln an ihrem Rücken gespannt waren. Sie schloss die Beine hinter seinen Knien und biss ihm so heftig in die Schulter, wie sie konnte. Unter ihren Zähnen quoll Blut hervor. Seine Fingernägel bohrten sich in ihren Rücken. Sie wand sich, drückte die Knie zusammen, bewegte den Kopf … er beugte sich vor, presste den Mund auf ihre linke Brust …

Langsam sanken sie auf das Bett zurück, kippten gegen die Vorhänge, die nach drei Herzschlägen rissen, und fielen auf den Boden. Dann war sie wieder auf ihm und hob seinen Kopf an. Er schmeckte das Blut auf ihren Lippen, und sie schmeckte ihren eigenen salzigen …

Es gab einen Augenblick, da verschmolzen sie mit der Wildnis. Sie überflutete ihn mit *Potentia.* Er wölbte den Rücken so stark, dass er sie beinahe abgeworfen hätte.

Und dann waren sie fertig.

»Jesus und alle Heiligen, du Hündin, du hättest mir fast den Schädel gespaltet«, sagte er.

Sie leckte ihm die Lippen. »Du gehörst mir«, sagte sie. »Ich habe dich wie ein Pferd geritten. Wie ein großes Kriegspferd.«

Er gab ihrem nackten Hintern einen harten Klaps, und sie schrie auf. »Ich bin hergekommen, weil ich dir sagen wollte, dass ein Brief eingetroffen ist«, sagte er. »Aber du hattest deine Brüste so in die Hände genommen und einfach zum Anbeißen ausgesehen.« Er fuhr sich mit der Hand über die linke Schulter. Blut klebte an seinen Fingern, als er sie wieder fortnahm, und er lachte auf. »Bei Jesu Tränen, du hast wirklich zugebissen. Wie machst du das nur, du Luder? Du bist zwar so alt wie ein Fischweib, aber ich will trotzdem keine andere.«

»Heute werde ich fünfzig«, sagte sie und strich mit der Hand über seine Schulter, legte ein sanftes Wirken auf die Wunde und schloss sie.

Er stand auf, fuhr ihr mit den Fingern über das Bein bis zum Hintern, worauf sie schnurrte.

»Der Brief kann warten«, knurrte er und schob sie nach hinten.

»Bist du nicht zu alt für so etwas?«, fragte sie.

Eine Stunde später saßen sie auf schweren Stühlen in der Großen Halle der Burg. Sie trug einen schweren Mantel aus blauer Wolle, die so fein wie Samt war. Ihre Hofdamen hatten den Stoff mit goldenen Sternen bestickt. Er hingegen trug die blaue und gelbe Tracht der Muriens aus moreanischem Satin. Sie waren gleichaltrig, und er hatte mehr Grau als Dunkelbraun in Haupthaar und Bart. Er wirkte wie ein raubgieriger Adler, und sie sah wie die Gespielin des Adlers aus. Ihre Blicke trafen sich oft, und ihre Hände berührten sich unablässig. Sie waren wie zwei Frischverliebte, die nicht voneinander lassen konnten.

Ticondaga war eine der großen Burgen Albias – der Schlüssel zur großen Mauer, der stärkste Fels gegen die Wildnis. Ticondaga erhob sich vierhundert Fuß über den Waldboden und nahm eine Bucht am See ein, von wo aus es einen Zugang zum Großen Fluss gab. Diese Burg wurde sowohl von den Menschen als auch von der Wildnis als uneinnehmbar betrachtet. Aber die sechzig Fuß hohen, kalten Granitwälle, das massive Torhaus, die drei konzentrischen Mauerkreise und der riesige Burgfried, dessen unteres Stockwerk aus dem Fels des Berges gemeißelt war, stellten zwar in militärischer Hinsicht einen großen Vorteil dar, aber das Leben innerhalb dieser Mauern war für die meiste Zeit des Jahres unangenehm und im Winter beinahe unerträglich. Jetzt, im späten Sommer, war es nur morgens kalt. In Ticondaga trug jedermann Wollkleidung.

In der Großen Halle kam die ganze Garnison zum Essen zusammen: sechzig Ritter und vierhundert Soldaten sowie deren Frauen, Geliebte oder Huren. Der Graf hegte die Meinung, dass sie ihm alle treu ergeben blieben, wenn er sie dreimal täglich essen sah, und fünfunddreißig Jahre im Sattel des größten und gefährlichsten Gutes von Albia hatten seine Ansichten auch nicht geändert. So wurde das Frühstück für beinahe fünfhundert Leute serviert: Haferbrei, Tee, Brötchen, Sahne, Marmelade, Apfelwein. Wenn er adlige Gäste beherbergte, ließ er ausgesuchtere Speisen auftischen, aber der Graf von Westwall bevorzugte einfache Nahrung in großer Menge, und er war bis zum fernen Gallyen als ein großzügiger Lord bekannt. Seine Leute aßen gut.

Einst hatten sechs große Burgen an der Mauer gestanden, und es hatte sechs Lords im Norden gegeben. Davor waren sie die Legaten des fernen Kaisers gewesen, und in der grauen Vorzeit, als die Steine im Fundament der Großen Halle noch neu gewesen waren, hatte hier sogar die Kaiserin höchstpersönlich gesessen.

Doch die Zeiten hatten sich geändert, und die Vorfahren des Grafen hatten versucht, die Herrschaft über beide Seiten der Mauer zu erringen. Als die Mauer allmählich zerfiel, verlor sie ihre Bedeutung als Befestigungsanlage und Grenze. In den letzten hundert Jahren hatten die Muriens ihre Herrschaft zulasten der südlichen Huran über den Fluss hinweg und bis zu den Herrschaftsgebieten der Lords im Osten und Westen ausgedehnt, die nun offiziell Verbündete und überdies nahe Verwandte waren.

Der Graf selbst hatte diese Entwicklung vollendet, indem er die Orleys in einer Reihe von Schlachten in den Wäldern und dann auch noch mit einer Belagerung von Sankt Jean, der einst mächtigsten Festung an der Mauer, besiegt hatte. Da war der Graf noch jung und voller Tatendrang gewesen, und mit der zauberischen Unterstützung seiner Gemahlin hatte er die Orleys überwunden, Sankt Jean eingenommen und dem Erdboden gleichgemacht. Er hatte die Leichen aller Orleys, ihrer Kinder, ihrer Frauen und ihrer Diener verbrannt. Es war ein so vollständiger Sieg gewesen, dass der alte König es nicht gewagt hatte, gegen ihn vorzugehen. Der neue König war der Bruder seiner Frau und wollte keine Schwierigkeiten machen. Der alte König hatte ohne die Hilfe der Muriens bei Chevin gekämpft und war bald danach gestorben, und der junge König hatte nie versucht, sein Gesetz im Norden durchzusetzen.

Eine Weile war noch das Gerücht umgelaufen, einer der Orleys hätte überlebt. Murien hatte verächtlich darüber gelacht und all ihre Monumente sowie ihre Leibeigenen unter die steinige Erde gepflügt. Seit seine Söhne zu Männern herangewachsen waren, stellte niemand mehr seine Oberherrschaft als Lord des Nordens infrage.

Lady Ghause reckte und streckte sich wie eine Katze und zeigte ein großes Stück ihres Strumpfes, worauf ihr Gemahl wieder aufstöhnte. Sie aß sich durch einen kleinen Haufen aus weichen Brötchen und leckte mit der biegsamen Zunge die Brombeermarmelade vom Löffel. Danach glitt ihr Blick über ihn.

»Hör auf damit, Hexe! Ich muss jetzt arbeiten«, lachte er.

»Du hattest etwas von einem Brief gesagt?«, fragte sie. »Arbeiten? Der Hahn des Nordens? Du arbeitest doch nie.«

»Die Huran haben eine Fehde, die ihre Clans teilt – sie stehen kurz vor einem Krieg. Die Sossag werden stärker, die Huran jedoch immer schwächer, und das geht mich etwas an. Ich habe das Gerücht gehört, es sollen sich Moreaner unter den …«

Ghause nahm noch ein Brötchen. »Die Moreaner hatten ihre Männer schon immer bei den Huran. Es erscheint auch ganz vernünftig, denn schließlich teilen sie sich denselben Mauerabschnitt.«

»Frau, wenn du jeden Morgen so viele Brötchen isst, werden deine Schenkel bald so dick sein wie die Säulen dieser Halle.« Er lachte über ihren Appetit.

»Flegel! Wenn du so gut in Schuss wärest wie ich, würden die Mägde williger in dein Bett springen«, erwiderte sie.

»So wie die Burschen in das deine springen, du Luder?«, spuckte der Graf aus.

»Ich bin der Meinung, dass ältere Bäume härteres Holz haben«, sagte sie, und er hätte sich beinahe an seinem Apfelwein verschluckt. Er schüttelte den Kopf. »Warum liebe ich dich eigentlich, du selbstsüchtige, eitle Zauberin?«

Sie zuckte die Achseln. »Ich glaube, du liebst eher die Herausforderung«, sagte sie und deutete auf ihren dritten Sohn Aneas, der unter dem Podest auf ihre Anweisungen wartete. Er war ihr Lieblingssohn – vollkommen gehorsam, bezaubernd, ein guter Turnierkämpfer und zugleich ein prächtiger Barde.

»Ja, Mutter?«

»Es ist an der Zeit, dass wir diesen schlaksigen Bastard ein wenig fördern«, sagte der Graf. »Bei der heiligen Jungfrau, er ist zu alt, um uns bei Tisch zu bedienen. Wir sollten ihn zu Towbray schicken.«

»Du hast gesagt, alle Söhne Towbrays sind Lüstlinge und Sodomiten«, meinte seine Frau in säuselndem Tonfall.

Der Graf schmierte einen Klecks Honig auf eine frisch gebutterte Brotscheibe und aß sie auf sehr unappetitliche Weise; der Honig klebte ihm bald an Bart und Händen. Sie konnte das im Honig verborgene *Ops* riechen. »Das habe ich gesagt. Dieser Michael ... was für ein kleiner Teufelsbraten! Er ist ausgebüxt! Wenn dasselbe mein Sohn tun würde ...« Er zuckte die Schultern. Und verstummte.

Sie kniff ihre schönen violetten Augen zusammen. »Dein Sohn hat das getan, du Narr«, sagte sie barsch.

Er runzelte die Stirn. »Du gehst zu hart mit mir ins Gericht, Madame.« Er erhob sich halb. »Ist er denn überhaupt mein Sohn? Ist irgendeiner von ihnen mein Sohn?«, murmelte er.

Sie lehnte sich zurück. Ihr Blick hielt den seinen gefangen. »Der vierte sieht dir ein wenig ähnlich – und er hat auch ganz deinen schweinischen Geschmack.« Sie zuckte die Achseln.

Er lachte wieder und klopfte sich auf den Schenkel. »Bei Gott, Madame.«

»Beim Erzfeind, meinst du wohl.«

»Ich will mit deinen Blasphemien nichts zu tun haben«, sagte er. »Hier ist der Bote mit dem Brief. Er kommt von Gawin.«

Eine Botschaft von ihrem zweiten Sohn war immer von Interesse für sie. Sie zog ihre Robe zusammen und ließ gerade genug Haut durchscheinen, um die Blicke des Grafen – und aller anderen Männer in den ersten drei Tischreihen – weiterhin auf sich zu lenken, und bat den Fremden mit einer Bewegung ihres Zeigefingers herbei. Er war ein hübscher Mann mittleren Alters und trug eine einfache rote Jacke sowie schwarze Schaftstiefel.

»Welche Neuigkeiten gibt es aus den Südlanden, Messire?«, fragte der Graf. Es erstaunte ihn, dass sein Sohn Zugang zu einem königlichen Boten haben sollte. Der Junge musste in hohem Ansehen stehen.

Der Mann verneigte sich. »Ich war fünfzehn Tage in den Bergen unterwegs, Mylord. Habt Ihr von den Kämpfen im Süden gehört?«

Der Graf nickte. »Vor zehn Tagen war ein anderer Bote hier, den mir die Äbtissin von Lissen Carak geschickt hat. Daher weiß ich, dass eine große Streitmacht der Sossag die Mauer tief im Westen passiert hat – hinter meinen eigenen Patrouillen, wie ich befürchte.«

»Ser Gawin hat mich von den Ings von Dorring geschickt, damit ich Euch die letzten Neuigkeiten überbringe und Euch sage, dass der Zauberer Thorn vom Feld bei Lissen Carak vertrieben wurde. Ser Gawin vermutet, dass er sich nach Norden zurückgezogen hat. Einige seiner Freunde – die die Gabe des Sehens besitzen – haben das Gleiche gespürt.«

»Thorn?«, fragte der Graf.

»Psst, nenne den Namen nicht«, sagte die Lady, die plötzlich ganz bei der Sache war. »Ich werde dir später darüber berichten. Er war einmal Richard Plangere – damals, als wir noch umeinander geworben haben.«

Ihr Gemahl hob eine Braue. Sie waren schon nach einer Viertelstunde zu zweit weit über ein einfaches Werben hinausgegangen, und das war zwanzig Jahre her.

»Das ist nur so ein Ausdruck«, sagte sie.

Der Bote wirkte, als wollte er in den Steinfliesen versinken.

»Wie geht es meinem Sohn?«, fragte sie.

»Er beträgt sich sehr wohl!«, sagte der Bote. »In der Schlacht hat er sich großen Ruhm erworben. In der großen Schlacht am kahlen Berg wurde er verwundet und dann noch einmal beim Kampf gegen die Kobolde unterhalb der Burg.«

»Ah? Und *wie* wurde er verwundet?«, fragte sie mit milder Stimme.

»Er hat eine gefährliche Verletzung davongetragen, aber der Magister Harmodius ...«

»Der Hochstapler. Der Aufschneider. Ja?« Die Augen der Lady schienen zu glühen.

»Lord Harmodius hat ihn zwar geheilt ... aber es gab Komplikationen.« Der Bote holte eine Röhre mit einer Schriftrolle hervor.

»Der alte Scharlatan. Und wie geht es meiner guten Freundin, der Äbtissin von Lissen?«, fragte sie und beugte sich vor, wobei sich ihre Robe ein wenig öffnete.

Der Bote leckte sich über die Lippen, hob den Blick und sah ihr in die Augen. »Sie ist gestorben. Im Kampf.«

»Sophia ist tot?«, fragte Ghause, lehnte sich zurück und betrachtete die Decke, die dreißig Fuß über ihr hing. »Das ist allerdings eine Neuigkeit.«

Der Graf nahm die Schriftrolle entgegen. Er öffnete sie, las ein paar Worte und hieb dann mit der Rolle so heftig auf die Armlehne seines Thronsessels, dass sie zerbrach. »Verdammt und zugenäht«, fluchte er. »Gabriel lebt.«

Ghause erstarrte. Alle Farbe wich aus ihrem Gesicht, und dann hielt sie sich die Hand an die Kehle. »Was?«, fragte sie.

Wieder hob er die Schriftrolle. Sein Gesicht war so rot wie eine Bete.

*Vater und Mutter,*
*ich muss damit anfangen, dass Gabriel lebt. Und ich bin bei ihm.*

*Falls Ihr von einem Söldnerhauptmann gehört habt, den man den Roten Ritter nennt, nun, das ist Gabriel. Er hat den Kampf gewonnen, der nun allgemein als »Die Schlacht am kahlen Berge« bezeichnet wird, und er hat Lissen Carak gegen den Teufel selbst gehalten. Ich war dort.*

*Ich habe den Hof verlassen. Ich gehöre nicht dorthin – vielleicht war ich zu gern dort. Und ich habe Lady Mary die Treue geschworen – ja, Vater, das ist die Tochter des Grafen Gareth. Ich habe mich Gabriel angeschlossen. Unsere Truppe – wir sind eine gute Truppe, mehr als hundert Lanzen – …*

Der Graf schaute auf. »Gabriel? Mein schwachsinniger Sängersohn führt eine Lanzentruppe an? Was ist das denn bloß für eine Zauberei? Diese Schwuchtel hätte doch nicht einmal eine Truppe von Jungfrauen zum Blumenpflücken anführen können!«

Er begegnete dem eisigen Blick seiner Gemahlin. »Du warst schon immer ein Narr«, sagte sie.

*… zieht nach Morea, um dem Kaiser bei seinen Kämpfen zu helfen. Ich habe diesen Boten mit gewissen Nachrichten über den Großen Feind betraut, den wir bei Lissen besiegt haben, denn wir befürchten ernsthaft, dass dieser Verräter versuchen könnte, nördlich der Mauer noch einmal sein Glück zu versuchen.*

*Gabriel hat mir gewisse Informationen gegeben, an deren Wahrheit ich nun glaube, aber ich werde Stillschweigen bewahren, bis ich von Mutter und von Dir gehört habe, wie es dazu kommen konnte, dass ein so tiefer Graben unsere Familie spaltet. Erst einmal reite ich nun mit meinem Bruder, und wir haben eine gute Zeit miteinander – eine bessere Zeit, als wir sie hatten, da wir noch Kinder waren.*

»Was hat Gabriel ihm bloß gesagt?«, fragte Ghause in die Luft hinein. Aber sie sah es vor ihrem geistigen Auge. Gabriel lebte; er hatte sich einer gewaltigen Macht der Wildnis entgegengestellt und sie besiegt.

Eine wilde Freude brüllte in ihrer Brust wie ein Feuer, das sich an Zweigen und Borke entzündet und dann mächtig auflodert. Gabriel – ihr Gabriel, ihre lebende Rache an der Welt der Männer –, er lebte. Da machte es nichts, dass er sie zweifellos hasste. Sie lächelte.

Die Männer erbebten, als sie es sahen.

Später, in der Abgeschiedenheit ihres eigenen Turms, wirkte sie ein kleines Phantasma. Sie hatte Richard Plangere gut gekannt. Sie fand ihn rasch, sprach einen Zauber, der ihr sofort verriet, wenn er sich bewegte, und erkannte, dass er weniger als dreihundert Meilen entfernt war – und dass er viel mächtiger sein musste als damals, als sie ihn hintergangen hatte.

Sie streckte die Finger aus. »Oh, auch ich bin mächtiger geworden, mein Geliebter«, sagte sie freudig. Alles erfreute sie, denn *Gabriel lebte.*

Sie wollte sich diese Lady Mary einmal ansehen. Sie hatte das Mädchen nicht mehr gesehen, seit es zehn oder elf Jahre alt gewesen war. Damals war sie ihr schlaksig und hüftlos erschienen – keine Frau für Gawin, der sehr launisch und schwierig war und zu Wutausbrüchen neigte. Er war zwar nicht ihr Lieblingssohn, aber er war derjenige, der am einfachsten zu beeinflussen war.

Der Zauber war sehr kompliziert, denn den Gerüchten zufolge war die neue Hure des Königs ebenfalls eine Zauberin, und Ghause hatte keine Lust, erwischt zu werden. Sie verbrachte den ganzen Tag damit, ihre Fangstricke zu legen, las in den Grimoires, biss sich dabei immer wieder auf die Zunge und schrieb mit Silber auf den Boden.

Sie hörte, wie die Kavalkade des Grafen zurückkehrte, doch nun war sie fast fertig und würde nicht wegen ihm aufhören. Sie entzündete ein Feenlicht, dann noch eines – und hörte, wie die schwachen Stimmen im Äther schrien. Sie hasste die Feen und ihr seelenloses Gieren nach der Welt der Menschen, und es machte ihr Spaß, ihre kleinen Körper als Beleuchtung zu benutzen.

Im Licht ihrer Qualen beendete Ghause diese Arbeit. Sie griff in ihr Labyrinth – einen Ätherpalast aus Brombeerhecken und Apfelbäumen und Rosen, die schon ein wenig verwelkt waren – und rief die reiche grüne Macht herbei, die nach Lehm und Regen und Samen roch. Dann drückte sie diese Macht durch ihr Gewebe und *sah.*

*Sie war wirklich sehr schön geworden – wunderbares Haar, feine Zähne und eine gute Figur. Das Beste aber war, dass sie breite Hüften entwickelt hatte, die sich gut für die Geburt eigneten, und sie las. Eine Frau, die lesen konnte, war in der Tat ein seltener Fang.*

*Ghause beobachtete sie im Äther so lange, wie ein Priester für das Lesen der Messe brauchte, und studierte ihre Bewegungen und ihre Haltung. Sie sah sogar dabei zu, wie Lady Mary ein Brevier von ihrem Gürtel nahm und ein Gebet sprach. Ihre Lippen formten den Namen »Gawin«. Ghause hörte es und lächelte.*

Der Graf rief in der Halle nach ihr, und jemand hämmerte gegen ihre Tür. *Sie spürte eine andere Gegenwart, und plötzlich sah sie die Schlampe des Königs.*

*Lady Mary erhob sich und legte das Brevier auf einen Beistelltisch. »Mylady?«, fragte sie.*

*Die Königin trat in den Raum und in Ghauses Sichtfeld, das vom Ops befeuert wurde. Ihre Schönheit schnitt wie ein scharfes Messer in Ghauses Seele. Und sie …*

*... war ...*

*... schwanger.*

Ghause beendete ihren Zauber und schrie auf.

## Sechzig Meilen westlich von Lissen Carak · Bill Redmede

Die Wildnis westlich von Lissen Carak war ein einziger Albtraum.

Jeden Tag, den Bill Redmede, der Anführer der Wildbuben, seine erschöpften und demoralisierten Männer weiter nach Westen führte, wuchs ihre Verblüffung, und auch wenn sie ihm noch vertrauten, wusste er doch, dass sich ihre Disziplin bald auflösen würde. Und dass im Osten keine Zuflucht für sie lag, davon war er ebenso überzeugt, wie ihm klar war, dass die Adligen eine bösartige Last auf den Schultern der Menschen bedeuteten.

In jeder Nacht spielte er den Hinterhalt erneut durch. Es hätte *der* Tag sein sollen. Der Tag, an dem der König und seine Spießgesellen untergingen, die Freisassen von Albia ihre Unabhängigkeit einforderten und die Lords an ihrem eigenen Blut erstickten. Er überdachte jeden Fehler, den er gemacht hatte, und jedes Geschäft, das er ausgehandelt hatte. Und er dachte daran, wie alles schiefgegangen war.

Meistens aber lag er frierend da und dachte an Thorn. Seine Decke hatte er Nat Tyler gegeben, der fieberte und Durchfall hatte und dem es daher gar nicht gut ging. Sie hatten Tyler tagelang getragen, bis er verkündet hatte, er könne nun wieder gehen. Aber er ging dann in vollkommenem Schweigen, und während die anderen das Lager aufschlugen, legte er sich hin und schlief. Redmede vermisste seine Ratschläge.

Das Schlimmste aber war, dass nun schon mehr als ein Monat seit der Niederlage vergangen war und sie noch immer kein neues

Ziel hatten. Er hatte gehört, dass die Wildnis einen mächtigen Lord besaß, tief im Westen. Es sollte ein alter und mächtiger Irk sein, der eine Festung und einige Dörfer besaß, in denen Draußener in Freiheit leben durften. Dieses Gerücht war ihm zu Ohren gekommen, als er einige Leibeigene im Brogat rekrutiert hatte. Aber jetzt fragte er sich, ob das nur ein Wolkenkuckucksheim war, ein Versprechen, das so falsch war wie der Himmel, den die Priester predigten. Sie waren nun schon einen ganzen Monat auf der Reise, während der sie sich ihre Nahrung hatten zusammenschnorren müssen, obwohl sie jedes Tier töteten, das groß genug war, um eine Mahlzeit abzugeben ...

Seine größte Sorge war das Essen. Es hätte ihn belustigen können, dass die Rettung so vieler Wildbuben aus den Verheerungen der Niederlage nun für ihren Hunger verantwortlich war. Seine Leute hatten den letzten Rest ihrer Vorräte aufgebraucht, als sie die Kanus beim letzten schiffbaren Abschnitt des Cohocton verlassen hatten und nach Westen gezogen waren. Sie folgten einem schmalen Pfad, der von vielen Generationen von Draußenern und Geschöpfen der Wildnis getreten worden war. Er sah zunächst wie ein Wildpfad aus, war aber etwa zwölf Zoll breit und bestand aus harter, festgestampfter Erde, auf der sich keine Fußabdrücke und nicht einmal Hufspuren zeigten.

Einige Hundert Ellen zu beiden Seiten des Pfades gab es keinerlei jagdbares Wild. Die einzigen Anzeichen anderer Geschöpfe stammten von Kobolden. Tausende – vielleicht sogar noch mehr – hatten Thorns Niederlage überlebt, und als der Zauberer seine Streitkräfte freigelassen hatte, waren unzählige der kleinen, aber höchst gefährlichen Kreaturen aus dem Bereich seines Willens entkommen. Auch sie befanden sich auf dem Weg nach Westen. Also nach Hause.

Das war ein beängstigender Gedanke.

Aber dieser Pfad musste schließlich irgendwohin führen. So viel wusste Redmede.

Die Wälder erschienen ihm bedrohlicher, als er sie in Erinnerung hatte. Die Ruhe war bedrückend. Sogar die Zahl der Insekten schien durch die vernichtende Niederlage der Wildnis abgenommen zu haben. Es war ein stiller Sommer. Und Bill Redmede war noch nie so weit nach Westen gezogen.

Eine Tagesreise westlich des Cohocton entdeckten sie ein niedergebranntes Irk-Dorf. Eine oberflächliche Untersuchung ergab, dass dies vermutlich das Werk der Bewohner war, denn es fanden sich keine Leichen, und nichts war zurückgelassen worden. Es gab nur die Überreste von vierundzwanzig Hütten, die abgebrannt in einem großen Kreis standen, sowie eine Einfriedung aus Brombeerbüschen und anderem Stachelgehölz, das zwar geschwärzt, aber noch immer dornenreich war.

Einer seiner Männer weinte, als er es sah. »Sie sind vor uns!«, sagte er. »Gütiger Jesus, die Ritter sind …«

Redmede hätte ihn am liebsten geschlagen. Stattdessen stützte er sich aber auf seinen Bogen und schüttelte den Kopf. »Gebrauch doch mal dein Hirnschmalz, junger Peter. Wie sollen sie denn hierhergekommen sein? Nein, das haben die Irks selbst getan.« Er befahl den Männern, zwischen den Fundamenten nach Maisgruben zu suchen. Sie fanden zehn; alle waren leer. Aber jetzt waren sie so verzweifelt, dass sie einige zurückgebliebene Maiskörner aus den Erdgruben herausholten, und dann fand der junge Fitzwilliam einen vergrabenen Topf – einen großen irdenen Behälter, in dem sich zwanzig Pfund Mais befanden. Nach einer weiteren Stunde des Grabens hatten sie noch einen entdeckt.

Vierzig Pfund Mais für zweihundert Männer – das war nur eine Handvoll für jeden, und so schickte Bill drei seiner besten Männer, allesamt Veteranen des Waldes, nach Norden über den Fluss, und sie kehrten zurück, als der Mais auf den Feuern geröstet wurde. Sie hatten zwei Rehe erlegt.

Am nächsten Morgen marschierte wie durch ein Wunder eine Gruppe Truthähne über das Feld im Süden. Es waren zwanzig fette und geradezu tollkühne Tiere. Während die Wildbuben sie töteten, stellten sie fest, dass der Mais reif war. Die Felder, die am weitesten vom Waldrand entfernt lagen, waren schon von den Irks abgeerntet worden – offenbar hatten sie so viel mitgenommen, wie ihnen möglich war, bevor sie ihr Dorf in Brand gesetzt hatten. Doch der Mais unter den Zweigen der ersten Bäume stand frisch und reif und saftig. Die Albier bauten Getreide an: Weizen, Gerste und Hafer. Aber die Irks und die Draußener bevorzugten den heimischen Mais, und obwohl ihm der seltsam süße Geschmack fremd war, erkannte Bill die Rettung, wenn er sie sah. Zwanzig Truthähne und vierhundert Maiskolben reichten für ein Festessen, und als er seinen Bauch gefüllt und Zeit zum Nachdenken hatte, beschloss er, dass sie noch einen Tag rasten und weitere Jäger nach Norden und Süden aussenden sollten.

Die Männer, die er nach Norden geschickt hatte, kehrten jedoch nicht zurück. Er wartete drei Tage auf sie und beklagte dann den Verlust seines besten Spähers, eines alten Mannes, den jedermann nur den Grauen Cal nannte. Cal war zu gut, um sich zu verirren oder ein verrücktes Risiko einzugehen. Aber die Wildnis war nun einmal die Wildnis.

Ein Halbblut – halb Moreaner und halb Draußener – erbot sich, den alten Mann und seine Gruppe zu suchen. Redmede war noch nicht in der Lage, all seine Männer richtig einzuschätzen. Die Kämpfe bei Lissen Carak hatten alle verschiedenen Wildbuben-Zellen aktiviert, die sich teils jahrelang von den anderen zurückgezogen hatten. Er kannte den dunkelhäutigen Mann und seine Fähigkeiten überhaupt nicht.

»Wie war noch gleich dein Name, Kamerad?«, fragte er.

Das junge Halbblut kauerte sich zusammen. Der Mann trug eine Feder im Haar, ganz wie ein Draußener. Aber er hatte einen Hornbogen aus dem Osten statt des üblichen Kriegsbogens. »Nenn mich Katz«, sagte er und grinste. »Hast du etwas zu essen, Boss?«

»Kein Mann ist hier der Boss für irgendjemanden«, sagte Redmede.

»Unsinn«, meinte Katz. »Du bist der Boss. Die anderen würden doch keinen Tag ohne dich hier draußen überleben.« Er lächelte. »Schick mich auf die Suche nach Cal. Er hat mir oft zu essen gegeben. Guter Mann. Guter Freund. Guter *Kamerad.*«

Redmede hatte das plötzliche Gefühl, dass er seinen besten neuen Späher hinter dem alten herschickte. »Morgen gehen wir auf dem Pfad weiter nach Westen«, sagte er. »Weißt du irgendetwas über diesen Pfad, Kamerad?«

Der dunkelhäutige Mann betrachtete den Pfad so lange, dass sich Redmede schon Hoffnungen auf eine Antwort machte. Plötzlich grinste Katz wieder. »Führt nach Westen, vermute ich«, sagte er. »Darf ich Cal suchen?«

»Geh mit meinem Segen.« Redmede gab dem Jungen ein wenig von dem frisch gerösteten Mais.

Katz hob den Mais an seine Stirn. »Tara wird mich beschützen«, sagte er. Tara war die Göttin der Draußener.

Redmede konnte sich nicht beherrschen. »Kein Aberglaube wird uns dabei helfen, frei zu werden«, sagte er.

Katz lächelte ihn an. »Nö«, stimmte er zu, aß die Handvoll Mais restlos auf, nahm seinen Bogen und sprang in die zunehmende Dunkelheit.

In der nächsten Nacht erging es ihnen in ihrem Lager schlechter. Sie aßen Streifen von kaum getrocknetem Wild und zitterten vor den Feuern. Redmede war sich sicher, dass sie beobachtet wurden – er ging in der Abenddämmerung hinaus und dann auch wieder am frühen Morgen und bewegte sich dabei so lautlos, wie zwanzig Jahre

Verbannung es ihn gelehrt hatten. Aber er sah keinen Grashalm, der sich gebogen hätte, und hörte keinen knackenden Zweig, für den nicht bloß ein Streifenhörnchen oder ein Waschbär hätte verantwortlich sein können.

Seine Männer waren noch dürrer geworden. Er betrachtete sie, als sie sich auf dem schmalen Band des Pfades aufstellten. Die meisten von ihnen hatten ihre Hosen ruiniert, und kein Wams war mehr weiß. Die gute Wolle war vom Liegen auf dem Boden und vom Kriechen durch das Gehölz fleckig geworden und hatte die zahlreichen Farben des Waldes angenommen. Aber die Wamse waren noch immer zu hell, auch wenn das grelle Weiß nun von den vielen Abdrücken der Natur verdeckt wurde. Die Wildnis hatte die gleiche Auswirkung auf das Gemüt der Männer und der wenigen Frauen unter ihnen.

Es waren die Frauen, die ihm Sorgen machten. Er hatte gehört, wie ein Pärchen es in der Dunkelheit miteinander getrieben hatte, und wenn er es schon gehört hatte, dann hatten auch zweihundert weitere Ohren mit der gleichen Gier gelauscht. Gemeinsam konnten Männer vielleicht enthaltsam sein, aber wenn einer oder zwei von ihnen die Gelegenheit bekamen …

Er ging an der Reihe der Marschierenden entlang, bis er die älteste der Wildbübinnen erreicht hatte: Bess. Sie war so groß wie er und überhaupt nicht schön. Doch hier in der Wildnis schien ihre grobknochige, schwerbrüstige Gestalt so natürlich zu sein wie ein Biberdamm – und zehnmal so attraktiv.

Bill Redmede zog eine Grimasse. »Bess?«, sagte er. »Gehst du ein paar Schritte mit mir?«

Bess hob ihre Bettrolle auf, warf sich deren Kordel über die Schulter und nahm dann ihren Bogen. »Was hast du auf dem Herzen?«, fragte sie offen heraus.

»Frauen, Vögeln.« Er sah sie an und hoffte, dass sie außer Hörweite der anderen Wildbuben waren.

Sie runzelte die Stirn. »Du hast eine merkwürdige Art, ein Mädchen zu fragen, Wildbube.«

Er lehnte sich gegen einen Baum, der so groß war, dass sie beide zusammen den Stamm mit ausgestreckten Armen nicht hätten umfassen können.

Ein leichter Regen fiel, und Bill fluchte. Er lief zum Pfad zurück und setzte die lange Reihe der Wildbuben in Bewegung, dann lief er wieder zu Bess. »Ich meine nicht mich damit«, sagte er. »Ich will nur, dass du den Mädchen sagst …«

»Ach, fick dich doch selbst, Bill Redmede«, sagte Bess. »Das hier ist nicht die königliche Armee. Die Schwestern haben dieselben Rechte wie jeder Wildbube, und das bezieht sich auf ihre Waffen genauso wie auf ihren Körper. Ist das klar, *Kamerad?*«

Bill ging ein Dutzend Schritte weiter. »Schwester, es gibt das Ideal, und es gibt alltägliche …« Er hielt inne. »Alltägliche Dinge«, sagte er matt. »Jede Frau hat ein Recht auf die Bedürfnisse ihres Körpers. Aber verdammt noch mal, Schwester, wir hängen so dicht aufeinander …«

Bess war drei Schritte vor ihm. Sie blieb stehen, drehte sich um und legte ihm die Hand auf die Schulter. »Wenn wir so eng zusammenhocken, finden wir auch heraus, wer wir in Wirklichkeit sind. Umso eher ein Grund für die Schwestern, das zu tun, was sie wollen.«

Bill dachte kurz darüber nach. »Das könnte böse enden«, sagte er schließlich.

»Bist du etwa unser Lord? Unser Herr? Unser Vater?«, forderte Bess ihn heraus. »Es könnte böse enden, und vielleicht werde ich mit der einen oder anderen Schwester reden, wenn es wirklich nötig werden sollte. Aber dafür bist nicht du zuständig, Bill Redmede.«

Er sah sie an. Eigentlich hätte er über ihre Reaktion auf seine Bitte wütend sein sollen, aber stattdessen war er froh. »Du hast recht, Schwester.«

Bess nickte. »Das sehe ich genauso.«

An diesem Tag fingen die Jäger nichts, und das Murren im Lager riss auch nicht ab. Viele Männer wollten ihren Anführer dafür verantwortlich machen. Redmede konnte es spüren.

Nach einer verregneten Nacht, in der nur die härtesten Veteranen geschlafen hatten, dämmerte der Morgen herauf. Zumindest machte dieses Wetter die geschlechtlichen Zusammenkünfte unwahrscheinlich, aber am Morgen wirkten alle noch dünner und ausgemergelter. Und während diejenigen, die über eine Bettrolle oder Decken verfügten, diese zusammenrollten, stritten sie über die unwesentlichsten Kleinigkeiten.

Einige Leibeigene aus Albia – sie waren neu, jung, vergleichsweise gut genährt und kräftig – packten ihre Sachen schweigend zusammen und trotteten auf dem Pfad zurück nach Osten.

Nat Tyler kam herbei. Er hatte schon seit Tagen den Durchfall und hielt sich nur mit Mühe auf den Beinen, doch allmählich erholte er sich. Redmede hatte nie einen härteren Mann kennengelernt, und er freute sich zu sehen, wie sich sein engster Vertrauter auf seinen großen Bogen stützte.

»Ich könnte sie von hier aus noch erwischen«, sagte Tyler.

»Offenbar fühlst du dich besser, Kamerad. Nein, lass es sein. Wir haben noch nie unsere eigenen Leute umgebracht.« Er sah zu, wie sich die Männer fortstahlen.

»Doch, das haben wir, wenn es sein musste«, spuckte Tyler aus, aber er legte seinen Pfeil wieder in den Köcher zurück und zog den Riemen darum sorgfältig gegen die Feuchtigkeit zu. Seine Augen waren hingegen auf Bess gerichtet, während sie mit erhobenem Kopf und gereckten Schultern dahinging. »In der Nacht ist ein Fieber ausgebrochen«, sagte er. »Und ich habe eine Menge Unsinn reden gehört.«

Redmede blickte in den Regen. »Und es wird noch schlimmer werden«, sagte er.

An jenem Nachmittag schickte er im heftigen Regen drei Jagdgruppen aus; eine von ihnen bestand aus sechs unwilligen Männern, zu denen die kürzlich entkommenen Leibeigenen gehört hatten. Sie sollten von Tyler angelernt werden, mochten allerdings keine Befehle, keine Kälte, keine Nässe, und sie waren hungrig – alles keine idealen Umstände, unter denen man lernen konnte, wie man sich im Wald bewegte.

»Hier wird sich kein einziges verdammtes Wild bewegen«, beschwerte sich Tyler.

»Dann töte es in seinen Verstecken«, gab Redmede gereizt zurück.

»Gern, wenn es mein Wald wäre und ich die Verstecke kennen würde«, sagte Tyler. »Verdammt, nicht einmal ich spaziere gern durch diesen Regen.«

»Er dämpft alle Gerüche«, sagte Redmede. »Wir brauchen Fleisch. Not kennt kein Gebot.«

»Würdest du uns gern begleiten, Bill?«, meinte Tyler. Doch er rang sich ein schiefes Lächeln ab. »Ich bin dann mal weg.«

Bei Anbruch der Dunkelheit schlugen sie ihr Lager auf, falls man das Liegen im Regen unter einem tropfenden Dach aus Ahornblättern als Lager bezeichnen konnte. Alles war nass – der Boden, die Männer, ihre Kleidung, ihre Decken, auch ihre Mäntel.

Eigentlich war es zu dunkel, um noch Feuerholz zu suchen, aber Redmede versuchte es trotzdem, und Bess half ihm. Bevor der Himmel ganz schwarz geworden war, hatten sie einen Haufen aus abgebrochenen Zweigen zusammengesucht, der so hoch wie ein Mensch war, und mehr und mehr Männer lösten sich aus ihrer Erschöpfung und halfen. Aber Redmede sah, dass sie sich wie Kranke bewegten. Schmallippig und mit ruckartigen Bewegungen sammelten sie das Holz ein, und das ängstigte ihn mehr als eine offene Rebellion.

Bess fand einen wahren Schatz – einen hohlen Apfelbaum, in dem trockene Birkenrinde gelagert worden war. Redmede holte seine Feuerstele und machte sich an die Arbeit, aber Wind und Regen waren genauso wenig hilfreich wie die große Zuschauerschar. Als seine Kohle endlich glühte, war der Himmel bereits so schwarz wie das Herz eines Adligen.

Und selbst dann brauchte er noch drei Versuche, bis die Kohle das Werg entzündete, das offenbar feucht geworden war, obwohl er es in einer gut verschlossenen Dose unter seiner Kleidung transportiert hatte. Er fluchte.

Bess zuckte die Achseln. »Nicht verzweifeln«, sagte sie. »Ich kenne da einen Kniff.« Sie rieb ein wenig Birkenrinde zwischen den Händen und zerkrümelte sie in immer feinere Stücke, während drei andere Frauen ihre Mäntel zum Schutz gegen den Regen über sie hielten. Der Birkenstaub fing Feuer von der Kohle, loderte auf und entzündete ein Borkenstück, das in der Finsternis wie ein magischer Spruch leuchtete. Alle Männer und Frauen in dem dunklen, nassen Lager gaben einen Ton der Freude von sich. Es war kein staunendes Aufkeuchen, sondern ein fröhlicher Schrei. Nach einer Minute fing ein Stapel trockener Birkenrinde Feuer, und nach zehn Minuten loderte der ganze Holzstoß. Die Flammen sprangen zwanzig Fuß hoch in die Luft und lenkten den Regen über ihren Köpfen ab.

Nachdem das Feuer nun greifbare Wirklichkeit geworden war, fanden die Wildbuben die Kraft, weiteres Holz zu sammeln, obwohl sie in der völligen Dunkelheit danach tasten mussten. Sie brachten große Stöße durchweichten, halb verfaulten Holzes herbei, doch inzwischen war das Feuer so heiß, dass es keinen Unterschied mehr machte. Tatsächlich vermochte es ein Hemd, das am Körper anlag, innerhalb weniger Herzschläge zu trocknen, auch wenn dabei fast die Gefahr bestand, dass das Blut ins Kochen geriet. Die Kranken und Erschöpftesten wurden ermuntert, sich in einem Kreis um das

Feuer hinzulegen und die Füße nach ihm auszustrecken. Und nun ging es ihnen fast so gut, wie es Menschen in der Wildnis gehen konnte.

Nat Tyler kam kurz vor Mitternacht zurück. Das Feuer brannte noch immer hell und weithin sichtbar, und die Männer arbeiteten in Schichten daran, es in Gang zu halten, wofür sie mindestens hundert Fuß in die Finsternis eindrangen, von der sie umgeben wurden.

»Das ist, als ob ihr ein Schild rausgehängt hättet«, sagte Tyler, während er sich neben Redmede hockte. Er war offenbar erschöpft.

»Hast du was gefangen?«, fragte Redmede.

»Ein Reh und zwei Kitze«, sagte Tyler mit schiefem Grinsen. »War nicht schön, aber wir haben sie. Seltsam – als wir das Wild erlegt hatten, konnten wir euer Feuer so deutlich sehen wie die Finger an meiner Hand. Aber als wir den Berg heruntergekommen sind, haben wir euch verloren. Wir haben sogar den Fluss für eine Weile aus den Augen verloren.« Er schüttelte den Kopf. »Verdammt, wenn man sich in der Dunkelheit verirrt, ist das ganz so, als wäre die Hölle auf die Erde gekommen, Kamerad.«

»Sind die anderen noch da draußen?«, fragte Redmede langsam. Er wollte die Antwort eigentlich lieber nicht hören. Ihm war warm, und er war jetzt so trocken wie seit zwei Tagen nicht mehr; da wollte er sich gar nicht mehr vom Feuer fortbewegen.

»Ich habe den Jungs gesagt, sie sollen sich nicht vom Fleck rühren, bis ich sie abhole«, sagte Tyler. »Und das werde ich jetzt tun.«

»Ich sollte dich begleiten«, sagte Redmede. Er hoffte, dass es nicht so unwillig klang, wie er sich fühlte.

Tyler seufzte. »Ich wünschte, ich könnte dir sagen, du sollst hier sitzen bleiben und dich ausruhen«, meinte er. Ein langes Schweigen entstand. »Aber ich glaube, ich kann nicht mehr allein hinausgehen. Ich bin unter einem Baum eingeschlafen – keine Ahnung, für wie lange. Eine Minute? Drei? Zwanzig?« Er kämpfte sich auf die Beine. »Und da draußen ist etwas.«

»Etwas aus der Wildnis?«, fragte Redmede. »Wir sind jetzt Verbündete.«

Tyler runzelte die Stirn. »Glaub das bloß nicht, Bill Redmede. Das hier ist die verfluchte Wildnis. Ich kenne sie wie meine eigene Nase. Ihre Geschöpfe sind nicht einmal untereinander verbündet, verdammt sollen sie alle sein. Das hier ist eine Welt aus Blut und Krallen, und wir geben eine leichte Beute ab.«

Redmede erzitterte. Er zog sein Schwert halb aus der Scheide, dann blieb es hängen. Es war Rost auf der Klinge, der sich bis hinein in die Scheide zog. Da diese Waffe sein wertvollstes Besitztum war, spürte er Wut in sich auflodern und auch Traurigkeit. Er überprüfte seinen Dolch, dann seinen Bogen sowie den Köcher mit den Pfeilen und schüttelte den Kopf. Er hängte den Köcher an eine Fichte, lehnte den großen Bogen zwischen die dichten, abgestorbenen Äste und errichtete aus seinem Mantel ein Zelt für sie.

»Komm, wir gehen«, sagte er.

Seine Zuversicht hielt zehn Schritte weit, dann überfielen ihn die schiere Kälte des allgegenwärtigen Regens und die Sinnlosigkeit des Umhergehens in der völligen Finsternis, und zwar so plötzlich, als hätte ihm jemand einen Kübel mit Wasser über dem Kopf ausgeschüttet.

Tyler murmelte etwas in sich hinein, und Redmede befürchtete, dass er noch immer fieberte. Sie brachen durch das Unterholz und verursachten einen Lärm wie hundert Ritter in voller Rüstung. Die Zweige der Fichten und Erlen schlugen ihnen ins Gesicht. Einmal machte Redmede einen falschen Schritt, fiel das Flussufer hinunter und geriet mit dem einen Bein in den eiskalten Cohocton. Als er einen Blick zurückwarf, sah er das Feuer wie einen Berg aus Licht, allerdings nur knapp einen Bogenschuss hinter ihnen. Ihm sank das Herz.

»Ohne dich wäre ich niemals zurück in die Finsternis gegangen«, sagte Tyler. »Heiliger Christus am Kreuz, ich hoffe, ich werde die Jungs wiederfinden. Sie haben verdammt große Angst und sind eher ein Hindernis als eine Hilfe gewesen. Ich hätte sie bei dir lassen sollen.«

»Irgendwann müssen sie es lernen«, sagte Redmede, ohne weiter über seine Worte nachzudenken. Er setzte einen Fuß vor den anderen – das half in solchen Situationen immer. Außerdem war es Tyler, der die ganze Arbeit machte. Er bahnte einen Weg und versuchte die anderen zu finden. Redmede musste ihm nur folgen und zuversichtlich bleiben.

Sie gingen und gingen, bis Redmedes Kopf ganz taub war und er sich fühlte, als wate er im Schlaf durch einen endlosen See aus Regenwasser. Das Rauschen der niedergehenden Tropfen übertönte alle anderen Geräusche, und die Dunkelheit war fast vollkommen. Er hielt sich an das Schimmern des durchnässten Mantels, der zu seinem Freund gehörte, an das matte Glänzen seines Ledergürtels, an dem die lederne Flasche baumelte, und an den Umriss seines Kopfes vor dem Regenvorhang. Sie bewegten sich von Baum zu Baum, denn es war zu finster, um einen geraden Weg beizubehalten, und sie waren weit entfernt von jedem Pfad. Tief hängende Zweige peitschten ihnen immer wieder um die Beine und brachten sie zum Stolpern. Es war sehr anstrengend, und ein Ende schien nicht in Sicht.

Und dann traf ihn etwas.

Es hatte eine kaum beschreibbare Vorwarnung gegeben – irgendetwas hatte ihn dazu gebracht, sich zur Seite zu drehen und zu ducken, sodass der Speer, der ihm mitten in den Kopf hatte dringen sollen, nur gegen die Schläfe und auf die Schulter prallte. Schmerz flackerte in ihm auf, aber es war kein Schlag, der einen Krieger aufhalten konnte. Sofort packte Redmede den Speerschaft. Bevor er sich in den Kampf warf, drehte er den Speer in den Händen, riss ihn seinem Angreifer aus den Klauen und rammte den Schaft gegen die Kreatur. Sie fiel mit einem feuchten Schrei zu Boden. Der Farn unter seinen Füßen war voll von diesen Geschöpfen …

»Kobolde!«, schrie er.

Tyler hatte einen Herzschlag mehr Zeit gehabt, den er nutzte, um seine Klinge aus der Scheide zu ziehen. Redmede sah, wie Tylers Waffe so nahe an seiner eigenen Wange vorbeifuhr, dass er sich in der Klinge hätte spiegeln können, wenn es heller gewesen wäre. Dann hörte er ein feuchtes Geräusch und wurde von warmem Koboldblut übergossen.

Wild stieß er mit dem Speer zu. Die Dunkelheit war gegen ihn, aber Redmede hatte in seinem Leben noch nie aufgegeben, und so rammte er die steinerne Speerspitze in zwei oder drei Bestien, bevor er einen stechenden Schmerz in seinem Fußgelenk spürte, der ihm sagte …

… und dann war Tyler da und schlug wild zu. Er vertrieb die Kobolde von Redmede, und dann stellten sie sich mit dem Rücken gegen einen großen Baum.

Die Kobolde waren verschwunden.

»Ich bin getroffen, Nat.« Bill Redmede war so entsetzt wie nie zuvor in seinem Leben. Er spürte, wie das Blut an seinem Fußgelenk herunterrann, und er sah die Bewegungen des Farns.

Tyler spuckte aus. »Schöne Verbündete«, sagte er.

# 4

## Lutece · Der König von Gallyen

»Jean de Vrailly?«, fragte der König, dessen Stimme hoch und scharf klang. »Er ist in der Nova Terra? Wie schön. Für uns alle.«

Etliche Höflinge lachten. Einige runzelten aber die Stirn.

Auch der Seneschall Abblemont lachte. »Er hat einen Brief geschickt, Euer Gnaden.«

Der König rollte mit den Augen. »Ich wusste gar nicht, dass er lesen und schreiben kann«, sagte er. Einige Frauen kicherten. »Also gut, lies ihn vor.«

*Vom edlen Ritter Jean de Vrailly an seinen königlichen Herrn und Meister, den höchst mächtigen und gewaltigen Herrn der Pensey-Berge, Verteidiger des ...*

»Erspar mir das, Abblemont.« Die dünne Stimme des Königs war so schneidend wie ein scharfes Tischmesser.

»Ja, Euer Gnaden. Ähem. Grüße.

*Im Geiste des fahrenden Rittertums und um mich selbst meines Titels, von vielen mir verliehen, als würdig zu erweisen, der da lautet: der beste Ritter der Welt ...*

Euer Gnaden, das steht wirklich da.« Abblemont sah ein wenig so aus wie ein großer Affe, der in einen Satinüberzug gestopft worden war. Er hatte eine zu starke Gesichtsbehaarung, einen gekräuselten Bart, vorstehende Zähne und eine stark gerunzelte Stirn über einer fast völlig platten Nase mit zwei gewaltigen Öffnungen. Viele Gecken bei Hofe stritten darüber, ob er eher ein Schwein oder ein Hund war, aber der Name, der an ihm kleben geblieben war, lautete: »Das Pferd.«

Trotz seiner verblüffenden Hässlichkeit war und blieb er der Günstling des Königs – oder vielleicht gerade deshalb. Seine Hässlichkeit stellte keine Bedrohung für den König dar, und einige flüsterten, der König lasse sich viel zu leicht bedrohen – von seinen Favoriten, von seiner Mutter und vor allem von seiner Gemahlin, der Königin.

Das Pferd warf dem König einen kurzen Blick zu, grinste verschlagen, räusperte sich und las weiter.

*Nachdem ich die Anerkennung des Königs von Albia und aller Ritter an seinem Hofe errungen hatte, begleitete ich ihn auf einem Feldzug in den Norden dieses Königreiches, wo ich vielen würdigen Feinden begegnete, als da wären: Dämonen, Lindwürmer, die so groß wie kleine Drachen waren, Irks und eine neue Art von Feind, von den Albiern Kobolde genannt – das ist eine kleine Kreatur mit unbedeutender Bewaffnung, aber gefährlich, weil sie in wellenartig sich fortbewegenden Massen auftritt. Und dort habe ich mich mit solcher Fürchterlichkeit und Kühnheit vergnügt, dass ich einen großen Sieg über die Mächte des Bösen erringen konnte …*

Der König gähnte. »Erwartet er wirklich von uns, dass wir dieses Gewebe aus Anmaßung und Selbstbetrug glauben?«

Der Erzbischof von Lutece runzelte die Stirn. »Irks und Dämonen sind wohlbekannte Diener des bösen Feindes, Euer Gnaden.«

Der König grinste höhnisch. »Hat irgendjemand in diesem Jahrhundert schon einmal eine solche Kreatur lebendig erblickt?« Er sah Abblemont an. »Geht es noch lange so weiter?«

Abblemont zuckte die Achseln. »Ja und nein, Euer Gnaden.« Er hob den Blick von dem Pergament. »Ich glaube ihm.«

Der König stützte sich auf den Armlehnen seines Throns ab und beugte sich vor. »Wirklich?«, fragte er. In seiner Stimme war Freude zu hören.

Abblemont zuckte erneut mit den Achseln. »Zum einen gebietet es mir die Heilige Kirche, so etwas zu glauben; es handelt sich da um einen Glaubensgrundsatz. Und zwar nicht einmal um einen so schwierigen wie die Trinität.«

Unter seiner zart angedeuteten Blasphemie erröteten die Damen.

»Zum anderen ist de Vrailly zwar ein grober, gefährlicher Narr, aber er ist kein Prahler. Oder eher: Er hat nicht genug Fantasie, um so etwas zu erfinden. Euer Gnaden, wenn Ihr an den Bericht des Marschalls von Outremer von heute Morgen denkt …«

Der König zuckte zurück, als wäre er geschlagen worden. »Schweige, Pferd«, befahl er.

Der ganze Hof verstummte. Keine Dame lächelte mehr gekünstelt oder kicherte gar, kein Mann gab eine höhnische Bemerkung von sich. Die Gesichter hatten eine gleichartige Leere und Ausdruckslosigkeit angenommen. Alle warteten darauf, dass die Axt niederging.

Es war schwer abzuschätzen, ob der König jung oder alt war. Er war in Schwarz gekleidet: schwarzer Samt mit nur wenig Goldschmuck – einem Paar goldener Ohrringe, einem goldenen Griff an seinem Schwert, einem einzelnen Goldring mit einem eingefassten Onyx an seinem Finger, goldenen Schnallen an den Schuhen –, doch all das war so wertvoll wie ein ganzes Dorf. Um die Schultern trug er einen goldenen Kragen aus Sonnen, die miteinander verbunden waren. Seine Haut schien fast vollkommen weiß zu sein, und sein

Haar hatte die gleiche unmögliche goldene Färbung wie das von de Vrailly, was durchaus verständlich war, denn sie waren Vettern. Aber da hörten die Übereinstimmungen auch schon auf. Zwar war der König vielleicht nicht der kleinste Mann im Raum, aber es gab nur wenige, die noch kleiner waren als er. Er war von angenehmer Gestalt, doch die meisten Frauen, die sich im Mittelpunkt der Macht versammelt hatten, überragten ihn. Er hatte nichts für Kampfübungen übrig, und seine asketische Hingabe an die Religion trug weitaus mehr zu seiner Schlankheit bei als die wenige Zeit, die er auf dem Übungshof verbrachte. Er war schön, und nicht wenige Troubadoure besangen ihn als den schönsten Ritter im ganzen Reich.

Man hatte gehört, wie die Herzogin de Savigny gesagt hatte, er sei in der Tat schön – sofern man eine Schwäche für Kinder besaß. Aber da man es gehört hatte, befand sie sich schon nicht mehr am Hof.

Der König pfiff ein wenig vor sich hin, dann zuckte er die Achseln. »Vielleicht gibt es diese unwahrscheinlichen Ungeheuer ja tatsächlich«, sagte er und sah Abblemont an. »Und vielleicht gibt es auch Hexen, die Zauber wirken können?«, fügte er kichernd hinzu.

Das Pferd nickte kaum merklich. »Vielleicht, wie Ihr sagt.«

Die Gespräche wurden wieder aufgenommen.

»Lies weiter«, sagte der König.

Abblemont lachte. »Nein, ich werde das nicht Wort für Wort vorlesen«, sagte er. »Ich will zusammenfassen, dass sie eine große Schlacht geschlagen und Tausende dieser Ungeheuer getötet haben, und deshalb wurde de Vrailly zum Favoriten des albischen Königs erkoren.«

Der König nickte und zupfte an seinem Bart.

»Er sagt, die Königin von Albia sei eine der schönsten Frauen der Welt«, fuhr Abblemont fort und betrachtete wieder das Blatt.

»Das hättest du gleich zu Beginn erwähnen sollen«, sagte der König mit größerem Interesse. »Hat er ein Porträt mitgeschickt?«

»Und sie und der König sind das vollkommene Beispiel für eine gesegnete Ehe.« Abblemont sah seinen Herrn und Gebieter an, der nun die Faust ballte.

»Im nächsten Frühjahr, nach der Fastenzeit, werden sie ein großes Turnier veranstalten, um seinen Sieg zu feiern …«

»Er ist ein Angeber. Ich vermute, sie ist so schön wie eine pockennarbige Hure und auch genauso treu.« Der König schaute auf das Pferd herunter, und das Pferd blickte verkniffen auf sein Pergament.

»Er schließt mit der Beteuerung seiner unerschütterlichen Treue und Ergebenheit zu Eurer Gnaden und teilt kühn mit, dass er erwartet, das Königreich für Eure Krone bald übernehmen zu können, Euer Gnaden.« Abblemont hob den Blick und sah den König an. In seinen Augen blitzte es rot; es war, als würden sie von einem inneren Feuer erleuchtet werden. Er überdachte seine letzten Worte und erkannte, dass er einen Fehler gemacht hatte. »Ich bitte um Vergebung, Euer Gnaden.«

Er hätte nicht vor dem ganzen Hofstaat erwähnen dürfen, dass de Vrailly vorhatte, Albia für den König zu erobern.

Aber der König war ein ausgezeichneter Schauspieler, und so reckte und streckte er sich und lächelte. »Vielleicht wäre Lady Clarissa so freundlich, etwas für uns zu spielen, Abblemont?«

Clarissa war fünfzehn Jahre alt und so schön wie eine Jungfer aus einem der Stundenbücher, und sie spielte den Psalter mit großer Vollkommenheit. Sie war fast einen Kopf kleiner als der König und hatte ein stilles, züchtiges Gebaren, das vielen anderen Damen ein Dorn im Auge war.

»Die Königin hat ihr den Zutritt in ihr Privatgemach verboten«, flüsterte die Contesse d'Anguleme und schenkte ihrer Kusine, der Vidame, einen bedeutungsschweren Blick.

»Armes Ding, sie sieht so unterernährt aus.« Die Vidame beobachtete, wie Clarissa an ihr vorbeiging und dabei ihr Musikinstrument wie ein Kind in den Armen hielt. »Ich glaube, die Königin ist grausam«, sagte sie, aber ihr Tonfall deutete das genaue Gegenteil an.

»Ich nicht. Dieses Geschöpf ist so schamlos wie eine Straßenhure, meine Liebe.« Sie beugte sich zu ihrer Kusine hinüber und flüsterte ihr etwas ins Ohr.

Die gewölbten Brauen der Vidame brachten es fertig, noch etwas höher zu steigen. Ihr Taschentuch flog wie von einer Armbrust abgeschossen aus ihrem Ärmel, und sie hob es an die Lippen. »Nein!«, sagte sie und klang dabei nur allzu befriedigt.

Falls Clarissa de Sartres ein Wort davon mitbekommen hatte, wirkte es sich jedenfalls nicht auf ihre Würde aus. Sie schritt über den schwarz und weiß gemusterten Marmorboden; ihr einfaches braunes Wollkleid glitt sanft über die Fliesen, und sie hielt den Kopf so gesenkt, dass ihr Gesicht nicht zu sehen war. Im Haar trug sie ein kompliziertes Netz aus Seide und Perlen, und zwei Leinenhörnchen erhoben sich auf der kastanienbraunen Frisur. Vor dem Gesicht hing ein so feiner Schleier, dass es möglich war, ihr Gesicht zu erkennen, ohne aber – zumindest bei bloßem Kerzenschein – ihre Miene deuten zu können. Sie wiegte ihr Instrument so in den Armen, wie eine stolze Mutter ihr Kind hielt. Wenn sie sich des ungezügelten Hasses bewusst war, der ihr von der ersten Favoritin des Königs entgegenschlug, dann zeigte sie es zumindest nicht.

Aus Gründen der Gerechtigkeit muss aber gesagt werden, dass keine Frau in dem ganzen großen, gewölbten Thronsaal *weniger* wie eine königliche Favoritin aussah als sie. Während alle Blumen des Feldes kaum so schmuckreich waren wie der Rest der Frauen und auch die meisten Männer, war Clarissa de Sartres so unscheinbar wie eine kleine braune Maus. Ohne den großartigen Kopfputz und ihr Musikinstrument hätte man sie leicht für eine wichtige Dienerin halten können. Sie trug sogar eine kleine Leinenschürze vor ihrem

Kleid, und einige Schlüssel sowie eine Schere baumelten an den Bändern dieser Schürze.

Klatsch und Bemerkungen bewegten sich vor ihr her wie ein vom Wind angefachtes Feuer in einem trockenen Wald.

Sie erreichte das Thronpodest und machte einen derart tiefen Knicks, dass es so wirkte, als breche sie auf dem Boden zusammen. Doch gleichzeitig war diese Bewegung überaus anmutig.

»Euer Gnaden«, sagte sie.

Der König lächelte sie an, und sein Gesicht aus Gold und Elfenbein erwärmte sich. »Clarissa!«, sagte er. »Ich hatte dich gar nicht gesehen.«

»Euer Gnaden, ich hatte tatsächlich auch fernbleiben wollen«, sagte sie mit einem Lächeln. Der Schleier war so fein, dass man nur glaubte, ihr Mienenspiel erkennen zu können. Einige waren der Ansicht, dass sie lächelte, andere meinten, sie grinse höhnisch, und einige versicherten, sie schaue betrübt drein.

»Darf ich spielen?«, fragte sie.

Das Lächeln des Königs wurde noch wärmer. »Nur dafür lebe ich«, sagte er.

Abblemont erlaubte sich ein ganz schwaches Lächeln.

Der König wartete auf die ersten Noten und beobachtete, wie sich sein Hof in unhöflichen Gesprächen erging – niemand außer ihm lauschte der Musik. Und dann wandte er sich an seinen anderen Favoriten. »Das war unpassend, Pferd.«

»Ich bitte um Entschuldigung, Euer Gnaden.«

»Keiner von uns ist vollkommen, Pferd. Aber du solltest doch besser achtgeben. Dieses wilde Tier könnte die ganze … süßer Jesus, kann sie spielen!« Er lächelte das Mädchen an, und sie spielte weiter, verlor sich offenbar ganz und gar in ihrer Musik.

Der König beobachtete sie noch eine Weile und nickte dann Ablemont zu. »Scheuch die anderen aus dem Raum, wenn sie fertig ist«, sagte er. »Ich will mit keinem von ihnen reden, und ich habe ihnen ein passendes Ziel für ihren abscheulichen Klatsch gegeben. Braucht de Vrailly noch irgendetwas?«

Abblemont sah dem Mädchen beim Spielen zu. Er liebte die Musik, und er spürte Clarissas Leidenschaft und beinahe auch die Saiten unter ihren Fingern. Vor ihr wirkte der Rest der Frauen wie Närrinnen.

Und auch er wirkte ihr gegenüber wie ein Narr.

»Da gibt es noch ein oder zwei Dinge, Euer Gnaden.«

»Wir werden einen militärischen Rat einberufen, aber zuerst soll sie zu Ende spielen.«

Abblemont gehörte allen Räten an – dem militärischen, den zivilen, dem Schatzrat, sogar dem Kirchenrat. Der Favorit des Königs zu sein bedeutete, seine Zeit für ihn zu verwalten und als sein engster Vertrauter zur Verfügung zu stehen. Die meisten der anwesenden Männer – sogar harte Ritter wie Marschall de Ribeaumont – neigten dazu, Abblemont nach seiner Meinung zu fragen, bevor sie sich an den König wandten. Sie hatten sich in voller Rüstung zusammengefunden, denn so war es in Gallyen üblich, da das Kriegsrecht hier jeden Tag galt. Nur der König machte eine Ausnahme. De Ribeaumont trug eine kostbare Rüstung mit gleitbar gelagerten Panzerplatten vor der Brust, die in Bronze und Blattgold gesäumt und mit Versen aus der Bibel beschriftet waren – in Silber. Tancred Guisarme, der königliche Oberhofmeister, der zwanzig Jahre älter als die anderen war, steckte in der fein ziselierten Rüstung seiner Turniergilde, die ihn wie einen jungen Drachen aussehen ließ, denn das Metall war mit Grün und Gold angemalt. Die Panzerungen an Armen und Beinen bestanden aus Reihen von goldenen, silbernen, kupfernen und bronzenen Schuppen, die so klein wie die Fingerspitzen einer Dame waren. Steilker, der Meister der Bogenschützen, hatte eine schwarze Rüstung mit goldenen Versen angelegt, die Gott priesen; Vasilli, der Meister der königlichen Festungswerke und Architekt seiner Schlösser und Burgen, trug hingegen nur eine Brust- und Rückenpanzerung sowie einen Kettenpanzer. Niemand würde ihn zu einem Kampf auf Leben und Tod herausfordern, denn er war von niederer Geburt und überdies ein Ausländer. Aber es sagte viel über das Kriegsrecht aus, dass auch er Metall am Leibe hatte. Abblemont selbst hatte seinen einfachen weißen Harnisch angelegt, der war von ausgezeichneter Qualität und völlig ohne jede Verzierung, so wie die Etrusker sie herstellten.

Da er bereits über die Belange des heutigen Tages befragt worden war, sprachen die Männer nun frei heraus mit dem König. Und Abblemont hatte seinem Versprechen gemäß diese Belange bereits dem König vorgetragen. Es ging darum, die nördlichen Wüsten der Terra Nova zu erforschen.

»Die Moreaner unterhalten viele Kontakte zu den Draußenern im Norden«, sagte der Kaufmann. Er war weitaus mehr als nur ein bloßer Kaufmann; er war ein mächtiger Schiffseigner, und seine Flotte bildete das biegsame Rückgrat der Marine. Er besaß zwanzig große runde Koggen mit hohen Seiten und gebogenem Kiel. Sie waren gegen jedes Wetter und fast alle feindlichen Maschinen gewappnet und auch für die Meereskreaturen der Wildnis beinahe uneinnehmbar, die genauso bösartig wie ihre Vettern zu Lande waren. Sein Name lautete Olivier de Marche, und er war so schlicht gekleidet wie das Mädchen Clarissa. Sein Wams bestand aus guter schwarzer Wolle, ebenso wie sein Hut; seine Hose war aus demselben Stoff, und dass jede Elle dieser Wolle zwanzig Goldleoparden kostete, wussten nur er und sein Schneider.

»Trotz des Verbots der Kirche, mit der Wildnis Kontakt aufzunehmen«, fuhr de Marche fort, »hat der Kaiser einige Offiziere dazu abgestellt, mit den Häuptlingen der Draußener zu verhandeln, und durch sie erhält er die besten seiner Güter: Spinnenseide, Biberpelze und Wildhonig«, sagte er.

Der König bekam Muster von allen drei Dingen ausgehändigt, damit er sie untersuchen konnte. Er probierte den Honig und lächelte. »Köstlich«, sagte er.

»Anscheinend gibt es in der Terra Nova ganze Teiche von diesem Zeug, die von großen Bienenstöcken herabtropfen, dort sind die Bienen so groß wie Kolibris«, erklärte de Marche. »Die Männer sagen, er sei hermetischen Ursprungs.« Er zuckte die Schultern, als wolle er diese Meinung abtun. »Die Männer in der Terra Nova glauben an solchen Unsinn, Euer Gnaden.« Stählernes königliches Schweigen begegnete ihm. Er verneigte sich. »Ich habe einige dieser Bienen selbst gesehen. Und …« – er sah sich im Raum um – »… auch einen Irk.«

Abblemont hatte dem Kaufmann vorgeschlagen, dies zu erwähnen. Der König tauchte seinen faltbaren silbernen Löffel wieder in den Honig, schaute dann auf und hob die Brauen. »Ihr habt einen gesehen?«, fragte er.

»Das habe ich, Euer Gnaden. Und einen Greif oder eine ähnlich böse Kreatur mit Schwingen – weit im Süden auf einer Insel eines Binnenmeeres. Aber ich schwöre bei meiner Hoffnung auf den Himmel, dass es kein Vogel war. Und der Biber …«

Der König rieb mit dem Daumen über den Pelz. Er war so weich wie Plüsch und dabei dick und seltsam warm. »Überragend«, sagte er.

De Marche nickte. »Wir könnten den Handel an uns reißen«, sagte er. »All diese Dinge sind für den Kaiser doch bloß eine Kuriosität. Für uns aber …«

Der Blick des Königs glitt zu einer großen Pelzrolle hinüber, die von einem Hirsch oder einer Hirschkuh stammte, sorgfältig gegerbt und mit einer darauf eingezeichneten Karte versehen war. »Ich habe die Umrisse der Terra Nova noch nie bildlich dargestellt gesehen«, sagte er leise. »Der Kaiser hat also Albia im Westen und diese Draußener im Norden.«

»Genau genommen ist das Königreich von Albia ein Teil des Kaiserreiches«, sagte Abblemont.

»Genau genommen ist das Königreich Gallyen ein Teil des Reiches von Rhum«, fuhr ihn der König an. »Und der gegenwärtige Kaiser von Liviapolis behauptet aufgrund irgendeiner absurden historischen Spitzfindigkeit, mein Lehnsherr zu sein.«

Tatsächlich handelte es sich aber keineswegs um eine absurde historische Spitzfindigkeit – jeder Anwesende wusste um das Recht des Kaisers auf dem Papier. Und um die Schwäche seiner Armee, dieses Recht einzufordern.

Doch Abblemont war der Einzige hier im Raum, dem es erlaubt war, das Wort des Königs infrage zu stellen. Allerdings blieb das auch zu den besten Zeiten eine unsichere Angelegenheit. Daher stimmte Abblemont mit seinem Herrscher darin überein, dass Gallyen endlich andere beherrschen sollte, anstatt von anderen beherrscht zu werden. So nahm Abblemont davon Abstand anzudeuten, dass der Kaiser damit recht haben könnte, dass der Vater des Königs einst die roten Stiefel des Kaisers geküsst und ihm die Treue geschworen hatte. Stattdessen lehnte er sich auf seinem Stuhl zurück und sagte: »Der Handel mit den Stämmen nördlich der Mauer würde uns neue Güter bringen, auf die wir dann Steuern erheben können, und es würde den Handel mit dem Süden stärken und uns in die Lage versetzen, die … nun ja, die wilden Impulse der heidnischen Draußener zu beeinflussen.«

»Wir sollen sie zum wahren Glauben bekehren?«, fragte der Marschall.

*Wenn du den wahren Glauben als die Bereitschaft bezeichnest, dem König von Gallyen zu folgen,* dachte Abblemont. »Ja«, sagte er. »Durch unsere Priester und unsere Soldaten und nicht durch die des Patriarchen und des Kaisers.«

De Ribeaumont grinste wie ein Wolf. »Ah! Ja.« Dann schüttelte er den Kopf. »Mylords, ich bin alt und langsam. Wenn de Vrailly auch nur halb so erfolgreich ist, wie dieser Bastard behauptet und wir es schaffen, überhaupt eine Streitmacht in den Norden zu bringen …« Er sog an seinen Zähnen. »Gütiger Christus, Mylords, wir könnten den Kaiser wie eine Nuss knacken. Oder den König von Albia.« Er nickte. »Und wir könnten die Terra Nova für uns selbst einnehmen.«

»Das brauchen wir vielleicht gar nicht«, sagte Abblemont und warf einen Zylinder mit einer Schriftrolle darin auf den Tisch. »Ihr Herren könnt dies hier lesen, wenn Ihr die Muße dazu habt. Es stammt von einem meiner Brieffreunde.« Er lehnte sich zurück.

Der König streckte den langen, schwarz gewandeten Arm aus und nahm die Rolle mit seinen zarten Fingern so vorsichtig auf wie ein Spinnenbein. »Von wem stammt das?«, fragte er, während sein Blick rasch über die elegante Handschrift flog.

»Ich kenne ihn nicht persönlich, aber auch wenn er mir bekannt wäre, würde ich den Namen selbst in dieser erhabenen Gesellschaft nicht nennen«, sagte Abblemont. »Erinnert Ihr Euch an unsere kleine Katastrophe in Arles vom vergangenen Jahr?«

Tancred Guisarme, der Oberhofmeister, zog eine Grimasse, als ob er etwas Bitteres verschluckt hätte. »Jemand hat geredet«, sagte er.

»Der verdammte Herold hat geredet«, meinte de Ribeaumont. »Und deshalb ist er jetzt Hundefutter. Aber darum geht es gar nicht.«

Abblemont nickte. »Genau. Wisst Ihr, dass der Meister der Spione im archaischen Königreich jeden Agenten nach einer Blume oder einem Tier oder etwas dergleichen benannt hat? Nie nennt er ihre eigentlichen Namen. Nicht einmal ihr Geschlecht ist bekannt.«

»Ihr Geschlecht?«, fragte Guisarme. »Wir würden doch keine Frauen als Spione einsetzen, oder?«

Da entstand ein ganz kurzes Schweigen, wie es immer der Fall war, wenn ein Dutzend Männer erkannte, dass einer von ihnen ein Narr war.

»Das ist unritterlich«, murmelte Guisarme und klang dabei wie jemand, der gerade entdeckt hat, dass seine Nachbarn Satansanbeter sind.

De Marche räusperte sich. »Wenn Euer Gnaden diese Möglichkeit in Betracht ziehen würdet …«, begann er vorsichtig.

Der König war sich der Tatsache bewusst, dass eine seiner Pflichten darin bestand, seine besten Diener nicht im Regen stehen zu lassen. Er lächelte und setzte sich auf. »Was ist nötig, damit wir unser eigenes Pferd in dieses Rennen schicken?«, fragte er.

De Marche erwiderte sein Lächeln. »Euer Gnaden, ich hatte beabsichtigt, eine Handelsexpedition auszusenden, die mit unseren Waren üppig ausgestattet ist – Schwerter und Rüstungen, die die Draußener über alles schätzen, dazu Wolle und Leinen, bunte und billige Schmuckstücke, wie die Bauersfrauen sie tragen, und Töpfe aus Bronze und Kupfer zum Kochen. Unsere etruskische Quelle hat mir gesagt, die sollen sich im Norden gut verkaufen.« Er nickte. »Aber sie müssen von sehr hoher Qualität sein. Die Draußener lieben alles, was glänzt, aber sie sind weder Kinder noch Narren. Das hat mir jedenfalls der Etrusker gesagt.«

Der König zupfte an seinem Bart und sah das Pferd an.

Abblemont nickte langsam. »Ich würde es so machen«, sagte er vorsichtig. »Aber vorher würde ich das Terrain sondieren – mit einer gepanzerten Faust.«

Das waren die richtigen Worte für einen Kriegsrat. De Ribeaumont war offensichtlich gelangweilt, weil er mit einem Kaufmann reden musste, auch wenn dieser auf dem Meer gefochten und sich deshalb den Ritterschlag verdient hatte. Er richtete sich auf und grinste breit. »Eine Militärexpedition?«, fragte er.

Abblemont schenkte ihm sein Affenlächeln. »Etwas, das ein wenig subtiler ist als ein Angriff von Rittern, Marschall.«

»Natürlich«, erwiderte der Marschall.

»Vielleicht nehmen wir Söldner«, schlug Abblemont vor.

Der König richtete sich auf. »Aber nicht diesen anmaßenden Knaben und seine Truppe von Schlägern«, sagte er. Der König hatte im vergangenen Jahr eine unangenehme Begegnung mit einer Lanzenkompanie gehabt, als er vergeblich versucht hatte, Arles durch List einzunehmen.

Abblemont lächelte weiter. *Wenn ich genau diese Truppe anheuern könnte, würde ich es tun,* dachte er. Aber sie war anscheinend in die Terra Nova gezogen und in deren Rachen verschwunden.

De Marche beugte sich vor. »Euer Gnaden, ich habe da einen Mann im Sinn – einen sehr erfolgreichen Abenteurer und zugleich einen Untertan Eurer Majestät: Ser Hartmut Li Orguelleus.«

»Der Sklavenritter?«, fragte der König und zuckte zusammen. »Der Schwarze Ritter? Der Ritter vom Schlechten Ansehen?«

De Marche zuckte die Achseln. »Das sind doch bloß Namen, Euer Gnaden. Er ist Eurer Majestät zutiefst ergeben. Er ist nach Süden gesegelt, in Ifriqu'ya gelandet und dort zum Eroberer geworden.«

»In der Mittelsee hat er uns ebenfalls gut gedient«, sagte Abblemont, »auch wenn ich gestehen muss, zum Abendessen in mein Heim würde ich ihn nicht einladen. Und ich würde ihm ebenso wenig erlauben, sich meiner Tochter zu nähern, wie ehrenwert seine Absichten auch sein mögen.«

»Kein Rauch ohne Feuer«, sagte der König. »Er hat einen schlechten Namen. Er hat für die *Necromencer* in Ifriqu'ya gekämpft!«

De Marche seufzte. »Euer Gnaden, es bedarf eines bemerkenswerten Mannes, als Anführer einer sehr kleinen Truppe in ein fernes Land zu gehen und für uns Krieg zu führen. Und Entscheidungen zu treffen ...«

»Entscheidungen, die für uns bindend sind«, sagte der König und wirkte nachdenklich.

»Die Art von Entscheidungen, die die Draußener respektieren würden«, bemerkte Abblemont vorsichtig.

»Er war sehr erfolgreich dabei, Sklaven in Ifriqu'ya zu machen«, warf de Marche ein.

»Er hätte fast einen Krieg mit Daras-Salaam begonnen, der unseren ganzen Handel in der Mittelsee gefährdet hätte«, zischte der König.

Abblemont zuckte mit den Schultern. »Es muss aber auch erwähnt werden, dass er die Flotte des Emirs bei Na'dia besiegt hat.«

Die Männer am Tisch sahen einander an. Lange. Der König blickte von einem zum anderen.

»Große Pläne erfordern große Risiken, und ich vermute, dass das Anheuern dieses schrecklichen Mannes nicht das kleinste Risiko ist, das wir eingehen müssen, wenn wir die Nova Terra erobern wollen«, sagte der König. Er wirbelte den Wein in seinem goldenen Becher herum und erhob sich. »Dann soll es so sein«, sagte er, und de Marche lächelte.

»Euer Gnaden«, sagte er und verneigte sich, »er wartet bereits unten.«

Der König erbleichte und legte die Hand auf die Brust. »Ich habe gar nicht vor, ihn zu *treffen*«, fuhr ihn der König an. »Sendet ihn aus, damit er die Heiden abschlachtet und mir das bringt, was ich haben will, aber Ihr dürft nicht erwarten, dass ich seinen üblen Geist in meinen Gemächern erdulde.«

Der Kaufmann zuckte zurück, verneigte sich aber angemessen. Der König entspannte sich wieder und reichte ihm die Hand zum Kuss, und de Marche beugte sich noch tiefer herunter.

»Ich bin mit dem einverstanden, was Ihr vorhabt«, sagte der König mit leiser Stimme.

Abblemont lächelte ganz leicht – so wie er es getan hatte, als der König seine Freude über Lady Clarissa gezeigt hatte.

*Wenn mir die Leute einfach glauben würden,* dachte er, *dann wäre alles so viel leichter.* Er hatte einen vollständigen Plan für den Feldzug von Ser Hartmut vorbereitet. Ihm lag ein vollständiger Plan vor, der in der Unterwerfung von Albia und dem Kaiserreich gipfeln würde – und auch von Arles und Etruska. Er bezweifelte zwar, dass er all das noch erleben werde, aber die Rekrutierung des Schwarzen Ritters war ein erster und wichtiger Schritt.

»Es wird eine Belagerungstruppe nötig sein«, fügte Abblemont hinzu.

»Wozu?«, fragte der König. De Marche war bereits gegangen.

»Es kann Jahre dauern, bis wir in der Nova Terra einen Hafen gebaut haben«, erklärte Abblemont. »Daher ist es viel einfacher, einen bestehenden zu erobern.«

Der König seufzte. »Ich spüre, dass du bereits dein Ziel ausgewählt hast«, sagte er.

Abblemont lächelte. »Eine der wichtigsten Burgen der Welt«, sagte er. »Ticondaga.«

»Davon habe ich noch nie gehört, Abblemont.« Der König zuckte die Achseln und schob diese Vorstellung von sich. Dann lehnte er sich zurück. »Kann ich jetzt nach der Lady schicken, mein Pferd?«

Abblemont schürzte die Lippen.

»Warum willst du eine so mächtige Burg angreifen?«, fragte der König.

»Es wird uns Geld sparen. Und es wird eine starke Botschaft an die Feinde Eurer Majestät aussenden. Außerdem wird es zum Ruhme Eurer Majestät beitragen.« Abblemont verneigte sich.

»Und wenn der Schwarze Ritter nun versagt oder stattdessen irgendein scheußliches Verbrechen begeht?«, fragte der König.

Abblemont zuckte die Achseln. »Dann verleugnen wir ihn und empören uns über die Raubgier der Kaufleute und Söldner.« Er rieb mit dem Daumen über ein kleines hermetisches Instrument, das wie ein Knopf an seinem Gürtel hing. Es verursachte einen leisen, musikalischen Ton in Clarissa de Sartres' Ohr und rief sie dadurch herbei. Das war die Methode des Pferdes sicherzustellen, dass sie dem König stets »zufällig« begegnete.

Der König schenkte seinem Höfling ein schiefes Grinsen. »Dann soll es so sein«, sagte er.

## Die Langen Seen · Das gepresste Land · Nita Qwan

Peter – Nita Qwan – wäre nicht einmal dann zurück nach Ifriqu'ya gegangen, wenn man ihm ein geflügeltes Schiff und eine Gruppe von Houris angeboten hätte.

Dieser Gedanke kam ihm, als er auf dem Rücken unter einem großartigen Ahornbaum lag und den runden Hintern seiner Frau betrachtete, während sie Kürbisse harkte und Unkraut jätete. Dazu benutzte sie eine Hacke mit einer bronzenen Spitze, die er aus einem Stück weggeworfener Rüstung hergestellt hatte.

Möglicherweise war sie schwanger, doch weder verringerte das ihre Schönheit, noch gab es ihm das Gefühl ein, er müsste aufstehen und ihre Arbeit übernehmen. Das war schließlich Frauenarbeit.

Drei große Felle, die hinter ihm auf Rahmen gespannt waren, bewiesen, dass er das Seinige zum Unterhalt beigetragen hatte. Und die Umrisse ihrer Hinterbacken sowie das vollkommene Fehlen jeglicher Bedeckung außer der dünnen Schicht aus Hirschleder … dazu die rhythmischen Bewegungen …

Sie drehte sich um, sah ihn unter ihren langen Brauen an und lachte. »Ich bin eine Schamanin – ich kann deine Gedanken lesen.«

Sie harkte sich weiter die Reihe entlang, riss das Unkraut aus, wie ein Soldat Kobolde tötet – effizient und erbarmungslos. Er hatte nicht geahnt, dass sie eine so gute Bauersfrau abgeben würde, aber schließlich war ihm gar nichts über sie bekannt gewesen, als er ihren Mann getötet hatte – nichts als die Weichheit zwischen ihren Schenkeln.

Nun arbeitete sie am Mais – dem schon kopfhoch stehenden, reifen Mais. Die Matronen hatten bereits die ersten Kolben geerntet, und alle Mägde richtigen Alters waren mit den jungen Männern durch die Maisfelder gerannt und hatten sich von ihnen jagen lassen. Es hatte viel Gelächter und Gallonen guten Apfelweins gegeben, und Ota Qwan hatte sich eine junge Frau genommen.

Seine eigene Frau hielt nun inne und zog einen reifen Maiskolben vom Stamm. Langsam zupfte sie die Blätter ab. Ihre Blicke begegneten sich. Ihre Lippen berührten das obere Ende des Maiskolbens …

Er sprang auf die Beine und rannte zu ihr.

Sie trat zwischen die Maisstängel zurück und ließ ihren Rock fallen. »Pass aber auf das Baby auf«, sagte sie. Und lachte in seinen Mund hinein.

Ota Qwans neue Frau war die Tochter der höchsten Matrone: Blaues Messer. Ihr Gemahl war ein stiller Mann – ein begabter Jäger und tiefsinniger Denker. Aber er hatte anscheinend nicht das geringste Interesse an der Politik seines Volkes.

Das Mädchen hieß Amij'ha. Es war sehr jung – gerade alt genug, um durch den Mais zu rennen, wie die Sossag sagten. Aber sie hatte ein angenehmes Lachen, machte ihren Mann bereits zum Gespött, wie es jede richtige Ehefrau tat. Und außerdem war sie von gutem Geblüt. Sie war sehr beliebt, und ihre Heirat mit Ota Qwan stellte für diesen einen weiteren Fortschritt dar. Er überraschte alle, indem er sich als guter Jäger und Fallensteller erwies, und außerdem half er seiner Frau auch noch auf dem Feld. Ihre Hütte war mit trocknenden Häuten bedeckt, und als sie für einen Monat aus dem Krieg heimgekehrt waren, hatte er vorgeschlagen, einen Trupp auf der Suche nach Honig anzuführen. Es ging um die größten Vorräte von Wildhonig, die jedes Jahr weiter nach Westen wanderten, aber von einer ausreichend wagemutigen Truppe durchaus entdeckt werden konnten. Als er diesen Vorschlag vor den Matronen gemacht hatte, die das Volk in Friedenszeiten regierten, sorgte seine Schwiegermutter dafür, dass er dabei angemessen demütig klang, und seine Frau unterstützte ihn. So übergaben ihm die Matronen die Führung der Truppe.

Peter hatte Zeit, seinen Lendenschurz wieder umzulegen und Tee in einem feinen Kupferkessel zu kochen – fast die einzige Beute aus dem sommerlichen Feldzug. Er dachte noch darüber nach, wie schön das Leben war und wie viel besser als damals, da er versklavt worden war, als Ota Qwans Schatten plötzlich seine Tür verdunkelte.

»Gegrüßt sei dein Haus«, sagte Ota Qwan. »He, Bruder, darf ich hereinkommen?«

Peter warf die Hirschhaut zurück und hielt sie auf. »Meine Frau sagt, das lässt Fliegen herein«, meinte er. »Ich habe aber eher den Eindruck, dass sie jetzt wieder hinausfinden.«

Ota Qwan umarmte ihn kurz. »Ich vermute, die Königin von Albia sagt dasselbe, und der König lässt trotzdem das Fenster offen stehen«, gab er zurück und warf sich auf ein Pelzbündel. »Du bist fleißig gewesen.«

»Ich bin glücklich, und das will ich auch bleiben«, sagte er. »Wir werden einen Jungen haben.«

Ota Qwan sprang auf die Beine und warf die Arme um Peter. »Ah! Gut gemacht. Daher all das Jagen!«

Peter zuckte die Achseln. »Ich habe gehört, dass man den Winter nicht unterschätzen sollte«, sagte er.

Ota Qwan wurde wieder ernst. »Das ist keine Lüge, Bruder.« Er zog eine Grimasse. »Ich habe vor, auf der Suche nach Honig in den Westen zu gehen.«

Peter lachte. »Da ich eine Frau habe, weiß ich alles darüber«, sagte er. »Und du weißt, dass ich mitgehen werde. Ich bin mir nicht mal sicher, ob ich überhaupt eine Wahl habe.«

»Honig lässt sich gut verkaufen, wenn die Gänse den Großen Fluss heraufkommen – oder wir handeln damit jenseits der Mauer.« Ota Qwan zuckte die Achseln. »Aber von den Gänsen bekommen wir einen besseren Preis.«

Die wilden Gänse, wie die Sossag sie nannten, waren die großen runden Schiffe aus Etruska, die fast jedes Jahr im Spätherbst zum Handeln herkamen. Manchmal waren es nur ein paar, manchmal erschienen sie aber auch in höherer Anzahl. Die meiste Zeit über blieben sie im Osten, im letzten Jahrzehnt aber waren die Wildgänse stetig weiter den Großen Fluss hinaufgefahren, wie die Matronen bemerkt hatten.

»Und Biber«, sagte Peter. »Ich habe mehr als dreißig Pelze.«

Ota Qwan machte eine Geste, die ausdrückte, dass er das Fangen von Bibern als zu mühsam einschätzte. »Wenn wir schnell sind, werden wir so viel ernten, wie wir tragen können«, sagte er. »Im letzten Jahr ist es jedenfalls so gewesen.«

»Und wir haben dabei einen Krieger verloren«, sagte Peter.

Ota Qwans Miene verdüsterte sich, aber er und sein Stammesbruder hatten schon lange ihre Grenzen zueinander gezogen. Ota Qwan zuckte mit den Achseln. »Ja.« Er schaute zu Boden. »Es war meine Schuld.«

Peter wusste mehr darüber, als ihm lieb war, und so schwieg er. Die Frauen redeten, die Männer hörten zu. Schließlich sagte er: »Wie dem auch sei, ich komme mit dir. Das weißt du.«

Ota Qwan erhob sich. »Ich wäre sehr dankbar dafür, wenn du das auch am Feuer erklären würdest«, meinte er.

Peter nickte. »Wann brechen wir auf?«

Ota Qwan beobachtete den Dampf, der vom Herdfeuer aufstieg. »Das Wasser kocht«, sagte er. »In zwei Tagen, wenn ich bis dahin zehn Männer zusammenbekommen habe.«

Peter klopfte ihm auf die Schulter, bückte sich, um den Topf vom Feuer zu nehmen, und bereitete Tee.

## Harfleur und das Meer von Morea · Ser Hartmut Li Orguelleus, der Schwarze Ritter

Die drei runden Schiffe ragten über den Kai wie Türme über eine Burgmauer.

Und in gleicher Weise ragte der Schwarze Ritter über seine Gefährten auf dem Kai hinaus. Er war einen Kopf größer als jeder Gallyer um ihn herum, und sein Armharnisch hatte den Umfang einer Damenhüfte. Er war in voller Rüstung und Bewaffnung, obwohl er sich in einem Handelshafen und auf der am besten geschützten Reede in ganz Gallyen befand.

Er sah zu, wie sein Kriegspferd von einem Kran, der von fünfzig Verbrechern betrieben wurde, auf das Schiffsdeck gehievt wurde. Das Pferd schaukelte, aber die Hafenarbeiter verstanden ihr Geschäft, und trotz seiner Flüche schafften sie es, sowohl sein Pferd als auch diejenigen seiner Ritter sicher abzusetzen – zwanzig große Tiere und zehn weitere als Reserve.

Olivier de Marche stand neben ihm und schaute von seiner Schreibtafel auf. »... hauptsächlich Armbrüste. Sie lassen sich bei den Huran gut verkaufen; zumindest haben mir das die Etrusker gesagt.« Er zuckte mit den Schultern. »Sie haben noch nie ein Pferd fallen gelassen, Mylord.«

Ser Hartmut wandte sich an Etienne de Vrieux, seinen Knappen, und hob eine Braue.

De Vrieux verneigte sich vor dem Handelskapitän. »Ich muss Euch daran erinnern, dass Ser Hartmut nicht mit Angehörigen des dritten Standes spricht.«

De Marche räusperte sich. »Aber … das ist … er hat mich doch *gefragt*, was wir geladen haben!«

De Vrieux schüttelte leicht den Kopf. »Nein, Meister Kapitän. Erlaubt mir in dem Fall eine Richtigstellung. Er hat der Luft eine rhetorische Frage gestellt. Falls Ihr mir mitteilen wollt, was Ihr geladen habt, dann werde ich die Information an meinen Ritter weitergeben, falls sie für ihn von Belang ist. Es ist am besten, wenn Ihr ihn nicht unmittelbar ansprecht.«

»Und was geschieht, wenn wir in Kampfhandlungen geraten?«, fragte de Marche den Knappen. »Weiß Euer Lord überhaupt, dass ich vom Lord Admiral persönlich zum Ritter geschlagen wurde?«

Ser Hartmuts Blick wich nicht von seinem Pferd. »Die Schlacht verleiht Adel«, sagte er. »Sage diesem Mann, wenn wir als Gefährten in die Schlacht ziehen sollten, werde ich nicht zögern, mit ihm zu sprechen und mir sogar das anhören, was er dann zu sagen hat.« Er zuckte die Achseln. »Ich kenne den Lord Admiral nicht.« Sein Blick glitt über seinen Knappen und blieb dann an dem Handelskapitän hängen. »Sag ihm, dass mich sein unziemliches Starren irgendwann wütend machen wird.«

Der Schwarze Ritter war einer der schönsten Männer, die Olivier de Marche je gesehen hatte. Er war einen Kopf größer als alle anderen Personen auf dem Kai, und sein blauschwarzes Haar sowie die glatte, narbenlose Olivenhaut wiesen ihn als Südländer aus. Sein Schnurrbart glänzte, als ob er geölt worden wäre. Vielleicht war er das sogar, dachte de Marche. Und seine Augen waren blau. De Marche hatte noch nie einen Mann gesehen, der so blaue Augen und eine derart dunkle Haut hatte.

Überdies besaßen sie einen höchst ungewöhnlichen Blauton – ein dunkles Blau, wie Lapislazuli. *Verdammt, ich starre ihn schon wieder an.*

Maitre de Marche beugte sich zu dem Knappen hinüber. »Bitte sagt Monsieur, dass ich seine Wünsche erfüllen werde. Und bitte versichert ihm, dass diese Männer noch nie ein Pferd fallen gelassen haben.«

Ser Hartmuts Blick traf ganz kurz den seinen. »Dann sollten sie besser nicht mit meinem anfangen«, sagte der Riese. In seinen dunklen Augen lagen weder Wahnsinn noch Anmaßung, sondern Belustigung. »Und frag unseren Kapitän, Etienne, während wir seine Aufmerksamkeit haben, wie gut bewaffnet seine Matrosen sind.«

»Ich nehme keinen Mann an Bord, der nicht kämpfen kann«, sagte de Marche und winkte den Knappen zur Seite. »Die Etrusker werden mit jedem Jahr kühner. Sie wollen uns nicht auf dem Großen Fluss haben.« Er hielt inne und verneigte sich wieder vor dem Knappen. »Das heißt, bitte sagt Eurem Meister, dass meine Männer gut bewaffnet sind und Kettenhemden tragen, und die meisten besitzen sogar einen Brustpanzer aus neuem Stahl. Alle verfügen über einen Stahlhelm, ein Schwert und zwei Speere.«

Ser Hartmut quälte sich ein dünnlippiges Lächeln ab. »Mit drei Rundschiffen und all meinen Waffenbrüdern«, sagte er, »werde ich diesen Etruskern einen bösen Streich spielen.« Dann nickte er. »Wir werden in schöne Abenteuer geraten, Etienne.«

»Ja, Mylord«, erwiderte Etienne de Vrieux ein wenig hölzern.

Sie brachen in der Dunkelheit auf; die Morgendämmerung war bisher nur ein orangefarbener Fleck im Osten. Jeder Mann hatte zwei Eimer aus Birkenborke mit Griffen aus Fichtenholz dabei. Sie wogen fast nichts, und die Männer hatten sie an ihre Speere gebunden, sich die Bögen über die Schultern geschlungen, die Köcher am Rücken befestigt. Und dann hatten sie je fünf Handvoll Pemmikan in ihren Beuteln, dazu Tabak zum Rauchen – wobei sie sich über ihre Frauen beschwerten –, und außerdem gab es noch eine Decke für jeden Mann. Für gewöhnlich wurden die Krieger von einigen Frauen begleitet, doch diesmal war es nicht so.

Ota Qwan ließ sie loslaufen, und die Frauen versammelten sich und riefen ihnen ein kreischendes Lebewohl zu. Sie hörten sich im warmen Sommermorgen an wie Irks. Die meisten Abschiede waren herzlich, einige aber auch ein wenig höhnisch. Peters Frau rief ihm nach, dass er sie mit dem zu gebärenden Kind alleinlasse, und Se-hum-ses Frau beschwerte sich, dass sie sich schon jetzt so leer fühle, so schrecklich leer …

Sie liefen unter allgemeinem Gelächter los.

Sie liefen schnell.

Und sie wurden keineswegs langsamer. Jeder Mann, der mit Ota Qwan zog, wusste, wer er war und wer er sein wollte. Ota Qwan selbst machte auch kein Geheimnis aus seinem Verlangen, wieder zum Kriegshäuptling gekürt zu werden. Jeder der Männer hatte – angemalt wie ein Dämon – früher schon an seiner Seite gegen Viehtreiber und Harthäute gekämpft, und alle wussten, dass die Matronen bereits über einen Krieg gegen die Huran im Osten redeten. Sie waren ein weiterer Draußener-Stamm mit gefährlichen Ideen und einem Drang nach Expansion.

Einige Monate mit den Sossag hatten Peter gelehrt, dass sie genauso vielgestaltig wie andere Völker waren. Zu Hause hatte sich sein eigenes Volk zum Beispiel gewissenhaft auf den Krieg vorbereitet – eine kleine Kaste von Kriegern innerhalb eines jeden Stammes hatte hart dafür geübt. Bei den Sossag dagegen waren alle Männer und auch etliche Frauen Krieger, doch sie übten niemals. Oder eher war jede einzelne Handlung eine Vorbereitung auf den Krieg. Sossag-Krieger rannten stets. Nie gingen sie, es sei denn, sie durchquerten ein Dorf. Jede Jagd war eine Kriegsübung, und jeder Krieg war eine Übung für die Jagd. Das Jagen in der Wildnis war außerdem so etwas wie Krieg.

Genau wie das Honigsammeln.

Am ersten Abend war Peter noch frisch. Er baute einen kleinen Ofen aus ein wenig gutem Lehm und backte Maisbrot. Die anderen Männer fingen Kaninchen und Eichhörnchen, und so aßen sie alle gut und brauchten den Pemmikan nicht. Ein junger Mann – ein entfernter Verwandter seiner Frau, namens Ayen-ta-naga – beugte sich zu ihm herüber und grinste.

»Die Männer sagen, dein Brot ist es wert, dass man zum Essen kommt«, sagte er. »Bei Taras Hintern, es ist gut, mit dir verwandt zu sein.« Er lachte.

Die anderen Männer nickten. Zu Anfang hatte ihm noch niemand für seine Kochkünste gedankt, aber nun gehörte er wirklich zu den Sossag und schien wegen seiner Fähigkeit geradezu berühmt geworden zu sein. Nita Qwan, der Lebensgeber, war ein Koch. Und zwar ein verdammt guter Koch.

Am zweiten Tag regnete es, und er war bald völlig durchnässt. Ihm war kalt. Er mochte es nicht, inmitten eines Haufens anderer Männer zu schlafen, doch es blieb ihm nichts anderes übrig, und allmählich gewöhnte er sich daran. Er schlief besser, als er es erwartet hatte, und beim Aufstehen bemerkte er, dass der Regen das kleine Feuer, über dem sie am vergangenen Abend das Essen gewärmt hatten, noch nicht ganz gelöscht hatte. Er und der Verwandte seiner

Frau fachten es an, bis die Männer endlich wieder ein wenig Wärme genießen konnten. Sie machten Tee, tranken ihn, pissten auf das Feuer, und Ota Qwan befahl einem mürrischen Jungen namens Gas-a-ho, den Kessel zu tragen, was dieser mit deutlichem Missfallen tat.

Peter trat neben ihn. »Spül ihn aus und stell ihn in deinen Honigkorb«, sagte er. »Das ist viel leichter für dich.«

Der junge Mann kniff die Lippen zusammen, sah Peter an und zuckte die Achseln. »Es geht schon«, sagte er.

Als er einige Zeit danach neben dem früheren Sklaven herging, sagte er: »Du hattest recht. Es ist tatsächlich leichter. Morgen werde ich mich freiwillig anbieten, ihn zu tragen.«

Peter wusste, dass er an dieser Stelle einen Seufzer der Belustigung hätte von sich geben sollen, aber er nickte nur. »Gut«, sagte er. »Weißt du, je mehr du arbeitest, desto weniger unangenehme Aufgaben werden sie dir geben.«

Gas-a-ho lief schweigend weiter.

Sie rannten den ganzen Tag. Am Ende war Peter völlig erschöpft, aber auch stolz. In seiner ersten Zeit bei diesem Volk hatten ihn die täglichen Läufe beinahe umgebracht. Inzwischen aber verstand er ihre Notwendigkeit.

Doch er hasste das Laufen noch immer.

In jener Nacht regnete es so stark, dass es sinnlos war, ein Feuer zu entfachen. Ota Qwan schickte zwei der älteren Männer zu den Felsvorsprüngen links von ihnen – im Norden –, und sie fanden tatsächlich eine Höhle. Zwar war es eher ein Überhang als eine richtige Höhle, und die Bewohner – ein Rudel Kojoten – mussten zuerst vertrieben werden. Dann, während sich ihre Muskeln abkühlten, sammelten sie Holz, und der Sohn des Schamanen entzündete es mit einem Fingerschnippen. Sie aßen Pemmikan. Peter – der Koch – liebte dieses Fleisch, aber die anderen Männer stöhnten und beschwerten sich.

Am Morgen rannten sie wieder nach Westen. Das Wetter klarte auf, der Nebel hing über den Flussbetten, während niedrige Wolken über ihren Köpfen dahinrollten. Aber immerhin regnete es nicht mehr. Durch reines Glück erlegte Peter ein Reh. Er hatte gerade mit dem Rücken gegen einen Baumstamm gestanden und sich erleichtert, als er das Tier aus der Deckung kommen sah. Er hatte noch genügend Zeit gehabt, sein Geschäft zu erledigen, seinen Bogen zu nehmen, einen Pfeil einzulegen, die Sehne zu spannen und zuzusehen, wie das Reh fast zu seinen Füßen ahnungslos in einer kleinen Senke stand und schnüffelte. Vermutlich hatte es nun seinen Urin gerochen, und er schoss ihm den Pfeil sauber zwischen die Schulterblätter. Das Reh fiel tot zu Boden, ohne auch nur ein einziges Mal auszuschlagen. Die restlichen Krieger klopften ihm auf den Rücken und lobten ihn.

Sie verbrachten dort einen ganzen Tag, errichteten Unterschlüpfe und aßen sowohl dieses Reh als auch ein anderes, das Gas-a-ho erlegt hatte. Das übrig gebliebene Fleisch trockneten sie, und am sechsten Tag rannten sie weiter. Der Pfad war trocken, es regnete nicht, und so kamen sie schneller voran als an allen vergangenen Tagen. Doch sie hielten früher an, machten ein Feuer und kochten eine Art Eintopf aus halb getrocknetem Fleisch, Pemmikan und Himbeeren, die sie von den Büschen um das Lager herum gepflückt hatten.

In der Abenddämmerung klopfte ihm Ota Qwan auf die Schulter. »Wächter«, sagte er. Dann ging er von Mann zu Mann und bestimmte die Nachtwachen – es war eine Stunde verlorener Schlaf.

Aber sie befanden sich tief in der Wildnis, und Nita Qwan wusste, dass Ota Qwan recht hatte. Eine Stunde lang starrte er in die Finsternis – es war eine einfache Wache. Gegen Ende kam Ota Qwan mit einer brennenden Pfeife zu ihm, die er mit Peter teilte.

Sie saßen so lange schweigend nebeneinander, dass Peter den Vorbeizug der Sterne über sich erkennen konnte. Er seufzte.

Auch Ota Qwan seufzte hörbar. »Riechst du das?«, fragte er plötzlich.

Nita Qwan hatte keine Ahnung, was er damit meinte. »Was soll ich riechen?«, fragte er.

»Honig«, sagte Ota Qwan. »Süß.«

Peter hatte es für den Geruch des Tabaks gehalten. »Ah«, sagte er.

»Wir schlagen schnell zu und gehen dann wieder nach Hause«, sagte Ota Qwan. »Hier draußen muss nämlich etwas sein; wir sind nicht allein. Vielleicht Kobolde, die den Honig ebenfalls haben wollen.« Er zuckte die Schultern. »Aber es ist genug für alle da.« Sein Körper erbebte, als er loskicherte. Peter spürte es.

»Das wollen wir hoffen«, sagte er.

## Nordwestlich von Lissen Carak · Thorn

Thorn saß gegen den Stamm eines gigantischen Ahorns gelehnt, der vermutlich vier- oder fünfhundert Jahre alt war. Seine Zweige bildeten ein natürliches Zelt, und der Stamm diente unzähligen kleinen und größeren Kreaturen als Heimstatt. Ein Knoten von der Ausdehnung eines Menschenkopfes klebte an dem Stamm und sorgte dafür, dass sogar Thorns riesiger Körper ein wenig Schutz vor dem Regen fand.

Thorn scherte sich aber gar nicht um den Regen – genauso wenig wie er sich um Schnee oder Sonne geschert hätte. Doch der Baum war wunderschön, schien voller eigener Macht, und der Knoten schien geradezu für Thorn gemacht worden zu sein.

Er befand sich nördlich der Seen – zweihundert Meilen oder mehr von Lissen Carak entfernt. Die Dunkle Sonne konnte ihn hier nicht aufspüren. Aber eigentlich war ihm die Dunkle Sonne auch gleichgültig.

Das alles lag nun hinter ihm.

Und so saß Thorn im Regen und roch die Luft. Er hatte Ghause Muriens Botschaft gespürt, als sie über ihn geglitten war. Sie war in weiter Ferne, und ihre Botschaft erinnerte ihn nur daran, wie wenig er sie und ihre Fleischlichkeit und ihre närrischen Leidenschaften mochte. Sie hatte sich schon vor langer Zeit als Sophias Feindin bei Hofe positioniert, und obwohl sich die Welt seitdem verändert hatte, verachtete er sie noch immer.

*Sophia ist tot.*

Thorn erzitterte.

Trotzdem mochte er Ghause Murien nicht. Er verabscheute sie fast so sehr, wie er Motten verabscheute. Und Schmetterlinge. Mit einer astartigen Hand schnippte er eine große Motte von seiner steinernen Haut.

Schon seit seiner Kindheit hasste er Motten, aber inzwischen hasste er eigentlich alles. Seit seiner Flucht von dem Feld bei Lissen Carak hatte Thorn alles infrage gestellt – sein Bündnis mit der Wildnis, seine Beziehung zu anderen Kreaturen und sogar die Gesundheit seines eigenen Geistes.

Der Versuch, eine Armee zu befehligen, war närrisch gewesen. In dieser Richtung lag nichts als Leere, es war eine leere Macht. Er wollte mehr – etwas, das nur im Äther greifbar war.

Er wollte die Apotheose. Und kein Maß an zeitlichem Posieren würde ihn diesem Ziel näher bringen. Er brauchte Zeit zu Studium, Erholung und anschließender Bewertung. Die Welt stellte sich wieder einmal als wesentlich komplexer dar, als er angenommen hatte.

Wenn Thorn hätte lächeln können, dann hätte er es jetzt getan. Er stand auf, wobei seine gewaltigen Beine knirschten wie Bäume im Wind, und legte eine gepanzerte Hand auf den Stamm des uralten Ahorns.

»Ich werde in den fernen Westen gehen und das eine oder andere lernen«, sagte er laut. Dabei klang seine Stimme harsch.

*Ich habe mich zum Gespött gemacht,* dachte er. Doch dann kam ihm noch ein anderer Gedanke. *Ich werde diese Gestalt beibehalten, damit ich immer an das erinnert werde, was ich zugelassen habe.*

Falls es ein Gespräch mit dem Baum war, dann antwortete dieser nicht. Thorn drehte sich um und wollte nach Westen gehen. In diesem Augenblick schlug der Blitz ein.

Dieser Blitz fuhr überall um ihn herum ein; es war ein Augenblick gewaltiger Macht. Der riesige Ahorn wurde vernichtet, sein Holz wurde zu dampfenden Splittern zermahlen, der große Stamm fiel wie unter der Axt eines Behemoths.

Thorn, dessen Körper größer war als der eines gigantischen Ruk oder eines gewaltigen Trolls, stürzte zu Boden und wurde unter den uralten Ästen des Baumes begraben. Die Luft um ihn herum war wie dicker Haferschleim aus reiner Macht.

Wenn Thorn hätte schreien können, so hätte er es jetzt getan.

Thorn spürte, dass etwas in ihn *eingedrungen* war. Aber es hatte ihn nicht vernichtet. Da befand sich etwas in seinem Kopf, das er nicht erkannte – es steckte auch in seinem Gewebe aus Baumwurzeln und Spinnweben, in denen er seine Magie wirkte und seine vielfältigen Möglichkeiten der *Potentia* hatte. Nun war es nur noch ein schwarzer Bereich, wie die Fäulnis im Splintholz eines gesunden Baumes.

Nichts konnte ihn hier aufspüren.

Und doch war etwas so ungeheuer Mächtiges erschienen, dass Thorn es nicht einmal beschreiben konnte. Es hatte ihn zu Boden geworfen, war in ihn eingedrungen und dann wieder verschwunden.

Links von sich sah er durch den Haufen zerstörten Laubes etwas, das in den Blättern und Zweigen saß, als wären sie ein riesiges Nest.

Es war ein schwarzes Ei von der Größe eines Menschenkopfes. Doch es handelte sich nicht um ein richtiges Ei, denn es war mit Schuppen bedeckt und hatte an beiden Enden seltsame Kappen – wie Rüstungsteile.

Ein gerüstetes Ei.

Es strahlte Macht in den Äther ab.

Und in der wirklichen Welt gab es Hitze von sich.

Thorn richtete einen Schild nach dem anderen auf – es waren glühende Kugeln in Waldgrün, die sich wie die Unterröcke einer Dame übereinanderlegten. Dann erschuf er phantasmatische Instrumente, mit denen er vergrößern, überprüfen und auf die Probe stellen konnte. Er nutzte seine Macht und seine ungeheure körperliche Kraft, um den Leichnam des großen Baumes von sich wegzuwälzen.

Das Ei – es war so offensichtlich ein Ei, dass er es nicht anders bezeichnen konnte – widerstand all seinem Forschen.

Thorn hatte keine unmittelbaren Pläne. Er vermutete, dass er sich in einer Art Schockzustand befand. Er saß im Schutz des Holzknotens und beobachtete und untersuchte das Ei sowie die Ränder der rohen Schwärze in seinem Innern.

Er fühlte sich vergewaltigt.

*Was war das für ein Wesen? Und was hatte es gewollt?*

Eine Stunde verging, und es kehrte nicht zurück. Das gepanzerte Ei hockte noch immer zwischen Blättern und Geäst und strahlte Hitze ab, worauf sich Thorn allmählich mit Macht auflud – und mit Vorsätzen. Zum ersten Mal seit seiner Niederlage auf den Feldern von Lissen Carak wusste er nun, was er wollte.

## Nördlich der Mauer · Giannis Turkos

Giannis Turkos saß da und sah zu, wie ihm seine huranische Frau Mokassins anfertigte. Doch eigentlich schaute er sie nicht an; er dachte an die Ratsversammlung, auf der er sprechen würde.

Sie hob den Blick. »Es ist nichts«, sagte sie. »Sie werden dir zuhören.«

Er schüttelte den Kopf. »So einfach ist das nicht …« Er hielt inne. Zwei Jahre bei den Draußenern hatten ihm seine tief sitzende Überzeugung ausgetrieben, sie seien nur Kinder, die ihre Lektion lernen mussten. Aber einige eingewurzelte Verhaltensweisen waren ihm dennoch geblieben. Eine davon bestand in dem Widerwillen, jemandem seine Pläne mitzuteilen. Und die Draußener waren keine Untertanen des Reiches, ja noch nicht einmal Albier. Sie waren auf eine Weise wankelmütig und sogar launisch, wie es sich kein zivilisierter Mensch je erlauben würde.

Aber er liebte seine Frau. Und er liebte ihr Volk. Auch wenn es sich auf einen Krieg vorbereitete, den er für sinnlos und zerstörerisch hielt.

»Hier ist Tee«, sagte sie und klang dabei seltsam kindisch, weil sie den Mund voller Flechsen hatte.

Turkos zuckte die Achseln. Er war so voller Sorgen, dass er keinen Tee trinken wollte. Also stand er auf, verließ die gemeinsame Hütte und stellte fest, dass viele seiner politischen Gegenspieler im Dorf auf der Vordertreppe des Hauses jenseits des Platzes aus gestampfter Erde saßen, der für Turkos die *Plataea* war. Großföhr winkte ihm zu.

Großföhr war sein eingefleischter Feind im Rat. Abgesehen davon hatten sie im vergangenen Herbst aber gemeinsam gejagt, eine Menge Wild erlegt und viele Biberpelze gesammelt. Das Leben der Draußener war eine seltsame Mischung aus Feindschaft und Gemeinschaft.

Also winkte Turkos zurück und lächelte. Doch der Aufenthalt im Freien bewahrte ihn nicht vor den scharfen Augen und der noch schärferen Zunge seiner Frau, und so schob er die Elchhaut beiseite, schlich ins Zelt zurück und nahm den kupfernen Teekessel vom Feuer. Er goss den Tee in zwei feine moreanische Becher und gab einen davon seiner Frau, die ihn mit einer Mischung aus Belustigung und Dankbarkeit ansah, wie sie Frauen in allen Kulturen zeigten, wenn ihre Männer genau das taten, was von ihnen erwartet wurde. Sie spuckte die Flechsen aus und trank ihren Tee. Er nahm sich ein wenig Wildhonig dazu.

Sie schüttelte den Kopf. »Du bist wie ein kleines Kind«, sagte sie zärtlich.

Er setzte sich auf seinem Stuhl zurück, den er mit eigenen Händen gezimmert hatte, denn kein Draußener benutzte einen solchen Gegenstand. Dann stellte er eine Öllampe neben sich und las wieder einmal die Schriftrolle, die vor einem Monat eingetroffen war.

*Der Logothet der Trommel grüßt seine Diener in Wald und Ödnis.*

*Es ist uns zu Ohren gekommen und erklang sanft auf unserer Trommel, dass die Feinde des Kaisers die Draußener als Waffe gegen das Reich einzusetzen versuchen. Die Trommel flüstert von einem heftigen Einfall der Draußener nach Albia im Frühling; verlässliche Gerüchte besagen, dass die Schuldigen Sossag und Abonacki waren. Jeder Konflikt zwischen den Huran und den Sossag könnte nach Thrake überschwappen. Dies hätte äußerst verderbliche Auswirkungen auf die Wirtschaft des Reiches, und mit Gottes Willen und der Gnade des Kaisers hoffen wir, solche Schäden fernhalten zu können. Alle Diener des Logotheten sollen dies beachten und dementsprechend handeln. Überdies sind einige Elemente innerhalb des Palastes mit der Politik des Kaisers gegenüber den Draußenern und ihrem Land nicht mehr einverstanden. Die Diener des Logotheten werden gebeten, beginnend mit dieser Botschaft, jede Verlautbarung dieses Amtes auf ihre Echtheit zu überprüfen.*

Die Botschaft war mit magischer Tinte auf Pergament geschrieben, und sie war mit einem Code aus Zahlen und Buchstaben verschlüsselt, der alle sechs Monate verändert wurde. Dieser Code wiederum war in eine Form des Hocharchaischen übertragen worden, der nur noch selten benutzt wurde. Die Nachricht war von einem kaiserlichen Boten überbracht worden, einem kräftigen Vogel, den man nur für diese Aufgabe gezüchtet hatte. Doch unter all diesen Schichten hatte der Logothet – der Meisterspion des Kaisers – eine Botschaft verborgen, die nur wenig Inhalte, dafür aber einen starken Hinweis auf internen Verrat enthielt.

Turkos las sie noch einmal. Er hatte sie schon sechsmal entziffert und stets nach einem neuen Schlüssel oder einer Redewendung gesucht, die es ihm erlaubte, eine weitere Bedeutungsebene zu entdecken. Er hatte es mit dem Schlüssel des letzten Jahres versucht. Und er hatte es mit einem Übungsschlüssel versucht, den er auf der Universität gelernt hatte.

Aber die Botschaft sagte nur das, was sie eben sagte.

Und das war sehr wenig.

»Lies es von deinem Herzen ab«, sagte seine Frau, »und nicht von der Haut eines toten Tieres.«

Kailin war klein, ihr schlanker Körper muskulös, und sie hatte ein festes, kantiges Gesicht. Nach moreanischen Vorstellungen war sie nicht schön, vielleicht sogar ein wenig breit, gewiss aber charaktervoll. Sie wirkte glücklich, wenn sie lachte, und böse, wenn sie die Stirn runzelte. Er liebte ihr Gesicht. Ihre Augen standen ein klein wenig schräg, und die scharfen Wangenknochen erinnerten ihn daran, dass einige der Draußener nicht bloß entkommene Bauern waren, sondern eine eigene Art, die sich von der seinen deutlich unterschied.

Sie beugte sich vor und küsste ihn.

»Flechsatem«, sagte er, und sie beide lachten.

Er rollte das Pergament zusammen und schob es in die Knochenröhre zurück, in der es gekommen war. Dann küsste er seine Frau noch einmal und fuhr mit der Hand an ihrer Seite entlang. Aber sie scheuchte ihn fort. »Zieh dich an«, sagte sie. »Wenn du endlich all deinen Putz angelegt hast, bin ich auch fertig.«

Er stand auf und ging zu ihrem gemeinsamen Bett, auf dem sie seine Sprecherkleidung ausgelegt hatte – eine sorgfältig ausgewählte Mischung aus moreanischer Hofkleidung und huranischem Schmuck. Er besaß einen Kaftan aus Hirschleder in moreanischem Schnitt, allerdings mit Igelstacheln besetzt, und statt einer gewöhnlichen moreanischen Hose trug er eine huranische, die enger saß und auf jeder Naht mit etruskischen Glasperlen bestickt war. Das Hemd wiederum war moreanisch. Als er die Hose angezogen hatte und sich den moreanischen Kriegergürtel umschnallen wollte – einiges konnte und wollte er einfach nicht ablegen –, bückte sich seine Frau vor ihm und hielt ihm die neuen Mokassins hin.

Sie waren großartig. Die Laschen waren steif vor purpurn und rot gefärbtem Igelleder und mit purpurnen Muscheln bestickt.

Purpur war die bevorzugte Farbe der Draußener, aber sie machte Turkos nervös. Im Reich galt es als ein Verbrechen, ohne die ausdrückliche Erlaubnis des Kaisers die Farbe Purpur zu tragen.

Doch das hielt ihn nicht davon ab, die Arbeit seiner Frau zu bewundern. »Du lässt mich wie ein König aussehen«, sagte er.

»Die Huraner spucken auf Könige«, sagte sie. »Du siehst wie ein Held aus. Und das bist du auch. Und jetzt geh und halte deine Rede.« Sie half ihm, seine breite Cinqueda am Gürtel zu befestigen.

Dann holte sie seinen schweren Mantel, den sie ebenfalls selbst hergestellt hatte, von ihrem Schlafplatz herüber. Er bestand aus Hunderten von schwarzen Eichhörnchenpelzen, die unsichtbar zusammengenäht und mit hellroter Wolle gefüttert waren. Sie legte ihm das Kleidungsstück um die Schultern und befestigte es mit zwei Spangen, die seinen Rang im moreanischen Militär bezeichneten: Zum einen handelte es sich um Sthenos' unsterbliches Gorgonenhaupt auf der linken Schulter und zum anderen um Euryales' Haupt – in Gold – auf der rechten Schulter.

Dann gab sie ihm seine Axt mit dem leichten Stahlkopf und der geschickt in den Schaft eingearbeiteten Pfeife. Er hatte gelernt, sie während der Ratssitzungen mit gekünstelter Beiläufigkeit im Arm zu halten, selbst wenn sie viele Stunden dauern sollten.

Sie stellte sich auf die Zehenspitzen und küsste ihn erneut. »Auch wenn du für den Kaiser sprichst«, sagte sie, »solltest du nicht vergessen, dass du ebenso mein Mann und ein huranischer Krieger bist. Denk immer daran, dass niemand im Rat dein Feind ist. Ihr alle müsst zum Wohle des Volkes zusammenarbeiten.«

Er lächelte sie an. »Manchmal habe ich den Eindruck, du bist meine Mutter, und ich bin nur ein kleiner Junge.«

Sie grinste, ergriff seine Hand und spürte, dass sie zitterte.

»Ach du meine Güte.« Sie drückte seine Hand gegen ihre linke Brust.

Das lenkte ihn von seinen Sorgen ab. Er lächelte. Seine Finger bewegten sich wie aus eigenem Antrieb.

»Ich sollte dir das nicht sagen, aber die Matronen haben schon beschlossen, das zu tun, was du verlangen wirst«, sagte sie. »Außer den Nordländern will keiner einen Krieg gegen die Sossag anzetteln.« Sie seufzte. »Und jetzt hinaus mit dir!«, sagte sie dann. »Deine Hand macht Versprechungen, die der Rest von dir hier und jetzt nicht halten kann!«

Er versuchte, mit aller Würde, die er in zwei Jahren der Übung und einer Erfahrung von zwanzig Jahren am moreanischen Hof gesammelt hatte, gebückt durch die Türklappe aus Hirschleder zu schlüpfen.

Draußen stand der gleichfalls großartig gekleidete Großföhr. Der Mann war einen Kopf größer als Turkos. Sie nickten einander zu, und da das Schicksal sie dazu getrieben hatte, gleichzeitig aus ihren Hütten zu treten, gingen sie also auch zusammen durch das Dorf.

»Nun glauben alle, dass wir zu einer Übereinkunft gekommen sind«, sagte Turkos. Sie hörten Geflüster vor einer jeden Tür.

»Vielleicht sollten wir das tun … übereinkommen«, meinte der große Krieger. »Uns bleiben noch etwa hundert Schritte. Sag mir, warum wir die Nordländer und nicht die Sossag überfallen sollen. Die Nordländer haben die Sossag bereits angegriffen und Gefangene gemacht. Und Dörfer niedergebrannt. Sie werden Vergeltung an uns üben.«

Turkos fühlte sich, als sei einer von Christi eigenen Engeln aus dem Himmel herabgestiegen und habe die Ohren seines Gegners geöffnet. So etwas war ihm während der drei vergangenen Sommer im Dorf noch nie passiert. Für gewöhnlich hörte ihm niemand zu; bei einer Ratsversammlung hatte Großföhr geschickt argumentiert, Turkos spreche die Sprache des Volkes nicht gut genug, um seine Ansichten darzulegen, und dann war seine Frau herbeigerufen worden. Erst viel später hatte Turkos begriffen, dass diese seine Rede in die Sprache einer Frau übersetzt hatte, was zwar in einem Rat der Matronen wichtig war, aber unbedeutend im Rat der Männer. Er war ausgelacht worden.

Zum Gespött der anderen zu werden, war aber nicht ganz so schrecklich, wie er erwartet hatte, denn danach schien er plötzlich nicht weniger, sondern mehr Freunde im Dorf zu haben.

All diese und noch hundert ähnliche Gedanken gingen ihm durch den Kopf, während er schweigend neben Großföhr herging.

Er verwandte zehn weitere Schritte darauf, angestrengt nachzudenken.

Dann zuckte er mit den Achseln. »Für die Huran ist Frieden besser als Krieg«, sagte er. »Die Sossag haben in diesem Frühjahr Krieger verloren, aber sie haben viele Waffen und Rüstungen erbeutet. Es heißt, dass sie einen Pakt mit einem mächtigen Zauberer geschlossen haben.«

Großföhr nickte. »Was du sagst, könnte stimmen«, gab er zu.

»Die Nordländer wollen nichts als einen einfachen Sieg. Die Biber wurden durch die Trockenheit stark dezimiert, und ihre Maisernte ist kümmerlich.« Die Erkenntnis traf Turkos wie ein Blitz aus heiterem Himmel. Kurz blieb er stehen. Er konnte die Huran – oder zumindest sein eigenes Dorf und die sechs anderen, die unter seiner Herrschaft standen – doch noch auf eine andere Weise aus dem Krieg heraushalten.

»Was passiert, wenn wir keine Kriegerschar entsenden?«, fragte er und ging weiter. Großföhrs Miene verriet ihm, dass er richtig lag. »Was ist, wenn wir eine Abordnung zu den Sossag schicken und ihnen mitteilen, dass wir mit dem Krieg der Nordländer nichts zu tun haben? Und dann werden unsere Krieger ...« Vergeblich suchte er nach einem Wort, das die moreanische Taktik einer Defensivpatrouille am besten beschrieb. »... losschicken, damit sie zusehen und höchstens einen Hinterhalt legen, während wir in aller Ruhe unsere Ernte einfahren.«

Das Ratsfeuer war nicht mehr weit entfernt.

Großföhr sah ihn an. »Gar kein Überfall?«, fragte er. »Sondern viele kleine Einheiten – wie Jagdgruppen –, die jeden Pfad beobachten?« Er kratzte sich am Scheitel, auf dem eine prächtige Ansammlung von Reiherfedern steckte. »Viele kleine Kriegergruppen bedeuten viele Anführer – und viel Übung für die Jüngeren.« Er sah Turkos an. »Wärest du damit früher gekommen, hätten wir es schon längst beschließen können.«

Turkos schlug nun alle Vorsicht in den Wind. »Mir ist dieser Gedanke aber eben erst gekommen«, sagte er.

Das ganze Dorf sah zu, wie sich Großföhr und Turkos die Hände reichten, bevor sie das Ratsgebäude betraten. Beide Männer lachten.

## Morea · Der Rote Ritter

»Er will *wirklich* dadurch bezahlen, dass er mich mit seiner Tochter verheiratet?«, fragte der Hauptmann. Sie hatten eine Pause eingelegt und sich die Zügel über die Schultern geworfen. Sie befanden sich im moreanischen Landesinnern hinter Mittelburg. Blassgrüne Hügel und sandfarbene Felsvorsprünge erstreckten sich bis in die sonnengedörrte Ferne.

Der Hauptmann kicherte und hätte sich beinahe an dem gewässerten Wein verschluckt, den ihm Ser Alcaeus gereicht hatte.

Ser Gawin grinste. »Die Männer sagen, dass sie die größte Schönheit unserer Zeit sei«, meinte er. »Aber ich habe keine Ahnung, wie hoch ihr Wiederverkaufswert ist.«

Ser Alcaeus war zum Mittelpunkt des gesamten kaiserlichen Botendienstes geworden, und die täglichen Flüge der großen schwarzweißen Vögel hielten ihn über den Zustand der Prinzessin auf dem Laufenden. »Das war keine gute Bemerkung, Ser Gawin«, fuhr er diesen an.

Der Hauptmann kippte den Rest des wässerigen Weins hinunter. »Mal sehen, ob ich es richtig hinbekomme«, begann er. »Der Herzog von Thrake hat fünftausend Mann, einen mächtigen Magister, eine unbekannte Anzahl von Verrätern innerhalb der Stadt und weitere Söldner aus Etruska, die den Kaiser loswerden wollen, damit sie den Rest des Reiches umso wirkungsvoller vergewaltigen können. Stimmt es bis hierher?«

Ser Alcaeus nickte. »Ja, Mylord«, sagte er mit deutlicher Bitterkeit in der Stimme.

»Wir haben hundert Lanzen und unseren eigenen Wagenzug. Wir können nicht auf die örtlichen Bauern und Lords rechnen, und jetzt sagst du mir auch noch, dass sich die Prinzessin zur Kaiserin hat ausrufen lassen und behauptet, nun sei sie statt des Kaisers, der uns angeheuert hat, unsere Auftraggeberin. Allerdings habe sie kein Geld, uns zu bezahlen.«

Ser Alcaeus zuckte die Achseln. »Das Reich hatte noch nie viel Geld.«

*Wenn das nicht die Wahrheit ist,* murmelte Harmodius.

»Also hatte ihr Vater geplant, sie an mich zu verheiraten, anstatt uns zu bezahlen?«, fragte der Hauptmann noch einmal, während ihn ein Schmerzstachel durchbohrte. Jedes Gespräch mit Harmodius trug die Möglichkeit eines schrecklichen Kopfschmerzes und eines verlorenen Tages in sich. »Das war sein Plan?«

Ser Alcaeus schnitt eine Grimasse. »Ich gebe zu, dass es seltsam erscheint …«

Gawin lachte lange und laut und rollte mit der rechten Schulter, auf der über dem verheilten Fleisch weiterhin die gold-grünen Schuppen wuchsen. Er kratzte sich dort allzu oft, so als wollte er sich vergewissern, dass sie wirklich da waren. »Es sei denn, wir sollen sie untereinander aufteilen«, meinte er.

Tom Schlimm schlug sich mit der gepanzerten Hand auf den Schenkel.

Alcaeus' Gesicht wurde rot, während er mit der Hand an sein Schwert fuhr.

Ser Gawin hob die Hände. »Ser Ritter, ich bin nun einmal grob, wenn ich lustig bin. Bestimmt ist die Lady Irene schöner als alle anderen Frauen – meine eigene ausgenommen.« Lady Mary – die Zofe der Königin – war Ser Gawins Lady *par amours*; ihr Schleier flatterte an seiner Schulter.

Ser Michael, der frühere Knappe des Hauptmanns – und nun in der ganzen Truppe als der missratene Sohn des Grafen von Towbray bekannt –, nahm den Schlauch mit dem gewässerten Wein vom Hauptmann entgegen. »Wenn wir alle unsere Damen ausschließen, setzt das doch gewiss die Schönheit der Lady Irene herab, oder? Aber wenn wir es nicht tun, sind wir ein mürrischer, unritterlicher Haufen, nicht wahr?«

Ser Michaels Dame war ein Bauernmädchen aus Kentmere, und jeder anwesende Mann konnte sie jeden Tag sehen. Trotz einer Sinnesart, die zum Praktischen neigte, sowie trotz eines geschwollenen Bauches und Händen, die vom gemeinsamen Waschen mit Lis rot waren, stand Kaitlin Lanthorns Schönheit außer Frage, und ihr Ritter war stolz, ihr einfaches Leinentaschentuch an seiner Schulter tragen zu dürfen.

Michael nahm noch einen Schluck von dem dünnen Wein und gab den Schlauch an Tom Schlimm weiter. »Außerdem würde mir Kaitlin den Kopf abreißen, sollte ich einen solchen Plunder mit anderen teilen.«

Tom warf den Kopf zurück und lachte. Der Hauptmann musste sein Gesicht hinter einem langen Ärmel verstecken. Ser Gawin drehte den Kopf und verzog die Lippen.

Ser Alcaeus gab den Kampf auf und zuckte mit den Achseln. »Später bringe ich euch alle um.«

Tom Schlimm schlug ihm auf den Rücken. »Ihr seid ein Verrückter«, sagte er. Das war seine höchste Form des Lobes.

Der Hauptmann hob die Hand, und sofort schwiegen alle.

»Im Augenblick sind wir reich. Es besteht nicht einmal die Gefahr, dass auch nur einer von uns seinen Tageslohn nicht erhält. Es ist ein feines Abenteuer – wir retten eine Prinzessin und das Reich gleich dazu.« Der Rote Ritter richtete den Blick auf seine Waffenbrüder. »Der Kaiser hat natürlich angenommen, dass ich ein armer Söldner bin.«

*Vielleicht könntest du sie retten und es so einrichten, dass sie sich in dich verliebt. Dann reitet ihr in aller Romantik davon, nachdem du ihre Nachricht verbrannt hast,* flüsterte Harmodius.

*Ich könnte sie retten und es so einrichten, dass ihr Vater stirbt. Dann setze ich mich selbst als Kaiser ein. Und jetzt hältst du den Mund,* murmelte der Rote Ritter in der Abgeschiedenheit seines Kopfes. Einen mächtigen Magier, der fünfmal so alt war wie er selbst, in seinem Haupte zu tragen, nachdem er den Mann vor dem Tode gerettet hatte, war zu einer wesentlich größeren Bürde geworden, als er es je erwartet hätte. Vielleicht aber war der Magier auch wirklich tot. Doch was immer es sein mochte, das im Kopf des Hauptmanns zurückgeblieben war, es tat ihm inzwischen die ganze Zeit über weh.

Ser Jehan hatte bisher geschwiegen, weil er damit beschäftigt gewesen war, zwei miteinander verbundene Würste zu verspeisen. Doch nun spuckte er die Pelle des letzten Stücks aus und schüttelte den Kopf. »Aber das bezahlt uns keine Rechnungen.«

»Ich hatte gehofft, dieses eine Mal Ser Jehan zuvorzukommen und meine nüchterne Sachlichkeit unter Beweis zu stellen.« Der Hauptmann rollte den Weinschlauch in der Hand herum, starrte die Öffnung an und gab ihn seinem Knappen Toby, der bereits einen neuen bereithielt.

»Aber ja, wir müssen bezahlt werden. Die Rettung der Prinzessin mag zwar eine gute Werbung für uns sein, aber nach Lissen Carak könnte es eigentlich mehrere Jahre dauern, bis wir …« Er blickte sich um. »Nun ja, bis wir überhaupt *irgendetwas* tun müssen.« Er zuckte die Achseln.

Ser Alcaeus kniff die Augen zusammen. »Wir sind zwei Tagesritte von der Stadt entfernt. Bei allem Respekt, Mylord, ich habe den Eindruck, dass Ihr weniger die politische Lage als vielmehr die wirtschaftliche Situation im Blick habt.«

Der Hauptmann staubte seinen scharlachfarbenen Mantel ab und zupfte an seinem Kettenhemd, damit es unter dem oft reparierten Brust- und Rückenpanzer besser saß. Und schließlich trat er in die Luft, bis sein Reitschuh endlich richtig im rechten Sabaton steckte. Dann sprang er auf sein neues kastanienbraunes Kriegspferd. Es ächzte, als er im Sattel landete und das eine Bein darüber warf; dann stellte er die Füße in die Steigbügel.

»Das ist richtig«, sagte er. »Wir sind keine fahrenden Ritter, Alcaeus. Wir sind Söldner.« Er sah seine Kommandanten an. »Außerdem schätzen Prinzen nur das, wofür sie gewaltige Summen ausgegeben haben. Sie sind wie Kinder.«

Ser Alcaeus schüttelte den Kopf. »Was wollt Ihr denn haben?«

»Reichtum und Ruhm. Mit dem Reichtum will ich anfangen.« Der Hauptmann lächelte. »Wir werden unser Lager auf dem großen Hügel aufschlagen, den ich in der Ferne sehe. Gelfred sagt, dass wir dort Wasser und Nahrung für eine ganze Woche finden. An diesem Ort werden wir warten, während ich mit der Prinzessin verhandle.«

Ser Alcaeus wurde mit jedem Wort erzürnter. »Wir sind nahe genug, um sofort mit der Belagerung zu beginnen. Bei den Wunden Christi, Mylord, Ihr habt bisher noch kein einziges Wort über Verhandlungen gesagt.«

»Alles hat seine Zeit – auch Verhandlungen.« Der Hauptmann stellte sich in die Steigbügel und sah zu, wie seine Truppe den Pass durch das Gebirge hinunter ritt. Die Berge in Morea waren an den näher gelegenen Hängen eher braun als grün, und die Blätter der Bäume zeigten ein blasses Grün. Unter ihnen erstreckten sich Wälder aus Olivenbäumen – manche waren kultiviert, manche wuchsen wild. Der Flickenteppich der Äcker – mit Weizen, Hirse und Gerste – setzte erst am Fuß der Hänge ein und zog sich bis in die Talsenken hinein, wo sich schmale Flüsse und Bäche zwischen den Feldern wanden.

Nur die Berge trennten sie von dem moreanischen Kernland mit seinem fruchtbaren Boden. Und von der Stadt, die als glitzernder Fleck aus Holzrauch und weiß getünchten Mauern etwa fünfzehn Meilen vor ihnen lag.

Und dahinter schloss sich das Meer an.

Ser Michael schüttelte den Kopf. »Die Wildnis ist seit fünfhundert Jahren nicht mehr hier gewesen«, sagte er.

Tom Schlimm zuckte die Achseln. »Der Wein ist gut«, meinte er.

Ser Alcaeus trat neben den Hauptmann. »Nennt Euren Preis«, sagte er mit kalter Stimme.

»Alcaeus, nimm es nicht persönlich. Es geht hier nur ums Geschäft. Ich will die Tochter des Kaisers gar nicht heiraten. Und ich kann sie auch nicht als Bezahlung zwischen uns aufteilen. Deshalb brauche ich ein konkretes Angebot.« Der Rote Ritter spielte mit seinem Schwertgriff.

»Dann sagt mir, was Ihr haben wollt«, platzte es aus Ser Alcaeus heraus. »Ich werde sofort jemanden mit Eurer Botschaft losschicken.«

Der Hauptmann hatte den Blick auf den fernen Horizont gerichtet. »Ich bräuchte einen neuen Panzer für Brust und Rücken – einen, der mir passt und keine Löcher hat. Wie ich gehört habe, soll es in der Stadt ausgezeichnete Schmiede geben.«

»Ihr wollt mich verspotten«, sagte Ser Alcaeus.

»Nein, ich meine es völlig ernst. Eine schöne neue Rüstung für Brust und Rücken würde mich persönlich sehr freuen. Und dann auch noch alles, was der Herzog von Thrake besitzt.«

Ser Alcaeus trat einen Schritt zurück. »Was? Es tut mir leid, aber …«

»Ich vermute, sie wird ihn enteignen und all seine Besitztümer und Titel als verwirkt erklären. Und dann eigne ich sie mir an. Außerdem werde ich sein Amt als Megas Ducas übernehmen – heißt so nicht der General bei ihnen? Nicht wahr? Und ich werde das Recht erhalten, überall im Reich Steuern zu erheben und damit die Armee unterstützen.« Er nickte, als hätte er sich all das erst in diesem Augenblick ausgedacht.

Ser Michael schlug sich auf die Schenkel. Er schaute sich nach Ser Alison – Pampe – um und wollte diesen Scherz mit ihr teilen. Aber sie war gerade mit den Ausreitern unterwegs.

Ser Alcaeus biss sich auf die Lippe. »Der Herzog von Thrake ist ein Prinz von kaiserlichem Geblüt«, sagte er.

Der Hauptmann nickte. »Weißt du, mein Freund, mir ist das eine oder andere aus dem Reich bekannt. Ich habe begriffen, dass diese kleinen Familienstreitigkeiten normal sind, und Familienmitglieder sind von jeder Vergeltung ausgenommen, wenn sie rebellieren. Das sollten wir gleich zu Beginn ändern, nicht wahr?«

Ser Alcaeus quälte sich ein schiefes Lächeln ab. »Es wird den Herzog ganz gewiss verärgern«, sagte er mühsam.

Die Lady Maria diente als Sekretärin der Kaiserin. Sie näherte sich dem Thron – in diesem Fall war es ein Elfenbeinstuhl im Privatgemach der Prinzessin – mit etlichen Botenrollen in ihrem Korb. Erfreut stellte sie fest, dass alle Nordikaner auf ihren Wachtposten standen; sechs waren es im äußeren Gemach und zwei im inneren. Drei Tage nach dem versuchten Handstreich des Herzogs waren die Blutflecken nicht mehr zu sehen, und in den Palast war so etwas wie Normalität zurückgekehrt, was am besten an der Ungebärdigkeit der Palastbediensteten abzulesen war, die nun bei jeder größeren Tür nach Waffen abgesucht wurden.

»Eine Botschaft von meinem Sohn«, sagte Lady Maria und machte einen Knicks.

Irene streckte die Hand aus. In der anderen Hand hielt sie ein kleines, in Pergament gebundenes Buch. »Ja?«, fragte sie. »Hat dieser abscheuliche Mann um meine Hand angehalten? Hat sich der galante Ser Alcaeus darum gekümmert?«

»Das hat er«, gab Lady Maria zu.

Irenes ganze Aufmerksamkeit wandte sich nun ihrer wichtigsten Ratgeberin zu. »Dann haben wir ja eine Verhandlungsgrundlage. Was hat er denn angeboten?«

»Es geht nicht so sehr um das, was mein Sohn angeboten hat, sondern um das, was der Barbarenhauptmann verlangt hat, Majestät.« Sie händigte die Zylinder mit den Botschaften an ihre Kaiserin aus – die Meinungen im Palast gingen über die Frage, ob Irene nun Kaiserin oder nur Regentin war, weit auseinander. Und die kluge Lady Maria hatte sich bisher jeglichen Kommentars darüber enthalten.

Bei den kaiserlichen Boten handelte es sich um große Vögel, doch der Grund für ihre Größe lang nicht in der Schwere der Botschaften, sondern darin, dass sie schnell und in der Lage sein mussten, sich gegen Feinde zu wehren. Die beiden Zylinder aus Vogelknochen enthielten leichtes Reispapier, auf dem nur wenige Worte standen.

»Ich entschuldige mich für die Anmaßung des Barbaren«, sagte Lady Maria leise.

Irenes Miene verhärtete sich. Doch in ihren Augen glitzerte es. Sie wandte sich an Maria, und zum ersten Mal seit drei langen Tagen erlaubte sie sich ein schwaches Lächeln.

»Herzog Andronicus wird *unglaublich wütend* sein«, sagte sie.

Lady Maria hielt den Blick gesenkt. »Das ist eine schockierende Vorstellung, Majestät. Damit will ich sagen …«

Irene legte ihre wunderschöne Hand an ihre wunderschöne Kehle. »Ich wünschte bloß, ich könnte ihn hören, wenn er es erfährt. Dieser Sohn einer pockennarbigen Häretikerhure wagt es, seine schmutzige Hand gegen …« Sie hielt inne. »Gegen meinen Vater zu erheben? Ich werde ihm zeigen, wie es in der Hölle aussieht, und mit der

Hilfe dieses guten barbarischen Herrn werde ich ihn auch dorthin schicken.«

Während sie so redete, kehrte die Farbe in ihr blasses Gesicht zurück. In ihren Augen glitzerte es. Hatten ihre Wangen vorhin noch wie aus altem Elfenbein gewirkt, so nahmen sie nun die Tönung einer frischen roten Rose an. Die Kaiserin sah sich um. »Ist der Oberhofmeister gefunden worden?«

Lady Maria erlaubte sich, dem Nordikaner Schwarzhaar einen kurzen Blick zuzuwerfen. Der tätowierte Mann war auf eine barbarische Weise schön, und sie fragte sich, wie dieser kühne neue Barbarensöldner wohl aussehen mochte.

Schwarzhaar erwiderte ihren Blick fest und schüttelte ganz leicht den Kopf.

»Majestät, wir müssen den Oberhofmeister unserer Liste der Verräter wohl hinzufügen. Staatsgefährdende Korrespondenz wurde in seinen Gemächern gefunden, und er hat Haus, Frau und Kinder verlassen und ist geflohen.« Lady Maria sprach leise und mit gesenktem Haupt. Die Krise hatte zwar alles Zeremonielle im Palast auf ein Mindestmaß niedergedrückt, doch Lady Maria beabsichtigte, die Gepflogenheiten aus den Tagen ihres Vaters beizubehalten.

Irene richtete sich auf. »Zieht seinen Besitz ein und lasst seine Familie hinrichten«, sagte sie. »Jedes einzelne Kind.«

Lady Maria nickte. »Natürlich, Majestät. Und doch …«

Irene wandte ihr den Kopf zu. »Diese Worte gefallen mir nicht. Willst du dich meinem rechtschaffenen Zorn etwa widersetzen? Ihr Tod wird deutlich machen, wie wir mit Verrätern umgehen. Hat er das kaiserliche Siegel mitgenommen?«

»Anscheinend. Bisher hat es jedenfalls keiner von uns gefunden.« Lady Maria zuckte die Achseln. »Eure Mutter besaß ein Duplikat.«

Irene versteifte sich. »Es kann kein *Duplikat* eines so heiligen Gegenstandes geben!«

Maria neigte den Kopf noch tiefer. »Wie Euer Majestät sagen. Und doch …«

»Schon wieder diese Worte!«, spuckte Irene aus.

Maria nickte. »Vorhin hatte ich gezögert, weil sich der Oberhofmeister schon seit einem Jahrzehnt eine junge Geliebte hält. Er hat Kinder mit ihr gezeugt und ihr ein Haus gekauft. Auch diese Frau ist zusammen mit ihrer Brut verschwunden. Wegen ihr hat der Kammerherr seine Frau verlassen. Daher glaube ich, dass ihr Tod ihn nur freuen würde. Und im zweiten Fall stimme ich mit Eurer Majestät darin überein, dass es kein Siegelduplikat geben sollte. Doch ich bitte Eure Majestät, sich persönlich von seiner Existenz zu überzeugen.« Sie streckte eine schwere Goldkette aus, in der ein großer, rubinfarbener Granat von der Größe einer Kinderfaust steckte; auf der einen Seite war er abgeflacht, und in die andere war das Wappen des Reiches eingraviert. Rotes Feuer schien im Herzen des Kristalls zu brennen.

»Das ist das Herz des Aetius!«, rief die junge Kaiserin.

»Das glaube ich nicht. Eher glaube ich, Eure Mutter heiligen Namens und makellosen Ansehens hatte ein Duplikat anfertigen lassen, damit sie die Edikte Eures Vaters über die wahre Religion in aller Stille ändern konnte, sofern sie mit ihnen nicht übereinstimmte«, erwiderte Lady Maria leise.

Irene dachte darüber nach, und einen Augenblick lang schien sie nicht länger eine alterslose heidnische Göttin zu sein, sondern ein einfaches sechzehnjähriges Mädchen.

»Ich bitte vielmals um Verzeihung, Maria. Bring die Frau und die Kinder des Kammerherrn an den Hof, aber entkleide ihn aller Titel. Purpurfarbenes Pergament, goldene Tinte. Nimm ihnen alles weg. Und sag dem Barbaren, dass wir im Geschäft sind. Ich werde meinen Teil erfüllen, sobald die Streitkräfte des Herzogs zerschlagen und von meinen Mauern vertrieben wurden.«

Die Lady Maria hatte kein einfaches Leben gehabt. Sie war nacheinander ein mittelloses Adelskind, ein frühreifes Höflingsmädchen, eine kaiserliche Geliebte, eine abgelegte kaiserliche Geliebte und die Mutter eines ungewollten Bastards gewesen. Und dann – was am schlimmsten war – die *alternde* Rivalin der alten Kaiserin.

Und nun hatten Ereignisse, die sich ihrer Kontrolle entzogen, ihr und ihrem Sohn mehr Macht verliehen, als sie es sich je erträumt hatte. So viel Macht – und so viel Einfluss –, dass sie nun ernsthaft daran denken musste, wie sie das Wohl des Reiches fördern konnte, anstatt bloß sich selbst und die Ihren zu bereichern. Falls sie überlebte und ihre Seite gewann.

Ihr Sohn hatte ihr versprochen, dass dieser Barbarensöldner wahre militärische Wunder wirken konnte.

Ihre Gedanken wurden durch die Prinzessin unterbrochen. »Lady Maria, ich habe von dem diensthabenden Spatharios Dunkelhaar erfahren, dass während ...« – sie hielt kurz inne – »... während der Unannehmlichkeiten im Palast ein Gefangener gemacht wurde.«

Lady Maria legte eine Hand an ihr Kruzifix und machte einen Knicks. »Ich weiß, dass dies stimmt«, sagte sie.

Prinzessin Irene nickte mehrmals. »Maria, dieser Mann muss sterben.«

Lady Maria hatte dies bereits erwartet. »Betrachtet es als erledigt«, sagte sie.

Auf dem langen Weg von den Gemächern der Prinzessin zu den Stallungen blieb ihr genug Zeit für ausführliche Gedanken über die Auswirkungen, die die Aberkennung der Ämter und Titel des Herzogs von Thrake haben würde. Schließlich war er der mächtigste Kriegsherr im ganzen Reich. Und er war dessen erfolgreichster Soldat.

Er war ein alter Rivale, für den sie nur Verachtung übrig hatte.

Sie traf den Attentäter in dessen Zelle tief unter den Palaststallungen an und holte einen Wächter herbei – einen Nordikaner. Diese und die Scholae bewachten nun den gesamten Palast.

»Sorge dafür, dass dieser Mann Wein zu seinem Abendessen erhält«, sagte sie und gab einem der Diener eine Amphore mit Wein.

Der Nordikaner verneigte sich vor ihr. »Ja, Despoina.«

Dann stieg sie allzu viele Stufen hinauf, bis zu den Räumen des Botendienstes – dies war der ganze Stolz des zerfallenden Reichs. Es war die Kombination aus vorzüglicher tausendjähriger Zucht und Auswahl sowie kräftigem Hermetismus, die das Botenwesen des Kaisers sowohl sicher als auch wirkungsvoll machten.

Sie schrieb die Antwort der jungen Kaiserin nieder, rollte sie zusammen und gab sie dem Meister der Volieren. Dann beobachtete sie, wie einer der großen schwarz-weißen Vögel aus einem der Verschläge genommen wurde. Er erhielt einen Knochenzylinder sowie einige Anweisungen und wurde dann losgelassen. Ein rangniedriger Adept wob ein schwieriges Phantasma.

Der Vogel stieg in die Luft und segelte auf seinen sieben Fuß breiten Schwingen in der frischen Brise über den äußeren Hof.

Ser Alcaeus bückte sich vor der Öffnung im Pavillon des Hauptmanns. Toby polierte gerade einen Eisenschuh mit einem Lappen, den er zuvor in Asche gewälzt hatte. Er verneigte sich vor dem moreanischen Ritter und nickte. »Er trinkt gerade«, sagte Toby.

Der Hauptmann saß mit Ser Alison und Ser Thomas zusammen. Auf dem Tisch vor ihnen lag ein Pergamentblatt von minderer Qualität, das sorgfältig mit weißem Blei sowie mit Tinte und Kohle beschrieben war.

Der Hauptmann nickte Ser Alcaeus zu. »Guten Abend, Alcaeus. Sei bitte nicht wütend.«

Der Moreaner neigte das Haupt. »Das bin ich nicht, Mylord. Aber ich muss sagen, dass ich meine Treue nicht gern zwei verschiedenen Herren schulde, die gleichzeitig an mir zerren.«

Tom Schlimm streckte seine gestiefelten Beine aus und füllte den gesamten hinteren Teil des Raumes im Pavillon. »Dann habt einfach keine zwei Herren«, sagte er.

Alcaeus warf sich auf einen Stuhl. »Jeder Mann hat zwei Herren – oder gar drei oder vier. Oder zehn. Lords, Geliebte, die Kirche, die Eltern, Freunde …«

Der Hauptmann nickte. »Besäßen wir überhaupt Ritterliteratur, wenn wir uns nicht andauernd verschiedenen Herren beugen müssten?« Er zuckte die Schultern und sah Tom an. »Du gehst dieser Frage aus dem Weg, indem du einfach jeden tötest, der nicht einer Meinung mit dir ist.«

Tom betastete seinen kurzen schwarzen Bart. »Nur wenn ich Viehtreiber werden sollte«, gestand er zu.

»Wie dem auch sei«, meinte der Hauptmann. »Alcaeus, wie lautet die Antwort der Prinzessin?«

Der Moreaner gab ihm zwei Zylinder mit Botschaften. »Ja, wenn Ihr den Erfolg als Bedingung für eine Bezahlung annehmt.«

Der Hauptmann hob den Blick. In seinen Augen glitzerte es. »Gut, gut. Wie verzweifelt sie sein muss! Und wie *wütend.* Ich hätte mehr verlangen sollen.« Er warf die Hände hoch. »Ich bin einverstanden, wenn wir nur bei Erfolg bezahlt werden. Toby, sag Nicholas, er möge alle Offiziere zusammenrufen.«

Nicholas Ganfroy war ein junger Mann, der ein merkwürdiges Schreiben vom Hof in Harndon besaß, in dem stand, dass er in jeder Hinsicht qualifiziert sei, als Herold zu dienen. Er war auffallend dünn und schien jünger als alle anderen zu sein. Es gab wohl kaum eine Frau, der er in den drei kurzen Wochen, welche er bisher in der Truppe verbracht hatte, nicht nachgestiegen war. Sein Trompetenspiel war keineswegs so gut wie das des letzten Trompeters Carlus, des riesigen Schmieds, der in der Schlacht bei Lissen Carak gestorben war.

Doch jetzt war er wach und aufmerksam, und nach drei ärmlichen Versuchen gelang es ihm, das Signal zum Sammeln der Offiziere zu blasen, das Ser Jehan, Ser Milus, Meister Gelfred und die neuen Korporäle Francis Atcourt, John le Bailli und Ser George Brewes herbeilockte. Ser Alcaeus bekleidete genau wie Ser Alison den Rang eines Korporals. Sie hob die eine Seite des Pavillons an, damit mehr Platz herrschte, und schrie in der Lautstärke eines Gassenkindes durch das abendliche Lager: »Tommy!«

Ihr Knappe ließ den Stiefel, den er gerade polierte, sofort fallen und rannte auf das Kommandozelt zu. Als er dort angekommen war, half er Toby und einem Dutzend anderen Knappen und Pagen dabei, einen Baldachin zu errichten sowie Klapptische und Stühle aufzustellen, die aus den anderen Pavillons geholt worden waren, bis alle Offiziere zusammen mit dem Hauptmann in einem Kreis saßen. Auch die beiden alten Bogenschützen Cully und Bent kamen. Sie setzten sich zu den Rittern und betrugen sich mit einer Vertrautheit, die vor einigen Monaten noch nicht geherrscht hatte. Die Knappen reichten ihnen Wein. Der letzte Mann, der eintraf, war der Schreiber. Er nickte dem Hauptmann zu und nahm neben Tom Schlimm Platz.

Der Hauptmann hob die Hand und bat um Stille. »Ser Alcaeus hat einen guten Vertrag mit unserer neuen Auftraggeberin ausgehandelt«, sagte er. »Ich werde dafür sorgen, dass wir einen gesunden Gewinn daraus ziehen werden. Es ist also an der Zeit, dass wir unsere Arbeit wieder aufnehmen. Ihr alle hattet einige Wochen Langeweile und Entspannung. Die neuen Lanzen hatten Zeit, sich einzugewöhnen. Und den alten Kriegern war Gelegenheit gegeben, ihre Ängste abzuschütteln.« Er sah sich um. »Oder auch nicht, aber wir alle tun so, nicht wahr?«

Pampe grinste. »Klar, jederzeit«, sagte sie.

»Das könnten wir geradezu zu unserem Motto machen«, meinte der Hauptmann. »Gelfred? Würdest du bitte die Lage schildern?«

Gelfred stand auf und entrollte das Pergament, das vorhin offen auf dem Tisch gelegen hatte. Es war eine vollständige, sehr fein geschabte Schafshaut, die vor Lampenlicht durchsichtig wurde.

»Der Herzog von Thrake hat etwa zweitausend Mann in zwei Hauptabteilungen. Die eine lagert auf dem sogenannten Feld von Ares vor dem südwestlichen Tor der Stadt. Die meisten davon sind Ritter und Soldaten, aber mit wenigen Ausnahmen sind die moreanischen Soldaten nicht so gut ausgerüstet wie wir. Sie reiten auf leichteren Pferden und tragen Kettenhemden.«

Tom grinste. »Dann hinken sie also ungefähr hundert Jahre hinterher.«

Ser Alcaeus beugte sich vor. »Es stimmt, was du sagst, Tom, aber sie sind wesentlich disziplinierter als die meisten eurer albischen Ritter und viel wendiger als die Gallyer.«

»Dennoch leichte Beute für einen Speerschaft«, sagte Bent.

Gelfred erlaubte sich ein schwaches Lächeln. »Du sagst es.« Er schaute sich um, als erwartete er noch weitere Unterbrechungen. Dann fuhr er fort. »Die zweite Abteilung ist ausgewogener, hat eine nördliche Infanterie, die man Stradioten nennt und die ihre Soldaten und berittenen Bogenschützen unterstützt. Sie sind im Südosten der Stadt stationiert und belauern das Tor, hinter dem das Vardarioten-Regiment untergebracht ist. Es ist offensichtlich, dass dieser Herzog vor den Vardarioten mehr Angst hat als vor uns – falls er überhaupt weiß, dass wir hier sind. In den letzten drei Tagen haben wir mehr Späher von ihm aufgegabelt, als man sich vorstellen kann.« Er zog eine Grimasse. »Aber er verfügt über eine eigene Streitmacht aus Ostmännern.« Gelfred zuckte die Achseln. »Die Bilanzen sind ungefähr ausgeglichen. Wir haben keinen von ihren Ostmännern erwischt, und sie haben niemanden von uns gefangen genommen, auch wenn es für Amy Hock heute fast ins Auge gegangen wäre.«

Im Lager war allgemein bekannt, dass Amy Hock beim letzten Licht des Tages mit einem Pfeil im Hintern zurückgekommen war. Das hatte für viel Gelächter gesorgt.

»Auf Salmis ist jenseits der Bucht eine mächtige etruskische Schwadron stationiert.« Gelfred sah den Hauptmann an, der ihm zunickte. »Einem unserer Gewährsmänner zufolge unterstützen die Etrusker Herzog Andronicus im Gegenzug für Handelszugeständnisse.«

Alcaeus nickte. »Das passt zu den Berichten, die meine Mutter geschickt hat«, warf er ein. Falls er daran interessiert war, welche weitere Informationsquelle der Hauptmann in der Stadt hatte, so zeigte er es jedenfalls nicht.

»Die Etrusker haben sechzehn Galeeren und drei Rundschiffe, dazu fast tausend Seemänner und dreihundert Soldaten.« Er blickte sich um.

Cully stieß einen Pfiff aus. »Hornbogenschützen. Bösartige Teufel, ein jeder von ihnen. So wie wir.«

Bent stimmte ihm zu. »Ich würde lieber gegen Kobolde und Irks kämpfen. Deren Bogenschützen sind nicht so gut.«

Der Hauptmann lehnte sich so weit zurück, dass sein Stuhl knarrte. »Sind die Vardarioten loyal, Alcaeus?«

»Das ist nicht sicher. Sie haben sich zwar geweigert, vor dem Verräter zu paradieren, aber sie haben ihre Kaserne nicht verlassen. Die Ostmänner sind ziemlich unergründlich.«

»Wann wurden sie zuletzt bezahlt?«, fragte der Hauptmann.

Alcaeus wand sich. »Seit einem Jahr nicht mehr.«

Der Hauptmann legte die Finger zu einem Dach zusammen. »Kannst du ihre Anführer dazu bringen, sich mit uns zu treffen?«

Alcaeus zuckte mit den Achseln. »Ich könnte es versuchen«, sagte er.

Der Hauptmann sah sich um. »Biete ihnen an, die Zahlungsrückstände zu begleichen. Ich werde persönlich für die Kosten aufkommen. Als Gegenleistung müssen sie ihre Parade am nächsten Morgen durchführen und durch die Straßen der Stadt zum …« – er hielt kurz inne und schaute auf das Tor – »… zum Ares-Tor reiten.«

Alle reckten gleichzeitig die Hälse.

»Wir werden auf dem Feld von Ares kämpfen?«, fragte Michael mit deutlich hörbarer Erregung in der Stimme.

»Ich hoffe, dass der baldige Ex-Herzog von Thrake das denken wird«, sagte der Hauptmann. »Ser Alcaeus, ich brauche ein einfaches ›Ja‹ oder ›Nein‹ von den Vardarioten, und zwar in spätestens einer Stunde. Toby hat schriftliche Befehle für jeden einzelnen Offizier. Wir reiten in einer Stunde los.«

Die anderen saßen in verblüfftem Schweigen da.

Tom Schlimm lachte. »Habt Ihr etwa geglaubt, er will die Strategie mit Euch besprechen?«, fragte er. »Komm, Pampe.«

Sie las bereits ihre Befehle. »Brauchst du jemanden, der dir vorliest, Tom?«, fragte sie.

Niemand sonst würde es wagen, Tom auf diese Weise zu necken. Seine Hand fuhr zum Schwertgriff, und dann riss er den Kopf herum und sah sie an. Aber sie grinste nur.

»Wir werden uns die ganze Nacht hindurch über unbekanntes Gelände bewegen, um gegen Menschen zu kämpfen, die wir nie zuvor gesehen haben«, sagte sie.

Tom nickte. »Ja«, gab er zu. »Das ist, als wäre ein großer Traum wahr geworden.«

## Der Hof von Gallyen · Der König, sein Pferd und Lady Clarissa

Der König sah Clarissa beim Lautenspiel zu und leckte sich die Lippen.

Sie lächelte ihn an, während sie mit ihrem Spiel und Gesang fortfuhr.

Als sie ihre Motette beendet hatte, klatschte er Beifall, und sie neigte bescheiden den Kopf. Der König erhob sich von seinem Schemel – einem Schemel aus reinstem weißen Umroth-Bein aus Ifriqu'ya, der neben einem Fruchtholzstuhl mit Einlegearbeiten aus dem gleichen Material stand – und ging zu ihr hinüber. Er legte ihr die Hand auf die Schulter und spürte, dass sie leicht zitterte. Er konnte ein Raubtierlächeln nicht unterdrücken.

»Für eine Frau an meinem Hof kleidest du dich auffallend einfach«, sagte er.

»Mylord«, sagte sie sehr leise.

»Ich sähe gern, wenn du elegantere Dinge tragen würdest«, fuhr er fort. »Ich nehme an, dass du wunderschön bist. Ich umgebe mich gern mit schönen Dingen.« Seine Hand fuhr ihr beharrlich über Schulter und Rücken.

Sie versteifte sich unter seiner Berührung.

»Euer Gnaden?«, fragte Abblemont, und der König brachte es nur unter Mühen fertig, nicht zusammenzuzucken.

»Ja, mein Pferd?«, fragte er.

Er drehte sich um und hatte die Hände schon so weit von der Frau entfernt, dass er vorgeben konnte, sie niemals berührt zu haben.

»Da ist noch etwas – und es ist nicht für den Militärrat bestimmt«, sagte Abblemont.

Mademoiselle de Sartres nahm ihre Laute und ging zur Tür des königlichen Privatgemachs. Ihr Onkel machte ein kaum wahrnehmbares Zeichen, und sie wusste, dass sie gehen durfte. Erleichtert atmete sie auf. Der König bemerkte es, und seine Wut zischte auf wie ein heißer Stein unter einer plötzlichen Dusche aus kaltem Wasser.

»Mal rufe ich herbei, und dann entlasse ich wieder, Pferd«, sagte er.

»Natürlich, Euer Gnaden«, erwiderte Abblemont. »Aber die Angelegenheit ist dringend und von äußerster Wichtigkeit für Eure Politik und das ganze Königreich.«

»Ich war noch nicht fertig mit ihr!«, brüllte der König. Abblemonts ausdrucksloses Gesicht machte ihn genauso wütend wie das seiner Mutter und seiner eleganten Frau. Er packte das Erste, was ihm unterkam – den Stuhl – und warf ihn quer durch das Zimmer gegen die Wand, wo er zerbrach und Splitter aus Umroth-Bein in alle Richtungen flogen.

»Euer Gnaden«, sagte Abblemont vorsichtig.

Wie gewöhnlich fühlte sich der König nun, da er etwas zerstört hatte, um einiges besser. »Entschuldigung, Pferd«, sagte er. »Du darfst natürlich deine eigene Nichte entlassen. Worum geht es denn?«

»Ich möchte weitere Ritter zu de Vrailly schicken – und auch noch mehr Soldaten. Er soll für den König von Albia einen Feldzug führen, und deshalb haben wir es in der Hand, eine vollständige Armee innerhalb der Grenzen dieses Königreiches zu platzieren, während wir vorgeben können, die besten Freunde zu sein.«

Der König verschränkte die Arme vor der Brust. »Der Captal? Müssen wir das? Dieser hirnlose Prahler …« Er wandte den Blick ab.

»Euer Gnaden müssen ihn als Werkzeug in Euren Händen betrachten«, sagte Abblemont. »Da ich gerade Euer Ohr habe, will ich Euch berichten, dass uns der Geheime Rat des albischen Königs öffentlich beschuldigt hat, seine Münzen zu fälschen.«

Auf den Wutschrei des Königs war er nicht vorbereitet. »Wie kann er es wagen! Als ob ich irgendein gewöhnlicher Verbrecher wäre!«

Abblemont breitete die Arme aus und kam zu dem Schluss, dass dies ein schlechter Zeitpunkt war, um den König daran zu erinnern, dass sie tatsächlich albische Münzen fälschten. Er unterdrückte einen Seufzer, denn es wurde immer schwieriger, mit dem König zurechtzukommen.

»Erklär mir genau, Pferd – ganz genau –, warum ich de Vraillys Ansprüche erfüllen soll.« Diese Worte kreischte der König nicht mehr heraus. Er schien sich wieder in der Gewalt zu haben.

»Euer Gnaden, wenn de Vrailly zur gepanzerten Faust des albischen Königs werden kann, wird sein Reich in unsere Hände fallen, wann immer wir es wollen. Der König von Albia ist gerade dabei, zwei seiner wichtigsten Adligen zu verärgern. Er könnte sie in eine Lage bringen, in der sie sich an uns wenden werden. Oder er wird sie auslöschen und damit seine eigene Kampfkraft schwächen. Im Prinzip wird er unsere Armee benutzen, um seine eigene zu besiegen.« Abblemont unterließ es hinzuzufügen, dass er de Vrailly einsetzte, um die Risse im albischen Hof zu vergrößern und die Königin von Albia in Verruf zu bringen. So schien es ihm am einfachsten zu sein.

»Also gut. Schick weitere Männer zu de Vrailly.« Der König klang wie ein verdrießlicher Junge, und er verstärkte diesen Eindruck noch, indem er an der Spitze seines Daumens nagte.

»Ich hatte auch daran gedacht, weitere Ritter zu Messire de Rohan zu entsenden«, sagte Abblemont.

»Zu diesem abscheulichen Schwätzer?«, fragte der König. Doch dann nickte er. »Ausgezeichnet.« Er ging zu dem zersplitterten Stuhl hinüber und betrachtete den Schaden. »Bitte schick jemanden her, der das hier wegräumt und mir einen anderen Stuhl macht – vielleicht aus Ebenholz. Ich umgebe mich gern mit schönen Dingen«, sagte er.

Abblemont hielt den Blick gesenkt. *Und du zerbrichst sie auch gern,* dachte er.

## Liviapolis · Die Prinzessin

Harald Derkensun hasste es, im Gefängnis eingesetzt zu werden. Es war erniedrigend. In Nordika wurde nie jemand in ein Gefängnis gesteckt. Jeder Nordikaner würde lieber sterben.

Doch der Attentäter war ein vorbildlicher Gefangener. Er war kein verachtenswerter Schwächling, sondern ein richtiger Mann, und Derkensun war angenehm überrascht von ihm. Er nickte Derkensun freundlich zu, als dieser seinen Dienst begann, und schwieg ansonsten.

Irgendwann kamen zwei Männer aus dem Büro des Logotheten und folterten den Attentäter. Er sagte nichts – überhaupt nichts.

Der ältere der beiden Männer zuckte die Achseln. »Es ist ja noch früh. He, Nordikaner. Ab jetzt darf er nicht mehr schlafen, klar?«

Derkensun schüttelte den Kopf. »Verpisst euch«, sagte er. »Ich beteilige mich nicht an so etwas.«

Den Männern des Logotheten schien seine Verärgerung nichts auszumachen, und der jüngere blieb zurück. Er sorgte dafür, dass der Attentäter in einen eisernen Käfig gesperrt wurde, und klapperte immer wieder mit seinem Speer gegen die Stäbe. Der einzige andere Gefangene, ein alter Mann, der wegen öffentlicher Blasphemie eingezogen worden war, beschwerte sich über den Lärm.

Derkensun legte dem Folterer die Hand auf die Schulter. »Das ist gegen das Gesetz«, sagte er.

Der Befragende schüttelte den Kopf. »Hier gibt es kein Gesetz«, sagte er. »Nicht für Tiere wie diesen da. Er ist ein Mörder von Beruf. Er wurde angeheuert. Und sein Offizier ist entkommen. Wenn er seinen Offizier verrät, werden wir ihn gehen lassen.« Er grinste. »Er wird bestimmt reden, wenn wir ihm damit drohen, dass wir ihm die Füße abschneiden. Heute haben wir uns nur formell bei ihm vorgestellt. Sei doch nicht so ein … he!«

»Komm mit einer Vollmacht zurück«, sagte Derkensun, während er den Mann zu der großen eisenbeschlagenen Tür schleppte. »Dieser Mann ist gewiss ein Verbrecher. Hol dir eine Verfügung der Prinzessin – halt irgendetwas. Und bleib mir bis dahin aus den Augen.« Er war wütend, weil er in etwas so Unehrenhaftes verwickelt werden sollte. Und dabei hatten ihnen seine Taten doch immerhin eine ganze Nacht ruhigen Schlafes verschafft.

Eine Stunde später wurde das Abendessen gebracht. Die beiden Männer teilten den Wein mit den Gefangenen.

Der Attentäter nahm einen Schluck, schaute auf und schüttelte den Kopf. »Mist«, sagte er. »Gift.«

Der alte Mann bekreuzigte sich. »Ist das wahr?«, fragte er.

Derkensun sprang auf, doch vor dem Mund des Attentäters bildete sich bereits Schaum. Er plapperte noch ein wenig, und Derkensun wurde bleich, als er den Worten lauschte.

Dann starb er.

Ebenso wie der Blasphemiker.

Eine Stunde später stieg der beinahe volle Mond auf und warf ein blasses, weißlich-graues Licht auf die Zelte. Schwarze Schatten fielen auf den Boden, und die Rüstungen bewegten sich wie flüssiges Metall, als sich die Truppe formierte. Nach einem Monat auf der Straße kannte selbst der gröbste Kerl seinen Platz in der Reihe. Sie hatten hundert Lanzen, also hundert voll gerüstete und bewaffnete

Männer sowie hundert Knappen, die beinahe genauso gut ausgestattet waren, dazu zweihundert Bogenschützen, von denen die meisten jene großen Bögen aus Eiben- oder Ulmenholz besaßen, für die Albia so berühmt war. Doch dazwischen befanden sich auch einige Bögen aus östlichem Horn oder sogar große Armbrüste, je nach den Vorlieben der Schützen und ihrer Ritter. Dazu kamen weitere zweihundert Pagen, die nur in den seltensten Fällen über eine Rüstung verfügten, aber leichte Speere, Schwerter und in einigen Fällen auch Bögen oder Schleudern bei sich hatten. Die jüngsten Siege hatten dazu geführt, dass einige der älteren Pagen inzwischen Rüstungen oder Rüstungsteile besaßen, und fast jeder trug einen guten Helm und einen Nackenschutz.

Während der letzten Stunde waren viele Botenvögel in die Stadt hinein und wieder heraus geflogen; sie lag noch etwa fünfzehn Meilen entfernt. Alcaeus näherte sich dem Hauptmann und schüttelte den behelmten Kopf.

»Keine Nachrichten von den Vardarioten«, gestand er ein. »Die Kaiserin hat eine Delegation zu ihnen geschickt, aber es könnte noch viele Stunden dauern, bis wir etwas von ihnen hören.«

Der Hauptmann nickte. »So viel Zeit haben wir nicht. Wir reiten los.«

»Was ist, wenn sie ablehnen?«, fragte Alcaeus.

Der Hauptmann zuckte in der Dunkelheit mit den Schultern, dabei klapperte seine Rüstung. »Dann haben wir eine gute Gelegenheit verpasst, ein einfacher Sieg gleitet uns durch die Finger, und wir müssen alles auf die harte Art und Weise machen.« Er zuckte noch einmal die Achseln. »Und wir verlieren den Schlaf einer ganzen Nacht. Los!«

# 5

## Jarsay · Jean de Vrailly

Der Graf von Eu betrachtete den glänzenden, stählernen Rücken seines Vetters, während eine mächtige Kolonne aus Rittern und Soldaten über die Königsstraße durch Jarsay hindurch ritt. Sie führte von Harndon bis hierher. Dahinter rollten zwanzig neue Karren der Königin entlang, geschützt von fünfzig königlichen Waldhütern und genauso vielen Leibwächtern in langen Kettenhemden, mit Äxten über den Schultern. Lauthals sangen sie ein Lied. Es war eine kleine Armee, die sein Vetter befehligte, doch sie bestand aus den besten Truppen des albischen Königs, die nun als Steuereintreiber tätig waren.

Gaston kratzte sich am Bart und wünschte, er wäre zu Hause in Gallyen. Ohne Wissen seines ritterlichen Vetters hatte er einen Brief an Constance d'Aubrichcourts Vater geschrieben und ihn um die Hand seiner Tochter gebeten. Das bedeutete natürlich, dass er für die Hochzeit nach Hause zurückkehren musste. Und sobald er dann wieder zu Hause wäre, weit entfernt von der endlosen Suche seines Vetters nach Ruhm, würde er seine Frau ins Bett zerren, die Vorhänge zuziehen und für den Rest seines Lebens …

Bilder von ihrem nackten Körper, der sich in einem Teich aus eiskaltem Wasser erfrischte, stiegen in ihm auf. Alle Troubadoure sagten, dass gute Liebe – Liebe mit Biss – einen Mann zu einem besseren Ritter mache, und Gaston musste zugeben, dass das Bild ihres nackten Körpers, zum Beispiel vor dem Sprung ins Wasser …

»Halt!«, rief sein Vetter.

Gaston wurde aus seinem Tagtraum gerissen und stellte fest, dass ein Dutzend Waldhüter zwei Männer zu Pferd gestellt hatten, die vor Wut schäumten. Der jüngere der beiden hielt einen Falken auf seiner Faust.

»Nach welchem Recht reitet Ihr bewaffnet durch Jarsay?«, fragte der Mann mit dem Falken.

Der Captal de Ruth lächelte wie ein Heiliger. »Wir folgen einer Anweisung des Königs«, sagte er.

Der Falkner zuckte mit den Schultern. »Dann solltet Ihr besser einen Reiter losschicken, der um die Genehmigung meines Onkels bittet.« Er beugte sich mit der Anmaßung der Jugend vor. »Ihr seid doch der Fremde, nicht wahr? De Vrailly? Vermutlich kennt Ihr unsere Gepflogenheiten nicht …«

Jean de Vraillys Gesicht lief rot an. »Schweig still, Junge«, sagte er.

Der Falkner lachte. »Das hier ist nicht Gallyen, sondern Albia, Herr.« Er sah die Waldhüter an, die ihn umzingelt hatten. »Ich befehle Euch, diese Männer zurückzurufen, damit ich mich wieder der Falkenjagd widmen kann.«

»Hängt ihn auf«, sagte de Vrailly zu zwei Waldhütern.

Der ältere Mann, der eine königliche Livree trug, fragte: »Wie bitte, Mylord?«

»Du hast mich gehört«, fuhr de Vrailly ihn an.

Gaston berührte die Flanken seines Reittieres mit den Sporen.

»Wenn Ihr mir auch nur ein Haar krümmt, wird Euch mein Onkel bei lebendigem Leibe braten lassen, während Euer Schwanz in Eurem Munde steckt!«, rief der Falkner. »Ihr müsst verrückt sein!«

»Unverschämtheit«, sagte de Vrailly. »Er ist unverschämt! Hängt ihn auf!«

Der ältere Mann in der Livree holte tief Luft, streckte die Hand aus und hielt seinen Gefährten zurück. »Nein, Mylord. Nicht ohne ordentlichen Prozess und ein schriftliches Urteil.«

»Ich bin der Statthalter des Königs in Jarsay!«, spuckte de Vrailly aus.

Gaston legte die Hand auf die Zügel seines Vetters.

»Und er hat mich beleidigt! Also gut, ich sehe, wohin das alles führt. Du, junger Mann, trägst ein Schwert. Ich gewähre dir die Ehre der Annahme, dass du damit umzugehen weißt. Also fordere ich dich heraus. Du hast mich und meine Ehre beleidigt, und ich werde keinen Augenblick länger leben, ohne diesen Makel aus der Welt gebracht zu haben.«

Plötzlich begriff der Falkner den Ernst der Lage, und nun bekam er Angst. Sein Gesicht war rot und weiß gefleckt. »Ich will aber gar nicht gegen Euch kämpfen. Ich möchte nur nach Hause zurückkehren.«

De Vrailly stieg ab. »Da du dumm genug bist, ungerüstet herumzureiten, werde auch ich meine Rüstung ablegen. Knappe!«, rief er, und Stephan erschien. Er holte zwei Pagen und einen Karren, dann wurde die Rüstung des Captals entfernt – zuerst die gepanzerten Handschuhe, dann die Schulterstücke, die Armschienen, Brust- und Rückenpanzer, schließlich die Eisenschuhe.

Endlich stieg auch der Falkner ab. Sein Gefährte, bei dem es sich offenbar um einen Diener handelte, zischte ihm etwas zu, und er schüttelte den Kopf.

»Soll er doch verrecken«, sagte der junge Mann. »Ich bin kein Feigling, und meine Klinge ist kein Lavendelschwert.«

Gaston beschloss, den Versuch zu wagen, die sture Anmaßung seines Vetters zu durchbrechen. »Vetter«, sagte er sanft, »erinnerst du dich daran, wie viel Schwierigkeiten du verursacht hast, als du die Knappen von Ser Gawin getötet hast?«

»Wie bitte?«, fragte de Vrailly. »Ich habe sie überhaupt nicht getötet, Gaston. Er hat den einen selbst umgebracht, und ich glaube, den anderen hast du …«

Wut flackerte in Gaston auf, aber er bezwang sie. »Auf deinen Befehl hin.«

De Vrailly zuckte mit den Achseln. »Wie dem auch sei, es hatte doch keinerlei Auswirkungen.«

Gaston war verblüfft. »Keine Auswirkungen? Hast du etwa nicht begriffen, in welche Lage du damit den König und sein Volk in Lorica gebracht hast?«

De Vrailly zuckte abermals mit den Schultern. »Es ist doch nicht meine Schuld, wenn er schwach ist. Heute aber handle ich nur zum Besten meiner eigenen Ehre. So etwas darf keinem Mann verwehrt werden.« Er zog ein Wams und eine Hose an und sah noch immer wie ein auf die Erde herabgestiegener Engel aus – oder vielleicht auch wie ein aus dem Himmel gefallener. »Und jetzt lass mich in Ruhe. Die Bewahrung meiner Ehre ist meine heilige Pflicht. Du würdest dasselbe tun.«

Gaston schüttelte den Kopf. »Ich würde mich erst gar nicht in eine Lage bringen, in der …«

»Willst du damit etwa andeuten, dass das hier meine eigene Schuld ist? Ich muss dir sagen, *Vetter*, dass du mir längst nicht so treu ergeben zu sein scheinst, wie es deiner Pflicht als mein Vasall entspräche.« De Vrailly sah ihn fest an.

Gaston zuckte die Achseln. »Möchtest du vielleicht auch gegen mich kämpfen?«

»Bezweifelst du etwa, dass ich der Bessere von uns beiden bin?«, fragte de Vrailly.

Gaston stand sehr still da und überdachte ein Dutzend möglicher Antworten. Schließlich nickte er. »Ja«, sagte er äußerst langsam.

De Vrailly reagierte darauf, indem er lächelte und die Hand auf Gastons Schulter legte. Dieser zuckte zusammen. De Vrailly lächelte noch breiter. »Gott hat mich zum besten Ritter der Welt gemacht. Ich bin nicht würdiger als andere Männer, daher ist es nur natürlich, dass sogar du, der du mich am meisten liebst, neidisch auf die Gnaden bist, die ich erhalten habe. Ich vergebe dir.«

Gaston neigte den Kopf und zog sich so vorsichtig zurück, wie es ihm nur möglich war. Seine Hände zuckten.

Der Diener beschwor den Falkner inständig, aber der Junge wollte nichts davon hören. Er legte seinen Bauernumhang ab – wie die meisten Adligen kleidete er sich auf der Jagd in einfache, gedeckte Farben – und stand nun in einem geckenhaften Wams, einer eleganten Hose und schenkelhohen Schaftstiefeln da. Er nahm seinen Schwertgürtel ab, legte ihn in die Hände des Dieners, und dann zog er sein Schwert.

Der livrierte ältere Mann schüttelte den Kopf. Er betrachtete die fremden Ritter, dann den königlichen Leibwächter und schließlich den Grafen von Eu.

»Mylord«, sagte er förmlich. Die Hände des Mannes zitterten. »Ein solches Duell ist ohne die ausdrückliche Erlaubnis des Königs ungesetzlich.«

Gaston schürzte die Lippen. »Und wie will der König dieses Duell verhindern?«, fragte er mit aufrichtiger Neugier.

Der Diener sah den Vorbereitungen zu. »So etwas geschieht immer wieder, Mylord, aber es ist verboten, und ich bin ein Arm des Gesetzes. Ich werde meine Stellung verlieren, Mylord. Dieser Junge ist der Neffe des Grafen von Towbray. Die Wildhüter waren dumm genug ihn aufzugreifen, aber dieses Duell ist schlichtweg verrückt.«

Gaston zuckte nur die Achseln. »Mein Vetter verteidigt seine Ehre.« Er sprach sehr vorsichtig und zeigte mehr Anspannung, als ihm lieb war. »Ich hatte versucht, ihn davon abzuhalten.«

Der Junge stand mit dem Reitschwert in der einen Hand da und hatte sein Gewicht gleichmäßig auf die Hüften verteilt. Gaston kannte diese Stellung – sie wirkte unelegant, erlaubte es einem schwächeren Mann aber, fast jeden Schlag eines stärkeren zu parieren.

De Vrailly ergriff sein eigenes Reitschwert, zog es, gab seinem Knappen die Scheide und trat auf das grünlich-braune, niedergetretene Sommergras neben der Wegkreuzung. Zielstrebig näherte er sich dem Jungen, riss sein Schwert hoch und stieß zu, sobald sein Gegner in Reichweite war. Der Junge konterte mit einer aufwärts geschwungenen Klinge. Doch de Vraillys Schlag war eine Finte gewesen, und nun riss er sein Schwert herum, rammte es in den ungeschützten Hals des Jungen und tötete ihn damit auf der Stelle.

Unverzüglich tänzelte de Vrailly zurück zu seinem Knappen und übergab ihm das Schwert. Stephan holte ein Öltuch hervor und wischte die Klinge ab. Sein Gesicht zeigte nicht den geringsten Ausdruck einer Regung – er hätte auch dabei sein können, eine Tischplatte zu säubern.

Der Diener fiel neben dem Leichnam auf die Knie und streckte sein Gesicht in den Staub.

Der Wildhüter schüttelte den Kopf.

De Vrailly stieg wieder in seine Rüstung.

Der königliche Wildhüter folgte Gaston die Kolonne entlang. »Ihr wisst, was das bedeutet, Mylord? Wir sollten die ausstehenden Steuern des Grafen eintreiben, doch jetzt wird er uns sein Silber sicherlich nicht fügsam aushändigen, sondern eine eigene Streitmacht aufstellen und gegen uns *kämpfen.* Er wird es tun müssen. Die Ehre verlangt es.«

Gaston seufzte. »Ich glaube, das passt meinem Vetter ganz ausgezeichnet. Es ist ein netter Zeitvertreib im Spätsommer.«

Der Wildhüter schüttelte den Kopf. »Ich werde einen Reiter zum König schicken«, sagte er.

## Harndon · Die Königin

Die Königin von Albia stand vor ihrem Spiegel und suchte nach Anzeichen für eine Schwellung ihres Bauches.

»Ich bin mir *sicher*«, sagte sie zu ihrer alten Amme Diota, die nur den Kopf schüttelte.

»Ihr hattet Eure Tage ...«

»Ja, vor einundvierzig Tagen, du Dummchen. Ich kann dir genau sagen, wann und wo ich empfangen habe.« Sie reckte und streckte sich. Sie liebte ihren Körper, aber es stellte sie durchaus zufrieden, ihn schwanger zu sehen. Mehr als zufrieden sogar. »Wann kann ich erfahren, ob es ein Junge ist?«

»Mädchen sollten nicht verachtet werden, Herrin«, fuhr Diota sie an.

Desiderata lächelte. »Frauen sind den Männern in vieler Hinsicht unendlich überlegen, aber der Friede des Reiches braucht nun einmal einen Schwertarm und einen Schwanz, zu dem auch noch ein Hirn gehört. Außerdem will der König einen Jungen haben.« Sie grinste.

Diota schnalzte mit der Zunge. »Wie habt Ihr es überhaupt geschafft, von dem König ein Kind zu bekommen, Süßes?«

Desiderata lachte. »Ich vermute, ich muss es dir in allen Einzelheiten erklären. Weißt du, wenn eine Frau einen Mann liebt ...«

Ihre alte Amme klopfte ihr zärtlich auf die Schulter.

»Ich weiß, wie man das Tier mit den zwei Rücken macht, Ihr kleines Luder. Ich weiß auch, wie man den Stängel findet und ihn aufrichtet. Das weiß ich besser als jede andere!« Diota stemmte die Hände in die Hüften. Sie war eine große Frau, deren Brüste und Hüften so wohlgerundet wirkten, dass Desideratas Hüfte dagegen schmal erschien. Wenn Diota lachte, füllte sie den ganzen Raum. An ihrer Art war etwas, das sie für jeden Mann sehr begehrlich machte, auch wenn sie für das andere Geschlecht häufig nur Spott übrig hatte.

Die Königin lächelte. »Das habe ich nie bezweifelt.«

»Aber der König …« Diota verstummte und runzelte die Stirn. »Ich bitte um Vergebung, Herrin. So etwas darf ich nicht sagen.«

»Du hast meine Erlaubnis, grobe alte Frau. Was weißt du?«

»Nicht mehr als der halbe Hof. Dass der König den Zorn einer bestimmten Frau erregt hat. Und dass sie ihn daraufhin verflucht hat, sodass er keine Kinder mehr zeugen kann.« Diotas Stimme wurde immer leiser. Es galt als Hochverrat, über den Fluch zu sprechen, der auf dem König lastete.

Aber Desiderata lachte nur noch lauter. »Amme, du redest nichts als Unsinn. Es gibt keinen solchen Fluch. Das kann ich dir versichern.« Sie strahlte. »Als er aus der Schlacht zurückgekommen ist …« Sie starrte verträumt in die Vergangenheit.

Die alte Amme schlug ihr mit der Hand gegen den Bauch. »Zieht Euch an, Ihr Dirne. Noch könnt Ihr die Sommerkleider genießen, solange Ihr einen flachen Bauch und Mädchenbrüste habt.« Sie drückte die Hand ihrer Herrin. »Ich habe es nicht böse gemeint.«

»Glaubst du, ich hätte diese Gerüchte nicht gehört?«, meinte Desiderata. »Sie und … auch noch andere. Zwei Jahre im Bett des Königs, und noch immer kein Kind?« Sie drehte sich herum und sah ihre alte Amme an. »Hässliche Sachen habe ich gehört. Schmerzliche, scheußliche Gerüchte.« Dann wandte sie den Blick ab, und ihr Gesicht nahm wieder den gewohnten Ausdruck der Freude an. »Aber meine Macht widersteht jeder Herausforderung. Und auch jedem Fluch.« Sie senkte die Stimme ein wenig, und Diota erzitterte. »Wer war sie, Diota? Diese Frau, die meinen König verflucht hat.«

Diota schüttelte den Kopf. »Ich würde es Euch sagen, wenn ich es wüsste, Herrin. Es geschah vor langer Zeit. Als er noch sehr jung war.«

»Vor zwanzig Jahren?«, fragte die Königin.

Diota zuckte die Achseln. »Vielleicht, Süßes. Ich hatte genug damit zu tun, Eure Amme zu sein; da habe ich dem Hofgeschwätz nicht zugehört.«

»Und wer hatte dich geschwängert, damit du meine Amme sein konntest?«, fragte Desiderata.

Diota lachte. »Es war nicht gerade der König, wenn Ihr versteht, was ich meine«, sagte sie.

Nun war es an Desiderata, laut zu lachen. »Pardon, das hatte ich auch nicht gemeint. Jetzt bin ich es, die indiskret ist.«

Diota umarmte ihre Herrin. »Habt Ihr Angst?«

Desiderata zitterte. »Seit mich dieser Pfeil getroffen hat, scheint die Welt dunkler geworden zu sein«, sagte sie und schüttelte sich. »Aber mein Baby wird alles wieder ins Lot bringen.«

Diota nickte. »Und Euer Turnier?«

»Ah!«, sagte die Königin. »Mein Turnier – bei der süßen Jungfrau, ich hatte es ganz vergessen! Zu Pfingsten werde ich so dick wie eine Sau sein.« Sie zuckte mit den Schultern. »Dann muss halt ein anderes Mädchen die Königin der Liebe spielen. Ich werde bald Mutter.«

Diota schüttelte den Kopf. »Werdet Ihr etwa erwachsen, Kleines? Die Ritter werden trotzdem wegen Euch kommen – und nicht wegen Lady Mary oder irgendeinem anderen Eurer Mädchen, so schön sie auch sein mögen.«

»Ich habe gehört, die Tochter des Kaisers soll die schönste Frau der Welt sein«, sagte die Königin.

»Nun ja«, meinte Diota, »das wird sie jedenfalls in ein paar Monaten sein.«

»Pfui!«, sagte Desiderata und versetzte ihr einen scherzhaften Schlag.

Beide mussten unbändig lachen.

## Harndon · Edmund, der Geselle

Der Geselle Edmund – so nannten ihn nun seine Gefährten – saß auf einer Bank und ließ die Füße baumeln. Ihm gegenüber hatten drei jüngere Männer Platz genommen, allesamt Lehrlinge. Er war nervös, denn während der letzten beiden Jahre hatte er zusammen mit ihnen gegessen, geschlafen, Streiche gespielt, Kuchen gestohlen, gerungen und war ihnen darin oft unterlegen gewesen …

Und nun arbeiteten sie für ihn, und er wusste nicht, wie er den Abgrund, der sich plötzlich zwischen ihnen aufgetan hatte, überbrücken sollte.

»Ich sehe drei Wege, auf denen wir uns dem Problem nähern können«, sagte er. »Wir können sie gießen, wie Handglocken. Oder wir gießen Rohlinge und durchbohren sie, aber das dauert sehr lange.«

Der Jüngste, ein weißblonder Knabe namens Wat, den alle anderen Lehrlinge wegen seines adligen Aussehens aber nur den Herzog nannten, lachte. »Du meinst, *wir* bohren, während du im Hof sitzt und deinen hehren Gedanken nachhängst.«

Edmund hatte das eine oder andere von Meister Pyle gelernt. Jetzt sah er den Herzog milde an, erwiderte aber nichts.

»Entschuldigung«, sagte der Herzog in dem gleichen halb spöttischen Tonfall, den er auch dem Meister gegenüber anwendete.

»Die dritte Möglichkeit besteht darin, so etwas wie ein Fass aus Eisenstäben zu bauen, es mit Reifen zu umgeben und alles zusammenzuschweißen.« Edmund hielt sein erstes gelungenes Modell hoch. »Seht euch das einmal an.«

Sam Vintner, der älteste Lehrling, hielt den oktagonalen Zylinder eine Weile hoch. »Das ist misslungen«, sagte er schließlich.

Edmund seufzte innerlich. »Nach zwanzig Schüssen hat es nicht mehr standgehalten. Meine Schweißnähte waren nicht gut genug.«

Sam schürzte die Lippen und nickte. »Und wenn du einen Dorn dafür benutzt?«, fragte er.

Edmund musste seine Antwort herunterschlucken. Es gefiel ihm nicht, wenn seine Arbeit infrage gestellt wurde. Aber wenn er Sam nun anfuhr … »*Natürlich* habe ich einen Dorn benutzt«, sagte er.

Sam zuckte die Achseln und deutete damit an, dass er nicht besserwisserisch hatte sein wollen. »Einen rot glühenden Dorn? Damit die Hitze erhalten bleibt?«

»Was meinst du damit?«, fragte Edmund verblüfft.

Sam grinste. »Der Gedanke ist mir gerade erst gekommen. Aber es scheint doch recht vernünftig zu sein, oder? Die Schweißnähte müssen so stark wie möglich und innen wie außen ganz glatt sein, nicht wahr?«

Edmund nickte und dachte darüber nach. »Eigentlich müssen die Nähte nur innen stark und glatt sein.«

Der mittlere Lehrling nahm einen Apfel aus seinem Beutel und biss hinein.

»Tom?«, fragte Edmund.

Tom zuckte die Achseln. »Sag mir nur, was ich tun soll«, schlug er vor.

»Du sollst über unser Projekt reden«, sagte Edmund. »Solange du Lehrling bist, fragt dich niemand nach deiner Meinung, aber je älter du wirst, desto öfter wird sich der Meister mit dir beraten.«

Tom nickte und biss noch einmal in seinen Apfel. »Klar, Meister. Warum gießt du es nicht?«

Edmund zeigte seinen ersten Gussversuch herum. »Bronze«, sagte er.

Alle drei Jungen ächzten auf. Bronze war zwanzigmal teurer als Eisenguss.

»Gieß es in Eisen«, sagte Tom.

Edmund dachte kurz darüber nach. »Ich habe noch nie in Eisen gegossen«, sagte er schließlich. »Ihr etwa?«

Alle drei Lehrlinge schüttelten die Köpfe.

Edmund zuckte mit den Achseln. »Ich habe gehört, gegossenes Eisen soll spröde sein. Ich werde Meister Pyle fragen.«

»Ich kann mir vorstellen, dass beim Eisenguss die Bohrung rau wird, während du sie glatt haben willst«, sagte der Herzog.

Tom aß den Rest seines Apfels und warf den Butzen ins Feuer der Schmiede.

Edmund schüttelte den Kopf. »Wir sollten mit einem erhitzten Dorn anfangen«, sagte er.

Die Jungen nickten.

»Tom, du und der Herzog, ihr macht den Dorn. Hier ist mein alter. Einen Zoll im Durchmesser, ohne Verjüngung. Macht am besten gleich drei.«

»Er muss aus Stahl sein«, sagte Tom.

Edmund schüttelte den Kopf und seufzte. »Natürlich muss er das.«

»Er wird sich bei der Hitze verformen«, sagte Tom. »Und wenn er so heiß ist, dass er die Temperatur in den Nähten hoch hält, wird er selbst mit den Stäben verschmelzen.«

Allmählich begriff Edmund, warum Meister Pyle Tom loswerden wollte. »Das lässt sich durch vorsichtige Handhabung vermeiden«, sagte er. »Und durch den Einsatz von ein wenig Wasser oder Öl.«

»Sicher«, sagte Tom, womit er ohne Zweifel meinte: *Wart's ab. Ich habe recht.*

Edmund beendete den Tag mit dem Gedanken, dass Mr. Smyths hundert Goldleoparden schwerer zu erlangen waren, als er sich das vorgestellt hatte.

Aber am Abend kleidete er sich in gute Wolle und feines Leinen, hängte seinen kleinen Faustschild, der ganz aus Stahl und so poliert wie der Spiegel einer Dame war, neben das Schwert – auch seine eigene Arbeit – an den Gürtel, und nachdem er sich kurz in Herrin Pyles Spiegel bestaunt hatte, ging er in die Abendluft hinaus. Der Sommer verabschiedete sich allmählich, und die Dunkelheit setzte bereits früher ein – traurig für alle Arbeitsleute, für die die langen Sommerabende Entspannung, Wärme und ein Schwätzchen bedeuteten.

Er ging quer über den Platz zu seiner Schwester, die mit vier anderen Mädchen zusammenstand. Sie verstummten, als er sich näherte. Anne – seine Favoritin, auch wenn noch nichts entschieden war – lächelte ihn an, und er erwiderte ihr Lächeln. Sie hatte volle Lippen, große Augen und trug ein Kleid in feinstem Burgunderrot, das enger saß als bei den anderen Mädchen. Sie bestritt ihren Lebensunterhalt mit Nähen und war bereits voll ausgebildet. Sie fertigte Hemden und Hosen für Meister Keller, der für den halben Hof schneiderte. Ihr weißes leinenes Unterhemd hatte hübsche Stickereien an Hals und Manschetten, aber all ihre Kunstfertigkeit erregte bei Edmund nicht halb so viel Aufmerksamkeit wie ihr cremeweißer Brustansatz und die Rundung ihrer Hüften.

»Siehst du etwas, das dir gefällt?«, fragte seine Schwester und stieß ihm den Ellenbogen hart in die Seite.

In den Augen einer Schwester ist kein Bruder ein Held. Er wich ihrem nächsten Schlag aus und sah reumütig drein. »Die Seele des Tages sei mit Euch, meine Damen.«

»Was für ein vollkommener kleiner Ritter«, sagte Mary und lachte. »Wirst du nicht irgendwo erwartet? Wir unterhalten uns nämlich gerade. Das ist ein Gespräch unter Frauen.«

»Ein Hofjunge hat versucht, seine Hand unter Blanches Kleid zu stecken!«, sagte Nancy, die noch so jung war, dass sie nicht wusste, wie unschicklich eine solche Bemerkung in Anwesenheit des Mannes war.

Edmund riss sich zusammen. »Was für ein Hofjunge?«

Blanche war die beste Freundin seiner Schwester; sie war groß und blond und durchaus anmutig. Sie arbeitete im Palast und plusterte sich deshalb ziemlich auf. Aber heute wirkte sie etwas weniger überheblich als sonst. »Ich habe ihm keinerlei Grund dafür gegeben«, sagte sie. »Er hat mich einfach angefasst.«

Edmund gefiel das gar nicht, vor allem da seine Schwester ebenfalls von einer Anstellung im Palast träumte.

»Aber was hast du denn getan?«, fragte er.

»Du Einfaltspinsel!«, sagte seine Schwester. »Das war doch nicht ihre Schuld, du dämlicher Trottel. Hau doch ab und stich jemanden mit deinem Schwert ab.« Sie scheuchte ihn mit einer Handbewegung fort. »Geh schon!«

Doch bei dieser letzten Bewegung musste sie ganz schwach grinsen. Schließlich waren sie Bruder und Schwester, und so verstand er sofort. »Stets Euer Diener, meine Dame«, sagte er und verneigte sich tief.

Auf der anderen Seite des Platzes übten gerade ein paar Jungen mit Schwert und Schild. Es war ein sehr verwickeltes Spiel mit vielen ungeschriebenen Regeln. Sie benutzten scharfe Schwerter, und so war das einzige erlaubte Ziel der Schild. Bei einigen Spielen war es gestattet, den Schild zu bewegen, andere schrieben dagegen vor, dass er mit einer bestimmten Art von Schlag getroffen werden musste. Manche Jungen hatten schwierige Lieder für Schwert und Schild auswendig gelernt und folgten dem Rhythmus der Schläge anhand ihrer Reime und Melodien.

Edmund hielt sich für einen recht guten Schwertkämpfer. Er übte stets im Hof des Meisters und hatte oft Gelegenheit, echten Rittern und Soldaten dabei zuzusehen, wie sie ihre neuen Waffen ausprobierten. Manchmal nahm Meister Pyle den einen oder anderen glücklichen Lehrling oder Gesellen mit zum Palast und beobachtete dort die königliche Garde bei ihren Übungen oder die Ritter bei ihren Vorbereitungen auf ein Turnier.

Edmund gesellte sich zu Tom, der zwar drei Jahre jünger war, aber schon genauso groß und schwer wie Edmund. Sie begannen langsam, und Edmund erbat sich eine Pause, damit er seinen Mantel ablegen und die Hose festzurren konnte. Tom schüttelte den Kopf. »Warum trägst du auf dem Platz einen Mantel und eine so enge Hose?«, fragte er. »Du siehst ja aus, als hättest du dich für den Kirchgang herausgeputzt.«

Die anderen, älteren Jungen rollten mit den Augen. Die meisten, die älter als fünfzehn Jahre waren, gingen fein gekleidet auf den Platz.

Edmund lächelte in sich hinein und faltete seinen Mantel zusammen.

Er und Tom lieferten sich einen guten Kampf. Sie waren so geschickt, dass sich die anderen jungen Männer um sie drängten und sie beobachteten. Edmund mochte zwar der bessere Kämpfer sein, aber Tom war so schnell, dass der Wettstreit nie einseitig wurde.

Doch als das Handgelenk des Jüngeren allmählich müde wurde, schlug Edmund immer schneller und härter auf dessen Schild ein. Dann trat Tom zurück und hob die Hand. Zuerst glaubte Edmund, er gebe auf, doch dann sah auch er das, was Tom bereits früher schon gesehen hatte. Die übrigen jungen Männer hatten die Blicke auf etwas anderes gerichtet.

Die vier neuen Jungen, die nun den Platz betreten hatten, hoben sich deutlich ab. Sie trugen helle Kleidung, während die meisten Lehrlinge in Grau oder Schwarz gewandet waren. Der Anführer – es gab keinen Zweifel daran, dass er dies war – trug eine Hose, die auf gallysche Art mit drei Streifen verziert war und die Mode der neuen ausländischen Ritter nachahmte. In Edmunds Augen sah er wie ein Narr aus. Aber er bemerkte, dass sich alle Mädchen nach ihnen umdrehten.

Die neuen Jungen unterhielten sich laut und großspurig. Der dünnste von ihnen – ein Knabe, der so dürr war, dass er fast unsichtbar wirkte – stolzierte derart ausgreifend daher, dass er gegen einen der Jungen prallte, die dem Schwertspiel zugesehen hatten.

Der einheimische Junge trat einen Schritt zurück und murmelte automatisch: »Entschuldigung.«

Der farbenfrohe Junge stieß ihn beiseite. »He, du Dämlack, pass doch auf, wo du hingehst!«, sagte er, und seine Gefährten lachten.

Der Junge, der geschubst worden war, wirkte nun verärgert, aber er hielt sich zurück.

Der dürre Junge jauchzte. »Seht euch nur diese hübschen Schlampen an«, sagte er.

Tom seufzte. »Sie wollen Ärger machen.«

Edmund hatte gerade gehört, wie seine Schwester eine Schlampe genannt worden war. Noch wütender machte es ihn jedoch, als er sah, wie einige der Mädchen kicherten und die bunt gekleideten Bastarde anstarrten. Seine Schwester hingegen erwiderte seinen Blick.

Doch er war ein Geselle. Er stürzte sich nicht in Raufereien.

Aber seine drei Lehrlinge beobachteten ihn. Sam lächelte, Tom runzelte die Stirn, und der Herzog nahm seinen Schild auf.

Der Anführer trug das Haar nach Art der Gallyer kurz; es war ebenso weißblond wie das des Herzogs. Er hatte ein scharfkantiges Gesicht und trug einen langen Dolch über seinem Gemächt sowie ein Schwert an der linken Hüfte. Er rieb den Griff seines Dolches. »Welche von euch Huren will es besorgt bekommen?«, fragte er und lachte. »Du vielleicht, Süße?«, sagte er dann und trat an Mary heran.

Ihr Verhalten war absurd. Aber Edmund hatte bereits von ihnen gehört. Es waren Banden, die sich wie Gallyer betrugen und etwas befolgten, was sie »das Kriegsrecht« nannten. Einige von ihnen waren wirklich Knappen und Pagen von de Vraillys Männern, andere hingegen kleideten sich nur so wie sie.

Der dürre Junge rief kichernd: »Sie wollen es alle. Schließlich gibt es hier sonst niemanden, der einen hochkriegt!«

Edmund trat aus der Gruppe der Lehrlinge hervor. »Verzieht euch«, sagte er. Es klang nicht so milde, trocken und laut, wie er es beabsichtigt hatte, und – was noch schlimmer war – seine Stimme wurde lauter, während er dies sagte. Seine Hände zitterten.

Die farbenfroh gekleideten jungen Männer waren Furcht einflößend.

»Was war das denn, du kleiner Klugscheißer?«, fragte der Anführer, den Edmund für sich nun Blondie nannte. »Geh und versteck dich in deinem Bett, denn jetzt sind die harten Jungs hier.« Er legte die Hand an seinen Dolch. »Willst du ihn spüren?«

Vier Tage später mochten Edmund etliche geistreiche Antworten einfallen, aber in diesem Augenblick blieb ihm nichts anderes übrig, als mit den Schultern zu zucken.

»Was soll das heißen?«, fragte der Junge und zog seine beiden Waffen.

Edmund war durch und durch ein Harndoner; er war hier geboren und aufgewachsen. Daher wusste er, dass Jungen aus den unteren Schichten stahlhart sein konnten und anders kämpften als Lehrlinge. Doch er war seit seiner Kindheit daran gewöhnt, mit Waffen zu streiten. Und als Harndoner machte er auf der Straße niemandem Platz.

Er nahm seinen Schild in die Hand. »Er hat zuerst blankgezogen«, sagte er vorsichtig zu der Menge der Lehrlingsjungen.

Blondie machte einen hinterhältigen Stoß von außerhalb der Kampfreichweite. Es war ein Ausfall, der den Kampf eigentlich hätte beenden sollen – einer, der zu einem Gerichtsverfahren wegen Mordes führen konnte.

Aber Edmund fing den Hieb mit seinem Schild ab. Dennoch hätte er den Kampf beinahe verloren, da der andere Junge versuchte, seine

Waffe über den Rand des Schildes in seine Schulter zu rammen. Ihn überfiel ein Gefühl der Unwirklichkeit. Dieser Narr versuchte tatsächlich, ihn zu töten.

Aber dann traf ihn die Wirklichkeit mit voller Wucht.

Er riss sein Schwert aus der Scheide und konnte gerade noch zwei Schläge gegen seine ungeschützte Seite abwehren. Schieres Glück, gepaart mit langer Übung, führte dazu, dass sein Schild dem zustoßenden Dolch im Wege war, der allerdings an dem Schild entlang schabte und ihm einen oberflächlichen Stich in den Arm versetzte.

Er wich zurück.

»Ich mach dich *fertig*«, zischte Blondie, als einer seiner Spießgesellen Edmund von hinten mit der Faust schlug.

Alles geschah gleichzeitig.

Der Schlag entsetzte Edmund, aber er traf nur auf Knochen, wirbelte ihn jedoch herum, und Edmund geriet ins Taumeln. Blondie griff wieder an, stampfte dabei mit dem Fuß auf und hieb auf Edmunds ungeschützte Seite ein. Edmund wurde es schwindlig vor Schmerz, doch dann gelang es ihm, den Schlag abzufangen.

Dabei taumelte er und fiel zu Boden.

Er rollte herum, führte einen Streich von unten nach oben und traf.

Es war das erste Mal, dass Edmund ein Schwert einsetzte, um jemanden zu verletzen, und obwohl er selbst verwundet und verzweifelt war, zögerte er kurz, bevor er seine ganze Kraft in den Hieb legte. Seine Klinge erwischte den Gegner, und Blondie keuchte auf.

Edmund mühte sich wieder auf die Beine und stellte fest, dass ein Dutzend Lehrlinge den dürren Jungen mit ihren Fäusten bearbeiteten.

Blondies Hose war ruiniert, und Blut überzog seine Schienbeine.

Er wich nach hinten aus. »Ich komme mit zwanzig tapferen Kerlen zurück«, sagte er. »Ich heiße Jack Drake, und dieser Platz hier gehört mir. Dazu noch alles, was sich darauf befindet.«

Wenn er diese letzte Bemerkung nicht gemacht hätte, hätte Edmund ihn gehen lassen. Doch nun folgte er dem zurückweichenden Jungen.

»Feigling«, sagte er. Es war das erste Mal in diesem Kampf, dass etwas nach Edmunds Wunsch lief.

Blondie blieb stehen und lachte. »Ich komme zurück, und dann stirbst du«, sagte er, während seine Gefährten herbeieilten und ihm beim Gehen halfen. Doch sobald sie den Kreis der Schaulustigen hinter sich gelassen hatten, wirbelte der junge Mann namens Jack herum und stürzte auf Edmund zu.

Er stach wieder nach Edmunds Kopf – von außen, und von oben nach unten.

Diesmal aber traf er Edmund nicht, und sein Schwert schoss hervor und schlug die Waffe des Gegners gegen dessen Brust. Es stieß mit Edmunds Schild zusammen, als dieser einen Schritt nach vorn tat, und er machte den jungen Mann damit bewegungsunfähig. Dann rammte Edmund ihm den Griff seines Schwertes in den Mund. Die Zähne stoben zu allen Seiten davon.

Dieselbe Bewegung warf den jungen Mann zu Boden. Edmund trat nach ihm. Der Mann musste sich übergeben.

»Töte ihn!«, riefen einige Lehrlinge.

Der dürre Junge war blutig geschlagen worden. Die anderen beiden waren auf die andere Seite des Platzes geflüchtet.

Alle Augen waren auf Edmund gerichtet. Auch Anne sah ihn an …

»Ergib dich«, sagte er und hielt die Spitze seines Schwertes gegen die Kehle des jungen Mannes.

»Du solltest mich töten, du Schwachkopf«, sagte Drake und spuckte einen weiteren Zahn aus.

Edmund zuckte mit den Schultern. »Du bist irrsinnig«, sagte er. »Verrückt!«

Der Blick des anderen bohrte sich in ihn hinein. »Dieser Platz gehört *mir.*«

Edmund wusste nicht, was er tun sollte. Er konnte diesen blutenden Mann nicht einfach kaltblütig töten. Doch sein Beharren war genauso erschreckend wie die vorherige Aufforderung zum Kampf.

»Deshalb werde ich dich besiegen, du Schwächling«, sagte Drake. »Du hast keinen Mumm …«

Ein Brett traf Drake am Kopf, und sein Körper erschlaffte. Tom stützte sich auf das Brett; es war ein Türsturz von einer Baustelle. »Mein Paps sagt, man muss sie zerquetschen wie Läuse«, meinte er.

»Und was ist mit dem Gesetz?«, fragte Edmund. Er wusste nicht, ob der junge Mann überhaupt noch lebte.

»Ich sehe hier keinen Gesetzeshüter«, sagte Tom. »Das war übrigens ein guter Kampf. Ausgezeichnete Ausfälle.« Er lachte. Dabei klang er zwar ein wenig wild, aber seine Hände zitterten nicht. »Wir sollten ihn wegbringen – vielleicht zum Kloster. Die Mönche wissen immer, was zu tun ist.« Er zuckte mit den Achseln. »Er ist nicht tot. Wirst du ihn leben lassen?«

Edmund stellte fest, dass seine Hände heftig zitterten. »Ja«, sagte er. Und er wusste sofort, dass er dieses Zeichen der Schwäche noch bereuen würde. Aber er wusste auch, dass er Jack Drake nicht kaltblütig umbringen konnte – nicht, ohne dadurch zu einem anderen Menschen zu werden.

## Albinkirk · Ser John Crayford

Ser John betrachtete sich in dem polierten Bronzespiegel, der kürzlich an die Wand seiner Rüstkammer gehängt worden war, und lachte laut auf.

Sein neuer Knappe, der junge Jamie, hielt inne.

»Jamie, nichts ist peinlicher als ein alter Mann, der einen jüngeren abgeben will.«

Jamie Vorwarts war ein Kaufmannssohn aus Hoek. Seine gesamte Familie war während der Belagerung gestorben, und der Junge hatte niemanden mehr gehabt, zu dem er hätte gehen können. Er kannte sich mit Waffen besser aus als mit kaufmännischen Dingen, und so konnte er Stahl geschickter polieren als jeder andere Knappe, den Ser John je gesehen hatte. Er war ungefähr vierzehn Jahre alt, groß und ein wenig dünn, weil er lange Zeit nicht genug zu essen bekommen hatte. Sein Gesicht war etwas zu spitz, um noch als schön gelten zu können.

Er machte sich wieder daran, den neuen sechsteiligen Brustpanzer seines Herrn zu polieren. Es war ein kostbares Wunder aus Stahl und Messing, an dessen Rand Bibelverse eingeschrieben waren.

»Du könntest mir wenigstens sagen, dass ich noch nicht alt bin«, meinte Ser John.

Er stand vor einem Spiegel, den er seit zwanzig Jahren besaß, und trug ein feines grünes Wams, das aus drei Schichten bestand und mit Seide gefüttert war. Daran befestigt war eine Hose in Grün und Rot, bestickt mit Blumen und Herbstblättern. Die Hose war dünn gepolstert, damit sie auch unter der Rüstung getragen werden konnte, ebenso wie das Wams. Aber für Albinkirk war beides so gut wie höfische Kleidung, und Ser John wirkte darin schlank und gefährlich.

Und alt.

»Ein Schaf, als Lamm verkleidet«, sagte er und fluchte.

Jamie sah ihn an und erlaubte sich ein Grinsen. »Das ist verdammt gut, Mylord.«

»Das habe ich nicht selbst erfunden, du kleiner Taugenichts. Als ich etwa vierzig Jahre jünger war, haben wir die Huren so genannt, die zu alt zum Herumtollen waren.« Der alte Mann runzelte die Stirn.

»Ältere Frauen sind sehr anziehend«, bemerkte Jamie vorsichtig.

»Ich glaube, in gewissen Kreisen wirst du äußerst beliebt sein«, meinte Ser John.

Eine Stunde später trafen die beiden im Herrenhaus von Mittelburg ein; sie hatten zwei Esel dabei, die mit Geschenkkörben beladen waren. Ser John saß auf seinem Pferd im Hof und bemerkte, dass die neuen Schafe das Gras niedrig hielten. Er sah kein einziges Stückchen weggeworfenen Tuches auf dem Boden. Das Gras war gelber als zuvor, aber das Haus wirkte sauber und gepflegt, die Tür war wieder in die Angeln gesetzt – dabei hatte er selbst mitgeholfen –, und draußen auf den Feldern pflügten abwechselnd sechs Frauen die Wintersaat um. Die Reihen, die sie zogen, waren zwar nicht allzu gerade, aber das Pflügen war sogar für einen kräftigen Mann harte Arbeit.

»Jamie?«, fragte er. »Siehst du diese Damen, die sich dort mit dem Pflug abmühen?«

Jamie sprang vom Pferd und hielt inne. »Ist es ritterlich zu pflügen?«

Ser John runzelte die Stirn. Er fühlte sich wie ein großer Heuchler, wann immer er über Ritterlichkeit sprechen musste, denn er hatte den größten Teil seines Lebens damit verbracht, im Schutze seiner Rüstung Menschen für Geld zu töten. Aber er zuckte mit den Schultern. »Jamie, nach meinem Verständnis ist alles, was du tust, um einer Frau zu helfen, die Hilfe braucht, ein Akt der Ritterlichkeit. Und in diesem Fall ist es nun einmal das Pflügen.«

Jamie legte seinen Mantel und sein Wams in die warme Sonne. Ser John lächelte und dachte, wie sehr er sich bei diesen sechs Frauen beliebt machen würde, die nun vor mehr als nur vor dem Pflügen bewahrt wurden.

Helewise kam in den Hof und lächelte ebenfalls. »Ich habe gestern gepflügt«, sagte sie. »Mein Vater hat mir beigebracht, dass eine Frau all das tun kann, was ein Mann auch tut. Aber, bei den Wunden Christi, er war ein Ehrenmann und musste in seinem ganzen Leben keine einzige Furche pflügen.« Sie schüttelte sich das Haar aus den Augen, das sie frisch gewaschen hatte und offen trug.

»Ich könnte dir den Rücken abreiben«, sagte Ser John. »Das empfinde ich immer als sehr angenehm, wenn ich zu viel mit dem Schwert geübt habe.«

Sie lächelte ihn glücklich an. »Ich könnte darauf zurückkommen, Herr Ritter. Aber wohl erst dann, wenn alle anderen zu Bett gegangen sind.« Sie bewegte sich bereits auf die Tür zu, und obwohl sie ganz natürlich und offen sprach, bemühte sie sich, die Stimme nicht zu sehr zu erheben. »Und vielleicht nicht heute Nacht.«

Er führte sein Pferd in den Stall und sah, dass der Zelter der Nonne ebenfalls hier gewesen war – ihre anmutigen Schuhe hatten Abdrücke im Stroh hinterlassen, und in der nächsten Box bemerkte er frische Pferdeäpfel.

Er ging ins Haus, und Helewise wies ihm einen Stuhl in der Küche an, dann machte sie sich wieder daran, Zwirn um die Kräuter zu binden. »Ich habe den größten Teil meines Kräutergartens retten können«, erklärte sie. »Ich vermute, es sind tatsächlich wilde Pflanzen, aber der Wildnis wird es wohl nichts ausmachen.«

Er gesellte sich zu ihr, schnitt Zwirnfäden ab und wickelte sie um einige Rosmarinbündel. Ein sehr kleiner Junge – er war vielleicht sieben oder acht Jahre alt – nahm eines nach dem anderen, kletterte damit eine Leiter hoch und hängte sie an die Deckenbalken.

»Was führt dich diesmal her?«, fragte Helewise. In ihren Augen glitzerte es.

»Ich habe den König um eine neue Garnison gebeten«, sagte Ser John. »Bis dahin aber sind Jamie und ich fahrende Ritter. Gut möglich, dass du uns öfter sehen wirst, als dir lieb ist.«

»Das bezweifle ich«, sagte sie, und einen Augenblick lang berührten sich ihre Hände.

»Schwester Amicia war hier«, fuhr sie fort. »Sie wird heute Abend zurückkehren, Gott sei's geklagt!«

»Du magst sie nicht?«, fragte Ser John.

»Das habe ich nicht gesagt. Ich schätze sie wegen ihrer Zuversicht. Sie gibt den Frauen ihren Stolz zurück, und meine Tochter bewundert sie. Dabei würde ich nicht sagen, dass meine Tochter schlecht ist, John, aber sie war in Lorica, wo es große Mode unter den Mädchen ist, das Luder zu spielen …«

John lächelte.

»Grins mich nicht so an, Ritter! Ich bin zu alt zum Entbrennen und zu praktisch veranlagt, um noch Schaden nehmen zu können.« Sie errötete.

»Ich finde dich sehr schön, meine Dame.« Zärtlich streckte er die Hand aus und schob ihr eine Locke aus der Stirn. Dann lächelte er sie an. »Das liegt nur an der Königin. Sie ist eine wahre Naturgewalt und spielt mit allen anderen.«

»Ich will kein Wort gegen sie hören.« Helewise lehnte sich zurück.

»Ich werde keines sagen. Aber was für die Königin richtig ist, muss nicht unbedingt auch für eine Mutter richtig sein«, sagte Ser John.

»Und wo war diese Weisheit vor zwanzig Jahren, Messire?«, fragte sie.

Er lachte. »Es war noch keine Spur davon vorhanden, meine Süße.«

Sie schüttelte den Kopf. »Ich vermisse Rupert. Das mag in deinen Ohren zwar seltsam klingen, aber er ist wenigstens verlässlich gewesen. Und er konnte besser mit Pippa umgehen als ich.«

John schüttelte ebenfalls den Kopf, beugte sich zum Kamin vor und streckte die gestiefelten Füße zum Feuer aus. »Ich bin nie eifersüchtig auf ihn gewesen. Ich hätte nie einen guten Ehemann abgegeben.« Er sah sie an. »Und er wäre niemals ein guter Ritter gewesen.«

»Das ist wahr«, meinte sie. »Mich verlangt nach deinen Händen auf meinem Körper«, sagte sie plötzlich.

»Wer ist nun das Luder?«, fragte er.

Sie schüttelte den Kopf. »Wie dem auch sei, du solltest jedenfalls heute Nacht nicht zu mir kommen, nicht, solange die Nonne noch hier ist.«

Er lächelte und erhob sich. »In diesem Fall will ich mich am Pflug abreagieren und kräftig schwitzen.«

»Aber du bist so gut angezogen«, erwiderte sie.

So rasch wie ein Schwertstreich beugte er sich über sie und drückte seinen Mund auf den ihren.

Drei lange Atemzüge später machte sie sich von ihm los. »Pfui!«, rief sie, doch ihr Vergnügen vereitelte ihren Versuch, ihn auszuschelten. »Und das bei hellem Tageslicht!«

Später kam die Nonne in den Hof, und Ser John, der sich inzwischen bis auf die Hose ausgezogen hatte, nahm ihren Zelter, mistete mit der Heugabel seine Box aus und verteilte frisches Stroh darin. Die Nonne holte indes Futter.

»Ich habe Euer Päckchen«, sagte er. »Hier in meiner Satteltasche.«

Sie lächelte. »Das wäre doch nicht nötig gewesen. Uns liegt nicht viel an den weltlichen Dingen.« Doch sie lächelte noch breiter. Dann runzelte sie die Stirn. »Ich habe keine Kreaturen der Wildnis gesehen, aber unten bei der alten Fähre habe ich eine Spur der Zerstörung bemerkt. Es ist, als hätte eine Herde Oliphanten dort getanzt. Die Bäume sind umgestürzt. Und ein Haus, das ich noch als unversehrt in Erinnerung hatte, besitzt jetzt kein Dach mehr.«

»Bei der Fähre?«, fragte Ser John. Er durchsuchte gerade sein Gepäck, und allmählich befürchtete er, dass er ihr Päckchen auf seinem Arbeitstisch in Albinkirk liegen gelassen hatte. »Wie oft kommt Ihr zu der Fähre?«

»Jede Woche«, sagte sie. »Ich besitze eine Sondererlaubnis, die Messe in der zerstörten Kapelle dort zu lesen. Es ist die einzige Kirche in einem Umkreis von sieben Meilen.«

Plötzlich kam Ser John ein Gedanke. »Wartet«, sagte er und griff in seine Gürtelbörse. Da war es – ein Päckchen von der Größe einer mächtigen Walnuss. »Es ist gar nicht in meiner Satteltasche gewesen«, sagte er reumütig.

Sie nahm das Päckchen entgegen und betrachtete es reumütig. Er hatte den Eindruck, dass sie jetzt enttäuscht war. »Oh«, machte sie. »Darf ich Euer Speisemesser ausborgen?«

Er zog es aus der Scheide und gab es ihr. Sie schnitt damit das eingewachste Leinen des Päckchens auf. Tatsächlich kam eine Walnuss zum Vorschein. Die Nonne öffnete sie und keuchte auf.

Er schwieg zunächst, dann fragte er: »Ist alles in Ordnung?«

Ihre Miene verzog sich, und sie weinte still. Dann riss sie sich wieder zusammen. »Bastard!«, spuckte sie aus und schleuderte die Walnuss quer durch den Stall. Sie schlug gegen eine Wand und verlor sich in der Dunkelheit.

Ser John durfte abermals seine Ritterlichkeit beweisen und schlüpfte leise aus der Stalltür. Manche Dinge waren zu gefährlich für einen einfachen Mann, und die Luft um die Nonne herum war allmählich in einem goldenen Grün erglüht und hatte den dunklen Stall beleuchtet. Er glaubte nicht, dass er sehen wollte, was als Nächstes geschah.

Doch schon nach wenigen Herzschlägen erstarb das Licht erneut, und er hörte ein brüchiges Lachen. Die Nonne trat aus der Finsternis des Stalles in das abnehmende Licht des Tages, und etwas glitzerte in ihrer Hand.

»Er hat mir einen Professring geschickt«, sagte sie und streckte die Hand so aus, wie eine Frau ihren Verlobungsring zeigte. Der Ring trug die Buchstaben »IHS« in wunderschönen gotischen Buchstaben.

»Wer?«, fragte Ser John und fühlte sich, als sei er in die Geschichte eines Fremden eingedrungen.

Sie runzelte die Stirn. »Ich glaube, das wisst Ihr ganz genau«, sagte sie.

Ser John verneigte sich. »Dann bin auch ich der Meinung, dass er ein Bastard ist.«

Beim Abendessen bewunderten die Frauen den Ring. Er bestand aus Gold und war sehr schön. Schwester Amicia hatte wieder die Kontrolle über sich erlangt. Sie zeigte den Ring mit gefasster Miene herum und gab offen zu, dass Ser John ihn ihr gebracht hatte.

Phillippa versuchte sie aufzuziehen, indem sie sich vorbeugte und sagte: »Vielleicht stammt er von einem stillen Bewunderer!«

Der Blick, den sie dafür erhielt, brachte sie ganze fünf Minuten lang zum Schweigen.

Helewise regte sich unbehaglich auf ihrem Stuhl, betrachtete den Ring aus verschiedenen Perspektiven, streckte dann beinahe unbewusst die Hand aus und legte sie auf Schwester Amicias Arm. »Er scheint mir hermetisch zu sein«, sagte sie.

»Das ist er!«, sagte Amicia offensichtlich erfreut. »Ich kann *Potentia* in ihm speichern. Er ist ein gesegneter Gegenstand.« Sie lächelte Helewise an. »Woher wusstest du das?«

Helewise zuckte die Achseln. »Er scheint seine Form zu verändern.«

»Er verändert die Form?«, fragte die Nonne und grinste. »Das ist mir gar nicht aufgefallen. Welche Formen nimmt er denn an?«

Helewise schüttelte den Kopf. »Ihr – eine mächtige heilige Frau – nehmt diesen Gegenstand einfach an und steckt ihn Euch ohne Nachfragen an den Finger?«

Amicia erbleichte. Aber ihre Miene hellte sich gleich wieder auf, als sie den Ring vom Finger zog und er schwer und mächtig in ihrer Handfläche lag. »Du hast recht, Helewise. Schwester Mirim wird mir wegen meiner Kühnheit zu Recht eine Buße auferlegen. Und noch anderes«, fügte sie unter Stirnrunzeln hinzu.

»Da war es schon wieder«, sagte Helewise. »Er hat in Eurer Handfläche die Gestalt verändert. Nur einen Augenblick lang.«

»Wie hat er denn ausgesehen?«, fragte Amicia.

»Eigentlich immer noch wie ein Ring«, sagte Helewise und sah sich nach Ser John um, von dem sie sich Unterstützung erhoffte. Er lächelte sie zwar an, doch er hatte nichts gesehen.

Der junge Jamie aber beugte sich mit der Ernsthaftigkeit der Jugend vor. »*Ma sœur*, manchmal steht gar nicht IHS darauf.«

Amicia errötete. »Nein? Was denn sonst?«

Er zuckte die Achseln. »Ich fand, es sah eher wie G & A aus.«

Amicia seufzte. »Verdammt«, sagte sie und legte den Ring in ihre Gürtelbörse. Dann schenkte sie Phillippa ein mädchenhaftes, impulsives Lächeln und sagte: »Ich glaube, du hattest doch recht. Ein heimlicher Verehrer.«

## Die Wildnis nördlich des Inneren Meeres · Thorn

Thorn war seiner eigenen Rechnung nach mehrere Hundert Meilen gewandert. Er hatte die Adnaklippen überquert, dann die Mauer und schließlich den Fluss. Er war nach Westen gegangen, und dann war er nach Norden gegangen.

Seine Wanderungen hatten ihn zu den großen Sümpfen geführt, in denen die Kobolde im eisigen Wasser des gewaltigen Flusssystems brüteten, das die Grenze im äußersten Westen bildete. Er zwang ihnen seinen Willen auf – nicht einmal, sondern gleich fünfmal. In dem gewaltigen Sumpf, in dem einen ganzen Tagesmarsch lang in jeder Richtung nichts als verwesende Vegetation und Schlamm und Schleim zu existieren schien, erhoben sich auf seinen Befehl hin große Hügel wie organische Vulkane und brachten Kobolde hervor.

Dann, am Nordufer des mächtigen Inneren Meeres, begab er sich nach Osten. Er war nie zuvor hier gewesen, aber jetzt schritt er mit Zuversicht aus, und das Wissen darum, wohin er seine Füße zu setzen hatte, schien wie ein hilfreiches Gift aus dem schwarzen Abgrund seines Kopfes herauszufließen.

Irgendwo im Osten lag das Land der Sossag. Und dahinter befand sich das Land der nördlichen Huran.

Thorn fand, es sei armselig für ein Wesen von seiner Macht, sich an den barbarischen Sossag dafür zu rächen, dass sie ihm in der Stunde der Not nicht geholfen hatten. Zwar hatte er den Eindruck, dass so etwas unter seiner Würde war, plante aber trotzdem seine Rache. Die Huran hatten in seinen Diensten viele Krieger verloren. Den Sossag war es besser ergangen. Sie hatten sich entschieden, ihren eigenen Weg zu gehen.

Nördlich des Inneren Meeres lag ein anderes Land. Es gehörte zwar zur Wildnis, war aber dicht mit Draußenern bevölkert. Er hatte nicht gewusst, dass in den großen Wäldern im Norden so viele Männer, Frauen und Kinder lebten. Also bewegte er sich vorsichtig. Es war nicht so, dass er keine Macht der Zerstörung mehr in sich gehabt hätte, aber er hatte Demut gelernt und wusste, dass es weniger Schwierigkeiten bereitete, sich unentdeckt zu bewegen. Er wandte sich vorsichtig nach Westen und umging dabei die Siedlungen am Großen Biber und die Moore der Kree, wo die Hastenoch zwischen toten Bäumen und Bächen brüteten. Er kam zu den ersten Dörfern der Sossag und zu ihren nördlichen Vettern, den Messaka, und begab sich dann nach Süden zu den armseligen Dörfern der nördlichen Huran. Auch sah er noch einfachere Siedlungen. Sie stammten von wilden Irks, die ohne einen Herrn waren, und inmitten der Seen lagen Inseln aus großen Baumstämmen und Felsen, die von den Ruks aufgeschichtet worden waren. Von den Riesen.

Der schwarze Abgrund in Thorns Kopf hielt Pläne für die Ruks bereit.

Er stand am Ufer eines Sees in den verbrannten Ländern und wartete, bis die Ruks zu ihm kamen. Er gab ihnen Geschenke, wie man sie Kindern bei einem Fest machte, und setzte sie zu seinen eigenen Zwecken ein. Die Ruks waren so beschränkt, dass man mit ihnen nicht argumentieren und streiten konnte. Stattdessen umgarnte er sie und bediente sich ihrer, so wie man den Willen eines Hundes brach und das Tier von sich abhängig machte.

Er wiederholte es bei jedem See innerhalb der verbrannten Länder, in dem es eine der Inseln gab, die von den Draußenern Crannogs genannt wurden.

Er sandte weitere Kreaturen aus, die lauschen, reden und Nachrichten einsammeln sollten, und so erfuhr er, dass die nördlichen Huran, die im Krieg große Verluste hatten hinnehmen müssen, von ihren südlichen Verwandten bedroht wurden, die jenseits des Großen Flusses und noch weiter östlich wohnten. Und er erfuhr, dass die mächtigen etruskischen Schiffe in diesem Jahr nicht gekommen waren. Er schickte Spione los, die den fernen Hof des Königs von Albia besuchten und jenes lodernde Feuer, seine Frau, die Königin beobachteten.

Dann traf er seine Entscheidungen. Er half den nördlichen Huran nicht nur, weil sie seine Verbündeten gewesen waren. Zwar waren sie ihm treu ergeben gewesen, aber die Wälder waren voller möglicher Verbündeter und Sklaven, und er schuldete den nördlichen Huran überhaupt nichts. Aber nun hatte er Ziele, und Ziele führten zu Plänen, und dabei würden die nördlichen Huran seine Diener sein – freiwillig oder unfreiwillig.

Thorn blieb einen Tag lang in den tiefen Wäldern und übte mit einer neuen Hülle – mit einem Körper, in den er einen großen Teil seines Könnens legte und zu einer Gestalt formte, die er leicht benutzen konnte. Es war die eines alten, weisen Draußeners mit klaren, ehrlichen Augen und alten Narben. Die eines alten Mannes, dessen Weisheit deutlich in seinen tiefen Runzeln eingeschrieben stand und der den Namen »Zungenredner« trug, den Namen eines alten Schamanen. In dieser Gestalt besuchte er dann die kleineren Dörfer. Er saß bei den Feuern und lauschte den Matronen, heilte die Kinder und stellte Medizin her. Viele zogen ihren Nutzen aus seinen Kräften. Die Nachricht von ihm verbreitete sich wie ein Lauffeuer unter den Kree und den nördlichen Huran.

In jedem Dorf gab er einige Gedanken von sich und pflanzte sie in die Hirne der Männer und Frauen ein, deren Gier am heftigsten war. Er ließ sie wie Saaten zurück, die mit der Zeit wuchsen.

Dann legte er die Gestalt des Zungenredners ab, wie eine alte Schlange ihre Haut abstreifte, und bewegte sich wieder in weit ausholenden Schritten vorwärts; als ein lichter Wind huschte er durch den endlosen Wald. Er benutzte seine neuen Kräfte äußerst sparsam: Er stellte einen Kontakt mit einem Mann in Lorica her, mit einer Frau in Harndon und mit einem anderen Mann, der sich tief in der Wildnis im Süden befand. Für sie besaß er keine Gestalt. Er war nicht mehr als eine Stimme im Ohr, ein nur kurz erhaschter Gedanke. Es war erschöpfend, und danach musste er sich tagelang ausruhen, stand den Elementen ausgeliefert da, bevor er weitergehen konnte. Er besaß neue Kräfte, die er erforschen musste, er hatte neue Wege zu gehen, und seine Fähigkeit, nun so mühelos die Gestalt zu wechseln, war verwirrend.

Er konnte sich nicht erinnern, wie er sie erworben hatte.

Beinahe siebzig Tage waren vergangen, seit er der Dunklen Sonne gegenübergestanden hatte.

Er wusste, dass er für seinen nächsten Schritt einen sicheren Rückzugsort und einen Ort der Macht brauchte. Ohne einen solchen Ort war es sinnlos, etwelche Pläne zu schmieden. Der Tod des großen Baumes in den Adnaklippen hatte ihn verändert, wie er nun annahm – und die Ankunft der großen Macht, die ihm das gepanzerte Ei hinterlassen hatte, reichte aus, ihn zur Tätigkeit anzuspornen. So zumindest sah er seine Metamorphose nun.

Er ging in seiner Verkleidung am nördlichen Ufer des Inneren Meeres entlang und dachte über Krieg nach.

## Die Burg von Ticondaga · Der Graf von Westwall

Ghause war keine zögerliche Frau. Aber die Auswirkungen, die die Schwangerschaft der Königin nach sich zog, reichten aus, um sie innehalten zu lassen. Lange Wochen dachte sie nach, bevor sie wusste, wie sie darauf reagieren sollte.

Der Graf war mit seinen üblichen Ausfällen jenseits des Großen Flusses ins Land der Draußener beschäftigt. Er jagte nach Sklaven und Neuigkeiten, manchmal auch nach Biberpelzen und Honig. Die Grafschaft des Nordens besaß keine so großen Schätze wie Jarsay oder Brogat; hier gab es nur Schafe und anderes Nutzvieh sowie Holz; alles andere war Fels, wie die Muriens zu scherzen beliebten. Die Überfälle sorgten für ein wenig Wohlstand.

In diesem Jahr hatte er ein Dutzend Ritter vom Orden des heiligen Thomas mitgenommen. Der Orden hatte etliche Ritter in Komtureien entlang der Mauer und noch etliche weitere in Harndon stationiert – und die jüngsten Nachrichten deuteten an, dass beabsichtigt war, eine neue Garnison in Lissen Carak anzulegen. Ihre Macht der Grammerie und ihre tiefen Kenntnisse der Wildnis erlaubten es dem Grafen, eine größere Invasion zu planen, und Ghause verlor eine weitere Woche damit, für Nahrung und Gepäck zu sorgen sowie die fünfzig Ritter aus dem Süden willkommen zu heißen – einige waren abgebrühte Kerle, die anderen hingegen bloß fahrende Ritter, die die Mädchen beeindrucken wollten.

Als die Truppe endlich zusammengestellt war und auf den großen Feldern südlich der Burg ihre Übungen abhielt, hatte Ghause wieder die Zeit, ihre Möglichkeiten zu überdenken und ihre eigene Schlacht zu planen.

Einen oder zwei Tage las sie viel und tauchte in Schriften ab, die sie seit Jahrzehnten nicht mehr hervorgeholt hatte. Dann schickte sie eine vorsichtige Probe nach Süden – einen alten Zauber, der »Duft« genannt wurde. Von da an geschah nichts mehr so, wie sie es beabsichtigt hatte.

Sie war eine vorsichtige Zauberin, und so flog ihr Duft in viele Schichten der Täuschung und in hermetisches Wirken eingesponnen nach Süden, die jeden Versuch der jungen Königin offenbaren würden, *sie* zu sehen. Und es war eine dieser Vorsichtsmaßnahmen, die plötzlich Alarm gaben, als der Duft noch durch den Äther floss, bevor er die Königin erreicht hatte. Ghause vermutete, dass der Äther auf eine ganz andere Art Einfluss hatte als die Wirklichkeit, und so fühlte sie eher, als sie es wusste, dass die wahre Entfernung zwischen Ticondaga und Harndon nur sehr wenig mit der Entfernung im Äther zu tun hatte.

Aber schon wenige Augenblicke nach der Entsendung ihres kostbaren Zaubers, dieser Frucht vieler Wochen der Arbeit, der Nachforschungen und der geschlechtlichen Vereinigungen zur Anfachung ihrer Bedürfnisse wurde sie zum Handeln gedrängt.

Sie fuhr mit den Fingern über die Stränge ihres Zaubergewebes, so wie ein Barde die Saiten seines schönen Instruments liebkoste.

Sie fand ihn sofort. Und runzelte die Stirn.

»Richard«, sagte sie laut. »Du bist ein wahrer Mann – ganz Kraft und ohne jede Feinheit.«

Natürlich antwortete ihr Plangere nicht.

Vielleicht hätte er geantwortet, wenn sie ihn Thorn genannt hätte, doch dann hätte es auch einen Kampf gegeben.

Sie streckte ihr Innerstes aus und folgte ihrem Duft so weit wie möglich, aber der Äther glich einem Brodeln wütender Bewegungen. Vieles ging hinter ihren durch Zauber verstärkten Mauern vor, und sie zog sich zurück.

Sie warf sich eine Robe über – denn sie zauberte immer nackt, was ihre Arbeit im Winter bisweilen unangenehm machte – und sank in ihren Lieblingssessel. Von dort sah sie durch das Fenster, das sechs Stockwerke über den Mauern lag, sodass sie über den Großen Fluss blicken und das Wunder des Waldes spüren konnte, der sich ununterbrochen nach Norden erstreckte, bis er ins Eis überging. Sie war schon einmal dort gewesen, und sie kannte die Macht, die im Lande des Eises herrschte.

Dann nahm sie einen Schluck Wein. »Warum ist die Wildnis so aktiv?«, fragte sie. Und in der abgeschotteten Sicherheit ihres Kopfes sprach sie seinen neuen Namen aus.

*Thorn.*

## Hundert Meilen westlich von Lissen Carak · Bill Redmede

Es war Tyler, der seine Männer fand. Er fand sie unter den zuckenden Blitzen am Ufer des Flusses. Sie bestanden nur noch aus schimmernden Knochen und organischen Umrissen – sie waren zerstückelt und aufgefressen worden.

Bill Redmede musste sich übergeben. Noch immer blitzte es – schneller und schneller folgten die Blitze aufeinander. Der Regen fiel heftiger, und der Donner sowie der anschwellende Fluss überdeckten alle anderen Geräusche. Der Anblick der Leichen, die kaum mehr als Knorpel waren, war wie ein Schrei im Innern seines Kopfes.

Er lehnte sich mit dem Rücken gegen einen Baum und packte seinen Speer.

Tyler wirbelte herum und blickte wild in die Blitze. »Sie haben uns umzingelt!«, kreischte er.

Dann versuchte er auf den unsichtbaren Feind einzuschlagen.

Redmede sprang an seine Seite, aber auch während einer langen Reihe unmittelbar aufeinander folgender Blitze konnte er den Feind nicht sehen. Nat hieb und stach; Redmede musste sich ducken und beiseite springen. Schließlich rief er: »Nat! Nat! Da draußen ist nichts!«

Nat drehte sich um und sah ihn mit wildem Blick an, während der Donner in einer Reihe von mächtigen Schlägen erstarb, die so nahe waren, dass Redmede sie in seinem Körper spürte.

Dann zog das Gewitter ab, und die Dunkelheit war noch undurchdringlicher. Redmede spürte, wie Tyler an ihm vorbei in die Finsternis schritt, und streckte die Hand nach ihm aus.

»Heiliger Jesus, wir sind erledigt!«

Redmede ließ seinen Speer fallen und schlang die Arme um Tyler. »Reiß dich zusammen! Sie sind doch weg. Wir sollten von hier verschwinden.«

Tyler erstarrte für einen Augenblick.

Dann schluchzte er los.

Die Dämmerung war wässerig-grau geworden, als Redmede sie zurück zum Lager führte. Inzwischen hegte er alle möglichen Befürchtungen – vielleicht war das Lager überfallen worden, und die Wildbuben waren allesamt tot. Er war ganz und gar von Angst durchdrungen, während der Regen fiel und fiel, und das erste Licht des Tages sah ihn wie den ahnungslosesten davongelaufenen Leibeigenen nur wenige Hundert Meter von seinem Feuer entfernt durch den nassen Wald stolpern.

Tylers Zustand ließ sich nicht verbergen. Der Mann jammerte, und Redmede verfluchte sich, weil er sich zu sehr auf einen kranken Mann verlassen hatte.

Durch Fluchen, Betteln und die Aufbietung all seiner Überzeugungskünste gelang es ihm endlich, seine Wildbuben dazu zu bringen, das Gepäck einzusammeln, die Wärme des Feuers zu verlassen und weiterzumarschieren.

Gegen Mittag waren sie alle bis auf die Haut durchnässt – sowohl von dem stoßweise niedergehenden Regen als auch von dem nassen Wald, dem nassen Gras und den nassen Farnen. Keine Wolle, wie gut sie auch gewebt sein mochte, war in der Lage, so viel Wasser abzuhalten. Seine Schuhe quietschten bei jedem Schritt, und als sie einen tiefen Fluss durchqueren mussten, der vom tagelangen Regen angeschwollen war, stapften alle einfach hindurch, während sie sich die Bögen über die Köpfe hielten. Niemand versuchte, auf Trittsteinen ans andere Ufer zu kommen.

Bald mussten sie Tyler wieder tragen, und aus diesem Grund setzte ein unzufriedenes Gemurmel ein. Bess wollte es unterbinden, und so nahm sie es gemeinsam mit einer anderen Frau klaglos auf sich, den alten Waldhüter zu tragen.

Am frühen Nachmittag setzte sich ein Junge aus Harndon an die Seite des Pfades und weigerte sich weiterzugehen. »Ich will nach Hause!«, sagte er.

Redmede war wie betäubt. Er schüttelte den Kopf. »Die Wildnis wird dich fressen«, sagte er.

»Das ist mir egal!«, jammerte der Junge. »Ich kann nicht mehr gehen! Meine Füße sind wund gescheuert, außerdem habe ich schon seit Tagen nichts mehr zu essen gehabt. Und alle Glieder tun mir weh. Sollen sie mich doch fressen!«

Redmede schlug ihn. Der Junge sah ihn mit verblüfftem Unglauben an.

»Steh auf und geh weiter, oder ich bringe dich eigenhändig um«, sagte Redmede.

Der Junge mühte sich schwerfällig auf die Beine und humpelte davon. Er weinte.

Redmede fühlte sich wie ein niederträchtiger Schuft.

Bess stand neben ihm und schüttelte den Kopf. »Das war nicht der richtige Weg, Bill Redmede«, sagte sie. »Du hast nicht wie ein Kamerad, sondern wie ein Herr geklungen.«

»Halt den Mund, Bess«, fuhr er sie an. Dann hob er die Hand. »Ich rede nur so, weil ich erschöpft bin. Ich bin die ganze Nacht lang zusammen mit Tyler wach gewesen. Die Kobolde haben uns angegriffen.«

Bess riss die Augen auf. »Aber wir sind mit ihnen verbündet!«

Redmede zuckte die Achseln.

Und dann gingen sie weiter nach Westen.

Eine Stunde später kamen sie an den dritten Fluss dieses Tages. Die Vorhut platschte hindurch, und der Rest folgte. Auf der anderen Seite fanden sie ein weiteres verlassenes Irk-Dorf; diesmal waren die Dächer noch vorhanden. Sofort schlüpften sie in die Gebäude hinein, und schon nach einem Augenblick waren sie trockener, als sie es seit einem ganzen Tag gewesen waren. Und nach einer Stunde waren die Feuer entzündet.

Hier gab es nichts zu essen, und Redmede konnte nicht mehr als eine Handvoll Männer zusammenbekommen, die freiwillig bereit waren, die Hütten zu verlassen. Er half ihnen, und als er still hinter einem Schirm aus Blättern stand, bemerkte er plötzlich eine Bewegung auf der anderen Flussseite. Das Irk-Dorf war klug angelegt und schwierig zu erreichen, denn es stand auf einem Vorsprung aus gestampfter Erde und war von Wällen und Palisaden umgeben. Redmede hatte die Wächter draußen auf den Maisfeldern postiert – leider befanden sich keine Früchte mehr an den Halmen.

Er beobachtete diese Bewegung. Es konnten keine Kobolde sein, denn sie waren sowohl vorsichtig als auch ein wenig unbeholfen. Er sah ein Aufblitzen von Grün – und ein Mann trat ins Freie. Es herrschte gerade noch so viel Licht, dass Redmede ihn erkennen konnte.

Der Mann, der dort am Rande der Furt stand, war Katz.

Und hinter ihm war der Graue Cal.

Redmede unterdrückte einen Freudenschrei und stieß stattdessen den Erkennungspfiff aus. Der Graue Cal richtete sich auf und pfiff »Tom, Tom, der Pfeiferssohn« zur Antwort. Redmede sang wie eine Feldlerche, und nach zwei Herzschlägen umarmte er seine verlorenen Schafe.

Cal drückte ihn heftig. »Hui«, meinte er. »Das war fies. Dieser Verrückte hat mir das Leben gerettet.«

Katz kicherte und grinste in sich hinein.

»Wir hatten einen Hirsch, aber wir haben ihn fallen lassen, als uns die Kobolde angegriffen haben«, sagte Katz. »Diese kleinen Bastarde sind einfach *überall.*«

Cal nickte. »Ich habe meine Jungs verloren«, gab er zu. »Wir mussten weglaufen. Weil sie nicht schnell genug rennen konnten, sind sie gefressen worden.«

Redmede nickte schwer. »Wir haben nichts zu essen«, erwiderte er.

»Wir auch nicht«, sagte Cal. »Und ein Toter kann nicht mehr jagen. Er dient bloß noch den Kobolden als Futter.« Er zuckte mit den Achseln. »Und über diesen verdammten Regen wollen wir erst gar nicht sprechen.«

Cal holte einige Himbeeren hervor. »Ich teile sie gern«, sagte er mit seiner seltsamen Singsangstimme.

Redmede zögerte, aber dann kam er zu dem Schluss, dass er sterben würde, wenn er nichts aß. Der drahtige junge Mann hatte seinen ganzen Korb mit den Beeren gefüllt. Sie waren köstlich, und die drei aßen sich satt.

»Du hast sie den ganzen Weg über getragen?«, fragte Cal. »Ich habe nichts dagegen, dass Bill mitisst, aber wir hätten doch jederzeit anhalten und sie verspeisen können.«

Cal schenkte ihm ein geheimnisvolles Lächeln. »Nein«, sagte er. »Erst jetzt ist die richtige Zeit dafür.«

Am nächsten Morgen war es schwer, die Menschen zu wecken. Sie erhoben sich nur langsam. Die Erfahreneren unter ihnen gingen zum Fluss, schälten Sassafras-Wurzeln und kochten Tee daraus. Katz schlich über die Anhöhe hinter dem Dorf, fand die Bienenstöcke und kam klebrig und triumphierend zurück. Und jeder Mann und jede Frau erhielt zwei Becher mit heißem, honigsüßen Sassafras-Tee.

Und sechs oder sieben Beeren.

»Das reicht gerade, um einen richtig hungrig zu machen«, sagte Bess und sprach damit aus, was alle dachten.

Und dann gingen sie weiter. Nach Westen.

Immer öfter mussten sie Flüsse durchqueren, und dabei wurden sie beständig ungeschickter. Die Vorhut blieb inzwischen nicht mehr hundert Schritte vor der Hauptkolonne – nicht einmal mehr zu dem Zeitpunkt, als Redmede ihr im wässerigen Sonnenlicht anzuhalten befahl, damit alle in der Gruppe zueinander aufrücken konnten.

Er deutete auf die niedrigen Hügel im Norden. »Dort sind die Kobolde«, sagte er. »Oder weitaus Schlimmeres. Wenn ihr noch schlaffer werdet, sterben wir alle.«

»Wir sind doch sowieso schon tot«, rief einer aus der Menge.

Redmede schluckte das ohne ein Widerwort und gesellte sich für einige Meilen zu der Vorhut. Lange bevor die Zeit zum Aufschlagen des Lagers gekommen war, trat Katz neben ihn und zeigte mit dem Daumen auf den hinteren Teil der Kolonne. »Sie fallen zurück«, sagte er und zuckte die Schultern. »Vor allem die Grünen. Einige haben sich einfach an die Seite, neben den Pfad gesetzt.«

»Du gehst mit Cal voraus und suchst uns einen Platz zum Lagern«, sagte er.

Redmede sah, dass Bess schon wieder Tyler trug. Er klopfte ihr auf die Schulter, drückte Tylers Hand und ging an der Kolonne entlang nach hinten. Überall sagten die Männer zu ihm, sie hätten den Anschluss nicht verpasst, aber es kämen noch einige weit hinter ihnen.

Gerade hatte er den Jungen von gestern unter einem Baum sitzend vorgefunden, als er von vorn Rufe hörte – sie waren nun weit entfernt.

Der Junge wartete nicht darauf, dass er ausgeschimpft oder geschlagen wurde. Er stand auf und humpelte fluchend weiter. Und dann weinte er wieder.

»Sind noch mehr hinter dir?«, fragte Redmede, aber der Junge schwieg und ging voran.

Redmede stand völlig unschlüssig auf dem Weg, dann nahm er seinen Bogen vom Rücken und entfernte langsam die Leinenbeutel, die ihn umhüllten. Er hatte versagt. Er musste die Marschordnung stärken und seine Truppe zusammenhalten. Am vorderen und hinteren Ende der Kolonne brauchte er Leute, denen er vertrauen konnte. Er wollte niemanden mehr verlieren. Er ging in dem Bewusstsein zurück, dass er sechs Mann verloren hatte – und dass es irgendetwas gab, das ihn beobachtete. Mit der Leichtigkeit langer Übung spannte er seinen Bogen, wobei er den unteren Teil fest gegen seinen durchnässten rechten Fuß drückte. Er zog an dem Holz und bemerkte, wie schwach er war; es war ein Kampf, die Sehne zu befestigen. Aber sie war wenigstens trocken, wie auch der Bogen. Er legte einen Pfeil ein und atmete dann ein wenig freier, während er wieder ostwärts in die herannahende Finsternis lief.

Er umrundete eine scharfe Kurve auf dem alten Pfad und sah die Kobolde. Es waren dreißig oder vierzig, dicht zusammengedrängt, und zwei seiner eigenen Leute schlugen Rücken an Rücken mit ihren Stöcken auf die kleinen Wesen ein, während ein dritter Mann mit einem Schwert kämpfte – ziemlich wild zwar, aber dennoch wirkungsvoll.

Redmede hatte drei Kobolde mit seinen Pfeilen gespickt, bevor er begriff, was er da sah, und dann waren die Kobolde verschwunden, und der dünne Mann mit dem langen Schwert geriet ins Taumeln. Offensichtlich war er verletzt.

Das Licht nahm immer mehr ab; es war die beste Zeit des Tages für Koboldaugen und die schlechteste für die der Menschen. Redmede rannte los.

Dann sah er, was mit seinen anderen Männern geschehen war. Sie waren der Grund dafür, warum sich die Kobolde so zusammengedrängt hatten, und sie waren nichts anderes als eine rote Zerfleischung.

Die beiden mit den Stäben sackten zu Boden.

»Nein, ihr Narren!«, rief Redmede. »Lauft!«

Dann wandte er sich an den Schwertkämpfer.

Es dauerte lange, bis er in dem Zwielicht erkannt hatte, dass die Gestalt mit dem Schwert ein Irk war. Er war so groß wie ein Mensch, trug Waldfarben aus Hirschleder und Wolle, sein Schwert war fast genauso groß wie er selbst und sah aus, als wäre es aus einem Blitz geschmiedet worden. In seinem Elfengesicht steckten ungeheuer große Augen, und mächtige Zähne ragten aus dem Kiefer hervor.

Der Irk setzte sich plötzlich auf den Pfad. Aus seinen Beinen drang eine blutartige Flüssigkeit.

Der Busch bewegte sich. Die Kobolde waren *hier*.

Manchmal wurde in einem Augenblick äußerster Gefahr jede Wahrnehmung kristallklar.

Redmede sah einfach alles. »Halt!«, brüllte er seine beiden Männer an. Sie waren noch nicht davongelaufen. Er zog dem Irk den Ledermantel über den Kopf, während das Wesen aus Schmerz mit einer Bewegung ausschlug, die seine Beinwunden traf. Er legte den Mantel auf den Boden, hörte das Herannahen der Kobolde, legte die beiden Stäbe auf den Mantel und warf dessen Schöße über sie. Dann hob er den Irk auf, der wegen seiner Schmerzen mit den Krallen nach Redmede schlug. Das hatte er erwartet und ließ die Kreatur auf die behelfsmäßige Bahre fallen, die er soeben gebaut hatte. Das Gewicht des Irk drückte den Mantel gegen die Stäbe, und die Bahre hielt, als die beiden Wildbuben sie am Rande der Panik aufhoben.

Nun stürmten die Kobolde auf sie zu.

»Lauft jetzt!«, brüllte Redmede.

Die beiden Wildbuben brauchten keine weitere Ermunterung.

Zwar hielt Redmede nicht viel von seinen Führungsqualitäten, aber er wusste doch, dass er ein sehr guter Bogenschütze war. Vielleicht sogar der beste, wenn er einmal von seinem Bruder absah. Er legte einen Pfeil in die Sehne ein und hielt einen zweiten zwischen den Fingern. Fünf weitere steckte er sich rasch in den Gürtel, sodass ihre Spitzen nach oben zeigten.

Er zielte gerade, als der Angriff erfolgte, und sieben Pfeile flogen in rascher Folge davon. Er spürte nicht einmal, wie sich das Holz bog; ohne nachzudenken schoss er und sah nicht einmal, dass einer der Pfeile gleich zwei Gestalten an einen Baum spießte, während eine dritte kreischend zu Boden geworfen wurde.

Seine Finger holten einen weiteren Pfeil aus seinem Köcher, aber nun war der Fluss unterbrochen. Die Kreaturen der Wildnis starben nicht bereitwilliger als die Menschen, und als er seinen achten Pfeil einlegte, waren die geschmeidigen Jäger in dem Unterholz nördlich des Pfades verschwunden.

Er beobachtete das Gebüsch drei Atemzüge lang, dann bückte er sich und packte das schimmernde Schwert des Irk. Es stach ihn in die Hand, aber das hatte er erwartet, und er hielt es trotzdem fest.

Und lief los.

Es gab Zeiten, in denen Heldenhaftigkeit nichts mehr nützte – wenn die Mühen, die es erforderte, das *Richtige* zu tun, so groß waren, dass man sie nicht mehr ertragen konnte. Redmede hatte gekämpft; er hatte seinen großen Bogen eingesetzt, war viele Meilen gegangen und hatte dabei kaum geschlafen und gegessen. Er *wusste*, dass seine Männer ihn brauchten. Er wusste außerdem, dass es schwer sein würde, die Furt zu durchqueren, und er befürchtete, die Kobolde würden über seine müden Wildbuben herfallen und Hackfleisch aus ihnen machen.

Er wusste, dass sich Kobolde hinter ihm auf dem Pfad bewegten.

Doch nachdem er die ersten Schnitte gerannt war, ging er nur noch mit langen Schritten dahin; etwas anderes war ihm einfach nicht mehr möglich.

Fast hätte er sich selbst laut zugerufen, er möge doch bitte rennen. Aber er ging nur noch.

»Verdammt sollst du sein, Bill Redmede«, sagte er und beugte sich vor, ging das Risiko ein, zu Boden zu fallen. Doch seine Beine fingen ihn auf und fielen in einen schweren Lauf. Seine Schuhe patschten über den Boden, und er taumelte mehr, als dass er rannte. Aber dann bewegte er sich auch wieder schneller.

Nach einer gewissen Zeit stieß er auf sechs seiner Wildbuben, die den Irk trugen.

»Bewegt euch!«, rief er ihnen zu, sobald er sie sah.

Auch sie liefen nun unbeholfen los.

Er blieb hinter ihnen. Als sie langsamer wurden, was sehr schnell der Fall war, brüllte er sie an: »Lauft weiter! Sie sind gleich hinter uns!«

Und sie rannten. Einer der Jüngeren warf einen Blick zurück und verdrehte in großer Panik die Augen.

Redmede war es egal.

Sie eilten über den Pfad, und sein Atem ging nun stoßweise. Er verfluchte seine mangelnde Ausdauer und jede schlechte Entscheidung, die er je getroffen hatte. Aber die Männer vor ihm rannten weiter, und er sollte verdammt sein, wenn er langsamer war als sie, während sie sogar noch den verwundeten Irk trugen.

Zwischen mächtigen Bäumen kletterten sie einen sanften Hang hinauf, und Bill hörte Kampfeslärm vor sich.

»Halt!«, rief er. »In Deckung – und still!«

Er rannte an ihnen vorbei, warf den müden Männern das Irk-Schwert zu und zog sein eigenes.

Er erreichte die Kuppe des niedrigen Hügels und schaute hinunter auf die Furt. Es war eine Szene wie aus den Höllenschilderungen der Priester.

Die Kobolde hatten die Wildbuben gerade während der Durchquerung überfallen. Die Hälfte seiner Leute hatte bereits das andere Ufer erreicht, und sie schlugen sich wirklich tapfer. Aber die Männer im Fluss wurden einer nach dem anderen getötet und gefressen; die Kobolde säumten die Ufer, warfen sich die Männer zu und verspeisten sie an Ort und Stelle. Manche lebten dabei noch und schrien vor Entsetzen. Die Männer in der Furt starben, weil sie keine Deckung hatten, und wenn sie auf den glitschigen Steinen ausrutschten, bedeutete es ihren sicheren Tod. Die Kobolde beschossen sie überdies mit Pfeilsalven. Eine nach der anderen ging auf die unglücklichen Wildbuben nieder, und sogar die schwachen Bögen der kleinen Kreaturen reichten aus, um auf eine Entfernung von fünfzig Fuß zu töten oder zumindest schwer zu verwunden.

Redmede atmete tief durch.

Für gewöhnlich arbeiteten die Kobolde nicht in größeren Gruppen als zwanzig oder dreißig Wesen zusammen. Aber hier waren es mindestens tausend, die seine Wildbuben abnagten.

Er nahm seinen Bogen vom Rücken, während er sie betrachtete. Er erwartete, in ihrer Mitte einen Menschen zu sehen. Doch manchmal bedienten sich auch die Irks der Kobolde. Er fragte sich, ob er auf diese Entfernung einen Irk erkennen könnte. Und er fragte sich ganz kurz, ob der Irk, den er gerettet hatte, vielleicht der Herr und Meister dieser Ungeheuer war …

Doch ein weißer Blitz, der vom gegenüberliegenden Ufer kam, verriet ihm, dass er sich weder einem Menschen noch einem Irk gegenübersah, sondern einem Priester aus der selten anzutreffenden königlichen Kaste der Kobolde mit seiner roten, schwarzen und weißen Chitinpanzerung, dem langen Körper und dem seltsamen Kopf, der ihn in Redmedes Augen wie eine bösartige Hornisse aussehen ließ. Er beobachtete die Kreatur, wie sie zwei Menschenschwerter dazu benutzte, einen Mann niederzumetzeln. Er war ein Wicht.

Zweihundertundzwanzig Ellen entfernt. Ein leiser Wind herrschte; die Luft war feucht, und sein Bogen war kalt. Die Sehne war trocken. Er steckte sein Schwert zurück in die Scheide und fuhr geistesabwesend mit der Hand über die Sehne, legte einen leichten Pfeil aus seinem Köcher ein und steckte sich drei weitere an den Gürtel.

Dann nahm er ein Stück Ahornzucker aus der Gürtelbörse und aß es. Zwei weitere seiner Männer starben; ihre Schreie hallten in seinen Ohren wider, während er aß. Aber er brauchte die Energie. Er konnte sich keinen Fehlschuss erlauben. Die Versuchung, *irgendetwas* zu tun, war so groß, dass er kaum mehr klar denken konnte. Sein Körper war voller Kampfgeist, unbedingt wollte er sich in die Schlacht stürzen.

Er trank einen Schluck Wasser, verkorkte seine Feldflasche wieder, zog an dem Pfeil und der Sehne, beugte das eine Knie leicht durch, bog die Schultern nach hinten und zielte. Die Pfeilspitze hob sich ein wenig über das Ziel, und als sein Gefühl ihm sagte, er sollte die Finger von der Sehne nehmen, flogen sie fast genauso geschmeidig zurück, wie der Pfeil in die entgegengesetzte Richtung schoss.

Er sah dem ersten Pfeil nicht hinterher, sondern nahm sofort den nächsten, schoss einen nach dem anderen ab.

Der dritte Pfeil traf den Priester. Doch er war so weit entfernt und der Pfeil war so leicht, dass er nicht tief eindrang. Der vierte bohrte sich jedoch in den einen Schwertarm seines Gegners und fuhr glatt hindurch.

Das Wesen löste sich aus dem Handgemenge und suchte mit den Blicken nach Redmede.

*Sie müssen nicht miteinander reden. Sie verständigen sich durch Magie. Oder über den Geruch. Oder durch sonst etwas.*

Er zog vier weitere Pfeile aus seinem Köcher. Jetzt fühlte er sich stark, konnte die Reichweite genau einschätzen und nahm seine schweren Kriegspfeile, die von den Soldaten des Königs »Viertelpfünder« genannt wurden. Drei von ihnen rammte er vor sich in die Erde und zog die Sehne bis hinter sein Ohr, sodass all seine Rückenmuskeln dabei angespannt wurden.

Er schoss, legte den nächsten Pfeil ein, zog, schoss grunzend wie ein Mann, der ein großes Gewicht stemmt, und bei dem letzten Pfeil hätte er fast vor Enttäuschung aufgeheult, weil seine Schüsse so ungenau waren.

Ihm blieb gerade noch die Zeit zu sagen: »Verdammt, ich bin zu müde«, als er sah, wie seine Pfeile niedergingen.

Es bedurfte eines großen Bogens, um einen Kriegspfeil zweihundert Ellen weit zu schießen. Redmedes Waffe war immerhin sechs Fuß hoch, aber er musste ihn so sehr spannen und dabei so hoch zielen, dass er kein genaues Maß nehmen konnte. Er konnte das Ziel unter seinem Bogen nicht einmal erkennen.

Der erste Pfeil landete am Rande des Flusses, vierzig Fuß von dem Priester entfernt.

Der zweite traf besser, und einen atemberaubenden Augenblick lang glaubte Redmede schon, er habe das Ungeheuer getroffen, aber dann sprang es los – jedoch nicht in die Luft, wie er gehofft hatte, sondern nach vorn auf den Fluss zu. Der dritte Pfeil bohrte sich rechts hinter dem Priester in den Boden, und auch der vierte war nach rechts verzogen. Der Häuptling der Kobolde änderte die Richtung und sprang auf einen großen Felsen, hob seine Schwingen …

*Was soll das bedeuten? Um Himmels willen, er wirkt einen Zauber!*

… und blau-weißes Feuer spielte zwischen ihnen.

Der letzte schlecht geschossene Pfeil stieg wie ein Raubvogel aus dem Himmel nieder. Der Wicht trat geradewegs in die Flugbahn hinein, und der Schaft drang zwischen seine ausgebreiteten Schwingen, durchbohrte den Chitinpanzer und riss dem Ungeheuer einen Flügel ab.

Sogar aus der Entfernung von zweihundert Ellen sah Redmede deutlich, wie Blut aus der Wunde spritzte. Das Wesen taumelte und fiel ins Wasser.

Bill Alan, ein in Panik geratener Waldbube, rammte dem Wesen sein Schwert in die Brust und nagelte es dadurch im Flussbett fest. Dann hieb er darauf ein, und der Strom um ihn herum wurde grünlich-blau. Das Wesen holte aus und traf ihn, er taumelte zurück, verlor den Halt und stürzte. Nun rannte Redmede bereits auf das Flussufer zu und legte dabei einen weiteren schweren Pfeil in die Sehne ein. Er hatte noch drei übrig.

Alan kämpfte sich wieder auf die Beine und hielt sein Schwert noch immer fest umfasst. Der Wicht erhob sich aus dem Wasser; nach wie vor spritzte die blutartige Flüssigkeit aus ihm heraus. Er hackte auf Alan ein, schlug ihm das Schwert aus der Hand und riss ihm die Wange auf. Aber die Panik war inzwischen vergangen, und

Alan parierte – und hatte Glück. Er traf den Arm des Wichtes. Das Wesen stolperte und tauchte im Wasser unter.

Nun stürzten sich alle Kobolde ins Wasser und durchwateten es.

*Er weiß, wo ich bin,* dachte Redmede. *Sie kommen auf mich zu.*

Er erreichte das Ufer, rannte daran entlang, sprang wie ein kleiner Junge von Fels zu Fels, hielt inne und balancierte auf zwei großen Steinblöcken.

Der Wicht tauchte zu Alans Füßen aus dem Wasser auf, riss sein Schwert nach oben …

Redmede schoss. Die Entfernung betrug weniger als sechzig Ellen. Sein Pfeil drang in die weiche Haut unter der Armbeuge des Wesens ein, und es fiel buchstäblich auseinander. Alans verzweifelter Schwerthieb erwischte nichts mehr; der Wicht war zu einzelnen Stücken zerfallen, die der Strom bereits davontrug.

Das Band, das die Kobolde zusammenhielt, verschwand zusammen mit der Macht des Priesters; Redmede sah, wie sie auseinanderstoben. Aus einer Masse, die wie von einem gemeinsamen Willen beherrscht war, wurden in einem Zeitraum von wenigen Herzschlägen Hunderte Einzelgeschöpfe, die nicht mehr auf Eroberung aus waren, sondern Angst vor den Wildbuben hatten. Es dauerte nur die Länge eines Gebets, und sie waren verschwunden.

Redmede wünschte, er könnte ebenfalls einfach verschwinden. Er wusste noch nicht, wie schlimm die Verluste waren, aber sie waren groß genug. Seine Männer waren allein in der gewaltigen Wildnis, sie gerieten in Panik, und ihnen war übel mitgespielt worden. Da brach die Dunkelheit herein.

Er stieß in sein großes Horn und sammelte die Überlebenden. Viele hatten sich schon beim ersten Angriff zerstreut; Nat Tyler hatte alle Männer und Frauen, die den Fluss noch nicht durchquert hatten, am diesseitigen Ufer festgehalten, was Redmede für eine kluge Entscheidung hielt. Am anderen Ufer befanden sich Bess, Katz und

Cal, die zusammen mit den Veteranen die Vorhut gebildet hatten. Sie alle hatten gute Schwerter und Bögen. Sie hatten sich tapfer geschlagen und sogar einige Kobolde getötet.

Aber in der Mitte hatten sie vierzig Männer und zwei Frauen verloren. Es war nicht mehr viel von ihnen übrig, was man hätte beerdigen können.

Außer sechs Männern waren alle Verwundeten gestorben, und Tyler, Bess und Redmede verbrachten die Nacht bei ihnen und legten ihnen Verbände aus den Stofffetzen der Verstorbenen an, während Tyler die Wachen gegen einen möglichen neuen Angriff einsetzte. Dann kam er zurück und setzte sich zu Redmede ans Feuer.

»Das war schlimm«, sagte Tyler. »Noch so einen Kampf werden wir nicht mehr durchstehen.«

Redmede starrte ins Feuer. Solange es etwas zu tun gegeben hatte, hatte er nicht nachdenken müssen. Aber jetzt …

»Das ist alles meine verdammte Schuld«, sagte Redmede und legte den Kopf auf die hochgezogenen Knie. »Wir hätten nach Süden gehen sollen – nach Jarsay.«

Redmede erkannte an Tylers Schweigen, dass er dieser Aussage zustimmte – sie hätten wirklich nach Süden ziehen sollen.

»Glaub das bloß nicht, Bill Redmede!« Bess trat aus der Dunkelheit, ertastete den Wasserkübel und wusch sich darin die blutigen Hände. »Jarsay wäre für uns alle der sichere Tod gewesen. Die Adligen hätten sich einen Spaß daraus gemacht, uns zu jagen. Die Wildnis ist viel besser. Es ist bloß kalt hier.« Sie lächelte, holte warmes Wasser und machte sich wieder daran, die Verwundeten zu pflegen.

Tyler beobachtete sie mit hungrigen Augen. »Selbst wenn sie ganz erschöpft ist und seit zehn Tagen nicht mehr gebadet hat, ist sie noch immer eine Schönheit«, sagte er.

Redmede zuckte die Achseln. Bess war eine gute Gefährtin und vermutlich sogar eine bessere Anführerin als er selbst. Den Rest von ihr sah er nicht. Er erlaubte es sich einfach nicht.

»Glaubst du, sie könnte auf einen alten Kerl wie mich scharf sein?«, fragte Tyler.

Über so etwas konnte Redmede jetzt nicht nachdenken. »Ich muss mit dem Irk reden, den wir aufgelesen haben. Wir brauchen hier draußen einen Freund.«

Tyler grinste. »Dann gehe ich und helfe Bess, ja?«

Redmede kochte sich ein wenig Wasser in seinem eigenen kleinen Kupfertopf. Eine Niederlage wie die heutige konnte unzählige Auswirkungen haben. So hatten zum Beispiel die meisten Männer ihre Lagerausrüstung inzwischen irgendwo verloren – und Töpfe waren in der Wildnis so wertvoll wie Pfeile. Redmede hatte den seinen stets bewahrt; möglicherweise war dieser Metalltopf inzwischen sogar der einzige westlich von Lissen Carak. Er ächzte und wartete darauf, dass das Wasser kochte. Es war zum Verzweifeln – sie besaßen weder Kerzen, Öllampen noch andere Beleuchtungskörper. Daher war die Finsternis über dem Feuer vollkommen. Deshalb konnte er nicht in seinen kleinen Kupfertopf schauen und feststellen, ob das Wasser schon kochte. Schließlich benutzte er einen Zweig dazu. Er gab ein wenig Sassafras hinein – aus dem letzten Jahr – und dazu den Rest seines Honigs. Es war eine großzügige Gabe, aber mehr hatte er nicht anzubieten, und er musste den Irk irgendwie dazu bringen, ihn zu mögen.

Redmede trug den Tee zu dem Irk, der den Hornbecher dankbar entgegennahm.

»Kannst du sprechen?«, fragte Redmede.

Die Kreatur seufzte. *»Jahhh«,* sagte sie.

»Wie lautet dein Name?«, wollte er wissen.

*»Tapio Haltija«,* sang das Geschöpf. *»Ich bin derr Herrr diesserr Wälderr, kleinerr Mann.«*

Redmede spuckte aus. »Ich mache mir nichts aus Herren«, sagte er. Aber sein Mut stieg ein wenig.

Der Irk versteifte sich und schaute weg. *»Vorr einem halben Taussend Jahrren habe ich die Herrschafft überr diesse Wälderr errhalten. Aberr ich bin nicht undankbarr. Nicht einmal einem Dienerr Thornss gegenüberr.«* Er nickte. *»Dein Name?«*

Redmede schüttelte den Kopf. »Ich bin kein Diener, vor allem kein Diener dieses Bastards. Er hat uns im Regen stehen lassen.« Dann wandte er den Blick ab. Er war zu müde für all dies. »Bill Redmede«, sagte er.

*»Ahh, Mensch, deine Rrede wird immerr angenehmerr. Frreund, ich will dich und deine Männerr beherrbergen. Ich werrde euch nichtss tun – nurr wenige Mensschen haben je ein ssolchess Angebot von mirr errhalten.«* Er lächelte, und seine Fangzähne glitzerten nass in der Dunkelheit.

Bill Redmede wusste zu wenig über die Irks. Sein Bruder mochte sie – so viel war ihm klar. Sein Bruder hatte in ihren Hallen geschmaust und mit den Kühneren von ihnen in den Wäldern Handel getrieben. Aber dieser hier war alt und sehr, sehr gefährlich; zumindest sagte ihm das sein Instinkt. Und dieser Kreatur hatte er gerade seinen Namen genannt. Das war dumm von ihm gewesen.

*»Mein Volk kommt. Ich spürre ssie im Blut derr Errde. Ess wärre mirr eine grroße Frreude, wenn du mirr noch einen Becherr von diessem Tee gibsst. Und mein Sschwerrt. Ich ssehe, du hasst ess aufbewahrrt.«*

Redmede wünschte sich, er könnte diesem Geschöpf trauen, aber er tat es nicht. »Ich habe deine Fußgelenke verbunden«, sagte er. »Du kannst nicht gehen. Ich werde dir dein Schwert bald zurückgeben.«

Der Irk lächelte; es war ein grauenhafter Anblick. *»Wenn du in meinerr Halle sspeist, Mensch, wirrst du ssehen, dass ich keinen Ver-*

*rat brauche, um deinessgleichen zu verrnichten. Wenn ich dass wollte, würrde ich dich zum Schwerrtkampf forrdern. Ich bin Tapio Haltija. Ich lüge nicht.«*

Redmede empfand das Gespräch mit diesem Wesen als ermüdend. Es fiel ihm schwer, seine Gedanken unter Kontrolle zu halten, denn sie hüpften ebenso herum wie die rollende und zischende Aussprache dieses Wesens. Er ging und ließ sich auf seinen Decken nieder, nachdem er noch einmal nach den Verwundeten gesehen hatte. Bess kam und setzte sich neben ihn.

»Drück mir mal kurz die Hand«, sagte sie. »Und erzähl mir eine schöne Geschichte, denn ich habe heute vor Angst fast den Verstand verloren.« Sie grinste. »Und Nat Tyler ist eher beängstigend als tröstend, nicht wahr?«

»Der Irk, den wir gerettet haben, ist eine Legendengestalt, und er wird uns alle retten«, sagte Redmede, ergriff ihre Hand und drückte sie. Er empfand es als angenehm, ihr eine gute Nachricht überbringen zu können. Es war nicht anders, als Nats Hand zu drücken, wenn der Mann krank war. Aber diese Hand war kalt, und er bemerkte, dass er sie lange festhielt. Bess drängte sich gegen ihn. Doch in ihrer Annäherung lag überhaupt nichts Erotisches. Sie war kalt.

»Ein berühmter Irk?« Bess gab ein leises Lachen von sich. »Wer ist er – Tapio Haltija?«, schnaubte sie verächtlich.

»Das hat er behauptet«, antwortete Redmede.

Sie setzte sich auf. »Dieses hässliche Ungeheuer behauptet, es sei der Feenritter?«, fragte sie. »Als Mädchen habe ich von ihm geträumt. Er reitet auf einem Einhorn und hat eine Lanze aus purem Gold.«

»Aber jetzt ist er von Kobolden angegriffen worden und kann kaum einen Becher Tee halten«, sagte Redmede.

»Unmöglich«, meinte Bess. Doch ihre Stimme klang nun ruhiger – und glücklicher. »Aber das ist eine gute Geschichte, Bill. Du hast in den letzten Tagen Großes geleistet. Du hast uns vor dem Tod gerettet. Verdammt, wir stehen noch immer auf eigenen Beinen, was?«

Redmede drehte sich ein wenig, sodass er mit seiner Schulter gegen die ihre stieß. »Hör mir zu, Bess. Ich schwöre dir, dass wir noch nicht besiegt sind. Wir werden das hier durchstehen. Ich werde diesen verdammten König umbringen, und dann werden die Männer frei sein.«

Er verspürte ein höchst ungewöhnliches Verlangen nach ihr. Nie zuvor hatte er Bess als Frau betrachtet, doch jetzt plötzlich duftete sie wie eine Frau und fühlte sich wie eine Frau an. *Ich bin erschöpft,* dachte er.

»Und die Frauen auch«, sagte sie und drehte sich um. Er bemerkte den Blick in ihren Augen, in denen sich der Feuerschein spiegelte. Dieser Blick war nicht schwesterlich, und so war er vorgewarnt, als sie ihn küsste.

Ihr Mund schmeckte salzig und war ebenso stark wie sie selbst.

»O Bess«, sagte er und wollte ihr mitteilen, dass er doch der Kommandant war und mit gutem Beispiel vorangehen musste. Und sein Körper war so wund, und er war so unendlich müde, dass er innerhalb weniger Herzschläge einschlafen würde …

… aber seine Hände hatten etwas anderes vor. Die eine fuhr ihr unter das Kleid und legte sich auf ihren Rücken, und die andere fand ihren Bauch, der so fest wie sein eigener war. Sie ergriff seine Hand und führte sie woandershin – und er spürte ihre Brust.

Jeder Gedanke an Schlaf fiel von ihm ab.

Nat Tyler stand nur wenige Schritte entfernt und hatte die Hand um seine Dolche geschlossen.

»Siehe da«, sagte er.

Tapio Haltija seufzte und ließ das zarte Band los, das er auf zauberische Weise gewirkt hatte.

Die Menschen waren so einfach – sowohl die Männer als auch die Frauen. So viele Regeln gab es, so viele Gebräuche – und dann ein so großes Verlangen, all das zu überwinden. Sie waren kaum anders als Hirsche, Rehe oder Biber.

Er rief sein Schwert, und es kam herbei.

Er heilte seine Füße und Gelenke. Nur seine dumme Anmaßung hatte es den armen Kobolden erlaubt, ihn zu erwischen. Es war eine Ironie des Schicksals, dass ausgerechnet diese *Menschen* ihn gerettet hatten. Die Kobolde hätten sich vor ihm verneigen sollen, aber sie hatten es nicht getan – das war Thorns Werk.

Seine Hand schloss sich um den Griff des Schwertes. Es sang zu ihm.

*Ich könnte sie alle töten,* dachte er.

Er lehnte sich zurück und lauschte dem Blut der Erde. Er lauschte auch den beiden Tieren, die sich gerade liebten. Es war viele Jahre her, seit er zum letzten Mal unter Menschen gewesen war. Draußener hatten einen anderen Geschmack. Sie hießen die Wildnis willkommen. Die Natur. Sie waren noch immer die Diener des anderen Weges.

*Ich kann sie töten, wann immer ich das will,* dachte er. *Vielleicht werde ich sie mir als Schoßtierchen halten. Oder als Jagdhunde.*

Entlang der Adern streckte er seine inneren Fühler aus, in denen das Blut der Erde floss, und rief nach seinen Rittern.

# 6

## Liviapolis · Morgan Mortimir

Morgan Mortimir erholte sich drei Tage lang von dem Kampf. Er schlief und schlief – schlief einmal sogar rund um die Uhr. Ein anderes Mal erwachte er und stellte fest, dass die Adelsdame – er musste jedoch zugeben, dass sie eine Kurtisane war, vielleicht sogar eine einfache Hure, aber mit ihrer exotischen Schminke und dem Schmollmund sah sie anders aus als jede Hure, die er je in Harndon gesehen hatte –, dass sie sich über ihn beugte und dort, wo seine Haut aufgerissen und blutig war, einen neuen Verband anlegte. Er sah zu, wie sich ihre Hände mit großer Sicherheit bewegten, und fragte sich, wo sie das Verbinden gelernt haben mochte.

»Hast du etwa vor, auf ewig hier zu schlafen?«, fragte sie ihn und lächelte. Ihre Augen standen aufregend schräg. »Ich hätte gern das Bett zurück.«

»Das war eine sehr höfliche Frage, schöne Freundin«, sagte er. Nach einer Weile begriff er, dass er Albisch gesprochen hatte, und er versuchte es erneut, diesmal auf Hocharchaisch.

Sie lächelte.

Vorsichtig erhob er sich. Er trug nur ein Hemd, das einem der Nordikaner gehören musste, denn es reichte ihm bis über die Knie.

Sie stand so nahe bei ihm, dass er ihren Duft wahrnahm – einen zarten, blumigen Duft mit einer gewissen Schärfe darin. Sie trug einen tiefroten Mantel über einem eng anliegenden Kleid aus blassgrüner Seide. Zumindest sah es für ihn wie Seide aus.

Er seufzte. »Wo ist Messire Derkensun?«, fragte er.

»Offenbar seid Ihr wieder bei Verstand, Ser Barbar«, sagte sie. »Ich habe ihn seit drei Tagen nicht mehr gesehen. Es ist inzwischen viel geschehen in der Stadt.« Sie setzte sich auf das Bett. »Ich würde gern etwas essen, aber ich habe kein Geld. Ich würde gern aufhören, Angst zu haben. Ich habe Euch gepflegt und hoffe, dass Ihr Euch erkenntlich zeigen werdet.« Sie zuckte die Achseln. »Aber das tun Männer selten.«

»Wie lautet Euer Name, Despoina?«, fragte er. Es war schwierig, eine höfliche Verneigung zu machen, während man versuchte, sich die Unterhose anzuziehen. In Harndon trug man diese Hose getrennt vom Hemd und nicht daran festgeknüpft, wie es in Gallyen Brauch war. Das bedeutete, dass die Hose über die Schenkel gestreift und mit besonderen Haltern befestigt werden musste ...

Doch er fand die Halter nicht.

»Oh«, sagte sie mit vollkommener Unaufrichtigkeit. »Die gehören Euch? Sie haben mir gefallen.« Sie hob den Saum ihres Kleides und zeigte ihm ihre Knie – und seine Halter.

»Sie ... äh ... sie stehen Euch viel besser. Besser als ...« Er errötete, stammelte etwas und verstummte schließlich ganz.

Sie lachte. »Wie alt seid Ihr, Ser? Was ist Euer Name?«

Er zuckte mit den Schultern. »Ich bin sechzehn Jahre alt, Despoina, und ich heiße Morgan Mortimir.« Dabei sah er sich um. »Hat Messire Derkensun vielleicht ein Lederband? Oder sonst etwas, das ich als Hosenträger gebrauchen könnte?«

Sie lachte. »Warum verlangt Ihr sie nicht einfach von mir zurück?«, fragte sie.

Er zuckte die Achseln. »Ich bin zwar ein unerfahrener Junge«, sagte er, »aber ich vermute trotzdem, dass das ungalant von mir wäre.«

Anstatt darüber zu kichern, sah sie ihn mit festem Blick an. »Versucht Ihr, mich in Euer Bett zu bekommen, Ser? In wirtschaftlicher Hinsicht käme mir das gelegen, aber ich kann Euch versprechen, dass es meinem Nordikaner gar nicht gefiele.«

Mortimir hielt ihrem Blick stand. Dies war das längste Gespräch, das er je mit einer Frau geführt hatte – wenn er einmal von seiner Mutter absah. Und er war der Meinung, dass er sich gut schlug. »Ich hatte gehofft, dass es dies ist, was allgemein als Schäkern bezeichnet wird«, sagte er. »Man sagt, dass ich darin noch Übung brauche.«

»Was das Schäkern angeht«, erwiderte sie, »so bin ich keine gute Lehrmeisterin, denn am Ende des Tages sage ich sowieso immer Ja.« Sie sah ihn voller Erwartung an, schwang ihre Beine und setzte sich auf das Bett, als sei sie ein viel jüngeres Mädchen.

Mortimir fand sein Wams und steckte die Arme hinein. »Und wie heißt Ihr, Despoina?«

»Anna«, sagte sie. »So jedenfalls nennen mich die wenigen, die meinen Namen kennen.« Sie stand wieder vom Bett auf und richtete ihren Rock. »Kauft Ihr mir etwas zu essen, Ritter?«

»Ich bin noch kein Ritter. Ich bin zu jung«, sagte Mortimir. Dann erkannte er, dass er ihre Aussage zu wörtlich genommen hatte und lächelte. »Aber es ist mir ein Vergnügen, Euch zu verköstigen.«

»Dafür bringe ich Euch alles bei, was ich über das Schäkern weiß. Zum Beispiel solltet Ihr Euch immer erst die Zähne putzen, wenn Ihr ein Mädchen küssen wollt.« Sie lächelte und nahm ihren Worten damit den Tadel. Aber er wandte den Blick ab.

»Habt Ihr Geld?«, fragte sie. »Ich möchte Euch darauf hinweisen, dass ich nicht Eure Börse genommen habe und damit weggelaufen bin.«

»Warum nicht?«, fragte er.

Sie zuckte die Achseln. »Ich mag Derkensun. Aber er ist fort, und ich bin hungrig. Jede Stunde habe ich an Eure Börse gedacht. Bin ich jetzt zu ehrlich gewesen?«

Mortimir lernte schneller etwas über die Welt, als ihm lieb war.

In der Taverne, in der Derkensun Zimmer angemietet hatte, gingen sie die Treppe hinunter. Die Frau des Wirts begegnete ihnen an der Tür zum Schankraum. Sie war eine schöne Frau von etwa vierzig Jahren und trug dunkle, fast schwarze Kleidung, doch die Korallenschnüre an ihrem langen Rosenkranz und das goldene Kreuz, das daran hing, deuteten genauso wie die Stickereien auf ihrer Bluse an, dass sie eine reiche Frau war. Sie hob die Hand und versperrte ihnen den Zugang zum Schankraum. Vor Mortimir neigte sie höflich den Kopf.

»Und wer seid Ihr, Kyrios?«, fragte sie.

Zunächst war Mortimir verwirrt, doch dann erkannte er, dass dies hier nicht seine Herberge war. Er kam mit einer Hure – denn das war sie ohne Frage, auch wenn sie sich auszudrücken wusste – aus einem der Zimmer, die der Wirtin gehörten.

Er verneigte sich. »Despoina, mein Freund Derkensun hat mich gerettet, und diese feine junge Frau hat mich gepflegt. Drei Tage habe ich auf Euren Kissen geruht. Ich habe keineswegs vor, mich den Kosten dafür zu entziehen, sondern möchte lediglich mit meiner Pflegerin eine Mahlzeit einnehmen.«

Auch die Wirtin neigte den Kopf. Sie sah Anna an und sagte herablassend: »Ich kann mir vorstellen, welche Art von Pflege Ihr genossen habt.«

»Ach, wirklich?«, meinte Anna.

Mortimirs Hand fuhr zu seiner Börse und kam mit einer Silberkrone wieder heraus – einer albischen Münze, die aber überall in Nova Terra gültig war. »Dürfte ich Euren Namen erfahren, Despoina?«

Die Wirtin neigte den Kopf noch ein wenig mehr. »Ihr könnt mich Stella nennen, Sir«, sagte sie in annehmbarem Albisch. »Kommt mit mir. Ich erlaube es gewöhnlichen Frauen und Männern nicht, gemeinsam zu speisen, es sei denn, sie sind verheiratet. Das hier ist schließlich ein anständiges Haus, und wir beachten das Gesetz. Aber da sich gegenwärtig niemand im Schankraum aufhält, will ich es Euch erlauben zusammenzusitzen.«

Anna setzte sich auf einen hochlehnigen Stuhl und zog eine Grimasse. »Von jetzt an muss ich also wieder an der Regenrinne hochklettern, um in seinen Raum zu kommen«, sagte sie. »Ich hasse solche Frauen wie sie. Die Frau eines Herbergswirts soll sie sein? Vermutlich hat auch sie früher die Beine für ihre Kundschaft breitgemacht, aber jetzt kauft sie sich Messen und ist tugendhafter als eine Heilige.«

Mortimir zuckte die Achseln. »Ich habe keine Ahnung von Herbergswirtinnen«, sagte er.

»Und auch nicht von Huren!«, fügte sie hinzu. Doch sie schwieg sofort wieder, als die Wirtin herbeikam.

Stella brachte einen Krug mit Wein und einen anderen mit Zitronenwasser. »Ich kann Euch Würste braten, und ich habe ein gutes Brot.«

Mortimir bemerkte, dass er schrecklichen Hunger hatte. »Ausgezeichnet.«

Anna arbeitete sich durch das Brot, trank den Wein, verschlang sechs Würste, war aber bei den Feigen, die hinterher gereicht wurden, zunächst etwas mäkelig. Mortimir fühlte sich immer wohler, je weiter das Mahl fortschritt. Vor allem Annas Mangel an Tischmanieren beruhigte ihn. Schließlich beugte er sich zu ihr hinüber und schnitt ihr die Würste mit seinem Speisemesser. Sie starrte ihn an, als er beim Essen seine Ahle benutzte.

Sie hingegen aß mit den Fingern.

»Ich hatte mal ein Messer«, sagte sie. »Harald hatte es mir geschenkt, aber ich musste es verkaufen.«

»Wie viele Tage war ich bewusstlos? Was ist in der Zwischenzeit passiert?« Mortimir war zwar jung und unerfahren, aber eine Taverne mit einem leeren Schankraum mitten am Tag musste überall seltsam wirken, und der Übereifer der Wirtin, was ihr Verlangen nach Geld anging, sprach Bände.

Anna sah ihn mit dem Mund voller Feigen an. Sie kaute und kaute, und schließlich kicherten sie beide.

»Ihr seid nicht viel älter als ich«, sagte er.

»Das ist Unsinn«, erwiderte sie. »Ich bin schon fast siebzehn.« Dann seufzte sie. »Mein gutes Aussehen wird bald der Vergangenheit angehören.« Sie lehnte sich zurück. »Und jetzt berichte ich Euch das, was ich weiß. Vor drei Tagen – an dem Morgen, an dem Ihr in Haralds Bett eingeschlafen seid – ist er zum Wachdienst an eines der Tore gegangen. Und der Kaiser wurde vom Herzog von Thrake gefangen genommen. Ihr wisst, wer das ist?«

Mortimir zuckte die Achseln. »Sein Sohn war eine Zeit lang auf der Akademie. Ein überheblicher Kerl.« Er lächelte. »Noch schlimmer als ich.«

»Im Palast kam es zum Kampf. Das weiß inzwischen jeder. Den Gerüchten zufolge hat Harald überlebt, und die Prinzessin Irene hat sich den Purpurmantel umgelegt und ist jetzt die Kaiserin.«

Da brach sie plötzlich in Tränen aus. »Das ist drei Tage her!«, schluchzte sie. »Wo ist er bloß?«

Sie heulte so lange, wie man brauchte, um zehn Vaterunser aufzusagen. Es war Mortimir peinlich, denn er wusste nicht, wie er damit umgehen sollte, und es war sogar der Wirtin peinlich, die ihre Abneigung gegen Huren schließlich überwand und der jungen Frau ein Taschentuch brachte.

»Ich will keine Hure sein!«, sagte sie. »Ich will ihn heiraten und Kinder haben! Was ist, wenn er nicht mehr lebt? O süßer und sanfter, lieber Jesus …«

»Ich könnte Euch zum Palast bringen«, hörte Mortimir sich sagen. Er schluckte und wiederholte seine Worte. Ja, das hatte er tatsächlich gesagt.

Anna sah ihn an. »Wirklich? Man könnte uns töten.« Sie stand auf. »Ich werde Euch *alles* lehren, was ich über den Umgang mit dem anderen Geschlecht weiß, wenn Ihr mich zum Palast bringt. Aber wir sollten auf jeden Fall Wein und Brot mitnehmen.«

Die Wirtin hatte zugehört und legte nun die Hand auf das Kreuz über ihrem prächtigen Busen. »Ihr wollt Wein zum Palast mitnehmen? Aber dort haben sie doch sicherlich die besten Weine ...«

Anna wischte sich mit dem Taschentuch über das Gesicht. »Vermutlich haben sie seit drei Tagen keine neuen Lieferungen mehr erhalten. Der Majordomus ist tot – das ist zumindest gestern gesagt worden, oder?«

Die Wirtin zögerte. »Das stimmt. Und es heißt, der Kammerherr habe die Stadt zusammen mit seiner Buhlin verlassen und seine Frau verstoßen.« Sie sah Anna streng an. »Die Märkte sind geschlossen. Es gab Plünderungen. Und keine Frau ist da draußen sicher.« Sanfter fügte sie hinzu: »Nicht einmal eine Hure.«

Mortimir schüttelte den Kopf. »Nein – hört mir zu. Ich geh allein. Stella, würdet Ihr meine Pflegerin hier bei Euch behalten? Ich werde keinen Wein mitnehmen. Ich werde Derkensun finden und dann zurückkehren.« Diesen Gedanken fand er sehr einschüchternd, doch gleichzeitig auch erregend, trotz des Pochens in seinem Schädel und der Schmerzen in Bauch und Rücken, die von den Prellungen, Abschürfungen und Verstauchungen herrührten, die er beim Kampf mit einem Riesen davongetragen hatte.

Anna schüttelte den Kopf. »Kennt Ihr überhaupt den Weg von hier zum Palast?«

Mortimir zuckte die Achseln. »Ja«, sagte er. »Schließlich studiere ich an der Akademie. Ich weiß, wie ich zum Palast komme.«

Nun zuckte die Wirtin ebenfalls mit den Schultern. »Er ist ein Barbar«, sagte sie. »Man wird ihn niemals einlassen.«

»Das könnte auch Euer beider Anwesenheit nicht ändern«, meinte er. »Aber Ihr würdet das Risiko vergrößern.«

*Was ist bloß über mich gekommen?*

Die Frauen pflichteten ihm bei – allerdings allzu bereitwillig, wie ihm schien. Er zahlte für das Mahl, holte sein Schwert und trat auf die leere, feuchte Straße hinaus. Das Wirtshaus lag nahe bei seiner eigenen Herberge, und so überlegte er, ob er von dort sein Pferd holen sollte. Aber der Palast war kaum eine Meile entfernt. Die Sonne stand zwischen einigen Regenwolken hoch am Himmel, die Straßen waren verlassen.

Er musste den Platz der Juweliere überqueren, einen seiner Lieblingsplätze in der Stadt, wo die Kunsthandwerker vor ihren Läden saßen und ihre Waren anpriesen, die von billigem Talmi über Reproduktionen höfischen Schmucks bis zu wahren Kunstwerken reichten. Dort kostete ein Saphirring mehr als tausend Dukaten.

Aber nicht heute. Heute lag der Platz unberührt da; nur einige Obdachlose hatten sich unter den Markisen versammelt und warteten den Regen ab. Viele Geschäfte waren aufgebrochen worden. Ein Leichnam lag auf den Pflastersteinen.

Mortimir umrundete den Platz und drängte sich dabei dicht an die Häuser. Trotzdem bemerkten sie ihn.

Er erstarrte und war unschlüssig, was er nun tun sollte. Er war in eine dumme Lage geraten. Zwar konnte er mit seinem Schwert mindestens ein Dutzend Obdachlose töten, aber die Pflastersteine waren nass und glitschig, und er hatte noch nie mit jemandem auf Leben und Tod gekämpft. Da schien es ihm besser zu sein, einfach wegzulaufen. Aber er hatte so große Schmerzen.

Sie schwärmten aus, während sie auf ihn zukamen, und feuerten sich gegenseitig an. Er besaß die Geistesgegenwart, hinter sich zu blicken. Dort waren zwei weitere. Ihre Haut hatte eine ungesunde, rötliche Färbung, die er mit dem Leben auf der Straße in Verbindung brachte. Er lief einige Schritte, rutschte über das regennasse Pflaster und bekam Kopfschmerzen. Einmal drehte er sich um, lehnte sich mit dem Rücken gegen eine kleine steinerne Kirche, die mit Verzierungen aus Ziegelstein sowie einem Mosaik geschmückt war.

Dann zog er sein Schwert. Er hielt es fest; es zitterte nicht. Er nahm die Stellung ein, die man ihn für eine solche Situation gelehrt hatte, und der Anführer der Bande wurde langsamer. Aber er blieb nicht stehen; er hatte einen schweren Stab in der Hand, den er heftig auf Mortimir zuschwang.

Wenn man oft genug übte, machte man instinktiv die richtigen Bewegungen. Der schwere Schlag prallte von dem aufwärts gleitenden Schwert ab. Mortimir machte einen Schritt nach vorn, setzte den linken Fuß vor den rechten und rammte dem Mann die freie linke Hand gegen den Ellbogen. Der Mann wurde herumgewirbelt, und dann traf ihn Mortimirs niedergehendes Schwert mitten auf den Scheitel. Er hielt die Klinge ein wenig zu flach, aber es reichte aus. Der Mann stürzte bewusstlos – oder tot? – nieder.

Die anderen hielten inne.

»Wir können ihn fertigmachen«, sagte der Kleinste, ein bärtiger Schurke mit zwei Dolchen in den Händen.

»Du zuerst, Schwachkopf«, sagte ein anderer und wich zurück.

Mortimir war voller Heldenmut. Er hatte kein anderes Wort dafür, denn er fühlte sich zehn Fuß groß, sein Herz klopfte freudig in der Brust und … und dann brannte plötzlich ein helles, rotgoldenes Licht auf seiner linken Hand.

Er hätte beinahe nicht nur seine Börse, sondern auch sein Leben an diesem Platz verloren, denn die ungeheure Macht, die seine linke Hand einhüllte, führte dazu, dass er den Mann, der sich ihm von links näherte, beinahe übersehen hätte. Doch er bemerkte den Angriff gerade noch rechtzeitig aus den Augenwinkeln, drehte sich in der Hüfte, riss sein Schwert hoch und fing den Schlag ab; dann rammte er dem Mann den Schwertknauf ins Gesicht. Dieser Schurke war schneller oder besser ausgebildet als der erste, denn der Griff ritzte ihm nur die Nase. Mortimir taumelte an ihm vorbei.

Er hob die linke Hand, um den Dolch des Mannes abzuwehren. Zum Glück erwischte er das Handgelenk des Kerls, als dieser ihm mit dem Dolch bereits eine kleine Stichwunde im Schenkel beigebracht hatte, die sich rasch rötete.

Der Schurke kreischte auf und ließ den Dolch fallen. Er taumelte zurück und schwang nun seine Keule.

Mortimir kannte das Phantasma für Feuer. Er kannte es sogar sehr gut, doch in diesem Augenblick, in diesem Kampf auf Leben und Tod, wollten ihm die richtigen Worte nicht einfallen – nicht einmal, als das helle rote Feuer seine Hand umspielte.

Der Mann mit den zwei Dolchen sprang auf seine rechte Seite zu.

Mortimir konzentrierte sich und rief das Gedankengebilde herbei, von dem er geglaubt hatte, dass es völlig nutzlos sei. Er streckte die linke Hand gegen den Mann mit den zwei Dolchen aus und sagte: *»Poeio!«* auf Hocharchaisch.

*Sein Erinnerungspalast war noch sehr neu und ungewohnt für ihn. Er war solide errichtet und erhob sich auf den Fundamenten des Minerva-Tempels draußen vor der Stadtmauer. Alle Professoren waren der Ansicht gewesen, dass er sich an einem Ort erheben sollte, den Mortimir liebte.*

*Doch da seine* Phantasmen *für gewöhnlich kaum eine Wirkung hatten, war sein Antrieb, diesen Palast auszubauen, nie sehr groß gewesen. Daher war die alte Säule aus makellosem weißem Marmor nur undeutlich zu erkennen, und er vermochte nicht mit Sicherheit zu sagen, wie viele Facetten sie hatte und was die Inschriften besagten, die er so sorgsam auf ihr angebracht hatte.*

*Doch dann richtete er seinen Willen ganz darauf, holte geistig tief Luft, und da war es – ein Fisch für das Sternbild der Fische, ein Adler … für …*

*Heiliger Markus! Und das Evangelium, und*

Im Anfang war das WORT,

*Und eine Eule ...*

*Heiliger Jesus, die Eule steht für Weisheit, und ...*

MINERVA ...?

Mit dem ersten Dolch hätte ihm der Mann beinahe in die ausgestreckte Hand geschnitten. Er prallte zurück, hieb mit seinem Schwert zu ...

»Athena!«, spuckte er aus.

Zwei Dolche verbrannten gleichzeitig.

Die Macht des Phantasmas verblüffte Mortimir, und er taumelte zurück, sowohl vor Entsetzen als auch wegen der ungeheuren Hitze. Der Mann schrie entsetzlich. Er war nicht tot, und auch drei Herzschläge später war er *noch immer nicht tot.*

Mortimir holte tief Luft, zwang sich, einen Schritt nach vorn zu machen, und schlug dem Mann den Kopf ab.

Das Feuer ging aus. Der Mann war furchtbar verbrannt; seine Haut war beinahe geschmolzen, der eine Augapfel sprang heraus, und der andere ...

Der Anblick dieses verwüsteten Mannes würde Mortimir noch viele Nächte lang heimsuchen. Doch jetzt wirbelte er erst einmal herum, war auf einen weiteren Angreifer vorbereitet, aber sie waren verschwunden. Er sah sie um die Häuserecken biegen wie Kakerlaken, die vor einer Kerze fliehen. Er holte tief Luft.

Seine Hände zitterten unkontrollierbar.

»Ich habe es getan«, murmelte er.

Er taumelte ein paar Schritte vorwärts und fasste wie ein Unbeteiligter den Entschluss, seinen Weg zum Palast fortzusetzen.

Zwei Straßen weiter bemerkte er, dass er noch immer sein Schwert in der Hand hielt und von der Klinge Blut tropfte. Er blieb stehen und rieb mit einem Leinentuch seiner Mutter über die Waffe. An manchen Stellen war das Blut bereits getrocknet und wirkte wie ein Lacküberzug. Er spuckte auf den Stahl, konzentrierte sich ganz darauf, ihn zu reinigen, und hundert Herzschläge später erkannte er, dass er nicht mehr folgerichtig dachte.

Nun war die Klinge sauber genug, und er steckte sie in die Scheide zurück.

Sein rechter Handschuh war blutdurchtränkt, und Blut rann auch aus einer Wunde an seinem Schenkel.

Er ging weiter in Richtung des Palastes.

Er überquerte die Straße der Rechtsgelehrten, und sie war leer. In der Straße der Rüstschmiede befanden sich Männer mit Schwertern und Piken. Er blieb an einem Brunnen stehen.

Ein Mann in etruskischer Halbrüstung kam auf ihn zu. »Was gibt es Neues, Nachbar?«, fragte der Mann höflich.

Mortimir verneigte sich. »Ich bin ein Student der Akademie«, sagte er. »Ich wurde auf dem Platz der Juweliere angegriffen.« Plötzlich schmeckte sein Speichel nach Salz. Blitzartig stieg wieder das Bild des brennenden Mannes in ihm auf.

Der andere nickte. »Ihr seht mir nicht wie ein Plünderer aus«, sagte er, deutete aber auf das Schwert. »Seid Ihr ein Barbar?«

Mortimir nickte. »Ich komme aus Albia«, antwortete er und versuchte, sich nicht über die Worte des anderen zu ärgern.

»Ah. Aus Harndon?«, fragte der Mann.

»Ich habe die Ehre«, sagte Mortimir. Seine Stimme klang ein wenig wild und schrill in den eigenen Ohren.

»Es gibt feine Rüstschmiede in Harndon«, meinte der Mann. »Kennt Ihr einen davon?«

Mortimir sah, dass ein Dutzend Lehrlinge um ihn herumstanden – sie alle waren bis an die Zähne bewaffnet.

»Meister Pyle lebt in der Straße meiner Mutter«, sagte er. »Ich bin mit seinen Töchtern angeln gegangen.«

Sofort hob sich die Stimmung. »Ah! Meister Pyle!«, rief der gerüstete Mann und verneigte sich. »Es sind schwierige Zeiten, Ser. Ich musste mich erst versichern. Darf ich fragen, warum Ihr auf der Straße seid? Die Wache hat eine Ausgangssperre verhängt, und wir sollten eigentlich alle in unseren Betten liegen.«

Mortimir musste sich anstrengen, um eine vernünftige Antwort geben zu können; so sehr war sein Geist in Aufruhr. »Ich bin zum Palast unterwegs.« Er zuckte mit den Achseln. »Auf die Bitten einer Dame hin.«

Zum Glück für Mortimir hatte der Rüstschmied dafür Verständnis. »Der Palast befindet sich in Aufruhr«, sagte er. »Aber ich werde Euch um Meister Pyles willen dorthin bringen.«

Eine Stunde später stand Mortimir mit vier bewaffneten Lehrlingen im Rücken am Hintertor des äußeren Hofes und klopfte. Es war das vierte Tor, an dem er es versuchte. Die Lehrlinge, die ihn begleiteten, genossen dieses Abenteuer, aber inzwischen waren alle fünf der vielen Misserfolge müde.

Doch hier wurde das Tor geöffnet. Es war das erste Lebenszeichen, das sie im Palast entdeckten. »Nennt Euer Begehr«, sagte eine Stimme.

Mortimir hatte eine Stunde Zeit gehabt, sich seine Worte zu überlegen und Abstand von dem Kampf auf dem Platz zu gewinnen. »Kyrios«, sagte er, »ich bin hergekommen, um nach meinem Freund Harald Derkensun von der Nordikanergarde zu suchen. Und ich möchte in Erfahrung bringen, ob der Palast Speise und Trank benötigt und die Tavernen in der Stadt möglicherweise das Benötigte bereitstellen sollen. Bei mir befinden sich Mitglieder der städtischen Gilde der Schmiede, die gern wüssten …«

Das Hintertor wurde geöffnet und enthüllte ein halbes Dutzend ungepflegt aussehender Scholae-Wächter.

»Frisches Brot wäre nicht falsch«, sagte der Größte von ihnen, ein Mann in prächtigen, aber ein wenig zerknitterten Gewändern aus Seide und Satin, einem Brustpanzer und einem Dreitagebart. »Und was Meister Derkensun angeht, so befindet er sich bei der Kaiserin. Ich würde es als großen Gefallen betrachten, wenn Ihr im Gegenzug eine Botschaft zu meiner Braut bringen würdet – falls sie mich noch als Ehemann haben will.« Er betrachtete die Lehrlinge des Rüstschmieds. »Sie lebt in Eurem Viertel.«

»Ich würde gern mit Meister Derkensun sprechen«, beharrte Mortimir. Er fühlte sich mit Macht aufgeladen. Buchstäblich. Er hatte sich sogar noch nie so mächtig gefühlt, und seine Hände sowie sein Brustkorb machten den Eindruck auf ihn, als könnten sie abermals Feuer fangen.

Der gut angezogene Mann zuckte die Schultern. »Wenn Ihr Eure Waffe hier lasst und mir versprecht, meine Botschaft zu überbringen, werde ich Euch zu ihm geleiten«, sagte er. »Aber wenn er gerade bei der Kaiserin ist, wird man Euch nicht hineinlassen.«

Das Innere des Palastes war genauso leer wie die Straßen. Die Wächter waren in ihren Quartieren eingeschlossen worden, und nur diejenigen, die zum Schutz unbedingt nötig waren, schritten durch die Korridore. Sie drückten sich gegen die Wand, wenn die Soldaten an ihnen vorbeiliefen.

Sie durchquerten den äußeren Hof und betraten kurz darauf den inneren. Die Quartiere der Scholae waren voll, und der schöne junge Mann brachte Mortimir zu dem diensthabenden Offizier und trug seinen Namen in einen Dienstplan ein. Dann gingen sie durch den Hof. Zwei Nordikaner standen in ihren Kettenhemden wie Statuen da und stützten sich auf Äxte, die Mortimir bis zur Schulter reichten.

»Ist Meister Derkensun zu sprechen?«, fragte der Scholiast.

»DERKENSUN!«, brüllte der eine der beiden blonden Riesen. Er nickte. »Hat nach einem Todesfall im Gefängnis gerade dienstfrei.«

Ein schläfriger Gigant erschien in der Tür. Sobald er aber Mortimir sah, packte er dessen beide Hände. »Du!«, rief er. »Die Hexenfrau hat ja gesagt, dass wir miteinander verbunden sind.«

Mortimir hätte unter anderen Umständen seinen Abscheu gegenüber jeder Person erklärt, die mit der Bezeichnung »Hexenfrau« belegt wurde. Aber noch vor einer Stunde hatte er einen Mann durch Feuer getötet, und plötzlich kam ihm das ganze Universum äußerst merkwürdig vor.

»Anna schickt mich«, sagte er, obwohl ihm die Worte dumm erschienen.

Aber ein Lächeln legte sich über Derkensuns Gesicht, das wie der Sonnenaufgang nach einer langen, finsteren Nacht war. »Bei den Göttern!«, sagte er. »Du bist ein wahrer Freund. Herrscht da draußen das Chaos?« Er drehte sich um und brüllte etwas – es hörte sich für Mortimir an, als würden zwei Hunde miteinander kämpfen.

»Bei unserem gütigen Herrn, war das etwa Nordikanisch?«, fragte er.

Sein Scholae-Wächter grinste. »Ganz meine Rede.«

Derkensun holte die beiden Männer nach drinnen. »Ich habe nach meinem Korporal gerufen. Hört mal zu. Der Kaiser wurde gefangen genommen …«

»Das weiß schon die ganze Stadt«, sagte Mortimir.

»Aber allzu viele Offiziere sind bei seiner Verteidigung gestorben – oder zum Herzog übergelaufen.« Der Nordikaner zuckte mit den Achseln. »Dieser Palast ist ohne Zweifel ein düsterer Ort.«

»Dieser Mann hat sich erboten, Speise und Trank zu besorgen«, sagte der Ritter der Scholae und streckte den Arm aus. »Giorgios Comnenos. Stets zu Euren Diensten, Ser Barbar. Ich nehme an, Ihr seid Student?«

»Ist Marina Ekaterina Comnena Eure Schwester?«, fragte Mortimir zurück.

»Nein, aber meine Kusine.« Der Mann lächelte. »Ich vermute, Ihr kennt sie von der Akademie her?«

Mortimir wandte den Blick von ihm ab, denn er wollte ihm nicht verraten, dass sie es war, die seinen Spitznamen geprägt hatte. Stattdessen sagte er: »Oh, wir sind uns begegnet. Verzeiht meine Unhöflichkeit, Kyrios. Ich bin Morgan Mortimir aus Harndon.«

»Ihr sprecht unsere Sprache so gut, wie ich es bei einem Barbaren noch nie feststellen durfte«, sagte Comnenos.

Derkensun legte beiden Männern eine Hand auf die Schulter. »Hört mal, Freunde, jetzt einmal genug der Höflichkeiten. Wir alle hier sind gute Männer, also brauchen wir so etwas nicht. Morgan, kannst du etwas zu essen holen? Weiß jemand von euch, wie man die Zulieferungen wieder in Gang setzen kann?«

»Der Verwalter meines Vaters wüsste es vermutlich«, gab Comnenos zurück. »Aber wenn ich den Palast verlasse, wird die Hälfte der Scholae gehen und nie wieder zurückkehren.«

Der einzige schwarzhaarige Riese, den Mortimir je gesehen hatte, kam nun aus dem Quartier, und Verbeugungen wurden ausgetauscht. Er wurde als Durk Schwarzhaar vorgestellt und war der diensthabende Spatharios. Das war ein seltsamer Titel. Mortimirs gewissenhaftes junges Hirn neigte dazu, jeden Brocken Archaisch sogleich zu übersetzen, und dieses Wort hier schien »Schwertträger« zu bedeuten. Eigentlich war das gar kein richtiger Titel.

Schwarzhaar trank einen halben Liter ungewässerten Weins. »Der Herzog will einen Kampf«, sagte er. »Ich habe vorhin gehört, dass er sein Lager näher an die Stadtmauer heran verlegt, außerdem hat er gedroht, die Stadt mit seinen Belagerungsmaschinen zu bombardieren. Wir benötigen unbedingt Zugang zu den Bauernhöfen, denn ohne sie werden wir verhungern.«

Mortimir hatte ein seltsames Gefühl, als er die Stimme erhob. Er war der Jüngste; die anderen Männer waren mindestens fünfundzwanzig Jahre alt oder älter – sehr alt in seinen Augen. »Mir scheint«, sagte er, und alle Blicke richteten sich auf ihn. »Mir scheint, die Herbergen und Tavernen haben noch Speise und Trank – sie haben Vorräte angelegt.«

Schwarzhaar nickte. »Das ist gut möglich«, sagte er. »Aber es wird nicht ausreichen, um die ganze Stadt zu ernähren.«

»Es würde den Palast einen Tag weiterbringen«, sagte Derkensun.

»Lange genug, um …« Der Ritter der Scholae zuckte die Achseln. »Ihr wisst schon.« Er tauschte einen raschen Blick mit Derkensun aus.

»Drei Tage ohne Märkte«, sagte Comnenos. »Schon heute Abend wird es hungrige Menschen geben, die sich für eine Mahlzeit bereit erklären, ein Tor zu öffnen.«

Schwarzhaar atmete tief ein. »Richtig. Junger Herr, wenn Ihr uns zwei Wagenladungen Nahrung besorgen könnt, wäre das eine große Hilfe. Ich würde gern sagen, dass die Kaiserin dafür sehr dankbar wäre, aber ich befürchte, dass sie den Purpur nicht mehr lange tragen wird.«

Mortimir nickte. »Kann sie denn dafür bezahlen?«, fragte er.

»Ja, wenn sie siegt«, antwortete Comnenos. »Die Würfel sind schon gefallen.«

Mortimir lachte. »Nun, erst einmal kann ich das Geld vorstrecken«, sagte er. »Das ist sowieso besser als jedes Studium.«

Schwarzhaar klopfte ihm auf die Schulter, was ihn beinahe in die Knie gezwungen hätte. »Das werde ich nie vergessen«, sagte er. »Macht es, und Ihr werdet die ewige Dankbarkeit der Garde haben.«

»Zumindest die derjenigen Gardisten, die noch übrig sind«, meinte Derkensun.

»Ich will eine kurze Nachricht für meine Braut schreiben«, sagte der Offizier. Er holte ein wunderschönes, in rotes Leder eingeschlagenes Wachstäfelchen aus seiner Gürteltasche und schrieb hastig etwas nieder. Dann drehte er das Täfelchen um, schrieb weiter und drückte schließlich seinen Ring in das Wachs. »Die grüne Seite ist für Despoina Helena Dukas und die rote für meinen Vater Demetrios Comnenos.«

Wie sich herausstellte, war das Abliefern der Botschaften genauso leicht wie die Rückkehr zum Platz der Schmiede. Der Comnenos-Palast beherrschte den Platz, seine vier hohen Marmorsäulen glitzerten feucht im Regen des späten Nachmittags. Und der Dukas-Palast stand unmittelbar gegenüber an der anderen Seite des Platzes. Natürlich wurde es dem nassen und erschöpften Mortimir zunächst nicht erlaubt, die Despoina persönlich zu sehen, aber dann hörte er einen Schrei der Freude aus dem Stockwerk über ihm. Ein wunderschönes Mädchen von etwa siebzehn Jahren mit hellgoldenem Haar kam die Treppe heruntergeeilt und rannte auf ihn zu. Er musste ihren Dank, ihr Angebot einer Bezahlung und hundert Fragen über sich ergehen lassen. Ging es ihrem Verlobten gut? Hatte er eine Verletzung davongetragen? War er ein Held? Was machte die Kaiserin?

Er überlebte es, kippte einen Becher Wein hinunter und sagte zu dem Vater des Mädchens, dem Palast werde eine Nahrungslieferung höchst willkommen sein.

Lord Andronicus Dukas gewährte seinem schmuddeligen Besucher eine angedeutete Verbeugung. »Natürlich«, sagte er. »Aber bis es wieder einen rechtmäßigen Kaiser oder eine Kaiserin gibt, sind wir noch ein wenig zögerlich.«

Mortimir zuckte mit den Achseln. »Ach, Kyrios, ich bin nur ein armer, unwissender Barbar, aber es scheint mir so zu sein, dass die Kaiserin bereits daran arbeitet, die Ordnung wiederherzustellen. Und ich bin mir sicher, es wird ihr auch gelingen.«

Es schien zwar keinen Eindruck zu machen, aber Mortimir hoffte, dass sich der Bastard innerlich wand. Er überquerte den Platz, verabschiedete sich von seiner Eskorte und überbrachte dem Herrn des Hauses Comnenos die andere Botschaft. Der alte Patriarch empfing ihn persönlich und verneigte sich höflich. Das war mehr, als der Lord des Hauses Dukas getan hatte.

»Wie geht es meinem jungen Taugenichts?«, fragte er. »Steckt er schon wieder in Schwierigkeiten? Ich werde einen Wagen und ein Dutzend Bewaffnete zu ihm schicken, die ihn abholen sollen. Kann ich Euch noch auf andere Weise behilflich sein?«

Mortimir verneigte sich. »Ich würde es sehr zu schätzen wissen, wenn Ihr mir ein Kettenhemd und ein Pferd zur Verfügung stellen könntet«, sagte er.

Despoina Stella hatte es nach zwei Stunden geschafft, einen Karren mit Speisen und Wein zu beladen. Mortimir gab den Gegenwert von vier Semestern für Schinken, Würste, frisch gebackenes Brot und Linsen aus. Stella und ihr Mann, der mit einem Speer in der Hand hinzutrat, zogen durch die Tavernen der Nachbarschaft und fanden einen Fahrer sowie einen Begleitschutz aus Speerwerfern. Niemand griff sie auf dem Weg zu dem Karren an, den der Comnenos-Clan bereitgestellt hatte; bei ihm befand sich eine Eskorte aus gerüsteten und berittenen Stradioten sowie zehn Armbrustschützen aus der Schmiedegilde. Gemeinsam begaben sie sich über den großen Platz und zum äußeren Hof des Palastes. Mortimir war nun vollkommen erschöpft und erlebte einen Augenblick der Panik, als das Tor auf sein Klopfen hin fest verschlossen blieb.

Er hörte Hufgetrappel. Es war noch weit entfernt, zehn oder zwanzig Häuserblocks. Aber es schienen viele Tiere zu sein. Die Stadt war dunkel, es gab keine Wächter auf den Straßen, und alle Lichter waren gelöscht. Der Klang der Hufe war erschreckend.

Die Comnenos-Soldaten rückten zusammen und nahmen die Lanzen aus den Lederfassungen an ihren Steigbügeln.

Mortimir klopfte abermals an das Tor. Seine Knöchel machten in den Lederhandschuhen nur wenig Lärm an den fünfzehn Fuß hohen, in Bronze gefassten Eichentoren. Schließlich zog er seinen Dolch und hämmerte mit dem Griff gegen das Tor.

»Wer ist da?«, fragte eine Wache.

»Wir bringen Speise und Trank!«, antwortete Mortimir.

Das Hufgetrappel in der Finsternis kam näher und klang jetzt wie Donner.

Über seinem Kopf lehnte sich Harald Derkensun hinaus. »Morgan!«, rief er.

»Hier!«, rief Mortimir zurück.

»Ich kann nicht öffnen. Es sind Bewaffnete auf der Straße. Hunderte! Wenn sie bemerken, dass die Tore offen stehen …« Derkensun klang sehr unglücklich.

»Heiliger Christus am Kreuz!«, brüllte Mortimir. »Wir haben hier zwei voll beladende Karren und zwanzig Mann. Bei der Liebe Gottes, mach die Tore auf! Wir sind drinnen, bevor du ›Ave Maria‹ sagen kannst.«

Derkensun seufzte hörbar. »Das Risiko kann ich nicht eingehen. Es tut mir leid, Morgan. Ich nehme meinen Eid, den ich dem Kaiser geschworen habe, sehr ernst.«

Aus dem vorderen Wagen rief eine Stimme: »Bei Jesus und allen Heiligen! Öffne das Tor, Harald!«

Das Hufgeklapper erfüllte bereits die Nacht.

»Anna!«, rief Derkensun. Nun klang er völlig verzweifelt.

Es war ein dumpfer Laut zu hören, und der Nordikaner landete neben Mortimir auf den Beinen. »Ich darf das Tor nicht öffnen«, sagte er. »Also werde ich hier draußen bei euch sterben.«

Der Große Platz der Stadt war größer als viele albische Ortschaften. Er lag zwischen der alten Arena, in der noch Wagenrennen abgehalten wurden, und dem Palast, war mit Eichen gesäumt und vollständig mit Marmorfliesen gepflastert, in die kunstvoll tiefe Rinnen eingemeißelt worden waren, damit das Regenwasser in die Gossen abfließen konnte. Von oben gesehen bildeten diese Rinnen Buchstaben und Wörter und gaben ganze Kapitel aus den Evangelien wieder. In der Mitte des Großen Platzes stand eine Gruppe von Statuen, die zum Teil ungeheuerlich alt waren; sie stellten die Kaiserin Livia in vergoldeter Bronze dar, wie sie ihren Kriegswagen gegen die westlichen Irks steuerte, und auch den heiligen Aetius, der wie ein junger David mit dem Schwert gegen die Hüfte gelehnt dastand und anscheinend über seine Eroberungen nachsann. Außerdem gab es den Kaiser Justinian und seine Frau Theodoura neben vielen anderen, noch älteren Männern und Frauen. Mortimir kannte sie alle. Sie waren Teil seiner Eintrittsprüfung gewesen.

Die Reiter preschten aus südöstlicher Richtung auf den dunklen Platz. Es waren mindestens dreihundert Männer, und während sie rasch näher kamen, bereiteten sich die Stradioten tapfer auf den Kampf vor. Derkensun küsste Anna.

Sie versetzte ihm einen leichten Klaps. »Du hättest doch einfach das Tor öffnen können«, sagte sie. »Du großer Dummkopf. Und ich habe den langen Weg auf mich genommen – nur für dich.«

Derkensun grinste. Es war deutlich zu sehen, weil Mortimir soeben sein zweites erfolgreiches Phantasma gewirkt hatte – das erste, das jeder Student erlernte. Er erschuf Licht und befestigte es auf der Spitze seines geborgten Helms, sodass es die Gruppe um ihn herum in einen rötlichen Schein tauchte.

Er grinste wild.

»Vielleicht hättest du uns nicht so deutlich hervorheben sollen«, murmelte Derkensun. Die Soldaten schienen einer Meinung mit ihm zu sein.

Unter dem Rascheln und Knarren von Zaumzeug und Rüstungen ritten die Gardisten davon. Die Bogenschützen verfluchten sie dafür.

Auf der anderen Seite des Platzes rückten die Reiter näher. Mortimirs Licht fiel auf die Pferde und die Hemden der Reiter, die dadurch eine scharlachrote Färbung annahmen. Das konnte doch nicht nur das Licht sein …

»Vardarioten!«, rief Derkensun.

Sie formierten sich nicht zur Schlacht, sondern ritten in einem schnellen Trab und überquerten den Platz in Viererkolonnen. Ihnen voraus flatterte ein kleiner Seidenwimpel, an dem ein Pferdeschweif befestigt war. Der Anführer schwang eine Keule, die aus reinem Gold zu sein schien, und er benutzte sie, um vor dem Palasttor zu salutieren. Die Männer – und wenigen Frauen – waren Barbaren, Ostleute, und hatten schwarze Haare und leicht schräg stehende Augen. Manche waren glatt rasiert, andere trugen zottelige Bärte, und jeder von ihnen hatte einen schweren Hornbogen in einer Scheide an der Hüfte sowie ein langes Krummschwert.

Sie bogen in die Straße ein, die zum Ares-Tor führte, und die gesamte Kolonne verschwand unter dem Spitzbogentor des Großen Platzes, als wäre sie von einem Drachen verschluckt worden. Nach zweihundert Herzschlägen war nur noch der Widerhall des Hufgetrappels auf dem Platz und in der Nachtluft geblieben.

Als sie fort waren, befahlen Stimmen hinter dem Tor, es möge geöffnet werden, und die Wagen rollten in den Hof ein. Mortimir war so müde, dass er schon gar keine Angst mehr empfand. Aber er sah die Erleichterung auf jedem einzelnen Gesicht.

Eine ältere Frau in höfischer Kleidung trat vom Palast in den Hof, der durch Fackeln beleuchtet wurde, und rief nach Schwarzhaar. Der Nordikaner übergab die Wagen einigen Dienern, die er persönlich überprüft hatte, und Mortimir stand vor der Frau.

»Mylady«, sagte er und verneigte sich.

Die ältere Frau nickte. »Wer war das?«, fragte sie. Ihre Stimme verriet nichts.

»Mylady, es waren Vardarioten. Sie sind zum Ares-Tor geritten.« Er spuckte aus. »Diese Verräter.«

»Urteilt nicht über sie, bevor Ihr alles wisst«, sagte Lady Maria.

## Der Hof von Gallyen · Der König, sein Pferd und Lady Clarissa

»Mylord«, hauchte Lady Clarissa de Sartres. Sie beugte sich vor und drückte ihre Laute gegen sich. Der König war von seinem Schemel aufgestanden und legte ihr die Hand auf die Schulter. Sie befanden sich in seinem privaten Empfangszimmer.

Er beugte sich zu ihr herunter und fuhr mit den Lippen über ihren entblößten Nacken. Sie versteifte sich, versuchte zurückzuweichen; ihre Hand fuhr zu dem Amulett, das ihr Großonkel Abblemont ihr gegeben hatte, und mit dem Daumen fuhr sie über die Scheibe am unteren Ende des Kreuzes.

Der König war zwar klein, aber stark und besonders schnell. Er packte ihre Hände, drückte sie gegen den Beistelltisch, zog ihr den Schleier vom Gesicht und presste seinen Mund auf den ihren. Sie stolperte und nutzte dies für einen Stoß gegen sein Knie. Daraufhin warf er sie grob zu Boden.

Sie schrie auf.

Wenige Herzschläge später kam Abblemont ohne unpassende Hast in das Privatgemach. Clarissa lag weinend unter dem König, nachdem er ihr bereits die Röcke über die Knie geschoben hatte. Abblemont ließ die Tür offen.

»Euer Gnaden haben Besuch«, sagte das Pferd. »Bitte lasst Clarissa aufstehen.«

Das Mädchen hatte genug Mut, nach dem König zu schlagen, sobald er ihre Hände losließ. Dafür aber versetzte er ihr eine heftige Ohrfeige.

Abblemont zog ihn von ihr herunter. Er war einen Kopf größer als der König und viel schwerer, und er ertüchtigte seinen Körper regelmäßig. Es gelang ihm, den König vom Boden zu heben und ihn auf seinen Schemel zu setzen, ohne ihm dabei die geringste Verletzung zuzufügen.

»Steh auf und geh, bevor die Königin kommt«, sagte Abblemont über die Schulter zu seiner Nichte.

Der König sog die Luft ein, als sei er gerade erst erwacht. »Sie hat mich dazu gebracht!«, sagte er.

Abblemont wandte sich wieder an seine Nichte. »Ich hatte dir doch aufgetragen, niemals allein mit ihm zu sein.«

Sie drückte ihr ruiniertes Kleid gegen sich und schluchzte – und griff nach ihrem Instrument. Als sie es aber aufzuheben versuchte, wurde ihr klar, dass es in dem Kampf zerbrochen war. Die Misstöne, die seine Saiten nun von sich gaben, schnitten ihre Schluchzer ab.

Sie rannte aus dem Zimmer.

»Sie hat mich verführt«, sagte der König und bedachte Abblemont mit einem festen Blick. »Diese Metze.«

Abblemont dachte über einen Königsmord nach, doch er ließ den Augenblick seiner Wut verstreichen. »Euer Gnaden, es ist ein Brief vom Captal eingetroffen, und die Königin befindet sich auf dem Weg zu Euch. Seid Ihr bereit, sie zu empfangen? Sie hat eine Ahnung, dass Clarissa bei Euch war.« Seine Worte waren sorgsam bedacht. In gewisser Weise mochte er seine Nichte sehr – aber der Friede und das Gedeihen Gallyens lagen ihm doch noch mehr am Herzen.

Der König setzte sich auf.

Seine Frau kam wie auf ein Stichwort herein. »Ah«, sagte sie. Sie war zehn Jahre älter als der König und die Tochter des Mannes, der angeblich der reichste der ganzen Christenheit war. Ihre Kleider und Juwelen galten als die feinsten der Welt, und ihre Anmut und Haltung wurden von Dichtern aus drei Ländern gepriesen. Als sie fünfzehn Jahre alt gewesen war, hatte die Herrin der Blumen, wie man sie damals genannt hatte, allein und ausschließlich begleitet von ihrer eigenen Stimme vor einer großen Masse von Freunden seines Vaters getanzt – vor tausend Rittern und ihren Damen bei der Eröffnung eines Turniers. Und der Ruhm, den sie sich daraus erworben hatte, war seit jeher ihr Mantel und Schutz gewesen.

Die Miene, die sie jetzt bei ihrem Ausruf machte, reichte aus, um den König zu erzürnen.

»Du hast kein Recht, hier zu sein, Hexe!«, brüllte er, wie ein Junge manchmal seine Mutter anbrüllt.

Die Königin von Gallyen stellte sich in die Mitte des Zimmers, und neben ihrem goldbestickten Mantel mit dem Kragen aus Edelsteinen sah der König wie ein kleiner Bub aus. »Abblemont«, sagte die Königin schließlich und neigte den Kopf ein wenig.

Abblemont versank in einer tiefen Verbeugung, setzte dabei das rechte Knie auf den Boden und richtete den Blick nach unten.

Die Königin rümpfte die Nase. »Ich dachte, du passt besser auf deine Nichte auf«, sagte sie.

Abblemont hielt den Blick gesenkt.

»Sie ist wie eine geile Hure zu mir gekommen«, verteidigte sich der König.

»Natürlich«, sagte die Königin gelassen. Mit diesem einen Wort drückte sie ihren Unglauben und ihr völliges Desinteresse deutlich genug aus. »Abblemont, sorg dafür, dass ich ihren Namen nie wieder erwähnt höre.«

Das Pferd starrte noch immer angestrengt den Boden an. »Natürlich, Madame.«

Clarissa de Sartres stand auf der Brücke unter dem Nonnenkloster und sah zu, wie das dunkle Wasser unermüdlich dahinfloss – kalt und tief.

Vor einer Stunde noch hatte sie an Selbstmord gedacht. Ihre unsterbliche Seele war genauso zerstört wie alles andere an ihr. Sie hegte keinerlei Interesse an Gott oder an einem Leben in Kontemplation und Gebet. Oder an irgendetwas anderem. Und als ob Gott seine Zustimmung gegeben hätte, hatte sie ihr Zimmer zum ersten Mal unverschlossen vorgefunden – und auch das Hintertor des Klosters war nicht zugesperrt. Niemand hatte gesehen, wie sie den Hof durchquert hatte. Vielleicht kümmerte es aber auch bloß niemanden.

Doch das Wasser sah so kalt aus, und ihre Fantasie – die schon immer ihr Fluch gewesen war – gaukelte ihr eine Hölle aus ewiger Kälte vor, wenn sie zum Grund des Flusses gezogen und dort für immer bleiben würde. Zusammen mit den *Bain Sidhe* aus den Ammenmärchen.

Die Erniedrigung, vom Hofe verbannt worden zu sein – und zwar auf Lebenszeit –, war unerträglich. Und das alles nur, weil sie vom König angegriffen worden war! Es schnürte ihr die Kehle zusammen, und ihre Hände zitterten. Sie würgte, während sich die Finsternis wieder um sie schloss.

*Ich bin nicht vergewaltigt worden.* Aber ihre Fantasie ergänzte das, was nicht geschehen war, und sie verstärkte die Unbarmherzigkeit noch, mit der ihr Onkel sie hinausgeworfen hatte – und die Freude der anderen Frauen am Hof darüber, dass sie in Ungnade gefallen war.

*Gott interessiert das alles nicht,* dachte sie. In diesem Augenblick dachte sie an einen sehr jungen Mann am Hof ihres Vaters, der diese Worte gesagt hatte. Es war vor mehr als einem Jahr in Arles gewesen – und sie hatte ihn dafür gehasst.

Jetzt blickte sie hoch zu dem Kloster auf dem Berg und dann wieder auf den Fluss Rhun, der zu ihren Füßen dahinströmte. In diesem Augenblick erkannte sie, dass sie nicht entkommen war. Es war ihr erlaubt worden, sich hierherzubegeben, damit ihre Version der Ereignisse mit ihr verschwinde. Einige Herzschläge lang wurde sie von tiefstem Hass verzehrt – von einer Empfindung, die sie bisher nur selten gespürt hatte.

*Wenn ich mich umbringe, haben sie gewonnen,* dachte sie.

Die Überfahrt blieb nicht ohne Zwischenfall. Ser Hartmut war noch nie zuvor im Norden gesegelt und drückte lautstark seine Freude über die hohen Eisberge aus, die wie weiße Kriegsschiffe vorbeiglitten. Aber der Wind war günstig, und zehn Tage des Segelns brachten sie nach Keos, auf die nördlichste der moreanischen Inseln, und von dort aus wandten sie sich nach Nordwesten, der untergehenden Sonne entgegen. Es war spät im Jahr, und de Marche hatte einen vorsichtigen Kurs berechnet, durch den jede Überfahrt zwischen den einzelnen Inseln so kurz wie möglich wurde. Aber kein Sturm bereitete ihnen Ungemach.

Westlich von Keos sahen sie am Horizont das Segel eines anderen Schiffes – offenbar eine große Barke, wie die Seeleute sagten. Als dann aber der nächste Tag dämmerte, waren sie allein auf dem großen Ozean.

Auch nach siebzehn Tagen Reise hatten sie kein schlechteres Wetter als einen heftigen Regenschauer erlebt. Die drei Schiffe befanden sich noch immer zusammen und waren in Sichtweite. *La Grace de Dieu* bildete die Vorhut, und ihre beiden Gefährtinnen folgten ihr in einer krummen Linie; jedes Schiff war mindestens eine Meile vom nächsten entfernt.

Ser Hartmut befand sich in voller Rüstung und Bewaffnung an Deck, wie es an jedem Tag bis zum Sonnenuntergang seine Gewohnheit war. Er hatte den Hauptmast in eine dicke, ausgepolsterte Leinwand einhüllen lassen und hieb nun täglich zu Übungszwecken mit einer Streitaxt darauf ein. Manchmal machte er eine lange Pause, setzte sich in den Bug und beobachtete das Meer. Bisweilen kamen auch Etienne oder sein anderer Knappe Louis de Harcourt herbei und lasen ihm vor. Und hin und wieder veranstalteten sie sogar Übungskämpfe mit ihm, wobei sie allerdings stumpfe Schwerter oder Speere benutzten.

Ser Hartmut sprach nie mit den Seeleuten, aber sie zeigten einen gesunden Respekt vor ihm als Kämpfer. Trotz seiner Größe war er schnell wie eine Katze und sehr ausdauernd. Für gewöhnlich konnte er noch immer kämpfen, wenn seine Knappen bereits blass geworden waren und die Hand zum Zeichen der Niederlage hoben.

Seine Soldaten waren nicht anders. Sie übten so hart, dass es jeden Tag gebrochene Knochen, Zerrungen und Prellungen gab.

Einige der Seemänner übten inzwischen auch mit ihren Speeren – aber nie unter den bösen Blicken des Schwarzen Ritters.

Doch heute gab es nichts dergleichen. Es war heiß, und die Matrosen waren gelangweilt. Viele von ihnen befanden sich in der Takelage, hingen einfach dort und warteten auf eine kühlende Brise. Nach der Non erhob sich tatsächlich ein erfrischender Wind aus Osten, und so setzte sich das Schiff wieder in Bewegung, und das Wasser flüsterte an den Planken des Schiffes entlang.

Allmählich ging die Sonne unter.

Und dann geschah alles gleichzeitig. Wale erschienen unter dem runden Rumpf des Schiffes; gewaltige Leviathane waren das, die überall um sie herum unter seltsamen Lauten aus großer Tiefe aufstiegen.

Sofort war de Marche an Deck. »Netze einholen! An die Waffen!«

Etienne war bleich vor Erschöpfung und hatte ein blaues Auge davongetragen. Aber er rannte in voller Rüstung die Leiter zum Achterdeck hoch und verneigte sich formvollendet. »Ser Hartmut fragt, was der Sinn und Zweck dieses Alarms sei.«

De Marche beugte sich zur Seite. Sein Diener hatte gerade den vorderen und hinteren Teil seiner Rüstung eingehängt und hielt nun sein Kettenhemd hoch. De Marche erwiderte die Höflichkeitsbezeugung nicht, sondern steckte zuerst den Kopf und dann die Arme in seine Rüstung. Aus den Tiefen des Stahlgewirrs sagte er: »Die Eeeague. Sie folgen den Walen.«

»Eeeague?«, fragte de Vrieux.

»Das sind Wassergeister, Herr.« De Marches Kopf kam aus der Halsöffnung seiner Rüstung, und er lehnte sich an die Reling des Achterdecks, während die Netze eingeholt wurden. Überall wurden rasch Armbrüste hervorgezerrt, und die Männer an Deck bewaffneten sich.

»Land in Sicht«, rief der Ausguck. »Land und drei Schiffe. Die Rümpfe sind deutlich sichtbar.« Der Bericht klang mürrisch – wie von jemandem, der wusste, dass er zu spät reagiert hatte.

»Meister Louis, der Ausguck muss bestraft werden«, rief de Marche. Dann sprang er auf die Reling, warf sich in die Takelage und kletterte trotz seiner schweren Rüstung nach oben, bis er auf der kleinen Plattform an dem großen Mast stand. »In welcher Richtung?«, rief er.

Der Ausguck streckte den Arm aus. »West-Nordwest«, brüllte er in dem offensichtlichen Versuch, für seine Pflichtversäumnis Gnade zu erhalten. »Kahle Masten«, sagte er und fügte wie für sich selbst hinzu: »Ich hätte sie früher gesehen, wenn sie noch ihre Segel gehabt hätten.«

De Marche hatte sie rasch entdeckt. Er beobachtete sie, solange seine Augen das helle Sonnenlicht ertragen konnten, dann richtete er den Blick auf das Wasser unter sich. Von hier oben aus konnte er die dunklen Umrisse der Wale sehen, und zwischen ihnen huschten kleinere Gestalten umher. Viehtreiber? Folterer?

Die rote Flagge wurde auf seinem Schiff entrollt. Die *Grace de Dieu* machte ein Wendemanöver, nahm den Wind mit dem hinteren Segel auf und richtete sich nach Süden aus. Aber Schiffe konnten nicht besonders gut wenden, und der ganze Prozess machte einen sehr mühseligen Eindruck.

Zwei Meilen achteraus flatterte nun eine weitere rote Flagge, und nach wenigen Herzschlägen antwortete das mittlere Schiff, die *Saint Denis*.

Männer mit Armbrüsten reihten sich vor der Reling an Bug und Heck auf. Ein Rundschiff war wie ein halbes Ei geformt und besaß vorn und hinten hohe Türme für Bogen- und Armbrustschützen, damit sie den Vorteil der Höhe für sich nutzen konnten, wenn sie gegen Menschen oder andere Wesen kämpften.

Mittschiffs warteten die Soldaten mit ihren Knappen und Pagen, die sich bereits mit Äxten und Speeren bewaffnet hatten.

De Marche ergriff ein Falltau, zog probehalber daran und ließ sich dann auf das Deck herunter. Er landete zwei gallysche Ellen hinter Ser Hartmut. Der riesige Ritter drehte sich um, als er spürte, wie sich das Holz unter seinen Füßen bewegte, und stellte fest, dass sich der Kaufmannskapitän, der sein Kettenhemd trug, zum Deck hinunter beugte.

»Meister Etienne!«, rief er. »Fragt Euren Herrn, ob er schon einmal gegen Eeeagues gekämpft hat.«

Der Stahlriese hob sein Visier.

Etienne erschien. »Noch nie«, gab er zu.

De Marche zuckte die Schultern. »Ich auch nicht. Ich dachte, es handle sich dabei um eine Erfindung der Etrusker, mit der sie uns von ihren Handelsrouten fernhalten wollen. Gibt es keine im Mittelmeer? Und auch nicht in Ifriqu'ya?«

De Vrieux sah seinen Herrn fragend an und breitete die Hände aus.

Ser Hartmut schwang seine Streitaxt. Angesichts seiner Körpergröße wirkte sie so klein, und er warf sie wie ein Spielzeug hin und her. Aus der Nähe konnte de Marche aber sehen, dass sie fast anderthalb mal so groß war wie jene der Soldaten.

»Kommt, Freunde, wir wollen gemeinsam ein Gebet sprechen!«, rief Ser Hartmut, und all seine Soldaten und ihr Gefolge knieten sich auf das Deck. »Möge uns der segensreiche und freundliche Jesus einen guten Kampf und einen würdigen Gegner schicken! Amen!«

De Marche hastete die Leiter zum Achterdeck hinauf. Zwei seiner Maate legten ihm Brust- und Rückenpanzer an und verschlossen sie mit Riemen. Doch das brauchte Zeit – zu viel Zeit.

»O Jesus«, sagte ein Seemann hinter ihm.

Armbrüste schossen, die Sehnen sangen in beinahe demselben Klang, den eine Schwertklinge von sich gibt, wenn sie gegen einen Übungspfahl trifft. Seine Männer besaßen gewaltige Arbaleste, die sogar ein Loch in einen Schiffsrumpf schießen konnten – oder in eine Rüstung.

»Heiliger Jesus … heiliger Jesus … omeingottomeingott«, jammerte ein Matrose hinter ihm.

Endlich war auch der letzte Riemen unter seinem Arm festgezurrt, und sein Diener Lucius klopfte ihm auf den Rücken. Meister Henri hielt seinen offenen Stahlhelm in den Händen und setzte ihn auf de Marches Kopf, während die Seeleute hinter ihm aufschrien.

Lucius drückte ihm seine Spitzaxt in die Hand, und er drehte sich um.

Die Hälfte der Matrosen an der Reling war bereits tot.

Fast hätte er den Arm übersehen, der auf ihn zuschoss, dann hieb er mit dem Schwert zu. Es fiel ihm schwer, die Kreatur in ihrer Gesamtheit überhaupt zu erkennen; sie war fast durchscheinend und mit scheußlichen Flecken übersät – rosafarben und grün.

Er rammte seine Waffe in den Mittelpunkt des Wesens – falls es überhaupt ein Rumpf und nicht nur ein weiteres Gewirr von Tentakeln war. Die Spitzaxt glitt hinein, und eine befriedigende Menge Blut spritzte hervor – doch jeder Strahl, der auf Metall traf, fraß sich dort sogleich herein. Lucius musste sich den Helm vom Kopf reißen und fluchte dabei.

Auch seine Spitzaxt bog sich, und die Spitze rostete bereits, als er die Waffe zum zweiten Mal in das Ding hineinstieß.

Die Armbrustschützen auf der anderen Seite schossen ihre schweren Bolzen aus geringer Entfernung auf die Kreatur ab, und ihre unglücklichen Gefährten wurden mit dem klebrigen, tödlichen Blut überzogen und manchmal auch von den Bolzen getroffen, während das Wesen kaum Schaden nahm.

Es entrollte etwas – einen Arm? eine Waffe? –, und er schlug sie mit dem Schaft seiner Spitzaxt beiseite.

Ein geistesgegenwärtiger Schiffsjunge reagierte sofort und goss einen Helm voll Meerwasser auf Lucius, dessen Schreie sofort verstummten.

Ser Hartmut sprang die Leiter hoch und stand wie ein stählerner Turm vor dem Eeeague. Das Wesen drehte sich zu ihm hin.

Er zog sein großes Schwert, und dann brach es in Flammen aus.

Ein Dutzend Matrosen riefen: »Der Schwarze Ritter!«

Das Ding streckte einen Tentakel nach ihm aus; er schlug den Auswuchs zur Seite und rammte sein Schwert in das Ungeheuer hinein. Es hatte schon etwa fünfzig Armbrustbolzen und Dutzende anderer Schläge empfangen, doch nun kreischte es auf – und glitt an der Seite des Schiffes herunter.

Der Gestank toten Fischs und verwesenden Fleisches erfüllte die Luft. Auf dem Deck lagen sechs tote Männer, und Lucius erhielt noch immer Wasser auf seinen Kopf. Er war so rot wie eine Rote Bete und wimmerte.

Achtern schwamm ein großer Wal vorbei und peitschte das Wasser mit seiner Schwanzflosse; jeder Mann auf dem Achterdeck erhielt eine Dusche. Plötzlich kehrte der Wal zurück und öffnete sein großes Maul.

Und schloss es wieder.

Im Vorüberschwimmen stieß er das große Schiff an – es war eines der größten Schiffe, die je auf einer gallyschen Werft gebaut worden waren –, und es ächzte auf. Hölzerne Pflöcke, die mit großen Eichenhämmern eingetrieben worden waren, lösten sich, und Wasser ergoss sich auf die Ballen hellroten Tuches.

Es war zu spät, das Schiff zu wenden. Der Wal war verschwunden, zurückgekehrt in die Tiefe.

De Marche hatte das Meer noch nie so stark erfahren – in allen drei Dimensionen. Und als der Wal unter ihm wegtauchte, packte ihn ein gewaltiger Schwindel.

Dann stürzte ein weiteres Tentakelwesen auf das Vorderdeck.

Bis zum vierten Angriff wurden zwei Matrosen über Bord geschleudert, und die Knappen hatten inzwischen Feuer aus der Kombüse geholt und damit Feuerspeere hergestellt, indem sie trockenes Werg um die Spitzen gewickelt und in Brand gesetzt hatten.

Das war eine gute Sache, denn dieser vierte Angriff war der erste, der von den Wesen untereinander abgestimmt zu sein schien. Sechs Tentakelungeheuer krochen gleichzeitig die steilen Flanken des Schiffes hoch. Drei von ihnen nahmen sich den niedrigeren Mittelteil als leichteres Ziel vor und wurden von Ser Hartmut begrüßt. Das Schiff krängte, denn diese Wesen besaßen ein beträchtliches Gewicht. Es waren nicht bloß die Geister toter und verdammter Seeleute, wie es in der allgemeinen Panik zunächst geheißen hatte.

Einer von ihnen erklomm das Vorderdeck, den höchsten Punkt des Schiffes, das sich hoch über den Bug erhob, und trotz aller höllischen Kraft und Schnelligkeit hatte das Wesen Schwierigkeiten, über die Netze zu gelangen. Es wurde von fünf Brandspeeren gepfählt und floh.

Zwei andere enterten das Achterdeck. Sie kreischten wie Totengeister, und nun erklärte sich auch der etruskische Name für sie – Eeeague. Ihr Kommen trieb eine Schockwelle reinsten Entsetzens vor ihnen her.

De Marche wich keinen Schritt zurück. Er rammte seinen Speer in eines dieser Geschöpfe und trennte einen durchscheinenden Tentakel ab. Lucius hielt einen Eisenkübel mit heißem Sand bereit und warf ihn der Bestie entgegen, und ein anderer Seemann – Mark, ein Albier – bespritzte es mit Öl, was aber keine Wirkung zeigte. Dann starb er.

Es setzte über die Reling und ließ sich auf das Deck herunter. De Marche erhielt einen heftigen Schlag und war entsetzt über den *Schmerz*. Was immer ihn getroffen hatte, es war durch sein Kettenhemd gedrungen.

Wie Wasser.

Er schrie, taumelte zurück und ließ seinen Speer los.

Ein Tentakel erwischte einen Schiffsjungen und warf ihn über die Seite.

Der Körper des Wesens schien sich zu öffnen, und in seinem Innern erschien mitten im gallertartigen Fleisch ein orangeroter Schnabel.

De Marche zog sein Schwert und stieß damit so heftig in den Leib des Wesens, wie es ihm möglich war.

Im Gegensatz zu den anderen Waffen an Bord hatte das Schwert eine Klinge. Es fühlte sich an, als würde man durch Schweinefett schneiden. Er drehte die Klinge um, riss sie wieder heraus und stieß erneut zu. Das Wesen bespritzte ihm das Gesicht.

Lucius wusch es sofort ab.

Der Gestank war grotesk.

Aber es zog sich ins Meer zurück und ließ einen großen Teil seines gallertartigen Fleisches auf dem Schiff. Es brannte sich langsam durch das Holz.

Das andere Geschöpf hatte einen der Matrosen getötet und machte sich daran, ihn zu verschlingen. Der entblößte und rötlich glitzernde Schnabel war obszön. Das Ding hatte weder ein Gesicht noch Gliedmaßen. Es sah aus wie nasse Seide.

Seine Klinge rostete vor seinen Augen, aber er rammte sie auch in das zweite Wesen und hackte immer wieder zu. Lucius rief »Schwerter!« und die Männer zogen sie und hieben mit der Verzweiflung des Grauens zu. Ein Mann fiel schreiend auf das Deck, während sich ein Tentakel um ihn wand. Ein Fleischbrocken wurde ihm von den Knochen gekocht, während er in hoffnungslosem Entsetzen aufkreischte.

Zwei Soldaten, die entweder weniger erschrocken oder reger als die anderen waren, spießten den Brocken abgetrennten Fleisches mit ihren Speeren auf und warfen ihn über die Reling.

Wieder kletterte Ser Hartmut die Leiter hoch; sein flammendes Schwert wirkte wie ein Leuchtfeuer der Hoffnung. Er stürzte sich auf die Kreatur, bedeckte sie mit Schlägen, und bei jedem von ihnen kreischte sie vor Schmerz schrill auf; es klang beinahe wie die Laute eines Vogels. Als sich das Wesen endlich mit den gleitenden, schleimigen Bewegungen zurückzog, die typisch für es waren, rammte er sein Schwert von oben in es hinein und nagelte es so am Deck fest.

Es zog sich um das brennende Schwert herum; offenbar war es ihm lieber, gespalten zu werden, als hier zu bleiben.

Nun konnte de Marche im Licht des Schwertes zum ersten Mal die Eingeweide des Wesens erkennen. Es klebte am Rumpf des Schiffes wie eine gewaltige, schillernde Schnecke, und seine Masse reichte bis ins Wasser hinein.

Ein Wal schwamm in Bogenschussweite vorbei. Er zeigte seine Schwanzflosse, dann war er mit einem mächtigen Schlag beim Schiff angekommen. Es erbebte, und die Männer fielen auf die Knie. Der

Wal riss das seidige Wesen vom Rumpf; das Schiff erzitterte abermals, und einer der Matrosen fiel ins Wasser.

Der Mann verschwand in den Wellen; er wurde vom Gewicht seines Kettenhemdes nach unten gezogen.

Schweigen setzte ein.

Ser Hartmut trat von der Reling zurück. Sein Helm war zerstört; das ätzende Fleisch des Wesens hatte Löcher hineingebrannt, und Rostflecken waren überall an seiner Rüstung zu sehen. Am schlimmsten war es an den Beinschienen, in denen überall Brandlöcher steckten.

Er nahm den Helm ab und warf ihn ins Meer.

Dann wandte er sich de Marche zu. Dieser hatte Brandwunden im Gesicht, und seine Haare waren an vielen Stellen versengt, sodass sie wie eine Flickendecke wirkten. Aber er lächelte.

»Das, Monsieur, war eine Art von Kampf, die ein Mann zu schätzen weiß.«

Aus Gewohnheit sah der Kaufmann nach Etienne, aber der Knappe lag mittschiffs tot in seiner Rüstung. Die Brust- und Rückenpanzerung war von dem Schnabel eines dieser Ungeheuer aufgerissen worden, und die Eingeweide lagen wie ein obszönes organisches Band auf dem Deck.

De Marche nickte benommen. »Danke dafür, dass Ihr uns gerettet habt, Mylord«, sagte er demütig.

Ser Hartmut spuckte über die Reling. »Ihr habt euch selbst gerettet – jeder Einzelne von euch. Ihr alle seid würdige Gefährten, und es ist mir eine Ehre, euch befehlen zu dürfen.«

Die Matrosen, die über jedes Begreifen hinaus verängstigt und am Rande der völligen Verzweiflung waren, rafften sich bei seinen Worten wieder auf.

Er lächelte sie an. »Gut gekämpft. Nichts, was wir in Nova Terra vorfinden werden, wird so schlimm sein wie das hier.«

De Marche erlaubte sich ein schmales Lächeln. »Beim gütigen Heiland, ich hoffe, Ihr habt recht.«

»Da sind wir wohl aus anderem Holz geschnitzt, Kaufmann. *Ich* hoffe, wir stoßen auf noch viel größere, schnellere und gefährlichere Feinde. Je schrecklicher sie sind, desto größer ist die Ehre.« Er steckte das Schwert, das wie eine Fackel in seiner Hand gebrannt hatte, in die Scheide zurück.

De Marche nickte, wie man es tut, wenn man mit einem Verrückten spricht. Es gelang ihm sogar, noch einmal zu lächeln.

Zwei Stunden später waren alle Schiffe von Fackeln erhellt. Die Gefahr – die *gewaltige* Gefahr – offenen Feuers an Deck eines Schiffes war nichts im Vergleich zu den Ängsten der Männer, den Wassergeistern in der Finsternis begegnen zu müssen. Überall standen offene Kübel mit Meerwasser.

Etwa eine Meile vor der felsigen Küste stießen sie auf die drei Schiffe mit den kahlen Masten.

De Marche betrat eines von ihnen, Ser Hartmut ein anderes. Das dritte wollten sie erst am nächsten Morgen untersuchen.

De Marche führte die Männer an. Er musste es tun. Trotz Ser Hartmuts Worten befanden sie sich noch immer im festen Griff des Grauens. Die Ängste der Seeleute vor dem Meer hatten nun einen fassbaren Grund erhalten, und die einsetzende Dunkelheit erschwerte das Übersetzen in einem Ruderboot zu der Galeasse. Im Boot spürte er den Schrecken am eigenen Leib. Sogar das Wasser erschien ihm fremdartig, schwarz und ölig, und die Ruderschläge waren schwach. Im Bug stand ein Mann mit einer großen brennenden Fackel aus Kiefernholz, die für gewöhnlich nur bei nächtlichen Notreparaturen eingesetzt wurde.

Er kletterte an der Seite hoch – es fiel ihm jedoch schwer, denn sein Körper war erschöpft. Und er musste sich zusammenreißen, bevor er ein Bein über die Reling warf und hinunter auf das Deck schaute. Der aufgehende Mond enthüllte ihm ein makabres Gewirr aus heruntergefallener Takelage und Segeltuch.

Er stellte einen Fuß auf das Deck und zog sein kleines Rüstschwert – sein großes Kampfschwert war völlig ruiniert worden und nur noch ein brüchiger Schatten seines tödlichen Selbst. Das kleinere Schwert lag gut und leicht in der Hand, und nachdem er mit beiden Beinen auf dem Deck stand, hielt er auch seinen ledernen Schild vor sich. Er war in Walöl getränkt. Genau wie seine Schwertklinge.

Olivier de Marche war ein rationaler Mensch. Die Wassergeister waren verletzbar, das hatte er mit eigenen Augen gesehen. Vermutlich konnte man sie sogar töten. Ihre furchtbare blutartige Flüssigkeit konnte durch Meerwasser verdünnt und bis zu einem gewissen Grad mit Öl unschädlich gemacht werden. Und sie hassten Feuer.

Doch all diese vernünftigen, militärischen Gedanken halfen ihm nicht im Geringsten. Er stand im Mondschein auf dem Deck und hatte so große Angst, dass seine Schwerthand zitterte. Er musste sich zwingen, einen Fuß vor den anderen zu setzen. Bei jedem Schritt stach er in die herabgestürzten Segelballen. An ihnen klebten sowohl Flüssigkeit als auch die organischen Reste der Eeeague.

Er überquerte das Deck, und sein Herz raste, als er auf ein Seil trat und es unter seinem Stiefel zuckte. Er sprang zur Seite, als er hinter sich eine Bewegung hörte, und wirbelte herum, hielt sein Schwert hoch, bereit zu einem heftigen Schlag …

»Ich bin's nur, Käpt'n«, sagte Lucius. Er hatte eine große scharfe Axt mit einem Stachel im Schaft, und damit stach er in jede Leinwand, über die er trat.

Das Mittelschiff war leer, und so kletterten sie vorsichtig auf das Achterdeck und hielten dabei ihre Waffen bereit.

Auch auf dem Kommandodeck befand sich niemand. Es war feucht, und als de Marche niederkniete und das Deck mit den Fingern berührte, bemerkte er einen Geruch von Fisch, Kupfer und etwas seltsam Süßlichem und Öligem, das fast von einem Baum stammen konnte. Er versuchte den Ursprung herauszufinden. Es war etwas Vertrautes. Sogar etwas Angenehmes.

»Uh!«, grunzte Lucius hinter ihm.

Er wirbelte herum.

Der Mann hob die Hand. »Tut mir leid. Seht nur.«

Im Mondlicht schien alles verzerrt zu sein, und de Marche brauchte einen langen Atemzug, bis er verstand, was Lucius da in der Hand hielt. Es war ein Finger, der noch in gutem Rüstungsstahl steckte – in sehr kostbarem Stahl sogar. Der Finger war sauber abgetrennt worden.

Sie stiegen die Leiter hinunter bis zum Mitteldeck. In der Seite des hohen Achterdecks befand sich eine halb offen stehende Tür, die zu den Mannschaftsquartieren hinunterführte.

Dort bewegte sich etwas.

Die beiden Männer lauschten, dann trat de Marche leise an die rechte Seite der Tür und Lucius an die linke. Er war ein kleiner Mann mit mächtigen Muskeln – und hob die Axt über seinen Kopf.

»Was ist da drüben los?«, rief der Bootsmann.

Der Ruf drang über die Flanke des Schiffes und hallte von den Klippen der Bucht wider.

*Drüben los drüben los rüben los los os*

»Wir könnten es auch auf sich beruhen lassen«, meinte Lucius.

»Es ist nur etwas, das mit dem Rhythmus des Meeres schwankt«, sagte de Marche, legte die Hand auf die Klinke der Tür und zog sie weiter auf.

Das Schiff schaukelte – die Flut kam herein –, und die Tür schwang auf. Etwas kam aus dem Inneren hervor, als würde es fliegen. Es hatte Schwingen zu beiden Seiten des leichenartigen Hauptes, und …

Lucius schlug mit seiner Axt dagegen wie ein Metzger, der einen Kadaver zerteilt. De Marche rammte ihm das Schwert geradewegs ins Gesicht.

Die schrecklichen Schwingen schlossen sich um die beiden Männer, als das Wesen zu Boden fiel. Sie schrien auf.

Es war vollkommen klar, was geschehen war. Die Etrusker waren angegriffen und abgeschlachtet worden. Aber nicht von Wassergeistern. Was immer dieses Massaker verursacht hatte, es besaß Zähne und Klauen.

Und einen schrecklichen Sinn für Theatralik.

Die »Kreatur«, die sie »angegriffen« hatte, war der Leichnam eines Matrosen gewesen, der von einem Fleischhaken in der Tür zum Schlafquartier gehangen hatte. Die Lungen waren ihm durch den Rücken herausgezogen worden, sodass sie wie Schwingen ausgesehen hatten. Er musste auf furchtbare Weise gestorben sein, und die Zeichen seiner Qualen waren ihm deutlich ins Gesicht geschrieben. Die Augen waren aus dem Kopf hervorgetreten. Und der Mund stand weit offen.

De Marche brauchte einige Zeit, bis er sich von diesem Entsetzen erholt hatte. Mit seinem Dolch hatte er sich die abscheuliche Lungenmasse von den Schultern geschabt, dann hatte er sich über die Reling gebeugt und sich übergeben. Viel später erst bemerkte er, dass die Ruderer das Beiboot auf die Leeseite seiner eigenen *Grace de Dieu* gebracht hatten, und er rief sie herbei.

Aber sie wollten nicht zurückkommen.

Es gab noch zwölf weitere Leichen, und er und Lucius sammelten sie ein wie Fallensteller ihre Beute. Dann bot er den Ruderern doppelten Lohn, und langsam kamen sie zurück.

Auch nach diesem Tag des Grauens gelang es de Marche noch, einen Gewinn einzufahren. Er sammelte die Schiffspapiere ein, denn die Eigner in Ruma und Genua und Venike würden wissen wollen, was mit ihrer Flotte geschehen war. Sie hatten mit diesen Schiffen ein Vermögen und auch viele Menschenleben verloren.

Er nahm die Handelsgüter aus den zwei kleineren Schiffen und verbrachte sie auf das größere, nachdem er von Ser Hartmut die gleiche Geschichte gehört hatte, und sie warfen alle Toten über Bord. Seine Seeleute, die den Angriff der Eeeague überlebt hatten, waren ganz in ihre eigenen Ängste eingesponnen, und so machte es ihnen nichts aus, Tote ins Meer zu schleudern. Außerdem wusste jedermann, nachdem sie die geretteten Handelsgüter untersucht hatten, dass er nun ein wenig reicher war. Es waren viele Ballen guten Samtes und feiner Wolle darunter.

Und Bögen. Und Bretter aus prächtigem Eibenholz, das aus Iberia stammte.

Nichts, was die Etrusker geladen hatten, passte hingegen zu den Gütern, die er seinen Auftraggebern bringen sollte.

In der Dunkelheit ankerten sie in einer seichten Bucht mit felsigem Strand. Als der Mond hoch über dem Meer voller Seetang stand und das Wasser so träge wie ein lebendes Wesen wogte, setzte sich de Marche auf das Heckkastell, während Lucius Olivenöl auf seine Wunden strich.

»Das waren nicht die verdammten Wassergeister, die das den Etruskern angetan haben, oder, Käpt'n?«, fragte er.

»Nein, bei Gott und all seinen Heiligen, Lucius.« Er zuckte zusammen, als die rauen Finger des Mannes allzu heftig auf eine der Brandwunden drückten.

»Wie kommt es, dass diese Wesen hier draußen sind?« Lucius redete, weil er sich reden hören wollte.

»Ich weiß es nicht, Lucius. Die Magister des Königs haben vielleicht etwas damit zu tun. Und die Macht der Kaiser – und die Gottes.«

»Soll das etwa heißen, dass Gottes Gesetze hier nicht gelten? Und auch nicht in der Nova Terra?«, fragte Lucius.

»Das weiß ich ebenso wenig.« De Marche spürte, wie er trotz seiner Angst und Schmerzen allmählich in den Schlaf hinüberglitt.

»Aber die Wale sind auf unserer Seite, oder?«, fragte Lucius.

»Warum sagst du das?«, fragte de Marche. »Der Leviathan hätte uns beinahe alle versenkt. Carpentier hat das Leck bisher nicht vollständig abdichten können. Wenn wir unter der Leeseite kein Land gehabt hätten …«

»Ich habe ihn gesehen«, sagte Lucius mit vollkommener Gewissheit. »Ihr habt dieses verdammte Ding, diese Satansbrut über die Reling geworfen, und dieser große Fisch hat sie ins Maul genommen und gefressen. Und dann ist er wieder in die Tiefe getaucht. Ich hab's gesehen.«

De Marche holte tief Luft. »Mein etruskischer Freund hat mir gesagt, dass die Meerwesen die Hüter der Wale sind.«

»Er hat Euch auch gesagt, Ihr sollt billigen roten Stoff und Armbrüste mitnehmen«, knurrte Lucius.

»Ein Punkt für dich«, murmelte de Marche.

»Was hat denn die Etrusker getötet, Käpt'n?«, fragte Lucius.

Der Kapitän dachte an den Mann, dem die Lungenflügel herausgezogen worden waren. »Ich habe keine Ahnung«, gab er zu. »Und ich frage mich, wo sie sind.«

»Ser Hartmut kommt«, sagte Lucius.

De Marche versuchte Haltung anzunehmen. Der Schwarze Ritter stellte sich vor ihn.

»Wassergeister?«, fragte Ser Hartmut.

De Marche schüttelte den Kopf.

Ser Hartmut sah sich um. »Sie würden wertvolle Verbündete abgeben«, sagte er.

Als er de Marches Gesichtsausdruck bemerkte, musste der Schwarze Ritter lächeln.

## Die Biberseen · Nita Qwan

Derselbe Mond, der über der einsamen Bucht an der felsigen Nordküste von Nova Terra aufging, erhob sich ein wenig später auch über einer grasbewachsenen Lichtung weit im Westen, auf der Nita Qwan in der zweiten Nacht Wache stand. Er war zur Mittelwache eingeteilt worden, weil Ota Qwan niemanden bevorzugte und jeder einmal die guten und die schlechten Wachen bekam.

Wieder rauchte er am Ende seiner Wache – inzwischen war ihm das Rauchen zu einer lieb gewonnenen Angewohnheit geworden. Und als er schließlich einschlief, schaute Ota Qwan in die Finsternis hinaus, während sein Gesicht durch das Glühen seiner Pfeife schwach beleuchtet wurde.

Am nächsten Morgen ließen sie ihre Waffen zurück, was vielen der Männer Sorge bereitete.

»Wir können nicht den Honig und unsere Waffen durch den Sumpf tragen«, beharrte Ota Qwan.

Nach einer Handvoll Pemmikan führte Ota Qwan sie zum Rand eines gewaltigen Bibersumpfes. Er war so breit wie ein kleiner See, und die Biberbauten besaßen die Größe von Menschenhäusern.

»Tick Chuzk«, sagte Ota Qwan und deutete auf die nächste Biberburg. »Wir nennen es das Biberreich. Manchmal kommen sie, manchmal nicht. Große Biber sind sehr stolz, wild und reizbar. Bewegt euch ruhig, aber sprecht nicht!«

Die Männer fügten sich unwillig. Kein Sossag ließ sich gern sagen, was er zu tun hatte, auch wenn es ein guter Rat war.

Ein großer Bach, der beinahe als Fluss hätte bezeichnet werden können, wand sich durch das trügerische Gras. Auf den ersten Blick sah es wie ein Rasen aus, aber ein Unvorsichtiger würde sich bald bis zu den Hüften im Wasser wiederfinden. Sie standen auf einem sandigen Ufer und betrachteten den Bach, der so breit war wie zwei

Boote, die an den Enden zusammengebunden wurden. Nicht dass sie Boote gehabt hätten.

Staka Gon, einer der jüngsten, warf sich in die Furt, dann stolperte er, gab einen erstickten Schrei von sich und stolperte rückwärts.

Ota Qwan fing ihn auf, bevor er hinfiel. »Idiot«, sagte er und richtete den jungen Mann auf, der ein Jammern von sich gab.

In seinem rechten Mokassin und Fuß steckte ein angespitzter Holzstab. Ota Qwan zog ihn gnadenlos heraus und nahm dann ein Stück seines eigenen Hemdes, um dem Jungen einen Verband anzulegen. »Jeder Baum und jede Pflanze, die die Biber essen, wird zu einer Falle und einer Waffe«, sagte er. »Das wusstest du.«

Auch Nita Qwan hatte das gehört, aber er hatte nicht mehr daran gedacht. Nun betrachtete er den Stab, dessen Länge nur eine Handbreit betrug und der vom Blut gerötet war. Dann wandte er den Blick ab.

Als sie später den Bach durchquert und Staka Gon bei der Furt zurückgelassen hatten, zogen sie sich aus, damit ihre Hosen trocken blieben, und durchquerten eine lange Strecke feuchten Sumpfes, wobei sie ihre Körbe über dem Kopf hielten. Die Mücken waren lästig, aber Sossag-Krieger ließen sich von solchen Kleinigkeiten nicht unterkriegen.

Nita Qwan tat sein Bestes, die Insekten nicht zu beachten, aber er hasste sie.

Nach einer schmerzhaften Meile des Wanderns und Schwimmens über die große Wiese erkletterten sie einen niedrigen Hang, der mit Föhren bestanden war, und legten sich zum Trocknen auf einen großen Kalkfelsen. Der Duft des Honigs war überwältigend – schon fast wie der Geruch von Verwesung, aber doch vollkommen süß.

Ota Qwan zeigte auf einen Busch. »Einfacher als im letzten Jahr. Da hinten gibt es einen ganzen Teich davon. Gwyllch. Seht. Da. Und dort auch.«

Nita Qwan war müde. »Gwyllch?«

Gas-a-ho drückte sich dicht auf den Boden. »Und wir haben keine Waffen!«, jammerte er. Tatsächlich hatten sie keine – die Speere und Bögen und Schwerter waren im Lager geblieben, damit sie ihre vollen Kübel tragen konnten.

Ota Qwan ging in die Hocke; ihm schien es nichts auszumachen. »Wenn wir keine Waffen haben, müssen wir halt vorsichtig sein. Das ist ohnehin klüger als ein sinnloser Kampf.«

Nita Qwan schenkte seinem Freund ein gequältes Lächeln. »Wer ist denn gestorben und hat dir all dieses Wissen hinterlassen?«, fragte er.

Ota Qwan zuckte die Achseln. »Tadaio. Das sind Kobolde, Bruder Nita. Siehst du sie?«

Nun sah er sie tatsächlich. Sie bewegten sich wie eine Armee. Und sie befanden sich zwischen den Männern und ihren Waffen.

Es dauerte lange, die Körbe zu füllen. Wildhonig war selten rein – die großen Bienen, die ihn herstellten, verschmutzten ihn oft selbst, und das zuckrige Zeug gab einen starken Geruch von organischem Verfall von sich – von süßem organischem Verfall. Tiere verfingen sich darin und starben; Insekten steckten fest und gingen zu Tausenden unter, und auch Pflanzenreste, Zuckerpilze und ganze tote Bäume fielen in die Honigpfützen.

Gas-a-ho aber war ein Experte im Füllen der Kübel. Er hockte auf einem klebrigen Felsen, während Ota Qwan ihm die Arme um den Bauch geschlungen hatte, und füllte einen Kübel nach dem anderen. Je reiner der Kübel bei der Ablieferung war, desto höher fiel der Preis aus. Je mehr Honig jemand schöpfte, desto größer wurde also der Gewinn.

Nita Qwan hörte einen Laut, der ihn an eine Trompete erinnerte, und plötzlich versteiften sich alle Sossag.

»Bienen!«, sagte Gas-a-ho.

Ota Qwan blickte in den Himmel. Dann sprang er auf die Beine, rannte auf die höchste Stelle des Kreidefelsens zu und starrte von dort aus nach Osten. Auf Albisch sagte er: »Mist.« Und kehrte zu den nervösen Kriegern zurück.

»Beeilt euch«, sagte er. »Wir müssen den jungen Gon von der Furt wegholen, bevor er noch zu jemandes Mittagessen wird.«

Nita Qwan spürte, wie der Blick seines Bruders auf ihm ruhte. Er seufzte. »Ich hole ihn«, sagte er.

Ota Qwan warf ihm rasch ein Lächeln zu. »Gut. Dann brauchst du wenigstens keine Kübel zu tragen.«

Er rannte – er schwamm – über die Wiese zu der Furt, nachdem er noch einen langen Blick auf die Reihe der Kobolde geworfen hatte, die sich dort bewegten. Es waren Hunderte, und sie versuchten nicht, sich zu verbergen, sondern schritten offen sichtbar am östlichen Rand der Wiese entlang.

Sie waren zur Furt unterwegs.

Er kam dort schneller an als sie.

Obwohl er seinen Körper den ganzen Sommer hindurch hart trainiert hatte, atmete er doch schwer, als er durch das Wasser platschte. Der Junge lag starr auf dem Boden und war steif vor Angst, tat aber sein Bestes, um dies zu verbergen.

Nita Qwan schaute auf das Wasser und dann auf die ferne Reihe der Bäume im Osten und im Norden und traf eine Entscheidung.

»Sie sind auf dem Weg hierher und wollen die Furt durchqueren«, sagte er. »Aus diesem Grund werden wir nach Norden gehen. Um sie herum. Komm – ich kann dich nicht tragen.«

Der Junge nickte heftig, und sie duckten sich durch das Erlengebüsch, das die Furt umgab. Es war fast unmöglich, sich dort hindurchzuarbeiten. Sie konnten kaum weiter als fünf Ellen sehen, und in Nita Qwans Augen war es das ideale Terrain für kleine Kobolde.

Fast sah er sie schon kommen, mit ihren aufgerissenen rosafarbenen Schlünden und ihren schrecklichen Beißwerkzeugen …

Aber sie krochen weiter, und nach einiger Zeit hörten sie das verstohlene Rascheln der Kobolde. Einerseits waren sie schwer genug, die kleinen Zweige zu brechen, aus denen die Biberdämme bestanden, doch andererseits so leicht und leise, dabei nur ein raschelndes Geräusch zu verursachen, während ihre sehnigen Beine durch das Gras huschten.

»Schneller«, flüsterte Nita Qwan. Der nächste Kobold war nur noch einen Bogenschuss entfernt.

Sie hasteten eine kurze Uferböschung hinunter und befanden sich wieder am Fluss – oder vielleicht auch an einem Nebenfluss. Hier bestand das Flussbett aus festem Kieselgestein, und das eisige Wasser schien Gon das Gehen zu erleichtern, denn er beschwerte sich nicht, auch wenn er an jedem nassen Felsen rote Blutflecken hinterließ.

Das Flussbett wand sich in kurzen Biegungen hin und her wie eine schwimmende Schlange. Rasch hatte Nita Qwan die Orientierung verloren, und jeder Versuch, über die Böschung zu schauen, war nutzlos, denn ein Gewirr aus kleinen Tannen und Erlengestrüpp sowie unzähligen verschiedenen Arten von Sumpfgras nahm ihm die Sicht, während das Plätschern des Flusses alle weiteren Geräusche überdeckte.

Nita Qwan verfluchte die anderen Männer, die für diese Aufgabe zweifellos besser geeignet gewesen wären und sich eigentlich hätten freiwillig melden müssen. Aber er ging weiter, denn er hatte keinen anderen Plan, und folgte den Windungen des Flussbettes.

Plötzlich blieb er stehen.

Er konnte die Kobolde *riechen*. Dieser harte, metallische Geruch – er erinnerte ihn an die Belagerung des Felsens.

»Runter!«, rief er.

Sie duckten sich gegen die Böschung.

Trotz des Wassermurmelns hörten sie das Rascheln.

Das Herz des Jungen schlug so hart, dass Nita Qwan es in seinem Rücken spürte. Er drängte sich eng an den Jungen, hatte die Füße gegen ein Stück abgestorbenes Birkenholz gestemmt und die Arme um die Wurzeln einer noch lebenden Tanne geschlungen, die ihnen einen gewissen Schutz gewährte. Sie drängten sich dicht gegen diese Wurzeln und waren ganz vom Sumpfschlamm bedeckt. Aus dem Fuß des Jungen tropfte noch immer Blut.

Nita Qwans Schenkel schmerzten unter der Anstrengung, den Jungen gegen die Wurzeln zu drücken. Er zählte bis hundert.

Das Rascheln kam näher.

Wieder nahm er diesen scharfen Geruch wahr – aber auch noch einen anderen. Er brannte ihm in der Kehle, war metallisch und doch organisch, wie starker Moschus.

Und dann setzte der Regen ein. Es war ein sanfter Regen, und bei all seiner Angst und seinen verzweifelten Versuchen, ihnen ein Versteck auf der offenen Wiese zu suchen, war Nita Qwan die Veränderung der Temperatur und die Farbe des Himmels entgangen. Der Regen fiel bald in größeren Tropfen, ein aufkommender Wind drückte das Gras im Westen platt, und einen Augenblick lang konnte Nita Qwan ganz deutlich eine lange Reihe marschierender Kobolde sehen, die sich mit gesenkten Köpfen über die offene Grasfläche kämpften und nach Nordwesten zur Furt unterwegs waren.

Und dann ging der Regen noch heftiger nieder, sodass er kaum mehr fünfzig Fuß weit blicken konnte. Der rauschende Regen füllte den Fluss und den Sumpf innerhalb weniger Augenblicke stark an und vertrieb den beißenden Kobold-Gestank.

Nita Qwan wusste nicht, ob sie noch da waren. Wartend hing er in dem Wurzelwerk und sah zu, wie der Fluss anstieg. Da spürte er das Entsetzen des Jungen. Er dachte an den Hintern seiner Frau, wenn sie den Mais hackte, und das half ihm ein wenig. Aber am Ende schrien seine Muskeln auf – so wie jemand, der bei lebendigem Leibe gefressen wird. Dann keuchte er auf, und schließlich fielen sie beide ins eiskalte Wasser.

Es war noch immer nur wenige Zoll tief. Und wenn Kobolde in der Nähe sein sollten, dann sahen sie die beiden durchnässten Männer entweder nicht, oder sie waren ihnen gleichgültig. Schneller und schneller hasteten die beiden Menschen stromaufwärts; sie überquerten einen langen Damm, den Biber von gewöhnlicher Größe errichtet hatten, und dann hatten sie den nördlichen Rand der Wiese erreicht.

Der Damm, der sich dort erhob, spottete jeder Beschreibung. Obwohl seine Bauchmuskeln protestierten, er vom Regen gepeitscht wurde und ihm eiskalt war, musste Ota Qwan stehen bleiben und diesen Biberdamm anstarren, den er fälschlicherweise für den Waldrand gehalten hatte. Er war so hoch wie eine albische Dorfmauer, vierzig oder fünfzig Fuß. Ganze Bäume – große Bäume – steckten in ihm. Wasser sickerte hindurch und unter ihm hervor und kam von einem Teich, der noch dahinter lag. Es war verblüffend.

»Komm«, sagte Nita Qwan. Er konnte kaum einen Bogenschuss weit sehen, und der Regen rauschte wie ein Sturzbach hernieder. Es schien ihm vernünftig zu sein, den Damm zu erklettern, da er ausreichenden Halt bot. Außerdem würde es für die Kobolde schwer werden, ihnen zu folgen. Überdies hatten sie von oben eine bessere Sicht, und sie würden dort einfacher gehen können.

Er wurde nicht enttäuscht. Es dauerte lange, bis sie den Damm erklettert hatten – und das alles nur, weil sich der Junge den Fuß verletzt hatte –, aber oben war er so breit wie ein Karrenweg, und an manchen Stellen wuchs sogar Gras. Auf der anderen Seite des Damms befand sich eine Wasserfläche, die sich bis in die Ferne fortsetzte und aus der tote Bäume herausragten, in deren Kronen große Nester saßen. Außerdem waren zahlreiche weitere Biberbaue zu sehen.

Sie liefen so rasch, wie es dem Jungen möglich war, über den Damm und verließen ihn erst wieder ungefähr eine Meile nördlich ihres Lagers. Sie kamen an zwei Teichen mit Wildhonig vorbei, und Nita Qwan versuchte sich ihren Standort zu merken. Der Junge hatte noch seine Kübel, und so füllten sie diese im Regen und liefen dann weiter.

Zweimal hörten sie das mechanisch klingende Summen von Bienen, aber sie sahen keine einzige. So eilten sie immer weiter, bis Nita Qwan auch den Rest seines Orientierungssinns verloren hatte und stehen blieb. Dann huschte er auf das Licht zu, das er rechts von sich sah – und fürchtete bereits, es wäre doch nicht die große Wiese. Aber sie war es, und er huschte zu dem Jungen zurück. Dieser vertraute ihm offenbar vollkommen, was ihn fast genauso erschreckte wie die Kobolde. Dann nahm das Licht allmählich ab, der Regen wurde noch heftiger, und Nita Qwan verspürte echte Angst.

Schließlich, ungefähr eine Stunde vor dem Einsetzen der vollständigen Dunkelheit, roch er Rauch – und nun wurde ihm bewusst, dass er diesen Rauch schon seit einiger Zeit bemerkt hatte. Er sah ein Glimmern durch die Bäume und dann einen Blitz aus orangerotem Licht. Nun wusste er, dass er nicht mehr weit von dem Lager entfernt war. Die beiden liefen immer schneller und fügten sich auf der kurzen Reststrecke mehr kleine Verletzungen zu als auf dem ganzen vorherigen Weg. Schließlich hatten sie das Lager erreicht. Der junge Gon erhielt viele muntere Klapse auf den Rücken und ertrug mit Würde, dass er geneckt und aufgezogen wurde. Nita Qwan erstaunte es, dass der junge Mann nichts von ihren Abenteuern berichtete.

Ota Qwan betrachtete die beiden Kübel voller Honig und nickte. »Ich wusste, dass es richtig war, dich loszuschicken«, sagte er mit einer gewissen Selbstzufriedenheit.

»Weißt du, dass etwa eine Meile nördlich von hier ein Damm von der Größe einer Stadt existiert?«, fragte Nita Qwan, als sie allein waren und rauchten. Alle anderen schliefen inzwischen, und Nita Qwan fand, dass es der richtige Zeitpunkt war, mit seinem Bruder zu sprechen. Der andere Mann leistete ihm nicht so viel Widerspruch, wenn niemand sonst zuhörte. Ota Qwan hatte jedoch die Wache verdoppelt, denn heute Nacht gab es besonders viel zu beschützen. Das ganze Lager roch nach Wildhonig – sie hatten vierundzwanzig Kübel gesammelt. Diese waren so voll, dass sich die Insekten um sie drängten. Gas-a-hos Kübel leckten ein wenig, und die glatte weiße Birkenrinde war mit Nadeln übersät, die am Honig festklebten.

Ota Qwan nahm die Pfeife aus dem Mund. »Nein, das wusste ich nicht. Es ist wie im letzten Jahr – wenn der Honig reif ist, füllt sich die Wildnis mit Wesen, die ihn einsammeln kommen. Da bleibt nicht viel Zeit für Erkundigungen.«

»Hinter dem Damm erstreckt sich ein See, der so groß ist, dass du das andere Ufer nicht erkennen kannst. Reihernester befinden sich darin und solche von noch größeren Vögeln. Und riesige Biberburgen.« Er nahm die Pfeife von Ota Qwan entgegen, steckte sie sich zwischen die Zähne und blies einen Rauchkringel in die Finsternis. »Willst du es dir morgen ansehen?«

Ota Qwan schüttelte den Kopf. »Nein«, sagte er. »Wir haben schon Kobolde und goldene Bären gesehen. Ich habe beobachtet, wie sich zwei von ihnen dem Honig genähert haben, und es sind nie bloß zwei.«

Am Morgen standen sie auf, als es noch dunkel war. Zusammen mit den Resten ihres Maisbrotes aßen sie ein wenig Honig, nahmen die Kübel und die Waffen an sich und machten sich auf den Rückweg. Sie brauchten einen ganzen Tag für die Durchquerung des sumpfigen Geländes und der Felswüsten am Rande des Biberreichs, wie Ota Qwan es nannte. Und spät am Abend, als die Späher nach einem geeigneten Platz für ein Lager und alle anderen nach einer guten

Möglichkeit suchten, einen weiteren schmalen Fluss zu durchqueren, fanden sie die toten Kobolde – sechs von ihnen waren umgebracht und gefressen worden. Sie alle lagen auf ein paar Felsen im Fluss.

Ta-se-ho, der Älteste, kniete neben dem am besten erhaltenen Leichnam nieder und rollte ihn mithilfe seines Speers auf den Rücken. Eine Wolke aus Schmeißfliegen erhob sich von der Leiche, und der alte Jäger rümpfte die Nase. Er war groß, trug das lange, braune Haar zu einem Pferdeschwanz zusammengebunden, und eine Narbe lief von seinem rechten Knie den Schenkel hinauf bis zur Lende. Er besaß ein Amulett aus verwittertem Leder, das mit Federkielen geschmückt war. Irgendwann hatte Peter erkannt, dass es sich um ein menschliches Ohr handelte.

»Goldene Bären?«, fragte Ota Qwan. Obwohl jeder, der den Tod kannte, deutlich erkennen konnte, dass die Leichen schon einige Tage alt waren, ging doch jeder Krieger in die Hocke und blickte zu den Bäumen hinüber.

Ta-se-ho schüttelte den Kopf. Er ging auf einen Felsen zu und verglich ihn mit etwas, das nur er allein sah.

Nita Qwan kämpfte sich gerade durch die Furt. Die Kobolde waren während der Durchquerung gestorben. Es war etwa zwei Tage her, aber …

Er trat aus einer Rinne, die vom Wasser gegraben worden war, und stellte den einen Fuß auf einen Felsen. Seine Schenkel waren noch immer müde. Alles an ihm war müde. Er spannte seinen Willen an, sprang auf den Felsen und keuchte.

Dann deutete er mit seinem Speer auf die Kobolde, die er entdeckt hatte, aber auch sie waren tot. Verstreut lagen sie auf einer kleinen Lichtung.

Einer von ihnen war in zwei Teile geschnitten worden.

Er grunzte, und Ta-se-ho kletterte aus dem Flussbett und stellte sich neben ihn.

»Ah«, sagte er und wurde bleich. »Ah.«

Ota Qwan sprang ebenfalls neben ihn. »Was ist passiert?«

»Crannog«, sagte Ta-se-ho mit jammernder Stimme. »Crannogvolk. Riesen.«

Ota Qwan blickte nach Süden. »Die Crannog sind Verbündete der südlichen Huran.«

Ta-se-ho spuckte aus. »Thorn ebenfalls«, sagte er.

## Nordwestlich der Endlosen Seen · Thorn

Thorn eilte vorwärts. Ihn erregte, was er spürte. Das große schwarze Ei saß sicher in einem Gewebe aus Macht auf seinem gewaltigen Stamm.

Er ging eine Bucht entlang; das Wasser wurde vom goldenen Sonnenlicht erhellt, während blasse Strände das tiefe, klare Wasser säumten. Allmählich verengte sich die Bucht.

Auf der anderen Seite – jenseits der Bucht, die hier nur so breit wie ein Fluss, aber wesentlich tiefer war – lag eine große Insel. Etwas an dieser Insel roch nach Macht.

Thorn griff in die Seile und das Gewebe seines Machtpalastes und rief einen Wind hervor, dann breitete er mächtige, hauchzarte Schwingen aus und flog über das Wasser hinweg. Ihm war gleichgültig, ob gewöhnliche Menschen ihn sahen. Er stieg zur untergehenden Sonne auf und wandte sich nach Süden.

Die Insel duftete nach Macht. Und sie war völlig frei von anderen Mächten.

Thorn fragte nicht, warum das so war.

Die Insel war so groß wie eine Herrschaft im Land der Menschen. Aus der Luft erkannte er, dass sie sich zehn Meilen nach Süden, ins Innere Meer, und genauso weit nach Westen erstreckte. Am Nordufer erhob sich ein hoher Berg von mehr als tausend Fuß über den sanften Hügeln und schattigen Tälern der Insel.

Oben auf der Kuppe dieses Berges lag ein See. Ein Fluss ergoss sich aus ihm über einen Felsvorsprung und fiel in einen tiefen Teich am Fuß des Berges und von dort aus über mehrere Treppen ins Innere Meer.

In der Mitte des Bergsees wiederum lag eine kleine Insel, und auf dieser Insel wuchs ein einzelner Baum. Thorn faltete seine gewaltigen Schwingen zusammen und ließ sich fallen. Er schoss auf die Insel zu, breitete die Flügel aus Freude am Fliegen wieder aus und landete auf einem kleinen Vorsprung wenige Fuß über der felsigen Oberfläche der Insel. Der Baldachin des Baumes schien sich hoch in den Himmel zu strecken, aber das konnte nur eine Täuschung sein; der Baum war kaum doppelt so groß wie der Zauberer selbst. Er verbannte seine Schwingen und berührte den Baum mit einer gewissen Beklemmung. Es war ein Dornbaum. Er legte den großen steinernen Kopf in den Nacken und krächzte. Es war der Laut, der einem Lachen am nächsten kam.

Durch die Zehen spürte er die Macht der Erde. Kraftlinien fuhren hier entlang, drei von ihnen kreuzten sich, und eine weitere führte tief unter dem See hindurch und stieg auf wie eine Quelle. Wie in Lissen Carak.

Die Macht brodelte aus der Erde und wirbelte um ein Becken, das von der ungehemmten Kraft gebildet wurde. Thorn warf seinen Stab beiseite und kniete sich hin. Die schweren Beine ächzten unter dieser Anstrengung. Dann steckte er die langen, skelettartigen Hände tief in den grün-goldenen Wirbel. Er hob sie wieder, und raues *Ops* tropfte an seinen Armen herunter.

Wäre es ihm möglich gewesen, er hätte geweint.

Stattdessen zwang er sich auf die Beine, hob die tropfenden Arme und gebot den Himmeln, ihm zu gehorchen.

Hoch im grenzenlosen Äther klammerte sich seine Macht an etwas, das ein Mittelding zwischen einem Stern und einem Stein war, und er zog es aus den Himmeln herunter. Es fiel, brannte in der einsetzenden Dunkelheit heller als die Venus, schoss mit unglaublicher Geschwindigkeit durch die Luft und ging dann weit draußen im Inneren Meer nieder.

Er streckte die Hände wieder den Himmeln entgegen und brüllte seine Feinde an.

*Eine armselige Rache? Dann nehmt dies!*

Tief in den Adnaklippen hob ein alter Bär seine Schnauze in den Nachthimmel. Er beobachtete einen fallenden Stern, und was er da sah, gefiel ihm gar nicht. Seine Gefährtin knurrte, und er legte ihr eine große Pfote auf den Rücken, aber sie fühlte das Zittern in dieser Pfote.

Tief, tief im Westen sah Moron den neuen Stern erstrahlen und fallen. Sie hob ihren gepanzerten Kopf und spuckte aus.

Tief im Wald wurde der alte Irk bei seinen Plänen gestört. Er hob die lange Nase und sah, wie hinter den Bäumen ein neuer Stern aufging und dann zur Erde stürzte. Tapio Haltija leckte sich mit der Zunge über die Zähne und grinste bei diesem Anblick. Aber die Bewegung seines Mundes wirkte eher raubtierhaft als angenehm.

Im Südosten erwachte Aeskepiles plötzlich aus einem unruhigen Schlaf voller böser Träume. Er lag auf dem Boden einer Klosterkirche am Rande des Ares-Feldes, umgeben von den Bediensteten des Herzogs von Thrake. Sie schnarchten und furzten und brummten – aber nichts davon hatte ihn geweckt.

Hoch über ihm glitzerten die Sterne am Himmel, ihr Licht sickerte durch die Fenster im Obergaden der Kuppel. Er beobachtete, wie einer dieser Sterne größer und größer wurde, bis er wie eine kleine Sonne brannte und ein so helles Licht aussandte, dass es einige Bleiglasfenster der Kirche erhellte und schwache, flackernde Schatten auf den Boden warf – und auch auf seine schlafenden Gefährten. Dann fiel der Stern zur Erde.

»Vade retro!«, spuckte der Magister aus. Seine Seite schmerzte von der Wunde, die er dort erhalten hatte.

Irgendwo hatte ein Zauberer einen Stern aus dem Himmelsgewölbe geholt. Es war eine Herausforderung – genauso klar und deutlich, als hätte er jeden anderen machtbegabten Menschen auf der Welt mit einem Fehdehandschuh geohrfeigt.

Aeskepiles lag in seine Decken eingehüllt und versuchte sich vorzustellen, wie mächtig ein Magister sein musste, wenn er einen Stern vom Himmel ziehen konnte.

Dann kam ein Bote in die Kirche und rief nach dem Herzog.

»Die Vardarioten!«, flüsterte er drängend. »Sie bewegen sich!«

Der Herzog brummte ebenso unwillig wie jeder Fünfzigjährige, der zur Unzeit geweckt wird. Er zog an seinem Bart und dachte so lange nach, wie es dauerte, ein Gebet zu sprechen.

»Befiehl Ser Demetrios, seine Truppen zu mir zurückzubringen«, sagte er.

Strategos Demetrios war ein Moreaner aus dem Grenzland, unter dessen Kommando der größte Teil der Soldaten stand. Er war mit der knappen Hälfte der Streitmacht zur Bewachung des Vardarioten-Tores abgestellt worden, das etwa zehn Meilen entfernt lag.

Der Herzog erhob sich. »Meine Waffen!«, rief er seinen Knappen zu.

Der jüngste Verräter, der Kammerherr, richtete sich auf. »Sicherlich werden sie einfach zu Eurer Exzellenz überlaufen«, sagte er. »Schließlich sind sie seit einem Jahr nicht mehr bezahlt worden.«

Der Herzog schüttelte den Kopf, als wollte er sich bemühen, einen klaren Gedanken zu fassen. »Dieses Risiko darf ich nicht eingehen.

Es sind ausgezeichnete Truppen, aber sie stellen nur dann eine Gefahr für uns dar, wenn sie uns überraschen. Darum sollten wir vorbereitet sein. Sie könnten eine Finte machen und dann durch die Stadt ziehen, während wir außen herum reiten müssen. Ich habe wirklich Angst vor dem Gedanken, dass sie vor den Toren entfesselt werden – fünfhundert disziplinierte Ostmänner mit Pferdebögen!« Er grunzte. »Christus Pantokrator!«

»Wir können sie überwältigen«, sagte sein Sohn, der nun ebenfalls wach war.

»Das können wir«, erwiderte sein Vater grimmig, »aber mir wäre es weitaus lieber, wenn wir es nicht müssten. Wenn wir ihnen eng geschlossene Reihen und eine bereite Armee zeigen …«

Aeskepiles nickte in der Dunkelheit. »Aber …« Er hob den Kopf. »Mylord, was ist mit dem albischen Söldner? Befindet er sich nicht in den Bergen?«

»Er ist aber noch zu weit entfernt, als dass er schon heute oder morgen hier etwas ausrichten könnte«, sagte der Herzog. »Und er besitzt keine richtige Streitmacht. Meine Quelle im Palast sagt, dass er gerade kampiert und um Geld feilscht.«

Der Despot lachte. »Feigling«, sagte er.

Der Herzog wärmte sich die Hände an einem Becher heißen Weins, den ihm ein Diener gebracht hatte. »Wir sollten uns nacheinander um diese Bedrohungen kümmern und das Mädchen zwingen, sich mit ihm zu einigen.«

Der Kammerherr klang sogar dann unterwürfig, wenn er vollkommen erschöpft war. »Ah. Ein guter Gedanke, mein Kaiser.«

»Nenn mich nicht so«, fuhr ihn der Herzog an.

Südlich von Harndon saß der Großprior des Ordens vom heiligen Thomas auf seinem Balkon fünfhundert Fuß über der Ebene von Jarsay und trank einen Schluck Wein. Er sah den Priester mittleren

Alters an, der ihm gegenübersaß. Die Miene des Mannes verriet sowohl Bußfertigkeit als auch Trotz – er war wütend auf sich selbst und auf die ganze Welt.

»Was soll ich mit Euch machen, Ser?«, fragte der Prior. Er hatte einen ganzen Tag und eine ganze Nacht das härene Bußhemd getragen, und jedes Gelenk in seinem Körper schmerzte. In der letzten Nacht hatte ihn der Schlaf gemieden – wohl vor allem weil er alt war und sich zu viele Sorgen machte. So erging es manchem sündigen Priester.

»Schickt mich irgendwohin«, sagte der Priester verbittert. »Wo ich verrotten kann.«

Prior Wishart war schon seit vierzig Jahren ein Mann Gottes und zugleich ein Ritter. Er kannte die Belastbarkeit der Menschen – und auch ihre Bereitschaft, sich selbst zu vernichten. Die Dinge, die er über den Mann da vor ihm wusste, hatte er unter dem Siegel der Beichte erfahren. Nun lehnte er sich zurück und nippte noch einmal an seinem Wein.

»Ihr könnt nicht in Harndon bleiben«, sagte er. »Das würde nur die Wahrscheinlichkeit weiterer Versuchungen und Sünden erhöhen.«

»Ja«, sagte der jüngere Mann elendiglich. Er war vierzig Jahre alt, auf eine beeindruckende Weise schön und hatte braune Haare, die er unter seinem Helm kurz geschnitten trug. »Ich wollte nichts Böses tun.«

Der Prior lächelte grimmig. »Aber Ihr *habt* Böses getan. Und Ihr seid alt genug, nun auch die Konsequenzen zu tragen. Ihr seid einer meiner besten Ritter – und ein ausgezeichneter Philosoph. Aber ich kann Euch nicht hierbehalten. Die anderen Männer schauen zu Euch auf. Was werden sie tun, wenn diese Sache öffentlich wird?«

Der Mann richtete sich auf. »Es wird niemals in die Öffentlichkeit gelangen.«

»Macht es das weniger sündig?«, fragte der Prior.

»Danke, ich bin kein Narr, Prior.« Der Priester sah ihn finster an.

»Wirklich nicht?«, fragte Prior Wishart. »Ihr könnt so ruhig hier sitzen und allen Ernstes von Euch behaupten, Ihr wäret kein Narr?«

Der Mann zuckte zusammen, als ob er geschlagen worden wäre.

»Ich könnte um die Entbindung von meinen Gelübden bitten, und Ihr wäret mich los«, sagte der Priester. Nun klang er zum ersten Mal eher zerknirscht als rebellisch.

»Wollt Ihr wirklich von Euren Gelübden entbunden werden, Pater Arnaud?« Der Prior beugte sich vor.

Die meisten Ritter des Ordens waren Brüder. Einige, wie Donats, waren Laienbrüder, die nur das Gelübde des Gehorsams abgegeben hatten, und andere waren geistliche Brüder, die Keuschheit, Armut und Gehorsam gelobt hatten – ein Leben in Waffen und Gebet und Krankendienst. Wenige wurden Priester. Außer dem Gehorsam erwartete der Orden nur wenig von seinen kämpfenden Brüdern, aber von seinen Priestern verlangte er sehr viel.

Pater Arnaud hob den Kopf. Tränen rannen an seinem Gesicht entlang. »Nein«, sagte er. »Ich kann es mir nicht vorstellen.«

Die Finger des Priors spielten an seinem Bart, und er schaute hinunter auf den Haufen aus Schriftrollen und zusammengefalteter Korrespondenz unter seiner linken Hand. Es war der Fluch seines Lebens und sein ewiges Bußwerk – die Schreibarbeiten. Die Wahrheit war ... *Die Wahrheit war, dass Arnaud einer der besten auf dem Feld und im Rat war, und er hatte einen schrecklichen Fehler gemacht. Doch Wishart wollte ihn nicht bestrafen – es sei denn mit einigen Faustschlägen, weil er ein solch liebestoller Narr war.* Sein Blick fiel auf ein schwarzes Siegel mit drei Lac d'Amour in Blattgold – es war ein sehr kostbares und auffälliges Siegel.

Er erbrach es mit seinem Daumen und las den Brief mit sichtlichen Anzeichen von Freude – einmal lachte er sogar laut auf. Als er fertig war, schlug er das wieder zusammengerollte Pergament gegen seinen Tisch; es war ein Laut, wie ihn eine Armbrust beim Abfeuern macht.

»Ich werde Euch als Kaplan zum Roten Ritter schicken«, sagte der Prior.

»Zu diesem überheblichen Jungen? Zu diesem gottlosen *Söldner?*« Pater Arnaud lehnte sich zurück, hielt inne und holte tief Luft. »Aber ... das ist doch keine Strafe. Jeder Ritter würde ihm gern dienen – wenn es gelänge, ihn zu konvertieren!«

Prior Wishart schenkte sich noch etwas Wein ein. »Denkt an Eure eigenen Fehler, wenn Ihr dem Roten Ritter predigt, Arnaud. Anmaßung und Stolz. Selbstsicherheit. Und denkt auch an die Truppe, die er anführt. Es sind Männer und Frauen wie alle anderen auch, und sie brauchen spirituellen Beistand.«

Arnaud kniete nieder und küsste die Hand des Priors. »Ich werde mit ganzem Herzen gehen. Ich werde ihn für den Orden rekrutieren und ihn zu guten Werken führen.«

Wishart zeigte seinem Priester ein schiefes Grinsen. »Die guten Werke tut er bereits, Arnaud. Er tut sie allerdings, während er gleichzeitig Gott verflucht.« Dabei beugte er sich vor. »Wohingegen Ihr gesündigt habt, während Ihr Gott prieset.«

Arnaud hob die Hand, als wollte er einen Schlag abwehren.

Als der Priester gegangen war, trat der Prior auf seinen Balkon fünfhundert Fuß über der fruchtbaren Ebene von Jarsay. Dicht unter seinen Mauern stand die zweite Heuernte in frisch gepressten Ballen; es war das Winterfutter für seine Kriegspferde, eine neue Generation von Rossen, die auch den größten Feinden gegenübertreten konnten, die die Wildnis zu bieten hatte. Weiter entfernt stand im Mondschein der Weizen auf dunklen, rechteckigen Feldern, während Hecken und Zäune am Horizont die Ränder der Felder bezeichneten. Jarsay war reich; es war das beste Ackerland in der Nova Terra.

Im Norden flackerte ein Stern silbern auf und fiel zur Erde hinab.

Er sah, wie sich der Stern bildete, und er sah ihn fallen. Er spürte den Zuwachs an Macht.

Und trank noch ein wenig Wein.

Thorns letzte Apotheose war nicht seine drängendste Sorge. Der Favorit des Königs hatte eine Armee nach Jarsay geführt, um Steuern einzutreiben, aber alles, was er stattdessen einsammelte, waren Leichen. Und Prior Wishart versuchte sich vorzustellen, was er tun würde, wenn die Gehöfte seines eigenen Ordens bedroht würden.

Doch selbst das verblasste neben der Möglichkeit, der König könnte dem Captal erlauben, seinen Vetter zum Bischof von Lorica zu ernennen.

»Es ist genug, dass ein jeder Tag seine eigene Plage hat«, sagte der Prior leise in die Nacht hinein.

# 7

## Nördlich von Liviapolis · Der Rote Ritter

Die Durchquerung eines Flusses ist die schwierigste Aufgabe, der sich eine Armee und ihr Befehlshaber gegenübersehen können.

Eine Durchquerung bei Nacht steht nicht einmal in den Büchern – in den Büchern der Archaiker über die Kriegskunst, die der Rote Ritter als Kind immer wieder gelesen hatte. Er dachte nun an diese Bücher und daran, wie er sie gelesen hatte, während er der Länge nach ausgestreckt vor dem Kamin im Zimmer seiner Mutter gelegen hatte – während sie geglaubt hatte, er studiere ein Grimoire.

Er lächelte.

Die Truppe kam aus den Bergen hinunter zum Ufer des Meander und bewegte sich dabei sehr schnell. An jeder Abzweigung der Straße, an jeder Biegung, an jedem Spalt in einer Steinwand waren Späher aufgestellt worden. Sie alle stammten aus Gelfreds Abteilung: Amy Hock und Bart Rob und Diccon Browford und der junge Dan Gefall, der zu groß war, um eine Rüstung tragen zu können, und klug genug, um ein Späher zu sein. Sie alle hatten jetzt ihre eigenen Pagen und Bogenschützen. Amy Hock lachte zwar über die Vorstellung, ein Anführer zu sein, aber er war geduldig und vorsichtig, und seine Pagen lernten das Spähen schnell von ihm.

Sie führten die Truppe zu ihrem nächsten Ziel, ritten dann in die Dunkelheit hinein, suchten nach Gelfred, der vom Rücken seines Pferdes aus die Kette befehligte, eine Meile vor dem Hauptmann und nur mit einer kleinen Kugel aus rotem magischem Licht auf der Spitze seines Helmes. Lediglich die Männer, über die er sein Phantasma der Sehkraft geworfen hatte, vermochten dieses Licht zu erkennen. Dadurch war er recht leicht aufzuspüren – zumindest von seinen eigenen Spähern –, und es erlaubte ihm, sie rasch zu lenken. Sobald sie sich wieder mit ihm vereinigt hatten, schickte er jeden Späher zu seinem nächsten Posten. Er betrachtete die Landkarte, die über seinen Sattel ausgebreitet lag, und benutzte seine nicht unbeträchtliche *Ars Magicka*, um all die Nachrichten zu verarbeiten, die ihm von den vierzig Männern gebracht wurden. Er legte ihre Berichte in solche Fächer innerhalb seines Erinnerungspalastes, die jeder Dimension entbehrten.

Hermetik und gutes Ausspähen sowie ein langer, ganz in den Rüstungen verbrachter Sommer halfen der Truppe, sich mit hoher Geschwindigkeit durch die Finsternis zu bewegen, über fremdes Gelände und unbekannte Straßen entlang. Weil es aufgrund dieser Umstände so leicht *aussah*, glaubten die jungen Adelssprösslinge, die das neue Soldatenkontingent der Truppe bildeten, dass es auch tatsächlich leicht *sei*.

Und so kam die Truppe aus den Bergen und ritt recht schnell durch Olivenhaine hinunter bis zum Ufer des Meander. Wie ein Blitz traf sie dort ein.

Die Truppe ritt in einer Kolonne zu je vier Mann auf die Furt zu; die Soldaten auf ihren Kriegspferden bildeten die äußeren Reihen, während sich die Karren, die Frauen, die Bogenschützen und die Pagen in der Mitte befanden. Diese Formation benutzten sie schon seit zwei Wochen, ohne weiter darüber nachzudenken.

Der Rote Ritter ritt an Ranald Lachlan und zweien seiner Viehtreiber vorbei, die gerade damit beschäftigt waren, ein schweres Seil zu sichern. Lachlan winkte ihm zu. Der Rote Ritter salutierte mit einem Lächeln, das im starken Mondschein gerade noch sichtbar war. Die Regenwolken segelten davon.

»Gelfred?«, fragte er. »Ist das eine Furt?«

Gelfred zuckte mit den Achseln. »Wenn wir alle zweimal so groß wären wie Tom, dann wäre das hier eine Furt«, sagte er. »In trockenen Jahren kann man sie benutzen. Aber sie ist unbewacht.« Er sah den Hauptmann in der monderhellten Dunkelheit an. »Das ist das Beste, was ich finden konnte«, sagte er.

*Wir können es schaffen,* sagte Harmodius im Kopf des Roten Ritters. *An der tiefsten Stelle knapp hinter der Mitte des Flusses beträgt die Tiefe fast fünf Fuß.*

Der Rote Ritter nickte seinem unsichtbaren Gefährten zu. »Also gut. In der Mitte wird es sehr tief sein. Meine Quelle sagt, es sind fünf Fuß.«

»Heiliger Jesus!«, fluchte Michael und wandte sich damit hauptsächlich an Gelfred, den einzigen Nichtfluchenden in der Truppe.

»Die Wagen werden danach ganz durchnässt sein«, betonte dieser.

Der Rote Ritter aß einen Apfel, während er den Fluss betrachtete.

»Und es wird Zeit brauchen. Wenn wir besiegt werden, können wir hier im Tageslicht und mit all unserem Gepäck nicht noch einmal eine Durchquerung wagen.«

Tom Schlimm spuckte aus. »Wir werden aber nicht besiegt.«

Ein Dutzend Männer machten das gehörnte Zeichen der Abwehr. Mutwill Mordling spuckte aus und berührte dabei das Holz seines Schildes. Sogar Ser Jehan wirkte unglücklich.

»Es wäre sicherlich sehr nützlich, wenn wir wüssten, ob die Vardarioten unser Angebot angenommen und ihre Kaserne verlassen haben«, sagte der Hauptmann laut.

Ser Alcaeus zuckte zusammen, aber er hatte keinen Bericht, den er abgeben konnte.

Weißes Mondlicht fiel auf die glitzernden Rüstungen und die disziplinierten Pferde, die ganz ruhig dastanden. Die im Tageslicht sonst rot erscheinenden Ledersättel hoben sich nun braungrau gegen das Grau des Bodens und das Dunkelgrün der Olivenbäume zu beiden Seiten ab. Ein Bauerngehöft lag finster, still und verriegelt rechts an der Straße, die eigentlich kaum mehr als eine Kiesfurche zwischen den Mauern war und geradewegs zu der verlassenen Furt hinunterführte. Und das Mondlicht beschien den Fluss und wurde zehntausendfach gebrochen, sodass es wie eine weiße Straße hinüber zum anderen Ufer wirkte. Ein einfältiger Mensch hätte glauben können, dass das Wasser dort sehr seicht war.

*Niemand auf der Erde hat so viel Macht, mein Junge. Keiner kann über das Wasser laufen.*

Der Hauptmann lächelte. Er zog seine Panzerhandschuhe aus und suchte in der Börse herum, die vorn an seinem Gürtel hing und die er sogar in der Schlacht trug. Er holte zwei knöcherne Würfel hervor.

»Würfeln?«, fragte Michael.

»Er ist verrückt«, meinte Tom.

Pampe schüttelte nur den Kopf.

Der Hauptmann stellte sich in die Steigbügel, klapperte mit den Würfeln in seiner Hand und warf sie dann so heftig wie möglich in die Strömung des Flusses. Falls ihr Aufprall ein Geräusch verursachte, hörte es niemand.

»Geht«, sagte der Hauptmann.

Gelfred nickte und nahm die Späher mit. Jeder Mann – und jede Frau – sah dabei zu, wie er die Männer in die Furt führte. Zuerst reichte ihnen das Wasser bis zu den Fesseln, dann bis zu den Steigbügeln, und nun mussten die Pferde schwimmen, die Männer wurden nass, aber schließlich konnten die Tiere wieder gehen. Robs

Page Tom Hall rutschte mitten im Strom von seinem Pferd, doch er hielt sich an der Mähne fest, und obwohl er der Kleinste war, gelang es ihm, wieder aufzusitzen.

Gelfred ließ das rote Licht an seinem Helm dreimal aufblitzen, und der Rote Ritter nickte seinen Leuten zu.

»Sie sind drüben«, sagte er. Nur er selbst, Tom, Jehan und Milus konnten das rote Licht an Gelfreds Helm erkennen. Hin und wieder kam dem Hauptmann der Gedanke, sie alle sollten magische Lichter in verschiedenen Farben haben, denn genau dies würde nächtliche Operationen erleichtern.

*Ich wette, auch die Alten haben magische Lichter verwendet.*

Harmodius grunzte auf ätherische Weise. *Ich habe mich nie mit diesen Büchern herumgeschlagen – aber es gibt viele über den Krieg. Aus dem archaischen Reich und sogar aus noch früheren Zeiten.*

*Das ist sehr interessant, alter Mann.* Der Rote Ritter blickte sich um. *Aber ich brauche jetzt für ein paar Stunden Frieden.*

*Hier ist es ziemlich langweilig. Aber gut. Ich bin sicher, du wirst mich rufen, wenn ich etwas für dich zerstören soll,* sagte der alte Mann mit einer gewissen Bitterkeit.

Im starken Mondlicht sah er, wie all seine Späher durch den Fluss preschten.

»Schlaft Ihr?«, fragte Tom Schlimm. »Ihr seht halb verrückt aus. Und Eure Lippen bewegen sich.«

Der Rote Ritter richtete sich auf und spürte die Verantwortung des Kommandos wie einen Bleigürtel um seine Hüften. »Ich muss doch verrückt sein; schließlich reite ich zusammen mit dem Verrückten Tom.« Er betrachtete seine Männer. Ihre Zahl hatte seit dem letzten Frühling zugenommen, denn jetzt standen mehr Ritter unter seinem unmittelbaren Befehl. Sie bildeten seine Reserve – ein archaisches Konzept. Jeder einzelne war bereit.

»Also los«, sagte er.

Tom Schlimm lachte und gab seinem Hengst die Sporen. Daraufhin senkte das Tier sein stahlgehörntes Haupt und preschte ins Wasser. Tom lenkte das Pferd in der Mitte des Flusses ein wenig nach links und aus der Kolonne heraus.

Hinter ihm stürzten sich fünfzig Soldaten auf ihren Kriegspferden in langer Reihe ins Wasser.

Pampe führte fünfzig andere Soldaten ein wenig weiter flussabwärts hinüber.

»Was war das denn?«, fragte Cully Bent.

Bent zuckte die Schultern. »Manchmal macht der Hauptmann komische Sachen. Das weißt du doch.«

Ser Michael beugte sich zwischen die beiden Bogenschützen. »Euch fehlt es an klassischer Bildung. Als er die Würfel geworfen hat, bedeutete das: ›Die Würfel sind gefallen.‹ Und das heißt, dass es einen Weg zurück nicht mehr gibt.« Er sah die beiden älteren Bogenschützen an, die seinen Blick starr erwiderten. Schließlich gab er ein verächtliches Schnauben von sich, wendete sein Pferd und gesellte sich weiter stromaufwärts zu Toms Kolonne.

»Das hätte er auch gleich sagen können«, murmelte Cully.

»Überhebliches Kerlchen«, stimmte ihm Bent zu.

Es dauerte nur eine halbe Stunde, bis die Truppe den Fluss durchquert hatte; dann bewegte sie sich wieder mit der Geschwindigkeit eines fahrenden Wagens über den Weg auf der anderen Seite.

Zwar gab es keine Katastrophen, aber kleinere Notfälle verlangsamten ihren Marsch. Lis' Wagen verlor ein Rad und musste repariert werden. Das bedeutete, dass die beiden Stellmacher aus der Kolonne herbeigeholt werden mussten, und sie wiederum hatten die Kolonne abzuschreiten und zwanzig Bogenschützen zu benennen, die den Wagenboden heben sollten. Die eigentliche Reparatur benötigte allerdings nur zwei Minuten und einen tragbaren Amboß, aber alles zusammen nahm doch mehr Zeit in Anspruch als die Durchquerung der Furt.

Zweimal musste die ganze Kolonne anhalten, weil sich Gelfred in dem Labyrinth der Straßen, die das moreanische Kernland durchzogen, des richtigen Weges nicht mehr sicher war. Die Feldwälle waren allesamt mindestens sechs Fuß und manchmal auch zwölf Fuß hoch – oder vielmehr hatte die lange Benutzung der Wege diese hier und dort auch zum Einsinken gebracht, sodass nicht einmal ein Mann auf einem Pferderücken über die Mauern blicken konnte. Die Straßen waren gerade so breit, dass ein großer Wagen oder drei Reiter nebeneinander sie benutzen konnten; manchmal aber waren sie auch enger, wenn zum Beispiel ein alter Baum in sie hineingewachsen war und die Mauer zum Einsturz gebracht hatte. Dann mussten die Steine weggeräumt werden, und der Hauptmann schickte seine Pioniere – eigentlich waren es die Bauern, die sich ihm angeschlossen hatten – nach vorn, da sie die Straße wieder befahrbar machen sollten.

Der Rote Ritter überließ Gelfred die Führung. Der Jäger konnte ein Terrain besser verstehen und einschätzen als jeder andere. Wenn er sich verirrte, dann war es das Beste, ihm Zeit zu geben, damit er den richtigen Weg wiederfand. Also zügelte der Hauptmann seine Enttäuschung genauso heftig wie sein Kriegspferd, einen großen Wallach, zu dem er erst langsam eine gute Beziehung herzustellen vermochte.

Gelfred ritt voran und verschwand im Schiefergrau. Zwei ungewöhnlich lange Minuten später kam er zurück.

»Ich hab's«, sagte er. »Ich bitte um Entschuldigung, Mylord. In diesem Licht sieht alles anders aus.« Er zuckte die Achseln. Die Anspannung stand ihm deutlich ins Gesicht geschrieben.

Der Rote Ritter klopfte ihm auf die gepanzerte Schulter. »Führe uns weiter.«

Gelfred befand sich in Begleitung von Amy Hock und seinem Pagen. »Geht und holt alle herbei. Wir sind zu weit im Westen«, sagte er zu ihnen und fügte an den Hauptmann gerichtet hinzu: »Wir müssen warten, bis die Vorhut zurückgekehrt ist.«

Der Hauptmann starrte in die Morgendämmerung. Es war zwar eine falsche Dämmerung, aber ihre Zeit lief ab. »Ich bezweifle, dass wir genug Zeit haben, auf deine Männer zu warten«, sagte er. »Wir müssen unseren Weg selbst sichern.«

Gelfred nickte. »Ich werde die Führung übernehmen, Mylord. Aber Ihr kennt das Risiko.«

Der Rote Ritter lachte laut auf. »Wir könnten in einen Hinterhalt geraten«, sagte er. »Trotzdem, wir brechen auf. Der frühe Vogel fängt den Wurm.«

Unter diesen Worten zuckte Gelfred zusammen.

Ranald Lachlan näherte sich dem Jäger. »Warum ist er heute Morgen so verdammt fröhlich? Aber es könnte schlimmer sein – er könnte auch wieder seine Blasphemien von sich geben.«

Gelfred seufzte. »Das ist wahr«, murmelte er und führte sein Pferd an die Spitze der Kolonne.

Doch leider waren ihre Schwierigkeiten noch nicht vorüber.

Da sie nun keine Späher mehr hatten, konnte niemand die frühen Bauern von der Straße vertreiben. Als sie an eine größere Kreuzung gelangten, die ungefähr eine Meile von ihrem Ziel entfernt lag, stellten sie fest, dass sie vollständig von Schafen blockiert war. Von Hunderten Schafen.

Die beiden Schäfer saßen auf Ponys und lenkten ein Dutzend Hunde mit Pfiffen, während sie ihre Stäbe schüttelten. Für eine Auseinandersetzung mit ihnen reichte Gelfreds Archaisch allerdings nicht aus. Und die Kreuzung war genauso unpassierbar, wie sie es gewesen wäre, wenn eine ganze Kompanie von Speerwerfern hier gestanden hätte. Schlimmer noch, die Kriegspferde hassten es, wenn Schafe um ihre verwundbaren Beine herum blökten.

»Bringt sie einfach um!«, rief Tom Schlimm.

Der Hauptmann griff in seine Gürtelbörse und ritt nach vorn. »Toby!«, rief er über die Schulter. »Geld!«

Schon nach wenigen Augenblicken wechselten die Schäfer von erschreckter Sturheit zu eifriger Mithilfe. Peitschen knallten, und die gewaltige, amorphe Schafsherde bewegte sich langsam auf der Straße zurück und wich auf einen der abzweigenden Wege aus. Die Schäfer verneigten sich und riefen einige Segenssprüche, und schließlich konnte die Truppe weiterziehen. Der Himmel war eindeutig grau.

Während dieser Verzögerung hatten Gelfreds Späher wieder zu ihm aufgeschlossen, und nun schwärmten sie aus und schützten alle drei abzweigenden Straßen. »Wir sind fast da«, erklärte Gelfred. Er war so grau wie die Morgendämmerung.

»Man will gar nicht daran denken, was passiert wäre, wenn wir in dieser Lage hätten kämpfen müssen«, sagte Michael.

Daraufhin schwiegen alle.

Nun, da ihre Flanken gesichert waren, ritten sie schneller voran, und als sich die Sonne über die Stadt vor ihnen erhob, beleuchtete sie hundert Kirchtürme, von denen jeder mit einer kupfernen Kuppel gekrönt war, die wie Feuer im frühen Licht des Tages brannte. Nun sangen dreitausend Mönche in fünfzig Klöstern die Hymnen, die den Beginn des neuen Tages ausriefen; siebzigtausend Hähne krähten ihre Erleichterung darüber hinaus, dass die Finsternis vergangen war; eine Viertelmillion Einwohner standen auf und sahen sich einem weiteren Tag voller Unsicherheiten gegenüber.

Sie erreichten die Hauptstraße. Sie war tausend Jahre alt, bestand aus behauenem Stein und hatte eine solche Breite, dass sechs Karren nebeneinander auf ihr fahren konnten. Sie reichte vom Tor der Vardarioten am Ostufer der moreanischen See und führte neun Meilen an den Mauern entlang bis zum Königstor am nordwestlichen Ende.

Die Truppe traf genau dort ein, wo sie es beabsichtigt hatte. Hier führte die Straße in ein niedriges Tal. In jeder Richtung gab es in Bogenschussweite keinerlei Deckung, abgesehen von einer einzelnen riesigen Eiche und einem kleinen Landhaus, das ein wenig abseits der Straße stand.

Der Rote Ritter musste seiner Truppe nicht erst sagen, wie sie sich zu verteilen hatte. Jede Kompanie begab sich an ihren Platz, wie sie es zweimal in der letzten Woche geübt hatten, und die Reiter stiegen ab.

Der Rote Ritter gesellte sich zu der Näherin Meg und zu Gelfred, und gemeinsam webten sie einen Zauber über die Truppe; dann erschufen sie ein wenig Bodennebel im Tal. Mithilfe von Harmodius legte der Hauptmann den gesamten Zauber in einen dunkelgrünen Olivin, einen feinen Stein, den er von einem Hausierer gekauft hatte. Ein guter Edelstein half, einen schwierigen Zauber zusammenzuhalten; außerdem verlieh der Kristall der Magie Stabilität und Dauer.

Eine halbe Stunde später ritt Gelfred zum Hauptmann zurück und öffnete sein Visier. »Nichts hinter uns, Mylord. Sie haben nicht diesen Weg genommen.«

Zwanzig lange Minuten später kreiste ein gewaltiger, schwarzweißer Adler von der Größe eines Kriegspferdes über ihnen.

Ser Alcaeus ritt neben den Roten Ritter. »Mylord, dieser Vogel gilt uns. Er kann zwar nicht durch unser Phantasma hindurchsehen, aber seine Anwesenheit wird den Moreanern unseren Aufenthaltsort dennoch verraten.«

Der Hauptmann seufzte.

In Zusammenarbeit mit Harmodius zog er den Zauber aus dem Juwel. Vorsichtig öffnete er eine Sichtlinie innerhalb des Phantasmas.

Der Vogel erspähte sie und schoss hinunter.

Der Rote Ritter schloss wieder die Linie und legte das Juwel beiseite. »Das ist beinahe mehr, als ich an einem einzelnen Tag mit Magie bewirken kann«, sagte er mürrisch. »Der nächsten Krise müssen wir uns auf die althergebrachte Weise stellen.«

Alcaeus las die Nachricht, die der Vogel gebracht hatte, vor dem alle Pferde in seiner Umgebung zurückwichen. »Die Vardarioten sind unterwegs«, sagte er. »Sie sind in der letzten Nacht aufgebrochen – nach Mitternacht. Und sie sind bewaffnet und haben Pferde. Jetzt stehen sie am Ares-Tor.«

Der Hauptmann nickte. »Nun, wir haben alles getan, was wir tun konnten«, sagte er. »Sind unsere Botschaften vielleicht zu undeutlich gewesen?«

Seine Männer wurden unruhig. Die Sonne stieg immer höher, und dann kamen die Fliegen. Die Pferde wurden nervös. Die Frauen im Gepäcktross tuschelten miteinander, und leises Gemurmel drang von den Soldaten zur Kommandogruppe.

Dan Gefall ritt herbei, gerade als die Mönche in der Stadt mit der Feier der Matutin begannen.

»Zweitausend Mann«, sagte er fröhlich. »Weniger als eine Meile entfernt.«

Es gelang dem Hauptmann nicht, seine Erleichterung zu verbergen. Wehmütig grinste er.

»Natürlich müssen wir den Kampf noch gewinnen«, rief er den anderen in Erinnerung.

Die moreanischen Stradioten kamen in strenger Marschordnung die Straße herunter, bereits ihre Vorhut war sechshundert Mann stark, und dazu hatten sie noch hundert berittene Bogenschützen aus dem Osten dabei. Sie waren spät dran und bewegten sich schnell. Der Hauptteil der Streitmacht folgte einige Hundert Ellen später. Es waren fast zweitausend Reiter, keine Infanterie und auch kein Gepäcktross. Sie hatten ebenso wenig Banner dabei, aber in der Mitte der Armee befanden sich zwei große Bilder, die von starken Männern auf Lanzen hochgehoben wurden.

Der Hauptmann stieg ab und legte den Olivin auf einen Felsen. Toby reichte ihm einen Kriegshammer und stellte sich mit seinem Helm und seiner Lanze neben ihn.

»Wenn wir hierbleiben, werde ich einen Strohhut brauchen«, sagte er. Die Sonne war *heiß*.

Die Moreaner preschten die Straße hinunter. Von Zeit zu Zeit lösten sich Gruppen von Ostmännern aus der Kolonne und schienen nach etwas zu suchen. Doch es blieb ihnen bei der Geschwindigkeit der Armee kaum Zeit, und außerdem bewegten sie sich – wie sie glaubten – auf sicherem Gelände.

Als die feindliche Vorhut auf Bogenschussweite herangekommen war, hob der Hauptmann seinen Hammer und schlug heftig auf den Olivin ein, der in tausend grüne Scherben zersplitterte. Das komplexe Phantasma brach mit dem Tod des Steins zusammen, und nun waren alle Männer, die vorhin von dem Zauber verborgen worden waren, deutlich sichtbar.

Pfiffe ertönten, und die Bogenschützen legten die Pfeile ein.

Bevor der Rote Ritter seinen Helm aufsetzen konnte, flog auch schon der erste Pfeilschwarm. Zweihundert Schützen feuerten je fünf Pfeile in rascher Folge ab. Die meisten Männer schossen bereits den letzten ab, noch bevor der erste sein Ziel gefunden hatte.

Die Pfeile trafen, und die moreanische Vorhut löste sich auf.

Eine Gruppe von berittenen Bogenschützen, die sich von der Kolonne gelöst hatte, um das Haus am Straßenrand zu untersuchen, wurde von Pfeilen und Schäften begrüßt, die Gelfreds Späher auf sie abfeuerten. Die Überlebenden zogen ihre Bögen aus den Futteralen an ihren Hüften, stellten sich in die Steigbügel, erwiderten das Feuer und zogen sich dann in die Sicherheit der Hauptstreitmacht zurück, wobei sie immer wieder über die Rümpfe ihrer Pferde hinweg Pfeile abschossen.

Die Schlacht war noch keine zwei Minuten alt, als der Rote Ritter sich in die Steigbügel stellte und brüllte: »Aufsitzen!«

Die meisten Bogenschützen hatten diesen Befehl bereits erwartet und saßen schon im Sattel, so wie alle anderen Soldaten auch, und die Pagen mühten sich ab, ihre eigenen Pferde zu finden, nachdem sie den Soldaten und Bogenschützen auf die ihren geholfen hatten. Unerfahrenheit rächte sich nun; die älteren Pagen waren dem Befehl voraus, und die jüngeren hinkten hinterher, während links von der Mitte in Ser Alcaeus' Lanze das reine Chaos herrschte. Der Rote Ritter konnte nicht erkennen, wodurch es verursacht wurde. Aber er konnte auch nicht warten.

»En avant!«, rief er, und seine ganze Truppe stürzte in drei Reihen vor – die Soldaten an der Front, die Pagen dahinter.

Die neu geformte moreanische Vorhut brach auseinander. Zwar war ein Drittel tot, doch sie hatten ihre Aufgabe erfüllt. Der Hinterhalt hatte den Hauptteil der Streitmacht nicht berührt.

Die Truppe des Roten Ritters preschte vor. Die Soldaten und Knappen ritten Seite an Seite; die Linie war beinahe dreihundert Ellen breit. Gelfreds Jäger und Späher schwärmten weit nach rechts aus und hielten von dort aus auf den hinteren Teil der feindlichen Armee zu.

»Greift an oder lasst es bleiben«, murmelte der Rote Ritter in seinen Helm. Er hatte das Überraschungsmoment auf seiner Seite, doch er war noch immer im Verhältnis von drei zu eins in der Minderzahl. Es war unbedingt nötig, dass der Gegner die Nerven verlor.

Wie zur Antwort auf seine Herausforderung hoben und senkten sich die Bilder in der Mitte der feindlichen Armee, und nun fächerte sie sich sehr geordnet zu einer breiten Reihe aus, während die einzelnen Kompanien nach rechts und links zu den Flanken ritten.

Der Rote Ritter hob seine Lanze. »Halt!«, brüllte er.

Der Trompeter gab ein Geräusch von sich, das an einen brünstigen Elch erinnerte. Er stieß zweimal in sein Instrument, doch die Truppe wusste längst, was nun kam. Die Reihe hielt an. Die linke Flanke rückte auf, die rechte löste sich auf, die Männer in der Mitte saßen bereits ab.

Für ein ungeübtes Auge wirkte es wie ein völliges Durcheinander.

Tom öffnete sein Visier. »Wir hätten sie angreifen sollen«, sagte er.

Der Hauptmann zuckte die Achseln. Zu seinen Füßen war Mutwill Mordling damit beschäftigt, sein Pferd an Tobys Vertreterin Nell zu übergeben, die inzwischen schon fünf Zügel in ihrer kleinen, dünnen Faust hielt. Dann führte sie die Tiere weg. Mutwill nahm seinen Bogen in die Hand, legte einen Pfeil ein, schaute nach rechts und nach links und rief: »Fertig!«

Die Pferde wurden aus den Reihen entfernt.

Weitere »Fertig!«-Rufe erklangen in der Morgenbrise.

Die feindliche Linie hatte sich fast formiert, und die Bilder wurden in die Mitte getragen.

»Sie sind verdammt gut«, sagte der Rote Ritter.

Mutwill Mordling schüttelte den Kopf. »Ganz hübsch, aber ohne Rüstungen und ohne Infanterie?«, meinte er. »Das ist doch der Traum eines jeden Bogenschützen.« Sein suchendes Auge fand Bent ein weites Stück rechts von ihm. Der Meisterschütze machte seinen Bogen bereit.

Auch Mutwill hob seine Waffe und schickte Cully an die eine Flanke und Bent an die andere.

»Und jetzt so schnell, wie ihr könnt, Jungs«, sagte er.

Und sie ließen ihre Pfeile fliegen.

Das Ende des Kampfes war sehr chaotisch.

Die schweren Pfeile schlachteten die Moreaner geradezu ab, deren Angriff zerschmettert wurde, noch bevor er vollständig begonnen hatte. Aber die Moreaner waren kampferprobte Veteranen, und auch wenn sie sich einem solch heftigen und aufeinander abgestimmten Langbogenbeschuss noch nie gegenübergesehen hatten, besaßen sie doch gute Anführer und eine lange Erfahrung mit Sieg und Niederlage. Die zerfetzte moreanische Linie zog sich vorläufig zurück und formierte sich dann neu. Einige der moreanischen Stradioten hatten Bögen aus dem Osten, und sie schossen ein paar Pfeile zurück.

»Aufsitzen!«, rief der Hauptmann. Er selbst war erst gar nicht abgestiegen. Jetzt drehte er sich zu Tom Schlimm um, der dicht hinter ihm war. »Diesmal überrennen wir sie. Ich will es beenden; wir werden nicht zulassen, dass uns diese Streitmacht heute Nacht in die Hacken beißt.«

Tom grinste und gab Ranald ein Zeichen, woraufhin dieser seine Faust in die Luft schwang und damit seinen Männern anzeigte, sie sollten das Feuer einstellen.

Mutwill Mordling murrte. »Mylord, ich würde ihnen gern noch eine Fuhre Gänsefedern geben, bevor ich mein Pferd auf sie lenke. Sie sind noch nicht fertig. Seht sie Euch doch einmal an.«

Der Hauptmann beobachtete, wie sich der Gegner neu formierte. »Der Kampf gegen Menschen ist um so vieles schwieriger als der gegen die Kreaturen der Wildnis«, sagte er. »Ich will möglichst viele von ihnen am Leben lassen. Schließlich sind sie die Steuerzahler und Soldaten unserer Auftraggeber.«

Die kleine Nell stolperte herbei; sie war genauso am Ende wie alle anderen, die sich um die Pferde kümmern mussten, auch. »Nimm endlich dein verdammtes Tier«, fuhr sie Mutwill an, der neben dem Pferd des Hauptmanns stand.

Diesmal war Ser Alcaeus' Kompanie in besserer Verfassung, und die Männer rückten gemeinsam vor.

Hundert Schritte vor der feindlichen Linie machten die Moreaner kehrt und zogen sich zurück, denn sie erwarteten einen weiteren Pfeilregen.

»Angriff!«, brüllte der Hauptmann.

Ein gut ausgebildetes Pferd benötigte nur drei Schritte vom Trott zum Galopp, und schon preschten die Soldaten vor. Der Trompeter brachte den richtigen Ton heraus, und sein Schmettern setzte sich immer weiter fort – vermutlich war es der einzige Ruf, den er je geübt hatte.

Fünfzig Schritte dauerte es, bis die Moreaner begriffen, was geschah.

Sie waren unter Beschuss genommen worden, verfügten über keine Rüstungen und sollten nun auch noch überrannt werden.

Ihre Disziplin ließ nach. Es ist fast unmöglich, Truppen zum Sammeln zu rufen, wenn sie schon vor dem Feind fliehen; noch schwieriger ist es aber, es ein zweites Mal zu tun; und am schwierigsten ist es, wenn der Feind mordlüstern angreift. Als der Strategos sein Pferd zügelte und einen Gegenangriff auf den Roten Ritter und Tom Schlimms Lanzen führen wollte, waren er und seine in Rot und Purpur gekleideten Stratioten allein. Der Rest hatte sich zerstreut, ritt dicht über die Hälse der Pferde gebeugt auf die Sicherheit der fernen Berge zu – oder den Höfen oder der Stadt entgegen.

Nur äußerst wenige wurden gefangen genommen, denn die schweren gallyschen Kriegspferde waren besonders schnell und galoppierten davon.

Die Ritter stießen jedoch mit der Leibwache des feindlichen Generals zusammen; es war ein Aufprall, der gewiss bis zum Palast zu hören war.

Der Strategos war ein kleiner Mann in massiver Schuppenpanzerung und leuchtend rot gefärbtem gehärteten Leder an den Gliedern, und sein Pferd trug eine schwere Hornpanzerung. Er senkte die Lanze wie ein Gallyer und zielte auf den Roten Ritter, der seine eigene Lanze zur Erwiderung auf den Angreifer ausrichtete.

Der Strategos hatte keinen ritterlichen Kampf im Sinn. Zwei Schritte vor dem Aufprall hielt er die Lanze noch ein wenig tiefer und rammte sie in den Wallach des Roten Ritters. Das große Tier war sofort tot, doch der Rote Ritter erwischte mit seiner Lanze den Schildrand des Moreaners und riss ihn aus dem Sattel. Ritter, Strategos und Pferde schlugen auf die Erde, und Staub wirbelte auf, während sich das Kampfgetümmel um sie herum fortsetzte.

Tom Schlimm stieß gleich drei Moreaner hintereinander aus dem Sattel; er zerschmetterte ihre Lederrüstungen und sandte sie auf den Boden, doch seine Lanzenspitze blieb im dritten Opfer stecken, nachdem sie Kettenhemd, Leder und das aufgepolsterte Leinen, das Fleisch, die Rippen und die Lunge durchbohrt hatte. Der Mann war aufgespießt wie ein Kapaun und zerrte Toms Lanze mit sich, sodass der große Mann sie loslassen musste. Er wendete sein Pferd, zog sein großes Schwert, und dann erst bemerkte er, dass sein Hauptmann nirgendwo mehr zu sehen war.

Er trieb das Pferd in den aufsteigenden Staub.

Der Rote Ritter mühte sich auf das Knie und sog angestrengt die Luft ein. Der Sturz hatte ihn überrascht, und er hatte aufgeschrien, als er gegen einen Stein geprallt war. Nur seine Rüstung hatte ihn vor einer gebrochenen Hüfte oder gar vor einem zerschmetterten Rückgrat bewahrt. Sein Schwert war fort, sein Gürtel war beim Sturz gerissen.

Er bemerkte, dass sich seine Börse unter seinem Fuß befand, und daran hing sein Dolch, dessen Klinge spitz wie ein Eisenstachel zulief. Er packte ihn mit der rechten Faust. Dann spähte er durch die Schlitze seines Helms in den Staub und suchte nach seinem Schwert, als in beiden Richtungen Pferde an ihm vorbeigaloppierten. Der aufgewirbelte Staub erstickte ihn fast. Ihm blieben nur wenige Augenblicke; überall um ihn herum hörte er Hufgetrappel und das Klappern und Rasseln von hundert gerüsteten Männern, die mit Schwertern aufeinander eindroschen.

Er schob sich den rechten Fuß unter den Leib. Ein Stachel aus kaltem Schmerz fuhr ihm in die rechte Hüfte.

Der moreanische Strategos kam wie einer der Schurken aus den Romanen aus dem Staub hervor. In der rechten Faust hielt er ein schweres, kurzes Schwert, und sein linker Arm steckte hinter einem verschrammten Schild mit einem wunderschönen Gemälde der Jungfrau Maria.

»Ergebt Euch!«, rief der Rote Ritter auf Hocharchaisch.

Der Strategos blieb sofort stehen. »Wie bitte?«, fragte er.

»Eure Armee ist geschlagen. Ergebt Euch.« Der Rote Ritter bewegte vorsichtig die Hüfte, so wie ein Mann, der einen schlimmen Zahn betastet. Es fühlte sich nicht gut an.

*Nein, ich kann nichts dagegen tun.*

*Herzlichen Dank, alter Mann.*

Einige Schritte entfernt hackte gerade Ser Jehan einen der Bildträger in Grund und Boden; er schwang seine lange Klinge immer wieder gegen den Schild des Mannes, bis dieser ausrutschte und einen Schwertstreich in das ungeschützte Gesicht erhielt.

»Häretischer Barbar!«, rief der Strategos. »Ich bin Michael Tzoukes. Meine Ahnen haben schon gegen die Ungläubigen und die Irks gekämpft, als ihr noch in Strohhütten gelebt und Idole angebetet habt. Euch werde ich mich nicht ergeben.«

Der Rote Ritter seufzte und nahm eine Kampfhaltung ein, die »Alle Tore sind aus Eisen« hieß. Er überkreuzte seine Handgelenke, hielt den Dolchgriff in der rechten Hand und die Spitze in der linken. Die Klinge war anderthalb Fuß lang und dreieckig; sie füllte die gepanzerten Hände aus und bildete eine nahtlose Stahloberfläche für jede feindliche Klinge.

Der Staub des Kampfes legte sich allmählich, und die Sicht wurde besser. Die Moreaner waren vernichtend geschlagen. Mehr als ein Dutzend Soldaten des Roten Ritters hatten den Strategos umzingelt.

Sie waren noch sechs Fuß voneinander entfernt. Der Rote Ritter machte einen Schritt zurück, versuchte sein Visier zu öffnen, was ihm nicht gelang, und ein stechender Schmerz fuhr ihm durch den rechten Oberschenkel. Innerhalb seines Helms stieß er einen Schrei aus.

»Bleibt zurück«, sagte er unter Mühen.

Der Strategos sah sich um, knurrte und sprang. Sein schweres Schwert kam wie ein Blitz aus dem Himmel gefallen …

… auf die überkreuzten Hände des Roten Ritters und die Stahlklinge zwischen ihnen. Der Rote Ritter verfluchte seine Hüfte, warf sich nach vorn, nahm kurz die linke Hand von seinem Dolch, packte die Klinge des Gegners und drehte sich in der Hüfte – sie schmerzte so sehr, dass er nach Luft rang und ins Taumeln geriet. Dann riss er das Schwert aus dem Griff des Moreaners und brach dem Mann gleichzeitig mit einer fließenden Bewegung den Ellbogen.

Der Rote Ritter ließ weder gegen seine Hüfte noch gegen seinen Feind Gnade walten, sondern stürzte vor, packte den Mann an dem gebrochenen Arm, riss ihn herum, stellte ihm den Fuß zwischen die gepanzerten Beine, zwang ihn zu Boden und drückte ihn gegen die Stahlschienen seiner Beine.

»Ergebt Euch«, sagte der Rote Ritter, der vor Schmerz keuchte und sein Bestes tat, um dies zu überdecken.

»Ich ergebe mich«, spuckte der Moreaner aus.

Ser Alcaeus kümmerte sich um die moreanischen Gefangenen, während die Bogenschützen das feindliche Lager grausam und gründlich plünderten. Der Hauptmann hatte gesagt, sie hätten eine Stunde Zeit, und keiner von ihnen wollte auch nur einen einzigen Silber-Solidus zurücklassen. Truhen wurden ausgekippt, Kleidung zerschnitten, Zelte umgeworfen.

Ser Alcaeus hatte dem Hauptmann gesagt, die Frauen im Lager seien vermutlich die Gemahlinnen der Stradioten und Soldaten und nicht etwa Huren. Die Soldaten, die unter Pampes Kommando standen, trieben sie zusammen und pferchten sie dort ein, wo die Reservepferde der Moreaner noch bis vor wenigen Minuten gestanden hatten. Falls die Frauen dies als gnädige Erlösung von der Bedrohung durch Vergewaltigung und einen gewaltsamen Tod ansahen, dann zeigten sie es jedenfalls nicht. Stattdessen kreischten, schimpften und fluchten sie. Zum Glück verstanden nur die wenigsten Soldaten Archaisch.

Die Truppe eignete sich alle Wagen und Tiere an.

Der Hauptmann war fast der einzige Verletzte. Er versuchte seine Schmerzen zu verdrängen und sog das starke Sonnenlicht ein. Er filterte es durch seine neu entdeckte medizinische Magie und versuchte damit seine Verwundung zu heilen. Aber entweder machte er etwas falsch, oder die Verletzung war allzu schlimm.

»Ich hatte darauf vertraut, an diesem öden Tag wenigstens einen guten Kampf geliefert zu bekommen«, sagte Tom Schlimm. »Aber das war nur *erbärmlich.* Ich will zurück in die Wildnis und gegen sie kämpfen.«

»Tom, sie waren im Verhältnis von drei zu eins in der Überzahl. Was willst du noch? Wir haben sie überrascht. Ich bezweifle, dass wir ein weiteres Mal so großes Glück haben werden.« Der Hauptmann zuckte zusammen.

»Er hat seine Lanze in Euer Pferd gerammt, was? Gerissener Bursche.« Tom grinste. »Ein böser Sturz. Darauf wart Ihr nicht vorbereitet.«

»Das war gegen alle Regeln der Ritterlichkeit«, sagte Michael. »Dafür habe ich gerade eben einen richtig guten Weißwein im feindlichen Lager gefunden.«

»Ich glaube nicht, dass dieselben Gesetze für Euch gelten wie für ihn«, meinte Tom.

»Musstet Ihr ihm wirklich den Arm brechen?«, fragte Michael.

»Er hat versucht, mich umzubringen«, erwiderte der Hauptmann.

Tom lachte.

Nach einer Stunde marschierte die Truppe nach Westen um die Stadtmauer herum, begleitet von hundert Gefangenen und zwanzig neuen Wagen und von nichts anderem gejagt als von den Verwünschungen tausend plötzlich verwitweter und verarmter Frauen.

Die Straße war ausgezeichnet, aber es war doch schon später Nachmittag, als die Truppe in Sichtweite der Hauptarmee des Herzogs von Thrake kam, die sich am Ares-Tor in Schlachtordnung aufgestellt hatte. Die Moreaner waren nicht arglos, und als die Formation des Roten Ritters, die sich vor etwa einer Meile auf dem Weg gebildet hatte, über den sanften Hügel schritt, der dem alten Feld gegenüberlag, da wich die moreanische Armee zurück, damit sie nicht überflügelt wurde.

Die moreanische Kampfreihe war dreimal so lang wie die der Truppe und weitaus tiefer. Der Herzog von Thrake hatte vier gute Infanteriekompanien in Rüstung und mit langen Speeren sowie Bogenschützen in der fünften und sechsten Reihe, welche die Mitte ausfüllten. Zur Linken hatte er mächtige Soldaten im albischen Stil platziert, und rechts wurden die Stradioten von den Ostmännern flankiert.

Die Kompanie der Ostmänner wich weiter und weiter nach rechts auf das scheinbar endlose Ares-Feld zurück und galoppierte dann um die Flanke des Roten Ritters herum. Dessen Truppe bildete mit dem Gepäcktross in der Mitte ein schützendes Geviert.

»Ich spüre ihren Magister«, sagte der Hauptmann zu niemandem im Besonderen.

Ser Jehan kam zu ihm herüber. »Wir müssen uns zurückziehen und eine unserer Flanken sichern«, sagte er.

»Wir sollten ihnen zuerst ein paar Eschenspeere schenken und dann angreifen«, erwiderte Ser Thomas.

Der Hauptmann stellte sich in die Steigbügel, und seine Hüfte schrie auf. Sein hässliches, geborgtes Pferd glaubte, jetzt sei die Gelegenheit gekommen, diesen unwillkommenen Reiter loszuwerden, und machte einen heftigen Sprung. Doch der Hauptmann zerrte wild an den Zügeln, und es gab nach.

Ser Jehan hüstelte. »Hauptmann, die Männer sind müde, und wir haben heute bereits eine Schlacht geschlagen. Der Feind ist stark, gut bewaffnet und gründlich ausgebildet. Bei allem gebotenen Respekt, ich würde vorschlagen …«

Tom spuckte aus. »Vergiss es. Wir können sie besiegen.«

Jehan kniff die Augen zusammen. »Tom, du bist nicht so klug, wie du denkst. Das wäre Wahnsinn. Ja, vielleicht könnten wir tatsächlich gewinnen, aber das würde uns viele Jungs kosten – und wofür?«

»Die Vardarioten werden ihm in die Flanke rennen, und damit ist der Feldzug gewonnen«, sagte der Hauptmann.

»Oder sie kommen nicht, und man wird uns die Bäuche aufschlitzen. Doch wen kümmert's? Wir werden so oder so bezahlt. Christus am Kreuz, wir sind schließlich Söldner. Was ist bloß in euch zwei gefahren? Wir müssen uns jetzt zurückziehen, und morgen werden wir sie mit diesen Kerlen, wie immer die heißen mögen, an den Flanken davonjagen.«

Der Hauptmann blickte durch ihn hindurch. »Wir nutzen die Wagen zum Schutz unserer Flanken. Vormarsch!«

»Ihr wollt doch bloß damit prahlen, dass Ihr zwei Schlachten an einem einzigen Tag gewonnen habt. Ihr seid ein anmaßender Kerl.

Und diese Männer werden *sterben* für Eure … Eure …« Vor Wut geriet Jehan ins Stottern.

Tom lachte. »Es stimmt, er ist ein Verrückter. Spar dir deinen Atem, um deinen Haferbrei damit zu kühlen, Junge. Wir werden kämpfen.«

»Seht!«, rief der Despot, beugte sich über den Hals seines Pferdes und deutete auf den Feind. »Er hat unsere beiden Kultbilder! Tzoukes hat uns verraten!«

Der Herzog hatte nicht jeden Kampf in seinem Leben gewonnen, und er konnte eine Ratte von Weitem riechen. Dann stellte er sich in die Steigbügel. »Das ist Unsinn. Es gereicht dir keineswegs zum Ruhm, wenn du solche Dinge laut aussprichst.« Er beschirmte die Augen mit der Hand und betrachtete die stählernen Reihen seiner neuen Gegner. Die Vardarioten waren bisher hinter den Toren der Stadt in Sicherheit geblieben.

Der Magister sammelte die Macht. Das *Ops* kräuselte und dehnte sich. Er war hier nicht der einzige Arbeiter der Magie, und die Wunde, die er vom Spionmeister und Leibwächter des Kaisers erhalten hatte, war eine Ablenkung, die seinen Zauber schwächte. »Sie haben einen mächtigen Magier in ihren Reihen«, erklärte er mit zusammengebissenen Zähnen. »Beim gekreuzigten Heiland, Mylord – sie haben aber *zwei.*« Er keuchte und sagte dann so atemlos, als wäre er ein Rennen gelaufen: »Nein, vier. Vielleicht sogar fünf. Parthenos, Mylord!«

»Er hat Tzoukes geschlagen und verfügt vielleicht über noch eine weitere Armee. Er zeigt mir nicht all seine Speere«, sagte der Herzog. »Dennoch ist er nur ein Barbar, im Gegensatz zu uns. Jetzt werden wir ihn vernichten.« Er winkte seinen Bannerträgern zu. Die Trompeter hoben ihre Hörner, die von wilden Auerochsen stammten, und die Hörner hallten über das Land wie die Schreie der Kreaturen der Wildnis.

Die moreanische Armee marschierte los. Sie war beeindruckend. Ihre eigenen Söldner befanden sich zur Linken, die fünf Blöcke starke Infanterie in der Mitte, und der Herzog und seine Stradioten ritten an der rechten Flanke. Hinter ihnen folgte in einem Abstand von wenigen Hundert Ellen eine zweite Linie, die hauptsächlich aus Lagerwächtern und Männern mit minderwertigen Pferden bestand. Aber es war immerhin eine zweite Reihe.

Die Armee war klein genug für eine kurze Rede, und so ritt er bis zur Mitte seiner Linie, schob sich die Stahlkappe über den Kopf und stellte sich in die Steigbügel.

»Gefährten!«, brüllte er. »Diese Fremden sind genau wie alle anderen – Barbaren, die uns unseren Reichtum und unsere Töchter wegnehmen und uns nichts übrig lassen wollen als das Recht, Sklaven zu sein, während unsere Väter Herren waren. Dieser Söldner dort drüben hat nichts als seine Überheblichkeit, die ihn trägt. Wir aber haben Gott auf unserer Seite. Kämpft mit Gott!«

Seine Männer schrien. Die Speerwerfer in der Mitte – Veteranen aus seinen frühesten Tagen – hoben die vergoldeten Helme auf ihre Speerspitzen, reckten sie in den Himmel, riefen seinen Namen und nannten ihn *Imperator*.

Herzog Andronicus galoppierte zu seiner kleinen Befehlsgruppe zurück und deutete auf seinen Sohn. »Wir nehmen ihn an beiden Flanken in die Zange. Sorg dafür, dass deine Ostmänner seine linke Flanke aufbrechen, damit meine *Hetaeroi* ihn fertigmachen können.«

Der goldhaarige Demetrius salutierte schneidig. »Wie du befiehlst, Pater!«, rief er voller Freude und ritt nach rechts davon.

Kronmir saß bequem auf dem Rücken seines Pferdes und betrachtete das ferne Stadttor. »Mir scheint, dass er Hilfe erwartet«, sagte er.

»Er ist bloß überheblich. Gallyer und Albier – ich habe schon gegen beide gesiegt.« Der Herzog lächelte nüchtern. »Auch das klingt anmaßend, aber mit Gottes Hilfe …« Er schaute nach Westen, auf die Fremden.

Der feindliche Gepäcktross rollte vor.

Während der Herzog zusah und sein Pferd mit derselben Geschwindigkeit ritt, mit welcher die marschierenden Speerwerfer das hohe Gras zertraten, teilte sich der feindliche Tross in zwei Abteilungen auf. Irgendwo in der Mitte entstand Verwirrung, und er lächelte.

Allmählich stieg der Feind von den Pferden ab. Aber seine Trompetenrufe klangen matt, und den Männern zu beiden Enden der Reihe war offenbar unklar, was sie tun sollten. Sie waren noch etwa dreihundert Schritt entfernt, und Herzog Andronicus beobachtete, wie sein Bilderbuchangriff auf die Barbaren zurollte. Er warf einen Blick nach links. Die Söldnerritter trieben nach links ab, wollten offenbar die Flanken verstärken und den Feind vom Zugang zum Tor abschneiden. Ser Bescanon verstand sein Handwerk.

Rechts von ihm hielt sein Sohn die Kampflinie sorgsam zusammen. Er würde erst dann einen weiten Bogen machen, wenn die Kämpfe begonnen hatten. Die Barbaren dachten niemals über die nächste unmittelbare Gefahr hinaus.

Noch zweihundertfünfundsiebzig Schritte. Die Gefangennahme seines treuesten Vikars und der beiden Kultbilder mochte zwar ärgerlich sein, aber Andronicus beabsichtigte, alle drei bis zum Einbruch der Dunkelheit gerettet zu haben. Die Sonne ging bereits im Westen unter. Sie würde seinen Männern unmittelbar in die Augen scheinen, sollte der Kampf länger als eine Stunde dauern. Das war zwar nur eine kleine Sache, aber kaiserliche Kommandanten achteten auf so etwas.

Nun war auch der letzte Barbar abgestiegen. Der Herzog musste die Disziplin der Pferdeburschen bewundern, und er fluchte darüber, dass die Barbaren reich genug waren, jedem Kämpfer ein Pferd zur Verfügung zu stellen, während sich das Reich abmühte, wenigstens ein paar Hundert Kavalleristen zu unterhalten.

Die Infanterie des Feindes bestand aus Bogenschützen. Das hatte er zwar bereits gewusst, aber nun war er von der Dichte des ersten Pfeilschwarms trotzdem ein wenig überrascht, vor allem in Anbetracht der Entfernung.

Männer fielen zu Boden.

Während seine Soldaten unerschütterlich voranmarschierten, versuchte Andronicus zu verstehen, was geschehen war. Es waren Infanteristen mit dicken Rüstungen gewesen, die von den Pfeilen durchbohrt worden waren.

Die zweite, dritte und vierte Salve kamen so dicht hintereinander, dass er den Überblick verlor. Die Mitte geriet aus dem Takt, wurde langsamer, und dann bog sich die Linie.

Ser Christos, einer seiner besten Offiziere und der Befehlshaber über die Infanterie, schoss aus der Mitte hervor. Zwei Pfeile steckten in seinem schweren Schild, und trotzdem gelang es ihm, sein Schwert zu erheben. »Vorwärts, Gefährten!«, rief er. Seine hohe Stimme trug weit, und die Infanterie preschte wieder vor; jegliches Zögern war vergessen.

»*Das* nenne ich eine Armee«, sagte Tom Schlimm zufrieden. »Gut, dass Irks nicht so reagieren können, was?«

Drei Pferdelängen vor Tom ächzten die Bogenschützen und schossen ihre Pfeile so schnell wie möglich ab, und die kaiserliche Infanterie saugte diese Pfeile mit ihren Schilden geradezu auf. Es waren bereits Männer gefallen, aber die großen Schilde des Gegners waren drei Bretter dick und bestanden nicht nur als Holz, sondern auch aus Leder und Bronze, und die Männer dahinter waren ebenfalls starke Kerle, die schwere Rüstungen trugen. Noch immer rückten sie vor; nun waren sie schon so nahe, dass die Bogenschützen ihre Gesichter erkennen konnten.

Der Hauptmann blickte nach rechts, wo einige Wagenlenker in Panik geraten waren und einander anschrien, anstatt mit ihren Wagen die Flanke zu sichern.

Während er ihnen zusah, sprang die Näherin Meg auf einen der Wagen und brüllte die Männer um sie herum an. Sie musste etwas Hermetisches getan haben – er spürte nämlich eine seltsame Leere, die jeder Magier empfinden konnte, bevor ein anderer einen Zauber wirkte –, und er sah, wie ein Wagen gleichsam erstarrte, während die Pferde wie Lautensaiten vibrierten.

Er wünschte ihr viel Glück, aber was immer sie tat, es kam zu spät, denn fünfhundert feindliche Ritter hielten bereits auf diese Flanke zu.

*Sie nutzt eine große Macht, und sie zieht die Aufmerksamkeit des feindlichen Magisters auf sich.*

*Halt den Mund, Harmodius!* Der Hauptmann hielt sich den Kopf fest. *Wenn du mich jetzt krank machst, sind wir verloren.*

Er drehte sich um. »Tom – da!« Er streckte seine Lanze aus.

Tom Schlimm zeigte sein verrücktes Grinsen. »Zu mir, Jungs!«, rief er, doch dann schien er Pampe entdeckt zu haben, denn er setzte hinzu: »Und Mädels! Ha! Keilformation, sofort!«

Der Hauptmann hatte ein Drittel seiner Soldaten um sich herum versammelt – Ser Gawin, Ser Michael, Ser Alcaeus, Ranald und all seine Hochländer sowie noch viele andere.

»Los!«, rief der Hauptmann.

Im nächsten Augenblick befand er sich allein hinter der Linie der Bogenschützen, und Toms Keilformation nahm Gestalt an, während Meg noch immer die Männer und Frauen im Gepäcktross zusammenschrie.

Seine Hüfte schmerzte.

Zu niemandem im Besonderen sagte er: »Ich habe es versaut.«

Er wendete sein Pferd und schaute nach links. Dort hatten sich die Wagen besser formiert, und Bent hatte das Ende der Linie bereits mit Wagen gesichert, während die Wagenführer die Pferde abspannten und Ketten anlegten. Sie hatten es zwar geübt, doch war offensichtlich, dass sie es nicht oft genug geübt hatten.

Er betrachtete die herannahende Mauer der moreanischen Infanterie. In ihren Reihen gab es Lücken, und sie wirkte ein wenig wie eine schwankende Fahne. Wenn er noch hundert weitere Soldaten hätte, könnte er …

»Gelfred!«, rief er. »Geh an Toms Keil vorbei und tu, was du kannst!«

Gelfreds Späher waren alles, was er in Reserve hatte. Der Rest der Soldaten und Knappen war abgestiegen und befand sich nun bei den Bogenschützen.

An der linken Seite der feindlichen Front schwoll das *Ops* auf. Er spürte den Zauber, der von jemandem ausging, der sehr mächtig sein musste …

*Harmodius …*

*Ich wusste, dass du mich brauchst.*

Was immer der Feind dort wirkte, es wälzte sich durch das Gras auf die Reihe der Bogenschützen zu. Die Männer zuckten zusammen. Es war, als würde eine gewaltige Sense geschwungen. Einige Männer auf der linken Seite spürten eine Eiseskälte an den Knien, dann legten sie ihre Pfeile ein und schossen.

Harmodius sammelte die Macht. Harmodius und der Rote Ritter unterlagen einer gemeinsamen Schwierigkeit. Ihre durch ätherische Übung und Gewohnheit gewonnenen Fähigkeiten, Zugang zum *Ops* zu bekommen, schienen sich so miteinander verwoben zu haben, dass sie nicht mehr zwei Magier mit zwei Kräften waren, sondern zwei Magier, die völlig voneinander abhängig geworden waren.

Der Hauptmann beobachtete, wie der größte Teil seines *Ops* über den Sensenschnitt im Gras knisterte und daran entlang bis zur Mitte der feindlichen Infanterie fuhr. Die Männer standen sogleich in Flammen. Einer von ihnen taumelte aus der Reihe, schrie auf und war nur noch das schreckliche Zerrbild eines Menschen.

Ein weiterer Pfeilschwarm zischte den feindlichen Angreifern entgegen.

Sie hielten nicht inne.

Herzog Andronicus sah, wie seine Reihen die des Feindes flankierten, aber er bemerkte auch die Wagenmauer, die von den Söldnern errichtet worden war. Er wandte sich an Ser Stefanos, seinen persönlichen Favoriten. »Sagt meinem Sohn, er soll in einem weiteren Bogen um die feindliche Flanke herumreiten.«

Ser Stefanos salutierte und galoppierte davon.

Weit hinten in Richtung der Stadt fielen Ser Bescanons Männer nun in einen Trab.

Andronicus hielt Ausschau nach einer geeigneten Stelle, an der er seinen Todesstoß ausführen konnte. »Aufrücken, *Hetaeroi!*«, rief er.

Der Hauptmann stieg neben Ser Milus, der die Standarte trug, und Ser Jehan in der Mitte der Reihe ab. Ser Jehan hatte sein Visier noch geöffnet, obwohl der Feind nur mehr fünfzig Schritte entfernt war.

»Unsere Reihen sind zu weit auseinandergezogen, und du hattest recht«, sagte der Hauptmann zu seinem diensthabenden Offizier.

Ser Jehan sah ihn an – es war ein Blick reinsten Abscheus, der ihn ganz kurz an die Verachtung erinnerte, die sein Vater für ihn empfunden hatte.

Es tat ihm weh.

»Noch drei!«, brüllte Cully.

Die letzten drei Pfeilschwärme richteten mehr Schaden an als alle, die bis dahin abgeschossen worden waren. Der Hauptmann hatte seine Bogenschützen bisher noch nie dabei beobachten können, wie sie unmittelbar auf eine feindliche Linie vor ihnen feuerten.

Auf diese geringe Entfernung drangen die Pfeile durch Schilde und Körper. Und auch durch leichte Helme. Und durch Hornpanzer, ja sogar durch Lindwurmhaut.

Hundert moreanische Veteranen starben bei jeder Salve – Männer, die schon seit zehn oder fünfzehn Jahren in der Armee gedient hatten. Die besten Männer des Herzogs von Thrake fielen.

Die beiden Mittelblöcke der Infanterie schwankten, zögerten und wurden zerrieben.

An den Flanken senkten die Speerwerfer die Köpfe und rannten die letzten Schritte in den Pfeilsturm hinein.

Herzog Andronicus wollte seinen Augen nicht trauen, als seine handverlesenen Veteranen zögerten und dann auseinanderliefen. Seine Position am rechten Flügel behinderte ihm die Sicht, und so erkannte er nicht die Macht des Pfeilsturms, sondern sah nur das Ergebnis – die Mitte seines Angriffs löste sich auf.

Es waren Männer, die er kommandierte, seit er der jüngste *Centurione* in der Armee gewesen war. Er ließ seinen Leibwächter zurück und ritt zu ihnen, ritt mitten unter sie. »Zu mir! Zu mir, Gefährten!«, brüllte er – und sie kamen. Sie drehten sich um, hoben die Köpfe – seine Männer weinten vor Scham.

Herzog Andronicus sah, wie wenige von ihnen noch übrig waren. »Christus Pantokrator«, sagte er.

Ser Christos, der eine gallysche Rüstung trug, hatte zwei Pfeile in die Brustpanzerung abbekommen, und in seinem Pferd steckten gar sechs Pfeile. Während Andronicus ihn ansah, brach dessen Pferd zusammen, streckte die Läufe in den Himmel, und der Befehlshaber der Infanterie brauchte zu lange, um wieder auf die Beine zu kommen.

Die Barbaren griffen sofort aus ihrer Mitte heraus an, wo sich ihre Bogenschützen als so besonders siegreich erwiesen hatten.

»Angriff!«, rief der Hauptmann, hielt sein Schwert in der Faust und preschte vor. Jehan rief auch etwas, aber der Hauptmann sah nur noch den Sieg, und überall um ihn herum warfen die Bogenschützen ihre Bögen weg und ergriffen ihre Schwerter, und alle abgestiegenen Soldaten rannten vor – der Hauptmann hingegen lief nach links. Die Männer vor ihm stellten keine unmittelbare Bedrohung dar.

Sie erwischten die feindlichen Infanteristen unvorbereitet an deren geschützter Flanke, und dann setzte das Chaos ein.

Der Rote Ritter rannte mit voller Geschwindigkeit in die Flanke des feindlichen Blocks und hatte seine verwundete Hüfte längst vergessen. Durch den Aufprall warf er einen Mann zu Boden, trat mit dem gepanzerten Fuß heftig nach ihm, sprang dann auf seinen Schild, brach ihm dadurch den Arm und rannte mit ausgestrecktem Schwert weiter, das er dem nächsten Mann zwischen die Platten seiner Rüstung rammte, während dieser gerade versuchte, sich zu drehen und dabei von der Länge seines eigenen Speers behindert wurde. Der Hauptmann erhielt einen Schlag gegen den Kopf, einen Schlag mit einem Speer, und ging zu Boden.

Mühsam stand er wieder auf, doch dann prallte ein Speerschaft gegen seinen Helm. Er packte ihn mit der linken Hand und zog daran, hieb mit der Schwerthand zu, und seine Klinge prallte von dem Helm des Mannes ab. Der Hauptmann rammte ihm den Schwertgriff ins Gesicht. Rechts von ihm hatte Ser Jehan ein wenig Platz um sich herum geschaffen, indem er seinen Streithammer im Kreise schwang. Langpfote hackte Hände von Speerschäften ab, und Ser Milus nutzte das Truppenbanner, um sich vor den feindlichen Schlägen zu schützen, während er mit seinem Streitkolben auf die Männer eindrosch. Cully hielt einen Speerwerfer fest, und Mutwill Mordling bohrte ihm sein Schwert in den Leib. Kanny fiel mit einer Speerspitze im rechten Oberschenkel zu Boden; der große Paul starb mit einem Speer in der Kehle, John le Bailli trat auf seinen Leichnam und hieb mit seiner Streitaxt auf Pauls Mörder ein ... Und während sie beständig vorrückten, wich die feindliche Armee zurück.

Bents Bogenschützen und Ser George Brewes' Soldaten rannten auf die Front der Speerwerfer zu und in sie hinein, da brach sie auseinander.

»Halt! Halt!«, brüllte Ser Jehan, während der Rote Ritter keuchend auf das rechte Knie sackte – seine Hüfte konnte ihn nicht mehr tragen. Sie befanden sich weit hinter der Linie der Wagen, und nur hundert Schritte entfernt sahen sie die Standarte des feindlichen Kommandanten, während er die Überreste seines aufgelösten Mittelblocks um sich scharte.

Der Rote Ritter sah sich um, und Ser Jehan trieb die Sieger zurück in ihre eigenen Reihen; die Toten und Verwundeten wurden zwischen den Feinden liegen gelassen.

Er richtete sich wieder auf, fand einen herrenlosen Speer und verwendete ihn als Stab, mit dessen Hilfe er zu seinen Kampflinien humpelte. Als er sich einmal umdrehte, musste er sehen, wie die feindlichen Ritter mit ihrem Angriff begannen – mitten in seine offene rechte Flanke hinein.

Die Kopfschmerzen machten ihn beinahe blind, als Harmodius wieder einen Zauber wirkte.

Andronicus beobachtete das Fehlschlagen seines Angriffs, und wie ein Bauer, der schon früher schlechtes Wetter gesehen hatte, senkte er den Kopf und spornte seine Männer weiter an. Rechts von ihm erkannte er, wie sein Sohn einen weiten Bogen um die feindlichen

Wagen machte. Zu seiner Linken sah er, wie seine eigenen Söldner ihren Angriff führten.

Doch sein Sohn schlug einen zu großen Bogen. Vielleicht waren seine Ostmänner durch die Reichweite der Pfeile beunruhigt, denn sie waren fast eine halbe Meile im hohen Gras zurückgewichen und preschten jetzt erst allmählich auf die feindliche Flanke zu.

»Seid stark, Freunde!«, brüllte Andronicus. »Wir sind noch nicht fertig!«

Er sah sich nach seinem Magister um, aber der Mann war bei seinen Stradioten geblieben und befand sich mindestens hundert Schritt entfernt. Andronicus wünschte sich, der Mann werde *irgendetwas* unternehmen.

Im Äther schossen Ausbrüche der Macht hin und her und flogen über das Schlachtfeld wie die Glühwürmchen an einem Sommerabend – und wurden ausgelöscht. Aeskepiles hatte einen vernichtenden Einfall in die kostbare Infanterie des Herzogs zugelassen, aber er konnte nicht überall sein, und es war weitaus schwieriger, einen Schlag aus der Ferne abzuleiten, als es aus der Nähe der Fall war.

Sein Gegner wirkte gewandt und umsichtig, und nachdem er viele schwere Schläge ausgeteilt hatte, musste Aeskepiles anerkennen, dass er einem Ebenbürtigen gegenüberstand. Er bereitete einen vielschichtigen Angriff vor, murmelte eine beruhigende Beschwörung und benutzte einen der Ringe an seiner linken Hand zu einem Schlag, der, wie er hoffte, die Entscheidung herbeiführen werde.

In dem einen Augenblick zwischen Plan und Ausführung zeigte sich abermals der zweite Magus des Feindes und wirkte einen äußerst komplexen Zauber. Aeskepiles vermochte ihn nicht zu lesen, aber die Kraft des Zauberers führte dazu, dass er seine Taktik erneut änderte.

Selbstschutz war stets Aeskepiles' wichtigstes Ziel gewesen. Er hob einen Schild aus mehreren Schichten und ließ seinen eigenen Angriff machtlos verpuffen.

Tom Schlimm befand sich an der Spitze seiner Keilformation und hatte etwa sechzig Ritter und Soldaten hinter sich, die sich hastig zusammengefunden hatten – zwei in der zweiten Reihe, drei in der dritten und so weiter. Er sah zu, wie die feindlichen Ritter ihre Lanzen senkten und zuerst im Trab, dann aber im Galopp auf ihn zukamen. Er grinste.

»Das ist schon mehr nach meinem Geschmack«, sagte er und gab seinem Pferd die Sporen.

Die Keilformation trat hinter einem Gewirr von Wagen, Ochsen und Pferden hervor, die Meg in eine gewisse Ordnung zu bringen versuchte, und drehte sich nach Osten auf die angreifenden Ritter zu. Der Boden erbebte unter ihrem Herannahen.

Die feindlichen Ritter mussten sich drehen, als sie die unerwartete Gefahr bemerkten, und ihre lockere Formation fiel auseinander.

Die Bogenschützen an der rechten Flanke schossen mehrere Salven in den Feind hinein, und die schweren Pfeile durchbohrten die Männer und rissen die ungerüsteten Körper von den Pferden. Dann senkte Tom seine Lanze, beugte sich über sein Reittier, und die ganze Welt zog sich um die Lanzenspitze und den Mann in Rot und Gold zusammen, den er sich zum Ziel genommen hatte. Er brüllte auf, als seine Lanze traf, und stieß seinen Gegner zu Boden. Dessen Pferd kippte seitwärts um. Tom ließ seine Lanze los, die sich im Körper des Mannes verfangen hatte, und nahm die Axt aus seinem Futteral am Sattel, während er sich unter einer Lanze hinwegduckte, die auf ihn abzielte. Seine Axt sauste nieder, hob sich wieder, wehrte eine weitere Lanze ab, fraß sich dann tief in einen Feind hinein, vorbei an neuen Lanzenschäften, zerbrach diese – sein Kriegsschrei war innerhalb seines Helms beinahe zu einem greifbaren Ding geworden. Er stellte sich in die Steigbügel, erwischte einen unachtsamen Ritter mit seiner Axt, die er von oben auf ihn herunterfliegen ließ. Die Nähte am Scheitel des Helms platzten auf, und das Hirn spritzte aus dem Schädel wie das Fruchtfleisch einer reifen Melone. Tom brüllte vor Vergnügen, und sein wahnsinniges Lachen mischte sich unter sein Kriegsgebrüll. Hinter ihm stießen seine handverlesenen Ritter ein großes Loch in die feindlichen Linien, dann schwärmten sie aus; es war, als würde sich eine Stahlknospe öffnen, und die feindlichen Söldner waren zwischen einer Wagenmauer und einem Wahnsinnigen mit einer Axt gefangen. Sie wählten die Flucht.

Meg stand auf einem Wagen und beobachtete den Angriff der Feinde. Sie versuchte einen Zauber zu wirken, der alle Pferde unter ihren Willen zwingen sollte. Aber dann verlor sie den Faden und sah, wie sich die berittene Reserve ihrer eigenen Truppe auf den wesentlich zahlreicheren Feind stürzte. Die Erde erbebte. Die Wagenlenker versteckten sich unter ihren Karren, die Pferde bäumten sich auf, traten aus und bissen sich gegenseitig. Ein Wagen wurde umgeworfen, rechts und links von ihm brach Panik aus, und irgendwo kreischte ein Junge.

Im Äther wurde sie von einer vertrauten Stimme gebeten, ihre Kräfte zu kanalisieren, und sie reagierte darauf, bevor sie denken konnte: *Aber Harmodius ist doch tot.*

»Verschafft euch den größtmöglichen Vorteil«, knurrte Jehan, »jetzt, wo wir sie am Kragen gepackt haben.«

Die Rüstung des Roten Ritters war mit Staub überzogen, und sein roter Umhang war schmutzig geworden; außerdem spürte er, dass er mehrere Wunden davongetragen hatte. Seine Hüfte schien zwar nicht gebrochen zu sein, aber irgendetwas stimmte ganz und gar nicht, und er konnte nicht aufsitzen. Da erblickte er den Herzog Andronicus, der geduldig seine Männer zusammenrief.

Aber Tom hatte es geschafft – er hatte die feindlichen Ritter nicht nur hingehalten, sondern besiegt.

Er schaute nach links und sah die feindlichen Flanken weit entfernt im Gras.

»Wenn er wiederkommt, wird er uns ausweiden.« Ser Jehan hatte sein Visier geöffnet und keuchte jedes einzelne Wort heraus. »Beim heiligen Georg, Hauptmann! Vielleicht auch nicht. Aber einen zweiten Angriff wie diesen können wir nicht mehr aufhalten.«

Der Rote Ritter sah seinen Mentor in der Kriegskunst an und zwang sich dann, zu seinem Pferd zu gehen. »Das musst du aber. Das müssen wir. Welche Fehler auch immer ich heute gemacht habe, die Truppe hat zusammengehalten. Wir haben diese Schlacht gewonnen. Weiter so.«

Jehan spuckte aus.

Cully betrachtete seinen Bogen. »Noch sechzehn Pfeile übrig, Hauptmann«, verkündete er.

Der Hauptmann betrachtete seinen hässlichen Wallach, dann stieß er sich verzweifelt und unelegant mit dem linken Bein vom Boden ab, und tatsächlich gelang es ihm, dadurch das rechte Bein halb über den Sattel zu schwingen. Das Pferd widersetzte sich nicht. Der Hauptmann wartete ab, bis der Schmerz nachließ, dann schwenkte er seinen Hintern in den Sattel und stellte den rechten Fuß in den Steigbügel. Er war wieder im Spiel.

»Jehan, du hast das Kommando. Ich gehe zu den Vardarioten. *Nicht verlieren!*« Ihm gelang ein Lächeln. »Um mehr bitte ich nicht.«

Der Herzog hatte die Infanterie um sich gesammelt, und die Männer hatten ihre Schilde aufgehoben. Die feindlichen Bogenschützen standen in gefährlicher Stille da; zwar hatten sie die Pfeile eingelegt, schossen aber nicht.

Der Herzog sah zu, wie sich die verstreuten Söldnerritter wieder zusammenfanden, aber er wusste, dass sie keinen Angriff mehr führen würden. Sie hatten ihre Bezahlung noch nicht erhalten und mochten bestenfalls wankelmütig sein. Er bemerkte, dass Ser Bescanon über das niedergetrampelte Gras auf ihn zuritt.

Er blickte in die andere Richtung und sah einen blassgesichtigen Aeskepiles, der sich gerade mit Schattenboxen zu beschäftigen schien. Angeekelt wandte er sich ab.

Neben ihm stieg Ser Christos gerade wieder auf und schwenkte die Faust der Stadt entgegen. »Seht nur! Undankbare Narren!«

Das Ares-Tor hatte sich geöffnet.

In Scharlach gekleidet und auf edlen kastanienbraunen Pferden sitzend, ritten die Vardarioten in Viererreihen aus der Stadt heraus.

Eine scharlachfarbene Gestalt löste sich aus den feindlichen Reihen und ritt mit einem einzelnen Gefährten durch den sonnenbeglänzten Nachmittag, wobei er eine Linie aus Staub hinter sich herzog. Er traf auf die rote Kolonne, die aus dem Tor kam, und wurde von ihr verschluckt.

Der Rote Ritter begab sich – nur mit seinem Trompeter als Begleitung – zum Haupt der Vardarioten.

Der Offizier der Vardarioten war selbst ein Ostmann mit tief liegenden Augen und einer ledrigen Haut, die den endlosen Wind und die sengende Sonne der Steppe kannte. Der Kaftan des Mannes bestand aus roter Seide, die mit goldenen Blumen bestickt und mit dunkelbraunem Pelz eingefasst war, und er trug einen wunderbar lackierten Bogen in einem Futteral, das aus reinem Gold zu bestehen schien. Überdies besaß er einen Streitkolben aus Gold und Emaille mit einem doppelköpfigen Adler aus blauem Stahl darauf.

Er lächelte und wendete sein Pferd, dann umkreisten er und der Rote Ritter einander wie zwei Vögel bei einem schwierigen Balztanz.

»Euer Pferd ist Mist«, sagte der Ostmann. »Habt Ihr Geld?«

»Euer Pferd ist wunderschön. Und ich habe Geld.« Der Rote Ritter riss den Kopf seines geborgten Kriegsrosses herum und ritt auf den anderen Mann zu, der das Gleiche tat, sodass sie sich in der Mitte trafen.

»Radi und Vlach haben Euer Kämpfchen von der Mauer aus verfolgt«, sagte der kleine Mann. »Ihr habt die Moreaner schon vor vielen Stunden besiegt. Wo seid Ihr inzwischen geblieben?«

»Ich war mit Plündern beschäftigt«, antwortete der Rote Ritter. »Wie sollte ich Euch sonst bezahlen können?«

Der Ostmann schnaubte verächtlich. Falls es ein Lachen sein sollte, klang es eher wie das Bellen eines Hundes. »Nur damit Ihr Bescheid wisst, Stahlmann: Wir sind loyal. Einige meiner Aviladhar könnten beleidigt sein, dass Ihr der Meinung seid, wir seien käuflich.«

Der Rote Ritter schob sein Visier hoch. »Ich habe nicht angeboten, Euch zu kaufen. Ich habe mich lediglich erboten, Eure Forderungen zu begleichen. Könnten wir jetzt zum Geschäft kommen? Ich will dem Herzog endlich den Hintern versohlen. Wo seid Ihr so lange gewesen?«

Der Keulenträger grinste. »Ich war auf der anderen Seite des Tores und habe Euch beobachtet. Ihr müsst noch viel über den Krieg lernen.« Er stieß ein grausames Lachen aus. »Aber Eure Leute sind ziemlich tapfer.« Er streckte die Hand aus, und sie umarmten einander. Die Vardarioten stießen einen wenig moreanischen Schrei aus.

»Nennt mich Zac«, sagte der Ostmann.

Der Rote Ritter schüttelte den Kopf. »Nennt mich Hauptmann«, sagte er.

Der Ostmann grinste. »Haupt-Mann? Seltsamer Name. Aber klar. Also gut, Haupt-Mann, Ihr wollt, dass wir uns um unsere Vettern kümmern, die um Eure Flanken herumschwirren?«

Der Rote Ritter stellte sich in die Steigbügel, betrachtete den Staub hinter sich und nickte heftig. »Ja«, sagte er.

»Sollen wir sie töten?«, fragte der Ostmann. »Oder sollen wir sie rekrutieren?«

Der Hauptmann lächelte. »Es könnte ein ziemlich anstrengender Sommer werden, Zac«, sagte er. »Mir wäre es lieber, wenn Ihr sie rekrutiert.«

»Klar«, meinte Zac. »Also gut, Haupt-Mann, wir werden sie aus dem Weg räumen. Aber was werdet Ihr tun? Sie haben einen mächtigen Schamanen.«

*Keine Erwiderung darauf,* sagte Harmodius im inneren Palast des Roten Ritters.

*Mächtiger als der mächtige Harmodius?*

*Du hast noch nicht gesehen, wie deine Soldaten von einem Blitz getroffen werden, oder? Ich brauche möglicherweise all deine Kraftreserven.*

»Ich plane, mich ihnen auf Bogenschussweite zu nähern, ein paar Pfeile in sein Pferd zu schießen und ihn zum Rückzug zu zwingen – jetzt, wo ich auf meine Flanken setzen kann. Ich würde Eure Unterstützung sehr begrüßen.« Der Rote Ritter verneigte sich.

»Gut!«, sagte der kleinere Ostmann. »Ich werde um das Schlachtfeld herumreiten, den verdammten Krulla töten, den ich schon immer gehasst habe, und dann in die nördliche Flanke des Herzogs einfallen – möge dieser verfluchte Verräter in der alten Eishölle meines Volkes verrotten! Passt gut auf Euren Rücken auf.« Er salutierte mit seinem Streitkolben und hob den rechten Handrücken an die Stirn, was einen seltsam anmutigen Eindruck machte.

»Krulla?«, fragte der Rote Ritter.

»Der Schwager meines Vetters da drüben, der so tut, als wäre er ein großer Khan. Aber sein Haus ist nicht aus Stein, sondern aus Gras.« Der kleinere Mann lächelte, und in seinen Augen glitzerte es. »Dann gehen wir zurück in die Stadt, und dort verkaufe ich Euch vielleicht ein Pferd. Aber kein Mistpferd. Ja?«

»Gern«, sagte der Rote Ritter.

Die Vardarioten bewegten sich wie ein Vogelschwarm, der gemeinsam aus einer Baumkrone aufsteigt, wenn sich ein Raubtier nähert. Aber sie waren nicht die Beute, sondern die Jäger.

Herzog Andronicus sah zu, wie die Vardarioten aus dem Stand heraus schon nach wenigen Schritten in einen Galopp fielen; sie flossen wie Wasser um den hinteren Teil der feindlichen Formation herum und flogen dann gleich einem Pfeil, der von einem besonders starken Bogen abgeschossen wurde, auf die Ostmänner seines Sohnes zu. Die leichter gerüsteten und bewaffneten Ostmänner wendeten allesamt wie ein Fischschwarm und flohen, verfolgt von den scharlachrot gekleideten Vardarioten.

»Dieser Sohn einer verdammten Hure!«, spuckte er aus. »Marcos! Christos! Zu mir. Kronmir! Nimm deine nutzlosen Reiter und such mir einen Weg nach Nordost!« Er lenkte sein Pferd herum.

Die Auerochs-Hörner blökten.

Auch Kronmir wendete sein Pferd und setzte sich unmittelbar hinter den Herzog. »Ihr könnt ihn noch immer besiegen«, sagte er. »Wenn wir jetzt von der Stadt wegmarschieren, werden wir unsere Unterstützung innerhalb der Mauern verlieren. Und falls wir gehen …« Er schaute in alle Richtungen. »Dann wird sie davon profitieren.«

Herzog Andronicus zuckte die Achseln. »Wenn ich mich heute zurückziehe und mich irre, habe ich nichts verloren. Aber wenn ich heute kämpfe und mich irre, dann verliere ich alles. Aeskepiles sagt, dass dieser Fremde machtvolle Zauberer hat. Er hat bereits Tzoukes besiegt. Wir wollen einmal schauen, was der nächste Tag bringt.« Er sah die anderen Männer an. »Und was diese Schlampe angeht, so soll sie doch verrotten. Sie wollte uns einen Stich in den Rücken versetzen? Sie soll verrecken.«

Kronmir zupfte an seinem Bart. »Ich fürchte, sie könnte es genauso geplant haben.« Er zuckte mit den Schultern. »Schließlich haben wir versucht, sie zu töten«, sagte er leise. Als der Herzog keine Antwort darauf gab, salutierte Kronmir mit seiner Peitsche und führte seine Späher nach Norden, weg von den Kampflinien.

Bevor sich die Sonne einen weiteren Fingerbreit gesenkt hatte, ritt Demetrius in einem Aufruhr aus sonnengerötetem Staub, goldenem Haar und vergoldeter Rüstung auf ihn zu.

»Wir ziehen uns zurück?«, rief er.

Herzog Andronicus zuckte die Achseln und fühlte sich plötzlich sehr müde. »Pass auf dich auf«, sagte er.

Es war deutlich zu sehen, dass sein Sohn nachdachte. Seine Haut wurde fleckig, rot und weiß, und er streckte den Kiefer hervor wie ein sehr kleiner Junge, dem ein wütender Vater gerade das Holzschwert weggenommen hatte.

Aber er beherrschte sich mit Mühe. »Du bist dafür verantwortlich«, sagte er.

»Das ist richtig, mein Junge. Wenn du einmal Herzog – oder Kaiser – bist, kannst du deine eigenen Entscheidungen treffen. Aber heute fälle ich sie. Und ich sage, wir verschwinden von hier.« Damit drehte er sich im Sattel um. »Aeskepiles! Wach auf, alter Mann!«

Der Magister war grau, die Lider hingen schwer über seinen asketischen Augen, als wäre er dem Schlaf nahe.

»Sie haben meine gesamte Magie blockiert«, murmelte er.

Der Herzog schüttelte den Kopf. »Erzähl keinen Unsinn, Aeskepiles. Ich brauche ein wenig Hilfe. Wie wäre es mit einem Nebel?«

Aeskepiles seufzte. »Das ist kein Unsinn, Mylord. Ich habe drei Versuche unternommen, und jeder ist fehlgeschlagen.«

Der Despot schüttelte das blonde Haupt. »Warum sehen wir eigentlich nie etwas von diesen großartigen Versuchen?«, fragte er.

Aeskepiles schüttelte den Kopf. »Nebel«, sagte er.

»Beim heiligen Basilius und der ganzen Phalanx der Heiligen!«, entfuhr es Lykos Dukas, dem Standartenträger des Herzogs. Er war ein Veteran, der mehr als fünfzig Kämpfe hinter sich hatte. Nun streckte er aufgeregt sein Schwert aus und deutete auf die Vardarioten.

Sie ritten auf großartigen Zuchtpferden, während die Ostmänner des Despoten nur Steppenponys hatten. Diese besser ausgestatteten Männer preschten auf ihren Feind zu und umgaben ihn.

Als die beiden Streitkräfte aufeinandertrafen, wirbelte Staub auf, und alle Pferde schienen stehen zu bleiben.

Der Staub verdeckte den ganzen Kampf.

Herzog Andronicus spuckte aus. »Uns bleiben fünfzehn Minuten, bis sie unsere Flanke umrundet und uns von unserem Zuhause abgeschnitten haben«, sagte er. »Lykos, setzt die Wagen in Bewegung. Wir nehmen alles mit, was gerettet werden kann. Verdammt, Aeskepiles, schaff mir endlich ein wenig Nebel! Zaubere die Sonne aus dem Himmel! Lass es dunkel werden!«

Der Despot Demetrius stemmte die Hand in die Hüfte und drehte sich im Sattel. Er war ein großartiger Reiter, und sein Körper und der des Pferdes bewegten sich im Einklang miteinander, als wären sie eins. »Diese Flucht ist unschicklich. Wir sollten kämpfen.«

Ser Lykos beachtete ihn gar nicht und ritt auf die Gepäckwagen zu.

*Aeskepiles betrat die kühle Dunkelheit seiner Basilika der Macht und bereitete einen schwierigen Zauber vor. Er bewegte sich von einer Säule zur nächsten und richtete die fernen Sterne an seinem sorgfältig geordneten Himmel. Er erschuf Kühle, eine Kraft der Anziehung, eine Verstärkung der Feuchtigkeit – Bindung, Lösung und Aufladung mit Macht.*

*Es war äußerst komplex, und Aeskepiles genoss es, das Gebäude zu errichten, das seine Magie unterstützen würde, während ein anderer Teil seines Geistes Macht aus seinem Stab und seinem Lapislazuli-Ring zog. Er hortete noch immer eigene Machtreserven.*

*Er wirkt einen neuen Zauber,* sagte Harmodius im Äther. *Ich könnte ein wenig Hilfe gebrauchen.*

Anstatt sofort darauf zu antworten, trieb der Hauptmann seinem Pferd die Sporen in die Flanken und galoppierte auf den letzten niedrigen, abgerundeten Hügel hinauf. Er war in der Tat so rund, dass er geradezu künstlich wirkte, und lag am Rande des Aresfeldes. Ser Jehan und Ser Milus folgten ihm, während vor ihm die Flanken seiner Formationen aufbrachen und sich nebeneinander in eine Reihe begaben, die nun etwa dreihundert Schritte breiter wurde. Das Gewirr der Wagen lag rechts und links hinter ihnen.

Von der Kuppe des kleinen Hügels aus sah er die Stadtmauer zu seiner Rechten und das Aresfeld, das sich etwa vier Meilen weit erstreckte, zu seiner Linken. Er erlaubte sich einen Augenblick der Ehrfurcht. Hier befand er sich also auf dem legendären Aresfeld, und das Reich war einmal so mächtig gewesen, dieses *ganze* Feld mit Soldaten zu füllen.

Die Armee des Herzogs war etwa eineinhalb mal so groß wie seine eigene und ragte weit über seine rechte Flanke hinaus – doch am hintersten Ende waren die Vardarioten und die Ostmänner des Despoten zu einer einzigen Staubwolke verschmolzen.

*Er erschafft einen Nebel,* sagte Harmodius.

*Halt ihn auf.*

*Ich wäre dankbar für jede Hilfe, die du erübrigen kannst.*

Tom Schlimm sammelte seine Keilformation und kehrte zur Truppe zurück. Er ritt wie eine Verkörperung des Krieges, und sein riesiges schwarzes Pferd schäumte. Da hob er seine blutige Axt und salutierte. Dann deutete er auf die Moreaner.

»Das nenne ich Können! Seht sie Euch doch bloß mal an!« Toms wirbelnde Axt spuckte nun Blutstropfen, und die Ehrfurcht in seiner Stimme war deutlich zu hören. Die Kavallerie des Herzogs drehte sich abschnittsweise um und zog sich zurück. Es war ein wunderschön anzusehendes Manöver. Der Klang von Trompeten hallte durch die stille Nachmittagsluft.

*Der Rote Ritter schlüpfte in seinen Palast und öffnete die Tür, sodass eine warme grüne Brise über den schwarzen und weißen Marmorfußboden blies und sich mit den goldenen Strahlen mischte, die durch das ferne Fenster im Obergaden hereinfielen. Ein Dunst aus Macht entstand.*

*Das ist schon besser, sagte Harmodius. Er benutzte den Palast des Roten Ritters nicht – zweifellos befand er sich tief im Innern seines eigenen Palasts.*

*Ist er mächtiger als du?*

*Nein, murmelte Harmodius. Aber er ist vorsichtig, sorgfältig und durchaus geschickt. Und wir haben Potentia verschwendet, wie ein Seemann Gold ausgibt, als wir uns heute Morgen während der Durchquerung des Flusses verborgen haben, und bei einem Dutzend weiterer Verrücktheiten …*

*Erspar es mir.*

»Sie wollen abhauen«, sagte Tom.

»Lass sie.« Ser Jehan zeigte ein seltenes Lächeln. »Beim Heiland, wir hätten fast die ganze Linie verloren. Wenn sie jetzt abmarschieren, ist das doch gut für alle, nicht wahr, *Hauptmann?*«

»Vielleicht können wir sie aufhalten«, sagte der Hauptmann. »Los!«, schrie er. Sein neuer Trompeter stieß den entsprechenden Ruf aus, doch seine Korporäle hatten seinen Ruf bereits gehört, und die Truppe, die schon wieder im Sattel saß, stürmte vor.

Hinter dem Hauptmann schwang sich Nell, seine neue Pagin, auf ihr großes Pony und fluchte. »Rauf und runter! Halt und los!«, spuckte sie mit der Missbilligung einer Vierzehnjährigen aus.

Fünfhundert Schritte entfernt fand sich die Armee des Herzogs in Marschreihen zusammen. Es war ein kompliziertes, aber sehr gut ausgeführtes Manöver, doch sie waren langsam. Die Männer schauten über die Schultern auf die herannahende Welle aus Scharlachrot und Stahl.

»Können wir sie nicht einfach ziehen lassen?«, fragte Jehan.

Der Hauptmann schüttelte den Kopf. »Wenn sie uns entkommen, werden wir den ganzen Winter gegen sie kämpfen müssen. Und wenn wir sie jetzt vernichten, haben wir es hinter uns.« Er blickte zu Boden und brüllte dabei: »Vorwärts! Galopp! Reihen schließen!« Und warf sich nach vorn.

Herzog Andronicus seufzte so schwer, dass sich seine Wangen wie eine Blase dehnten und dann wieder zusammenfielen. »Warum ist er so angriffslustig?«, fragte er. »Aeskepiles!«

»Passt auf, Mylord«, sagte der Magister, hob die Arme und balancierte die Mächte vorsichtig in seinem Kopf aus.

Nebel stieg aus dem feuchten Gras auf – zuerst waren es nur einzelne Schwaden, dann aber verdichteten sie sich zunehmend.

»Ich bin immer noch der Meinung, dass wir sie mit einem einzigen Angriff in die Zange nehmen und zurück in ihr Barbarenzuhause schicken können«, sagte Demetrius. »Pater, hör auf Kronmir. Wir werden die Unterstützung in der Stadt einbüßen …«

»Christus Pantokrator!«, spuckte der Herzog aus. »Demetrius! Du musst Geduld üben, denn du bist zu feurig.«

Während sich der Nebel verdichtete, setzten sich die Ostmänner in Bewegung, und die Hufe ihrer Pferde brachten die Erde zum Erzittern. Sie wollten dem Herzog den Rückzug abschneiden. Die ersten seiner Gepäckwagen setzten sich gerade in Bewegung.

»Marcos! Nimm das letzte Tagma und räum uns die Vardarioten aus dem Weg!«, rief der Herzog. Dann wandte er sich an seinen Sohn. »Du darfst hier nicht sterben. Ich wiederhole: Du darfst hier auf gar keinen Fall sterben. Was immer ich tue, ich tue es für dich und deine Söhne. Gib uns Deckung und reite dann davon.«

Der Nebel erhob sich wie Rauch.

Und dann kam der Wind. Er blies von den Feinden herüber, fuhr ihnen in die Gesichter und wirbelte Staub und Gras auf. Der erste Stoß war wie der Atem eines müden Mannes, aber der zweite hatte bereits eine so harsche Wirkung wie ein Wintersturm.

Der Nebel brach wie Glas.

Auf der anderen Seite des Feldes stieg der Feind ab. Demetrius kratzte sich am Bart. »Sie sind außer Schussweite«, sagte er. »Wie können sie …«

»Sieh dir nur ihre Pferdejungen an«, sagte sein Vater. »Früher hat das Reich jeden Mann auf ein Pferd oder ein Muli gesetzt – jeden Infanteristen und jeden Bogenschützen.«

Links von ihm zog sich seine eigene Infanterie in Kolonnen zurück, die so lange zueinander aufschlossen, bis sich die Schilde überlappten und die Speere hoch zwischen ihnen hervorragten. Die kleinen Windsack-Standarten von der thrakischen Grenze richteten sich in dem neuen Wind plötzlich steif auf.

»Ziehen!«, rief Cully.

Die besseren Bogenschützen maßen die Distanz mit ihren Blicken ab und höhnten.

Kandy, der fetteste Mann in der Truppe, schüttelte den Kopf. »Selbst an meinem besten Tag könnte ich auf diese Entfernung nichts treffen«, murmelte er. Dann aber grunzte er und zog die Bogensehne ans Ohr.

»Schießt!«, brüllte Cully. Einige Männer hatten ihre Pfeile bereits abgeschossen – niemand war in der Lage, einen großen Kriegsbogen länger als einen oder zwei Augenblicke gespannt zu halten.

Zwanzig Schritte hinter der Reihe der Bogenschützen spürte der Hauptmann das Aufwallen der Macht. Es war seltsam, sogar ein wenig beunruhigend, sowohl Teilnehmer als auch Beobachter in einem arkanen Wettbewerb zu sein.

Als der Pfeilschwarm in die Luft stieg, überwältigte Harmodius' Zauberwind die hermetische Verteidigung des Feindes.

Getragen von einer gewaltigen Luftbewegung, fielen dreihundert Pfeile wie ein gut gezielter Hagel auf den nächsten Teil der Infanterie, während diese sich zurückzog. Die schweren Schäfte drangen durch den Stahl und das Leder der Soldaten. In einem einzigen Windstoß fielen vierzig Männer …

Der feindliche Pfeilschwarm richtete mehr Schaden an, als es der Herzog für möglich gehalten hätte. Weitere Männer – seine eigenen Soldaten, Veteranen aus einem Dutzend Feldzügen – starben. Die Schreie der Verwundeten sagten jedem anderen Mann im Feld, dass die feindlichen Pfeile durchaus in Reichweite waren, und die Männer hatten ihre Schilde von den Feinden hinter ihnen abgewendet.

Sie gerieten in Panik.

Weit rechts von ihm, wo Ser Bescanon einen Teil des Latinikons versammelt hatte, flohen die albischen und gallyschen Söldner; sie beugten sich tief über die Hälse ihrer elend schweren Pferde und galoppierten davon.

Demetrius unterließ es, seinem Vater Verwünschungen entgegenzuschleudern. Stattdessen wandte er sich an den Magister. »Tu doch etwas!«, fuhr er den Mann an.

Aeskepiles holte tief Luft und warf die Hand hoch.

Ein Flammenteppich, so dünn, dass er beinahe durchscheinend war, floss aus seiner Hand über das Feld und auf den Feind zu. Eine Strecke von vierhundert Fuß legte er innerhalb von drei Herzschlägen zurück.

Der Teppich aus weißen Flammen brandete wie eine Flutwelle gegen die Bogenschützen an – aber das war eine Flutwelle, die sich mit der Geschwindigkeit eines galoppierenden Pferdes bewegte.

»Stehen bleiben! Einlegen!«, befahl Cully. Die meisten Bogenschützen gehorchten, aber einige Ängstliche wichen zurück.

Cully beobachtete das Feuer und hoffte, dass es nur eine Illusion war.

Doch knapp vor ihm teilte es sich, als sei es von einem Messer zerschnitten worden. Es floss nach links und rechts und rollte an der Front der Bogenschützen entlang.

Das Feuer blieb nicht ganz ohne Wirkung, schließlich versetzte es die Pferde in Panik. Unter günstigen Umständen reichte ein kleiner Page aus, um sechs Pferde im Zaum zu halten, doch angesichts des Feuerwalls rissen sich etliche der stärkeren – oder böseren – Pferde los und rannten durch das Gras.

Nell verlor den hinterhältigen Kastanienbraunen des Hauptmanns, wurde gebissen und trat sofort in wilder Verzweiflung gegen das Pferd. Es sah sie erstaunt an, und da gelang es ihr, die Zügel wieder zu packen. Cullys Klepper versuchte sich loszureißen, bäumte sich auf, und Nell wurde in die Luft geworfen. Dann warf das Reittier des Hauptmanns den Kopf herum, und sie wurde erneut nach unten geschleudert und landete im blutigen Dreck. Aber sie ließ die Leinen nicht los. Der Kastanienbraune schleifte sie seitlich über den Körper eines Thrakers. Sie brüllte auf, als der Mann, der noch nicht ganz tot war, einen Schrei von sich gab.

Dann zerrte Langpfote, der Freundlichste unter den Bogenschützen, Nell wieder auf die Beine. Sie hatte die Pferde nicht losgelassen. Er lächelte sie an und trat in die Reihe zurück.

»Ziehen!«, brüllte Cully.

»Schießen!«, rief er, als der Wind hinter ihnen aufstieg.

Die zweite Salve erhob sich, und einige Pfeile gingen verloren, als der Wind auf sie traf. Die Bogenschützen waren entsetzt von dem Feuer. Aber mehr als hundert Pfeile wurden von Harmodius' Magie getragen und fielen mitten in das Tagma der Stradioten, das aus moreanischen Adligen mit Kettenhemden, Lanzen, Bögen und kleinen Stahlschilden bestand. Auf die große Entfernung wurden nur wenige von ihnen getötet, aber ihre Pferde litten grausam, und die kleine Gruppe stob auseinander.

Der Rote Ritter hob die Hand und schoss einen einzelnen Strahl aus smaragdgrünem Licht auf die Quelle der feindlichen Magie.

Aeskepiles hob einen schimmernden Schild, der so groß wie drei Reiter war – mitsamt ihren Pferden.

*Sehr gerissen,* musste Harmodius zugeben und warf den Zauber auf den Feind zurück.

Das Athanatos-Tagma war zerstreut, und die Panik der Söldner wurde durch die Stradioten noch verstärkt. Andronicus beobachtete den hermetischen Schlagabtausch – hin und zurück, hin und zurück.

»Meine Männer *sterben!*«, brüllte er.

Aeskepiles griff tief in seine Magie hinein und wirkte einen Zauber, den er gerade erst jetzt ersonnen hatte. Er hatte komplizierte

Schaustücke für den Hof geschaffen und konnte auch mit unbelebtem Material arbeiten, wenn er genug Zeit hatte. Aber Stoff und Holz waren einmal belebt gewesen. Es war ein beinahe bewusstloses Wirken – etwas, das sich tief in seinem Innern befand, hatte es zustande gebracht, und er ließ es los.

Jede Bogensehne an der Front sirrte. Die Bögen gaben einen seltsamen Laut von sich; es war fast ein Schrei. Die Gesichter der Männer wurden geschunden, und Cully hätte beinahe ein Auge verloren. Die Männer zuckten zusammen. Einige Bogenschützen stürzten zu Boden.

»Christus rette uns!«, rief Cully, der nun ganz und gar entsetzt war. Blut rann an seinem Gesicht herunter.

Harmodius ergriff die Kontrolle über den Körper des Hauptmanns, wirkte einen Zauber, atmete tief ein und wieder aus, erneuerte den Zauber und erschöpfte damit die Reserven seines Wirtskörpers vollständig. Es waren Reserven, die mit jedem Tag größer wurden.

Feuer schien aus der Hand des Hauptmanns zu entspringen. Es war kein Lichtstrahl, sondern eher ein Ausbruch ungezügelten Feuers, das sich zusammenballte und einen brüllenden Laut von sich gab.

*Verdammt!*, rief der Hauptmann. *Lass das! Verdammt!*

*Wir oder er!*, brüllte Harmodius zurück. Dabei behielt er die Kontrolle über den Körper des Roten Ritters und sandte seinen Zauber aus.

Der schreckliche Feuerball bewegte sich nach hermetischen Maßstäben eher langsam. Der Zauber war beängstigend; die Macht der Kugel wirkte blendend. Aeskepiles musste einen Schild errichten und wehrte den Feuerball nach Norden ab.

Dabei spürte er dessen substanzlose Natur, und seine Nackenhaare richteten sich auf.

*Eine Illusion.*

*Ich hab dich,* murmelte Harmodius durch den Mund des Roten Ritters und schoss einen einzelnen Lichtpunkt ab; es war eine Kugel von der Größe einer Perle oder einer kleinen Kindermurmel.

Aeskepiles gelang es, sich abzuschirmen, indem er sein letztes Amulett und seinen geheimen unsichtbaren Ring leerte. Aber er wurde von seinem Pferd geworfen, das auf spektakuläre Weise starb, und der Magister verlor dabei das Bewusstsein.

Die feindlichen Bogenschützen waren abgestiegen; ihre Pferde waren in Panik geraten und ihre Bogensehnen gerissen. Beide Armeen waren über den Austausch der magischen Kräfte entsetzt. Dieser Anblick erfüllte alle mit Angst, und während die Moreaner zu ihrem Gepäcktross flohen, standen die Soldaten des Roten Ritters wie angewachsen da und konnten nicht mehr vorrücken.

Harmodius hatte nun die volle Kontrolle über den Körper des Roten Ritters erlangt. Er bewegte die Finger und seufzte, denn er spürte, dass sein Gegner benommen war. Ihm selbst ging die *Potentia* aus.

Er fühlte sich *lebendig*. Und genoss es. Er atmete und sah, wie die feindlichen Linien zusammenbrachen und die Männer flohen.

Tom Schlimm blickte ihn böse an. »Pah!«, sagte er. »Kommt schon, jetzt kriegen wir sie.«

Der wahnsinnige Hochländer wollte dreitausend Moreaner mit zweihundert albischen Rittern angreifen.

*Ich weiß nicht, was passieren wird, wenn ich diese Statue zerschlage,* sagte der Rote Ritter im Innern seines eigenen Palastes. *Aber ich könnte darauf wetten, dass es dein Ende bedeutet, und ich will meinen Körper zurückhaben.*

*Ich habe soeben deine Armee gerettet, du undankbarer Kerl,* sagte Harmodius. Aber mit einem letzten Einatmen des Duftes von Gras und Pferden *ließ er los.*

Der Rote Ritter erlangte das Bewusstsein wieder und sah die Männer um sich herum – Ranald und Tom Schlimm, Michael, Alison. Sie alle regten sich in ihren Sätteln und wollten angreifen.

»Vorrücken!«, befahl er. An seiner Seite hob der Trompeter sein Instrument und blies hinein. Der erste Ruf klang wie das Schnattern einer Gans. Der zweite aber kam klar und deutlich heraus und wurde sofort wiederholt.

»Das ist das Signal für *Halt,* du Rindvieh!«, brüllte der Hauptmann. »Vorrücken, vorrücken!«, rief er dann und ritt zur Front voraus, wo ihn die Männer sehen konnten. Er hob seine Lanze – aber der Schaden war schon angerichtet. Verwirrung herrschte für einige schmerzhaft lange Herzschläge in seinen Reihen.

Als er seine Lanzen endlich in Gang gebracht hatte, zog sich in einer Entfernung von etwa tausend Schritten schon die letzte Abteilung der feindlichen Stradioten zurück. Die Vardarioten hatten die feindlichen Ostmänner vernichtet oder zumindest besiegt, und ihre albischen Söldner – das Latinikon – waren in alle Winde verstreut. Viele hatten sich einfach ergeben.

Der Hauptmann hatte ungeheuerliche Kopfschmerzen, aber es gelang ihm noch, vor Tom Schlimm auf die sich ergebenden Ritter zu zeigen. »Sie … sie sehen wie Männer aus, die einen neuen Arbeitgeber brauchen«, sagte er.

»Und Ihr seht aus wie ausgekotzt«, meinte Ranald und legte ihm die Hand auf die Schulter.

Der Rote Ritter fluchte auf sehr unehrenhafte Weise und zwang sich, aufrecht zu sitzen und zu *führen.*

Seine Ritter preschten in guter Ordnung vor, so schnell sie konnten, und verfolgten die sich zurückziehenden Thraker über das Aresfeld. Eine Meile weit draußen im Gras schlossen sie sich mit den scharlachrot gekleideten Vardarioten zusammen und ritten Seite an Seite in einem nicht allzu schnellen Trab. Hinter ihnen mühten sich die Bogenschützen ab, ihre durchgegangenen Pferde einzusammeln. Pagen wurden verflucht – aber nicht sehr schlimm.

Cully nahm sein Pferd von Nell entgegen und lächelte sie an.

»Folgt Ihr nicht dem Hauptmann?«, fragte sie den Meisterschützen. Er und Langpfote standen neben ihren Pferden, aber sie stiegen nicht auf.

Cully blickte auf sie herunter. »Du bist noch etwas zu jung, um mir zu sagen, was ich zu tun habe, oder?«

Langpfote nickte. »Wir haben unseren Teil getan«, sagte er.

Hinter ihnen ging die Sonne in ihrer roten Pracht über der Stadt unter. Das Dach einer jeden Basilika schien in Flammen zu stehen. Die thrakische Infanterie musste sich nun zur Verteidigung stellen, oder sie würde auf dem Rückzug niedergemacht werden. Sie befand sich am Nordrand des ausgedehnten Feldes und hielt zwischen zwei großen, rundlichen Hügeln an, die das alte Drillfeld markierten.

Die Soldaten drehten um, nahmen ihre Aspides, die großen Rundschilde, vom Rücken, zogen die Helme herunter und bereiteten sich darauf vor, ihr Leben zu lassen. In der fünften und sechsten Reihe bespannten die Schützen ihre Bögen neu, traten dann aus dem Gebüsch der Hügel und versuchten auf die Vardarioten zu schießen.

Der Rote Ritter beobachtete all dies mit müder Resignation. Er formierte seine Soldaten in zwei Kompanien unter Ser Jehan und Ser Milus; beide bildeten breite und tiefe Keile.

Die Bogenschützen hatten bereits zwei Vardarioten aus den Sätteln geschossen, als die scharlachrot gekleideten Ostmänner plötzlich herangaloppierten. Sie ritten bis kurz vor die Reichweite der feindlichen Speerspitzen, schossen dann blindlings auf die Reihen, galoppierten wieder davon und tauschten die Reihen mit einer Gewandtheit, die auf lange Übung und vollkommene Beherrschung ihrer Pferde schließen ließ. Als sich der Staub legte, war die Dunkelheit nur noch wenige Augenblicke entfernt. Zwei Dutzend Thraker lagen mit dem Gesicht nach unten im Gras – aber die Lücken in ihren Reihen wurden sofort wieder mit grimmiger Entschlossenheit gefüllt. Und sie wichen zurück.

Der Rote Ritter winkte den Grafen Zac herbei, der sofort zu ihm ritt. »Ich könnte das wiederholen«, sagte dieser mit einem Schulterzucken. »Aber die Thraker sind keine Weichlinge. Ich glaube nicht, dass sie unter diesen Angriffen zerbrechen werden.«

Der Rote Ritter schüttelte den Kopf. »Wenn es Mittag wäre, würden wir sie in einer Stunde erledigt haben«, sagte er. »Aber das ist es nicht, und so werden wir es nicht schaffen. Ich habe keine Lust, auch nur einen einzigen weiteren Soldaten bei dem Versuch zu verlieren, sie zu vernichten. Und das ist nur die Infanterie. Seine Ritter sind bereits fort.«

Pampe lachte. »Ihr klingt wie Ser Jehan«, sagte sie.

Ser Alcaeus schüttelte den Kopf. »Ihr müsst lernen, wie ein Moreaner zu denken. Seine Infanterie ist das Herz seiner Armee. Und seine Kavallerie besteht nicht aus ›Rittern‹. Es sind nur einfache Soldaten.«

Der Rote Ritter kratzte sich an seinem Zweitagebart. »Mal sehen, ob Cully neue Bogensehnen gefunden hat«, meinte er und sah Zac an. »Habt Ihr den Eindruck, wir sollten sie auf die Probe stellen?«

Zac beobachtete die Infanterie, die sich in die herannahende Düsternis zurückzog. »Nein. Das wäre dumm«, sagte er. »Wir gehen zurück in die Stadt. Ihr bezahlt mich, und ich verkaufe Euch ein Pferd. Und wir trinken.«

Der Rote Ritter sah seine Offiziere an. Seine Worte klangen leicht, obwohl ihm die Erschöpfung und der stille Krieg gegen Harmodius beinahe jede Möglichkeit raubten, einen klaren Gedanken zu fassen. »Ich glaube, wir sind an den richtigen Ort gegangen«, sagte er.

Tom Schlimm saß im Sattel und sah dem Rückzug der Thraker zu. Er schwenkte seine Axt vor ihnen und brüllte: »Lachlan für Aa!« Das klang nach einem Löwen, der seine Beute anfaucht. Dann wandte er sich an seinen Hauptmann.

»Ich will diesen Kampf! Christus möge ihre Seelen in die Hölle verdammen …«

Der Hauptmann winkte ab; seine Erschöpfung umgab ihn wie ein Nebel. »Kümmere dich um deinen Vetter«, sagte er.

Die Sonne war vom Himmel verschwunden, als der Rote Ritter am Kopf seiner Truppe durch das Ares-Tor ritt. An seiner Seite befand sich Ser Gawin; die Hälfte seiner Soldaten folgten ihm, dann kamen die Bogenschützen und Pagen und schließlich der Rest der Soldaten, während die Wagen mit den Frauen die Nachhut bildeten, nur noch gefolgt von Langpfote und einem Dutzend Veteranen sowie Gelfred und den Spähern. Moreaner standen am Tor und auf dem Platz dahinter und jubelten ihnen zu.

Mehr oder weniger.

Der Jubel war halbherzig. Viele Leute beobachteten ihren Vorbeiritt wortlos, außerdem gab es einige Zwischenrufe, als sie das Tor passiert hatten.

Am Tor stand eine starke Wache aus Männern mit langstieligen Äxten, die starr und still zusahen, als die Söldner an ihnen vorbeiritten.

»Bruder, du gibst ein äußerst seltsames Bild ab«, sagte Gawin.

»Ich habe schon bessere Tage erlebt. Meine Hüfte bringt mich um. Wir hätten diesen verdammten Herzog heute erledigen müssen.« Er beobachtete zwei Moreaner, die ihn mit offener Verachtung ansahen und dann sogar lachten. »Und diese Menschen mögen uns nicht, obwohl wir sie soeben vor Belagerung und Hungertod gerettet haben.« Er bemerkte Flecken in seinem Blickfeld.

Tom Schlimm spuckte hinter ihm aus. Ser Milus lenkte sein Pferd aus der Kolonne und ritt auf die beiden Einheimischen zu. »Seht Ihr etwas, das Euch missfällt, meine Herren?«, fragte er.

Die beiden Männer schauten durch ihn hindurch, als wäre er Luft.

Ser Milus streckte seine Reitgerte aus und berührte den einen Mann damit an der Schulter. »Wenn Ihr mir sagt, was Ihr so lustig findet, könnten wir alle mitlachen.«

Der Rote Ritter zügelte sein Pferd. »Lass es!«, rief er.

Milus wendete sein Schlachtross; sein Unwille war in jedem Zoll seiner sechs Fuß Stahl zu erkennen. Die beiden Männer grinsten böse.

»Sie verspotten uns«, beschwerte er sich.

Der Rote Ritter seufzte. »Ja, das tun sie. Aber solange wir gut bezahlt werden, kann es uns egal sein, ob sie uns lieben oder hassen.«

In der zweiten Reihe der zweiten Kompanie kniff Pampe die Augen zusammen, als sie an der dritten oder vierten Basilika vorbeikamen. »Bei allen Heiligen – und damit meine ich wirklich *alle* Heiligen! Sie müssen hier eine Kirche für jeden Heiligen haben.«

Ser Michael schüttelte den Kopf. »Ich hatte ja keine Ahnung«, sagte er, als er die Bronzestatue irgendeines Kriegers betrachtete. Er konnte nicht einmal bestimmen, um was für eine Art von Krieger es sich handelte, aber die Qualität der Statue war überwältigend. Sie wirkte geradezu lebensecht. Die Muskulatur … die Anspannung im Gesicht des Mannes …

»Starr nicht so«, knurrte Ser Jehan, doch dann lächelte er Michael an. »Ich dachte, wenigstens du wärest schon einmal hier gewesen.«

»Nie«, keuchte Ser Michael. »Hier *riecht* es sogar gut.«

Ser Jehan nickte. »Abwasserkanäle. Aus der alten Zeit. Siehst du die großen Brücken da hinten? Ich habe die Bezeichnung für sie vergessen, aber sie leiten das Wasser von den Bergen bis in die Stadt. In manchen Häusern kannst du einen kleinen Hahn aufdrehen, und frisches Wasser, das sogar trinkbar ist, fließt heraus. Der Abfall geht geradewegs in die Rohre und, *schwups,* ist er verschwunden. Zumindest in guten Häusern.«

Ranald konnte es sich nicht verkneifen, den Kopf andauernd hin und her zu drehen. »Das ist ja gewaltig!«

Michael beugte sich vor. »Du bist schon einmal hier gewesen«, sagte er.

Jehan nickte über dem Rumpf seines großen Kriegspferdes. »O ja, das war vor mehr als zehn Jahren. Ich habe zwei Jahre hier gedient. Gute Bezahlung. Kaum Kämpfe. Andauerndes Herumstehen in zugigen Hallen, während man dem Gesang der Priester zuhört.«

Ser George Brewes fing eine Rose auf, die eine junge Frau von einem hohen Balkon heruntergeworfen hatte, und steckte sich den Stängel hinter das Ohr. »Wunderschön«, sagte er und zeigte auf ein großes Haus mit roten Türen. Aber die Straße zog sich immer weiter dahin, und als sie die Hügel in der Mitte hinaufritten, begriffen sie, dass der Durchmesser dieser Stadt ganze sieben Meilen betrug – sie war fünfzigmal so groß wie Harndon.

Die Gespräche verstummten.

*Du hast keinen Grund, wütend zu sein. Ich habe dir doch die Kontrolle zurückgegeben.*

*Ach, wirklich? Vielleicht ist es allmählich an der Zeit, mich deiner zu entledigen. Du bist ein zweifelhafter Gast.*

*Gib mir etwas zusätzliche Zeit. Diese Stadt – sie ist die Heimat der Hermetik. Ich könnte noch einiges lernen …*

*Du hast meinen Körper in deine Gewalt gebracht, Harmodius. Wie sollte ich dir da jetzt noch vertrauen können?*

*Sei kein Narr, Junge. Ich habe es getan, um uns beide zu retten.*

*Das sagst du. Und du wirst dein Verhalten bis zu dem Augenblick verteidigen, in dem du zu meinem Herrn und Meister geworden bist.*

Der Rote Ritter kappte die Verbindung zu dem alten Magus und konzentrierte sich wieder auf die Wirklichkeit um ihn herum. Graf Zac hatte Ser Gawin an seiner Seite ersetzt.

»Redet Ihr mit den Geistern?«, fragte er interessiert.

»Nein«, antwortete der Rote Ritter. »Oder … doch. Vielleicht.«

Zac hielt den Kopf so schräg wie ein aufmerksamer Hund. »Was denn jetzt?«, fragte er.

»Vielleicht«, sagte der Rote Ritter.

Der Ostmann machte ein Zeichen mit der Hand. »Ihr solltet vorsichtig sein«, sagte er. »Die Geister sind gefährliche Bastarde. Hört auf mich.« Dann grinste er und fragte: »Kennt Ihr die Stadt?«

»Ich bin schon einmal hier gewesen«, gab der Rote Ritter zu.

Graf Zac nickte. »Die Porphyrogenetrix will Euch sehen.« Der Ostmann, dem die gotischen Namen Schwierigkeiten bereiteten, konnte diesen moreanischen Titel hingegen flüssig aussprechen. »Ihr kennt Blacharnae?«

Der Rote Ritter schüttelte den Kopf. »Dieser Stadtteil ist mir nicht geläufig«, sagte er.

»Sie wird Eure Männer in der Palastkaserne unterbringen«, sagte der Ostmann. »Sie ist genauso schlimm wie die Geister. Seid also vorsichtig.« Er zuckte die Achseln. »Wenn Ihr im Palast fertig seid, kommt Ihr zu mir und holt Euer Pferd ab …« Er deutete auf das geborgte Schlachtross des Hauptmanns, klopfte ihm auf den Hintern und lachte. »Mögt Ihr Mädchen?«, wollte er wissen.

Dem Hauptmann fiel es schwer, durch den Schleier seines Schmerzes den Worten des Grafen zu folgen. »Ja, grundsätzlich bin ich dafür bekannt, dass ich Mädchen mag«, gelang es ihm zu sagen.

»Dann nehmt Euch vor der Prinzessin in Acht«, meinte Graf Zac.

Die Tore des Palastes waren verschlossen. Auf dem Großen Platz davor kam die Truppe unter den wachsamen Augen des heiligen Aetius zum Stillstand. Jeder Mann und jede Frau blickte sich um und gaffte wie der ärmste Bauer im Hause eines reichen Mannes. Die Bogenschützen unterhielten sich so laut, dass Bruchstücke ihrer Bemerkungen bis zu der Kolonne des Hauptmanns drangen, der in aller Ruhe die Tore betrachtete.

*Noch nie gesehen ... aus verdammtem Gold gemacht ... und die Teile, die in der Luft hängen ... sieh dir bloß ihre Titten an! Wie schön ... von Göttern oder Menschen gemacht ... dieser Bogen ist so schwer, dass man ihn nicht ziehen kann ... nein, du dämlicher Kerl, das ist ein Streitwagen ... so etwas hat man früher getragen ... nicht aus reinem Gold ...*

Harmodius regte sich tief in seinem Kopf. *Darf ich etwas sagen?*

Der Rote Ritter seufzte leise. *Na los. Wie sollte ich dich schließlich daran hindern?*

*Das hier ist viel gefährlicher, als ich gedacht hatte. Die hermetische Energie ist so stark wie an der Quelle von Lissen Carak. Ich spüre die Universität. Auf der anderen Seite des Platzes befinden sich dreißig Männer und zwei Frauen in der Akademie, von denen jeder so mächtig ist wie ich – nun ja, vielleicht nicht ganz so mächtig, aber doch fast.*

*Im Palast bemerke ich einen starken Wirker der Magie und mehr als ein Dutzend, die etwas schwächer sind.*

*Eine solche Konzentration hermetischen Talents habe ich noch nie an einem einzigen Ort versammelt gesehen ... außer in meiner Jugend vielleicht.*

Der Rote Ritter spürte das Vergnügen in den Gedanken des anderen Mannes, als wäre es sein eigenes. *Und wo war das, alter Mann?*

Harmodius lachte in seinem Kopf. *In Ifriqu'ya, mein Junge. In Daaras-Salaam, der Heimat des Friedens. Es ist das beste Zentrum der hermetischen Studien in der bekannten Welt.*

Der Rote Ritter saß auf seinem schrecklichen Wallach und betrachtete weiterhin die Tore. Das Pferd regte sich immer wieder unbehaglich unter ihm, grunzte, warf den Kopf herum und versuchte die Kandare auszuspucken.

Neben dem Roten Ritter spuckte auch Ranald Lachlan aus – wenigstens war es ein nachdenklicheres Ausspucken als das des Pferdes. »Bei allem, was heilig ist – das ist so, als sähe man sich einem Drachen gegenüber. Wie Regen an einem Berghang und die Sonne über den Seen. Ist das eine Statue der Herrin Tar? Bei der heiligen Jungfrau, ist so etwas überhaupt erlaubt?«

Sein Vetter kicherte. »Junge, ich sehe mich auf diesem Platz um, und alles, was ich erkenne, ist ein Kunde, der bezahlen kann.« Tom Schlimm grinste. »Sie sind ganz schön hinterhältig, uns hier schmoren zu lassen, während sie drinnen sitzen und sich einen genehmigen. Vielleicht wollen sie uns nur zeigen, wo unser Platz ist?« Trotz seiner Worte sah Tom zu der Stelle hinüber, auf die Ranald gezeigt hatte, und bemerkte die goldene Statue der Tar mit den grünen Augen. Er bekreuzigte sich.

»Christus am Kreuz!«, sagte Ranald. »Man wird uns alle als Heiden verbrennen.«

»Du hast zu viel Zeit in Harndon verbracht, Vetter.« Toms Blick begegnete dem von Ranald. Keiner von beiden wich vor dem anderen zurück, aber beide legten unbewusst die Hand auf den Schwertgriff.

Der Hauptmann drehte nicht einmal den Kopf. »Meine Herren? Auch wenn ein Duell hier auf dem kaiserlichen Forum vermutlich ein schönes Schauspiel für die Einwohner wäre, nehme ich doch an, dass wir von der Prinzessin eher geschätzt werden, wenn wir eine gewisse Etikette an den Tag legen.«

Tom Schlimm nahm die Hand vom Schwertgriff und lachte. »Das war doch nur Spaß, Hauptmann.«

Ranald sagte: »Er hat heute noch nicht genug gekämpft.« Einige der Bogenschützen lachten.

Der Rote Ritter stellte sich in die Steigbügel und rief mit seiner Schlachtfeldstimme: »Augen nach vorn!«

Die Truppe hörte mit ihrem Geplapper, ihren Kommentaren und Kunstkritiken auf und stand still in der Abendluft da. Die Pferdeschweife scheuchten die letzten Sommerfliegen davon. Ein Maulesel furzte. Eine Frau seufzte.

Schweigen.

Die Männer regten sich, bewegten die Knie, und Pampe lockerte ihr Schwert. Ihr neues Kriegspferd war von dem Verlagern des Gewichts verwirrt und trat aus der Reihe, woraufhin Pampe errötete. Mutwill Mordling, der einen Trupp von Bogenschützen befehligte, versuchte ihnen etwas über ihre Bezahlung zuzuflüstern, und seine Worte klangen wie das Geräusch einer kleinen Sägemühle. Eichenbank lehnte sich vor und versetzte ihm mit der Gewalt und Zielgenauigkeit eines Lehrers eine Ohrfeige. Er jaulte auf und verstummte.

Schweigen.

Ein einzelner Pferdehuf trat ungeduldig auf das Pflaster; es hallte wie ein Hammerschlag von den Statuen wider – auf der anderen Seite des Platzes stand eine große Bronzestatue des heidnischen Gottes Ceberus vor der Akademie. Das war der vielköpfige Hund. Er schien zu bellen.

Der Klang marschierender Stiefel drang von der gegenüberliegenden Seite des Platzes herbei. Sie marschierten im Gleichschritt –

dies war eine Kunst, die in Albia so gut wie unbekannt war. Der dünne Klang einer Flöte stieg über die hohen Mauern.

Langsam schlug eine Trommel. Sie schien sehr groß zu sein. Es klang fremdartig. In der Verbindung mit der Flöte wirkte es wunderschön und zugleich wild.

Zwei kleinere Trommeln fielen ein und ratterten wie verrückt gewordene Spechte.

Und die großen Tore öffneten sich allmählich.

Der Hof hinter den Toren badete im Fackelschein – Fackeln brannten in mehr als hundert Halterungen und erhellten die Mosaike, die jede glatte Oberfläche überzogen: die Fassade der kaiserlichen Stallungen, die Palastbüros, die Kasernen, die Unterkünfte der Diener. Das Bild des Christus Pantokrator, die Hand zum Segen erhoben, in kaiserlichen Gewändern aus Purpur und Rot, das Bildnis seiner Höllenfahrt, auf der Satan von einem Christus vertrieben wird, der mit einem Langschwert bewaffnet ist; die Jungfrau Maria, als Kaiserin oder Himmelskönigin gekleidet, in Lapislazuli und Gold, glitzernd und lebendig erscheinend. Sogar die Steinplatten auf dem Boden waren ganz erstaunlich. Sie bestanden aus schwarzem und weißem Marmor in großartigen, endlosen geometrischen Mustern, die sich wie ein Labyrinth vom Tor bis zum Palasteingang hinzogen.

Im Hof befanden sich mehrere Hundertschaften: Das war die Wache. Hundert Nordikaner standen in knielangen Kettenhemden da, hatten fünf Fuß hohe Äxte über die Schulter gelegt und hielten runde Schilde in der linken Hand. Jeder einzelne von ihnen trug einen prächtigen Helm im klassischen Stil aus Bronze und Stahl mit eingehängten Wangenplatten und hohen, schwarz-weißen Büscheln aus Pferdehaar am Scheitel sowie lange Mäntel in kaiserlichem Purpur mit dem doppelköpfigen Adler des Kaisers auf der linken Schulter.

Gegenüber den Nordikanern standen die Scholae; sie waren beinahe doppelt so zahlreich und hatten Speere und Schilde, die wie Tränen geformt waren. Dazu trugen sie blau-goldene Wämser und Mäntel aus scharlachrotem Leder über bronzefarbenen Rüstungen sowie hüfthohe Stiefel aus rotem Leder.

Im hinteren Teil des Hofes warteten dreihundert Diener in passenden scharlachroten Überwürfen mit goldenen Spangen und weißen Lederschuhen.

Es sah wie die Vision eines besonders kriegerischen Himmels aus.

Ein Offizier trat vor, marschierte mit festem Schritt zum Tor und rief auf Hocharchaisch:

»Halt! Wer da? Wer wagt es, vor das Tor des göttlichen Kaisers zu treten?«

Harmodius kicherte im Kopf des Roten Ritters. *Das muss aber eine sehr alte Floskel sein. Ich glaube kaum, dass wir den Kaiser noch als göttlich betrachten – faszinierend.*

*Könntest du bitte den Mund halten?*

*Pah.*

»Der Herzog von Thrake, Megas Ducas, Kommandant der kaiserlichen Armeen und seine Bucellarii!«, brüllte der Rote Ritter.

Die Geräusche, die aus dem Innern des Hofes kamen, waren deutlich zu vernehmen. Die Männer murmelten.

Der Offizier hinter dem Tor hielt inne und wusste offenbar nicht, was er sagen sollte.

Der Rote Ritter saß auf seinem Pferd und wartete. Er genoss die Verwirrung, die er soeben gestiftet hatte.

*Du hast die Katze zwischen die Tauben gesetzt. Bucellarii – eine ausgezeichnete gelehrte Idee.*

*Danke, Harmodius. Ich muss gestehen, dass ich ganz stolz auf diesen Einfall bin.*

*Du setzt sie unter Zugzwang.*

*Das hatte ich auch vor. Es würde ihr passen, mich zu benutzen und gleichzeitig auf Abstand zu halten. Damit hätte sie die Möglichkeit, dem früheren Herzog zu erlauben, an den Hof zurückzukehren. Ich dachte, ich erspare uns allen ein wenig Zeit.*

*Du hast einen Plan?*

*Ja.*

*Kann ich dabei behilflich sein?*

*Ich wüsste gern, wieso das Reich all diese hermetischen Talente und diese ausgezeichneten Soldaten beherbergt und dennoch so zahnlos ist.*

*Siehst du den Jungen, der aus der Reihe der Diener herbeikommt?*

*Ah, eine Botschaft.*

Der Junge war in Schwarz und Weiß gekleidet und wirkte wie einer der kaiserlichen Vögel – ein Reichsbote. Er rannte auf den Offizier vor dem Tor zu, kniete nieder und hielt ihm einen Zylinder aus rötlichem Elfenbein entgegen.

Der Offizier verneigte sich tief und küsste den Zylinder. Dann öffnete er ihn. Er verneigte sich abermals, gab den Zylinder dem Boten zurück und drehte sich schneidig um.

Auf Hocharchaisch rief er: »Allgemeiner Salut – der Megas Ducas betritt siegreich den Palast!«

Sechshundert Stiefel stampften auf den Boden. Die Trommeln donnerten und rasselten. Sechshundert Arme wurden im kaiserlichen Salut hochgerissen.

Der Rote Ritter wandte nicht einmal den Kopf um. Er rief nur: »Marsch!«

Die Truppe – Ritter und Knappen, Pagen und Bogenschützen und Sattler und Waffenschmiede und Priester und Huren und Frauen und Kinder und Wagenlenker –, sie alle marschierten in ordentlicher Formation durch das Tor. Auch wenn es ihnen an der förmlichen Würde der Nordikaner und dem großartigen Erscheinungsbild der Scholae mangelte, so hatten sie doch spiegelblank polierte gallysche und etruskische Rüstungen, und ihre scharlachroten Wollmäntel und die dazu passenden weißen Straußenfedern an Hut oder Helm erregten den Neid eines jeden Soldaten.

Es waren Meg und Lis gewesen, die jeden Nichtkämpfer der Truppe mit einem hübschen roten Umhang und einer schwarzen Wollmütze ausgestattet hatten, an der eine weiße Pfauenfeder steckte. Die Wolle war nicht von bester Qualität, und die Farbe würde im Regen auswaschen, aber in dieser Nacht und im Fackelschein sahen sie darin wie eine großartige Ambassade oder das Gefolge eines Königs aus.

Die Truppe ritt in die Mitte des großen Hofes.

»Halt!«, rief der Hauptmann. »Kaiserlicher Salut!«

Er befand sich zwei Pferdelängen vor Ser Michael, der sein großes Lac-d'Amour-Banner in einem mächtigen Bogen schwang und es dann auf den Marmorboden unter die Hufe seines Pferdes legte, wobei der sechsstrahlige Stern an der Spitze des Fahnenstabes auf dem Boden ruhte. Jeder Mann und jede Frau in der Truppe streckte den rechten Arm parallel zum Boden und von der Schulter weg aus.

»Ave, Kaisar«, brüllte die Kompanie. Das hatten sie in den Bergen geübt, während Ser Alcaeus die Augen über ihr schlechtes Archaisch und ihre unzüchtigen Gesten verdreht hatte, die sie dabei gemacht hatten. Heute Nacht aber, im Fackelschein und vor einem zweitausend Jahre alten Palast, schien es einfach richtig zu sein.

»Absteigen!«, rief der Hauptmann, und der Befehl wurde von den Korporälen wiederholt. Fünfhundert Beine schwangen sich über fünfhundert Sättel. Die Diener lösten sich aus den Reihen und nahmen die Pferde entgegen, und der Hof schien zu einem Chaos aus Farben und Bewegungen aufzuweichen. Doch die Diener führten diese Aufgabe schon seit Urzeiten aus, und die Kriegspferde und Zelter wurden schneller in die kaiserlichen Stallungen gebracht, als der Rote Ritter es für möglich gehalten hätte. Es war sogar der stärkste

Ausdruck reiner Macht, den er je gesehen hatte – die Pferde wurden so rasch weggeführt, wie ein Mann »Heil Caesar« sagen konnte.

Ein Offizier der Diener erschien und trat mit dem Offizier der Nordikaner, der vor dem Tor gestanden hatte, sowie zwei kaiserlichen Boten vor – in diesem Fall waren es Botinnen.

»Durk Schwarzhaar, Mylord Herzog«, sagte der Nordikaner. Sein Akzent schien tonnenschwer.

Der Offizier der Diener verneigte sich tief. »Mein Herzog, ich werde Euch vor den Thron führen. Das wäre zwar eigentlich die Aufgabe des Kammerherrn gewesen, aber ich muss leider gestehen, dass diese Stellung im Augenblick nicht besetzt ist. Auch wenn ich unwürdig bin, eine solche Aufgabe auszuführen, werde ich doch alle Anstrengungen unternehmen, Euch zufriedenzustellen.«

»Ihr seid der Hauptmann der Diener?«, fragte der Rote Ritter.

»Ich habe die Ehre«, antwortete der kaiserliche Bedienstete. »Darf ich hinzufügen, dass Euer Hocharchaisch äußerst elegant ist? Bucellarii? Die kaiserlichen Botinnen mussten es in einem Wörterbuch nachschlagen.« Er machte eine angedeutete Verbeugung vor den beiden Frauen, verneigte sich dann noch einmal tief und trat ins Fackellicht hinein.

»Wo wird man meine Leute unterbringen?«

»Die Athanatos-Kaserne wurde für tausend Soldaten errichtet und ist gegenwärtig unbenutzt. Da ihre früheren Bewohner eine unkluge Wahl getroffen haben, ist es der kaiserliche Wille, dass sie Euch zur Verfügung gestellt wird. Die Betten mögen zwar ein wenig eng beieinander stehen …«

Der Rote Ritter erhaschte Pampes Blick und deutete ihr an, dass er sie brauche. Dann wandte er sich an Toby, der schon neben ihm stand, und während sein Knappe Helm und Panzerhandschuhe entgegennahm und sein Schwert wechselte, schickte er Nell zu Ser Gawin, Ser Michael und Ser Thomas.

»Ihr dürft den Thron nicht warten lassen!«, sagte der Hauptmann der Diener.

»Ich lasse den Thron gewiss nicht warten. Ich kümmere mich um meine Soldaten, so schnell ich kann, während ich mich darauf vorbereite, vor den Thron zu treten, was ich jedoch nicht in voller Rüstung tun kann.« Er lächelte so anmutig wie möglich. »Pampe, kümmere dich darum, dass die Ladung der Wagen nur in die Athanatos-Kaserne gebracht wird. Jeder Soldat ist für das Verhalten seiner Kameraden verantwortlich.« Er sah John le Bailli. »John, hol die Wagenlenker und quartiere sie zusammen ein. Die Zugtiere kommen in die Stallungen. Meg. Meg!«

Die Näherin war so zurückhaltend wie immer, aber als sie vortrat, sah sie in ihrem roten Mantel über dem schwarzen Reisekleid großartig aus. Und ihr Hut war … keck.

»Mein Herzog«, sagte sie und machte einen Knicks, in dem nur eine Andeutung von Spott lag.

Der Hauptmann der Diener wurde blass.

Obwohl es in den Schläfen des Roten Ritters pochte, musste er lachen. »Meg, kannst du dich um die Nichtkämpfer kümmern? Ich möchte dich zur Korporalin ernennen. Würdest du das annehmen?«

»Bei einer Korporalsbezahlung?«

»Natürlich«, sagte er.

Sie lächelte. »Dann möchte ich aber Kaitlin als Leutnant haben«, sagte sie.

»Bring sie alle zusammen unter. Und ich will nur das beste Betragen sehen.«

Seine Soldaten salutierten mit ihren freien Händen, und Meg machte einen weiteren Knicks.

»Wir haben Nahrung für drei Tage«, sagte John le Bailli leise zu dem Hauptmann der Diener.

Der Palastoffizier stieß einen Seufzer der Erleichterung aus. Dann wandte er sich an einen seiner Diener, der eine weiße Kordel über der rechten Schulter trug. »Folgst du ihnen bitte, Stephanos?«

Der Mann salutierte.

Der Rote Ritter trug leichte Lederhandschuhe, eine kleine Pelzkappe mit einer Brosche aus Gold und Emaille sowie einer weißen Pfauenfeder daran. In der Hand hielt er seinen Befehlsstab. So verneigte er sich vor seinen Offizieren. »Ser Gawin, Ser Thomas, Ser Jehan, Ser Milus, Ser Alcaeus, zu mir.«

Toby hatte es gerade geschafft, ihm seinen Hermelinmantel über die Schultern zu legen, als er sich abwandte und dem Hauptmann der Diener folgte. Die Beinschienen des Hauptmanns lagen auf dem Boden und ebenso die Armschienen. Aber sie waren rechtzeitig abgenommen worden, sodass der Hauptmann nun aussah, als würde er den Brust- und Rückenpanzer aus modischen Gründen tragen.

Gemeinsam gingen sie vom äußeren Hof in den inneren. Der Rote Ritter wandte sich an Schwarzhaar. »Ich bitte um Entschuldigung, Hauptmann. Ich musste mich vorher um meine Männer kümmern.«

Schwarzhaar war kein alter Mann. Er grinste und enthüllte dabei viele Zahnlücken. Er war genauso groß wie Tom Schlimm – die beiden Riesen musterten einander bereits von Kopf bis Fuß. Er schwang seine Axt – bewegte den dreipfündigen Kopf und den fünf Fuß langen Schaft, wie ein Kind einen Strohhalm wirft – und zeigte mit ihr auf sechs Männer aus den beiden Nordikaner-Reihen zur Rechten.

»Wegtreten!«, brüllte er.

Die Nordikaner lösten sich in der fackeldurchglühten Dunkelheit auf wie Salz in warmem Wasser und stürmten durch das Tor ihrer Kaserne, das sechs Mann breit war. Der Rote Ritter erhaschte einen Blick auf dunkles, beschnitztes Holz dahinter, auf große Drachen mit weit aufklaffenden Mäulern und auf rennende Hunde ebenso wie auf gekalkte Mauern. Dann war er bereits an dem Eingang vorbeigeschritten, und die sechs Männer mit ihren langen Kettenhemden waren verschwunden. Jeder von ihnen war so groß wie Tom oder Ranald oder einer der gallyschen Adligen gewesen.

»Ich bin kein Hauptmann«, sagte Schwarzhaar und lächelte. »Ich bin der oberste Spatharios. Das bedeutet …«

»Schwertträger«, sagten Ser Michael und der Rote Ritter gemeinsam. Sie grinsten einander an. Ser Jehan rollte mit den Augen.

»Es gibt keinen Hauptmann im Palast, nur den Hauptmann der Diener«, fuhr Schwarzhaar fort. »Der Kommandant der Nordikaner wird Jarl genannt.« Er zuckte die Achseln. »Der Jarl wurde jedoch vom Verräter getötet.«

»Aber natürlich nennen Eure Männer Euch Hauptmann«, erwiderte der Palastbedienstete. »Ich glaube, wir werden zu einer einverständlichen Sprachregelung …«

Der Rote Ritter lächelte. »Ich bin für ›Herzog‹«, sagte er.

Tom Schlimm grinste. »Dann also Herzog.«

Auf dem Thron saß eine zwar sehr kleine, jedoch sehr großartige junge Frau. Sie war in Purpur und Gold gekleidet, und ihr Haar war so stark mit Perlen durchsetzt, dass unmöglich zu sagen war, welche Farbe es hatte. Ein Schleier aus goldenem Gewebe hing vor ihrem Gesicht, und die Kleider, die sie trug, mussten genauso schwer sein wie die Rüstung des Roten Ritters.

Er ging den purpurfarbenen Teppich entlang und war sich des Umstandes schmerzlich bewusst, dass im Profil seiner Stiefel noch Gras vom Aresfeld steckte. Der kaiserliche Thronsaal sollte die Barbaren überwältigen, und selbst dem Roten Ritter fiel es schwer, den Blick auf die Prinzessin gerichtet zu halten. Über seinem Kopf erhob sich die Deckenkuppel mindestens hundert Fuß hoch, und genau in der Mitte befand sich ein rundes Kristallfenster, hinter dem die fernen Sterne glitzerten. Der Rest des Gewölbes zeigte ein Mosaik der Weltenschöpfung – ein hermetisches Artefakt, das sich *bewegte*, während es die Geschichte wiedergab.

Unter dem Wunder dieser Kuppel stand der Kaiserthron, der doppelt so groß war wie ein Mensch und aus glänzendem Elfenbein und reinstem Gold bestand, während ein einzelner gelblich-roter Rubin von der Größe einer Männerfaust in seinen Baldachin eingelassen war. Er war hermetisch, glühte von innen heraus und warf ein kräftiges goldenes Licht auf die Prinzessin.

Auf einem ebenfalls elfenbeinernen Schemel neben dem Thron saß eine ältere Frau in mitternachtsblauer Robe, die mit Sternen, Monden und Kreuzen bestickt war. Sie hielt eine Schere in der Hand und schien gerade dabei zu sein, einen Faden durchzuschneiden – eine fast bizarr anmutende Handlung inmitten dieses unglaublichen Überflusses.

Der gegenwärtige Kammerherr hob seinen Stab. »Der Herzog von Thrake!«, rief er. »Megas Ducas aller kaiserlichen Armeen, Admiral der Flotten, Herr der Berge, der Rote Ritter.«

Der Herzog war auf seinem langen Weg durch den Palast eingehend unterrichtet worden, und heute war er keineswegs geneigt, die Etikette geringzuschätzen. Kühn stellte er einen Fuß vor den anderen, dann ließ er sich auf das Knie nieder, nahm seine Pelzkappe mit einer weit ausholenden Bewegung vom Kopf und lag dann der Länge nach vor den Füßen der Prinzessin.

Hätte er ihr Gesicht sehen können, wäre ihm nicht entgangen, dass sie ein ganz schwaches Lächeln zeigte. Sie streckte den Fuß vor, der in einem roten Pantoffel steckte.

Er küsste ihre Zehen und legte die Stirn dann wieder auf den scharlachroten Teppich. Aus dieser Perspektive sah er, dass der Marmorboden unter dem Elfenbeinthron vollkommen sauber war. Weiter hinten erkannte er zwischen den Wandbehängen, die zum Teil ein heidnisches Mosaik neben einer kleinen Tür verdeckten, die vier Pfoten einer Katze.

Und lächelte in sich hinein.

Er lag auf dem dicken Teppich und spürte wieder die Schmerzen in seiner Hüfte sowie die Taubheit, die ihm in das Rückgrat kroch, und die Müdigkeit in seinen Schultern. Es war eigentlich sehr bequem – zu Füßen des Throns.

*Sag jetzt kein Wort,* fuhr er seinen ärgerlichen Gast an.

Ein Rascheln, Klappern und Klirren zeigte ihm an, dass sich seine Ritter ebenfalls zu Boden warfen. Unter diesen Bewegungen fuhr die Katze zusammen, senkte den Kopf und sah unter den Thron, ob von dort eine Gefahr drohe, der sie möglicherweise ausweichen musste.

»Wir haben erfahren, dass Ihr den Verräter von den Mauern meiner Stadt vertrieben und einen großen Sieg errungen habt«, sagte die Gestalt auf dem Thron. »Nehmt den Beifall des Throns entgegen. Wir sind höchst dankbar. Wir würden Euch und Eure Offiziere gern in einer Privataudienz zu weiteren Besprechungen empfangen.«

Der Herzog und seine Ritter lagen wie Grabbildnisse auf dem Teppich. Während einer offiziellen Audienz sprach man den Thron nicht an.

Er roch ihr Parfüm, als sie aufstand – es war eine wunderbare Mischung aus Zeder, Moschus und Lavendel. Sie hatte schlanke, leicht gewölbte Füße. Er fragte sich, ob der Wirbel, der um die Schuhe des Kaisers veranstaltet wurde, daher rührte, dass seine Untertanen so viel Zeit damit verbrachten, dicht vor ihnen zu liegen.

Die Katze jagte eine Ratte. Nun konnte der Rote Ritter beide Tiere sehen.

Die Prinzessin verließ den Thron und die Große Halle, während sich ihr Gefolge ihr anschloss. Sie hinterließ eine Duftspur aus Moschus, Zeder und Lavendel.

Der Stab des stellvertretenden Kammerherrn schlug rasch auf den Boden, dann erhoben sich alle Anwesenden wieder. Der Herzog biss die Zähne zusammen und kämpfte sich mühsam auf die Beine. Seine Hüfte strahlte bis in den Oberschenkel und den Rumpf Schmerzen ab; es war wie der regelmäßige dumpfe Schlag einer Basstrommel.

Der Hauptmann der Diener erschien an seiner Seite. »Folgt mir. Sehr anmutig – gut gemacht«, sagte er mit so wohl eingeübtem Überschwang, dass ihn der neue Herzog verdächtig fand.

Doch ihm blieb keine Zeit, darüber nachzudenken. Seine Hüfte gab ein protestierendes Knacken von sich, und er fiel. Sein Bein weigerte sich, ihn noch länger zu tragen. Schwer schlug er mit dem Kopf auf.

Ser Milus rief etwas von Blut.

Sie trugen den neuen Herzog in seine neuen Gemächer und legten ihn auf ein riesiges, großartiges Bett. Er blutete auf die Laken aus reinstem weißem Leinen. Palastdiener umschwirrten ihn wie Wespen, und Ser Thomas packte den Spatharios bei der Schulter.

»Er braucht einen Arzt«, sagte Ser Thomas, und seine ein wenig verrückten Augen drohten aus den Höhlen zu springen.

»Ein Arzt wurde schon gerufen«, sagte der Hauptmann der Diener und verneigte sich.

Tom mochte diesen Hauptmann nicht. Etwas an dem Kerl war falsch – er schien ihm verdorben bis in den Kern. Schwarzhaar hingegen hätte Toms Zwillingsbruder sein können: schwarze Haare, eine Stirn wie der Bug eines Schiffes und blaue Augen, die so wirkten, als könnten sie Fleisch durchschneiden. Schwarzhaar war von den Fingerknöcheln bis zu den Augenlidern tätowiert – Tom gefiel es recht gut. Er war jemand, der seine Zuneigungen und Abneigungen schnell fasste.

»Ich würd' selbst dann kein Wasser von ihm annehmen, wenn ich am Verdursten wär'«, sagte Tom Schlimm zu Schwarzhaar. »Habt ihr euren eigenen Arzt?«

Der Spatharios schüttelte den Kopf, drehte sich um und knurrte etwas auf Nordikanisch zu einem anderen Riesen, der nun vortrat. »Harald Derkensun«, stellte er sich vor. »Ich spreche Albisch – und Archaisch.«

Tom beobachtete kurz die Diener und schüttelte dann den Kopf. »Ich will, dass diese verdammten Sklaven sofort das Zimmer verlassen, und ich verlange einen Arzt, dem Ihr vertraut«, sagte Tom.

Derkensun nickte. Er klatschte in die Hände und brüllte einige Befehle. Die überraschten Diener flüchteten aus dem Zimmer.

Der Hauptmann der Diener verneigte sich. »Ich habe nach unserem Arzt geschickt ...«, begann er, aber Tom schnitt ihm das Wort ab.

»Wir haben unseren eigenen«, sagte er. »Ihr könnt jetzt gehen.«

Der Hauptmann der Diener seufzte. »Ich werde Wasser und Verbände holen lassen.«

Ser Jehan packte Tom Schlimm am Arm. »Meg. Ich habe sie rufen lassen. Und Toby und Nell und dazu noch einige frische Männer, die Wache stehen werden.«

Tom Schlimm nickte. »Gut. Danke.«

Jehan schürzte die Lippen. »Mir gefällt dieser aufgeblasene Bastard auch nicht«, sagte er.

Zwar besaß Meg die zum Heilen nötige *Potentia*, aber es war nicht ihre stärkste hermetische Gabe, und so beschloss sie, zunächst die Schmerzen zu lindern und sich um die Hüfte zu kümmern. Sie arbeitete, bis sie den gebrochenen Knochen ausgerichtet hatte, dann legte sie einen leichten Verband darum. »Er darf sich nicht bewegen«, sagte sie zu Toby.

Toby schenkte ihr einen Blick, den Jungen gewöhnlich nur für ihre Mütter übrig haben. »Wie soll ich das denn machen, Madame?«, fragte er mit einem Jammern in der Stimme und sah Nell an. Nell schaute zu Boden.

Meg streckte sich und warf John le Bailli einen Blick zu, der sich gerade das Kinn rieb. »Christus, ich brauche Schlaf«, murmelte er.

Meg wandte sich an Tom Schlimm. »Wir benötigen trotzdem noch einen Arzt. Und zwar einen guten.«

»Einer der Nordikaner hat gesagt, dass er einen kennt – einen alten Yahadut, der die Macht besitzt.« Tom Schlimm deutete mit dem Kopf auf die Tür, neben der zwei Riesen mit Äxten standen. »In den Bergen haben wir große Achtung vor den Yahadut.«

Meg zuckte die Achseln. »Bin nie einem begegnet«, sagte sie. »Wenn er ein Arzt ist und wir ihm vertrauen können, dann soll er ruhig kommen. Dem Hauptmann geht es fürs Erste recht gut, aber er wird bald wieder aufstehen wollen, und ich bin mir gar nicht sicher, ob ich die Hüfte ordentlich gerichtet habe.« Sie gähnte.

Derkensun verneigte sich vor Meg und grinste Tom Schlimm an. »Ich kann einen Läufer zu meinem Freund schicken. Er wird den alten Mann finden. Aber vor morgen früh werden wir ihn nicht zu sehen bekommen. Und die Prinzessin will das Treffen so schnell wie möglich abhalten.« Er sah von Tom zu Meg und wieder zurück. »Ihr macht es richtig – seid weiterhin wachsam.«

Tom nickte und zog sich die Lederflasche über den Kopf. »Nur Wasser aus unseren Feldflaschen, bis wir sicher sind, dass keine Gefahr droht. Klar, Jungs?«

Die anderen Männer im Raum nickten.

Später in der Nacht brachte Nell zwei Hunde, die zu der Truppe gehörten, aus den Stallungen herbei. Es hatte fast eine ganze Stunde gedauert, bis sie die Pferde gefunden hatte, und noch länger, bis sie endlich zu der Stelle kam, wo die Hunde angebunden waren. Dann hatte sie sich auf dem Rückweg in den endlosen Korridoren verirrt, während die Hunde versucht hatten, einen der Diener zu beißen.

Alles wurde zu einem Abenteuer, wenn man eine Pagin war.

Als sie Toby die Tiere übergab, bot er ihnen Wasser in zwei Schalen an. Das jüngere Tier trank gierig. Das ältere hingegen roch an dem Wasser und jaulte.

Nach einer Stunde war das jüngere tot.

Die Truppe war in Alarmbereitschaft versetzt worden und stellte eigene Wachen auf. Erschöpfte Männer und Frauen schmiedeten Pläne, die Athanatos-Kaserne im Notfall zu verteidigen, und Ser Milus schickte jeden Mann, jede Frau und jedes Kind in die Nacht hinaus, dann durchsuchte er einen Raum nach dem anderen mit zehn Rittern in voller Rüstung, und schwitzende Bogenschützen öffneten unter dem Schein von Fackeln jede Truhe und jeden Schrank. Auch die Betten wurden auf den Kopf gestellt.

Zwei Männer wurden erwischt. Beide wehrten sich, und beide wurden getötet.

Tom Schlimm wirkte im Fackelschein auf dem Hof wie der leibhaftige Teufel; sein Schwert war vom Blut des zweiten Attentäters gerötet – eines uniformierten Dieners.

Der Hauptmann der Diener weigerte sich zu kommen.

Ser Milus überprüfte Ser Michaels Plan zur Verteidigung der Kaserne und billigte ihn. »Wo ist der Wächterraum?«, fragte er.

Ser Michael deutete auf den Raum, in dem sie sich gerade befanden – es war eine lange, offene Diele mit Zugang zum Innern der Kaserne und auch zu deren Vorraum. Der Boden bestand aus schwarzem und weißem Marmor, und an den Wänden befanden sich Schlachtenszenen.

»Gut gemacht, junger Knabe. Du hast die erste Wache.« Der ältere Ritter grinste. »Danke, dass du es freiwillig machst.« Er deutete mit dem Kopf auf Ser Michaels Schreibstift. »Du kannst die Wache damit verbringen, einen Wachplan zu erstellen.«

Meg saß am Bett des Roten Ritters. Er war blass, seine Haut hatte den seltsamen Glanz der sehr Kranken. Sie fragte sich verzweifelt, ob sie seine Hüfte vielleicht schlecht gerichtet oder sein *Ops* irgendwie mit ihrer eigenen Magie ausgetrocknet haben mochte. Das war eines der großen Risiken beim magischen Heilen.

Sie wusste, dass sich ihre Hoffnung auf einen Arzt hauptsächlich auf ihr eigenes Verlangen gründete, den Hauptmann in der Obhut und Verantwortung einer anderen Person zu sehen. Schließlich war die Heilkunde nicht ihr bevorzugtes Gebiet.

Aber als das hermetische Wirken über sie alle hereinbrach, hatte sie es kurz vorher kommen gespürt. Die Zeit reichte gerade noch aus, Luft zu holen, einen Schild über dem Bett zu errichten und aufzustehen.

Einer der Nordikaner starb – sein Blut kochte. Der andere legte die Hand auf den Schwertgriff, doch welche Bösartigkeit ihn auch immer als Ziel erkoren hatte, sie überspülte ihn wie dünne Tinte und verschwand.

Meg spreizte die Hände, wie sie es von der Äbtissin gelernt hatte, und der schreckliche Zauber löste sich sogleich auf. Als die Macht über Nells schlafenden Körper fuhr, erwachte sie und weinte.

»Es frisst die Sterne«, sagte Nell und schloss die Augen.

Der überlebende Nordikaner kniete nieder, legte seinem Gefährten die Hand auf die Stirn, stand wieder auf und schüttelte den Kopf. »Verdammte feige Hexen«, sagte er.

Meg streckte die Hand aus. Jeder Zauber hatte eine Grundlage. Jeder Stich hinterließ ein Loch im Stoff, wie klein es auch sein mochte. Selbst wenn die Stiche zusammengezogen wurden, konnte eine erfahrene Näherin sehen, wo sich die alten Löcher befanden.

Sie streckte die Arme aus und erhob die Stimme. Der Faden, der ihren Gegner mit diesem Werk verband, erschien und lief bis hinaus in den Korridor.

Sie rief den Hund – den jungen, toten – und schickte ihn hinter der Spur her. Sie hatte das Tier mit ihrem eigenen *Ops* angefüllt und ihn so für einige Minuten wiederbelebt, dass er für sie auf die Jagd gehen konnte.

Harald Derkensun beobachtete mit Abscheu, wie der tote Hund aufstand und den Boden abschnüffelte. Er wich sogar zurück und zog vor der netten alten Frau sein Schwert.

Sie nickte ihm zu. »Du hast nichts zu befürchten. Nicht alle Hexen sind feige.«

Ihre Stimme hallte vor Macht wider.

Der Hund sprang auf und schoss in den Korridor hinaus.

Derkensun war erschüttert. »Er war tot.«

»Das ist er leider immer noch, was sehr schade ist, denn er hat meiner Tochter gehört«, sagte Meg. »Aber Not kennt kein Gebot«, fügte sie hinzu.

Der Hund hatte nur einen einzigen Zweck zu erfüllen. Er musste der Duftspur folgen. Er lief hinter dem Zauber her, und nach einiger Zeit wurde der Duft stärker. Und noch stärker.

Die Quelle! Sie ragte über ihm auf und trat ihn.

Er wurde … zu *Licht*.

Sie spürte, wie ihre Magie das Ziel erreichte. Ganz kurz kniff sie die Augen zusammen, und dem Nordikaner kam es so vor, als sähe er eine der bösen alten Hexen aus den Mythen seines Volkes – eine wilde Alte, die eine eisige Hölle bewachte.

»Hab ihn«, sagte sie. Und sackte auf ihren Stuhl.

Die Morgendämmerung brachte den Arzt herbei.

Er war alt – so alt, dass sein Schnäuzer und Bart die Beschaffenheit schlechter Wolle aufwiesen. Auf seinem Kopf saß eine kleine Kappe, und er hatte einen großen Stab dabei. Er traf mit Derkensun, Ser Michael und einem jungen Mann ein, der nicht vorgestellt wurde, zusammen. Vier weitere Nordikaner kamen herbei, hoben den toten Wächter auf einen Schild und trugen ihn weg.

Der Yahadut beugte sich über das Bett und legte die Hand auf den Kopf des Hauptmanns – und riss sie sofort wieder zurück.

»Beim Gott meiner Väter«, sagte er. »Was ist denn das für eine Blasphemie?«

Er drehte sich um, geriet ins Taumeln und erstarrte dann.

Ser Michael beachtete den alten Arzt nicht weiter. »In der Küche wurde ein Mann getötet, Meg – auf hermetische Weise. Mit Verbrennungen unter der Haut.«

»Er hat auch den Wächter getötet. Er hat versucht, uns alle umzubringen«, sagte Meg müde.

»Tom Schlimm hat ebenfalls zwei erwischt«, meinte Michael. »Dieser Ort steckt voller Verrat.«

Harmodius unternahm einen neuen, verzweifelten Versuch.

*Gelehrter Yahadut!*

Der Mann hielt inne.

*Wir brauchen deine Hilfe!*

*Es ist Blasphemie, wenn zwei Seelen einen Körper besitzen,* sagt der alte Mann. Aber die Außergewöhnlichkeit dieses Umstandes erregte sein Interesse. *Ich verstehe. Ah – ich verstehe. Dein Körper ist also … tot?*

*Das ist er,* sagte Harmodius. *Ich muss meinen Gast verlassen. Sonst bringe ich ihn noch um.*

*Das sehe ich,* sagte der Gelehrte, der nun völlig fasziniert war. *Ah! Du bist Harmodius?*

*Der bin ich.*

*Ich bin Yosef ben Mar Chiyya, stets zu Diensten. Du kennst Al-Rashidi …*

*Ja. Ich war sein Schüler. Und du?*

*Wir standen im Briefkontakt. Dein Gast ist nicht sehr schlimm verwundet. Ich muss leider gestehen, dass du selbst die Quelle des Übels bist. Du musst ihn verlassen.*

*Das habe ich bereits gespürt. Ich habe die Kontrolle über ihn …*

*Das ist böse! Das darfst du nicht!*

*… erlangt, um ihn retten zu können. Und mich natürlich auch. Yosef, ich bin hier drinnen machtlos. Kann ich in ein Artefakt überführt werden?*

*Niemals. Die Seele ist dafür zu komplex. Du kannst höchstens in einen anderen Körper eingehen. Aber das weißt du doch sicher.*

Wenn Harmodius einen Körper gehabt hätte, dann hätte er jetzt die Achseln gezuckt und geseufzt. *Es gibt gute Gründe, warum ich noch existiere!*

Yosef ben Mar Chiyya öffnete die Augen und wandte sich wieder dem Körper des Roten Ritters zu. In dem bequemen, leicht schäbigen Wohnzimmer seines großen Bibliothekspalastes ließ er sich in einen Armlehnsessel fallen. *Ich bin gut gerüstet gegen dich, Dämon. Komm und nimm Platz.*

*Ich bin kein Dämon.*

*Alles, was die Kontrolle über den Körper eines Menschen zu erlangen versucht, ist ein Dämon. Aber du kannst mich nicht verführen. Ich bin zu alt für jede Art von Verführung. Wer ist die Frau, die so hell wie die Sonne brennt?*

*Meg. Eine Näherin. Sie ist ein Naturtalent.*

*Bei den Hörnern und Trommeln von Judea, sie ist wie ein Feuerengel. Ganz im Gegensatz zu dir, Dämon. Du musst sterben.*

*Wenn ich es wirklich muss, dann soll es so sein. Aber warte – warte. Was wäre, wenn du ihm Drogen verabreichst? Könnten ihm Drogen helfen?*

*Sie können schon helfen – aber dann wärest du immer noch da.*

*Verdammt! Rashidi würde eine Lösung finden!*

*Rashidi ist zehnmal so machtvoll wie ich und würde dennoch sagen, dass die Lösung ganz einfach ist. Aber du wirst sie nicht akzeptieren. Lass los. Stirb!*

*Das werde ich nicht.*

Zitternd holte der Yahadut tief Luft und murmelte eine Beschwörung, während er die Hand auf das Amulett vor seiner Brust legte. Reines weißes Licht flammte auf.

Die Augen des Hauptmanns öffneten sich.

Er begegnete dem Blick des alten Gelehrten und holte tief Luft, als sich seine Freunde um das Bett drängten.

»Er ist fort«, flüsterte der Rote Ritter.

Der Gelehrte schüttelte den Kopf. »Wohl kaum – dieses böse alte Wesen.« Er legte die Hand auf die Stirn des Roten Ritters. »Ich habe ihn bloß für eine Weile zurückgedrängt. Ich werde Euch einen Trunk zubereiten. Das wird erst einmal helfen.« Er runzelte die Stirn. »Aber am Ende werdet Ihr Euch von diesem schwierigen Gast befreien müssen.«

Meg beugte sich vor. »Wovon redet er?«

Die Lider des Hauptmanns flatterten. »Er plappert einfach so, Meg.«

Der Arzt sah die Näherin an. Und in diesem einen Augenblick *wussten* sie.

»Ah, ich verstehe«, sagte Meg.

Eine Stunde nachdem der Hauptmann den Trunk genommen hatte, war er schon wieder auf den Beinen, getrieben von einer wilden Kraft.

Er überprüfte die ergriffenen Vorsichtsmaßnahmen, hörte sich die Berichte über die Angriffe in der Nacht an und lief in seinem Zimmer hin und her, bis ihm Nell frische Kleidung und eine Schüssel brachte, in der er sich waschen konnte.

Nell hatte das Wasser persönlich geholt und ins Zimmer gebracht, und Meg erwärmte es auf hermetische Art.

Er schickte Ser Michael – der sich vor Erschöpfung kaum noch auf den Beinen halten konnte – zum Hauptmann der Diener mit der Botschaft, er könne sich nun mit der Prinzessin treffen, ganz nach deren Belieben. Und er ergriff die Hand Harald Derkensuns.

»Meg sagt, ich verdanke dir den ausgezeichneten Arzt und auch die Warnung. Es tut mir sehr leid um deinen Mann.« Er sah dem Nordikaner in die Augen.

Der andere Mann nickte. »Da ist noch einiges, was Ihr wissen solltet«, sagte er. »Ihr seid der Megas Ducas des Kaisers. Ich habe des Kaisers Salz gegessen und schulde niemandem außer ihm meine Treue. Blutsbande spielen dabei keine Rolle.«

Der Hauptmann hörte den Nordikaner an und sagte am Ende: »Du hast mir viel gegeben, worüber ich nun nachdenken kann.«

»Schwarzhaar weiß es«, sagte Derkensun. »Und auch Giorgios Comnenos von den Scholae.«

Der neue Megas Ducas lehnte sich gegen die Wand. »Also gut«, sagte er. »Danke. Früh gewarnt ist halb gewonnen, heißt es in Westwall.« Er schien mit den Gedanken weit entfernt zu sein, dann aber fasste er sich wieder. »Was kannst du uns über diesen Aeskepiles erzählen? Über den Magister des Kaisers.«

Derkensun zuckte mit den Achseln. »Wenig. Einige nennen ihn Vulcan. Er war ein Schmied oder Juwelier, bevor er zu Macht kam. So habe ich es zumindest gehört. Eigentlich hassen wir Nordikaner alle Hexen und Zauberer.« Er lächelte schwach. »Wir hassen, was wir fürchten.«

»Mir scheinst du gut Bescheid zu wissen«, sagte der Megas Ducas.

»Ich habe einen Freund, der ein Zauberer ist«, meinte Derkensun. »Er wäre den Schmied gern los – ich meine Aeskepiles. Wir versuchen, seinen Namen nicht auszusprechen.«

Eine Stunde später waren alle Nachtwachen im Bett. Der Rote Ritter hatte seine Gemächer im Palast verlassen – die Gemächer des früheren Herzogs von Thrake natürlich.

Er folgte Toby und Nell aus dem Labyrinth der Korridore zur Athanatos-Kaserne, wo er feststellte, dass ihm Meg – die wie immer sehr vorausschauend gewesen war – eine Suite aus drei Offiziersräumen eingerichtet hatte: Wohnzimmer, Schlafzimmer und Besprechungszimmer. Sie hatte die Räume bereits mit Möbeln aus dem Lager bestückt. Und sie war noch wach.

Er ergriff ihre Hände und küsste sie auf beide Wangen. »Du bist …«

Sie lachte. »Ich versuche bloß weiterzudenken. Irgendjemand muss das ja tun.« Sie beugte sich vor und *betrat seinen Palast. »Harmodius lebt!«, sagte sie.*

*»Ja«, gab er zu.*

*Sie lächelte. »Das ist gut. Ich habe ihn gemocht.«*

*»Er ist ein ruheloser Gefährte – wie ein unangenehmer Mitbewohner, allerdings im Innern meines Schädels. Die Drogen des Yahadut sollen ihn zurückdrängen.«*

*»Oh«, meinte sie. »Sagt mir, wenn ich Euch helfen kann.«*

Ihr Geliebter, John le Bailli, gab dem Hauptmann zwei Wachstäfelchen. »Hier ist die Liste der Einquartierungen. Am Ende ist alles etwas chaotisch geworden, und dieser Ort scheint mir unglaublich. Über dem Eingang zur Messe befindet sich ein Legionärsadler. Dieses Gebäude muss mehr als tausend Jahre alt sein.« Er hielt dem Roten Ritter eine Schriftrolle entgegen. »Wir haben zwei Spione erwischt, und Tom hat sie getötet.«

»Natürlich hat er das getan«, bemerkte der Hauptmann.

Pampe kam und lehnte sich gegen den Türpfosten des Besprechungszimmers. »Die Leute sagen, dass wir Euch jetzt mit ›Herzog‹ anreden müssen.«

Er grinste sie an. »Das gefällt mir. Es ist mehr als ein Graf.«

»Herzog Gabriel?«, fragte sie frech.

Sein Grinsen schwand.

Sie betrat den Raum, in dem Toby den Feldschreibtisch aufgestellt und das Siegelwachs bereits erhitzt hatte. Auf der einen Seite der Tischplatte lagen etliche Papiere und auf der anderen Seite eine Menge unbeschriebener Pergamentblätter, die zusammengenommen mehrere Kuhhäute ergeben mussten.

»Es ist nicht wie in der alten Zeit«, sagte Pampe. »Gawin – ist auf Eurer Seite. Eine ziemlich große Zahl von Personen weiß es oder vermutet es wenigstens – Alcaeus zum Beispiel. Und wenn er es weiß, dann weiß es auch die Prinzessin.« Sie zuckte mit den Achseln. »Zu der Zeit, als nur Ihr, ich und Jacques es wussten, war alles noch ganz anders.«

Er lehnte sich zurück. »Noch früher waren da nur Jacques und ich.«

Meg ergriff ihren Geliebten am Ärmel und zog ihn aus dem Zimmer. Sie winkte über Pampes Kopf hinweg.

Währenddessen warf Pampe dem frisch gebackenen Herzog einen Kuss zu. »Ihr macht mir keine Angst. Ich bin selbst ein Ritter. Wie ich hörte, hattet Ihr eine schlechte Nacht. Aber die hatten wir alle.«

»Eigentlich habe ich so gut geschlafen wie seit zwei Wochen nicht mehr. Geh und leg dich zu Bett, Frau.«

Sie schüttelte den Kopf. »Das kann ich nicht. Michael hat mich für die nächste Wache eingeteilt, und ich bin die diensttuende Offizierin.« Sie grinste. »Offizierin vom Dienst. Ob ich das jemals leid werde?«

»Nein«, meinte der Hauptmann. »Wie geht es mit dem Lesen und Schreiben voran?«

Sie zuckte zusammen. »Nicht so gut.«

Der Herzog deutete auf den Papierstapel neben ihm. »Siehst du das? Der Offizier vom Dienst und die Korporäle sollten damit umgehen können, aber Michael und ich machen fast alles selbst. Lesen und Schreiben sind Grundvoraussetzungen für Offiziere. Klar?«

Sie salutierte. »Ja, mein Herzog.« Dann kicherte sie. Und schritt durch die Tür.

Ser Michael kehrte zurück und ließ sich auf einen Stuhl fallen. »Jetzt sofort, falls es Euch möglich ist«, erklärte er.

Der Herzog nickte. »Hol die Offiziere. Lass aber Pampe hier – wir könnten jederzeit angegriffen werden, und da will ich einen guten diensthabenden Offizier haben. Ich weiß, dass du dich schon darum gekümmert hast, aber es macht mir Spaß zu sehen, dass mein Verstand wieder arbeitet.«

Ser Jehan fluchte, und Ser Milus sah so alt aus, wie er in Wirklichkeit war. Und doch kamen sie – in voller Rüstung. Mit ihren Pagen und Knappen durchquerten sie zuerst den äußeren und dann den inneren Hof, stiegen zwei Treppen hoch und klapperten durch einen Korridor, der genauso lang zu sein schien wie die Straße von Lissen Carak nach hier. Schließlich blieben sie vor einer zweiflügeligen Eichentür stehen, deren altes, dunkles Holz reich beschnitzt war.

Zwei Nordikaner standen vor ihr Wache. Sie hoben ihre Äxte und schlugen sie gegeneinander. Hinter ihren langen Bärten lächelten sie.

»Ave, Imperator«, sagten sie gleichzeitig.

Verblüfft blickte sich der Herzog über die Schulter, bevor er begriff, dass sie ihn meinten.

»Ich bin ebenfalls so etwas wie ein Gelehrter, Herzog«, sagte eine helle Stimme, die aus dem Innern des Raumes ertönte.

Die Tochter des Kaisers saß auf einem Eichenstuhl mit niedriger Lehne und Einlegearbeiten aus Elfenbein. Sie trug ein langes scharlachfarbenes Kleid und einen Überwurf aus Seide, der im Licht beständig die Farbe zu verändern schien – von dunklem Rot zu blassem Grün. In ihrem Haar steckten drei Pfauenfedern, und ihr Gesicht lag hinter einem Schleier aus beinahe durchscheinender Seide. Ihre mandelförmigen Augen waren so dunkel und tief wie dicker Samt, und ihr Haar leuchtete wie schwarzer Brokat im Licht der vielen Kerzen, unter deren Licht der ganze Raum in Flammen zu stehen schien. Der Herzog bemerkte, dass jedes Kerzenpaar vor einem Bronzespiegel hing, der das Licht in rötlich-goldener Pracht verteilte. Es glich weniger dem Tageslicht als vielmehr den letzten Strahlen eines großartigen Sommerabends.

Der Herzog ließ sich abermals auf den Boden nieder und legte sich flach auf den Bauch. Etwas Rundes, Goldenes klemmte unter einem Bücherschrank hinter den Füßen der Prinzessin, die noch immer in denselben roten Pantoffeln steckten.

Auch ihr Duft war noch derselbe.

Dieser Raum wurde nicht so gut gesäubert wie der Thronsaal. Staub hatte sich in zügellosem Überfluss unter den Schränken gesammelt. Es waren etruskische Arbeiten, ein akribisches Trompe-l'Œil aus aufgestapelten Büchern, Astrolabien, Schriftrollen und hermetischen sowie wissenschaftlichen Gerätschaften in Gold und sorgfältig gemaltem Holz, das so lebensecht wirkte, dass ein oberflächlicher Betrachter es in dem rötlichen Licht kaum von realen Dingen hätte unterscheiden können.

Der neu berufene Herzog erklärte dazu, dies alles müsste unbedingt abgestaubt und mit Walnussöl eingerieben werden.

»Die vollen Ehrenbekundungen dürft Ihr niemandem außer dem Thron erweisen, Herzog«, sagte sie. »Ich bin nur die Tochter des Kaisers, daher ist es zweifelhaft, ob sie mir zustehen, auch wenn ich auf dem Thron sitze.«

»Im Gegenteil, Majestät, Eure Schönheit verlangt meine vollkommene Hingabe, wann immer ich ihr begegne.«

Die Frau mit der Schere klatschte in die Hände.

»Eure Schmeicheleien werden einen höchst vorteilhaften Eindruck hinterlassen«, sagte die Prinzessin, in deren beherrschtem Tonfall eine Spur von Belustigung lag.

»Das entspricht ganz meinen Erfahrungen«, sagte der Herzog. »Darf ich mich wieder erheben?«

»Vielleicht sollte ich den vollen Umfang meiner Schönheit daran bemessen, wie lange Ihr bereit seid, vor meinen Füßen im Staub zu liegen«, sagte sie.

»Vermisst Ihr übrigens einen goldenen Knopf, der wie ein Falkenglöckchen geformt ist?«, fragte er.

»Wo seid Ihr auf das Wort ›Bucellarii‹ gestoßen?«, fragte sie zurück. »Die Gefangennahme meines Vaters hat nur unwesentlich mehr Aufregung verursacht als Eure Behauptung, das Haupt Eurer Bucellarii zu sein.« Sie lächelte, wobei sich ein sanfter Glanz auf ihr elfenbeinfarbenes Gesicht legte.

»Aber Ihr wisst, was es bedeutet«, sagte der Herzog.

»Schließlich bin ich so etwas wie eine Gelehrte. Und Ihr? Wisst Ihr, warum die Nordikaner vor Euch salutiert haben?« Sie nickte. »Es ist äußerst schwierig, sich mit Euch zu unterhalten, solange Ihr auf dem Boden liegt.«

»Wenn Euer Majestät geruhen würde, einen ganzen Tag in der Rüstung und auf einem schlechten Pferd zu verbringen und dabei die Feinde Eurer Majestät zu vernichten, würdet Ihr den Boden der kaiserlichen Bibliothek ebenfalls als sehr bequem empfinden.«

Ihre Stimme war so beherrscht, akzentuiert und wohltönend wie die einer Schauspielerin oder einer großartigen Sängerin. Sie klang beinahe schon hermetisch. »Nun, wenn Ihr wirklich darauf beharrt, auf dem Boden zu liegen, dann kann ich Euch ja sagen, dass ich tatsächlich einen meiner Lieblingsknöpfe vermisse.«

Der Herzog erhob sich langsam, achtete dabei besonders auf seine rechte Hüfte und ließ sich vor der Prinzessin auf das eine Knie nieder. »Ich glaube, er liegt unter dem mittleren Bücherschrank. Einer der Diener könnte ihn für Euch dort hervorholen. Falls eine Magd für das Abstauben in diesem Raum zuständig ist, sollte ihr Augenlicht vielleicht einmal überprüft werden.«

Sie lächelte ihn an.

Einen Moment lang fand er das Atmen schwierig.

»Könnt Ihr den Verräter vollständig vernichten und meinen Vater befreien?«, fragte sie.

»Ja«, antwortete er.

Und spürte, wie sie ihn auf hermetische Weise erforschte.

Der Herzog nickte und sagte sehr, sehr leise: »In Albia würde das als sehr grob erachtet werden. Vielleicht sogar als ein Angriff.«

Ihre Miene veränderte sich nicht. »Ich bin recht verzweifelt«, sagte sie mit erschütternder Offenheit. »Dort, wo ich sitze, gibt es überhaupt keine Regeln mehr.«

Nach und nach stellten sie einander ihre Offiziere vor – seine Söldner und ihre Palastoffiziere, sowohl die militärischen als auch die zivilen.

»Es ist meine Absicht, Euch als meinen Megas Ducas zu betrachten«, sagte sie. »Ihr seid nun der Kommandant meiner Armeen und der Flotte, die gegenwärtig aber nur aus einer einzigen bewaffneten Galeere am kaiserlichen Kai besteht, und die Streitkräfte habt Ihr bereits heute Abend im Palast gesehen. Nun kommen allerdings noch Eure eigenen Männer hinzu. Und vielleicht auch die Vardarioten?«

»Ich habe mir die Freiheit genommen, ihnen die Rückstände eines Jahres auszuzahlen«, sagte der Herzog. Das Sitzen war für seine Hüfte nicht besser als das Stehen, und seine Rüstung fühlte sich inzwischen an, als wäre sie eine Maschine, die nur dazu geschaffen worden war, seinen Körper zu zerschmettern.

Der Hauptmann der Diener und der stellvertretende Kammerherr hüstelten.

Lady Maria sah Ser Alcaeus an, der ihr ganz leicht zunickte.

»Ich weiß, dass Ihr Graf Muriens Sohn seid«, sagte die Prinzessin.

»Und ich weiß, dass Ihr Ser Alcaeus' Mutter seid«, sagte er zu der Frau mit der Schere. »Und der Ritter, der am Ende des Tisches neben dem Spatharios Schwarzhaar sitzt, ist mein Bruder. Das sei nur für den Fall gesagt, dass dies hier ein Familientreffen werden soll.«

»Ihr habt die Vardarioten bezahlt, Herzog. Ich besitze aber nicht die Mittel, eine solche Summe aufzubringen – oder sie Euch zu erstatten. Selbst wenn ich so viel Geld hätte, müsste ich es eher dazu einsetzen, mir die Treue der thrakischen Lords zu erkaufen. Und gern wüsste ich, wie Ihr es erreichen wollt, den Verräter ganz zu vernichten und meinen Vater zurückzuholen.«

Der Rote Ritter – nun der Herzog von Thrake – neigte den Kopf. »Majestät, Euer Palast ist verseucht mit Spionen und Verrätern, und ich muss mit großer Vorsicht entscheiden, wem ich meine Pläne offenbare.«

Die Prinzessin runzelte die Stirn. »Ich gebe zu, dass es in meinem Palast Spione gibt. Das ist in allen Palästen so. Aber allen in diesem Raum Anwesenden dürft Ihr trauen. Wir sind hier nur zu zwölft.«

»Jesus hatte ebenfalls nur zwölf Vertraute«, sagte der Herzog. »Bedenkt, was daraus geworden ist.«

Die Moreaner hatten weniger Erfahrung mit Blasphemie als die Albier, und sie keuchten auf. Die Prinzessin wirkte, als sei sie geschlagen worden.

Der Herzog zuckte die Achseln. »Wie dem auch sei«, meinte er, »ich habe vor, die Akademie auf meine Seite zu bringen und Euch eine Flotte zu bauen. Da beides öffentliches Tätigwerden verlangt, scheint es mir sinnlos, meine Absichten zu verheimlichen.«

Sie schürzte die Lippen. »Die Akademie ist loyal«, sagte sie nach kurzem Schweigen. Es war das erste Mal, dass sie ein gewisses Zögern zeigte.

Der Herzog erwiderte: »Die Akademie besitzt genug hermetische Schlagkraft, um Kaiser und Kirche zu stürzen, falls es das ist, was sie will. Sie hat es zugelassen, dass sich der Magister Militium gegen Euren Vater wendet. Ich vermute, sie wird mit irgendetwas unzufrieden sein.«

Die Prinzessin sah weg. »Ich habe kein Geld für eine Flotte.«

Ihr neuer Megas Ducas nickte. »Ich werde Euch das dafür nötige Geld vorstrecken«, sagte er.

Nun sprach Lady Maria zum ersten Mal. »Die Etrusker werden Eure neue Flotte noch im Hafen verbrennen.«

Tom Schlimm gab ein Grunzen von sich. »Sollen sie es doch versuchen«, sagte er. Wenn er nicht genug Schlaf hatte, war er schwer erträglich. Heute Morgen sah er ganz so aus, als hätte man einen wilden Eber in Männerkleidung gesteckt. Die Haare über seinen Schläfen kräuselten sich wie Satyrhörner.

Lady Maria beugte sich interessiert vor. »Ich hatte angenommen, wir kaufen uns die Hilfe der Etrusker, indem wir ihnen Handelsprivilegien zugestehen. Das ist schon früher mal ein guter Weg gewesen. Wir bieten Genua oder Venike Vorteile an und spielen sie wie Barbarenstämme gegeneinander aus.«

»Wenn man selbst stark ist, kann man anderen auch Vorteile gewähren«, sagte der Herzog. »Aber mit einer kaiserlichen Flotte im Rücken darf man den Etruskern die eigenen Bedingungen diktieren. Gegenwärtig blockieren sie Eure Häfen und schneiden Euch von den Hauptquellen der kaiserlichen Einkünfte ab.« Er zuckte mit den Schultern. »Außerdem brauchen wir eine Flotte, wenn wir in das Land des Verräters einfallen und mit Albia Handel treiben wollen.«

»Wir handeln nicht mit Albia«, sagte die Prinzessin. Sie hielt kurz inne, und zum ersten Mal zuckten ihre Finger. »Oder vielleicht ein wenig.«

Der stellvertretende Kammerherr sagte zögernd: »Wir treiben durchaus Handel mit ihnen, Majestät – über die Berge hinweg nach Albinkirk. Aber es ist kaum mehr als ein Rinnsal.«

»Und überdies behindert die Wildnis diesen Handel«, sagte der Herzog. »Albia ist reicher und kräftiger, als Euer Vater und Euer Großvater es sich vorstellen konnten, Majestät. Auch mich kommen hin und wieder gelehrte Anwandlungen an. Und ich habe einen Freund, der ein großer Kaufmann ist. Bei ihm habe ich mich eingehend erkundigt, bevor ich herkam. Eure Seide – sie gehört zu den feinsten der Welt und wird innerhalb der Mauern dieser Stadt hergestellt. Sie reist bis nach Venike, bevor sie zurück nach Harndon gebracht wird, das nur wenige Hundert Meilen entfernt an der Küste liegt.« Er lächelte. »Und es gibt noch weitere Berührungspunkte – wie zum Beispiel den Pelzhandel.«

»Aber ein paar Ballen Seide retten doch nicht die kaiserlichen Einkünfte«, sagte die Prinzessin. »Und die Pelze kommen aus dem Norden – Thrake liegt zwischen uns und unseren Bezugsquellen. Daher werden wir in diesem Jahr keine Pelze erhalten.«

»Ach, nein?«, fragte der Herzog.

Lady Maria legte die Hand auf den Arm ihrer Herrin.

»Ist das Euer ganzer Plan?«, fragte die Prinzessin.

»Nein, Majestät. Das ist erst die Speerspitze, und sie wird dazu dienen, meine anderen Aktivitäten zu verschleiern.« Der Herzog lächelte. »Aber wenn es Euch lieber ist, kann ich auch meine Bucellarii nehmen und davonreiten.«

Sie seufzte. »Ihr seid in der Tat ganz der barbarische Söldner, den ich mir vorgestellt hatte. Eure Manieren mögen zwar besser sein, und Ihr sprecht Hocharchaisch, aber Eure Anmaßung ist verblüffend.«

»Majestät, ein anmaßender barbarischer Söldner hätte wohl kaum einen Plan, die kaiserlichen Einkünfte zu erhöhen und gleichzeitig die Qualität und Zahl der kaiserlichen Truppen zu erhalten. Seit fünfzig Generationen haben Eure Vorväter ihr Erbe geschmälert und fremde Soldaten gekauft, die sie und das Reich schützen sollten – und Ihr werft mir vor, *ich* sei anmaßend?« Der Herzog sah sie mit festem Blick an. »Ihr solltet Euch einmal aus diesem Palast heraus begeben, Majestät, und den Rest der Welt in Augenschein nehmen.«

»Und Ihr glaubt, Ihr könntet mich retten?«, fragte sie.

»Ich glaube, ich kann den Verräter besiegen und Euren Vater retten«, antwortete er.

»Heute allerdings habt Ihr versagt«, entgegnete sie.

Lady Maria legte abermals die Hand auf den Arm der Prinzessin, aber Prinzessin Irene schüttelte ihn ab.

Der Herzog nickte. »Es war nicht gerade hilfreich, dass der Verräter von meinem Herannahen wusste und deshalb seine rechte Flanke in der Nähe des Tores platziert hatte«, sagte er. »Auch bin ich nicht gewarnt worden, dass ihm ein sehr mächtiger Magier zur Verfügung steht, der die Bogensehnen meiner Männer durchtrennen und das Gras in Brand setzen konnte. Nicht wahr, Majestät?«

Sie nickte ebenfalls. »Aber dafür bin ich nicht verantwortlich«, sagte sie.

Der Herzog zuckte mit den Schultern. »Für mich und meine Männer seid Ihr durchaus verantwortlich. Ihr seid die Anführerin Eures Reiches.« Dabei sah er sie an.

Die Prinzessin wirkte wie ein junger Mann, der in einer stillen Gasse von Schritten in die Enge getrieben wurde. Sie war tapfer genug für einen Kampf. Aber sie wusste schon, wie er enden würde. Sie stand auf. »Ihr klagt mich wegen Eures Versagens an, Herzog? Oder wollt Ihr sogar behaupten, *ich* hätte Euch verraten?«

Er schüttelte den Kopf. »Wir sollten keine Anklagen erheben, sondern über politische Realitäten sprechen. Wenn Ihr in der Lage seid, zu herrschen – und diesen Palast und die Stadt halten könnt –, dann werde ich den alten Herzog und die Etrusker besiegen. Wenn Ihr mich aber loswerden wollt, dann müsst Ihr mich nur bitten, ich möge abziehen.« Er hielt ihrem Blick weiterhin stand. »Es gibt keinen Grund, mich umbringen zu lassen.«

Sie starrten sich lange genug an, um sich ineinander zu verlieben. Keiner von beiden blinzelte.

Auch Lady Maria erhob sich. »Die Prinzessin wird sich jetzt zurückziehen. Wir danken Euch für Eure Mühen, Herzog. In Zukunft solltet Ihr in Gegenwart der Kaiserin etwas weniger Vertrautheit zeigen. Prinzessin Irene ist eine solche Konfrontation nicht gewohnt und empfindet sie als respektlos und verwirrend.«

Der jüngst zum Herzog ernannte Rote Ritter richtete sich auf, worunter seine Hüfte schrecklich schmerzte und mit all seinen Prellungen, Abschürfungen und auch der reinen Erschöpfung geradezu einen Gleichklang bildete. Er beachtete diese Kakophonie jedoch nicht weiter, kniete nieder, ergriff einen Zipfel ihres Saums, als sie an ihm vorüberging, und küsste ihn.

Die Prinzessin errötete. »Ihr mögt mich für undankbar halten«, sagte sie. »Ihr trefft mich ohne Verteidigung und mit einem Verräter vor den Toren an. Dieses Reich stellt seit mehr als tausend Jahren ein Bollwerk der Zivilisation dar, und ich fürchte, ich selbst könnte der Grund für seinen Untergang sein«, sagte sie, während ihre Hand mit dem Diamantkreuz vor ihrer Brust spielte.

Er lächelte in ihren Mantel hinein. »Ein Ritter kann ein guter Torwächter sein«, sagte er. »Ihr seid nicht ohne jede Verteidigung. Es besteht keine Befürchtung, der Verräter könnte die Stadt einnehmen. Darauf sollten wir bauen.«

Sie lächelte, senkte vorsichtig den Arm und berührte seine Hand. Dann glitt sie davon.

Lady Maria blieb in der Tür stehen. Ser Alcaeus verneigte sich tief und küsste ihre Hand. Sie lächelte. »Du hast dich ausgezeichnet betragen«, sagte sie zu ihm, und dann wandte sie sich an den Roten Ritter. »Die Urkunden Eurer Ernennung werden soeben geschrieben. Mir gefällt die Kühnheit des Gedankens, eine Flotte zu bauen.« Dann zuckte sie die Achseln. »Ich kann mir bloß nicht vorstellen, dass es funktionieren wird.«

Alle verneigten sich, und die kaiserliche Gruppe entfernte sich, bis nur noch der Hauptmann der Diener anwesend war. Er drehte sich zu dem Herzog um. »Sie hat Euch berührt!«, keuchte er.

Der Herzog beachtete den Mann nicht. »Lass ihn in Ruhe, Tom«, sagte er, ohne sich umzudrehen.

Tom senkte die Arme und spuckte dem Hauptmann der Diener vor die Füße. »Du kommst auch noch an die Reihe, Hund«, sagte er.

Der Mann erbleichte und packte das Kreuz vor seiner Brust. »Ich bin unschuldig!« Sobald die Albier gegangen waren, wandte er sich an seinen Leutnant und murmelte: »Barbaren.«

Tom Schlimm erschien in der Tür zu den Räumen des Hauptmanns. »Bumst ihr zwei gerade, oder darf man reinkommen?«

Pampe beugte sich über den Schreibtisch, bildete mit ihrem Mund das Wort *Omega* und steckte die Zunge in die Wange. Der Herzog hielt ihre Hand, während sie den spitzen Stylus in das Wachs des Schreibtäfelchens trieb.

Fluchtartig verließ Toby das Zimmer.

Der Herzog hob den Blick, ohne Pampes Hand loszulassen. »Tom, weißt du eigentlich, dass einige Leute an deiner Art von Humor Anstoß nehmen könnten?«

»Wirklich?«, fragte Tom zurück und sank auf einen Feldstuhl, der unter ihm ächzte und knarrte. »Jehan glaubt wie üblich, dass Ihr uns zu billig verkauft. Könntet Ihr ihm einen Schlag auf den Kopf geben?« Der große Mann kicherte leise über Pampes Unbehagen.

Wie eine wütende Katze sah Pampe Tom Schlimm an. »Geh doch und bums dich selbst«, spuckte sie aus.

»Tut die Wahrheit weh, Mädchen?«, fragte Tom, und seine Augen waren dabei so hart wie Feuerstein.

Pampe atmete tief ein und lächelte dann. »Eifersüchtig? Du willst ihn doch nur für dich selbst haben«, sagte sie.

Toms rechte Hand schoss zu seinem Schwert.

Doch der Hauptmann hatte sich schon wieder an die Arbeit gemacht und beachtete die beiden nicht weiter.

*Meister Random,*
*ich bitte Euch um die Freundlichkeit, mir hunderttausend Dukaten und zwei Schiffsbaumeister zu leihen. Außerdem benötige ich eine Preisliste für Brokat, Seide und Pelze aus dem Norden. In Eile …*

Er neigte dazu, die Zunge ein wenig hervorzustrecken, wenn er zu schnell schrieb. Dann zog er sie wieder ein und biss die Zähne zusammen, als er fertig war.

Toby kehrte zurück, als hätte ihn jemand gerufen, streute Sand über das fertige Dokument und legte es auf einen Beistelltisch.

»Seid ihr beiden jetzt miteinander fertig?«, fragte der Rote Ritter.

Tom Schlimm riss den Blick von Pampe los. »Ihr bezahlt die Bogenschützen nach der Sonntagsmesse? Und wir brauchen einen Geistlichen. Einen Priester.«

»Wir haben zwei Priester, wenn ich mich recht erinnere – Pater Peter aus Albinkirk und den Franziskaner …«

»Er ist irr – vollkommen verrückt, hat den Verstand verloren.« Tom verschränkte die Arme vor der Brust.

»Dann wirst du ihn bestimmt mögen«, meinte Pampe.

»Wir brauchen einen Kaplan, der immer da ist. Die Jungs reden oft davon.« Tom sah Pampe an. »Und die Mädchen auch.«

»Ich werde mich darum kümmern.« Der Hauptmann schrieb weiter.

»Wie ich hörte, sollen wir Euch jetzt mit ›Herzog‹ anreden.« Toms Stimme klang wie eine Warnung.

»Ja, das gefällt mir. Mylord Herzog.« Der Hauptmann lehnte sich auf seinem Stuhl zurück.

»Ihr seid nicht unser Lord. Ihr seid unser Hauptmann.« Tom schüttelte den Kopf. »Das mag ich nicht.«

Der Hauptmann hob kurz den Blick über seinen Stift und sah Tom an. »Deine Vorbehalte wurden zur Kenntnis genommen«, sagte er kalt.

»Und das ist alles? Passt auf, dass Ihr nicht zu groß für Eure Hosen werdet.« Tom stand auf und beugte sich über den Tisch.

»Das werde ich gewiss nicht. Ich bin müde und verletzt, und es macht mir schlechte Laune, wenn ich zwei prahlerischen Idioten zuhören muss.« Der Hauptmann verstummte kurz und fuhr dann fort: »Es war mir schon im Palast zu viel.«

Tom zuckte die Achseln. »Also gut. Ihr werdet die Jungs am Sonntag bezahlen?«

Der Hauptmann begegnete seinem Blick. »Vielleicht.«

Pampe schüttelte den Kopf. »Natürlich wird er sie bezahlen. Worauf willst du eigentlich hinaus, Tom?«

Die beiden Männer starrten einander an.

»All unser Geld hat er diesen verdammten Ostmännern gegeben. Wir haben keine zehn Silberleoparden mehr. Oder, *Mylord Herzog?*« Tom stützte sich mit beiden Händen auf der Tischplatte ab. Es wirkte bedrohlich.

Der Herzog lächelte. »Tom, es ist zehn Uhr morgens, und ich bin müde und verärgert. Ja, wenn du es unbedingt hören willst, ich habe all unser Geld dazu benutzt, die Vardarioten zu kaufen. Aber das spielt keine Rolle. Ich kann neues besorgen.«

Tom Schlimm schüttelte den Kopf. »Zum ersten Mal bin ich mit Jehan einer Meinung, *Mylord Herzog.* Das hier ist ein närrischer Kontrakt, aus dem weder Gold noch anderer Gewinn sprießen wird, und wir haben zu viele Feinde. Wir sollten wieder gegen Ungeheuer kämpfen.«

Der Hauptmann lehnte sich zurück und legte die Hände hinter den Kopf. Er schloss die Augen, reckte und streckte sich ein wenig und schonte dabei die rechte Hüfte. Dann schlug er die Augen wieder auf. »Willst du einen guten Kampf haben, Tom?«

Tom grinste und sah Pampe an. »Jederzeit, Kleines.«

»Würde es dir Spaß machen, die Spione im Palast zu fassen?«

Toms Grinsen wurde schmäler.

»Sieh dich um, Tom. Das hier ist die reichste Stadt der Welt. Allein das Diamantkreuz am Hals der Prinzessin würde reichen, um die Truppe einen ganzen Monat lang zu bezahlen.« Der Herzog streckte sich noch einmal. »Ich habe jetzt das Recht, im Reich Steuern für unsere Dienste zu erheben. Denk ein wenig größer, Tom. Einen solchen Kontrakt hatten wir noch nie.«

»Dann solltet Ihr die Bogenschützen auf alle Fälle am Sonntag bezahlen«, meinte Tom und grinste wieder breiter. »Bei Christi dürren Beinen, Ihr habt mich mit der Jagd auf Spione geködert. Wird es Kämpfe geben?«

»Du kannst jeden töten, den du erwischst, Tom, aber wie wäre es, wenn du zuerst mal ein paar Informationen aus ihnen herauskitzeltest? Dabei wird zwar Gelfred den größten Spaß haben, aber noch vor Weihnachten werden wir wieder einen großartigen Kampf geliefert bekommen.« Er stand auf. »Meine Freunde, jetzt muss ich zu

Bett gehen.« Dabei übergab er Toby drei Schriftrollen. »Sorg dafür, dass sie zu den Vögeln kommen. Und zwar persönlich.« Er drehte sich um. »Und da ich gerade dabei bin, Aufgaben zu verteilen: Pampe, ich will, dass du alles über Aeskepiles herausfindest, was dir möglich ist. Fang mit diesem Nordikaner Derkensun an. *Aber frage niemanden, der in irgendeiner Beziehung zur Prinzessin steht.*«

Toby nickte ernst.

Pampe hob eine dunkelrote Braue. »Wir vertrauen der Prinzessin also nicht?«

Der Rote Ritter seufzte. »Wir vertrauen der Prinzessin auf gar keinen Fall.«

Tom stemmte die Hände in die Hüften. »Heiliger Jesus, Hauptmann, Mylord, Herzog, Kommandant! Wir vertrauen unserem Arbeitgeber nicht?«

»Ich brauche Schlaf, meine lieben Freunde«, sagte der Herzog. »Unser Auftraggeber ist der Kaiser, nicht aber die Prinzessin. Das ist unsere rechtliche und wohl auch unsere moralische Grundhaltung.«

Tom packte den Hauptmann am Arm. »Ich kann gar nicht erwarten, wie das ausgehen mag. Aber Ihr wisst doch, dass ich im Frühjahr gehen muss?«

»Zum Viehtreiben? Natürlich, Tom. Ich zähle darauf.« Der Hauptmann lächelte – und verschwand durch den Vorhang in sein Schlafzimmer.

Tom drehte sich um und sah Pampe an. »Er zählt darauf? Was zum Teufel soll denn das bedeuten? Ich hasse es, wenn er so was sagt.«

Sie schüttelte den Kopf. »Es ist mir vollkommen egal, dass er klüger als die meisten Menschen ist«, sagte sie. »Ich hasse es nur, wenn er mir das andauernd unter die Nase reibt.«

»Amen, Schwester«, meinte Tom.

# 8

## Jarsay · Jean de Vrailly

Der Captal ordnete seine kleine Armee auf dem Kamm des Hügels und beobachtete, wie sich die Männer des Grafen von Towbray auf dem Hügel gegenüber formierten. Er hatte dem Grafen seinen Trotz entboten und dann eine Schneise mit einer Breite von einer Meile durch das Haupttal des Grafen gebrannt; er hatte vier seiner Orte geplündert, die Ernte verwüstet und mehr als hundert seiner Bauern getötet. Und in jener Nacht erschien der Engel abermals.

Er fiel auf das Gesicht. Der Engel war heller als je zuvor; er strahlte wie ein Feuer aus Saphir und Smaragd.

*Du wirst Towbray besiegen,* sagte sein Engel.

»Natürlich«, hauchte de Vrailly in seinen Gebetsteppich hinein.

*Bemüh dich, Towbray lebend zu erwischen,* sagte der Engel. *Er wird sich später noch als nützlich erweisen.*

De Vrailly war so von sich überzeugt, dass er fühlte, die Engelsvisitation nicht nötig zu haben, um diese Wahrheit zu erkennen.

*Du willst der beste Ritter der Welt sein. Dein Triumph liegt in greifbarer Nähe. Beim Frühlingsturnier wird alles so sein, wie wir es gesagt haben.*

De Vrailly lächelte, auch wenn ihn die Angst vor seinem mächtigen Verbündeten bedrückte. »Ah, das Turnier«, bemerkte er.

*Aber es gibt noch andere Wege, auf denen dieses Königreich zum rechten Glauben zurückgebracht werden kann. Die Königin muss fallen. Sie ist eine heidnische Ehebrecherin. Bei ihr und ihrem Volk darfst du keine Gnade walten lassen.*

De Vrailly wurde störrisch. »Ich würde nicht einmal dann einen Krieg gegen eine Frau führen, wenn ich den Zorn des Himmels zu fürchten hätte.«

Es war deutlich zu hören, wie der Engel seufzte. *Du bist der überheblichste Sterbliche, dem ich je begegnet bin.*

Jetzt lächelte de Vrailly in seinen Teppich hinein.

*Also gut. Du bist mein auserwählter Diener, und ich werde dir deinen Willen lassen. Aber du darfst ihren Sturz nicht aufhalten.* Der Engel klang sehr nachdrücklich, ja beinahe bettelnd.

De Vrailly zuckte die Achseln. *Was das angeht, so liegt mir nichts an der Hexe.*

*Gut. Und nun wollen wir die religiöse Disziplin ein wenig stärken. In Lutece gibt es einen Mönch – einen sehr frommen Mann. Es ist der Wille Gottes, dass er zum Bischof von Lorica ernannt wird. Dann wird er diese Heiden wieder auf den rechten Weg führen. Er ist ein wahrer Apostel und wird ihre Häresie und Hexerei auslöschen.*

Manchmal fand de Vrailly die Gespräche mit dem Engel so ermüdend wie das Feilschen mit einem Kaufmann um ein Pferd …

Im bereits hellen Licht der Morgendämmerung wandte er sich in voller Rüstung und Bewaffnung an seinen Vetter Gaston. »Er wird sich seinem Herrn, dem König, nicht widersetzen«, sagte er und lachte.

Gaston wartete geduldig, während ein Knappe den Riemen an seinem Helm festzurrte. »Es scheint mir vielmehr ganz so, als widersetze er sich sowohl dir als auch seinem König. Das da ist seine Standarte – und das sind seine Ritter.« Er rieb sich das Kinn. »Es sind doch einige Ritter mehr, als wir zur Verfügung haben.«

De Vrailly lachte. »Ich werde ihn ohne Schwierigkeiten besiegen – zum einen, weil seine Aufstellung schwach ist und seine Männer befürchten, als Rebellen hingerichtet zu werden, und zum anderen, weil ich der bessere Ritter von uns beiden bin.«

Gaston seufzte und senkte das Haupt, während Forwin das Visier am Helm anbrachte. »Wenn du es sagst, Vetter … Hat dein Engel zu dir gesprochen?«

»Ja. Er hat mir gesagt, dass ich bald König sein werde«, erklärte de Vrailly. »Und ich soll meinen Vetter Guillaulme zum Bischof von Lorica ernennen.«

»Der *Engel* hat deinen Vetter ausgesucht?« Gaston kannte Guillaulme als schwierigen Menschen, bei dem die Frömmigkeit sowohl den gesunden Menschenverstand als auch die Fähigkeit zum Mitleid überlagert hatte.

De Vrailly hob die gepanzerte Hand. »Ich hab es dir schon einmal gesagt, Vetter: meinen Engel anzuzweifeln ist Blasphemie. Dieses Reich braucht meinen Vetter, damit es von seinen Häresien gereinigt werden kann und nicht länger Dinge tut, die es nicht tun sollte.«

Darauf gab Gaston keine Antwort. Er schloss nur sein Visier und beugte sich im Sattel vor, damit sein Knappe es mit dem Riemen festzurren konnte.

De Vrailly ritt zu seiner Standarte.

De Vrailly verachtete die Infanterie nicht so sehr, wie er den Anschein erweckte. Er hatte die königliche Garde in der Mitte platziert, flankiert von den königlichen Waldhütern – etwa sechzig Bogenschützen waren es auf jeder Seite. Towbray verfügte über ungefähr dreihundert Ritter und Soldaten und noch zweihundert weitere Infanteristen, von denen etliche aber bloße Diener waren. Und seine

Bogenschützen hatten schon den ganzen Frühling hindurch im Norden gedient, hatten ihre Ernte eingebracht oder Schutz gegen de Vraillys Überfälle gewährt.

De Vrailly hob seine Lanze und ritt vor, während ihm seine Ritter bereitwillig folgten. Sein Standartenträger, Pierre Abelard de Rohan, stieß den gallyschen Kriegsruf aus. Alle gallyschen Ritter nahmen ihn auf und riefen den Jarsayanern »Sankt Denis!« entgegen. Und Towbrays Ritter griffen an.

Wenn der Graf von Towbray ein ritterliches Zusammentreffen erwartet hatte, wurde er enttäuscht. Er war der Erste, der erkennen musste, wie sehr er sich getäuscht hatte, als sein Pferd in eine kleine Grube fiel, die von den Bogenschützen gegraben worden war, und sich die Eingeweide des Tieres um einen eingepflanzten Spieß wickelten. Schon nach wenigen Herzschlägen war die »Schlacht« vorbei, und die überlebenden Ritter des Grafen ritten nach Hause. Seine Fußsoldaten flohen entweder oder kauerten sich in ihrem Lager zusammen.

De Vrailly kümmerte sich persönlich um den Grafen; er stieg ab und schlug den verblüfften Verräter mit seinem schweren Kriegsschwert bewusstlos. Dann führte er seine Ritter auf der Jagd nach den Fußsoldaten durch das Lager und in die Täler, die dahinter lagen. Sie töteten oder fingen jeden Mann ein, dessen sie habhaft werden konnten, verbrannten die Felder und nahmen die Gefangenen mit in ihr eigenes Lager.

De Vrailly ließ den Grafen in einem Wagen in Ketten legen.

Gaston d'Eu stand auf einem niedrigen Felsvorsprung und warf einen Blick über die brennenden Felder und kleinen Dörfer von Jarsay.

»Du musst ihn zum König bringen«, sagte d'Eu.

De Vrailly schürzte die Lippen. »Warum denn? Jetzt kann ich seine Leibeigenen doch den ganzen Herbst lang bestrafen.«

Gaston seufzte. »Aber diese Menschen sind unschuldig; sie haben nur einen schlechten Lord. Und sie sind Untertanen des Königs. Wenn dein Engel die Wahrheit sagt – hör mich an, Vetter, und unterbrich mich nicht –, werden sie bald *dein* Volk sein.«

De Vrailly deutete auf die Felder, die in Brand standen und sich bis in den Sonnenuntergang erstreckten. »Ist das nicht wunderschön?« Er lächelte. »Unsere Ritter schwelgen im Siegestaumel und sind reich an Beute, die aus dem Land dieses Verräters stammt. Er wird ein hohes Lösegeld zahlen müssen – und das wird allein mir gehören. Der König kann dann die Steuern von diesem Mann eintreiben, während er mein Gefangener ist.«

Gaston schüttelte den Kopf. »Aber all das Geld wird doch von den Leuten in den fruchtbaren und reichen Tälern eingefordert werden. Doch in denen haben deine Soldaten die Männer getötet, die Frauen vergewaltigt und die Ernte vernichtet. Wer also soll das Lösegeld noch zahlen? Die Krähen etwa?«

De Vrailly machte eine abwehrende Handbewegung. »Hier in Albia bist du offenbar weich geworden. So ist es nun einmal im Krieg. Wir sind die Diener des Krieges. Wenn dir das nicht gefällt, kannst du ja deine Sporen ausziehen und Mönch werden.«

Gaston schüttelte noch einmal den Kopf. »Bring Towbray zum König. Lieber sofort, bevor das alles nur noch schlimmer wird.«

»Ah!« De Vrailly rieb sich den Bart. »Aber – nein. Ich könnte ihn einfach töten. Ich kann ihm seine Ländereien wegnehmen und zu den meinen machen.«

»So läuft das in Albia nicht«, sagte Gaston. »Außerdem hat er einen Sohn.«

»Pah!« De Vrailly lachte. »Er stellt keine Bedrohung dar. Er ist doch nur ein Junge, der Ritter spielt.« De Vrailly schüttelte den Kopf. »Glaubst du wirklich, der König wird sich in dieser Sache nicht auf meine Seite stellen?«, fragte er.

»Ich glaube, er könnte der Meinung sein, du habest den Verräter zu seiner Revolte angestachelt, indem du seinen Neffen in einem ungesetzlichen Duell getötet hast.« Gaston zuckte die Achseln. »Nicht wahr?«

De Vrailly spuckte aus. »Du machst alles kaputt«, sagte er. »Dabei war ich gerade so glücklich. Ich verstehe dieses Land einfach nicht. Seine Gesetze fordern, dass der Starke überall dem Schwachen weichen muss. Das hasse ich.«

Gaston zuckte mit den Schultern. Und er war klug genug, nichts darauf zu erwidern.

## Harndon · Der König und die Königin

»Er hat … *was* getan?«, brüllte der König und starrte den Boten böse an, der hölzern vor ihm stand.

Ser Richard Fitzroy, der Hauptmann der königlichen Garde – und ein Bastard des alten Königs – hob eine Braue und sah Gareth Montroy an, der allgemein als Graf der Grenzmarken bekannt war und sich nun räusperte.

»Der Captal mag bisweilen etwas unbesonnen sein«, sagte der Graf leise.

»Er hat eine Schlacht gegen Towbray geführt und ihn gefangen genommen«, sagte der König und las den Brief noch einmal. »Bei Christi Leiden, er hat eine Schneise durch Towbrays Land gebrannt – durch *mein Land!*« Der König sah seinen neuen Oberhofmeister an, den Grafen. »Er sagt, er setzt Towbrays Lösegeld auf dreihunderttausend Silberleoparden fest.«

Der Graf bemühte sich, weiterhin Gelassenheit zu zeigen. »So viel Geld gibt es auf der ganzen Welt nicht«, sagte er.

Ser Richard zog eine Grimasse. »Das ist ungefähr der Wert von Towbrays gesamtem Besitz. Ich habe zwar nichts für diesen gallyschen

Straßenräuber übrig, aber Towbray ist während der gesamten Regierungszeit Eurer Gnaden ein Ärgernis gewesen. Das ist doch der Grund, warum Ihr ihm de Vrailly auf den Hals gehetzt habt.«

Der König hielt inne und zupfte an seinem Bart.

Missbilligend schüttelte der Graf den Kopf. »Euer Gnaden, ich glaube, dass Towbray ein gefährlicher Mann ist – und dabei so unbeständig wie das Wetter. Er hat Euch im Frühling gut gedient, und Eure anderen Adligen würden es nicht gern sehen, wenn dieser Ausländer eine unserer ältesten Familien verdrängt.« Er sah den Hauptmann der Leibwache an. »Allerdings könnte ich dafür sorgen, dass wir Towbray loswerden.«

Ser Richard zuckte mit den Achseln. »Ich hätte gern Towbrays Gesicht gesehen, als er sich von diesem Verrückten gefangen nehmen lassen musste. Aber Euer Gnaden müssen sich überlegen, ob Ihr ihn dafür nach Gallyen zurückschickt. Die Leute sagen, er ist ein Spion des Königs von Gallyen.« Er sah sich im Raum um. »Und, Mylord, wenn wir Towbray erniedrigen und enteignen, werden die anderen Lords Angst bekommen. Ängstliche Menschen machen dumme Fehler. Außerdem haben sie schon Angst vor de Vrailly und seinen Gallyern.« Ser Richard sah den König an und zuckte mit den Achseln, als wollte er sagen, dass das nicht seine Schuld sei. »Und Euer Gnaden haben ihn damit betraut, den nächsten Bischof von Lorica auszuwählen«, sagte er. »Er hat seinen Vetter dazu ausersehen – ein Mitglied der Universität von Lutece. Einen Priester, der für seine strenge Auslegung des Wortes Gottes berüchtigt ist.«

»Habe ich Euch um Eure Meinung gefragt?«, fragte der König mit Feuer in den Augen. »Habe ich Euch gefragt, ob …« Er hielt inne. Die Königin betrat den Raum, und er stand auf und verneigte sich.

Bei ihr waren zwei ihrer Hofdamen: Lady Rebecca Almspend, ihre Sekretärin, die ein tiefblaues Überkleid und mitternachtsblaue

Strümpfe trug, die sie recht gewagt durch einen Schlitz des Kleides zeigte, und Lady Mary Montroy, die reichste Erbin des Landes und Kammerzofe der Königin. Sie trug ein rot und schwarz gemustertes Kleid, auf das ein goldener Drache geheftet war. Unter ihrem Kleid waren ein schwarzer und ein roter Strumpf sowie dazu passende Schuhe zu sehen. Da sie schwarze Augenbrauen und dunkelrote Haare hatte, zog sich dieser Kontrast über ihren ganzen Leib – einen Leib, der durchaus eines Blickes würdig war.

Die drei Frauen machten einen Knicks, und die Männer verneigten sich.

Der Graf lächelte seine Tochter an. »Vermutlich bist du die erste Frau, die diesen Hof mit einem nördlichen Tartan schmückt.« Sogar der König lächelte.

Und beugte sich vor. »Bei Gott, Montroy. Ich dachte, die Farben der Muriens sind Grün und Gold?«

Sie alle lachten, und die Königin beugte sich ebenfalls vor. Sie legte die Hand vor die Brust und sagte: »Mylord müssen wissen, dass die Bewohner des Nordens einen uralten Stil pflegen – die Zusammenstellung der Farben ist sowohl ein Zeichen von Zugehörigkeit als auch eine Darstellung der Pracht.«

Der König lächelte. »Jeder Mann, der einmal Bären in den Adnaklippen gejagt hat, weiß etwas über Tartans, meine Liebe. Und, Becca – wir sind hier heute ganz unter uns und können zwanglos miteinander umgehen, finde ich – Ihr seht atemberaubend aus. Ich darf wohl sagen, dass ich es nicht gewohnt bin, Euch so zu sehen.«

»Pfui, Euer Gnaden! Und doch bleiben meine Strümpfe dabei blau.« Sie sagte dies, während sie den Saum ihres Kleides hob und ihre Knöchel sowie den Ansatz ihrer schlanken Beine zeigte, die denen einer Tänzerin glichen. Ihre Bemerkung passte so wenig zu ihrem üblichen strengen Gehabe, ihren gesenkten Blicken und ihrer hölzernen Art, dass der König schnaubte und Ser Richard, der sich bisweilen in die Sekretärin verliebte, deutlich spürte, wie seine Gefühle für sie wieder zunahmen.

Die Königin lächelte. »Wenn eine Frau einen *würdigen* Liebhaber hat, erblüht sie wie eine Rose im Sommer – heißt es nicht so in dem Gedicht?«

Der Graf war ein bodenständiger Mann mit einfachem Geschmack und einer ergebenen Frau, doch er stellte fest, dass es ihm die Kehle ein wenig zuschnürte und er errötete. Ser Richard starrte wie ein Flegel und schloss den Mund wieder. Der König strahlte seine Frau bewundernd an. »Das ist wohl das größte Kompliment, das du mir je gemacht hast«, sagte er mit heiserer Stimme.

Ihre Lippen berührten die seinen. »Wie schön von dir, so etwas zu mir zu sagen«, meinte sie. »Wir drei waren auf dem Weg zur Bibliothek, aber es hat ganz den Anschein, dass wir die Erlaubnis Euer Gnaden brauchen, um die Briefe deines Vaters zu eröffnen.«

»Beim Mantel des heiligen Martin!«, sagte der König. »Wofür denn? Herzlich gern! Hier, Becca, schreibt es auf, und ich werde es siegeln.«

»Euer Gnaden«, sagte Lady Almspend und holte nicht ihr übliches Tintenhorn hervor, sondern rief einen jungen, livrierten Pagen, der einen schweren Lederbeutel auf der Schulter trug. Er kniete nieder und bot ihr eine Schreibplatte für den Schoß an. Sie erhielt ein Nicken des Königs, mit dem ihr erlaubt wurde, sich zu setzen – es war ein informeller Tag und Ort. Sie hockte sich auf einen Stuhl, der für einen Mann in Rüstung vorgesehen war, und schrieb in ihrer runden, deutlichen gotischen Schrift. Dann holte sie das königliche rote Siegelwachs hervor und schmolz es über einem seltsamen Gerät.

»Ist das hermetisch?«, fragte der König.

Lady Almspend nickte. »Zugelassen vom alten Bischof von Lorica, Euer Gnaden. Es wird mit Sonnenenergie in einer Matrix aus Gebeten erzeugt und in einem Kreuz gespeichert.« Sie zeigte den Gegenstand vor.

Alle wollten ihn sehen und gaben ihn weiter.

»Wir leben in ganz wunderlichen Zeiten«, sagte Ser Richard, der krampfhaft nach etwas gesucht hatte, was er sagen konnte, um ihre Aufmerksamkeit zu erlangen. Es war allgemein bekannt, dass sie einen barbarischen Viehtreiber liebte – ein Mitglied der königlichen Leibwache namens Ranald Lachlan. Seltsamerweise stand er bei Ser Richard in hohem Ansehen, und er tat, was er konnte, um die Laufbahn des Hochländers zu ebnen.

Lady Almspend sah ihn an und zuckte die Schultern. »Ich vermute, alle Zeiten werden wunderlich sein – für all jene, die in ihnen leben, Ser Richard.«

Der König war dafür berüchtigt, dass er die Gefühle seiner Männer gegenüber den Damen am Hofe nicht beachtete. Er beugte sich vor und sah zu, wie sie seine Order siegelte. Dann fragte er: »Was ist denn mit Eurem hübschen Viehtreiber, Becca? Ich will meinen Ranald gern wieder an meiner Seite haben.«

Die Königin erwiderte in einem seltenen Ausbruch von Ärger: »Dann musst du ihn halt zum Ritter schlagen und ein Lehen geben.«

Lady Almspends Hand erstarrte.

Der König lachte. »Ein stiernackiger Viehtreiber als Ritter? So etwas würde er nie von mir annehmen. Er muss es sich selbst erringen. Ja, das würde einen noch besseren Mann aus ihm machen, und er würde regelrecht erblühen.«

Lady Almspend beendete ihre Arbeit. »Wie Euer Gnaden meinen, natürlich«, hauchte sie.

Der König runzelte die Stirn. »Wisst Ihr eigentlich genauso viel über Religion wie über Geschichte, meine Liebe?«

Lady Almspend verneigte sich auf ihrem Stuhl. »Euer Gnaden, Religion ist eigentlich gar nichts anderes als Geschichte.«

Ser Richard lachte laut, aber die Königin zog die Stirn kraus.

»Warum sind diese Herren so sehr gegen Guillaulme, den Vetter des Captals, als neuen Bischof von Lorica?«, fragte der König.

Lady Almspend hob eine Braue. »Ich bin sicher, dass ich nicht die Richtige bin, um dies mit dem König und seinem Rat zu besprechen«, sagte sie.

Die Königin legte ihr die Hand auf die Schulter. »Der König hat *Euch* gefragt.«

Lady Almspend zuckte die Achseln. »Guillaulme Le Penser ist einer der Anführer einer intellektuellen Bewegung.«

Der König nickte. »Das klingt doch recht vielversprechend.«

Nun hob Lady Almspend beide Brauen. »Er ist Lehrer an der Universität von Lutece. Er und die anderen Scholastiker – so nennen sie sich selbst – glauben, dass die Benutzung der Hermetik mit Satansanbetung in Verbindung steht. Die Wunder Gottes seien etwas völlig anderes, und jene, welche die Macht benutzen, sollten als Hexen und Hexer verbrannt werden.«

Ein verblüfftes Schweigen entstand.

Der König beugte sich vor. »Warum sollten sie denn etwas so Dummes glauben?«, fragte er.

Lady Almspend zuckte mit den Schultern. »Ich kann Euch eine politische Antwort, eine intellektuelle Antwort oder auch eine pragmatische Antwort geben, Euer Gnaden.«

Der König nickte. »Dann möchte ich gern die pragmatische hören.«

Lady Almspend versuchte, die Königin nicht anzusehen, als sie fortfuhr: »Euer Gnaden, die Universität von Lutece folgt dem Patriarchen von Rhum. Da sich die Akademie – das Zentrum der Gelehrsamkeit, vor allem der hermetischen – im Griff des Patriarchen von Liviapolis befindet, dient es dem Patriarchen von Rhum, seinen Gegner als Hexer zu brandmarken. Überdies sind alle Scholastiker Männer, und keiner von ihnen hat Zugang zur Macht. Sie versuchen eine Welt zu erschaffen, in der sie herrschen können – nachdem sie alle, die die Macht nutzen können, verbrannt haben.«

Der Graf der Grenzmarken schüttelte den Kopf. »Aber gütiger Heiland, wie sollen wir denn dann die Wildnis aufhalten?«

»Lutece liegt weit entfernt von der Frontlinie zur Wildnis«, erwiderte Lady Almspend.

Der König nickte. »Das ist gut zu wissen. Ich bin mir sicher, dass dieser Mensch schwierig sein wird – seht Euch doch nur den Captal und seine Politik der harten Hand an. Aber er bewirkt etwas. Vielleicht ist sein Vetter aus dem gleichen Holz geschnitzt.«

Die Königin wirkte erstaunt. »Mein Lieber, hast du nicht gerade gehört, dass er das Reich von allen Hermetikern säubern will?«

Der König tätschelte ihre Hand. »Hab keine Angst, meine Liebe. Ich weiß sehr gut, was das Beste für das Reich ist. Random will einen neuen Bischof einsetzen. Dieser Mann scheint sehr klug zu sein. Er wird dem Rat eine Hilfe sein, und wir müssen ihm bloß die freundliche Seite unserer Hermetiker zeigen.« Er nickte und entließ damit die Frauen. »Lady Almspend, Eure Gelehrsamkeit erleuchtet meinen Hof wie hundert Kerzen.«

Sie machte einen Knicks. »Mylord, es wäre gut für das Reich, wenn Magister Harmodius ersetzt werden würde. Ein neuer Magister könnte uns beim Umgang mit dem Bischof helfen.«

Der König nickte und winkte sie weg.

Als sie gegangen waren, schüttelte Gareth Montroy den Kopf. »War diese gezierte junge Dame mit den hübschen Fesseln wirklich meine Tochter?«, fragte er. »Und … musste sie so viel Bein zeigen?«

Der König lachte. »Als ich zum Mann wurde, trugen die Frauen Säcke und viele Schichten übereinander. Ich bevorzuge den modernen Geschmack.«

Montroy schüttelte den Kopf. »Euer Gnaden ist kein Vater«, meinte er und erstarrte. Fast hätte er das Unsagbare gesagt.

Der König sah ihn milde an. »Ich vermute, Gott wird mich eines Tages mit einem Kinde segnen«, sagte er und kniff die Lippen zusammen. Sein Seufzer klang schwer.

»Euer Gnaden, es tut mir leid.« Gareth verneigte sich. Es war kein guter Beginn des Tages, den König an seine Kinderlosigkeit zu erinnern.

Der König machte eine abweisende Handbewegung. »Egal, Gareth«, sagte er. »Gott wird für alles sorgen.« Dann wandte er sich an Ser Richard. »Warum macht Ihr ein so langes Gesicht?«

Ser Richard zuckte mit den Achseln. »Ich glaube, ich muss Eure Gnaden um die Erlaubnis einer längeren Abwesenheit bitten, damit ich als Ritter umherziehen kann, bis ich im Rang gestiegen bin.«

Der König zog die Stirn kraus. »Ihr seid bei Lissen Carak an meiner Seite gewesen – und bis zum Ende bei mir geblieben. Kein Mann ist hier, der Euren Wert anzweifelt, und Eure Hand galt an jenem Tag als besonders mächtig.«

Ser Richard verneigte sich. »Es ist sehr freundlich von Euer Gnaden, dies zu sagen – aber viele Männer haben sehr tapfer bei Lissen Carak gekämpft.«

Der Graf nickte. »Ja, und jetzt prahlen sie damit und nörgeln gleichzeitig darüber.« Er sah Ser Richard an. »Habt Ihr wirklich vor, den Hof für eine Weile zu verlassen?«, fragte er.

Ser Richard sah dem König in die Augen. »Ja, wenn ich die Erlaubnis dazu erhalte.«

Montroy sah den König ebenfalls an. »De Vrailly ist mit dem Grafen auf dem Weg hierher, nicht wahr?«, fragte er.

Der König zuckte mit den Achseln. »Ja.«

»Wir müssen alle Südländer – alle Ritter aus Jarsay und ihr Gefolge – vom Hof entfernen, bevor es zu einem Blutvergießen kommt.« Montroy beugte sich zu ihm vor.

Der König seufzte schwer. »Ja«, stimmte er zu.

»Und was ist, wenn er größenwahnsinnig wird?«, fragte Ser Richard. »Benötigt Ihr die Südländer nicht als Gegengewicht zu den Gallyern?«

»Bei Christus, ich hasse all diese Parteien und Gruppen«, sagte der König. »Ich bin der König und nicht etwa das Oberhaupt einer dieser Parteien. Es braucht nichts als mein Wort, um den Captal im Zaum zu halten.«

Montroy sah Fitzroy an. Nach einer langen, stummen Botschaft – einer Bitte – nickte er. »Ich werde gehen. Welchen Ort habt Ihr für mich im Sinn, Hauptmann?«

»Albinkirk«, sagte der Hauptmann, »braucht einige neue Männer für seine Garnison, und Ser John hat sich wacker im Kampf geschlagen. Er ist praktisch allein, und er verdient es, von uns besser behandelt zu werden.« Er wandte sich an den König und reckte die Schultern, als machte er sich zu einem Zweikampf bereit. Dann sagte er: »Ist Euer Gnaden entschlossen, diesen neuen Bischof wirklich einzusetzen? Ich habe den Eindruck, dass es ein Fehler ist, de Vrailly diese weitere Gunst zu gewähren.«

Der König versteifte sich. »Ich will nichts mit Parteien und Gruppierungen zu tun haben«, sagte er.

»Euer Gnaden, ich habe um gar nichts gebeten. Ich stehe für das Königreich. Und ich sage, dass de Vrailly zu viele Soldaten und auch schon zu viel Macht hat und dass dieser Mann zurück nach Gallyen geschickt werden sollte, sobald sein Schiff anlandet.«

»Ich werde darüber nachdenken«, sagte der König.

Die Königin ging mit ihren Damen den Korridor entlang. »Das war einfacher, als ich erwartet hatte. Aber warum sind wohl die Briefe und Schriften des alten Königs verschlossen, Becca?«

Lady Almspend bereute bereits ihr modisches Kleid mit dem hohen Kragen. Es auf die korrekte Weise anzuziehen und zu tragen erforderte Geschicklichkeiten, die sie gehasst hatte, als die anderen Mädchen sie sich angeeignet hatten; sie selbst hatte die Zeit lieber zum Erlernen des Hocharchaischen verwendet. Ihre wunderschönen dunkelblauen Schuhe boten keinerlei Schutz gegen die Kälte der Steinplatten.

*Warum scheint die Königin nie von solchen Dingen gestört zu werden?,* fragte sich Lady Almspend. Die Königin schien gleichsam durch das Leben zu gleiten; ihr war nie heiß und nie kalt, sie wurde außerdem nie von Krämpfen, Kopfschmerzen oder auch nur einer laufenden Nase belästigt.

»Mylady, ich vermute, der alte König hat in seinen Tagen einiges sehr Ungehörige gesagt. Er hatte gewiss Geliebte – sowohl Männer als auch Frauen, wenn ich meinem Vater glauben darf. Er hat seine Favoriten gegeneinander ausgespielt, und auch wenn er ein hervorragender König war, drängt sich doch das Gefühl auf, dass er kein ausgesprochen guter Mensch war.« Sie zuckte mit den Achseln.

Die Königin lachte. »Wie aufregend! Zum ersten Mal verstehe ich Euer Interesse an der Geschichte. Wo befinden wir uns gerade?«

»Mylady, das hier ist der Bergfried. Wir betreten jetzt das, was in König Uthanerics Tagen ein Geheimgang gewesen ist. Aber als der Neue Palast errichtet wurde …«

»Becca, gibt es eigentlich etwas, das Ihr nicht wisst?«, fragte Lady Mary. »Bei der Jungfrau! Ich war der Ansicht, der Neue Palast stehe schon seit mehr als zweihundert Jahren.«

»Ja, Mary«, sagte Lady Almspend mit einer Stimme, die sie zur Belehrung der großen Zahl ansonsten kluger Geschöpfe reservierte, die sich nicht für Geschichte interessierten. »Der Neue Palast ist fast genau zweihundert Jahre alt. Ich kann dir einen Grundstein mit dem Datum zeigen. Zweiundsechzig-dreiundsechzig.«

»Wie alt ist Harndon denn?«, fragte Lady Mary.

»Die Kaiserin Livia und ihre Legionen haben hier vor ungefähr tausendundfünfzig Jahren eine Festung errichtet. Unter den Gelehrten gibt es eine große Kontroverse darüber, wann genau dieser Feldzug stattfand und ob Harndon beim ersten oder erst beim zweiten Feldzug in die Nova Terra gegründet wurde.«

»Wirklich?«, fragte die Königin. Sie rollte mit den Augen, aber entweder bemerkte Lady Almspend dies gar nicht, oder es war ihr gleichgültig.

»Jedenfalls ist Harndon ein sehr alter Name und reicht vermutlich bis in die Zeit vor den Archaikern zurück. Als der gute König Ranulf aus dem Heiligen Land heimkehrte und den Neuen Palast erbaute, wurden bei den Ausschachtungen zwei Tunnel, ein Tempel und eine uralte Straße aus Baumstämmen entdeckt. In dem Tempel befand sich noch eine enorme ruhende *Potentia*, und er musste vom Erzbischof gereinigt werden. Er ist dann in Ausübung dieser Pflicht gestorben, und der Patriarch musste von Liviapolis herüberkommen.«

Die drei Frauen gingen noch einige Schritte den Korridor entlang.

»Wie schrecklich!«, sagte Lady Mary. »Wo stand denn dieser Tempel?«

»Etwa zwanzig Schritte hinter uns. Einige der alten Steine wurden für diesen Korridor gebraucht. Seht Ihr den Grünen Mann dort drüben? Das ist eines ihrer alten Zeichen gewesen.«

Die Königin legte die Hand auf den Stein und schloss die Augen. »Sie haben noch immer Macht. Man nannte diesen Ort …« Sie hielt inne. »Harn Dum.«

»Genau!« Lady Almspend war begeistert. »Habt Ihr das bei Tacitus gelesen?«

»Nein«, sagte die Königin, die eindeutig erschüttert war. »Ich habe soeben eine Stimme im Stein gehört.«

»Ihr wollt damit sagen, dass unsere Welt auf der Welt der Vergangenheit sitzt und eine die andere überlagert? Unter unserem Neuen Palast befindet sich noch ein älterer Palast, und darunter ein Tempel – aber was ist unter dem Tempel?«, fragte Lady Mary.

»Etwas, das vielleicht von der Wildnis oder von dem Alten Volk erschaffen wurde.« Lady Almspend lachte.

»Die Wildnis errichtet keine Gebäude«, sagte Lady Mary.

»Unsinn! Die Wildnis kann ganz Wunderbares bauen. Die Gelehrten untersuchen diese Dinge gerade. Die Irks errichten Gebäude, sie haben Musik, und sie haben auch Dörfer und Burgen.« Lady Almspend nickte und war glücklich, endlich einmal mit ihren Freundinnen über diese Dinge sprechen zu können, wo sich die Gespräche allzu oft lediglich um Tanz und Kleidung drehten.

»Das ist doch bloß eine Nachahmung der Menschen«, sagte Lady Mary.

»Keineswegs. Das ist eine sehr alte Lehrmeinung, meine Liebe«, sagte Lady Almspend. »Es ist sogar wahrscheinlicher, dass unsere Werke Nachahmungen der ihren sind.«

»Schwachsinn!«, fuhr Mary sie an. Sie war es leid, von ihrem Vater in allen Dingen bevormundet zu werden, und ihr gefiel der Gedanke gar nicht, Becca Almspend könnte die gleiche Gewohnheit annehmen. »Mist!«

Erstaunlicherweise war es die Königin, die Lady Almspend zustimmte. »Bevor Harmodius ging, hatte er in dieser Richtung geforscht«, sagte sie. Lady Almspend nickte. »Die Archaiker haben diese Dinge viel besser verstanden, Mary. Ich könnte …«

»Bei der Heiligen Jungfrau, Rebecca, gleich wirst du mir noch sagen, dass du Tara anbetest.« Lady Mary bekreuzigte sich.

Rebecca lächelte. »Mary, würde es dich schockieren, wenn ich dir sagte, dass die Jungfrau Maria auf den Versuch der frühen Kirche zurückgeht, den Kult der Jägerin Tara einzudämmen?«

»Das sagst du nur, weil wir uns tief unter der Erde befinden, wo dich der Blitz nicht treffen kann«, sagte Mary. Ihre Stimme klang ungezwungen, aber sie war ohne Zweifel entsetzt.

»Tar«, sagte die Königin.

Die beiden anderen Frauen verstummten. Sie waren zu einer großen Eichentür mit eisernen Angeln gekommen, und alle drei blieben stehen.

»Man nennt sie Tar«, sagte die Königin mit träumerischer Stimme. »Später wurde sie zu Tara, aber ihr eigentlicher Name lautet Tar.«

»Mylady?«, fragte Lady Mary.

Die Königin bedachte sie mit einem seltsamen Blick. »Ja?«, fragte sie schnippisch.

Lady Almspend versetzte Mary einen Tritt, und Mary quiekte auf und machte einen Schritt von der Königin zurück. »Autsch, wofür war das denn?« Sie sah Lady Almspend anklagend an.

»Was ist gerade passiert?«, fragte die Königin.

»Ihr habt einen der Steine mit dem Grünen Mann berührt und seid ganz … komisch geworden«, sagte Lady Almspend mit ungerührter Stimme.

Die Königin zuckte die Achseln. »Und jetzt erinnere ich mich. Nun denn, wir sind da.« Sie holte einen Schlüssel hervor, und die drei Frauen wechselten sich bei dem Versuch ab, ihn unter Anwendung von süßem Öl im Schloss herumzudrehen, bis es sich endlich öffnete.

Die Königin setzte ein starkes hermetisches Licht über die Tür, und die drei Frauen keuchten auf. Schriftrollen lagen auf Haufen und ergossen sich über den Boden, während sich schwere Bände auf gleichermaßen schweren Tischen stapelten. Eine große Ratte stand auf der Platte des Tisches in der Mitte und kaute mit spitzen Zähnen bösartig an einem Pergament herum.

Die Ratte sah der Königin in die Augen.

Die Königin hob die Hand, und die Ratte verwandelte sich in Asche.

»Oh, sehr gut«, sagte Lady Almspend. »Ein ausgezeichneter Treffer.«

Die Königin erlaubte sich ein Lächeln. »Ich habe geübt. Das Tier stand unter jemandes Kontrolle. Ich kann das Gewebe seines hermetischen Besitzers erkennen.«

»Wer wollte denn diese alten Schriften lesen …« Lady Mary trat einen Schritt zurück und gab einen Schrei von sich. Sie lehnte gegen den Türrahmen und hielt sich die Hand an den Busen. »Bei der seligen Jungfrau! Die Heiligen mögen mich beschützen!«

»Bei allem, was heilig ist – oder unheilig!«, sagte Lady Almspend. »Ich verstehe, warum dieser Raum geschützt ist! Das sind Plangeres Papiere! Sie wurden unter die des Königs gemischt! Heiliger Jesus, Mylady … hier liegt raue und ungeformte Macht, die bereit ist, ergriffen zu werden! Wusste Harmodius das?«

»Vermutlich nicht. Aber seine eigenen Schriftstücke mussten ebenfalls geschützt werden. Ihr würdet nicht glauben, was ich in seinen Gemächern gefunden habe. Der Mann war vielschichtiger, als wir es je gewusst haben.«

»Das sind sie doch alle«, murmelte Lady Almspend, während sie ein gewaltiges Grimoire durchblätterte. »Oh! Das stinkt nach archaischer Nekromantie.« Sie hielt sich die Nase zu. »Mylady, wonach suchen wir eigentlich?«

Die Königin schaute zwischen ihren beiden engsten Vertrauten hin und her. »Wisst Ihr, was sich die alten Weiber über meinen Gemahl erzählen? Dass er sowohl impotent als auch verflucht ist!«

Schweigen setzte ein. Hermetisches Licht war sehr weiß und unvorteilhaft, und die beiden Frauen sahen nun die Königin in seinem Gleißen an; jede versuchte etwas zu verbergen.

Lady Almspend senkte den Kopf. »Ja, das habe ich gehört. Und sogar noch Schlimmeres.«

Lady Mary nickte. »Obwohl die Gallyer sagen, dass Ihr es seid, Mylady. Dass Ihr unfruchtbar seid.« Selbst in dem kalten weißen Licht war deutlich zu erkennen, dass sie errötete.

Lady Almspend nickte. »Die Gallyer sind die schlimmsten Klatschweiber, die ich je gehört habe – vor allem die Männer. Ich dachte, nur Frauen können so bösartig sein. Mehrmals habe ich mir gewünscht, ich hätte ein Schwert und könnte damit umgehen, sodass ich dem einen oder anderen Prahlhans den Kamm scheren kann.«

Die Königin legte die Hand auf ihren Bauch. »Ich bin schwanger«, sagte sie. »Vom König, falls das unbedingt betont werden muss.« Sie seufzte.

Lady Mary hatte sie noch nie als so menschlich empfunden.

»Mein Gemahl hat ein Geheimnis«, fuhr die Königin fort. »Es betrifft den Roten Ritter. Ich weiß, dass die älteren Frauen sagen, der König habe eine Liebschaft gehabt, und es sei diese Frau, die ihn mit dem Fluch der Impotenz belegt hat.«

Mary lächelte. »Nun, wenn das tatsächlich der Fall gewesen sein sollte, dann habt Ihr ihn doch offenbar geheilt.«

Die Königin erwiderte das Lächeln. »Ich habe gewisse Mächte«, sagte sie mit leiser Stimme. »Und dann war da nach der Schlacht diese Frau. Sie heißt Amicia, nicht wahr? Sie war es, die uns geheilt hat. Ich glaube, ihre und meine Macht haben im Zusammenspiel den Fluch zerbrochen.«

Mary besaß keinen Zugang zur Macht, und so wollte sie nichts weiter darüber hören. Es war, als erfahre man etwas über die Stuhlgang-Gewohnheiten eines anderen. Aber Lady Almspend lehnte sich vor. »Wirklich!«, sagte sie. »Faszinierend!«

»Ich will wissen, wer diesen Fluch gewirkt hat und warum er ausgesprochen wurde«, sagte die Königin, »damit ich ihn bekämpfen kann.« Sie zuckte die Achseln. »Unter anderem befürchte ich, dass er vor allem ausgesprochen wurde, um meinem Baby zu schaden.«

Die beiden Kammerzofen nickten langsam, und Mary lächelte. »Vielleicht hat es bei Euch nur besonders lange gedauert?«, fragte sie.

Die Königin lachte. »Seit wir verheiratet sind, habe ich bis zu dreimal täglich beim König gelegen«, sagte sie mit leisem Kichern. »Und noch öfter, wenn wir es wollten.« Sie sah ihrer Zofe in die Augen. »Ich weiß durch meine Macht, dass ich schwanger werden kann. Und zwar sehr schnell. Muss ich noch mehr sagen?«

Mary errötete so sehr, dass sie sich frische Luft zufächeln musste.

Lady Almspend atmete tief durch. »Euer Gnaden?«, fragte sie ruhig. Da diese beiden Frauen die Königin nur selten mit ihrem Titel ansprachen, erlaubte sie ihrer Sekretärin fortzufahren.

»Euer Gnaden müssen verstehen, dass das Studium der Geschichte mit unangenehmen Wahrheiten gespickt ist«, sagte sie.

Die Königin nickte. »Redet weiter.«

»Das ist alles«, sagte Lady Almspend. »Ihr könntet durchaus etwas erfahren, was Ihr nicht wissen wollt. Oder was Ihr nicht wissen müsst.«

»Ich habe vor, mein Baby zu retten«, sagte die Königin.

## Harndon · Ser Gerald Random

Random lag bequem und fröhlich im Bett neben seiner Frau, als die Schwingen ans Fenster klopften. Seine erste Reaktion bestand in Verärgerung, doch dann empfand er Angst. Die Flügel waren riesig und klangen für einen Veteranen der Wildnis nach etwas Schlimmerem als nach Taubenflügeln. Nackt stand er auf, zog sein Schwert, das über dem Bett gehangen hatte, und kniete nieder, denn auf einem Bein herumzuhüpfen war gewiss nicht die beste Art, einem Ungeheuer entgegenzutreten. Dann stieß er seiner nackten Frau in die Flanke und trieb sie aus dem Zimmer.

*Bummbummbumm.*

*Bummbummbumm.*

Als er noch ein Junge gewesen war, waren die großen Luna-Motten oft gegen die Bogenfenster im Hause seines Vaters in Süd-Harndon geflogen. Seine Mutter, eine Näherin, hatte Kerzen aus Bienenwachs gekauft, damit sie auch spät am Abend noch arbeiten konnte – sie hatte eine Sondererlaubnis besessen –, und die Motten waren von dem Licht angezogen worden. Sie waren mindestens so groß wie sein Kopf gewesen, Kreaturen aus der tiefsten Wildnis. Und die dumpfen Schläge ihrer fremdartigen Insektenkörper gegen die Fenster seines Elternhauses waren erschreckend und gleichzeitig faszinierend gewesen. Der sehr junge Thomas Random hatte beobachtet, wie ihre Schatten hin und her gehuscht waren, und mit großem Wagemut war er einmal in die Sommernacht hinausgetreten und hatte sie beobachtet. Eine riesige Motte war dann auf ihrem unbeholfenen Flug nur wenige Zoll von seiner Nasenspitze entfernt dahingetorkelt, und zuerst hatte er sie in der Dunkelheit gar nicht wahrgenommen, aber dann hatte er den Luftzug ihrer Flügel gespürt, die so breit wie seine Hände gewesen waren. Er hatte nicht den Drang verspürt, das Tier zu töten, sondern sich vielmehr gefragt, was es wohl sah, wenn es ihn betrachtete.

Die Wildnis hatte ihn schon immer interessiert. Er hatte die Anweisungen seines Vaters nicht beachtet, sich vielmehr sein Lehrgeld auszahlen lassen, und war als junger Mann zur königlichen Armee gegangen – nur um die Wildnis zu sehen.

Nun benutzte er die Spitze seines Schwertes dazu, den Riegel seines Schlafzimmerfensters zu heben. Das Fenster öffnete sich nach draußen, also drückte er dagegen.

Die schiere Größe des Gegenstandes davor raubte ihm den Atem, doch dann erkannte er die Farbe und lachte.

Der riesige Raubvogel war zur einen Hälfte weiß, zur anderen schwarz – und jedes Kind wusste, wie ein Botenvogel aussah. Random hatte zwar noch nie einen gesehen, aber er erkannte das Tier, obwohl es vom Regen durchnässt und vor Erschöpfung verzweifelt war. Er öffnete das Fenster weit, damit das arme Geschöpf hereinkommen konnte. Es fiel in einer durchweichten Masse auf sein Bett.

Als seine Frau, die nun schicklich gekleidet war, wieder in das Bettgemach zurückzukommen wagte, hatte Random die Botschaft bereits gelesen. Er saß auf dem Bett und schüttelte den Kopf.

»Die Laken sind ruiniert«, sagte Lady Alice. »Sechs Wochen des Nähens sind verschwendet. Hättest du diesen verdammten Vogel nicht in den Stall oder sonst wohin bringen können?«

Random grinste sie an.

Sie trat einen Schritt zurück. »Es geht doch hoffentlich nicht um irgendein verdammtes Abenteuer, oder? O nein, du richtest doch das Turnier der Königin aus!« Sie beugte sich vor. »Du kannst nicht weggehen.«

Er packte sie und küsste sie. »Es ist eine andere Art von Abenteuer«, sagte er. »Alles, was ich dafür tun muss, ist hunderttausend etruskische Dukaten aufzutreiben.«

## Harndon · Edmund der Geselle

Der erste Leichnam auf dem Platz schockierte jeden Mann und jede Frau in der Nachbarschaft.

Es handelte sich um die Leiche eines jungen Mannes – eines schönen jungen Mannes. Sein Mörder wollte, dass er gefunden wurde. Er war mit zwei Dolchen an den Stumpf des Maibaums gespießt worden. Man hatte ihn mit einem Schwert getötet. Er trug kostbare Kleidung aus roter und gelber Wolle und Seide.

Edmund sah die Menschenmenge um den Leichnam und wartete, bis er an die Reihe kam und einen Blick darauf werfen konnte.

Er hatte schon genug Leichen gesehen und kannte ihre milchige Weiße und diese Schlaffheit, die den Glauben an ein Leben im Jenseits ernsthaft auf die Probe stellte. Tot war tot.

Am späten Nachmittag kamen Mönche herbei und nahmen den Mann ab. Als er und seine Lehrlinge gerade das letzte Fass anbohrten, kam der Ladenjunge herbei und verriet ihnen, dass es sich bei dem Toten um einen Knappen der Königin handelte.

»Das war'n diese Gallyer«, sagte Sam.

Tom und der Herzog arbeiteten weiter.

»Das ist doch klar. Jack Drake hat versucht, uns unseren Platz wegzunehmen, und er ist der König dieser Gallyerbuben. Einer der Knappen der Königin ist tot? Die Gallyer haben ihn umgebracht.« Er zuckte die Achseln. »Oder Jack Drake hat es getan. Um uns zu warnen.« Sam sah den Gesellen an, der jedoch den Kopf schüttelte.

»Was für ein Unsinn«, sagte Edmund. »Die Gallyer sind Ritter. Sie bringen keine anderen Adligen um …«

»Doch, das tun sie!«, sagte der Herzog. »Heiliger Christus am Kreuz, Ed! Wo lebst du eigentlich? Ihr Hauptritter, dieser de Vrailly, hat kaltblütig den Neffen des Grafen von Towbray umgebracht! Er hat ihn einfach in Stücke gehackt.«

Tom schüttelte den Kopf. »Nein, er hat ihn in einem Duell getötet.« Er machte sich wieder an seine Arbeit, dann aber hielt er inne. »De Vrailly ist so groß wie ein Haus, und der andere war doch bloß ein Junge. Aber ein Kampf ist dann gerecht, wenn beide in ihn einwilligen, oder nicht?«

»Gallyerbuben!«, spuckte der Herzog aus.

»Ich will nur, dass alle Tatsachen offengelegt werden«, sagte Tom.

»Es hätte trotzdem dieser Drake sein können«, meinte Sam.

Edmund nickte. »Es reicht jetzt. Wir sollten diese Arbeit hier erledigen.«

Der Herzog grunzte wütend. Der Junge wirkte in letzter Zeit oft ungehalten. Die Stadtluft war von all diesen neuen Gruppen vergiftet – von den Gallyern, den Jarsayanern, den Nordmännern. Die Gallyer kleideten sich in helle Farben, trugen ihre Wämser und Mäntel sehr kurz und schienen Schwierigkeiten machen zu wollen.

Natürlich übten diese drei Umstände eine große Anziehungskraft auf jeden jungen Mann aus.

Die Jarsayaner waren in der Hauptsache Männer und Jungen aus den Ackerbaugebieten im Süden. Die Stadt war voll von ihnen, nachdem die Ernte eingebracht war, und in diesem Jahr waren es mehr denn je. Einige berichteten von grausamen Angriffen und Überfällen der Herrschertruppen. Das Zeichen der Jarsayaner war der Bauernkittel.

Im späten Frühling waren die Außenbezirke der Stadt von Flüchtlingen überschwemmt worden. Die meisten gingen nun wieder nach Hause, aber die Zurückbleibenden waren wütend, besitzlos und äußerst reizbar.

Die Gilden hatten darauf reagiert, indem sie für all ihre Mitglieder zusätzliche Wehrübungen vorgeschrieben hatten. Die Waffenschmiede waren stolz darauf, eine der besten militärischen Gilden zu sein, und sie übten so oft, dass Edmund die ganze Zeit hindurch müde und hungrig war. Ihm war klar geworden, dass die Gildenmeister ihre Truppen dazu benutzten, die anderen Gruppen einzuschüchtern.

»Wir sind Waffenschmiede«, sagte er mit fester Stimme. »Uns interessieren die Belange der anderen Gruppen nicht.«

»Das ist doch Unsinn«, meinte der Herzog. »Die Gallyer sind Fremde, und sie wollen die Königin entmachten. Sie nennen sie eine Hure. Sie behaupten, sie sei unfruchtbar. Sie sagen, sie …«

Meister Pyle erschien in der Tür, und der Herzog errötete.

Meister Pyle sah die Jungen böse an, aber er sagte kein einziges Wort.

»Ich glaube gar nichts davon«, sagte der Herzog.

Meister Pyle nickte und winkte Edmund zu sich.

Edmund fühlte sich, als wären seine Füße aus Blei. Aber er folgte Meister Pyle über den Hof zu dessen Büro, einem Raum voller Pergamente und Papiere. So sah es auch im Büro des königlichen Sekretariats im Palast aus.

Er fand, dass Angriff die beste Verteidigung war, und so verneigte er sich, nachdem der Meister Platz genommen hatte, und sagte: »Meister Pyle, es tut mir leid. Die Leiche, die heute Morgen gefunden wurde, hat jedermann beunruhigt.«

Pyle nickte. »Ich freue mich, dass du bereit bist, Verantwortung zu übernehmen, junger Edmund. Was deine Männer sagen, fällt auf dich zurück. Was meine Männer sagen, fällt auf *mich* zurück.« Einen Moment lang sah er mit seinen Augen, die durch die gewaltige etruskische Brille vergrößert waren, Edmund an, und dieser verspürte einen Stich reinster Angst. Er hatte den Meister erst ein einziges Mal wirklich wütend erlebt. »Ich verbringe zu viel Zeit im Palast. Ich brauche dich, Edmund. Wie steht es um das Projekt?«

Edmund schüttelte den Kopf. »Es kommt einfach nicht zum Ende, Meister. Aber ich mache jetzt drei Rohre mit Bohrungen von je einem Zoll. Ich glaube – ich *glaube* –, sie entsprechen wenigstens ungefähr Meister Smyths Anforderungen. Und ich habe auch die seltsame Glocke mit den Löchern für die Bolzen angefertigt.«

Meister Pyle legte die Hände zu einem Dach zusammen. »Gut. Mach weiter. Du verstehst etwas vom Gießen und Löcherbohren.«

Edmund verneigte sich. »Ja, Meister.«

»Es ist nötig, dass du hier etliche Projekte beaufsichtigst, Edmund. Diese Eisenrohre haben dich gelehrt, ein Projekt durchzuführen – du befindest dich noch immer innerhalb deines Kostenplans, und deine Arbeit nähert sich der Vollendung. Du wirst immer mehr Arbeiten beaufsichtigen, deshalb musst du die Lehrlinge besser kontrollieren.«

Der Meister hob die Hand. »Ich weiß, dass dies schwierige Zeiten sind, und es ist mir klar, dass dir der Nimbus der Befehlsgewalt fehlt, weil du selbst einmal einer von ihnen warst. In den alten Zeiten hätte ich dich in eine andere Werkstatt geschickt.« Meister Pyle schüttelte den Kopf. »Ich sage es nicht gern, aber ich glaube, ich habe mehr Aufträge, als ich ausführen kann, ohne ein Dutzend weitere Lehrlinge und noch zwei Gesellen einzustellen. Aber mir fehlt die Zeit, sie so zu beaufsichtigen, dass sie später selbst gute Meister werden.« Er hob den Blick. »Verstehst du, was ich damit sagen will?«, fragte er.

Edmund hüstelte. »Nein. Ja. Ich werde tun, was ich kann.«

»Der wichtigste Auftrag in unserer Werkstatt ist die königliche Rüstung für das Turnier. Aber ich habe bisher fast gar nichts daran getan, seit wir den Aushärtungsprozess beendet haben, denn ich schneide die Formen noch von Hand.« Er sah Edmund an. »Und es müssen Hunderte davon geschnitten und gegossen werden.«

»Das kann ich übernehmen«, sagte Edmund und nickte.

»Nein, Junge, das musst du nicht tun. Du sollst einen Prozess entwickeln, durch den es die Lehrlinge tun können, damit ich weiterhin die Formen schneiden kann und du die Rüstung des Königs ausschmücken kannst.« Meister Pyle sah ihn wieder an.

»Tom könnte das tun«, meinte Edmund. »Er ist sehr geschickt.«

Pyle holte tief Luft. »Wirklich?«, fragte er. »Der junge Tom ist ein Straßenknabe. Das weißt du doch, oder?«

Die Gilden nahmen stets einige Findelkinder an, aber diese taugten kaum je zu etwas, denn auch innerhalb der Gilden waren Vetternwirtschaft und klingende Münze nötig, wollte man Erfolg haben.

Edmund wusste das. Tom versuchte, sich nicht darüber zu ärgern, aber manchmal übertrafen seine großartigen Fähigkeiten die von Edmund so sehr, dass es diesen verbitterte.

Edmund beugte sich vor. »Er wäre uns auf ewig treu ergeben, würden wir ihm diese Gelegenheit gewähren.«

Pyle rieb sich die unrasierten Wangen. »Gute Idee. Ich wusste, dass mein Vertrauen in dich nicht enttäuscht wird. Ich bin schon zu lange fern von der Werkstatt. Lass ihn sofort holen.«

Nach einer Zeitspanne, die eine glühende junge Frau gebraucht hätte, um ein Ave-Maria zu murmeln, stand Tom bereits mit der Kappe in der Hand im Büro des Meisters.

»Edmund sagt, dass du bereit bist, Geselle zu werden«, sagte der Meister.

Tom drehte seine Kappe in den Händen, als würden die Finger nach Fäden im ausgefransten Rand suchen. »Oh!«, sagte er und sah Edmund an. Dann sackte er in sich zusammen. »Ich kann die Gebühren dafür nicht bezahlen«, sagte er.

Meister Pyle nickte. »Steh nicht so schlaff da, Tom. Ich werde deine Gebühren aus meiner eigenen Tasche bezahlen – aber nur unter zwei Bedingungen.«

Ruckartig richtete sich Tom auf. »Alles, was Ihr wollt!«, platzte er heraus.

»Warte stets ab, was der Vertrag vorschreibt, bevor du ihn unterzeichnest, junger Mann. Zuerst die Frage – bist du bereit, unter Edmund zu arbeiten?« Der Meister beugte sich vor.

»Ja!«, rief Tom.

»Zweitens – du wirst den vollen Gesellenlohn erhalten, aber du wirst zwei Jahre lang an mich gebunden sein. Du darfst weder in eine andere Werkstatt noch in eine andere Stadt gehen.«

Tom lachte. »Meister, Ihr könnt mich für den Rest meines Lebens an Euch binden!«

Pyle schüttelte den Kopf. »Sag so etwas niemals, Junge. Aber gut – schmiede dir einen Eisenring und komm mit mir zur Gildenhalle. Dort werden wir mit einem Becher Wein feiern«, erklärte er. »Aber, bei Gott, das wird für lange Zeit der letzte Nachmittag sein, den du außerhalb der Werkstatt verbringst.«

Meister Pyle trat in den Hof hinaus, und Edmund blieb zurück und half Tom dabei, einen Ring aus gebläutem Stahl zu schmieden. Während der Junge versuchte, eine Zarge zu formen und dabei kräftig fluchte, sagte er: »Danke. Jetzt schulde ich dir etwas.«

Edmund erwiderte: »Er wird die Werkstatt vergrößern. Wir werden Münzen herstellen.«

Tom pfiff durch die Zähne. »Das heißt, die Katze zwischen die Tauben zu setzen.«

Edmund polierte den Ring, als wäre er ein neuer Lehrling, aber die Tradition sah vor, dass alle Freunde einsprangen, sobald ein Junge befördert wurde. »Warum?«

Tom zuckte die Achseln. »Diese Gallyer wollen unsere Währung entwerten. Wenn wir neue Münzen prägen, werden sie es bald auch auf uns abgesehen haben.«

Edmund nickte langsam. »Dann sollten wir Vorsichtsmaßnahmen ergreifen.«

Tom lächelte.

»Sofort nachdem ich den Gesellenbrief bekommen habe. Noch einmal vielen Dank. Ich hätte nie geglaubt, dass das einmal geschehen wird.«

## Westlich von Lonika in Thrake · Der Kaiser und Herzog Andronicus

Sie stiegen im Hof einer kleinen Burg ab. Sie war kaum größer als ein gewöhnliches Herrenhaus, hatte zwei steinerne Türme und eine große Halle aus Holz dazwischen. Die Burg wurde von einer äußeren Palisade geschützt und erhob sich auf einem Felsvorsprung. Von dem höheren Turm aus konnte der Wächter die schneebedeckten Gipfel des Mons Draconis sehen, der sechzig Meilen weiter westlich lag, inmitten der Grünen Berge.

Sechzig Stradioten aus dem persönlichen Haushalt des Herzogs empfingen den Kaiser mit einer kunstvollen Zeremonie, die aber nicht verbergen konnte, dass er in dieser elenden Grenzburg ein Gefangener war – und zwar so weit entfernt von zu Hause, dass jeder Rettungsversuch unmöglich scheinen musste.

Seine Würde aber blieb unangetastet. Er nahm den Beifall und die Verneigungen seiner Feinde entgegen und ging mit erhobenem Haupt zu dem Zimmer, das für ihn vorbereitet war. Der Wächter vor seiner Tür bat ihn um seinen Segen.

In jener Nacht band er die Laken zusammen und ließ sich am Fenster herab. Doch leichter Schneefall hatte eingesetzt, sodass ihn im ersten Licht des Tages schnell Reiter aufspürten.

Einer der Ostmänner benutzte den schweren Schaft seiner Stahlaxt dazu, dem Kaiser beide Beine zu brechen. Dann trugen sie ihn durch den gefrorenen Sumpf bis zur Burg zurück und brachten ihn dort auf sein Zimmer. Und wieder baten die Wächter um seinen Segen.

## Südfurt unterhalb von Albinkirk · Ser John Crayford

Eine weitere Woche verging, bevor Ser John Zeit hatte, zur Fähre zu reiten. Es trafen mehr und mehr Siedler ein – der letzte Kaufmannszug aus Morea brachte zehn neue Handelshäuser herbei, die zum herbstlichen Pelzhandel und wegen des Wildnis-Honigs gekommen waren, den die Draußener in einem Monat auf dem Markt verkaufen würden. Ser John verkniff sich seine üblichen Bemerkungen über die Raffgier der Kaufmannsklasse. Stattdessen regulierte er sorgfältig den Zugang zu seiner Stadt, wies ihnen leer stehende Häuser zu und befahl ihnen, diese Häuser wieder instand zu setzen. Für den Fall, dass sie sich weigern sollten, würde man ihre Güter einziehen. Das lag zwar weit außerhalb seiner Befugnisse, aber sowohl der Bürgermeister als auch die Ratsmitglieder waren während der Belagerung von Albinkirk von den Kobolden getötet worden, und niemand hatte sie bisher ersetzt, und nirgendwo sah er einen König, der ihm geboten hätte, mit seinen Handlungen aufzuhören.

Die Kaufleute brummten unzufrieden, aber sie heuerten die einheimischen Männer als Arbeitskräfte an. Steinmetze aus Lorica erschienen, angelockt vom Versprechen gut bezahlter Arbeit.

Jeden Tag gab es neue Schwierigkeiten, aber sie alle waren unbedeutend. An einem Mittwoch traf der neu eingesetzte Bischof für Lorica ein. Er verfügte über ein Gefolge, das aus einem Priester und einem Mönch bestand. Sie alle ritten auf Eseln.

Ser John verpasste ihren Einzug, da er sich gerade nördlich der Stadt befand und etlichen Beschwerden über Irks und Draußener lauschte. Als er zurückkehrte, berichtete sein nutzloser Sergeant, der Bischof sei angekommen und in den zerstörten Bischofspalast gezogen; er wünsche bei der nächsten sich bietenden Gelegenheit die Aufwartung des Hauptmanns. Ser John rollte mit den Augen.

»Und er ist 'n Bauernsohn«, sagte der Sergeant.

Ser John lachte. »Genau wie ich. Und auch wie du, Spitzbube!« Dann stieg er ab und übergab Jamie sein Pferd. »Ich werde mich zu dem niedrig geborenen Prälaten begeben, sobald ich wieder Zeit zum Atmen habe.«

Am besten war es, als am Donnerstag Ser Richard Fitzroy mit vierzig Lanzen eintraf, die allesamt Männer vom Hof waren, außer einem schwarz gewandeten Ritter, einem Priester aus dem Orden des heiligen Thomas.

Ser John begrüßte Ser Richard im Vorhof der Zitadelle, und sie umarmten sich.

»Seid Ihr hier, um mich abzulösen?«, fragte er.

Ser Richard schüttelte den Kopf. »Keineswegs. Ihr steht hoch in der Gunst des Königs, und ich bringe Euch vierzig Lanzen für Eure Garnison, damit sie Euch im kommenden Herbst unterstützen. Ich bin der gegenwärtige königliche Gerichtsherr des Nordens und hoffe, Ihr habt mir ein paar Ungeheuer zum Töten übrig gelassen.«

Ser John sah einige Kämpfer, die ihm zu jung erschienen, um schon von ihren Müttern getrennt zu sein. Dann aber klopfte er Ser Richard auf den gepanzerten Rücken. »Ich bin höchst erfreut, Euch hier zu haben. Es gibt noch immer unzählige Ungeheuer; ich habe gerade gestern ein Dutzend Kobolde getötet.«

Der Jüngste der Kämpfer sah aus, als wollten ihm die Augen aus dem Kopf fallen.

Über einem Becher Wein enthüllte Ser Richard alles, was in Jarsay nicht gut war, und erklärte, der Hauptmann der Wache sei zusammen mit allen Rittern aus Jarsay vom Hof abgezogen worden, damit zwischen ihnen und dem zurückkehrenden Captal de Ruth keine Zwistigkeiten entstünden. Ser Johns Garnison war seit sechs Jahren nicht mehr verstärkt worden, seinen Männern stand noch immer der Lohn für die letzten drei Jahre aus, und er hatte vier seiner fünf überlebenden Ritter an den Roten Ritter verloren, als dieser unerträgliche Emporkömmling im Frühsommer hier vorbeigezogen war. Er kümmerte sich nicht um Politik und machte sich einen Spaß daraus, sein Land in Patrouillengebiete aufzuteilen und diese den älteren und verlässlicheren Rittern zu unterstellen.

Am Samstag gab er nach der Messe ein Fest – finanziert durch eine kleine direkte Steuer, die er von zwei Kaufleuten aus Hoek erhoben hatte. Sie berichteten, dass sie den Kobolden – und noch etwas Schlimmerem – bei der Südfurt entkommen waren; eine Nonne mit wunderbaren Kräften sei ihnen zu Hilfe gekommen. Ser John erhob einen Zoll auf ihren Wein und ihr Gold und wies ihnen ein Haus zu, das sie wiederherstellen mussten. Dann erst hielt er sein sorgfältig geplantes Fest ab. Er richtete es in der Großen Halle der Zitadelle aus, wo seine Diener ein Podest errichtet hatten, und auf dieses Podest stellte er einen goldenen Schild mit einem hellroten Kreuz darauf. Der Bischof von Albinkirk – er hieß Ernald Anselm – war ebenfalls eingeladen worden und saß auf dem Podest in seinem bischöflichen Sessel mit Ser Richard auf seiner linken Seite und Ser John zu seiner Rechten, neben dem wiederum der Ordenspriester Fra Arnaud Platz genommen hatte. Auf dem Podest befanden sich überdies sechs leere Sessel, und als vom letzten Gang nur noch Hammelknochen übrig waren und die Knappen Hippokras einschenkten, erhob sich Ser John, während in der Halle Schweigen einsetzte.

»Brüder«, sagte er, »hier stehen sechs leere Sessel, die für jene vorgesehen sind, die sich selbst als fahrende Ritter bezeichnen.« Er lächelte sie an und trat an den Rand des Podests. »Hört mir zu, meine Freunde. Ich habe Euch fast eine ganze Woche lang beobachtet. Ich habe Euch im Übungshof und am Pfahl zugesehen, ich habe Euch aber auch im Ringkampf und beim Reiten gewahrt. Ihr seid bereit, in jeder Hinsicht dem Feind gegenüberzutreten – außer in einer.«

Sie jubelten, als er von dem Feind sprach, aber bei den letzten Worten verstummten sie wieder.

»Die meisten von Euch wissen«, fuhr er fort, »dass ich ein einfacher Soldat bin. Ich habe an vielen Orten dieser Welt gedient, in der Tartarei und im Heiligen Land, in Gallyen und Arles und anderswo. Ich weiß ein wenig über den Krieg Bescheid. Und Ihr, edle Herren, werdet in den Krieg ziehen. Denkt also nicht mehr an diesen verdammten Jean de Vrailly, vergesst auch den Hof, schiebt die politischen Gründe beiseite, aus denen Ihr hier gelandet seid, und sorgt allein dafür, dass Ihr am Leben bleibt. Ich garantiere Euch, dass mindestens einer von Euch morgen Abend zu dieser Zeit entweder tot oder schwer verwundet sein wird – nicht weil die Wildnis ein so tödlicher Feind ist, sondern weil Ihr Herren die Wildnis mit dem Kopf in den Wolken oder voller Sorgen um das bekämpfen wollt, was bei Euch zu Hause geschieht. Vergesst all das. Denkt an die Frau, die Ihr liebt, denn diese Liebe wird Euer Schwert schnell und schwer machen. Gehorcht Euren Offizieren, denn sie sehen mehr als Ihr. Denkt an Euren König, denn in des Königs Gnaden führen wir einen gerechten Krieg. Und vergesst nur Eure Ausbildung nicht. Der ganze Rest ist Unsinn. Diesen vergesst also. Und in ein paar Wochen, wenn Ihr mit Ruhm bedeckt nach Hause reitet – nun, dann könnt Ihr wieder über den Captal und seine Mätzchen grummeln.«

Der Bischof stand auf und sprach. Er hatte eine sehr schöne Stimme, und obwohl er ein Bauernsohn war, hatte er eine ausgezeichnete Erziehung genossen und war äußerst beredt. Er sprach kurz über die Pflicht des Ritters gegenüber der Kirche und über die Gelegenheit, Buße für seine Sünden zu tun, indem er die Rüstung trage und der Sache der Menschheit diene. Er verneigte sich anmutig vor Pater Arnaud, der diese Geste mit einem schmerzlichen Lächeln erwiderte.

Ser John war ihm bereits einmal begegnet, aber er wusste nicht, was er erwarten sollte. So war er genauso überrascht wie alle anderen, als der Bischof von dem Podest herunterstieg und sich unter die Ritter mischte. Er lachte; das klang hell und klar. »Ist es nicht seltsam, im Namen unseres Herrn zum Töten ausgesandt zu werden? Er hat doch nie gesagt: ›Stellt Armeen in meinem Namen auf und kämpft gegen die Wildnis.‹ Er sagte vielmehr: ›Haltet auch die andere Wange hin.‹« Der Bischof ging in völligem Schweigen zwischen den Männern einher. »Aber er sagte auch: ›Lasset die Kinder zu mir kommen.‹« Nun blieb der Bischof stehen. »Meine Verwandten sind keine Adligen. Mein Vater bestellt das Feld im Schatten der Mauern von Lorica. Meine Mutter ist die Tochter eines Freisassen. Meine Brüder und ich bilden die erste Generation in unserer Familie, die die Leibeigenschaft verlassen hat. Wir konnten freie Bauern sein.« Er sah sich um. »Und für unsere Steuern und Abgaben beschützt Ihr uns mit Euren Körpern. Ritter zu sein bedeutet nicht nur, spitzes Schuhwerk zu tragen, sich die Haare an der Stirn auszuzupfen und zu tanzen, meine Brüder. Die Männer und Frauen, die auf Euren Gehöften schwitzen und arbeiten, dienen Euch nicht, weil Gott es befohlen hätte. Vielmehr handelt es sich um einen Vertrag, dem zufolge Ihr ein feines Schwert, ein großes Pferd und die Bewunderung aller schönen Mädchen erhaltet, und im Gegenzug seid Ihr *bereit zu sterben*. Das ist Eure Pflicht.«

Er sah die Männer an. Die Macht seiner Stimme war ungeheuerlich. Sie regten sich nicht einmal auf ihren Sitzen, und Ser John hielt in der rechten Hand einen Becher mit Wein, den er jedoch vollkommen vergessen hatte.

»Jede Familie in dieser Stadt und dem angrenzenden Land hat einen Menschen verloren. Ich spende das heilige Sakrament einer Gemeinde, in der es fast keine Männer mehr gibt. Die Kinder haben Angst. Die Frauen haben jede Hoffnung verloren. Die Arbeiten des Wiederaufbaus stocken. Wir stellen unseren Glauben infrage. Wie kann Gott das alles nur zulassen?« Er sah sich um und klopfte mit seinem Bischofsstab auf den Boden. Die Männer zuckten zusammen.

»Ihr könnt sie retten!«, brüllte er plötzlich. »Jede Witwe, die Euch ausreiten sieht, wird einen Hoffnungsschimmer sehen. Jedes Kind, das einen Ritter erblickt, wird wissen, dass die Menschheit noch nicht verloren und besiegt ist. Zeigt diesen Menschen, wer Ihr seid. Erweist Euch als der Ritterschaft würdig und, wenn es nötig ist, sterbt auch dafür. Das ist alles, was Gott von Euch, seinen Rittern, verlangt. Gehet hin in seinem Namen und seid siegreich.« Der junge

Bischof schritt durch die Reihen der Ritter, segnete jene, die ihm am nächsten standen, kletterte dann wieder auf das Podest, drehte sich um und machte das Zeichen des Kreuzes. »Und Ihr dürft wissen, dass Ihr, wenn Ihr fallen solltet, in der Gnade unseres Herrn sterbt. Amen.«

»Und nehmt so viele von diesen kleinen Bastarden mit in den Tod, wie es Euch möglich ist«, murmelte Ser John.

»Das war ein Wunder«, sagte Ser Richard, nachdem sich der Bischof gesetzt hatte.

Anselm lächelte. »Das war tatsächlich ziemlich gut, ja«, gestand er ein. »Ich habe ein wenig vom Patriarchen Urban geborgt, und der Rest war Inspiration. Ich habe viel dafür gebetet. Aber das ist es, was diese Leute brauchen – das Blitzen der Rüstungen auf den Straßen, und zwar jeden Tag. Einen Schimmer der Hoffnung.«

Ser John legte dem jungen Mann die Hand auf die Schulter. »Ich habe Euch nicht angemessen willkommen geheißen«, gab er zu.

»Ihr seid beschäftigt gewesen, und ich bin nur ein Prälat von niederer Herkunft«, sagte der jüngere Mann mit einem Augenzwinkern.

Ser John schüttelte den Kopf. »Habe ich das etwa gesagt?« Neben ihm hätte Pater Arnaud beinahe seinen Wein wieder ausgespuckt.

Der Bischof zuckte die Schultern. »Das ist eben das, was man sich so erzählt, Ser John. Ich bin wirklich von niederer Herkunft. Aber ich habe vor, diese Gemeinde zu stärken und Euch beim Wiederaufbau der Stadt zu helfen. Übrigens bittet Euch Schwester Amicia von den Schwestern des heiligen Johannes um Euer Gedenken an sie. Sie besitzt einen höchst erstaunlichen Dispens – es gibt sicherlich nicht mehr als zehn Frauen in ganz Albia, denen es erlaubt ist, die Messe zu lesen.«

»Sie ist eine beachtliche Frau«, sagte Ser John.

Pater Arnaud nickte. »Ich würde ihr gern einmal begegnen«, sagte er.

»Stimmt es, dass sie eine entscheidende Rolle im Sieg über den Feind bei Lissen Carak gespielt hat?«, fragte der Bischof.

»Ihre Kräfte sind jedenfalls gewaltig«, meinte Ser John und grinste. »Aber auch das weiß ich nur vom Hörensagen; ich war die ganze Zeit hier.« Ser John sah den anderen Mann an, der mit seinem roten Haarschopf auf eine grobe Weise schön war und eher wie ein Ritter wirkte, nicht wie ein Mönch. »Aber in den letzten Wochen ist sie sehr hilfreich für mich gewesen.«

Der Bischof zuckte mit den Achseln. »Nun, sie bat mich, Euch daran zu erinnern, einen Blick auf die Verwüstungen an der Furt zu werfen. Ich habe sie mit eigenen Augen gesehen. Etwas Böses lauert dort. Meine eigenen Kräfte liegen in Gottes Hand – sie kommen und gehen –, aber ich kann es spüren.«

Ser John nickte. »Ich werde mir das ansehen.«

Nun nickte auch Pater Arnaud. »Ser John, ich bin nur ein Durchreisender, aber ich würde es sehr begrüßen, wenn Ihr mir erlaubtet, Euch zu begleiten.«

»Ein Ordensritter?«, lachte Ser John. »Ich werde mich hinter Euch verstecken, wenn es heikel wird.«

Am Morgen befanden sich vier berittene Patrouillen im Hof. Sie verschafften ihm das Gefühl, ein großer Lord zu sein: vierzig Ritter zu seiner Verfügung und weitere vierzig Soldaten und Knappen sowie Pagen und Bogenschützen. Diese gehörten allesamt zu ihm, und er hatte auf dem Fest nach der Messe all seinen überlebenden Veteranen die noch ausstehenden Zahlungen geleistet. Überdies waren auch die neuen Männer schon bezahlt worden, was eine unvergleichliche, noch nie da gewesene Wohltat darstellte.

Aber zur Furt ritt er nur in Begleitung von Pater Arnaud, zwei neuen Bogenschützen, seinem eigenen Knappen Jamie sowie Ser Richard und dessen Knappen, einem gewissen Lord Wimarc. Bei ihm handelte es sich um einen jungen Adelsspross, dessen Rüstung einen besseren Eindruck als die von Ser Richard und Ser John machte. Wimarcs Manieren aber waren außergewöhnlich gut; der Junge betete offenbar Pater Arnaud an, und gegenüber Jamie war er nicht in der geringsten Weise herablassend. Es war eine gut zueinander passende Gruppe, die da entlang des Flusses zur Furt ritt.

Der Tag war hell und klar, der blaue Himmel war großartig. Einige Bäume hatten sich schon verfärbt – vornehmlich Ahorne, die schnell gelb wurden, und auch Birken. Der Fluss glitzerte.

Eine große Anzahl von Raben saß auf den Leichen und bedeckte sie fast vollständig.

Ser John hatte nicht einmal gewusst, dass die Männer versucht hatten, das Haus an der Furt zu reparieren, und ihre Bemühungen fachten sein Mitleid nur noch stärker an. Etwas war da mitten durch die neuen Holzwälle und das frisch mit Rohr gedeckte Dach gebrochen und hatte ein Kleinkind aus der Wiege gerissen. Zwei Männer waren in Fetzen gerissen worden – ein Arm hier, ein langes Stück Knorpel dort. Die Köpfe, die auf Stäbe im Hof hinter dem Haus gesteckt worden waren, besaßen keine Augen mehr; die Raben mussten sie ausgepickt haben.

Lord Wimarc schluckte mehrfach, gab sein Frühstück aber nicht von sich. Pater Arnaud stieg ab, betete über dem zerrissenen Leichenfleisch und machte sich dann an die schreckliche Aufgabe, die einzelnen Teile für eine Beerdigung zusammenzusuchen.

Ser Richard hatte seinen Aufstieg vom königlichen Bastard zum Hauptmann der königlichen Garde nicht nur seinem Aussehen und einer gewissen Fürsprache zu verdanken. »Es ist groß«, sagte er. »Kein Adversarius. Noch größer.«

Ser John hob den Blick zu den Deckenbalken. »Ich kann nicht glauben, dass das ein Lindwurm gewesen sein soll«, sagte er. »Und Mammuts fressen keine Menschen.«

»Trolle?«, fragte Ser Richard. »Ich habe bei Lissen gegen sie gekämpft«, meinte er und sah sich rasch um. »Bei Christi Wunden, sie haben mich furchtbar entsetzt.«

Ser John stellte sich in die Steigbügel und hob die Lanze in dem Versuch, die Länge des Armes zu messen, der das Dach aufgerissen und ins Innere des Hauses gegriffen hatte. »Das war ein besonders großer Troll«, sagte er leise. »Heiliger Jesus. Und ich hatte gehofft, heute mit einem Freund zu Abend essen zu können.« Er hatte die Stimme gesenkt, weil der Priester in der Nähe war.

Ser Richard lachte. »Es wird wohl ein Abenteuer werden«, sagte er.

Ser John hob eine Braue.

»Ich bin schon jetzt völlig verängstigt«, bemerkte Ser Richard, und ihr gemeinsames Lachen drang über die Furt bis in den Wald.

Sie durchquerten den Großen Fluss, und Ser John erkannte sofort das, was die Nonne gemeint hatte – eine Schneise der Verwüstung zog sich wie eine Straße nach Westen in den tiefen Wald, als wäre sie von einem wahnsinnigen Holzfäller geschlagen worden.

»Heiliger Crispin.« Ser Richard zügelte sein Pferd. »Dort können wir nicht hineinreiten.«

Pater Arnaud betastete seinen kurzen Bart, zog sich dann die Reithandschuhe aus und streifte die Panzerhandschuhe über. Lord Wimarc huschte um ihn herum und versuchte dem Priester Knappendienste zu leisten.

Er besaß ein Cervellieur – ein viel älteres Stück als der gallysche Helm, der gerade jetzt bei Hof so sehr geschätzt wurde. Wimarc stülpte es ihm über den Kopf: eine leichte Schädelkappe aus Stahl, an der ein Nackenschutz aus kleinen Kettengliedern hing.

Pater Arnaud lächelte den jungen Mann an. »Ich bin es nicht gewohnt, einen Knappen zu haben«, sagte er, und der junge Mann errötete.

Ser John betrachtete das Gelände so lange, wie der Knappe brauchte, um zwanzigmal Luft zu holen.

Ausgewachsene Bäume waren ausgerissen und wie Streichhölzer herumgeschleudert worden – es waren Dutzende. Das sah aus, als hätte ein Riesenkind mit den Bäumen wie mit Strohhalmen gespielt – sie lagen tatsächlich wie Strohpuppen da und erstreckten sich nach Westen, so weit das Auge reichte.

»Ich vermute, dass diese Schneise irgendwann die königliche Straße kreuzen wird«, sagte er. »So viel zu meinem Abendessen mit hübschen Frauen.« Er sah zur Seite. »Ich bitte um Entschuldigung, Pater.«

Pater Arnaud lächelte. »Ich bin keineswegs darüber erbost, dass Ihr schöne Frauen mögt, Ser John. Ich bezweifle sogar, dass Gott darüber erzürnt ist, denn schließlich hat er sie erschaffen.« Dabei grinste er. »Und was das Abendessen angeht, so habe ich auch dagegen nichts.«

Die beiden Bogenschützen Odo und Umphrey waren so jung, dass sie noch keinen Spitznamen erhalten hatten, und sie sahen beide ein wenig bleich aus. Ser John lächelte sie an. »Kampiert ihr gern?«, fragte er und sah sich nach den Packpferden um. Als er sich vergewissert hatte, dass alles in Ordnung war, wechselte er von seinem Zelter zu seinem Schlachtross.

Ser Richard tat das Gleiche, und dann setzten sie sich Helme auf und zogen Panzerhandschuhe an.

Ser John sah den Priester an. »Ist diese Schädelkappe nicht ein wenig zu dünn?«

Der Priester nickte. Nun holte er einen mächtigen Helm aus der Tasche am Sattelknauf und setzte ihn auf. Ser John bemerkte interessiert, wie die Zinken, die er an der Kappe kaum bemerkt hatte, zu Vertiefungen innerhalb des großen Helms passten und diesen an Ort und Stelle festhielten. So entstand eine doppelte Schutzschicht aus gehärtetem Stahl, die den Kopf umgab. Er stieß einen anerkennenden Pfiff aus.

Pater Arnaud ließ den großen Helm mit einem Klicken einrasten.

Vorsichtig ritten sie eine Meile weit. Von der königlichen Straße aus, die in westlicher Richtung nach Lissen Carak an der Brückenburg vorbei bis Falkenhaupt verlief, konnten sie die Verwüstungen im Norden zwischen der Straße und dem Fluss deutlich erkennen. Manchmal geriet sie aus dem Blickfeld, doch dann war sie wieder zu sehen, und als die Straße nach einer weiteren Meile einen scharfen Knick in nördlicher Richtung machte, verringerten sie ihre Geschwindigkeit, und die Straße führte geradewegs in die Zerstörung hinein.

Etwa dreihundert Schritte lang suchten sie sich vorsichtig ihren Weg, und dann waren sie mitten im Chaos. Ser John zügelte sein Pferd, hob die Hand und schüttelte den Kopf. Er schob sein Visier hoch.

»Mist«, sagte er. »Wir müssen zunächst die Straße säubern und dann das finden, was das hier angerichtet hat. Und es töten. So wie es aussieht, befinden wir uns jetzt in seinem Gebiet, und unsere Pferde sind hier nutzlos.«

Auch Ser Richard hob sein Visier. »Dem stimme ich zu. Ich bin schon müde, und mein armes Pferd wird mich wahrscheinlich durch die Kandare beißen, wenn ich es zwinge, über einen weiteren Baumstamm zu springen.« Damit wendete er sein Reittier. Beide Männer sahen den Priester an, der vollkommen ruhig auf seinem schwarzen Ross saß.

Er schaute an Ser Johns Schulter vorbei und zog sein Schwert.

Ein lautes Knacken ertönte, als ein Zweig brach. Alle erstarrten.

»Heilige Jungfrau«, sagte Ser Richard.

Ser John bemerkte eine Bewegung zwischen den umgestürzten Bäumen. »Absteigen!«, rief er.

Ser Richard gehorchte ihm jedoch nicht. Er lenkte sein Pferd zu einem Stamm, der unmittelbar hinter ihnen am Boden lag, und plötzlich setzte das Pferd mitsamt seinem gerüsteten Reiter darüber hinweg. Ser Richard hatte eine königliche Erziehung und Ausbildung genossen und konnte reiten wie ein Zentaur; nur deshalb gelang es ihm, das Pferd wieder zu beruhigen.

Die Bogenschützen und Knappen stiegen ab. Jamie nahm die Zügel der Pferde und führte sie von den Männern weg, denn die herumliegenden Bäume waren so hinderlich, dass die eine oder andere heftige Bewegung der Pferde die Menschen in Gefahr bringen konnte.

Ser John sah die Knappen an. »Bringt sie weg von hier!«, brüllte er.

Jamie bahnte sich einen Weg zwischen den Bäumen.

Die Bogenschützen spannten ihre großen Kriegsbögen.

»Was ist das?«, fragte Ser Richard.

»Keine Ahnung«, spuckte Ser John aus.

»Ein Riese«, sagte der Priester. Wie Ser Richard saß auch er noch auf seinem Pferd.

Hinter ihm drang der Gestank von etwas Fauligem zu den Pferden und ließ sie in Panik geraten. Die Packpferde rannten fort. Eines machte einen falschen Tritt und brach sich mit einem schrecklich lauten Knacken das Bein. Das Pferd schrie auf.

Dieser Schrei klang wie ein Signal, und nun erhoben sich *zwei* Riesen aus den umgestürzten Bäumen und schlugen zu.

Sie waren gewaltig.

Und im Gegensatz zu den Legenden, die man kannte, waren sie auch *schnell.*

In seinen ganzen vierzig Jahren Kampferfahrung hatte Ser John noch nie so etwas gesehen, und einen schrecklichen Augenblick lang stand er wie angewurzelt da. Seine Lippen formten das Wort »Christus«.

Der Priester trieb sein Pferd voran; es sprang trotz des hohen Gewichts seines Reiters über einen Baumstamm, und das Schwert des Priesters hackte einen Finger an der ausgestreckten linken Hand des einen Riesen ab.

Das Ungeheuer sah aus wie ein Mensch – allerdings wie ein sehr hässlicher Mensch. Seine Beine waren nur so lang wie der Körper, und es hatte keinen Hals. Und bloß ein einziges großes Auge.

Und es schwenkte eine Keule, die ungefähr so groß wie ein kleiner Junge war.

Aber aus irgendeinem Grund schwang das Wesen seine Waffe dem kreischenden Packpferd entgegen, als würden dessen Schreie seinen großen Ohren Schmerzen zufügen. Vielleicht hatte ihn seine Verwundung auch orientierungslos gemacht.

»Es ist wirklich ein Riese«, sagte der Bogenschütze Odo unnötigerweise. Dann fuhr sein erster Pfeil – fünfunddreißig Zoll lang und vier königliche Unzen schwer – tief in den Schenkel des Ungetüms.

Der Riese brüllte auf, und der ganze Wald erbebte darunter.

Zu seiner Linken hörte Ser John, wie Ser Richard seinen Kriegsschrei ausstieß, und dann hörte er das Trappeln der Hufe.

Nun schoss auch Umphrey, aber er verfehlte sein Ziel.

Ser John zwang sich, auf den Riesen zuzulaufen, der dreimal so groß war wie er selbst. Die Keule hatte den Kopf des Pferdes zu Brei geschlagen und die Männer mit Blut und Hirnmasse überzogen.

Lord Wimarc rannte neben ihm her und hielt eine feine Streitaxt mit Goldverzierungen in der Hand.

»Was … was machen wir denn jetzt?«, keuchte der jüngere Mann.

»Wir töten es«, sagte Ser John.

Der Riese war genauso schnell wie ein Mensch. Er stellte sich den beiden Männern in ihren Rüstungen entgegen, und während Odo ihn mit seinem Pfeil verfehlte, drang Umphreys zweiter Schaft in die dicken Muskeln des rechten Oberarms ein und verhinderte so, dass die gigantische Gestalt auf Lord Wimarc eindreschen konnte. Die Keule wurde zwar abgelenkt, aber sie erwischte den jungen Mann schließlich doch noch, warf ihn zu Boden und brach ihm beide Beine. Er schrie auf; es war ein hässlicher, erstickter Laut.

Trotz seiner Verwundung schwang Wimarc seine Streitaxt und traf den Riesen. Dann erst fiel er auf den Rücken und schrie laut und anhaltend.

Ser John verschwendete keine Zeit. Er hatte einen Hammer mit einem fünf Fuß langen Schaft und einem Kopf, der mit Nägeln bestückt war. Er rammte seine Waffe in den rechten Fuß des Riesen, zerschmetterte die Knochen, erwischte die herabbaumelnden Hoden des Unwesens und riss mit den Stacheln seines Hammers daran. Dann schlug er auch noch gegen das linke Knie des Ungetüms.

Unter seinen Schreien stiegen alle Vögel in einem Umkreis von vier Meilen in die Lüfte auf. Seine Gefährtin drehte sich um, und Ser Richard rammte ihr die Lanze in den Bauch.

Sie schwang ihre Keule, zerschmetterte Ser Richards Schild, brach ihm Hand und Arm, aber Ser Richard gab seinem geliebten Pferd die Sporen, und das große Tier stürmte vor, sodass die Lanze immer tiefer in den Bauch der Riesin getrieben wurde.

Umphrey und Odo sahen zu, wie der Riese zu Boden ging. Wie geübte Veteranen drehten sie sich daraufhin im Gleichklang um und legten auf das zweite Ziel an. Sie spannten ihre Bögen und schossen, spannten und schossen wieder. Die Pfeile sangen und schwirrten in einem Abstand von wenigen Sekunden. Die Riesin war nur zehn Schritt entfernt – und hatte keinerlei Deckung.

Ser John schlug ihr die Hammerspitze in den Rumpf, während sie zu Boden ging, stellte sich zwischen ihre Beine und hieb erneut zu.

Sie gab ein erbärmliches Geräusch von sich und fiel über Lord Wimarc auf Hände und Knie. Ser John war hinter ihr und brach ihr das Bein. Dann schlug er auf die Stelle ihres Körpers ein, an der sich die Nieren befinden mussten.

Die Riesin riss Ser Richard aus dem Sattel, brach ihm das Schlüsselbein und schleuderte ihn auf seinen bereits gebrochenen Arm und die verletzte Hand. Aber sie schien nicht zu begreifen, wo die schweren Pfeile herkamen, und schlug nach ihnen, sobald sie in die Riesin eingedrungen waren, wie ein kleines Kind nach Insekten schlägt, die es bereits gebissen haben.

Ser Richards Ausbildung und Übung ermöglichten es ihm, sich herüberzurollen. Er schlug nach dem Fußgelenk der Riesin und traf. Dann hieb er noch einmal zu, brüllte dabei der Riesin seinen Kriegsschrei entgegen, doch sie beachtete ihn nicht weiter, sondern drehte sich auf dem Boden um und bemerkte endlich die beiden Bogenschützen.

Umphreys Bogen brach mit einem lauten Knacken. »Oh, oh«, sagte er nur.

Odo schoss ihr einen Pfeil ins Gesicht, aber er verfehlte das Auge, und die Pfeilspitze prallte vom Schädelknochen ab. Er griff nach dem nächsten Pfeil, aber es waren keine mehr vorhanden. Die restlichen befanden sich an dem Packpferd.

Umphrey zog sein Schwert und drehte sich um.

Odo erwischte einen Pfeil an Umphreys Gürtel und zog ihn heraus. Dann legte er ihn ein.

Ser Richard hieb noch einmal mit aller ihm verbliebenen Kraft auf die Kniesehnen der Riesin ein, dann wurde er ohnmächtig.

Pater Arnaud erschien hinter der Riesin. Sein Pferd erhob sich, als hätte es Flügel, und sein Schwert drang tief in den Körper des Ungetüms ein. Dann zog er es wieder heraus und war schon vorbeigeprescht. Der Schlag der Riesin verfehlte ihn, als sein Pferd wie ein Reh davonsprang.

Ser Johns Riese verstreute seine Eingeweide über dem Waldboden und brach zusammen. Ser John konnte Ser Richard nicht sehen – das Pferd des anderen Ritters trat nach der Riesin aus, die stocksteif auf einem Bein dastand. In ihrem Auge steckte ein Pfeil, und Odo beobachtete sie mit einem seltsamen Ausdruck des Triumphes.

Dann zerhieb sie ihn mit ihrer Keule zu Brei.

Aber als sie einen Schritt nach vorn machte, um auch seinem tödlich verwundeten Gefährten den Garaus zu machen, gab ihr rechtes Bein unter ihr nach, denn die Sehnen waren vollständig durchtrennt, und sie fiel zu Boden.

Umphrey sah Odo sterben und wurde daraufhin zum Berserker. Er schrie. Er kreischte. Er weinte, und sein Schwert hackte so schnell wie ein Specht auf die am Boden liegende Riesin ein. Er erwischte erst ihre herabhängenden Brüste und dann ihre Schulter. Sie schrie und versuchte aufzustehen.

Pater Arnaud drosch mit einem Streitkolben, den er aus seiner Satteltasche gezogen hatte, auf ihren Hinterkopf ein. Der Schädel splitterte, Blut und Hirn spritzten heraus.

Die Dunkelheit setzte ein, als Helewise, die jede Nacht nach solchen Dingen lauschte, Stimmen vom Torhaus her hörte, das zu einer Art Kaserne für die frisch Eingetroffenen geworden war. Es waren sechzig Personen – mehr Frauen als Männer, und die meisten Männer waren auch schon älter, aber alle beteiligten sich an den Arbeiten, und die Felder waren schon geräumt worden.

Sie hatte sich noch nicht entkleidet und fuhr sich hoffnungsvoll mit der Bürste durch die Haare, dann rannte sie die Treppe hinunter und in die Haupthalle des alten Herrenhauses hinein.

»Heilige Katharina, was ist das denn für ein Geruch?«, fragte sie noch, bevor sie durch die Tür getreten war.

Der Hof war voller Reiter, und Phillippa war auch dort, genau wie die beiden Rose-Mädchen, die alte Gwynn und Beatrice Upton. Viele Fackeln loderten.

Ser John erschien zwischen den Männern. Er war in voller Rüstung, und er sah *alt* aus. Doch es gelang ihm, sie anzulächeln. »Fasst mich nicht an«, sagte er. »Ich bin über und über mit Unrat bedeckt.«

Sie zuckte zurück und sah die anderen Ritter – einen Mann auf einer Bahre zwischen zwei Pferden und ein Bündel, das wie ein Leichnam wirkte. Sie legte die Hand vor den Mund, nahm sie aber rasch wieder weg.

»Heißes Wasser!«, rief sie. »Und holt Schwester Amicia!«

»Ich bin hier«, sagte die Nonne. Sie trug nur ein Unterkleid und rannte quer über den Hof zu dem Mann auf der Bahre.

Ser John schwang das Bein über den Sattel und stieg langsam ab. Sein Knappe eilte herbei und kümmerte sich um das Pferd.

»Er hat gegen einen Riesen gekämpft. Ganz allein«, sagte Jamie.

»Unsinn«, sagte Ser John. »Schwester, Ser Richard liegt keineswegs im Sterben. Dieser Junge hier aber schon.« Ser John führte sie zu einem weiteren Mann, der ebenfalls auf einer improvisierten Trage zwischen zwei Packpferden lag.

Helewise ging zu dem Mann, der Ser Richard genannt wurde. Sie gab den Mädchen ein Handzeichen. »Wir bringen ihn hinein«, sagte sie. »Seid aber vorsichtig mit der Trage.«

»Ich weiß, was ich tue«, sagte ihre Tochter mit gewohnter Überheblichkeit.

Sie und Jen banden die Trage los und trugen den Verwundeten nach drinnen, wobei sie unter seinem Gewicht ächzten. Schließlich handelte es sich um einen großen Mann in voller Rüstung. Die beiden jungen Frauen schafften es jedoch, ihn auf den Tisch in der Halle zu legen, nachdem Mary Rose das Tischtuch weggenommen und die beiden großen bronzenen Kerzenständer beiseitegestellt hatte, die die Plünderer nicht mitgenommen hatten. Dann fiel ihr ein schweres Salzfässchen auf den Fuß, und sie fluchte.

»Herrgott, wie sie stinken«, sagte Mary.

Draußen glühte ein goldgrünes Licht, und dann hörten sie Schwester Amicia beten.

»Oh!«, sagte Phillippa. »Ich möchte ihre Wunder sehen!«

»Du bleibst hier und hilfst mir bei diesen Riemen«, sagte ihre Mutter.

Das goldene Licht draußen wirkte wie das der aufgehenden Sonne.

»Das ist ungerecht!«, beschwerte sich Phillippa.

»Verhalte dich nicht wie ein ungezogenes Gör, sondern hilf uns lieber«, fuhr Helewise sie an. »Nimm ihm den Armpanzer ab.«

Als sie mit den unvertrauten Riemen unter dem Schwertarm des Mannes kämpfte, kamen Ser John sowie der Priester und auch Schwester Amicia herein. Plötzlich widmete sich Phillippa den Riemen mit großer Hingabe.

Schwester Amicias Haare standen nach allen Seiten ab, tiefe Linien befanden sich unter ihren Augen. Helewise fand, dass sie noch nie so alt ausgesehen hatte.

Aber sie legte die Hand auf Phillippas Schulter. »Du musst noch sanfter sein«, sagte sie. »Schau, das Schlüsselbein ist gebrochen, genau wie der Arm und die meisten Knochen in seiner Hand. Und sein Brustpanzer – siehst du, wo er eingedrückt ist?« Amicia holte tief Luft. »Alle Rippen sind gebrochen, und sie können unmöglich in ihre alte Lage zurückkehren, solange der Brustpanzer nicht abgenommen wurde.« Ihre Stimme strahlte eine warme Ruhe aus – wie die fühlbare Liebe einer Mutter.

Sie holte tief Luft und drehte ihren Ring so, dass die Fassung des Steins nach innen zeigte. »O gütiger Herr«, sagte sie.

Sechshundert Meilen weiter östlich legte der Rote Ritter gerade eine Pause ein und hielt die Luft an. Im nächsten Augenblick saß er Hand in Hand mit der Novizin Amicia unter dem magischen Apfelbaum an der Mauer des Konvents von Lissen Carak. Das Gefühl war so mächtig, dass er nun tatsächlich dort *war*.

Sie schien nicht darum zu bitten, doch er gab ihr jedes Stückchen seines gehorteten *Ops* – die Reserve, die er für den Augenblick angehäuft hatte, in dem er sich Harmodius gegenüberstellen musste.

Sie nahm alles.

Ser John griff an Phillippa vorbei und löste die Riemen an dem Brustpanzer des anderen Ritters – erst den einen, dann den anderen. Beim dritten jedoch bewegte sich etwas darunter, und Ser Richard stieß einen erstickten Schrei aus.

Ser John sah die Nonne an; sie schüttelte den Kopf.

Er zog einen Dolch und schnitt den Riemen durch. Nun ließ sich die Rüstung öffnen, und der Körper des Mannes verursachte ein nasses Geräusch.

»Helewise!«, sagte Ser John. Sie half ihm dabei, den Mann ein wenig auf die Seite zu rollen. Als es dem Priester endlich gelang, ihm den Rückenpanzer auszuziehen, hustete er Blut.

»Nein!«, rief Amicia. »Legt ihn flach hin. Aber sanft.«

Schließlich gelang es Phillippa, die letzten Riemen am Arm zu lösen, und Ser John zog die linke Beinschiene mit einem schmatzenden Geräusch ab.

Ser Richard schlug die Augen auf. Er kreischte erst, verstummte dann und sagte schließlich: »Tut mir schrecklich leid.«

Schwester Amicia legte ihm die Hand auf die Schulter und schloss die Augen. Ihr Gesicht wurde blass, beinahe bleiern. Der Ring flammte auf wie ein Diamant im Sonnenschein, dann wirkte er wie eine kleine Sonne.

Sie seufzte. Und lächelte vorsichtig.

Ihre Augen öffneten sich.

Ser Richards Lider flatterten wieder. Er stieß einen Seufzer aus, den er sehr lange angehalten zu haben schien. »Ich werde nie wieder an Gott zweifeln«, sagte er traumverloren.

Schwester Amicia lachte. Es war zwar kein lautes, kräftiges Lachen, aber ein gutes, helles, und sie setzte sich schwer auf die Bank.

Nun war die Krise vorüber, und Helewise sah ihre Tochter an. Beide lächelten.

Der Gestank war wirklich entsetzlich.

»Alle sollten sich jetzt waschen«, sagte Helewise. »Was im Namen des Himmels ist das denn bloß, was da an Euch klebt?«

Ser John schüttelte den Kopf. »Riesenscheiße«, sagte er. »Ich bitte um Verzeihung für meine rüde Ausdrucksweise, aber genau darum handelt es sich.«

Die Halle war voller Menschen, ebenso wie der Hof; alle waren wach und auf den Beinen. Und jetzt geschah alles gleichzeitig – Mädchen holten Wasserkübel von den Quellen, Feuer wurden in der Küche, der Halle und sogar in Helewises Privatgemach entfacht, und jeder Kessel, den sie besaßen, wurde zum Erhitzen von Wasser benutzt. Ben Scold, der Beste unter den neuen Männern, machte sich daran, die Pferde zu säubern, und der überlebende Bogenschütze half ihm dabei. Der junge Jamie sammelte die stinkenden Rüstungsteile ein – die von Lord Wimarc waren am schlimmsten –, und danach hielt Phillippa ein wenig heißes Wasser für ihn bereit. Er sah sie an und lächelte.

»Hast du jemanden getötet?«, fragte Phillippa.

Einen Augenblick lang dachte er darüber nach, ob er sie belügen sollte – sie war so schön. Doch dann zuckte er die Achseln und senkte den Blick. »Ich bin bei den Pferden gewesen«, sagte er. »Ich habe keinen einzigen Schlag geführt.«

Sie lächelte ihn an. »Deine Zeit wird kommen«, sagte sie, und sofort verliebte er sich in sie.

Alle badeten. Die Ritter hatten Seife, und die Frauen hatten ebenfalls welche hergestellt. Sie badeten in der Halle, während den Männern die Küche zugewiesen worden war, und Helewise schuf eine neue Mode, indem sie ihr Kleid ohne ein Unterkleid trug, weil es noch viel schmutzige Arbeit zu tun gab.

Ser Richard versuchte aufzustehen und wurde von Schwester Amicia sofort wieder auf das Bett gedrückt. »Guter Ritter, die Macht meiner Heilkraft muss, auch wenn sie Gottes Hilfe besitzt, durch ausgedehnte Ruhe und viel Schlaf unterstützt werden.«

Er himmelte sie an. »Warum denn, gute Schwester? Ich fühle mich besser als seit langer Zeit.«

Sie lächelte und glättete ihm die Haare. »Soll ich es Euch wirklich sagen? Wenn ich heile – wenn jeder gute Heiler seine Tätigkeit ausübt –, dann verbinden wir das Gewebe nur so stark, wie es unbedingt sein muss. Die Kraft, die dabei zum Einsatz kommt, ist größer als bei allen anderen Arten von Zauber.« Sie lächelte zögernd und schüttelte dann den Kopf. »Denkt an die Kraft, die Ihr einsetzt, wenn Ihr jemandem den Kopf abschlagt. Die Kraft, ihn wieder aufzusetzen, ist ungleich größer. So beheben wir das, was wir vermögen, doch den Rest müssen wir Gott und der Natur überlassen.« Abermals schüttelte sie den Kopf. »Die Heilung durch die Natur ist außerdem weitaus erfolgversprechender«, sagte sie. »Überdies brauche ich eigentlich eine bessere Ausbildung in der Heilkunde.«

Ser Richard starrte sie anbetend an und sagte: »Ich bin sicher, dass Ihr keine weitere Ausbildung benötigt.«

Amicia besaß einige Erfahrung als Heilerin – und als Frau –, und sie wusste, wenn es an der Zeit war, die Kissen aufzuschütteln und wieder ganz geschäftsmäßig zu werden.

Lord Wimarc wurde in Helewises Gemach gebracht. Der Riesengestank nahm allmählich ab, blieb den Menschen aber noch tagelang in der Kehle stecken. Helewise holte einen Krug mit Apfelwein, und jeder erhielt einen Schluck davon – es war nicht mehr viel übrig. Die alte Gwynn steuerte einen Weinschlauch bei, aus dem alle gierig tranken, und Meg Hasting holte frisches Brot.

Allmählich ließ die Aufregung nach. Helewise sorgte dafür, dass ihre Tochter gemeinsam mit ihrer Freundin Jen und nicht mit einem der Knappen zu Bett ging – eigentlich glaubte sie zwar gar nicht, dass ihre Tochter so etwas tun würde, aber sie musste sich dessen ganz sicher sein. Und dann scheuerte sie noch einmal den Tisch in der Halle und half der alten Gwynn dabei, die Küche auszuwischen, in der die Männer ihr Badewasser großzügig verteilt hatten. Amicia war im Sessel in der Halle eingeschlafen, und Helewise legte eine schwere Wolldecke über sie. Kurz darauf stand sie in der Mitte ihrer Halle und lauschte der Stille. Gwynn lächelte zahnlos und mühte sich die Treppe hoch in ihr kleines Turmzimmer.

Helewise stand so lange unschlüssig da, bis sie bemerkte, dass jemand bei ihr war. Aber dann hatte er auch schon seine Hände um ihre Hüfte geschlungen.

»Ich finde, du solltest dich immer so kleiden«, keuchte er ihr ins Ohr.

»John Crayford, wenn ich auch nur den kleinsten Rest von Riesenscheiße an dir rieche …«, murmelte sie. Als er versuchte, sie zu küssen, senkte sie den Kopf und schlüpfte aus seiner Umarmung. Aber sie ergriff sein Handgelenk und zog ihn in den Hof hinaus. »Wo ist dein Knappe?«, fragte sie.

»Im Torhaus«, hauchte er ihr ins Ohr. »Ich habe die Scheune ganz für mich allein.«

Sie legte ihm die Arme um den Hals. »War es schlimm?«, fragte sie.

»Jetzt ist es jedenfalls besser«, sagte er, hob sie an und trug sie in die Scheune.

Pater Arnaud saß in der Halle und nippte an einem Becher Wein. Seine Hände zitterten.

Schwester Amicia kam herbei und setzte sich zu ihm. »Kann ich Euch helfen?«

Er lächelte sie an. »Ihr seid doch die berühmte *Sœur Sauvage?*« Damit stand er auf, verneigte sich und fügte noch hinzu: »Es hat mir niemand gesagt, dass Ihr so schön seid.«

»Seid Ihr sicher, dass Ihr ein Priester seid?«, fragte sie zurück. Aber sie grinste dabei, und er erwiderte ihr Grinsen.

Er trank noch etwas Wein. »Ich bin recht geschickt im Töten von Ungeheuern«, sagte er. »Verzeihung, *ma sœur*. Ich durchlebe gerade eine Glaubenskrise.« Er drehte den Kopf. »Warum habe ich Euch das jetzt bloß erzählt?«

Sie zuckte die Achseln. »Die Leute erzählen mir so etwas andauernd. Ich vermute, ich lade irgendwie dazu ein, weil ich hübsch bin.« Sie setzte sich ihm gegenüber, nahm sich einen schmutzigen Becher und goss Wein hinein. »Aber ich befinde mich selbst in einer steten Glaubenskrise und kann Euch deshalb nicht helfen.«

Er lehnte sich zurück. »Vielleicht könnte ich damit argumentieren, dass Ihr viel Erfahrung in der Überwindung von Glaubenskrisen habt, wenn Ihr sie so oft erfahren müsst, und dass Ihr daher höchst geeignet seid, mir durch die meine zu helfen.« Er wandte den Blick ab.

»Was ist denn los?«, fragte sie.

»Ich konnte nicht heilen. Es war mir unmöglich, weil …« Er hielt inne und schaute zu Boden.

Schweigend saßen sie eine Weile da, denn er weinte nun, und sie wollte ihn dabei nicht stören. Nach einer Weile sprach sie ein Gebet und gab ihm ihr schmuckloses weißes Taschentuch.

Damit trocknete er sich die Augen. »Entschuldigung«, murmelte er. »Ich will kein Schwächling sein. Aber ich bin des Misserfolgs so müde.«

Sie sah ihn an, wartete und hörte zu.

Aber er überraschte sie, indem er sich mit einem schiefen Lächeln zu ihr hindrehte. »Und Ihr, *ma sœur*? Warum habt Ihr Glaubenskrisen?«

Sie zuckte die Schultern. Sie hatte jetzt keine Lust auf ein Gespräch oder eine Beichte; sie kannte ihre Sünde nur allzu gut, und wenn sie darüber sprach, würde es sie nur noch verwundbarer machen.

Aber andererseits hatte er sich ihr anvertraut.

»Ich bin verliebt«, sagte sie. Als sie es aussprach, versetzte es ihr einen Stich; es war, als hätte sie eine heilige Reliquie berührt.

Sein Lächeln wurde breiter. »Ah – Liebe«, sagte er und trank seinen Wein. Seine Hände zitterten.

Sie wusste nicht, ob in seinen Worten eine gewisse Bitterkeit lag. »Habt Ihr die Riesen getötet?«, wollte sie wissen.

»Oh, ja. Beide sind tot. Zwei von Gottes Kreaturen, so unschuldig wie Neugeborene, und wir haben sie umgebracht.« Er hob den Blick.

Seine Augen waren leer und hart. Doch dann floss Sanftheit in sie zurück, und in seinen Mundwinkeln zuckte es. »Ich bin zu gesprächig. Wenn man mein Schweigegelübde lockert, plappere ich einfach immer weiter.«

Sie stand auf und reckte und streckte sich. »Mir scheint Ihr nicht besonders gesprächig zu sein, Ser Priester. Aber ich bin jetzt so müde, dass ich nichts mehr trinken möchte.«

»Wer ist es?«, fragte er. »Wen liebt Ihr?«

Sie schüttelte den Kopf. »Das ist unwichtig. Er ist nicht hier, und deshalb kann ich nichts Sündiges tun.« Sie war stolz darauf, wie ruhig ihre Stimme klang.

»Ich habe mich einmal in eine Dame verliebt.« Pater Arnaud hob den Blick. »Ich habe ihr Leben zerstört. Ich war stolz und eitel, und unsere Liebe glich einem Gottesgeschenk. Selbst jetzt bin ich mir noch nicht sicher, ob ich es bereue.« Er ließ den Wein in seinem Becher kreisen. »Ist es nicht bemerkenswert, dass Gott mich zwar von der Macht des Heilens abschneiden kann, mein starker rechter Arm aber noch immer zum Töten in der Lage ist? Trotz meiner Sünde?«

Sie setzte sich schwer nieder. »Das klingt, als läge Euch mehr daran, ein romantischer Held in einem Troubadourlied zu sein … statt ein guter Mensch. Aber ich kann Euch versichern, Ser Priester, dass das Einzige, was zwischen Euch und Eurer Heilkraft steht, Ihr selbst seid.«

Eine Weile saßen sie da und sahen sich an.

Dann schüttelte er den Kopf und verzog wieder die Mundwinkel. »Manchmal gleicht unsere Lage den besten Troubadourliedern. Deshalb lieben wir sie doch auch so, nicht wahr? Und dennoch … und dennoch spüre ich etwas in Euren Worten, und Ihr verärgert mich. Das ist gut so. Ich bin der Ansicht, dass die Einschränkung meiner zauberischen Fähigkeiten ihren Grund in mir selbst hat – dass sie eine Art von Amnesie ist. Aber da ist *gar nichts* mehr in mir.«

Sie streckte die Hand aus. »Ich will es mir ansehen«, sagte sie.

Er schüttelte den Kopf. »Nein. Bitte, *ma sœur*, Ihr seid zu mächtig für mich. Ich werde jetzt gehen und meine Pflicht tun, und vielleicht werden Gott und ich eines Tages wieder Freunde sein.« Er stand auf. »Wisst Ihr, dass das Schlimmste an der Liebe die Veränderung von Gewohnheiten ist? Jahre des Zölibats werden einfach umgestoßen. Ich sehe in Euch nicht die Schwester, sondern die Frau. Ich sehe Frauen überall um mich herum.«

»Das ist nicht unbedingt ein Fluch«, meinte sie. »Wäre es nicht besser, wenn einige Angehörige Eures Ordens zusammen mit dem unseren lebten und Gott anbeteten?«

Er lachte. »Auf alle Fälle würde dies unsere Konvente verändern«, sagte er.

Sie verschränkte die Arme vor der Brust. »Mir ist kalt. Gute Nacht, Pater.«

Er sah ihr nach, wie sie die Treppe hochstieg, dann schenkte er sich noch einen Becher Wein ein. Später betete er seinen Rosenkranz und weinte.

Als sich die Verwundeten am nächsten Tag wieder in einem stabilen Zustand befanden und der Tote begraben war, verabschiedete sich der Priester.

Crayford umarmte ihn. »Ihr seid ein feiner Kämpfer, Pater«, sagte er. »Ich wünschte, Ihr würdet hierbleiben. Wohin werdet Ihr Euch begeben?«

Pater Arnaud war gestiefelt und gespornt und trug einen warmen Mantel über dem Arm. Er verneigte sich vor der Dame von Mittelburg. »Vielen Dank für Eure Gastfreundschaft, Mylady«, sagte er.

Sie machte einen Knicks. »Darf ich Euch um Euren Segen bitten, Pater?«, fragte sie.

»Ihr braucht keinen Segen außer der Gegenwart von Schwester Amicia«, erwiderte er. Dennoch streckte er die Hand aus und segnete sie sowie ihre Tochter und alle Bewohner des Herrenhauses.

»Wohin seid Ihr unterwegs?«, fragte Ser John noch einmal.

»Nach Morea jenseits der Berge«, antwortete der Priester. »Ich bin zum Kaplan des Roten Ritters bestellt worden.« Er sagte es mit leichter Stimme, aber Ser Johns Blick verdüsterte sich, und die Nonne legte die Hand an ihre Kehle. Der Ring an ihrem Finger blitzte in der Herbstsonne auf. »Ich kann mir gut vorstellen, dass er einen Kaplan braucht«, fuhr der Pater fort. »Vielleicht werde ich ihn sogar bekehren können.«

Ser John schüttelte den Kopf. »Das werdet Ihr nicht. Für einen Emporkömmling ist er ein guter Kämpfer, und er ist keineswegs schlechter als jeder andere Söldner. Aber im vergangenen Frühling hat er mich meiner besten Männer beraubt, und nun bekommt er auch noch Euch. Überbringt Ihm trotzdem meine besten Grüße.«

Schwester Amicia hüstelte. »Meine auch, Pater.«

»Daraus schließe ich, dass Ihr ihn kennt«, meinte der Priester und schwang sich auf sein Pferd.

Sie nickte. »Allerdings«, sagte sie.

Als der Priester davongeritten war, dachte Schwester Amicia: *Da geht ein Mann dahin, der mich als fromme Heuchlerin einschätzt und klüger ist, als es gut für ihn ist. Er und der Rote Ritter werden prächtig miteinander auskommen.* Sie seufzte, kämpfte ihr Bedauern nieder und machte sich wieder an die Arbeit.

# 9

## Die Burg von Ticondaga · Ghause Murien

Ghause verbrachte so viel Zeit mit Nachforschungen wie seit ihrer Jugend nicht mehr und las immer wieder in den Büchern ihrer Mutter und dem Grimoire ihrer Großmutter. Auch als die Tage schon kälter und nasser wurden und das Schwert ihres Gemahls die Draußener immer härter bestrafte und er den Huran seine Vorstellung von Frieden aufzuzwingen versuchte, las und las sie und machte sich dann an einen der schwierigsten Zauber, den sie je ersonnen hatte.

Die Arbeit begann mit einer komplizierten Anordnung von Diagrammen, die in Silber auf Blei geschrieben waren und nun auf den steinernen Bodenplatten ihres Arbeitszimmers hoch über den Platten des Burghofes lagen. Das Zaubergewebe war so dicht, dass es einer Art von Vorbereitung und Anwendung bedurfte, die sie für gewöhnlich unterließ. Sie hasste sowohl die Nachforschungen als auch die Diagramme und zog es vor, beides durch reine und einfache Macht zu ersetzen – nämlich durch die Macht, die sie seit ihrer Geburt besaß.

Aber hier ging es nicht um Macht. Hier war Feinfühligkeit erforderlich.

Ihre Absicht war es herauszufinden, wie es der neuen Bettgenossin des Königs gelungen war, den Fluch zu zerbrechen. Die dazu notwendige Arbeit – ein Nachforschungszauber würde in der Lage sein, die Zeit zu durchdringen – war so weit von ihrem üblichen Stil entfernt, dass sie sogar vor einer probeweisen Anwendung zurückschreckte, und zweimal beschwor sie Dämonen, die sie darüber befragte, wie diese den Äther auf die von ihr gewünschte Weise beeinflussten.

Es war eine stumpfe, gründliche Arbeit; nur das Beschwören der Dämonen fühlte sich angenehm aufregend an, auch wenn sie die Kälte nicht schätzte – die Arbeit in einer herbstlichen Burg mit nichts als der Luft auf dem Körper barg ihre ganz eigenen Gefahren.

Eine dieser Gefahren bestand darin, dass die völlige Konzentration auf ihr Ziel sie für andere Wahrheiten blind werden ließ. Sie legte ein Sigill für Plangere aus, damit sie nicht vergaß, ihn eingehend zu beobachten, sollte er sich schnell bewegen.

Und sie legte ein Sigill für ihren fernen Sohn Gawin aus – es war das dritte Mal in drei Tagen, und stets löste sie ihre Arbeit wieder auf.

»Gabriel«, sagte sie laut, bedrängte ihn aber nicht.

Am vierten Tag rief ihr Gemahl sie durch ihren Sohn Aneas zu sich, der immer wieder anklopfte und hüstelte, denn er war ein höflicher junger Mann, der ganz genau wusste, was seine zauberische Mutter auf der anderen Seite der geschlossenen Eichentür tat. Sie legte ein Kleid mit Hermelinbesatz an und warf einen leichten Zauber über den Boden, damit ihre Zeichen geschützt und bedeckt waren, und öffnete die Tür.

»Ja?«, sagte sie und lehnte sich gegen den Türrahmen.

Aneas verneigte sich. »Vater braucht dich«, sagte er. »Ein kaiserlicher Offizier ist hergekommen.«

Sie nickte und schlüpfte in ihre hellroten Lederpantoffeln. Hinter ihr flatterte eine große mattgraue Motte durch einen Sonnenstrahl und landete im Schirm einer moreanischen Lampe, die an einer schweren Eisenkette von der Deckenmitte herabhing.

Die Motte erregte ihre Aufmerksamkeit, und Ghause hob die Hand und tötete sie mit einem Faden aus grünem Licht. Der Tod des kleinen Insekts erschuf ein Regenbogenspektrum aus wirbelnden Teilchen, die wie Staub wirkten.

»O Richard«, sagte sie erfreut, »ich wusste gar nicht, dass es dich kümmert.« Sie lächelte.

## Burg N'gara · Bill Redmede

Redmede erwachte und stellte fest, dass Bess die Arme um ihn geschlungen hatte. Ihr Kopf lag an seiner Schulter, und er erinnerte sich daran, wie sie in der vergangenen Nacht miteinander geschlafen hatten.

Sie erwachte, als sie spürte, wie er sich bewegte. Ihre Augen öffneten sich, und dann setzte sie sich auf.

»Verdammt«, sagte sie. Unter den Laken war sie nackt, und plötzlich zitterte sie, griff in dem Chaos um sie herum nach ihrem Hemd und zog es sich mit heftigen Bewegungen über den Kopf. »Muss pissen«, murmelte sie und ging davon; dabei zog sie ihre Hose an.

Redmede rollte die Decken zusammen und befand sich in einem Sperrfeuer widerstreitender Gedanken. Die Luft war feucht und kündigte Regen an. Sein Volk musste einen Unterschlupf finden, bevor der Winter einsetzte, denn wer wusste schon, was die Wildnis noch alles für sie bereithalten mochte.

*Warum um alles in der Welt hatte er bloß mit Bess geschlafen?*

Er rollte die Decken dicht zusammen, fand die Riemen, die er in der vergangenen Nacht so rasch entfernt und weggeworfen hatte, und verknüpfte sie, dann zurrte er sie mit einem Ledergürtel fest.

*Warum hatte er nicht schon vorher mit ihr geschlafen?*

Er nahm einen tiefen Schluck aus seiner Wasserflasche und ging ebenfalls pissen. Dabei fragte er sich, wo der Irk geblieben sein mochte.

Er drehte sich um und lief zurück bis in die Mitte des Lagers – auch wenn es eigentlich gar kein Lager war, sondern nur eine Gruppe von Überlebenden, die sich um ein Feuer kauerten. Einige bewaffnete Männer standen Wache, aber die meisten drängten sich aneinander.

Redmede gab einige Befehle, und drei weitere Feuer wurden entzündet, Holz wurde gesammelt, Decken wurden eingerollt. Die Männer sahen nach ihren Waffen. Nach dem Kampf des vergangenen Tages war ihr Vorrat an Pfeilen erschreckend geschrumpft.

Nat Tyler spuckte aus. »Wir sind fast am Ende, Bill«, sagte er im Plauderton.

Bill kratzte sich am Bart, der ihm seit Kurzem wuchs. »Ich weiß«, sagte er. »Wir brauchen Nahrung und einen sicheren Ort.«

*»Ich kann beidess bessorrgen, ja. Fürr Verbündete.«* Der Irk war plötzlich *einfach da.* Er saß auf einem großen Hirsch mit goldenem Geweih und goldenen Hufen und ragte hoch über ihnen auf.

Redmede wich einen Schritt zurück. »Du …«

*»Mein Volk warr gekommen und hat mich geholt, Mann. Aberr ich vergessse keinen Diensst. Nie. Kommt und feierrt in meinerr Halle. Dass isst eine Einladung.«*

Redmede versuchte sich an das zu erinnern, was er über die Irks gehört hatte, aber als er dann in diese uralten Augen blickte, vergaß er sofort alles. Also wandte er sich an Tyler.

Tyler stieß einen stummen Pfiff aus. »Dürfen wir kommen und gehen, wie es uns beliebt, Feenritter?«

*»Jaa. Mein Worrt darrauf, Männer.«*

Redmede sah Tyler an. »Ein Leben im andauernden Kriegszustand hat mich gelehrt, niemals jemandem zu vertrauen, der mächtiger ist als ich selbst.«

Bess drängte sich vor und machte einen erstaunlichen Knicks vor dem Irk. »Tapio!«, sagte sie. Ihre Freude war offenkundig.

Tatsächlich wirkte der Irk im grauen Licht der herbstlichen Morgendämmerung wie ein Held aus den alten Legenden. Er trug einen eleganten roten Mantel; sein Gürtel bestand aus gehämmertem Gold, und die einzelnen Glieder wirkten wie wilde Rosen; jedes Blütenblatt war emailliert, und im Inneren steckte jeweils ein Edelstein. Er trug einen Kranz aus Blumen – richtigen Blumen – im Haar, und in seinem engelgleichen Gesicht saßen riesige blaue Augen. Nur die Spitzen seiner Fangzähne und seiner Ohren sowie die überlangen Finger verrieten seine nicht menschliche Herkunft.

»Der Feenritter hat uns Schutz angeboten«, sagte Tyler zu Bess, während sie sich von ihrem Knicks aufrichtete.

»Wir sollten ihn annehmen«, erwiderte sie. »Herr, wirst du dich um unsere Verwundeten kümmern?«

*»Es wirrd mirr ein aufrrichtigess Verrgnügen ssein, meine Dame.«* Der Irk verneigte sich. Er saß auf dem großen Hirsch ohne Sattel oder Zaumzeug, und eine Lanze und ein Bogen hingen in außergewöhnlichen Futteralen über den Widerrist des Tieres.

Bess lächelte.

»Bill glaubt, es könnte eine Falle sein«, meinte Tyler.

Redmede zuckte die Achseln. »Ich traue keinem Herrn«, antwortete er.

*»Du ssolltesst auf deine Liebsste hörren«,* sang der Irk. *»Isst oft die Frau, die grrößerre Weissheit hat. Meine Liebsste ist oft dass Einzige, wass mich von Narrrheit ferrnhält.«*

Bess und Bill sahen einander an und sagten gleichzeitig: »Liebste?« Bess errötete. Redmede hüstelte. Tyler spuckte aus.

Bess ergriff Bills Arm. »Dir bleibt keine andere Wahl«, sagte sie eindringlich.

Redmede schürzte die Lippen und verneigte sich vor dem Irk-Lord. Es wirkte ganz so, als verspüre er dabei Schmerzen. »H… Herr, wenn du uns Unterschlupf gewährst und dich um unsere Verwundeten kümmerst, würde ich …« – er holte tief Luft – »… würde ich tief in deiner Schuld stehen.«

Das Reittier des Irk machte zwei sachte Schritte auf ihn zu. *»Angsst isst derr Beginn derr Weissheit in derr Wildniss«,* sagte er. *»Ess wärre bessserr gewessen, dein Missstrrauen fürr Thorrn aufzusparren.«*

Redmede nickte. »Ja«, gab er zu.

Schon einen Tag später fühlte er sich, als hätte er sein halbes Leben in der Burg des Irk verbracht, und nun erklärten sich einige der Geschichten seines Bruders – und dazu auch vieles andere, was die Mütter ihren Kindern erzählten.

Die Festung des Irk war nicht mit den Burgen der Menschen vergleichbar.

Eine große Landzunge erstreckte sich in das Wasser eines gewaltigen Sees hinein, und überall auf diesem Vorsprung aus Stein und Erde erhoben sich hohe Bäume wie die Türme von Kathedralen zwischen Felssäulen, die auf den ersten Blick natürlichen Ursprungs zu sein schienen. Auf dem Waldboden standen Hunderte Hütten wie übergroße Reisigbündel, die von einem Riesen gesammelt und beinahe wahllos abgelegt worden waren. Aus der Ferne erschienen die Behausungen grob – nichts als Haufen aus Ästen und Gezweig –, aber sie waren kunstvoll mit Grasmatten verwoben, die dazwischen hingen und bei näherem Hinsehen mit dem Holz regelrecht verwachsen waren, sodass jede Hütte wie eine einzelne Pflanze oder ein Busch oder ein Baum wirkte. Die innerste Schicht bildeten schwere Teppiche, die aus sorgsam gefilzter Wolle von jenen großen Schafen bestanden, die frei in den Wäldern umherstreiften. Jede Hütte besaß einen steinernen Herd; die meisten erhoben sich unmittelbar über dem blanken Fels. Einige hatten sogar Schornsteine wie die Gebäude der Menschen, während andere nur ein Loch für den abziehenden Rauch besaßen. Überall gab es Ziegen und Schafe, und der Waldboden der gesamten Halbinsel bestand abwechselnd aus Kiefernnadeln und abgefressenem Gras. Jedes Gebäude wies eine sorgfältig hergestellte Tür auf, die den Umrissen der Gesamtstruktur angepasst war – alles wirkte organisch; es waren keine geraden Linien zu entdecken. In der gesamten Festung gab es keinen einzigen rechten Winkel.

Fast alle Häuser steckten voller Irks, die in einem trägen Komfort lebten, um den Bill sie beneidete. Sie kümmerten sich eher aus Neigung als aus mühevoller Pflicht um ihre Ziegen und Schafe, und hin und wieder rückten einige Gruppen aus, um Reis und Honig zu sammeln, um zu jagen oder zu tanzen. Er sah sie kommen und gehen, und immer wieder bemerkte er die Ergebnisse ihrer Arbeit: einen Kübel mit Wildhonig, ein totes Reh, einen Korb mit Kohl.

Er sah dem Treiben durch das Fenster zu. Sein Felsturm war wie eine kleine Festung. Er vermutete, dass sie durch Wind und Wetter entstanden war, wenn das Innere auch so hohl war wie ein Termitenhaufen – und genauso dicht bevölkert, allerdings mit Irks. Von hier aus gingen Tunnel in alle Richtungen ab, und dieser Bau forderte seinen Orientierungssinn jedes Mal aufs Neue heraus.

Aber er kannte den Weg in die Große Halle, und auch dort war es, wo sein Zeitempfinden auf die härteste Probe gestellt wurde, denn stets fand ein Fest statt; Irks kamen und gingen, aßen, spielten auf ihren Feenharfen und brachten eine Musik hervor, die völlig anders war, als er sie sich vorgestellt hatte. Sie kamen und gingen schnell und sprachen genauso schnell, während sein Gastgeber auf einem Stuhl saß, der aus reinem Gold zu bestehen schien. Dort sprach er mit diesem oder jenem; nie schien er müde zu werden. Oder seine Halle zu verlassen.

Genauso wenig wie seine Gefährtin, die ein weiblicher Irk war, mit einem Gesicht, das wie ein heraldisches Herz aussah, und Augen so groß und hell wie Silberstücke. Ihr Haar war so rot, dass Redmede glaubte, es müsse gefärbt sein. Sie trug ein grünes Kleid mit herabhängenden Ärmeln, die wie Eichenblätter wirkten. In der einen Sekunde wirkte sie wie ein Kind, in der nächsten wie eine Äbtissin.

Es geschah bei seinem dritten Besuch in der Halle – er konnte einfach nicht anders und musste immer wieder hierher zurückkehren –, als sie sich umdrehte und ihn bemerkte. Ihre Augen weiteten sich, wenn das noch möglich war. Sie sang einen unglaublich reinen Ton, ein hohes C, und ihr Gemahl drehte sich zu ihr um.

So lange, wie man brauchte, um ein Vaterunser zu sprechen, sangen sie zusammen wie ein Troubadour und sein Begleiter, und die Irk lächelte dabei Redmede an und zeigte ihm einen Mund voller spitzer, scharfer Zähne.

*»Willkommen, hübscher Fremder«,* sang sie.

## Liviapolis · Morgan Mortimir

Nach dem Sabbat kehrte Mortimir zu seinem Unterricht in der städtischen Akademie und damit zur Normalität zurück, die so rasch wieder einsetzte, dass die Belagerung, die Schlacht und die Gefangennahme des Kaisers schon fast wie aus einem Traum entnommen erschienen.

Doch manches war kein Traum.

Eine der vier Ordensschwestern in seiner Medizinklasse am Montag machte einen Knicks vor ihm, und eine andere schob sogar den

Rand ihres Schleiers ein wenig beiseite. »Mein Vetter hat mir gesagt, dass du bei der Rettung der Prinzessin geholfen hast«, hauchte sie. »Ich hatte ja keine Ahnung – du bist noch so jung.«

Er konnte nur ihren Mund sehen, der sehr schön, wenn auch vollkommen gewöhnlich war. Sofort schalt er sich dafür, der Vorstellung erlegen gewesen zu sein, dass die vier Nonnen große Schönheiten waren, die deshalb ihre Gesichter verstecken mussten.

»Bist du eine Comnena?«, fragte er.

Sie kicherte. »Ja«, sagte sie.

Das war zwar kaum der Stoff, aus dem die Romanzen waren, aber wenigstens nannte sie ihn während der ganzen Zeit, in der sie den Arm eines Bettlers sezierten, nicht ein einziges Mal »die Pest«.

Am Abend ging er zu seinen Zimmern über der Taverne zurück. Er hatte doppelt so viel Platz wie Derkensun und einen wunderbaren Kamin mit eigenem Rauchabzug, wie es bei den Moreanern üblich war. Er las eine Stunde lang in seinem Galeanus und stellte fest, dass er bisher nur sehr wenig gelernt hatte. Er beschloss, ein Gedicht über das Comnena-Mädchen zu schreiben, stellte jedoch fest, dass er nichts zu sagen hatte. Stattdessen las er einige gallysche Gedichte – als die gelungenste höfische Dichtung galt die der Gallyer – und stellte fest, dass seine Gedanken immer wieder abschweiften.

Der Sommer war zwar schon weit fortgeschritten, aber noch lange nicht vorbei. Es war noch hell, daher bestand keine Notwendigkeit, eine Kerze anzuzünden. Ihm war langweilig, und er fühlte sich einsam, doch die letzten drei Tage hatten ihm einen bemerkenswerten Ausblick auf ein mögliches neues Leben eröffnet.

Er gürtete sein Schwert um und trat in den Abend hinaus. Mortimir sah, wie die Bauernkarren zum Dienstagsmarkt rollten, und wartete, während eine Schafsherde zum Schlachthof getrieben wurde. Er setzte sich an den Rand des Großen Platzes und spielte mit einem

Fremden Schach – das war ein Mohr aus Ifriqu'ya, der ihn nach einer langen Partie schlug. Nichts Aufregendes geschah. Er schlief mit dem Gedanken ein, dass er mit fünfzehneinhalb Jahren möglicherweise schon den Höhepunkt seiner Existenz erreicht hatte.

Am nächsten Morgen wachte er abenteuerlustig auf, ging zum Palast – er kannte das Passwort, das ihn einließ – und feierte im ersten Licht des Tages die Morgenmesse mit den Soldaten im äußeren Hof. Giorgos Comnenos grinste ihn an und klopfte ihm auf den Rücken. »Richtig von dir, zu uns zu kommen, Barbar, aber wenn du lange genug hier herumlungerst, werde ich dich in eine Uniform stecken.«

Mortimir lächelte und hob die Hände. »Das wäre wunderbar«, gab er zu.

»Bist du etwa kein Student der Universität?«, fragte Comnenos.

»Doch«, antwortete Mortimir.

»Dann bist du von der Wehrpflicht entbunden«, sagte Comnenos. »Du bist viel zu wichtig. Solltest du nicht beim Unterricht sein?«

»Ich habe mir eine Stunde freigenommen«, gab Mortimir zu. »Es war so langweilig.«

Comnenos nickte. Mortimir hatte selten einen so weltlich gesinnten und dermaßen hübschen Freund gehabt. Comnenos war ein wenig älter als er, und seine Bereitschaft, Mortimir zuzuhören, wirkte auf diesen wie ein Beruhigungsmittel. »Schreibe bitte eine Botschaft an meine Verlobte«, sagte er und bedeutete seinem Diener, Papyrus bereitzuhalten.

Er traf Anna beim Tor.

»Ich habe gehört, dass Ihr hier seid«, sagte sie. »Der Palast sieht zwar riesig aus, aber er ist trotzdem nichts anderes als ein kleines Dorf voller Klatsch und Geschwätz. Bringt Ihr mir meine Kleidung und meine Sachen aus Haralds Zimmer? Er wird in den nächsten

Wochen in der Kaserne sein.« Sie lächelte ihn an. »Ich bin sicher, er will Euch danken, weil Ihr den Arzt geholt habt.«

In zwei Tagen voller Abenteuer war der Yahadut-Gelehrte kaum bis in sein Bewusstsein gedrungen. Der Mann war so berühmt unter den Yahadut, dass die Wachen ihn aufgestöbert hatten, noch bevor die Glocken ein weiteres Mal geläutet hatten.

»Und Ihr werdet hier bleiben?«, fragte Mortimir.

Sie lächelte. »Die Nordikaner sind sehr offen.« Sie lachte. »Aber allmählich mag ich sie. Und ich bin hier willkommen.«

Er erklärte sich bereit, ihre Sachen zu holen, und trottete zu seiner Geschichtsstunde. Zwar kam er zu spät, war dafür aber nun viel glücklicher. Allerdings brach die Klasse kurze Zeit später zu einer Reise durch die Bibliothek der Akademie auf, in der viertausend Bücher und Schriftrollen lagen, zum Teil aus der Zeit der Reichsgründung im fernen Ruma. Er wusste, wie man forschte, und so nahm er nur selten an solchen Veranstaltungen teil, es sei denn, sie fanden tief in den Archiven unter den alten Tribünen statt, auf denen sich der Senat manchmal noch traf.

Doch der Bibliothekar hatte heute beschlossen, die Schüler in den Kartenraum zu führen, und als er eine Landkarte der Gegend in der Nähe von Chaluns in Arras hervorholte, besaß er Mortimirs ganze Aufmerksamkeit.

»Der heilige Aetius persönlich hat diese Karte in der Hand gehalten!«, sagte der Bibliothekar andächtig. Über der Karte entfachte er eine Kugel aus blauweißem Licht und schob sie höflich den jungen Leuten zu, während Mortimir allmählich in den Schatten geriet.

So benutzte er ein eigenes Licht. In der einen Ecke der Karte befand sich die Miniatur eines Irk, die mit prächtigen, naturalistischen Strichen ausgeführt war. Er lächelte, ließ erst das Bild in seine Erinnerung einbrennen, und nun vergingen einige Augenblicke, bis er die allgemeine Stille bemerkte.

Seine Klassenkameraden sahen ihn an. Der Bibliothekar hatte die Lippen geschürzt und nickte ihm ganz leicht zu, während er ihm den Anflug eines Lächelns schenkte.

»Oh«, sagte er. »Ja. Ich ... hm ... ja.« In plötzlichem Triumph grinste er. Er hatte nicht einmal daran *gedacht*, das Licht zu entzünden. Er war dafür nicht einmal in seinen Palast der Erinnerung gegangen.

Antonio Baldesce, der Venikaner in seiner Klasse, lud ihn zu einem Becher Wein ein. Es war nichts Großartiges, und er wusste, dass er zu jung war, um wirklich eine gute Gesellschaft abzugeben. Aber Baldesce war freundlich zu ihm, statt herablassend zu sein.

»Du kennst Abraham Ben Rabbi?«, fragte Baldesce.

Morgan zuckte die Schultern. »Ich bin ihm durch einen Freund begegnet.«

»Und du hast den neuen Söldner kennengelernt?«, fuhr Baldesce fort.

»Eigentlich nicht«, sagte Morgan. »Er ist nicht wach gewesen, als ich in seiner Nähe war. Ich wurde ihm nicht vorgestellt. Ich wurde überhaupt niemandem vorgestellt.« Er erinnerte sich an die ältere Frau, die vor rauer *Potentia* wie eine Fackel gelodert hatte. Diesen Anblick würde er bis zu seinem Tod nicht vergessen.

»Vertrau dem alten Mann nicht. Die Yahadut sind unfassbar korrupt. Die meisten dienen insgeheim der Wildnis.« Baldesce nickte. »Sagst du mir Bescheid, wenn du wieder zum Palast gehst? Ich würde gern einem Freund eine Botschaft schicken.«

Nach diesem ersten Abend mit einem »Freund« von der Akademie dachte er über Baldesce nach, der bisher nie besonders freundlich zu ihm gewesen war, offensichtlich aber etwas von ihm wollte. Ein Diener holte seinen Mantel, und Baldesce hielt plötzlich inne und empfing einen hermetischen Ruf.

Eigentlich könnte Mortimir bei all den Beleidigungen, die ihm seine Kollegen bisher zugefügt hatten, auch weiterhin daran festhalten, nichts mit ihnen zu tun haben zu wollen. Insgesamt waren es siebenundzwanzig Studenten – ernsthafte Vollzeitstudenten der Hermetik – in seiner Klasse, und keiner von ihnen hatte ihm bisher die geringste Aufmerksamkeit geschenkt, wenn man von dem Spott über seine Bemühungen und Fehlschläge einmal absah. Noch zwei Wochen zuvor hatte er sich selbst sehr deutlich durch ihre Augen wahrgenommen – seine Jugend, seine Anmaßung, seine Fremdartigkeit –, und er hatte überlegt, ob er sein Leben beenden sollte.

Nun trank er seinen Becher leer und sagte zu Baldesce, dass er noch studieren müsse. Der ältere Junge nickte und begleitete ihn zur Tür. »Es heißt, je später man zur Macht kommt, desto mächtiger wird man sein«, sagte der Spross der venikischen Bankiersfamilie.

Mortimir suchte sein Gesicht nach Anzeichen für Spott ab, fand aber keine. »In diesem Fall werde ich einmal sehr mächtig sein«, sagte er. »Ich stehe noch unter Schock«, gab er zu.

Baldesce lächelte. »In Zukunft sollten wir öfter miteinander trinken«, sagte er.

Mortimir gürtete sein Schwert um und ging in die einsetzende Dunkelheit hinaus. Er musste drei Plätze überqueren, bis er Annas Sachen aus Derkensuns Herberge geholt hatte, und dabei vergewisserte er sich, dass Stella und ihr Mann für die Speisen bezahlt worden waren. Zumindest in dieser Gegend wurde er wie ein Held willkommen geheißen, und es blieb ihm nichts anderes übrig, als drei weitere Becher Wein zu trinken. Als er wieder in seiner eigenen Herberge war – ein wenig betrunken –, fiel er auf das Bett, ohne sich vorher ausgezogen zu haben.

Am nächsten Morgen standen Rhetorik und Memorierung auf dem Lehrplan – zwei der schwierigsten Fächer. Wenn es ein Fach gab, das er dringend benötigte, um auf die Veränderungen in seinem Studium hinzuweisen, dann war es Rhetorik. Seine Unfähigkeit, das *Ops* zu beherrschen, hatte ihn dazu gezwungen, in den Fächern, in denen keine unmittelbare Hermetik vonnöten war, besonders hart zu arbeiten, und Rhetorik war eines von ihnen. Doch nun, da er wenigstens ein wenig über den Äther gebieten konnte, war ihm klarer denn je zuvor, warum das Studium der Logik und Grammatik so wichtig war.

»Wenn du noch angestrengter zuhörst, wird dir bald die Zunge wie einem Hund aus dem Munde hängen«, sagte eine der Nonnen. Er konnte sie zwar nicht auseinanderhalten, aufgrund ihrer offenen Worte vermutete er aber, dass es sich um Comnenos' Kusine handelte. An dem Gürtel ihres Gewandes hing ein prächtiger Rosenkranz mit Perlen aus Lapislazuli und Elfenbein. Nun kam er auf den Gedanken, die größere Nonne »Lapis« und die kleinere »Koralle« zu nennen.

Er lauschte dem Meister-Grammatiker, der genau das sagte, was er auch schon in allen anderen Klassen gesagt hatte, und doch …

Er dachte über die Logik der Argumente des Lehrers nach, wandte sie auf die Erschaffung von Licht an, und statt der üblichen Kugel erschuf er einen Kubus aus blauweißem Licht, der über seiner rechten Schulter erschien.

Der Lehrer hielt in seinem Vortrag nicht inne, der hauptsächlich Briefe zum Gegenstand hatte, die auf einige frühe kaiserliche Senatoren zurückgingen. Er schrieb seine wie immer possenreißerischen, leicht ungezogenen archaischen Verse auf die Tafel, nachdem er mit seinem Unterricht zu einem Ende gekommen war. Doch anstatt seine lange Robe zu raffen und die weiten Korridore in Richtung seines Mittagessens zu durchschreiten, streckte er eine asketisch dürre Hand aus und ergriff Mortimirs Schulter.

»Und jetzt errichtest du eine Pyramide«, sagte er.

Mortimir tat es. Seine Verwirrung darüber, ob sie eine dreieckige oder viereckige Basis haben sollte, führte dazu, dass er am Ende eine amorphe Blase erschuf. Sie verschwand in einem *Puff* der Verärgerung, und er versuchte es erneut und strukturierte sein Anliegen klarer. Es war schwierig, denn die Basis seines Anliegens musste in seinem Palast der Erinnerung verwurzelt sein. Doch sie war es nicht. Tatsächlich …

Aber es gelang ihm, eine Pyramide aus Licht zu erschaffen.

»Und jetzt lässt du sie rot werden«, sagte der Grammatiker.

Mortimir gelang ein schockierendes Lachsrosa.

»Ist die Erschaffung von Licht ein wahrer Zauber oder nur eine Illusion?«, fragte der Grammatiker.

Mortimir bemerkte, dass einige Mitstudenten zurückgeblieben waren. Die Frage war nicht an ihn allein gerichtet gewesen.

Zwei der Nonnen hoben die schwarz gewandeten Hände.

»Ja?«, fragte der Grammatiker.

»Offensichtlich handelt es sich um einen wahren Zauber, denn eine bloße Illusion würde kein Licht spenden«, erklärte die Nonne, von der Mortimir glaubte, es handle sich um Comnena.

»Das ist offensichtlich, nicht wahr?«, fragte der Grammatiker, öffnete seine Hand, und eine vollkommene Perle leuchtete auf. »Wahrheit oder Illusion?«, wollte er nun wissen.

»Illusion«, sagte Baldesce.

»Richtig, junger Antonio. Wenn ich eine so vollkommene Perle mit so geringem Aufwand herstellen könnte, wäre ich der reichste Mann in der Stadt.« Der Grammatiker hielt die Perle hoch.

»Damit die Illusion aber wirkt, muss sie das Licht sowohl ablenken als auch ausstrahlen – als ob sie tatsächlich vorhanden wäre.« Mortimir hielt die Hand über die Perle, und tatsächlich strahlte sie einen ganz schwachen Glanz aus.

»Bei der Gnade Gottes, wenigstens einer von euch hört mir zu«, sagte der Grammatiker. »Du bist … Mortimir, nicht wahr? Roger?«

»Morgan, Maestro.«

»Natürlich. Eine Barbarei nach der nächsten. Es gibt keinen heiligen Morgan.« Der Grammatiker lächelte – aber nur auf der einen

Seite seines Mundes. »Schließlich bist du also doch zur Macht gekommen, wie ich sehe?«

»Ich glaube ja«, sagte Mortimir.

»So etwas wie Illusion gibt es nicht. Oder, genauer gesagt, alles ist eine Illusion.« Der Maestro hob seinen Zauberstab, und plötzlich stand ein gewaltiger gehörnter Dämon in der Mitte des Raumes.

Seit seiner Ankunft hatte Mortimir keine solche Zurschaustellung von Hermetik gesehen. »Aber … ich kann keinerlei *Ops* erkennen.«

»Gut ausgedrückt. Stimmt dem noch jemand zu?«, fragte der Meister.

Die Studenten regten sich voller Unbehagen.

»Natürlich könnt ihr es nicht sehen. Ich habe die ganze Suggestion unmittelbar in ihre Augen gestellt.« Der Dämon verschwand. »Das ist eine unglaublich schwierige Arbeit, aber sie ist nicht wahrnehmbar. Was beweist das?«

Ein langes, beinahe greifbares Schweigen entstand.

»Nun gut. Findet es selbst heraus. Mortimir, du musst viel härter an deiner Erinnerung arbeiten.«

»Ja, Maestro.« Mortimir schüttelte den Kopf; er sah das Bild des Dämons noch immer – und zwar hinter den Augen, wie sein Vater zu sagen pflegte.

»Ich glaube, ich hasse ihn«, meinte die kleinste Nonne. »Warum hast du dein Licht in der Gestalt eines Kubus erschaffen, Ser Morgan?«

Mortimir verneigte sich vor ihr. »Aus Spaß, Demoiselle.« Er versuchte sich vorzustellen, wie sie aussah. »Plötzlich habe ich verstanden, wozu diese ganze Grammatik nötig ist.«

Baldesce lachte. »Verrat es mir.«

»Es ist der Code, den wir benutzen. Ich bin mir sicher, dass die Arbeiter der Wildnis einen anderen haben, aber wir benutzen die Grammatik zur Strukturierung der Macht. Nicht wahr?«

Die anderen Studenten nickten. »Natürlich«, schnaubte Baldesce mit der ihm eigenen Verachtung.

»Aber auf Hocharchaisch können wir einen Satz mit vielen verschiedenen Worten und Konstruktionen bilden, ohne seine Bedeutung dabei zu verändern …« Mortimir suchte nach der richtigen Ausdrucksweise für das, was er mitteilen wollte.

»Ja«, sagte Baldesce.

»Gleichzeitig ist es uns möglich, mit einer solchen Genauigkeit über Dinge zu sprechen, dass …«

Baldesce schlug sich mit der Handfläche gegen die Stirn. »Natürlich«, sagte er. »Ich hatte nur daran gedacht, das *Ops* bei der Gussform der Schöpfung zu beeinflussen. Du aber sprichst davon, winzige Veränderungen in der Gussform selbst anzubringen, was wiederum die Macht beeinflusst, die in diese Gussform fließt.«

Die größere Nonne streckte die Hand aus und erschuf eine schimmernde scharlachfarbene Pyramide, die ein starkes rotes Licht ausstrahlte.

Baldesces Ehrgeiz war geweckt, und er ließ eine noch größere Pyramide entstehen.

Die kleinere Nonne wirkte eine sehr kleine, und alle drei lachten. Sie waren bei Weitem die besten Studenten.

Mortimir dachte einen Augenblick lang über die Logik seines Arguments nach und erschuf dann gleich zwei Pyramiden.

Alle klatschten Beifall.

Im Korridor neigte die größere Nonne – Lapis – den Kopf ein wenig. »Ich bin Eugenia«, sagte sie.

»Und ich heiße Katerina«, murmelte Perle.

»Tancreda«, sagte die dritte, die er für sich »Koralle« genannt hatte. Nun, als er sie genauer ansah, entdeckte er weitere unterscheidende Merkmale.

»Ich bin die Pest«, gab er zurück. Aber er grinste, als er das sagte.

Alle kicherten.

*Ich werde vielleicht noch richtig gut darin,* erkannte er.

Zwischen Rhetorik und Memorierung hatten sie zwei Stunden frei und gingen quer über den Platz zu einer Taverne unter freiem Himmel, die nur für die Studenten existierte. Während sie dort saßen, wurden die kaiserlichen Tore geöffnet, und zwei Männer ritten hindurch – beide trugen Rot.

Schwester Anna sah vor allem dem einen der beiden nach. »Hübsch – genau wie Giorgos gesagt hat. Das ist der neue Söldner. Er nennt sich Herzog von Thrake, aber natürlich ist er das nicht wirklich.«

Baldesce hob eine Braue. »Ich glaube, er ist es doch. Letzte Woche hat er den früheren Herzog gründlich besiegt. Und mein Vater hasst ihn aus ganzem Herzen.«

Schwester Katerina beugte sich auf sehr undamenhafte Weise über den Tisch. »Er ist zur Universität unterwegs!«, verkündete sie.

»Warum hasst ihn dein Vater denn?«, wollte Mortimir wissen.

»Mein Vater ist der Podesta der hiesigen etruskischen Kaufleute«, sagte Baldesce. »Er wurde in den Palast gerufen und bedroht. Zumindest hat er mir das erzählt.« Baldesce sprach mit der belustigten Nachsicht, die Väter oftmals für ihre Söhne empfanden.

»Ich bin sicher, der Patriarch wird ihn zurechtstutzen«, fuhr Baldesce fort. »Aber er macht eine gute Figur. Er ist Albier, wie du, Mortimir.«

Mortimir beschloss, ihn zu mögen.

Memorierung war eine Qual. In den ersten fünf Minuten hatte er erfahren, dass ihn der Meister nicht beachtet hatte, weil er keinen Zugang zur Macht besessen hatte. Da sich das nun geändert hatte, wurde von ihm erwartet, dass er den Anschluss fand. Und zwar möglichst schon am Ende dieser Unterrichtsstunde.

Doch das geschah nicht.

Ihm wurde in zwei Stunden mehr abverlangt als in der ganzen vorherigen Studienzeit. Er erhielt seltsame geometrische Muster und andere Erinnerungsgegenstände, die er in seinen Palast bringen sollte, und dann wurde er gebeten, sie wiederzugeben. Er versagte jedoch – manchmal hätte er es fast geschafft, doch dann wurde er beständig nervöser und frustrierter und versagte immer mehr.

Der Lehrer war gnadenlos, und am Ende der Stunde nahm er Mortimir beiseite. »Dein Unvermögen, auch nur die einfachsten Dinge zu memorieren, ist wirklich erschreckend«, sagte er.

Mortimir fragte sich in der Sicherheit seines Kopfes, wie es ihm gelingen könnte, diesen Mann in Asche zu verwandeln. Auf alle Fälle war er wütend und enttäuscht genug, um einen wirklich mächtigen Zauber zu wirken.

»Ich … werde … an … meinem … Palast der Erinnerung arbeiten«, erwiderte er mit zusammengebissenen Zähnen.

Der Lehrer zuckte die Achseln. »Mach, was du willst«, sagte er und schritt aus dem Raum.

»Das tut er gern«, sagte Baldesce.

»Er hat nie zuvor auf mir herumgehackt«, sagte Mortimir, der jetzt den Tränen nahe war, das aber nicht in der Öffentlichkeit zeigen wollte. *Heiliger Jesus, ich kann einen Menschen mit Feuer töten, aber ich bringe es nicht fertig, mich einem spöttelnden Lehrer entgegenzustellen.*

»Vorher warst du es nicht wert, dass er sich mit dir abgegeben hätte.« Baldesce schüttelte den Kopf. »Ich würde dich zu einem Wein einladen, aber ich glaube, du solltest jetzt wirklich an deinen Erinnerungen arbeiten. Ich war selbst schon einmal Gegenstand seiner Aufmerksamkeit und kann dir verraten, dass er dich nicht in Ruhe lassen wird.« Der Etrusker lächelte. »Das ist deine eigene Schuld. Als du keine Macht hattest, war es allen egal.«

Mortimir kam zu dem Schluss, dass der Etrusker nicht die Absicht hatte, ihn damit zu beleidigen. Wenn er von seinen Klassenkameraden anerkannt werden wollte, musste er auf das hören, was sie sagten. Er hatte sich zu lange von ihnen abgesondert …

»Wenn ich es mir recht überlege, werde ich meinen Zugang zur Macht behalten und dafür an meinem Erinnerungspalast arbeiten«, sagte er, als hätte er es ernsthaft in Erwägung gezogen, sich seiner Macht wieder zu entledigen.

Baldesce klopfte ihm auf den Rücken und lachte.

*Ich kann es wirklich,* dachte Mortimir.

»Gehst du heute zum Palast?«, wollte Baldesce wissen. Es war eine unbeholfene Frage, und seine Miene verriet, dass sie beide die Antwort bereits kannten.

Aber Mortimir mochte den anderen Jungen inzwischen gern und zuckte mit den Schultern. »Ich glaube nicht«, antwortete er.

Mortimir holte Annas Sachen und trug sie zum Palast, wo er eine ganze Stunde mit Warten vergeudete, weil das Passwort geändert worden war. Ein gewaltiger Gallyer stand am Tor, hatte die Hände in die Hüften gestemmt und sah ihn an. Mortimir fühlte sich erniedrigt und war wütend. Trotzig hielt er dem Blick des Mannes stand.

»Wer ist dieser kleine Kerl?«, knurrte der Riese den anderen Torwächtern zu. Aber er sprach albisch, während die anderen nur archaisch redeten. Mortimir hielt es für dumm, seine Worte zu übersetzen.

Also verneigte er sich. »Ich bin Albier«, sagte er.

»Hah!«, meinte der Riese. Er hatte schwarze Haare und eine Nase, die so groß wie die eines Pferdes war. »Aber ich nicht, kleiner Mann.« Er blickte auf ihn herab. »Was hast du hier verloren? Bist du ein Zuhälter?« Er betrachtete die Frauenkleider in Mortimirs Armen.

Mortimir dachte an eine ganze Reihe von Antworten. »Nein«, sagte er mürrisch. »Ich will das hier einem Freund bringen.«

»Und warum stehst du dann hier?«, fragte der Riese.

»Ich kannte das Passwort, aber es ist geändert worden, und jetzt warte ich darauf, dass mein Freund herkommt.« Er sah sich um.

»Wer hat dir denn das vorherige Passwort gegeben?«, fragte der Riese mit einem bösen Lächeln.

»Ich«, sagte Harald Derkensun. Er war offenbar nicht im Dienst, denn er trug einfache Kleidung – ein langes Hemd mit einem hübschen Gürtel – und hatte auch ein Kurzschwert dabei. »Er hat uns Nahrung gebracht – bevor ihr gekommen seid und den Herzog besiegt habt.« Harald grinste. »Bevor der neue Herzog die Verräter besiegt hat«, berichtigte er sich dann aber noch.

Der schwarzhaarige Riese schüttelte den Kopf. »Du bist der Verrückte, der alle Attentäter getötet und den Thron gesichert hat«, sagte er. »Und der den Arzt geholt hat, der dem Hauptmann geholfen hat. Das heißt, dem Herzog.«

Harald hob die Hände. »Ich hatte Hilfe«, sagte er mit einem Lächeln. »Und es war dieser junge Mann hier, der den Doktor geholt hat.«

Der andere verneigte sich plötzlich. »Ich bin Ser Thomas. Du bist unverdächtig für mich, und dein Freund ist es jetzt auch.« Er holte eine Spielkarte aus seiner Börse. »Name?«

»Morgan Mortimir aus Harndon.«

»Gut, Meister Harndon, das Passwort ist *Parthenos*, und die Bestätigung ist *Athena*. Dein Name wird auf der Liste im Wächterraum stehen.« Er nickte den beiden Männern zu und ging rasch davon, um einen Blick in einen Wagen zu werfen, der von zwei Palastdienern gezogen wurde und gerade vom Fleischermarkt kam.

»Was für ein Idiot«, sagte Mortimir.

Harald schüttelte den Kopf. »Da bin ich anderer Meinung. Er war so höflich, wie er sein musste. Er hat keine Drohungen ausgestoßen. Und diese Söldner haben das Tor wesentlich sicherer gemacht. Schon zweimal haben sie Spione erwischt. Ich glaube, du selbst warst nahe davor, verhaftet zu werden.«

Hinter Mortimir sagte ein grimmig aussehender Albier mit roten Haaren: »Wir wollen deine Ladepapiere sehen, Junge.« Ein junger kaiserlicher Bote übersetzte für ihn. Vier weitere Männer machten sich daran, den Wagen auseinanderzunehmen.

»Ich bringe Annas Kleider«, sagte Mortimir. Jeder, der einen Blick auf das Bündel aus verblichener Seide warf, das sich in seinen Armen befand, konnte das deutlich sehen.

Harald führte ihn in die warme Dunkelheit der Nordikanerkaserne, wo er wiederholt von viel größeren Männern umhergestoßen wurde, die sich miteinander nur durch Brüllen zu unterhalten schienen. Er warf einen Blick in die Offiziersmesse, in der zwei Männer über den Boden rollten und in einem Kampf auf Leben und Tod begriffen zu sein schienen, und dann richtete er den Blick auf die großartigen Schnitzwerke – Ritter, Drachen, Wölfe –, die jeden Balken und jede Holzoberfläche bedeckten.

Anna saß auf einem Bett und las im Licht, das durch zwei Glasfenster hoch droben in der Wand hereinfiel. Sobald sie Mortimir sah, sprang sie auf die Beine. »Kleider!«, rief sie, eilte herbei und küsste den jungen Mann, der sofort spürte, wie er bis in die Fingerspitzen errötete. Annas Kuss war nicht gerade keusch gewesen. Selbst ein Kuss auf die Wange übermittelte bei ihr eine sehr eigene Bedeutung.

Dann berichtete er ihr alle Neuigkeiten, die er kannte – der neue Herzog von Thrake war in eine dauerhafte Kaserne im alten Schiffshof umgezogen, und auf der Straße erzählte man sich, dass er dort tatsächlich Schiffe bauen wollte, außerdem war er persönlich zur Universität gegangen …

»Er ist trotzdem bloß ein Barbar«, sagte Anna. »Er wird gar nichts verändern.«

Am Freitag hatte er keinen Unterricht, und so ging er zu den Ruinen des Athena-Tempels hinaus und arbeitete dort an seinem Palast der Erinnerung. Er schritt durch die Ruinen und zeichnete jede einzelne Säule aus verschiedenen Blickwinkeln. So arbeitete er den ganzen Tag, füllte sechzig Blatt schweren Papyrus mit Kohleskizzen, die vielleicht nicht besonders gut waren, aber als Erinnerungshilfe dienen mochten, und bereits der Akt des Zeichnens schien sein inneres Bild dieses Ortes zu verbessern.

Sein Zeichnen schien den Mann mittleren Alters nicht zu stören, der da mit dem Rücken gegen die östlichste Säule gelehnt dasaß und den alten Hafen betrachtete. Der Tempel der Athena war ausgezeichnet geeignet, um von dort aus den Hafen zu beobachten, denn er erhob sich auf einem hohen Burgberg, dessen Bebauung dem Geschichtslehrer zufolge in die Zeit vor der archaischen Eroberung zurückreichte.

»Möchtet Ihr ein wenig Apfelwein trinken?«, fragte Mortimir den Mann.

»Ich habe eine Schwäche für Apfelwein«, gab der Mann zu. Dabei stand er auf und staubte seine grüne Kleidung ab. »Ich heiße Stephan«, sagte er, trank den Becher mit Apfelwein sogleich leer und gab Mortimir dafür ein Stück äußerst guten Brotes. Dann setzte er sich wieder und beobachtete weiter den Hafen.

Mortimir zeichnete gerade das Kapitell der neunzehnten Säule, als er sah, wie sich der Mann versteifte. Er wirkte wie ein Raubtier, das seine Beute erspäht hatte.

Mortimir folgte dem Blick des Mannes und erkannte, wie sich zwei Reihen von Galeeren – und dazwischen drei Rundschiffe – dem Hafen näherten.

Er konnte das, was er sah, einfach nicht glauben und war völlig überrascht, dass er einen so guten Blick auf die Ereignisse hatte. Seine Mitstudenten – vor allem Baldesce – hatten zwar einen Angriff der Etrusker vorhergesagt, aber dies hier war doch kühner und unmittelbarer, als er es erwartet hatte.

Die etruskische Flotte näherte sich dem alten Arsenal mit der Geschwindigkeit, die gewöhnliche Ruderer bei einer gemächlichen Fahrt erzielten. Der Angriff erfolgte ohne jede Eile, auch wenn der Tag schon weit fortgeschritten war.

Aus der Entfernung von einigen Hundert Ellen war der Grund für den Fehlschlag dieser Operation schwer zu erkennen. Aber plötzlich wich der Bug der ersten Galeere vom Kurs ab, und das Schiff dahinter stieß mit ihr zusammen. Zwar war es kein schwerer Aufprall, aber er war immerhin so stark, dass der andere Mann zusammenzuckte.

Ein drittes Schiff fuhr weiter und hielt auf den Raum zwischen den beiden Molen zu, die den Eingang zum alten Hafenbecken bewachten.

Selbst aus der großen Entfernung war der Pfeilschwarm deutlich zu sehen. Die Pfeile stiegen wie Nadeln auf und glänzten im Licht der untergehenden Sonne rötlich. Da schien die dritte Galeere in der Reihe gegen eine Barriere zu stoßen.

Die anderen Schiffe drehten ab – einschließlich der beiden ersten Galeeren und der Rundschiffe. Aber das dritte Schiff steckte jetzt offenbar fest und wurde mit einem weiteren Pfeilschwarm beschossen. Der Mann, der Mortimirs Apfelwein getrunken hatte, ächzte bei diesem Anblick laut auf.

Das unter Beschuss stehende Schiff benahm sich wie ein gejagter Wal; breitseits drehte es sich seinen Peinigern auf der Hafenmauer zu, die Ruder peitschten das Wasser wie die Flossen eines verwundeten Fisches, und es konnte nicht genug Geschwindigkeit aufbringen, um aus der Reichweite der gnadenlosen Pfeilschwärme zu entkommen.

Die Strömung drückte es noch weiter auf das Land zu.

Etwas packte das Schiff wie die Hand Gottes und zerrte es unausweichlich in den Halfen hinein. *Potentia* spielte wie Blitz und Feuer im Äther, und sogar aus dieser Entfernung bemerkte Mortimir den Augenblick, in dem der Hermetiker auf der Galeere besiegt wurde und starb.

Dunkle Rinnsale wurden dort sichtbar, wo sich die Speigatten öffneten. Die Männer starben auf den Ruderbänken, ihr Blut rann an den Flanken des Schiffes herunter. Doch kein einziger Laut drang zu der uralten Akropolis hoch; stattdessen hörte er, wie ein Mädchen ein archaisches Lied sang.

Sein Gefährte spuckte wütend aus. »Idioten!«, sagte er laut, nahm seine kleine Pilgertasche auf und ging davon. Seine Stiefel knirschten, während er über den alten Kies ging. Er schüttelte noch immer den Kopf, als er den Burgberg hinunterschritt.

In dem Augenblick, in dem der grün gekleidete Mann mittleren Alters durch das Stadttor trat, kam Mortimir der Gedanke, dass seine Gegenwart hier oben möglicherweise verdächtig war.

## Tyrin, Grafschaft Arelat, südöstliches Gallyen · Clarissa de Sartres

Wenige Dinge sind für einen jungen Erwachsenen so schwierig wie die Rückkehr ins Nest.

Clarissa de Sartres war ein Abkömmling der inzwischen untergegangenen Könige von Arelat. Ihr Vater war einer der wichtigsten Herren der Berge; er hatte vierhundert Ritter zu seiner Verfügung und besaß neun große Burgen.

Daher war sie nicht sonderlich erfreut, als sie durch das Tor der großen Winterfestung der Familie in Tyrin schritt. Die Burg lag in einem relativ warmen Hochlandtal von Duria. Das Tor war so hoch wie sechs Männer und dazu eisenbeschlagen; die Straße führte durch ein doppeltes Vorwerk in die Burg hinein, die von den Nachbarn des Grafen als uneinnehmbar betrachtet wurde.

Clarissa war fast hundert Meilen durch den späten Herbst und den frühen Winter gewandert. Zweimal hatte sie sich ohne ein Feuer unter Felsvorsprünge gekauert, und eine Nacht hatte sie in einem Lager voller Männer verbracht, denen sie zutiefst misstraut hatte. Doch sie hatten ihr keinerlei Gewalt angetan, ja sie nicht einmal anzüglich angesehen. Sie war dreckig; sie hatte ihr mausbraunes Wollkleid und die Unterwäsche nicht mehr gewechselt, seit sie aus dem Kloster entkommen war. Ihr Atem stank, wenn sie ihn in den gestohlenen Wollschal ausstieß.

Sie war mehr als nur ein wenig stolz darauf, dass sie es bis nach Hause geschafft hatte – lebend und ohne vergewaltigt worden zu sein. Sie hatte Nahrungsmittel gestohlen und sich die Orte aufgeschrieben, an denen sie sich bedient hatte.

Keiner der Torwächter kannte sie. Pierro, einer der Männer ihres Vaters, klopfte ihr geistesabwesend auf den Hintern, als er in ihren Beutel griff, um sich eine *Spende* herauszunehmen.

Er sah sie an. Doch in seinen wasserblauen Augen lag keinerlei Bösartigkeit. »Ein Mädchen hat mehrere Möglichkeiten«, sagte er mit einem Lächeln. Sein Atem roch nach Knoblauch.

Clarissa beschloss, dass dies das Ende des Spiels war. Sie hob die Hand. Hinter ihr befanden sich einige Kaufleute – für eine gewisse Öffentlichkeit war also gesorgt. »Ich glaube nicht, dass das dem Grafen gefiele«, bemerkte sie mit dem strengen Tonfall ihrer Mutter.

Pierro versteifte sich. »Wenn du Schwierigkeiten machen willst …« Er beugte sich vor und sah sie plötzlich eingehend an. »Beim heiligen Mauritius! Bei der Fotze der Jungfrau Maria, Giacopo!«, rief er schließlich und läutete die Alarmglocke.

Clarissa saß zwischen den Damen ihrer Mutter. Ihr Vater trug Jagdkleidung – eine grüne gesteppte Hirschlederweste und Stiefel, die bis zu seiner Hüfte reichten und an den Seiten mit Schnallen versehen waren – und ihre Mutter hatte sich die weibliche Entsprechung angezogen: ein Wams, das sie mit Ausschmückungen versehen hatte, einen kecken grünen Hut und einen langen Rock. Überdies besaß sie ein Schwert, während der Graf ein langes Messer in seinem Gürtel stecken hatte und eine Peitsche in der Hand hielt.

»Man hat mir gesagt, du wärest *tot.*« Der Graf war kein dummer Mann, aber er sagte diese Worte nun schon zum sechsten Mal.

Seine Frau Anne beobachtete ihn eingehend. »Wir werden dem König von Gallyen nicht den Krieg erklären. Auch wenn er ein großer Narr sein mag.« Sie war Etruskerin – eine Verwandte der Königin von Gallyen – und hatte die lange, gerade Nase und die herrischen Brauen, die so typisch für ihre Linie waren.

»Sie haben mir gesagt, du seist tot«, bemerkte der Graf.

»Bitte hör auf, davon zu sprechen, Papa«, sagte Clarissa.

Plötzlich trat er vor und schlang die Arme um sie. »Jesus und Maria, mein kleines Butterblümchen! Wir waren wirklich der Meinung, du seist tot! Aber du bist es nicht! Das ist die beste Nachricht, die ich in meinem ganzen Leben erhalten habe!«

Annes Stirn glättete sich. Sie umarmte nun ebenfalls ihre Tochter, und alle drei hielten sich fest, während sich die Damen um sie herum bewegten. Draußen im Hof bellten Hunde. Drei örtliche Adlige, alle für die Jagd gekleidet, standen nervös in der Tür der Haupthalle.

Anne lächelte ihren Gemahl an, der für gewöhnlich äußerst beherrscht war und nun weinte.

»Liebster, geh und sieh nach den Hunden«, bat sie.

Er machte sich von Clarissa los. »Natürlich, meine Liebste«, sagte er. Von einer von Annes Damen nahm er ein Taschentuch entgegen, wischte sich damit durch das Gesicht und strahlte alle an.

»Kommt, meine Herren. Verzeiht mir, aber es geschieht nicht jeden Tag, dass ein tot geglaubtes Kind zurückkehrt.« Er verneigte sich, seine Adligen verneigten sich vor ihm, und gemeinsam gingen nun alle in den Hof.

»Hinaus!«, befahl Anne ihren Damen.

Sie ergriffen die Flucht, nachdem sie ein Tablett mit Naschereien bereitgestellt und Hippokras nachgeschenkt hatten.

Anne setzte sich auf einen Stuhl, der mit Kissen ausgepolstert war, und stellte die gestiefelten Füße auf einen Schemel. »Also«, sagte sie.

Clarissa begegnete ihrem Blick. Ihre Mutter war schon immer ihr Liebling gewesen, aber die beiden Frauen hatten trotzdem wie Katzen miteinander gekämpft, was auch einer der Gründe gewesen war, weswegen ihr hingebungsvoller Vater sie an den Hof geschickt hatte.

Anne ergriff ihre Hand. »Ich habe meine Vermutungen, Liebes. Ich bin selbst am Hof aufgewachsen. Aber du scheinst nicht … verletzt zu sein.«

»Der König hat versucht, mich zu vergewaltigen«, sagte Clarissa. Ihre Stimme schwankte zwar bei dem letzten Wort, doch es gelang ihr, es herauszubringen und weiterzusprechen. »Der Onkel hat mich gerettet, aber dann hat er dafür gesorgt, dass ich vom Hof entfernt werde.«

Anne nickte heftig. »Das habe ich aus einem Dutzend Briefen von angeblich hilfsbereiten *Freunden* erfahren«, höhnte sie. »Dein Vater will nicht erlauben, dass ich ihnen Gift schicke.«

Clarissa wusste nicht, ob sie den Worten ihrer Mutter Glauben schenken musste, denn sie sprach sie auf eine Weise aus, als wäre sie so blutrünstig wie eine Kreatur der Wildnis.

Anne beugte sich vor. »Man hat uns berichtet, du hättest versucht, den König zu verführen.« Sie ergriff die Hand ihrer Tochter. »Süßes, ich bin auch eine Frau. Ich weiß, dass so etwas geschehen kann ...«

»Mama!« Es war fast ein Schrei. »Ich habe meine Musik gespielt, und er hat versucht, mich auf den Boden zu werfen und hat seine Knie zwischen meine gezwängt!«

Anne setzte sich zurück und lächelte. »Ah ... ja«, sagte sie.

»Er hat meine beste Laute zerschlagen ...«

»Er ist der König«, sagte Anne. »Warum ausgerechnet Gallyen, das das großartigste aller Länder sein sollte, eine Reihe von Narren zum König haben muss ... Nun, diese Frage ist schon von klügeren Köpfen als meinem oder deinem diskutiert worden.« Sie beugte sich wieder vor und küsste ihre Tochter. »Ich habe dich nie als Verführerin betrachtet, Liebes.«

Trotzdem erschauerte Clarissa. Das Ereignis stand noch immer so klar und deutlich vor ihr, dass sie nicht auf die Worte ihrer Mutter hören konnte. Ihre Mutter schien zu glauben, dass nur sie selbst, Anne de Soave, je die Möglichkeit gehabt hatte, Männer zu bezaubern. Clarissa riss sich zusammen. *Meine Mutter versucht, sich auf meine Seite zu stellen.*

*Das nehme ich zumindest an.*

Sie streckte die Arme aus, umarmte ihre Mutter und hing für eine Weile an ihrem Hals.

»Und jetzt müssen wir dich rasch zu jemandem bringen«, sagte Anne.

In jener Nacht wurde Clarissa zu ihrem Vater gerufen. Er saß in der Großen Halle zusammen mit einem Dutzend seiner Ritter und spielte Karten. Auch Frauen waren anwesend – die meisten von ihnen waren Gemahlinnen. Sein Vater nannte dies die »Lagerabende« und beharrte darauf, dass seine Halle dann zu einem Militärlager mit entsprechend gelockerter Etikette und dem Anschein von Männlichkeit wurde.

Als sie die Halle betrat, spürte sie sofort die Anspannung. Und sie bemerkte einen seltsamen Geruch – nach Wildnis und Moschus.

Clarissa machte einen Knicks. Ihr Vater saß bei Ser Raimondo, seinem ersten Kommandanten. Er war einer der besten Ritter in ganz Gallyen und außerdem der engste Freund und Berater ihres Vaters. Raimondos Frau Catherine lächelte sie an.

»Kommt und teilt den Becher mit mir, Püppchen«, sagte sie.

Sie waren alle sehr aufdringlich. Catherine legte ihr die Hand auf die Schulter. Jean de Chablais küsste ihr die Hand.

Sie spürte die Wärme der Zuneigung – und sie brauchte sie auch.

»Wir überlegen, ob wir dem König eine Herausforderung schicken sollen«, sagte ihr Vater.

De Chablais nickte. »Mylord, das müsst Ihr tun. Mylady Clarissa, ich bitte Euch um Vergebung, aber als Berater Eures Vaters muss ich Euch bitten …«

Clarissa setze sich aufrecht. »Sprecht Eure Bitte nur aus«, sagte sie.

»Der König …«

»… hat versucht, mir sein Glied aufzuzwingen«, sagte Clarissa. »Und er wurde nur durch meinen Onkel daran gehindert.«

De Chablais errötete. Er war kein Weichling und auch kein Schwächling. Er senkte den Kopf.

»Ich bitte Euch um Vergebung dafür, dass ich gefragt habe, Mademoiselle.« Dann wandte er sich an seinen Lord und sagte: »Bei Gott, wenn Ihr ihn nicht in Eurem Namen herausfordert, werde ich es selbst tun.«

Der Graf setzte sich zurück und legte die Hände zu einem Dach zusammen. »Jean, Ihr wisst, dass es nicht so einfach ist.«

»Es *ist* aber doch einfach. Manchmal ist es ganz einfach. Dafür gibt es die Ritterschaft: zum Schutz der Schwachen. Und zum Krieg gegen die Starken, wenn sie ihre Macht missbrauchen.«

Ser Raimondo nickte; sein rotes Haar glänzte im Feuerschein. Es war mehr Grau darin, als Clarissa in Erinnerung hatte. »Mylord, wir müssen es tun. Oder die anderen werden glauben, dass diese Verleumdungen der Wahrheit entsprechen.«

Der Graf runzelte die Stirn. »Und die andere Sache?«, fragte er.

Catherine versteifte sich.

Clarissa beugte sich vor. »Was denn für eine andere Sache?«, fragte sie.

Ser Raimondo verzog das Gesicht. »Hat Eure Mutter Euch nicht von der anderen neuen Bedrängnis erzählt, die Eure Familie betrifft?«, fragte er.

Seine Frau streckte die Hand aus. »Nicht!«, sagte sie, aber der Graf griff bereits nach einem zerknüllten Stück Stoff, das auf dem Boden lag, und zog es zurück.

Darunter lag etwas aus einem Albtraum – es schien ganz aus Zähnen und grün und gelb gefleckter Haut und Blut und Eingeweiden zu bestehen. Der Geruch – ein moschusartiger Tiergeruch – erfüllte die Halle.

»Was ist das?«, fragte sie.

Ihr Vater deutete auf ein illuminiertes Manuskript unter seiner Hand. »Wir glauben, dass es sich um einen Irk handelt«, sagte er.

## Liviapolis · Jules Kronmir

Kronmir lebte am Rande seiner eigenen Angst. Er hätte beinahe einen Jungen in den Ruinen getötet, nur weil er den Verdacht nicht losgeworden war, dass man diesen Jungen ausgesandt hatte, um ihn zu beobachten, auch wenn rasch deutlich geworden war, dass er nur die Altertümer im Tempel hatte zeichnen wollen.

Kronmir war ein Gelehrter, und er war von den Wundern dieses Tempels nicht unbeeindruckt geblieben, aber der ganze Plan seines Auftraggebers beruhte auf dem Druck, den die Etrusker auf den Palast ausüben konnten. Still verfluchte er ihre anmaßende Narrheit, während er zusah, wie ihre Flotte den Kanal heraufkam, ohne den Versuch eines Ablenkungsmanövers oder eines Überraschungsangriffs zu machen – und geradewegs in die Kette fuhr, die der Söldner vor der Einfahrt in den Hafen gezogen hatte.

Die Existenz dieser Kette war ihm von einer Hure und einem untergeordneten Arbeiter mitgeteilt worden, und er hatte diese Auskunft bereits vor drei Tagen weitergegeben, zusammen mit einem kurzen Überblick über die Absichten des ausländischen Söldners im Hinblick auf die Akademie und die etruskischen Kaufleute, die er von zwei Quellen innerhalb des Palastes erhalten hatte. Überdies hatte er einen Bericht über die Unzuverlässigkeit einiger Bogenschützen der Truppe und über eine Gruppe innerhalb der nordikanischen Soldatenschaft abgegeben, die bereit war, die Seiten zu wechseln. Und er hatte seine Verluste übermittelt – vier Männer in zwei Tagen und seinen einzigen hermetischen Attentäter.

Kronmir war sachkundig und hatte das Ergebnis des etruskischen Angriffs vorhersagen können, während er ihn beobachtete. Nun schüttelte er den Kopf.

»Ob sich Gott wohl so fühlen mag, wenn er den Menschen bei ihren Sünden zusieht?«, fragte er in die herannahende Dunkelheit hinein.

Er verspürte nur einen einzigen Trost – er hatte den harmlosen Jungen, der zwischen den Ruinen gezeichnet hatte, nicht getötet.

Er huschte zurück in die Stadt, um einen weiteren Bericht zu schreiben. Sein Hafenarbeiter würde ihm vermutlich nie wieder Nachrichten mitteilen können – aber das war nur die geringste Auswirkung der etruskischen Niederlage.

Vielleicht würde ihm die Hure noch etwas sagen.

## Nördlich des Großen Flusses · Der Schwarze Ritter

Ser Hartmut Li Orguelleus stand auf dem Achterdeck von Olivier de Marches Schiff und sah zu, wie das Land zu beiden Seiten an ihm vorüberglitt – die Wälder waren so tief und still, dass sie geradezu heilig wirkten. Der Schwarze Ritter befand sich in voller Rüstung, wie immer, und nun trugen auch alle Seeleute, Soldaten und sogar die Schiffsjungen alles am Leib, was sie an Leder oder Stahl hatten finden können.

»Das ist großartig«, sagte Ser Hartmut. »Ich hatte keine Vorstellung davon. Ist es so groß wie Ifriqu'ya?«, fragte er, während er sich dem Kapitän zuwandte.

De Marche schüttelte den Kopf. »Ich weiß es nicht. Die Etrusker haben ein Dutzend Expeditionen um das Nordkap herum geschickt und noch mehr nach Süden. Das habe ich von den Fischern gehört, Mylord. Aber entweder ist niemand zurückgekehrt, oder sie behalten das, was sie erfahren haben, für sich.«

Der frühe Herbst färbte die Wälder; die Birken und Ahorne wurden golden oder rot, und in der Ferne mischte sich eine Wärme unter das Grün, die der frostigen Luft Hohn sprach. Der gewaltige Fluss strömte zwischen hohen Erhebungen dahin, die zu beiden Seiten aus der Ebene aufstiegen, und so hatten sie den Eindruck, in einer langen und schmalen Schüssel zu segeln. Der Westwind blähte die Segel – damit waren sie so schnell unterwegs, dass am Bug weiße Gischt aufstieg.

»Sind wir in der Nähe unseres Hafens?«, fragte der Schwarze Ritter.

De Marche schüttelte den Kopf. »Mylord, ich weiß es nicht. Diese Expedition basiert auf Informationen, die von einem Verräter bereitgestellt wurden – von einem Etrusker, der vor Familienstreitigkeiten Schutz suchte. Ich hatte eigentlich erwartet, dass er die Reise mit uns machen würde. Doch leider scheint er umgekommen zu sein – ermordet, wie ich glaube.«

Ser Hartmut nickte. »Die Etruskergilden haben lange Arme«, gab er zu.

»Außerdem wird es kein richtiger Hafen sein«, fügte de Marche hinzu. »Das Beste, was wir erwarten können, sind eine Lichtung und ein kleiner Strand. Aber die genuischen Schiffe, die wir gefunden haben … ihre Zerstörung bedeutet, dass wir die Ersten auf dem Markt sein werden.«

»Verdammt sei dieser Markt. Wir sind aus einem wesentlich edleren Grunde hier«, sagte Ser Hartmut.

De Marche holte vorsichtig Luft. »Sind wir das, Mylord?«, fragte er. Mit Ser Hartmut zu reden war ein schwieriges Unterfangen. Der Tod seines Lieblingsknappen und das Ergebnis des Kampfes gegen die Eeeague hatten Ser Hartmut und de Marche einander zwar nähergebracht, aber der Ritter blieb ein dunkler und heikler Mann und war keineswegs ein Gefährte.

»Wir werden eine von Albias Mauerburgen einnehmen«, sagte Ser Hartmut, »und von dort aus einen Angriff auf die Draußener führen.«

De Marche blinzelte. »Welche Burg, Mylord?«

»Ticondaga«, sagte Ser Hartmut. »Kennt Ihr sie?«

De Marche kratzte sich am Bart. »Sie liegt viel weiter westlich, als ich eigentlich reisen wollte«, sagte er. »Wir sind schon fast so weit, wie ich auf meiner letzten Expedition gekommen bin. Nach unserer kaiserlichen Karte liegt Ticondaga weitere dreihundert Meilen flussaufwärts. Aber der Fluss wird mit jedem Tag schmaler, und die Gefahr, auf Grund zu laufen, steigt dementsprechend. Wenn wir auch nur ein einziges Schiff verlieren …«

Ser Hartmut nickte. »Dann müsst Ihr halt aufpassen«, sagte er. »Wir dürfen nicht auf den Erfolg hoffen, wenn uns nicht alle drei Schiffe und die gesamten Soldaten zur Verfügung stehen.«

De Marche holte zweimal tief Luft. »Mylord, meine Männer sind Seeleute und keine Soldaten, und wir hatten eigentlich erwartet, uns ausruhen zu können und …« – er senkte die Stimme und sprach so, als würde er einem Kind ein schmutziges Wort zuflüstern – »… Handel zu treiben.«

Ser Hartmut lächelte. »Ich weiß das. Aber Eure Männer haben bereits eingehend bewiesen, dass sie eines besseren Lebens wert sind. Wir werden Ticondaga belagern.«

De Marche holte noch einmal tief Luft. »Mylord, diese Festung gilt als eine der stärksten der Welt. Sie wurde von den Alten errichtet.«

Ser Hartmut nickte. »Umso mehr Ehre wird uns zuteilwerden, wenn wir sie eingenommen haben. Fürchtet Euch nicht, Schiffsmeister! Gott wird uns helfen.«

De Marche sah Ser Hartmut an, und dabei standen ihm seine Gedanken offenbar deutlich ins Gesicht geschrieben, denn der Schwarze Ritter lächelte.

»Seid Ihr etwa überrascht, mich von Gott reden zu hören? Gebt acht auf meine Worte, Schiffsmeister. Ich bin ein *Ritter*. Ich töte die Feinde meines Königs und meiner Religion. Die Menschen hassen mich, weil ich am Ende immer gewinne. Die Menschen verunglimpfen auch meine Methoden, weil sie selbst eifersüchtig, schwach und dumm sind. Krieg ist wie das Fleischerhandwerk. Was spielt es dabei für eine Rolle, ob ich Alchemie benutze? Oder hermetische Magik? Wenn Satan selbst mir seine Hilfe anböte …« Er lächelte.

De Marche dachte: *Damit will ich nichts zu tun haben.* Aber wie immer siegte seine Neugier. »Ihr würdet den Satan zur Hilfe Gottes einsetzen?«, fragte er.

»Jede Sache hat ihren Verräter«, erwiderte der Schwarze Ritter. »Sogar die des Satan.« Er nickte.

In den zehn Tagen, die sie den Großen Fluss hinaufsegelten, kamen sie an zwei »Burgen« der Draußener vorbei, die auf hohen Felsvorsprüngen errichtet waren. Beide verfügten über Palisaden und Schutzwälle aus dichtem Dornengestrüpp. Die Seeleute riefen den hübschen Draußener-Mädchen am Ufer zu und erhielten zum Dank einige Pfeilschüsse.

De Marche beobachtete die Draußener-Gruppen mit einem Gefühl, das dem der unerwiderten Lust seiner Seeleute entsprach. Aber Ser Hartmut besaß einen Brief vom König, und obwohl de Marche wusste, dass er hier nur benutzt wurde, gehorchte er seinen Befehlen.

Doch am elften Tag keimte die Hoffnung auf Handel wieder in ihm auf. Er hatte die Rationen seiner Männer – auch der Offiziere und Ritter – verringert, und die daraus resultierenden mageren Mahlzeiten hatten Ser Hartmut in übelster Laune an Deck getrieben.

»Würden wir besseres Essen haben, wenn ich Euch die Erlaubnis erteile, mit diesen Barbarenhütten Handel zu treiben?«, fragte er.

»Ich vermute, dann könnten wir Wild und Mais bekommen, Mylord. Vielleicht sogar Brot. Aber ich müsste es erst in Erfahrung bringen. Handel ist niemals eine rasche Angelegenheit.« De Marche wollte das Schiff unbedingt verlassen, das Landesinnere erkunden,

Leute treffen und neue Wege finden. Doch es gliche einem Todesurteil, wenn er sich Ser Hartmut entgegenstellte.

Der Schwarze Ritter schaute eine Weile über den Bug hinaus. »Also gut«, sagte er schließlich. »Unsere Aufgabe wird eine leichtere sein, wenn wir das Vertrauen der Bauern gewinnen.«

De Marche vermutete nicht, dass es Ser Hartmut gelingen werde, ihr Vertrauen zu erringen, aber er hätte ihm gern bei dem Versuch zugesehen, und als sich am Morgen des zwölften Tages auf dem Großen Fluss ein dritter Draußener-Ort auf einer großen Flussinsel zeigte, ankerte er auf der Leeseite dieser Insel und rief Lucius herbei.

»Solltet Ihr nicht gerüstet sein?«, fragte Ser Hartmut. »Und ein Gefolge mitnehmen? Es wäre mir eine Freude, Euch zu begleiten.«

De Marche schüttelte den Kopf. »Mylord, ich bitte Euch, in dieser Sache auf mich zu hören. Wenn wir diese Menschen beleidigen oder verängstigen, werden sie keinen Handel mit uns treiben und uns in keiner Weise unterstützen. Wir müssen uns ihnen mit Geschenken, freundlichen Worten und offenen Händen nähern.«

Ser Hartmut betrachtete das Inseldorf. »Wir haben die Möglichkeiten, diese Insel zu erstürmen«, sagte er. »Falls es uns bei Ticondaga nicht gelingt, könnte das hier eine gute Militärbasis für den König abgeben.«

De Marche räusperte sich. »Ich bin sicher, dass wir sie erstürmen könnten, Mylord«, sagte er. »Ich bin mir allerdings nicht sicher, ob wir sie auch werden halten können. Vielleicht habe ich es nicht klar genug ausgedrückt, aber jeder Stützpunkt der Draußener ist Teil von etwas Größerem, und die meisten Draußener sind Vasallen des Herrn der Wildnis.«

»Dämonen der Hölle, meint Ihr?«, fragte der Schwarze Ritter. Ein Licht entzündete sich in seinen Augen, und er fuhr mit der Hand an sein Schwert.

De Marche fing Lucius' Blick auf. »Nicht ganz«, sagte er.

In einem kleinen offenen Boot ruderten er und Lucius hinüber. Sobald sie weit genug vom Schiff entfernt waren, sagte Lucius: »Als Ihr ihm gesagt habt, dass Eure etruskische Quelle tot ist …«

De Marche grunzte und zog an seinem Ruder. Der Fluss war aufgewühlt, und sie ruderten gegen einen starken Wind an. Ein Dutzend Draußener befanden sich am Inselufer; zwei von ihnen trugen die langen Roben aus Eichhörnchenfell, die sie als Adlige auswiesen; auf ihren Köpfen saßen große Kappen, die wie Kronen wirkten. Aber es war gefährlich, solche Parallelen zu ziehen. Jeder freie Huran dürfte einen *Gustaweh* tragen – wobei sie aber nicht die gleiche Bedeutung hatten wie eine Krone.

»Lucius, würde es dich sehr entsetzen, wenn ich sagte, dass Ser Hartmut und ich bei dieser Expedition nicht die gleichen Ziele haben?«, fragte er.

Lucius wandte den Blick ab. »Er ist erschreckend.«

»Wenn er all das wüsste, was du weißt«, sagte de Marche, »dann fürchte ich, würde er …« Doch er hielt inne. Kaum mehr als fünfzig Leute befanden sich am Ufer. Aber einige hatten Speere dabei – Speere mit Stahlspitzen.

Lucius nickte. »Die nördlichen Huran gehören zu den mächtigsten Stämmen. Da unsere Flotte es im Sommer nicht bis hierher geschafft hat, werden nun ganze Stapel von Fellen in jedem Langhaus auf den Handel warten. Beim süßen Jesus, seht sie Euch bloß an!«

Sie waren nur noch etwa dreihundert Ellen vom Ufer entfernt, und die Menge der Draußener war inzwischen auf etwa tausend Personen angeschwollen, die auf dem Kiesstrand warteten.

Schließlich landeten sie, und eifrige Hände zogen ihr Boot so rasch auf den Strand, dass es wirkte, als würde es nun genauso über die Kiesel gleiten, wie es zuvor durch das Wasser gepflügt war. Als de Marche über die Seite trat, wurde er von hundert Männern und genauso vielen Frauen gleichzeitig umarmt, gekniffen und vorangetrieben. Die Frauen waren größtenteils schon etwas älter, in Pelze gekleidet, und an ihren Roben steckten Glasperlen und noch andere Verzierungen.

Lucius sprach recht gut Huranisch und wurde von den Anführern sofort umzingelt – einem Dutzend Männern und vier Frauen –, während sich de Marche einen Weg an die Seite des Etruskers bahnte.

»Diese diebischen Barbaren haben mir mein Messer gestohlen«, sagte de Marche.

Lucius lächelte. »Ich habe Euch doch gesagt, dass Ihr kein Messer mitnehmen sollt«, erklärte er. »Entspannt Euch. Euer Dolch ist nur ein geringer Preis für ihre Zuneigung. Wie ich schon vermutet hatte, in diesem Jahr ist bisher keine etruskische Flotte hier gewesen. Die Wassergeister, die die Genuaner getötet haben, haben dieses Volk arm gemacht. Sie befinden sich im Krieg mit ihren südlichen Vettern und haben keine Pfeile mehr für ihre Armbrüste und auch keine Rüstungen. Desontarius hier hat mir gerade erzählt, dass sie kurz vor einem Friedensschluss gestanden hatten. Aber unsere Ankunft wird es ihnen erlauben, Krieg zu führen.«

De Marche blies die Backen auf und stieß die Luft wieder aus. »Es scheint, dass die ganze Welt in den Krieg zieht«, murmelte er.

Lucius wirkte nun größer und gebieterischer auf ihn. »Bei Gott, ich werde meine Vettern zerschmettern«, sagte er. »Uns gehört jetzt der ganze Handel – das ist Gottes Wille. Wir werden reich sein!«

# 10

## Das gepresste Land · Ota Qwan

Ihr Rückmarsch durch die Wildnis gestaltete sich schnell und ließ die Reise leicht und unbeschwerlich erscheinen.

Jeden Tag sichteten sie Leute von den Crannog. Die Riesen bewegten sich nicht besonders vorsichtig; sie hinterließen vielmehr eine Schneise der Verwüstung, wo immer sie entlanggingen – ob in den Wäldern, in den Sümpfen oder am Rande eines Pfades. Sie zerstörten die Pflanzen und Felsen genauso bedenkenlos wie die Kreaturen der Wildnis. Ota Qwan schickte seine besten Späher in weiten Bögen aus und bewegte sie mit der schlauen Geschicklichkeit eines Soldaten von einem Schutzpunkt zum nächsten.

Nach dem dritten Tag schüttelte Ta-se-ho den Kopf. »Ich habe noch nie so viele Ruks gesehen«, gab er zu. »Irgendetwas hat ihr Nest in Aufruhr gebracht.«

Sie kamen nur langsam voran, denn die Krieger trugen viele schwere, klebrige Kübel voller Honig an langen Jochen über den Schultern. Ein starker Mann konnte vier solcher Kübel einen ganzen Tag lang über einen ebenen Pfad schleppen. Sobald sie aber die Hauptwege verließen, wurde es schwieriger, mit den Jochen zwischen den Bäumen hindurch zu gelangen, und Nita Qwan wurde an seine Zeit als Sklave in den Bergen östlich von Albinkirk erinnert.

Als sie endlich ihr Dorf erreichten, hatten sie auf dem Weg dorthin zwar zwanzig Riesen erblickt, aber keinen einzigen Mann verloren, und Ota Qwans Ruf als Anführer hatte einen neuen Höhepunkt erreicht. Sie hatten fast fünfzig Weidenkörbe voller Wildhonig geerntet und nicht einen davon auf der gefährlichen Rückreise verloren.

Doch jedes Gefühl des Triumphes wurde sofort erstickt, denn das Dorf wurde von dem geradezu greifbaren Gefühl einer Krise durchzogen. Ruks hatten zwei Dörfer am östlichen Rand des Sossag-Gebietes vernichtet. Nur wenige Menschen waren dabei getötet worden – die Ruks genossen die allgemeine Zerstörung so sehr, dass sie sich nicht einmal um kleinere Beute kümmerten. Aber die Überlebenden waren nun, da der Winter bevorstand, zu Flüchtlingen geworden, und die vielen neuen Gesichter im Dorf drohten die Vorräte der Sossag zu vertilgen, die sie angelegt hatten, nachdem sie den gesamten Frühling im Krieg verbracht hatten.

Die Matronen trafen ein, berieten sich und riefen den Gehörnten, den alten Schamanen, der die Sagen des Landes kannte. Sein Lehrling Gas-a-ho verbreitete im Dorf, er sei über die Heilige Insel befragt worden.

»Was hat es damit auf sich?«, fragte Nita Qwan seine Frau.

Sie sah sich um und vergewisserte sich, dass ihnen niemand zuhörte. »Ich sollte es eigentlich nicht wissen, denn ich bin noch keine Matrone«, sagte sie und klopfte sich sanft auf den Bauch. »Aber ich erwarte, dass sich das bald ändern wird.«

»*Sollte es nicht* wissen ist aber nicht dasselbe wie *weiß es nicht*«, sagte er.

Sie wackelte mit den Zehen. »Im Osten, an der Grenze zwischen unseren Jagdgebieten und denen der Huran, liegt eine Insel im Meer.

Auf dieser Insel befindet sich ein See, und zwar oben auf dem Gipfel eines Berges. In der Mitte dieses Sees wiederum liegt eine Insel. Sie ist allen Völkern und Kreaturen der Wildnis heilig.«

»Heilig?«, fragte er.

»Keiner Macht ist es erlaubt, sie für sich zu beanspruchen«, sagte sie. Weiteres wollte sie nicht mitteilen.

Am nächsten Tag fragte er Gas-a-ho, während er und Ota Qwan Netze flickten, und der Junge, der nun ganz von seiner eigenen Wichtigkeit durchdrungen war, sagte: »Das ist eine Angelegenheit des Schamanen.«

Sie reparierten die Netze, weil die Matronen beschlossen hatten, eine Gruppe auf den See hinauszuschicken, damit sie so viele Fische wie möglich fingen. Ihr Plan war es, sie für den nächsten Winter einzupökeln. Eine weitere Gruppe von Männern sollte die Wälder im Norden und Westen durchstreifen und auf die Jagd nach Wild gehen – und es sollte eine frühe Warnung für das Volk der Crannog sein.

Als der Junge gegangen war, beendete Ota Qwan die Reparatur an seinem Teil des Netzes mit einer so großen Sorgfalt, dass sie auf eine lange Übung schließen ließ. Dann hob er den Blick. »Es ist Thorn«, sagte er.

»Das kannst du nicht wissen«, sagte Nita Qwan mit einer gewissen Verärgerung. Ota Qwans Bewusstsein seiner eigenen Überlegenheit war mehr als nur ein wenig unangenehm, auch wenn er sehr erfolgreich war.

»Die Mutter meiner Frau hat es ihr gesagt, und meine Frau wiederum hat es mir gesagt«, berichtete Ota Qwan. »Thorn hat diesen Ort der Macht eingenommen, von dessen Existenz ich nicht einmal etwas gewusst hatte.« Er zuckte die Achseln. »Ich hatte auch nicht erwartet, dass die Wildnis so klein ist.«

»Und was machen wir jetzt?«, fragte Nita Qwan. Thorn war eher ein Name als eine wirkliche Bedrohung für ihn, aber er begriff, dass der Zauberer die Macht hinter ihrem Feldzug im Frühling gewesen war. »Er kann uns doch nicht zwingen, im Winter abermals in den Krieg zu ziehen, oder?«

»In meinen Jahren bei diesem Volk habe ich eines gelernt«, sagte Ota Qwan. »Lass die Matronen entscheiden. Du kannst ihre Entscheidung durch die Beeinflussung der einzelnen Nachrichten lenken, aufgrund derer die Matronen ihre Beschlüsse fassen, aber danach hast du ihre Worte hinzunehmen.«

»Hast du es getan?«, fragte Peter.

»Was soll ich getan haben?«, fragte Ota Qwan zurück und biss einen Faden ab.

»Hast du die Mitteilungen an die Matronen schon einmal beeinflusst?«, fragte Peter. Er wusste nicht genau, warum er sich über seinen Bruder ärgerte, aber er musste feststellen, dass er immer zorniger wurde.

Ota Qwan hob die Hände. »Stell mich nicht als schlechten Menschen hin. Bald wird hier die Hölle losbrechen, Bruder. Da draußen sind *Riesen* und zerstören die Dörfer. Wenn sie auch uns heimsuchen, werden wir den Winter in den Wäldern verbringen müssen, und die meisten der Kinder und alten Menschen werden dabei sterben. Das ist nicht meine persönliche Meinung, sondern – das ist eine Tatsache.«

»Was also sollen wir tun? Mit Thorn reden? Ist das sein Werk?«, fragte Peter.

Ota Qwan runzelte die Stirn. »Die Matronen glauben es. Ich hingegen weiß nicht, was ich glauben soll.«

Nita Qwan lächelte. »Das wäre aber das erste Mal.«

Ota Qwan schüttelte den Kopf. »Ich will keinen Streit, Bruder. Die Matronen sind der Meinung, wir sollten nach Verbündeten rufen. Aber Verbündete können zu weiteren Schwierigkeiten führen.«

»Und die Huran?«, fragte Nita Qwan.

»Die südlichen Huran führen Krieg gegen die nördlichen. Das ist aber nichts Neues. Wer kann schon sagen, wer damit angefangen hat? Die südlichen handeln mit Gütern aus dem Reich, und jetzt erhalten die nördlichen Waren von den Etruskern. Sie bekriegen sich wegen Biberpelzen und Honig. Die Matronen sagen, dass die Etrusker in diesem Jahr nicht gekommen sind.« Er zuckte die Schultern und setzte sich zurück. »Das ist genau das, was meine Familie schon immer beobachtet und verstanden hat. Aber damals war ich ein anderer Mann und hatte ein anderes Leben. Wie konnte ich bloß glauben, das Leben bei den Sossag wäre einfacher? So ist das Leben nun einmal!«

Die Matronen berieten sich drei Tage lang. Es war die längste Debatte, an die sie sich erinnern konnten, und die Arbeit im Dorf kam währenddessen beinahe zum Stillstand. Gerüchte flogen hin und her: Man sollte alle Habseligkeiten nehmen und wegziehen, bis die Riesen verschwunden waren, oder man sollte einen Angriff auf die Huran führen, um bei ihnen Nahrung und Sklaven zu erbeuten, oder es sollte ein Abgesandter zu Thorn geschickt werden …

Am Ende rief die älteste Matrone Blaumesser, die größte Frau des Dorfes, zur Versammlung in den Raum des Rates.

»Thorn hat sich auf die Heilige Insel begeben.« Sie blickte sich mit der ruhigen Würde um, die den Matronen eigen war und ihr ganzes Handeln bestimmte. Den Gerüchten zufolge kämpften sie wie die Hunde, wenn sie allein waren, aber falls es in ihren Reihen wirklich Uneinigkeiten gab, dann zeigten sie es dem Rest des Volkes jedenfalls nicht.

»Der Gehörnte, unser Schamane, hat seinen Zauber gewirkt. Er hat bestätigt, dass es Thorn ist, der sich auf der Heiligen Insel befindet, und es ist sein Wirken, das die Crannog in unser Land geschickt hat.« Sie sah sich um, und Peter hatte gleich den Eindruck, dass ihr Blick besonders auf ihm ruhte. »Uns fehlt die Kraft, um ohne Verbündete gegen Thorn zu kämpfen«, sagte sie. »Wir haben darüber gesprochen, jemanden zu Tapio Haltija nach N'gara zu schicken, und wir haben außerdem überlegt, ob wir nach Mogon und ihrem Volk rufen sollen. Es war Thorkhan, Mogons Bruder, der dieses Land für sich beanspruchte. Aber er ist im Kampf gegen Thorn gestorben, und Thorn mag nun den Eindruck haben, dass er hier der Herr ist.«

Wieder schweiften ihre Blicke über die Menge. Und wieder hatte Peter den Eindruck, dass Blaumesser insbesondere ihn ansah.

»Wir wollen, dass dieser Streit ein Ende findet. Die Krieger wurden zu Rate gezogen. Sie sagen, dass kein von uns getöteter Ruk für Thorn einen Verlust bedeutet, aber uns wird es viele Männer kosten. Sie sagen, Thorn kann auch in der Mitte des Winters Feuer und Tod bringen, wenn wir alle Schneeschuhe tragen und in unserer Unbeholfenheit kaum zurückschlagen können. So hatte Tadaio für alle eine Entscheidung getroffen: Wir beachten Thorn nicht weiter und gehen unseren eigenen Weg. Er glaubte, wir seien stark genug dazu. Vielleicht sind wir das ja auch – wenn Thorn nicht beschlossen hätte, unser Nachbar zu werden. Nun aber müssen wir einen anderen Weg finden. Tadaio ist tot. Wir haben zwei Dörfer verloren. Deshalb haben die Matronen beschlossen, eine Abordnung von Unterhändlern zu Thorn zu schicken.« Sie verneigte sich vor Ota Qwan. »Wir sind darin übereingekommen, dass unser Bruder Ota Qwan diese Anordnung anführen wird.«

Ota Qwan stand auf und verneigte sich. »Ich nehme diese Aufgabe und die Friedenspfeife an. Ich werde versuchen, Thorn zu einer besseren Gesinnung zu bringen.«

Blaumesser runzelte ein wenig die Stirn. »Versprich ihm alles, was er haben will. Gib ihm alles außer unseren Leibern. Biete ihm Kämpfer für seine Kriege an.«

Damit war Ota Qwan offensichtlich nicht einverstanden. »Das wäre eine feige Kapitulation!«

»Die Matronen haben den Aufstieg und Niedergang vieler Wesen gesehen, die Thorn ähnlich waren. Wir haben nicht die Kraft, uns ihm zu widersetzen. Also werden wir ihm so wenig Hilfe gewähren, wie uns möglich ist, ohne seinen Zorn zu erregen. Wir werden seinem Stolz Lieder singen. Wir werden ihm zur Seite stehen.«

»Und dann, wenn er schwach geworden ist, werden wir zuschlagen!«, sagte Ota Qwan.

Blaumesser schüttelte den Kopf. »Nein. Wenn er schwach geworden ist, wird jemand zuschlagen, der ebenso ist wie er, und wir werden im Stillen frohlocken und uns wieder um unsere eigenen Dinge kümmern.«

Das Volk sang drei Lieder – allesamt Lieder der Erntezeit. Dann zerstreute es sich. Peter hatte die Tür schon fast erreicht, als sich eine kleine Hand auf seinen Arm legte und ihn so fest hielt wie ein Riese. Er trat zur Seite und ließ die anderen vorbei. Blaumesser stand vor ihm, zusammen mit Kleinhand und den anderen Matronen.

»Du solltest Ota Qwan begleiten«, sagte Blaumesser.

Peter hatte nur wenig Erfahrung im Umgang mit den Matronen. Sie erteilten keine Befehle – niemand in den Freien Völkern gab je einem anderen Befehle. Deshalb war er so verblüfft über ihren bestimmenden Tonfall und sah sich um. Seine Frau stand hinter ihm und nickte heftig.

»Das wird ihm aber gar nicht gefallen«, sagte Peter.

Kleinhand nickte gewichtig. »Er wird noch andere Gefolgsleute und Freunde bei sich haben. Du musst nicht gehen – wir bitten dich nur darum.«

Peter verneigte sich. »Dann werde ich auch nicht gehen.«

Die nächste Woche war eine der schwierigsten, die Peter erlebt hatte, seit er zu einem Sossag geworden war. Ota Qwan hatte ihn sofort gebeten, ihn auf seiner Mission zu begleiten, und nachdem Peter abgelehnt hatte, wurde Ota Qwan immer wütender auf ihn.

»Lass es nicht zu, dass dich deine Frau zum Feigling macht«, sagte er bei seinem dritten Versuch.

Peter zuckte die Achseln. »Das tut sie nicht.«

»Ich *brauche* dich. Die Männer folgen mir wegen meiner Fähigkeiten, aber sie folgen mir auch, weil *du* mir folgst. Ta-se-ho hat bereits abgelehnt, mich zu begleiten. Weißt du, was er gesagt hat? Er hat gesagt: *Nita Qwan geht auch nicht mit.*« Ota Qwans Gesicht lief rot an, und seine Stimme wurde schrill. Auf der Dorfstraße wandten sich alle ihm zu. Es war ein kalter, windiger Tag – ein Vorgeschmack auf den Herbst. Regen hing in der Luft, und zwei Ruks waren auf der Biberwiese südöstlich des Dorfes gesichtet worden, was jeden nur noch nervöser machte.

»Diesmal gehe ich nicht mit«, sagte Peter so gelassen, wie es ihm möglich war.

»Warum nicht? Nenn mir einen Grund dafür. Ich habe die Honigsammlergruppe *gut* geführt. Ich habe *nichts* getan, was dich hätte beleidigen können. Ich bin freundlich zu deiner dummen Frau …«

Die beiden Männer sahen einander an. Peter war noch immer einigermaßen ruhig. »Bitte geh weg«, sagte er.

Ota Qwan stemmte die Hände in die Hüften. »Ich stelle es völlig falsch an. Das tut mir leid. Deine Frau ist natürlich nicht dumm – oder vielleicht doch, aber immerhin siehst du etwas in ihr, das ich nicht sehen kann. Ich gebe zu, dass wir uns erst seit dem Sommer kennen. Aber ich *brauche* dich.«

Peter wusste, dass ihm dieses Eingeständnis – dass er Nita Qwan brauche – sehr schwergefallen war.

Er versuchte zu lächeln. »Ich fühle mich geschmeichelt …«, begann er.

»Sei nicht so verdammt herablassend!«, sagte Ota Qwan, plötzlich in Wut geraten. »Dann bleib doch hier und verrotte!« Er machte auf dem Absatz kehrt und ging davon.

Peter vermutete, dass er soeben einen Freund verloren hatte. Und seinen Bruder.

*Warum haben mich die Matronen nur in diese Lage gebracht?*

Am nächsten Tag brach Ota Qwan mit sechs Männern auf – allesamt erfahrene Krieger aus dem sommerlichen Feldzug. Die sechs – drei stammten aus dem benachbarten Dorf Can-da-ga – galten als die besten Krieger, die das Volk zu bieten hatte. Sie alle waren heißblütig und äußerst geschickt.

Ota Qwan verließ das Dorf mit seinem besten Speer in der Hand, überdies trug er ein Schwert. Er hatte sich einen prächtigen Wolfsmantel um die Schultern gelegt und steckte in einer hirschledernen Hose, deren Nähte mit Stickereien geschmückt waren. Er sah so aus, wie sich ein Albier einen Draußener-König vorstellte – und ging mit stolz erhobenem Kopf.

Sobald er fort war, versammelten sich die Matronen auf der Straße. Amij'ha sagte wütend etwas und erhielt eine scharfe Erwiderung vonseiten ihrer Mutter.

»Du hast meinen Mann in den Tod geschickt!«, rief sie und rannte in ihre Hütte.

Blaumessers Miene war wie versteinert, als sie Peter zu sich heranwinkte. »Nita Qwan«, sagte sie. Er ging zu ihr. Ta-se-ho folgte ihm.

»Nita Qwan, die letzte Woche muss hart für dich gewesen sein. Wir haben deinen Bruder für einen kleineren Auftrag auserwählt. Er wird versagen. Er wird zu Thorn gehen, und Thorn wird ihn mit einem Kriegsversprechen verführen. Das ist nun einmal die Art der Männer.«

Amij'has Schluchzen drang aus der Hütte.

»Dich werden wir zu Mogon schicken. Sie mochte dich – sie hat mit dir gesprochen. Du musst sofort aufbrechen und sehr schnell reisen. Ihr Volk ist stark, hat große Macht und viele Verbündete. Sag ihr die Wahrheit – dass Thorn uns heimsuchen wird und wir zu schwach sind, etwas dagegen zu unternehmen.«

Nita Qwan seufzte verständnisvoll. »Das ist ungerecht. Mein Bruder …« Er hielt inne. Tiefstes Verstehen und ein unausgesprochenes Wissen lagen im Blick der Frau. Er senkte die Stimme und stellte fest, dass er wütend wurde – so wütend, wie Ota Qwan ihn nie gemacht hatte. »Wenn ihr meinen Bruder zu Mogon geschickt hättet, hätte er sich aufrecht vor ihr hingestellt. Hättet ihr mich zu Thorn geschickt, wäre ich vor ihm im Staub gekrochen – für mein Volk. Indem ihr aber Ota Qwan zu Thorn gesandt habt, habt ihr ihn verdammt.«

Blaumesser sah ihn eindringlich an. »Es ist alles so, wie es sein muss. Der Krieg ist seine einzige Wahl – und das wird Thorn gegen unsere Absichten blind machen. Alle Männer, die wir ausgesandt haben, waren kriegerisch, so wie Ota Qwan.«

»Mein Bruder hätte etwas Besseres verdient gehabt«, spuckte Nita Qwan aus. »Er hätte versuchen können …«

»Wir haben deinen Bruder als Opfergabe zu Thorn gesandt«, sagte Blaumesser. »Er ist der Mann meiner Tochter und der Vater meiner Enkelin. Glaube nicht, dass das nicht zur Sprache gekommen ist.«

Nita Qwan sog seinen Zorn in sich hinein und atmete ihn wieder aus, wie es ihm sein Vater vor so langer Zeit gezeigt hatte. »Also gut«, sagte er, »ich werde gehen. Aber ihr seid nicht anders als die Könige und Häuptlinge und Tyrannen der übrigen Welt, wenn ihr Menschen auf diese Weise in den Tod schickt, ohne ihnen eine Wahl zu lassen.«

Kleinhand schüttelte den Kopf. »Du bist wütend, und dein Kopf ist voller Tränen, Nita Qwan. Wenn du auf dem Weg bist und in der Dunkelheit deine Pfeife rauchst, während das Lagerfeuer vor dir lodert, solltest du dieses bedenken: Ist das Leben eines Einzelnen das Leben aller wert? Oder dieses: Wir werden nicht dabei sein, wenn Ota Qwan seine Wahl trifft. Sollte er das tun, was wir ihm aufgetragen haben, wird er unversehrt zurückkehren, und wir werden uns entschuldigen und ihm erklären, wie wir ihn benutzt haben.«

Blaumesser senkte den Blick. »Aber das wird er nicht. Er wird Thorn wählen. Aus eigenem, freiem Willen.« Wieder sah sie Nita Qwan an. »Geh zu Mogon und bitte für uns. Gestern hat Thorn viele Kreaturen ausgesandt, die die Menschen in Can-da-ga getötet haben. Es waren Vögel oder Fledermäuse oder riesige Motten. Und damit wird er auch nicht aufhören.«

Am nächsten Morgen brach Nita Qwan auf, nachdem er seine Frau leidenschaftlich geliebt und sich tränenreich von ihr verabschiedet hatte.

»Werde ich genau wie Ota Qwan geopfert?«, fragte er sie. »Was weißt du? Würdest du es mir sagen?«

Sie beugte sich zu ihm, ihre Brüste rieben sich gegen seine Brust, und sie leckte ihm über die Nase. »Ich weiß es nicht, aber wenn ich es wüsste, würde ich es dir sagen. Die Matronen sind Hundsfötter. Sie mögen mich nicht.« Noch einmal fuhr sie ihm mit der Zunge über die Nase. »Was sie mit Ota Qwan gemacht haben, Liebster … es tut mir leid. Aber es musste so kommen. Er ist zu selbstsüchtig geworden. Er wollte ein Kriegsherr sein, und er hat es offen gesagt. Er war nicht wie du. Du bist wirklich einer von uns geworden, während er immer ein Südländer gewesen ist, der nur so getan hat, als wäre er ein Sossag.«

Nita Qwan ließ sich von ihr trösten und beschloss, so kurz vor der Abreise nicht mehr mit seiner Frau zu streiten.

Er nahm nur Ta-se-ho mit, der den Weg kannte, sowie den Schamanenjungen Gas-a-ho. Sie hatten ihre Bögen sowie Pemmikan und sonst nur wenig dabei. Nita Qwan hatte es abgelehnt, die reich verzierte Robe eines Botschafters zu tragen, und rollte den Gürtel, den der Schamane für die Matronen hergestellt hatte, in seinen albischen Rucksack, in den er überdies eine Decke steckte. Nachdem sich die drei vor den Matronen verneigt und ihre Frauen geküsst hatten, marschierten sie im Laufschritt aus dem Dorf, eher wie Jäger oder Krieger, keineswegs aber wie gemächliche Botschafter.

Während der ersten drei Tage des Weges regnete es. Der Wind blies immer heftiger, die Temperaturen fielen, und die drei Männer entzündeten große Feuer und drängten sich in ihren Unterschlüpfen aus Ästen und Zweigen dicht zusammen; trotzdem war ihnen die ganze Zeit hindurch kalt, und bald waren sie nass bis auf die Knochen. Am Tag rannten sie fast, bis sich am dritten Tag Gas-a-hos Muskeln verhärteten. Er war noch jung und nicht so stark wie die anderen, weil er zum Schamanen ausgebildet werden sollte und daher nicht so viel Zeit mit dem Jagen und Kämpfen verbrachte.

Am Südrand des Bibergebiets eilten sie vorbei zum Ufer des Inneren Sees und verbrachten einen ganzen Morgen – den vierten seit ihrem Aufbruch – vergeblich damit, ein Kanu zu finden.

»Normalerweise versenken wir sie immer an dieser Stelle«, sagte Ta-se-ho. Eine ganze Stunde lang stocherte er in einem Zulauf des Sees herum, während die beiden anderen im Schein einer wässerigen Sonne saßen und das Gefühl genossen, nicht ganz so nass zu sein.

Doch er fand kein Kanu.

Auch in einer tiefen Bucht des eigentlichen Sees fand er kein Kanu. Er schüttelte den Kopf. »Jetzt müssen wir uns ein Boot bauen«, sagte er.

An diese Möglichkeit hatte Nita Qwan noch gar nicht gedacht und schüttelte den Kopf. »Ich weiß nicht einmal, wie man ein Boot fertigstellt.«

Die beiden anderen sahen ihn an und lachten.

Der Junge sammelte Fichtenwurzeln. Nita Qwan sah ihm dabei eine Weile zu. Der Junge ging von einer Fichte zur anderen, grub neben den Stämmen und zog an den Wurzeln. Dann schnitt er einen Teil von ihnen mit seinem Krummmesser ab und begab sich zum nächsten Baum. Von jedem nahm er nur einen bestimmten Teil der Wurzeln.

Ta-se-ho beobachtete ihn ebenfalls eine Weile. »Er ist gut. Der Gehörnte ist ein ausgezeichneter Lehrer. Wir sollten uns jetzt einen geeigneten Baum aussuchen.«

Dies führte zu einem stundenlangen Umherstreifen in den tiefen Wäldern. Es war schwer, einen Sinn darin zu erkennen – sie waren in Eile, mussten rasch ihre Botschaft überbringen und wanderten trotzdem von einem Baum zum anderen. Peter war fast verzweifelt, bis Nita Qwan entschied, dass es sich hierbei halt um eine Angelegenheit sorgfältigster Abwägung handelte.

Ta-se-ho bestätigte seine Ansicht. »Wenn sich die Borke wie eine Blüte öffnet, während wir uns auf dem See befinden, werden wir sterben«, erklärte er. »Daher ist es die Zeit wert, einen guten Baum zu suchen.«

Sie hatten ihn noch immer nicht gefunden, aber dafür entdeckten sie andere Dinge – zum Beispiel zwei verdrehte Föhren, die der Wind beinahe ganz heruntergebeugt hatte. Ta-se-ho schnitt beide mit einer leichten Axt ab – einem feinen Werkzeug aus dunklem Stahl mit einer weißen Klinge. Es stammte aus Albia.

Mit derselben Axt klopfte er gegen viele Stämme – gegen gelbe Birken, weiße Birken, Graubirken – und zerrte an der Rinde einer Ulme und einer Kiefer. Während er zwischen den Bäumen umherging, sang er.

»Die Weißbirken sind die besten«, sagte er.

Nita Qwan fühlte sich vollkommen nutzlos. Als der Tag aber voranschritt, lernte er – beinahe wortlos, denn Ta-se-ho war ein stummer Lehrer –, was sie brauchten und was nicht. Sie suchten nach einem toten, erst vor Kurzem gestorbenen Baum, von dem die Rinde leicht abzuschälen war. Aber alle, die sie fanden, waren ein wenig zu klein. Doch die Art und Weise, wie sein stiller Gefährte an den Rinden der Ulmen zog und mit den anderen Bäumen umging, verriet Nita Qwan das meiste von dem, was er wissen musste.

Die Sonne brannte. Eher war es ein Sommertag als einer des Herbstes. Am Nachmittag trugen die beiden Männer nur noch ihre Hosen, und das Umherstreifen zwischen den prächtigen Bäumen war großartiger als alles, was Nita Qwan seit vielen Tagen getan hatte – außer vielleicht dem Akt der Liebe. Er genoss den Duft der Blätter und deren strahlendes Rot und Gold.

Als die Sonne dann allmählich unterging, sah er einen Teich, an dessen Ufer ein Dutzend gewaltiger Birken standen, die wie Jungfern wirkten. Er ging dorthin und war sich dabei sicher, dass ihn der ältere Mann dort finden würde – oder dass Nita Qwan ihn bereits dort anträfe. Als er den ersten dieser Bäume erreicht hatte, bemerkte er erregt, dass seine Krone bereits abgestorben war. Die Borke wirkte locker, so wie es seiner Meinung nach sein musste. Er drehte sich um und wollte Ta-se-ho rufen, da sah er das Reh. Es hatte ihm den Kopf zugewandt und befand sich in Bogenschussweite.

Es war so klein, dass er es auf dem Rücken hätte tragen können, und so nahm er seinen Bogen aus dem Futteral und spannte ihn, während das Reh vorsichtig aus dem Teich trank und ihn dabei beobachtete.

Dann drehte es den Kopf und schenkte ihm keine Aufmerksamkeit mehr. Seine Ohren zuckten wie die eines Pferdes.

Er schoss einen Pfeil ab und traf in seiner Eile weit daneben. Als der Schaft zu Boden fiel, machte dies das Tier nervös. Es wirbelte herum, sein weißer Schwanz schoss auf, und nun bemerkte Nita Qwan, dass ein weiteres Tier in der Nähe war – ein kleiner Rehbock, der noch näher stand und den er bisher übersehen hatte. Das Tier sah ihn an, dann sprang es am Ufer entlang.

Nita Qwan schoss noch einmal, und jetzt bohrte sich der Pfeil bis zur Fiederung in das Fleisch des Bocks. Er schlug mit den Hufen aus und fiel nieder, war beinahe sofort tot, während das andere Reh davonpreschte.

Da stand er nun, gepackt vom Jagdfieber, und erkannte, dass das Hufgetrappel des fliehenden Rehs nicht das einzige Geräusch eines großen Tieres war, das er hören konnte.

Der *Hastenach* kam auf demselben Pfad zum Ufer des Teichs, den auch schon das Reh genommen hatte. Sein obszön langer Kopf und das gewaltige Geweih versetzten Nita Qwan einen gehörigen Schreck, als er begriff, was die beiden Rehe tatsächlich so in Aufruhr versetzt hatte.

Er bemerkte, wie seine Finger einen weiteren Pfeil in die Bogensehne einlegten.

Ein Horn wurde geblasen; es war ein rauer und langer Ton. Das vierhufige Ungeheuer hob die Schnauze, blickte nach Osten zum gegenüberliegenden Ufer des Teichs – und griff an. Es gab keine Vorwarnung. Aus dem Stand fiel es in einen Galopp und stieß seinen unheimlichen Schrei aus.

Nita Qwan schoss und verfehlte sein Ziel – es war zu schnell. Ihm blieb noch Zeit, drei weitere Pfeile abzufeuern, während das große Untier am Ufer entlangrannte. Der dritte Pfeil traf es hinter den Panzerplatten des Kopfes am Hals, und der Schaft drang tief ein.

Auch Ta-se-ho schoss zweimal auf das Ungetüm, doch beide Pfeile prallten von den Knochenschilden am Kopf ab.

Dann verschwand er. Es war wie Magie. Im einen Augenblick war er noch da gewesen – und dann war er weg.

Mit dem Kopf rammte die große Bestie den Baumstamm, neben dem Ta-se-ho vorhin noch gestanden hatte. Der Aufprall hallte von den Bäumen am Teich sowie von den Felsen wider, die sich in granitener Pracht in den nachmittäglichen Sonnenschein erhoben.

Das Untier bäumte sich auf und prallte noch einmal gegen den Baum. Nun steckte ein weiterer Pfeil aufrecht zwischen den Schultern, dann noch einer.

Nita Qwan schoss erneut. Er zielte einfach auf das Teichufer.

Es war zu weit entfernt, um die Auswirkungen erkennen zu können, doch plötzlich setzte sich das Untier. Es trompetete seine Wut heraus und schob die Hinterläufe unter seinen Körper.

Drei weitere Pfeile ragten aus ihm heraus.

Nita Qwans Hände zitterten so heftig, dass er innehalten und Luft holen musste. Aber das Wesen schien am Boden zu sein, und er zog einen weiteren Pfeil hervor – denjenigen, den er für seinen besten hielt, mit einer schweren Stahlspitze und einem massiven Schaft sowie einer tiefen Einkerbung, die er selbst geritzt hatte. Nita Qwan legte ihn ein und rannte auf das Ungeheuer zu. Es versuchte wieder aufzustehen.

*Zisch.* Nun steckten sieben Pfeile in ihm.

Ta-se-ho ließ sich von dem Baum herunterfallen, gegen den das Ungeheuer gerannt war. Er landete sanft, sprang auf die Beine und zog sein langes Messer – der *Hastenach* rollte herum und senkte sein Geweih.

Er stürmte auf Ta-se-ho zu, war wie eine Explosion aus Muskeln, Sehnen und Knochen, und erwischte ihn. Ta-se-ho wurde zur Seite geworfen, während Nita Qwan herbeistürmte, seinen Bogen bis zum Ohr spannte und seinen mächtigsten Pfeil aus so geringer Entfernung auf das Wesen abschoss, dass ihm sein Aasgestank wie die Inkarnation des Todes in die Nase stach.

Es wirbelte zu ihm herum, da legte er einen weiteren Pfeil ein und schoss ihm in die tentakelbewehrte Schnauze. Die Hornspitze des Pfeils bohrte sich tief ins Fleisch. Dann brach er, und das Wesen war über ihm, während er auf den kalten Blättern des Waldbodens lag und ein großes Gewicht gegen seine Brust drückte. Er hatte das Gefühl wegzurutschen, weg, weg …

Es war dunkel, und er fror.

Er öffnete die Augen. Die Sterne waren eisig und sehr fern, und er war so klein. Ihm war so kalt.

Er öffnete den Mund, ein Grunzen drang zwischen seinen Lippen hervor – und plötzlich war da eine Bewegung.

Gas-a-ho hielt ihm eine Feldflasche an die Lippen. »Trink«, sagte er. »Bist du verletzt?«

Das schien ihm eine dumme Frage zu sein. *Bis du gesprochen hast, hatte ich geglaubt, ich sei tot,* dachte Nita Qwan, holte tief Luft und roch nur nasses Fell und Aasgestank. Seine Hand berührte etwas Kaltes und sehr Schleimiges – einen Tentakel. Dann zuckte er zusammen. Seine Füße bewegten sich.

»Ich schaffe es nicht, es von dir herunterzurollen«, sagte Gas-a-ho. Der Junge kämpfte gegen seine Panik an.

»Wo ist Ta-se-ho?«, fragte Nita Qwan.

»Ich dachte, er ist bei dir«, sagte der Junge. »Als die Dunkelheit gekommen ist, hatte ich keine Hoffnung mehr, dass ihr beide zurückkommen werdet. Ich habe meine Wurzeln versteckt und bin euren Spuren gefolgt. Dieses Wesen hier hat noch gezuckt, als ich euch gefunden habe.«

Nita Qwan spürte noch die Abdrücke der Tentakel auf Gesicht und Armen. »Es hat versucht, mich zu fressen«, sagte er. »Sogar noch, als es bereits im Sterben lag.« Seine Erinnerung an die letzten Augenblicke des Kampfes war ein wenig verwischt, und nun versuchte er sie so deutlich wie möglich zurückzuholen. »Ta-se-ho war hier – er ist von der Bestie weggeschleudert worden.«

Der Junge hatte ein Feuer entfacht. Nita Qwan konnte es sehen, und das Versprechen von Wärme drang in seinen verletzten Geist. Er grub sich mit den Ellbogen ein wenig in den Boden ein – unter seinem Rücken befand sich eine kleine Pfütze. Er wackelte mit den Füßen.

Das tote Ungeheuer war weich und hart zugleich, und die Panzerplatten seines Kopfes ruhten knapp unterhalb von Nita Qwans Lenden. Er spürte seine Beine nicht mehr, schien aber in der Lage zu sein, sie zu bewegen.

Er kämpfte seine Panik nieder. »Hol mir meinen Speer, Gas-a-ho. Ist er hier?«, fragte er.

»Ich habe ihn!«, sagte der Junge stolz, begab sich aus Nita Qwans Blickfeld und kam wieder zurück.

Wölfe heulten. Sie befanden sich weiter unten am Teich und fraßen gerade den Rehbock, den er geschossen hatte.

»Ich habe einen Zauber über die Waffen gelegt, damit sie stärker werden«, sagte der Junge und fügte hinzu: »Ich hoffe, dass es gewirkt hat.«

»Leg den Speer unter den Kopf des Wesens. Und schieb ein Stück Holz unter den Speer, damit du ihn wie einen Hebel benutzen kannst. Nein, genau unter den Kopf. Gut so. Ganz vorsichtig, damit der Speer nicht zerbricht … Jetzt hat sich der Kopf bewegt!«

Bald darauf konnte er das rechte Bein herausziehen. Dazu musste er seine Hände benutzen. Die Beine waren nackt und glitschig, und es dauerte nicht lange, bis er das rechte befreit hatte.

Die Wölfe heulten. Es klang, als sei das Geräusch näher gekommen.

»Beeilung«, sagte er. Im rechten Bein hatte er keine Schmerzen, aber auch kein Gefühl. Er wand sich, zog seinen Rücken aus der Pfütze und stützte sich auf die Hände. Der Junge trieb die Speerspitze in den Boden und drückte dagegen.

Die Wölfe heulten jetzt entsetzlich nah, was Nita Qwan und Gas-a-ho zusätzlichen Antrieb gab. Nun konnte er auch das linke Bein bewegen – erst nur einen Zoll, dann etwas mehr. Als der Anfang gemacht war, hielt Nita Qwan nichts mehr auf. Er wartete nicht auf die Schmerzwelle, auf die Pein und Qualen gebrochener Knochen oder zerrissener Muskeln. Außer einem vagen Gleiten spürte er nichts. Es war, als gehörten seine Beine nicht zu ihm, sondern zu dem Ungeheuer.

Und dann war er frei.

Er kroch fünfzig Fuß bis zu dem Feuer, legte sich der Länge nach in den Kreis seiner Wärme und beachtete die Wölfe nicht mehr.

Bevor ihn die Wärme einschläfern konnte, kehrte das Leben in seine unteren Gliedmaßen zurück, die plötzlich stachen, als wären sie in Eis und Feuer gebadet. Er grunzte, rollte sich herum, trat aus und grunzte erneut.

Der Junge wirkte erschrocken, und Nita Qwan zwang sich zu einem Lächeln. »Es geht mir gut«, murmelte er, was allerdings dumm klang. »Nicht … wirklich … gut … ah!«, sagte er.

Als er kurz darauf die Kontrolle über seine Füße wiedererlangt hatte, lauschte er abermals den Wölfen und drehte sich zu dem Jungen um. Gas-a-ho hatte ihre gesamte Ausrüstung zusammengetragen, einen kleinen Unterschlupf errichtet und sogar einen Teil des Wildes gebraten, das er geschossen hatte. Nita Qwan holte sein Kurzschwert aus dem Gepäck und humpelte zum Feuer zurück.

Schnell wie ein Pfeil war Gas-a-ho neben ihm. »Ich habe Fackeln gemacht«, sagte er stolz. »Ich wollte etwas gegen die Wölfe in der Hand haben.«

»Ich glaube, das ganze Rudel hat sich satt gefressen und schläft jetzt«, sagte Nita Qwan. »Und wir müssen Ta-se-ho finden. Vielleicht ist er tot. Falls er aber noch lebt, könnte ihn diese kalte Nacht töten.« Er nahm eine Fackel und ging zu dem Kadaver des Ungeheuers zurück, das im flackernden Feuerschein fast so schrecklich aussah wie zu seinen Lebzeiten.

Etwas an dem glitzernden Haufen der Tentakel verursachte ihm einen Brechreiz.

Er zwang sich durchzuatmen und ging an dem gewaltigen Geweih vorbei, das wie durch ein Wunder nicht auf sein Gesicht gefallen war; in diesem Fall hätte es ihn wohl getötet.

Wie gewöhnlich wirkte in der Nacht alles größer. Er konnte den Baum nicht finden, in dem Ta-se-ho gehockt hatte; er hatte keine Mokassins mehr an den Füßen, und die Zweige, die auf dem Boden lagen, sowie die scharfen Steine stachen ihm in die Sohlen.

In der Dunkelheit trat er auf etwas Weiches und Nachgiebiges …

Etwas packte sein Bein und warf ihn zu Boden. Er fiel auf die Schulter und rollte herum. Seine Fackel hatte er verloren. Bei seinem Sturz musste er einen Schrei ausgestoßen haben.

Ta-se-ho setzte sich auf. »Du hättest mich fast umgebracht«, sagte er und gab ein schwaches Lachen von sich.

Sie wechselten sich ab, den Jäger warm zu halten. Sein Schlüsselbein war gebrochen, und er konnte den linken Arm nicht mehr benutzen. Außerdem stand er unter Schock, und trotz seiner Versuche, die Hilfe abzulehnen, nahm er jede Tasse heißen Tees und jede Decke, die sie hatten. Als das Gefühl in Nita Qwans Beine zurückkehrte, wurde er beweglicher. Also suchten er und der Junge in der feuchten Dunkelheit nach Feuerholz.

Am nächsten Morgen war die Sonne zu sehen. Nita Qwan hatte befürchtet, dass es wieder regnen würde, aber es war ein wunderschöner Tag. Doch als er versuchte, einen toten Baum zu fällen, stellte sich heraus, dass er sich einige Rippen gebrochen hatte.

Er kehrte zum Lager zurück und sah zu, wie Ta-se-ho dem Jungen zeigte, auf welche Weise man die besten Teile des tödlichen *Hastenach* herausschnitt. Bei Tageslicht wirkte das Ungeheuer kleiner und weniger furchterregend, und als der Junge sorgfältig die Kopfpanzerung entfernte, erschien es einfach nur wie ein erbärmlicher Fleischklumpen.

Ta-se-ho nahm etwas Tabak aus seinem Beutel, warf ihn über das tote Wesen und sang ein Lied für seinen Geist. Als er damit fertig war, nippte er an seinem Tee. »Seid ihr jetzt bereit, ein Boot zu bauen?«, fragte er und musste sogleich husten.

Nita Qwan überlegte, ob er seine gebrochenen Rippen oder seine Unerfahrenheit vorschieben sollte. Doch die beiden anderen schienen fest entschlossen zu sein. Also versuchte er, seine Einwände nicht weiter zu beachten. »Natürlich«, sagte er.

»Von diesem Kerl hier werden wir eine Menge gutes Material bekommen«, sagte Ta-se-ho. »Sie fressen uns, und wir nutzen sie.« Er lachte. »Ist es im Süden anders?«

Nita Qwan schichtete sein geschlagenes Feuerholz auf und setzte sich dann neben den Verwundeten, der gerade umständlich versuchte, seine Pfeife anzuzünden. Nita Qwan kniete sich hin, steckte einen Birkenzweig in Brand und reichte ihn dem anderen Mann, der nun endlich rauchen konnte und sich behaglich zurücklehnte.

»Ich bin nie im Süden gewesen«, sagte Nita Qwan. »Ich komme von jenseits des Meeres.«

»Aus Etruska?«, fragte der alte Jäger, sog heftig an seiner Pfeife und reichte sie dann an Nita Qwan weiter.

»Nein, aus Ifriqu'ya.« Er atmete den Rauch ein.

»Haben dort alle eine so dunkle Hautfarbe wie du?«, fragte der andere Mann. »Ich hatte dich schon immer fragen wollen, warum du so dunkel bist, aber dann war es mir unhöflich erschienen.«

Nita Qwan erinnerte sich an Peters Jugend und lächelte. »Ja, das haben sie«, sagte er.

»Sehr hübsch. Außerdem sehr praktisch für den Wald.« Ta-se-ho nickte, als ob dies der einzige Maßstab für alles Positive sei. »Du hast mir das Leben gerettet.«

»Du hattest das Wesen angelockt.« Nita Qwan gab ihm die Pfeife zurück.

»Ha! Ich war ein Narr. Ich hatte geglaubt, ich könnte es schaffen – eine Falle, ein Hinterhalt und mein Bogen.« Er schüttelte den Kopf. »Es sollte zum Sprichwort werden: Versuch nie, ein Ungeheuer allein zu bekämpfen.« Er grunzte, rauchte und reichte die Pfeife weiter. »Und da gibt es noch ein anderes Sprichwort: Kein Narr ist so dumm wie ein alter Narr.«

Der Junge getraute sich, nach der Pfeife zu greifen. Nita Qwan überließ sie ihm. »Eigentlich verdanken wir beide unser Leben diesem Jungen«, sagte er.

Der ältere Mann lächelte den Jungen an und fuhr ihm mit den Fingern durch die Haare. »Das wird ihn bloß noch unerträglicher werden lassen«, sagte er, nahm die Pfeife von ihm entgegen und deutete mit ihr auf die weiße Birke am Ufer des Teichs. »Hat sie dich hergelockt?«, fragte er.

»Allerdings. Ich dachte, sie könnte ein gutes Boot abgeben.« Nita Qwan zuckte mit den Achseln.

Ta-se-ho nickte. »Ich werde noch einen Jäger aus dir machen. Hör mir zu. Wir sollten es wie folgt anfangen. Heute schneidet ihr beide Feuerholz. Und zwar eine ganze Menge. Ja? Und morgen fällen wir diesen Baum und nehmen die Borke. Dann wird es mir schon wieder viel besser gehen, und wir verlegen unser Lager ans Meeresufer. Dort bauen wir das Boot.«

»Wie viele Tage wird es dauern, bis wir uns auf den Weg machen können?«, fragte Peter.

Der Jäger schenkte ihm einen ungeduldigen Blick. »So viele, wie nötig sind«, sagte er nur.

## Liviapolis · Ser Thomas Lachlan

Der Sieg über die Etrusker war ein Dreitageswunder. Innerhalb der Truppe war bekannt, dass der Sieg nicht so groß war, wie er schien, und Tom Schlimm bedauerte rasch, dass er sich bereit erklärt hatte, Spione zu jagen.

Die Truppe hatte zusammen mit hundert moreanischen Arbeitern und Schiffszimmerern drei schwere Galeeren innerhalb einer Woche gebaut – oder eher waren die Rümpfe auf den Kais fertiggestellt worden und warteten nun auf die Beplankung. Die Planken mussten zurechtgebogen werden, aber dazu mussten erst einmal Bäume gefällt werden. Es hatte den Anschein, dass Andronicus, der frühere Herzog von Thrake, den größten Teil des Holzhandels in Morea kontrollierte. Ser Jehan hatte zwanzig Soldaten und genauso viele Bogenschützen mit in die Berge genommen, wo sie genug Holz für zehn Galeeren auftreiben sollten. Er war mit frohem Mut gegangen. Am zweiten Tag nach seiner Abreise sandte er bereits einen Bericht über einen versuchten Hinterhalt, der seine Männer bedroht hatte.

Und in der Stadt jagte Tom Phantomen nach.

Jeder Bogenschütze erhielt einen Handzettel, der sorgfältig von Schreibern verfasst war, die kein Wort Albisch lesen konnten. Auf diesen Zetteln stand, dass jeder Mann, der aus der Truppe desertierte, fünfzig Goldstücke und freies Geleit nach Albia erhielt – oder höheren Sold in der Armee des wahren Herzogs von Thrake, der für den wahren Kaiser kämpfte.

Wer immer diese Handzettel verfasst haben mochte, er war von der falschen Annahme ausgegangen, dass es den Bogenschützen wichtig war, auf welcher Seite sie kämpften. Viel Tinte war damit vergeudet worden, die Prinzessin Irene als hinterhältige Thronräuberin und den Herzog Andronicus als treuen Unterstützer des Kaisers zu beschreiben.

Tom Schlimm saß in seinem »Büro« – einem Tisch im Wächterraum, in dem sich die älteren Offiziere aufhielten, und las einen dieser Handzettel aufmerksam durch. Ihm gegenüber saß Cully und hatte die Hände gefaltet.

»Der Hauptmann – ich meine: der Herzog – würde doch niemals denken, dass ich abhauen will, oder?«, fragte Cully. Die Laune des Hauptmanns war schon schlecht, seit sie Lissen Carak hinter sich gelassen hatten. Inzwischen aber schien sie völlig vergiftet zu sein.

Tom Schlimm zuckte die Achseln. »Falls er es glaubt, muss er bekloppt sein. Wohin solltest du denn gehen? Wer würde dich schon nehmen?«

Cully befand sich in dem Zwiespalt, ob er nun seine Loyalität oder seine Künste als Meisterbogenschütze hervorheben sollte.

Tom warf ihm den Handzettel zu. »Fühlt sich irgendjemand versucht?«, fragte er. Langpfote hatte ihm das gleiche Schreiben gebracht und saß nun ebenfalls am Tisch, auf dessen Platte er die Füße gelegt hatte.

Langpfote zog eine Grimasse. »Bloß die üblichen Mistkerle. Wir haben nicht genug Chorknaben, das kann ich dir verraten. Und die ausstehende Bezahlung hat natürlich die eine oder andere Beschwerde nach sich gezogen.« Langpfote hatte eine tiefe, raue Stimme, die im völligen Gegensatz zu seiner sanften Natur stand, sein Gegenüber aber auch vor einer möglichen Gefahr warnte. Er räusperte sich – die Hälfte der Männer war erkältet. »Aber keiner wird jetzt weglaufen. Wenn erst zwei oder drei weitere Zahltage verstreichen, ohne dass es Sold gegeben hat, könnte die Sache ganz anders aussehen.«

Tom Schlimm nickte.

Bent kam in den Wächterraum und sprach kurz mit dem Tagesoffizier, Ser George Brewes, der mit gepanzerten Beinen an einem anderen Tisch saß und Wein trank. Brewes war in vieler Hinsicht der schlechteste Soldat, den man sich vorstellen konnte, und daher nicht gerade ein Segen für die allgemeine Disziplin.

Aber die Männer liebten ihn, und so kam er immer wieder ungeschoren davon.

Bent salutierte nachlässig vor Ser George und trat an Tom Schlimms Tisch. Er griff in die Brusttasche seines Wamses und zog einen zerknitterten Handzettel hervor.

Tom warf einen Blick darauf und nickte. »Setz dich«, murmelte er. »Wie würde es euch dreien gefallen zu desertieren?«

Bent kniff die Augen zusammen. »Das würde uns doch niemand abnehmen. Wir sind Meisterschützen. Na ja, zumindest einige von uns.«

Tom Schlimm seufzte. »Ich brauche einen abgeschiedeneren Raum für Besprechungen. Für den Augenblick gehe ich davon aus, dass jeder in der Truppe vertrauenswürdig ist. Aber hört mir zu. Wer immer das geschrieben hat, wird glauben, dass uns nicht egal ist, auf wessen Seite wir stehen. Sie kennen uns nicht. Es wäre doch eine gute Sache, wenn wir sie mit ein paar Bogenschützen ködern könnten.«

Bent streckte die Hände aus.

Langpfote betrachtete seine Fingernägel so, wie es eine Frau tat. »Und was ist da für uns drin?«, fragte er.

»Ein guter Kampf?«, schlug Tom Schlimm vor. »Geld?«, lockte er.

Die Mienen von allen dreien hellten sich auf.

»Anteile? Soldatenanteile?« Langpfote beugte sich vor.

Tom rollte mit den Augen. »Ihr solltet wissen, dass ich aus meinen eigenen Anteilen noch nie auch nur einen dünnen Silberleoparden herausbekommen habe.«

Darauf schüttelten alle vier die Hände.

Langpfote ging zu der Taverne, die auf dem Handzettel genannt war. Er war der einzige Bogenschütze, der die moreanische Version des Archaischen sprach, und er hatte sich in ein dickes Leinenhemd gekleidet und trug einen breitkrempigen Strohhut. Er ging außerhalb der Mauern um die ganze Stadt herum, um durch das Vardarioten-Tor eintreten zu können, und er trieb ein kleines Schwein vor sich her.

Seine Verkleidung schien gut zu sein, denn niemand schenkte ihm Beachtung. Er fand die Taverne, die hinter der Akademie in einem heruntergekommenen Viertel aus kleinen Häusern lag, spähte sie aus und kehrte ohne jeden Zwischenfall zurück.

Die gesamte Kompanie war bereits gerüstet und stand in Habtachtstellung auf dem Hof. Tom Schlimm hatte schon zwanzig Lanzen zum Hafen geführt.

Jemand hatte die neuen Schiffe auf den Kais in Brand gesetzt, und jemand anderes hatte etliche Pferde der Kompanie vergiftet.

Der Hauptmann, dessen wunderschönes neues Pferd nun ebenfalls tot war, ging vor seiner Kompanie auf und ab und war offenbar außer sich vor Wut.

Langpfote schlüpfte in den Wächterraum. Mutwill Mordling war der diensthabende Bogenschütze; er lehnte sich gerade aus der Tür und beobachtete den Spaß, der draußen auf dem Hof stattfand.

»Heiliger Jesus am Kreuz, du wirst's auch noch abbekommen«, sagte Mutwill voller Vorfreude.

»Hm«, grunzte Langpfote. »Warum regt sich der Hauptmann denn so auf?«

»Wir sind nach dem Alarm hinausgelaufen, aber es gibt kaum mehr vierzig Pferde, auf denen man reiten kann. Er hatte zwar befohlen, dass der Stall bewacht wird, aber das ist nicht geschehen. Und Ser Jehan ist nicht hier, um Rechenschaft geben zu können.« Mutwill schüttelte den Kopf. »Ser Milus hat beim Antreten vor aller

Ohren gesagt, dass der Hauptmann vergessen habe, die Bewachung der Stallungen anzuordnen.«

Langpfote grunzte noch einmal, begab sich dann ins Innere der Kaserne und hielt ein Nickerchen.

Am nächsten Tag starb eine Magd in der Palastküche an Gift. Es war eine von Prinzessin Irenes Dienerinnen; ein hübsches Ding, das schon von einem halben Dutzend Scholae, zwei Nordikanern und Francis Atcourt gejagt und bedrängt worden war. Tom Schlimm rannte durch den Palast, um ihres Leichnams habhaft zu werden, sobald er davon gehört hatte, aber als er endlich die Küche erreichte, war sie schon zur Beerdigung weggebracht worden, und alle Personen, die etwas zu diesem Vorfall hätten sagen können, waren wieder zu ihren Pflichten zurückgekehrt.

Allerdings fand er Harald Derkensun und dessen hübsche Hure Anna. Die beiden Männer umarmten sich. Sie sprachen kurz miteinander, und Anna nickte mehrfach dazu.

In jener Nacht erstattete Tom Schlimm seinem Hauptmann Bericht, der tiefe Runzeln im Gesicht und dunkle Ringe unter den Augen hatte und mit Ser Milus zechte, der noch schlimmer aussah.

»Tut mir leid, Hauptmann … äh … Herzog.« Tom Schlimm blieb in der Tür des Raumes stehen, den der Hauptmann als Büro nutzte.

Steif erhob sich Ser Milus. »Ich sollte gehen«, sagte er.

»Du kannst alles mit anhören, was Tom mir zu sagen hat, Milus, es tut mir so leid. Meine Wut ist mit mir durchgegangen.« Der Herzog legte die Hand auf die Schulter seines Standartenträgers, aber der ältere Ritter verneigte sich nur und zog sich zurück, wobei nicht zu erkennen war, ob er nun wütend war oder nicht.

»Ihr müsst es ganz schön wild getrieben haben. Hab nie zuvor gehört, dass Ihr so unterwürfig mit einem anderen Mann gesprochen habt.« Tom grinste.

»Ich habe mich wie ein Idiot reinsten Wassers benommen, Tom, und das Schlimmste ist, dass ich befürchte, den Verstand zu verlieren. Nein, vergiss das wieder. Konnte auf den Kais noch irgendwas gerettet werden?« Der Herzog schüttete etwas von der Spitze seines Kampfmessers in den Wein.

»Meister Aeneas glaubt, dass wir von den drei Rümpfen einen retten können«, sagte Tom. »Ich habe die Wachen verdoppelt und ihm die Aufsicht über sie gegeben. Ich übernehme die Verantwortung für das alles. Ihr könnt mit mir machen, was Ihr wollt.«

Ein langes Schweigen entstand.

»Es war genauso gut meine Schuld, also können wir auch gemeinsam Trübsal blasen.« Der Hauptmann kippte seinen Wein hinunter.

»Ihr trinkt eine Menge.« Tom goss sich selbst einen Becher ein. Toby ließ sich in letzter Zeit nur noch selten blicken.

»An manchen Tagen ist es so, als hätte ich *eine verdammte Stimme in meinem Kopf, die mich nie allein lässt!*«, spuckte der Hauptmann aus.

Tom lachte. »Nein, das ist bloß Pampe.«

Der Hauptmann spuckte einen Teil des Weins aus. »Du bringst mich wenigstens zum Lachen, Tom«, sagte er. »Aber ich frage mich, ob das nicht ein weiteres Anzeichen dafür ist, dass ich den Verstand verloren habe.«

»Höchstwahrscheinlich«, meinte Tom. »Hört mir mal zu, Hauptmann – ich hätte gern, dass Bent und Cully so tun, als wären sie Deserteure. Langpfote wird sie beschützen«, sagte er.

Der Hauptmann seufzte. »Wir können es uns keinesfalls leisten, drei unserer besten Männer zu verlieren. Aber – ja. Ich stelle sie unter dein Kommando. Gibt es Neuigkeiten von Jehan?«

»Seine Führer leiten ihn in die Irre, und er glaubt, dass Absicht dahintersteckt. Er hat einen von ihnen getötet.« Tom zuckte die Achseln.

»Das könnte uns hier sehr unpopulär machen, Tom.« Der Herzog zuckte die Achseln. »Aber Jehan weiß, was er tut. Wir brauchen dieses Holz unbedingt.« Er hob den Blick. »Hast du etwas von Pampe gehört?«

»Sie spricht mit einigen Leuten, die sie von früher her kennt.« Tom hob die Schultern. »Sie ist schon ziemlich seltsam. Hat sie hier einmal als Hure gearbeitet?«

»Hier in dieser Stadt«, bestätigte der Rote Ritter.

»Puh. Heute Abend will sie mit einem Waffenschmied sprechen. Sie sagt, dieser Hexer war einer der Lehrlinge ihres Vaters – vor fünfzig Jahren.« Tom klang aber nicht sehr interessiert. »Und sie hat mir ein paar äußerst nützliche Leute beschafft.«

»Bezahlte Informanten?«, fragte der Rote Ritter. »Spione? Huren? Tavernenschläger?«

Tom Schlimm nickte. »Allerdings.«

Der Rote Ritter zog eine Grimasse. »Wir leben in der hohen Zeit des Rittertums, nicht wahr?«

# 11

## Die Heilige Insel · Thorn

Thorn hatte die Motten immer öfter benutzt – sie waren zäh, wendig und recht schnell zu züchten. Die Quelle der Macht, von den Einheimischen Deseronto genannt, enthielt inzwischen so viele Motten und Larven, dass das sanfte Schlagen ihrer zerbrechlichen Flügel zu einem wahren Lärm anwuchs, wenn sie aufgescheucht wurden. Thorn verbrachte mehr Zeit mit ihnen als mit wichtigeren Projekten. Er sagte sich, dass sie alle bald sehr bedeutsam sein würden, doch die Wahrheit – eine Wahrheit, die er freimütig zugab – lief darauf hinaus, dass er sich in diese Spezies verliebt hatte und sie so umzugestalten versuchte, dass sie sowohl seinen vielfältigen Zielen dienen konnten als auch zu einem ästhetischen Genuss wurden.

Er dachte daran, dass er früher Motten gehasst hatte, doch diesen Gedanken tat er nun als paradox ab.

In der Mitte der offenen, deckenlosen Kammer, die in den Felsen gehauen war, aus dem sich sowohl Wasser als auch rohe Macht ergossen, hatte er einen niedrigen Marmortisch aufgestellt. Auf diesem lagen die beiden schwarzen Eier, die ihre Größe und Gestalt verändert hatten. Sie waren nun so groß wie ein Brustpanzer und hatten Grate wie Kürbisse und Warzen wie ein altes Tier ausgebildet. In ihnen bewegte sich etwas, das unter der elastischen Haut beinahe sichtbar wurde, und noch immer wuchsen sie, und der Marmortisch ächzte unter ihrem Gewicht.

Sie riefen Auswirkungen hervor, die ihrerseits bereits Anlass zur Sorge waren. Alle Motten, die in der Nähe der Eier schlüpften, waren so schwarz und verschrumpelt, dass es wirkte, als saugten die Eier ihr Innerstes aus, noch bevor sie die Möglichkeit hatten, sich zu nähren und zu verpuppen.

Aber weil Thorn ein aufmerksamer Beobachter war, erkannte er, dass in jeder Generation von Mottenlarven, die sich nahe bei den Eiern befanden, einige besonders groß und schwer waren. Diese Larven wiesen die Größe von mächtigen Regenwürmern auf. Sie waren pechschwarz und ohne jede Zeichnung.

Drei Generationen lang tötete er die kleinen und ließ nur die großen übrig. Einige davon hielt er in der Nähe der Eier, andere schaffte er in Sicherheit.

Als der Sommer in den Herbst überging und sich die Blätter auf der Heiligen Insel rot und golden verfärbten und dann in den heftigen Regenfällen und starken Winden abfielen, wurden die schwarzen Eier so groß wie die Kessel der Hexen. Und Thorn beobachtete, wie die erste Generation von schwarzen Motten aus ihren Kokons schlüpfte. Sie hatten die Größe von Wanderfalken, tausend mattschwarze Augen und einen einzigen Saugrüssel, der wie ein missgestaltetes Einhorn wirkte.

Mühelos brachte er sie in seine Gewalt und schickte sie nach Norden. Eine dieser Motten fiel einem Sturm zum Opfer. Eine andere verlor er in den Wäldern; möglicherweise war sie von einer Eule angegriffen worden. Die verbleibenden drei überfielen ein Sossag-Dorf.

Sie waren schnell, ihre nadelähnlichen Saugrüssel waren tödlich, ihr Gift wirkte sofort, die Lähmung und anschließende Verflüssigung der Opfer waren großartig. Aber auch die Sossag waren wendig und stark. Ein neunjähriges Mädchen tötete die erste Motte mit dem Schneeschuh ihres Vaters. Es holte die Motte geschickt aus der Luft, während sich die Knochen seiner Mutter bereits auflösten. Bevor Thorn seine Jäger zurückrufen konnte, waren sie alle tot.

Thorn untersuchte ihre Taten und stellte fest, dass sie sich eher dazu eigneten, jemanden gezielt umzubringen, als zur Verbreitung von Angst und Schrecken. Er arbeitete an der zweiten Generation.

Der Einsatz von Insekten als Spione nahm nun einen großen Teil seiner Aufmerksamkeit in Beschlag, verschaffte ihm aber auch ein ungeahntes Maß an Kenntnissen. Er konnte eine Person oder ein Ereignis aus einer Entfernung von hundert oder zweihundert Meilen beobachten, was ihm einen gottgleichen Überblick verschaffte. Die dazu nötigen Anstrengungen waren geringer, als er von den Säugetieren her gewohnt war, aber diese kleinen und einfachen Kreaturen benötigten ein Maß an Lenkung und Leitung, das ihn jeden Tag viel Kraft und Zeit kostete.

Doch dafür sah er nun Dinge, die er vor seinem Kampf bei Lissen Carak unbedingt in Erfahrung hätte bringen müssen. Die größten Beschränkungen seiner neuen Macht lagen in den alten Zaubergeweben, die in den Palästen der Mächtigen und sogar in einigen Hütten der Armen eingelassen waren. Es bedurfte einer starken Magie, Thorn wenigstens für eine kurze Zeit abzuwehren. Andererseits war aber nur der gemeinschaftliche Wille eines Dorfes notwendig, seine behexten Insekten von den Schwellen fernzuhalten, und eine neue käufliche Hermetik aus Liviapolis – ein Amulett, das Insekten daran hinderte, in ein Haus einzudringen und von der Universität an die Frauen am Herd sowie an Reisende verkauft wurde – war bald in der Lage, jedes Gebäude im Reich vor seinen Kreaturen zu schützen.

Doch das war es, was das Leben und den Weg, den Thorn gewählt hatte, so lohnend machte. In diesem Herbst wurde er herausgefordert und war erfreut darüber. Und an seinen nächsten Heimsuchungen arbeitete er hart.

Thorn wartete und beobachtete.

Er bemühte sich, nicht zu glauben, dass er trotz allem nur ein Werkzeug war.

Er sah zu, wie seine Eier wuchsen und reiften und aus dem Innern heraus von einem seltsamen schwarzen Feuer erhellt wurden, das sich seiner eigenen Magie widersetzte.

Er bemerkte, wie vier Schiffe den Großen Fluss hinauffuhren; mit ihren geraden Masten und gerundeten Flanken wirkten sie in der Welt der Bäume völlig fremd. Er sah sie aus großer Höhe, in der er als Eule und später als Rabe mit einer Flügelspannweite von sechs Fuß kreiste. Seine Macht hatte einen gewaltigen Sprung nach vorn gemacht, und sein Herz schlug mit erneuerter Kraft. Einst war er ein Mensch gewesen, doch dann hatte er sich eine neue Form gegeben. Nun konnte er viele Gestalten annehmen, und stets änderte sich dabei seine Wahrnehmung.

*Es geschieht,* erlaubte er sich zu denken.

Er hatte Zugang zu unglaublichen Mengen von roher *Potentia*. Er schwamm darin – badete darin. Er wirkte kleine Dinge und auch große in kühnem Überfluss und erschuf sich Werkzeuge für die Zukunft.

In verschiedenen Gestalten ging er zu den Kreaturen zu beiden Seiten des Inneren Meeres und hörte ihnen zu. Manche hatte er seinem Willen unterworfen, doch inzwischen zog er es vor, ihnen einige Worte zuzuflüstern, sodass die Süße seiner Eingebungen ihre ganz eigene Magie entfalten konnte.

Er beobachtete Ghause. Für jeden seiner Boten, den sie vernichtete, schickte er ihr einen neuen, und noch einen, und dann noch einen, bis er sie den ganzen Tag hindurch und aus vielen Blickwinkeln sehen konnte. Nackt. Bekleidet. Im Äther arbeitend oder ein Buch lesend, mit ihrem dummen Gemahl schlafend oder während sie ihre Rache vorbereitete.

Sie faszinierte ihn. Stieß ihn ab. Aber sie war das vollkommene Werkzeug, geradezu geschaffen für seine Hand. Und er begehrte sie – als Frau. Es war viele, viele Jahre her, seit er zuletzt ein solches Verlangen gespürt hatte, und er suhlte sich darin. Es war nicht Schwäche, sondern Stärke, sagte er sich. Er sah ihr zu, wie sie unbekleidet arbeitete, und er beobachtete ihre Verzückung, als sie die *Potentia* im Äther sammelte und große Mengen von *Ops* ausstrahlte. Und er begehrte sie. Seine blassgrauen Motten erlaubten ihm, sie aus neun Winkeln gleichzeitig zu sehen, während sie sich wie eine Tänzerin auf die Zehenspitzen stellte. Ihr Bauch bewegte sich immer schneller in ihrem rhythmischen Gesang …

*Ich werde sie nehmen, werde sie haben, ich werde sie benutzen, und sie wird mir dienen. Und dadurch werde ich meinen Schlag gegen den König führen, den Roten Ritter verkrüppeln, den Grafen vernichten und immer mächtiger werden. Und wenn ich ihrer müde bin, werde ich sie verzehren. Und dann noch mächtiger werden.*

Er befand sich im Körper des Zungenredners, deshalb war er in der Lage zu lächeln.

Er kicherte noch, als die Abgesandten der Sossag ihn schon gefunden hatten.

Es waren starke Männer, allesamt Krieger, und sie hassten ihn. Sie fürchteten ihn. Er konnte ihre Furcht und ihr Zögern riechen – er hatte ihre Furcht schon aus so großer Entfernung gespürt, dass er Zeit gehabt hatte, ein Haus zu erschaffen, in dem er sie empfangen konnte, und einen Tisch, an dem er mit ihnen sitzen konnte, und ein Feuer im Herd. Außerdem hatte er seinen Körper verfeinert.

Sie stellten sich vor, einer nach dem anderen, und er bewunderte ihren Mut, wie ein Mann die Kraft eines Sklaven bewunderte.

»Wo ist Thorn, der Zauberer?«, fragte der Tapferste. »Wir sind hergekommen, um mit ihm zu sprechen.«

Thorn verneigte sich, wie kein Sossag sich je verneigen würde. »Ich bin es«, sagte er.

»Du bist einer unserer eigenen Schamanen!«, sagte ein Mann mit Narben am rechten Ohr, die von neun Tötungen stammten.

Aber der Tapferste schüttelte den Kopf und kniete nieder. »Er ist Thorn. Ich habe ihm im vergangenen Frühling gedient – während des Kampfes gegen den Felsen.«

Der alte Schamane lächelte. »Und wir haben eine Niederlage erfahren, du und ich. Und du hast deine Krieger genommen und mich verlassen.«

Der Krieger nickte. »Es schien mir das Beste zu sein, Herr. Du bist besiegt worden – und du warst nicht mein Lord, sondern nur ein Verbündeter.«

»Das sind kühne Worte«, sagte Thorn.

»Nun haben mich die Matronen ausgesandt, damit wir Frieden schließen«, sagte der Tapfere.

Thorn schob den inneren Schutz des Mannes beiseite und holte seinen Namen aus den trüben Untiefen seiner Gedanken hervor. »Du bist Ota Qwan, der den Platz des Tadaio als erster Krieger eingenommen hat«, sagte er. Nun veränderte er seine Stimme, sodass sie wie die von Ota Qwan klang. »Du bist der tapferste Kämpfer in der Schlacht an der Furt gewesen.«

Die anderen Krieger sahen Ota Qwan misstrauisch an.

Er warf ihnen einen raschen Blick zu, und schon hatte Thorn ihre Namen aus seinen Gedanken gefiltert.

»Bieten mir die Sossag die gleiche Art von Lug und Betrug an wie im Frühling? Ich brauche sie nicht. Ich habe bereits die Huran, die mir dienen.« Er lächelte nicht, sondern lehnte sich nur vor wie ein Ältester, der Nachdruck in seine Worte legen will. »Ah – du warst unter den Männern des Südens ein Herr.«

Nun wichen die anderen Krieger vor Ota Qwan zurück.

Er zuckte die Achseln. »Mächtiger Thorn, wir wissen, dass du die Riesen ausgesandt hast, um unsere Dörfer zu zerstören.«

Thorn lächelte. »Nein«, sagte er.

Ota Qwan atmete tief durch. Die fünf anderen tauschten Blicke aus.

»Nein«, sagte Thorn noch einmal. »Ich bin nicht irgendein *Mann*, mit dem ihr verhandeln könnt. Das sind meine Bedingungen: Du – Ota Qwan – wirst mit mir kommen und mein Hauptmann sein. Ich brauche einen Mann – einen Krieger –, der meine Streitkräfte befehligt. Weil ich am Felsen einen solchen Mann nicht hatte, war ich unterlegen. Bei den Huran gibt es keinen Krieger, der so gefürchtet wäre wie du. Und du hast große Erfahrungen mit dem Süden. Dafür werde ich dir Kräfte verleihen, die alles übersteigen, was du dir vorstellen kannst. Und ich werde meine Hand von den Sossag nehmen, wenn du es willst, denn sie sind nicht mehr als Tiere, die in einem Hüttenkreis inmitten eines endlosen Waldes leben. Die Sossag sind bestraft genug, wenn sie sich selbst überlassen werden.«

Der am wenigsten Tapfere der sechs – doch auch er war ungewöhnlich tapfer – sprang auf die Beine. »Du *lügst!*«, sagte er.

Thorn lachte, riss ihm die Seele aus dem Leib und verzehrte sie. Das Fleisch des Mannes fiel mit einem dumpfen Laut zu Boden.

»Lügen ist etwas für die Schwachen«, sagte er. »Ich muss nicht lügen. Und was ist mit euch anderen? Werdet ihr mir ebenfalls als Hauptmänner dienen?«

Ota Qwan zwang sich zu einem Lächeln. Dann schüttelte er den Kopf.

*Er hat schon vorher beschlossen, mir zu dienen, aber jetzt will er ein wenig posieren,* dachte Thorn. Die Menschen langweilten ihn.

»Warum sollte ich dir dienen? Mich verlangt es nicht nach Macht.« Der Mann sah in Thorns Menschenaugen. »Du hast nichts, was ich haben wollte.«

*Du lügst,* dachte Thorn. Und dann durchstöberte er wieder die Gedanken dieses Mannes; es war, als fahre ein Vater mit der Hand durch das Haar seines Kindes und spüre dabei die Knoten und anderen Unebenheiten an den Stellen, wo es noch nicht gekämmt worden war. Er streckte Fühler der Macht in den Kopf des Mannes aus und las einen anderen Namen.

*Orley.*

Er lachte laut auf. Es war, als sei er dazu bestimmt, sein Verlangen erfüllt zu sehen. Alles fiel ihm in die Hände. Oder hatte dies der schwarze Ort für ihn getan?

*Es war ihm egal.*

Ota Qwan zuckte vor seinem Gelächter zurück.

Ein anderer der Männer zog sein kurzes albisches Schwert.

Thorn warf seine Magie aus.

Ein Amulett blitzte vor der Brust des Mannes auf, und seine Klinge hieb zu und trennte die linke Hand des Zungenredners ab. Blut spritzte.

Thorn taumelte von seinem Stuhl hoch, hob den linken Arm und geriet damit in den zweiten Hieb des Mannes. Sein Blut benetzte das Gesicht des Mannes, und er fing das Schwert ab, indem es sich in den Knochen seines linken Arms bohrte und darin feststeckte.

Er verbrannte das Amulett des Mannes zu Staub, indem er einen seiner geringeren Zauber anwandte, den er dazu erschaffen hatte, Amulette unschädlich zu machen. Es war dumm von ihm gewesen, zu vergessen, dass diese mächtigen Krieger geschützt sein würden.

Er berührte den Mann am Arm und wirkte einen sanften Zauber, der jeden Nerv auf der Haut des Mannes reizte. Jeden einzelnen Nerv.

Der Mann fiel kreischend zu Boden und schlug wild um sich. Dabei stieß er mit dem Kopf gegen den Tisch, renkte sich die Schulter aus und verlor die Kontrolle über seinen Körper. Die Schreie drangen ihm in rascher Folge aus dem Mund, einer überlagerte den nächsten wie die Schindeln eines Daches. Die verbliebenen vier Sossag erbleichten.

Thorn hob seine abgetrennte Hand auf und steckte sie wieder an den Armstumpf. Die Heilkraft war die geringste seiner Kräfte, und er setzte sie nur ein, um den Sossag seine Macht zu zeigen. Dazu verbrauchte er die Kraft eines ganzen Tages, obwohl es nur eine äußere Form war, die er wie einen Mantel trug.

Die Sossag zitterten.

»Ich bin wie ein Gott, nicht wahr?«, sagte er im Plauderton. »Wenn noch einer von euch versuchen möchte, mich zu töten, lade ich ihn herzlich dazu ein. Ich bin bereit. Stets zu Diensten, wie die Menschen sagen.« Seine Worte wurden durch die Schreie, die aus seinem Opfer drangen, noch unterstrichen.

»Ihr foltert eure Gefangenen doch auch. Ich weiß das. Ihr tut es, um ihren Mut auf die Probe zu stellen. Nun, dieser hier hat gewiss versagt, oder seid ihr anderer Meinung?« Er lächelte.

Der Mann auf dem Boden hatte seine Eingeweide und Blase entleert und schlug noch immer um sich, als befände er sich im Griff eines Ungeheuers. Seine Schreie kamen so schnell hintereinander, dass er kaum Luft holen konnte. Während die anderen ihn beobachteten, hämmerte er wieder mit dem Kopf gegen den Marmortisch, auf dem die Eier lagen, und er streckte den einen Arm aus, berührte das rechte Ei und wurde vor den Augen der anderen zu Asche verbrannt.

Das Ei flackerte einen Moment lang auf; ein purpurschwarzes Licht strahlte aus ihm ab, und dann erlosch es wieder.

Sogar Thorn war verblüfft. Er ging zu den Eiern hinüber, legte seine stärkste Rüstung an, die in der Baumgestalt bestand, und betrachtete die Eier sorgfältig aus allen Blickwinkeln, die ihm zur Verfügung standen.

Die Eier tranken *Potentia*. Sie gaben keine ab.

Thorn erfuhr einen Stich der Angst und wich vor den Eiern zurück. Aber er wagte es nicht, diese Angst vor seinen zukünftigen Dienern zu zeigen. Also zwang er sich zu einem grausamen Lachen.

»Faszinierend«, sagte er laut. Er drehte sich eilig herum und hielt seine skelettartigen Baumarme möglichst weit von den Eiern entfernt.

Die vier Sossag hatten sich in eine Ecke zurückgezogen, und unzählige Motten umflatterten sie.

»Sonst noch jemand? Ihr dürft alle gehen. Aber wenn ihr bleibt, werde ich euch groß machen.« Er nickte mit seinem gewaltigen Kopf.

Ota Qwan seufzte schwer, als gebe er etwas auf, das er als sehr wertvoll erachtete. »Wenn ich dir diene, Herr, wirst du dann deine Hand von den Sossag nehmen?«

Thorn nickte. »Wenn du mir treu ergeben bist.«

»Wirst du mir Murien geben? Den Grafen des Nordens?«, fragte Ota Qwan. Die Lust, die in ihm aufflackerte, war wie eine Motte, die aus ihrem Kokon hervorbrach. Diese nackte Lust nach Rache, das erschien wahrhaft männlich.

»Mehr noch – ich werde dir befehlen, ihn zu ergreifen. Das wird deine erste Aufgabe sein. Und sobald er gefangen genommen wird, gehört er dir.« Thorn nickte abermals.

Der größte der anderen Krieger war gleichzeitig der jüngste. Er schüttelte sich vor Angst, richtete sich aber zu seiner vollen Größe auf und trat aus der Wolke von Motten. »Ich werde dir nicht dienen«, sagte er. »Ich habe keine Macht und will dir auch nichts antun, aber … ich … werde Euch n… nicht dienen.«

Thorn sah ihn unbewegt an. In dieser Gestalt hätte er sogar einen Bolzen von einer Belagerungsmaschine abwehren können. Das hatte er schon einmal getan.

»Ota Qwan?«, fragte Thorn.

»Nenn mich Orley«, antwortete dieser und rammte dem jungen Krieger einen Dolch in den Leib. Dann wandte er sich an den nächsten und erstach auch diesen. Schließlich sagte er zu dem letzten verbliebenen, einem Sossag namens Guire'lon aus dem südlichen Bereich: »Geh zurück und berichte ihnen, dass Ota Qwan hier für sein Volk gestorben ist. Teil es auch meiner Frau mit. Und den Matronen.« Er schenkte dem Mann ein schreckliches, schiefes Grinsen. »Ich werde von jetzt an wieder Kevin Orley sein.«

## Ticondaga · Giannis Turkos

Turkos verließ die große Festung nicht glücklicher, als er hergekommen war, und begab sich so schnell wie möglich nach Norden. Er hatte den Grafen gebeten, ihn gegen die nördlichen Huran zu unterstützen, aber der Graf hatte aus Gründen abgelehnt, die er für sich behielt. Und dann hatte er Turkos des Landes verwiesen.

Der Winter stand bevor; drei Tage heftigsten Regens hatten die Wälder durchnässt. Ihm war schon kalt gewesen, bevor er den Fluss durchquert hatte. Er paddelte hinüber, trieb dabei fast eine ganze Meile in dem angeschwollenen Strom ab, landete und ging zu dem Dorf zurück, das als Hafen an der Nordseite diente. Es bestand aus vierzig Hütten und einigen noch armseligeren Verschlägen, in denen Männer und Frauen lebten, die einem Dutzend Draußener-Clans entstammten; manche gehörten nicht einmal zu irgendeinem Clan. Die Muriens herrschten schon seit drei Generationen über diese Draußener; ihre eiserne Faust hielt hundert Meilen des Nordufers und noch mehr am Südufer in ihrer Gewalt. Viele der südlichen Huran und sogar die freien Dörfer und Burgen dienten Ticondaga, halfen bei den Überfällen und schickten Anführer und Matronen zu den Ratsfeuern auf der großen Wiese unter den Burgmauern.

Für Turkos wurde die Lage unter den Huran allmählich zu einem Albtraum widerstreitender Loyalitäten.

Seine Nachrichten – und es war seine Aufgabe, Nachrichten zu sammeln – besagten, dass ausgerechnet die Gallyer mit einer gewaltigen Streitmacht bei den nördlichen Huran eingetroffen waren. Den Gerüchten zufolge war ein großer Zauberer in das Land der Sossag eingedrungen, und Ghause, die gefährliche Frau des Grafen aus dem Norden, hatte diesem Zauberer einen Namen gegeben: Thorn.

Die Beziehungen zwischen den nördlichen und den südlichen Huran würden bald noch schwieriger werden.

Er verbrachte den Nachmittag im Langhaus des Dorfes, hörte zu, berichtete und schrieb Briefe an andere Männer wie ihn. Er heuerte im Dorf Läufer an und schickte sie mit verschlüsselten Botschaften los.

Dann ritt er am Fluss entlang nach Westen, und zwar so schnell es ihm möglich war, mit drei Reservepferden, Nahrung für zwanzig Tage und zwei großen schwarz-weißen Vögeln. Als Reitoffizier war es seine Pflicht, Bericht zu erstatten.

In den Wäldern war es merkwürdig still. In den ersten beiden Nächten schrieb er das dem allgegenwärtigen Regen zu. Da es auch in den folgenden fünf Tagen noch weiterregnete, musste Turkos seine sehr beschränkte hermetische Gabe zum Feuermachen einsetzen.

Dort, wo sich der Große Fluss nach zwanzig Meilen durch Sumpfland und an hundert Inseln vorbei endlich in das Innere Meer ergoss, lag ein Dorf mit dem Namen Nepan'ha. Es gehörte weder den Huran noch den Sossag – die Menschen hier stammten aus vielen verschiedenen Draußener-Gruppen und behaupteten verbissen ihre Unabhängigkeit. Sie hatten sogar eine Belagerung durch die Muriens überstanden. Er musste fünf Tage angestrengt reiten und erlaubte sich dabei nicht viel Schlaf, bis er endlich in Nepan'ha ankam. Dort stellte er seine Pferde unter und brach sofort auf einer groben Schlafbank, die vor dem offenen Kamin des Langhauses stand, zusammen. Er schlief zwölf Stunden lang, aß danach vier Schalen mit Wildeintopf und ergötzte sich an einer langen Pfeife, die er zusammen mit der Hauptfrau rauchte.

Sie sprach Thorns Namen laut aus.

Darauf wurde es im Langhaus still.

»Nicht beschreien«, murmelte eine Stimme aus den dunklen oberen Bereichen des Hauses, in die weder Licht noch Wärme reichten. »Nicht beschreien.«

»Sei still, alter Mann«, sagte die Hauptfrau, die Forellensprung hieß.

»Die Heilige Insel war für alle gedacht«, murmelte der Mann. »Nun aber wird die Magie aufgesaugt wie von einem Zauberegel, und bald werden unsere Seelen folgen, bis alles schwarz und tot ist.«

»Da siehst du, was ich durchmachen muss«, sagte Forellensprung und schüttelte den Kopf. »Diejenigen mit der Gabe spüren es am stärksten. Er ist nur etwa sechzig Meilen von hier entfernt, jedenfalls über das Wasser. Auf dem Landweg ist es natürlich viel weiter.«

Später streckte Turkos die Fühler seiner eigenen Gabe aus und spürte fast sofort eine schreckliche Leere und Verlassenheit; dann hatte er den flüchtigen Eindruck von Motten, die im Staub umherschwirrten.

Turkos besaß zwar keine starke Gabe, aber er war gut ausgebildet. Er tarnte sein Suchen und markierte im reichen Garten seiner Erinnerung seine eigene Position zum Standort von drei Leuchtfeuern der Universität, dann legte er einen Vektor zu dem Ort der Verlassenheit.

Nach einem weiteren Mahl und noch einmal zwölf Stunden Schlaf ritt er nach Westen und in den Herbstregen hinein. Der Pfad, den fünfzig Generationen von Sossag und Abonacki ausgetreten hatten, war so breit, dass ihn sein Reitpferd sogar in der Dunkelheit gefunden hätte – aber Turkos war keineswegs so dumm, auch noch in der Dunkelheit unterwegs zu sein.

Am dritten Tag hinter Nepan'ha entdeckte er einige Ruks am Horizont, mitten im Bibersumpf. Zuerst glaubte er deshalb, es handle sich um Biber, aber als er vorsichtig näher kam und dabei nach festem Boden für sich und seine Tiere suchte, erkannte er, dass es sich nicht um fleißige Waldriesen handelte, sondern um die schmutzigere und menschenähnlichere Abart. Er zog sich so rasch wie möglich wieder zurück und hätte dabei fast eines der Pferde im tiefen Morast verloren.

Die drei Ruks erspähten ihn, als er schon beinahe in Sicherheit war. Sie stießen ihren brüllenden Jagdschrei aus und preschten auf ihn zu. Die Schnelligkeit, mit der sie den Sumpf durchquerten, wurde nur noch von der Wildheit übertroffen, mit der sie durch das schwere Unterholz brachen, das für einen Menschen undurchdringlich gewesen wäre.

Er spannte seinen östlichen Hornbogen, verfluchte das Wetter und alle Zauberer und wünschte sich, er hätte einen Gefährten. Oder seine Frau wäre bei ihm.

Dann stieg er wieder auf und ritt nach Westen an einem Fluss entlang, dessen steile, grasbewachsene Ufer ihm einen guten Fluchtweg boten. Bald kam er an eine breite Wiese, über die er galoppierte, während er in den Steigbügeln stand und aufmerksam den Boden anstarrte. Überall waren Löcher und Vertiefungen, die von den Bächen der Schneeschmelze im Frühling übrig geblieben waren. Er ritt wie ein Zirkusreiter und hielt seine Pferde mit Rufen und Pfiffen in Bewegung.

Soeben hatte er das Ufer eines alten Biberteichs überwunden, als er die drei Ruks wiedersah. Er wendete sein Reitpferd und schoss drei Pfeile ab, hielt aber nicht inne, um nachzusehen, ob er getroffen hatte, sondern preschte weiter nach Westen.

Die Ruks waren zwar keine besonders guten Fährtenleser, aber sie gaben niemals auf. Die Redewendung »stur wie ein Ruk« bezog sich auf ihre Eigenschaft, ihrer Beute zu folgen, bis sie sie erlegt hatten, welche Ablenkungen oder anderen Möglichkeiten sich ihnen dabei auch bieten mochten.

Turkos fand einen weiteren Pfad, der von Osten kam und auch nach Westen führte. Er wirkte einen schwachen Zauber, vergegenwärtigte sich die Standorte der Leuchtfeuer der Akademie und verglich sie miteinander. Dann bemühte er noch einen anderen Zauber, den er auf die Art seiner Frau wirkte, und maskierte ihn mit Draußener-Zutaten. Als er seinen Vektor gelegt hatte und ihn das krank machende Gefühl überkam, an etwas Unheimliches gerührt zu haben, führte er seine Reservepferde eine Meile auf dem neuen Pfad nach Osten und ging dann zusammen mit seinem Reitpferd vorsichtig wieder zurück, wobei er den gespannten Bogen in der Hand hielt. Die Ruks machten auf dem offenen Gelände nach seinem Beschuss nur so langsam Fortschritte, wie er gehofft hatte. Er hielt dort inne, wo seine eigenen Spuren auf den anderen Pfad trafen. Er nahm drei zinnoberrote Federn aus seinem Beutel, band sie mit rotem Garn an einen Busch und warf einen Scheinzauber darüber. Es war zwar keine sonderlich gute Magie, aber für jemanden, der nur eine unvollkommene Gabe besaß, würde es hoffentlich wie eine Falle wirken.

Dann setzte er sich im eiskalten Regen auf sein Reitpferd und wartete hinter einem Gebüsch. Er hatte sich die Kapuze über den Kopf geschoben und einen grünen Mantel über seinen Bogen gelegt, den er dicht am Körper hielt, damit die Sehne warm blieb.

Als er die Ruks hörte, warf er eine schwache Illusion über seinen eigenen Geruch.

Er wartete, bis sie sich auf dem Pfad befanden und aus der Deckung gekommen waren; nun waren sie nur noch zwei Häuserlängen entfernt. Er sah zu, wie sie stehen blieben und seine Federn betrachteten. Sie sammelten sich um den Busch herum.

Er stellte sich in die Steigbügel und verschoss die Pfeile, die er in der linken Hand gehalten hatte – fünf schnelle Schäfte mit Stacheln an den Spitzen, und jeder von ihnen traf. Die ersten drei waren vergiftet.

Die Ruks grunzten nicht einmal auf, wenn sie getroffen wurden. Sie drehten sich gleichzeitig um, bellten und stürmten auf ihn zu.

Er schoss noch viermal über den Rumpf seines davontrabenden Pferdes nach hinten, dann hatte er sie aus den Augen verloren. Sie waren keineswegs so schnell wie ein Pferd. Als er seine Packtiere erreicht hatte, waren die Ruks bereits weit zurückgefallen, aber sie hatten nicht aufgegeben.

Er ritt nach Osten – so lange, wie seine Pferde noch Kraft hatten, dann ging er langsam, aber stetig die ganze Nacht hindurch. Nun erklärte sich auch die Leere der Wälder. Wenn die Ruks umherstreiften, waren die anderen großen Tiere vorsichtig.

Die Morgendämmerung brachte hellen Sonnenschein mit sich. Turkos trank Wasser aus einem Fluss, das so kalt war, dass es ihm in den Zähnen schmerzte; dann ritt er weiter nach Osten und kam an einem verbrannten Ort vorbei – dies war eindeutig das Werk der Ruks. Später am Tag sah er ein weiteres.

Am Abend endete der Pfad plötzlich in einem tiefen Sumpf am Rande des Inneren Meeres. Er wandte sich nach Norden, versuchte den Sumpf zu umgehen, aber er fand keinen weiteren Pfad und keinen tragfähigen Boden mehr, dafür jedoch zwei Kanus.

Kurz nach Einbruch der Nacht hörte er ein verräterisches Knacken auf dem Weg hinter sich. Er füllte die Kanus mit seinem Gepäck und ließ die Packpferde frei. Sein Reitpferd hatte er sehr gern, deshalb versuchte er, es ins schwarze Wasser zu locken. Schließlich gelang es ihm auch, und das Tier schwamm hinter seinen Kanus her, während er mit aller Kraft paddelte. Er wusste aber, dass das Tier nicht weit kommen würde, und suchte vor sich in der Dunkelheit verzweifelt nach trockenem Boden.

Zweimal musste er die Hand auf den Kopf des Pferdes legen und ihm seinen Vorrat an *Ops* anbieten. Doch als die Sterne aufgingen, hörte er endlich das Gurgeln von kleinen Wellen, die vom Wind auf den Kies getrieben wurden. Und das Pferd war schon an Land, als er noch vorsichtig seine Kanus ans Ufer lenkte. Seine kleine Stute schien nicht allzu glücklich darüber zu sein, dass sie sich nun auf einem Felseneiland wiederfand, auf dem es nur wenig Schutz und kein Gras gab. Aber immerhin war sie nicht ertrunken, und Turkos hatte sein ganzes Gepäck retten können. Er errichtete sein kleines Wollzelt über der Stute, und als sie getrocknet und warm war, legte er sie auf den Boden, warf alle Decken, die er hatte, über sie und ihn und kuschelte sich gegen ihren Rücken. Außerdem verfütterte er ein wenig Hafer an sie.

Sie schliefen beide, und er wachte erst wieder auf, als sich das Tier reckte und erhob. Die Welt schien nur noch aus grauem Nebel zu bestehen, und sobald er ganz wach war, hörte er die Ruks. Sie platschten irgendwo im Nebel, und er hatte Angst – schreckliche Angst. Er hatte keine Ahnung, wie gut sie sich in tiefem Wasser fortbewegen konnten. Waren sie in der Lage zu schwimmen? Sein Wissen über sie war nur begrenzt – sie hatten ihn noch nie verfolgt, er hatte nur darüber gelesen.

Er legte seine Wolldecken und sein kleines Zelt zusammen, während das arme Pferd verloren dastand und zitterte; dann verstaute er alles so schnell wie möglich in seinem Kanu. Das Plätschern war noch immer zu hören; die Ruks schienen sich überall um ihn herum zu befinden.

Er zog einen Pfeil aus seinem Köcher und nutzte ihn für einen Findespruch auf kurze Distanz.

Sobald er den Zauber gewirkt hatte, spürte er die drei; in einem von ihnen steckte noch sein Pfeil. Die Ungeheuer waren im Osten am weitesten von ihm entfernt, also band er seine Kanus zusammen und paddelte dorthin los. Sein kleines Pferd stand lange unschlüssig auf dem Eiland, doch dann geriet es in Panik, sprang ins Wasser und schwamm heftig hinter ihm her.

Der Nebel schloss sich um ihn, und er paddelte schwer und betete zu der Heiligen Jungfrau Maria und allen Heiligen, sie mochten ihn und sein Pferd vor der Kälte, dem Wasser und den Riesen beschützen.

## Liviapolis · Der Rote Ritter

Seit der Belagerung von Lissen Carak hatte Ser Michael sein Tagebuch geführt. Inzwischen hatte er aber das Format geändert und die bisherigen Seiten in einen großen Band aus dunkelrotem Leder eingefügt, den er mit einem Teil seines Lohns in den endlosen Basaren von Liviapolis gekauft hatte. Und er hatte beschlossen, die Tage vom ersten Kontrakt ab zu zählen. Da er das Buch niemals jemandem zeigen würde, musste er auch niemandem Rechenschaft darüber ablegen, nach welchen Prinzipien er es führte.

*Militärisches Tagebuch – Tag hundertelf*

*Der Sieg über die etruskische Flotte hatte genau die Auswirkungen, die der Hauptmann uns versprochen hatte, auch wenn es uns nicht gelungen ist, einen wesentlichen Teil ihrer Schwadronen ins Arsenal zu locken, nachdem Ohnekopf eine seiner kostbaren Maschinen zu früh eingesetzt hatte. Wir haben eine allzu kühne Galeere gekapert, die nun die kaiserliche Flotte verstärkt. Aber die Gefangennahme des etruskischen Kapitäns Ernst Handalo hat etwas bewirkt, was durch seinen Tod nicht möglich gewesen wäre – die fast völlige Kapitulation der Etrusker. Handalo ist ein*

*Senator im weit entfernten Venike. Anscheinend hatte er vor, aus eigenem Antrieb Friedensverhandlungen zu führen.*

*Hier bei uns hat dieser Sieg ein gewisses Wohlgefallen hervorgerufen – oder vielleicht eher, wie der Hauptmann gern sagt, das Fundament für zukünftiges Wohlwollen gelegt. Der Hauptmann hat alle Gefangenen aus unseren Kämpfen unterhalb der Mauern freigelassen. Außerdem hat er mit Prinzessin Irene verabredet, dass keiner von ihnen wegen Verrates angeklagt wird. Falls uns die Ritter von Morea nun wegen unserer Güte lieben, dann haben sie es bisher gut verborgen.*

*Aber die Tore stehen offen, auch die Märkte sind geöffnet, und die Ernte ist eingebracht. Noch wichtiger ist vermutlich, dass uns inzwischen auch wieder Karawanen aus den Bergen erreichen, die über das Innere Meer und das Seenland gekommen sind. Der Hauptmann hat Pläne für den Pelzhandel und für Harndon. Deshalb hat er auf unseren Gewinn Geld geliehen, was gewisse Unzufriedenheiten ausgelöst hat.*

*Und schließlich scheint unser Sieg die Zustimmung des Patriarchen und der Universität gewonnen zu haben. Der Hauptmann wird den Patriarchen am Sonntag nach der Messe treffen. Wir drücken allesamt die Daumen.*

Ser Michael lehnte sich zurück und leckte die Tinte von seinen Fingern.

Kaitlin kam herein und lehnte sich schwer gegen ihn. »Könntest du nicht für eine Woche diesen kleinen Bastard übernehmen, damit ich mich ein wenig ausruhen kann?«, fragte sie.

Ser Michael drehte sich um. »Bitte nenn unser Kind nicht einen Bastard.«

»Aber er ist einer.« Sie lächelte. Es war ein angenehmes Lächeln, und doch wusste Michael, dass sie es ernst meinte. Er hatte ihr die

Heirat versprochen, und sie, das Bauernmädchen, wurde gegenwärtig allgemein als seine Hure betrachtet.

»Dann heirate mich«, sagte er.

»Wann denn? Wo?«, fragte sie. »Außerdem habe ich nichts anzuziehen.«

»Es tut mir leid, meine Liebe«, sagte er, legte die Hand auf ihre Hüfte und drückte sie so gegen sich, dass er die Rundung ihres Bauches spürte. »Tut mir wirklich leid, aber ich war sehr beschäftigt.« *Bei Jesus, wie furchtbar lahm das klingt.*

»Es geht das Gerücht um, dass uns die Ritter vom heiligen Thomas einen Kaplan schicken«, fügte er hinzu. »Wie wäre es, wenn er uns traut, sobald er eingetroffen ist?«

Sie setzte sich schwer auf seinen Schoß. Sie war zwar noch nicht sehr dick, hatte aber bereits das Gefühl, so unförmig wie ein Pferd zu sein – hässlich, altbacken und ganz anders als all die schlanken, anmutigen, parfümierten moreanischen Damen, die sie jeden Tag auf dem Markt sehen musste. »Eigentlich hatte ich mir eine Hochzeit in einer Kathedrale vorgestellt – irgendwie etwas Prächtiges.«

»Mein Vater hat zwar nicht Nein gesagt, aber er hat bisher auch nichts Nettes dazu bemerkt.« Ser Michael starrte eine Weile aus dem Fenster. *Das Schweigen von zu Hause ist sogar ziemlich beunruhigend. Ich habe zwar eine schriftliche Erlaubnis erhalten, aber nichts darüber hinaus. Und auch keine Antwort auf meine Briefe.*

»Dann sollten wir uns von diesem Kaplan trauen lassen. Und so schnell wie möglich einen Termin festsetzen«, meinte sie. »Ich glaube … ich glaube, ich will lieber mit einem dicken Bauch heiraten als gar nicht.«

Er küsste sie. »Ich werde den Hauptmann fragen«, sagte er.

»Den Herzog«, verbesserte sie ihn.

Er zögerte. »Was soll das heißen?«, fragte er.

Kaitlin war zwar seine Geliebte, aber als albisches Unterschichtenmädchen lebte sie in der Kaserne und hörte dort Dinge, die er niemals zu hören bekäme. Als Ser Michaels Hure zu gelten hatte also auch seine guten Seiten. Frauen, die es nicht wagen würden, sich Ser Michaels Frau zu nähern, tranken ihren heißen Wein freudig mit ihr zusammen.

Sie zuckte mit den Schultern. »Es gefällt ihm, mit ›Herzog‹ angeredet zu werden. Den Bogenschützen hingegen gefällt das gar nicht. Sie murren, dass er früher einmal einer von ihnen gewesen ist.«

Michael schüttelte den Kopf. »Heiliger Jesus, er ist der Sohn des Grafen des Nordens. Er ist mit einem größeren goldenen Löffel im Mund geboren worden, als ich je einen besessen habe. Er war nie *einer von ihnen.*« Doch als er diese Worte sprach, dachte er daran, wie der Hauptmann mit dem Bogen geschossen oder in den Schafspferchen von Lissen Carak gekämpft hatte – vor der Belagerung. *Er konnte mit den einfachen Leuten gut umgehen.*

Sie erwiderte seinen Kuss. »Nicht so grantig, mein Liebster. Und leg deine tintenklecksigen Finger nicht auf das einzige hübsche Kleid, das mir noch passt. Hände weg!«

Sie glitt von seinem Schoß herunter. »Sag es ihm einfach.«

Ser Michael nickte.

Der Herzog von Thrake saß in seinem neuen Arbeitszimmer in der Kaserne der Athanatoi und las sich durch einen Berg von Korrespondenz. Er hatte einen moreanischen Sekretär namens Athanasios, der Meister Nestor half – ein vollkommener Edelmann, der jeden am Hof zu kennen schien. Der Herzog vermutete, dass Athanasios ihn für die Prinzessin ausspionierte, aber schließlich hatte er nichts vor ihr zu verbergen, und deshalb war es ihm gleichgültig.

»Das hier kann ich nicht lesen – Nestor?«

Der Schatzmeister der Kompanie schob seine schwarze Kappe zurück und zupfte an seinen Ärmeln. »Oh! Mein Herzog, das ist ein weiterer Brief von der Königin von Albia, die sich bei Euch beschwert, dass Ihr sie missachtet. Offenbar habt Ihr noch nicht auf ihre Einladung zum Turnier geantwortet.«

»An wen ist der Brief adressiert?«, fragte er.

»An den Krieger, der sich selbst der Rote Ritter nennt«, sagte Nestor, während er das Äußere der Schriftrolle betrachtete.

»Schick es als falsch adressiert zurück«, sagte der Herzog. »Aber sei höflich und teile ihr meinen neuen Titel mit. Das verschafft mir ein wenig Zeit.«

»Hier sind einige Berichte von Euren Reitoffizieren unter den Draußenern«, meinte Athanasios, der einen Stapel aus dünnen Blättern in der Hand hielt, die offenbar von Botenvögeln hergebracht worden waren.

Der Herzog sprang auf. Er nahm die Papiere entgegen und sah seinen moreanischen Sekretär an. »Gib dem neuen Megas Ducas eine kurze Beschreibung deiner Kontakte zu den Draußenern«, sagte er.

Athanasios nickte. »Mylord, ich will es einmal so ausdrücken: Wir haben einige Dutzend Wildhüter unter den Stämmen und Völkern jenseits der Mauer.«

»Meinst du damit die Reichsmauer? Oder die Mauer in ihrer gesamten Länge?«, fragte der Herzog scharf. »Oder den albischen Teil?«

Athanasios zuckte mit den Schultern. »Mylord, wir beide sind intelligente Menschen. Ich muss um klarere Anweisungen bitten, wenn ich Euch eine genaue Antwort geben soll. Aber ich vermute, das ist Euch schon aus meiner etwas ausweichenden Antwort klar geworden.«

Der Herzog lächelte. »Wenn ich dir jetzt für deine Aufrichtigkeit danken würde, wer von uns beiden wäre dann der Lügner?«

Die Tür wurde geöffnet, und Ser Michael war zu sehen, wie er im Korridor still in sich hinein lachte. Bent stand vor der Tür Wache und grinste.

»Michael, hättest du etwas dagegen, wieder mein Knappe zu sein? Ich spüre das Bedürfnis, einige Pläne mit dir zu besprechen.« Der Herzog lächelte und nahm einen Schluck lauwarmen Wein.

Michael hielt sich in gespieltem Entsetzen die Hand vor die Brust. »Pläne besprechen? Mylord, seid Ihr krank?« Er schüttelte den Kopf. »Es wäre mir eine Freude. Ich würde gern selbst ein paar Dinge mit Euch erörtern.«

»Sprich«, sagte der Hauptmann.

»Ist tatsächlich ein Kaplan auf dem Weg zu uns?«, fragte er.

»Wir erwarten jeden Tag seine Ankunft. Ich habe zwei Nachrichten vom Großprior erhalten. Ich vermute, wir erhalten ein schwarzes Schaf, aber das würde zu uns passen.« Er zuckte die Schultern. »Wenn ich einen Priester brauche, würde ich vermutlich nur einen der Ihren nehmen.«

»Kommt Ihr zu meiner Hochzeit?«, platzte es aus Michael heraus. Die beiden Sekretäre arbeiteten weiter und taten so, als gehörten sie zur Einrichtung.

»Mit der schönen Kaitlin?«, grinste der Herzog. »Aber natürlich. Wo?«

»In der Garnisonskapelle?«, fragte Ser Michael zögernd.

Der Rote Ritter grinste. »Muss ich sie wirklich weggeben?«, fragte er spöttisch.

Michael reagierte wie jeder junge Mann. Er sah den Roten Ritter finster an, und ihre Blicke kreuzten sich wie Klingen – doch dann lachten beide.

»Musst du noch Einkäufe machen?«, fragte der Hauptmann. »Vielleicht Goldstoff für die Braut? Michael, dein Vater wird eine Tochter bekommen – ein *Weibsstück*.«

»Könntet Ihr mir einen Teil meines Lohns vorstrecken?«, fragte Ser Michael. Es war eine seltsame Frage – der Hauptmann schien alterslos zu sein, aber er war keinesfalls so alt, dass er Michaels Vater sein und dessen Rechnungen bezahlen könnte. Dabei fühlte er sich unbehaglich und wandte den Blick von dem Hauptmann ab.

»Außerdem hat mir Kaitlin berichtet, dass einige der Jungs Euren neuen Titel nicht mögen«, fügte er hinzu.

Der Herzog lehnte sich zurück, nachdem er Toby bedeutet hatte, Wein einzuschenken. »Wenn sie sich selbst ein Herzogtum erkämpfen, können sie den Titel ebenfalls führen.«

»Seid Ihr betrunken?«, fragte Michael.

»Vielleicht«, gab der Hauptmann fröhlich zurück.

»Heiliger Jesus, Mylord.« Michael verstummte und sah den Hauptmann an – sah ihn wirklich und eindringlich an. Er hatte dunkle Ringe unter den Augen, und diese Augen wirkten alt.

Sein Hauptmann, dieser Fels in der Brandung, wirkte beunruhigt. Verängstigt. Wütend.

»Was ist los?«, fragte Michael.

Der Hauptmann sah ihn an und kniff die Augen zusammen. »Nichts«, sagte er, aber in seinem Gesicht arbeitete es, als würden die Kiefernmuskeln eine Existenz führen, die unabhängig von ihm war.

»Ich kümmere mich bereits darum«, sagte er.

»Also stimmt tatsächlich etwas nicht«, hakte Michael nach.

»Mein Brustpanzer hat Löcher wie ein altes Nadelkissen, und ich habe keine Zeit, zu einem Schmied zu gehen«, sagte der Herzog. »Das ist die ernsteste meiner gegenwärtigen Schwierigkeiten. Ach ja – wir haben hier eine Stadt mit drei- oder vierhunderttausend Einwohnern und weniger als zweitausend Soldaten, die auf den Straßen für Ordnung sorgen und die Mauern halten müssen. Die Bevölkerung misstraut uns, und es sind so viele Spione im Palast, dass vermutlich jedes Wort, das ich zu dir sage, sofort den Weg zum früheren Herzog, zu Aeskepiles und zu allen anderen Schergen findet. Außerdem steigen die Getreidepreise, die Etrusker wollen Handelszugeständnisse erzwingen, damit sie die Blockade aufheben, ich habe seit zwei Wochen keine Briefe mehr aus Albia erhalten, und die Prinzessin glaubt, ich sei weder ein Mann noch ein Ritter, sondern ein bloßes Werkzeug.« Er setzte sich zurück und leerte seinen Weinbecher. Toby kam und nahm ihn dem Roten Ritter aus der Hand. »Auf der Habenseite steht hingegen deine Hochzeit, und das bedeutet ein großes Fest. Bei allem, was heilig ist – unsere Kompanie braucht wirklich dringend ein Fest.«

»Könntet Ihr damit aufhören, Euch Herzog zu nennen?«, fragte Ser Michael.

»Nein«, antwortete der Herzog. »Wir befinden uns in Liviapolis, und so ist das hier nun einmal. Wenn ich diese Rolle nicht ausfülle, wird mich niemand ernst nehmen.« Er sah Michael an. »Du bist doch ein Mensch, der denken kann, Michael. Hast du je darüber nachgedacht, was Sieg und Niederlage wirklich bedeuten? Es sind Ideen, wie die der Gerechtigkeit. Für jeden Menschen heißen sie etwas anderes. Oder?«

»Ich glaube, mein Lehrer hat das ein- oder zweimal erwähnt«, sagte Michael und holte sich seinen zweiten Becher Wein selbst. Toby war gerade damit beschäftigt, den Speer des Herzogs mit Öl einzureiben. Was diese Waffe einmalig machte, war der Umstand, dass der Hauptmann sie von einem Drachen erhalten hatte, und der Schaft bestand aus dem Stab des Zauberers Harmodius.

Der Herzog lachte. »Meiner ebenfalls. Ich will damit ausdrücken, dass wir dann gewinnen, wenn wir so tun, als würden wir gewinnen. So ist das nun einmal bei den Menschen. Ich muss der Herzog sein, damit die Moreaner mir gehorchen – und glauben, dass ich sie zum Sieg führen werde.«

»Ihr seid also doch nicht betrunken«, meinte Ser Michael.

Der Herzog lehnte sich zurück, nahm den Speer aus Tobys Händen und sprang auf die Beine. Er schwang die Waffe in einer langen und schwierigen Formation herum und riss sie wieder zurück. Dabei hatte er eine Kerze in zwei Hälften geteilt. »Ich liebe dieses Ding«, sagte er.

Toby grinste.

»Es ist wie mit der Kompanie«, sagte der Hauptmann. »Es macht so viel Spaß, das zu benutzen, was ich benutzen will. Und zwar immer, wenn es möglich ist.« Er grinste, stieß noch einmal zu und teilte den bronzenen Kerzenständer in zwei Hälften. »Mist«, murmelte er.

»Ich nehme alles zurück. Ihr seid *doch* betrunken«, sagte Michael. »Heiliger Sankt Georg, Ihr habt soeben einen Bronzeständer durchschlagen, der einen ganzen Zoll dick ist.«

Der Herzog beugte sich vor und betrachtete die saubere Schnittstelle. »Allerdings«, sagte er. Sie grinsten einander an, und der Herzog hieb noch einmal auf den Kerzenständer ein. Die Speerspitze drang abermals durch die Bronze. Michael streckte die Hand aus und wollte das abgeschlagene Stück auffangen. Doch dann zog er sie rasch wieder zurück.

»Heiß«, sagte er. »Darf ich es auch einmal versuchen?«

Er ergriff die Waffe und erwartete, einen Schock oder einen giftigen Stich oder eine andere grässliche Bestrafung zu bekommen, aber dem war nicht so. Er stieß zu – und die Spitze klapperte gegen den Fuß des Kerzenständers. Er flog quer durch den Raum und zeigte eine tiefe Delle.

»Er ist hermetisch«, sagte Ser Michael.

Der Herzog rollte mit den Augen. »In Anbetracht seiner Herkunft …«, begann er. »Hör mir zu. Ich glaube, ich brauche auch ein Fest. Oder vielleicht einen Kampf. Oder beides. Morgen werde ich mich mit dem Patriarchen treffen. Wenn wir damit fertig sind, sollten wir auf den Basar gehen und das eine oder andere kaufen. Hübsche Dinge.«

Michael lächelte. »Danke, Mylord«, sagte er. »Was den Kampf angeht, so stimme ich Euch zu.« Er deutete mit dem Kopf auf das Fenster. »Auch die Jungs brauchen einen Kampf. Bald werden sie anfangen, gegeneinander zu kämpfen.«

Der Herzog nickte. »Ihr werdet euren Wunsch erfüllt bekommen. Heute Abend bin ich ein kleines Wagnis eingegangen.« Er zuckte die Achseln. »Bleibt unter Waffen.«

Ser Milus schüttelte den Kopf. »Der Hauptmann lässt euch drei hinaus, während der Rest von uns eingesperrt bleibt?« Er knurrte sie zwar nicht gerade an, aber Cully, der Bogenschütze des Hauptmanns, machte trotzdem einen Schritt zurück. Wie mit Tom Schlimm war auch mit Ser Milus nicht zu spaßen, und man verärgerte ihn besser gar nicht erst.

Außerdem war es nicht gut, den Hauptmann wütend zu machen. So standen die drei Bogenschützen schweigend da, während Ser Milus sie ansah und ihre Papiere an Ohnekopf weitergab, der sie laut vorlas und dabei die Lippen sorgfältig bewegte. Es war eine reine Pro-forma-Demonstration, da die Siegel des Herzogs an den Schreiben hingen und es unwahrscheinlich schien, dass es sich bei ihnen um eine Fälschung handelte.

»Man sollte doch meinen, dass der Hauptmann drei saubere und anständige Männer auswählt, wenn er ihnen schon die Erlaubnis gibt, den Palast zu verlassen und sich draußen zu betrinken«, sagte Milus und befingerte Langpfotes fadenscheiniges Wams.

Langpfote wollte sagen, dass es sich um einen Arbeitsauftrag handelte und er sich seine gute Kleidung nicht bei einem möglichen Kampf ruinieren wollte. Aber die drei hatten die unbedingte Anweisung, ihre Mission geheim zu halten. Also stand er stumm da.

Ser Milus zog eine Grimasse. »Ich werde zu dem verdammten Tor gehen und es sagen«, meinte er und ging mit dem leisen Klappern und Knarren eines Mannes in voller Rüstung davon.

»Es ist gar nicht seine Wache«, sagte Ohnekopf zu seinen Gefährten. »Ser Alcaeus hat eigentlich Dienst, aber bisher hat er Seine Gnaden noch nicht abgelöst.«

Sie nahmen erneut Haltung an, als Tom Schlimm unter dem Klappern seiner Rüstung in den Wächterraum trat. »In Ordnung, ihr könnt jetzt gehen. Trinkt auf mein Wohl, ihr Bastarde!« Ser Milus erschien wieder. Tom flüsterte ihm etwas zu, und das mürrische Gesicht des Standartenträgers hellte sich auf. Er machte einen Schritt zurück und nickte. »Ich gehe jetzt zu Bett«, sagte er ein wenig zu laut.

Die drei Bogenschützen salutierten und traten rasch durch die Tür des Wächterraums in den vom Fackelschein erhellten äußeren Hof, bevor Tom Schlimm es sich anders überlegen konnte.

Sie schritten durch das Tor, wechselten mit den Nordikanern dort ein paar Worte, und Cully und Bent gingen danach sofort quer über den Großen Platz. Langpfote schlug einen anderen Weg ein.

»Du musst so aussehen, als wärest du beeindruckt«, zischte Cully. »Wir dürfen auf keinen Fall zu selbstsicher wirken.«

So gingen sie für eine Weile von Statue zu Statue, bis Cully sich sicher war. Bent stand mit den Daumen im Hosengürtel da und bewunderte eine nackte Frau mit einem Schwert.

»Wir werden verfolgt«, sagte Cully zufrieden. »Los geht's.«

Eine Stunde später saßen die beiden Männer in einer Taverne, die von Öllampen erhellt wurde, und lauschten vier Musikanten mit moreanischen Instrumenten. Die beiden Bogenschützen hatten keine Ahnung, wie diese Instrumente genannt wurden, aber ihnen gefiel die Musik genauso gut wie die Aufmerksamkeiten der zwei jungen Frauen, die sich rasch zu den beiden Ausländern gesellt hatten.

Hier herrschte dichtes Gedränge, was zu dieser Stunde erstaunlich war.

Bents Mädchen wurde immer beharrlicher, und er sah Cully mit einer stummen Bitte an. Cully schaute sich vorsichtig um und zuckte dann die Achseln. »Halt noch ein wenig durch«, sagte er.

Eine Stimme hinter Cully sagte: »Geht doch mit den Mädchen mit.« Aber als er sich umdrehte, war da niemand.

Cully lehnte sich zu Bent hinüber und gab ihm ein Zeichen. Bent grinste. Er schob sein Mädchen vom Schoß, warf den Musikanten einen Silberleopard zu und ließ es zu, dass ihn die junge Frau die wackeligen Stufen nach oben in den ersten Stock und zu den winzigen Zimmern hinter den übermäßig prächtigen Türeingängen führte.

Cullys Mädchen ergriff seine Hand und zerrte ihn an der Musik vorbei. Ein ältlicher Arbeiter mit einem zerknitterten Strohhut murmelte: »Glücklicher Bastard« in erstaunlich gutem Albisch. Cully zwinkerte dem Mann zu und eilte die Treppe hoch.

Langpfote zog den Hut tief in die Stirn, zahlte seinen Wein und schlüpfte durch den Perlenvorhang, der als Eingangstür diente.

Die Straße vor der Taverne war nicht sonderlich belebt, aber etwa ein Dutzend Männer lehnten gegen Hausecken und Säulen. Sie alle trugen Schwerter. Er hielt die Schultern gesenkt und schlurfte los.

Einer der Gassenkerle stieß gegen ihn – hart und absichtlich. Langpfote ließ sich so hinfallen, dass er wie ein unbeholfener Mann wirkte.

»Verdammter Bauer«, spuckte der Schurke aus. »Halt dich von meinem Schwert fern.«

Langpfote kroch weg, umrundete eine Ecke und rannte los. Er hatte drei Tage Zeit gehabt, das Viertel kennenzulernen, aber in der Dunkelheit fand er sich nicht gut zurecht. Er lief eine Gasse hinunter, bog von ihr ab und musste einen klapprigen Zaun überklettern. Er orientierte sich an einer kleinen Kirche – und war weniger als ein Stadion vom Palast entfernt.

Er warf das stinkende Bauernhemd sowie seinen Strohhut ab, nahm sein in der Scheide steckendes Schwert in die linke Hand und rannte los.

Der Mann, der auf dem Bett der Hure saß, trug ein Kettenhemd. Seine zwei Schergen füllten den Rest des Raumes aus; sie steckten in dick ausgepolsterten Wämsern und hielten schwere Keulen in den Händen.

»Ihr beiden«, sagte der Mann im Kettenhemd, »wollt also den Dienst des Kaisers verlassen?«

Cully zuckte die Achseln. »Vielleicht, vielleicht aber auch nicht«, erwiderte er. »Ich habe gehört, dass es Geld gibt.«

Bent konnte sich kaum mehr in den engen Raum quetschen. Er sah mit ehrlichem Bedauern zu, wie die junge Frau auf den Korridor hinausschlüpfte. Dann bemerkte er ebenfalls, dass sich der Schankraum unten mit Bewaffneten füllte.

»Mir scheint's, ihr wollt uns haben, ob wir wollen oder nicht«, sagte er.

Der Mann auf dem Bett breitete die Hände aus. »Wisst ihr«, sagte er mit einem hässlichen Grinsen, »eure Gefährten werden so oder so glauben, dass ihr desertiert seid, nicht wahr, Fremder?«

Der Hauptmann hatte ihnen mit großem Nachdruck aufgetragen, die Rolle der gierigen Söldner bis zum Ende zu spielen. Cully kniff die Augen zusammen. »Willst du etwa sagen, dass kein Geld drin ist?«, fragte er und fuhr mit der Hand an seinen Dolch.

Die beiden Schläger in den ausgepolsterten Wämsern hoben die Keulen und traten auf ihn zu.

»Über Geld reden wir später«, sagte der Mann auf dem Bett. »Darüber habe nicht ich zu entscheiden.«

»Das gefällt mir nicht«, sagte Bent, der noch immer in der Tür stand und sich in den überfüllten Raum beugte. Dann sprang er los wie eine Feder. Er zog sein Schwert nicht ganz, sondern rammte den Griff dem einen Schläger ins Gesicht, der so dumm gewesen war, ihn nicht weiter zu beachten. Der Mann klappte zusammen, spuckte Zähne aus, und Bent brach ihm die Nase und stieß ihm gleichzeitig das Knie in die Lenden, während Cully mit der rechten Hand seinen Dolch zog und ihn dann zum Erstaunen des anderen Kerls rasch in die linke Hand warf, sodass der Mann seine leere rechte Hand packte und mit der linken einen Stich ins rechte Auge erhielt. Er fiel sofort tot zu Boden. Bents Mann jammerte, riss den Mund auf und schrie.

Cully sah Bent an. »Sieh nur, was du angerichtet hast«, sagte er.

Bent trat seinem am Boden liegenden Gegner auf die Kehle.

Der Mann auf dem Bett wurde so weiß wie ein Laken. »Fasst mich nicht an«, sagte er. »Meine Leute sind überall.«

Cully schüttelte den Kopf. »Gibt es wirklich kein Geld?«

Der Mann biss sich auf die Lippe.

»Wenn du schreist, reiße ich dir die Eingeweide heraus«, sagte Bent und zog die Tür zu. An Cully gewandt sagte er: »Da unten sind zwanzig Männer. Ich glaube nicht, dass sie verhandeln wollen.«

Cully schüttelte den Kopf. »Verdammich. Hast du wirklich geglaubt, du könntest uns mit zwei fetten Kerlen überwältigen?« Er klang verärgert. »Und jetzt bist du allein mit uns. Das sieht mir nach einem schlechten Plan aus.«

»Er ist nicht ihr Anführer«, sagte Bent. »Sieh ihn dir bloß an.«

Der Mann war entsetzt.

Cully griff nach den schweren Fensterläden. Bent hielt ihn auf. »Armbrüste«, sagte er nur.

»O verdammt«, murmelte Cully. »Auf was haben wir uns bloß eingelassen?«

Ser Alcaeus verbrachte mehr Zeit mit seiner Mutter als mit dem Rest der Kompanie – nicht aus freiem Willen, sondern weil die Position der Prinzessin stärker gefährdet war, als es sich die albischen Söldner vorstellen konnten, weswegen seine Mutter – die Lady Maria – sehr hart arbeiten musste, damit auch weiterhin Recht gesprochen und die Steuern eingetrieben werden konnten. In der kurzen Zeit, die sie sich in Liviapolis befanden, war Ser Alcaeus schon zweimal gezwungen gewesen, mit den engsten Ratgebern seiner Mutter über innere Angelegenheiten zu sprechen, wonach er mit dem Roten Ritter – dem Herzog von Thrake – über dieselben Dinge gestritten hatte. Einmal hatte er dabei feststellen müssen, dass er selbst in der Zwischenzeit seine Meinung geändert hatte und nun der gegenteiligen Ansicht war.

Nach acht Tagen war Alcaeus völlig erschöpft. Er vermied es, seine Gemächer im Palast aufzusuchen – dort war er zu einfach zu finden. Lieber ging er in die Athanatos-Kaserne im äußeren Hof. Von allen Männern der Kompanie war er der einzige, der wusste, welche symbolische Ehre es für eine Söldnertruppe darstellte, in der Kaserne zu wohnen, die einmal zu dem Elite-Kavallerieregiment des Kaisers gehört hatte.

Als Kind hatte er in den vernachlässigten Kasernengebäuden gespielt, als Heranwachsender hatte er dort an einem duftenden Maitag eine hübsche Dienerin geküsst und sie bei der Hand genommen.

Nun war diese Kaserne sauber und voller Leben, und er trat gerade durch die äußere Tür, als sich das Tor zum Hof hinter ihm öffnete.

Tom Schlimm saß hinter dem Tisch des wachhabenden Offiziers. Er schaute auf. »Ah! Verdammt, wo seid Ihr gewesen?«

»Euch ebenfalls einen angenehmen Abend, Ser Thomas«, sagte der Moreaner.

Tom stand hinter seinem Schreibtisch auf. »Ihr habt Dienst, Ser.«

Der Moreaner ächzte auf.

»Und morgen werdet Ihr auch Dienst haben – nur damit Ihr es lernt, den Dienstplan zu lesen. Klar?« Tom grinste, richtete sich zur vollen Größe auf – sechs Fuß und fünf Zoll – und kam hinter dem

Tisch hervor. »Das alles gehört jetzt Euch – mit meinen besten Empfehlungen.«

»Oh, Tom«, jammerte Alcaeus. »Ich bin so müde! Den ganzen Tag habe ich den Papierkram des Throns erledigt. Ich bin nicht einmal bewaffnet.«

Ser Thomas grinste. »Ihr braucht mehr Übung, Junge. Wir sollten morgen ein Kämpfchen abhalten.«

Alcaeus sah dem großen Mann in die Augen und erwiderte sein Grinsen. »Zu Pferd oder zu Fuß?«

»So hab ich's gern. Zu Pferd. Ich werde sanft zu Euch sein und Euch nach der Nachtwache erst einmal schlafen lassen. Und jetzt solltet Ihr Euch Eure Rüstung holen.«

Alcaeus stellte fest, dass sein Knappe Dmitry noch nicht schlief, und es gelang ihm, innerhalb von nur fünfzehn Minuten in seine Rüstung zu schlüpfen. Der moreanische Junge war ganz zerknirscht. »Ich hatte versucht, Euch zu finden und zu sagen, dass Ihr Dienst habt, Ser!« Alcaeus erfuhr, dass die Palastdiener den Jungen aus dem Palast geworfen hatten. Er seufzte, fuhr mit den Knöcheln über seine Beinschienen und rannte zum Wächterraum zurück, während ihm Dmitry mit Schwert und Helm folgte.

Tom nickte. »Jetzt gehört Euch das alles. Langpfote ist mit Cully und Bent auf Erlaubnis in der Stadt, der Rest befindet sich in der Kaserne. Der Hauptmann – der Herzog – will nicht, dass die Jungs und Mädels in den Tavernen herumlungern, bis man sich an uns gewöhnt hat. Ihr solltet also eine ruhige Nacht vor Euch haben.« Er hielt inne. »Der … äh … Herzog hat allerdings befohlen, dass die Garde ihre Pferde gesattelt und bereitstehen lässt. Vielleicht solltet Ihr Euren Männern das Gleiche befehlen.« Er grinste breit. »Vielleicht wird es doch keine so ruhige Nacht, was?«

Tom klopfte ihm auf die Schulter und zog sich zurück. Seine Panzerstiefel schabten knirschend über den Steinboden. Alcaeus lehnte sich auf dem schweren Stuhl zurück, der für einen Mann in Rüstung ausladend genug war, und verfluchte sein Pech. Er befahl Dmitry, nach seinem Pferd zu sehen, und der junge Mann ging in die kalte Nacht hinaus. Seine Lider wurden schwer, und er fluchte.

*Während meiner Wache darf ich auf keinen Fall einschlafen.*

Er goss sich ein wenig gewürzten Apfelwein ein, der auf dem Herd warm gehalten wurde, trank den Becher leer und fühlte sich schnell etwas besser.

Ohnekopf saß an dem anderen Tisch und schrieb eifrig. Alcaeus beugte sich hinüber und stellte fest, dass der Mann ein Gedicht aus einem Buch abschrieb – auf Niederarchaisch.

Da Alcaeus Gedichte liebte, sah er genauer hin.

»Könntet Ihr das bitte unterlassen?«, sagte Ohnekopf. »Ich mag es nicht, wenn man mich beobachtet.«

Alcaeus erhob sich und bat um Entschuldigung. Er hörte Bewegungen im Hof. »Das ist gut. Woher hast du es?«

Ohnekopf schaute auf. »Keine Ahnung. Ser Michael hat es mir gegeben, damit ich es für ihn abschreibe.« Der Mann streckte die rechte Hand aus. »Er bringt mir gerade Lesen und Schreiben bei.«

Alcaeus hatte sich nicht vorstellen können, dass es jemanden gab, der diese Fähigkeiten nicht besaß. Er verstummte und schluckte. »Ah – ich bitte um Verzeihung. Ich habe dich nicht beim Schreiben beobachtet; ich habe nur das Gedicht gelesen.«

Ohnekopf lachte. »Ja, das ist wohl ein Gedicht. Ich kann es noch nicht lesen. Ich male nur die Buchstaben ab.« Er lehnte sich zurück. »Und meine Hand bekommt davon einen schlimmeren Krampf als vom Schwertkampf. Aber ich will es unbedingt lernen. Ich möchte selbst ein Buch schreiben.«

Alcaeus dachte, dass er öfter Wache schieben sollte. Er war noch nie jemandem begegnet, den er für weniger literarisch gehalten hätte als Ohnekopf. »Wirklich?«, fragte Alcaeus und befürchtete sogleich, ein wenig zu überrascht geklungen zu haben.

Ohnekopf beugte sich vor. »Wie ich gehört habe, seid Ihr ein Schriftsteller, was?«

Alcaeus nickte. »Ich glaube, ich schreibe andauernd. Sogar im Schlaf.« Er zuckte die Achseln. »Und wenn ich einmal nicht schreibe, dann denke ich über das Schreiben nach.«

Ohnekopf nickte. »So ist das nun einmal, was? Es ist wie ein Käfer, der einen beißt, und dann kann man nicht mehr davon lassen. Über was schreibt Ihr?«

Alcaeus zuckte mit den Schultern. »Über das Leben«, sagte er schließlich. »Über die Liebe. Über die Frauen. Und manchmal auch über den Krieg.« Der Lärm im Hof wurde lauter. »Und du?«, fragte er.

»Ich will ein Buch über die Frage schreiben, wie man am besten eine Belagerung durchführt«, sagte Ohnekopf. »Wie man die großen Maschinen baut, wie man das Holz dafür auswählen muss, wie man die Spannseile herstellt, wie man sie aufstellt. Wie man einen Graben aushebt und wie man ihn verteidigt. Und wie man Feuer macht.«

Alcaeus lachte. »Das wäre ein guter Titel: *Wie man Feuer macht.*« Dann seufzte er. »Oder vielleicht: *Feuer anzünden.* Das ist zwar etwas ganz anderes als meine eigenen Bücher, aber ich könnte mir vorstellen, dass die halbe Welt eine Abschrift davon haben will. Hast du dir auch überlegt, dass du damit jemandem verraten könntest, wie er dich belagert? Am Ende könntest du auf der Opferseite stehen …«

In diesem Augenblick öffnete sich die Tür zum Wächterraum, und auf der Schwelle standen zwei Nordikaner mit einem großen, bärtigen Mann in einem schwarzen Reisemantel.

»Dieser Mann hier kennt die Passwörter nicht«, sagte der kleinere der beiden Nordikaner und grinste Alcaeus an.

Alcaeus hatte den Mann nie zuvor gesehen und schüttelte den Kopf. Dann dachte er an das letzte Offizierstreffen und die Anweisungen des Herzogs hinsichtlich möglicher Spione. Außerdem dachte er an ähnlich lautende Bemerkungen seiner Mutter.

»Bringt ihn herein«, befahl Alcaeus.

»Ich bin kein Mitglied der Kompanie«, sagte der Mann gelassen.

Verärgert schüttelte Alcaeus den Kopf. Der Aufruhr draußen im Hof wurde immer stärker; die Tür stand offen und ließ die Kälte in den Wächterraum hinein.

Langpfote trat mit drei weiteren Nordikanern ein.

»Quartalswache!«, rief Langpfote.

Alcaeus war erstaunt. Es war die Gewohnheit der Kompanie, grundsätzlich immer ein Viertel der Männer in voller Rüstung zu belassen. Die Bogenschützen hatten stets die Sehnen eingespannt, sobald die Lage bedrohlich war, aber in der Kaserne des Palastes war die Bereitschaft auf zwanzig Männer verringert worden. Und er hatte sie nicht inspiziert ...

Aber natürlich hatte Tom das getan. Und als Langpfotes Ruf verhallt war, kamen sie die Korridore hinuntergepoltert. Eichenbank war die Erste, die durch die Doppeltür der Kaserne hinter dem Wächterraum stürmte. Sie hielt einen Kriegsbogen in der Faust und hatte sich bereits eine Stahlkappe auf den Kopf gesetzt. Als Nächstes kam Ser Michael und dann der Hauptmann selbst, der in voller Rüstung und Bewaffnung mit Toby auf den Fersen aus seinem Arbeitszimmer herbeirannte, gefolgt von dem Rest. Gelfred sah aus, als hätte er in seiner Rüstung geschlafen, während John le Bailli ganz frisch wirkte, und hinter ihnen kam einer der neuen Soldaten, Kelvin Ewald, ein kleiner Mann mit einer großen Narbe. Er trug eine prächtige Rüstung.

»Zu den Pferden!«, rief der Hauptmann.

Langpfote sagte: »Es sind zwanzig oder dreißig Männer für sie da. Es hat einen Hinterhalt gegeben.«

Der Hauptmann schwang bereits das Bein über den Rücken seines neuen Wallachs, den er in den kaiserlichen Stallungen gekauft hatte. Er fluchte.

Langpfote bestieg ein kleines östliches Pferd, und schon waren sie unterwegs, und die Nordikaner rissen das Tor auf. Sie ritten quer über den Platz und dann durch die Straßen – zuerst durch eine sehr breite, dann um eine Ecke, um eine weitere. Und nun verengte sich die Straße, noch eine Biegung, eine Abzweigung ...

Langpfote hob den Arm.

Zwei weitere Männer – tot oder sterbend – lagen vor der Tür des winziges Zimmers, und Bent hatte eine Dolchwunde im linken Arm.

Der Mann auf dem Bett war bewusstlos, denn Cully hatte ihm auf den Kopf geschlagen.

»Jetzt bin ich dran«, sagte Cully. »Beiseite.«

Er und Bent tauschten die Plätze; auch dieses Manöver war das Ergebnis langer Übung; sie bewegten sich wie Tanzpartner. Cully hatte seinen Faustschild von der Hüfte genommen und hielt ihn von links vor Bent hin. Er fing damit einen Schlag ab, der auf seinen verwundeten Gefährten gezielt gewesen war, und hieb mit seinem kurzen Schwert zu, während sich Bent hinter ihn duckte. Sein neuer Gegner hatte indes keine Lust, allein gegen ihn zu kämpfen, und wich in der Hoffnung, dass Cully ihm nicht folgen würde, zurück.

Er irrte sich jedoch und starb wegen dieses Irrtums. Und dann befand sich Cully im Gang und hieb zwei weitere Männer nieder. Er wirbelte herum, und es gelang ihm, seinen Schild einem der Bogenschützen gegen den Kopf zu hämmern, bevor dieser einen Pfeil abschießen konnte. Cullys Schwertspitze fuhr durch eine Kerze in einer Wandhalterung, und mit einem einzelnen Tritt warf er einen Tisch mit einem Dutzend Öllampen darauf um.

In der relativen Sicherheit des nun beträchtlich dunkleren Korridors stellte er sich mit dem Rücken zu dem kleinen Raum und bekam einen Fußtritt ab.

»Ich bin zu alt für so einen Mist«, sagte er.

Bent kicherte.

Und dann nahm Cully den schwachen Geruch von Rauch wahr.

Langpfote schickte ein halbes Dutzend Bogenschützen in den schwarzen Schlund einer weiteren Gasse. Er drehte sich zu dem Herzog um und schüttelte den Kopf. »Ich hätte nie geglaubt, dass ihnen so viele Männer zur Verfügung stehen. Sie haben Bogenschützen auf zwei Gebäuden postiert – vielleicht sogar auf weiteren auch noch.«

Der Herzog kratzte sich am Kinn. »Ich würde sie gern alle erwischen.«

»Dann würden wir Bent und Cully verlieren«, sagte Langpfote.

Der Herzog grinste. »Das darf nicht sein. Nun, Michael hat gesagt, dass er sich nach einem Kampf sehnt. Wenn die gerüsteten Männer die Taverne räumen, können die Bogenschützen die Dächer sichern.«

Ser Alcaeus nickte. »Wir haben eine Handvoll von Scholae. Sie sind uns gefolgt.«

Der Herzog wendete rasch sein Pferd. »Lasst sie nicht aus den Augen.«

»Warum?«, fragte Ser Alcaeus. »Ich bin mit der Hälfte von ihnen verwandt.«

Der Herzog ließ sich nicht umstimmen und beugte sich zu ihm vor. »Alcaeus, das alles hier ist der komplizierte Versuch, einen Spion zu fassen. Dieser Ort wimmelt nur so von Verrätern, und der Palast …«

Langpfote unterbrach ihn. »Die Taverne steht in Flammen!«, rief er.

Der Herzog zuckte die Achseln. »Zu spät zum Reden. Absteigen! Helme aufsetzen, die Gerüsteten zu mir, die Ungerüsteten gehen mit

Langpfote! Ich will so viele Gefangene wie möglich machen und niemanden von euch verlieren!«

Eichenbank lachte auf. Der Herzog runzelte die Stirn über sie, und Pampe klopfte ihr mit dem Panzerhandschuh auf den Helm. »Gefangene«, sagte Pampe und nickte.

Dann liefen sie in die Dunkelheit hinein. Alcaeus kannte diesen Teil der Stadt aus seiner Zeit an der Akademie, aber in der Finsternis fand er sich nicht gerade gut zurecht. Die Straßen, die er auch in der Dunkelheit kannte, befanden sich allesamt näher am Hafen. Er folgte Ser Michael, der wiederum Ser Alison folgte, die wiederum dem Herzog folgte.

Sie mussten nicht weit rennen – überquerten eine Kreuzung und liefen lärmend eine sehr schmale Gasse voller Müll entlang, und schließlich kamen sie zu einem kleinen Platz, der von einem brennenden Gebäude erhellt wurde.

Ser Alcaeus sah genau dort einen Mann, wo er auch einen erwartet hatte. Er lief quer über die Steinplatten des alten Platzes auf die Mündung der nächsten Straße zu. Ser Alcaeus erwischte ihn nicht mehr, konnte aber einen anderen Mann mit einem Schlag seines gepanzerten Arms zu Boden schicken. Dann traf ihn ein Schwert am Rücken, doch die Klinge prallte am Stahl ab. Schon war der Kampf vorbei. Alcaeus wirbelte herum und stellte fest, dass Ser Michael seinem Angreifer den Arm unter dem Ellbogen abgeschlagen hatte. Die Schurken waren mit kleinen Schwertern, Dolchen und Keulen bewaffnet – sie konnten den bestens ausgerüsteten Männern nicht standhalten und rannten entweder davon oder ergaben sich rasch.

Ser Alison und der Herzog gingen in die Taverne. Sie stand nicht ganz und gar in Flammen; die einzigen hellen Flammen loderten aus dem Dach.

Eine Feuerbrigade erschien; es waren vierzig Männer mit Wasserkübeln. Die Kübel wurden in eine Zisterne getaucht, und das Wasser wurde zuerst auf die anliegenden Häuser gespritzt, um ein Übergreifen der Flammen zu verhindern.

Jemand prallte von hinten gegen Ser Alcaeus, sodass er auf die Steinplatten fiel. Der Pfeil einer Armbrust schlug neben seiner ausgestreckten Hand auf den Boden. Er rollte herum – das Leben am moreanischen Hof hatte ihn schnelle Reaktionen auf Attentate gelehrt – und sah den Mann, der ihn zu Fall gebracht hatte. Er nahm seinen Dolch in die linke Hand …

Der Mann hob sein Visier. »Ich bin auf eurer Seite«, zischte er und hielt Alcaeus die Hand hin, doch in einem Kampf vertraute dieser niemandem. Er wich zurück, und ein Pfeil traf ihn.

Der Fremde bedeutete ihm mit einer knappen Handbewegung, er solle sich entfernen. »In Deckung!«, rief er und wirbelte herum.

Dass er Alcaeus nun seinen Rücken zugewandt hatte, schien eine Geste des Vertrauens zu sein. Alcaeus folgte ihm und erkannte den schwarzen Umhang des Fremden, den ihm die Nordikaner in den Wächterraum gebracht hatten, was schon viele Stunden her zu sein schien.

Der Fremde im schwarzen Mantel fand eine Außentreppe und stieg sie rasch hinauf. Die Stufen erzitterten unter seinen schweren Stiefeln. Alcaeus folgte ihm und spürte, wie sich der Absatz auf dem ersten Stock bewegte. Hinter ihm bemerkte er, dass sich der Platz geleert hatte, nachdem immer mehr Pfeile auf jeden abgeschossen wurden, der sich im Feuerschein bewegte.

Plötzlich wurden die Dächer im Licht *gebadet* – in einem Licht, das über der Mitte des Platzes hing und blendend hell war. Selbst durch die kleinen Augenschlitze seines Helms hindurch konnte Alcaeus sehen, dass sich auf einigen Dächern Bogenschützen befanden. Gerade bemerkten sie, dass sie sichtbar geworden waren. Einige duckten sich, andere wurden von den Bogenschützen der Kompanie auf dem Platz beschossen.

Der Fremde sprang hoch, packte eine bleierne Regenrinne und schwang sich auf den Vorsprung eines tausend Jahre alten Fensters. »Aufs Dach!«, rief er Alcaeus zu.

Ser Alcaeus kam kurz auf den Gedanken, dass dies ein sehr gerissener Plan sein könnte, ihn zu entführen. Doch er folgte dem Fremden keuchend und unter Mühen zuerst auf das Dach und dann über eine Mauer und hinunter auf das nächste, niedrigere Dach, dessen Schindeln so lange nicht mehr ausgetauscht worden waren, dass sie unter einer dicken Schicht aus Moos und Flechten kaum mehr herausschauten. Er hörte, wie die alten Schindeln unter seinen Schritten brachen, aber der Bewuchs bot guten Halt, und er folgte dem Fremden über die Dachspitze hinweg …

… geradewegs zu einem Trio verzweifelter Männer. Alle drei trugen dunkle Kleidung und Gesichtsmasken. Derjenige von ihnen, der am weitesten entfernt stand, betrachtete die beiden auf ihn zukommenden Gestalten und sprang einfach über den Rand des Daches – auch auf die Gefahr hin, unten auf den Pflastersteinen zu sterben.

Die anderen beiden griffen den Fremden an. Er fing einen Schlag mit seinem schweren schwarzen Mantel ab, zog sein Schwert und stellte sich dem Angriff des zweiten Mannes entgegen. Alcaeus steckte in voller Rüstung und bewegte sich weitaus weniger anmutig. Er stürzte auf den Gegner zu, der ihm am nächsten stand, und beachtete dessen Schläge nicht, die er in der Dunkelheit ohnehin nicht hatte kommen sehen. Der andere Mann wollte nun mit ihm ringen, aber Alcaeus brach ihm den Arm und schlug ihn mit seinem Kniepanzer bewusstlos.

Der Fremde hatte seinen Gegner entwaffnet und fesselte ihm die Hände mit seinem Gürtel.

Alcaeus öffnete sein Visier und keuchte. »Wer seid Ihr?«, fragte er.

Das Lächeln des Mannes strahlte in dem hellen hermetischen Licht, das noch vor der Taverne in der Luft über dem Platz hing. »Ich bin Euer neuer Kaplan«, sagte er.

Der Herzog betrat die Taverne und fand Cully und Bent auf dem Boden des Schankraumes; ihren Gefangenen hielten sie zwischen sich fest. Der Herzog schaffte sie aus der Tür, ein Pfeil prallte an seinem Helm ab, und er zog sich über die Schwelle der Taverne zurück.

*Deine Männer brauchen besseres Licht,* sagte Harmodius.

Er wirkte diesen Zauber selbst und war überrascht von der Helligkeit seines Lichts. Dann legte er weitere Zauber über die Häuser, die den kleinen Platz umstanden. Es waren große Häuser mit reichen Stuckverzierungen und unterschiedlich hohen Dächern, die ausgezeichnet dazu geeignet waren, Attentäter und Bogenschützen zu verbergen.

Das Brüllen des Feuers beunruhigte ihn, und die Feuerbrigade auf dem Platz erreichte gar nichts. Einer oder zwei der Männer waren bereits von Pfeilen getroffen worden, und der Rest ging allmählich in Deckung. Die Kette der Wasserkübel war unwiederbringlich durchbrochen.

Aber irgendwo unter seinen Füßen befand sich eine Zisterne mit Tausenden Gallonen Wasser. Er versuchte sie zu bewegen …

*Er befand sich an seinem Ort der Macht und spürte das Wasser mit einem sehr kleinen Zauber auf, während er den Ort veränderte, an dem es sich befand. Harmodius nickte auf seiner Marmorsäule.*

*Gut gemacht, Junge. Das ist so viel einfacher, als Wasser zu erschaffen. Nein, nicht über das Dach, sondern unter das Dach. Du bist nicht begrenzt in den Orten, zu denen du das Wasser bringen kannst. Unmittelbar auf das Feuer …*

*Der Herzog wirkte seinen Zauber. Harmodius sagte: Stehen wir nicht gerade unmittelbar unter …*

Die Wasserwand löschte das Feuer sofort.

Der neue Herzog von Thrake war nicht mehr so elegant, wie er es gern gewesen wäre, als er wenige Minuten später seinen neuen Kaplan traf. Bis auf die Haut durchnässt stand er in der kühlen Herbstluft und zitterte unter seiner Rüstung, auch wenn Ser Michael einen schweren Mantel geholt und ihm umgelegt hatte. Ein weiterer Mantel wurde über Bent geworfen, der durch den Wasserschwall zu Boden gestürzt war und noch immer Schwierigkeiten hatte, Luft zu holen.

Der Herzog nieste abermals.

»Was ist mit dem Mann, den Cully gefangen genommen hat?«, fragte er.

Tom Schlimm schüttelte den Kopf. »Er kennt ein paar Namen und Orte. Er ist ein gedungener Tagelöhner aus dem Hafen und geht jeden Tag zur Wäscherei im Palast.«

»Also war das Ganze keine völlige Zeitverschwendung«, sagte der Herzog und nieste erneut.

»Ihr hättet es mir sagen können«, bemerkte Ser Milus.

Der Herzog nickte. »Das hätte ich vermutlich tun sollen«, gab er zu.

Ser Gawin kam herbei und warf sich auf einen Stuhl. »Gedungene Kämpfer und Schläger. Die zwei, die Alcaeus und der Priester erwischt haben, sind nichts anderes als etwas edlere Halunken. Sie wurden angeheuert, um jedem, der in die Taverne kommt, einen Hinterhalt zu legen.«

Cully saß da und lauschte, dann schüttelte er den Kopf. »Mir sind klare und offene Schlachten lieber«, sagte er. »Sie haben uns zwar eine Bezahlung angeboten, wenn wir desertieren, aber sie hatten bloß vor, uns zu töten. Wir hingegen wollten nicht desertieren, sondern sie gefangen nehmen. Sie hatten vermutet, dass wir ein doppeltes Spiel treiben – und uns in einen Hinterhalt gelockt. Aber sie hatten nicht erwartet, dass Ihr die ganze Garde mitbringt. Dadurch haben wir es ihnen gezeigt.«

Der Herzog nickte. »So war es. Und jetzt folgen wir unseren Spuren. Wir beobachten den Wäschedienst und finden heraus, wer die Anweisungen entgegennimmt, die unser Gefangener für gewöhnlich dort hinterlässt, dann nehmen wir uns den Spion aus dem Hafen vor …«

»Der vermutlich gar nichts weiß«, spuckte Tom Schlimm aus.

Der Herzog zuckte die Achseln und nieste noch zweimal. »Immerhin war es einen Versuch wert«, sagte er.

Ser Gawin meinte: »Du solltest dir die Haare trocknen.« Er holte ein Handtuch und warf es seinem Bruder zu. »Und was machen wir jetzt?«

Ser Milus war noch immer verärgert. »Das klingt so, als hättet Ihr einen Kampf gehabt, an dem ich nicht beteiligt sein durfte«, sagte er. »Warum habt Ihr mir das nicht gesagt?«

»Es musste ein Geheimnis bleiben«, murmelte der Herzog. »Tut mir leid, Milus. Ich habe nicht darüber nachgedacht.« Er spreizte die Hände. »Ich glaube, ich mache zu vieles gleichzeitig.« An Gawin gewandt sagte er: »Und jetzt versuchen wir es mit einer Giftpille.«

»Wie bitte?«, fragte Gawin.

»Ich werde einigen Leuten sagen, dass ich vermute, ein Geheimnis sei verraten worden – ein sehr wichtiges Geheimnis. Ich nenne jedem ein etwas anderes Geheimnis und werde dann sehen, was passiert. Es ist, als würde man Farbe in die Kanalisation kippen, um herauszufinden, wo sie am Ende wieder auftaucht.«

»Und was dann?«, fragte Ser Gawin.

»Keine Ahnung«, antwortete der Herzog. »Aber es wird Zeit. Wir müssen den Krieg zu Andronicus tragen, bevor er zu uns kommt.« Er nieste. »Aber als Erstes müssen wir die Pelzkarawanen herbringen.«

»Welche Pelzkarawanen?«, fragte Gawin.

Am nächsten Tag ritt der Herzog von Thrake über den Platz zu den hohen Zwiebeltürmen der Akademie und wurde mit großer Zeremonie empfangen. Er stieg vor den hundert Stufen ab, die zum alten Tempel des Poseidon hinaufführten – der nun die Kirche des heiligen Evangelisten Markus war – und kletterte zusammen mit Ser Alcaeus und seinem neuen Kaplan, dem Pater Arnaud, die Treppe hinauf. Immer wieder musste er niesen, da bewegte er sich nicht sehr schnell.

Er blieb vor der antiken Statue des Cerberus, des Wächters der Unterwelt stehen. Die Statue war gewaltig; jede der drei riesigen Schnauzen des Hundes stand weit offen und zeigte spitze Fangzähne.

»Warum fühlt sie sich so leer an?«, fragte Pater Arnaud.

Der Megas Ducas tätschelte einen der Steinköpfe. »Die Statue selbst ist eine hermetische Leere. Die Studenten können alles hineinwerfen, was sie wollen. Und das tun sie auch. Auf diese Weise entledigen sie sich von allem, was bei ihnen schiefgegangen ist.« Er grinste. »Und es werden keine Fragen gestellt.«

»Wohin sind wir unterwegs?«, fragte der Albier.

Der Megas Ducas lächelte hinterhältig. »Zum Arbeitszimmer des Kanzlers? Zum Schreibtisch des Patriarchen? Zur Hölle?« Er schüttelte den Kopf.

Ser Alcaeus sah ihn an. »Gebt es zu! Ihr seid auch einmal als Student hier gewesen.«

»Niemals«, sagte der Megas Ducas. »Kommt! Bevor wir nicht das Vorzimmer erreicht haben, hat unser Warten noch nicht einmal begonnen.«

Am oberen Ende der Treppe wurden sie von zwei Priestern empfangen, die sie durch eine großartige Kolonnade aus schwerem Marmor zu dem Gebäude rechts von ihnen führten. Das war ein weiterer alter Tempel, der zwar kleiner, aber mit seinen goldenen Einlegearbeiten in Marmor und der Reihe von Statuen ein Bild der Vollkommenheit abgab. Staunend blieb der Herzog stehen.

Der erste Priester lächelte nachsichtig. »Heidnische Helden«, sagte er. »Die Statuen wurden aus der alten Welt hergebracht.«

Ser Alcaeus hatte sie während seiner Zeit in der Akademie jeden Tag gesehen, und er musste lächeln, als er beobachtete, wie der Hauptmann erst das eine Standbild und dann das nächste bewunderte.

»Großartig«, sagte er.

Pater Arnaud zuckte mit den Schultern. »Warum wirkt unsere Fähigkeit, die Werke Gottes in leblosem Marmor nachzubilden, so anziehend auf die Menschen?«, fragte er.

Der Herzog hob eine Braue und sah ihn an. Er schien sagen zu wollen: *Ist das das Beste, was du von dir geben kannst?*

Pater Arnaud zuckte noch einmal die Achseln.

Sie wurden an den Statuen vorbeigeführt, schritten unter einigen prunkvollen Bögen hindurch, die zu den ältesten Befestigungen der Stadt gehörten, und kamen von dort in eine recht moderne Halle aus Stein und Holz. Mehrere junge Männer und vier Nonnen im Habit saßen züchtig auf einigen Bänken. Die Priester verneigten sich vor ihnen und winkten Diener heran, die kleine Weingläser mitbrachten – dies war genau die Menge, die den Reisenden üblicherweise in Klöstern angeboten wurde.

Die jungen Leute beobachteten den Herzog eingehend, als versuchten sie herauszufinden, ob er gefährlich sei. Ser Alcaeus beugte sich zu ihm hinüber. »Das da hinten ist der Baldesce-Junge«, keuchte er. »Sein Vater ist der Podesta aller Etrusker in der Stadt.«

Pater Arnaud setzte sich auf eine der langen Bänke. »Ob der Patriarch wohl beleidigt sein wird, wenn ich meine Füße hochlege und ein wenig schlafe?«, fragte er. Dann zog er seinen schwarzen Mantel über sich.

Der Herzog fuhr ihn an: »Ich glaube schon, da er der mächtigste Prälat in Nova Terra ist. Es wäre wohl besser, wenn Ihr höflich seid, Pater.«

Der Baldesce-Junge löste sich von seinen Freunden und kam herüber. »Ihr seid der neue Herzog von Thrake«, sagte er mit einer anmutigen Verbeugung.

Der Herzog richtete sich zu seiner vollen Größe auf. »Das stimmt«, antwortete er.

Der junge Mann lächelte. »Mein Vater hasst Euch«, sagte er. »Ich sollte Euch ebenfalls hassen, aber Ihr hinterlasst hier einen recht guten Eindruck. Lässt Euch der Patriarch warten?«

Ser Alcaeus versuchte dem Herzog einen warnenden Blick zuzuwerfen, aber der Herzog nickte bereits. »Ich vermute es, aber noch haben wir ja nicht lange gewartet. Das eigentliche Warten beginnt erst nach einer Stunde – zumindest hat man mir das gesagt.«

Der etruskische Junge lachte. »Nun, ich dachte, jemand sollte Euch mitteilen, dass unser Freund gerade eine Prüfung hat und schon lange überfällig ist. Der Heilige Vater hat es also nicht darauf abgesehen, Euch warten zu lassen.«

Als sie bemerkten, dass ihr Gefährte noch nicht von dem Herzog gefressen worden war, näherten sich die vier Nonnen und die beiden anderen jungen Männer ganz langsam dem Gespräch.

Der Herzog zeigte sich interessiert. »Warum wird euer Freund geprüft? Wegen Häresie?«

Eine der Nonnen lachte auf. »Soweit ich weiß, ist er alles andere als ein Häretiker«, sagte sie, dann jedoch blickte sie ein wenig verwirrt drein. »Aber eigentlich, wenn ich es mir recht überlege, ist er doch einer. Schließlich ist er ein Barbar wie Ihr …«

Der Herzog schnäuzte sich in seinen Ärmel. »Keine Sorge, Schwester. Dort, wo ich herkomme, ist die Bezeichnung ›Barbar‹ eines der größten Komplimente.«

Ein Scharren von Schuhen war zu hören.

»Außerdem«, fuhr der Herzog fort, »ist fast keiner ein Barbar wie ich.«

Baldesce lachte. »Stimmt es, dass Ihr mit der Kaufmannsgilde Frieden schließen wollt?«

Der Herzog mühte sich an einem Lächeln ab. »Bist du immer so keck?«

»Mein Vater ist der Podesta«, sagte Baldesce.

Das Lächeln des Herzogs wurde breiter. »In diesem Fall wird mir nicht schaden, wenn ich dir sage, dass wir all eure etruskischen Gefangenen freigelassen haben. Der Rest muss zwischen deinem Vater und der Kaufmannsgilde abgemacht werden.«

Pater Arnaud rollte mit den Augen.

Die Doppeltür wurde geöffnet.

Morgan Mortimir zeigte ein Lächeln, das so strahlend war wie ein heißes Feuer an einem kalten Tag. Hinter ihm stand der Patriarch in einer Robe, die einmal schwarz gewesen, über die Jahre aber zu einem dunklen Blaugrau verblasst war. Der Patriarch hatte die Hände in die Ärmel gesteckt und lächelte nun ebenfalls.

Er ging in das Vorzimmer hinaus. Die Freunde des jungen Mannes eilten auf ihn zu und schüttelten ihm die Hand, und zwei der Nonnen tauschten sogar keusche Umarmungen mit ihm aus. Der junge Mann strahlte weiterhin voller Glück. »Ich habe bestanden«, sagte er sechs- oder siebenmal.

Baldesce schüttelte ihm heftig die Hand. »Du bist wirklich ein Dummkopf«, bemerkte er. »Es war doch klar, dass du bestehst.«

Der Herzog ging zu den Klassenkameraden des jungen Mannes – er selbst war kaum fünf Jahre älter als der älteste von ihnen – und schüttelte ihm ebenfalls die Hand. »Ich glaube, wir sind Landsleute«, sagte er. »Du bist Albier?«

»O ja, Ser«, gab Mortimir zurück. »Ich weiß auch, wer Ihr seid. Ich habe Euch im Palast gesehen.« Er strahlte den Herzog an.

*Das ist Macht. Bei Hermes Trismegistos, dieser Junge hat Macht.*

*Bitte halte dich zurück. Wie viel muss ich trinken, um dich loszuwerden?*

»Ich nehme an, du studierst hier?«, fragte der Herzog.

»Ja, Mylord.«

»Weiter so. Hast du jemals an eine Laufbahn als Soldat gedacht?«, wollte der Herzog wissen.

»Ja, Mylord!«, sagte der Junge.

»Ich sehe, dass du ein Schwert trägst«, fuhr der Herzog fort.

»Ich habe ihm gesagt, dass das für einen Studenten dumm ist«, sagte Baldesce.

Der Herzog lächelte. »Ich habe es nie als dumm empfunden«, gab er zurück und ruinierte seinen herablassenden Blick dann durch ein lautes Niesen.

Er ging von Mortimir zum Patriarchen, der es ihm erlaubte, seinen Ring zu küssen. »Da geht ein sehr unterhaltsamer junger Mann dahin«, sagte der Patriarch. »Er hat erst spät zu seiner Macht gefunden, aber ich glaube, er ist erstaunlich mächtig. Vielleicht ist er nicht der Mächtigste in seiner Klasse, aber er ist auf jeden Fall sehr helle. Es war eine Freude, ihn zu prüfen.« Er verneigte sich und führte seine Besucher einen weiteren Korridor entlang – diesmal war es ein Kreuzgang, der sich auf einen wunderschönen Innenhof mit vier Quittenbäumen öffnete, die durch schwere Holzgitter geschützt wurden. Der erste stand in der Frucht, der zweite in Blüte, der dritte in der Knospe, der vierte war grün und leer.

Der Patriarch führte sie durch den Kreuzgang in ein kleines Arbeitszimmer mit einem einzigen mächtigen Schreibtisch, der vollständig von Büchern und Schriftrollen bedeckt war. »Nehmt Platz, wo es möglich ist«, sagte er ein wenig geistesabwesend. »Wie kann ich Euch helfen, Herzog?«

»Heiliger Vater, ich bin gekommen, um ...« Der Herzog richtete seinen Blick auf eine der Schriftrollen. »Ist das etwa ein Original von Hereklitus?«, fragte er. »Aber die *Suda* sagt doch, dass er sein Buch der Artemis als Opfer darbrachte!«

Der Patriarch lächelte. »Die *Suda* sagt vieles, was dumm und närrisch ist. Ihr könnt Hocharchaisch lesen?«

»Nur sehr mühsam, Heiliger Vater.« Sein Finger folgte seinem Blick.

Ser Alcaeus versuchte die Aufmerksamkeit seines Hauptmanns zu erringen.

Steif wie ein Brett stand Pater Arnaud da.

Der Patriarch sah Pater Arnaud an. »Ihr seid ein Ritter vom heiligen Thomas, wie ich vermute?«

»Ja, Heiliger Vater«, antwortete der Kaplan. »Ich bin Priester.«

»Priester? Das muss sehr schwierig sein, Pater. Die Lehren Jesu Christi sind mit der Anwendung von Gewalt nicht leicht in Einklang zu bringen.« Der Patriarch beugte sich vor. »Oder wie seht Ihr das?«

Pater Arnaud verneigte sich. »Ich hatte durchaus meine inneren Kämpfe«, gab er zu.

Der Patriarch nickte. »Wenn Ihr sie nicht gehabt hättet, wäret Ihr auch nicht besser als ein wildes Tier.« Aber er schien zufrieden zu sein und bot dem Priester seinen Ring zum Kuss dar.

»Ser Alcaeus«, sagte er, »wie geht es Eurer Mutter? Schmiedet sie eifrig Pläne?«

Ser Alcaeus nahm an dieser Bemerkung keinen Anstoß, sondern nickte. »Wahrhaftig, Heiliger Vater, sie ist überaus beschäftigt damit. Ihr jüngster Plan bezieht sich auf die Rettung des Reiches.«

Der Patriarch hob eine Braue, kicherte fröhlich und wandte sich dann an den Herzog. »Ihr müsst mir vergeben, Mylord, aber Alcaeus war einer meiner Studenten – kein besonders geübter zwar, aber er ist ein kluger Kopf und ein sehr fähiger Dichter, wenn er seine Macht zum Guten einzusetzen bereit ist. Er hat viele komische Verse über seine Lehrer geschrieben.«

Alcaeus zuckte zusammen.

Der Patriarch richtete den Blick wieder auf den Herzog.

»Sicherlich könnt Ihr schneller lesen«, sagte er.

Der Herzog schaute auf. »Die Akademie hat beschlossen, neutral zu bleiben«, sagte er.

Alcaeus erbleichte.

Der Herzog fuhr fort: »Die Neutralität der Universität kommt einem Verrat nahe, Heiliger Vater. Der Kaiser wurde entführt, und der Verräter, der ihn gefangen genommen hat, hat schon gedroht, einen Teil des Reiches für das zu verkaufen, was er bekommen will. Der Magister des Kaisers, der von der Akademie eingesetzt worden sein muss, hat sich als Verräter herausgestellt. Er ist ein Mann mit außergewöhnlicher Macht. Warum ist die Akademie so zurückhaltend, wenn es darum geht, sich auf die eine oder andere Seite zu schlagen?«

Die Miene des Patriarchen verriet nichts. »Es tut mir leid, wenn Ihr den Eindruck gewonnen habt, wir seien neutral«, sagte er vorsichtig. »Die Akademie steht im Dienste des Palastes – jetzt und in Zukunft.«

»Hättet Ihr die Entführung des Kaisers denn nicht verhindern können?«, fragte der Herzog und richtete sich auf. »Zumindest einer Eurer Astrologen muss es doch vorhergesehen haben.«

Der Patriarch legte die Finger zu einem Dach zusammen. »Wir haben dem Palast in der Tat davon berichtet.« Er machte eine abwehrende Handbewegung. »Leider haben wir Meister Aeskepiles darüber in Kenntnis gesetzt, und er ist wirklich ein Verräter – am Palast und an seiner Ausbildung. Aber das ist weder die Schuld der Kirche noch die der Universität.« Er beugte sich vor. »Ihr seid selbst ein Magus«, sagte er. »Aber etwas an Euch ist sehr sonderbar – als hättet Ihr zwei Seelen.«

Der Herzog lehnte sich zurück.

*Versteck dich.*

*Still …*

»Ich hatte einen Tutor in der *Ars Magicka*, der hier ausgebildet wurde. Ich übe, wenn ich kann.« Der Herzog nickte. »Hätte ich die Zeit, so würde ich gern wieder Unterricht nehmen.«

»Die Gefangennahme einer anderen Seele ist Nekromantie, Häresie und darüber hinaus ein ungesetzlicher hermetischer Akt«, sagte der Patriarch und beugte sich noch weiter vor. »Ist das, was ich an Euch spüre, etwas eine andere Seele?«

»Nein«, log der Herzog glatt.

Der Patriarch kniff die Augen zusammen.

»Heiliger Vater, wäre ich ein Dämon, ich hätte wohl kaum die Umstände auf mich genommen, Euch in Eurem Arbeitszimmer zu besuchen …«

Der Patriarch lehnte sich zurück und lachte. »Manchmal bin ich halt misstrauisch. Das liegt vermutlich an meinem Alter. Ich spüre jedoch Doppelseelen im Äther.« Sein Blick wurde schärfer. »Und manchmal spüre ich Häresie, wo es gar keine gibt. Euch eilt der Ruf voraus, ein Kind des Satans zu sein, auch wenn Ihr Lissen Carak vor der Wildnis gerettet habt.«

»Wirklich?«, fragte der Herzog. »Ich glaube, überdies habe ich diese Stadt vor dem Verrat gerettet. Und meine Leute sind durch Hermetik angegriffen worden, genau hier, unter Eurer Nase, Heiliger Vater.«

Der Patriarch lehnte sich noch weiter zurück. »Ich bin wohl kaum Euer Feind.«

Der Herzog nickte. »Das hatte ich auch nie angenommen. Können wir unter vier Augen sprechen?«

Pater Arnaud führte die anderen aus dem Arbeitszimmer des Patriarchen.

Die beiden Männer gingen sehr freundschaftlich miteinander um, als sie wieder herauskamen. Der Patriarch hatte den Arm des Herzogs ergriffen, sie umarmten sich, und dann küsste der Herzog den Ring des Patriarchen.

»Rettet den Kaiser«, sagte der Patriarch.

»Ich werde alles tun, was in meiner Macht steht«, erwiderte der Herzog.

Pater Arnaud trat vor. »Heiliger Vater, ich habe eine Nachricht für Euch – von Prior Wishart.«

Der Patriarch nickte. »Ich bin ihm zwar nie begegnet, aber er hat einen besonders guten Ruf. Allerdings hat sich Euer Orden in der Vergangenheit von uns ferngehalten und sich gar ein wenig nach Rhum ausgerichtet.«

Pater Arnaud streckte nur die Schriftrolle vor und erwiderte nichts darauf.

Der Patriarch lachte. »So ist das nun einmal bei alten Männern«, meinte er und nahm die Rolle entgegen. Er las sie rasch durch und sah dann über ihren Rand den Herzog an. »Der König von Albia setzt einen scholastischen Bischof in Lorica ein?«, fragte er.

Der Herzog war verblüfft. Er sah Pater Arnaud böse an und verneigte sich vor dem Prälaten. »Ich bitte um Verzeihung, aber davon hatte ich keine Ahnung.«

Der Patriarch klopfte sich mit der Schriftrolle nachdenklich gegen die Zähne. »Ich möchte Euch in weniger als einer Woche wiedersehen. Ich muss erst über all das nachdenken.« Er hob die Hand und segnete die Männer. »Geht mit Gott.«

*Das war allzu knapp.*

*Harmodius, du wirst allmählich zu einem Risiko.*

*Ich arbeite daran!* Der alte Mann schüttelte den Kopf seiner Statue. *Endlich bin ich in einer Stadt, in der ich Dinge kaufen kann, die ich brauche. Dinge, die auch du brauchst.*

*Alter Mann, du hast mich gut gelehrt; du hast die Truppe wenigstens einmal gerettet; ohne dich hätte ich den Kampf um Lissen Carak verloren. Aber meine Kopfschmerzen werden mit jedem Tag schlimmer, und allmählich fange ich an, Fehler zu machen – Fehler, die den Tod der Menschen, die ich liebe, zur Folge haben können.*

*Ich brauche bloß mehr Zeit. Noch ein paar Wochen. Muss ich dich etwa darum anbetteln?*

*Nein,* sagte der Rote Ritter.

Harmodius machte besondere Anstrengungen, sich ganz tief in ihm zu vergraben.

Nachdem sie den Patriarchen verlassen hatten, ging der Herzog mit seinen Freunden einkaufen. Ser Michael und eine tief errötende Kaitlin begegneten ihnen am Fuß der Treppe, die zur Akademie hinaufführte, und auch Ser Gawin, Ser Thomas und Ser Alison waren da. Sie alle trugen nur das Nötigste an Rüstung – ausschließlich Brustpanzer – und hatten ihre Schwerter dabei. Und sie hatten sich mit einigen Juwelen geschmückt. Sie wurden von vierzig Pagen in der scharlachroten Livree der Kompanie begleitet, und auch wenn sie fast jedes Pferd, das die Kompanie besaß, mit Beschlag belegt hatten, wirkten sie sehr Ehrfurcht gebietend.

»Seht reich und gefährlich aus«, sagte er zu ihnen.

Das Einkaufen in der Stadt war äußerst ermüdend. Es gab endlose Reihen von Tischen mit Waren und Buden und Läden mit polierten Holztäfelungen sowie mit Glasfenstern – Fenstern aus *echtem* Glas und kleine Stände, die aus handgewebten fernöstlichen Teppichen gebildet wurden; manchmal mussten auch einige Scheunenbretter ausreichen. Ein Platz war den Edelsteinhändlern vorbehalten, einer den Handschuhmachern, einer den Schwertschmieden, andere den Rüstungsschmieden, den Seidenwebern, den Schneidern, den Schleiermachern und den Parfumeuren.

Der vorgeschobene Zweck dieser Expedition bestand darin, alles zu kaufen, was für eine Hochzeit benötigt wurde. Aber der Herzog hatte eindeutig noch etwas anderes im Sinn, und auf dem Platz der

Edelsteinhändler führte er sie in den elegantesten Laden, der sich in der Mitte eines langen Häuserblocks befand, wo er wie ein Prinz empfangen wurde. Er wandte sich an Ser Michael und nahm ihn bei der Hand. »Du bist reich«, sagte er. »Kauf dieser schönen jungen Frau doch ein oder zwei Schmuckstücke.«

»Womit?«, fragte Michael.

»Such dir einfach etwas aus«, erwiderte der Herzog und folgte dem Ladeninhaber durch eine Tür, die sich sogleich wieder hinter ihnen schloss.

Pampe wählte ausgerechnet einen Kamm mit roter und grüner Emaille. Der Kamm zeigte in bewundernswert feiner Arbeit zwei Ritter, die sich in einem Kampf auf Leben und Tod befanden, Dolch gegen Dolch. Pampe nahm ihren Hut ab, steckte sich den Kamm ins Haar und lächelte einen Spiegel an – und dann schloss sie ihren Mund rasch wieder, weil sie ihre fehlenden Zähne verbergen wollte. »Was kostet er?«, fragte sie.

Ein Ladenjunge wurde ausgesandt, gesüßten Tee zu holen.

Für seine Liebste entdeckte Ser Michael eine Wildrose aus Gold und Granaten. Sie liebte dieses Schmuckstück, und er liebte sie ebenfalls. Er legte es auf ein gepolstertes Silbertablett.

Ser Gawin schlenderte von Regal zu Regal und entschied sich schließlich für zwei Klöppelnadeln und einige Knöpfe. Es waren kleine Knöpfe für ein Damenkleid, mit winzigen Glöckchen in ihrem Innern, die ein helles Klingeln von sich gaben.

Die übrigen Ritter versuchten, nichts zu beschädigen.

Der Herzog kam mit einem breiten Lächeln zurück, und er und der Edelsteinhändler umarmten sich. Er betrachtete Ser Michaels Wahl, und sein Grinsen wurde jetzt noch breiter.

»Auf meine Rechnung«, sagte er leise.

Pampe bezahlte in hartem Silber und weicherem Gold aus einem Beutel, den sie hervorgezogen hatte.

Ser Michael bemerkte, dass sie und der Hauptmann sich einen langen Blick zuwarfen, bevor der Beutel wieder geschlossen wurde und sie ihn wegsteckte.

Auf dem Platz der Handschuhmacher verlor sich alle Disziplin. Die Ritter gaben ihr Geld wie Söldner aus, die sie ja auch waren. Handschuhe gehörten zu den wertvollsten Besitztümern eines Ritters – zusammen mit Stiefeln, die für das Wohlbefinden so wichtig waren. Gute Handschuhe waren unter den Handpanzerungen von großem Wert und auch für Bogenschützen von entscheidender Bedeutung.

Meister Baldesce, Meister Mortimir und die Nonnen kauften hier ebenfalls Handschuhe, und nach und nach wurden sie in die Kompanie geradezu aufgesogen und begleiteten hinterher noch die Ritter, Knappen und Pagen in eine Taverne.

Der Herzog ging von Becher zu Becher und tauchte die Spitze seines Runddolches in jeden Krug, bevor der Wein eingeschenkt wurde, was ausschließlich die eigenen Pagen taten. Michael bemerkte, dass sein Hauptmann kein Risiko einging.

Der junge Baldesce wandte sich an Mortimir. »Er ist ein Magister! Sieh dir nur sein Wirken an. Er säubert den Wein.«

Meister Mortimir sah dem einfachen Zauber des Herzogs mit großer Neugier zu.

Nach dem Wein besuchten sie die Rüstschmiede. Der Hauptmann ging eine Stunde lang von Laden zu Laden, und damit sich Kaitlin nicht dabei langweilte, sang ihr zukünftiger Gemahl ihr in einer Weinhandlung an einer Seitenstraße Liebeslieder vor. Dies zog zwei moreanische Straßensänger an. Zuerst hörten sie zu, dann aber begleiteten sie die Lieder auf ihren Instrumenten so gut, dass alle Ritter, die sich nicht um eine neue Rüstung kümmern mussten, in die Hände klatschten. Die Pagen waren ganz verzückt. Schließlich gaben die Straßensänger ihre eigenen Lieder zum Besten. Die Ritter verteilten großzügige Gaben, und als der Hauptmann endlich für einen neuen Brust- und Rückenpanzer in gehärtetem Stahl ausgemessen worden war, hatte sich eine kleine Theatertruppe formiert und führte in antiken Gewändern eines der alten Spiele auf.

Trotz ihrer Schwangerschaft und Erschöpfung war Kaitlin begeistert.

Der Herzog blieb bei den Sängern stehen und buchte sie für das Hochzeitsfest, genauso wie die Schauspieler. Er zahlte ihnen ein hübsches Sümmchen im Voraus, was recht klug war, denn kurz darauf wurden sie von Tom Schlimm beehrt. Das hätte sie durchaus an ihrem Glück zweifeln lassen können.

Jeder Ritter, Soldat und Page ließ sich das Schwert in der Straße der Schleifer schärfen, und der junge Etrusker sah erfreut zu, wie zwanzig Söldner ihre Klingen prüften, sodass überall, wohin man auch schaute, eine Klinge in vielen verschiedenen Kampffiguren sanft durch die Luft glitzerte. Die Schwertschmiede verdienten heute in einer Stunde mehr an harter Münze, als sie sonst in zwei Wochen einnahmen.

Der Herzog schlich wie ein Raubtier auf der Suche nach Beute durch die Straßen, schwang ein Armeeschwert durch die Luft, bewunderte einen ausgezeichneten Tartarensäbel in grünem Lederfutteral, liebkoste einen Runddolch – bis er schließlich einen Laden betrat, der weder größer noch schäbiger war als der Rest.

An den Wänden hingen zwei Dutzend Schwerter, und er erkannte sofort, dass die Werkstatt in den Fels hinter dem Laden eingebaut war. Er roch das Feuer und das Metall, das die Schleifsteine abschabten. Der Meisterschleifer kam persönlich hervor und wischte sich die Hände ab. Er war klein und drahtig und sah eher wie ein Schulmeister als wie ein Schmied aus.

Ser Michael stand neben dem Herzog. Er war zu dem Teil einer spontanen Verschwörung geworden – zusammen mit Tom, Pampe und Gawin, die es sich vorgenommen hatte, den Hauptmann stets im Auge zu behalten. Er wirkte jetzt seltsam – zu oft betrunken und zu oft gereizt.

Aber beides war im Laden des Schleifers nicht zu beobachten. Hier machte er einen regelrecht beschwingten Eindruck.

»Ihr fertigt die besten Klingen an«, sagte der Herzog.

Der Schleifer schürzte die Lippen. »Ja«, stimmte er zu, als missfiele ihm dies. »Das heißt, Meister Plaekus stellt sie her, und ich mache Waffen daraus.« Er runzelte noch einmal die Stirn. »Was wollt Ihr?«

Es folgte eine lange Verhandlung. Lehrlinge rannten umher und holten hölzerne Schwertformen, und einmal wurde ein Dolch aus einem moreanischen Adelshaus ausgeliehen, das zwei Straßen entfernt lag.

Am Ende hatte sich der Herzog für eine bestimmte Länge, für einen bestimmten Griff und Knauf, für die Form der Klinge und deren Gewicht entschieden. Und für einen dazu passenden Dolch.

»Edelsteine?«, fragte der Schleifer.

Michael hatte noch nie so viel Abscheu aus einem einzelnen Wort herausgehört.

»Nein«, sagte der Herzog. »Eine scheußliche Idee. Rote Emaille. Und eine rote Scheide.« Er lächelte. »Alles in Rot. Und in Gold.«

Der Schleifer nickte müde. »Gold, natürlich.«

Der Herzog beugte sich vor. Michael erkannte die Veränderung – eine kaum wahrnehmbare Veränderung in Körpersprache und Tonfall. Er wusste nicht, was es bedeutete, aber er hatte es schon einige Male beobachtet.

»Darf ich Euch eine persönliche Frage stellen?«, fragte der Herzog.

Der Schleifer hob eine Braue und wirkte so, als wären ihm die Adligen und Mörder, die seine Waren kauften, so fremd, dass er nicht wissen konnte, was nun folgen mochte. »Lasst hören, Mylord«, sagte er glatt.

»Ist der Magister des Kaisers nicht einmal Euer Lehrling gewesen?«, wollte der Herzog wissen.

Der Schleifer seufzte. »Jawoll.« Sein Moreanisch war schwer zu verstehen, denn er sprach mit dem Akzent der moreanischen Inselbewohner. »Er war zwanzig Jahre lang hier.« Dann runzelte er die Stirn. »War mehr als nur ein Lehrling.«

Der Herzog nickte. »Habt Ihr … vielleicht noch irgendetwas, das einmal ihm gehört hat?«

Ser Michael wusste, dass der Herzog etwas vorhatte; er war wie ein Spieler, der darauf brennt, seine nächste Karte auszuspielen.

»Als er gegangen ist …« Der Schleifer zuckte die Achseln. »Er hat all seine Sachen hiergelassen, nachdem er … zur Macht gekommen war.« Er wandte den Blick ab. »Da war er schon dreißig Jahre alt. Bei ihm ist es halt sehr spät passiert.«

Jetzt wurden Wein und gesüßte Nüsse gereicht.

Eine große Frau erschien mit einem Bündel im Arm. »Zwei Arbeitskittel und eine Kappe.« Sie lächelte wehmütig. »Ich habe ihm diese Kappe gemacht, bevor er zu Amt und Ansehen gekommen ist. Das hat ihm die Funken von den Haaren abgehalten.«

Der Herzog nahm die Kappe vorsichtig in die Hand – dabei wirkte er beinahe ehrerbietig. »Was für ein berühmter Mann«, sagte er.

*Harmodius ließ die Kontrolle über seinen Wirt fahren und rammte seine ätherische Faust in die ätherische Handfläche.*

*Der Hauptmann erbebte. Er war verängstigt und fühlte sich verraten. »Wie kannst du es wagen!«*

*Harmodius hob eine ätherische Braue. »Du willst mich loswerden. Und ich will aus dir herauskommen. Ich habe einen Plan. Manchmal brauche ich deinen Körper, damit es weitergeht.«*

*Der Hauptmann fühlte sich, als müsste er sich gleich übergeben. Aber es war – wieder einmal – sein Körper.* Er erlangte die bewusste

Kontrolle wieder und stellte fest, dass er auf einem Stuhl saß. In einem Augenblick der Verwirrung hatte seine Hand offenbar einen Becher mit Wein fallen lassen. Ser Michael sah ihn an, als wäre ihm ein zweiter Kopf gewachsen. Gawin stand neben ihm und hatte ihm die Hand auf die Schulter gelegt.

»Bruder?«, fragte er. »Du bist nicht ganz du selbst gewesen.«

Der Megas Ducas ächzte. »Du kennst nicht einmal die halbe Wahrheit«, sagte er.

Er blickte an sich herab und stellte fest, dass um den Zeigefinger seiner rechten Hand ein Haar gewickelt war – ein dickes, grobes schwarzes Haar.

*Verlier es nicht!, sagte Harmodius.*

Auch damit fand das merkwürdige Verhalten des Herzogs noch kein Ende.

Er hielt an den seltsamsten Orten an. In der Straße der Apotheker und Alchemisten verbrachte er so viel Zeit, dass der Rest der Truppe weiterzog und die Stoffe für Kaitlins Kleid aussuchte. Es stellte sich heraus, dass jeder Ritter eine andere Meinung darüber hatte. Als Kaitlin und ihre Schwestern aber einen Laden gefunden hatten, der ihnen gefiel, gingen sie zusammen mit der Näherin Meg und der Wäscherin Lis hinein und kamen erst wieder heraus, als der Herzog schon lange von den Alchemisten zurückgekehrt war. Er kaufte scharlachrote Wolle für die Truppe und Brokat für die anderen, dazu Samt für eine Börse und noch einige weitere Dinge.

Später am Tag sah ihn Pater Arnaud eingehend an. »Geht es Euch nicht gut?«, fragte er.

Der Herzog wandte sich an den Pater. »Darf ich Eure Kleidung ein wenig auffrischen, Pater?« Er erwiderte den Blick des Priesters fest. »Es ging mir schon besser. Aber ich hoffe, mich bald von dieser ... Krankheit befreien zu können.«

Arnaud lehnte sich gegen eine antike Säule, die einen Verkaufsstand stützte, in dem nichts anderes als Seide verkauft wurde. Er nickte. »Wenn Ihr mir gegenüber mildtätig sein wollt, so wird Euch das zur Ehre gereichen. Wenn ich hingegen nur als Anhängsel Eurer Macht besser aussehen soll, hilft es Euch wohl ebenfalls.« Er lächelte. »Aber wie dem auch sei, ich würde einen neuen Mantel sehr zu schätzen wissen.«

Der Herzog griff nach unten und hob den Saum des priesterlichen Mantels an. »Das ist guter Stoff, aber etwas hat die Farbe ausgewaschen.« Tatsächlich zeigte die untere Hälfte des Mantels kaum mehr das tiefe, glänzende Schwarz des Ordens, sondern war vielmehr mattbraun geworden.

»Riesenscheiße«, sagte der Priester vorsichtig.

Der Herzog hob die Brauen.

Der Priester beugte sich zu ihm vor. »Ich habe Briefe für Euch. Ich vermute, Ihr gebt all das Geld zu einem bestimmten Zweck aus?«

Der Herzog schenkte ihm ein schmallippiges Lächeln. »Ja«, sagte er.

Arnaud zuckte die Achseln. »Ich weiß, dass Ihr es nicht gewohnt seid, einen Kaplan zu haben, aber mir wurde diese Aufgabe als Buße zugewiesen, und ich beabsichtige, sie korrekt auszuführen.« Er beugte sich noch ein wenig weiter zu dem Herzog hinüber. »Was für eine Krankheit?«

Der Herzog hob die Brauen noch höher und runzelte die Stirn, als lausche er auf etwas. Dann zuckte er mit den Schultern. »Ich könnte jemanden gebrauchen, der mir das eine oder andere vom Leibe hält«, sagte er. »Solange Ihr nicht allzu redselig seid.« Kaitlin und Michael hatten die Köpfe zusammengesteckt und wirkten nun wie ein Gemälde mit zwei Heiligen darauf. »Werdet Ihr die beiden verheiraten?«

»Beim heiligen Michael, es wäre eine Sünde, sie *nicht* zu verheiraten. Natürlich werde ich es tun.« Der Priester lächelte.

»Wir geben das Geld aus, weil wir zeigen wollen, dass wir reiche und freundliche Söldner sind. Wir müssen diese Menschen für uns gewinnen, und bisher ist mir das noch nicht gelungen.« Der Herzog lächelte Pampe an, die mit einem wunderschönen Stück scharlachroten Samtes winkte.

»Erwartet Ihr, angegriffen zu werden?«, fragte der Priester. Er hatte den Überblick über all die Gesprächsfäden verloren, die sein neuer Arbeitgeber gleichzeitig zu weben imstande war.

»Nur sechs Menschen wissen, dass wir zum Patriarchen gegangen sind«, sagte der Herzog. »Wenn einer von ihnen umgedreht wurde, erfahre ich es innerhalb einer Stunde.«

»Ihr seid der einzige Soldat, den ich kenne, der nicht flucht«, sagte Pater Arnaud.

»Ist das eine Sünde? Gott und ich haben unser eigenes Abkommen.« Das Lächeln des Herzogs war so kalt wie Eis. »Meine Kompanie braucht einen Kaplan. Ich brauche jedoch keinen Beichtvater.«

»Aber Ihr habt nichts gegen eine Herausforderung«, sagte Pater Arnaud.

»Das stimmt«, sagte der Herzog.

»Ich habe auch nichts dagegen«, gab der Priester zurück.

Nachdem sie eine unglaubliche Summe für Edelsteine und Handschuhe und noch mehr für Stoffe ausgegeben hatten, erreichten sie den Palast, ohne angegriffen worden zu sein. Sogar die Pagen hatten neue Dolche erhalten. Der Herzog hatte darauf bestanden, die ganze Truppe zurück zum Platz der Rüstschmiede zu führen, damit sie alle das Modell für seine neue Brust- und Rückenpanzerung im modernen etruskischen Stil bestaunen konnten.

Der Priester ritt neben Ser Alison. Sie hatte einen Segen von ihm erbeten, kurz nachdem er zur Truppe gestoßen war, und sich ihm als eine der wenigen wahrhaft gläubigen Ritterspersonen in der Truppe vorgestellt, was sich nicht so sehr auf ihre Worte, sondern auf ihre Taten bezog.

»So glücklich habe ich ihn lange nicht mehr gesehen«, sagte sie zu dem Priester. »Es ist schon fast ein wenig beängstigend.«

Pater Arnaud nickte. »Ich habe ihn zum ersten Mal am Tag nach der Belagerung gesehen – im Stall. Da schien er mir nicht so düster zu sein.« Der Priester sah die Frau in der Rüstung an. »In der ganzen letzten halben Stunde habt Ihr Eure Hand am Schwertgriff gehabt. Wisst Ihr etwas, das ich ebenfalls wissen sollte?«

Ser Alison stieß ihr kehliges Lachen aus. »Seht Ihr den Lederbeutel unter meinem rechten Bein?«, fragte sie. »Er ist voller Goldmünzen im Gegenwert von ungefähr sechzigtausend Golddukaten.«

Pater Arnaud sagte zunächst gar nichts, dann stieß er einen Pfiff aus. »Heiliger Jesus und alle Heiligen. Das also hat er bei den Edelsteinhändlern gemacht.«

Pampe grinste, als die Wache das Passwort verlangte und der Herzog sagte: »Ihr habt eine schnelle Auffassungsgabe, Pater. Ihr passt zu uns.«

Mit all ihren Einkäufen ritten sie durch das Palasttor. Niemand war angegriffen worden. Die Gruppe der Akademiestudenten war inzwischen angewachsen; nach alter Tradition durften sie den äußeren Hof des Palastes betreten. Der Herzog ließ ein Fass Wein anstechen und bediente alle persönlich, was unter den Dienern eine große Bestürzung hervorrief, und später am Abend gab es Tanz vor den Stallungen. Nordikaner und Scholae mischten sich unter die Truppe – zusammen mit Huren, Ehefrauen und Lagergefolge sowie etwa hundert Akademiestudenten.

Prinzessin Irene lehnte sich gegen einen Fenstersitz in der Wand der alten Bibliothek und betrachtete den äußeren Hof. Schließlich fanden ihre Hofdamen sie, und Lady Maria trat auf sie zu und verneigte sich.

»Mylady«, sagte sie vorsichtig.

»Warum kann ich nicht ein einfaches Kleid anziehen, hinuntergehen und mittanzen?«, fragte sie.

Lady Maria seufzte. »Weil Euch ein Attentäter einen Dolch in den Rücken stechen würde, noch bevor Ihr den Hof überquert habt.«

»Er ist da unten – wie ein Leuchtturm. Sieh ihn dir nur an.« Prinzessin Irene deutete auf eine Gestalt in einem scharlachroten Wams und einer Hose gleicher Farbe. Als sie auf ihn zeigte, sprang er gerade in die Luft und wirbelte umher.

Lady Maria seufzte erneut. »Ja, er ist sehr farbenprächtig.« Nicht zum ersten Mal verfluchte sie die Wahl ihres Sohnes, sich diesem Mann unterzuordnen. Er war viel zu klug und charismatisch dazu.

Schon früher hatten sich Söldner zu Kaisern aufgeschwungen. Und einer der einfachsten Wege führte über die Schenkel einer Prinzessin.

»Ich *werde* gehen«, sagte Irene.

Lady Maria überdachte ihre Möglichkeiten, wie sie es immer tat. Jeder Liebhaber würde sie sofort ersetzen; das war ein Spiel, das sie selbst auch schon getrieben hatte. Es war selten, dass eine ältliche Matrone die Stellung einer Favoritin lange behaupten konnte – in ihrem Fall war es nur der Verkettung der Umstände zu verdanken.

Sie würde ihre Stellung verlieren. Doch es war ihr überaus wichtig, an wen sie diese verlor.

Außerdem war die Möglichkeit eines Attentats nicht von der Hand zu weisen. Zwei Hofdamen der Prinzessin waren in nur einer Woche getötet worden.

»Werdet Ihr Euch heute Abend zurückhalten und zu Bett gehen, Majestät, wenn ich Euch verspreche, eine andere Gelegenheit für Euch zu finden, zu der Ihr informell an einem Tanz teilnehmen könnt?« Sie versuchte sich daran zu erinnern, wie es war, so *jung* zu sein. Die Prinzessin hatte eine Haut wie Elfenbein, Brüste so fest wie Melonen und Augen ohne ein einziges Anzeichen von Alter. Ihr ganzes Selbst sehnte sich nach dem äußeren Hof – nach Feuer und Tanz. Und nach einem Mann.

Aber Irene war auf ihre Weise auch eine Kriegerin. Sie hatte bereits schwierige Entscheidungen treffen und mit den Konsequenzen leben müssen. Und sie hatte einen guten Unterricht genossen. Aufrecht stand sie da und sah ihre Favoritin an. »Also gut, Maria«, sagte sie so leise, dass es fast ein Flüstern war.

Eine halbe Stunde vor Mitternacht läutete die Torwache auf Anweisung des Megas Ducas die Alarmglocke. Binnen weniger Augenblicke formierte sich die gesamte Garnison auf dem Platz, ob betrunken oder nüchtern, bewaffnet oder tanzbereit. Die meisten Nordikaner waren bis zur Hüfte unbekleidet, und ihre Muskeln glänzten im Dunkeln, während die Scholae wie Höflinge aussahen – was die meisten von ihnen auch waren. Die Truppe leuchtete in allen Farben des Regenbogens, die meisten trugen Alltagskleidung, einige waren beinahe nackt. Sie hatten bereits Ringkämpfe ausgetragen.

Zwei Bogenschützen rollten ein Fass in die Mitte des äußeren Hofes. Die Akademiestudenten standen in einer Gruppe bei den Stallungen und wussten nicht, wie sie sich verhalten sollten, aber sie wurden vom Megas Ducas höchstpersönlich beruhigt, als er in seiner scharlachroten Kleidung an ihnen vorbeiging und ihnen zuzwinkerte.

Dann sprang er auf das Fass.

»Ich bin der Meinung, dass wir uns endlich kennenlernen sollten«, sagte er in gutem Archaisch. Die meisten Soldaten lachten.

»Ab morgen werden wir miteinander üben – alle vier Regimenter. Wir werden durch das Land der Umgebung marschieren, wir werden über unebenes Gelände reiten, wir werden mit Waffen und mit hölzernen Stäben kämpfen, wir werden mit Bögen schießen, Wurfspieße schleudern und mit Ästen zuhauen. Und wir werden üben, während des Reitens mit dem Bogen zu schießen. Außerdem werde ich die Männer innerhalb der Garde austauschen, sodass es Nordikaner geben wird, die in der Kompanie gedient haben, und Scholae, die mit den Vardarioten geritten sind. Wir werden jeden Tag ausreiten, damit uns die Bevölkerung sehen kann. Wir werden unsere Mahlzeiten in Tavernen am Wegesrand einnehmen. Wir werden uns furchtlos betragen, und wenn sich uns Feinde in den Weg stellen, dann werden wir sie töten.«

Ein nervöses Gekicher erhob sich, aber es war nicht sehr laut. Tom Schlimm sagte: »So ist es richtig!«

»Wir haben den Kopf lange genug eingezogen. Es ist an der Zeit, etwas zu unternehmen.« Er lächelte freundlich, im Fackelschein wirkte er jedoch eher wie der Satan persönlich.

Niemand lachte mehr, keiner jubelte.

»Und am nächsten Samstag, zum Fest des heiligen Martin, werden wir uns entspannen und einen Tag freinehmen. An diesem Tag werden wir in diesem Hof hier eine Parade abhalten …« – nun setzte doch Jubel ein –, »… und ich werde dafür sorgen, dass jeder seinen Sold für das letzte Jahr erhält …«

*»Das hört sich doch großartig an!«*

*»Ja, ja!«* Die Männer reckten die Fäuste in die Luft. Eichenbank küsste Cully. So etwas geschah jetzt überall, nicht nur unter den Mitgliedern der Truppe. Die Scholae schienen sehr erfreut darüber zu sein, dass sie bezahlt werden sollten – sie waren sogar überrascht. Die Nordikaner grinsten breit.

»Und dann, am Abend, werden wir die Messe hören – gehalten von keinem Geringeren als dem Patriarchen selbst. Nach der Messe werden Ser Michael und seine Dame Kaitlin getraut werden, hier in der Garnisonskapelle – in der Kapelle der Athanatoi. Und es wird ein kleines Fest geben.« Er lächelte wohlwollend, und überall um ihn herum jubelten die Soldaten.

»Aber jetzt beginnt die Disziplin. Parade bei voller Ausrüstung im Morgengrauen. Jeder Mann, der fragt, was das bedeutet, kann sich an den Primus Pilus wenden. Das ist Ser Thomas. Jetzt seid ihr entlassen und solltet zu Bett gehen. Noch Fragen?«

Tausend Mann auf Parade. Schweigen setzte ein. Niemand scherzte, niemand kicherte.

Sogar die Akademiestudenten waren still.

Der Megas Ducas verneigte sich vor ihnen. »Auch ihr seid eingeladen«, sagte er. »Wir werden dafür sorgen, dass ihr nach Hause eskortiert werdet, es sei denn, einige von euch wollen das Marschieren üben.«

Er sprang von dem Fass herunter, und Tom Schlimm trat aus der Reihe hervor. Er trug ein safranfarbenes Leinenhemd über einer schwarz und rot karierten Hose, und er wirkte, als wäre er zehn Fuß groß, während er die Männer angrinste.

»Ich kann's kaum erwarten, dass endlich der Morgen kommt«, sagte er und schaute sich in dem mitternächtlichen Schweigen um. »Abtreten!«

Nach wenigen Herzschlägen war der äußere Hof leer, und in den Wächterräumen drängten sich die Männer. Die altgedienten Soldaten rieten den neuen, schneller und tiefer zu schlafen. Dieser Witz wurde in drei Sprachen überall wiederholt.

Bei Tagesanbruch war die Sonne nur zu erahnen, in einem Streifen aus Rosa und Gold über den Kirchtürmen.

Die Tore des äußeren Hofes wurden geöffnet, und die Garde trat auf den Platz hinaus. Die Soldaten bildeten lange, zwei Männer tiefe Reihen – hier war weitaus mehr Platz als im äußeren Hof – und formierten sich zu drei Seiten eines Quadrats, dann standen sie still in voller Rüstung da.

Die Nordikaner trugen Kettenhemden, die ihnen bis zu den Knien reichten, und Helme sowie Armschutz aus Kettengliedern. Viele besaßen weitere Verstärkungen aus einander überlappenden Stahlplatten oder moreanischen Brustpanzern, die aus bemaltem und vergoldetem Leder bestanden, und zwei Soldaten hatten den neuen etruskischen Stil mit dem traditionellen vermischt. Sie trugen dunkles Blau und kaiserliches Purpur, geschmückt mit Gold – mit goldenen Platten, goldenen Stickereien, goldenen Schuppen, und manches war noch dazu mit Perlen und Diamanten besetzt.

Die Scholae traten in Rot auf – rote Lederhemden oder dicke Wollhemden unter Brustpanzern und Rückenpanzern aus Bronze, die zu goldenem Schimmer poliert war und sich mit Stahlpanzern abwechselte. Viele trugen Armschienen nach dem neuen etruskischen Stil, und manche besaßen auch Beinpanzer. Sie saßen auf wunderschönen stämmigen schwarzen Pferden.

Auch die Truppe trug Scharlachrot, aber einheitlich waren bei ihr nur die Umhänge. Die meisten hatten ebenfalls Brust- und Rückenpanzer, aber sie trugen Helme in zwanzig verschiedenen Stilen, von Tom Schlimms Spitzhelm bis zu Cullys Kesselhelm. Die Soldaten waren allesamt gerüstet, wie auch die meisten Knappen. Die Pagen trugen leichtere Rüstungen, und Morea zeigte schon seine Auswirkungen. Einige Pagen hatten sich Krummschwerter und geschuppte Kürasse besorgt. Die Bogenschützen waren konservativer, und nur ein einziger Mann hatte sich einen Turban auf seinen Helm gestülpt, der vor dem Gesicht offen war. Der Hauptmann hielt in seiner Inspektion bei ihm an und betrachtete ihn eingehend. Es war Tom »Zehe« Larkin, ein neuer Mann in einer guten, sauberen Rüstung und makellosem Brustpanzer.

»Mir gefällt dein Turban«, sagte der Herzog.

Larkin errötete. »Ser!«, sagte er und hielt den Blick starr auf einen Punkt in der Mitte des großen Platzes gerichtet.

»Zeig dem Rest der Bogenschützen, wie man ihn wickelt«, sagte der Herzog und ging weiter.

Zwei Männer rechts von Larkin sagte Cully: »Da hast du's, du verdammter Geck.« Er sprach es aus, scheinbar ohne dabei den Mund zu bewegen.

Die Kompanie wirkte gut, aber ihre Pferde passten nicht ganz zu ihrer Pracht – nicht einmal die alten. Nur die Soldaten waren beritten, und ihre Tiere stellten eine seltsame Mischung aus ganz verschiedenen, teils armseligen Kleppern dar.

Die Offiziere übernahmen nun die Inspektion, und die ganze Garde stand wie bunte Statuen da, die hervorragend zu den anderen tausend Bildwerken aus Bronze und Marmor auf dem Großen Platz passten. Der Megas Ducas und sein Primus Pilus ritten auf geliehenen Pferden in die Mitte der dreiseitigen Formation und warteten. Graf Dunkelhaar und Graf Giorgios Comnenos gesellten sich zu ihnen – beide waren erst heute Morgen mit diesen Titeln betraut worden.

Die Uhr an der Akademie schlug die sechste Stunde.

Beim fünften Schlag des hölzernen Hammers gegen die große Glocke war Hufgetrappel auf den Pflastersteinen in der Stadt zu hören.

Als die Stille nach dem sechsten Schlag allmählich wieder einsetzte, ritt Graf Zac auf den Großen Platz, gefolgt von dreihundert Vardarioten. Sie formierten sich von einer Reihe zu einer leicht gebogenen Linie, nahmen den Platz von der rechten Flanke der Kompanie bis zur linken Flanke der Nordikaner ein und standen nun den Scholae auf der anderen Seite des Platzes gegenüber.

Graf Zac ritt in die Mitte des Platzes und salutierte mit seiner schweren Reitpeitsche vor dem Megas Ducas.

Der Megas Ducas gab den Gruß zurück und nickte. »Marschordnung: zuerst die rechte Schwadron der Vardarioten, gefolgt von den Scholae, dann den Nordikanern, dann der Kompanie und der linken Schwadron der Vardarioten. Wenn wir das Tor durchschritten haben, wenden wir uns nach links und marschieren um die Stadt herum, dann kehren wir zum Vardarioten-Tor zurück. Wir werden den ganzen Tag lang diese Marschordnung beibehalten und auf mein Kommando hin Schlachtformation einnehmen, und wir werden ein behelfsmäßiges Lager bei der Plataea an der albischen Straße aufschlagen und dort unser Mittagessen einnehmen. Noch Fragen?«

Graf Zac grinste. »Wollt Ihr ein besseres Pferd haben?«, fragte er.

Der Herzog rang sich ein Lächeln ab. »Sehr gern. Ich und jeder andere in der Kompanie.«

Zac zuckte die Achseln. »Diese Verräter, die Eure Pferde getötet haben – sie haben Euch einen Gefallen getan. Besorgt Euch endlich bessere Pferde!«

»Könntet Ihr dabei helfen?«, fragte der Herzog.

Zac lächelte. »Das habe ich doch schon gesagt, oder? Warum habt Ihr mich noch nicht aufgesucht?«

Der Herzog schüttelte den Kopf. »Ich war krank«, sagte er. »Aber ich werde es nachholen. Fertig?« Er nickte und hob seinen Kommandostab.

Zac riss den Kopf seines Pferdes herum und galoppierte die kurze Strecke zu seinen Männern zurück, dann bellte er Kommandos, und die rechte Hälfte seines Regiments teilte sich und rückte aus – nach Süden, auf das Ares-Tor zu. Eine Lücke von siebzig Ellen Breite entstand, und die Scholae, die unter dem Befehl ihres neuen Grafen standen, marschierten in Reihen zu je vier Männern los. Die Nordikaner folgten im Stechschritt.

Und schließlich bildeten die übrigen Vardarioten die Nachhut. Das alles dauerte kaum zehn Minuten, und es wurde dabei mehr gebrüllt, als eigentlich nötig war.

Am nächsten Tag hoben Diener aus dem Palast etliche Steinplatten auf dem Platz an und enthüllten tiefe zylindrische Löcher. Dann öffneten sie einen Lagerraum in den kaiserlichen Stallungen und holten Zedernstämme heraus, die mehr als einen Fuß dick und hart wie Stein waren. Diese steckten sie in die Löcher, sodass es aussah, als würden aus dem ganzen Platz tote Bäume sprießen. Außerdem gab es frische, grüne Zedernstämme, die sauber neben dem Tor gestapelt waren. Die Garde hatte sie am Abend zuvor auf dem Rückweg mitgebracht. Die Männer, die als Wächter, Eskorte oder Arbeiter im Hafen zurückgeblieben waren, wurden als Drückeberger bezeichnet.

Die Nordikaner befreiten diese Hölzer von allen Ästen und richteten auch sie auf. Die Regimenter paradierten ohne Waffen im äußeren Hof, und einige Offiziere der Diener öffneten eine kaiserliche Waffenkammer und gaben hölzerne Schwerter und Äxte sowie Schilde aus Korbgeflecht aus. Die gesamte Garde stellte sich bei den hölzernen Pfosten auf, angefangen von Francis Atcourt mit seiner vollständigen Rüstung bis hinunter zur jüngsten und schwächsten Bogenschützin der Vardarioten, die in einfachem Leder erschien – wieder mit Ausnahme der Wache und der abkommandierten Eskorten. Es gab mehr als hundert dieser Pfosten, und zu jedem von ihnen begaben sich zehn Soldaten und ein Offizier.

Ser Milus war in seinem Element. Mit einer schmalen kaiserlichen Botin, die ihm als Übersetzerin diente, schlenderte er zu dem Pfosten in der Mitte. »Das ist der heutige Feind!«, brüllte er, und die Botin übersetzte seine Worte mit schriller Intensität. Da sie kaum dem Kindesalter entwachsen und nur fünf Fuß groß war, verloren seine Worte in ihrer Version ein wenig von ihrer Eindringlichkeit.

»Ich will nicht *das hier* sehen!«, rief Ser Milus und klopfte mit seiner hölzernen und ledernen Streitaxt einige Male schwach gegen das Holz. »Jeder, der es schafft, seinen Pfosten durchzuhauen, bekommt heute Abend eine Sonderration Wein. Ich will also *das hier* sehen.« Der Ritter tänzelte vor und rammte seine Axt gegen den Baumstamm. Der Kopf traf genau, und bei seinem zweiten Schlag bewegte sich das Holz ein wenig. Er blieb stehen und hob sein Visier, das heruntergeklappt war, sobald er den Kopf gesenkt hatte. »Kämpft gegen den Pfosten, als wäre er ein Mann«, rief er. Dann wich er zurück, tänzelte erneut auf den Pfosten zu, seine Axt schwang vor, und der Aufprall war so heftig, dass jeder Mann auf dem Platz ihn spürte. Der Ritter sprang beiseite, nahm Haltung an, schlug noch einmal zu – mitten ins Holz hinein. »Jeder Schlag muss sitzen!«, brüllte er jetzt. »Haut ihm auf den Kopf, auf die Arme, auf die Schenkel. Ich will sehen, wie ihr es macht. Los!«

Sie fingen an. Nacheinander stellte sich jeder vor den Pfosten, trat auf ihn zu und schlug auf ihn ein. Manche bedienten sich jedes Mal desselben Angriffs. Andere erkannten intuitiv, dass sie ihre Taktik ändern mussten, und nahmen beide Seiten eines wirklichen Kampfes ein. Einige hackten ungeheuer heftig auf die Stämme ein und hofften, sich damit einen zusätzlichen Trunk zu erarbeiten.

Die Offiziere beobachteten das alles sehr genau. Manche lobten sie, anderen befahlen sie, sich eines neuen Kampfstils zu befleißigen.

Der Primus Piles ging von Stamm zu Stamm, nahm den einen oder anderen Mann aus der Reihe und führte ihn zum nächsten Pfosten, sodass sich bald in jeder Reihe Mitglieder aller vier Regimenter befanden. Hölzerne Krummschwerter wetteiferten mit hölzernen Streitäxten um das schwere Holz. Bogenschützen kämpften mit großem Eifer, und die Scholae führten ihre Schläge hinter der Sicherheit langer, kegelförmiger Schilde, während die Nordikaner wie Holzfäller draufloshackten und nur selten mit kleineren Klingen feiner zu Werke gingen. Die Pfosten wurden durchgeschüttelt.

Zum Mittag, als die Sonne hoch am Himmel stand und sich etwa fünftausend Zuschauer auf dem Platz versammelt hatten, liefen die Männer zu den Tavernen und Gaststätten am Platz und aßen.

Ser Gawin und Graf Zac saßen auf ihren Pferden vor dem Tor des äußeren Hofes am Kopf einer mächtigen Truppe, die aus Mitgliedern aller vier Regimenter bestand. Während die Gardisten aßen und tranken, beobachteten fünfzig Wächter den Platz, und Ser Gelfred und seine Jäger befanden sich auf den Dächern und hielten ebenfalls Ausschau.

Doch nichts geschah.

Als die Sonne langsam unterging, konnten die meisten Soldaten die Arme nicht mehr über die Schultern heben.

Das war der zweite Tag.

Am dritten Tag standen Zielscheiben für Bogenschützen auf dem Platz, und Hunderte Ellen weißen Seils hielten die Zuschauer auf Abstand. Die Männer und Frauen aller vier Regimenter stellten sich mit ihren Langbögen und Hornbögen in hundertzwanzig Reihen vor die hundertzwanzig Zielscheiben. Wie am Tag zuvor hatte der Primus Piles auch diesmal die Regimenter gemischt.

Cully trat vor. »Ich will gute, saubere Treffer aus jeder Entfernung sehen«, sagte er, ging zu einem Vardarioten hinüber und verneigte sich. »Darf ich deinen Bogen einmal ausleihen?«, fragte er.

Der Mann zog seinen Bogen aus dem Seitenfutteral. Er war aus Horn gefertigt, hatte eine feste Sehne und wirkte recht kurz. Der Mann zog auch einen Pfeil aus seinem Köcher an der anderen Hüfte.

Cully drehte sich zu den Zielscheiben hin. Er legte den Pfeil ein, spannte die Sehne und schoss. Sein Schaft landete mit einem dumpfen Geräusch im Stroh, einen Fingerbreit entfernt vom Mittelpunkt.

»Nicht prahlen, nicht leichtsinnig werden.« Hinter ihm wiederholte eine überraschend schöne kaiserliche Botin seine Worte auf Vardar und Moreanisch. »Denkt daran, dass kurze Entfernungen ihre ganz besonderen Herausforderungen haben.« Er grinste. »In jeder Reihe befinden sich einige Bogenschützen und viele Soldaten, die noch niemals einen Pfeil abgeschossen haben. Die Reihe mit der besten Trefferzahl bekommt einen Golddukaten für jeden Mann. Die zweiten und dritten Plätze erhalten eine doppelte Weinration. Also solltet ihr euren Nieten das Schießen beibringen.«

Er trat aus dem Weg. »Anfangen!«

Am Donnerstag warfen sie Wurfspieße.

Am Freitag liefen die Infanteristen über unebenes Gelände, während die Kavallerie ritt. Mehr als ein Dutzend Pferde waren verletzt und mussten eingeschläfert werden. Etliche Männer erlitten Verstauchungen und fluchten auf den Herzog. Am Mittag aßen die müden Infanteristen im kalten Herbstsonnenschein unter dem Baldachin von Olivenbäumen, deren Früchte so reif waren, dass sie den Männern andauernd auf die Köpfe fielen – und dann bewarfen sie sich gegenseitig damit.

Die Kavalleristen kamen auf einer anderen Route herbei; sie hatten sich örtlicher Führer bedient und einen Trupp von Stradioten aufgelesen. Es war das erste Anzeichen dafür, dass die Einwohner zumindest eine schwache Unterstützung für den Palast zeigten. Mehr als hundert Männer trafen ein; sie alle hatten noch vor einem Monat unter Herzog Andronicus' Banner gekämpft.

»Die Hälfte von ihnen werden Verräter sein«, murmelte Ser Gawin.

Der Herzog zuckte die Achseln. »Ich will meinen neuen Brustpanzer haben«, sagte er und sah zu, wie die örtlichen Truppen hinter einer langen Reihe von Reitern herzogen. »Ich glaube, es kann uns gleichgültig sein, ob sie Verräter sind, Gawin. Was auch immer sie in ihrem Herzen fühlen mögen, sie sind hier.«

Unter den Olivenbäumen teilten Männer aus fünf Regimentern Äpfel und gewässerten Wein, Mandeln in Honig und Dauerwurst miteinander.

Als die Trompeten erschallten, sprangen sie eifrig auf.

In Kolonnen marschierten sie davon, und zweimal wechselten sie von der Marsch- in die Kampfformation. Dann bildeten sie eine Reihe, die sich zur Zufriedenheit des Herzogs vom Mittelpunkt nach außen bog, sodass sich jede Kompanie wie eine Blume im Frühling öffnete. Und dann hatte sich seine ganze kleine Armee plötzlich wieder zu einer geraden Linie zusammengefunden; die Infanterie befand sich in der Mitte, die Kavallerie an den Flanken.

Ser Gawin beobachtete die Manöver. Er ritt derzeit häufig zusammen mit seinem Bruder, sodass für sie beide der Begriff »der Haushalt« geprägt worden war. Ser Milus trug die Standarte, der Trompeter diente ihm als Page; Ser Gawin und Ser Michael teilten sich einige Organisationspflichten sowie den Elite-Botendienst, und Ser Alcaeus übersetzte, während Ser Thomas alle Befehle persönlich zu geben schien – der Herzog sagte nur selten etwas. Gawin machte sich Sorgen um ihn, denn er war oft geistesabwesend. Dann starrte er ins Leere. Und er trank.

Den ganzen Tag. Sein Knappe Toby versorgte ihn mit immer neuen Flaschen.

*Wenn ich so trinken würde,* dachte Gawin, *könnte ich nicht mehr reiten.*

Die Kompanie umfasste höchstens fünfhundert Mann. Doch heute befehligten sie tausendvierhundert Mann in drei Sprachen und brachten ihnen andauernd etwas Neues bei.

Der Herzog ritt die Front ab – er hatte auf einem kleinen Hügel anhalten und die Aufstellung üben lassen – und machte jetzt vor Ser Thomas halt. »Hol die Männer von der rechten Flanke und bilde auf der Straße eine Marschkolonne. Auf der albischen Straße.«

»Wo hast du all diese Kommandos gelernt?«, fragte Gawin. Wenn sein Bruder einmal etwas sagte, schien er keineswegs betrunken zu sein.

»Aus Büchern«, sagte Gabriel und lächelte seinen Bruder an. »Ich leih sie dir gern aus, wenn du möchtest. Die kaiserliche Bibliothek hat fünfzehn oder zwanzig Bücher über Strategie und Taktik.«

Ser Gavin lachte. »Das ist die neue Ritterschaft«, sagte er. »Bald werden wir alle Gelehrte sein.«

Sein Bruder zog eine Grimasse, als hätte er etwas Schlechtes gerochen. »Warte, bis wir erst gegen jemanden kämpfen, der diese Bücher nicht gelesen hat«, sagte er.

In der Zwischenzeit zeigte sich Ser Thomas' Überraschung nur in der Nervosität seines Pferdes, und dann formierte sich die kleine Armee von einer Linie zu einer Kolonne. Je fünfzig Mann bildeten einen Viertelkreis, aus dem sich Vierergruppen – bei den Kavalleristen waren es Dreiergruppen – lösten, sodass sich der Schildwall in eine lange Schlange mit den Vardarioten an Kopf und Schwanz verwandelte, die sich bis in die Berge nordwestlich der Stadt hinein wand. Es war mitten am Nachmittag, und der Herzog führte die Armee in Richtung Albia. Die Stadt blieb ungeschützt zurück.

Kronmir hatte einige Münzen auf dem Tisch ausgebreitet. »Ich will vollständige Berichte darüber haben, wie er seine Streitkräfte aufstellt – in welcher Ordnung, wer sich in der Mitte befindet, einfach alles, was ihr erkennen könnt. Nianna, ich hätte auch gern die Musterungsliste der örtlichen Miliz. Ich möchte wissen, wer seinem Banner folgt.«

Die Madame schüttelte den Kopf. »Ich könnte sie vielleicht beschaffen, aber wenn Herzog Andronicus sie dazu benutzen sollte, die Männer zu töten, dann bin ich ebenfalls tot. Ich bin zu ungedeckt.«

Einer der Söldner lachte über diesen unbeabsichtigten Scherz.

Kronmir sah den Mann böse an. Nianna war seine beste Agentin, und ihre anderen Rollen – die Frau, die Prostituierte – waren für

Jules Kronmir von keinerlei Bedeutung. Es sei denn, sie machten sie als Quelle noch nützlicher.

»Und wenn ich dafür einstehe, dass diese Informationen niemals für eine Säuberung verwendet werden?«, fragte er.

»Dann vielleicht«, sagte sie. »Ich weiß, wer sie uns geben könnte. Was ist sie wert?«

Er leckte sich mit der Zunge über die Schneidezähne. »Dreihundert Dukaten«, sagte er.

Sie zuckte die Achseln.

Kronmir hasste Gespräche mit mehreren Agenten gleichzeitig – er hasste den Verlust abgegrenzter Bereiche, er hasste es auch, dass sich die anderen begegneten, und er befürchtete, sie könnten sich gegen ihn zusammenschließen. Aber der Fremde war so schnell und machte dermaßen wenige Fehler, dass er das Eisen schmieden musste, solange es noch heiß war.

»Ab in den Sattel mit euch. Aber seid vorsichtig. Es geht das Gerücht um, dass die Vardarioten jeden Reiter auf der Straße abfangen. Bringt mir meine Informationen.« Kronmir deutete auf die Tür.

»Wenn die Dame da dreihundert Dukaten verdient«, sagte ein ehemaliger Soldat mit einem starken albischen Akzent, »könnten ich und meine Kameraden doch auch ein bisschen mehr Geld bekommen, oder?« Er grinste und zeigte dabei eine Menge Zahnlücken. »Ich habe ebenfalls Informationen zu verkaufen.«

Kronmir kniff die Augen zusammen. »Also?«

Der Mann schüttelte den Kopf. »Also«, sagte er und schien plötzlich unsicher geworden zu sein. Etwas in Kronmirs Körpersprache machte ihm Angst. »Also … Ser Bescanon sagt, der neue Herzog wird das Latinikon wiederbeleben. Er will alle Söldner zurückholen.« Er zuckte die Achseln. »Was ist diese Nachricht wert?«

Kronmir schürzte die Lippen. »Zehn Dukaten«, sagte er und zählte die Münzen ab.

»Verdammt! Sie hat dreihundert bekommen!« Der Albier warf Kronmir die Münzen ins Gesicht.

Aber keine traf ihn.

Kronmir war kleinlich und hasste Verschwendung, aber er war auch ein umsichtiger Mensch. Falls ihm in der Eile einmal ein Fehler unterlief, machte er ihn gleich wieder wett. Er duckte sich unter den Münzen hinweg, huschte um den Tisch herum, der zwischen ihm und den beiden Männern stand, flog auf sie zu und tötete sie. Sein erster Dolchstoß ging in die Kehle des Albiers, und der zweite Stich erwischte seinen Gefährten an der Schläfe. Zwei Stiche, zwei Leichen.

»Mein Fehler«, sagte er zu Nianna. »Diese Typen gibt es für zehn Dukaten das Stück. Ich werde mir neue besorgen. Ich wollte mit dieser Zusammenkunft Zeit sparen, stattdessen habe ich den ganzen Plan in Gefahr gebracht.« Er schüttelte den Kopf und wischte seine Waffe an dem Hemd des Albiers ab.

Nianna wurde bleich und fuhr sich mit der Hand an die Kehle. »Heilige Jungfrau, schütze mich«, sagte sie laut. Doch dann hielt sie inne und spuckte auf die Leiche des Albiers.

Nach einer Stunde hatte er vier Männer für weniger Geld angeheuert und ausgesandt. Rasch bereute er, dass er sich des Albiers entledigt hatte, denn der Mann war geschickt gewesen und hätte mit der Zeit einen guten Späher abgegeben. In Gedanken verfasste Kronmir einen dritten Brief, in dem er seinen Meister um einige Ostmänner bat, bei denen er sicher sein konnte, dass sie seine Berichte nicht lasen.

Immerhin hatte Nianna zugestimmt, die Liste zu besorgen.

Er blieb noch ein wenig und schrieb einen Bericht, in dem er einige Triumphe verzeichnete: Vergiftungen, Anstachelung zu öffentlichem Aufruhr, zwei Deserteure, die er von den Nordikanern abgeworben hatte und die nun über alle militärischen Angelegenheiten im Palast berichteten.

»Wenn Ihr es befehlt, kann ich diesen emporgekommenen Herzog auslöschen«, beendete er den Brief. »In der Zwischenzeit drillt er weiterhin seine Truppen …« An dieser Stelle hob er die Feder. Er würde diesen Teil beenden, wenn sein Agent mit den Berichten der vier angeworbenen Männer zurückkehrte. Kronmir verbrachte eine ganze Stunde des frühen Nachmittags mit dem Gedanken, wie viel einfacher all dies wäre, wenn er es selbst tun könnte. Er hatte gar nichts dagegen, Risiken einzugehen. Und die Benutzung von Agenten machte alles schmerzhaft langsam; außerdem erhielt er so nur Informationen aus zweiter Hand. Wie schon so oft in seinem Leben fragte er sich, ob ihm der Gebrauch hermetischer Kräfte helfen könnte. Wenn er doch bloß einen völlig verlässlichen und fähigen Hermetiker rekrutieren könnte!

Doch solche Männer wandelten auf anderen Pfaden zur Macht; sie brauchten ihn nicht.

Er schüttelte den Kopf. Das Gewerbe eines Spions war ein so schwieriges.

Die Armee bog auf die albische Straße ein und marschierte in schnellstmöglichem Schritt auf die Berge zu. Die Vardarioten stürmten an den Flanken entlang wie eine Striegelbürste über ein schmutziges Pferdefell. Unter ihnen wurde der Staub aufgewirbelt, und zwei von Kronmirs Mietlingen beobachteten diese Manöver von einem hoch gelegenen Olivenhain aus. Sie lagen auf dem Bauch am Rande einer alten Steinterrasse; ihre Pferde hatten sie zwischen den Bäumen versteckt.

»Er marschiert ab«, sagte Antonio.

»Unser Auftraggeber wird das wissen wollen«, sagte Alphonso.

»Du meinst Herzog Andronicus«, spuckte Antonio aus.

»Na klar«, sagte der andere. »Wer sonst?«

Die beiden Männer krochen vom Rand der Terrasse weg und rannten zu ihren Pferden hinüber.

Beide wurden zu Boden geschlagen; Stiefel drückten sich gegen ihre Hälse – Stiefel, die zu Amy Hob und Dan Favor gehörten. Gelfred nickte ihnen zu.

»Ihr kennt den Ablauf«, sagte er. »Erstattet Ser Thomas Bericht.«

Die Gefangenen waren Söldner. Zwar redeten sie rasch, doch musste Gelfred bald feststellen, dass sie nicht viel zu sagen hatten.

Die Armee des Herzogs war beinahe sechs Meilen marschiert, als die Schatten allmählich länger wurden.

»Wohin zum Teufel gehen wir eigentlich?« Mutwill Mordling spuckte in den Herbststaub.

Toby zuckte die Achseln und holte noch einen Keks aus seiner Satteltasche.

Bent beugte sich über den Rumpf seines Pferdes. »Nicht weit«, sagte er.

Mutwill Mordling sah ihn finster an.

»Keine Wagen, kein Proviant. Und Ser Michael wird morgen Nachmittag heiraten, ja? Also können wir nicht weit gehen.« Bent nahm einen Schluck aus seiner Feldflasche und bot sie danach Toby an, der jedoch den Kopf schüttelte.

»Der verdammte Bastard von Herzog würde Ser Michaels Hochzeit gern dazu benutzen, uns und diesen verdammten Andronicus zum Narren zu halten. Wir werden eine Schlacht erleben; darauf kannst du dich verlassen.« Mutwill Mordling spuckte noch einmal aus. »Und bezahlt werden wir bestimmt auch nicht.« Damit nahm er die Flasche und trank. »Worauf du dich verlassen kannst.«

Sie machten in einem Tal zwischen zwei steilen Felswänden halt. Stimmen erhoben sich in der Kolonne. Die Flanken schwärmten aus, und die jüngeren und schnelleren Männer rannten auf die höchsten Stellen der Erhebungen zu.

Als die Kirchenglocken die fünfte Stunde schlugen, kehrte die Vorhut der Vardarioten in schnellem Trab zurück. Mit ihnen kamen eine lange Reihe von Wagen sowie Ser Jehan mit seinen zwanzig Lanzen.

Die Armee formierte sich auf dem Marsch zu einem offenen Rechteck, schritt durch die enge Schlucht am Ende des Tals und marschierte dann zur Stadt zurück. Alle konnten sehen, was sich auf den Wagen befand.

Als die Kolonne das Vardarioten-Tor passierte, war es bereits dunkel, und das Regiment der Ostmänner fiel zu beiden Seiten zurück und salutierte, bis auch die letzte Kompanie der Kolonne an ihnen vorbeigezogen war. Dann ertönte ein schriller Pfiff, und alle stiegen gemeinsam ab.

Nun befanden sich die Wagen tief in der Stadt, und ihre Ladung war vor jedem Angriff oder Hinterhalt sicher.

Kronmir stand auf der Mauer über dem Tor und zählte siebenundvierzig Wagen. Einige bestanden bloß aus zwei Rädern an jedem Ende, während die Ladung selbst den Wagenboden darstellte, denn es handelte sich um siebenundvierzig Ladungen aus frisch gefällten Baumstämmen und getrocknetem Totholz – eine gewaltige Menge, die ausreichte, um eine ganze Flotte zu bauen.

Außerdem bemerkte er, dass zwei seiner Mietlinge mit gefesselten Händen inmitten der Kompanie ritten.

Nach seiner Rückkehr in die Herberge *Zu den Neun Jungfrauen* setzte er seine Feder aufs Pergament – in Geheimschrift. »Der Parvenü hat einen Marsch dazu benutzt, Holz herbeizuschaffen«, gab er zu. »Ich brauche vertrauenswürdige Männer und geeignete, vorzugsweise hermetische Mittel, um das, was er bauen will, zu zerstören.« Er setzte sein Zeichen darunter, führte seine Ausgaben auf und ging in die kühle Abendluft hinaus. Er schlenderte über den Bauernmarkt, und beim dritten Schlachter am Ende der zweiten Reihe lehnte er sich eine Weile gegen das Vorderrad des Fleischerwagens, während er sich Pferdemist aus dem Stiefelprofil puhlte. Dann ging er zur Vorderseite des Marktstandes.

»Zwei Koteletts vom Frühlingslamm«, sagte er.

Der Schlachter bediente ihn persönlich, zwinkerte ihm zu – und damit war der Brief auf den Weg gebracht.

Zur Non am nächsten Tag befanden sich jeder Mann und jede Frau, die nähen konnten, draußen in der Sonne vor den Stallungen und arbeiteten an Kaitlins Hochzeitskleid. Vier Frauen hatten es in der Nacht zuvor anprobiert, nachdem Gropf, der Schneidermeister, der nun zum Bogenschützen geworden war, es zurechtgeschnitten hatte. Nun lag das Überkleid – aus rotem und goldenem Satin – auf Jutesäcken, während dreißig Personen im Kreis um sie herum hockten. Das Unterkleid hatte eine tiefgoldene Farbe und besaß Goldknöpfe, Meg saß bei Lis und Gropf und arbeitete an den Knopflöchern. Knappen und Pagen brachten ihnen Wein.

Über dem äußeren Hof lag eine festliche Stimmung. Alle Soldaten verhielten sich, als hätten sie am Tag zuvor einen Sieg errungen. Niemand hatte sich ihnen entgegengestellt, und sie waren bis tief ins Hinterland hineinmarschiert. Das Holzholen war nur ein symbolischer Sieg gewesen, und die Bogenschützen sprachen mit den Nordikanern und den Scholae darüber, wie wichtig es war, eine Flotte zu besitzen. Zwanzig Vardarioten standen bei den Palasttüren Wache.

Zwei Stunden später war das Kleid fertig. Gropf und einige seiner Kumpane brachen Hermelinbesatz an den Ärmelöffnungen ab – geborgtes Hermelin, aber das musste das Mädchen nicht wissen. Der Saum war fertig, und das prachtvolle Oberkleid wurde vorsichtig in Musselin eingepackt und zur Kaserne gebracht.

Nun wurden zwei Fässer im Hof aufgestellt und vier schwere Planken darüber gelegt. Eine Wache, die aus jeweils zwei Männern aus jedem Regiment bestand – aus zwei Vardarioten, zwei Scholae, zwei Nordikanern und zwei Athanatoi –, marschierte unter dem Kommando von Ser Thomas in den Hof ein. Sie hielten an dem Tisch an, der aus den Fässern und Planken gebildet war, und stellten sich dahinter. Alle waren in voller Rüstung, und alle hielten ihre Waffen in den Händen.

Der Notar der Kompanie kam mit Ser Michael heraus. Stühle wurden gebracht, und die beiden Männer setzten sich.

Francis Atcourt erschien; er unterhielt sich mit dem Hauptmann, der sich nicht als der Rote Ritter, sondern als der Megas Ducas gewandet hatte – in Purpur und Gold. Als er den Hof betrat, blies Ser Thomas in seine Pfeife, und alle drei Regimenter nahmen Haltung an. Keiner von ihnen trug Kampfkleidung, vielmehr hatte sich jeder Mann und jede Frau fein gemacht.

Gold- und silberfarbene Stoffe, Seidenbrokat, kostbare Wolle, die wie Samt wirkte, und auch echter Samt waren zu sehen. Es gab Leinen, das so weich wie Sahne war, im Überfluss, und dann auch noch eine Unmenge von Gold und Silber: schwere Ketten, Ringe, Broschen. Die Soldaten neigten dazu, ihr Hab und Gut am Leib zu tragen – und bei den Soldatenfrauen war es kaum anders.

Bei näherem Hinsehen hätte man allerdings auch vergoldetes Kupfer, Zinn und Strass erkennen können, und mancher Brokat hatte bereits den dritten oder vierten Besitzer. Hier und da gab es sorgsam gefärbtes Glas statt Edelsteinen, und hin und wieder wirkte bearbeitetes Leder wie reiche Stickerei.

Doch insgesamt betrachtet hätten die versammelten achthundert Soldaten jedem Hof zur Zierde gereicht, wenn sie auch ein wenig verwegen wirkten. Ihre Kleidung saß etwas enger, und ihre Muskeln waren etwas größer als gewöhnlich. Ser Thomas' gefütterte und bestickte Seidenhose zeigte jeden einzelnen Beinmuskel, und Ser Alisons hautenges rotes Seidenkleid überließ beinahe nichts der Fantasie des Betrachters.

In ihrer besten Kleidung wirkten sie eher wie eine ausgelassene und fröhliche Menge als wie eine disziplinierte Armee. Und als zwei schwere eisenbeschlagene Truhen von den Palastdienern unter dem Schutz von schwer bewaffneten Scholae herbeigetragen wurden, ertönte lauter Jubel.

Die Truhen wurden auf die schweren Eichenplanken gestellt, und die Eskorte salutierte und erhielt den Befehl zum Abrücken. Ser Michael holte einen Schlüssel hervor und öffnete damit die beiden Truhen. Jeder Soldat in den vordersten beiden Reihen konnte das Glitzern des Goldes und Silbers erkennen. Ein Seufzen der Zufriedenheit lief durch den äußeren Hof.

Hoch oben hatte sich Prinzessin Irene in der Bibliothek auf die Zehenspitzen gestellt, um die gesamte Parade und die beiden Kisten sehen zu können. Lady Maria hielt sich hinter ihr. Die Prinzessin trug ein einfaches braunes Wollkleid, das beinahe wie das Habit einer Nonne wirkte. Darunter jedoch steckte ein weitaus weniger einfaches Unterkleid, das aber nur an den Handgelenken zum Vorschein kam.

»Das, was er da verteilt, ist nicht mein Geld«, sagte Irene.

»Ich stimme darin mit Euch überein, dass er ein Anlass zur Sorge ist«, sagte Lady Maria.

»Meine eigenen Soldaten lieben ihn bereits. Sieh sie dir bloß an!«, meinte sie.

»Es sind die Soldaten Eures Vaters«, sagte Lady Maria.

Erwartungsvolle Stille legte sich über die versammelten Menschen. Alle Frauen, die nicht Soldaten waren, sammelten sich an den Ecken des Platzes. Anna und hundert andere Ehefrauen und Bald-Ehefrauen aus der Nordikanerkaserne und auch einige adlige Damen aus der Stadt gesellten sich zu ihren Ehemännern und Verlobten sowie zu den Brüdern der Scholae und beobachteten das Spektakel. Vier Nonnen standen bei Morgan Mortimir und der jungen Despoina Dukas, die von den albischen Söldnern mit respektvoller Bewunderung – und gelegentlich auch mit einem Pfiff – gegrüßt wurde. Der neue Graf der Scholae lächelte sie jedes Mal an, wenn er ihr den Kopf zuwandte. Ser Giorgios Comnenos und seine Liebste wollten ihre lange hinausgezögerte Hochzeit zusammen mit Ser Michael und Kaitlin feiern.

Das erwartungsvolle Schweigen dauerte so lange, dass sich Mutwill Mordling zu seinen miteinander flüsternden Gefährten umdrehte und sie anzischte: »Verdammt, haltet doch das Maul!«

Die Veteranen der Kompanie wussten, dass niemand eine Bezahlung erhielt, bis der Hauptmann vollkommene Stille erreicht hatte.

Als sie endlich da war, stellte sich der Megas Ducas vor den Tisch. »Meine Damen und Herren«, sagte er. »Dies ist unsere erste gemeinsame Zahltagsparade. Ihr werdet mit Namen in der Reihenfolge des Alphabets aufgerufen werden. Wenn eure Bezahlung nicht richtig ist, lasst ihr sie auf dem Tisch liegen und redet mit dem Notar und mit mir. Der Ablauf wird sich wegen euch nicht verzögern. Die Prinzessin hat uns gütigerweise ein Fass mit Malvasierwein geschenkt, das wir anstechen werden, wenn die Namensliste zur Hälfte abgearbeitet ist. Sollte euer Name fehlen, wartet ihr bis zum Ende; erst dann dürft ihr euch beschweren.

Jeder Mann und jede Frau wird sich darauf freuen, seinen oder ihren Sold auszugeben, aber niemand wird diesen Hof verlassen, bevor wir alle die Hochzeiten von Ser Michael und Kaitlin Lanthorn sowie von Ser Giorgios und der Despoina Helena Dukas miterlebt haben. Und wenn ihr euch entscheiden solltet, euren Sold mit in die Stadt zu nehmen, dürft ihr nicht vergessen, dass dort mindestens hundert gedungene Mörder auf euch warten – und das zusätzlich zu der üblichen Anzahl von Schurken und Raufbolden, die nur darauf warten, Soldaten um ihren Sold zu erleichtern. Dabei will ich die verbrecherischen Wirte und Huren erst gar nicht erwähnen.«

Er lächelte die Menge nachsichtig an. »Also gut, meine Gefährten. Bringen wir es auf den Weg.«

Er lehnte sich zurück und warf einen Blick auf die Liste. »Bogenschütze Benjamen Aaron!«, rief er.

Ein kleiner Mann in schwarzer Wollkleidung und mit einem feinen, reich verzierten Gürtel und kleiner Kappe stolzierte aus der Reihe. Nach der Tradition durfte der erste Mann, der seinen Sold erhielt, dem Hauptmann die Hand schütteln. Er grinste, der Megas Ducas grinste ebenfalls, und Ser Thomas rief: »Aaron, berittener Bogenschütze: zweiundsiebzig Dukaten, neun Silberleoparden, sechs Zechinen minus einunddreißig Leoparden Arbeitsausfall, vier Leoparden und sechs Zechinen für Krankenhausaufenthalt, zusätzlich vier Leoparden und vier Zechinen, macht insgesamt siebzig Dukaten, achtzehn Leoparden und zwei Zechinen. Hier unterschreiben!«

Aaron quittierte den Empfang und raffte seine Münzen zusammen – zehn Jahreseinkünfte für einen Bauern, ein ganzer Jahreslohn für einen geschickten Handwerker, und das alles in bar. Er verneigte sich kurz vor dem Hauptmann und auch vor Ser Michael und marschierte wieder zu seinem Platz in der Gruppe, wo er sofort ein Jahresgehalt an kleineren Schulden bezahlte.

Die Männer und Frauen, die ohne Familiennamen in die Kompanie gekommen waren – nur wenige entlaufene Bauern besaßen einen –, neigten dazu, Namen anzunehmen, die weit vorn im Alphabet angesiedelt waren. Braun war ein sehr beliebter Name, Abel ebenfalls.

Auch zu hören waren Akritos, Giorgos und Arundson, Erik.

Ser Francis Atcourt war der erste Ritter, der seine Bezahlung erhielt, und alle Gespräche verstummten, als sein Sold laut verlesen wurde.

Ser Thomas trug vor: »Atcourt, Soldat: dreihundertsechzehn Dukaten, keine Leoparden, keine Zechinen, keine Abzüge, sechzig Leoparden und sechs Zechinen für Krankheit, vier Leoparden und vier Zechinen extra, einunddreißig Dukaten für ein totes Kriegspferd, insgesamt: dreihundertsiebenundvierzig Dukaten, zwölf Leoparden, zwei Zechinen.«

Die Männer seufzten, als sie hörten, wie viel ein Soldat verdienen konnte. Es schien nichts zu sein, wenn einem an einem kalten Frühlingsmorgen das Blut über die Haut rann und man einem Lindwurm nur mit einer schmalen Stahlklinge zwischen sich und den Zähnen des Untiers gegenüberstand. Aber an einem strahlenden Herbstmorgen im Hof eines prächtigen Palastes wirkte es wie ein gewaltiges Vermögen – alles, was ein Mann sich je wünschen konnte.

»Und ein Anteil«, fügte der Megas Ducas hinzu.

»Schreibt ihn mir gut«, sagte Ser Francis, der vor dem Tisch saß. Die Männer lachten.

Es dauerte beinahe eine Stunde, bis die Reihe an Cantakuzenos gekommen war. Aber nach Dukas ging es schneller voran, denn nach dem Buchstaben D gab es weniger Söldner, und die Nordikaner und die Scholae hatten sich an den Rhythmus der Geschehnisse rasch angepasst, sodass der Aufgerufene schon nach vorn ging, während sein Guthaben noch vorgelesen wurde. Am Tisch steckte er dann rasch das Gold und Silber ein, während der nächste Glückliche längst bereitstand. Natürlich gab es in jedem Regiment auch ein paar Nörgler, die darüber streiten wollten, was für medizinische Maßnahmen oder als Bestrafung von ihrem Sold abgezogen worden war, aber trotzdem kamen in jeder Stunde etwa dreihundert Mann an die Reihe.

Die Truppe benutzte diese Zahltage für Witzchen und Übermut. So traten Frauen vor, die den Sold für ihre Männer einkassierten, und kamen dann noch einmal für ihr eigenes Geld. Und jemand, der das Pech hatte, nicht anwesend zu sein, wenn sein Name aufgerufen wurde – so war zum Beispiel Daniel Favor nicht da, als er an die Reihe kam –, erhielt zweifelhafte Unterstützung durch seine Gefährten, die riefen: »Er will alles den Armen geben!«

Kurz danach stellte sich heraus, dass auch Gelfred, der Jägermeister und ein Offizier der Kompanie – der gut bezahlt wurde und daher immer einen hohen Unterhaltungswert hatte – ebenfalls abwesend waren.

Mutwill Mordling, der auch einen richtigen Namen besaß und seine Bezahlung schon erhalten hatte, grinste seinen Gefährten an, der neben ihm stand. »Keiner der Späher ist bei dieser Parade«, sagte er. »Gestern Abend war noch alles in Ordnung. Jemand sollte sie holen.«

Bei dem Namen Hannaford wurde eine Pause eingelegt, und alle Anwesenden erhielten einen feinen Becher schweren und süßen Malvasierweins, der ihnen von einem Dienertrupp gereicht wurde. Der Megas Ducas sprang auf den behelfsmäßigen Tisch und hob seinen Becher. Jedermann im Hof – einschließlich der Studenten – hielt ebenfalls den Becher in die Höhe, und der Megas Ducas rief: »Auf den Kaiser!«

Zwölfhundert Stimmen nahmen seinen Ruf auf.

Die kaiserlichen Bediensteten sammelten die Becher wieder ein – sie bestanden aus rotem Ton und trugen den kaiserlichen Kranz aus Olivenblättern –, und die Auszahlung ging bei *Hand, Arthur, berittener Bogenschütze* weiter und setzte sich fort bis zu *Zyragonas, Dmitrios, Stradiot*. Die Sonne ging schon unter, die Luft war kühl, und der Hof war voller sehr zufriedener Soldaten.

Im Einklang mit der alten Tradition wurde Dmitrios Zyragonas, ein freundlich wirkender Mann mit rosigen Wangen, hellrotem Haar und dem letzten Namen auf der Liste, von der ältesten Marketenderin der Truppe gegrüßt, als er vom Tisch zurückkam. Die alte Tam hatte jedes greifbare Kind um sich versammelt; sie legte die Arme um ihn, bevor er auch nur daran dachte, sich zu wehren, denn er war ein waschechter Moreaner und nicht an den albischen Humor gewöhnt. So konnte er nichts dagegen unternehmen, als sie ihm die Hand in die Tasche steckte, und auch nichts dagegen, dass sie ihn küsste, während ihn vierzig Kinder »Papa« riefen und sein Geld haben wollten.

»Da ist ja mein Süßer«, krächzte die alte Tam. Sie grinste so breit wie eine entsprungene Verrückte und leckte sich die Lippen. »So jung!«, kicherte sie. »Ich will nur dein Bestes, Liebster.«

Die Scholae, deren biederes und aufrechtes Mitglied Zyragonas war, lachten sich krank, als der arme Mann der Hure und den Kindern zu entkommen versuchte, von denen viele ihre Rollen mit einem Realismus spielten, der auch eine weniger abgehärtete Menge beeindruckt hätte.

Zyragonas floh, sobald er die vielen ausgestreckten Arme hinter sich gelassen hatte. Er rannte zurück in die Reihen seiner Kameraden und musste dann das Gelächter der alten Tam ertragen, die seine Börse hochhielt, die sie ihm sauber vom Gürtel abgeschnitten hatte.

»Da habe ich ja dein Bestes, Liebster!«, rief sie.

Viele Sprachkundige übersetzten den Scherz ins Nordikanische und Moreanische.

Aber dann, als jedermann lange genug gelacht hatte, erhob sich der Megas Ducas von seinem Stuhl. Die alte Frau kam auf ihn zu, machte einen Knicks vor ihm und gab ihm die Börse zurück, wonach er sie an seinen rechtmäßigen Eigentümer aushändigte.

»Damen und Herren, jetzt heißt es Bänke, Wein und Speisen tragen. Viele Hände schaffen ein rasches Ende. Die Hochzeit soll beginnen.« Er klatschte in die Hände, und jeder machte sich an die Arbeit, die er bereits beim Morgenappell zugewiesen bekommen hatte.

Bent kam aus der Küche herbei, wo er und vier Männer sowie vier von Gelfreds Hunden den Wein und die meisten Speisen vorgekostet hatten. Nun traten sie in die Türme, die den Hof umstanden, und brachten den Vardarioten, die dort Wache standen, damit die anderen Soldaten trinken konnten, einen Becher Wein und ein frühes Abendessen.

Tische und lange, niedrige Bänke wurden herbeigeschleppt, und eine Reihe von Männern lief auf eine Weise über den Hof, als seien sie Tänzer, und stellten Bienenwachskerzen in große Bronzeständer auf jedem Tisch. Die Männer schauten zum Himmel hoch; die Dunkelheit kam in Begleitung schwerer grauer Wolken.

Der Beichtvater der Prinzessin schritt in seinem geistlichen Gewand durch den äußeren Hof. Die Scholae murmelten. Als die ersten Becher und Teller auf die Tische gestellt wurden, rief der Tagesoffizier die Parole, und nach der Antwort wurde das äußere Tor geöffnet.

Die Moreaner im Hof erstarrten.

Alle fielen auf das Knie.

Gerade betrat der Megas Ducas den äußeren Hof, und Bent flüsterte ihm etwas ins Ohr. Sofort kniete er sich in seiner besten Hose auf das Pflaster. Die meisten Mitglieder der Truppe brauchten dazu keinen Befehl – sie sahen, wie Ser Michael in seiner Hochzeitskleidung bereits kniete, und sogar Ser Thomas in seiner großartigen karierten Hose tat es ihm gleich.

Der Patriarch betrat den Hof; hinter ihm folgten zwanzig Professoren der Akademie und weitere zehn Priester und Bischöfe.

Er lächelte die Soldaten an, trat mitten unter sie und spendete den Segen in alle Richtungen. Er legte die Hand auf Ser Thomas' geneigten schwarzschopfigen Kopf – sein Kinn schoss vor, als hätte er einen Schock erhalten, doch dann grinste er wie ein Mann, der einen großen Preis gewonnen hat, und der Patriarch ging weiter zum nächsten Mann. Er segnete auch Ser Alison und kam schließlich zum Megas Ducas, dem er nickend und voller Sanftmut die Hand auf den Kopf legte.

Kein Blick fuhr hernieder.

Der Megas Ducas küsste seinen Ring.

Sehr leise sagte er: »Ich hoffe, Euer Heiligkeit ist wegen der Hochzeit hier?«

In den Augen des Patriarchen glitzerte es. »Wollt Ihr damit etwa ausdrücken, dass ich zum Empfang des Soldes zu spät gekommen bin?«, fragte er.

Danach gab es nichts mehr, das Kaitlins Hochzeitsfest hätte schmälern können. Als sie erschien, sah sie großartig aus und erstickte damit alle Gerüchte unter den Moreanern, sie sei ein Bauernmädchen von niederer Herkunft. Es war offensichtlich, dass es sich bei ihr um eine Herzogin handeln musste. Sie und Despoina Helena waren gemeinsam verschwunden, ihr Kichern und Schnauben war deutlich zu vernehmen gewesen, als die Vorbereitungen getroffen wurden; es war aus dem Wächterraum der Scholae herausgedrungen, der vorübergehend als Brautzimmer diente.

Ser Michael – fast alle wussten, dass es sich bei ihm um den ältesten Sohn des Grafen von Towbray handelte – ging wie ein Graf einher. Betrachtete man ihn, konnte man glauben, den Roten Ritter oder den König selbst zu sehen, vor allem wegen der Art, wie seine rechte Hand auf dem Dolch lag und wie er das Kinn voller Stolz reckte. Mit erfreutem Blick hob er Kaitlins Schleier aus sieben Ellen Hoek-Spitze. Ser Giorgios war weniger prächtig, besaß aber die Würde, die den meisten Moreanern eigen zu sein schien, und er lächelte jedem zu, der seinen Blick auffing – auch seiner Braut, der es egal zu sein schien, dass ihr schönes Kleid aus goldenem Satin und Zuchtperlen von Kaitlins Gewandung übertroffen wurde.

Gropfs schmaler Mund lächelte, als er die Kleider erblickte, und er sah der Braut zu, wie sie Ser Michael küsste. Seit fünf Monaten schwanger? Dafür war also der Überwurf gedacht! Seinen größten Triumph als Schneider feierte er nun in Anwesenheit des Patriarchen im kaiserlichen Palast – und das zwei Jahre nachdem er seinem Beruf den Rücken gekehrt hatte und in den Krieg gezogen war.

Aber er musste einfach weiterlächeln.

Ebenso wie Mutwill Mordling, der gerade die höchste Bezahlung seines Erwachsenenlebens erhalten hatte; nicht eine einzige Zechine war ihm abgezogen worden. Er spazierte auf dem Fest herum und wettete gegen jeden, der sich dazu bereit erklärte. Zum Beispiel wettete er darauf, dass die ganze Kompanie am nächsten Morgen bei Sonnenaufgang ausrücken werde.

Meg führte ein kurzes und ernüchterndes Gespräch mit dem Hauptmann und machte sich Notizen. In dem Augenblick, in dem sie Kaitlin Lanthorn – die sie als kleines, sich andauernd übergebendes Kind gekannt hatte, das alle für todgeweiht gehalten hatten – zum Altar gehen sah, und zwar mit einem Mann, der einer der reichsten jungen Männer seiner Generation war, da musste sie weinen. Sie weinte während der ganzen Zeremonie weiter. Aber sie war für jede Naht des Kleides verantwortlich, das die Braut trug, und sie hatte in jeden Stich etwas Glück gelegt, das aus dem Äther stammte. Und sie hatte einen kleinen Wetterzauber gewirkt – ihren ersten. Der überwölbte den äußeren Hof wie eine Schüssel aus Feuer.

Als der Wein floss und die Leute ungezwungen umherschlenderten, kam der Patriarch und setzte sich zu ihr. »Man sagt mir, du hast das Wetter beeinflusst«, sagte er freundlich.

Sie lächelte und senkte den Blick.

»Dieselben Leute sagen, dass du nie in der *Ars magicka* ausgebildet wurdest.« Er lächelte.

Beinahe hätte sie verraten, dass sie in Dar-as-Salaam Unterricht erhalten hatte. Es lag ihr bereits auf der Zunge; das war eine von Harmodius' Erinnerungen, die sich ihrem Geist eingeprägt hatte. Sie hatte zwar nicht alles in sich aufgenommen, was sie von Harmodius und der Äbtissin in den letzten Tagen der Belagerung gelernt hatte, aber jeden Tag übte sie das, woran sie sich noch erinnern konnte. So war auch ihr erster Wetterzauber zustande gekommen. Doch wie üblich schwieg sie lieber.

Und sie schaute wieder auf.

Ihre Blicke trafen sich einen Moment lang.

Der Patriarch blickte höflich weg und schüttelte den Kopf. »Im Norden von Albia muss es eine Unmenge von Talenten geben«, sagte er.

Sie nickte. »So ist es«, sagte sie.

»Darf ich dich zu einem Besuch in der Akademie einladen?«, fragte er. »Seit mehr als zweitausend Jahren dienen wir den Bedürfnissen von Männern und Frauen mit besonderen Gaben – hermetischen, wissenschaftlichen oder musikalischen.«

Sie lächelte und betrachtete ihre Hände. »Bietet Ihr auch Stickkurse an?«, fragte sie und hatte den Eindruck, dass sie dabei ein wenig wie der Drache auf dem Berg klang.

Nachdem die Tische weggetragen worden waren, kamen die Musikanten herbei, die mit allen anderen gegessen und die Hochzeit beobachtet hatten. Während sie ihre Instrumente stimmten, boten die Studenten eine Vorführung hermetischer Künste dar – Feuerschwälle in der Luft, Bilder von Heroen aus der Vergangenheit, die durch die Menge schritten, den heiligen Aetius, der so erfolgreich gegen einen gewaltigen gehörnten Irk kämpfte, dass die Soldaten ihren Beifall herausschrien …

»Ich habe mir gesagt, dass nichts so gut aussieht wie ein echter Kampf«, meinte Derkensun, der sich vom Boden im zweiten Stock der kaiserlichen Stallungen abstieß. Es war nicht nur eine neue Art von Zauber, sondern ein ganzes Bündel von magischem Wirken. Dazu waren vier Personen nötig gewesen: die beiden Comnena-Nonnen, Baldesce und Mortimir. Mortimir hatte mit Derkensun gekämpft, und der Zauber hatte diesen Kampf mit feinen Änderungen in den Hof drunten projiziert. Während die Soldaten ihre Freude bekundeten, umarmte Mortimir den Nordikaner.

Er stieß sein lautes Lachen aus. »Pah – ihr Hexen seid es gewesen, die dem Ganzen seinen Glanz gegeben haben.« Aber er nahm ihren Beifall gern entgegen, und er und Anna setzten sich für die nächste Darbietung zu den Studenten.

Plötzlich legte Anna die Hand auf Derkensuns Arm. Ihnen waren gerade köstliche Vanillepuddings serviert worden, wohl aus der kaiserlichen Küche. Anna beachtete die magischen Darbietungen nicht weiter, sondern genoss jetzt das Essen. In ihrem ganzen Leben hatte sie stets Hunger gelitten, und dieser Pudding …

Aber eine Frau in einem einfachen braunen Kleid war an der Seite des Megas Ducas erschienen. Anna hatte sie sofort bemerkt.

Neben ihr grinste Derkensun einen Diener an. »Ist das Quaveh?«, fragte er.

»Ja, Herr«, bestätigte der Diener und verneigte sich.

»Anna, das ist Quaveh *von der anderen Seite Ifriqu'yas!*« Er wandte sich ihr zu.

»Wer ist diese Frau?«, wollte Anna wissen.

Der Megas Ducas hatte viel mehr Spaß, als er für möglich gehalten hätte. Einige der Drogen wirkten – und Harmodius tat offensichtlich sein Bestes, um sich zu verstecken. Der Herzog vermutete zwar, dass der Grund dafür die Anwesenheit des Patriarchen war, der nur eine

Schwertlänge entfernt auf seinem Thron aus Ebenholz und Gold saß, aber ein Feiertag war nun einmal ein Feiertag. Er war endlich allein.

Oder wenigstens fühlte er sich allein.

Er überlegte, ob er Toby bitten sollte, seine Leier zu holen, als er plötzlich einen besonderen Duft bemerkte, und dann war sie auch schon an seiner Seite.

»Ich bin inkognito hier«, verkündete Prinzessin Irene. »Bitte nennt mich Zoe.«

Der Herzog riss sich zusammen. *So viel zum Alleinsein.*

Ser Gawin saß bei der Gruppe des Bräutigams und schäkerte geistesabwesend mit den Lanthorn-Mädchen. Ranald Lachlan starrte in die Dunkelheit, trank beständig und war ein schlechter Gesellschafter.

Ser Alison lehnte sich auf ihrem Stuhl zurück. Sie steckte in Frauenkleidung – war atemberaubend angezogen –, trug aber den Rittergürtel um die Hüften. »Wer sitzt denn da neben dem Hauptmann?«, fragte sie.

Gawin musste zweimal hinsehen, doch dann lächelte er wissend. »So, so«, sagte er und stieß den Ellbogen in Ranalds Seite, der ebenfalls hinüberschaute und dann die Schultern zuckte.

Ser Michael saß eine Armeslänge entfernt und küsste seine Frau. Er schnappte nach Luft und fing gleichzeitig Gawins Blick auf.

»Besorgt euch ein Zimmer«, sagte Gawin.

»Wir haben schon eins«, erwiderte Michael fröhlich. »Wen starrt ihr denn so an, Pampe und du?«

Kaitlin wirkte wie ein Engel, der auf die Erde herabgestiegen war. Sie beugte sich vor, passte dabei auf ihre Schleppe, ihren Hermelinbesatz, ihre Juwelen und alles andere auf, das ihr allerdings nicht halb so viel bedeutete wie der Mann, den sie soeben geküsst hatte, und sagte: »Das ist die …«

Ser Giorgios erbleichte, und seine neue Frau bedurfte ihrer ganzen jahrelangen Ausbildung am Hof, um nicht ihren Wein auszuspucken. »Die Porphyrogenetrix!«, sagte sie. »Auf meiner Hochzeit!«

Gawin grinste. »Gut. Das hatte ich auch schon vermutet.«

Ser Thomas erschien, beugte sich zwischen sie und verneigte sich ausgerechnet vor Pampe. »Darf ich um die Ehre eines Tanzes bitten?«, fragte er.

»Zu Pferd oder zu Fuß?«, fragte Pampe wie selbstverständlich zurück. Sie war zu einem Kampf bereit, und trotz ihres Kleides wirkte sie in diesem Augenblick wie eine Kriegerin.

Tom Schlimm lachte nur. »Hab schon verstanden. Aber ...« Er machte eine übertriebene Verbeugung. »Aber ich meine es ernst. Sie werden gleich zum Tanz aufspielen. Komm und tanz mit mir.«

»Warum das denn?«, fragte Pampe misstrauisch. »Willst du nicht mit Sukey tanzen?«

Tom hob eine Braue. »Nicht in den nächsten Stunden. Na komm, Pampe, tanz mit mir.« Er sah Gawin an. »Worauf starrt ihr?«, fragte er.

»Nicht auf dich«, sagte Gawin und deutete mit dem Kopf auf den Tisch des Patriarchen.

»Ach, auf die Großkopferten«, meinte Tom.

»Na, wer sitzt denn da neben dem Hauptmann?«, fragte Pampe. Sie erhob sich und legte Tom die Hand auf den Arm. »Wenn du mich zum Gespött machen willst, werde ich dir hier und jetzt die Eingeweide herausreißen, wobei mir Gott und alle Heiligen helfen werden.«

Tom Schlimm grinste. »Benimmst du dich bei allen Jungs so?«, fragte er. Dann verschwand sein spöttisches Grinsen. »Heiliger Jesus, das ist die Prinzessin.«

»Treffer, Jungchen«, meinte Pampe.

Während Tom Schlimm die Frau anstarrte, umrundeten Ser Jehan und Ser Milus den Hochzeitstisch, küssten die Bräute, klopften Michael und Giorgios auf den Rücken, kamen dann zu Pampe herüber und forderten sie zum Tanz auf. Jehan war der Erste.

»Bin ich etwa das einzige Mädchen, das ihr Kerle kennt?«, fragte sie.

Ser Jehan – fast fünfzig Jahre alt, voller Muskeln und hart erarbeiteter Ritterlichkeit – errötete.

Tom deutete auf den Megas Ducas, der sich gerade zusammen mit der Dame in Braun erhob – mit dem Mädchen in Braun. Es hakte sich bei ihm unter.

»Nicht auf sie zeigen«, zischte Gavin.

Jehan lächelte, wandte sich an Ser Milus und flüsterte ihm etwas zu.

Milus grinste die anderen an. »Plötzlich ergibt alles einen Sinn.«

»Wollt Ihr tanzen?«, fragte der Rote Ritter die Prinzessin.

Sie sah ihn an.

»Ich vermute, das war eine dumme Frage«, sagte er. »Aber da Ihr inkognito hier seid, nehme ich an, dass ich Euch direkte Fragen stellen und auch direkte Antworten erwarten darf. Also sollten wir von vorn anfangen. Was macht Ihr hier?«

»Ich will tanzen«, sagte sie. »Ich gestehe, dass ich noch nie in der Öffentlichkeit mit einem Söldner getanzt habe.«

Er nickte und schürzte die Lippen. »Es ist nicht so schwer, wie es aussieht«, sagte er.

»Ich komme einfach nicht darüber hinweg, wie gut Euer Archaisch ist«, sagte sie, während sie sich von den Tischen weg bewegten. Am Rande seines Blickfeldes sah der Rote Ritter, wie der Patriarch zusammenzuckte, aufstand, den Kopf drehte und etwas sagte, was den jungen Priester neben ihm veranlasste, ebenfalls ganz plötzlich den Kopf zu drehen.

Er lächelte auf sie herunter. »Ich habe es hier gelernt«, sagte er. »Nein, eigentlich habe ich es zu Hause bei meinem Lehrer gelernt, aber hier kann ich es zum ersten Mal anwenden.«

»Auf der Akademie?«, fragte sie.

»Nein«, erwiderte er geheimnisvoll.

Die Musikanten wussten offenbar, wer sie war. Einige aufgeregte Dissonanzen waren zu hören.

»Könnt *Ihr* tanzen?«, fragte sie.

»Nein«, antwortete er und schenkte ihr ein strahlendes Lächeln.

Einer der Straßenmusikanten erschien neben ihm. Er hielt einen Hut in der Hand, und seine Finger zitterten. »Mylord, wir … was … das heißt … was sollen wir spielen?«, brachte er schließlich heraus.

Der Rote Ritter – heute Abend weigerte er sich, den Megas Ducas zu spielen – verneigte sich vor seiner Dame. »Was immer die Dame wünscht«, sagte er.

Jeder Moreaner in Hörweite seufzte vor Erleichterung auf.

Zoe hob ihren Fächer, mit dem sie den größten Teil ihres Antlitzes verdeckte. Aber dem Musikanten zeigte sie zumindest die Andeutung ihres Lächelns, das sehr aufrichtig war. »Etwas Schnelles«, sagte sie und wandte sich dann anmutig an die Bräute, die neben ihren frisch angetrauten Gemahlen standen. »Alles, um was sie bitten. *Ihr* seid die Damen des Abends, nicht ich.«

Kaitlin machte einen Knicks und grinste schelmisch. »Also gut …« Dann lächelte sie Despoina Helena an. »Wir haben einen moreanischen Tanz eingeübt, und er ist sehr schnell«, sagte sie. »Wir wollen eine *Moresca* tanzen.«

In einiger Entfernung keuchte Lady Maria auf, während ihr Sohn zusammenzuckte.

Sie beugte sich zu ihm vor und sagte sehr leise: »Was hast du getan?«

Er wich nicht vor ihr zurück. »Das, was *du* mir gesagt hast.«

Die Musik war schnell. Fast ein Drittel der Paare und Zuschauer eilten von dem hölzernen Boden herunter, sobald sie einsetzte.

Tom Schlimm und Pampe gehörten nicht dazu.

Sie sah zu ihm hoch. »Kennst du diesen Tanz?«, fragte sie.

»Nein«, antwortete er fröhlich. »Du etwa?«

Sie schüttelte den Kopf und lachte. »Genau das, was ich brauche«, meinte sie. »Einen furchtlosen Partner.«

Die Adligen Moreas und Albias hatten in vieler Hinsicht denselben Geschmack. Oft tanzten sie paarweise oder zu mehreren Paaren, während die niederen Schichten Gruppen oder Kreise bildeten.

Der Tanz, der nun folgte, passte in keine der beiden Kategorien. Bei ihm mussten sich die Paare umeinander drehen und abwechseln – es war zwar keine schreckliche, aber eine gewagte Abwandlung. Lady Kaitlin und Ser Michael kannten diesen Tanz; sie hatten ihn bereits mit dem moreanischen Paar geübt.

In bester Hochzeitstradition traten die beiden Brautpaare als Erste auf die Tanzfläche.

Als Giorgios Helena durch die Luft wirbelte, nickte Zoe, und ein schwaches Lächeln umspielte ihre Mundwinkel. »Ah«, sagte sie sehr leise.

Sie stellten sich mit dem Rücken zueinander, klatschten gleichzeitig in die Hände, und die Musik trieb sie voran, dann herum, ein Klatschen, wieder herum, ein Klatschen, gemeinsam …

Alle applaudierten: die Diener, sogar die Betrunkenen. So gut waren sie. Kaitlin brach in Tränen aus und lächelte ihren Gemahl an. Helena warf den Kopf vor Freude in den Nacken.

Pampe blickte Tom an. »Verstanden?«

Er nickte heftig wie ein Mann, der sich in die Schlacht stürzen wollte. »Verstanden.«

John le Bailli schaute auf Meg herunter. »Vielleicht sollten wir diesen Tanz aussitzen?«, fragte er vorsichtig.

»Unsinn«, erwiderte sie. »Männer wie du finden seit dem Untergang von Troja immer wieder neue Gründe, nicht tanzen zu müssen.«

Harald Derkensun zog Anna bei der Hand in die Mitte der behelfsmäßigen Tanzfläche.

»Ich kann doch nicht auf denselben Brettern tanzen, auf denen auch die Kaiserin steht!«, wandte Anna ein.

Aber da drehte sie sich bereits auf den Zehenspitzen.

Eine dunkeläugige junge Frau mit gezupften Augenbrauen und einem ernsten, anmutigen Gesicht räusperte sich hinter Morgan Mortimir. Er hielt einen Becher in der Hand – er hatte gerade daran gedacht, Anna zum Tanz aufzufordern, aber dann hatte er es doch nicht gekonnt, und offensichtlich war das richtig gewesen. Sie wirkte sehr glücklich mit Harald.

Er drehte sich um und erblickte die junge Frau hinter sich.

Sie hob eine Braue.

Er wandte sich wieder den Tänzern zu, und sie trat ihm leicht gegen den Fußknöchel. »He, Pest«, sagte sie.

Sein Kopf schoss so schnell herum, dass es fast den Eindruck hatte, als kämen seine Brauen nicht mit.

Er betrachtete sie so gefasst, wie es ihm noch möglich war. »Würdest … würdest du …?«, fragte er und verneigte sich.

Sie seufzte. »Heilige Jungfrau«, sagte sie nicht sonderlich fromm und tat so, als wolle sie ihm auf die Tanzfläche folgen, während es in Wirklichkeit sie selbst war, die ihn dorthin führte. »Wenn die Prinzessin mit einem Barbaren tanzen kann, dann ist wohl nichts dagegen einzuwenden.«

»Ich … tanze nicht«, gelang es Mortimir zu sagen, als die Musik einsetzte.

»Beweg deinen Fuß im Takt und sieh ein bisschen elegant aus«, sagte sie und stellte sich auf die Zehenspitzen. »Den Rest mache ich für dich.«

»Du bist eine Nonne!«, sagte er.

Sie runzelte die Stirn. »Und du bist wirklich ein unwissender Barbar«, sagte sie.

Der Patriarch wies Pater Arnaud auf den jungen albischen Magus in der Ausbildung hin. Die junge Frau umtanzte ihn anmutig, und der junge Mann war buchstäblich vom Licht umflutet. Er erhellte die Mitte der Tanzfläche, und sie drehte sich um ihn herum, als wäre er eine Laterne. Es konnte nicht lange andauern, und schließlich musste er sich bewegen, aber es hatte wunderschön ausgesehen, und beide lachten, als er ins Taumeln geriet.

Der Patriarch beobachtete die Prinzessin, als sie an ihm vorüber tanzte – einmal in einem Kreis von Frauen, ein anderes Mal in einem Kreis von Männern nach einem schwierigen Abklatschmanöver. Schließlich verschwanden die Männer im Halbdunkel, und die Frauen tanzten weiter, dann war es umgekehrt, und die Tänzer wurden von dem jungen Mortimir stärker erhellt als von den Fackeln. Die beiden Geschlechter bildeten Ketten, diese verbanden sich untereinander, schwankten nach links, dann nach rechts, schossen herum, Männerbeine und Frauenbeine wurden blitzartig ausgestreckt. Danach sprangen die Frauen in die Luft, und die Männer fingen sie auf.

Gemeinsam mit der Tochter des Kaisers beschrieb der Rote Ritter einen Kreis und hielt sie dabei hoch über seinem Kopf.

Plötzlich lehnte sich der Patriarch zurück, runzelte die Stirn und hob seinen Becher, damit er wieder gefüllt wurde.

Sie tanzten vier Stunden lang. Sie tanzten, bis die meisten Männer und Frauen, die für ihren Lebensunterhalt hart arbeiten mussten, wieder so nüchtern wie zum Beginn des Festes waren – und so müde, als hätten sie eine Schlacht geschlagen. Sie hatten in Reihen und in Kreisen und zu zweit und zu viert und auch zu acht getanzt, hatten alle Tänze ausprobiert, die in Albia, Gallyen und Morea bekannt waren. Graf Zac und seine Offiziere hatten östliche Tänze vorgeführt, und der Rote Ritter sowie seine Offiziere hatten sich an ihnen versucht. Tom Schlimm fiel der Länge nach hin, als er versuchte, die Beine von sich zu werfen, und lachte über seine eigenen Mätzchen, und Pampe klatschte in die Hände und versuchte es den Ausländern aus dem Osten nachzumachen. Dabei musste sie jedoch feststellen, dass es ein reiner Männertanz war. Graf Zac legte den Arm um ihre Schultern, und sie tranken zusammen und stürzten sich in einen anderen Tanz. Und später packte sie Jehan und Milus bei den Händen und zerrte sie an einem großen Kreis von Zuschauern entlang – Dienerinnen außer Dienst, weiblichen Studenten von der Akademie und anderen Frauen ohne Begleitung.

Mit großer Zielstrebigkeit führte sie die beiden Ritter zu einer Gruppe von Annas Freundinnen, die es mit unterschiedlichen Vorwänden geschafft hatten, sich Zutritt zu dem Fest zu verschaffen.

»Meine Herren, diese Frauen sind Huren. Meine Damen, diese Herren sind schüchtern.« Sie grinste und wollte damit ausdrücken, dass es nicht in ihrer Absicht lag, irgendjemanden zu beleidigen. Aber eine der strengeren Frauen nahm dennoch Anstoß an ihrer Ausdrucksweise.

»Wen nennst du hier eine Hure, du Schlampe?«, meinte sie.

Pampe lächelte. »Ich war selbst eine, Schätzchen. Ich kenne diesen Blick.«

»Wirklich?«, fragte die andere Frau. »Und was bist du jetzt?«

»Jetzt bin ich ein Ritter«, antwortete Pampe. Graf Zac sah sie mit großen Augen an, und sie ging davon.

Ser Jehan schaute in die dunkelbraunen Augen seiner plötzlich gefundenen neuen Freundin. »Ist sie wirklich ein Ritter?«, fragte das Mädchen.

»Ja, das ist sie«, antwortete Ser Jehan. Und dann tanzte er schon.

Auch der Rote Ritter und Zoe tanzten – immer weiter tanzten sie. Einmal hielten sie inne, als die Dienerschaft wie eine Rächerarmee heranrückte und Eis brachte – echtes Eis aus den Bergen. Der Rote Ritter trat ihnen auf der Tanzfläche entgegen und fragte, wer das Eis hatte holen lassen. Er gab ihr die erste Portion und sah zu, wie sie es aß.

Als die Diener mit purpurfarbenem Schaumwein kamen, führte er sie zu ihnen hinüber und sorgte dafür, dass sie das erste Glas bekam.

Alle redeten darüber, wie aufmerksam er war.

Mutwill Mordling lehnte sich zurück und trank seinen fünfzehnten Becher Apfelwein. Finster sah er Cully an. »Dünn«, sagte er.

Cully rollte mit den Augen. »Kaum«, fand er. »Bloß halt … anders. Süßer?«, fragte er ins Nichts hinein.

»Lass es dir gesagt sein«, meinte Mutwill. »Er wird uns morgen früh an einen schrecklichen Ort führen. Dieses ganze Fest ist nichts als ein Vorwand. Wir werden auf den falschen Herzog zumarschieren.«

Cully zog eine Grimasse, und Bent schüttelte den Kopf. »Morgen früh werden kaum zehn Mann frisch genug zum Dienst sein«, meinte er.

»Lass es dir gesagt sein«, wiederholte Mutwill und rülpste leise.

Der Rote Ritter geleitete die geheimnisvolle Lady Zoe bis zu ihrer Tür. Falls er die sechs vernarbten Nordikaner bemerkt hatte, die ihnen auf jedem Schritt durch den Palast folgten, so schenkte er ihnen keine Beachtung. Falls er seinen Ser Alcaeus oder dessen Mutter Lady Maria oder den langen Zug kaiserlicher Hofdamen bemerkt hatte, die als Dienerinnen verkleidet waren und ihnen ein wenig atemlos durch die Marmorkorridore folgten, dann sagte er zumindest nichts.

An der Tür zu den kaiserlichen Gemächern beugte er sich über ihre Hand und berührte sie nicht ganz mit den Lippen.

Sie lächelte. »Von dem berühmten Krieger hatte ich eine größere Kühnheit erwartet«, sagte sie.

»Wirklich kühn bin ich nur, wenn ich dafür bezahlt werde«, erwiderte er und drückte ihre Hand. »Überdies glaube ich nicht, dass unsere Zuschauer es gutheißen würden«, fügte er leise hinzu.

Sie schaute in die Düsternis des langen Korridors. »Ah«, erklärte sie und verschwand in den kaiserlichen Gemächern. Er konnte gerade noch einen Blick auf dichte Reihen von Zofen werfen, die darauf warteten, ihre Kleider entgegenzunehmen, und ein Parfümduft wehte ihn an. Dann wurde die Tür vor seiner Nase geschlossen.

Ein Schäfersjunge staunte den Wächter auf der Thrakestraße an. Dort befanden sich insgesamt zwanzig von Herzog Andronicus' Soldaten, zwei Adlige in Rüstungen und sechs Ostmänner mit Hornbögen. Der Junge aß einen Apfel und führte dann seine Schafe durch die Straßensperre. Er war stumm und stellte es durch eine Pantomime dar. Die Männer lachten grob, nahmen ihm zwei seiner Schafe für das Abendessen ab und deuteten an, ihn zu schlagen, wenn er etwas dagegen unternehmen wollte.

Er schlurfte weiter, erklomm den nächsten Hügel und beobachtete sie.

Im letzten Licht der untergehenden Sonne rollte ein Wagen auf die Posten zu.

Der Schäfersjunge griff ins Gras und hob einen Wurfspieß auf, dann noch einen, und überdies ein Schwert.

Als sich gerade ein Wagen – ein Fleischer aus der Stadt – von der Straßensperre entfernte, ertönte Hufgetrappel. Die Männer auf der Straße ergriffen ihre Waffen, doch es kam alles zu schnell, und schon nach wenigen Augenblicken waren sie entweder tot oder gefangen genommen.

Die Ostmänner, die an der Straßensperre Dienst taten, kämpften nicht. Sie waren allesamt abgehärtete Steppenbewohner, sprangen auf ihre Pferde und preschten nach Norden.

Der Schäfersjunge und ein Dutzend anderer Männer und Frauen, die in den letzten beiden Tagen die Straßensperre passiert hatten, fielen über die Ostmänner und den Wagen her, machten zwei Gefangene und töteten den Rest.

Daniel Favor stieg den Hügel hinunter, nachdem er seinen Speer am Mantel eines Toten abgewischt hatte, und nahm dessen Börse an sich. Dann ging er zu Gelfred hinüber, der mitten auf der Straße im verdämmernden Licht auf seinem Pferd saß.

Gelfred nickte. »Gut gemacht«, sagte er.

Daniel grinste. »Ich hatte befürchtet, sie werden mich verprügeln. Und ich habe mich gefragt, wie lange ich es ertragen würde, bevor ich zurückschlage.« Er zuckte die Achseln.

Gelfred nickte. »Ich habe einige Gebete gen Himmel geschickt«, gab er zu.

»Habt Ihr den Wagen gesehen, der hier durchgekommen ist?«, fragte Favor.

Gelfred nickte. »Er hatte einen Passierschein. Ich werde den Fahrer getrennt befragen.«

Zwei Stunden später saß der Herzog mit Alcaeus und Pater Arnaud zusammen, während im Hof Musik ertönte. Eine Handvoll Hartnäckiger tanzte noch immer, einschließlich eines erstaunlich schmutzig gewordenen Ser Jehan und eines sehr jungen moreanischen Mädchens.

»Werdet Ihr Euch in sie verlieben?«, fragte der Dichter.

»Fragt Ihr den Roten Ritter oder den Megas Ducas?«, gab der Inhaber beider Titel zurück.

»Ihr seid auf alle Fälle ein Mann, und zwar einer mit den Vorlieben und Begierden eines solchen … Mannes, und Ihr besteht nicht nur aus hohlen Titeln und einer Rüstung«, sagte Alcaeus. »Christos, ich bin betrunken. Beachtet mich nicht weiter.«

Pater Arnaud betrachtete ihn wie das personifizierte Gewissen, von dem die meisten seiner Männer annahmen, dass er es nicht besaß. »Kennt Ihr feinen Herren zufällig das Lied *Et non est qui adiuvet?*«, fragte er dann.

Sie spielten es, und wieder tranken alle Wein. Die Anwesenden klatschten.

»Sie beobachtet Euch von der Bibliothek aus«, sagte Pater Arnaud.

Ser Gawin erschien mit einer kleinen Trommel. »Darf ich dieser Gesellschaft beitreten, wenn ich etwas darauf spiele?«, fragte er.

»Auf einer Trommel?«, fragte sein Bruder.

»Es ist ganz einfach«, lachte Gawin.

»Ihr braucht kein Instrument dazu. Ihr müsst nur abstinent sein«, sagte Alcaeus.

Vor Verblüffung spuckte Pater Arnaud ein wenig Wein aus. Er trank noch etwas, wischte sich über das Kinn und schüttelte den Kopf.

»Jemand sollte ein Lied aussuchen«, schlug der Hauptmann vor.

»Jetzt seid Ihr an der Reihe«, beharrte Alcaeus.

*»Tant Doucement?«,* fragte der Hauptmann.

»Muss das sein?«, fragte der Priester.

»Ihr liebt sie nicht?«, fragte Alcaeus.

»Wen, die Prinzessin?«, fragte Gawin. »Mein Bruder ist sehr wählerisch und eigen. Vermutlich hat er sein Herz an …«

Der Ellbogenstoß in die Rippen war nicht sehr brüderlich, und er war nicht darauf vorbereitet gewesen. »Was zum Teufel …«, rief er auf eine eindeutig unritterliche, aber durchaus brüderliche Weise.

»Mein Bruder wollte sagen, dass ich mein Herz an die Priesterschaft gehängt hatte, aber dort beharrte man darauf, dass ich Gott lieben müsse, und es gibt halt Dinge, da darf ich nicht lügen«, sagte er.

Pater Arnaud wandte den Blick ab.

»Du bist ein bösartiger Bastard«, lachte Gawin und klopfte seinem Bruder auf den Rücken.

Der Hauptmann holte tief Luft. »Das ist richtig«, antwortete er. »Das bin ich.« Er machte auf dem Absatz kehrt und ging davon.

Der Priester sah ihm nach.

»Jetzt wissen wir noch immer nichts«, sagte Alcaeus.

Gawin folgte seinem Bruder in den Stall, von dort über eine lange Rampe in den ersten Stock, und seine Schritte hallten auf dem Holzboden hohl wider. Sein Bruder stand in der fast vollständigen Dunkelheit neben einem Pferd.

»Nur der Kaiser hat einen zweistöckigen Stall«, sagte er.

Schweigen.

»Es tut mir leid, aber wenn du glaubst, andauernd stark, beherrscht und beherrschend sein zu müssen, dann wird keiner von uns je wissen, warum du manchmal traurig oder wütend oder was zum Teufel du überhaupt bist.« Gawin lächelte. »Dürfte ich vielleicht auch noch darauf hinweisen, dass du bei all deinen Sorgen wenigstens nicht das Zeichen der Wildnis an deinem Körper trägst? Ich hingegen habe Schuppen. Jeden Tag. Mary hat sie gesehen, und sie …« Gawin hielt inne. »Hörst du mir überhaupt zu?«

Gabriel streckte die Hände in der Dunkelheit aus und umarmte seinen Bruder. Zehn Herzschläge lang standen sie eng umschlungen da.

»Magst du sie wenigstens?«, fragte Gawin.

»Nein«, flüsterte Gabriel. »Wie du schon so scharfsinnig bemerkt hast, mag ich jemand anderen. Ich brauche mehr Musik. Danke, dass du mir nachgegangen bist.«

Am nächsten Morgen war Mutwill Mordling der erste Mann, der zur Parade antrat, als die Sonne noch hinter dem Horizont lag. Er furzte wiederholt und hatte einen schweren Kopf, weil er mehr als genug getanzt hatte. Aber er war bereit. Der Futtersack seines Pferdes war gefüllt, seine Rüstung war poliert, geölt und verpackt, und sein schwerer Wintermantel lag zusammengerollt hinter dem Sattel. Er war bereit, überallhin zu reiten.

Als eine Stunde später noch immer keine Alarmglocken läuteten, fluchte er und ging zurück ins Bett. Bent lag auf der benachbarten Pritsche und war zu klug, um ihn auszulachen.

Die neue Woche brachte Veränderungen mit sich – kleine Veränderungen, die größere ankündigten.

Zum Beispiel wurde die Truppe von einer Horde von Schneidern heimgesucht, die neue, vom Markt herbeigeschaffte Stoffe zuschnitten, und plötzlich hatte die Kompanie scharlachrote Hosen und Wämser sowie neue Umhänge über den Rüstungen. Jeder Mann und jedes Pferd verfügten über Büschel aus Pferdehaar in Rot, Grün und Weiß – eines an jeder Schulter und je eines auf dem Kopf der Pferde. Etliche Standarten erschienen auf dem Hof vor dem Palast. Eine zeigte die heilige Katherine und ihr Kreuz, während die anderen goldene Wappen hatten – auf grünem, weißem und rotem Grund. Als die Mitglieder der Kompanie lernten, bei welcher Standarte sie sich zu sammeln hatten, erfuhren sie auch, dass eine wesentliche Zahl der übrig gebliebenen gallyschen und iberischen Söldner, die einst dem Herzog Andronicus gedient hatten, jetzt zu ihrer eigenen Kompanie gehörten.

Ser Bescanon war nun der zweite Standartenträger; er trug die Flagge der heiligen Katherine. Ser Milus hielt das Banner der Kompanie – schwarz, mit drei Lac d'Amour. Die Kompanie wurde in drei unterschiedlich große Teile untergliedert. Die erste Gruppe, die aus hundert Lanzen bestand, wurde von Ser Jehan befehligt und hatte mit Ser George Brewes, Ser Francis Atcourt, Ser Alfonse d'Este und Ser Gonzago d'Avia vier Korporäle; die beiden letzteren stammten aus dem früheren Latinikon. Die zweite Gruppe bestand aus fünfzig Lanzen und wurde von Ser Gawin befehligt, der Ranald Lachlan und Ser Michael zu Korporälen hatte. Die dritte Gruppe, die auf dem Papier ebenfalls fünfzig Lanzen umfasste, in Wirklichkeit aber kleiner war, wurde von Gelfred kommandiert und hatte ebenfalls zwei Korporäle: Ser Alison und Ser Alcaeus. Ser Jehans Gruppe trug Weiß, Ser Gawins Rot und Gelfreds Grün. Jede Lanze bestand aus einem Soldaten, einem Knappen, der beinahe genauso gut bewaffnet war und ebenfalls ein Pferd besaß, sowie einem Pagen, der irgendwann einmal zum Soldaten werden wollte, und überdies aus einem oder zwei Bogenschützen.

Die neuen Männer wurden verflucht, und fast jeder auf der Soldliste verkündete, dass die Kompanie niemals zur alten Kraft und Größe zurückfinden werde. Es gäbe zu viele neue Gesichter und schlechtes Benehmen und persönliche Feindschaften und außerdem auch zu viele verschiedene Sprachen und Gewohnheiten. Die neuen Bogenschützen waren zu nichts gut, und die neuen Soldaten konnten kaum reiten. Das sagten zumindest die alten.

Unter den frischen Rekruten befanden sich auch vier Frauen. Sie kamen allesamt aus dem Osten – aus der Steppe – und waren ausnahmslos Bogenschützen. Sie wiesen alle Annäherungsversuche durch Pampe oder Eichenbank zurück. Auch die Steppenmänner hielten sich von ihnen fern.

Tom Schlimms Mittel gegen ungebärdige Rekruten war Arbeit.

Meg führte die übrigen Näherinnen zur Arbeit, und auch wenn sie manchmal den Kopf in die Hände stützte und der Welt ein sehr müdes Lächeln schenkte, wirkte sie doch so glücklich, wie eine Frau nur wirken konnte – wenn auch vielleicht nicht ganz so glücklich wie Lady Kaitlin, die zunächst ihr Hochzeitsfrühstück einnahm und sich dann zu den anderen geschickten Näherinnen setzte und Hosen flickte.

Graf Zac lieferte an dem Tor zum äußeren Hof dreihundert Pferde ab, und eines führte er höchstpersönlich am Zügel. Dieses übergab er dem Megas Ducas, der es mit Freuden entgegennahm. Es war ein großer, pechschwarzer Wallach, stark, aber mit klaren Linien, einem feinen Kopf und mit Augen, die für ein Kriegspferd erstaunlich klug dreinblickten.

»Er kann ein Bastard sein«, sagte Zac und zuckte die Achseln. »Genau wie ich. Ist Eure Pampe eigentlich alleinstehend?«

Wenn dieser Themenwechsel den Megas Ducas überraschte, so zeigte er es zumindest nicht. »Sie ist geradezu die Definition von ›alleinstehend‹«, sagte er.

Graf Zac räusperte sich. »Aber sie hatte auch schon Liebhaber, oder?« Seine Miene verriet, dass ihm diese Frage peinlich war.

Der Megas Ducas schenkte ihm den Anflug eines Lächelns. »Das wäre möglich«, meinte er.

Graf Zac seufzte. »Darf ich ihr den Hof machen?«, fragte er.

»Werdet Ihr mir stets Pferde wie dieses bringen, wenn ich es Euch erlaube?«, fragte der Megas Ducas. Er schwang sich auf sein neues Reittier, das noch nicht gesattelt war, und preschte davon.

Eine Stunde später hielt er neben Pampe an, die noch bei einigen mürrischen Schneidern stand und sich ihre neue Hose anmessen ließ. Sie hatte sich gerade dazu bereit erklärt, sich bis auf die Unterhose auszuziehen.

»Alison? Ich habe dich für dreihundert Pferde an Graf Zac verkauft«, sagte er. »Das ist kein schlechter Handel – er wird dich heiraten.«

Sie runzelte die Stirn, doch dann nickte sie. »Dreihundert klingt nach einem guten Preis«, stimmte sie zu. »Er ist klein, aber ich mag ihn.«

Er grinste sie an. »Es ist lange her, seit du zum letzen Mal jemanden gemocht hast.«

»Außer Euch«, sagte sie.

Er errötete, und da lachte sie ihm ins Gesicht.

»Nun, ich bin froh, dass es gegenseitig ist«, sagte er. »Sei nett zu den Schneidern.«

Er ritt davon und suchte Ser Michael, den er bei den Resten eines kleinen Hochzeitsfrühstücks fand. Dabei besprach er die Konten der Truppe mit dem Notar.

Der Hauptmann trat ein, verneigte sich vor den anwesenden Damen, küsste ihnen Hände und Wangen und nahm Michael bei der Schulter. Sofort war Michael munter.

Die beiden Männer gingen aus dem Wächterraum, in dem die Gäste Wein tranken. Pater Arnaud folgte ihnen und plauderte freundlich, aber ein wenig gekünstelt mit ihnen, bis sie sich in den Gemächern des Hauptmanns befanden.

Ser Michael schaute sich um. Toby schenkte ihnen heißen Wein aus einem Krug ein, der neben dem Feuer gestanden hatte, und ging hinaus, wobei er die Tür hinter sich schloss.

Der Hauptmann holte tief Luft. Er reckte das Kinn – ein seltenes Zeichen von Nervosität.

»Tut mir leid, Michael«, sagte er. »Es ist nichts Gutes, und ich habe es vor dir geheim gehalten, damit du deine Hochzeit genießen konntest.«

Michael sah sich noch einmal eingehend um. »Heiliger Jesus, worum geht es denn?«

Pater Arnaud schüttelte den Kopf. »Gabriel, das war gar nicht gut.« Er nickte Michael zu. »Euer Vater wurde vom Captal de Ruth auf Geheiß des Königs als Verräter gefangen genommen. Es gab eine Schlacht, und Euer Vater hat sie verloren. Schlimm verloren …«

Michael setzte sich und machte ein unbewegliches Gesicht.

Der Hauptmann sah den glückselig lächelnden Priester böse an.

»Ich habe ihn schon hundertmal einen Verräter genannt«, sagte er und schaute auf. »Und er hat Euren Namen benutzt.«

Der Hauptmann zuckte wie eine wütende Katze. »Ich weiß, dass es ein Fehler war, einen Kaplan zu holen.« Er sah den Priester weiterhin an und fuhr dann fort: »Der Prior hat mir etliche Botschaften geschickt. Er sagt, dass man Pater Arnaud vertrauen könne, obwohl er ein falsches Spiel mit meiner Identität getrieben hat. Aber seit ich herausgefunden habe, dass mein Bruder an meine Mutter geschrieben hat, spielt das wohl keine Rolle mehr.« Er sah Michael an. »Ich rede wirr, Michael. Aber ich brauche dich. Ich plane einen Winterfeldzug. Du weißt, was das bedeutet.«

»Par Dieu, haben Euch die Schwierigkeiten meines Vaters etwa dazu getrieben, Eure Pläne mit uns zu teilen?«, fragte Michael. Er fühlte sich benommen. »Ich muss meinem Vater beistehen.«

»Der König und der Oberhofmeister haben alle Ritter aus Jarsay vom Hof verbannt«, sagte Pater Arnaud. »Das geschah nicht aus bösem Willen. Es ist fraglich, ob sich die Handlungen des Captals innerhalb des gesetzlichen Rahmens bewegen oder tatsächlich mit Billigung des Königs geschehen. Der König versucht, die Lage in den Griff zu bekommen, indem er die Unterstützer Eures Vaters von den

Gallyern und den Männern, die den Grafen festgenommen haben, fernhält.«

Der Hauptmann goss sich ein wenig Wein ein. »In dieser Hinsicht muss ich dem König beipflichten, Michael. Wenn du gehen willst … gut, ich werde dich nicht zwingen hierzubleiben, auch wenn ich schon darüber nachgedacht habe. Aber da ich knapp an guten Männern bin, werde ich jedes Argument ergreifen, das in der Lage ist, dich hier zu halten.«

Pater Arnaud nickte. »Bei meiner Abreise ging das Gerücht um, dass Euer Vater ein Urteil durch Kampf erwirken wolle, und zwar auf dem Turnier im nächsten Frühling.« Er sah den Herzog an. »Die andere Sache betrifft den Bischof von Lorica. Er wird morgen in sein Amt eingesetzt und hat seine Absichten bereits klar und deutlich ausgedrückt – über die Benutzung der Hermetik, über den Patriarchen hier, über meinen eigenen Orden.« Der Priester zuckte mit den Achseln. »De Vrailly könnte bis zum Sommer tatsächlich Herr über das Königreich werden. Die Königin wird von der gallyschen Fraktion geradezu belagert. Man hasst sie, und wir kennen nicht einmal den Grund dafür.«

Der Hauptmann beugte sich vor. »Dann werden wir hier fertig sein. Wir könnten gemeinsam zu dem Turnier gehen.« Er lächelte, aber es war ein böses Lächeln. »Wir könnten sozusagen alle auf einen Streich besuchen.«

Ser Michael holte tief Luft. »Ihr plant einen Winterfeldzug und wollt mich im Frühling nach Albia begleiten?«, fragte er. »Habt Ihr etwa vor, die Prinzessin zu heiraten und Euch zum Kaiser zu machen?«

Der Hauptmann schaute aus dem Fenster und rümpfte die Nase, weil er nun einen Teil seiner Pläne offenbaren musste. Aber schließlich sah er Michael wieder an und grinste. »Es könnte tatsächlich passieren«, sagte er, »aber es ist nicht das, was ich eigentlich will.«

Ser Michael dachte kurz darüber nach. »Nicht?«, fragte er. Er sah Pater Arnaud an, der gleichermaßen überrascht wirkte. Er sah aus wie ein Mann, der soeben eine bedeutsame Verbindung hergestellt hatte.

Der Hauptmann stützte das Kinn auf die Hände und die Ellbogen auf die Knie und wirkte erstaunlich menschlich. »Manchmal muss ich meine Pläne ändern«, sagte er. »So wie jetzt. Aus unterschiedlichen Gründen kann ich sagen, dass wir am Turnier der Königin teilnehmen werden und ich die Prinzessin vermutlich nicht ehelichen werde.« Er hob eine Braue. »Das mit deinem Vater tut mir leid. Ich habe ihn gemocht.«

Michael zuckte die Achseln. »Ich bin aus vielen Gründen von zu Hause weggegangen und hierhergekommen. Ich werde nicht weglaufen – und bin froh, dass Ihr es mir erst nach der Hochzeit gesagt habt.« Er holte tief Luft. »Ich glaube, ich muss es jetzt auch meiner Frau mitteilen«, sagte er, stand auf, stellte fest, dass die Welt nicht schwankte, und verneigte sich. An der Tür blieb er stehen. »Darf ich Euch Gabriel nennen?«, fragte er.

»Nein«, sagte der Herzog.

»Ja«, sagte der Priester. »Bei jeder Gelegenheit.«

Ser Michael nickte. »Ich habe verstanden«, sagte er und zog sich zurück.

Der Priester drehte sich zu seinem neuen Herrn um. »So, wie ich es verstanden habe, habt Ihr beschlossen, wieder ein Mensch zu sein. Dazu gehört auch, dass man einen Namen hat.«

Der Kopf des Hauptmanns ruhte noch immer auf seinen Händen. Er sah aus dem Fenster. »Ist das nur Schauspielerei?«, fragte er. »Oder glaubt Ihr, dass ich wirklich zu einem Menschen werde, wenn ich nur lange genug so tue, als ob ich einer wäre?«

*Endlich hast du es verstanden,* murmelte Harmodius. Dies war seine erste Bemerkung seit vielen Tagen.

Der Priester stellte sich neben ihn.

»Wer hat Euch Macht über mich gegeben?«, fragte Gabriel. Seine Stimme klang nicht unfreundlich.

»Die *Bonne Sœur du Foret Sauvage* sendet Euch ihre Grüße«, sagte er.

Am zweiten Tag nach dem Fest ritt die Armee – die jetzt beinahe zweihundert örtliche moreanische Stradioten umfasste – in die Berge und auf Thrake zu. Die Nordikaner hatten Ponys, und die gesamte Kompanie verfügte auch wieder über Pferde. Sie bewegten sich schnell, brachten beinahe zwanzig Meilen hinter sich und wandten sich in den Bergen nach Westen, ohne auf Gegenwehr zu stoßen. Einige Männer spalteten sich von der Truppe ab und übten die Erstürmung einer kleinen Burg, die ausschließlich zu diesem Zweck errichtet worden war – sie war nur hüfthoch, aber die Zimmer waren deutlich erkennbar angeordnet.

Die Beobachter bemerkten zu spät, dass sie zwar ohne Gelfreds Männer ausgerückt waren, aber mit ihnen sowie mit einem Wagen und zwanzig Gefangenen zurückkamen.

Am folgenden Tag, dem Festtag des heiligen Georg, übten sie auf dem Großen Platz – sogar die Stradioten beteiligten sich. Schwertübungen und Speerübungen fanden statt, und Reiter maßen sich mit der Lanze. Die Vardarioten gesellten sich zu ihnen und schossen mit ihren Bögen vom Rücken der Pferde aus, dann kamen eine Handvoll von Gelfreds Männern und auch noch einige Pagen dazu, die Interesse am Bogenschießen vom Pferd aus gefunden hatten – oder denen dieses Interesse befohlen worden war. Gelfreds Männer verschwanden für zwei Stunden und kehrten mit der Ankündigung zurück, dass alle neue Hosen und Wämser erhalten sollten – nicht mehr in Rot, sondern in Grün.

Arbeiter kamen herbei und errichteten eine Spielzeugburg, die nur aus zwei Türmen und einer Halle aus Holzstämmen bestand. Es gab keine richtigen Wände, sondern nur Skelettstrukturen, sodass die Zuschauer auch die Kämpfe beobachten konnten, die im Innern stattfanden. Vierzig ausgesuchte Männer erstürmten unter dem Jubel der Beistehenden die Burg.

Zur Zufriedenheit aller alten Truppenmitglieder kämpften die frisch rekrutierten Ritter mit den alten, also solchen wie Tom Schlimm oder Pampe oder dem Hauptmann. Ser Bescanon wurde so heftig vom Pferd gestoßen, dass er das Bewusstsein verlor – Tom Schlimm war der Schuldige.

Tausende Einwohner der Stadt schauten zu und jubelten.

Die Stradioten spießten Ringe auf und hieben mit ihren Schwertern Früchte entzwei, außerdem vollführten sie Reiterkunststücke.

Die Nordikaner hieben die Übungspfosten mit ihren Äxten so rasch durch, dass die Zuschauer unter großem Gelächter zusahen, wie die Pagen und Diener herumrennen und neue Pfosten aufstellen mussten.

Die Scholae stellten ihre Fähigkeiten im Ringen und Schwertkampf unter Beweis, und schließlich kämpften sechs von ihnen in geliehenen Rüstungen gegeneinander. Giorgios Comnenos hatte insgeheim bei Ser Michael Unterricht genommen, und so gelang es ihm, gegen Ser Brewes zu bestehen. Ser Alison stieß Ser Iannos Dukas vom Pferd und schlug ihm überdies die Lanze aus der Hand. Die Menge jubelte und warf ihr Blumen zu. Die Moreaner gewöhnten sich allmählich an weibliche Ritter.

Morgan Mortimir trat drei Runden lang in geliehener Rüstung gegen Ser Francis Atcourt an und erwischte im ersten Durchgang den Helm des älteren Ritters; im zweiten spalteten sie gegenseitig ihre Lanzen, und im dritten wurde er vom Pferd gestoßen. Er fiel schwer auf den Boden, da er aus der Übung war.

In Einzelzellen saßen die zwanzig Gefangenen allein und unbehelligt unter dem Palast. Während des Festes des heiligen Georg wurden sie nicht gefoltert, sondern lediglich wach gehalten.

Kronmir hatte gesehen, wie der Wagen in die Stadt zurückkam, und er wusste, was das bedeutete.

Nachdenklich saß er einige Zeit da und legte die Finger zu einem Dach zusammen. Er überlegte, wie lang es dauern mochte, bis die Fremden seinen Agenten geknackt hatten und was er ihnen sagen konnte. Er betrachtete sein Nachrichtensystem und vergewisserte sich anhand seines Codebuches, dass er die Verschlüsselung für »stellt alle Aktivitäten ein« an seine drei wichtigsten Spione richtig im Kopf hatte. Als in seiner Herberge alles still geworden war und auch noch die niedrigste Magd schlief, leerte er sein Zimmer, packte seinen Koffer und überlegte, ob er den Wirt, dessen Gemahlin und die junge Frau töten sollte, mit der er von Zeit zu Zeit schlief. Wenn sie alle tot waren, hatte der Feind keine Zeugen mehr für seine Gegenwart. Doch er hasste eine solche Verschwendung von Leben, außerdem hatte er seine eigenen Regeln. Er lächelte verschlagen und gab vor sich selbst zu, dass er das Mädchen mochte und einfach nicht kaltblütig genug war, es umzubringen. Stattdessen stopfte er den Kamin in der Schankstube mit brennbarem Material und legte das Holz wieder genauso darunter, wie es die Magd am Abend zuvor getan hatte.

Er ging an Niannas Bordell vorbei und hinterließ an der Tür des Sattlers auf der anderen Straßenseite ein weißes Kreidekreuz. Dann marschierte er durch die verlassenen Straßen bis zu den Armenvierteln am östlichen Ufer hinunter und hinterließ an einer Tür ein Lambda in einem Kreis aus Kreide. Hinter dieser Tür erholte sich der Hauptmann der gedungenen Attentäter, die er aus Etruska hatte kommen lassen, von seinen Verletzungen, die er sich während der Erstürmung des Palastes zugezogen hatte und an denen er beinahe gestorben wäre.

Dann saß er eine Stunde lang in einer Suppenküche am Hafen und beobachtete den Weg, auf dem er hergekommen war. Schließlich ging er zu dem alten Aquädukt hoch, nahm dort einen Stein heraus und ließ in der Höhlung dahinter einen Beutel mit vierzig Silberleoparden. Er setzte den Stein wieder ein, ging zurück nach unten und steckte eine silberne Nadel in einen Olivenbaum, der mitten auf einem kleinen Platz in der Nähe des Hauses stand, in dem sich der Attentäter befand. Er steckte die Nadel so ein, dass sie nur sehr schwer zu sehen war, aber leicht von jemandem entdeckt werden konnte, der sich zufällig gegen den Stamm lehnte, weil er einen Stein in seinem Schuh finden wollte.

Dann ging er zur Kaimauer und hinterließ dort zwischen den Schmierereien von hundert Generationen zwei weitere Lambda-Zeichen in je einem Kreis.

Er setzte sich auf die Mauer und versuchte herauszufinden, ob er verfolgt wurde. Dann nahm er eine Abkürzung, denn er war nun in Eile, und die Sonne würde bald aufgehen. Er begab sich dorthin, wo sein Spion aus der Werft immer seine Botschaften hinterließ – in schlechter Orthografie, auf Leder gekritzelt, aufgerollt und in die Wasserleitung eines Systems gesteckt, das schon seit einem halben Jahrtausend nicht mehr benutzt wurde. Kronmir kniete sich in der Dunkelheit hin, fühlte das Leder und nickte. Er zog den Bericht hervor, steckte ihn in seinen Koffer und schob einen kleinen Beutel mit Gold in die Röhre, verschloss sie und malte mit der Kohle ein breites schwarzes Kreuz darauf.

Er besaß noch andere Spione, aber sie waren ihm gleichgültig. Keiner von ihnen hatte ihn je gesehen – und keiner hatte ihm je etwas Wesentliches hinterbracht. Er glaubte auch nicht, dass der Schlächter um ihre Existenz wusste.

Dann ging er quer durch die Stadt zur westlichen Mauer, wo es der Lampenmachergilde schon seit vielen Jahren nicht gelang, sie – die Mauer – in gutem Zustand zu halten. Sein Seil, aus braunem und grauem Pferdehaar geflochten, befand sich genau dort, wo er es brauchte. Er schlüpfte über die Mauer, kletterte durch den Graben dahinter und verfluchte dabei sein fortgeschrittenes Alter sowie das hinderliche Schwert an seiner Seite. Die äußere Mauer überkletterte er an einer Stelle, die dem Verfall vollkommen preisgegeben war, und sprang an der anderen Seite hinunter. Er wanderte eine halbe Meile durch die Felder, bis er zu einem Gehöft kam, wo er ein Pferd stahl.

Der beschlagnahmte Wagen hatte Kronmir eine Menge verraten. Nun wusste er, dass der Rote Ritter den Zugang zu den Bergen im Norden kontrollierte. Er ritt nach Westen, nicht nach Norden.

Zwei Tage nach dem Fest des heiligen Georg gingen die Scholae zu zwei bestimmten Häusern in der Stadt. Beide standen leer, und die Herberge, die sie hatten durchsuchen wollen, war bis auf die Grundmauern niedergebrannt. Die Angestellten waren bei ihren Verwandten untergekommen.

Der Herzog ritt durch das Tor zur Werft und wurde von einer Handvoll gerüsteter Ritter unter Führung von Francis Atcourt begleitet. An seiner Seite ritt ein unbewaffneter Mann, der die Arbeiten in der Werft mit Bewunderung und auch mit einem gewissen Unbehagen betrachtete.

Der Herzog stieg ab und ging in das Hauptgebäude, das uralt und aus den gleichen roten und gelben Ziegeln wie die Stadtmauern erbaut war. »Seht Euch alles genau an«, sagte er beiläufig zu dem unbewaffneten Mann.

»Wer ist das?«, fragte der Meisterzimmerer der Schiffsbauer, William Mortice aus Harndon. Er war vor zwei Wochen über Land hierhergereist.

Der Herzog lächelte. »Meister Mortice, das ist niemand anderes als der hohe und mächtige Lord Ernst Handalo von Venike.« Der Herzog unterstrich seine Worte mit einem Nicken.

»Er wird meine schönen Schiffsrümpfe auf ihren Gestellen abfackeln!«, sagte Mortice und erhob sich.

»Nein, nein, er wird nach Hause gehen und seiner Stadt sagen, dass sie sich mit uns verbünden soll.«

Mortice hatte sich noch nicht an den Roten Ritter und an Liviapolis gewöhnt. »Mit uns? Wer ist ›uns‹? Albia? Nova Terra? Das Reich?«

»Ihr und ich und die neue Flotte«, sagte der Herzog, wirbelte Wein in seinem Becher herum und goss sich aus einer Flasche noch ein wenig nach.

Eine Stunde später stand Handalo in seinem kurzen Umhang, der ihn in dem kalten Wind auf der Hafenmauer umflatterte. Er musste brüllen, damit man ihn verstehen konnte. »Diese Kosten könnt Ihr nicht allein tragen!«, rief er. »Nicht ohne Handel und eine Kaufmannsflotte!«

»Dem stimme ich zu!«, schrie der Herzog.

»Und der Winter ist da!«, rief Handalo. »Es wäre verrückt, so spät im Jahr noch in See zu stechen!«

»Das sehe ich auch so!«, gab der Herzog brüllend zurück.

»Warum bezahlt Ihr uns dann nicht einfach und hört damit auf?«, fragte Handalo.

Der Herzog lächelte. »Jeder Bogenschütze in meiner Kompanie trägt zwei Sehnen in einem kleinen Wachsbeutel mit sich. Wenn sie überprüft werden, macht dies der Meisterbogenschütze. Denn ich hatte einmal das Pech, ohne Bogensehnen dazustehen.«

Handalo hob eine Braue.

Der Herzog schaute auf das Meer hinaus. »Ich könnte hier und jetzt ein Handelsabkommen mit Euch schließen, Messire. Aber in spätestens drei Jahren wäre es Euch ... unbequem. Und Ihr würdet es außer Kraft setzen – oder Euer Nachfolger würde dies tun.« Er sah dem Etrusker in die Augen. »Ich könnte Euch militärisch besiegen, aber es wäre kein dauerhafter Sieg, oder?«

Handalo nickte. »Ihr seid ein kluger Kopf.«

»Beide Bogensehnen. Ich lasse zuerst eine Flotte bauen, und *dann* biete ich Euch ein Handelsabkommen an, und Ihr und die Genuaner werden jeden Grund haben, es einzuhalten.« Der Herzog zuckte mit den Schultern.

»Die Prinzessin kann sich glücklich preisen, Euch zur Verfügung zu haben«, sagte der Veniker-Hauptmann.

Der Herzog schüttelte den Kopf. »Der Kaiser kann sich glücklich preisen, mich zu haben«, sagte er.

Zwei Wochen später lief die erste moreanische Galeere, die seit zwanzig Jahren in der Stadt gebaut worden war, vom Stapel und platschte mit dem Bug voran ins Wasser, beobachtet von der etruskischen Schwadron auf der anderen Seite der Meerenge. Am nächsten Tag wurde die gekaperte etruskische Galeere repariert, und am Ende der Woche schwammen bereits vier Schiffe der neuen kaiserlichen Flotte im Meer.

Es kam der erste Wintersturm, der die ganze Gewalt der Natur eindrucksvoll bezeugte. Alle Arbeiten in der Werft mussten vorübergehend eingestellt werden, und ein kleines Vermögen an Holz, das ungesichert dagelegen hatte, wurde ins Wasser geweht und war verloren. Die neuen Schiffe aber wurden wieder auf die Reede gezogen und in überdachten Schuppen abgelegt, die schon vor tausend Jahren gebaut worden waren.

Die Etrusker hingegen besaßen keine tausend Jahre alten Schiffsschuppen, und so mussten sie ihre Schiffe abtakeln und Schutz suchen. Trotz des grundsätzlich gemäßigten Klimas und der warmen Meeresströmungen waren die Winter in Morea eisig und schneereich.

Zwei Tage nach dem Sturm hatten die Etrusker ihre Schiffe allesamt in Sicherheit gebracht. Sie mussten mit Entsetzen zusehen, wie die neue kaiserliche Schwadron im kalten und wässerigen Sonnenschein wieder in See stach und ohne Behinderung zur Öffnung der Meerenge segelte. Die kaiserliche Flotte kehrte nach einem Tag auf See mit drei großen albischen Rundschiffen zurück. Da es keine Blockade gab, dockten die albischen Schiffe ohne Gefahr an; sie waren bis an die Reling mit Wolle, Leder und anderen albischen Waren beladen, und hundert dankbare Händler begrüßten die albischen Kaufleute bei den Docks. Währenddessen eilten die kaiserlichen Schiffe unter dem Kommando des Megas Ducas wieder durch die Meerenge und setzten Soldaten ab, die in der Folge die ganze etruskische Schwadron niederbrannte.

Bevor die Feuer ausgegangen waren, führte Ser Ernst Handalo eine Abordnung der Kaufmannsgilde zum Palast, aus dem er erst vor Kurzem freigelassen worden war. An jenem Nachmittag kündigten die Etrusker ihr Bündnis mit Herzog Andronicus auf und unterzeichneten einen Friedensvertrag mit Irene und ihrem Vater, dem Kaiser. Gleichzeitig unterschrieben sie ein Dokument, in dem verlangt wurde, dass »der verräterische Usurpator, der ehedem als Herzog von Thrake bekannt war«, den Kaiser sofort wieder auf den Thron setzte. Sie bezahlten eine Ablösesumme, und ihr Podesta unterzeichnete etliche Artikel, in denen ihnen die Höhe bestimmter Zölle garantiert wurde. Darauf nahmen sie sofort einen Kredit auf. Alle etruskischen Offiziere wurden freigelassen.

Die kaiserliche Armee übte weiter. Jeden Tag kamen mehr örtliche Stradioten hinzu. Und an jedem Tag erschienen mehr Handelsschiffe im Golf – alle stammten aus Albia. Die Rundschiffe waren im Wetter des späten Herbstes nicht so gefährdet wie die Galeeren. Aber sie gingen trotzdem ein Risiko ein.

Am nächsten Montag formierte sich die gesamte kaiserliche Armee auf dem Ares-Feld. Es waren fast tausend Mitglieder der Truppe, fast fünfhundert Scholae, dreihundert Nordikaner, ebenso viele Vardarioten und fast tausend Infanteristen aus der Stadt sowie vierhundert Stradioten-Kavalleristen aus dem umliegenden Land. Die meisten Männer steckten in weißer Wolle – in frischer, neuer albischer Wolle, die schwer wie eine Rüstung war und die Farbe von Schnee hatte. Die neuen Wintermäntel waren das Ergebnis eines fieberhaften Nähens, besorgt von sämtlichen Schneidern in Liviapolis.

Ser Gerald Random saß auf seinem Pferd neben dem Roten Ritter und seinen Offizieren und beobachtete die Soldaten. Verwundert schüttelte er den Kopf. »Ihr habt Eure eigene Armee!«, sagte er.

»Das solltet Ihr eigentlich wissen«, sagte der Rote Ritter. »Schließlich bezahlt Ihr sie.« Er lächelte. »Und Ihr habt die Wolle herbeigeschafft.«

Zusammen mit den Rittern lachte Random. »Wenn das hier ein Fehlschlag werden sollte, bin ich ruiniert. Ich habe mein gesamtes Vermögen auf Euch gesetzt.«

Zufrieden betrachtete der Rote Ritter seine Armee. »Bisher scheint mir das ein guter Einsatz zu sein«, sagte er und sah sich um. »Die etruskische Ablösesumme sollte Eure Rechnungen bezahlen.«

»Aber die Prinzessin hat das Geld schon anderweitig ausgegeben«, sagte Random.

Der Rote Ritter zuckte nur die Achseln.

Random sah ihn finster an. »Während Ihr weiterhin Geld verprasst … wie ein betrunkener Seemann in einem Bordell.«

Der Rote Ritter zuckte erneut mit den Achseln. »Freude könnt Ihr nicht kaufen, aber Ihr könnt Euch Kriegsglück kaufen – indem Ihr beste Waffen und andere Ausrüstung beschafft und für Tapferkeit bezahlt.« Er kratzte sich am Bart. »Das alles ist jedoch nicht billig.« Er sah den Kaufmann an. »Aber Ihr besteht doch aus Geld. Warum sollte Euch dieses Unternehmen zugrunde richten?«

»Ich habe zugestimmt, das Turnier der Königin auszurichten. Das erinnert mich übrigens daran, dass Ihr hiermit eine offizielle Einladung dazu erhaltet. Ich habe Euch offen heraus zu sagen, dass Eure Anwesenheit als Ritter und Ehrenmann notwendig ist, denn Ihr sollt es eröffnen. Was ist mit den anderen Anfragen passiert?« Random spielte mit seinen Zügeln und versuchte herauszufinden, wie er sich mit nur einem Bein ausbalancieren konnte, wenn es notwendig werden sollte, schnell zu reiten.

»Ich habe sie nicht beachtet.« Der Rote Ritter nahm den Zylinder mit der Einladung entgegen. Ein kleiner Zauber löste sich und stieg in Gestalt einer winzigen Taube auf, die wie ein weißer Kolibri in der Luft vor ihm flatterte.

*Die Königin wird immer geschickter,* sagte Harmodius.

»Ihr seid zum Ritter geschlagen worden – und nun seid Ihr für das königliche Turnier verantwortlich?«, fragte der Rote Ritter.

Gerald nickte. »Ja.«

»Und die Kosten sind schwindelerregend?«

Random zog eine Grimasse. »Ja.«

»Und Ihr müsst die Kosten vorstrecken«, fuhr der Rote Ritter fort.

Random zuckte mit den Schultern. »Sie ist nun einmal die Königin. Und der König hat mich zum Ritter geschlagen.« Er grinste. »Außerdem liebe ich ein gutes Turnier«, fügte er hinzu.

Der Rote Ritter sah ihn eindringlich an. »Und dennoch seid Ihr hergekommen und riskiert Euer Vermögen, nur um meine Rechnungen zu bezahlen.«

Random sah ihn offen an. »Das ist richtig, Hauptmann.«

Der Rote Ritter warf Ser Michael einen Blick zu. »Ich glaube, von diesem Kaufmann kann ich die Bedeutung der Großzügigkeit lernen«, sagte er.

»Ich plane, selbst an dem Turnier teilzunehmen«, sagte Random. »Deshalb möchte ich von Euch lernen.«

Der Rote Ritter sah die Taube an, die vor ihm dahinschwebte. »Ich werde mit all meinen Rittern erscheinen, edle Königin«, sagte er förmlich.

Die kleine Taube neigte sich, dann flog sie davon.

Der Rote Ritter – der Megas Ducas, der Herzog von Thrake, Gabriel Murien – wendete sein Pferd. Da es ein wenig widerwillig gehorchte, hob er seinen Stock. Alle Augen folgten ihm.

»Und jetzt zeigen wir diesem sogenannten Herzog Andronicus, wie man einen Krieg führt«, sagte er.

12

## Lutece, Gallyen ·
## Der König von Gallyen und sein Pferd

Der Seneschall Abblemont klopfte mit einer Pergamentrolle gegen den großen Eichentisch und verschaffte sich damit Gehör. Allmählich beruhigte sich der Kriegsrat.

Tancred Guisarme, der königliche Oberhofmeister, steckte heute nicht in seiner großartigen Drachenrüstung, sondern in einer einfachen Brigantine, die mit Hirschleder bezogen war; überdies hatte er zwei etruskische Armschienen angelegt. Steilker, der Meister der königlichen Armbrustschützen, trug noch seine schwarze Rüstung mit dem goldenen Buchstaben, der Gott pries; Vasilli hingegen, der Architekt der königlichen Burgen, war nur in ein Kettenhemd gekleidet. Ser Eustace de Ribeaumont, einer der Reichsmarschälle und einst ein berühmter Söldner, trug eine schwarze Rüstung mit goldenen Rändern und Bronzeketten – äußerst elegant. Abblemont selbst hatte seinen einfachen weißen etruskischen Harnisch angelegt. Der einzige ungerüstete Mann war Messire Ciamberi, ein Mann, dessen Rolle im Rat nicht näher erörtert wurde.

Abblemont gab seinem Sekretär ein Zeichen, und der Mann las einen Text von einer Schriftrolle ab.

*Item – der Sieur de Cavalli und vierhundert Lanzen sind aus dem Dienst von Genua ausgetreten und stehen nun für uns bereit.*

*Item – der Senat sowie der Rat der Zehn von Venike haben sich mit dem Kaiser geeinigt und dementsprechend den Auftrag zum Bau von sechzig Galeeren an das Arsenal zurückgezogen.* Der Mann hob den Blick.

Abblemont nickte. »Ich habe hier eine Notiz aus unserer letzten Besprechung. Das ist der größte Auftrag, den sie je erteilt haben, nicht wahr?«

Vasilli kratzte sich am Bart. »Und nun ist er gestrichen worden. Und es gibt eine Menge arbeitsloser Schiffsbauer.«

»Vielleicht kann der Kaiser sie einstellen«, scherzte Abblemont, worauf alle lachten.

»Ist unser Mann an Ort und Stelle, damit er dem Kaiser die Federn stutzen kann?«, fragte der Oberhofmeister.

Abblemont sah sich um und bedeutete seinem Sekretär mit einem Wink, er möge sich setzen. »Ja. Wenn ich es richtig einschätze, sollte er heute oder morgen bereit sein, Osawa zu erstürmen. In etwa einer Woche könnte es vorbei sein.«

Der Oberhofmeister wirkte gequält. Er sah sich um wie ein schuldbewusstes Kind und murmelte: »Bevor die Kirche so mächtig wurde und die Hermetik verboten hat, konnten wir mit unseren Abgesandten … in Verbindung treten.«

Alle Köpfe wandten sich zu Messire Ciamberi um, der beide Brauen in gespielter Überraschung hochzog.

»Mylords, falls jemand eine solche Häresie ausüben möchte, sollte ich ihn daran erinnern, dass eine Verbindung über tausend Meilen und *durch die Wildnis hindurch* mehr Kraft kosten würde, als die heidnischen Alten je besaßen.« Er zuckte mit den Achseln.

Abblemont machte eine abwehrende Handbewegung. »Ich gehe davon aus, dass unser Spion in dieser Sache ausreicht.«

Die Männer nickten. Der Oberhofmeister bewegte sich auf seinem Stuhl hin und her. »Aber warum sind wir hier?«, fragte er.

Abblemont warf das Pergament auf den Tisch. »Der Graf von Arelat hat dem König eine Aufforderung zum Zweikampf geschickt.«

Guisarme zuckte zusammen. »Das musste ja irgendwann geschehen. Natürlich wird der alte Graf den König wie ein Dessert verspeisen, denn schließlich ist er eine der besten Lanzen der Welt.«

Abblemont schüttelte den Kopf. Auch wenn ihn dieses Thema schmerzte – und das tat es –, verbarg er seinen Abscheu doch recht gut. »Der König wird nicht kämpfen«, erwiderte er.

Alle Männer zuckten zusammen. »Wir sind hier in Gallyen«, sagte de Ribeaumont. »Er *muss* kämpfen.«

Abblemont seufzte. »Meine Herren, der König betrachtet diese Herausforderung als eine offensichtliche List des Grafen, um das untergegangene Königreich Arelat wieder zu errichten. Der Sieg über den König in einem Zweikampf würde vermutlich dazu führen, nicht wahr?«

»Jesus, erspart mir einen weiteren Feldzug im Gebirge!«, sagte Steilker.

Es war deutlich zu sehen, dass keiner der Ritter diese Sache guthieß.

»Wartet, bis de Vrailly von der Weigerung des Königs erfährt«, sagte de Ribeaumont.

Schweigen breitete sich aus.

Abblemont schüttelte den Kopf. »Darum geht es nicht«, sagte er und glättete das Pergament. »Der Graf hat uns nicht nur eine Mitteilung über diese Aufforderung zum Zweikampf geschickt, sondern auch einen eingehenden Bericht über ein Scharmützel – oder eher eine Reihe von Scharmützeln –, in denen seine Soldaten gegen Irks gekämpft zu haben scheinen.«

»Das ist absurd«, sagte de Ribeaumont. »Jetzt glaube ich doch tatsächlich, dass unser König das Richtige tut. Der Graf de Sartres benutzt diesen lächerlichen Vorwand nur, um Truppen zusammenzustellen. Habt Ihr uns nicht außerdem Euer Wort gegeben, Abblemont, dass allein Eure Nichte die Schuld an dem kleinen Zwischenfall mit dem König trägt?«

Abblemont blieb gelassen. Er zeigte die ungerührte Miene, die er stets zur Schau trug. »Das ist eine höchst delikate Angelegenheit«, gab er zu. »Das Delikateste daran ist vielleicht dieses Beweisstück hier.«

Auf seinen Wink hin öffnete ein Diener einen Sack und stellte einen abgetrennten Kopf auf den Tisch. Er stank nach Verwesung.

Es war eindeutig ein Irk.

Messire Ciamberi beugte sich vor. »Könnte das eine Fälschung sein?«, fragte er.

Steilker schüttelte den Kopf: »Heilige *Scheiße*.«

Auch Guisarme beugte sich vor. »Ich möchte Euch keinesfalls einen Lügner schelten, mein Freund, aber die Königin erzählt eine andere Geschichte. Sie sagt, das Mädchen war so unschuldig wie eine Heilige. Und in diesem Fall ist der Graf im Recht, nicht wahr?« Der Oberhofmeister war nie ein Freund des königlichen Pferdes gewesen. »Er schickt uns dieses Haupt, weil er damit beweisen will, dass er loyal ist. Und das ist er doch auch, nicht wahr?«

Abblemont beachtete den Tonfall des Oberhofmeisters nicht weiter. »Meiner Meinung nach müssen wir im Frühling eine Armee stehen haben, ob der Graf nun loyal ist oder nicht.«

De Ribeaumont beugte sich vor. »Mylords! Wenn wir eine Armee nach Süden führen, bleiben keine Männer mehr für de Vrailly und nur sehr wenige für unsere Bemühungen im Norden von Nova Terra übrig.«

»Wie steht es mit dem Geld?«, fragte der Oberhofmeister.

Abblemont zuckte die Achseln. »Es reicht nicht aus, um eine zweite Armee zu bezahlen. Ich glaube, es reicht nicht einmal für Cavallis Lanzen.«

Steilker lächelte. »Ach, meine Herren, wenn er einmal auf dem Schiff nach Nova Terra ist, brauchen wir ihn nicht mehr zu bezahlen.«

An jenem Abend lauschte der König zusammen mit seiner etruskischen Königin der Musik. Nach der Musik begab er sich mit Abblemont in seine Privatgemächer und wurde mit Neuigkeiten aus aller Welt unterhalten. Endlich konnte er so lachen, wie er es wollte. Es stand gut um die Welt.

»Habe ich eigentlich ein Treffen des Militärrates verpasst?«, fragte er plötzlich.

Abblemont nickte. »Ja, Herr.«

»Pah. Das liegt nur an dieser dummen Königin, denn sie hat von mir verlangt, dass ich ihr neues Kleid bewundere. Wurde noch irgendetwas von Bedeutung besprochen?«, fragte der König.

»Nein«, sagte Abblemont. »Nein, Euer Gnaden.«

## Die Burg von N'gara · Bill Redmede

»Wir verlieren sie«, sagte Nat Tyler. Er saß in der Großen Halle und hörte der Elfenmusik der Irks zu. Zweihundert Männer und Frauen lauschten ebenfalls hingerissen.

Redmede hatte dasselbe schon hundertmal gedacht. Und er dachte es von sich selbst, denn Bess' Hand lag unter dem Tisch in der seinen.

»Wenn wir uns noch im Kampf befinden, müssen wir von hier verschwinden«, spuckte Tyler aus und sah Redmede finster an. »Oder bist du schon ganz verzaubert?«

Redmede setzte sich auf wie ein Schuljunge, der von seinem Lehrer gescholten wurde. Aber Bess schüttelte den Kopf.

»Wir sind nicht verzaubert, Nat Tyler. Das hier ist dem Himmel so nah, wie Sterbliche ihm je nahekommen können. Ein wenig Arbeit und viel Spiel. Und was für ein Spiel!« Sie schüttelte noch einmal den Kopf. »Warum nicht? Ich bin nie so glücklich gewesen wie in den letzten Tagen. Niemals. Nicht einmal …« Sie hielt inne, und eine Wolke zog über ihr Gesicht. »Nicht einmal als kleines Mädchen.«

Nat stand auf. »Ich bin dafür, dass wir aufbrechen«, sagte er. »Ich bin geheilt. Ich will nicht in einem Traum herumsitzen. Ich will den König töten und die Menschen befreien.«

Redmede setzte sich zurück. »Nat«, sagte er.

»Was ist?«, fragte der ältere Mann. »Ich bin der Sache noch immer treu ergeben, auch wenn du das nicht mehr zu sein scheinst.«

Nun war es an Redmede, den Kopf zu schütteln. »Da draußen bricht der Winter herein«, sagte er.

Bess blickte die beiden Männer an.

Tyler beugte sich vor. »Wenn du sagst, dass du mit mir kommst, wird auch der Rest kommen.«

Redmede hörte die Feenmusik, als spiele sie in seinem Kopf, und er betrachtete die Kunst an den Wänden – die spinnwebfeinen Linien auf den Wandbehängen, die seine menschlichen Augen kaum wahrnehmen konnten, und die satten Farbschichten auf den Pelzen – und seufzte. »Gib mir einen oder zwei Tage zum Nachdenken«, sagte er.

Und so vergingen einige Tage.

Er teilte ein kleines Haus mit Bess, und sie war alles, was er wollte. Sie spielten Karten, hüteten Schafe, sie liebten sich. Die anderen Wildbuben wurden zu Freunden – manchmal versammelten sie sich in einem ihrer kleinen Häuser zum Essen, und manchmal saßen sie in der Großen Halle.

Gruppen von Draußenern kamen und gingen, und manchmal brachten sie auch Frauen mit. Die Wildbuben hatten nur wenige Frauen. Nun hatten sie einige mehr – oder vielleicht hatte auch nur die Zahl der Wildbuben abgenommen.

Eines frostigen Nachmittags ging Redmede hinaus, um Holz zu sammeln. Die Eisenäxte und starken Muskeln der Männer machten sie zu den besten Holzsammlern der ganzen Gemeinschaft, und sie hatten diese Pflicht auf Irk-Weise allmählich übernommen – derjenige, der eine Aufgabe am besten erledigen konnte, führte sie aus und gab dabei den anderen Unterricht.

Redmede war ein geschickter Feuerholzsammler – gleichzeitig war er aufmerksam und träge. Es gefiel ihm, einen Baum zu finden, vorzugsweise einen guten, großen Ahorn, der zwar noch stand, aber schon tot war, oder einen gerade eben umgestürzten, dessen Zweige noch nicht am Boden verfault waren. Er mochte es, mit der Axt über der Schulter herumzuwandern; ihm gefielen der Schnee und die Kälte auf den fast nackten Armen und der Duft der Wälder.

Und er trug stets sein Schwert bei sich, denn das hier war wirklich die Wildnis aus den Kindermärchen. Die Hastenoch durchstreiften die Sümpfe, die großen Steintrolle schlichen durch die Berge im Süden, und Kobolde gruben ihre Tunnel, während die großen Biber sechs Fuß hohe Dämme bauten, die mindestens hundert Jahre überdauerten. Auf den Lichtungen standen Bisonherden, gehütet von den Wächtern, den Dämonen der Wälder. Auch sie kamen und besuchten den Feenritter. Redmede gewöhnte sich immer mehr an sie. Doch er vermutete, dass er nicht ihr Freund, sondern ihre Beute sein würde, wenn er einem von ihnen allein im Wald begegnete.

So ging er voller Freude, aber auch voll von Wachsamkeit umher. Doch trotz dieser Wachsamkeit überraschte ihn Tapio Haltija, als er nachdenklich vor einer großen, toten Eiche stand.

*»Sso, Mann.«* Der Irk war genauso groß wie er selbst und bewegte sich ohne den geringsten Laut.

Redmede nickte freundlich. »Ser Tapio«, sagte er.

Der Feenritter betrachtete die umgestürzte Eiche. *»Sso werden wirr alle ennden«,* sang er. *»Egall wie vielle Winterr wirr hinterr unss haben.«*

Redmede nickte.

*»Mann, ich erwarrte vielle Gässte.«* Ser Tapio sah ihn an. Die Augen des Irk waren von einem bodenlosen dunklen Blau – wie eine Sommernacht, von Sternen erhellt, ohne jede Spur von Weiß.

Redmede fiel es stets schwer, sich mit dem Irk zu unterhalten. Der Geist dieser Kreatur arbeitete nicht wie der eines Menschen. »Was für Gäste?«, fragte er.

*»Verbündete«,* sagte Tapio. *»Die Kälte in derr Luft isst derr ersste Biss des Krriegess.«*

Redmede war über die Richtung, die dieses Gespräch plötzlich nahm, verblüfft. Doch schließlich war es nie leicht, sich mit dem Herrn der Irks zu unterhalten. »Krieg?«, fragte er. »Was für ein Krieg? Gegen den König?«

Der Feenritter zuckte die Schultern – es war eine sehr menschliche Geste. *»Die Könige derr Menschen ssind mirr egal«,* sagte er. Seine Stimme klang wie ein Dutzend Saiteninstrumente, die in einer Harmonie zusammen spielten. *»Ich denke an einen Krrieg mit einem Rivalen. Ich berate mich mit jenen, die ich alss Verbündete anssehe.«*

Redmede hörte auf, den Irk anzustarren, und schaute stattdessen wieder auf die umgestürzte Eiche. »Bin ich auch ein Verbündeter?«, fragte er.

Das Lächeln des Irk war etwas, woran sich ein Mensch nur schwer gewöhnen konnte. Es bedeutete bei den Irks etwas anderes, und viele Zähne waren dabei zu sehen. Tapio erschwerte die Verständigung noch dadurch, dass er sein Lächeln sowohl auf Irkweise – als Aggression – als auch auf Menschenweise – als Freundlichkeit – einsetzte.

*»Dass musst du sselbsst herraussfinden, Menssch.«*

Am nächsten Tag traf eine Gruppe von Wächtern ein – oder von Dämonen, je nachdem, wie man sie ansah. Sie trugen allesamt große rote Federn, die nach Bills Wissen kein Schmuck, sondern angewachsen waren, auch wenn die prächtigen Einlagen aus Gold, Silber, Blei, Zinn und Bronze an ihren Schnäbeln reines Kunsthandwerk darstellten. Redmede hatte einmal beobachtet, wie zwei junge Dämonen ihre ersten Einlegearbeiten von einigen Irk-Handwerkern erhielten, die sowohl mit ihren Händen als auch mit Magie gearbeitet hatten. Es war ein Jahr vor seiner Flucht gewesen. Nun sah er sie gefesselt an.

Am nächsten Tag legte ihm Nat Tyler die Hand auf die Schulter, als er das Nest der Korridore in der großen zentralen Festung betrat.

»Ich gehe«, sagte er. »Kommst du mit?«

Redmede holte tief Luft. »Nat ... ich habe dich am Leben erhalten«, sagte er. »Ich habe deinen müden Hintern aus der Schlacht gezogen und hierhergebracht. Jetzt will ich erst mal den Winter abwarten.«

Tyler schüttelte den Kopf. »Die Lords von Jarsay zwingen die Männer und Frauen, sich zu Tode zu arbeiten«, sagte er. »Die verdammte Kirche feiert Weihnachten auf dem Rücken der Armen. Die Draußener werden wie Ungeziefer gejagt. Und du willst dich hier *ausruhen?*«

»Nat, wird es uns denn töten, wenn wir ein bisschen glücklich sind und uns ausruhen? Und der Musik lauschen? Lady Tamsin hat dich persönlich gepflegt – bist du ihr dafür etwa nichts schuldig?« Es fiel ihm schwer, Tyler in die Augen zu sehen.

Er fühlte sich seltsam, weil sie die Rollen vertauscht hatten. Bisher war stets er derjenige gewesen, der die anderen angetrieben hatte.

»Vielleicht brauchst du einfach nur ein Mädchen«, meinte er.

»Jarsay steht in Flammen, und Albia befindet sich am Rande eines Bürgerkrieges, du Narr! Unsere Stunde hat geschlagen! Die Adligen bekämpfen sich gegenseitig!« Tyler schrie, und Irks blieben stehen und sahen ihn an, oder sie drückten sich an die Wände. Eine Dämonin mit einem blauen Kamm hob sich vor dem Schnee draußen ab.

Redmede kniff die Augen zusammen. »Was willst du damit sagen?«, fragte er.

Tyler zuckte die Achseln. »Nichts. Komm mit oder lass es bleiben. Diese Sache ist größer als du, Bill Redmede. Bleib doch hier und verrotte.« Er schüttelte Redmedes Hand an seiner Schulter ab und drängte sich an ihm vorbei.

Redmede wollte ihn aufhalten, doch plötzlich stand er von Angesicht zu Angesicht Mogon gegenüber, der Königin der westlichen Dämonen, und starrte ihren Schnabel mit den anmutigen Einlegearbeiten und dann auch ihren blauen Schopf an. Er kannte sie – zwar nicht gut, aber sie waren ...

*Verbündete.*

Ihm schoss ein Gedanke in den Kopf.

»Mogon«, sagte er. Sie roch nach verbrannter Seife und füllte den Gang in seiner gesamten Breite aus. Sie musste sich bücken, damit sie überhaupt hineinpasste.

»Wildbube«, sagte sie. »Wie lautet dein richtiger Name?«

Er wich nicht vor ihr zurück. »Ich bin Bill Redmede, Dämonin«, sagte er und bezwang den Drang, sich umzudrehen und zu fliehen. Alle Dämonen strahlten Angstwellen ab, wie es auch viele andere Kreaturen der Wildnis taten, aber die Dämonen waren in jeder Hinsicht die stärksten und mächtigsten. Sogar in der Ruhe einer stillen Festung und umgeben von anderen Wesen sandten diese Dämonen das Gefühl der Bedrohung aus.

Sie bemühte sich, sanft zu sein; die blauen Federn ihres Schopfes glätteten sich. »Warum müsst ihr kleinen Menschen immer von mir verlangen, dass ich mich euch unterordne?«, fragte sie.

Ihr Schnabel hinderte sie erstaunlich wenig am Sprechen.

Er spürte, wie der Griff des Schreckens um ihn nachließ, und zwang sich zu sagen: »Seid Ihr eine Verbündete? Von Tapio?«

Sie seufzte und streckte sich in dem engen Korridor. »Das werden wir noch sehen, Meister Redmede. Ich möchte aber jetzt schon sagen, dass es mich freut, hier einen ehemaligen Verbündeten zu finden.«

»Ich bin nur ein Gast«, sagte er barsch. »Kein Anführer«, fügte er hinzu. »Aber die Männer, die zusammen mit mir hergekommen sind, erinnern sich an Euch. Ihr habt uns in Lissen allein zurückgelassen, damit wir den Tod finden.«

»Wirklich?«, fragte sie. »Mein Bruder hat mich ausgesandt, die Draußener zu warnen. Seid Ihr etwa nicht gewarnt worden? Wir sind ein ritterliches Volk.« Der Gestank verbrannter Seife wurde noch stärker.

»Ritterlich? Herrin, hundert meiner Wildbuben sind für nichts gestorben, als Ihr davongelaufen seid.« Irks, Menschen und sogar eine geflügelte Elfe blieben jetzt stehen und beobachteten die beiden.

»Weggelaufen?«, hauchte sie. »Du beschuldigst meine Brut?«

Redmede bemerkte, dass ihr mit Gold eingefasster Schnabel weniger als einen Fingerbreit von seiner Nase entfernt war. Aber er war so wütend, dass es ihm nichts ausmachte.

»Eure Brut lebt wenigstens noch und kann beleidigt werden«, sagte Redmede.

Der Kamm auf ihrem Kopf sprang hoch, und die Welle des Schreckens umtoste ihn. Er trat zurück; eine Elfe verschwand mit einem *Plopp*, und die meisten Männer im Korridor zuckten zusammen, als die Dämonin die schwere Hand hob und die furchtbaren Krallen spreizte, die sogar ein Kettenhemd aufschlitzen konnten.

»Du sprichst Worte aus, die außerhalb dieses unantastbaren Raumes zu deinem sofortigen Tod führen würden«, bellte Mogon. »Aber ich will es dir *erklären*, Meister Redmede. Es soll nicht heißen, dass

Mogon Schönwetter vom Blaukammvolk ungerecht ist – nicht einmal gegenüber Gewürm und Menschen. Mein Bruder hat Thorn *gehasst.* Er hat ihm misstraut. Und als er herausfand, dass wir nur die Schwächsten der Verbündeten erhalten hatten – das meine ich nicht als Beleidigung, sondern ich spreche lediglich eine Tatsache aus –, hatte er angenommen, dass wir in den Tod geschickt worden waren.«

Redmede stieß den Atem aus, den er während ihrer Worte angehalten hatte. Unbeholfen senkte er den Kopf – eine bessere Verneigung war ihm in der Enge des Korridors nicht möglich. »Herrin Mogon, Ihr übertrefft mich an Höflichkeit«, knurrte er. »Ich bin nur ein Mensch, ich bin nur Gewürm. Aber ich liebe mein Volk genauso, wie Ihr das Eure liebt, und es hat mir den Magen umgedreht, als ich es in der Niederlage habe sterben sehen. Vielleicht habt Ihr recht. Ich will mit Thorn und seinen Ränken nichts zu tun haben. Aber … vielleicht hätten wir es geschafft, wenn Ihr in die Flanke der königlichen Soldaten gestürmt wäret und den König getötet hättet.«

Mogon nickte. »Vielleicht. Aber mir bedeutet es nichts, den König von Albia zu töten. Er ist nicht so viel wert wie das Leben eines meiner Wächter. Jedes Jahr werden wir weniger.«

Er spürte, wie sie Hitze abstrahlte, und der Gestank brennender Seife erfüllte die Luft.

»Aber ich spüre den Verlust deines Volkes.« Auch sie senkte nun das Haupt. »Ich hoffe, wir können wieder Verbündete sein. Wir sollten nicht dafür getadelt werden, dass wir uns geweigert haben, Thorn zu dienen.«

Redmede versuchte, seine Knie vor dem Zittern zu bewahren. »Ich bin nur ein Mensch«, sagte er wie zur Entschuldigung.

Ihre schwarzen Augen glitzerten in den runden Höhlen. Es war nicht leicht, in beide gleichzeitig zu blicken.

»All die anderen Männer und Frauen werden dir folgen, wenn der Krieg kommt.« Mogon nickte abermals. »Wir werden wieder miteinander sprechen.«

Redmede holte noch einmal tief Luft. »Ja, sehr wahrscheinlich, Herrin.«

## Die Burg von Ticondaga · Ghause

Je mehr sie sich dem entscheidenden Augenblick näherte, was das ungeborene Kind der Königin anging, desto besorgter wurde Lady Ghause wegen Richard Plangere.

Ihr Unbehagen hatte an dem Tag begonnen, an dem sie seinen Mottenspion in ihrem Magiezimmer gesehen hatte. Aber die allmähliche Verseuchung der Burg mit Motten – mit winzigen, blassilbernen Motten – hatte sie wütend werden lassen.

Wut war für Ghause Macht. Und auch wenn sie keine Möglichkeit hatte, es Plangere heimzuzahlen – dessen Macht sie spürte wie eine ferne Lampe in einem kalten Raum –, so hatte sie doch viele Waffen in ihrer persönlichen Rüstkammer. Und nun verwendete sie ihre liebste.

Ihren Körper.

Diese Waffe hatte nicht mehr versagt, seit ihre Brüste geknospt waren. Wäre Plangere eine Frau gewesen, hätte sie andere Listen anwenden müssen, aber in diesem Fall …

Sie tanzte nackt und warf Bündel von Macht in den Äther. Sie schritt nackt in ihren Gemächern umher. Sie streichelte ihre Flanken, fuhr sich mit den Händen über die Brüste und zwischen die Schenkel, reckte und streckte sich, zog sich an und wieder aus. Motten versammelten sich in beträchtlicher Menge, und während sie heftig mit ihrem Gemahl schlief oder einen Diener reizte, posierte sie für Plangere, und dabei dachte sie: *Du bist schon immer ein Narr gewesen. Starre mich an, verzehre mich, und du wirst niemals sehen, was ich tue.*

Die Motten brachten sie zum Lachen. Er war immer so stolz auf seine Spielzeuge.

An einer bestimmten Stelle im Keller, die von Runen und Sigillen sowie ihrem eigenen Zauber und uralten magischen Geweben geschützt wurde, die nicht einmal sie verstand, tötete sie die Motten mit verschiedenen Techniken, bis sie eine Methode perfektioniert hatte, die höchst wirksam war, denn schon ein einziges überlebendes Tier hätte das Ende ihres Plans bedeutet. Sie verlegte ihre große magische Arbeit dorthin. Den Boden ihres Turmzimmers bildete ein Gewebe aus Silber und Kreide, während der Boden ihres Heiligtums im Keller nur ein einfaches Pentagramm und zehn Worte in Hoch-archaisch aufwies.

Dann arbeitete sie einen neuen Zauber aus – er war einfach, was die benötigte Macht anging, doch labyrinthisch in seiner Vielschichtigkeit. Es war eine Illusion auf zahlreichen verschiedenen Ebenen.

Eine Illusion ihrer selbst.

Nackt.

Mehrfach betrachtete sie ihre Arbeit kritisch. Ihr blieb nur ein einziger Versuch. Sie erschuf mehrere Versionen.

Sie hatte den Fötus der Königin mit ihrem Fluch belegt. Plangere würde herbeikommen und ihn betrachten wollen, und dann würde sie ihn in die Falle locken. Oder auch nicht. Er war sehr stark. Wie dem auch sei, gewiss würde er Abstand halten.

Sie aß einige Honigkuchen und reckte sich gerade – genügend Motten waren zugegen –, als Aneas zur Tür kam und ihr mitteilte, der Graf benötige sie.

Ihr Sohn half ihr, das Kleid zuzuschnüren, dann legte er ihr den Mantel mit dem Hermelinbesatz um. Sie drehte sich mehrfach – nur für sich selbst – und schlüpfte schließlich in die Pantoffeln mit den Filzsohlen.

»Was will denn dein Vater von mir, Liebchen?«, fragte sie Aneas.

Er zuckte die Achseln. »Er plant einen Krieg«, sagte er. »Und wird mich mitnehmen.«

Sie kletterte aus dem Keller und ging einen Korridor entlang, an dem etliche Zellen lagen. Der Graf neigte eher zu offenem Mord als zu Gefangennahme, und so saßen hier nur ein Soldat, der eine Vergewaltigung begangen hatte, sowie ein Dieb und eine Frau ein, die angeblich eine andere Frau umgebracht hatte. Ghause spähte in jede der besetzten Zellen.

Die Frau hatte die Macht. Das hatte Ghause bisher nicht wahrgenommen.

Sie folgte Aneas über die Wächtertreppe, lächelte die beiden diensthabenden Männer verführerisch an, erhielt die ihr zustehende Aufmerksamkeit und stieg eine weite Treppe zum Hof hinauf.

Aneas' Waffenlehrer wartete dort mit zwei gesattelten Kriegspferden, umfangreicher Ausrüstung und einer kleinen Gruppe von Dienern. Sie lächelte ihn an.

»Ser Henri!«, sagte sie und winkte ihm zu.

Er stieg ab und kniete nieder. »Mylady«, sagte er mit seinem ansprechenden etruskischen Akzent. »Wie darf Euer ergebenster Diener seine Hingabe an Euch ausdrücken?«

»Ihr verdreht mir noch den Kopf, Schmeichler!«, gurrte sie. »Nehmt meinen Sohn zum Übungshof mit und macht einen großen Ritter aus ihm. Um mehr bitte ich nicht.«

Ser Henri besaß den Anstand, enttäuscht zu wirken. »Gibt es denn niemanden, den ich für Euch töten könnte, Madonna?«

»Dafür habe ich meinen Gemahl«, sagte sie. »Aneas, hör immer auf deine Lehrer.« Sie drängte sich an ihm vorbei und durchquerte den gepflasterten Hof. Es war eine beträchtliche Strecke, und das Gefühl von Schnee lag in der Luft. Als sie an der Küche vorbeikam, roch sie den Duft frisch gebackenen Brotes. Sie blieb stehen, atmete tief ein und grinste wie ein kleines Mädchen. Dann betrat sie die Küche und stahl einen noch warmen Laib, denn immer wenn sie in Versuchung geriet, gab sie dieser nach. Als sie von der Küche aus die Große Halle betrat, kaute sie auf ihrem Brot herum.

Der Graf war von seinen Soldaten umgeben – von einem Dutzend seiner Offiziere. Ghause kannte sie alle, wenn auch nicht sehr gut – so, wie sie all seine Pferde kannte, sich aber nicht an ihre Namen erinnern konnte. Er liebte es, in den Krieg zu ziehen, und er war stets mit Feuer und Flamme bei der Sache. Aber sie war der Meinung, dass er es nur für sein eigenes Vergnügen tat, und all das Gerede um Ziele und Strategien war eigentlich bloß ein Vorwand für den Jungen in ihm, der einfach bloß etwas zerstören wollte.

»Ghause, meine Schöne. Du hast von diesem Zauberer gesprochen.« Der Graf zeigte nur sehr wenig Interesse an Zauberei. Manchmal vermutete sie sogar, dass er nicht an die Macht und an die Hermetik glaubte. Das war zwar absurd, aber er war stets überrascht – auf eine Art und Weise, die ihr überhaupt nicht gefiel –, wenn sie ihre Macht unter Beweis stellte.

Bei anderen mochte er die Zauberei sogar noch weniger. Und er verstand sie überhaupt nicht. Sie vermutete, dass er das alles für Taschenspielerei und Gaukelei hielt.

Sie lächelte. »Du meinst Thorn?«, fragte sie. Jede einzelne Motte in der Halle stieg in die Luft und flatterte auf die hoch gelegenen Fenster zu.

Einige der Soldaten wurden bleich, und zwei von ihnen machten mit ihren Fingern das Hornzeichen.

Der Graf zuckte die Schultern. »Richard Plangere. Du hast gesagt, dass das sein Name ist.«

Sie nickte. »Das war er. Ich glaube aber, er ist es nicht mehr.«

Der Graf lehnte sich zurück und tätschelte den Kopf eines seiner Hunde. »Ich habe gerade eine Menge Berichte hereinbekommen, Liebes. Dein Zauberer – wer immer es ist – scheint allmählich unbesonnen zu werden. Er stellt Armeen auf und treibt Machtspielchen mit den Draußenern.«

Einer seiner Soldaten – Edward? Edmund? Sie konnte sich nicht an seinen Namen erinnern – trank seinen Wein aus und stellte den Becher mit einem lauten Geräusch auf den großen Tisch. »Mylord, bei allem Respekt, er wird eine harte Nuss sein. Die Draußener haben ohne Zweifel Angst vor ihm.«

Der Graf schlug die Beine übereinander. »Diese Insel … Können wir ihn davon verjagen und sie einnehmen?«

Ghause schüttelte den Kopf. »Das würde ich nicht empfehlen. Er hat sich einen Ort der Macht erwählt. Dort wird er sehr stark sein.«

»Warum? Ist der Platz etwa gut befestigt?«, fragte ihr Gemahl. »Ich habe noch nie von einer steinernen Burg gehört, die nördlicher liegt als diese hier.«

In mancher Hinsicht war er brillant, doch was die Hermetik betraf, so schien es eher so, als stelle er sich absichtlich blind. »Er hat große Macht, mein Gemahl«, sagte sie ehrerbietig.

Der Graf hob die Hände. »Mein ganzes Leben lang habe ich mich der Wildnis entgegengestellt, Liebste! Er wird Bestien und Kobolde und auch ein paar Blitze haben; daran zweifle ich nicht. Aber ich verfüge über eine Flotte und Bliden.«

Sie versuchte es noch einmal. »Ich glaube, er besitzt die Macht, eine Flotte zu versenken, mein Gemahl.«

»Immer wenn du mich *mein Gemahl* nennst, weiß ich, dass du etwas vor mir zu verbergen versuchst. Ist er ein Freund von dir? Einer deiner besonderen Freunde?« Der Graf grinste, und die Offiziere sahen weg.

Ghause rollte mit den Augen. Sie wandte sich an einen der Sergeanten, die die Große Halle bewachten.

»Im Kerker sitzt eine Frau. Bring sie her.« Ghause lächelte.

Der Mann salutierte, sah seinen Herrn um Bestätigung des Befehls an und marschierte dann davon.

»Wir brauchen zehn Schiffe«, sagte Edward – hieß er wirklich Edward? »Mindestens. In einem Monat wird Eis auf den Seen sein.«

»Was ist mit dem Bericht über die Gallyer bei Mont Reale, Ser Edmund?«, fragte ein anderer Mann.

*Edmund,* versuchte sie sich einzuprägen.

Ser Edmund zuckte mit den Achseln. »Ich würde gern behaupten, dass er nicht der Wahrheit entspreche«, meinte er. »Aber ich habe drei Berichte – und den kaiserlichen Offizier –, die besagen, dass es diesmal keine etruskische Flotte gibt. Dafür aber sind die Gallyer gekommen. Sie haben eine mächtige Schwadron mitgebracht. Verdammt, es sind tatsächlich zu viele Soldaten. Darin stimmen alle Berichte überein.«

Der Graf setzte sich zurück und zupfte an seinem Bart. »Warum?«, fragte er. »Warum hier?«

Ser Edmund schüttelte den Kopf. »Die Beantwortung dieser Frage übersteigt meine Besoldungsgruppe«, scherzte er.

»Werden sie den nördlichen Huran helfen?«, wollte der Graf wissen.

Alle Soldaten sahen ihn mit leerem Blick an.

Der Graf ächzte. »Es wäre das Beste, wenn wir diese Sache mit Thorn rasch erledigen und dann hierher zurückkommen. Wenn die Südländer und die nördlichen Huran gegeneinander kämpfen – falls dieser Moreaner recht hat –, müssen wir darauf vorbereitet sein.«

Zwei Wächter erschienen mit der gefangenen Frau zwischen ihnen.

Der Graf sah zuerst sie und dann seine Frau gelangweilt an.

»Sie ist schuldig«, sagte Ghause.

Die Frau versteifte sich.

Der Graf runzelte die Stirn. »Bist du sicher?«, fragte er. Auf sein Rechtsempfinden war er sehr stolz.

»Sie hat Wren mit hermetischen Mitteln getötet.« Ghause wandte sich zu der Frau um und lächelte sie an; diese erstarrte vor Schrecken.

Sie fiel auf die Knie. »Euer Gnaden, Ihr wisst nicht, was sie mir angetan hat …«

Ghause nickte. »Holt ihr einen Priester.«

Der Graf winkte die Frau fort. »Ich bin beschäftigt. Was soll das Ganze?«

»Ich will dir zeigen, wozu Thorn fähig ist.« Die Motten schwirrten umher. Davon gab es viel zu viele hier. Die Offiziere bemerkten sie und tuschelten miteinander.

Pater Pierre kam. Die Frau weinte, und der Priester nahm ihr die Beichte ab. Er wurde bleich. Ghause machte eine knappe Handbewegung.

Der Priester reichte ihr alles für die Kommunion. Er hatte viel mehr Angst vor seiner Herrin als vor Gott.

Ghause trat vor die Frau. Sie legte ihr die Hand auf den gesenkten Kopf und sah dann die Männer am Tisch an, die ihren kindischen Krieg planten.

»Seht her«, sagte sie und hob die Hand. »Ich handle aufgrund meines Rechtes als Hochrichterin des Nordens«, sagte sie, um den Formalitäten Genüge zu tun.

»Wird das wieder ein Gaukelspiel?«, fragte ihr Gemahl. Aber er nahm die Füße von der Tischplatte, beugte sich herunter und sah zu.

*Sie streckte ihr Inneres aus und berührte die Macht der anderen Frau.*

*Und verschlang sie.*

Die Verurteilte wurde zu Asche. Das geschah innerhalb eines einzigen Herzschlags. Die Asche behielt ihre Umrisse so lange bei, wie eine silberne Motte für einen Flügelschlag brauchte. Dann fiel sie in sich zusammen.

Niemand bewegte sich.

»Thorn ist mächtiger, als ich es je sein werde«, sagte Ghause in die Stille hinein.

Sie wünschte, sie hätte nackt sein können. Sicherlich hatte sie seinen Namen inzwischen oft genug genannt, um seine Aufmerksamkeit zu erregen. In der Abgeschiedenheit ihres Kopfes lachte sie.

Der Graf strich sich über den Bart und knurrte. »Also keine Flotte in diesem Winter.«

Ser Edmund brauchte länger, bis er sich erholt hatte. »Das ist reine Zauberei«, sagte er, riss sich aber zusammen und holte tief Luft. »Dieser … Zauberer ist noch mächtiger?«

»Wesentlich mächtiger«, sagte Ghause.

»Aber Gawin sagt, er wurde im Frühling vom König besiegt. Alles, was der König kann, das kann ich auch, und zwar noch viel besser.« Der Graf stand auf.

Ghause machte einen Knicks. »Mein Graf und Gebieter, ich fürchte, der Thorn, dem wir uns nun als Nachbarn gegenübersehen, ist zehnmal stärker als der Krieger, den unsere Söhne im Frühjahr überwältigt haben.« Sie fügte nicht hinzu: *Und er ist eine bloße Schachfigur, die für eine Macht steht, die noch viel gewaltiger ist als er selbst.*

Die Soldaten am Tisch sahen einander an, aber außer ihrem Gemahl richtete niemand den Blick auf Ghause. »Nun, Liebste, wieder einmal hast du die Katze zwischen die Tauben gesetzt. Wenn wir keinen Winterfeldzug auf den Seen haben werden, dann sagen mir meine Knochen, dass wir uns im Frühling diesen Gallyern und ihren huranischen Verbündeten gegenübersehen werden.« Murien setzte sich zurück. »Mein alter Lehrer hat immer gesagt, dass die Natur die Leere verabscheut. Sieh nur – das Land nördlich des Inneren Meeres war leer, und jetzt stürmen alle darauf zu.«

Ser Edmund trank noch ein wenig Wein. »Wenn Euer Gnaden belieben – wir könnten Dümmeres tun, als eine Allianz mit den Moreanern einzugehen. Und wir müssen die Pelze, die wir besitzen, in den Handel bringen.«

Der Graf war kein Mann, der den Wert des Geldes gering schätzte. »Das stimmt, Ser Edmund. Wir brauchen jeden Heller, um die Garnison zu bezahlen, falls es zu einer Belagerung kommen sollte. Unbezahlte Männer neigen dazu, mehreren Herren zu dienen.« Er schlenderte zum Rand des Podests und stocherte dort mit der Stiefelspitze in der Asche der toten Frau. »Verdammt, Frau, da hast du mich um einen guten Krieg gebracht.«

Ghause lachte. »Du kannst ihn doch immer noch führen. Ich werde mich nur auf ein kaltes Bett einstellen müssen.«

»Willst du damit sagen, ich werde sterben, Hexe?« Er sah ihr in die Augen.

»Genau das, mein Geliebter«, sagte sie. »Und ich will mich nicht mehr an einen neuen Gemahl gewöhnen. Ich bin eine alte Frau.«

In jener Nacht leckte sie die hübsche salzige Stelle am Hals des Grafen, biss ihm ins Ohr und flüsterte ihm zu: »Er kann uns beobachten, sogar in dieser Burg. Es sind die Motten.«

Er war kein Narr. Auch wenn er gerade mit seinem liebsten Zeitvertreib – nach dem Krieg – beschäftigt war, verstand er sofort. Er hielt in seinem Stoßen und Liebkosen nicht inne. Aber einen Augenblick später legte er beide Hände unter ihre Schulterblätter, hob sie ein wenig an und keuchte ihr ins Ohr:

»Hurentochter.«

## Mount Reale, hundertsechzig Meilen östlich von Ticondaga · Ser Hartmut Li Orguelleus, der Schwarze Ritter

Ser Hartmut stand an der Bugreling der *Grace de Dieu*, hielt ein Veneti-Glas in der Hand und trank süßen kandischen Wein, während er die Befestigungen und stabilen Holzhäuser der Draußener in der Ortschaft betrachtete, die er Mount Reale getauft hatte – Reittier des Königs.

»Wir werden unsere Soldaten an Land bringen und diesen Ort als Basislager benutzen«, sagte er.

Lucius fiel es schwer, daraufhin zu schweigen.

De Marche hingegen schüttelte heftig den Kopf. »Mylord, das dürfen wir nicht tun. Das würde uns den Männern und Frauen entfremden, deren Hilfe wir benötigen. Sie liegen mit ihren Verwandten im Süden im Krieg. Wir müssen ihnen mit Ausrüstungsgegenständen beistehen.«

Ser Hartmut kratzte sich am Kinn. »Und was erhalten wir dafür?«

»Die Kontrolle über den Handel. Und eine sichere Basis ...« De Marche zählte die Punkte an seinen Fingern ab, und Ser Hartmut lachte.

»Ihr versucht mir zu sagen, wie ich Krieg führen soll«, prustete er. »Wir können an Land gehen, den Ort erobern und den Handel übernehmen. Und alles zum König schicken. Zu einem guten Preis. Seht Ihr, ich kann auch wie ein Kaufmann denken.«

De Marche schürzte die Lippen. »Und was wird im nächsten Jahr sein?«

»Im nächsten Jahr werden wir die Herren von Ticondaga sein, und der ganze Fluss wird uns gehören. Wir nehmen, was wir wollen, und schicken die Bewohner in die Sklaverei. Ihr, Ser, seid wahrhaftig zu bescheiden, und Ihr kennt die Ziele unseres Königs nicht, in die ich hingegen eingeweiht bin.« Er blickte sich um. »Ihr wünscht Euch einen kleinen, aber dauerhaften Gewinn. Ich aber biete Euch einen gewaltigen Gewinn, und das für einige Jahre. Denkt nur an die vielen Sklaven.«

De Marche stieß die angehaltene Luft aus und suchte nach Argumenten. Als Matrose war er im Vorderdeck eines Sklavenschiffes gesegelt – eines großen Rundschiffes aus Genua, das auf der Reise nach Hati war, wo einst große Nationen durch die Wildnis zu Sklaven geworden waren. Die Menschen in Hati verkauften sogar ihre eigenen Kinder in die Sklaverei. De Marche hatte es gesehen. Und vor allem hatte er es gerochen.

Es gab vieles, was er für Geld niemals tun würde.

Er wechselte das Thema. »Ihr braucht Soldaten für Ticondaga«, sagte er. »Diese Huran werden Euch helfen, wenn wir zuerst ihnen gegen ihre Feinde beistehen.« Er beugte sich vor. »Ihr habt gehört, was der Huran-Krieger gesagt hat. Ticondaga besitzt eine Garnison, die größer als all Eure Männer und meine Seeleute zusammengenommen ist.« Er sah Lucius an.

Dieser nickte. De Marche wusste nicht, ob Lucius das erfunden hatte, aber er brauchte den Etrusker.

Ser Hartmut kratzte sich noch einmal am Kinn. De Marche spürte, dass er Lucius zu lange ansah, und wandte sich seinem zweiten Knappen zu, der jetzt sein einziger Knappe war. Der junge Mann, der in voller Rüstung steckte, goss ihm Wein nach.

»Also gut«, sagte Hartmut. »Ich werde es auf Eure Art machen. Wenn es nicht funktioniert, können wir den Ort noch immer erstürmen. Die Palisaden sind erbärmlich.«

Nach dem Versprechen militärischer Hilfe wurden die Pelze rasch herbeigebracht, und de Marche hatte sein Kontingent an Häuten und

Wildhonig bereits nach fünf Tagen zusammen. In diesen Tagen übte Ser Hartmut mit seinen Soldaten, die leichten Rindenboote der Eingeborenen zu paddeln und Krieg auf dem Wasser zu führen. Er besaß drei kleine Galeeren, die in Gallyen in nummerierte Balken und Planken zerlegt worden waren, und nun zimmerten die Seeleute sie wieder zusammen. Alle drei hatten eine schwere Schleuder am Bug und je zwei mächtige Armbrüste.

Kurz hinter der Insel vereinigten sich drei große Ströme in mächtigen Wasserfällen. Zwei kamen von Norden und brachten den Geruch eines Ortes mit, der noch wilder erschien als der, an dem sie sich nun befanden; es duftete nach Kiefernnadeln, Fels und Schnee. In dem großen See unterhalb der Wasserfälle übte Hartmut mit seinen Soldaten das Paddeln und Rudern.

Nach einer Woche traf er de Marche zum Abendessen in der Heckkabine des Flaggschiffs.

»Wie steht es um den Handel, Meister Kaufmann?«, fragte er.

De Marche hob eine Braue. »Da Ihr so freundlich seid, zu fragen, Ser Ritter, kann ich Euch sagen, dass es zwar gut steht – aber es hätte noch besser sein können. Der Konflikt zwischen den nördlichen und den südlichen Huran hat viele Pelzhändler der Draußener ferngehalten. Außerdem geht das Gerücht um, die Moreaner böten hohe Preise und bessere Waren an. Ich habe weniger Riesenbiber bekommen, als es mir lieb ist – und fast keinen der weißen Bären, die bei Hofe so sehr geschätzt werden.«

Ser Hartmut schenkte dem Kapitän Wein nach. Die Heckkabine war so klein und hübsch wie das Privatgemach einer Dame. Feine Eichenpaneele saßen in eichenen Rahmen, sodass sie sich je nach Wetter und Hitze ausdehnen oder zusammenziehen konnten und immer noch makellos aussahen. Ein Weinfass mit bronzenen Reifen schimmerte wie eine Verkörperung der Gastfreundschaft, und der niedrige Eichentisch war voll bedeckt mit Gläsern – mit echten Gläsern, die so hergestellt waren, dass sie auf See leicht und sicher zu verstauen waren. Der Luxus des kleinen Raumes stand in scharfem Gegensatz zu allem, was jenseits von ihm lag. Er war wie ein Bruchstück des Hofes oder eine Kapelle der Bequemlichkeit.

Ser Hartmut schien diesen Komfort nicht einmal zu bemerken. De Marche vermutete, dass der Furcht einflößende Ritter den Luxus als etwas ihm von Rechts wegen Zustehendes betrachtete.

»Die südlichen Huran haben mehr Felle?«, fragte er ungezwungen. »Und sie bringen sie nicht her?«

De Marche entschied, ihm jetzt keinen Vortrag über den Pelzhandel zu halten. »Die südlichen Huran haben es nicht nötig, hier Handel zu treiben«, sagte er mit einem Schulterzucken.

Hartmut lehnte sich zurück und lachte. »Aber wir können sie doch sicherlich dazu verpflichten. Ein paar Hundert barbarische Wilde, die von Gott verflucht sind? Ihr wollt mich davon überzeugen, dass es sinnvoll sei, gegen diese Südländer Krieg zu führen. Nun gut, Ihr habt mich überzeugt. Wir sollten es tun. Das Jahr ist schon sehr weit vorangeschritten – wir müssen schnell sein.«

De Marche nickte. »Wir haben die Boote, Eure Soldaten und meine Seeleute, und die nördlichen Huran werden uns weitere zweihundert Krieger zur Verfügung stellen. Darf ich einen Plan für diesen Feldzug unterbreiten?«, fragte er.

Ser Hartmut schenkte ihm ein gönnerhaftes Lächeln. »Nein. Das ist meine Sache. Kümmert Euch um Eure Felle und Ladepapiere. Das hier ist mein Krieg.« Er stand mit erheblicher Vorsicht auf, denn er war ein großer Mann, und die Kajüte war nur klein. »Trinken wir auf den König!«

Die beiden Männer tranken.

»Und auf einen einträglichen Krieg!«, lachte er. »Schickt mir die Herren der Huran, damit ich ihnen meine Befehle erteilen kann.«

»Draußenern erteilt man keine Befehle, Ser Hartmut.«

Der Ritter nickte. »Ihr vielleicht nicht, ich aber schon. Schickt sie zu mir.«

## Giannis Turkos · In der Nähe von Mont Reale

Der Winter war so nahe, dass ihm jeder Windstoß wie die Warnung Gottes erschien, er möge sich beeilen. Turkos ritt so schnell er konnte, sobald er trockenen Boden erreicht hatte, und trieb seine Stute stärker an, als er es je bei einem anderen Pferd getan hatte. Aber sie reagierte so willig, als wollte sie ihm dafür danken, dass er sie vor den Ruks gerettet hatte.

Turkos verlieh seinen Pferden nie einen Namen, denn stets starben sie so schnell unter ihm. Aber dieses Tier hatte einen Namen verdient, und als er es zurück nach Nepan'ha geschafft hatte, nannte er sie Athena.

»Du bist das beste und klügste Pferd, das ich kenne«, sagte er und gab ihr alles, was sie essen konnte – langsam und bedächtig, damit sie keine Blähungen oder Bauchschmerzen bekam.

Er traf sich wieder mit Forellensprung, und sie rauchten gemeinsam. Sie war vom Alten Volk, wie seine eigene Frau, und ihr Huranisch war fließend und zuerst schwer zu verstehen, da er so erschöpft und müde war. Aber sie zeigte sich geduldig und von großer Gastfreundschaft, und als er einen Becher Tee getrunken hatte, verstand er sie besser.

»Keiner meiner Männer hat es so weit geschafft«, sagte sie, als er ihr seine Route beschrieb. »Der Lange Sumpf ist weniger als zehn Meilen von der Heiligen Insel entfernt. Sossag-Land.«

Er nickte. »Ich habe keine Ahnung, was das für eine Ansiedlung sein mag, die auf einer Landzunge gegenüber der Heiligen Insel liegt«, sagte er und machte eine Zeichnung auf einem Stück Birkenrinde.

Sie sah die Zeichnung eine Weile an. »Ba'ath«, sagte sie schließlich. »Ein großer Sossag-Ort.«

»Er ist zerstört worden. Die Straßen waren voller Leichen.« Er wandte den Blick ab, denn die Bilder der Verwüstung – von Eis in den Tümpeln und verbrannten Balken und dem von Wölfen angefressenen Leichnam eines sehr kleinen Kindes – suchten ihn noch immer heim.

»Er ist hier gewesen«, sagte Forellensprung plötzlich. »Er kommt als Ältester und nennt sich Zungenredner.« Sie sah ihn an und kniff dabei die Augen zusammen. »Er glaubt, wir sind nichts als Kinder und Narren. Aber er hat Drohungen ausgestoßen. Und den jungen Leuten gefällt das, was er verspricht. Er macht ganz besondere Versprechungen.« Sie seufzte. »Wenn wir gegen ihn kämpfen, werden wir ausgelöscht. Aber wenn wir nicht gegen ihn kämpfen ...« Sie zuckte die Achseln.

»Was ist mit den Sossag?«, fragte Turkos eindringlich. Er musste sich wieder auf den Weg machen. Doch er brauchte jede Information, die er bekommen konnte.

»Sie haben Krieger zu ihm geschickt«, sagte sie. »Sie mussten es tun, um sich selbst zu retten. Jetzt schreitet er unter den Bäumen einher, und der Wind flüstert mir zu, dass er die nördlichen Huran besucht.«

Das hörte Turkos nun schon seit zwei Monaten. »Und?«, fragte er sie.

Sie zuckte wieder mit den Achseln. »Das weißt du besser als ich, Mann aus dem Reich. Die nördlichen Huran haben einen neuen Verbündeten – es fahren neue Schiffe auf dem Großen Fluss und viele Kanus voller Krieger. Die Männer, die vom Markt in Mont Reale zurückkommen, sagen, dass die Gallyer alle Felle kaufen, die sie bekommen können, aber nicht für die Preise, die von den albischen

Kaufleuten in Ticondaga bezahlt wurden, und die Waren sind nicht so gut wie eure moreanischen. Doch dieses Jahr gibt es keine albischen Kaufleute. Und die Westleute gehen nicht gern bis zu den Handelsposten des Reiches, um dort ihre Felle zu verkaufen. Aber einige werden es tun müssen.«

Turkos nickte. »Aus diesem Grund bin ich hier«, gab er zu.

Sie zog eine Grimasse. »Ich weiß, Mann aus dem Reich. Ich habe nicht geglaubt, dass du in den Westen reitest und nach Thorn Ausschau hältst, nur weil wir Freunde sind, oder?«

Er nickte und schenkte sich noch ein wenig Tee nach. »Doch, das war der Grund. Und ich habe alles mitgeteilt, was ich erfahren habe.« Er beugte sich vor. »Sag mir, was du von denen gehört hast, die nach Osten gezogen sind.«

Sie zuckte mit den Schultern. »Nicht viel mehr. Kleinbogen da drüben ist bis zum Reichsposten nach Osawa gegangen.«

Der Ort Osawa am Großen Fluss lag in der Nähe von Turkos' Heimatstadt. Er war neugierig, da er länger als einen Monat weg gewesen war.

Forellensprung winkte den Jäger herbei, der sich zu ihnen setzte. Das Langhaus war eine Mischung aus Taverne und Unterkunft. Hier gab es Schlafbänke für sechzig Erwachsene und noch mehr, wenn man jemanden fand, der bereit war, den eigenen Platz zu teilen. Drei große Kamine standen in der Mitte, und Forellensprung und ihre mehreren Männer tischten Speisen und schweres dunkles Bier auf – für all jene, die zahlen konnten. Sie hatten sogar ein wenig Wein. Das Haus bestand aus Fellen und Strohmatten und war auch in dieser späten Jahreszeit noch recht bequem. Immer wogte Rauch im Innern, aber dafür war es angenehm warm.

Kleinbogen stellte sich als ein kleiner, drahtiger Mann heraus, der wie ein Albier wirkte. Er hatte ein freundliches Lächeln und einen festen Händedruck.

Unter dem Dutzend Sprachen, die Turkos beherrschte, befand sich auch Albisch, und er lud den Jäger in dieser Sprache auf einen Becher Wein ein.

»Das ist sehr freundlich von dir«, sagte Kleinbogen und setzte sich auf einen Schemel.

»Ich bin am Pelzhandel interessiert«, sagte Turkos.

»Du bist ein reitender Offizier des Kaisers«, sagte Kleinbogen. »Wir alle wissen, was du tust, Moreaner.«

Turkos zuckte die Achseln.

Kleinbogen nickte. »Ich bin halb Albier und halb Draußener, und keine dieser beiden Hälften steht im Streit mit dem Reich«, erklärte er. »Ich habe meine Frau und all meine Felle flussabwärts nach Osawa gebracht, weil ich das Gerücht gehört habe, dort ließe sich in diesem Jahr das meiste Geld verdienen. Es gab einen großen Kampf unten am Cohocton – die Wildnis gegen Albia …« Er sah Turkos an; dieser nickte.

»Ich habe dasselbe gehört«, sagte er. »Aber du weißt vermutlich mehr darüber als ich.«

Kleinbogen nickte. »Ich bin einigen Sossag begegnet, die dort gekämpft haben. Sie haben gesagt, die Wildnis hat eins auf den Sack bekommen. Aber auch die albischen Kaufleute sind böse getroffen worden. Wie du weißt, ziehen sie zum Markt bis nach Lissen Carak, und dann reisen die Pelzhändler in Karawanen über die Berge nach Ticondaga …«

Turkos schrieb auf seinen Wachstäfelchen eilig mit.

»Das wusstest du nicht?«, fragte der Jäger.

»Ja und nein«, sagte Turkos und lächelte.

Der Mann nahm den Wein von Forellensprung an. Morgenigel, ihr mürrischer älterer Mann, goss sich einen Krug mit schwerem Bier ein und setzte sich zu ihnen.

Kleinbogen war offenbar ein Mann, der beim Reden gern Zuhörer hatte. Er gestikulierte immer wilder und senkte die Stimme. »Deshalb gibt es jetzt keinerlei Handel mehr in Ticondaga, und der Graf, der sowieso ein streitsüchtiger Kauz ist, trifft Vorbereitungen zu einem Krieg.«

Turkos nickte. »Ich weiß. Ich bin gerade dort gewesen.«

Auch Kleinbogen nickte. »Also bin ich nach Osawa gereist. Auf dem Rückweg sind wir bei Mont Reale an Land gegangen. Dort waren gallysche Schiffe – drei große Rundschiffe und eine etruskische Kriegsgaleere.«

Turkos schrieb weiter. »Ihr habt doch gesagt, dass es dieses Jahr keinen Handel mit den Etruskern gibt«, bemerkte er.

Forellensprung nickte. »Das habe ich gesagt«, gestand sie ein.

»Es gibt auch keinen«, sagte Kleinbogen mit dem Tonfall eines Allwissenden. »Es war kein einziger Etrusker zu sehen. Am Handelsstrand wurde das Gerücht verbreitet, die Gallyer hätten die Etrusker getötet, aber ein gallyscher Kaufmann, der sehr freundlich zu meiner Frau war, hat ihr gesagt, dass sie drei etruskische Schiffe gefunden hätten, die von den Wassergeistern gekapert worden sind.«

Die Temperatur im Langhaus schien rasch zu fallen.

»Wassergeister sind nichts als ein Mythos«, sagte Turkos.

Forellensprung hatte ihre Pfeife herausgeholt. Sie trug ein Stück Zunder zum Herd und zündete es an, und damit brachte sie eine schwere Kerze in einem schönen Bronzeständer zum Brennen – eine albische Arbeit – und steckte die Pfeife daran an. Sie schirmte den Pfeifenkopf mit der linken Hand ab und benutzte die rechte dazu, den ersten aufsteigenden Rauch einzufangen und über ihrem Kopf zu lenken. Der Rauch malte Zeichen in die Luft.

»Die Wassergeister sind kein Mythos«, sagte sie in sachlichem Tonfall. Sie gab die brennende Pfeife ihrem Mann. Er sog stumm an ihr. »Sie kommen alle zwanzig Jahre hervor. Aber dieses Jahr ist nicht ihr Jahr. Das nächste hingegen schon.«

Kleinbogen schürzte die Lippen. »Nun, das habe auch ich nicht gewusst«, sagte er.

»Ich ebenso wenig«, meinte Turkos. Er nahm eine Flasche aus seiner Schultertasche und schenkte jedem am Tisch ein wenig Malvasierwein ein. »Bei diesem Abendessen habe ich so viel erfahren wie in manchem Sommer nicht.«

»Ich bin doch noch gar nicht zu dem guten Teil gekommen«, sagte der Jäger. »Diese Gallyer haben eine Unmenge Soldaten. Meine Frau ist sehr schön. Und Soldaten reden gern.« Er nickte. »Sie behaupten, sie wollen Ticondaga einnehmen.« Er machte eine Pause, um die Wirkung seiner Worte zu erhöhen. »Für Gallyen.«

»Heilige Muttergottes«, murmelte Turkos.

»Und zwar nachdem sie den südlichen Huran eins auf die Fresse gegeben haben«, fügte der Mann grob hinzu und nahm die Pfeife entgegen.

Turkos musste den Drang bekämpfen, aufzustehen und zur Tür zu laufen.

»Entspann dich. Ich habe das erst vor drei Tagen gehört. Sie sind noch nicht aufgebrochen«, sagte der Mann. »Aber es ist eine große Streitmacht. Mehr als hundert Kanus. Und eine Menge mehr Rüstungen, als wir hier für gewöhnlich zu sehen bekommen.«

Turkos schüttelte den Kopf. »Und ich bin hier.«

»Du kannst schnell um Mont Reale herumreiten. Wenn du weit vor ihnen auf den Fluss stößt, werden sie dich niemals erwischen.«

»Bisher bin ich immer am Ufer entlanggeritten«, gab Turkos zu. »Ich kenne den Weg um die Stadt herum gar nicht.«

Kleinbogen lächelte und zeigte dabei einen Mund, der bemerkenswert zahnlos war. »Nun, gegen eine kleine Gebühr …«

Turkos nickte. »Können wir morgen früh aufbrechen?«

Kleinbogen erwiderte sein Nicken. »Zuerst das Geld. Ich will dich nicht beleidigen, aber die Frau sieht so gern die Farbe des Silbers.«

Turkos lehnte sich zurück. »Ich nehme kein Silber in die Wildnis mit«, sagte er. Er zählte drei schwere moreanische Goldbyzantiner ab. Einen vierten gab er Forellensprung, die anerkennend nickte. Sogar ihr Mann grunzte zufrieden.

Am nächsten Morgen war das Wasser wärmer als die Luft, und der Große Fluss lag verborgen unter einer Nebeldecke. Turkos traf sich mit Kleinbogen im Hof des Langhauses. Er hatte eine Reihe Packtiere dabei, die über und über mit Fellen beladen waren.

Turkos hatte zwei weitere Packpferde gekauft, und nun war er gestiefelt und gespornt. Er hob eine Braue, als er die vielen Felle sah. »Ich dachte, du hättest deine schon verkauft?«, fragte er den Jäger.

Der Mann nickte ernst. »Ich habe dein Geld genommen und jedes Fell im Dorf aufgekauft. Und habe einen guten Preis bezahlt«, gab er zu. »Wenn ich dich schon nach Osawa geleite, kann ich gleichzeitig einen Gewinn damit machen.«

Turkos lachte und zeigte dem kleinen Mann seine beiden Packpferde. Sie waren mit Fellen von Büffeln und weißen Bären beladen, und sogar ein Wolfspelz befand sich darunter. Beide mussten lachen.

»Wir sollten aufbrechen«, sagte Turkos.

Sie ritten in die Wälder im Norden. Der Winter stand kurz bevor. Der Wind fuhr wie ein großes Schwert über die offene Fläche, und die Nächte waren bereits so kalt, dass man die Wärme des Feuers nach einer Armlänge schon nicht mehr spürte. Aber bisher war kein Schnee gefallen, und der Boden war fest. Sie kamen schnell voran, durchquerten ein Sumpfgebiet, und das Fehlen von Blättern an den Bäumen und das Unterholz im tiefen Wald gab ihnen eine Sicherheit, die sie im Sommer hätten entbehren müssen. Am ersten Tag sahen sie Ruks im Norden, aber dann waren sie so schnell unterwegs, dass sie sich keine Sorgen machen mussten. Am dritten Tag erspähten sie in einem weiteren Sumpf Hastenoch und Elche, die das Eis mit ihren mächtigen Geweihen aufbrachen. Aber sie hielten sich von den Tieren fern, und diese belästigten sie nicht.

Die Tage waren kurz, und sie ritten schnell und wechselten bei jedem Halt die Pferde. Nach drei Tagen hatte Turkos es aufgegeben, sich immer wieder umzuziehen. Der kleine Jäger war einer der zähesten Menschen, die Turkos je kennengelernt hatte. Es war unglaublich, wie lange er es im Sattel aushielt, und er konnte ein Lager genauso schnell aufschlagen wie ein Draußener.

Er bewunderte Turkos' kleines Zelt aus Öltuch. »Süß«, sagte er zunächst, aber nach einer Nacht darin half er dabei, es zusammenzufalten, und meinte: »Gar nicht schlecht. Du hast die besten Spielzeuge«, fügte er noch hinzu und bewunderte das Schwert und die dazu passende Axt des Moreaners.

Es waren drei weitere Tage bis nach Mont Reale, und diese Zeit verbrachten sie am Nordufer des Flusses.

»Leg deinen Mantel über alles, was aus Metall ist«, sagte Kleinbogen. Dann banden sie ihre Pferde an und robbten zum Rand eines Felsvorsprungs.

»Hier war noch vor einer Woche alles voller Kanus und Galeeren«, sagte Kleinbogen leise. »Aber sie sind weitergezogen. Komm, das Tageslicht wird uns noch lange nicht verlassen.«

Zwei Tage später hatten sie die Flotte der Kanus ereicht, die gerade den Großen Fluss verließen und auf die moreanischen Posten entlang der Seen zuhielten.

»Er könnte nach Ticondaga unterwegs sein«, sagte Turkos zwar, aber er glaubte es selbst nicht. Es waren mehr als hundert Kanus – er zählte sogar beinahe dreihundert. Es war die größte Streitmacht, die er seit seiner Ernennung zum Reitoffizier im Nordland gesehen hatte, und sie war gegen sein eigenes Volk und dessen Handelsposten gerichtet. Er verspürte das überwältigende Gefühl, versagt zu haben. Er hatte die Zeichen falsch gedeutet.

Kleinbogen zuckte die Achseln. »Weißt du, es gibt eine alte Straße am Ostufer des Sees«, sagte er.

Turkos kratzte sich dort am Kopf, wo sich eine juckende Stelle befand. »Die alte Mauerstraße. Ich bin ein Reichssoldat, Jäger. Ich kenne die Straße.«

Kleinbogen nickte. »Wir schaffen es vor ihnen nach Osawa«, versprach er.

Turkos zeigte auf den Großen Fluss, der mehrere Meilen breit war. »Sollen wir etwa mitsamt unserer Pferde hindurchschwimmen?«, fragte er.

Kleinbogen zeigte ihm sein zahnlückiges Grinsen. »Ich hoffe, du hast noch mehr von diesen hübschen Goldmünzen«, sagte er.

Turkos hatte zwei Jahre lang einen Posten an der Mauer befehligt, bevor er zum Reitoffizier geworden war, und er glaubte, die Grenze genauso gut zu kennen wie jeder Moreaner. Dutzende Male war er an dem Großen Fluss entlanggeritten, und immer war es für ihn ein aufregendes Abenteuer geworden – er hatte dieses Leben geliebt.

Aber er war mehr als nur ein wenig überrascht, als er einen Draußener-Ort unmittelbar östlich von der Mündung des Flusses in den See entdeckte, der so gut versteckt lag, dass er ihn erst bemerkte, als er schon in einer seiner Straßen stand.

Er schüttelte den Kopf. »Wie kann mir das entgangen sein?«, fragte er.

»Die Abonacki haben ihn vor zwanzig Jahren wiedererbaut.« Kleinbogen zeigte ihm die verbrannten Stützpfeiler draußen im Großen Fluss. »Ich vermute, du hast nie weiter als bis zu ihnen geschaut.«

»Werde ich jetzt nicht gelyncht, weil ich dieses Geheimnis gesehen habe?«, fragte Turkos.

Kleinbogen lachte. »Hier hat keiner Angst vor dem Reich«, sagte er. »Etwas anderes wäre es, wenn du einer von Graf Muriens Männern wärest. Aber ein Reichssoldat? Keine Sorge.«

Turkos musste das erst einmal verdauen.

Der Eigentümer eines brauchbaren Bootes verlangte zwei Goldbyzantiner dafür, sie und ihre Pferde über den Fluss zu bringen. Er trieb die Reitpferde an Bord, zwang dann Turkos und Kleinbogen, alle Pelze abzuladen, und zerrte die Packpferde an den Leinen durch das eisige Wasser.

Turkos fluchte. »Das kann kein Pferd überleben«, spuckte er aus.

Kleinbogen legte ihm die Hand auf den Arm. »Du hast nur wenig Vertrauen«, sagte er. »Sie ist eine Hexe«, fügte er noch hinzu und zeigte dabei auf die Frau des Fährmanns.

Sie war klein und hübsch, saß im Heck und stärkte die Pferde mit kleinen Ausbrüchen von Macht. Sie lachte, rief ihnen seltsame Wörter zu, und sie zeigten tatsächlich kein Anzeichen von Erschöpfung. Auf dem halben Weg entzündete sie eine Pfeife und gesellte sich zu den Männern, die sich mittschiffs befanden. Sie streichelte Athena, blies ihr in die Nüstern und sah mit erhobenen Brauen Turkos an. »Wie nennst du sie?«, fragte sie.

»Athena«, sagte er. »Das war eine Göttin der Weisheit.«

Die Hexe lächelte. »Sie ist eine feine Göttin«, sagte sie. »Genau wie Tar.« Und jetzt tätschelte sie die Stute. »Tar ist in ihr. Dein Name ist gut. Dein Pferd sagt, dass du ein guter Mensch bist. Geh also in Frieden dahin, guter Mann.«

Turkos beobachtete, wie sie sich durch die Pelzballen zum Heck bewegte. »Tar ist ein sehr alter Name«, sagte er. Diese Hexe machte ihm ein wenig Angst. Er fühlte sich unbehaglich, obwohl er ihre Güte spürte. Oder wenigstens das Fehlen jeder Bösartigkeit. Nachdem er Thorn gespürt hatte, hatte er neue Maßstäbe.

Kleinbogen grinste. »Nicht hier, Reichsmann. Hier bedeutet Tar unsere Hilfe und Unterstützung, wie es die Kirche im Süden von Christus sagt.« Er machte das Zeichen des Kreuzes. »Nicht dass ich etwas gegen Christus hätte«, fügte er fromm hinzu und kicherte.

Sie mussten überaus große Vorsicht walten lassen, als sie die gallysche Flotte zu umrunden versuchten. Wer immer den Oberbefehl hatte, war ein Fachmann. An beiden Ufern des Sees gab es Spähtrupps, und während die Flotte jeden Abend am Westufer anlandete, wurden Soldaten als Vorhut und Nachhut und sogar zum gegenüberliegenden Ufer ausgesandt.

In der zweiten Nacht nach der Überquerung des Flusses mit der Fähre führten sie ihre Pferde im Dunkeln durch einen vom Mond beschienenen gefrorenen Sumpf, stiegen ein breites Ufer hoch, wobei sie allerdings zu viel Lärm machten, und kamen schließlich auf die Straße, die zwei Wagen breit war und aus Steinplatten bestand, die eine tiefe Furche aus Fels und Kieselsteinen bedeckten. Sie war mindestens fünfzehnhundert Jahre alt. An der Straße standen Bäume, und es gab Schlaglöcher, die ein Pferd samt Reiter verschlucken konnten, aber sie war trotzdem so gut und breit, dass man selbst in der Dunkelheit mit angenehmer Geschwindigkeit auf ihr vorankam.

Sie schlugen ihr Lager in den Ruinen eines Wachtturmes auf. Am Morgen bemerkte Turkos Anzeichen von Irks. Es war eine kleine Gruppe, die schnell unterwegs war.

Er zeigte sie Kleinbogen.

»Weit weg von zu Hause«, sagte der kleine Mann und zuckte die Achseln. »Sie haben nichts mit uns zu schaffen.«

Turkos schrieb eine Notiz auf eines seiner Wachstäfelchen, und dann machten sie sich wieder auf den Weg und versuchten die Kälte durch schnelleres Reiten abzuschütteln. Athena schien nicht ganz sie selbst zu sein. Sie hatte zu viele Nächte ohne Feuer und mit zu wenig Nahrung verbringen müssen – zumindest vermutete Turkos, dass dies der Grund war. Aber er konnte nicht anhalten und sie untersuchen, und so ritt er weiter nach Süden.

Es war später Nachmittag. Sie hatten jede Vorsicht in den Wind geschlagen, um schneller voranzukommen. Sie trabten die Straße entlang, waren keine zwanzig Meilen mehr von Osawa entfernt, doch dann standen plötzlich auf der Straße vor ihnen Krieger mit gespannten Armbrüsten und hellroter Kriegsbemalung.

## Nita Qwan · Am Ufer des Inneren Meeres

Es dauerte mehrere Tage, bis Nita Qwan und Gas-a-ho ein Kanu gebaut hatten, das Ta-se-ho als gut ansah. Die erste Borke lehnte er ab und befahl ihnen, eine andere abzuschälen. Er gab sich ungeduldig und fordernd, aber dennoch war er ein angenehmer Gefährte, der ihnen Tee und eine Pfeife anbot, wenn sie vom Fällen großer Bäume mit kleinen Äxten müde geworden waren.

Nita Qwans Rippen machten ihm mehr und mehr zu schaffen, und nach einer schlaflosen Nacht bat er den Jungen, seine noch unausgereifte Macht an ihm einzusetzen. Danach wickelte er sich mit einem großen Teil ihrer Tierhäute den Brustkorb ein.

Am dritten Tag verlegten sie ihr Lager auf einen sandigen Vorsprung, der wie eine kleine Festung aussah und in der Mitte eine alte Feuergrube aufwies. Darum herum standen drei bequeme Bänke, die von fremden Händen gebaut worden waren.

»Irks«, sagte Ta-se-ho, setzte sich und lehnte den Rücken gegen einen knorrigen Baum. »Das hier ist ihr Land. N'gara ist nur noch ein paar Tagesreisen mit dem Boot nach Südwesten entfernt.«

Der jüngere Mann hatte den alten Unterstand repariert und Gebüsch darauf getürmt, bis er beinahe regendicht war. Und die Haut des Hastenoch schützte ihn vor dem Wind.

Am Abend des fünften Tages betrachtete er ihren fünften Versuch und nickte. »Morgen bringen wir das Dollbord an«, verkündete er. »Ihr habt gute Arbeit geleistet.«

Gegen Mittag war ihr Boot fertig, und das Lager wurde abgeschlagen. Ta-se-ho befahl ihnen, auch das kleinste Stückchen Elchfleisch und den übrigen Müll einzusammeln, der sich in den letzten Tagen angehäuft hatte.

»Hinterlasst es so, wie ihr es gern vorfinden möchtet«, sagte der alte Jäger. »Viele Menschen hassen die Irks, aber ich gehöre nicht zu denen. In den Wäldern ist genug Platz für uns alle.«

An jenem Nachmittag paddelten sie nach Westen und schlugen ihr Lager an einem weiteren Unterstand auf, den die Irks zurückgelassen hatten.

»Tapios Reich«, sagte er. »Mogon lebt in den Wäldern nördlich von hier. Wir befinden uns im Grenzgebiet. Seid wachsam. Beide Seiten haben hier Soldaten postiert.« Er schenkte ihnen ein böses Lächeln und rieb sich das Schlüsselbein. »Zumindest werden sie Soldaten genannt«, fügte er hinzu.

Ihr Fortkommen gestaltete sich schmerzlich langsam. Gebrochene Knochen und Rippen ließen das Paddeln unter dem stetigen Westwind zu einem dumpfen Albtraum werden, obwohl das Spiel der Sonne auf den Wellen und der Zug der Gänse und Enten nach Süden so schön anzusehen waren, während wattige weiße Spätherbstwolken über ihnen dahintrieben und die roten und goldenen Blätter am Ufer ihre üppige Pracht zeigten. Inzwischen rauchte Ta-se-ho unablässig. Ihnen ging allmählich die Nahrung aus, und der Tabak war irgendwann aufgebraucht. Als sie endlich in die Gegend kamen, wo der Obere Fluss in das Innere Meer einströmte, mussten sie an Land gehen und jagen und das Fleisch auch noch trocknen, wenn sie weiterreisen wollten.

Spät am Tag betraten sie das Ufer, das aus feinkörnigem Sand bestand, der von früheren Booten und Füßen aufgewühlt worden war. Nach einer fruchtlosen abendlichen Jagd saßen die drei um ein kleines Feuer herum beisammen und aßen Pemmikan. Gas-a-ho spuckte ein Stück Knorpel aus. »Nicht viel Holz«, sagte er. »Ich habe alles zusammengerafft, was ich konnte, aber es ist ausnahmslos Frauenholz.«

Ta-se-ho nickte. »Hier waren Wächter«, sagte er, deutete auf die Spuren, die alle bereits bemerkt hatten, und zuckte die Achseln. »Ich kann sie riechen«, sagte er. »Fünfzig Krieger. Sie sind einen Tag lang hiergeblieben – vielleicht auch zwei Tage. Haben alles Wild getötet und alles Holz verbrannt.«

Nita Qwan schaute nach Westen in die untergehende Sonne. »Ein Kriegstrupp?«, fragte er.

Ta-se-ho schüttelte den Kopf. »Das glaube ich nicht. Morgen früh werden wir ihr Lager finden und uns umsehen.«

Sie legten sich schlafen, sobald die Dunkelheit herangekommen war, und als sie noch vor der ersten Dämmerung frierend erwachten, fiel Schnee. Sie hatten nur wenig Holz, und es handelte sich hauptsächlich um Fichte. Nita Qwan lief das Ufer beinahe eine Meile entlang, fand ein wenig Zedern-Treibholz und trug es zum Lager zurück. Seine Rippen schmerzten, aber die Bewegung tat ihm gut, und zum ersten Mal seit vielen Stunden war ihm wieder warm. Das Treibholz brannte ausgezeichnet, der Duft war beinahe magisch, und die drei aßen ihren Pemmikan und tranken dazu Sassafras-Tee.

Bald nach dem Aufgang der Sonne liefen die drei ein wenig am Ufer entlang, bis sie die Stelle gefunden hatten, wo die Wächter ihre Boote an Land gezogen hatten, und dann stiegen sie den Strand hinauf bis zum Saum des Waldes. Hier befand sich im Schutz der großen Birken ein hölzerner Zaun, der doppelt so hoch wie ein Mensch war. Sie folgten diesem Zaun vorsichtig, bis sie an ein Tor kamen.

»Es ist keiner da«, sagte Ta-se-ho, aber in seiner Stimme lag eine große Anspannung. Sie krochen hinein und betrachteten mit großer Ehrfurcht die gewaltigen Bettstätten und gewebten Matten.

»Menschenwerk«, sagte Ta-se-ho. »Sie haben Sklaven – manchmal treiben sie auch Handel.« Er zuckte die Schultern, und dann sprang er plötzlich los – wie eine Katze auf eine Maus zu.

Unter einer Schlafmatte hatte er eine wunderschöne Otternhaut bemerkt. Sie war so zusammengenäht worden, dass sie einen Beutel bildete, dessen Öffnung mit Perlen und Stickereien verziert war. Die Perlen bestanden aus reinem Gold und das Stickwerk aus Rot und Purpur, den kaiserlichen Farben. Er öffnete den Beutel, schnüffelte und stieß einen durchdringenden Triumphschrei aus.

»Tabak!«, rief er, öffnete seinen eigenen Beutel, nahm seine kleinste Pfeife heraus und füllte sie mit zitternden Händen. Er ging zur Feuerstelle des Forts, grub mit seinem Messer in der Asche herum, holte eine hoch glühende Kohle hervor und blies auf sie. Er brachte seine Pfeife mit dem Maß an Genuss in Gang, das andere Menschen normalerweise für Speisen und andere Leidenschaften reservieren, und setzte sich an den Rand der steinernen Feuergrube.

Dann sah er sich vorsichtig um. »Wenn das nicht Mogon persönlich war«, sagte er, »dann war es einer ihrer Brutgenossen. Ich könnte darauf wetten, dass es sich nicht um eine Kriegstruppe handelt. Der Tabaksbeutel macht das deutlich – niemand würde so etwas in den Krieg mitnehmen.«

Nita Qwan hob eine Braue. »Mein Volk und die Albier neigen dazu, fast alles Wertvolle mit sich in den Krieg zu tragen«, sagte er.

»Es waren Menschen bei ihnen – und mindestens zwei Irks. Seht ihr die Abdrücke? Das hier ist eine Frau gewesen, oder ich bin ein

Reiher. Also war es keine Kriegerschar.« Der alte Mann zuckte die Achseln, war zufrieden mit sich selbst und grinste.

»Es könnten Gefangene gewesen sein«, wandte Nita Qwan ein.

Ta-se-ho grinste noch breiter. »Wenn wir von der Landseite her gekommen wären, hättest du recht haben können«, antwortete er. »Spuren müssen in *Tehsandran* gelesen werden.«

Nita Qwan beherrschte die Sprache der Sossag recht gut, aber dieses Wort hatte er nie zuvor gehört. *»Teh-san-dra-an?«,* fragte er.

Gas-a-ho sah den älteren Jäger an. Die beiden Männer tauschten sich wortlos aus.

»Ist das ... hermetisch? Magisch?«, fragte Nita Qwan.

»Nein! Das ist eine Idee«, sagte der ältere Mann. »Es ist so ... Wenn ich etwas im Spaß am Lagerfeuer sage, hat es eine bestimmte Bedeutung, und wenn ich es auf der Jagd sage, dann hat es möglicherweise eine andere Bedeutung. Die Bedeutung verändert sich, je nachdem *wer* die Worte sagt und *wie* er sie sagt und *wo* er sie sagt. Gefühle ändern sich.« Er ruderte mit den Armen durch die Luft. »*Tehsandran* ist genau das. Die Veränderung. Der Ort. Wenn wir von der Landseite her gekommen wären, hätte das hier eine Kampftruppe sein können. Aber wir sind von Osten gekommen, über das Binnenmeer. Alle – alle Menschen – leben im Osten. Also haben sie nicht im Osten eine Frau als Gefangene genommen, denn dann wären sie geradewegs an uns vorbeigepaddelt.« Er spreizte die Hände. »Klar?«

Nita Qwan dachte angestrengt nach und lachte dann. »Ja, jetzt verstehe ich. Zuerst hatte ich schon befürchtet, du wolltest mir sagen, dass es die Wirklichkeit unserer Beobachtungen verändert hätte, wenn wir vom Land aus hergekommen wären. Doch stattdessen möchtest du nur sagen, dass es unsere Wahrnehmung verändert.«

Ta-se-ho zuckte die Achseln. »Genau«, sagte er. »Aber ich bin mir nicht vollkommen sicher. Es gibt keine absolute Sicherheit beim

Spurenlesen. Immer hast du eine große Bandbreite an Möglichkeiten – größer als eine Herde Damwild auf der Ebene.«

»Du bist ein Philosoph«, sagte Nita Qwan und benutzte damit ein archaisches Wort.

Ta-se-ho wiederholte das Wort mehrfach, kaute dabei auf dem Stiel seiner Pfeife herum und lächelte. »Ja«, stimmte er schließlich zu, ging in dem umfriedeten Gebiet eine Weile herum und hinterließ dabei eine Spur aus beißendem Tabaksqualm, trat schließlich durch das Tor und verschwand für einige Minuten, bevor er zurückkehrte und seine Pfeife ausklopfte. »Acht Boote. Fünfzig Krieger und zwei Irks, beide tragen Schuhe – sowie ein Mann und eine Frau, einer barfuß, einer in Mokassins.« Er kniff die Augen zusammen. »Wenn sie sich nach Osten begeben hätten, wären sie für uns nicht unbemerkt geblieben. Wenn sie also nach Westen ziehen, werden sie in ein oder zwei Tagen in Mogons Reich sein – und in acht Tagen in ihren Höhlen. Aber sie haben Boote benutzt. Daher liegt die Vermutung nahe, dass sie von Mogons Höhlen im Westen aufgebrochen sind. Sie sind nicht an uns vorbeigekommen. Also müssen sie nach Süden gegangen sein – zu Tapio in N'gara. Es handelt sich um Abgesandte – die Irks wurden von Tapio als Führer geschickt. Der Mann und die Frau sind Sklaven – aber solche Sklaven, denen man vertraut.«

Nita Qwan konnte dieser Logik folgen. »Warum bist du der Meinung, dass man ihnen vertraut?«

»Für ihren Stuhlgang haben sie sich sehr weit entfernt«, sagte Ta-se-ho. »Die Menschen sind in dieser Hinsicht wesentlich heikler als die Wächter. Ihnen wurde erlaubt, sich unbewacht zu entfernen.«

»Vielleicht sind es doch keine Sklaven?«, meinte Nita Qwan.

»Sie haben das ganze Essen gekocht«, gab Ta-se-ho zurück und zuckte die Achseln. »Aber ja, vielleicht wurden sie dafür bezahlt, oder sie haben es freiwillig getan.«

»Wie sicher bist du dir?«, fragte Nita Qwan.

Der alte Mann stopfte wieder seine Pfeife. Mit einem leichten Grinsen und einer hochgezogenen Braue begegnete er Nita Qwans Blick.

»Wie viel Zeit verlieren wir, wenn wir nach N'gara gehen, und sie sind nicht da?«, fragte Nita Qwan.

»Eine Woche«, antwortete Ta-se-ho. »Noch mehr, wenn Tapio uns tötet.«

Er und Gas-a-ho lachten brüllend; es hallte von den Felsen um sie herum wider und erfüllte die stille Herbstluft.

Nita Qwan musste lächeln. »Du glaubst, es ist das Richtige«, sagte er.

Ta-se-ho zuckte die Achseln. »Ja«, rang er sich schließlich ab. »Wenn Tapio und Mogon das Kriegsbeil begraben und Freundschaft schließen, werden sie die mächtigsten Verbündeten im Nordland sein, und wir könnten nichts Besseres tun, als ihnen unser Volk anzudienen. Mogons Bruder und Vater sind nie schlecht zu uns gewesen.« Er machte eine seltsame Kopfbewegung. »Aber sie waren auch nie besonders gut zu uns«, gab er zu.

»Und dieser Tapio?«, fragte Nita Qwan.

Gas-a-ho beugte sich vor. »Der Gehörnte sagt, er ist ein sehr gerissener Schamane – fast so wie die alten Götter. Er sagt, man darf niemals in den Hallen von Tapio schlafen, denn wenn man aufwacht, wird man feststellen, dass hundert Jahre vergangen sind.« Nun bemerkte er, dass er vermutlich mehr gesagt hatte, als es ihm aufgrund seiner Jugend zustand – und senkte den Blick.

Ta-se-ho legte sich auf eine der riesigen Schlafbänke, die für einen neun Fuß großen Dämon gefertigt waren. »Tapio hat gegen unsere Vorväter Krieg geführt«, sagte er versonnen. »Alle Geschichten über die Elfen unter der Erde und die unterirdischen Kämpfe drehen sich um diesen Krieg. Er liegt sehr lange zurück.«

Nita Qwan hatte solche Geschichten nie gehört. »Hasst er die Sossag?«, wollte er wissen.

Ta-se-ho schlug die Beine übereinander. »Ich bezweifle, dass er sich überhaupt an uns erinnert. Aber wir erinnern uns deutlich an ihn. Früher einmal hat uns das Land um N'gara herum gehört. Das war Sossag-Land – das Land des Volkes vom westlichen Tor. Tapio hat unsere großen Städte eingenommen, und wir haben in das Verbrannte Land im Norden fliehen müssen.«

Nita Qwan seufzte. »Dann wäre ein Besuch bei ihm wohl nicht ratsam«, meinte er.

Ta-se-ho schüttelte den Kopf. »Das würde ich so nicht sagen. Wir führen jetzt ein gutes Leben. Vielleicht würde Tapio uns sogar helfen. Er hat das bekommen, was er haben wollte, und wir haben überlebt. Es ist fast so wie bei diesem Zauberer, der unsere Heilige Insel haben will. Diese Mächte sind halt einfach da, Nita Qwan. Es ist das Beste, die Veränderungen zu akzeptieren und dem Tod aus dem Weg zu gehen.«

»Wenn wir sie dazu bringen können, gegeneinander zu kämpfen …« Der alte Mann kicherte. »Das wäre das Beste. Wenn sich Tapio und Thron gegenseitig vernichten, sind die Sossag die lachenden Dritten.«

»Und sie werden viel stärker sein«, sagte Nita Qwan.

Der Jäger schüttelte den Kopf. »Da spricht dein Bruder aus dir. Das ist etwas für jene, die Stärke suchen. Das Volk aber will nur leben. Und im Leben geht es nicht um Stärke. Es geht nur um das Leben selbst. Die Matronen wissen das – und du musst es auch lernen. Wir suchen keine Verbündeten, weil wir *stark* sein wollen. Vielmehr suchen wir Verbündete, weil wir möglichst allen Schwierigkeiten aus dem Weg gehen wollen, damit die Jäger jagen und die Mütter in Ruhe ihre Kinder aufziehen können.«

Nita Qwan betrachtete den alten Jäger mit neuen Augen. »Du klingst ganz so, als würdest du Stärke und Macht verachten.«

Der alte Mann zog heftig an seiner Pfeife, damit sie nicht ausging. »Du kennst doch sicherlich diese Art eines Kindes, das den anderen stets zeigen muss, wie klug es ist? Während andere Kinder laufen und spielen und essen und ihre Mütter lieben, kann dieser kleine Junge oder dieses Mädchen einfach nicht aufhören, klug zu sein. Kennst du solche Kinder?«

Nita Qwan lachte. »Nur allzu gut.«

»Macht. Das wollen nur die Menschen haben, die nie gelernt haben zu leben.« Ta-se-ho lehnte sich zurück und kicherte. »Aber ich bin nur ein alter Mann ohne jede Magie. Wenn ich ein Reh auf eine Entfernung von einer Meile mit einem Fingerschnippen erlegen könnte, wäre ich wohl ein anderer Mensch. Aber ich hätte nie gelernt zu *jagen*. Und ich liebe die Jagd.« Er setzte sich auf. »Ich finde keine Worte, mit denen ich es besser erklären könnte.«

»Du bist ein Philosoph«, sagte Nita Qwan noch einmal.

Der ältere Mann nickte. »Ich glaube, an diese Bezeichnung könnte ich mich gewöhnen. Aber ich will dir eine nackte Tatsache berichten. Das Innere Meer wird in einer Woche zufrieren. Wenn wir übersetzen wollen, dann sollten wir es schnell tun.«

Eine Stunde später paddelten sie nach Süden, auf N'gara zu.

## Lissen Carak · Äbtissin Mirim und Schwester Amicia

Die Äbtissin las die jüngste Botschaft aus Harndon sorgfältig durch, während Schwester Amicia geduldig wartete; sie hatte sich die Hände in die Ärmel gesteckt.

Die Äbtissin zuckte einmal zusammen, und dann wurde ihre Miene wieder ausdruckslos. Nun las sie die Botschaft zum zweiten Mal. Diesmal aber biss sie sich auf die Lippe.

Sie zog eine Grimasse – eine sehr unäbtissinnenhafte Grimasse. »Weißt du etwas über den Inhalt dieses Schreibens?«, fragte sie Amicia, die jedoch nur den Kopf schüttelte.

»Madame, ich war auf meinem Platz bei der Fähre von Südfurt, in der Kapelle, als gerade der Bote eintraf. Da seine Botschaft an Euch gerichtet und der Sabbat vorbei war, habe ich sie Euch sofort gebracht. Der Bote musste noch anderswohin reisen.«

Mirim trommelte mit den Fingern auf ihrer Armlehne. »Der König hat einen neuen Bischof von Lorica eingesetzt, der glaubt, dass der ganze Orden des heiligen Thomas in seinen Zuständigkeitsbereich fällt.« Sie lächelte – es war aber kein freundliches Lächeln, sondern ein kämpferisches. »Ich vermute, Prior Wishart und ich werden übereinstimmend zu der Auffassung gelangen, dass er keine Macht über uns hat. Aber ich sehe Schwierigkeiten auf uns zukommen.«

»Der neue Bischof von Albinkirk ist ein guter Priester«, sagte Amicia.

»Er hat uns besucht!«, sagte Mirim. »Huh, und er hat uns alle in unseren Unterkleidern angetroffen. Wir hatten Waschtag, und plötzlich stand der neue Bischof am Tor! Aber Ser Michael hat ihm die Wache als Eskorte geschickt, und wir haben rasch die Waschzuber in die Küche getragen. Er ist wirklich ein sehr angenehmer Mensch, und seine theologischen Ansichten wirken erfrischend modern.« Mirim nahm eine Schriftrolle vom Tisch und steckte sie sich unter den Arm. »Er hat dir eine neue Erlaubnis ausgestellt, die Messe zu lesen, wenn kein Priester anwesend ist. Und er hat uns einen neuen Kaplan zugewiesen – Pater Desmond. Ein Gelehrter! Wir haben uns alle von unserer besten Seite gezeigt.«

Amicia machte einen Knicks. »Ich freue mich, ihm zu begegnen.«

»Du musst müde sein, liebe Schwester.« Sie machte eine Pause. »Es wird viel über die Freiheiten gesprochen, die dir zugestanden werden. Bitte sei heute Abend bei der Messe und morgen früh bei der Matutin, damit alle deine Hingabe erkennen können.«

Amicia wurde rot vor aufflammender Wut, die sie aber sofort bekämpfte.

»Und wir brauchen deine Hilfe bei der Wiederherstellung unserer Verteidigungsanlagen. Der Chor – der hermetische Chor – muss wieder üben, während du hier bist.« Mirim kratzte sich an der Stirn. »Wer hat je gesagt, dass Konvente Orte der Ruhe sind?«

## Die Heilige Insel · Thorn und Ota Qwan

Als die Motten Larven ausbrüteten, machte dies einen erstaunlich beunruhigenden Eindruck auf Ota Qwan. Während die Larven in den aufgehängten Leichnamen der Männer brüteten, die einmal seine Gefährten gewesen waren, musste er über Dinge nachdenken, über die er eigentlich nicht nachdenken wollte, und so beschäftigte er sich mit allem Möglichen. Er holte die jungen Krieger aus einem halben Dutzend Stämmen zusammen, die von den Visionen Zungenredners begeistert waren, und führte sie auf einen kurzen Feldzug – zunächst zur Einschüchterung der Abonacki, und dann ging es noch weiter nach Osten.

Die Abonacki hatten ihnen nichts entgegenzusetzen. Südlich der Reihe von Flussdörfern, die im Herzen der Abonacki-Nation lagen, gönnte er seiner Kriegerschar ein wenig Ruhe und traf sich mit einer Ältesten-Delegation. Er verlangte Krieg und drohte ihnen mit Vernichtung, und die beiden Ältesten, die im Frühling noch an der Schlacht und Belagerung teilgenommen hatten, reagierten mit bitteren Worten darauf.

Er zuckte die Achseln. »Thorn ist jetzt euer Herr«, sagte er. »Unterwerft euch ihm, und ihr werdet an Macht gewinnen. Wenn ihr aber gegen ihn ankämpft, werdet ihr untergehen.«

Er ließ ihnen für ihre Entscheidung Zeit und wandte sich nach Südosten. Er hatte einen Zweig von Thorn dabei, der es ihm erlaubte, die Ruks zu beherrschen, die plötzlich das Land um das Innere Meer heimsuchten, und sechs der Giganten folgten ihm. Der Rest ging ihm aus dem Weg. Er hatte erwartet, die Macht durch sich fließen zu spüren, doch da war gar nichts außer dem Anblick der Ruks, die seinen Befehlen gehorchten.

Nach einer Reise von sechs Tagen verließ die Kriegerschar die felsigen Marschen in der Nähe des Ortes Nepan'ha. Der erste Schnee des Jahres fiel, und er traf sich mit der Hauptfrau Forellensprung, die auf dem Wehrgang der Palisade stand, einen Speer in der Hand hielt und einen farbenfrohen Mantel aus Karibuleder trug.

»Thorn fordert eure Unterwerfung«, rief er.

»Dann sollte er herkommen und sie persönlich fordern«, erwiderte sie, »und nicht irgendeinen kleinen Witzbold zu uns schicken.«

»Er wird euch vernichten«, versprach Ota Qwan.

Die alte Frau drehte sich um, hob ihren Mantel und zeigte ihm ihren blanken Hintern. Sie stieß einen langen Furz aus, und ihr ganzes Volk lachte.

»Sag deinem Zauberer, er soll sich mit einer Birke vergnügen!«, rief sie.

Ota Qwan ließ zu, dass seine Wut ihn übermannte. Er fühlte sich plötzlich größer, als er in Wirklichkeit war. Dann hob er den Ast, den Thorn ihm gegeben hatte, und deutete damit auf die Palisade.

Aus der Ferne drang ein Grollen und Brüllen heran. Der Boden erzitterte.

Ein Dutzend Ruks stolperte herbei.

Die Männer und Frauen auf der Palisade hatten Bögen und Speere, und die Ruks litten sehr bei ihrem Angriff. Vier von ihnen starben sofort.

Aber es war nicht leicht, einen Ruk zu töten. Diejenigen, die dem Sperrfeuer widerstanden, rissen die Palisade mit bloßen Händen ein und drangen in den Ort ein. Sie entfesselten einen Wirbelwind der Zerstörung, rissen Gebäude ein und töteten alles, was sie erwischen konnten: Schafe, Pferde, Frauen, Männer und Kinder.

Ota Qwan folgte ihnen mit seinen fünfzig Kriegern durch die Bresche. Er streckte jede Hand in eine andere Richtung aus und befahl seinen erfahrensten Kriegern, die Palisaden zu sichern.

»Und dann?«, fragte einer der jungen Abonacki.

»Dann töten wir sie alle«, antwortete Ota Qwan.

Das war nicht die Art der Draußener. Aber die Männer waren jung, und sie sahen schon vieles in Kevin Orley, das sie nachahmen wollten.

Zehn Stunden später wurde die letzte verzweifelte Mutter gefunden, die sich mit ihrem Kind in einem Wurzelkeller versteckt hatte. Das Kind wurde ihr aus den Armen gerissen und getötet. Sie wurde vergewaltigt und dann geköpft. Die jungen Krieger waren mit Blut überzogen; einige ekelten sich vor dem, was sie getan hatten, andere befanden sich jedoch in einer seltsamen Hochstimmung. Vergewaltigungen waren für die Abonacki und die Sossag etwas Neues. Üblicherweise wurden die Frauen in den Draußener-Kriegen mit nach Hause genommen, adoptiert und zu Ehefrauen gemacht. Andernfalls wurde man von den Matronen bestraft.

Aber Thorn hatte keine Matronen über sich.

Und da war er auch schon. Thorn erschien in Gestalt des Zungenredners.

»Was ihr getan habt, habt ihr für mich und für euer Volk getan«, sagte er und kniete anmutig neben dem Leichnam der letzten getöteten Frau nieder. »Das ist schrecklich, nicht wahr? Sie war ein Mensch, und ihr habt ihr die Menschlichkeit geraubt und sie zu einem … Ding gemacht.« Er stand wieder auf und lächelte. »Hört mir zu, meine Krieger. Wir tun dies, um den Rest zu retten. Nach Nepan'ha wird mir kein anderer Ort mehr Widerstand leisten. Wir werden viele Leben retten – eure eingeschlossen. Vor allem das Leben vieler Frauen und Kinder.« Er ging durch die Trümmer und die brennenden Überreste des zentralen Langhauses, auf dessen Schwelle der Leichnam von Forellensprung lag; sie hielt noch die Axt in den Händen. »Sie war eine Närrin, weil sie Ota Qwan beleidigt hat, und sie war eine noch größere Närrin, weil sie Widerstand geleistet hat. Der Tod all dieser Menschen liegt in ihrer Verantwortung, nicht in der euren. Wenn ein Anführer die Verantwortung der Befehlsgewalt übernimmt, dann trägt er auch die Schuld. Dieser fetten Frau gebührt die Schuld für das, was ihr nun fühlt. Also pisst auf sie – bedeckt sie mit euren Flüssigkeiten und entledigt euch damit dessen, was eigentlich ihr zusteht.« Er lächelte verzückt. »Viele Jahre lang habt ihr Draußener die Leichen eurer toten Feinde geehrt. Damit ist jetzt Schluss. Entweiht sie und behandelt sie wie Narren und Verräter. Unser Weg ist der Rechte Weg. Seid nicht länger sanft. Seid hart. Vertraut mir.« Der Zungenredner tat selbst, was er befohlen hatte. Er pisste einen langen Strahl auf den Leichnam, und die fette Frau schien ein wenig zu schmelzen. Plötzlich drängten sich die Krieger um ihn und taten es ihm gleich. Dabei spürten sie, wie sich die Erinnerung an all das Obszöne, das sie getan hatten, allmählich löste.

Der Zungenredner lächelte. *Die Menschen sind so einfach zu benutzen,* dachte er. *Ich werde sie zu Tieren machen; dann sind sie für das Leben in der Wildnis geeignet.*

Er wirbelte seinen großen Mantel aus Wolfsfellen herum und verschwand.

Alle Krieger jubelten, und die Ruks brüllten.

Kevin Orley wäre gern zufrieden gewesen. Aber er fragte sich, warum der Zauberer nicht geblieben war, um die verwundeten Krieger zu heilen. Und *seine* Erinnerung an die Erstürmung des Ortes war keineswegs verschwommen.

Thorn verließ seine Männer mit einem leichten Schauder der Abscheu, so wie ein Arzt, der gerade ein Glas mit Blutegeln verschließt. Er kehrte durch den Äther an seinen Ort der Macht zurück.

Dann verbrachte er einen ganzen Tag damit, Wacht zu halten und Zauber zu wirken. Die erste seiner besonderen Motten würde bald schlüpfen, und er musste sie im richtigen Augenblick fangen, um seinen Weg zur Macht zu Ende gehen zu können. Das sagte er sich zumindest, während ein anderer Teil seines großen, verwobenen Geistes eingestand, dass er einfach nur anwesend sein wollte, wenn seine Schöpfung das Licht der Welt erblickte.

Er beobachtete Ghause und den Grafen. So sah er zu, wie sie nackt tanzte und ihre Macht wie Wasser verspritzte. Er beobachtete sie beim Wirken ihres Zaubers, und er war verärgert und verblüfft und fühlte sich wie umgewandelt. Dann sandte er weitere Motten aus, und noch mehr, damit er aus jedem möglichen Blickwinkel jeden möglichen Teil ihres Körpers beobachten konnte.

Manchmal hörte er, wie sie seinen Namen aussprach. Es war, als würde sie über die vielen Meilen, die sie voneinander trennten, nach ihm rufen.

Er sah zu, wie sie eine Hexe vernichtete, und er stöhnte vor Vergnügen.

Auf ihre erdige Weise war sie weitaus komplexer, als er es sich hatte vorstellen können. Sie war wesentlich mächtiger, und er kicherte und verstärkte die Macht seiner eigenen Schutzzauber.

Dann überprüfte er seine Verteidigungsmaßnahmen, falls es zu einem Angriff kommen sollte.

Er beobachtete andere Szenen durch die Augen anderer Motten und wilder Tiere, aber was sie ihm verrieten, reichte nicht aus, um sich ein vollständiges Bild machen zu können. Seine Geschöpfe in Harndon lieferten ihm die Bruchstücke einer Szenerie, die er nicht begriff: ein Meer wütender Gesichter in der vom Feuerschein erhellten Finsternis – die Königin, die eine junge Frau anschrie – die weinende Königin – die Königin, wie sie ein altes Pergament las.

Und in den unterirdischen Gängen unter dem alten Palast waren seine anderen Kreaturen allesamt tot. Er hatte jede Motte, jede Ratte, jedes lebende Wesen verloren, das er erschaffen oder rekrutiert, verführt oder bestochen hatte, um seine eigenen Schriften lesen zu können – oder die von Harmodius.

In der Sicherheit seiner Insel hatte er damit begonnen, andere Geschöpfe umzuwandeln – zum Beispiel besaß er Dachse als unterirdische Spione –, aber er hatte nichts, wenn er es brauchte, und das erregte große Wut und Enttäuschung bei ihm. Sogar die Katzen, die er für den Zauber benutzt hatte, mit dem er Harmodius gebunden hatte, waren für ihn verloren. Sie jagten Mäuse in den Palastgängen und hatten ihre Katzenhirne gegen ihn gesperrt.

Seine Motten waren allein nicht hilfreich, und er verfluchte die Zeit, die es dauerte, um sie über weite Strecken zu schicken, sowie die Kraft, die er zu ihrem Einsatz benötigte. Leicht konnte es sein, dass die Motten zwei Monate – und mehrere Generationen – brauchten, um ihr Ziel zu erreichen.

Sein Versuch, dem Roten Ritter Motten zu schicken, war fehlgeschlagen, und alle Insekten, die er zur Bespitzelung seines nächsten Nachbarn – des berühmten Tapio, der sich im Frühling geweigert hatte, sein Verbündeter zu sein – ausgesandt hatte, waren tot.

Thorn stand in regloser und überheblicher Empörung da und dachte nach. Wenn es Tapio gelang, seine Abgesandten zu töten, konnte dieser anmaßende Irk seine Distanz wahren – oder noch Schlimmeres. *Warum will sich die Wildnis nicht vereinigen?*, fragte er sich. *Weil jeder Einzelne nur den eigenen Vorteil sucht.* Thorn setzte sich in die Dunkelheit und beobachtete die Chrysalis einer Raupe, die in einem der Leichname herangewachsen und so lang wie ein menschlicher Arm war, und nickte sich selbst zu. *Ich werde die Wildnis durch Gewalt vereinigen und sie dadurch retten. Wenn ihre Geschöpfe den*

*Grund dafür nicht verstehen, werde ich ihn ihnen in die dummen, eigensüchtigen Hälse stopfen.*

Ungebeten erhob sich das Bild des Roten Ritters in ihm, der ihm bei Lissen Carak gegenübergestanden und die Kontrolle über seine Kobolde an sich gerissen hatte. »Du bist nur ein Parvenü von einem Kaufmannssohn, der die Manieren derjenigen nachzuahmen versucht, die über dir stehen.«

Er versuchte seine Wut auf dieselbe Art zu kanalisieren, wie er es mit seiner Macht tat, wenn ein Zauber wirken sollte. Auch sein eigener Vater war ein Kaufmann gewesen – na und? *Ich werde Gott sein,* sagte er stumm zu der fernen Gestalt. *Und du wirst ein Nichts sein.*

Er schürte seinen Hass, indem er an alle Erniedrigungen während der Belagerung dachte und daran, wie er seine Blidenbatterie falsch ausgerichtet hatte, und er suhlte sich in der Erinnerung an seinen großen Angriff und die Niederlage.

Er nahm all seinen Hass und hielt ihn so der Raupe hin, wie ein Mann einem Spürhund ein Stück Wolle unter die Nase hält.

Als er damit fertig war, fühlte er sich besser. Es war ein mächtiger Zauber, ähnlich dem, den er auf den Menschen gelegt hatte, der Nepan'ha vergewaltigt hatte. Hermetische Gewebe, die die innere Wirklichkeit eines denkenden Geistes veränderten, waren so zart und fein, dass die Veränderung der Lebenskraft einer Motte dagegen wie ein Kinderspiel anmutete. Allmählich begriff er aber, wie er solche Wunder wirken konnte.

Nach einer Weile stellte er seine Bemühungen ein, die Welt wie in einem Spiegel zu erblicken, und wandte sich erneut seinen Vorbereitungen hinsichtlich des Grafen zu.

## Bei Osawa · Giannis Turkos

Die Männer, die sie umzingelt hatten, waren allesamt Draußener – nördliche Huran und Kree mit Haarknoten und hellrot gefärbten Lederwesten. Aber sie besaßen Armbrüste – schwere, stahlbeschlagene Waffen, die völlig neu waren.

Es waren diese Armbrüste, die Turkos zu seiner Entscheidung bestimmten, obwohl sie so schnell fiel, dass sie kaum die Zeitspanne eines Gedankens einnahm.

Als die Männer aus den Schatten traten und ihre Gefangenen hämisch betrachteten, brachte er sein Pferd zum Aufbäumen – sein kostbares geliebtes Pferd Athena.

Die Stute bäumte sich gehorsam auf, und ihr breiter Bauch und der lange Hals fingen die sechs Ambrustpfeile ab, die für ihn gedacht gewesen waren. Und weil sie ihm so ergeben war, landete sie auf allen vier Hufen und zerschmetterte dabei die Schädel von zwei feindlichen Kriegern.

Und dann ging sie zu Boden.

Turkos landete auf den Beinen und zog seinen mächtigen Krummsäbel. Er war so lang und schwer wie das Schwert eines albischen Ritters, war aber gebogen und hatte eine verstärkte Spitze, die jedem Stoß zusätzliche Kraft verlieh.

Zwei weitere Krieger fielen – dem einen hatte er den Arm sauber abgetrennt, und der andere hatte die eine Hälfte seines Gesichts verloren. Knochen brachen, Splitter und Blut spritzten umher.

Sein kühner Ausfall in die Mitte der Angreifer rief mehr Chaos hervor, als er zu hoffen gewagt hatte. In seinem Bemühen, den Feind aufzuhalten, schoss einer der Kree einen schweren Bolzen von hinten in einen Huran. Aber das hier waren keine Kobolde; die älteren Krieger formierten sich schon wieder neu, zogen ihre Waffen und zielten.

Turkos zog den stärksten Angriffszauber aus dem Amulett an seinem Hals. Es war eine ganze Decke aus Blitzen, die blau im Sonnenlicht flackerten, und er warf sie über den gefrorenen Boden, wie es ihm sein Großvater beigebracht hatte. Niemand ließ einen scharfen Schlag gegen die Fußknöchel unbeachtet.

Die Krieger fielen wie Marionetten, denen die Fäden gekappt worden waren.

Aber keiner von ihnen war schwer verletzt, und es war der einzige hermetische Schutz, den Turkos besaß. Doch wenn ein Krieger zu Boden geht, verändert das seine Sicht auf den Kampf. Die Veteranen dachten nun nur noch an ihr Überleben. Er rammte dem Mann, der sich ihm am nächsten befand, die Spitze seiner Waffe in den Schädel.

Ein anderer Krieger kämpfte sich nicht weit von ihm entfernt auf die Beine und griff nach ihm. Er packte den einen Arm des Mannes und brach ihn, so wie er es gelernt hatte. Dann schlug er mit dem Griff seines Krummschwertes in das Gesicht des Mannes, was diesen bewusstlos machte. Turkos wirbelte herum. Er betete zu Gott und Jesus und der Jungfrau Maria und allen Heiligen …

Der alte Mann hatte einen Pfeil in einen der Kree geschossen, und die anderen waren nun, während sie durch das Unterholz flohen, nur noch ein Gelärm, das aus Knacken und Krachen bestand.

»Ich sollte mich wieder auf mein Pferd schwingen«, sagte der alte Jäger. Er lachte, aber es war deutlich zu hören, dass er erschüttert war. »Bin froh, dass ich nie versucht habe, dich auszurauben«, meinte er.

Turkos stellte seine Schwertspitze auf den Mantel eines toten Angreifers, stützte sich darauf und atmete heftig. Er fühlte sich, als sei er eine Meile gerannt.

Athena trat noch einmal aus und seufzte. Blutiger Schaum quoll aus ihrem Maul, dann starb sie.

Turkos hockte sich neben sie und weinte. Er hatte einen Schnitt am unteren Ende des linken Daumens davongetragen und konnte bis auf die Fettschicht hindurch sehen – woher war diese Verletzung gekommen? Und da steckte etwas in seinem Unterschenkel. Und Athena war tot. Drei- oder viermal musste er sich ihren Tod neu vergegenwärtigen, so wie ein Mann, der den Stumpf eines fehlenden Zahnes immer wieder mit der Zunge betastet. Er wollte einfach nicht, dass sie tot war. Er hatte sie nicht opfern wollen.

»Glaubst du, es gibt ein Paradies für Tiere?«, fragte er.

Der alte Jäger nickte. »Die Herrin Tara hat einen Platz für Tiere«, sagte er und sah sich um. »Wir sollten uns wieder auf den Weg machen.«

Turkos bezwang sich, aber seine Augen waren heiß und voller Tränen. »Ich habe dieses Pferd geliebt«, sagte er.

»Dann sieh nach ihm auf Taras Feldern, wo es jetzt mit den Hirschen und den Füchsen um die Wette rennt – und wo es keine Jäger und keine Gejagten mehr gibt.« Der alte Mann sang diese Worte beinahe heraus. »Und jetzt schwing deinen Hintern auf mein Pferd, damit wir aufbrechen können.«

Nach einer Stunde hatten sie den ersten Außenposten von Osawa erreicht, und Turkos gab das Losungswort. Es wurde Alarm geblasen, und berittene Boten wurden mit der Botschaft eines bevorstehenden Angriffs zu den südlichen Huran geschickt. Da sie nun einen Tag für ihre Vorbereitungen hatten, würde niemand überrascht werden.

Turkos kehrte zu dem uralten Mauerturm in Osawa zurück und las die Berichte der letzten Monate so schnell, wie es ihm möglich war. Aber die notwendigen Vorbereitungen der kleinen Festung auf eine Belagerung durch eine riesige und gut ausgerüstete Armee hinderten ihn daran, mehr zu erfahren als die dürren Tatsachen, dass der Kaiser der Gefangene des Herzogs von Thrake und der Logothet tot war.

Während seine kostbaren Katapultmaschinen auf die Mauern und die Ecktürme geschafft wurden, las er die beiden neuesten Berichte.

Der neue Megas Ducas war ein albischer Söldner und marschierte mit einer Armee auf die Grenze zu. Turkos las diese letzte Nachricht mit wachsender Erregung. Ihm – Giannis Turkos – wurde befohlen, seine Garnison zu sammeln und dem Megas Ducas entgegenzumarschieren und dabei etwaige Pelzhändler in Osawa und den umliegenden Ortschaften zu eskortieren.

Natürlich würde er das tun. Er wollte den Anteil des Reiches am Pelzhandel unbedingt sichern.

Turkos las die beiden letzten Botschaften noch einmal, stellte sich dann an seinen Arbeitstisch, während er die linke Hand mit einem schmutzigen Verband darum hochhielt, um den Blutfluss zu stoppen. Mit der Rechten versuchte er so klein zu schreiben, wie er es von den Mönchen in Eressos gelernt hatte. Er schrieb eine ausführliche Depesche im neuesten Code, der ihm zur Verfügung stand, und sandte vier Kopien aus – mehr Botenvögel besaß er nicht. Als der letzte große schwarz-weiße Vogel davonflog, verschloss er die Läden seines Arbeitszimmers vor der Kälte und stieg die innen liegende Wendeltreppe zum Erdgeschoss hinunter, wo der Jäger im Bett des Wächterraumes lag und schlief.

Turkos weckte ihn. »Ich würde dich ja gern schlafen lassen, aber du möchtest sicher von hier verschwunden sein, bevor die Kämpfe einsetzen«, sagte er. »Hier ist dein Gold«, fügte er hinzu und streckte seine Hand dem Jäger entgegen, »und auch mein Dank.«

Der alte Mann lächelte schläfrig. »Ich will dieses Schauspiel nicht verpassen, aber das Gold nehme ich gern«, sagte er.

Später am Nachmittag landeten die ersten Kriegskanus am Ufer einige Meilen nördlich von Osawa. Ein Kree-Häuptling trat aus dem ersten Kanu und erhielt sogleich einen Pfeil in den Hals – der kam von Großföhr. Er schlug wild um sich und starb im eiskalten Wasser. Großföhrs Kriegerschar kreischte freudig auf …

*… und der Krieg hatte begonnen.*

TEIL ZWEI

# Der Winterkrieg

# 13

## Nördlich von Liviapolis · Meg

Als die Armee vom Paradeplatz abrückte, marschierte sie in ihren neuen weißen Wollmänteln und unter den besten Waffen. Sie machte einen guten Eindruck. Die meisten Männer hatten Wasser in ihren Feldflaschen, und die Vorausschauenden hatten Dauerwurst und Hartkekse in ihren Beuteln.

Sie marschierten nach Westen, die Straße nach Albia entlang, und je weiter sie kamen, desto besorgter wurden die Männer.

Meg hatte noch nie ein Kommando innegehabt. Sie besaß die natürliche Macht einer älteren Frau – die Weisheit, die mit dem Ende des jugendlichen Strebens einsetzt, und aufgrund ihrer hermetischen Gaben noch ein wenig darüber hinaus. Sie hatte die Altargilde ihres kleinen Heimatortes angeführt und geholfen, die Vorräte in einer Burg unter Belagerung zu verwalten.

Nun aber hatte sie sechzig Frauen und ein Dutzend Lanzen unter John le Bailli, ihrem Geliebten, zu kommandieren. Schon die Vorbereitungen hatten sie um den Schlaf gebracht. Die Wagen waren bis zur Oberkante der nach außen vorspringenden Seitenplanken beladen, die Karren waren ebenfalls beladen – mit Wasserfässern, Nähnadeln, Zelten, Kesseln, Trockenfleisch, Fäden, Hufeisen …

Doch nichts davon machte ihr Angst. Sie konnte lesen, und sie konnte auch recht gut schreiben.

Aber als der Zug – fünfzig große Wagen und zwanzig Karren sowie sechsundsechzig Maulesel – lärmend unter dem Bogen des Palasttores hindurch in die herannahende Dunkelheit rollte, fühlte sie sich einsamer als je zuvor in ihrem Leben. Sie klammerte sich an le Baillis Hand, als er mit ihr auf den ersten Wagen stieg, und er lächelte sie an und küsste ihre Lippen.

»Ich habe Angst«, murmelte sie.

Le Bailli lachte. »Es tut mir gut, das zu sehen, wunderliche Frau.« Er lehnte sich zurück, streckte die Beine aus, blieb dabei aber mit den Sporen in den Planken des Wagens hängen und wäre beinahe heruntergefallen.

Sie lachte schallend.

Er lachte mit ihr.

»Es ist leicht zu kommandieren, wenn du jung bist«, sagte er, »aber je älter du bist, desto schwerer wird es.«

»Ach, verschone mich mit deiner erschreckenden Philosophie«, sagte sie und umarmte ihn kurz. »Was habe ich vergessen?«

»Ohrstöpsel?«, fragte er.

Einen Augenbick lang glaubte sie ihm …

… dann aber versetzte sie ihm einen spielerischen Stoß.

Er lachte. »Was immer du vergessen haben magst – jetzt werden wir ohne es auskommen müssen.« Er sah sich nach der Wagenreihe um. »Wie viele sind neu?«

»Alle außer sechs«, gestand sie. Die Wagen waren in der Werft gezimmert worden, damit sie vor allzu neugierigen Blicken verborgen blieben. Zu diesem Zweck hatte sie auch ihre hermetischen Kräfte eingesetzt.

»Das sind die besten Militärwagen, die ich je gesehen habe. Er hat eine Menge Geld hineingesteckt«, sagte le Bailli.

Meg nickte. »Allerdings.«

»Du bist eine Offizierin der Kompanie, und ich bin nur ein einfacher Korporal. Ich bin mir sicher, dass ich das nicht wissen muss.« Er grinste. »Aber bei Gott, Frau, für mich hat es den Anschein, als würden wir geradewegs ins Gebirge hineinmarschieren – und das im Winter. Was macht er bloß?«

Meg lachte. »Er ist einfach nur er selbst. Rätselhaft, anmaßend und vermutlich sogar siegreich.« Sie küsste le Bailli. »Verteidige meine Wagen vor dem Feind, Korporal, bevor ich deinen schönen Körper dazu benutze, mich von den Anstrengungen des Kommandierens abzulenken.«

»Jederzeit«, sagte er und zahlte seine Zinsen auf die Investition ihres Kusses, bevor er von dem Wagen herunterkletterte und sich elegant in den Sattel seines Pferdes schwang, das aufkeuchte, als ob es diese Zurschaustellung seiner Fähigkeiten zutiefst missbilligte.

Megs Konvoi rollte in ein Lager ein, das von Gelfreds Männern vorbereitet worden war. Die Plätze für die Zelte waren bezeichnet, und ein Kavallerieregiment sicherte ihre Ankunft. Als auch die Armee eine halbe Stunde später eintraf, fanden die Soldaten ihre Zelte bereits aufgebaut vor, und ein warmes Essen wartete auf sie.

Die moreanischen Freiwilligen verschlangen ihre Mahlzeit, schliefen in den errichteten Zelten und dachten nicht ans Desertieren.

Am nächsten Morgen standen sie in der nebligen Kälte vor dem Anbruch der Morgendämmerung auf und marschierten auf die Grünen Berge zu.

Das Wetter war ausgezeichnet. Die Straßen waren hart gefroren, aber die Sonne schien hell, und jeder Mann hatte ein Pferd unter sich.

Als sie am dritten Tag über eine hügelige Ebene voller Schafe und Kühe preschten, kamen sie an Leichen vorbei – an kleinen Haufen toter Menschen.

Ser Michael wandte sich an Ranald Lachlan. Gerade erstiegen sie einen hohen Grat, der die Hauptstraße nach Thrake überragte. Im Norden und Westen erhoben sich die Berge. Tief im Nordwesten sahen sie die hoch aufstrebenden Mauern von Kilkis, das die Albier Mittelburg nannten. Es war eine mächtige Festung, die die Kreuzung der Nordstraße mit der Weststraße beherrschte. Am Fuß dieser Festung lag das letzte Dorf östlich von der Herberge zu Dorling.

Lachlan betrachtete die Berge auf eine Weise, wie ein Mann seiner Geliebten beim Ausziehen zusieht. Mit Liebe und Lust. »Meine Berge sind nicht mehr weit«, sagte er und schaute hinunter auf einen der toten Männer am Boden – dieser hier war völlig ausgezogen und schon ganz weiß. Hier und da befanden sich Schneeflecken.

»Gelfred hat die Außenposten im Schlaf erwischt«, sagte Ser Michael. »Ich habe es heute Morgen beim Kommandantentreffen gehört.«

»Heilige Jungfrau«, sagte Ranald und bekreuzigte sich. Als ein Mann, der schon einmal tot gewesen war, nahm er den Tod anderer Menschen sehr ernst.

»Der Hauptmann – das heißt, der Herzog – sagt, wir haben freie Bahn, bis wir auf seine Späher stoßen.«

»Heiliger Jesus«, meinte Ranald. »Armer Andronicus.« Er lachte laut, und sein Gelächter breitete sich wie ein Buschfeuer aus, als die Armee in Richtung Norden durch die Berge stürmte. »Tom und ich hatten geglaubt, der Kastellan von Mittelburg werde uns entgegentreten.«

Ser Michael zuckte die Achseln. »Er hat es nicht getan. Ich kenne die Einzelheiten zwar nicht, aber die Tore standen offen, ganz so, wie der Herzog es erwartet hatte.« Er sah zurück. »Ich weiß nicht, was er vorhat, aber er plant schon seit Monaten.«

Ranald nickte. »Ja, er ist ein gerissener Bastard.« Er fing Michaels Blick auf und legte dem jüngeren Mann die Hand auf die Schulter. »Michael, mein Junge, er wird bei seinen Plänen auf deinen Vater achten.«

Michael spuckte in einen Schneefleck. »Ran, ich weiß nicht, was ich mir für meinen Vater wünschen soll. Ich bin mir nicht sicher, ob ich einfach davonreiten und ihn in seinem Misthaufen stecken lassen sollte.« Er berührte den Talisman, den er an seiner Schulter trug. »Aber ich habe andere Sorgen als ihn.«

Ranald kratzte sich am Bart. »Ja. Ich auch.«

Nun war Michael an der Reihe. »Mach dir nicht zu viele Gedanken. Er wird dich schon noch zum Ritter schlagen. Gib ihm einen Grund dafür. Man darf ihm nicht querkommen, und er wird zum Teufel persönlich, wenn er wütend ist, er ist so eitel wie ein Pfau, und er zeigt uns allen nur zu gern, wie klug er ist – aber er hält zu seinen Freunden.«

Ranald nickte, aber er war ohne Zweifel unglücklich. »Ja, das sagt Tom auch.«

»In den nächsten zehn Tagen wird es für uns zum Kampf kommen.«

»Oder wir erfrieren alle, während wir darauf warten«, sagte Ranald. »Aber vermutlich hast du recht.«

Es gab keine Pause bis zum Mittagessen. Die ganze Kolonne rollte weiter und nahm auf der Kaiserstraße die Abzweigung nach Norden, ohne unter den Mauern von Kilkis anzuhalten. Nun waren sie auf der alten Legionärsstraße unterwegs. Aber anstatt nach Westen über den letzten Pass in die Grünen Berge zu marschieren, zogen sie in nördlicher Richtung weiter, an der Ostseite des Drachenberges entlang, und überquerten den Meanderfluss auf einer steinernen Brücke, die so alt war, dass Ser Alcaeus abstieg, die Inschrift las und laut lachte. Dann ritt er an der klirrenden, knarrenden und klingenden Kolonne vorbei – die Männer aßen im Sattel, und die Nordikaner, die vermutlich die schlechtesten Reiter der Welt waren, hinterließen eine Spur aus heruntergefallenen Speisen und lachten über die miserablen Reitkünste ihrer Gefährten. Männer fielen sogar aus dem Sattel. Und alle tranken andauernd.

Alcaeus zügelte sein Pferd, als er die Standarte erreicht hatte. »Ich weiß, warum Ihr Dunkelhaar und die Hälfte der Nordikaner zurückgelassen habt«, sagte er. »Bei unserem rächenden Herrn – wie viele Wagenladungen Wein haben sie eigentlich dabei?«

Der Rote Ritter grinste. »Es stellt sich wohl eher die Frage, wie sie sich verhalten werden, wenn uns der Wein ausgeht?«

Ranald beugte sich über seinen Sattelknauf. »Was steht da? Ich habe die steinerne Brücke schon hundertmal überquert. Ich kann zwar lesen, aber die Inschrift konnte ich noch nie entziffern.«

Alcaeus nickte dem Roten Ritter zu. »Einige von uns sind noch in der Lage, das Altarchaische zu lesen«, sagte er. »Bei einem so großartigen Bauwerk – hier draußen in dieser Einöde aus grünem Gras und Felsen – könnte man einige salbungsvolle Worte von der Kaiserin Livia erwarten …«

Alle gebildeten Männer nickten.

Alcaeus richtete sich auf. Die letzten vier Tage im Sattel und das andauernde Zerren an den Zügeln hatten seinen Hüften geschadet. »Dort steht: ›Iskander, Dekarch von Taxis X Nike und seine Truppe haben diese Brücke in vierzehn Tagen errichtet.‹«

Tom Lachlan und sein Vetter wendeten ihre Pferde und warfen einen Blick zurück auf die Brücke. Die sämtlichen Offiziere – Ser Milus und Nicholas Ganfroy, der vier Finger größer und ein wesentlich besserer Trompeter war, Tom Schlimm und Ranald, Toby mit dem Reservepferd seines Herrn und Nell, die plötzlich eher wie eine Frau als wie ein dürrer Irk aussah, Pater Arnaud, Ser Alcaeus und Ser

Gawin und der Megas Ducas sowie Ser Gerald Random – sie alle saßen in ihren Sätteln, aßen Wurst und dachten darüber nach, wie es möglich sein konnte, dass eine steinerne, drei Bögen breite Brücke von zehn Soldaten in nur vierzehn Tagen erbaut werden konnte.

»Sie haben die Welt erobert – oder zumindest den größten Teil davon«, sagte der Herzog.

Tom spuckte ein Stück Pelle aus. »Hätt gern gegen sie gekämpft.« Er nickte seinem Vetter zu. »Die hätten uns 'n netten Kampf geliefert. Darauf kannst du einen lassen.«

Der Herzog schenkte seinem kräftigsten Soldaten ein schiefes Grinsen. »Ich weiß nicht, ob sie große Krieger waren, Tom«, sagte er. »Sie haben ausgezeichnete Straßen und Brücken gebaut und dafür gesorgt, dass sie nicht in der Minderzahl waren, wenn es zu einem Kampf kam.«

»Oh«, meinte Tom und verlor das Interesse an ihnen. »Woher wisst Ihr das?«

»Sie haben Bücher hinterlassen«, sagte der Herzog. »Und ich habe sie gelesen.«

## Liviapolis · Prinzessin Irene

»Was?« Die Prinzessin hatte die Kontrolle über ihre Stimme verloren und kreischte plötzlich wie die Fischweiber am Hafen.

Lady Maria blieb gelassen, wobei ihr ihre lange Erfahrung als Ehefrau, Mutter und Hofdame half. »Die Armee ist losmarschiert, Majestät.«

Irene schlüpfte mit ihren nackten Füßen in die Schafsfellpantoffeln. Selbst in ihrer Wut entging ihr nicht, wie unpassend es war, dass eine Prinzessin, die im purpurfarbenen Geburtszimmer des Großen Palastes zur Welt gekommen war, Bauernpantoffeln trug, um sich die Füße zu wärmen. Der alte Palast besaß zwar eine Fußbodenheizung und hätte eigentlich durch die Öfen in den tiefsten Kellern angewärmt sein müssen, aber schon seit Tagen brannte keiner von ihnen mehr, und nur noch Ratten lebten in den Schächten, durch die die warme Luft einst geflossen war.

»Willst du damit sagen, dass mein barbarischer Häretiker *meine* Armee genommen hat und mit ihr davonmarschiert ist, ohne mich davon zu unterrichten?«, stieß sie aus.

Lady Maria nickte und machte einen tiefen Knicks. »Es hat den Anschein, Majestät.«

»Er hat mich dem Verräter nackt überlassen?«, fragte Irene. Sie trug nur ein dünnes Leinenhemd in einem sehr kalten Raum, und so war die Vorstellung der Nacktheit vor ihren Feinden durchaus real und wörtlich gemeint.

»Spatharios Dunkelhaar ist mit mehr als der Hälfte nordikanischen Wachen hiergeblieben. Außerdem befinden sich zwei Manipel der Scholae im Palast, und die Mauern sind bemannt.« Lady Maria machte noch einmal einen Knicks. »Die neuen Seeleute in der Werft wurden bezahlt und bewaffnet. Wir sind also nicht ganz schutzlos.«

Irene ging zu der großen Bogentür, die auf den Balkon hinausführte. Schnee lag in der Luft. Sie schaute nach Norden, zu den mächtigen Bergen von Thrake. »Was hat er bloß vor?«, fragte sie.

## Lonika, nördliches Thrake

Ein schwarz-weißer Vogel von der Größe eines kräftigen Hundes landete auf dem Arm eines in Grün gekleideten Mannes. Er saß inmitten eines verschneiten Feldes, das mit ebenfalls verschneiten Kiefern gesprenkelt war, auf einem nervösen Pferd und drohte unter dem Gewicht des Vogels aus dem Sattel zu kippen. Doch es gelang ihm gerade noch, das Gleichgewicht zu behalten. Er zog den Nachrichtenzylinder aus der Wollummantelung, fütterte das Tier mit Hühnchen, was ihm etliche blutige Kratzer einbrachte, und warf dann den Vogel so hoch wie möglich in die Luft, damit er die Heimreise in die Stadt antreten konnte, die mehr als hundert Meilen weiter südlich lag.

Jules Kronmir las die Botschaft mit einem Gefühl einsetzender Panik, die sich jedoch nur an einem leichten Herabziehen der Mundwinkel erkennen ließ.

Er wendete sein Pferd und preschte über den ersten Schnee des Jahres auf den Palast von Lonika zu.

Aeskepiles saß Jules Kronmir gegenüber an dem großen Eichentisch, trank guten Apfelwein und machte ein finsteres Gesicht.

»Wir müssen ihn töten«, sagte er unter einem Schulterzucken. »Ihr müsst Herzog Andronicus davon überzeugen.« Noch einmal las er die Botschaft.

»Andronicus glaubt, dass er den Usurpator nur besiegen kann, indem er sich ihm auf dem Schlachtfeld entgegenstellt.« Kronmir hob seinen Becher und trank. »Bringt dies bitte unverzüglich zum Herzog, Magister. Wir haben keine Zeit zu verlieren.«

»Ihr seid so zurückhaltend, Meister Kronmir. Ich weiß nicht, was Ihr damit sagen wollt.« Aeskepiles streckte die gestiefelten Beine zum Feuer hin aus. »Ich hatte nicht erwartet, einen Winter in Thrake verbringen zu müssen«, gab er zu und warf diesen kleinen Kiesel eines Geständnisses in das stille Wasser des Gesichtes, das der Meisterspion gerade machte.

Nichts stieg an die Oberfläche. »Würdet Ihr mir den Gefallen tun, diese Nachricht in den Palast zu bringen?«, fragte Kronmir und zeigte die wohlabgewogene Geduld eines Vaters mit seinem Kind.

»Eine Stunde Verzögerung wird unserer Sache keinen Schaden zufügen. Ich habe so selten die Gelegenheit, mit Euch zu sprechen, und Ihr befindet Euch im Mittelpunkt unserer Organisation in der Stadt.« Der Magus beugte sich vor. »Gibt es etwas, das Ihr braucht?«

Kronmir dachte kurz nach. Falls er über die Unwilligkeit des Magisters aufzubrechen enttäuscht war, dann zeigte er es jedenfalls nicht. »Ich frage mich, ob Ihr mir einige kleine Hilfsmittel verschaffen könntet«, meinte er.

Aeskepiles zuckte die Achseln. »Die meisten Leute überschätzen die Fähigkeiten hermetischer Hilfsmittel«, sagte er. »Und ich stelle keine Brandsätze her. Was hättet Ihr denn gern?«

»Am liebsten hätte ich die Möglichkeit, einen Spion zu warnen – so etwas wie einen Ring oder einen Anhänger, der summt, wenn Gefahr droht, oder der warm oder kalt wird. Es sollte völlig harmlos aussehen.«

Aeskepiles trank noch ein wenig Apfelwein. »Warum soll es ihn warnen?«

»Damit er fliehen kann. Ihr müsst wissen, dass einer meiner besten Boten gefangen genommen wurde. Dadurch habe ich zwar nur einen einzigen Spion verloren, aber ich habe mich in Gefahr gebracht, indem ich die anderen warnen musste.«

Kronmir sagte dies so beiläufig, dass der Magus die Worte still für sich wiederholen musste, um ihre Bedeutung zu verstehen. »Wir wollen natürlich nicht, dass Ihr verhaftet werdet«, pflichtete ihm Aeskepiles bei.

»Das wäre auch höchst – unangenehm. Für mich und für unsere Sache.« Kronmir trank noch etwas Wein. »Die Gefangennahme eines meiner Hauptspione wäre aber genauso katastrophal.«

»Wie viel wissen sie?«, fragte der Magus.

Kronmir verzog das Gesicht. »Wie bitte?«, fragte er.

»Sollten wir uns ihrer nicht einfach entledigen, wenn sie zu gut informiert sind?«, fragte der Hermetiker.

»Ist das wirklich Eure Sicht der Welt?«, fragte Kronmir zurück. »Diese Leute haben dem Herzog gut gedient.«

Aeskepiles zuckte die Achseln. »Natürlich.«

Kronmir stand auf. »Ich finde es seltsam, dass gerade ich – der Spion, der Auftragsmörder – mich mehr um die Leute kümmere, die wir benutzen, als Ihr oder Demetrius, die edlen Verfechter einer edlen Sache.« Kronmirs Miene wirkte noch immer so unbeteiligt, dass nicht zu sagen war, ob seine Bemerkung ironisch sein sollte. Der Magus nahm dies an und lachte.

»Wie dem auch sei, jedenfalls werde ich Euch solche Hilfsmittel verschaffen. Ihre Herstellung liegt im Bereich meiner Möglichkeiten. Ich frage Euch noch einmal: Hängt das Leben des Roten Ritters von Euch ab?«

Kronmir lächelte nicht. Der Blick seiner kalten Augen – es waren die Augen eines Falken oder einer Eidechse – bohrten sich in den Hermetiker hinein. Und einen Moment lang verspürte Aeskepiles einen Schauder des Ekels und Abscheus.

»Ja«, sagte der Spion.

»Besteht keine Möglichkeit eines Irrtums? Ist Euer Spion sicher, dass er nahe genug an den Usurpator herankommen kann?«, fragte Aeskepiles.

Weiterhin sah ihn Kronmir unverwandt an. »Es besteht immer die Möglichkeit eines Irrtums«, sagte er. »Wir nennen das nicht umsonst das Spiel der Könige.«

»Gilt Euer Spion als verlässlich?«, wollte Aeskepiles wissen.

Kronmir setzte sich wieder und lehnte sich zurück. »Ihr seid nicht so stark in das Vertrauen des Herzogs einbezogen, wie ich es erwartet hatte, Meistermagier. Ich werde Euch nichts mehr sagen.« Er wandte den Blick ab. »Der Herzog braucht diese Information.«

Aeskepiles setzte seine Stellung bei den Rebellen aufs Spiel, indem er den Kopf schüttelte. »Verdammt, Kronmir, ich bin doch nicht der

Feind. Ich will nur wissen, ob die Aussicht besteht, dass wir diesen Kampf gewinnen. Ich hatte gute Gründe, den Kaiser zu verraten, aber es wäre meinen Plänen nicht gerade förderlich, wenn diese Rebellion scheitert.«

Endlich zeigte Kronmirs Gesicht eine Regung. Überraschung. Er beugte sich wieder vor. »Nun«, sagte er, »das war zumindest ehrlich, Meistermagier. Ich für meinen Teil kann Euch keine solche Versicherung geben. Ich bin nur ein Söldner, der einen Vertrag zu erfüllen hat. Der Herzog ist mir nicht unbekannt, und deshalb war ich bereit, unter bestimmten Bedingungen an dieser Sache mitzuarbeiten.« Er zuckte mit den Achseln. »Dabei ist es für mich nicht wichtig, wer Kaiser ist.«

Aeskepiles breitete frustriert die Hände aus. »Ich dachte, Ihr stündet in tiefem Einvernehmen mit dem Herzog!«, sagte er.

Kronmir stand wieder auf und legte sich seinen Mantel um die Schultern. »Wenn das so wäre, würde ich es vor Euch gewiss nicht zugeben. Und wenn es nicht so wäre, dann würde ich es Euch ebenfalls nicht verraten. Ich wünsche Euch einen guten Tag, Meistermagier.« Er machte einen Schritt vom Tisch zurück und trat unter dem Wirbeln seines Mantels plötzlich neben den Zauberer.

»Wie sind Eure Beziehungen zur Akademie?«, fragte er ganz plötzlich.

Aeskepiles hob eine Braue. »So wie die Euren zum Herzog«, antwortete er.

Kronmir lachte. Aeskepiles glaubte, dies war das erste Mal, dass er den Spion lachen hörte.

»Das hatte ich vermutet«, meinte dieser. »Und was ist jetzt mit der Botschaft?«

»Wird sofort erledigt, Spion.«

Kronmir verneigte sich und war verschwunden.

Aeskepiles verbrachte zu viel Zeit damit, sich den Schnee von der Kapuze zu schütteln, während sich unfähige Diener an seinen Stiefeln zu schaffen machten.

»Verdammt sollt ihr sein«, knurrte er. »Ich muss sofort Herzog Andronicus sprechen.«

Der Majordomus des Palastes von Lonika verneigte sich tief. »Magister, der Herzog befindet sich zusammen mit dem Despoten im Raum der Abgesandten.«

Der Palast von Lonika stellte in vieler Hinsicht ein genaues Abbild des Großen Palastes von Liviapolis dar. Er besaß prächtige Deckenmosaike, vergoldete Säulen, Räume voller Möbel mit Einlegearbeiten aus Elfenbein und kostbaren Edelsteinen. Aber er war in einem viel menschlicheren Maßstab errichtet – der Palast selbst hatte ungefähr die Größe einer Gildenhalle, wie sie in Harndon üblich war, und es gab hier nur wenige Hundert Diener. Außerdem führten der relative Reichtum der Herzöge von Thrake und die geringeren Ausmaße des Palastes dazu, dass die Fußbodenheizung funktionierte, die Kamine im albischen Stil zogen und Wärme sogar bis in die Außenhallen gelangte, während die Räume in den drei Hauptgeschossen geradezu behaglich waren.

Der Majordomus führte den Magister über zwei großartige Treppen nach oben in die Große Halle, in der es sehr dunkel, aber auch angenehm warm war. Still bewegten sie sich über die geheizten Marmorplatten des Bodens. In der herrschenden Stille konnte Aeskepiles sogar die fernen Feuer in den Kelleröfen zischen hören.

Sie verließen die Halle wieder und schritten durch einen niedrigen Gang mit einem Deckengewölbe. Schließlich klopfte der Majordomus an einer kleinen Tür mit reichen Einlegearbeiten. Ein schöner junger Mann öffnete und verneigte sich tief.

Aeskepiles betrat einen holzgetäfelten Raum. Auf jedem einzelnen Brett dieser Täfelung befand sich ein Trompe-l'Œil-Gemälde, das dieses Brett offen und Helme, Sextanten, Dolche, und Schriftrollen dahinter zeigte – die männliche Vorstellung einer Idealsammlung aus feinstem Holz, Elfenbein und Gold. Es war ein genaues Abbild des kaiserlichen Arbeitszimmers im Palast von Blacharnae.

Aeskepiles hielt es für eine bemerkenswerte Vulgarität, und da er diese Schaukunst hasste, zog sie immer wieder seine Blicke auf sich, sobald er dieses Zimmer betrat.

Der Herzog Andronicus und sein Sohn saßen auf elfenbeinernen Stühlen an einem prächtigen Tisch aus nördlicher Kirsche, Mammut-Elfenbein und Gold. Sie spielten gerade Schach; die Figuren waren von einem Künstler aus Umroth in Elfenbein und dem seltenen schwarzen Bein der Nicht-Toten gestaltet.

»Aeskepiles!«, rief Andronicus mit einer Begeisterung, deren Falschheit deutlich zu erkennen war. Das ständige Leben innerhalb der Palastpolitik hatte den Herzog aller üblichen menschlichen Reaktionen beraubt, und es war sehr schwierig herauszufinden, was er über eine Sache dachte.

Demetrius hingegen war vom Hof ferngehalten worden und sah den Magier verächtlich an. Er verbarg seine Gefühle nicht.

»Wir spielen Schach«, sagte er. »Warum respektiert Ihr unsere Privatsphäre nicht und kommt zu einer Zeit zurück, die uns beiden besser passt?« Die Worte klangen höflich, aber ihre Aussage war es nicht.

Demetrius zu hassen war eine Lieblingsbeschäftigung der ganzen Stadt, doch Aeskepiles verachtete sie. »Mylord, ich würde Euch nicht stören, wenn ich nicht zwei wichtige Nachrichten für Euch hätte. Die erste besteht darin, dass ich um die Loyalität des Spions Kronmir fürchte.«

Andronicus zuckte die Achseln. »Es stimmt schon, dass er sein eigener Herr ist, aber das war Teil unserer Abmachung. Er hat uns schon in bemerkenswerter Weise geholfen.«

Aeskepiles ließ sich am Tisch nieder. »Er behauptet, er kann den Roten Ritter jederzeit töten, aber er ist weder bereit seine Methoden noch die Quelle dieser Behauptung offenzulegen.«

Herzog Andronicus bemerkte den Nachrichtenzylinder in den Palastfarben, streckte die Hand danach aus und ergriff ihn.

»Manchmal habe ich den Eindruck, dass Ihr mich nicht ins Vertrauen zieht, Herzog, obwohl ich eines der wesentlichen Elemente unserer Rebellion bin. Und obwohl ich den Kaiser in Eure Hände gegeben habe.« Aeskepiles nahm dem Herzog den Nachrichtenzylinder wieder aus der Hand und ließ ihn mit einem Wispern und einem Gedanken hoch über ihnen in der Luft schweben. »Ich bin ebenfalls ein Verbündeter aus Überzeugung, aber ich habe den Eindruck, dass meine Überzeugung nicht gebraucht wird. Ich habe bestimmte Ziele im Blick, und ich wüsste gern den Stand dieses Spiels.«

Herzog Andronicus verschränkte die Arme vor der Brust, so wie ein Mann, der sich auf einen Kampf mit seiner Frau einlässt. »Seid Ihr jetzt fertig?« Er drehte den Kopf und sah seinen Sohn an, der soeben sein Kurzschwert gezogen hatte. »Bedrohe unseren Gast nicht.«

»Er ist ein nutzloser alter Mistkerl. Ich könnte ihn ausweiden; das wäre für uns alle von Vorteil.« Demetrius stand auf.

Sein prächtiges Schwert – die Klinge war gebläut und vergoldet und zeigte eine Kreuzigungsszene – verrostete in einem einzigen Atemzug und zerstob zu Staub; nur die Vergoldung hing noch einen Augenblick in der Luft, bis auch sie wie schmutzig-goldener Schnee zu Boden rieselte.

Er ließ den übrig gebliebenen Griff los, als könnte er sich daran anstecken. »Ihr sollt verdammt sein, Bastard!«, spuckte er aus.

»Euer Sohn ist unsere größte Bürde«, sagte Aeskepiles und machte den Jungen mit einem weiteren Zauber stumm. »Selbst Euer eigenes Volk hasst ihn.«

Andronicus zuckte die Achseln. »Das mag sein. Aber er ist mein eigen Fleisch und Blut und überdies ein guter Kavallerieoffizier. Und ich kann ihm vertrauen – im Gegensatz zu einem gewissen Magier.«

»Seid kein Narr, Andronicus. Ihr könnt mir natürlich vertrauen. Schließlich habe ich keinen anderen Ort, an den ich gehen könnte. Kronmir hat zugegeben, dass zwei seiner Spione wissen, wie wir die Entführung geplant haben. Und wer uns dabei geholfen hat.«

Andronicus strich sich über den kurzen fuchsroten Bart. »Dann müssen sie sterben«, sagte er.

»Ich werde mich darum kümmern. Seid in der Zwischenzeit auf der Hut vor Spionen. Er weiß zu viel.« Der Magister holte den Zylinder aus der Luft und übergab ihn dem Herzog, der die Botschaft, die darin enthalten war, erst gierig las und dann fluchte.

Aber als er damit fertig war, sah er den Magus an und lächelte. »Ich weiß, dass Ihr ihn tot sehen wollt«, sagte er. »Aber er ist mit einer Armee aus der Stadt geritten, und ich werde ihn innerhalb einer Woche besiegt haben. In meinem eigenen Land? Die Sache ist so gut wie erledigt. Könnt Ihr mich auf hermetische Weise unterstützen?«

»Ich war der kaiserliche Magus«, sagte Aeskepiles. »Ich werde doch wohl noch mit einer Söldnerarmee aus Albia fertig!« Er beugte sich vor. »Sollten wir den Kaiser nicht an einen anderen Ort bringen?«

»Warum?«, fragte der Herzog. »Er befindet sich viele Meilen westlich von hier bei Leuten, denen ich vertraue. Der Usurpator wird niemals so weit kommen. Unsere Berichte sagen, dass er nach Osten unterwegs ist.«

## Harndon · Die Königin

Desiderata stieg von ihrem Pferd ab und eilte über den gefrorenen Boden, doch es war bereits zu spät.

Der Sieur de Rohan stand mit einem blutigen Schwert da, und Ser Augustus, einer ihrer Favoriten, lag blutend auf der Erde. Das Blut quoll aus seiner Seite und floss ihm aus dem Mund, es rann und rann immer weiter, und er lag reglos da. Seine Augen sahen sie an, und er lächelte!

Er öffnete den Mund, und noch mehr Blut floss heraus. Es waren mächtige Schwälle.

Trotz des vielen Blutes und Schmutzes kniete sie sich neben ihn und legte seinen Kopf in ihren Schoß. »Was soll das?«, fragte sie.

Rohan lachte. »Einer Eurer Liebhaber? Jetzt ist es einer weniger.« Er neigte den Kopf. »Meine Königin«, sagte er mit einem Grinsen.

Ser Augustus sah sie an, als wäre sie seine Hoffnung auf den Himmel, und sie griff mit ihrer Macht in ihn hinein und versuchte …

*Er schlüpfte davon wie ein Gast, der ein Fest verlässt, ohne der Gastgeberin Lebewohl zu sagen, und sie schlich ihm nach – durch die tiefen Wälder, in denen sie geritten waren, über die offenen Felder, wo der Wagen mit all ihren Falken wartete, und dann wieder in die Wälder hinein, und er ritt vor ihr her. Plötzlich befand sie sich in einem dunklen und verwüsteten Land. Sie hielt an und sah Ser Augustus nach, der einen dunklen Hang hoch preschte und sich immer weiter von ihr entfernte. Alles, was ihr blieb, war ihr goldenes Licht, das sie hinter ihm hersandte.*

Sie erhob sich, mit Blut beschmiert – ihr weißes Wollkleid war nun scharlachfarben und dunkelbraun gefleckt. Mit königlicher Haltung schritt sie auf den Sieur de Rohan zu. »Erklärt Euch, Ser, bevor ich Euch verhaften lasse.«

»Verhaften? Auf das Wort einer Frau?« Er lachte ihr ins Gesicht. »Im Gegensatz zu allen anderen habe ich nur die Ehre Eures Gemahls verteidigt, so wie es mein Herr, der große Captal, auf einer höheren Ebene tut.«

Sie blieb ruhig. »Wollt Ihr etwa eine Anklage gegen mich vorbringen, Messire?«

»Das steht nur einem Höheren als mir zu«, sagte er, während seine Augen leuchteten, als würden sie von innen erhellt. »Ich gebe mich damit zufrieden, das Unkraut aus dem Garten zu entfernen.«

Lady Mary stand neben der Königin. Sie trat zwischen den Mörder und ihre Herrin. »Ich glaube, Ihr seid nichts als ein Feigling und ein Mörder«, sagte sie.

Das Lächeln des Gallyers wurde zu reinster Wut. Seine Hand zuckte.

»Mary!«, warnte die Königin.

»Ich glaube, Ihr seid ein Feigling, der die Königin quälen will, während unsere besten Ritter ausgezogen sind, um gegen die Wildnis zu kämpfen.« Mary machte einen Schritt auf ihn zu.

»*Wir* sind eure besten Ritter. Es gibt keinen Ritter in diesem armseligen Land, der gegen uns bestehen könnte. Feigling? Ich habe ihn herausgefordert und besiegt. Ihr Albier tut immer so, als wäre Schwarz in Wahrheit Weiß. Das ist es aber nicht. Er war ein Feigling. Seine Hand hat gezittert, als er sein Schwert zog.«

»Und Ihr habt es genossen, nicht wahr? Ich sage, Ihr seid ein falscher Ritter, eine Memme …« Sie beugte sich vor.

Seine unbeherrschte Hand schoss vor und schlug sie, da fiel sie nach hinten.

»Verhaftet den Gallyer«, sagte die Königin.

»Ihr seid eine Schlampe«, sagte Rohan leise.

Desideratas Blick traf sich kurz mit dem seinen, und sie sagte: »Ihr wollt also, dass offener Krieg zwischen uns herrscht? *Dann sei es so.*«

Der König saß auf seinem Thron, hatte alle Offiziere um sich versammelt und kraulte seinen Wolfshund hinter dem Ohr. »Seid ihr denn eine Bande vollkommener Flachköpfe?«, knurrte er.

»Ich verlange, dass Ihr meinen Offizier sofort freilasst. Er hat kein Verbrechen begangen …«

»Er hat meine Tochter vor fünfzig Zeugen geschlagen«, brüllte der Graf der Grenzmarken. »Bei Gott und allen Heiligen …«

De Vrailly wandte sich an ihn. »Wenn Ihr Satisfaktion begehrt, fordert mich heraus, dann erledigen wir diese Sache unter uns.«

Der Graf machte eine eisige Verneigung vor dem Captal. »Welche seltsamen Sitten und Gebräuche Ihr in Gallyen auch immer gewohnt sein mögt, Mylord, hier in Albia haben wir Gesetze, die für alle Menschen verbindlich sind. Und Euer Mann hat einige von ihnen gebrochen. Er hat sich der Majestätsbeleidigung schuldig gemacht und eine unschuldige Frau angegriffen …«

»Die ihn in aller Öffentlichkeit und vor Zeugen einen Feigling genannt hat – und das aus dem Munde einer *Frau!* Dass sie es überhaupt gewagt hat, einen solchen Mann anzusehen!«, sagte der Captal. »In Gallyen ist es anders, da kennen die Frauen ihren Platz.«

Ein eisiges Schweigen entstand, und Gaston d'Eu, der für gewöhnlich um Frieden und Ausgleich bemüht war, sah seinen Vetter mit kaum verhohlenem Abscheu an. »Aber … kennen sie ihn auch wirklich? Vetter, ich glaube, da bildest du dir etwas ein.«

Der Captal sah seinen Vetter böse an. »Nimm das zurück«, sagte er.

Der Graf d'Eu stellte sich breitbeinig vor ihn hin. »Nein. Ich, der Graf d'Eu, verkünde, dass du ein Lügner bist. Die Frauen in Gallyen dürfen sich bei Hofe genauso frei äußern wie die Männer. Du hast dir eine Welt geschaffen, die dir passt, anstatt die Wirklichkeit anzuerkennen. Ich hingegen werde meine Ansichten im Einklang mit meiner Realität vertreten.«

Der König sprang auf die Beine. »Verdammt sollt Ihr alle sein!«, brüllte er.

Sogar der Captal wich einen Schritt zurück.

Der König trat an der Königin vorbei, die schweigend dasaß und die Hände gefaltet hatte.

»Eure Tochter hat sich wie ein Fischweib benommen und einem Ritter Beleidigungen entgegengeschleudert«, sagte der König zu seinem Grafen. Dann trat er auf den Captal zu. »Und Euer Mann hat ein Duell als Vorwand zu einem Mord genutzt und Anspielungen auf die eheliche Treue meiner Gemahlin gemacht. Wusstet Ihr das, Captal?«

Der Captal wich dem Blick des Königs nicht aus. »Dergleichen wird allgemein berichtet«, sagte er und zuckte die Achseln. »Aber mein Mann hat Euren Adligen wegen einer persönlichen Angelegenheit getötet; es hatte weder etwas mit der Königin noch etwas mit dem Gesetz zu tun. Bei beiden handelt es sich um Ritter, und nur das Gesetz des Krieges ist auf sie anwendbar. Ser Augustus stellte sich als ungenügend heraus.« Der Captal zuckte noch einmal mit den Schultern. »Ich habe Eure Gesetze gelesen. Wenn mein Mann Anschuldigungen gegen die Königin vorgebracht hat, dann sollte sie ihre Zeugen benennen. Ansonsten wurde er nur verhaftet, weil ihn eine Frau zu einem Angriff auf sie gereizt hat.«

»Schlagen die Gallyer ihre Frauen denn immer?«, fragte der Graf der Grenzmarken. »In meiner Ausbildung zum Ritter ist das jedenfalls nicht vorgekommen. Gehört es jetzt etwa zum Kriegsrecht?«

Der Captal drehte sich um, musste aber feststellen, dass der König neben dem Grafen d'Eu stand. »Ich bin in Gallyen gewesen«, sagte der König, »und ich stimme dem Grafen zu. Also, Captal, wollt Ihr Euch uns beiden gleichzeitig gegenüberstellen?«

Der Captal holte tief Luft. »Natürlich.«

»Euer Vetter und Euer König – wollt Ihr gegen beide kämpfen?«, fragte der König. »Wenn Ihr gewinnt, werdet Ihr von diesem Hof verbannt werden. Und wenn Ihr verliert, dann habt Ihr Euch als Lügner erwiesen.« Der König sprach diese Worte leichthin aus; einige der Männer im Raum hatten ihn noch nie in diesem Tonfall reden gehört. »Captal, Ihr seid gewiss ein guter Ritter, aber manchmal seid Ihr auch ein Narr. Ihr scheint zu glauben, dass wir alle gleich sind – allesamt bewaffnete Edelmänner in einer Art endlosem Turnier, oder?«

Der König stand jetzt so dicht vor dem Captal, dass sich ihre Nasen beinahe berührten.

Ihre Blicke bohrten sich ineinander.

»Gebt nach, Captal«, sagte er. »Ich bin nicht irgendein Ritter. Sondern Euer König.«

Man konnte die Anwesenden im Raum atmen hören. Die beiden Männer waren gleich groß. Der König war jedoch älter; sein goldenes Haar wies einen dunkleren Ton auf, und seine Züge waren weniger fein, aber man sah deutlich, dass sie miteinander verwandt waren, wenn auch nur entfernt. Und man konnte ebenfalls erkennen, dass beide nicht gewohnt waren, etwas verwehrt zu bekommen.

Eine Ewigkeit verging. Der Graf der Grenzmarken überdachte trotz seiner ungeheuren Wut, was ein Krieg mit den Gallyern bedeutete und wie viel von Harndon sie bereits behaupteten; Gaston d'Eu versuchte sich vorzustellen, wie es war, tot zu sein oder bei seinem Vetter in Ungnade zu fallen und unehrenhaft nach Hause zurückzukehren.

»Also gut«, sagte der Captal. »Ich verrichte hier Gottes Arbeit. Meine eigene Wut hat keinerlei Bedeutung. Ich gebe nach, Euer Gnaden, und bekenne, dass die Frauen Gallyens ebenso vorlaut, offen und grob sind wie die Frauen von Albia.«

Die Stille wurde durch die scheinbare Unterwerfung des Captal eher noch vertieft als durchbrochen.

»Der Sieur de Rohan wird noch vor Weihnachten vom Hof verbannt«, fuhr der König fort. »Und Lady Mary ebenfalls.«

Das Luftholen der Königin war genauso deutlich zu hören, wie es ein Pfeil gewesen wäre, der aus einer Armbrust abgeschossen wurde.

Eine Stunde später fuhr sie ihren Gemahl an. »Zwei meiner Ritter sind tot, Mylord, und du verbannst meine beste Freundin vom Hof? Ausgerechnet zu Weihnachten?«

Der König saß ruhig da und hatte die Hände im Schoß gefaltet. »Es tut mir leid, meine Liebe. Manchmal ist der Anschein wichtiger als die Wirklichkeit – darum geht es bei der Königsbürde. Die Gallyer müssen den Eindruck haben, dass ich unparteiisch bin …«

»Ach, müssen sie das?«, spuckte sie aus. »Warum befiehlst du ihnen nicht einfach, sich vom Hof zu entfernen, und verbündest dich mit Towbray? Sag dem Captal, er soll nach Hause segeln und uns nicht weiter belästigen.«

Langsam nickte er. »Darf ich dir eine harte Wahrheit mitteilen, Liebste?«, fragte er. »Nur die Ritter des Captal haben uns in diesem Frühjahr im Krieg gehalten. Dreihundert Lanzen in Rüstungen waren die untere Grenze. Ohne sie wäre ich vermutlich auf dem Schlachtfeld von Lissen gestorben, und dieses Königreich wäre in zwei Hälften geteilt worden, oder es wäre gar noch Schlimmeres passiert. Ich fürchte mich davor, ihn nach Hause zu schicken. Und er sagt, dass er von Gott gesandt wurde …«

Sie stand auf. »Er ist verblendet. Irgendein lügnerischer Dämon flüstert ihm etwas ins Ohr. Er mag ein guter Ritter sein, aber seine Wege sind nun einmal nicht die unseren, und seine Ritter – insbesondere die neuen Männer – belästigen mich mit vergifteten Worten. Ich hatte nie einen anderen Liebhaber als dich, meinen Gemahl. Das weißt du. Und du weißt auch, dass sie mich jeden Tag verleumden.« Sie atmete schwer. Nie zuvor hatte sie sich so allein gefühlt, und sie war versucht, ihre Schwangerschaft zu verkünden, aber Diota hatte ihr gesagt, dass sich die meisten Fehlgeburten in den ersten drei Monaten ereigneten. Sie wollte dem König einen geschwollenen Bauch und eine Tatsache vorführen und nicht nur eine Hoffnung und eine Katastrophe, die möglicherweise darauf folgte. Doch die Gerüchte über ihre Untreue waren wie Gift für ihr Kind.

Er wandte den Blick ab. »Er hat Towbray schnell gefügig gemacht.«

Die Königin beugte sich zu ihm hinüber. »Und er wird es auch noch schaffen, dich gefügig zu machen und sich selbst zum König auszurufen«, sagte sie.

Er schüttelte den Kopf. »Meine Herrschaft ist gesichert. In diesem Punkt darf ich nicht schwach erscheinen.«

Desiderata hielt inne. Sie war so wütend wie nie zuvor, und es lag ihr auf der Zunge zu sagen: *Wenn du nicht schwach erscheinen darfst, bist du es bereits.*

Eine Stunde später ging sie noch immer voller Wut den langen Korridor unter der Alten Halle zusammen mit Rebecca Almspend entlang. Lady Mary war bei ihrem Vater und für sie unerreichbar.

»Seid Ihr sicher, dass das weise ist, Euer Gnaden?«, fragte Lady Almspend.

»Ich brauche nicht mehr weise zu sein«, sagte die Königin.

Sie kamen an dem Grünen Mann auf den Steinen vorbei und auch an dem Stein, der der Herrin Tar geweiht war. Weiter hinten im Korridor gelangten sie an die Stelle, an der die Steine kalt waren, und diesmal war es Lady Rebecca, die innehielt und mit der Hand über einen Stein mit einem Relief fuhr, das vor Alter und Abnutzung kaum mehr zu erfühlen war, sowie über einen anderen, auf dem die Inschrift ausgelöscht worden war.

»Hier ist die Geburtsstelle der Kälte«, sagte Lady Almspend.

Die Königin verschränkte die Arme über dem Busen. »Wir sollten uns beeilen.«

»Einen Augenblick, Euer Gnaden. Es gibt da etwas, das ich mich immer wieder gefragt habe, seid wir zum letzten Mal hier waren.« Lady Almspend kniete sich hin und holte einen silbernen Stift aus ihrem Gürtel. »Ist Euch jemals der Gedanke gekommen, dass sich diese anderen Anbetungsformen auf etwas Bestimmtem gründeten? Es muss eine Zeit gegeben haben, in der die natürliche Magie gewirkt hat.«

»Ich glaube, Ihr bewegt Euch am Rande der Häresie, meine Liebe. Was macht Ihr da?«, fragte die Königin. »Mir gefällt dieser Ort nicht.«

»Ich überprüfe einen kleinen Verdacht, meine Königin.« Lady Almspend runzelte die Stirn und rief mit einer kurzen Beschwörung Flammenbuchstaben hervor. Sie verblassten jedoch sofort wieder und flackerten, und sie hatte Schwierigkeiten, die Worte auszusprechen.

Sie hatte zwar Schwierigkeiten damit – aber sie sprach sie dennoch aus.

Der Stein flackerte, und für einen Moment waren die Worte, die vor mehr als zweitausend Jahren in ihn eingeschrieben worden waren, wieder sichtbar, obwohl sie durch einen Meißel zerstört worden waren.

»Das ist nicht für den Grünen Mann«, sagte Lady Almspend; ihre Stimme war plötzlich heiser geworden. »Das ist für eine wesentlich dunklere Wesenheit.«

Die beiden Frauen lasen den Namen, und die Königin legte die Hand an ihre Kehle, hob sie wieder und ließ grobes Sonnenlicht auf den Stein fallen. Er schien schwärzer zu werden. Die Königin wurde größer, ihre Haut nahm eine bemerkenswerte Bronzetönung an, und plötzlich schien ihr Haar aus irgendeinem rauen Material zu bestehen.

Rebecca Almspend machte einen Schritt zurück. »Desiderata, hört auf damit!«

Die Königin reichte nun fast bis an die Decke des Korridors. Der Stein war so schwarz wie die Nacht, und der Boden bebte.

Der Stein gab ein Knacken von sich, als wäre er überhitzt.

Lady Almspend drehte den Kopf, und die Königin war wieder ganz sie selbst.

»Was war das?«, fragte Lady Almspend.

»Etwas, um das sich der Erzbischof schon vor langer Zeit hätte kümmern müssen. Dieser Gang muss geschlossen werden.« Die Königin legte die Hand an den Kopf. »Das war sehr gewagt von mir.« Sie zitterte, und Lady Almspend schob ihre Schulter unter die Armbeuge der größeren Frau und stützte sie.

»Kommt – in dem Lagerraum dort hinten steht eine Bank«, sagte sie.

Die Königin ging mit und schüttelte den Kopf. »Ich will es nicht mehr wissen. Ich glaube, ich kenne die Antwort, und ich … kann sie nicht ertragen.«

Für Lady Almspend war Geschichte so unverrückbar wie das Gesetz, und sie schüttelte ebenfalls den Kopf. »Was vergangen ist, ist vergangen. Was immer der König getan hat, er hat es getan, bevor er Euch begegnet ist.«

Die Königin nickte. Offensichtlich war sie nicht überzeugt. Aber sie sank auf die Bank, nachdem Lady Almspend die hermetischen Wächter an der großen Tür abgestellt und diese geöffnet hatte.

Lady Almspend entzündete ein magisches Licht, dann noch eines. Bei ihrem ersten Ausflug hierher hatten sie nur eine oberflächliche Liste der vorhandenen Papiere erstellt. Die Bibliothekarin in Rebecca Almspend hielt sie diesmal dazu an, saubere Stapel aufzuschichten, sie durchzublättern und die Schriften nach dem Zeitpunkt der Abfassung und dem Autor zu sortieren – Harmodius, wieder Harmodius, Plangere … Ihre Finger fuhren über die Papiere. In das Gesicht der Königin kehrte die Farbe zurück, und schließlich hob sie den Kopf.

»Ah! Ich habe Plangeres Papiere von vierundsechzig-zweiundvierzig gefunden.« Lady Almspend lächelte. »Das war gar nicht so schwer. Ich glaube, er ist besser organisiert gewesen als der alte Harmodius.«

»Ich hätte nie geglaubt, dass ich Harmodius einmal vermissen werde«, sagte die Königin. »Aber genau das ist jetzt der Fall. Rebecca, ich war sehr leichtsinnig, und nun bin ich ganz erschöpft. Wir sollten wieder nach oben und ans Licht gehen, bevor noch etwas Böses kommt.«

»Die Wildnis?«, fragte Lady Almspend und aktivierte ihren Schutzzauber.

»Etwas viel Älteres und noch Böseres.« Die Königin richtete ihren eigenen Schutz auf. »Kommt!«

Lady Almspend warf alle persönlichen Aufzeichnungen Plangeres für dieses Jahr in einen alten Weidenkorb und nickte. »Nach Euch, Mylady.«

Die Schatten im Korridor wirkten undurchdringlich. Es war, als hätte sich das Licht von den Enden des Ganges zurückgezogen, und auch die Fackeln, die sie entzündet hatten, vermochten die Finsternis nicht zu vertreiben.

»Hier unten ist irgendetwas Schlimmes«, sagte die Königin. »Heilige Gottesmutter Maria, steh mir bei.«

Sie hob die Hand, und wieder schimmerte sie in sanftem Gold. Die Schatten zogen sich ein wenig zurück.

»Was geschieht hier?«, fragte Lady Almspend.

Die Königin schüttelte den Kopf. »Ich habe keine Ahnung«, sagte sie. Die beiden Frauen liefen den Korridor entlang, nur verfolgt von ihren eigenen Ängsten. Doch etwas wisperte in der Dunkelheit, und hinter ihnen erloschen die Fackeln wie von selbst. Die Finsternis war vollkommen und schloss allmählich zu ihnen auf.

Die Königin drehte sich um und blieb stehen. »Fiat lux!«, sagte sie.

Das Licht, das sie hervorgerufen hatte, loderte um sie herum auf wie eine zusammengeströmte Armee.

Lady Almspend legte ihre linke Hand auf die rechte der Königin und gab ihr die ganze *Potentia*, die sie aufbringen konnte. Aus eigener Kraft errichtete sie ihren stärksten Schild und hielt ihn der heranstürmenden Finsternis entgegen.

Diese kam wie die abendliche Dunkelheit – und was auch immer sie sein mochte, sie prallte gegen den Zauber der beiden Frauen, umfloss ihn, drückte gegen ihn, brachte den einen oder anderen Schutz zum Zusammenbruch, wich anderen aus …

Aber die Finsternis überwältigte sie nicht. Sie wurde verlangsamt, und bereits dies stärkte den Widerstand der Frauen. Sie sagten kein Wort und formten keinen Gedanken. Ihr Wille war ineinander verwoben, wie es nur bei Herzensfreundinnen möglich war. Das warme Licht der Königin war erdig und frisch wie an einem Sommertag und strömte in die Finsternis, von der es verschluckt wurde – aber nicht ohne Auswirkungen.

Die Dunkelheit drückte gegen Lady Almspends stärksten Schild, während ihre rechte Hand in der eisigen Kälte verschwand. Aber ihr Wille wurde nicht überwunden. Sie hielt stand und arbeitete tief im Innern ihres weißen Marmorpalastes weiter.

Die Königin seufzte und bot der Finsternis ihre Umarmung an.

Doch sie wich vor der Königin davon.

Die beiden Frauen standen zitternd vor Kraft und unterdrückter Angst da und regten sich für eine lange Zeit nicht.

»O selige Jungfrau! Rebecca – was ist mit Eurer armen Hand?«, fragte die Königin.

Lady Almspends Hand war totenweiß, und die Stelle, an der die Finsternis umgedreht hatte – die Grenzlinie ihres Sieges –, wirkte wie von der Sonne verbrannt.

Rebecca Almspend schaute auf ihre Hand – und kannte nun den Namen der bösartigen Essenz des Steins.

*Asch.*

Edmund hatte drei Ladungen gegossener Bronzeröhren und die eine oder andere Glocke ausgeliefert. Anscheinend waren die Arbeiten zufriedenstellend gewesen, denn man hatte ihn sehr gut bezahlt. Er hatte damit angefangen, mit seinem Meister die Münzen zu prägen, und dann, an einem Donnerstagabend, als er in der Messe gewesen war, hatte eine Gruppe von Verbrechern den Laden angegriffen, zwei der Lehrlinge getötet und seinen Schuppen niedergebrannt. Eine Bande von anderen Lehrlingen hatte sie schließlich vertrieben und zwei von ihnen getötet.

Einer der beiden war ein Gallyer gewesen.

Es war seltsam, dass von allen Schuppen im Hof, die sie hätten niederbrennen können, die Zerstörung seines eigenen die geringsten Auswirkungen gehabt hatte – er hatte die kleinen Bronzegonnen gefertigt, und seine Lehrlinge arbeiteten nur im ersten Schuppen für den Meister und stellten die Gussformen für die neuen Münzen her.

Er traf Meister Pyle im Hof an, wie dieser sich gerade über einen toten Lehrling beugte, der erst zehn Jahre alt gewesen war.

»Random sei verdammt dafür, dass er in die Stadt gelaufen ist, gerade als wir ihn hier gebraucht hätten«, sagte er. Edmund verstand zwar seine Worte, aber nicht deren Sinn.

Und als am nächsten Tag ein Kaufmann aus Hoek – einer der reichsten Männer im Westen; zumindest sagte man das – zu ihrer Schmiede kam, huschten alle Lehrlinge wie Diener umher und brachten Wein und kandierte Früchte. Der Mann trug von Kopf bis Fuß Schwarz mit Goldknöpfen, goldenen Ösen und einem goldenen Ritterorden. Er setzte sich in das Büro des Meisters, nahm seinen schwarzen Hut dabei nicht ab und stützte sich auf den goldenen Griff seines Schwertes. Edmund trat ein, brachte Wein mit, und Meister Pyle nickte ihm zu und zeigte auf ihn. »Bleib«, sagte er.

Der Kaufmann aus Hoek verneigte sich auf seinem Stuhl. »Ich bin Ser Anton Van Der Coent. Ich bin hergekommen, weil ich herausfinden wollte, ob wir zu einer gegenseitigen Übereinkunft kommen könnten.« Er lächelte aufmunternd.

Meister Pyle sah neben dem ausgesprochen gut gekleideten Kaufmannsprinz aus Hoek ungepflegt und vernachlässigt aus. »Mit Politik habe ich nichts zu schaffen, Messire. Ich muss eine Werkstatt leiten und habe viele Aufträge. Vielleicht wisst Ihr, dass wir gestern Schwierigkeiten hatten. Zwei meiner Lehrlinge wurden getötet.« Meister Pyle lehnte sich zurück; seine wässerigen Augen schienen ins Leere zu starren.

»Oh, tut mir sehr leid, das hören zu müssen. Recht und Ordnung in Harndon sind nicht mehr das, was sie einmal waren«, sagte Ser Anton. »Solche Vorfälle sind eine Beleidigung für den Herrscher des Reiches und zugleich eine unerträgliche Schande.«

Mit Meister Pyles wässerigen Augen schien eine Verwandlung vorzugehen. So etwas hatte Edmund schon einmal im Halbdunkel der Schmiede gesehen, aber noch nie über einem Becher Wein. »Wisst Ihr was darüber?«, fragte er scharf.

»Ich?«, fragte Ser Anton zurück. »Ehrlich, Messire, ich könnte an einer solchen Unterstellung Anstoß nehmen. Was sollte denn ich damit zu tun haben?«

Edmund fand, dass er selbstgerecht klang.

»Wie dem auch sei, Ser Anton, ich habe nicht die Absicht, irgendeine Verbindung mit irgendjemandem einzugehen.« Meister Pyle nickte bekräftigend. »Also wünsche ich Euch einen guten Tag.«

Ser Anton lächelte. »Seid Ihr nicht der neue Meister der königlichen Münze?«, fragte er.

Meister Pyle hielt den Kopf schräg. »Ah!«, sagte er. »Darum also geht es.«

»Ich biete Euch einen Auftrag für vierhundert volle Rüstungen und vierhundert Helme«, sagte Ser Anton und zog ein Wachstäfelchen aus seiner Gürteltasche hervor – ein wunderschönes, in schwarze Emaille und Gold eingefasstes. Dann klappte er es auf. »Ich vermute, Ihr werdet etwas über ein Jahr benötigen, um diesen Auftrag zu erfüllen, selbst wenn Ihr Eure Werkstatt vergrößert. Meine Kunden warten auf diesen Auftrag, und deshalb wäre ich bereit, einen Aufpreis zu zahlen, wenn Ihr sofort mit der Arbeit beginnt.« Er nickte.

Meister Pyle kratzte sich hinter dem Ohr. »Wir sprechen hier über hunderttausend Dukaten«, sagte er. »Ein Vermögen.«

Ser Anton lächelte. »Richtig«, sagte er und beugte sich vor. »Ich würde Euch sogar garantieren, dass es keine weiteren Unterbrechungen in Eurer Arbeit geben wird.«

Meister Pyle nickte immer wieder. »Natürlich müsste ich dann die Münze aufgeben«, sagte er.

»Also verstehen wir uns.«

Meister Pyle nickte abermals. »Ich verstehe Euch vollkommen. Verlasst meine Werkstatt, bevor ich Euch mit meinen eigenen Händen umbringe.«

Obwohl der Kaufmann mit einem wunderschönen Schwert bewaffnet war und der Mann vor ihm klein und bucklig wirkte, zuckte er doch zusammen. »Das würdet Ihr nicht wagen. Ich kann Euch kaufen …«

Pyle stieß sein bellendes Gelächter aus. »Ihr habt soeben herausgefunden, dass Ihr mich nicht kaufen könnt. Und jetzt hinaus mit Euch!«

Der Mann zuckte die Achseln. Er stand anmutig auf und ging wie eine große schwarz-goldene Katze zur Tür. »Wisst Ihr, am Ende wäre es für Euch besser gewesen«, sagte er. Aber Edmund fand, dass etwas von dem Mann abgefallen war. Nun wirkte er geradezu vulgär.

Als er gegangen war, wandte sich Pyle an Edmund. »Hört mit der Arbeit auf«, sagte er. »Alle Jungen und Mädchen, jedermann im Hof. Aber höre, Edmund …«

Edmund blieb an der Tür stehen.

»Wenn ich plötzlich sterben sollte, sorgst du dafür, dass die Münzen weiterhin geprägt werden. Verstanden?« Meister Pyle wirkte manchmal ein wenig verrückt.

Aber Edmund nickte.

Beinahe vierzig Personen standen im Hof; die Werkstattdiener, die Hausdiener, die Lehrlinge und die Gesellen hatten sich versammelt.

Meister Pyle stand zwischen ihnen auf einer kleinen Holzkiste. »Hört mir zu«, sagte er.

Dann schwieg er und sah sie an.

»Wir befinden uns im Krieg«, fuhr er schließlich fort. »Es ist schwer, euch unseren Krieg zu erklären, denn das Ganze wirkt wie ein Kampf im Dunkeln, und ohne Licht wissen wir nicht einmal, gegen wen wir kämpfen. Wir kämpfen für unseren König – so viel ist gewiss –, aber wir verteidigen kein Land und halten auch nicht die Ungläubigen von unseren Kirchen fern. Ziemlich schwierig zu erklären, was wir eigentlich tun.«

Er sah sie an, und in seinem Blick lag eher Neugier als Wut.

»Dieses Königreich hat im vergangenen Frühjahr einen gewaltigen Schlag von der Wildnis versetzt bekommen«, sagte er. »Und jetzt hat es den Anschein, dass wir auch noch den Pelzhandel verlieren, und das ist ebenfalls ein schwerer Schlag. Außerdem wird versucht, die Münzen des Königs zu fälschen – das ist so, als würde der König ausgeraubt werden. Und das ist ein weiterer Schlag.« Er zuckte mit den Achseln. »Wir werden neue Münzen für den König prägen. Es mag für euch Jungen und Mädchen nicht wie ein ehrenhaftes letztes Gefecht auf einem Schlachtfeld unter dem Seidenbanner aussehen, aber, bei Christi Blut, genau das ist es! Wenn wir hier versagen – und Gott möge geben, dass wir es nicht tun –, dann erhält der König einen weiteren Schlag. Und am Ende wird das Reich auseinanderfallen, und wir werden gar nichts mehr haben.« Er richtete sich auf. »Wenn die Welt vor die Hunde geht, werden die Großen in ihren hübschen Rüstungen und ihren starken Burgen überleben. Wir sind es, die leiden werden. Wir, die Männer und Frauen in der Mitte, die in den Städten und Dörfern leben und Waren herstellen und mit ihnen handeln. Was sollen wir dann essen? Wie sollen wir uns verteidigen?« Er schürzte die Lippen. »Als ich in eurem Alter war, habe ich manchmal gesagt: ›Fort mit dem König.‹«

Unter den Lehrlingen entstand ein schuldbewusstes Getuschel.

»Ja, und für eine Weile bin ich sogar ein Wildbube gewesen.«

Erstauntes Schweigen.

»Aber die Wildbuben haben uns gar nichts gegeben, und der König gibt uns wenigstens das Gesetz. Also befinden wir uns jetzt im Kampf. Wir verteidigen das Gesetz. Das Gesetz, das uns und unseresgleichen erhält. Spätestens im nächsten Monat wird man uns angreifen. Es ist zwar nur eine Vermutung von mir, aber ich glaube, es wird sehr unangenehm werden. Man wird Mädchen angreifen, wenn sie Milch kaufen gehen. Man wird auch Jungen auf ihrem Weg in die Abtei angreifen. Man wird Feuer in den Höfen legen.« Er blickte sich um. »Wir müssen den ganzen Tag arbeiten und nachts auch noch Wache stehen. Ich bezahle die höchsten Löhne in Harndon, und ich erhöhe sie sogar gern noch ein wenig, auch wenn mir das schwerfällt. Wer ist dabei?«

Alle waren dabei.

»Heute sind sie tapfer«, sagte Pyle zu seinem Gesellen. »Wir werden sehen, wie es in ein oder zwei Wochen ist, wenn einige von ihnen bereits gestorben sind.«

Zwei Tage später griff eine Gruppe von Banditen einige Mädchen an, die zum Brunnen hinter der Abtei am gegenüberliegenden Ende des Platzes gegangen waren. Lizz Person wurde das Gesicht zerschnitten, und nur das zufällige Erscheinen eines Ritters vom heiligen Thomas, der Winterkleidung für die Armen in die Kirche brachte, bewahrte die Mädchen davor, vergewaltigt oder versklavt zu werden.

Danach trank der junge Ritter mit Edmund und Meister Pyle in dessen Büro Wein.

»Ser Ricar Irksbann«, stellte er sich vor. In seinen Augen glitzerte es.

Draußen im Hof bemühte sich ein Dutzend Lehrlinge, sein Schwert wieder zu schärfen.

»Wir alle stehen tief in Eurer Schuld«, sagte Edmund so vornehm, wie es ihm möglich war. Er fand, dass der Umgang mit reiferen Erwachsenen das Schwierigste war, was die an sich schon schwierige Zeit zwischen Kindheit und Erwachsensein mit sich brachte. Daher stammelte er mehr, als es ihm lieb war, und seine Verneigung wirkte sehr unbeholfen.

Ser Ricar war jung und hatte ein kantiges Gesicht und die größte Nase, die Edmund je bei einem Mann gesehen hatte. Er wirkte wie eine Karikatur des heiligen Nicholas – ein bewaffneter Sankt Nicholas mit breiten Schultern und Schenkeln, die so dick wie die Taillen anderer Menschen waren.

Der schwere junge Mann trank zwei Becher Wein, während sein Schwert geschliffen wurde, und außer seinem Namen sagte er gar nichts; allerdings schenkte er den beiden immer wieder ein strahlendes Lächeln.

Schließlich lachte Meister Pyle. »Ser Ritter, habt Ihr vielleicht ein Schweigegelübde abgelegt?«

In den Augen blitzte es. Ser Ricar stand auf und verneigte sich.

Meister Pyle nickte. »Ser Ricar, seid Ihr vielleicht dazu beauftragt worden, über uns zu wachen?«

Ser Ricar lächelte in seinen Wein hinein, und einen Augenblick lang wirkte er viel heller als zuvor. Dann sah er dem Meister in die Augen und zuckte die Achseln. Und grinste wie ein Dorftrottel.

Edmund führte ihn zum Tor. Der Ritter nickte ihm freundlich zu und holte ein Pergamentblatt aus seiner Gürtelbörse. Er drückte es Edmund in die Hände und lächelte dabei. Edmund bemerkte, dass der Blick des jungen Ritters unstet umherzuckte. Seine Augen blieben stets in Bewegung, während er und Edmund draußen waren.

Er begleitete den Ritter noch hinaus auf die Straße, dann faltete er das Pergament auseinander.

Dort stand: *Seid wachsam.*

Edmund übergab es an Meister Pyle; dieser nickte. »Schlechte Zeiten«, sagte er. »Die Zofe der Königin wird vom Hof verbannt.«

Durch die Mädchen, die im Palast beschäftigt waren, wusste die ganze Nachbarschaft, was dort vor sich ging. Edmund seufzte. »Was können wir tun?«, fragte er.

»Nichts«, knurrte Meister Pyle und ließ sich schwer auf einen Stuhl fallen. »Ich hasse das alles. Ich liebe Metall. Menschen sind Narren.« Er goss sich einen Becher Hippokras ein und gab einen zweiten an Edmund weiter. »Was die Menschen Politik nennen, ist in meinen Augen nichts als Dummheit. All dies – warum verbannt der König die Gallyer nicht einfach? Warum steht er nicht zu seiner Frau?« Er zuckte mit den Schultern. »Er ist mein Freund, aber in dieser Hinsicht ist er ein verdammter Narr.« Er seufzte erneut. »Ich werde eine Botschaft an Meister Ailwin schreiben und eine andere an Ser Gerald Random. Sprich mit Randoms Frau – sie ist sowieso die vernünftigste in seinem Haus. Er selbst ist in irgendeiner verrückten Sache unterwegs, und sie wird wissen, wann er zurückkommt. Wenn die Ritter des heiligen Thomas auf unserer Seite stehen, ist es vielleicht doch nicht so schlimm, wie es sein könnte. Aber wir müssen zusammenhalten, oder die Gallyer werden uns auseinandernehmen.«

Blanche Gold machte vor ihrer Königin einen Hofknicks und streckte einen Korb mit sauberem Leinen von sich, das hervorragend gemangelt worden war. Die Königin hatte ein aufgeschlagenes Stundenbuch im Schoß liegen und saß im vollen, wenn auch dünnen Licht der Wintersonne, das durch das Sprossenfenster ihres Privatgemaches fiel. Sie hatte ihr Haar gelöst, und es schimmerte wie eine bronzebraune Sonne um ihren Kopf.

»Sprich mit Diota«, sagte die Königin mit freundlicher Stimme. Sie kannte Blanche – das heißt, sie wusste um die Existenz des Mädchens, und sie wusste auch, dass es hübsch und vertrauenswürdig war und außerdem unter den gallyschen Knappen gelitten hatte. Aber die Königin sprach nicht direkt zu den Dienern; das überließ sie Diota.

So saß sie da und las eine ganze Minute lang, während der sich das hübsche blonde Mädchen vor ihr verneigte.

»Was ist?«, murmelte die Königin.

Blanche griff in ihren Korb und gab der Königin ein angenehm duftendes Taschentuch. Darin steckte eine Nachricht.

Die Königin stellte fest, dass ihre Hände zitterten. Sie faltete das Blatt auseinander, und ihr Herz hämmerte in der Brust. »Ah. Danke, mein Kind«, keuchte die Königin.

Blanche erhob sich. Sie hatte ihre Pflicht getan und entschwand. Als eine Stunde später ein gallyscher Knappe sie gegen eine Wand drückte und versuchte, ihr die Hand unter das Kleid zu stecken, dachte sie: *Wir werden dich noch begraben.* Sie wollte ihm das Knie in die Lende rammen, aber dort trug er einen Schutz. Also ließ sie es zu, dass er ihr die Hand auf die Brust legte. Dann aber stieß sie ihm den Zeigefinger ihrer linken Hand in das eine Nasenloch und bohrte mit ihrem langen Nagel darin herum, wie ihre Mutter es sie gelehrt hatte.

Danach schlüpfte sie unter seinen Armen hindurch, damit sein Blut nicht ihr schönes Kleid beschmutzte.

Auf ihrem Weg durch die langen Palastgänge zur Küche sprang sie ausgelassen herum. Es war ein guter Tag.

Lady Emmota hatte Angst, als zwei gallysche Knappen sie in die Enge trieben. Und sie war erleichtert, als sie von ihr abließen und der Sieur de Rohan zwischen sie trat.

»Ah«, sagte er und verneigte sich. »Die schönste der königlichen Kammerzofen.«

Sie errötete. »Euer Gnaden sind zu freundlich.«

»Zu einer solchen Blume wie Euch könnte ich nie zu freundlich sein.« Er beugte sich zu ihr vor, ergriff ihre Hand und küsste sie. »Gibt es an diesem Hof übrigens einen Mann, den Ihr verabscheut, sodass ich ihn töten und damit Eure Liebe erringen kann?«

Sie bekämpfte ein Grinsen. Er war so beharrlich. Sie spürte, wie ihr Herz schneller schlug. Sie wusste, dass die Königin ihn hasste, doch die Königin behandelte sie, als wäre sie nicht allzu helle, und ihre eigene Mutter sagte, die Königin sei nur eifersüchtig auf ihr gutes Aussehen.

»Mylord, ich bin zu jung, um schon solche Feinde zu haben. Und ich fürchte niemanden«, sagte sie. »Aber die Achtung eines Ritters, wie Ihr es seid, ist … das ist eine würdige …« Sie suchte nach guten und freundlichen Worten.

Erneut küsste er ihre Hand.

Ihr ganzer Körper reagierte darauf. Sie entzog ihm die Hand, aber plötzlich war ihr warm geworden. In ihren Handgelenken prickelte es.

»Oh!«, sagte sie und wich zurück.

»Gebt mir nur das kleinste Andenken, und ich werde den Schrein unserer Liebe bewachen und es als dessen Zeichen tragen«, sagte er.

Emmota hatte schon oft beobachtet, wie die älteren Mädchen dieses Spiel spielten. Ohne seinem Blick auszuweichen, band sie den Spitzenbesatz an ihrem linken Ärmel los. Er bestand aus blauer Seide, war von ihr selbst hergestellt worden und hatte eine hübsche silberne Verzierung. Sie legte ihm das Stück Stoff auf den Handrücken. »Noch warm von meinem Körper«, sagte sie und war schockiert über ihren Wagemut. Aber sie hatte einmal gehört, wie eine andere Zofe der Königin diese Worte gesagt hatte.

Der gallysche Ritter errötete. »Ah – *ma petite!*«, sagte er. »Ich hatte ja keine Ahnung, dass Ihr schon so geübt im Spiel der Liebe seid.«

Ihr Herz stürmte davon wie ein Schiff unter vollen Segeln. Sie war überwältigt, und zugleich fühlte sie sich, als müsse sie unter seiner Aufmerksamkeit zerplatzen. Und sie wollte frei von ihm sein. Aber sie rührte sich nicht von der Stelle. Es war, als sei sie festgeklebt.

Sein Mund beugte sich auf den ihren herunter, und sie hob die Hand, fuhr ihm sanft über das Gesicht und schlüpfte zwischen seinen Armen hindurch.

Sie rannte los.

Sie hörte, wie er hinter ihr lachte. Und sobald sie sich von ihm frei gemacht hatte und einen Korridor entfernt von ihm war, wollte sie ihn zurückhaben. Als sie wenig später der Königin aufwartete und sie die Vorbereitungen für das Weihnachtsfest besprachen, glühte ihr Herz. Und als die Königin die Perfidie der Gallyer verfluchte, wurde Emmota unsicher.

## Lonika · Herzog Andronicus

Herzog Andronicus betrachtete einen Tisch, dessen gekachelte Platte wie eine Karte von Thrake aussah. »Du sagst, er befindet sich östlich des Mons Draconis, am Rande der Grünen Berge«, knurrte er. »Also nicht an der Küste im Osten?«

Meister Kronmir und Hauptmann Dariusz, sein Meisterspäher, standen vor ihm. Dariusz beobachtete den grün gekleideten Thraker mit dem traditionellen Misstrauen, das der Späher gegenüber dem Spion hat. Als er aber im Gesicht des anderen Mannes nichts lesen konnte, wandte er sich wieder zu dem Herzog um.

»Er hat das halbe Vardarioten-Regiment bei sich, Mylord, und ich habe etliche Männer verloren.« Er stand so steif da, wie es die Art der Soldaten war, wenn sie eine Niederlage eingestehen müssen. »Er ist über die Berge gekommen wie eine Springflut, und ich kann ihm keine Männer über die Pässe nachschicken. Sie würden aufgerieben werden.«

Demetrius nickte. »Ach ja? Nun liegt die Stadt offen vor uns«, sagte er.

Der Herzog kratzte sich am Bart. »Was glaubt Ihr, wohin er unterwegs ist?« Er wirbelte herum und sah Kronmir an. »Und wie konnte sich unsere *Spezialquelle* so irren?«

Kronmir schüttelte den Kopf. »Er hat den größten Teil der Gardetruppen mitgenommen – und auch einige Stradioten und Milizen.« Er zuckte die Achseln. »Er hat uns überrascht. Es hat keinen Sinn, jemandem dafür die Schuld zuzuschieben.«

Der Herzog sah seinen Sohn an. »Wie schnell können wir eine Armee zusammenstellen?«, fragte er. »Wie Meister Kronmir gesagt hat: Wir sollten uns nicht mehr mit der Frage beschäftigen, wie wir zu dem Glauben gelangt sind, dass er die Stadt nicht verlassen oder nach Osten zur Küste marschieren wird.«

Demetrius schüttelte den Kopf. »Es würde zehn Tage dauern, bis wir eine Streitmacht aufgestellt haben, die mit ihm fertigwerden kann.«

Der Herzog schüttelte den Kopf. »Wir müssen es in fünf schaffen. Woher hat er bloß all das Geld! Christus Pantokrator, wenn der Kaiser so viel Silber übrig hätte, dann hätten wir niemals ...« Er verstummte.

Demetrius betrachtete die Landkarten. »Bestimmt ist er zu den Pelzkarawanen unterwegs. Das muss es sein. Er wird Zugang zu den Berichten der Reitoffiziere haben. Oder jemand hat geredet. Vielleicht weiß er sogar von den Gallyern.«

Die Männer am Tisch sahen einander an – so lange, wie ein atemloser Mann braucht, um Luft zu holen.

»Demetrius, geh. Kronmir, Aeskepiles, nehmt alle Männer mit, die ihr bekommen könnt. Tut alles, was nötig ist, damit sie nicht bis nach Osawa kommen.« Der Herzog zog eine Grimasse. »Heilige Muttergottes. Ich hatte fest damit gerechnet, dass er nicht durch Thrake marschiert. Kronmir, Euer Palastbericht ...«

»Was ist, wenn er zum Kaiser unterwegs ist?«, fragte Kronmir.

»Sollten wir den Kaiser nicht besser töten?«, meinte Demetrius.

Der Herzog drehte sich zu Kronmir um, und die beiden tauschten einen langen Blick aus.

»Nein«, sagte Kronmir. »Zum jetzigen Zeitpunkt würde *sie* davon nur gestärkt werden. Aber wir sollten ihn zur Küste bringen, damit er weit entfernt von den Geschehnissen ist.«

## Albinkirk und die Wälder im Norden · Ser John Crayford

Unter Schwierigkeiten stieg Ser Richard ab und wäre beinahe gestürzt. Als er vom Aufsitzblock im Haupthof der Zitadelle von Albinkirk wegging, bewegte er sich wie ein alter Mann; die linke Hand drückte er gegen seinen Rückenpanzer.

Ser John Crayford saß in voller Rüstung in einer »Halle« zusammen mit dem Bischof von Albinkirk, zwei Kaufleuten aus Hoek, einem Etrusker namens Benevento Amato und Abgesandten der meisten Pelzhandelskompanien in Albia. Sie alle verstummten, als Ser Richard eintrat.

Ser John erhob sich. »Noch mehr Riesen?«, fragte er und griff nach dem Streitkolben, der auf dem Eichentisch lag.

Ser Richard schüttelte den Kopf. »Kobolde diesmal«, fauchte er und sank auf einen Stuhl, den Ser Johns Knappe ihm gebracht hatte. »Bei der Gnade Gottes, meine Herren, ich bitte um Entschuldigung für den Gestank.«

Ser John sah Ser Richard in die Augen. »Irgendwelche Verluste?«

Ser Richard schüttelte den Kopf. »Wir haben sie fern von jeder Ansiedlung aufgespürt.« Er seufzte. »Ich bin nicht der einzige müde Ritter. Beachtet mich einfach nicht, meine Herren. Es war nur ein kleines Scharmützel, und wir sind siegreich gewesen.«

Der Bischof kam zu ihm herüber, legte ihm die Hand auf und segnete ihn, und Ser Richard spürte … *etwas*. Seit er von Schwester Amicia geheilt worden war, fühlte er sich Gott näher als je zuvor in seinem Leben. Aber …

»Der Bischof hat gerade gesagt, dass wir eine Kolonne in die Berge schicken müssen, um die Pelze dieses Jahres zu holen«, sagte Ser John.

Messier Amato stand auf und verneigte sich. »Bei allem gebotenen Respekt vor der Kirche, Mylords, ich muss doch sagen, dass ich diese Handelssparte sehr gut kenne, auch wenn ich kein reicher Mann bin. Meine Verwandten machen gerade jetzt gute Geschäfte in Mont Reale. Aber Ticondaga ist ein altes Zentrum für Pelze und andere Waren, insbesondere für Wildhonig.«

Ser John warf einen Blick aus dem Fenster. »Albinkirk und Lissen Carak wickeln den größten Teil dieses Handels ab«, sagte er.

»Ja, doch in diesem Jahr wird das nicht der Fall sein. Der Krieg wird die Pelze weiter nach Norden abdrängen. Und wir alle hier werden bankrottgehen.« Der Etrusker lächelte. »Aber wenn Ihr uns mit Soldaten aushelft – mein Vater hat mir versichert, dass das auch in der Vergangenheit schon geschehen ist … wenn Ihr also so freundlich wäret, uns zu unterstützen …«

Ser John nickte langsam. »Nein«, sagte er dann. »Der nächste Punkt bitte.«

Der Bischof setzte sich neben Ser John. »Es wäre gut, wenn Ihr noch einmal darüber nachdenken würdet, John.«

Ser John schenkte ihm ein dünnes, abweisendes Lächeln. »Mylord Bischof, ich bin mir sicher, dass Ihr Euch in Theologie und vielleicht auch in der einen oder anderen Wissenschaft auskennt. Aber falls Ihr es nicht bemerkt haben solltet, will ich Euch sagen, dass wir kurz vor einem Krieg stehen. Hätte der König nicht die Hälfte seiner Streitmacht hergeschickt, so würden wir uns in einer ernsten Lage befinden. Seht Euch nur Ser Richard an. Seht Euch mich an. Wir sitzen *jeden Tag* im Sattel.«

Der Bischof nickte. »Und Ihr seid durchweg siegreich. Ich würde sogar so weit gehen und behaupten, dass dies eher eine Übung für Euch Ritter ist und kein Krieg.«

Ser Richard setzte sich mühsam auf. »Bei Gott, Bischof, der Kampf gegen die Kobolde ist ein Kinderspiel – allerdings nur so lange, bis man ihre Beißwerkzeuge in die Kniekehle bekommt.«

Der Bischof hob die Hände. »Ich wollte niemanden beleidigen. Aber dieser Ort braucht den Handel zum Überleben. Ohne ihn haben die Bauern keinen Grund mehr, ihre Felder zu bestellen, und sie haben auch keinen Ort mehr, wo sie ihre Erzeugnisse verkaufen könnten. Ihr habt die ausländischen Kaufleute mit Steuern belegt, damit neue Mauern und Verteidigungsanlagen errichtet werden können, und *sie haben bezahlt.* Jetzt aber brauchen sie eine Eskorte, die sie zu den Adnaklippen begleitet.«

»Dafür ist es einen Monat zu spät«, sagte Ser John geradeheraus.

Amato breitete die Arme aus. »Muss ich Euch erst anbetteln, Ser Ritter? Der Boden ist gefroren, es liegt kaum Schnee, und mit guter Ausstattung und tapferen Männern können wir in zwei Wochen Ticondaga erreichen.«

»Nein«, sagte Ser John. Aber seine Stimme klang inzwischen weniger überzeugt.

Nun beteten die Männer in der neu überdachten Kapelle bei der Fähre. Zu beiden Seiten des Ufers befand sich je eine kleine Festung mit Signaltürmen und Mauern, die so hoch waren, dass kein Ruk sie erklettern konnte. Alle Gebäude bestanden aus Holz, das von den Verwüstungen stammte, die die Ruks in den nahe gelegenen Wäldern angerichtet hatten, und sie waren mithilfe der Bogenschützen des Hauptmanns von Albinkirk errichtet worden.

Sobald die beiden Festungen fertiggestellt waren, bildete sich eine Schlange von Männern, die die Fähre betreiben wollten, und Ser John machte ihre Tätigkeit zu einer militärischen und erhöhte damit gleichzeitig den Zoll. Dieses Geld floss nun in den Ort.

In den Fährfestungen errichtete er Garnisonen und befahl Abordnungen von Bogenschützen zu sechs Herrenhäusern entlang des Tals des Cohocton. Auch Mittelburg gehörte dazu, und in jedem dieser Häuser saß entweder ein Ritter oder ein alter Knappe.

Helewise stand im Hof und sah Lord Wimarc an. »Er ist schrecklich jung. Würdest du nicht lieber hierbleiben und mir dabei helfen, mein Haus zu schützen, alter Mann?«

Ser John beugte sich zu ihr herunter und ergriff ihre Hand. Sie errötete. »Aus Scham – meine Tochter beobachtet uns. Und was sie bei mir zu sehen bekommt, das … wird sie einmal selbst tun.«

»Ich würde so gern bleiben und dir helfen, dieses Haus zu schützen«, sagte er. »Aber ich muss in den Norden nach Ticondaga reiten. Der Bischof hat mich davon überzeugt, dass es meine Pflicht ist.«

»Dann wünsche ich ihm die Pocken an den Hals.« Sie wirkte so, als werde sie gleich weinen.

Er lächelte. »Ich frage mich, ob du mich vielleicht heiraten würdest, wenn ich zurückkomme.«

Sie schüttelte den Kopf. »Das sagst du doch nur so.«

»Meine Liebe, ich muss jetzt aufbrechen. Wimarc ist ein guter Junge. Wenn er sagt, du sollst in die Stadt fliehen, dann tust du das.« Er verneigte sich vor ihr.

»Letztes Mal habe ich es getan, nicht wahr?«, antwortete sie keck. Sie reckte das Kinn in die Luft und hielt sich tapfer, bis er durch das Tor geritten war.

Phillippa kam herbei und stellte sich neben ihre Mutter. »Er mag dich, Mama«, sagte sie mit einer gewissen Verwunderung in der Stimme.

Helewise lachte laut auf. »Ja, das tut er, *ma petite.* Er hat mir soeben einen Heiratsantrag gemacht.«

Phillippa sah dem breiten Stahlrücken nach, der langsam davonritt. »Aber er ist so alt!«, sagte sie.

Ser John begegnete Schwester Amicia auf der Straße, und beide stiegen von ihren Reittieren. Sie hatte zwei weitere Schwestern bei sich und dazu auch noch zwei große, mit Äxten bewaffnete Männer. Sie grinste. »Ich hatte das, was Ihr einen Waffengang nennt, und dazu konnte ich diese zwei Jungen mit ihren Äxten gut gebrauchen«, gab sie zu. »Kobolde. Und mehr, als mir lieb waren.«

Er nickte und schüttelte den jungen Männern die Hand. Sie rutschten in ihren Sätteln hin und her und wirkten nervös. Dann verneigte er sich vor den beiden anderen Nonnen.

»Danke für die Garnison an der Furt«, fügte sie hinzu. »Ich habe Helewise eigentlich schon viel zu viel zugemutet und fresse Mittelburg längst die Haare vom Kopf.«

»Ich habe ihr einen Heiratsantrag gemacht«, sagte Ser John.

Amicia grinste. »Gut! Es wird sie glücklich machen und für Philippa eine große Hilfe sein. Ich liebe es, wenn die Menschen glücklich sind.« Sie hob eine Braue. »Vom Hof habe ich allerdings dunkle Dinge gehört«, sagte sie. »Ich mache mir Sorgen um den König und die Königin.«

Ser John zuckte die Achseln. »Ich kann mich leider keinen anderen Dingen widmen als denen, um die ich mich gerade kümmern muss«, sagte er. »Mehr kann ich nicht tun, um diesen Ort zu schützen. Und jetzt bin ich gerade auf dem Weg zu den Adnaklippen.«

»Und die Schwierigkeiten des Hofes sind auf dem Weg hierher«, sagte Schwester Amicia. »Die beste Freundin der Königin, Lady Mary, kommt nach Lissen Carak. Sie ist vom Hof weggeschickt worden und will nicht zu ihrem Vater nach Westen gehen. Also wird sie bei uns bleiben.« Sie zuckte mit den Schultern. »Ich fürchte, das ist der Preis meiner Berühmtheit«, sagte sie.

»Lady Mary? Hartherz persönlich?« Ser John stieß einen Pfiff aus. »Hierher? Heiliger Jesus, meine Ritter werden sich gegenseitig umbringen – und dazu auch noch sich selbst, und das alles für sie. Ich sollte sie am besten sofort abmarschieren lassen.« Er grinste. Aber die Runzeln um Augen und Mund deuteten an, dass sie seinen Bürden eine weitere hinzufügen würde.

»Ihr macht Euch Sorgen«, sagte sie überflüssigerweise.

Er zuckte mit den Schultern. »Im Frühling haben wir gegen die Wildnis gekämpft und den Sieg errungen.« Er schenkte ihr ein schiefes Grinsen und ging zu seinem Pferd zurück. »Ich hatte geglaubt, es sei ein endgültiger Sieg. Ich war der Ansicht, dass wir jetzt viel Zeit zur Erholung haben. Aber anscheinend war es bloß das erste Scharmützel.« Er sah sie an und sagte mit besonders leiser Stimme: »Spürt Ihr ihn?« Er machte eine Pause. »Thorn?«

Sie erblasste und lachte dann schrill. »Einen Moment lang hatte ich geglaubt, Ihr meint jemand anderen. Ja, ich kann ihn spüren – in jedem Augenblick. Er denkt oft an uns.« Sie sah den älteren Ritter an und versuchte sich darüber klar zu werden, wie viel sie ihm erzählen durfte. »Er hat uns die meisten dieser Wesen geschickt, die Eure Ritter so fleißig töten. Ist es das, was Ihr wissen wolltet?«

Ser John schüttelte den Kopf. »Nein … ich meine, das hatte ich bereits angenommen, Schwester. Aber ich wüsste gern den Grund dafür. Wenn er zum Beispiel der Herr der nächstgelegenen Stadt wäre – oder auch der König von Gallyen –, könnte ich ihm dann einen Herold schicken, gegen seinen Krieg protestieren und ihn fragen, wie wir Frieden schließen können. Was will er?«

Amicia spielte mit dem steifen Leinen ihres Brusttuches. »Wie so oft ist es sehr kompliziert, Ser John. Und ich sehe nur durch einen dunklen Spiegel. Alles, was ich sage, entstammt meinen eigenen Überlegungen und Schlussfolgerungen. Aber …«

Sie biss sich auf die Lippe.

»Sprecht es aus«, meinte Ser John.

Sie lehnte sich gegen die Schulter ihres Esels, und das Tier bewegte sich und grunzte. »Ich glaube, er weiß es selbst nicht«, sagte sie. »Schlimmer noch, ich glaube, er steht unter der Kontrolle von jemand anderem.«

Ser John küsste ihren Ring und nickte. »Gott sei Dank habe ich nicht die geringste Ahnung, was das bedeutet,« sagte er. »Also werde ich einfach weiter meine Kobolde töten, Feuer auspinkeln et cetera.«

»Werdet Ihr eine Karawane nach Ticondaga begleiten?«, fragte sie.

»Ja«, antwortete Ser John.

Sie sah sich um. »Darf ich mitkommen?«, bat sie. »Ich habe dort etwas zu erledigen. Und wenn Ihr so weit nach Norden zieht, werdet Ihr mich brauchen.«

Darüber musste er nicht erst nachsinnen. »Ihr seid willkommen, Schwester.«

Sie lachte, und er lachte mit ihr, und sie machten sich gemeinsam auf den Weg.

Die Pelzkarawane brach nach dem Sabbat gen Norden auf. Ser John nahm zehn Lanzen mit und verlieh Ser Richard das Kommando über Albinkirk. In seiner Karawane befanden sich zwanzig schwere Wagen voller Handelsgüter – einige waren für die Draußener bestimmt und andere für den Grafen und seine Leute.

Fünfzehn Meilen lang reisten sie auf Straßen – am ersten Tag waren die Wege noch gut. Am zweiten Tag aber wurden sie immer enger, und als sie dreißig Meilen nördlich von Albinkirk im Vorgebirge der Adnaklippen und an der Südseite der Furt des westlichen Kinatha-Flusses ihr Lager aufschlugen, waren sie bereits so tief in die Randbereiche der Wildnis eingedrungen, dass sie die wilden Wölfe heulen hören konnten und in einiger Entfernung von ihren Feuern in der früh einsetzenden Dunkelheit Augen sahen. Die Wächter hatten Angst und trugen ihre volle Rüstung.

Der westliche Kinatha ergoss sich aus dem Hochgebirge und brachte frischen Schnee mit. Am Morgen starrten die jüngeren Männer, die die warmen Decken vor den großen Feuern nur widerwillig verließen, mit Abscheu das rasch dahinfließende eiskalte Wasser und die fernen, schneebedeckten Berge an.

Schwester Amicia lachte sie aus, und ihr sehr anmutiger Spott spornte sie besser an als Ser Johns Flüche.

Ser John trieb sie zusammen, und ihr Atem stieg in die Luft wie der Dampf aus den Kesseln mit Haferbrei. »Hört mir zu! Das Durchqueren eines Flusses im Winter ist zehnmal so gefährlich wie der Kampf gegen einen angreifenden Kobold. Wenn ihr ausrutscht und ins Wasser fallt, könnt ihr sterben. Wenn eure Füße nass werden und ihr Strümpfe und Hose nicht wechselt, wird es spätestens in einer Stunde unangenehm werden, und dann wird euch kalt. Ihr werdet eine Erkältung bekommen. Und das kann sehr schlimm sein. Also müsst ihr Vorsichtsmaßnahmen ergreifen. Haltet eure Reservewäsche trocken. Außerdem werden wir die Feuer auf dieser Seite erst löschen, wenn auch der letzte Mann auf der anderen Seite angekommen ist. Seid vorsichtig und passt auf eure Pferde genauso gut auf wie auf euch selbst.« Er sah sich um. Sie schienen angemessen beeindruckt zu sein.

Die beiden Lanzen seiner Vorhut durchquerten den Fluss als Erste und trampelten auf der anderen Seite das Gras um eine alte Rehfährte herum nieder; dann winkten sie zum Zeichen, dass alles in Ordnung war. Ser John schickte eine Reihe von erfahrenen Reitern ein wenig stromaufwärts ins Wasser, damit sie die Strömung für die weniger Geübten und die Nonnen verlangsamten, und vier Veteranenritter aus Harndon machten sich auf in die südlichen Stromschnellen hinter der Furt, damit sie jeden auffangen konnten, der in dem Wasser das Gleichgewicht verlor und abgetrieben wurde.

Die Wagen rollten hindurch, und eine Stunde später war auch das letzte Packpferd auf der anderen Seite angelangt, und die Männer im Fluss trieben ihre Reittiere an das gegenüberliegende Ufer; sie rieben ihnen die Flanken ab und trockneten sie sorgfältig, bevor sie ihre eigene Kleidung wechselten.

Zu der Zeit, zu der im Kloster zur Non geläutet wurde, befanden sich alle am anderen Ufer, und Ser Johns Knappe Jamie ritt neben ihn. Der Junge grinste. »Das ist gut gelaufen, nicht wahr, Mylord?«, fragte er. »Wir haben die Furt durchquert!«

»Ja«, sagte Ser John. »Jetzt sind wir vollständig in der Wildnis, und ein Winterfluss liegt zwischen uns und der Sicherheit.«

## Nördliches Morea · Der Rote Ritter

Der Rote Ritter sagte dem größten Teil seiner Armee bei Sonnenuntergang Lebewohl und ritt nach Osten in die bewaldeten niedrigen Berge. Er war vom Schnee bestäubt, und ihm war kalt. Er nahm Gelfred und die Späher, eine Handvoll Männer aus seinem Haushalt sowie den Grafen Zac und zwei Dutzend Vardarioten mit.

Das Kommando über die Armee gab er mit einer nachlässigen Handbewegung an Tom Schlimm ab. »Wir wissen, dass Demetrius und seine Kavallerie irgendwo östlich von uns stehen.« Er grinste. Auch Gelfred lächelte und betrachtete den Falken, der auf seinem Handgelenk saß. »Ich habe vor, Kontakt mit den Thrakern aufzunehmen und sie zurückzutreiben.«

»Was heißen soll, dass Ihr einen Kampf bekommt und wir nicht«, sagte Tom. »Nehmt mich mit.«

Der Herzog zuckte die Achseln. Er trug lediglich seinen Brust- und Rückenpanzer sowie seine wunderschönen Panzerhandschuhe, eine Stahlkappe mit Halsschutz und eine weiße Wollkapuze. »Halte alle warm, Tom. Ich werde nur einen Tag fort sein.«

»Wäre es nicht besser, bei Tageslicht zu reiten?«, fragte Ser Jehan.

Der Herzog nickte. »Ja und nein. *A demain, mes braves!*«, sagte er. Und sechzig Berittene, die sechzig Reservepferde an den Zügeln mitführten, trotteten in die schneebedeckten Berge davon.

Am nächsten Morgen erhob sich im Westen der Mons Draconis, ein beinahe vollkommener Zylinder, völlig verschneit und fast ohne Bäume. Vor ihnen stellten die eisbedeckten Felsen des Meander ein nur schwer zu überwindendes Hindernis dar. Das Eintreffen eines kaiserlichen Botenvogels brachte beim ersten Licht des Tages den frisch eingesetzten Befehlshaber in einen Widerstreit der Interessen.

»Wie oft müssen wir diesen verdammten Fluss denn noch überqueren?«, murmelte Tom Schlimm. Ihm war kalt, und er war müde und enttäuscht, weil er nicht kämpfen konnte. Die Nacht war lang gewesen, die Wölfe hatten geheult, und es herrschte die Meinung vor, man sollte allmählich umkehren. Sechs Männer zeigten bereits Erfrierungen.

Ser Thomas saß auf seinem Pferd neben Ser Jehan und Ser Alison. Ihre Reittiere hatten die Köpfe zusammengesteckt, während ihr Atem wie Rauch aufstieg. Ser Gerald Random und Ser Bescanon befanden sich auf der anderen Seite bei der kaiserlichen Botin.

Jehan sah sie an; sie war eine sehr anziehende junge Frau in einem schwarzen und weißen Pelz und hielt den jüngst eingetroffenen Vogel auf ihrem Handgelenk. »Wo bekommen sie sie bloß her?«, fragte er wehmütig.

Ser Milus lachte. »Diese Moreanerinnen sind äußerst attraktiv. Aber wer schickt ein so junges Mädchen zu einer Armee?«

Tom Schlimm las die Botschaft erneut und laut vor. Lesen gehörte nicht zu seinen stärksten Fähigkeiten.

*Gallysche Armee nur einen Tagesmarsch weit entfernt. Kann die Pelzkarawane nicht schützen. Erbitte sofortige Hilfe. Gallysche Armee umfasst fünfhundert Mann, einschließlich Draußener-Verbündeter. Vermutlich Belagerungs-Nachschub. Zweihundert Kanus, für große Kriegsgaleeren. Turkos – Osawa.*

Sie hatten innerhalb von acht Tagen eine unglaubliche Strecke zurückgelegt und vorbereitete Lagerplätze sowie Vorräte unter Steinhaufen gefunden. Die Truppe hatte zwei Wagen verloren und beinahe dreihundert Meilen hinter sich gebracht.

Und jetzt mussten sie den Meander zum dritten Mal durchqueren; es gab keine Brücke mehr.

»Hat jemand den Herzog gesehen?«, fragte Pampe.

Ser Jehan schüttelte den Kopf. »Er ist gestern beim letzten Licht des Tages mit Gelfred davongeritten.«

Tom betrachtete die eisige Furt, die Ruinen der alten Brücke und die gute Straße, die nur wenige Hundert Ellen entfernt auf der gegenüberliegenden Seite des Flusses wegführte.

»Er hat uns befohlen, auf ihn zu warten«, sagte Ser Jehan.

Tom sah Gerald Random an. »Ser Gerald, ich bin kein großer Denker, aber vielleicht ist diese Botschaft eher an Euch als an mich gerichtet.«

»Alles hängt von diesen Pelzen ab«, sagte Random. »Der Herzog würde dasselbe sagen.«

Tom hob beide Brauen. »Alles?«, fragte er.

»Euer Hauptmann hat alle Einkünfte des Frühlings auf die Moreaner verwendet, weil er fest mit den Einnahmen aus den Pelzverkäufen im Herbst gerechnet hatte«, sagte Random. »Ich habe sein Spiel mitgespielt. Wir brauchen diese Pelze, Tom. Es ist nicht bloß ein Kampf.«

Tom Schlimm grinste auf eine Weise, die jeden Mann nervös machte – er zeigte all seine Zähne. »Umso besser«, meinte er. »Holt mir Meg.«

Meg betrachtete den breiten Fluss. »Eine Brücke?«, fragte sie.

Tom Schlimm grinste sie an.

»Das kann ich nicht«, sagte sie.

Er wandte den Blick von ihr ab. »Geht es um mich und Sukey?«, fragte er leise.

»Nein, überhaupt nicht, aber wenn du hören willst, was ich davon halte, wie du meine Tochter behandelst, dann stehe ich, wie Ser John immer sagt, gern zu Diensten.« Er sah sie wieder an, und sie hielt seinem finsteren Blick stand.

Pampe regte sich voller Unbehagen. »Wir verschwenden hier nur Zeit, Tom. Wenn wir die Hälfte der Pferde in den Fluss treiben ...«

Er schüttelte den Kopf. »Dabei verlieren wir zu viele Kämpfer, Pampe.«

Ser Milus lachte verbittert. »Pampe, bedenke doch nur, was es bedeutet, wenn *Tom* zögert, etwas zu tun.«

Random zog eine Grimasse. Es war kalt, bald würde weiterer Schnee fallen, und das hier war kein Ort für ein Lager. »Wer von den Anwesenden hat schon einmal eine Brücke gebaut?«, fragte er.

Random nickte. »Ich. Meg, alles, was wir brauchen, sind drei Stützpfeiler. Ich könnte sie für dich mit Flaggen markieren. Wenn du es schaffst, einen fünfzehn Fuß breiten Felsen oder Felshaufen an jede Stelle zu bringen, können die Männer Holz an den Hängen da drüben schlagen, und schon bei Einbruch der Nacht werden wir unsere Brücke haben.«

Meg maß die Entfernungen mit ihren Blicken ab. »Ich will es an einer Stelle versuchen, und dann werden wir sehen.«

Eine halbe Meile vom Fluss entfernt schlugen sie ein elendes Lager auf, fachten gewaltige Feuer an, aßen Trockennahrung und tranken warmes Wasser. Die Männer erhitzten Steine im Feuer und legten sie sich vor dem Schlafen an die Füße. Je drei Männer schliefen unter einer Decke in langen Reihen wie Makrelen in einer Kiste. Die Frauen der Armee wurden stark nachgefragt – als Wärmespender.

Meg hatte zwei Pfeiler errichtet, aber sie benötigten viel mehr Kraft als jeder andere Zauber, den sie je gewirkt hatte, und so brauchte sie erst einmal eine Nacht Ruhe, bevor sie sich dem dritten zuwenden konnte.

Die Sonne ging irgendwo hinter den Schneewolken auf. Der erste Pfeiler war halb ins Wasser gefallen. Sie hatte das Gewebe ihres zauberischen Wirkens nicht deutlich genug vor sich gesehen, und so waren leere und weiche Stellen in den Stein geraten.

Random saß am Flussufer mit Tom Schlimm zusammen, als sie herbeikam, die Augen rieb und sich über die engen Schnürungen ihres zweiten und dritten Kleides – die übereinanderlagen – sowie über die Schmerzen in ihrer Hüfte beschwerte, die sie vom Schlafen abgehalten hatten. Und dann fluchte sie über den Einsturz ihres Pfeilers. Sie betrachtete das Unglück, stellte den Fuß auf einen vereisten Stein und rutschte aus.

Der Sturz fügte ihr zwar keinen Schaden zu, aber sie rieb sich die Hüfte, als zwei Ritter ihr wieder auf die Beine halfen. »Ich habe es falsch angefangen«, sagte sie. »Die Antwort ist: Eis.«

»Eis?«, fragte Random

»Das Wasser will schon Eis sein«, sagte Meg. »Ich muss es nur noch zusammenfügen. Ich habe einen von Harmodius' Zaubern versucht, aber ich bin weit davon entfernt, ihn zu beherrschen. Doch das hier ist wie mein alter Milchkübel im Winter. Nur umgedreht.«

Sie hob die Hände. In der rechten steckte die silberne Ahle aus ihrem Nähzeug. Meg schwenkte sie, und der Fluss strömte aufwärts, erstarrte und gefror zu der Gestalt dreier ungleichmäßiger Säulen, die eine Straße aus massivem Eis trugen. Es wirkte eher organisch als regelmäßig. Aber der Übergang war da. Die beiden ersten Säulen wurden sogar zusätzlich durch ihre frühere Arbeit mit den Steinen verstärkt.

»Ich werde die Brücke an Ort und Stelle halten, bis wir sie alle überschritten haben. Es tut mir leid, Gerald. Das hätte mir schon gestern einfallen müssen.«

Random grinste.

Auch Tom Schlimm grinste. »Jetzt kämpfen wir!«, rief er glücklich.

Eine Stunde später marschierte die Armee über die Eisbrücke. Meg erbleichte ein wenig, als die letzten drei schweren Wagen hinüberrollten, aber das Eis brach nicht.

»Da sind sie«, sagte Gelfred. Es war aber völlig unnötig, denn Demetrius' Männer hatten weder weiße Wollumhänge noch Pferdedecken, um sich darunter zu verbergen. Sie hatten indes viele Pferde und bewegten sich rasch über den Talboden, wobei sie feinen Schneestaub aufwirbelten.

Sie führten einen Gepäcktross mit sich – sechzehn Wagen und Packpferde.

Der Herzog beobachtete sie so lange, wie die Sonne brauchte, um einen Fingerbreit zu steigen, dann kroch er den Vorsprung auf dem Bauch zurück und rannte zu seinem Pferd. Ein Dutzend Vardarioten waren da sowie Graf Zac und Ser Michael.

»Er ist ein ziemlicher Heißsporn, was?«, meinte der Herzog.

Weiß gekleidete Reiter ergossen sich über den niedrigen Grat, zu dem die Straße emporstieg, und schossen Pfeile aus sorgsam erwärmten Bögen auf die rasch dahinziehende Kolonne des Despoten. Drei Männer gingen zu Boden, und ihr Blut war wie roter Rauch auf dem weißen Schnee.

Eine Stunde später geschah es erneut. Diesmal trafen sechs Pfeile. Der Feind erschien ganz in Weiß, mit weißen Pferdedecken und weißen Wollmänteln, die Waffen und Rüstungen umhüllten. Sie waren fast völlig still und im Sonnenschein nur sehr schwer auszumachen.

Demetrius nippte an seinem Wein und schüttelte den Kopf. Die helle Sonne machte es schwer, überhaupt irgendetwas zwischen den kahlen Bäumen der Anhöhen zu erkennen. Wenn er langsamer wurde, hatte er keine Möglichkeit mehr, das Rennen zu den Furten des Meander zu gewinnen. Ignorierte er diese Nadelstiche, würde er weitere Männer verlieren.

»Säbel«, sagte er laut. »Hört zu, *Hetaeroi.* Wenn sie wiederkommen, lasst ihr sie nahe an euch heran, und dann greift ihr sie an. Werft ihnen alles entgegen, was ihr habt. Bringt mir einen Gefangenen.«

Seine eigenen Thraker nickten ernst. Die Söldner aus dem Osten grinsten.

Eine Stunde verging. Es war, als hätte der Feind diesen Plan mitgehört, und Demetrius wurde wütend. Als er eine Pause einlegte, damit seine Männer etwas essen konnten, tötete ein einziger Pfeil aus einer Armbrust, die von irgendwo hoch oben abgefeuert worden war, eines der Packpferde. Sofort suchten alle Männer Deckung, doch es kamen keine weiteren Schüsse.

Als sie nach ihrem hastigen Mahl wieder aufsaßen, fielen stille Pfeile wie Schneeregen aus einem beständig bewölkter werdenden Himmel auf sie nieder, und es gab keinen Feind, an dem er seine Wut hätte kühlen können.

Er biss die Zähne zusammen und trieb seine Männer voran. Er schickte eine Vorhut fast fünfhundert Schritte voraus und ließ eine Nachhut genauso weit hinter den Wagen zurückfallen.

Graf Zac schüttelte den Kopf. »Das dauert zu lange«, sagte er. »Wir sollten einfach über ihn herfallen.«

Der Herzog grinste. »Mir macht das Spaß, Zac. Das ist Kunst. Wir sind nicht in Eile. Die Wagen werden heute rollen, und die Armee liegt beim Meander. Wir haben nur die Aufgabe, Demetrius von der Furt fernzuhalten.«

»Das ist doch Verschwendung«, sagte Zac. »Verschwendung von Pfeilen. Wir haben einen guten Untergrund und die besseren Pferde.«

Der Herzog runzelte die Stirn. »Aber warum sollten wir jemanden dabei verlieren? Ihr wisst genauso gut wie ich, dass in diesem Wetter fast jede Wunde tödlich ist.«

Zac zuckte die Achseln. »Aber es ist so langweilig.«

Die Sonne machte sich gerade an ihren langen Abstieg in die bitterkalte Dunkelheit, als sich das Tal verengte. Demetrius spürte den Hinterhalt kommen, und er zog seine lange, geschwungene Klinge unter dem linken Schenkel hervor. Seine Söldner aus dem Osten hielten ihre Bögen schon seit einer Meile bereit.

Seine Vorhut verschwand in einem Hohlweg, drehte um und galoppierte dann über den auffliegenden Schnee zu ihm zurück. Zwei Sättel waren leer. Genauso hatte er es erwartet.

Der scheinbar siegreiche Feind schluckte den Köder, folgte jubelnd und schreiend und schoss Pfeile auf die Vorhut, während sie sich zurückzog.

Demetrius' Ostmänner warteten, als die Vorhut auf der vereisten Straße zurückritt. Der weiß gekleidete Feind kam der Kolonne näher und näher ...

Demetrius stieß in sein Horn, und die ganze Kolonne löste sich in Bewegung auf. Die Ostmänner schwenkten weit nach rechts und links aus, die thrakischen Stradioten galoppierten die Straße entlang. Hauptmann Dariusz ritt mit seinem Herrn und beobachtete die Anhöhe im Süden mit offensichtlichem Misstrauen.

Sie preschten über die schneebedeckte Straße, aber nach fünfzig Pferdelängen wurde deutlich, dass der Feind bessere Pferde besaß, denn selbst in dieser großen Kälte floh er schneller über den Schnee, als ihm die thrakischen Pferde nachjagen konnten. Und die

Pfeile, die die Feinde über die Sättel hinweg abschossen, waren tödlich.

Sie verfolgten den Feind – Demetrius musste zugeben, dass es Vardarioten waren – über die nächste Erhebung hinweg. Dann waren seine Pferde erschöpft, ebenso wie die der Männer, die sie verfolgten. Aber Demetrius kannte dieses Spiel. Er musste die Beleidigungen ignorieren, die ihm in drei Sprachen von den Männern entgegenschlugen, die er verfolgt hatte. Seinen dreihundert Soldaten war es nicht gelungen, sie einzufangen.

Ein einzelner Mann löste sich von der Gruppe der Feinde und ritt über das offene Schneefeld auf den Despoten und seine Männer zu. Der Wind umtoste sie und peitschte ihnen den Schnee brennend in die Gesichter. Nun war der weiß gekleidete Mann schon wesentlich näher herangekommen. Er hatte einen roten Wimpel an seiner Lanze, und sein Pferd besaß rotes Zaumzeug.

»Demetrius!«, rief er. »Kommt und brecht eine Lanze mit mir!«

Ser Tyranos legte ihm die Hand auf den Ärmel. »Tut das nicht«, sagte er.

Demetrius sah seinen Späher-Prokrustatore an. Der Mann nickte. »Das ist ihr Hauptmann!«, rief er.

»Was für ein Narr«, sagte Demetrius. »Tyranos, geh und töte ihn. Vardek, Vugar, nach rechts und links. Schießt, wenn ihr die Gelegenheit habt!«

Ser Tyranos salutierte. Er nahm eine Lanze von einem Stradioten entgegen und ritt langsam auf die ferne weiße Gestalt zu. Die beiden Ostmänner ritten in einem rechten und linken Bogen voraus und legten Pfeile in ihre Bogensehnen ein.

Der feindliche Ritter wartete nicht, bis Tyranos an ihn herangekommen war, sondern winkte mit seiner Lanze – und griff an.

Die Hufe seines Pferdes wirbelten den Schnee auf, und ihr Getrappel hallte ein wenig verspätet über das fast völlig ebene Feld.

Der Wind hatte beinahe den gesamten lockeren Schnee weggeblasen, und der gefrorene Untergrund war so hart wie Stein. Die Hufe des angreifenden Pferdes machten Geräusche wie ferne Glocken.

Sofort begriff Ser Tyranos die Bedrohung. Er senkte seine Lanze und gab dem müden Pferd die Sporen.

Sie prallten so rasch aufeinander, dass Demetrius nicht erkennen konnte, was geschah. Er beobachtete nur, dass der Fremde Ser Tyranos und dessen Pferd zu Boden schickte. Und plötzlich schien seine Gestalt zu verschwimmen. Schnee war überall um sie herum, während ein Windstoß die beiden Ostmänner ergriff. Und ihre ersten Pfeile wurden buchstäblich weggeblasen.

Der Windstoß erschuf eine Mauer aus Schnee, die voller geisterhafter Gestalten zu sein schien.

»Vorsicht vor seiner Magie!«, schrie Demetrius. Er besaß zwei gute Magier, und nun hoben diese beiden Männer ihre Schilde, die in der untergehenden Sonne rötlich glänzten.

Viele von Demetrius' Soldaten bekreuzigten sich, andere wiederum machten ein Zeichen, das eher an die Darstellung von zwei Hörnern erinnerte.

Die Wand aus Schnee öffnete sich und enthüllte ein Dutzend Vardarioten, die vom Grafen Zac angeführt wurden. Sie waren nur noch zehn Pferdelängen entfernt und befanden sich im vollen Galopp. Scharlachfarbene Pfeile flogen in die Front von Demetrius' Streitmacht, und schon wendete der Feind, flog zurück in die Schneewand und verschwand in ihr.

Das Lachen der Männer fraß an Demetrius wie Feuer an einem trockenen Balken. Sie verspotteten ihn. Aber seine Streitmacht war noch intakt, und das Dutzend Männer und Pferde, das er soeben verloren hatte, war ein geringer Preis für die fünfzehn Meilen, die er zurückgelegt hatte. Er wendete sein Pferd, und der Schnee, der durch hermetische Kraft aufgewirbelt worden war, senkte sich wieder und enthüllte Ser Tyranos, der in der Ferne als Gefangener abgeführt wurde.

Demetrius riss sich die goldene Helmkappe vom Kopf und warf sie angewidert in den Schnee. »Gottverdammt!«, rief er. »Verdammter Jesus Christus! Pferdewechsel! Ihr beiden Magier, was war das denn? Muss ich euch erst befehlen, etwas dagegen zu unternehmen?«

Die beiden Hermetiker standen schweigend neben ihren Pferden. Sie sahen ganz grau aus.

»Also gut«, sagte er und hob sein Schwert.

»Wir haben nicht einmal einen Versuch gewagt«, flüsterte der eine.

Demetrius knurrte. In seiner Selbstbeherrschung war ihm klar, dass er keine Schlachten gewinnen konnte, indem er seine Militärzauberer umbrachte. Er schnaubte, wirbelte sein Pferd herum und trottete zu Dariusz und dreien seiner Späher zurück.

»Was jetzt?«, rief er.

Dariusz streckte nur den Arm aus.

Im Tal hinter ihnen führten fünfzig Männer die Packpferde weg. Auf der Straße standen die Wagen in Flammen, die Zugtiere waren allesamt tot.

Graf Zac schüttelte den Kopf. »Ich stimme Euch zu – das ist ein beispielhafter Steppenkampf gewesen. Aber ... das ist langweilig. Warten wir jetzt, bis seine Pferde verhungert sind?«

Der Hauptmann schüttelte den Kopf. Es war etwas Selbstgefälliges an ihm, das ihm keine Freude machte. Andererseits war dieser kleine Sieg sehr spaßig gewesen, und die meisten seiner Männer verfügten jetzt über einen warmen Schlafplatz und Wein, was sie dem Despoten zu verdanken hatten. »Nein. Wir werden zwei Stunden schlafen und dann zurück zu unserer Armee reiten. Demetrius ist fertig. Ohne sein Gepäck muss er sich zurückziehen. Wir bringen die Pelze in Sicherheit, und dann geht er mit eingezogenem Schwanz nach Hause. Und unser Gefangener … was wir schon alles von ihm erfahren haben!«

Zac lachte. »Ihr solltet es meinen Mädchen erlauben, sich ihn zur Brust zu nehmen; dann erst werdet Ihr Geschichten hören!«, meinte er.

Der Herzog schüttelte den Kopf. »Nein, das wäre unsportlich. Er hatte den Mut, mir entgegenzutreten, und ich will nicht, dass er gefoltert wird.« Der Herzog lächelte und lehnte sich zurück. »Zumindest nicht richtig gefoltert«, sagte er. »Aber natürlich werden wir uns seine Überzeugung zunutze machen, dass genau das passieren wird.«

»Euch gefällt das Ganze zu sehr«, sagte Zac. »Ihr glaubt, Ihr seid besonders klug.«

»Trinkt doch noch ein wenig Wein«, sagte der Herzog.

Sie ritten zum Meander zurück und wechselten dabei dreimal die Pferde, denn alle Tiere waren müde und durchgefroren, und nach dem Aufgang des Mondes fiel die Temperatur noch ein wenig. Ein großes Kojotenrudel verfolgte sie auf offenem Gelände, sodass jeder Mann und jede Frau sehen konnte, was einen Nachzügler erwartete. Die Kojoten waren in dieser Jahreszeit der Inbegriff des verzweifelten Verhungerns.

Die Männer zogen ein Kleidungsteil über das nächste. Graf Zac hatte einen Kaftan in vardariotischem Rot an, der mit Pelz besetzt war und eine Kapuze besaß.

Der Herzog hatte schon seit zwei Tagen seine Rauschmittel nicht mehr bekommen. Doch er konnte es sich als Befehlshaber nicht erlauben, halb betrunken zu sein, und so musste er seine Macht bewahren und bereit sein, mit Harmodius zu streiten. Aber der alte Magister war in letzter Zeit sehr höflich und auch recht still gewesen.

Gegen Mitternacht erhob er seine innere Stimme.

*Befiehl eine Pause, und wir können gemeinsam die Luft erwärmen. Das ist leicht. Du fließt geradezu über vor* Ops. *Du hast deine Kräfte gegen Demetrius nur äußerst sparsam eingesetzt – das war aber gut. Du wirst wirklich immer stärker.*

*Ist das ein Friedensangebot, Harmodius?*

*Ich habe eine andere Lösung gefunden, Gabriel.*

*Ach, ja? Welche denn – du würdest mich doch nicht belügen, oder?*

*Nein. Und aus diesem Grund will ich dir auch die Lösung nicht verraten, aber ich garantiere dir, dass diese Lösung dir keinen Schaden zufügen, sondern deiner Sache vielmehr helfen wird.*

*Wie könnte ich dagegen etwas einwenden?*

Eine Pause entstand, die so lang war, dass der Herzog schon befürchtete, der alte Mann könnte verschwunden sein. War es wirklich eine Befürchtung?

*Hör mir zu, Gabriel. Ich bin ein selbstsüchtiger Bastard, und ich will nicht sterben – aber es steht mehr auf dem Spiel als nur das. Wenn ich dich verlasse, so darfst du nie vergessen, dass wir Verbündete waren. Und als Zeichen dafür, dass ich es gut mit dir meine, solltest du vielleicht einen Blick in deinen Erinnerungspalast werfen. Ich habe … hmm … Ordnung darin geschaffen.*

Früher hätte es die Fähigkeiten des Herzogs bis zum Letzten ausgereizt, wenn er durch den Schnee geritten wäre, dabei den Boden eingehend beobachtet hätte und dazu noch ein Gespräch im Immateriellen geführt sowie seinen Willen in den Äther gesandt hätte. Aber inzwischen hatten seine Kräfte stark zugenommen, und er stürzte sich sogleich *in seinen Palast.*

*In den letzten Monaten war er dunkel und schattig geworden, da der Rote Ritter mehr und mehr Rauschmittel gebraucht hatte, um den alten Mann im Zaum zu halten. Nun aber war der Palast sauber und rein. Und auf der Marmorsäule in der Mitte einer Rotunde von der Größe der Hagia Sophia in Liviapolis stand die Statue einer Frau – es war mit an Sicherheit grenzender Wahrscheinlichkeit Prudentia. Sie lächelte.*

*Das ist nur ein Simulacrum,* sagte Harmodius. *Aber ich dachte, du hast dort gern etwas anderes, wenn ich weg bin. Ich hatte ein wenig Zeit. Da ich Zugang zu vielen deiner Erinnerungen hatte, habe ich sie so lebensecht gemacht, wie ich es wagen konnte.*

Gabriel betrachtete die Sigille an den Wänden. *Ich sehe mehr als fünfhundert mögliche Wirkzauber,* sagte er.

*Alles, was wir wissen, habe ich für dich hier eingerichtet.*

*Du machst mir Angst, alter Mann. Selbst jetzt noch glaube ich, ich sollte den Trank zu mir nehmen und dich dadurch aus meinem Leben verbannen.*

*Hör mir zu, Junge. Aus meinem Leben in deinem Kopf habe ich so viel gelernt, dass ich ... Pah. Es reicht zu sagen, dass ich zu jeder Zeit und nach Lust und Laune deine Wahrnehmung des Universums verändern kann. Aber wozu? Das werde ich nicht tun. Ich habe darüber nachgedacht. Aber ... nein, das werde ich nicht tun. Es gibt Dinge, denen nicht einmal ich mich beugen werde.*

*Du willst doch nicht zu Thorn werden!*

*Nicht einmal Thorn wollte zu Thorn werden. Dieser arme Bastard ist nichts als eine Schale, ein bloßes Werkzeug.*

*Für wen?*

Eine Pause entstand.

*Halt einmal an,* sagte Harmodius.

Der Herzog sammelte seine Kämpfer um sich. Der Schnee wurde von den Pferdehufen niedergetrampelt, und die Tiere drängten sich am Rand eines Fichtenwaldes zusammen, der den Wind abhielt. Hier war es so kalt, dass der Atem in den Kehlen der Menschen gefror, und die Kojoten sammelten sich unter den Zweigen der alten Bäume und heulten. Die Pferde regten sich unablässig.

»Wir sollten in Bewegung bleiben«, sagte Graf Zac. »Es ist zu kalt für eine Rast.«

»Wartet noch«, sagte der Herzog.

Die Temperatur stieg in kleinen Sprüngen.

Die Luft wurde so warm, dass ein angenehmes Atmen wieder möglich war, und bald konnten die Soldaten ihre Handschuhe ausziehen und den Pferden die Hafersäcke vor die Mäuler binden.

*Ich habe nicht einmal gewusst, dass es einen solchen Zauber gibt,* gestand der Herzog ein.

Harmodius lachte. *Glaubst du mir jetzt?,* fragte er.

*Der Herzog verneigte sich in der sauberen Pracht seiner privaten Rotunde. Nicht ganz, Harmodius, aber genug, um diesen Augenblick zu genießen und deine Lehren mit einer gewissen Demut anzunehmen. Ich möchte den Zauber noch einmal wirken.*

*Noch einmal?*

*Für die Kojoten.*

*Was für ein seltsamer Mann du doch bist.*

Er brachte die Kojoten zum Einschlafen, damit sie nicht davonliefen. Dann erhöhte er die Temperatur auch in ihrer Umgebung.

*Ich fühle mich in gewisser Weise mit ihnen verwandt,* sagte der Herzog.

Am Morgen kam die Ausfalltruppe des Herzogs an das Ufer des Meander und entdeckte dort die Überreste des Lagers. Sie fanden gefällte Bäume, einen Wall aus Sand, Kiesel und Fichten, eine Zitadelle mit einer Palisade. Eine steinerne Brücke reichte zu einem Drittel über den Meander, und etliche Reste einer zusammengebrochenen Brücke aus Eis deuteten an, wie das Wasser überquert worden war.

Der Herzog rieb sich seinen Zweitagebart. Er sah Zac an und zuckte die Achseln. »Meg hat ihnen eine Brücke gebaut. Ich kann es spüren. Sie hat den Fluss vereist, und die ganze Armee ist übergesetzt.«

»Wir haben nichts mehr zu essen«, sagte Zac.

Der Herzog nickte. »Wir sollten sie noch heute einholen«, sagte er und winkte mit seiner Schwerthand.

Der Meander fror ein, die Kräuselungen seiner Macht bewegten sich mit der Schnelligkeit eines schwimmenden Otters; das Eis war vor dem schwarzen Wasser deutlich sichtbar.

»Los geht's!«, rief der Herzog und trieb sein schwarzes Streitross das Ufer hinunter.

Es waren sechzig Männer und hundertzwanzig Pferde. Sie hatten den Fluss in wenigen Minuten hinter sich gebracht, und der Herzog löste seinen Zauber auf.

»Ihr könnt einem ganz schön Angst einjagen«, sagte Graf Zac und grinste. »Ich bin froh, dass Ihr auf unserer Seite seid.«

Der Herzog sah blass aus. »Ich fühle mich nicht sehr beängstigend, Zac. Wir sollten uns sofort auf den Weg machen.«

Bei Sonnenuntergang hatten sie zu der Armee aufgeschlossen. Schon wurde es wieder kalt, und die Männer, die sich ein wenig getrocknete Wurst aufbewahrt hatten, hätten sie für viele Goldstücke verkaufen können. Die Pferde brauchten Wasser, und zwei waren bereits gestürzt und für die Kojoten und Wölfe zurückgelassen worden, denn inzwischen folgten ihnen auch die größeren Verwandten der Kojoten auf der Straße.

Aber die Armee lagerte in einem alten Legionärsfort mit vier guten Erdwällen, von denen die Armee in der letzten Stunde den Schnee weggeschaufelt hatte. Die Zelte wurden von Torfballen erhellt, die mit Ästen aus dem Boden gehauen worden waren. Ein altes Fort wie dieses hatte oft große Steinhaufen, die zu Unterständen oder Feuerstellen aufgeschichtet werden konnten.

Die Berghänge hallten vom Klang der Äxte wider, während die Armee Holz schlug.

Der Herzog stieg in der Mitte der kleinen Festung ab und wurde von Tom Schlimm umarmt.

Nach weniger als einer Minute hatte er die Situation verstanden.

Er winkte Random zu, der sich hinter dem großen Feuer befand, das den Kommandobereich erhellte. Sofort fühlte er sich besser, denn hier war er von Freunden umgeben. Er fand die Zeit mit Harmodius stets besonders anstrengend und ermüdend.

Denn der alte Magister machte ihm Angst. *Er könnte mich jederzeit für sich beanspruchen.*

*Und ich würde es nicht einmal bemerken.*

Aber nun, da er von Freunden umgeben und von Wärme eingehüllt war, erschien ihm alles gar nicht mehr so schlecht. Er überdachte Toms Entscheidungen und hielt sie für gut.

»Wenn wir uns beeilen, können wir morgen bei Sonnenuntergang in Osawa sein«, sagte Random.

Der Herzog sah sich um. »Dann sollten wir uns sofort schlafen legen.«

»Habt Ihr gekämpft?«, fragte Tom. Köpfe drehten sich; die Männer sahen ihren Hauptmann an – oder eher ihren Megas Ducas.

Pater Arnaud runzelte die Stirn.

»Nicht wirklich«, sagte der Herzog.

Graf Zac lachte. »Er ist allein davongeritten, mitten zwischen die Feinde, und hat Demetrius zum Zweikampf aufgefordert. Oh, ihr hättet ihn sehen sollen!«

Tom Schlimm blickte seinen Hauptmann finster an. »Aber Ihr habt nicht gegen ihn gekämpft?«

Ser Michael lachte. »Nicht? Er hat Demetrius' Onkel vom Pferd geholt und ihn vor Demetrius' versammelter Armee zum Gefangenen gemacht!«

Tom Schlimm grinste. »Ihr seid verrückt. Aber Ihr stehlt uns alle guten Kämpfe, und das gehört sich nicht für einen Anführer.«

Der Herzog zuckte die Achseln. »Tom, ich wollte einen hochrangigen Gefangenen machen. Das war alles.«

Graf Zac lachte laut auf. »Unsinn, Hauptmann! Wenn Ihr einen Kampf wollt, dann reitet Ihr aus und stürzt Euch in einen.«

Tom verschränkte die Arme vor der Brust. »Die Gallyer werden uns auf alle Fälle einen Kampf liefern.«

Der Herzog hob die Hand. »Aber nicht, wenn ich es verhindern kann. Ich habe vor, ihnen eine goldene Brücke zu ihren Booten zu bauen.«

»Was?«, brüllte Tom.

»Das ist gute *Taktika*«, sagte Zac.

Vor Enttäuschung verzog Tom das Gesicht. »Er nimmt dem Krieg ja allen Spaß«, beschwerte er sich.

Der Herzog nickte. »Auf dem Turnierplatz gehorche ich gern einem anderen Edelmann. Aber das hier ist Krieg. Die Gallyer möchten zwar vielleicht kämpfen, aber wir wollen, dass sie nach Hause ziehen, damit wir unsere Pelze für den Kaiser retten können.«

Ser Giorgios kratzte sich am Bart. Sie alle waren schmutzig, denn keiner wechselte in dieser Kälte die Kleidung. »Ich will niemanden beleidigen«, sagte er, »aber inzwischen heißt es schon, dass die Söldner jede Schlacht vermeiden.«

Der Herzog zuckte mit den Schultern. »Pampe, können wir diesen moreanischen Edelleuten eine kleine Demonstration geben?«

Sie lächelte. »Alles, was Ihr wollt.«

Der Herzog zog sein Schwert, und Pampe tat es ihm gleich.

»Seht genau hin, Giorgios.« Er hob seine scharfe Klinge, packte sie mit beiden Händen, und Pampes Schwert wollte die Waffe des Herzogs zur Seite drücken – aber er schlüpfte unter ihrem Schlag hindurch, und die Spitze seines Schwertes berührte ihre Brust. »Ist meine Klinge ihrer Klinge aus dem Weg gegangen?«, fragte er.

Ser Giorgios nickte. »Aber nur, um den Kampf zu gewinnen«, sagte er.

Der Herzog nickte. »Die meisten Krieger sind Amateure«, erklärte er. »Es sollte nicht überraschen, dass sie Angst vor denen haben, deren Beruf der Krieg ist. Wir müssen weder männlich noch tapfer sein. Wir brauchen nur zu gewinnen. Es gibt keinen zweiten Platz, und wir werden bezahlt, ob wir nun die Hälfte unserer Männer oder gar keinen verlieren. Danke, Pampe.« Er nickte den Männern und Frauen im Lichtkreis des Feuers zu. »Und jetzt solltet ihr zu Bett gehen. Trotz all meiner Bemühungen könnte es sein, dass Toms Wunsch am kommenden Nachmittag doch noch erfüllt wird.«

Gelfreds Späher machten die gallysche Streitmacht gegen Mittag aus. Zac nahm beide Vardarioten-Schwadronen mit Ausnahme einer kleinen Gruppe, die zur Bewachung der Reservepferde abgeordnet war, und sie verschwanden in einem Schneegestöber im Norden, während die Armee auf ihren Pferden langsam zum Ufer des Sees vorrückte, der noch nicht zugefroren war. Die Straße war breit und mit schweren Steinen gepflastert, und sogar im Schnee schien ihre Oberfläche für ein schnelles Fortkommen geeignet.

Sie sahen, wie an Dutzenden Orten Rauch aufstieg.

Am Nachmittag berichteten zwei von Zacs Kriegern, dass die Gallyer zu ihren Booten unterwegs waren. Es waren keine Draußener bei ihnen, und die südlichen Huran, die in den Orten nahe dem nördlichsten moreanischen Außenposten lebten, unternahmen andauernd Ausfälle zu den Gallyern.

Der Herzog ertrug mehrere Stunden lang Toms wachsenden Unmut und lachte schließlich laut auf. »Also gut, Tom, nimm ein paar Männer deiner Wahl und hau den Gallyern eins auf die vorstehende Nase.« Er beugte sich vor. »Und mach ein paar Gefangene, wenn das nicht zu viel verlangt ist.«

Tom strahlte auf wie eine Laterne, die frisches Öl erhalten hatte. Er nahm ein Viertel von Ser Jehans Kompanie und auch ein Viertel von Pampes sowie ein weiteres Dutzend ausgesuchter Ritter, unter denen sich auch Ser Gawin, Ser Alison, Ser Michael und Ser Alcaeus befanden. Und überdies alle Viehtreiber.

Sie galoppierten nach Norden davon, blieben hinter Graf Zacs Schild aus Pferden.

Die Armee hingegen setzte ihren Weg fort und wechselte vom Trott zum Gang und wieder zurück. Es war kalt, und je schneller sie wurden, desto unvorsichtiger waren sie. Die meisten Soldaten hatten nasse Füße, einerseits vor Anstrengung und andererseits von den vielen Bächen und Flüssen, die sie ohne ihre üblichen Vorsichtsmaßnahmen durchquert hatten.

Jehan trottete neben dem Hauptmann her. »Was ist unser Ziel?«, fragte er.

Der Herzog hob die Brauen. »Ruhm? Bessere Bezahlung?«

»Ihr habt schon wieder diesen selbstgefälligen Ausdruck des Triumphes auf Eurem Gesicht«, murmelte Jehan.

»Ist dir je der Gedanke gekommen, dass man in fünfhundert Jahren Lieder über uns singen wird?«, fragte der Herzog.

»Wir bitten um Stille für das ›Lied des Roten Ritters und die Aventiure der Vermiedenen Schlacht!‹«, sagte Ser Jehan und lachte. »Ich glaube, es war Euer bester Schachzug, Demetrius' Versorgungstross zu vernichten. Brillant. Aber warum lasst Ihr jetzt Tom von der Leine?«

Der Herzog nickte. Der Turm von Osawa war bereits am Horizont sichtbar. »Weil er den ganzen Winter hindurch ein unbeherrschbares Untier sein wird, wenn ich nicht aufpasse. Außerdem hat er die meisten seiner eigenen Männer und Frauen mitgenommen, und sie werden sich gewiss auf die gallysche Nachhut stürzen. Jehan, was zum Teufel machen die Gallyer überhaupt in Nova Terra?«

Jehan ritt eine Weile schweigend neben ihm her. »Ich dachte, Ihr wüsstet das«, sagte er schließlich. »Das mag dumm von mir gewesen sein, aber Ihr schient mir so gute Kenntnisse zu haben.«

»Es hat gewisse Berichte gegeben. Ich wünschte, die Spione des Kaisers würden bis nach Gallyen reichen.« Der Herzog nickte. »Ich wünschte, ich hätte meine eigenen Spione, und verdammt, Jehan, irgendwann werde ich sie auch haben! Aber du hast gefragt, was mein Ziel ist. Ich will herausfinden, was hier geschieht, und ich möchte, dass Gerald seine Pelze und wir unseren Lohn erhalten. Und ich will aus Morea herauskommen, bevor uns dieses Land bei lebendigem Leibe auffrisst.«

Tom Schlimm hatte ein Drittel seiner besten Soldaten und Bogenschützen mitgenommen, und er war fest entschlossen, die Draußener und ihre angeblichen Verbündeten so hart wie möglich anzugehen – so hart, dass sie stehen bleiben und kämpfen mussten.

Die Vardarioten machten den ersten Kontakt nordwestlich von ihm; sie fochten ein heftiges Scharmützel mit einigen Huran aus, die mit Armbrüsten bewaffnet waren. Dabei verloren die Vardarioten einen Mann. Stefan Druse, ein großer, dürrer Kerl, der eher wie ein Mönch aussah und einen dazu passenden Bart trug, salutierte mit seinem langen stählernen Streitkolben vor ihm und zog eine Grimasse.

»Nichts für uns, Mylord«, sagte er zu Tom Schlimm. »Formierte Infanterie mit großen Armbrüsten.«

Tom grinste. »Das ist gut, Junge. Bleibt einfach an unserer Flanke.«

Er führte die Soldaten voran, bog dann in rechtem Winkel ab und ritt über schneebedeckte Draußener-Felder. Der Viehtreiber und seine Clanmänner standen in regelmäßigem Kontakt mit diesem Teil der Welt. Die Grünen Berge lagen dicht dahinter, und die Mauer erhob sich irgendwo links von ihnen. Hier hatte er schon mit Vieh gehandelt und auch Überfälle durchgeführt. Die Draußener lebten jenseits der Mauer, aber sie waren südliche Huran und niemandes Vasallen.

An seiner Seite schüttelte Ranald den behelmten Kopf. »Der Herzog sagt, es sind Gallyer bei ihnen – das heißt, sie haben schwere Pferde, eine gedrillte Infanterie und gute Rüstungen …«

»Hör auf damit, Vetter. Wir wollen uns einen prächtigen Kampf gönnen.« Tom Schlimm beobachtete den fernen Waldsaum eingehend, nämlich in dem Bewusstsein, dass er einen Fehler gemacht hatte, indem er seine berittenen Späher vorausgeschickt hatte, weil er so erpicht auf einen Kampf gewesen war.

Er sah die Armbrustschützen, noch bevor sie ihre Pfeile verschossen.

»Auf sie, bevor sie feuern können!«, rief er, und sein Pferd sprang vor.

Die Huran am Waldsaum wichen zurück, als Toms Kavallerie auf sie zupreschte. Die Bäume standen so weit auseinander, dass sie die Pferde nicht aufhalten konnten, und es war Winter. Die Huran rannten in den Wald zurück, die Ritter und Soldaten verfolgten sie.

Ranald hatte die Bogenschützen bei sich; sie wurden von Twinter und Langpfote befehligt und von einem Dutzend Veteranen begleitet, die gut genug gerüstet waren, um als Soldaten bezeichnet werden zu können. Er schüttelte den Kopf.

»Haltet eure Visiere offen und beobachtet die Flanken!«, rief er. »Das hier gefällt mir gar nicht.«

Als sie das weite, schneebedeckte Feld überquert hatten, verschwanden Tom und seine Soldaten zwischen den Bäumen. Im Norden und Süden sah er die rot gekleideten Vardarioten durch den Schnee rennen.

Insgesamt verfügten sie über sechzig Mann. Ranald trieb seine Leute zu größerer Schnelligkeit an, da er Angst hatte, hinter seinem Vetter zurückzubleiben – und er befürchtete einen Hinterhalt.

»Macht euch bereit!«, rief de Marche.

Die feindliche Kavallerie – es schienen Ritter zu sein – hatte sich ausgebreitet, bis sie so dünn war wie die Butter auf dem Brot; jeder

Einzelne suchte sich seinen Weg durch den tiefen Wald. De Marches Seeleute warteten in Zweierreihen hinter einer niedrigen Barrikade aus umgestürzten Bäumen. Sie beobachteten, wie die Huran an ihnen vorbeiliefen.

So war es vereinbart.

»Vorbereiten zum Schießen!«, rief de Marche.

Der Anführer der Feinde, ein gewaltiger Mann auf einem großen schwarzen Wallach, zerrte an den Zügeln, sodass sich sein Pferd aufbäumte.

»Schießen!«, rief er, und vierzig Armbrüste wurden gleichzeitig abgefeuert.

Die Auswirkungen auf die Ritter waren nicht so vernichtend, wie sie es hätten sein sollen, aber der große Mann ging zu Boden, sein Pferd schlug um sich und rötete den Schnee.

»Spannen!«, rief er.

»Deus vult!«, rief der Schwarze Ritter, und er griff an der Spitze eines Dutzends seiner eigenen Männer an.

Tom Schlimm war sich seiner Narretei völlig bewusst, noch bevor er die gefällten Bäume sah. Tom leugnete es nicht – er war in eine Falle gelockt worden.

Er riss an den Zügeln, und sein Pferd bäumte sich auf, als er der Gallyer ansichtig wurde. Sie wirkten derart geschickt …

*Verdammt, ich habe dieses Pferd geliebt,* dachte er, als sechs Pfeile den Wallach trafen. Das Pferd schlug zu Boden, war tödlich verwundet.

Tom rollte von ihm weg; seine Rüstung verletzte ihn stärker, als es der Sturz getan hatte. Schließlich kam er wieder auf die Beine und stellte fest, dass er sein Schwert nicht verloren hatte.

Sie hatten eine Kavallerie.

Tom schüttelte den Kopf über seine eigene Dummheit, als die feindlichen Ritter ihre Kriegsschreie ausstießen.

Und er grinste. Immerhin war es ein Kampf.

Francis Atcourt – einfach zu erkennen an seinem roten Helmbusch – ritt zu seiner Rettung herbei. Die feindlichen Soldaten, allesamt mit erstaunlich guten Pferden für einen Kampf in der Wildnis ausgestattet, rückten von links auf ihn zu, und Atcourt schloss sich bei seinem Ritt mit drei weiteren Soldaten der Kompanie zusammen.

Tom sah mit großer Befriedigung zu, wie sie, obwohl sie entsetzlich in der Minderzahl waren, die Lanzen senkten, ihre Männer zusammenriefen und schon nach fünfzig Pferdelängen aus einer breit gefächerten Verteidigungsformation in eine kompaktere wechselten.

Die Gallyer – er vermutete zumindest, dass es sich um Gallyer handelte – schlugen zu. Sie besaßen etwa ein Dutzend Ritter, und im Moment des Aufpralls fegten sowohl Ser Francis Atcourt als auch einer der wenigen gallyschen Soldaten der Truppe, Phillipe le Beause, je einen Gegner vom Pferd. Chris Foliak tötete das Reittier seines Feindes und schwenkte dann eine Lanze unsportlich zur Seite – wie eine Zollschranke. Damit brachte er einen weiteren gallyschen Ritter zu Fall. Aber Ser John Gage wurde von einem Mann vom Pferd gestoßen, der genauso groß war wie Tom.

Foliak, ein geschickter Kämpfer, zügelte sein Pferd nicht, sondern brach durch, senkte seine Lanze und ritt dann in südlicher Richtung weg von dem Kampf.

Atcourt zögerte, war sofort umzingelt und wurde von drei Männern aus dem Sattel gestoßen; sie hatten sein Zaumzeug gepackt.

Phillipe le Beause gelang es, seinen Dolch in einen der Angreifer zu rammen, und sein Pferd – das größer und besser ausgebildet war als viele andere – trug ihn aus der Gefahrenzone. Er sah Tom und ritt auf ihn zu …

Zwanzig Armbrüste schossen gleichzeitig, und Beause starb sofort.

Toms restliche Soldaten sammelten sich im Norden. Er hörte Ser Michaels Stimme.

Einer der feindlichen Ritter hob sein Visier und deutete mit seiner Lanze auf Tom. »Ergebt Euch«, sagte er.

Tom lachte. »Für gewöhnlich kämpfen wir erst einmal«, erwiderte er und wünschte sich, er hätte eine Axt.

Der Gallyer stürmte sofort auf ihn zu; sein großes Pferd wirbelte Schnee in die stille Luft. Seine Lanzenspitze flog nach unten, und Tom holte mit seinem Schwert aus und hieb die Lanze durch. Mit der Rückhand schwang er seine Waffe in das Pferd, und es geriet wegen der Schmerzen in Panik und wirbelte herum.

Tom hieb wieder zu, beachtete den Reiter nicht weiter, sondern hackte auf den Hinterlauf ein.

Das Pferd ging zu Boden.

Ein weiterer Gallyer griff Tom an.

Tom Schlimm richtete sich auf und erwartete die Lanze, aber der Mann hatte ihn durchschaut und hielt seine Lanze erhoben. Er ritt heran und senkte seine Waffe erst im letzten Augenblick.

Tom schlug sie zur Seite; seine Klinge fuhr in den Hals des Pferdes, doch dann wurde er wieder zu Boden geworfen, als das Pferd gegen ihn preschte. Sein Schlag aber war gut gezielt gewesen; das Pferd geriet ins Taumeln und stürzte zu Boden.

Tom erhob sich.

Eine geworfene Lanze traf ihn wie ein Blitz in der Seite; die Spitze durchdrang seinen Panzer. Er taumelte.

»Deus vult!«, brüllte der gewaltige Ritter, als er an ihm vorbeidonnerte. Er wendete sein Pferd und kam wieder auf Tom zu, diesmal mit einem langen stählernen Streitkolben in der Hand.

Er schlug zu. Tom hatte es jedoch erwartet, fing den Kolben mit seinem Schwert ab und war von der ungeheuren Kraft des Mannes verblüfft. Doch es gelang ihm, den Schlag zu parieren, der von ihm abprallte wie Regen von einem steilen Dach, und er führte einen

Konterschlag, als das Pferd an ihm vorbeilief. Er traf das Pferd; es schrie auf.

Der andere Ritter zügelte sein Reittier. Armbrustschützen kamen herbei.

»Das ist ein regelrechtes Abschlachten von Pferden«, sagte er.

»Kommt von Eurem herunter, und wir lassen ein Abschlachten von Menschen daraus werden«, sagte Tom Schlimm.

»Ihr seid aber ein feiner Soldat. Darf ich fragen, wer Ihr seid?«, bemerkte der feindliche Ritter.

»Ich bin Ser Tom Lachlan aus den Bergen«, sagte Tom Schlimm.

»Und ich bin Ser Hartmut Li Orguelleus«, sagte der andere Mann und wartete. »Der Schwarze Ritter.«

Tom schüttelte den Kopf. »Ich vermute, Ihr wollt nur Zeit schinden, bis Eure Armbrustschützen hier sind und mich erledigen«, sagte er.

Ser Hartmut lachte. »Natürlich!«, bestätigte er. »Warum auch nicht? So etwas wie einen gerechten Kampf gibt es nicht.«

Tom griff ihn an, dabei schrie er: »Lachlan für Aa!« – und rannte so schnell, wie es seine verletzten Hüften erlaubten.

Aber Ser Hartmut ließ ihn nur auf zwei Schritte herankommen und setzte sein Pferd dann in Bewegung. Der Streitkolben des Schwarzen Ritters fuhr herunter – und Toms Klinge stieg auf.

Beide wurden auf diese Weise getäuscht, und beide trafen.

Der Kolben erwischte Tom am rechten Schulterpanzer, sodass er zu Boden geworfen wurde.

Ser Hartmut empfing Toms Schlag mitten auf dem Brustpanzer, und er fiel aus dem Sattel. Der Unterschied bestand nur darin, dass Ser Hartmut außer an seiner Würde nirgendwo eine Verletzung erfahren hatte.

Tom Schlimm aber hatte die schlimmste Wunde seines Lebens empfangen.

Ranald ritt langsam in den Wald hinein; seine Bogenschützen folgten ihm dicht gedrängt. Nun konnte er den Kampf hören – an drei verschiedenen Stellen. Aber auch der Winterwald blockierte seine Sicht so sehr, dass er es gar nicht begriff.

Er hörte Toms Kriegsruf und hielt darauf zu. Aber selbst jetzt noch ließ er nicht jede Vorsicht fahren. Er stapfte mit offenem Visier voran und schaute andauernd nach rechts und links.

Zuerst sah er die Armbrustschützen, dann bemerkte er Tom – allein und auf dem Knie.

Er wandte sich an Langpfote. »Gib mir Deckung!«, rief er, aber die meisten Bogenschützen sprangen bereits von ihren Pferden, die von Dienern übernommen wurden, und die Schützen zogen sich die Bögen über die Köpfe.

Ranald riss seine Lanze aus dem Futteral neben seinem rechten Steigbügel und gab seinem Tier die Sporen.

Rechts von ihm sah er das Blitzen der Wintersonne auf dem Metall.

Es waren drei Ritter – nach einem raschen Blick wusste er, dass keiner von ihnen zu seiner Truppe gehörte. Sie befanden sich zwischen ihm und seinem Vetter.

Er ritt auf sie zu, schloss sein Visier, und nun befanden sich alle vier im Galopp, was in dem verschneiten Wald nicht einfach war.

Sechs Schritte vor dem Zusammenprall wechselte Ranald das Ziel. Sein Pferd machte einen anmutigen Querschritt, sodass ihn der gegnerische Reiter um eine Elle verpasste. Er beugte sich zur Seite, als befinde er sich in einem Übungshof in Harndon, holte aus, und der Mann wurde aus dem Sattel gehoben. Eine Speerspitze traf seinen Brustpanzer, bohrte sich aber nicht hinein, sondern rutschte an der v-förmigen Verstärkung nach oben und schoss dann über seine rechte Schulter hinweg, wobei sie ein Stück der Panzerung mitriss. Weitere Schäden gab es nicht.

Ranald drehte sich nicht einmal um.

Zehn Schritte hinter ihm stieß Chris Foliaks Lanze einen zweiten Mann aus dem Sattel, bevor Foliaks Pferd den Halt verlor und in einem Wirbel aus Schnee und toten Blättern zu Boden ging.

Ranald preschte auf seinen Vetter zu.

Tom kauerte auf dem Knie, konnte anscheinend nicht mehr aus eigener Kraft aufstehen und verteidigte sich, indem er sein Schwert mit beiden Händen hielt und die Schläge parierte. Ein gewaltiger Ritter – mindestens so groß wie Tom selbst – hieb immer wieder mit einem Streitkolben zu, den er wie einen Blitz schwang.

Einen Schlag konnte Tom nicht mehr abfangen – die Waffe traf auf sein Visier und zerbeulte es.

Der große Ritter zog sein Schwert, es brach in Flammen aus, und die Armbrustschützen schrien auf und gaben damit ihre Position preis.

Ranald hatte gerade noch Zeit für den Gedanken: *Gott, sind das viele.*

Der erste Pfeil aus Langpfotes Bogen traf einen der Bogenschützen.

Hinter ihm hörte Ranald, wie Foliak kämpfte – Schwert gegen Schwert.

Nun wurde überall im Wald gefochten. Die Vardarioten wogten von den Flanken herbei, und plötzlich war der Sieg nahe. Aber zuerst musste er diesen Riesen von seinem Vetter herunterbekommen.

Ranald richtete seine Lanze auf den Rücken des großen Ritters, doch einen Herzschlag vor dem Aufprall wand sich der Mann wie eine Schlange zur Seite. Ranald traf ihn zwar, aber es war unheimlich anzusehen, wie es ihm gelang, der vollen Wucht des Stoßes zu entgehen.

Doch sein großes brennendes Schwert erwischte Tom nicht, dem es gelang, wieder auf die Beine zu kommen, als Ranald an ihm vorbeistürmte.

Tom schlug zu, doch der Schwarze Ritter lenkte den Schlag verächtlich mit seinem eigenen Schwert ab und trennte Toms Klinge knapp oberhalb des Griffes durch.

Tom zog seinen Dolch.

Ein Pfeilschwarm der Bogenschützen aus der eigenen Truppe ging wie ein Schneegestöber nieder. Die feindlichen Soldaten wichen nicht zurück, wurden getroffen und erwiderten das Feuer mit etlichen Armbrustbolzen.

Der Schwarze Ritter hob sein brennendes Schwert …

»Aus dem Weg, du Wahnsinniger!«, schrie Ranald seinen Vetter an und versetzte seiner Hüfte einen Stoß.

Er besaß eine große Axt – eine Waffe mit einem langen Schaft und einem gewaltigen, fünf Fuß messenden Kopf, der wie ein Halbmond geschwungen war. Es war die Axt, die Meister Pyle für ihn geschmiedet hatte.

Tom fiel auf die Knie.

Ranald trat neben seinem Vetter vor, als der Schwarze Ritter zuhieb. Es war ein einfacher Schlag, der aus der rechten Schulter kam. Und doch wurde er mit der Kraft eines Schlachtrosses geführt.

Ranald parierte mit der Axt dicht an seinem Körper.

Die beiden Waffen prallten mit einem Klirren aufeinander, das durch den ganzen Wald hallte.

»So!«, rief der Schwarze Ritter hinter seinem Helm.

Ranald sprang vor; die Axt schleifte wie ein langer Schwanz hinter ihm her. Er riss sie hoch, und als der Schwarze Ritter nicht zur Seite auswich, schlug Ranald zu.

Schnell wie eine springende Forelle fuhr die Klinge des Schwarzen Ritters hoch, der Axt entgegen …

Ranald rollte den schweren Axtkopf herum – sein Schlag war eine Finte gewesen – und stach mit dem Stachel unter der Klinge zu. Er erwischte die Hand des Schwarzen Ritters und hieb dann mit der Schneide auf das Handgelenk des Gegners ein.

Es gelang ihm, den größeren Mann zu Boden zu werfen.

Der Schwarze Ritter lag auf dem Rücken, aber schnell wie eine Katze hieb er mit seinem brennenden Schwert auf Ranalds linke Beinschiene ein.

Der Schwarze Ritter rollte sich *rückwärts* wie ein Akrobat über den eigenen Kopf und sprang wieder auf die Beine.

Ranald konnte vor Schmerzen kaum mehr klar denken.

Der Schwarze Ritter salutierte kurz vor ihm. »Ich glaube, meine Bogenschützen sind von den Euren besiegt worden«, sagte er und wich zurück. »Und meine nutzlosen Verbündeten sind wie geschlagene Hunde nach Hause gelaufen. Ich werde Euch an einem anderen Tag wieder begegnen, Ser Ritter.« Er trat einen weiteren Schritt zurück, und dann noch einen.

Ranald wollte ihm folgen, doch überall auf dem Boden befand sich Blut, und es stammte nicht von Tom.

Die Armbrustschützen flohen.

Ihr Anführer, ein Mann in einer guten Rüstung, versuchte sie zu sammeln, bis er sah, dass Ser Michael mit einem Dutzend Soldaten und genauso vielen Vardarioten heranrückte. Dann sprang er auf sein eigenes Pferd und ritt davon.

Ranald versuchte seine Wunde zu verbinden, und schließlich gesellte sich Francis Atcourt zu ihm.

»Was ist denn mit dir passiert?«, fragte Ranald.

Atcourt lächelte. »Jemand hat mich am Kopf getroffen«, sagte er. »Glücklicherweise ist er nicht mehr dazu gekommen, mich gefangen zu nehmen.« Er beobachtete die Gallyer, die sich auf dem Rückzug befanden. »Wer waren sie? Sie waren … sehr gut.«

»Besser als ich«, murmelte Tom. »Heiliger, vom Grabe auferstandener Christus, wer kann denn bloß dieser Verrückte gewesen sein?«

Fünf Meilen weiter westlich und zwei Tage später stand Tom Schlimm auf dem Hauptturm der Befestigungsanlagen von Osawa und spähte durch den leichten Schneefall auf den See hinunter, als wollte er die Gallyer zu ihrer Pflicht zurückrufen. In dem Hof unter ihnen hatte sich die größte Pelzkarawane eingefunden, die Morea seit zwanzig Jahren zusammengestellt hatte, und langsam rollte sie hinaus und bewegte sich auf die Berge zu, sorgsam bewacht von einem großen Teil der kaiserlichen Armee.

Tom Schlimm stampfte mit dem Fuß auf und sah finster drein.

»Kopf hoch, Tom«, sagte der Herzog. »Wir werden jemand anderen finden, gegen den wir kämpfen können.«

Tom fluchte und stapfte die vielen Stufen hinunter zu seinem Pferd. Der Herzog folgte ihm.

»In einem Manöverkrieg? Ich bin kein Narr. Ihr habt die Gallyer ins Aus manövriert, und nur ihr Hinterhalt hat die Möglichkeit zu einem Kampf geboten. Aber …« Er zuckte die Achseln. »Ein Krieg ohne Kampf?« Tom spuckte die Worte aus. »Und Ranald hat gestern alles abgekriegt, und ich bin getroffen worden.« Er senkte den Blick. »Und habe Phillipe verloren.«

Ranald war mit Magie behandelt und verbunden worden, aber er war noch immer sehr blass. Tom Schlimm war wieder auf die Beine gekommen. Doch Ranald war der Held der Stunde, und Tom sprach seinen Dank öffentlich aus.

»Du hast mir das Leben gerettet, Vetter, und es gibt nicht viele Männer, die das von sich behaupten können.«

Ranald wirkte verlegen.

»Ich will noch einmal gegen den Schwarzen Ritter kämpfen. Ihr werdet die Thraker nicht mit modischen Manövern schlagen.«

Der Rote Ritter lachte und legte seinem Freund die Hand auf die Schulter. »Tom, im nächsten Frühjahr wird es mehr als genug Kämpfe geben. Und deswegen möchte ich, dass du nach Hause in die Berge gehst und deine Landsleute aushebst. Bring jeden Vasallen, den du bekommen kannst, und auch alle Viehtreiber zur Herberge von Dorling, sobald das Eis auf den Straßen schmilzt. Verbringe den Rest des Winters damit, dich zu erholen. Du bist schwer verletzt.«

Lachlan nickte. »Das bin ich.« Er konnte zwar gehen, aber seine Hüften schmerzten; er war in der Lage, den rechten Arm zu bewegen, aber der linke fühlte sich auch nach dem Einsatz mächtigster Magie kalt wie Eis an.

»Ihr gebt mir einen Befehl?« Tom Schlimm blickte finster drein.

Der Herzog schüttelte den Kopf. »Nein, das tue ich nicht. Ich bitte dich nur um etwas. So … von Megas Ducas zu Viehtreiber.«

Tom Schlimm nickte. »Ich werde gehen, wenn auch ungern. Wenn ich kann, werde ich zur verabredeten Zeit am verabredeten Ort sein.«

»Der Wyrm wird helfen«, sagte der Herzog.

»Ich hoffe, mein Vetter wird helfen.« Tom drehte sich zu Ranald um.

Der Herzog seufzte. »Tom, Ranald wird vielleicht nach Lissen Carak gehen. Lady Mary ist vom Hof verbannt worden und reitet in diesem Augenblick den Albin hoch, weil sie das Weihnachtsfest im Kloster verbringen will.« Er überreichte Ranald eine Depesche und lächelte. »Es ist gut, einen Spionagedienst zu haben. Ich werde ihn vermissen. Knie nieder, Ranald.«

Ranald sah ihn erstaunt an. »Warum?«, fragte er. Dann betrachtete er den Schnee, der schlammig und kalt aussah. Ihn schmerzte das Bein.

»Weil es üblich ist, wenn man zum Ritter geschlagen wird«, sagte der Herzog.

# 14

## Liviapolis · Die Prinzessin

Lady Maria stand in dem inoffiziellen Thronsaal; die Schriftrollen lagen in ihrem Nähkorb.

»Der Megas Ducas befindet sich anscheinend auf dem Heimweg«, sagte sie. »Er sendet Euch die Nachricht, dass er in einer Woche zurück sein wird.« Sie hob den Blick. »Er bittet Euch, alle Vorbereitungen für das Weihnachtsfest zu treffen.«

»Mein Vater ist noch immer in Geiselhaft?«, fragte die Prinzessin.

»Er ist sehr schlecht behandelt worden«, sagte Lady Maria. »Doch der Megas Ducas bittet Euch, nicht die Hoffnung aufzugeben. Der Kaiser wurde weiter in die Berge hinein gebracht, sagt er.«

Die Prinzessin wandte den Kopf ab und schluchzte: »Was?« Dann brach sie in Tränen aus.

Der Spatharios Dunkelhaar drängte sich vor. »Was ist passiert? Und wo?«

Maria rollte eine Landkarte auseinander. »Das ist verteufelt kompliziert. Der Megas Ducas ist nach Westen bis fast bis zu den Grünen Bergen gegangen und hat Andronicus überholt. Er hat Demetrius besiegt, der sich zurückgezogen hat. Andronicus hat eine Armee ausgehoben und sie dann wieder aufgelöst.«

Ser George Brewes nickte. »Natürlich. Er hatte keinen Versorgungszug.«

Dunkelhaar gluckste. »Aber wir hatten einen!«, sagte er.

Lady Maria erlaubte sich ein knappes Lächeln. »Ja, wir hatten einen.«

Brewes stieß einen Pfiff aus. »Also waren die Pelze von Anfang an nur eine Finte.«

Lady Maria hob die Stimme, sodass die Prinzessin, die voller Verzweiflung auf ihrem Thron saß, sie ebenfalls hören konnte. »Nein, meine Herren. Die Hauptarmee ist nach Norden am See entlangmarschiert und wird – wie es aussieht – die Pelze nach Süden eskortieren.« Sie warf einen Blick auf eine weitere Depesche und zuckte die Achseln. »Hier steht, dass sich eine gallysche Streitmacht auf dem Inneren Meer befindet. Der Megas Ducas erwartet, dass sie sich beim Anblick unserer Banner zerstreuen wird, aber es fällt mir schwer zu glauben, dass die Gallyer tatsächlich auf dem Wasser sein sollen. Zu Beginn des Winters? Es scheint mir ein Schreiberirrtum zu sein.«

Die Prinzessin schüttelte den Kopf. »Aber er hat gesagt, dass er nach Osten gehen will!«

Ser George Brewes biss sich auf die Zunge. Dann mühte er sich ein Lächeln ab und sagte: »Wie dem auch sei, es ist ein guter Feldzug. Und wir werden ein schönes Weihnachtsfest haben.«

Hoch droben im Norden beobachtete Ser Hartmut verbittert, wie seine Galeeren in das leichte Schneegestöber hineinfuhren. Schon trieben Eisschollen auf der Mündung des Sees, die erst aufgebrochen werden mussten.

Sie hatten zwei Dörfer niedergebrannt, deren Häuser nur aus Korbgeflecht und Häuten bestanden hatten. Er hatte trotz all seiner militärischen Macht nichts anderes vorzuweisen und war gezwungen gewesen, sich zurückzuziehen, als eine Armee – eine großartige Armee – in den Bergen im Süden erschienen war.

»Drei Lac d'Amour«, sagte er zu de Marche und schüttelte den Kopf. »Wer war das?«

De Marche ächzte. »Kennt Ihr die Geschichte von dem versuchten Angriff des Königs auf Arles?«, fragte er.

Ser Hartmut blickte in den Schnee. *»Dieser* Hauptmann? Ah, Meister de Marche, ich werde mich sorgsam um meine Waffen kümmern müssen, damit ich ihm Manieren beibringen kann. Das wird mir die Zuneigung des Königs einbringen.« Er rollte die Schulter und kämpfte gegen die Steifheit an. »Seine Soldaten waren gut. So gut wie meine eigenen.«

»Ihr habt keinen einzigen Mann verloren, ich dagegen hatte sechs Seeleute zu betrauern.« De Marche hatte genug vom Krieg.

Ser Hartmut zuckte die Achseln. »Fortuna. Wenn ihre berittenen Bogenschützen uns heftiger bedrängt hätten, wären wir alle unterlegen gewesen. Ich gebe zu, dass der Hinterhalt eine sinnlose Angeberei war.«

De Marche stieß den Atem wieder aus, den er angehalten hatte, um klar und deutlich zu sagen, was er dachte. Stattdessen fragte er: »Ich nehme an, die Kampfhandlungen sind für den Winter beendet?«

»Ihr meint, falls wir nicht vom Eis eingeschlossen und wie Käfer zerdrückt werden?«, fragte Ser Hartmut zurück. »Ihr wollt doch nicht versuchen, zu dieser Jahreszeit nach Hause zu segeln, oder?«

»Christus am Kreuz, nein, Mylord«, sagte de Marche. »Ich werde meine Schiffe aus dem Wasser holen und sie auf Reede legen. Vielleicht werde ich sogar Schuppen für sie bauen, wenn das Wetter dies zulässt.«

»Gut. Und wir werden die Eingeborenen ausbilden. Es gibt vieles, was sie von uns lernen müssen«, sagte Ser Hartmut. »Wir werden sie lehren, tapferer zu sein.«

De Marche wusste, dass zwei Drittel der Draußener sie nach zwei Tagen fruchtlosen Kampfes verlassen hatten, sodass nur die Gallyer und eine Handvoll treu ergebener Anhänger gegen die anbrandende moreanische Welle übrig geblieben waren. Nach den Maßstäben der Draußener waren diese außerordentlich loyal gewesen und hatten sogar dann noch weitergekämpft, als bereits klar geworden war, dass die Moreaner und die südlichen Huran die Oberhand hatten.

Doch er sah Ser Hartmut an und sagte nichts.

## Liviapolis · Meister Kronmir

Es war einer der kältesten Ritte seines Lebens gewesen. Kronmir verlor den kleinen Finger seiner linken Hand, sobald er einen Arzt gefunden hatte, und trotz der zivilisatorischen Errungenschaft der Fußbodenheizung in Liviapolis dauerte es drei lange Tage, bis ihm wieder warm war.

Diesmal trat Meister Kronmir als reicher Kaufmann auf. Er hatte Zimmer im *Silbernen Kelch* gemietet, einer Herberge, die häufig von Etruskern und anderen Ausländern besucht wurde.

Die Armee war noch nicht in die Stadt zurückgekehrt, und er machte seine Runden, sobald ihm wieder warm war und er sich sicher fühlte. Einen halben Tag verbrachte er damit, Einkäufe zu tätigen, nur um sicherzugehen, dass er nicht verfolgt wurde, und dann besuchte er seine besten Spione und brachte ihnen Weihnachtsgeschenke – Amulette, die von Aeskepiles hergestellt worden waren. Er hinterließ ihnen verschlüsselte Anweisungen für die Benutzung dieser Amulette und seine besten Wünsche für das neue Jahr, und dann machte er sich auf die vorsichtige Suche nach einem Unzufriedenen unter den frisch rekrutierten Seeleuten in dem wieder sehr geschäftigen Hafen.

Er fand auch einen Unzufriedenen – einen Narren, und zwar einen gefährlichen; die schlimmste Sorte für einen Agenten. Aber Kronmir hatte keine Wahl. Er musste die Werkzeuge benutzen, die ihm zur Hand waren. Und er musste Snea, den Narren, persönlich treffen. Das konnte er keinem anderen überlassen, und es war gefährlich.

Kronmir ging große Risiken ein. Und er wusste so gut wie kaum jemand sonst, wohin ihn dieser Weg führen mochte.

### Südlich von N'gara · Nat Tyler

Tyler verließ die Elfenburg bei Tagesanbruch und wusste genau, was für ein Weg ihn erwartete. Keine Macht hielt ihn zurück, als er durch die Magie der Festung ging. Indem er ihre kaum sichtbare Schutzlinie überschritt – die Grenze der Macht ihres Herrn –, sah er draußen im Schnee Motten. Es waren hundert oder mehr, die schwach in der bitteren Kälte zwischen den Bäumen umherflatterten ... wie Schnee-Eulen ohne Köpfe. Er mochte sie nicht, denn sie verhießen nichts Gutes, und er mochte sie noch weniger, als zwei von ihnen ihm folgten.

Vielleicht half ihm ein wenig, dass ihm gleichgültig war, ob er lebte oder tot war.

In der Vergangenheit hatte er noch gewusst, was er wollte, aber nun hatte er etliche Wochen Zeit zum Nachdenken gehabt, und als seine Füße jetzt über den verharschten Schnee knirschten, geschützt nur durch die geschnürten Ledersohlen, die von den Draußenern getragen wurden, dachte er nicht mehr über Bess nach oder darüber, wie lange er sie geliebt hatte. Er hielt seine Gedanken fest auf die Nutzlosigkeit der jüngeren Wildbuben-Generation gerichtet. Nicht ein einziger von denen hatte ihn begleiten wollen.

*Ich werde die armen Leibeigenen befreien, und wenn ich es allein tun muss,* sagte Tyler im Stillen zu sich selbst. *Bill Redmede und dieser Hure wünsche ich die Pocken auf den Hals.*

Er verbrachte einen ganzen Tag voller Wut, und dann noch einen. Wut brennt sehr hell im Winter. Und das Wetter war so schön, wie es im Winter nur sein konnte – klar und kalt, ja, aber ohne das plötzliche Einsetzen von Tauwetter, das einen Alleinreisenden töten konnte. Tyler war kein Narr, obwohl er von Zorn und Eifersucht verzehrt wurde. Frühzeitig schlug er ein Lager auf, sammelte große Haufen Reisig und trockenes Holz, was im vier Fuß hoch liegenden Schnee recht leicht war. Er kampierte unter abgebrochenen Fichten oder baute sich Unterschlüpfe aus Geäst und Gezweig, und er hatte seinen Draußener-Schlitten, den er selbst zog und auf dem er auf einer dicken Schicht aus Pelzen liegen konnte. Das Holz des Schlittens, die Pelze und die Wärme des Feuers hielten ihn am Leben, und jeden Morgen briet er sich ein Stück seines gefrorenen Specks und rüstete sich für den neuen Tag. Er erwartete, fünfzehn Tage durch die Wildnis unterwegs zu sein, falls er Glück hatte. Wenn er die Dörfer um Albinkirk erreicht haben würde, wäre er ohne Nahrung und sicherlich völlig verzweifelt.

Falls er wirklich so lange überlebte, wäre das ein Wunder. Aber er hatte nicht bleiben und mit ansehen können, wie die Reste der Wildbuben alles verrieten, wofür sie je gestanden hatten. Bald würden sie Bill Redmede zu ihrem Herrn und sich selbst dem Feenkönig untertan machen.

In seiner dritten Nacht auf dem Weg schoss er mit seinem Bogen ein Reh an und folgte der blutigen Spur auf eine Anhöhe, wo er das Tier fand. Heute schlug er erst sehr spät sein Lager auf und war dabei nicht so sorgsam, wie er es hätte sein sollen. Voller Angst hatte er etwas in seinem Bogen nachgeben gespürt, als er die Sehne bis ans Ohr gezogen hatte. Er sammelte Feuerholz in regelrechter Raserei und schwitzte zu stark in seine Kleidung hinein, wofür er in der tiefen Finsternis der Mittnacht würde zahlen müssen, wenn aus der klebrigen Feuchtigkeit auf seiner Haut eiskaltes Wasser wurde.

Aber die Dunkelheit traf ihn vor einem beachtlichen Feuer an, über dem er seinen Rehbraten zubereitete, und er schuf sich einen guten Unterschlupf an der windabgewandten Seite eines umgestürzten Baumes, der einem Sturm zum Opfer gefallen war und dessen Wurzeln nun auf eine Weise in die Luft ragten, dass sie gleichsam eine Wand bildeten, durchsetzt mit Steinen, die so groß waren, dass sie ihm den Schädel hätten spalten können, wären sie auf ihn herabgefallen. Aber dort war Platz genug für seinen kleinen Schlitten, und auf diesen setzte er sich nun und aß das heiße Fleisch und trank warmes Wasser.

Er hörte das Knirschen von Schritten im Schnee erst, als es schon zu spät war. Danach sprang er auf und fragte sich, wer oder was in diesem Wetter und zu dieser Jahreszeit da draußen umherstreifte, und dann sah er den Mann. Er war groß, hielt sich sehr gerade und hatte dichtes weißes, zu einem Pferdeschwanz zusammengebundenes Haar. Der Mann trug eine schwere Robe aus Eichhörnchenfellen, die so schwarz wie die Nacht war, und stützte sich auf einen Stab, der aus Eisen zu bestehen schien. Handschuhe trug nicht.

»Ob ich vielleicht an deinem Feuer willkommen wäre?«, fragte der Mann.

Nat Tyler war lange allein durch die Welt gewandert. Er legte die Hand auf seinen Schwertgriff und drehte sich um. »Du bist kein Mann, der mein Feuer braucht. Was auch immer du sein magst – wenn du ein Gast bist, dann schwöre den Eid des Gastes.«

Der schwarz gekleidete Mann verneigte sich und ließ sich nieder. »Du bist weise. Ich werde an diesem Feuer nichts Böses tun, und auch dem Schöpfer des Feuers wird kein Leid geschehen«, sagte er.

Tyler nickte. »Ich habe Sassafras-Tee, wenn du nichts dagegen hast«, sagte er.

»Weißt du, wer ich bin?«, fragte die Gestalt.

Tyler nickte. »Für mich riechst du nach Thorn«, sagte er.

Die Gestalt stand auf und verneigte sich abermals. »Du *bist* weise. Weiser als dein Gefährte, der mich betrogen hat.«

Tyler kreuzte seine Finger in den Handschuhen. »Ich bin zwar kein Freund von Bill Redmede mehr, Kriegsherr, aber er hat dich nie verraten. Du wolltest die Herrschaft. Aber wir wollen nicht, dass uns jemand beherrscht. Wir waren einmal Verbündete. Aber du bist uns kein guter Verbündeter gewesen.«

Thorns Blick lag fest über dem Feuer. »Dennoch hast du Redmede verlassen. Mit eigenen Plänen.«

»Das stimmt«, gab Tyler zu.

»Ich könnte dich gebrauchen«, sagte Thorn.

Tyler schenkte ihm ein zahnloses Lächeln. »Ja, Kriegsherr. Ich kann mir durchaus vorstellen, dass du Verwendung für mich hättest. Aber ich würde lieber nicht verwendet werden.«

Thorn lachte freudlos. »Du bist ein kühner Schurke, und ich bin etwas aus der Übung, was solche Gespräche angeht. Was willst du haben, damit du meinen Willen befolgst?«

Tyler holte tief Luft. Er stieß sie langsam wieder aus und sah zu, wie sein Atem zu weißem Dunst wurde. Dann fragte er sich, wie viele Atemzüge ihm noch blieben. »Ich bezweifle, dass du mir etwas geben kannst, das ich haben will«, sagte er.

»Was wäre, wenn ich dir sage, dass deine Bess Bill Redmede nur liebt, weil der Irkherr einen Zauber über sie gelegt hat? Und auch auf deinen Freund? Sie handeln nicht nach eigenem Willen. Sie sind Puppen.«

Ein Zweig knackte. Etwas stieß ein tierisches Grunzen aus, und Tyler sprang auf und zog sein Schwert. Es war eine absurde Handlung, denn schließlich saß auf der anderen Seite des Feuers Thorn, und der bewegte sich nicht einmal.

Eine dritte Gestalt glitt in den Feuerschein.

*»Ein sschlechterr Platz am Feuerr, Eindringling.«* Tapios Fänge glitzerten wie Metall. *»Du bisst gerrade derr Rrechte, von Puppen zu ssprechen. Mann, du nimmsst sseltsame Gässte an deinem Feuerr auf.«*

Thorn drehte den Kopf. »Tapio, es ist sehr dumm von dir, deinen Kreis der Macht zu verlassen.«

*»Nicht-Mann, du bisst ssehr weit weg von deinessgleichen, oderr nicht?«* Der Irk stand sorglos im Schnee.

Thorn erhob sich, wandte sich ihm zu und hielt dann seinen Stab vor sich. »Sollen wir unseren Wettstreit jetzt und hier austragen?«, fragte er.

Der Irk zuckte mit den Schultern. *»Ich würrde ess bedauerrn, diesen Mann zu töten, der mein Gasstfreund isst.«*

Thorn bewegte sich nicht, hob nicht einmal eine Braue. Die Gestalt des Zungenredners erschien als vollendete Verhüllung – sie wirkte wie der Körper eines Mannes und hielt doch tausend Überraschungen bereit.

Er zog eine dieser Überraschungen und schleuderte sie Tapio entgegen.

Tapio lenkte sie mit einem Zucken seiner Augenbraue ab. *»Ich könnte dirr helfen, Thorrn«,* sagte er.

»Mir helfen? Wir sind Feinde!«, erwiderte Thorn und suchte nach einem subtileren Zauber.

Tapio machte eine leichte Geste, ein Windstoß flog vorüber, das Feuer flackerte auf, und Thorns Zaubergewebe zerstob zwischen den Sternen. *»Ich hatte Taussende Jahrre Zeit, dass zu verrvollkommnen«,* sagte er. *»Wir müsssen keine Feinde ssein.«*

Thorns Stab knisterte, und eine Welle aus Grün und Schwarz schoss heraus, gesprenkelt wie Schimmel. Es fuhr durch Tapio hindurch. Und dieser verschwand.

»Das war viel einfacher, als es hätte sein dürfen«, sagte Thorn. »Ich misstraue jedem Sieg.«

*»Dann hasst du an Weissheit gewonnen, Thorrn«,* sagte Tapios Stimme, die geradewegs aus der Luft zu kommen schien. *»Meisster Tylerr, ich bin gekommen, um dich auss diesserr … Versstrrickung zu befreien.«*

»Ja, dieser grausame kleine Elf hat deine Geliebte zu einer Dirne gemacht und deine Freundschaft gebrochen und ist gekommen, um dir zu helfen«, sagte Thorn.

Das Lachen des Irk hallte durch die klare, kalte Luft. *»Grraussamer kleinerr Elf! Ah, mein arrmer Frreund. Du sstinkst nach Asch.«*

Thorn bewegte sich, und plötzlich war der Irk in blasses grünes Licht gebadet. Thorns Stab schoss vor – es blitzte einmal, zweimal – ein Laut wie ferner Donner ertönte, und der Baum hinter Thorn explodierte zu tausend Splittern – einige davon waren recht groß. Einer durchbohrte Thorns Menschengestalt. Aber es war nur eine Gestalt und kein Mensch, und so schenkte Thorn dieser Wunde keine Aufmerksamkeit, als er den nächsten Zauber wirkte. Die Luft nahm eine merkwürdige, gleichsam zähe Beschaffenheit an. Tyler konnte nicht mehr atmen, nur noch zusehen. Es schien, dass Thorn der Einzige war, der sich zu bewegen vermochte, und die Zungen seines dunklen Feuers leckten über die Gestalt des Irk … aber dann gab etwas nach. Für Tyler hatte es den Anschein, als hätte die Welt einen Pulsschlag verpasst, und plötzlich war er allein bei seinem Feuer. Das Herz schlug ihm bis zum Hals. Er würgte.

Tief im Osten, etwa zehn Meilen von den zerklüfteten Bergen entfernt, die er auf dem Weg von der Katastrophe bei Lissen Carak durchquert hatte, ertönte ein mächtiges Grollen und Rumpeln wie von einem gewaltigen Erdrutsch. Ein grünlicher Blitz erschien, gefolgt von einem lavendelblauen, und dann dröhnte der Donner herbei; es klang wie eine gewaltige Armee auf dem Marsch.

Tyler warf weiteres Holz in die Flammen. Er zitterte, zog die Decken um sich und saß mit dem Schwert auf den Knien da. Er vermutete, dass es ihm kaum helfen werde, aber es beruhigte ihn, wenn die Waffe in seiner Nähe war.

Der ferne Donner verspottete ihn. Er hatte Zeit, um über Thorns Worte nachzudenken. Um sich Bess vorzustellen, wie sie verzaubert in Redmedes Armen lag.

*Ich werde es ihnen zeigen.*

Er warf noch mehr Holz ins Feuer, und dann war Thorn plötzlich zurück. Der lange Fichtensplitter steckte noch immer in ihm. Der Kriegsherr machte eine knappe Handbewegung. »Ich werde dir ein Geheimnis zeigen«, sagte er.

»Ich will keines deiner Geheimnisse kennen«, erwiderte Tyler. »Hast du diesen Irk besiegt?«

»Natürlich«, antwortete Thorn. »Was für eine dumme Frage. Hör mir zu, Mann. Du wirst hier sterben. Oder in deinem nächsten Lager. Oder im übernächsten. Der Winter ist ein mächtigerer Feind als Tapio oder Thorn, und du hast weder die Ausbildung noch die Stärke, ihn zu besiegen. Auch ich will den König von Albia tot sehen. Lass mich dir helfen, das hier zu überleben, damit du dich seiner Ermordung widmen kannst.«

Tyler spürte die Kälte um sich herum. Manchmal bleiben einem nur sehr wenige Möglichkeiten, selbst wenn man weiß, dass man manipuliert wird. *Schwimm mit dem Strom.*

»Also gut«, sagte er. »Ich habe einen langen Löffel und kann mit dem Teufel essen.« Er zwang sich zu einem tapferen Grinsen. »Wie ich immer sage: Not kennt kein Gebot.«

Thorns menschliche Gestalt schien eine Haltung der Missbilligung anzunehmen. »Ja«, gab er jedoch zu. »Komm.«

Er streckte die Hand aus.

»Ich brauche meine Ausrüstung«, sagte Tyler.

Thorn verzog keine Miene. »Also gut.«

Tyler holte seine Decken und die Überreste seines Essens einschließlich einiger gefrorener Portionen Wild. Seine kalten Finger waren nicht schnell, und die Dunkelheit behinderte ihn bei jeder Bewegung. »Ich könnte ein wenig Licht gebrauchen«, murmelte er.

»Dann zünde dir eine Fackel an. Ich werde kein Licht machen.«

Endlich war er fertig und zog seinen Schlitten dorthin, wo der Zauberer stand, mit dem vier Fuß langen Holzkeil in seinem Körper. Einige seiner Eingeweide waren durch den Rücken ausgetreten, und ein Teil der Wirbelsäule war ebenfalls zu sehen.

Tyler erschauerte.

»Nimm meine Hand«, sagte Thorn.

»Wohin gehen wir?«, wollte Tyler wissen.

»Eine ausgezeichnete Frage. Wir gehen durch den Äther und suchen einen Zugang zum Schlangenweg.«

## Mont Reale · Ser Hartmut Li Orguelleus, der Schwarze Ritter

Die gallysche Flotte kam in geordnetem Verband vom See in den Großen Huran-Fluss eingefahren. Dort landeten sie an, lagerten drei Tage, entzündeten große Feuer, wärmten sich und aßen nur mäßig. Der Schwarze Ritter unternahm alles, um seine Männer vorzubereiten, und er beachtete de Marches Jammern nicht, während er seine Männer versammelte und ihnen Befehle gab.

Nach der Messe am Sonntag segelte die Flotte wieder ab, und er hielt sie die Nacht hindurch in Bewegung. Am Bug seiner vier Kriegsgaleeren brannten Öllampen, und hin und wieder erschallten Trompetenstöße. Als am Montag die Sonne aufging, schaute er über den

Bug seines Schiffes *Sankt Michael*, zählte die Boote und kam zu einer zufriedenstellenden Zahl.

»Ich glaube, jetzt werden wir etwas sehen«, sagte der Schwarze Ritter.

Olivier de Marche beschloss, es noch einmal zu versuchen. Der Verlust seines Dieners hatte dazu geführt, dass er keinen verlässlichen Übersetzer mehr hatte. Lucius war von den kaiserlichen Truppen getötet worden, die aus dem Schnee aufgetaucht waren – wie aus dem Nichts. Und dann hatten sie den Feldzug des Schwarzen Ritters gegen die südlichen Huran zunichtegemacht. Mit Lucius an seiner Seite hätte er versuchen können, mit den nördlichen Huran Kontakt aufzunehmen.

Aber so blieb de Marche keine andere Wahl. Er machte eine kühne Miene und stieg die Treppe zum Achterdeck hoch. »Ser Ritter?«, fragte er. »Ser Hartmut?«

Der Schwarze Ritter schenkte ihm ein hartes Lächeln. »Ah, Kaufmann! Kommt Ihr zu mir, um mich wieder einmal von etwas abzubringen?«

De Marche nickte. »Ser Ritter, es wird weder dem Ruf des Königs noch dem Euren helfen, wenn Ihr das hier wirklich durchführt.«

Ser Hartmut lachte laut; es klang grausam. »Kaufmann, ich werde aus einem bestimmten Grund der Schwarze Ritter genannt, und was ich vorhabe, passt ausgezeichnet zu meinem Ruf. Das, was ich tun werde, soll auch dazu dienen, dass mich diese Bestien des Waldes kennen und fürchten lernen.«

»Sie werden Euch fürchten, und da sie tapfer sind, werden sie Krieg gegen Euch führen«, entgegnete de Marche.

»Tapfer? De Marche, ich hätte die südlichen Huran schon längst in der Hand, wenn mir diese Feiglinge gehorcht hätten. Selbst ohne sie …«

De Marche biss sich auf das Ende seines Schnurrbartes und stellte sich breitbeinig vor den Schwarzen Ritter. »Wie dem auch sei, Ihr habt bisher noch nicht gegen eine Berufsarmee und eine Reihe von gut ausgestatteten Festungen kämpfen müssen. Osawa konntet Ihr nicht einnehmen, und deshalb ist die Einnahme von Ticondaga ein Ziel, das so weit von uns entfernt ist wie dieser Vogel dort oben. Wir hätten Osawa nicht einmal dann erobern können, wenn sich die Draußener wie Maschinen gegen seine Mauern geworfen hätten. Ihr wollt sie verantwortlich machen für Euer – für *unser* – Versagen.«

De Marche bereitete sich auf seinen Tod vor.

Der Zorn des Schwarzen Ritters fuhr über sein Gesicht wie ein Regenschauer an einem sonnigen Tag – er zog vorüber und war verschwunden. Ser Hartmut zupfte an seinem Bart. »Ihr führt eine gute Klinge, de Marche. Ich habe gelernt, Euch zu respektieren. Ihr seid zwar keiner von uns, aber Ihr seid auch kein Feigling. Doch in dieser Sache verhaltet Ihr Euch wie ein vollkommener Narr. Die Draußener sind keinen Furz wert, was meine Männer – und auch die Euren – in einer einzigen Stunde beweisen werden. Und im Frühling werde ich einige von ihnen nehmen und zu Soldaten – zu richtigen Soldaten – ausbilden, so wie ich es in Ifriqu'ya getan habe. Sie werden lernen, und sie werden gehorchen.«

De Marche bezwang den Drang, ihn anzuschreien und zu zittern. »Ihr könnt Mont Reale nicht erstürmen. Es ist die größte Draußener-Ansiedlung im Norden. Nicht einmal die albischen Armeen haben es je versucht, noch nicht einmal auf dem Höhepunkt der Macht des alten Königs. Und auch die Moreaner haben es nicht getan.«

»Also sind sie umso größere Narren. Beobachtet mich und lernt, Kaufmann. Eure Art mag zum Ziel führen, aber sie ist zu langsam.« Der Schwarze Ritter schob ein paar Motten von seinem Helm. »Wenn das Eis im Frühjahr bricht, werden wir eine weitere Flotte haben, die den Fluss herabkommen und mir noch mehr Soldaten bringen wird. Es werden Männer sein, die mir bereitwillig folgen – um der Belohnung, der Plünderungen oder sogar um Gottes willen.« Er lächelte, und sein Lächeln besiegelte ihrer aller Schicksal.

»Ihr werdet uns in den sicheren Tod führen!«, rief de Marche. Die Motten flatterten davon. »Ihr werdet die Rache Gottes und jedes rechtschaffenen Mannes auf Euch herabrufen!«

Ser Hartmut lachte. »Hört mir zu, Kaufmann. Ich bin ein Ehrenmann, und ich lebe nach dem Gesetz des Krieges. Ich werde meinen Kampf nicht in der Dunkelheit, sondern offen führen, und meine Botschaft wird laut und vernehmlich sein. Ich tue genau das, was die Moreaner getan haben – was jeder Mann getan hat, seit die Menschen zuerst nach Nova Terra gekommen sind. Die Draußener sind keine Menschen. Sie befinden sich außerhalb der Mauern von Kirche und Zivilisation. Ihr Tod wird nicht einmal einen Fleck auf unseren Klingen hinterlassen.«

»Ihr seid verrückt!«, spuckte de Marche aus.

Zwei Soldaten packten ihn von hinten.

»Das habe ich schon so oft gehört«, sagte der Schwarze Ritter. »Und doch werde ich nach wie vor von Königen beauftragt. Wer von uns beiden wird wohl in Wahrheit der Verrückte sein?«

Noch immer stieg Nebel vom Großen Fluss auf, als die Flotte bei der Insel Mont Reale längsseits ging. Ser Hartmut nahm die gallysche Flagge von einem seiner Knappen entgegen und war der erste Mann, der über den Bug sprang und durch das seichte Wasser ans Ufer platschte. Eine Handvoll Frühaufsteher aus der großen Draußener-Ansiedlung kam und half den Gallyern an Land. Ser Hartmut stieß sie beiseite, während sich seine Soldaten hinter ihm formierten und de Marches Seemänner im Kies knieten und von einem Priester gesegnet wurden; dann nahmen sie ihre Waffen auf.

Ein Draußener-Junge schmuggelte sich zwischen die Seeleute. Er sah etwas, das ihm gefiel, und schon schoss eine rasche Hand vor. Er stahl einen Dolch und rannte lachend davon.

Einer der Soldaten hob seine Armbrust und schoss ihm nachlässig in den Rücken. Der Pfeil bestand aus neuem Stahl, und der Bolzen durchbohrte den Jungen vollständig und schleuderte ihn mehrere Ellen weit. Der bestohlene Seemann holte sich sein Messer zurück.

Auf einer Erhebung über dem Ufer schrie die Schwester des Jungen auf.

Ser Hartmut nickte einem anderen Soldaten zu, und dieser brachte das Mädchen sogleich mit einem Pfeil zum Schweigen.

»Ich beanspruche diese Insel, den Fluss und das Land entlang seiner Ufer für den König von Gallyen«, sagte daraufhin Ser Hartmut und ging über den breiten Weg auf den Ort zu.

Seine Knappen und Soldaten folgten ihm in lockerer Keilformation, während die Seeleute zu beiden Seiten ausschwärmten.

Die Armbrüste sirrten, und die Draußener, die den Fehler begangen hatten, zu früh aufgewacht zu sein, starben als Erste.

Mont Reale besaß Wächter. Aber diese waren gewöhnliche Menschen, die zuerst einfach nicht hatten glauben wollen, dass ihre Verbündeten sie verraten könnten. Erst als Flammen an den Langhäusern hochschossen, die für Besucher bereitstanden, schrien sie Alarm.

Mont Reale hatte beinahe tausend Krieger.

Sie rannten in halber Bewaffnung aus ihren Häusern und Hütten, wurden erschossen und sanken in den schlammigen Schneematsch der Straßen. Andere versuchten sich ungerüstet Ser Hartmut und seinem Ritter entgegenzustellen, während diese kleine Widerstandsnester aushoben. Ser Hartmut hatte den Ort in vier Teile untergliedert, und seine Truppen nahmen sich einen Teil nach dem anderen vor, leerten die Straßen und setzten das eine oder andere Haus in

Brand. Als die rote Kugel der Sonne über die Gipfel der fernen Berge spähte, kletterte Ser Hartmut über die Palisade der Zitadelle, wobei ihn der angewehte Schnee noch unterstützte. Der letzte organisierte Widerstand wurde zerschmettert.

Offiziere bewegten sich durch den Ort und befahlen den Seeleuten, die Feuer zu löschen. Sie wiesen den Soldaten Häuser zu und warfen deren Bewohner in den Schnee. Die Überlebenden sahen mit versteinerten Mienen zu, wie ihre gemütlichen Hütten zu Unterkünften ihrer früheren Verbündeten wurden. Dann wurden sie in Gruppen zusammengetrieben und angekettet.

Einem alten Mann wurde der Eichhörnchenmantel vom Leibe gerissen. Er drehte sich mit der Würde eines Kaisers um und spuckte Ser Hartmut vor die Füße.

Ser Hartmut sah ihn an. »Ihr wollt mir nicht als Verbündete dienen?«, fragte er. »Dann sei es so. Bei Gott, ihr werdet mir als Sklaven dienen.«

## Kilkis in West-Thrake ·
## Der Rote Ritter und Tom Schlimm

Der Ritt nach Süden war beinahe ein Triumphzug, obwohl das Wetter immer schlechter wurde. Meg und der Rote Ritter arbeiteten zusammen und schufen Brücken aus Eis über den Meander. Während der Hauptmann die seine mit Türmchen schmückte, fügte Meg der ihren Pferde aus Frost hinzu. Tom schüttelte sich vor Abscheu über diesen Kitsch, aber viele Soldaten erfreuten sich auch daran. Und sie freuten sich noch mehr, als die beiden Zauberer während eines dichten Schneegestöbers eine leuchtende Kugel über ihnen erschufen.

Zur Abendmesse erreichten sie Kilkis, die westlichste Ansiedlung auf der Straße zu den Grünen Bergen – und damit der letzte Ort in

Morea vor der Herberge von Dorling. Der ganze Ort hatte sich auf ihre Ankunft vorbereitet, und der Megas Ducas führte seine gesamte Streitmacht unter die Mauern der schneebedeckten Festung.

»Keine Vergewaltigungen, keine Plünderungen, keine Diebstähle. Derjenige, der vergewaltigt oder stiehlt, wird hingerichtet, und die Männer, die dabei zusehen und nicht eingreifen, werden mit ihm zur Hölle fahren.« Er betrachtete seine kleine Armee. Alle schwiegen. »Weihnachten steht vor der Tür, und diese Menschen fürchten uns wie den leibhaftigen Satan. Beweist ihnen, dass sie sich irren, und ich verspreche euch, dass ihr am Zahltag dafür belohnt werdet. Und vielleicht auch im nächsten Leben.« Er grinste. Links von ihm zuckte Gelfred zusammen. »Zu einem Sieg im Krieg gehört mehr als nur das Unterwerfen des Feindes auf dem Schlachtfeld. Geht los, doch benehmt euch. Oder leidet an den Auswirkungen, wenn ihr es nicht tut. Abtreten.«

Tom Schlimm rollte mit den Augen, als sie endlich die gewundene Steinstraße zur Zitadelle hochritten. »Gütiger Christus, Hauptmann! Das sind doch keine Chorknaben oder kleine Kinder. Diese Stadt hasst uns.«

Der Megas Ducas drehte nicht einmal den Kopf. »Entweder sie gehorchen mir, oder sie werden getötet.«

»Ihr werdet allmählich zu einem richtigen Bastard«, sagte Tom. »Warum kommt Ihr nicht mal von Eurem hohen Ross runter und bumst Pampe durch? Oder sucht Euch meinetwegen irgendein kesses Mädchen, das Euch gefällt, und bringt es endlich hinter Euch, damit sich der Rest von uns entspannen kann.«

Der Herzog stieg zusammen mit seinen Offizieren ab, und gemeinsam begaben sie sich in die Große Halle, in der es so warm war, dass die Luft zum Schneiden dick wirkte. So kam es, dass die Männer, die seit zwölf Stunden ihre vier Wollschichten über der Rüstung trugen, sich nun nicht schnell genug von ihnen befreien konnten. Knappen und Pagen führten die Pferde in die Stallungen oder reichten sie an Diener weiter, und dann rannten sie zu ihren Herren und halfen ihnen beim Ablegen von Waffen und Rüstungen. Dabei klang es in der Großen Halle wie auf einem Schlachtfeld. Zuerst wurden die Helme und Nackenschirme abgenommen, dann die Panzerhandschuhe, die Armschienen, deren Riemen vorsichtig gelöst wurden, und schließlich wurden auch die Brust- und Rückenpanzer entfernt und auf die dicken Teppiche geworfen. Eine Legion sehr junger Diener brachte Wein, während die Männer die Wärme in schweißbesudelten Waffenröcken und Beinschienen genossen, die nun allmählich ebenfalls abgenommen wurden; die Knappen und Pagen, die noch in ihren eigenen Rüstungen steckten, knieten oder hockten hinter ihren Herren und lösten die Spangen und Riemen hinter den Schenkeln und Kniekehlen.

Die Soldaten wurden lauter.

Pater Arnaud sprach kurz mit einem der jungen Diener und bahnte sich dann einen Weg zum Herzog.

»Sie haben uns ihre Kinder geschickt«, sagte er. »Das ist ein Zeichen von Vertrauen. Würdet Ihr ein paar Worte sagen?«

Der Herzog seufzte. »Noch mehr, als ich schon gesagt habe?«, fragte er. Aber er gab Toby ein Zeichen, er möge sich beeilen; dann trat er aus seiner rechten Beinschiene und grinste Pater Arnaud an. »Ich fühle mich, als könnte ich fliegen«, sagte er und sprang auf einen Tisch.

Seine akrobatische Einlage verschaffte ihm fast sofortige Stille.

»Meine Herren«, sagte er. »Wenn ihr die Pagen betrachtet, die uns den Wein reichen, werdet ihr feststellen, dass uns die Menschen dieses Ortes ihre Kinder zur Bedienung geschickt haben. Bitte zollt ihnen den nötigen Respekt. Behandelt sie nicht so, wie ihr eure eigenen Kinder behandelt.«

Sie lachten gehorsam, und Pater Arnaud stellte ihm den Kastellan vor, einen älteren moreanischen Hauptmann namens Nikolas Phokus.

»Ich habe erfahren, dass wir einen gemeinsamen Freund haben«, sagte der Herzog und streckte die Hand aus.

Der Kastellan verneigte sich und ergriff die ihm dargebotene Hand. »Das stimmt, Mylord. Er hat mich angewiesen, Euch die Tore zu öffnen, und bisher habe ich noch keinen Grund für eine Beschwerde. Aber, Mylord, ich muss Euch sagen, dass meine Garnison seit achtundzwanzig Monaten keine Bezahlung mehr erhalten hat. Deswegen könnte es einige Missstimmigkeiten geben.«

Der Herzog nickte. »Gerald!«, rief er durch den einsetzenden Lärm, und Random humpelte durch die Halle bis zu dem riesigen Kamin. »Mylord?«

»Bin ich für weitere zwölftausend Dukaten gut?«, fragte der Herzog seinen Geldgeber.

Gerald Random rollte mit den Augen und nickte dem Kastellan zu.

»Ah, Lord Phokus, das hier ist Ser Gerald Random, der Prinz der Abenteurer-Kaufleute. Gerald, ohne Lord Phokus gäbe es keine Pelze. Können wir es uns leisten, seine Garnison zu bezahlen?« Der Herzog nickte aufmunternd.

Random zeigte auf einen Stuhl. »Darf ich mich setzen?«, fragte er. »Ja, Ihr könnt es Euch leisten. Es wird zwar weder Eurem Frühjahrsfeldzug noch Eurer Flotte helfen, aber Ihr könnt es. Denkt jedoch daran, Mylord, dass Ihr, wenn das Geld von den Pelzen ausgegeben ist, keine anderen Kapitaleinkünfte mehr haben werdet, bis … nun ja, Ihr wisst schon.«

Der Herzog wandte sich an den Kastellan. »Ich kann den Sold von zwei Jahren zahlen«, sagte er.

Lord Phokus verneigte sich. »Mylord, ich würde sagen, dass dies jeden … äh … Unmut zerstreuen wird.«

Der Herzog neigte den Kopf. »Dann verstehen wir uns also«, sagte er. »Ich erwarte dafür, dass die Truppen loyal bleiben, sobald sie bezahlt worden sind. Oder anders ausgedrückt: Wenn sie einmal gekauft wurden, sind sie für immer gekauft.«

Die Wangen des Kastellans brannten. »My…lord«, sagte er abgehackt.

Der Herzog nickte. »Ich weiß, dass es unhöflich ist, laut über solche Dinge zu sprechen, aber, Lord Phokus, ich werde jeden meiner Soldaten, der auf den Straßen dieser Stadt ein Verbrechen begeht, öffentlich hinrichten lassen. Eure Männer können sich also sehr wohl vorstellen, wie ich eine Garnison behandeln werde, die meinen Sold nimmt und mich hinterher verrät.«

»Euch oder den Kaiser?«, fragte Phokus.

»Gute Frage. Den Kaiser natürlich. Aber ich bin jetzt der Herzog von Thrake, und so könnte es sein, dass Ihr es in den nächsten Jahren mit mir zu tun haben werdet.« Der Herzog nippte an seinem Wein. »Wie ich sehe, ist ein gemeinsamer Freund von uns hier?«

»Ich weiß nicht, ob Ihr mich ebenfalls einschüchtern wollt«, meinte ein einfach gekleideter Mann. Er war kleiner als der Herzog und hatte dunkle Haare und dunkle Augen. Die meisten Männer beachteten ihn nicht weiter. Ser Ranald jedoch zupfte Meg am Ärmel und deutete auf ihn. Ihre Augen weiteten sich.

Der Herzog verneigte sich. »Ser«, sagte er. »Ich beabsichtige keineswegs, Euch einzuschüchtern.«

Der unscheinbare Mann lächelte. »Ich gehe davon aus, dass Ihr alle Eure Speisen gefunden habt.«

Der Herzog nickte abermals. »Sie waren mehr als köstlich, Herr.«

»Lord Phokus hat seine eigenen Schwierigkeiten mit dem früheren Herzog von Thrake und muss nicht in diese Allianz gezwungen werden. Andererseits solltet Ihr wissen, Lord Phokus, dass Ser Gabriel Euch nur deshalb droht, weil er erschöpft ist, und nicht etwa weil er von Natur aus ein Rüpel wäre. Tatsächlich hat er bisher überraschend hart an der Wiedereinsetzung des Kaisers gearbeitet. Wo ist Thomas Lachlan?«

Tom Schlimm trat mit Ranald an seiner Seite vor.

»Erkennst du mich, Thomas?«, fragte der Mann.

»Ja. Ich würde Euch immer erkennen, welche Verkleidung Ihr auch tragen mögt.« Tom überragte den kleineren Mann, der trotzdem der größere der beiden zu sein schien.

»Ich habe ein Privatgemach, in das wir uns zurückziehen können«, sagte Lord Phokus.

»Dann sollten wir dies tun«, meinte der Herzog und ergriff Lord Phokus' Arm. »Ich möchte mich entschuldigen, sollte ich zu dick aufgetragen haben.«

Phokus schenkte ihm ein schiefes Lächeln. »Ich frage mich jede Stunde einmal, ob ich Euch diese Burg tatsächlich verkauft habe. Es ist ein schmerzhafter Gedanke.« Er zuckte mit den Achseln. »Aber meine Männer müssen bezahlt werden. Die ganze Stadt hängt von ihrem Sold ab.«

Sie schritten durch eine Tür in einen Raum mit einer niedrigen Decke, die dunkelblau angemalt war und in der goldene Sterne prangten. Gobelins mit Jagdszenen hingen an der einen Wand, und vor der anderen standen neun würdig erscheinende Damen. Pater Arnaud sowie Meg und Ser Gawin gesellten sich zu ihnen.

Toby schlüpfte durch die Tür und stellte einen Becher mit einer Flüssigkeit vor ihren Gast, der den Kopf des Tisches eingenommen hatte. Er hob den Becher und kostete von dem Getränk.

»Ah, Apfelwein. Gut ausgesucht, Toby.«

Toby errötete und wäre beinahe aus dem Raum gerannt.

»Nennt mich Meister Smythe«, sagte der unscheinbare Mann. »Hört mir zu, meine Freunde. Ich bin nur für kurze Zeit hier. Tom, ich habe mich um deine Angelegenheit gekümmert.« Meister Smythe spreizte die Hände und faltete sie dann. Es war eine fremdartige, nicht menschliche Geste; seine Finger trafen auf eine Weise aufeinander, wie ein Künstler sie malen würde – vollkommen flach und gen Himmel gerichtet.

Meister Smythe zuzusehen war tatsächlich ein wenig so, als würde man ein Marionettentheater beobachten.

»Ich will es kurz machen. Hector – der Viehtreiber – wurde von Sossag-Draußenern getötet. Sie standen zu jener Zeit im Dienst einer Wesenheit, die sich nun Thorn nennt, die aber früher der Magister Richard Plangere war. Doch meine Nachforschungen haben ergeben, dass Thorn selbst nur das Werkzeug eines Wesens meiner eigenen Art ist.«

Tom lächelte, aber dieses Lächeln reichte nicht bis zu seinen Augen. »Na großartig. Zeigt mir den Weg zu dem Bastard.«

Meister Smythe schüttelte den Kopf. »Es ist noch viel komplizierter, Tom.« Er seufzte. »Ich glaube, einer von meinesgleichen hat beschlossen, einen gewissen Pakt zu brechen, den unsere Art eingegangen ist. Das ist alles, was ich jetzt sagen will. Doch selbst dieses Wenige – dass meine Art einen Pakt mit einigen von Euch abgeschlossen hat und dass dieser Pakt bedroht ist – zwingt mich, in dieser Angelegenheit Partei zu ergreifen.«

Rauch stieg aus Meister Smythes Nase auf.

Der Herzog nickte. »Es tut mir leid, Meister Smythe, aber bitte vergesst nicht, dass wir daran keine Schuld tragen.«

Smythe schaute hinunter auf den Tisch. »Ich wollte sagen, dass niemand unschuldig ist. Aber das ist reine Sophisterei, mit der wir uns nicht abgeben sollten. Daher will ich nur erwähnen, dass ich gewisse Vorkehrungen getroffen habe. Gabriel, du hast dich gut verhalten, aber du wirst noch schneller sein müssen. Tom, ich weiß, dass du mich nicht magst, aber ich muss dich dennoch bitten, mir nach Westen zu folgen und die Pflichten eines Viehtreibers zu übernehmen. Lord Phokus, deine Hilfe war wichtig, und sie wird es immer bleiben. Ser

Gabriel wird für mehr als ein Jahr auf dieser Straße ungehindert immer wieder nach Osten und Westen reisen müssen, und diese Festung könnte zum Brennpunkt mehrerer Armeen werden. Auch wenn sie ganz unterschiedliche Absichten haben, werden sie doch von einem einzigen Willen gelenkt. Gabriel, ich habe dir einiges Interessante mitgebracht. Benutze es weise. Meine Freunde, wenn ich meine Pläne irgendwann einmal enthüllen muss, wird man mich angreifen, und dann wird alles sehr schwierig werden. Ich bitte für dieses Schmierentheater um Verzeihung, aber wenn ich meine Trümpfe zu früh zeige, wären die Konsequenzen ganz besonders schlimm.«

Der Herzog lachte. »Und da wirft man mir vor, ich hätte einen Hang zum Dramatischen. Meister Smythe, von welchen Konsequenzen sprecht Ihr?«

Meister Smythe hob die Brauen. »Ich rede von der Auslöschung der Menschheit in dieser Region«, sagte er und lächelte. Dabei sah er den Herzog fest an. »Ist der Einsatz hoch genug, um dein Interesse zu erregen, Gabriel?«

Der Herzog nickte. »Ja«, sagte er.

»Gut. Auch wenn wir in jeder Hinsicht die Unterlegenen sind, so hat der Feind doch keine Vorstellung davon, wer du bist. Oder was ich bewirken kann.« Meister Smythe nickte, und sein Lächeln war jetzt so echt, wie seine Gesten falsch waren. »Es ist erregend, nach Äonen der Neutralität wieder einen echten Gegner zu haben. Es wird eines Wunders bedürfen, das von deinem Gott kommen müsste, damit wir gewinnen.« Er nickte erneut. »Aber ich finde, es ist stets unterhaltsamer, der Unterlegene und Unterschätzte zu sein. Wenn man dann nämlich trotzdem gewinnt, ist die Ehre größer, und wenn man verliert, wird man nicht getadelt.«

»Das ist nicht mein Gott«, sagte der Herzog sogleich.

Pater Arnaud schnaubte. Und Meg nickte.

Und Harmodius sagte: *Ah, wie sehr ich das gefürchtet habe.*

Orley hatte befohlen, eine Burg zu errichten, doch stattdessen erhielt er nur eine Reihe von Hütten, von denen eine armseliger als die andere war. Die jungen Männer, die ihm folgten – eine stets wachsende Zahl –, verspürten keine Neigung, in hartem Holz zu bauen, Latrinen auszuheben oder ein Dach richtig zu decken. Er konnte ihnen Angst einjagen, aber es war schwierig, sie erfolgreich anzutreiben, es sei denn, es gab einen Ort, den sie plündern konnten. Sie hatten tote Augen und zogen rohe Gewalt jedem Anschein einer Disziplin vor.

Die Hütten ärgerten ihn unablässig.

Er verfügte nun über mehr als dreihundert Krieger im Alter von elf bis siebzehn Jahren. Einige der älteren Jungen waren ausgebildete Krieger, und wann immer er sich dazu bringen konnte, vom Feuer aufzustehen, zwang er die älteren dazu, die jüngeren mit in den Schnee hinauszunehmen und sie so zu drillen, wie südliche Soldaten für gewöhnlich gedrillt wurden. Aus Nepan'ha hatte er Armbrüste erhalten, und nun bettelte er Thorn um Pfeile an. Davon erhielt er schließlich so viele, dass er sie auch als Zeltstangen hätte verwenden können. Es war ein gewaltiger Beweis der Kräfte des Zauberers, die es Orley ermöglichten, auch seine nutzlosesten Jungen zu lautlosen Mördern auszubilden.

Er ließ sie einen langen Schuppen zum Üben bauen und dann noch einen zweiten, in dem sie schlafen sollten. Immer wenn er fünfzig neue Jungen zusammenhatte, zwang er sie, einen weiteren Schuppen zu errichten.

Er wollte einen Brunnen graben, doch am Ende musste er sich damit zufriedengeben, Wasser aus dem Heiligen See zu nehmen. Das machte allen Jungen eine Zeit lang Angst. Aber Gewohnheit führt zu Verachtung, und so tranken sie das Wasser bald schon jeden

Tag, kämpften untereinander, und die Ergebnisse waren äußerst grausam.

Unter seinen Rekruten befanden sich auch Mädchen, und diese wurden regelmäßig *benutzt*. Aber keine von ihnen wurde geschwängert – zweifellos war dunkle Magie der Grund für diesen Umstand, aber dies war nichts, worüber sich Orley Sorgen machen musste, auch wenn ihre leeren Augen und ihre strähnigen Haare jeden Tag wie eine Anklage auf ihn wirkten. Sie kreischten nicht, und sie beschwerten sich auch nicht mehr als der Rest seiner Kindersoldaten. Er ging unter ihnen her wie ein Kriegsgott und befahl ihnen zu üben, sich zu waschen, sich auszuziehen, sich anzuziehen … und schließlich gehorchten sie ihm. Die älteren Jungen hingegen gehorchten zumeist erst dann, nachdem er einen von ihnen getötet hatte.

Orley wurde größer. Es entsetzte ihn, denn er wusste, dass er eigentlich ausgewachsen war. Er stand da und starrte auf den Saum seiner Hose, auf die bloßen Fußgelenke und fragte sich, warum er vier Fingerbreit gewachsen war und was dies bedeutete, als plötzlich die menschliche Gestalt Thorns bei ihm war.

»Wähle die zwei nutzlosesten Mäuler für mich aus«, sagte Thorn.

»Das ist doch allzu einfach«, entgegnete Orley. Er führte den Magus in den Hauptschuppen und fand dort einen großen Jungen mit Muskeln an Armen und Beinen, groß wie Hinterschinken. Der Junge pisste gerade auf einen anderen Jungen, der von drei weiteren festgehalten wurde.

»Schwanz!«, rief Orley.

Der Junge schloss seinen Hosenlatz. »Hä? Was?«, jaulte er.

»Du wirst gewünscht.« Orley versetzte dem Jungen einen Stoß und packte dann den anderen – den Kümmerling, der von den anderen festgehalten wurde. »Und das Eichhörnchen. Der Meister will euch beide haben.«

Die Jungen waren sofort still, während ihre Angst geradezu stank.

»Die Dinge nehmen langsam Gestalt an«, sagte Thorn. »Deine Krieger beeindrucken mich allerdings nicht, Orley.« Seine Stimme war heiser und leise. Die Krieger wichen vor ihm zurück.

Vielleicht waren dafür der lange Holzsplitter in seinem Bauch und die Eingeweide verantwortlich, die ihm aus dem Rücken hingen. Oder es war der Geruch.

»Bist du verletzt?«, fragte er.

»Nein«, sagte Thorn.

Der Zauberer war ihm noch nie so fremdartig vorgekommen wie in diesem Augenblick. Aber er zwang sich, lediglich zu zucken. Er behauptete sich wie ein richtiger Orley. »Puls und Libelle haben mir gesagt, dass die Gallyer Mont Reale überfallen haben.« Er verstummte und beobachtete seinen Meister, aber das war vergebliche Liebesmüh. Thorn gab keinerlei Regung preis. »Wir brauchen wesentlich mehr Rekruten, wenn wir einen Krieg gegen sie führen wollen«, sagte Orley.

Thorn zuckte nicht einmal mit den Schultern. »Nein«, sagte er. »Wir werden sie als Verbündete nutzen. Sie haben die nördlichen Huran gebrochen. Von einem gebrochenen Volk ist nichts zu erwarten.«

Orley betrachtete die Jungen und Mädchen, die seine »Armee« bildeten. »Ich verstehe«, sagte er.

Nicht zum ersten Mal wunderte sich Orley darüber, wie wankelmütig sein neuer Meister war.

»Wenn ich hier fertig bin, gehe ich zu den Gallyern und helfe ihnen, ihre nächsten Schritte festzulegen.« Thorn nickte. Sein Gesicht wirkte vollkommen ausdruckslos. Es war, als spreche man mit einem Stein.

Orley gab nicht nach. »Ich brauche Rüstungen, Schwerter, weitere Armbrüste … und Helme. Vielleicht auch Pferde. Und Platz für unsere Übungen.«

Thorn nickte. »Gut. Das alles kann ich auftreiben.«

»Wann werden wir kämpfen?«, fragte Orley. »Du wolltest Murien an mich ausliefern.«

»Seine Frau hat es geschafft, ihn vor mir zu warnen.« Thorn klang fern. »Alles wird im Frühling geschehen. Führe deine Kampfübungen gut durch, Orley. Erweise dich meiner als wert. Denn angesichts der Gallyer werde ich dich vielleicht nicht mehr brauchen, so wie du diese beiden hier nicht mehr brauchst, obwohl der eine von ihnen zu deinen stärksten Kriegern gehört.«

Beide Jungen weinten nun.

Sie weinten noch immer, als Thorn sie an die Eier verfütterte, die ihre Seelen fraßen.

## N'gara · Redmede, Mogon und der Feenritter

Als es an seiner Tür klopfte, warf sich Redmede eine Robe über und ging zur Tür. Das ganze Haus erzitterte; die Strohmatten ließen kalte Windstöße herein. Er zog seinen Falchion, öffnete die Tür …

Mogon stand dort, so groß wie ein Schlachtross, mit aufgerichteten Kopffedern. »Komm«, sagte sie. »Ich brauche dich. Zieh dich warm an.«

Redmede warf einen Blick zurück auf Bess, die auf ihrer gemütlichen Pritsche saß und sich ein schweres Wolfsfell um die Schultern gelegt hatte.

»Ich komme sofort«, sagte Redmede. Es war eine schwierige Entscheidung. Sie könnte ihn fressen. Selbst jetzt noch spürte er die Woge ihrer Wut. Aber sie besaß eine größere Selbstkontrolle als alle anderen Wächter, und die Dringlichkeit ihres Begehrens teilte sich sogar durch das Medium ihres fremdartigen Körpers deutlich mit.

Er zog zwei Wollhosen übereinander und darüber noch eine Lederhose. Dann nahm er die Draußener-Schuhe, die innen mit Fell gefüttert waren, von der Wand und band sie sich mit langen Schnüren um die Beine. Er besaß einen guten Wollmantel in Wildbuben-Weiß, nahm seinen Falchion und seinen Bogen mit, den er in der Wärme der Hütte bespannte. Er knöpfte sich seine alte Kapuze an den Mantel und setzte eine Pelzkappe darüber, dann zog er sich leichte Handschuhe an. Bess stülpte zusätzlich noch dicke Wollfäustlinge aus Wolle und Leder darüber, die wie die Panzerhandschuhe eines Ritters wirkten.

Bess war inzwischen mehr als nur seine Partnerin. Manchmal sah er diesen Ort durch ihre Augen – sie liebte es, die Feen, die Irks und die Wächter zu beobachten. Für sie waren es Kindermärchen, die zur Wirklichkeit geworden waren, und sie lebte in einer Art von Paradies. Er hingegen betrachtete die Wächter nur als Ungeheuer, und so ermutigte ihn Bess' Sichtweise.

»Hilf ihr«, flüsterte Bess. »Wenn Mogon dich um Hilfe bittet, kann das uns allen nur nützlich sein.«

Er küsste sie und ging in die grausame Kälte und den Schnee hinaus.

Die große Dämonin war in Pelze gehüllt, sodass sie doppelt so umfangreich wie gewöhnlich erschien. »Meine Art strahlt ihre gesamte Wärme ab«, gab sie zu. »Darum ist der Winter sehr gefährlich für uns.«

»Worum geht es, Herrin?«, fragte er.

»Kannst du reiten?«, fragte sie zurück.

Er zog eine Grimasse. »Es gibt nicht ein einziges Pferd an diesem Ort«, sagte er.

Sie trottete davon; ihre mächtigen, dreikralligen Füße traten den Schnee für ihn platt, und er kam gut voran, es sei denn, sie trafen auf eine Schneewehe. Aber sie führte ihn nur bis zu dem schlundartigen

Haupttor der Festung. »Tapio hält Kriegselche. Tamsin hat einen für dich gesattelt.«

»Worum geht es hier?«, wollte Redmede wissen.

»Tapio ist im Schnee verloren gegangen«, sagte sie. »Ich kann ihn nicht finden, und … ich brauche Hilfe. Aber das ist etwas, von dem weder er noch ich will, dass es bekannt wird.«

»Mist«, sagte Redmede. Er fühlte sich zwar hoffnungslos überfordert, doch er klammerte sich an den Gedanken, dass Bess diese … Ungeheuer so sehr mochte. Und Tamsin war ihm immer wie ein Geschöpf aus einem Märchen vorgekommen. Er stürzte sich durch das Tor in die Höhle dahinter, durch den Vorhang aus Wärme, einen mächtigen Zauber, der den Eingang schützte. Dahinter fand er zwei kleine Irks vor, die ein Tier mit kantigem Kopf festhielten, das zwar wie ein Elch aussah, aber Hörner hatte, die nach hinten angelegt waren. Das Tier trug das vollständige Zaumzeug eines Pferdes, das allerdings recht seltsam aussah und dessen grünes Leder mit kleinen Glöckchen verziert war.

Die beiden Irks verneigten sich.

Tamsin, die Bess die Feenkönigin nannte, stand auf der anderen Seite des Tieres. Er spürte ihre Gegenwart – und vor allem roch er sie. Sie duftete nach Sonnenlicht und Zimt und dem Balsam von Gilead – nach alldem gleichzeitig. Er verneigte sich vor ihr. Es war lediglich eine Reflexhandlung – er, Bill Redmede, jedem anderen Menschen ebenbürtig, hatte keine Schwierigkeiten damit, sich vor der Feenkönigin zu verbeugen.

»Finde ihn, Ritter«, sagte sie.

»Ich bin kein Ritter«, erwiderte er.

Ihr trauriges Lächeln sagte ihm, dass seine Meinung bedeutungslos war.

»Warum schickt ihr niemanden aus eurem eigenen Volk los?«, fragte er.

»Geh bitte«, forderte sie ihn auf.

Er konnte ihr keinen Widerstand leisten. So stellte er den Fuß auf den Steigbügel, und das große Tier grunzte.

*»Steigst du endlich auf?«*

Redmede stieß einen kurzen Schrei aus.

Tamsin hielt ihm ein Amulett entgegen. »Es wird ihn finden. Auch wenn er tot ist.«

Der Elchbulle trottete in den Sturm hinaus.

Redmede versuchte, das Zittern in seinen Händen zu unterdrücken. Alles an den Irks und ihren Wegen machte ihm Angst. »Ich bin ... wie machst du das?«

*»Wer weiß? Gute Sitzposition. Keine Angst, ich werfe dich nicht ab. Du machst deinen Teil und ich den meinen. Und benutze diese verdammten Zügel erst dann, wenn es unbedingt sein muss, oder wir werden schnell herausfinden, wer von uns der Stärkere ist. Hast du mich verstanden?«*

Vorsichtig legte Redmede die Zügel auf den Hals des warmen Tieres und ließ sie zusammengebunden dort liegen. Der Elch wurde schneller, Mogon trottete neben ihnen her.

Allzu schnell hatten sie die warme Dunkelheit der Festung und die Hütten, die sie umgaben, hinter sich gelassen.

»Warum?«, fragte Redmede. »Ich will mich nicht sträuben, Herrin, aber warum gerade ich?«

Mogon lief weiter. Sie lief so lange, bis Redmede glaubte, keine Antwort mehr zu bekommen, doch dann sprang sie über einige umgestürzte Bäume und blieb stehen.

»Wir befinden uns in der Wildnis, Menschenmann. Wenn seine eigenen Edelleute ahnen sollten, dass er allein und schwer verletzt irgendwo im Schnee liegt ... nun denn. Es soll reichen, dass seine Gemahlin eine Wächterin und einen Menschen beauftragt hat, ihren Herrn zu retten.« Sie drehte sich viel schneller um, als es einer Kreatur von ihrer Masse hätte möglich sein dürfen – und lief in die Wälder hinein.

## Thrake · Aeskepiles

»Mein Vater wird einem offenen Attentat niemals zustimmen«, sagte Demetrius.

Aeskepiles schenkte ihm noch etwas Hippokras ein. »Es ist an der Zeit dafür, Euer Gnaden. Wenn wir dem Usurpator erlauben, die Stadt den ganzen Winter hindurch zu halten, haben wir verloren.«

Demetrius setzte sich zurück. Trotz seiner aufbrausenden Art hatte er die raschen Augen eines Denkers, und sein Blick legte sich nun auf Aeskepiles. »Mein Vater sagt, wir haben schon verloren. Uns bleibt nur noch der Versuch, so viel wie möglich vom Norden zu halten.«

Aeskepiles schüttelte den Kopf. »Euer Vater ist lediglich mutlos. Er hat eine Niederlage einstecken müssen, aber das geht vorüber …«

Demetrius fluchte. »Hört mir zu, Magister! Die Person, die wir am dringendsten brauchen, seid Ihr. Dieser Rote Ritter – er gebietet über alle möglichen Arten von Zauberei. Er hat meine beiden *Praeceptores* gleich zu Beginn des Kampfes unschädlich gemacht. Er hat auch eine Sturmfront so bewegt, wie eine Hausfrau einen Vorhang bewegt.«

Aeskepiles nickte. »Dem stimme ich zu. Also sollten wir ihn loswerden.«

Demetrius nahm noch einen Schluck. »Die Welt ist voller Söhne, die Ränke gegen ihre Väter schmieden. Ich gehöre nicht dazu. Ich hasse es, das Vertrauen meines Vaters zu missbrauchen.«

Aeskepiles spürte, wie sein Gegenüber schwankend wurde. »Wir hintergehen Euren Vater nicht, sondern retten seine Sache. War der

Kaiser ein guter Herrscher? Nein. Er war ein schwacher Narr, der jedem Fremden Zugeständnisse gemacht hat. Darf ich offen sein? Selbst der Usurpator ist ein besserer Herrscher als der Kaiser. Ich weiß, dass das Blasphemie ist, aber hört mir zu, Euer Gnaden. Ich habe mich dieser Rebellion nicht angeschlossen, weil ich mehr Macht oder größere Besitzungen erlangen wollte. Es geht um wesentlich *wichtigere Dinge.* Wir müssen gewinnen. Also sollten wir diese Botschaft aussenden. Wenn der Usurpator tot ist, können wir Eurem Vater gegenüber *mea culpa* rufen.«

Demetrius nahm noch einen Schluck. »Wir werden sein Siegel brauchen.«

Aeskepiles nickte. »Und der Bote bricht schon morgen zur Stadt auf. Wir müssen uns beeilen.«

## Liviapolis · Kronmir und Mortimir

Mehr als eine Woche nach seiner Rückkehr in die Stadt stand Kronmir am Ares-Tor und sah zu, wie die kaiserliche Armee aus dem Schnee hereinmarschierte. Die Soldaten waren in der Nacht zuvor angekündigt worden, und nun wurde allgemein vermutet, dass sie irgendeinen großen Sieg errungen hatten und ein Vermögen an Pelzen mitbrachten. Er hätte sich darüber ärgern können, aber es war ihm gleich. Kronmir führte ein erfolgreiches Leben, indem er sich nur um die Dinge kümmerte, die er kontrollieren konnte.

Es muss aber gesagt werden, dass der einen Monat lange Winterfeldzug des Megas Ducas und seine Ergebnisse bei Meister Kronmir gewisse Gedanken über seinen Arbeitgeber und den möglichen Erfolg der Sache, die er repräsentierte, ausgelöst hatte. Kronmir hatte deshalb ein oder zwei Tage damit verbracht, bestimmte Vorkehrungen zu treffen.

Die Armee, angeführt vom Megas Ducas höchstpersönlich, wirkte triumphierend. Ihr schien viel behaglicher zumute zu sein, als man hätte annehmen können. Die Soldaten wirkten dünn; der Monat draußen im Winter hatte sie alles Fett gekostet, das sie noch auf den Rippen gehabt haben mochten. Doch ihre weißen Mäntel verbargen sämtliche Anzeichen von Unwohlsein, ihre Tiere wirkten recht gesund, und die lange Wagenkolonne hinter ihnen sprach Bände für ihren Sieg. Kronmir zählte hundertundsechzig Wagen. Sie waren gewaltig, und viele von ihnen wurden von Ochsen gezogen.

Der Meisterspion stand in dem kalten Abend, hatte die Hände tief in den Taschen seines pelzbesetzten Mantels vergraben und fragte sich, wie viel an Planung und Logistik seinen Agenten entgangen sein mochte, die es dieser Armee erlaubt hatten, mitten im Winter tausend Meilen weit zu marschieren.

Außerdem konnte er die Augen nicht davor verschließen, dass die Menge – in zehn Reihen am Tor und immerhin noch in sechs Reihen auf den Plätzen – der Armee wie verrückt zujubelte. Die Menschen bejubelten die wettergegerbten Stradioten, die stolz wie Pilatus wirkten, und sie bejubelten die hurtigen Vardarioten mit ihren vom Wind geröteten Gesichtern, die zu der Farbe ihrer Mäntel passten. Sie bejubelten ebenfalls die großartigen Scholae, die in ihren weißen Wollumhängen etwas weniger prächtig wirkten, aber noch immer wie Elfenprinzen auftraten. Sie brüllten auch den Nordikanern zu, die mit schwingenden Hellebarden vorbeiritten und deren Tätowierungen auf der winterweißen und sonnengeröteten Haut fast schwarz wirkten. Und sie sangen eine Hymne für die Virgo Parthenos. Noch beunruhigender aber war der Umstand, dass sie sich für den Megas Ducas auf seinem großen schwarzen Pferd heiser brüllten. Er trug einen Umhang, der ausschließlich aus weißem Hermelin zu bestehen schien; dazu hielt er einen Kommandostab in der Hand, mit dem er wie ein Kaiser aus der alten Zeit vor der Menge salutierte.

Hinter der Wagenkolonne folgten vierzig weitere Gefährte, die nur aus je zwei Achsen und schweren Holzladungen bestanden und ebenfalls von Ochsen gezogen wurden.

Kronmir ging zu seiner Herberge zurück, schloss die Tür zu seinem kostspieligen Privatgemach und schrieb eine lange verschlüsselte Botschaft, die sein neuer Botendienst überbringen sollte. Gegen Abend ging er hinaus und warf die Pergamentrolle in ein Bleirohr, das an die Unterseite eines Bauernkarrens gebunden war – also genau dort, wo es sein sollte.

Nachdem er das Rohr verschlossen hatte, ging Kronmir durch den fallenden Schnee zurück zu seiner Herberge und lauschte dabei dem Triumphlärm der Stadt. Er bestellte einen Becher Würzwein, setzte sich mit dem Rücken zur Wand und wärmte sich die Füße, während er die neue Lage überdachte.

Er fragte sich, ob es an der Zeit war, die Seiten zu wechseln.

Kronmir saß noch immer im Schankraum seiner Herberge, genoss einen dampfenden Krug voll heißen Apfelweins und wärmte sich die Zehen am Feuer. Seine großen Stiefel hingen zusammen mit einem weiteren Dutzend an einem Gestell, und einer der Herbergsdiener drehte sie von Zeit zu Zeit, wofür er eine Kupfermünze erhielt.

Er hatte eine geschäftige, aber erfolgreiche Woche hinter sich. Sein verlässlichster Kontakt im Palast hatte nützliche Quellen unter den Nordikanern. Diese waren zwar kaum aus ihren Bündnissen zu lösen, aber er vermutete, dass es einige Unzufriedenheit unter ihnen gab, jetzt da der Kaiser in Gefangenschaft geraten war. Allerdings hatte die Bezahlung durch den Megas Ducas das Interesse der beiden Männer erstickt, die über Kronmirs Angebot nachgedacht hatten. Oder vielleicht war das alles auch nur eine Falle gewesen.

Er seufzte. Es war einen Versuch wert, selbst wenn die letzten Siege des Megas Ducas seine Unterstützung unendlich gefestigt hatten. Die albischen Kaufleute waren trotz der Winterstürme in den stabilen Rundschiffen abgesegelt und bis zur Reling mit den besten Pelzen beladen. Aber nachdem die etruskische Liga ihren Obolus entrichtet hatte, waren ihr der erste Zugriff auf die Pelze und sogar private Geschäfte mit den albischen Kaufleuten erlaubt worden. Kronmir hatte keine Informationen aus erster Hand bekommen, aber er hatte den Eindruck, dass die etruskischen Häuser dem Ruin entkommen waren und deshalb nun tief in der Schuld des Megas Ducas standen.

Er nahm sein Essmesser aus dem Beutel und rührte damit den Apfelwein um.

Er spürte, wie ihn jemand beobachtete, und hob den Blick. Da bemerkte er den jungen Künstler vom Tempel außerhalb der Stadt. Er erinnerte sich gut an den Jungen und an seinen Drang, ihn zu töten.

Der Junge lächelte, als sich ihre Blicke trafen.

Kronmir erwiderte das Lächeln. Kein Spion oder gedungener Mörder würde seinem Ziel ein solches Lächeln schenken. Dennoch holte Kronmir eine dünne Klinge aus seinem Gürtel und hielt sie im linken Ärmel verborgen.

»Stephan!«, rief der junge Mann. Er hatte das Gehabe eines Studenten, trug aber ein Schwert an einem Gürtel aus Gold- und Silberplatten, so wie ein albischer Ritter oder ein Söldner.

Kronmir war kurzzeitig verwirrt, bis er sich daran erinnerte, dass er dem jungen Mann tatsächlich gesagt hatte, sein Name laute Stephan. Er stand auf und verneigte sich.

Ein Schankdiener brachte einen zweiten Stuhl und verbeugte sich vor dem Studenten.

»Logiert Ihr in dieser Herberge?«, fragte Kronmir.

Der Student nickte. »Roten Wein – kandischen, wenn möglich. Den, den ich gestern hatte, ja?« Sein Archaisch war ausgezeichnet –

viel besser als alles, was Kromnir von den anderen Söldnern gewöhnt war, und auch das sprach dafür, dass der Junge tatsächlich ein Student war. Er setzte sich. »Ja, das ist meine Herberge. Und Ihr, Herr?«

Kronmir seufzte. Es würde nur zu Schwierigkeiten führen, wenn er den Jungen jetzt tötete. Aber er konnte die Herberge nicht mit einer wohlhabenden Person teilen, die ihn möglicherweise bei einer Amtsperson anzeigte. »Ich bleibe noch ein oder zwei Tage«, sagte er und seufzte innerlich. *Es gefällt mir hier.* »Ich nehme an, Ihr seid Student an der Akademie?«

Der junge Mann verneigte sich abermals, blieb dabei aber sitzen. Er hatte sehr gute Manieren. »Ja. Ich bin Morgan Mortimir aus Harndon. Ich bin *Scholasticus Affector* an der Akademie. Und Ihr?«

Kronmir wusste, dass dieser Titel einen echten Adepten bezeichnete – einen Zauberer in der Ausbildung. Er fragte sich, ob dieser junge Mann noch jung genug war, um zum Spionieren verführt zu werden, aber das war eine reine Gedankenspielerei. Er würde seinen Magier erst dann rekrutieren, wenn er sich seiner eigenen Stellung sowie seiner Sicherheit gewiss war, und das war im Augenblick noch nicht der Fall. »Ich bin bloß ein Kaufmann, Mylord«, sagte Kronmir.

»Ah!«, meinte Mortimir. »Ich hatte in Euch einen Zaubergefährten vermutet.«

»Weswegen?« Kronmir erlaubte sich ein ehrliches Lachen.

»Das Amulett, das Ihr tragt, glitzert im Äther wie ein Leuchtfeuer. Ich bitte um Vergebung, guter Herr. Ich weiß, dass einigen Menschen das Gespräch über das Immaterielle missfällt.«

Kronmir spielte mit dem Amulett, das ihm der frühere Zauberer des Kaisers geschenkt hatte. »Wirklich?«, fragte er.

»Es muss sehr mächtig sein«, fuhr Mortimir fort. Er beugte sich vor, und Kronmir wich ein wenig zurück. »Es tut mir leid. Neugier ist der Katze Tod. Ich werde damit aufhören.«

Eine hübsche junge Frau in einem feinen moreanischen Kleid und mit einem Brusttuch brachte ein Weinglas mit zarten Fäden aus Blau und Grün darin sowie einen kleinen Glaskrug. Sie machte einen Knicks, und er hob sein Glas vor ihr.

Kronmir bekämpfte seine aufsteigende Angst und traf eine rasche Entscheidung, so wie er es jeden Tag tun musste. Manchmal war es einfacher, über Dinge Bescheid zu wissen, anstatt in einer Welt der Angst zu leben. So schob er sich die Kette über den Kopf und gab das Amulett dem jungen Mann. »Mein Meister hat viel Geld dafür bezahlt«, sagte er. »Es soll uns ermöglichen, über weite Fernen miteinander in Verbindung zu treten.«

Mortimir lächelte – ein wenig scheu angesichts dieses Vertrauensbeweises. Er nahm einen Schluck Wein und drehte das Amulett in der Hand hin und her. Es war ein silberner Anhänger in der Form eines Betenden. Er betrachtete den unteren Teil, runzelte die Stirn und wog es in der Hand ab. Etwas an Mortimirs Bewegungen gefiel Kronmir ganz und gar nicht. Er hielt Ausschau nach dem Ausgang – die selbstverständliche Reaktion auf eine Bedrohung.

Mortimir fuhr mit dem Daumen über den unteren Teil des Amuletts, und es sprang ein winziges Feuer auf – blaues Feuer.

Mortimir legte das Amulett auf den Tisch. »So, so«, sagte er mit der Begeisterung eines jungen Menschen, der eine Leidenschaft für außerordentliche Dinge hat. »Es ist sehr mächtig. Wie weit ist Euer Meister von Euch entfernt? Ist er in Etruska?« Er lachte.

Kronmir stand auf. »Ihr enthüllt all meine Geheimnisse«, sagte er und nahm das Amulett wieder an sich. »Und Ihr seid sehr gewitzt.«

Mortimir sah ihm in die Augen. »Ich wäre vorsichtig damit, mir diese ungeschützte *Potentia* um den Hals zu hängen. Was ist, wenn der Mann, der Eure Geschäfte steuert, Euch nicht mag, Herr?« Er lachte. »Ach, was bin ich doch für ein Gimpel.«

Kronmir hob eine Braue. »Gut zu wissen«, sagte er.

Er wechselte die Herberge später am Nachmittag mit dem geringstmöglichen Aufsehen, aber der Schaden war bereits angerichtet. Der Junge würde ihn überall wiedererkennen, und das Amulett war wie ein Kennzeichen. Plötzlich verspürte Kronmir eine seltsame Angst vor der Macht dieses Gegenstandes – als wären die Bedenken des jungen Gelehrten eine Krankheit, die er sich eingefangen hatte. Er steckte das Amulett in seine Tasche.

## Thrake · Gelfred

»So hatte ich mir die Feier des Weihnachtsfestes nicht vorgestellt«, beschwerte sich Gelfred.

Amy Hock lachte laut auf, und sogar Daniel Favor grinste.

Sie hatten sechs Hütten aus Zweigen errichtet, die gegen sorgsam aufgestellte Rahmen aus Schösslingen lehnten. Diese Schuppen standen rechts und links einer Feuerschneise, die beide Seiten wärmte. Das Ergebnis wirkte wie ein sehr langes, besonders niedriges Draußener-Haus. Die Männer – es waren ein Dutzend – konnten sich mit den Füßen zum Feuer legen, während ihre Köpfe unter dem niedrigsten und gemütlichsten Teil des Bauwerks ruhten.

Die Schuppen waren mit Schnee bedeckt – sie waren sogar darin eingegraben, aber der tiefe Schnee wärmte das Innere zusätzlich. Jedes Wildtier, das sie erlegten, fügte den Öffnungen eine weitere schützende Haut hinzu, und jede Stunde Tageslicht ließ den großen Stapel von Feuerholz höher anwachsen, der die Nordwand der Schuppen bildete und Schutz gegen den Wind bot.

Favors zwei Hunde lagen mit den Köpfen auf den Pfoten in der Nähe des Eingangs. Sie ruhten auf ihren eigenen Häuten, und die Männer versuchten sie mit Futterstücken als wärmende Schlafgenossen zu gewinnen. Aber die meiste Zeit schliefen sie bei dem jungen

Wagenlenker aus Harndon. Sogar jetzt, am Rande der Nacht, hoben sie sofort die Köpfe, wenn er sich bewegte.

»Er ist der Jüngste von uns, und offenbar sieht er am ehesten wie ein Hund aus«, bemerkte Amy Hock dazu und zeigte sein seltenes Lächeln. Die anderen lachten.

Gelfred holte seinen Topf vom Feuer und teilte Würzwein aus.

»Ich würde zum Geburtstag unseres Heilands gern etwas Besonderes machen«, sagte er.

Der junge Daniel nickte. »Aber erst morgen Abend, Ser Gelfred.«

»Tät keinem von uns was schaden, ein Weihnachtslied zu singen«, sagte Wa'Hä. Amy Hock versetzte ihm einen Knuff, und Wa'Hä stieß ihm den Ellbogen in die Seite. »Was? Ich singe gern.«

Ginger schnaubte. »Ich kenne ›Gott behüte dich‹«, sagte er.

»Verstecken wir uns nicht gerade in feindlichem Gebiet?«, fragte Amy Hock in klagendem Ton.

Der junge Daniel schnaubte verächtlich. »Da draußen bewegt sich nichts, nur wir und das Wild«, sagte er. »Und das Wild bewegt sich nicht viel«, fügte er noch hinzu und erhielt einige Lacher zur Antwort. Daniel Favor mochte zwar jung sein, aber er war gewiss einer der besten Jäger. Seine Geduld war legendär, und seine Pfeile fanden stets ihr Ziel.

Gelfred ließ seinen warmen Wein im Topf herumwirbeln und schenkte Amy Hock ein, der diese Gabe mit einem erstaunlich höflichen Nicken entgegennahm, als ob sie alle Edelmänner wären. »Außerdem«, sagte er mit seiner gepflegt klingenden Stimme, »haben wir Wachen dort draußen – sowohl an der Straße als auch auf dem Berg.«

»Heiliger Jesus, Meister Gelfred, da draußen am Berg ist es so kalt wie an einer Hexentitte«, fügte Will Sperling hinzu. Er war ihr neuester Späher und hatte früher mal als königlicher Förster gedient.

Gelfred sah den Mann an. Sie waren im gleichen Alter, aber der frühere Förster fluchte gern und führte schlüpfrige Reden, was Meister Gelfred gar nicht gefiel.

»Kalt wie einer Jungfrau …«, fügte er genüsslich hinzu.

Gelfred gab ihm einen Becher mit warmem Wein. »Meister Sperling, unser Leben ist hart genug, auch ohne dass diese Männer andauernd an die Existenz von Frauen erinnert werden. Außerdem würde ich es sehr zu schätzen wissen, den Namen meines Heilands nicht andauernd in lästerlicher Weise ausgesprochen zu hören, jedenfalls solange du unter meinem Kommando stehst. Und das gilt auch für alle weiblichen Körperteile. Hier. Nimm noch etwas Wein.«

Sperling ließ sich gern anstacheln und reizen, aber es war schwierig, wütend auf einen Mann zu sein, der gute Manieren hatte und einem an einem Wintertag einen Becher mit warmem süßem Wein reichte. Und so murmelte er nur etwas über die Priesterschaft im Allgemeinen.

Der junge Daniel nahm seinen Hornbecher und nickte. »Aber er hat doch in gewisser Weise recht, Ser Gelfred. Wir sollten einen Schutzstand bauen. Einen Windbrecher. Wie wenn wir Wild oder Enten jagen. Der Wind am Berg geht durch Mantel, Wams und Stiefel.«

»Schneidet bis auf den Schwanz durch«, sagte Sperling recht lustlos.

Die Öllampe, die am Eingang brannte, flackerte, und plötzlich ertönte ein leises Summen wie das einer Hornisse im Hochsommer.

»Wir bekommen Besuch!«, sagte Gelfred, und sofort hatte jeder Mann seine Klinge in der Hand. Sie sprangen in ihre Winterkleidung, und die meisten von ihnen hatten ihre Stiefel schon griffbereit. Favor warf sich seinen weißen Wollmantel über den Kopf, packte einen Sauspieß und eilte in die eiskalte Luft des Sonnenuntergangs hinaus. Er sprang mit den Füßen auf die Schneebretter und marschierte in Richtung der Straße.

Die Wächter besaßen je ein von Gelfred bereitgestelltes Gerät, das durch *ars magicka* funktionierte. Das Summen bedeutete die Straße, während ein klarer, hoher Ton auf den Berghang hingewiesen hätte. Favor stapfte auf einen Punkt auf der Straße nördlich des Wächters zu. Kurzzahn hatte den Posten inne, und er war nicht für Fehlalarme bekannt. Favor bewegte sich schnell, hielt sich aber vom Unterholz fern und tat alles, um seine Position nicht zu verraten. Als er den Kamm der niedrigen Erhebung neben der Straße erreicht hatte, legte er sich flach in den weichen Schnee und schlängelte sich vorwärts.

»Ich habe einen Passierschein, du Dummkopf!«, brüllte der Mann auf dem Wagen. »Es ist *verdammt* kalt, und ich will den Pass hinter mich gebracht haben, bevor es wieder schneit.«

Kurzzahn trat langsam von dem großen Wagen zurück, der doppelt so hoch wie ein Mensch war und dessen Räder drei Fuß tief in den Schnee bis zum Straßenbett eingesunken waren, während die Ladefläche noch frei war. Es handelte sich um außergewöhnlich große Räder.

»Was hast du geladen?«, fragte Kurzzahn.

Favor sah, wie Wa'Hä wenige Ellen links von ihm in etwas geringerer Entfernung von dem Wagen in den Schnee fiel. Er rollte sich auf den Rücken und machte seine Armbrust schussbereit. Auf der anderen Seite der Straße huschte Will Sperling hinter einen toten Baum und erstarrte.

»Getreide für den Bauernmarkt«, sagte der Fahrer. »He, arbeitest du für den alten oder für den neuen Herzog?«

»Warum hältst du nicht einfach den Schnabel, und wir schauen uns gemeinsam dein Getreide an?«, fragte Kurzzahn. Er war inzwischen zur Ladefläche des großen Wagens gegangen und hatte seine eigene Armbrust sorgfältig gespannt. Es war eine besonders teure Waffe aus Stahl.

Der Mann auf dem Kutschbock bemerkte es.

Favor sprang hinunter auf die Straße und lief in seinen Schneeschuhen leichtfüßig über die weiße Fläche.

Kurzzahn hatte ihn bereits erspäht und wartete auf ihn.

»Da ist noch einer!«, rief der Mann auf dem Kutschbock, und plötzlich brach das Chaos aus.

Der hintere Teil des Wagens schien abzuheben, und aus reinem Instinkt erschoss Kurzzahn einen Mann. Sein Bolzen verschwand in der Panzerung des Mannes, und Blut spritzte auf den Schnee.

Hinter ihm spannte ein weiterer Mann seine Armbrust, doch sie bestand aus Eibenholz, war nicht angewärmt, und so zerbrach sie. Favors Speerschaft erwischte ihn am Kopf.

Der Kutscher fiel mit dem Gesicht voran in den Schnee, Sperlings Pfeil steckte in seinem Nacken. Blut quoll aus ihm hervor, er schlug aus und hinterließ einen obszönen Schnee-Engel aus Blut und Schmerzen.

Aber es waren noch weitere Männer in dem Wagen, und Favor traf ein Pfeil in den Bauch. Er klappte vor Schmerzen zusammen und fiel mit dem Gesicht in den kalten Schnee. An seinem Wams rann etwas Kaltes, Feuchtes herab.

Gelfred wirkte seine Magie – die Luft erwärmte sich, über den Köpfen blitzte es, und dann schossen die übrigen Männer auf der Erhebung Pfeile in die Ladefläche des Wagens. Favor wusste, dass er schwer verwundet war, aber er war immerhin noch bei vollem Bewusstsein – er konnte das Klicken von Kurzzahns Armbrust hören, als der Hebel gegen das Gewicht des Stahlbogens gedrückt wurde und dieser vorschoss.

Der Mann war *unter* dem Wagen und schoss von dort aus seine Bolzen hoch in die Pritsche. Und das Leinwandverdeck des Wagens bot den Männern in seinem Innern ebenfalls keinen Schutz. Blut tropfte zwischen den Planken hindurch.

»Gebt auf«, rief Gelfred, »oder wir werden euch alle töten!«

Favor hörte die Männer im Wagen, und dann hörte er, wie jemand etwas Schweres in den Schnee warf.

Nach einem Dutzend Herzschlägen war Gelfred neben ihm. »Bleib bei mir, Junge. Es ist Weihnachten. Niemand stirbt an Weihnachten. Alle leben.«

Favor hustete, und Blut quoll aus seinem Mund.

Plötzlich schien alles in die Ferne zu rücken.

»Gut – holt sie aus dem Wagen. Entwaffnet alle. Legt den jungen Daniel in den Wagen. Sperling, du kommst mit uns. Halt ihn warm. Hock, du übernimmst den Posten.«

Dann beugte sich Gelfred über ihn und legte die Hände auf Favors Augen, und das war alles …

Gelfred wandte sich an den verwundeten Gefangenen. »Ich bin in Eile. Ich werde keine Drohungen ausstoßen.«

Der Mann kam aus dem Osten, und er zuckte nur mit den Achseln.

»Er wird nicht reden, selbst wenn wir ihm die Finger abschneiden«, sagte Sperling. »Aber dieser hier schon.«

Der junge Thraker, den Favor mit seinem Speer geschlagen hatte, hielt sich den Kopf fest und musste sich übergeben.

Die anderen Wildhüter führten den Rest der Thraker weg, bis nur noch Gelfred und Sperling, Wa'Hä und der Thrakerjunge übrig waren.

»Sag es mir einfach«, meinte Gelfred.

Der Junge sah ihn an. Seine Pupillen waren ungeheuer groß.

»Er kann dir die Seele aus dem Körper saugen«, sagte Sperling. Es wäre eine schreckliche Drohung gewesen, wenn der Junge nicht bloß moreanisches Archaisch, sondern auch Albisch gesprochen hätte.

Gelfred beugte sich zu ihm vor. »Du bist nur sechs Meilen von der Stadt entfernt – im schlechtesten Wetter seit einem Jahrzehnt. Und du kommst aus den Bergen mit einer Wache aus Ostmännern.«

Der Junge stützte den Kopf in die Hände.

»Dienst du Herzog Andronicus?«, fragte Gelfred sanft.

»Ja«, antwortete der Junge und brach zusammen.

Er heulte sich seine Ängste aus dem Leib, während Sperling voller Verachtung zusah.

Schließlich bedeutete Gelfred Wa'Hä, den jungen Mann zu den anderen Gefangenen zu bringen.

»Der Herzog will sie bestimmt alle sehen«, sagte er. »Wir lassen Amy Hock, Wa'Hä und Kurzzahn hier. Sie werden die Straße im Auge behalten und die Berge vergessen. Der Rest von euch wird heute Nacht in der Wärme schlafen. Pferde!«

Ein großes Freudengeheul erhob sich, und nach wenigen Minuten waren sie fort.

»Bringt uns etwas Nettes mit«, sagte Amy Hock. »Ist schließlich Weihnachten.«

»Wir wären schon mit dem lebenden Daniel Favor zufrieden«, meinte Wa'Hä. »Und mit etwas Bier.«

# 15

## Harndon · Der Hof zu Weihnachten

Die Königin liebte Weihnachten über alles, und sie dekorierte die Große Halle des Palastes so, wie ihre Mutter die Halle in ihrer Kindheit ausgeschmückt hatte – mit Girlanden aus Efeu und Kugeln aus Mistelzweigen. Sie besuchte Juweliere und Schneider und beschäftigte sich so sehr, dass ihre dunkleren Gedanken nicht an die Oberfläche traten.

»Ihr werdet noch Eurem Ungeborenen wehtun«, sagte Diota. »Es ist nicht richtig, dass Ihr Euer Geheimnis vor dem König geheim haltet.«

Die Königin zuckte die Achseln. »Ich denke, ich bin meine eigene Herrin«, sagte sie mit ihrem alten Kampfesmut, aber in Wahrheit beeinträchtigten ihr ausgedehnter Bauch und die täglichen Übelkeiten ihre Begeisterung, mit ihrer alten Amme zu streiten. Außerdem war sie gereizt – gereizter als gewöhnlich. Die Adventszeit verbrachte sie in einer Stimmung matter Wut, und sie bedauerte diese unangenehme Einschränkung ihres Lebens.

»Das Baby geht auch ihn etwas an«, sagte Diota. »Und bei all den bösen Lügen, die ich jeden Tag in diesen Gemächern und Gängen höre, solltet Ihr eigentlich darauf brennen, ihm zu sagen, dass er Vater wird.«

»Zuerst möchte ich einige Dinge in Erfahrung bringen«, sagte Desiderata.

»Ich könnte wetten, dass es dem König genauso geht«, grollte Diota.

»Amme, du bist … was auch immer …«, platzte es aus Desiderata heraus.

Diota umarmte sie kurz. »Ich will nicht etwa die Vaterschaft Eures Kindes anzweifeln, wenn es das ist, was Ihr meint. Ich sage nur: Teilt es ihm mit.«

Und so kam es, dass sie ihn ein paar Tage vor dem Weihnachtsabend, nachdem sie einen Becher geteilt und sich unter einem Mistelzweig geküsst hatten, zu ihrem gemeinsamen Bett führte, das behaglich inmitten einer wahren Burg aus Decken, Teppichen und Wärmepfannen stand.

Der König unternahm seine üblichen Handlungen, und sie lachte in seinen Bart hinein und gebot seiner Eile Einhalt, indem sie ihn zwang, seine Hand auf ihren Bauch zu legen.

»Hör mir zu, Liebster. Da drinnen regt sich etwas«, sagte sie.

»Das Abendessen?«, fragte er mit einem leisen Lachen.

»Ein Baby«, sagte sie.

Seine Hand erstarrte. »Bist du … sicher?«

Sie lachte. »Ich weiß, was jede Milchmagd weiß – und noch ein wenig mehr. Es ist ein Junge. Er wird im Juni auf die Welt kommen.«

Der König atmete leise neben ihr in der Dunkelheit.

»Sag doch etwas, Geliebter«, bat Desiderata.

»Ich kann keine Kinder zeugen«, sagte er grimmig und rollte sich weg von ihr.

Sie umfasste seine Hüfte. »Doch, das kannst du. Und du hast es getan.«

»Ich bin kein Narr«, spuckte er aus.

»Ich habe nie bei einem anderen Mann gelegen.«

»Nein?«, fragte er.

»Willst du mich etwa beschuldigen?«, fragte sie und spürte, wie die Wurzel ihres Seins und das Fundament ihrer Liebe wie Wachs in einem Feuer dahinschmolzen.

Er setzte sich auf. »Wir sollten dieses Gespräch nicht fortsetzen. Nicht jetzt«, sagte er vorsichtig.

Sie rückte neben ihn, fand eine Wachskerze, steckte sie in einen kleinen Kerzenständer neben seiner Bettseite, wobei sie sich so tief über ihn beugte, dass ihr Busen seine Brust berührte. Dann steckte sie die Kerze auf magische Weise an, sodass sie seine Augen sehen konnte.

Er sah aus wie ein waidwundes Tier.

Tränen stiegen in ihr auf, aber sie zwang sie nieder, denn irgendetwas sagte ihr, dass sie nur diese eine Gelegenheit haben würde, ihn davon zu überzeugen, dass er Vater wurde, bevor er sich mit einem Panzer umgab – dieser schroffe und unberührbare König.

»Liebster, sieh dir meinen Bauch an. Ich würde niemals mit einem anderen Mann schlafen.« Sie beugte sich noch tiefer zu ihm hinunter. »Denk daran, wer ich bin. *Was* ich bin.«

»Ich *kann* keine Kinder zeugen. Ich bin … *verflucht.*« Er schluchzte das letzte Wort heraus.

Sie legte ihm die Hand auf die Brust, und er ließ es geschehen. »Liebster, ich habe Macht. Ich bin so, wie Gott mich geschaffen hat. Und ich glaube … ich glaube, es ist mir gelungen, deinen Fluch zu brechen.« Sie lächelte. »Mit Gottes Hilfe – und mit der Hilfe der Nonne.«

»Das ist nicht mein Fluch«, ächzte er.

»Wessen dann?«, fragte sie.

Er schüttelte den Kopf und wollte ihr nicht in die Augen sehen.

»Gemahl, als die *belle sœur* ihren Willen auf uns gelegt und uns … wieder zu einem Ganzen gemacht hat …« Sie hielt inne, dachte an jenen Augenblick und versuchte, noch einmal von der Freude zu kosten, die sie damals verspürt hatte. Und von dem Gefühl der Erleichterung. Sie küsste ihn. »Sie hat deinen Fluch gebrochen oder zerschmettert. Ich kann es spüren.«

Der König legte ihr den Kopf gegen die Brust. »Wenn du nur recht hättest«, sagte er.

Dann schlief er ein, und sie lag wach, fuhr ihm mit der Hand über die Brust und versuchte die schartigen Enden des Fluches zu ertasten, aber er war vor so langer Zeit zerbrochen, dass sie nur noch den Rand der Wunde spürte, die der Fluch in der Welt hinterlassen hatte.

Später erwachte er, und sie liebten sich.

Und als sie danach mit ihm zusammen erwachte, war das Weihnachtsfest einen Tag näher gekommen, und sie dachte, dass vielleicht doch alles geheilt werden würde.

Hundert Räume entfernt legte der Sieur de Rohan Lady Emmota auf ein Bett, und sie seufzte.

»Das ist Sünde«, sagte sie und drückte ihn von sich. »Könnt Ihr mich nicht einfach nur küssen?«

»Welche Sünde soll es sein, wenn zwei Liebende zu einer einzigen Seele werden?«, fragte er. Er fuhr mit der Zunge sanft über den entblößten Ansatz ihres Busens, und sie krallte die Hände in seine Schultern, deren Muskeln ganz hart waren. Er schlüpfte neben sie ins Bett, war warm und fest und roch nur nach Zimt und Nelken.

Sie küsste ihn und atmete seinen Duft ein. Und ließ es zu, dass seine Hände ihren Körper erkundeten.

Es war wundervoll … und dann war es das plötzlich nicht mehr.

Er schob sein Knie zwischen die ihren, doch das gefiel ihr überhaupt nicht. Sie stieß ihn von sich – hart und bestimmt.

»Mach die Beine breit, Hure«, sagte er. »Du willst es doch auch.«

Er drückte sie auf das Bett nieder. Sie biss ihn, und dann schlug er sie.

Sie versuchte, gegen ihn anzukämpfen.

Und weinte.

Er lachte. »Warum sind wir deiner Meinung nach wohl hier?«, fragte er sie.

Sie drehte den Kopf und weinte ins Kissen, das nach ihm roch, und er versetzte ihr eine Ohrfeige. Sie zog die Bettlaken um sich, und er riss sie wieder weg. »Ich bin noch nicht fertig mit dir, *ma petite.*«

»Du …!«, stieß sie hervor. »Du … falscher …«

»Es ist kein Verbrechen, eine Hure zu vögeln«, sagte er.

Sie würgte.

»Wie die Herrin, so die Gescherrin«, sagte de Rohan. »Keine Sorge, meine kleine *putain*. Wenn der Hof herausfindet, was deine Herrin getan hat, wird niemand mehr auf deine Taten schauen. Außerdem ist dein Körper dazu geschaffen, einen Mann zu befriedigen.« Er beugte sich über sie und bedachte sie nun wieder mit warmen Liebesworten.

Aber nur für eine kleine Weile.

## N'gara · Mogon und Bill Redmede

Die Wälder waren tief verschneit, und es gab dort etwas … etwas, das sich am Rande von Redmedes Sinnen bewegte. Etwas, das zu schnell, zu klein oder zu verstohlen war, als dass er es hätte deutlich wahrnehmen können.

Mogon lief nach Osten; ihre schweren Füße gruben dreieckige Löcher in den Schnee. Der Elch rannte leichtfüßig und streifte bisweilen mit dem Bauch an der hohen Schneedecke entlang. Hin und wieder hielten sie an, und Redmede nahm sein Amulett in die Hand und betrachtete das Feuer in dessen Tiefen. Sie folgten dem Funken – nach Osten und Norden.

Nach dem Einbruch der Dunkelheit überquerten sie Spuren, die im Mondlicht deutlich zu sehen waren – Spuren eines Mannes mit einem Handschlitten. »Das ist Nat Tyler«, sagte er. »Ich kenne seine Fährte.«

Mogon schüttelte ihren mächtigen Kopf. »Es ist so kalt, dass ich nicht klar denken kann, Mensch. Ist dieser andere Mann von Bedeutung?«

»Ich habe keine Ahnung«, gab Redmede zu. Aber als er das Amulett betrachtete, stellte er fest, dass Tylers Abdrücke in spitzem Winkel von der magischen Linie zu Tapio abwichen.

Sie liefen weiter.

Nach dem Stand des Mondes schätzte Redmede, dass es Mitternacht war, als sie Tapio endlich gefunden hatten. Sein Körper hing hoch in einem Baum und war auf einen seiner zersplitterten Äste gepfählt. Sein Blut floss an der alten Eiche herunter.

»Heiliger Jesus«, sagte Redmede.

*»Anssscheinend verdanke ich dirr wiederr einmal mein Leben, Menssch«,* flüsterte Tapio.

Mogon schüttelte den Kopf. »Was sollen wir tun?«, fragte sie. »Ich kann die Kräfte lenken. Aber wie sollen wir ihn von diesem Baum abnehmen?«

»Könnt Ihr ihn ein wenig anheben?«, fragte Redmede. »Mit Zauberei?«

Mogon nickte. »Ja, wenn ich meinen müden Verstand zum Arbeiten bewegen kann.«

Am Ende erkletterte Redmede den Baum und schnitt den Ast ab, auf den der Feenritter gepfählt war, während das Blut über das alte Holz strömte. Es gefror nicht. Er legte den Irk – groß wie ein Mensch, aber leicht wie die Luft – über den Rücken des Elches, der aufgrunzte.

*»Kann euch nicht beide tragen. Tut mir leid.«*

Redmede nahm seine Schneeschuhe vom Sattel und steckte sie sich an die Füße. Er vermisste schon jetzt die Wärme des Tieres.

Tapio hob den Kopf. *»Ich bin euch beiden zu tiefsstem Dank verrpflichtet.«*

Mogon neigte den Kopf. »War das Thorn?«

Tapio Haltija lachte, und etwas blubberte in seiner Brust. *»Wir müsssen unss beeilen, wenn ihrr beide meinen werrtlossen Kadaverr rretten wollt. Dass warr nicht Thorrn. Ess warr derr Schatten von Assch.«*

Mogon stieß ein tiefes, kehliges Knurren aus, das Redmede eine Gänsehaut verursachte. »Also hatte mein Bruder recht.«

»Asch?«, fragte er.

Mogon schüttelte den Kopf. »Wir haben noch einen Weg von zwanzig Meilen vor uns, bis wir im Warmen und in Sicherheit sind, und diese Nacht ist voller Schrecken, sogar für jemanden wie mich. Wir müssen uns beeilen.«

Redmede hatte nie zuvor eine so gewaltige Müdigkeit und Kälte verspürt. Sie gingen, sie liefen. Wenn er das Gefühl für seine Füße verlor, rannte er eine Weile, bis sie schmerzten, und dann ging er wieder. Die Wälder um sie herum knackten in der ungeheuren Kälte, die wie hermetisch gewirkt schien; sie war gewaltig und erstickend und lag über dem gesamten Wald.

Als sich das erste Licht im Osten zeigte, war Redmede so müde, dass er sich einfach nur in den Schnee legen und schlafen wollte. Aber er wusste, wozu das führen würde.

Es war die große Wächterin Mogon, die als Erste erschlaffte. Sie schweifte vom Weg ab, als wäre sie betrunken gewesen, und dabei stieß sie leise grunzende Geräusche aus.

Seit vielen Meilen hatte Tapio keinen Laut mehr von sich gegeben, und nun hob er den Kopf. *»Mann!«*, zischte er. *»Ssie brraucht Feuerr, oderr ssie wirrd sterrben. Sehrr – bald.«*

Redmede wusste, wie man Feuer machte. Und diese düstere Aussicht trieb ihn an. Er sammelte Holz, so schnell ihn seine Füße trugen, und dabei fand er eine tote, umgestürzte Birke, die noch nicht völlig vom Schnee bedeckt war. Er zog seine Fäustlinge aus, hängte sie sich um den Hals und machte sich daran, die Borke vom Stamm abzuziehen. Er häufte einen hohen Rindenhaufen an und legte ihn unter alle Zweige, die er gefunden hatte; sie stammten von zwei Fichten, die am Rand einer Lichtung übereinandergestürzt waren.

Mogon jammerte, war ansonsten aber reglos.

*Jetzt liegt es an dir, Bill Redmede. Das Schicksal der Welt hängt von dir ab. Lächle, wenn du das sagst. Zunderschachtel – hier. Kohlentuch – gut.* Er legte ein Stück des schwarzen Tuchs auf seinen Zunder. Dieser war noch warm, weil Redmede ihn am Körper getragen hatte, und so stiegen unter seinen Bemühungen rasch Funken auf.

Das Kohlentuch fing Feuer. Er dachte an Bess, an jene Nacht in den feuchten Wäldern, und er blies in die Funken und die glühende Asche hinein und drückte sie tiefer in den Zunder. Bald hatte er eine Flamme.

Er warf den brennenden Klumpen auf seinen Haufen aus Birkenrinde.

Ein durchdringender Geruch stieg auf …

Einen Augenblick lang befürchtete er, das Holz werde kein Feuer fangen.

Doch dann war das Harz der Birkenrinde ausreichend getaut und entzündete sich, und Licht und Wärme explodierten in die Welt. Es war die einzige Magie, die Bill Redmede kannte, mit Ausnahme einiger Kunststücke mit dem Bogen vielleicht. Das Feuer loderte auf und leckte über weitere Rindenstücke.

*»Gute Arbeit, Boss«,* sagte der Elch, auch wenn er dabei ein wenig zurückwich. Nichts in der Wildnis liebte das Feuer.

Die beiden toten Fichten fingen das Feuer der Zweige und Borken, und das Feuer stieg immer höher.

Schließlich musste Redmede Mogon bei der Hand nehmen und zum Feuer führen. Sie konnte sich kaum mehr regen.

Aber schon nach wenigen Minuten war sie wieder ganz sie selbst.

»Pass auf, dass du Tapio auf beiden Seiten gleichmäßig anbrätst«, sagte sie.

Der Elch drehte sich um und hielt nun die andere Flanke gegen das Feuer. Mogon schüttelte den Kopf.

»Noch eine Anstrengung. Danke, Mensch. Du bist ein nützlicher Verbündeter. Ich habe den richtigen Augenblick verpasst. Ich hätte selbst ein Feuer entzünden müssen, und ich …« Wieder schüttelte sie den Kopf. »Weißt du, dass mir Feuer Angst macht? Ich kann mich nicht erinnern, wann ich zum letzten Mal so nahe und ungeschützt an den Flammen war.«

Sie löschte das Feuer.

Und dann rannten sie in den kalten Morgen hinein und auf die Festung zu.

Es war schon beinahe Mittag, als sie in den Tunnel eindrangen, und die Wärme der Festung erstickte Redmede beinahe. Aber hilfreiche Hände zogen ihren Herrn von dem Elch herunter und trugen ihn davon, und Tamsin drückte einen warmen Kuss auf Redmedes Wange, der wie Feenfeuer brannte, bis er seine Geliebte an der Tür ihrer eigenen Hütte traf.

Sie schlang die Arme um ihn. »Frohe Weihnachten«, sagte sie.

## Ticondaga · Ghause, Amicia und Ser John

Die Straße am See entlang war wieder eine Militärstraße, die von kaiserlichen Legionen erbaut worden war, und da bedeckte guter Stein guten Kies. Die Wagen kamen trotz des Schnees leidlich voran, bis sie den Bruch erreichten, einen drei Meilen breiten Streifen, in dem niedrige Kalksteinklippen in den See gestürzt waren und die Straße unter sich begraben hatten, was einen weiten Umweg durch die Wildnis nötig machte. Für diese drei Meilen auf schmalen Pfaden und tief eingefurchten Karrenwegen brauchten sie zwei Tage; sie schlugen ihr Lager am Rand eines gefrorenen Sumpfes auf, der trotzdem in Bewegung zu sein schien, und niemand vom niedrigsten Knappen bis hin zu Ser John höchstpersönlich schlief in dieser Nacht.

Trotz der Jahreszeit waren die Wälder lebendig. Ser Johns Ausreiter brachten Wild und einen Kobold mit, der von der Kälte fast bewegungsunfähig gemacht worden war; sie sahen einen der Hastenoch, einer jener monströsen gepanzerten Elche, in einem Bibersumpf, und jeder Schütze in der Karawane spannte seine Armbrust.

Etwas, das so schnell und schwarz wie die Nacht war, verfolgte die Karawane, und in der vierten Nacht verloren sie trotz all der Fackeln, der Feuer und verdoppelter Wachen ein Pferd. Im kalten Licht des froststarrenden Morgens verrieten die entsetzlichen Wunden des armen Pferdes, dass das schwarze Wesen groß und sehr hungrig war. Und dass es fliegen konnte. Das Pferd hatte ausgetreten und offenbar getroffen, denn im Schnee lagen lange schwarze Federn.

Am fünften Abend erwischte die Vorhut zwei Ruks, die einen zugefrorenen Fluss überquerten. Die Riesen mussten vorsichtig sein, damit sie nicht den Halt verloren, und die Späher spickten sie mit Armbrustpfeilen.

Als der Rest der Kompanie zu ihnen aufschloss, schwärmten die Soldaten zum felsigen Ufer aus und schossen auf die Ruks. Die Männer waren erregt; in ihren Augen glitzerte es, als sie ihre Pfeile abfeuerten, und die Soldaten warteten auf den unausweichlichen Augenblick, in dem die Giganten auf ihre Peiniger zustürmen würden. Doch die zwanzig schweren Armbrüste machten kurzen Prozess aus ihnen. Das größere der beiden Ungeheuer ging zu Boden und schrie dabei vor Wut, aber die letzte Regung, die sich auf seinem breiten Gesicht festsetzte, war die einer grenzenlosen Verblüffung – wie ein alter Hund sah es aus, der sich plötzlich etwas seltsamem Neuem gegenübersah.

Die Männer verstummten.

Schwester Amicia ritt an der Kolonne entlang und sah zuerst die toten Kreaturen auf dem gefrorenen Fluss und dann Ser John an.

»Sie mussten sterben«, sagte er abwehrend.

Amicia sah ihm in die Augen, und er zuckte zusammen. »Wenn sie uns erwischt hätten …«, sagte er.

Sie schob sich eine Haarsträhne unter die Kapuze zurück. »Ser John, ich will nicht über militärische Angelegenheiten mit Euch streiten.« Leiser fügte sie hinzu: »Aber die Ruks sind so fügsam wie Kinder, und ich hätte sie genauso leicht wegschicken können, wie Ihr sie umgebracht habt. Sie lagen unter einem Zauberbann. Ich spüre es.« Sie schüttelte den Kopf. »Das ist ein Verbrechen«, fügte sie hinzu. »Es ist ein Verbrechen, sie zu Werkzeugen zu machen, und es ist ein Verbrechen, sie umzubringen.«

Die Soldaten um sie herum waren bestürzt, und sie reagierten auf ganz verschiedene Weise auf diese Bestürzung. Einige wurden wütend. Andere wandten sich ab.

Ser John schüttelte den Kopf. »Hört mir zu, Schwester. Ich verstehe – die Wildnis ist nicht bloß ein Feind. Aber wir können mit der Wildnis nicht verhandeln; wir haben einfach keine Zeit dazu.«

»Die Menschen haben es immer so eilig«, sagte sie. »Und sie töten, was sie nicht verstehen.«

Am nächsten Tag las Amicia die Messe. Viele Soldaten fanden es mehr als seltsam, von einer Frau die heilige Kommunion zu erhalten. Aber es war ebenso seltsam, mitten im Winter in der Wildnis zu stecken, und Ser John hatte nichts dagegen, vor ihr niederzuknien und die Hostie aus ihren Händen entgegenzunehmen. Ihre Messe war gut besucht.

Die Kompanie marschierte wieder los, als sich der rote Ball der Sonne über den Bergen östlich des Sees erhob.

Ungefähr zu der Zeit, da in Lissen Carak die Glocken zur Non riefen, geriet die Karawane in einen heftigen Schneeschauer.

Amicia zog sich ihre zweite Kapuze über, und Ser John lenkte sein Pferd neben das ihre. »Wir sind nur noch knapp einen Tag von Ticondaga entfernt«, sagte er. »Könnt Ihr das Wetter vorhersagen?«

Sie richtete sich im Sattel auf. »Ich kann es jedenfalls versuchen«, sagte sie und streckte ihre innere Macht aus …

Sie keuchte auf. »Da ist etwas Bösartiges … in den Wäldern.« Sie verstummte kurz. »Die Jungfrau möge uns beschützen. Sie sind vor uns und um uns herum …«

Ser John lockerte sein Schwert in der Scheide. »Wie nahe?«

Sie schüttelte den Kopf. »Lasst mich beten«, sagte sie.

»Stillgestanden!«, rief Ser John und stellte sich auf die Steigbügel.

Alle Gespräche verstummten, die Wagen hielten an. Die Etrusker sprangen auf die Ladeflächen, banden schwere Seile los, luden hölzerne Läden ab und verwandelten im Handumdrehen ihre vier Wagen in eine kleine Festung voller Armbrustschützen. Pferdegeschirre klapperten, und die Schützen spannten ihre Waffen.

»Es ist nördlich von hier und in Bewegung …« Sie hielt inne. »In westlicher Richtung. Ser John, es … es wird längst schon gekämpft. Wir müssen uns beeilen.«

»Was ist das für ein Kampf?«, fragte er.

»Es sind Menschen, die angegriffen werden«, sagte Amicia. »Kommt.«

Sie ritt voraus.

»Verdammt«, fluchte Ser John. »Gebt ihr Deckung!«

Amicia schoss davon und war bald in dem weichen Schneevorhang verschwunden, während die Vorhut hinter ihr her galoppierte.

»Feindberührung!«, schrie ein Mann in der Hauptkolonne weit hinter ihm.

»Mist«, sagte Ser John. Er hörte, wie Armbrüste hinter ihm knackten und ihre Pfeile verschossen.

Er war für die Karawane verantwortlich, aber die *belle sœur* war seine Freundin.

»Folgt mir!«, brüllte er und preschte hinter der verrückten Nonne und ihrem Zelter in das Schneetreiben hinein, das mit jeder Sekunde dichter wurde.

Die Männer ritten schnell durch den blind machenden Schnee. Sie bemühten sich dabei, die froststeifen Finger in die Panzerhandschuhe zu bekommen, und hatten die Visiere nicht heruntergeklappt. Es war geradezu die Einladung zu einer Katastrophe.

Er hörte Amicias Schrei. Dann sagte sie sehr deutlich: *Fiat lux.*

Als das Licht aufflammte, wäre er beinahe aus dem Sattel gefallen. Hinter ihm stürzten ein Ritter und sein Pferd auf die Straße. Es war, als befände er sich im Mittelpunkt der Sonne.

Etwas traf ihn am Kopf, und Dunkelheit fuhr ihm über das Gesicht. Er spürte ein Brennen, und sein Schwertarm reagierte sofort. Er hieb zu. Das Wesen stieß einen Schrei aus, sein Pferd bäumte sich unter ihm auf, und dann gelang es ihm, das Visier zu schließen, indem er das Kinn heftig auf den Brustpanzer senkte; geflügelte Finsternis stieg auf ihn nieder.

Er drosch darauf ein und fragte sich, gegen was zum Teufel er da kämpfte.

»Trolle!«, rief einer seiner Ritter.

Ser John blieb gerade noch Zeit für den Gedanken, dass das, wogegen er hier kämpfte, keine Trolle sein konnten.

Er gab seinem Reittier die Sporen, dann wurde er zum dritten Mal getroffen. Sein Pferd machte einen Satz nach vorn, und er schloss zu Schwester Amicia auf, deren Hände der Mittelpunkt des Strahlenkranzes waren. Als er hindurchritt, verschwand das schwarze Wesen um seinen Kopf, und er erhaschte durch die Schlitze seines Visiers den Blick auf einen Flügel mit stacheligen schwarzen Federn.

Es waren tatsächlich zwei Trolle auf der Straße, die hoch über einer roten Pfütze aufragten. Er hieb mit beiden Händen zu, und sein großes Schwert zersplitterte – genau wie der Arm des ersten Trolls. Das Wesen brüllte auf, sein bodenloser violetter Schlund wurde von Amicias Zauber erhellt.

Mit der anderen Faust schlug ihn der Troll aus dem Sattel, und er landete auf dem Boden. Nur der Schnee rettete ihn, und obwohl dieser einen Fuß hoch lag, prallte Ser John schwer auf. Schmerz fuhr ihm in den Rücken, und dann schlug er sich den Kopf an einem vorstehenden Stein so heftig an, dass sein Helm eine Beule davontrug.

Er hatte keine Ahnung, wie lange er bewusstlos gewesen war. Jede Bewegung war mühsam, und in seinem Rücken tobte der Schmerz. Er konnte nicht aufstehen, sondern musste sich zuerst auf den Bauch rollen und dann auf die Knie kämpfen. Mit jedem Herzschlag war ihm bewusst, dass sich zwei Trolle nur eine Pferdelänge von ihm entfernt im Schnee befanden. Männer schrien, während sich das Blut aus seiner Nase ergoss.

Eine weitere Welle strahlend goldenen Lichts. Der eine Troll drehte sich um und gab einen rötlich-grünen Nebel von sich, und dort, wo die beiden Zauber zusammenstießen, funkelte es, als träfe ein Hammer auf einen Amboss. Ein lautes Knacken ertönte – wie von einem

Blitz, der ganz in der Nähe einschlug. Doch das seltsame, reißende Geräusch wollte einfach nicht aufhören. Ser John war schmerzerfahren und schaffte es, den linken Fuß unter die linke Hüfte zu schieben und sich in eine aufrechte Stellung zu drücken. Sein Pferd kreischte unten am Ufer; die schrillen Laute kündeten von Schmerz und Panik.

Seine Streitaxt befand sich am Sattel seines Pferdes, doch er konnte den tiefen Schnee bis dorthin nicht durchqueren. Also zog er den schweren Dolch an seiner Hüfte, stürzte sich auf den nächsten Troll und schalt sich dabei einen Narren.

Derjenige, den er verwundet hatte, lag mit dem Gesicht nach unten auf der Straße. Über diesen Anblick musste er trotz seiner Schmerzen lächeln.

Der zweite Troll war nichts als eine verschwommene Bewegung in Gold. Der Lärm des Kampfes erinnerte an hundert wilde Hunde. Ser John konnte nicht erkennen, wer ihm geholfen hatte, aber er stolperte weiter vorwärts, drehte den ganzen Körper, blickte nach Norden, falls es dort einen dritten geben sollte – und dann stieg der schwarze Umriss aus dem Himmel herab.

Diesmal war Ser John bereit. Der Dolch schoss vor, Federn segelten zu Boden. Ein durchdringender Schrei war zu hören, der sogar den schrecklichen Lärm übertönte, den der Troll und sein Gegner verursachten.

Das große schwarze Vogelwesen stieg mit ausgebreiteten Schwingen ab, und eine dicke Linie aus geschmolzenem Gold kam aus dem Schnee hervor und traf das Wesen mitten in der schwarzen Brust. Es – *explodierte.*

Ser John wurde zu Boden geworfen. Dieses Mal verlor er nicht das Bewusstsein, und so bekam er mit, als der Wirbelsturm des Kampfes über ihn hinwegfegte. Der Troll stellte den einen Fuß unmittelbar neben seinen Kopf, und Ser John rollte herum, angetrieben von Verzweiflung, richtete sich auf und rammte dem Wesen seinen Dolch mit beiden Händen bis zum Griff in die Hüfte. Der Stahl kreischte auf …

Ser John spürte, wie sein Bein brach; er sah, wie seine Rüstung nachgab, als der Troll austrat und ihn erwischte. Doch er ließ seinen Dolch nicht los, der sich wie ein Kletterhaken in einen Fels gebohrt hatte; dann fiel er wieder zu Boden, als er versuchte, mit beiden Händen an dem Griff zu ziehen.

Der Troll stürzte. Ein Arm fiel über Ser John, beulte seinen Panzer ein, und Rippen brachen in einer grellen Kaskade des Schmerzes.

Aber Ser John beobachtete das Ende des Trolls mit beinahe religiöser Klarheit. Er verlor nicht das Bewusstsein – diese Gnade wurde ihm verwehrt – und beobachtete mit einer fast übernatürlichen Geistesgegenwart, wie der Troll in den Schnee fiel und seine Körperwärme eine Dampfwolke in die Luft aussandte. Plötzlich stand an seiner Stelle ein goldener Bär mit einer Keule oder einem Kriegshammer in den Klauen, und er hieb so schnell zu, dass seine Bewegungen verschwammen. Die Schläge waren derart hart, dass Steinsplitter aufstoben, als ob der große Bär ein Steinmetz wäre, der einen Marmorblock formte.

Es war ein letztes, scharfes Knacken zu hören, und dann kreischte der Troll noch einmal auf und erstarrte schließlich zu Fels und Sand.

Der gewaltige Bär stand über Ser John.

»Das kam unerwartet«, sagte das Wesen. »Ich glaub, du hast mir's Leben gerettet.«

Vielleicht bildete sich Ser John auch nur ein, dass der Bär das gesagt hatte. Er erwartete den Tod.

Das Wesen hob erneut seinen Hammer.

Die Kolonne erreichte den Schauplatz des Abschlachtens. Drei Ritter waren tot, Ser Anton war schwer verwundet, die anderen waren völlig zerfetzt, drei feuchte Sandflecken waren zu sehen sowie eine ungeheure Zahl von schwarzen Federn.

Schwester Amicia stand über Ser John, der wieder sprechen konnte. Sie hatte ihn mit ihrer Heilkraft durchströmt, und er lebte. Hilfreiche Hände trugen ihn in einen der Wagen. Ihm war kalt bis auf die Knochen. Es hatte lange gedauert, bis der Bär es geschafft hatte, ihn von dem toten Stein zu befreien, der einmal ein lebender Troll gewesen war.

»Wir haben Bären gerettet«, sagte Ser John. »Gütiger Jesus, Schwester, Ihr habt unser aller Leben aufs Spiel gesetzt, nur um ein paar verdammte Bären zu retten!«

»Eines Tages werden sie vielleicht Euch retten«, sagte sie schärfer, als er es von ihr gewohnt war. »Und jetzt legt Euch still hin.«

»Worum hat es sich bei dem gefiederten Wesen gehandelt?«, fragte er sie.

Sie zögerte. »Das war ein Bargest«, sagte sie schließlich. »Ich hatte geglaubt, es gäbe sie nur in den Legenden.«

Die Männer in der Kolonne standen noch immer unter Schock. Eine Welle von Kobolden hatte die Karawane bestürmt und war abgewehrt worden, aber der Schock des Angriffs und seiner Auswirkungen – ein Dutzend goldener Bären trottete an den Flanken der Kolonne entlang, während Schwester Amicia die Bogenschützen inständig bat, nicht auf die Wesen zu schießen – hatte die Menschen erschüttert, und einige hatten bei dem Anblick der Trolle, die von den Rittern getötet worden waren, gewürgt und sich übergeben müssen.

Amicia sorgte dafür, dass die Karawane weiterzog. Sie wusste nicht, was sie sonst tun sollte, und Ser John war so schwer verwundet, dass sie sich davor fürchtete, ihn zu wecken. Die Ritter aber waren allesamt zu jung, um das Kommando zu übernehmen; es waren Jarsayaner, die vom Norden nicht viel hielten.

Und sie alle vertrauten Amicia.

Also führte sie selbst die Karawane weiter. Die Männer waren wie betäubt, und abgesehen von kurzen Pausen zum Sammeln von Holz war alles, was ihnen blieb, Nahrung und Bewegung. Sie befahl ihnen zu essen, und die Männer gehorchten ihr, als ob es zu ihrer Ausbildung gehörte, Befehle von jungen Nonnen entgegenzunehmen. Und als sie ihr Brot oder ihren Speck oder was sie sonst haben mochten, verzehrt hatten, befahl sie der Kolonne, sich wieder in Bewegung zu setzen. Da marschierten sie ohne große Beschwerden weiter.

Uniformierte Kavalleristen trafen auf sie – es waren die nur leicht gerüsteten Reiter, die von den Nordmännern wegen ihrer langen Sporen »Stecher« genannt wurden. Sie trugen die Uniform des Grafen und verhielten sich äußerst respektvoll.

»Die Herrin hat gesagt, es gibt da eine Karawane, die in Schwierigkeiten ist«, meinte der Offizier, nachdem er sich vor Amicia verneigt hatte. »Ich bin Ser Edmund, Schwester.«

»Eure Herrin hatte recht.« Amicia war sehr stolz auf ihre kleine Armee – stolz darauf, dass sie zusammenhielt und nicht aus Versehen einen der goldenen Bären erschossen hatte. »Aber wir haben unser Scharmützel gewonnen.«

Ser Edmund nickte. »Eure Jungs wirken in der Tat siegreich«, sagte er. »Verdammmich! Ist das John Crayford da? Er sieht ja schrecklich aus.«

Amicia hob eine Braue. »Er hatte alle Hilfe, die ich gewähren kann«, sagte sie.

Ser Edmund nickte abermals. »Ich bin mir sicher, dass wir auf der Burg mehr für ihn tun können. Am besten übernehme ich jetzt das Kommando, was? Ihr müsst große Angst gehabt haben.«

Amicia dachte über eine ganze Reihe möglicher Antworten nach und entschied sich schließlich für eine, die sie von der Äbtissin gelernt hatte. »Keineswegs«, sagte sie, wendete ihr Pferd, ritt weiter und ließ den Offizier des Grafen mitten auf der Straße stehen.

Ser John bemerkte, dass er von Stein umgeben war – überall waren gewölbte Fenster und Türen, und er sah zwei bewaffnete Männer in grüner und goldener Livree.

»Seid vorsichtig«, sagte Schwester Amicia. »Wenn diese Wunden wieder aufgehen …«

»Natürlich, Schwester«, sagte der eine der beiden Männer.

Ticondaga war in ähnlicher Weise und Größe wie Lissen Carak errichtet worden. Es bestand aus grauem Stein und rotem Ziegel, der sich wie eine Kathedrale des Krieges in den Himmel erhob. Der Hof hingegen war ungefähr doppelt so groß wie der in ihrem Konvent, und das Kasernengebäude verfügte bereits über die neuen innen liegenden Kamine und ein Bleidach.

Nun, da sie sich in der Sicherheit der größten Festung im Norden befanden, sackten die Mitglieder der Karawane erleichtert zu Boden. Die Ritter stiegen von den Pferden ab, und ihre Knappen sowie jene der toten Ritter führten die Reittiere davon. Dann überfluteten die Soldaten der Burg den Innenhof. Auch Graf Murien war da, brüllte Befehle und bot den Neuankömmlingen aus einem riesigen Kessel heißen Eintopf an, den er und ein anderer Ritter mit eigenen Händen in den Hof gebracht hatten.

»Mädchen – raus aus den nassen Kleidern«, bellte er Schwester Amicia an. Dann senkte er den Kopf in der Parodie einer höfischen Verneigung. »Oh, Ihr seid eine Nonne. Nun, dann trinkt das hier und zieht Euch danach die nassen Kleider aus.« Er grinste anzüglich. »Verdammt, Ihr seid die hübscheste Nonne, die ich seit vielen Jahren gesehen habe. Gibt es noch mehr von Euch?«, fragte er.

Er war groß, hatte eisengraues Haar und ein Betragen, das sie sofort wiedererkannte. Der Rote Ritter mochte seinen Vater zwar verachten, aber er zeigte das gleiche überhebliche und beherrschende Verhalten.

»Ich werde mich zuerst um die Karawane kümmern«, sagte sie. »Mylord, dieser würdige Ritter dort ist Ser John Crayford, und er hat die Karawane hergeführt, um dem Pelzhandel Beistand zu leisten.«

Amicia sah zu, wie der alte Ritter in die Burg getragen wurde. Der Graf ging einige Schritte neben seiner Trage her und sagte etwas zu ihm, und Schwester Amicia hörte, wie Ser John ein schwaches Ächzen ausstieß.

Der Graf kam zu ihr zurück. »Das ist ein feiner Ritter. Er muss schon mindestens fünfzig Jahre alt sein! So alt wie ich – und ein guter Kerl.« Der Graf grinste. »Gehört Ihr zu ihm?«

Amicia lachte.

Der Graf besaß den Anstand, von ihrem Lachen in Verlegenheit gesetzt zu werden. »Nun, kein Narr ist so närrisch wie ein alter Narr. Ihr seid also wegen unserer Pelze hier?«

»Vielleicht werden sie Albinkirk retten – als Handelsstadt.« Amicia versuchte, seinen rasch wechselnden Gemütszuständen zu folgen, und wurde erinnert …

»Sie könnten auch unseren Handel retten«, lachte Murien. »Ich werde all das Geld in die Hand nehmen, das ich zusammenklauben kann, aber wir haben nicht einmal den zehnten Teil der Pelze, die wir für gewöhnlich haben. Der Handel ist weiter ostwärts zu diesen gottverdammten – pardon – Moreanern gezogen, sobald die Händler von den Angriffen im Süden gehört hatten.«

»Ihr habt also keine Pelze?«, fragte Messire Amato.

Murien lachte. »Diese verdammten Etrusker! Natürlich habe ich Pelze. Warum kommt ihr nicht alle hinaus in die Kälte, sodass wir zu feilschen anfangen können wie ein Mann mit einer Hure in einer eisigen Nacht – pardon, Schwester«, fügte er mit einem Lächeln hinzu. »Ihr könnt jederzeit zu mir kommen und mir die Beichte abnehmen.«

Amicia erwiderte sein Lächeln. »Jetzt ist es genug, Euer Gnaden.«

Sein Mund bewegte sich auf eine Art und Weise, die sie so gut kannte, dass ihr beinahe das Herz schmolz. Es war diese selbstsichere Verschlagenheit und gleichzeitig die Anerkennung seiner eigenen Fehler … Dann machte er eine gefasste Miene und verneigte sich. »Ich bitte um Entschuldigung, Schwester. Ich bin nun mal ein böser Junge!«

Amicia ließ es zu, ins Innere geleitet zu werden, wobei sie den Rand der *Zone* spürte, die Wesen mit großer Macht umgab. Sie hüllte sich so sorgfältig wie möglich damit ein, wie sie es sowohl vom Roten Ritter als auch von Harmodius während der Belagerung gelernt hatte, und senkte den Blick, wobei sie an Mäuse dachte.

*Das war ein Fehler,* dachte sie.

Zwei Dienerinnen führten sie in die Große Halle und von dort aus über eine Wendeltreppe in einen Gang, der zuerst nach oben und dann nach unten führte.

»*Ma sœur,* habt Ihr eine Magd?«, fragte die eine der Dienerinnen.

»Nein«, antwortete sie.

Die Frau nickte. »Ich werde Euch eine Frau schicken, die Euch behilflich sein wird. Das hier ist der Handkoffer von Eurem Pferd. Habt Ihr noch weiteres Gepäck?«

Amicia schaute auf das schmale Bett und verspürte so etwas wie Lust. Die Luft in der Burg war zwar kalt, aber nicht so zugig wie auf den offenen Marschen der Adnaklippen. Und es wartete ein Stapel Wolldecken auf sie.

»Nein, vielen Dank. Das ist alles, was ich besitze.« Sie lächelte. »Ich bin sozusagen in letzter Minute hinzugekommen. Gute Frau, ich bin vollkommen erschöpft. Darf ich mich hinlegen?«

Die andere Frau nickte. »Ich bezweifle, dass Euch Lady Ghause vor der Abendmesse empfangen wird. Es ist schließlich Weihnachtsabend.« Die ältere Frau war sicherlich eine höhergestellte Dienerin oder sogar eine Kammerzofe, aber sie nahm sich die Zeit, Amicia beim Entkleiden zu helfen.

In dem Augenblick, da ihr durchnässtes Untergewand auf dem Boden lag, war ihr schon wärmer, auch wenn die Luft so kalt war. Zwei Dienstmädchen kamen herein und brachten ihr ein Kleid aus Wolle – bodenlang und in einem sehr hübschen Blau.

Das jüngere Mädchen machte einen Knicks. »Lady Ghause schickt Euch das hier mit ihren besten Empfehlungen und sagt, dass Kirchenfrauen nur allzu selten bei uns weilen. Sie hofft, dass Euch das Kleid passt.«

Die Wolle war weich, sehr fein und außerdem so mit *Potentia* durchtränkt wie mit Moschus.

Amicia zog es sich über den nackten Körper und ging zu Bett. Die ältere Magd breitete die Laken über sie, und schon war sie eingeschlafen.

Sie erwachte in Hitze und mit schwerem Atem, nachdem sie den erotischsten Traum ihres Lebens gehabt hatte. Es war ein Traum gewesen, der auf etwas ganz Besonderes abgezielt hatte. Sie lag noch immer in ihrem Bett und zwang sich, ruhiger zu atmen.

*Die alte Äbtissin hatte sie gelehrt, aus der Not eine Tugend zu machen und zu meditieren, wenn nur noch Meditieren helfen konnte. So stellte sie sich ihren Ritter – der in ihrer Erinnerung noch ganz gegenwärtig war – als Gestalt an der Krippe vor. Sie kleidete und bewaffnete ihn und setzte ihn als Wächter eines der Heiligen Drei Könige ein, die das Neugeborene besuchten.*

*Sie spielte diese Szene an der Krippe durch. Die Könige brachten ihre Gaben dar, und er ging mit ihnen. Seine stählernen Stiefel knirschten durch den Schnee, und sie sah zu, wie er sein Pferd mit der üblichen Anmut bestieg – mit dieser ärgerlichen, stets vorhandenen Anmut. Sie blickte zurück und beobachtete, wie die Jungfrau ihr Kind aus der Krippe holte.*

*Dann atmete sie ruhig und konzentrierte sich …*

»Zeit zum Aufwachen, Schwester. Zeit für die Messe!«

Sie reckte und streckte sich, war wieder im Einklang mit sich selbst, nahm den Moschus in der realen Welt und die Berührung des *Ops* in der ätherischen Welt wahr. Das Kleid war verzaubert.

*Honi soit qui mal y pense,* dachte sie und zog das Kleidungsstück aus. Sie gab es der Magd, die mehr als nur ein wenig schockiert über Amicias Nacktheit war … und über ihre Tätowierungen.

»Lass das waschen«, sagte Amicia. »Es stinkt.«

Nach der Messe folgte sie der Hausverwalterin – der älteren Frau, die sie in die Burg geführt hatte – zur Großen Halle und von dort eine kurze Treppe hoch.

Amicia spürte Ghause durch die ganze Festung, und so war sie auch vorbereitet, als die Verwalterin die Tür öffnete.

Die Frau, die auf dem großen Stuhl aus dunklem Holz saß, hatte keine Stickerei im Schoß, und sie hielt den Kopf so, wie es nur wenige Frauen taten: hoch und ein wenig vorgestreckt, bereit zum unmittelbaren Blickkontakt.

»Ah, die Nonne. Meine liebe Schwester, es geschieht leider nur allzu selten, dass wir eine Person mit einer religiösen Berufung hier empfangen. Ist es Euch erlaubt zu sprechen?«

Amicia dachte: *Das also ist seine Mutter. Sie brennt im Ätherischen wie … wie …*

»Ich habe schließlich kein Schweigegelübde abgelegt«, sagte sie.

»Ihr seid die schönste Nonne, die ich seit langer Zeit gesehen habe«, meinte Ghause. »Nehmt Euch vor meinem Gemahl in Acht. Ein ›Nein‹ lässt er als Antwort nicht gelten. Und er mag es, Dinge zu zerbrechen.« Sie lächelte. »Und auch … Menschen.«

Amicia spürte, wie ihr Gesicht errötete. »Mylady«, sagte sie leise. Was hätte sie sonst auf eine so bemerkenswerte Begrüßung antworten sollen?

»Seid Ihr eine Jungfrau, Mädchen?«, fragte Ghause.

Amicia erkannte gerade noch rechtzeitig, dass sie sich in einem Wettstreit befand – es war fast wie bei einem Zweikampf im Schnee. »Das ist eine unhöfliche Frage, Mylady.«

»Oh, ich bin auch eine unhöfliche Frau. Ihr könnt mich nicht zum Narren halten, *Schwester*. Ihr versucht, Eure Kräfte vor mir zu verbergen, aber ich kann sie spüren. Heiliger Jesus, Mädchen, mit Eurem Lichtschwert leuchtet Ihr wie der Mond. Ihr seid eine Hexe – und zwar eine überaus mächtige Hexe. Was führt Euch her?«

Amicia machte eine Verbeugung mit durchgedrücktem Rücken. »Mylady, ich bin hier, weil ich Ser John mit der Eskorte seiner Karawane geholfen habe. Wie Ihr offenbar schon bemerkt habt, bin ich in der Ausübung des Hermetischen ein wenig geübt.«

Ghause beobachtete sie stumm.

Amicia widersetzte sich der Aufforderung weiterzureden.

»Kommt Ihr von Sophies Konvent?«, fragte die ältere Frau.

Amicia zuckte unter ihrer eigenen Dummheit zusammen. Als sie sich anerboten hatte hierherzuziehen, hatte sie sich in Sicherheit gewähnt. Sie hatte geglaubt, sie könnte sich seinen Vater und seine Mutter ansehen und die Quelle seiner Auflehnung gegen Gott herausfinden. Außerdem hatte sie geglaubt, sie könnte Dinge in Erfahrung bringen, die ihm helfen würden.

In ihrer frommen Überheblichkeit hatte sie angenommen, dass sie hier sowohl in Sicherheit als auch im vollen Besitz ihrer Macht sein würde.

Ghause Murien trug das Ätherische nicht wie einen Mantel oder einen Nebel, sondern wie ein Kleid von königlicher Pracht. Es war ein Teil von ihr. Sie *lebte* in der *Potentia*.

Amicia fühlte sich in ihrer Anwesenheit nackt. »Ich diene dem Orden des heiligen Thomas«, sagte sie.

Ghause leckte sich über die Lippen. »In Lissen Carak?«, fragte sie sanft. Sie war wunderschön. Amicia hatte noch nie eine so schöne

Frau gesehen. Und das, worüber sie gebot, war nichts so Einfaches wie die Luft oder die Dunkelheit oder das Licht oder das Feuer.

Amicia nickte. »Ja«, sagte sie.

»Dann kennt Ihr vielleicht meinen Sohn?«, fragte Ghause. Sie legte die Hand auf Amicias Arm, und der Nonne wurde unter dieser Berührung warm. Die Wärme glitt bis zu ihrem Bauchnabel und in die Fingerspitzen hinein.

Der Ring an Amicias Finger blitzte auf. Ghause gab ein zischendes Geräusch von sich, wie es eine wütende Katze tat, und wich zurück. Amicia erlangte die Kontrolle über ihren Körper und Geist zurück. Erst jetzt wurde ihr klar, dass Ghause sie beinahe überwältigt hätte. Dass sie fast verführt worden wäre.

»Schlampe«, sagte Ghause. »Das war unnötig.« Sie kniff die Augen zusammen. »Ein bloßes *kümmere dich um deine eigenen Angelegenheiten* hätte ausgereicht.«

In Amicias Kopf drehte sich alles. Der *Ring* hatte sie gerettet. Sie holte tief Luft – einmal, und dann noch einmal.

Ghause lächelte. »Ihr kennt ihn!«, sagte sie. »Ah, manchmal frage ich mich tatsächlich, ob es nicht doch einen Gott gibt.«

Amicia hatte nun wieder die vollständige Kontrolle über sich selbst erlangt. »Madam, als Novizin habe ich zwei Eurer Söhne gepflegt. Beides waren gute Ritter und Ehrenmänner.« Ihre Stimme klang so fest wie ein Fels; sie hatte sich auf ihre Version der Ereignisse vorbereitet, befestigte diese Version in ihrem Palast der Erinnerung und verbannte alles andere in der verschlossenen Truhe, in der sie auch den Roten Ritter aufbewahrte.

»Ich bin eine stolze Mutter, und ich wurde durch falsche Gerüchte zu der Befürchtung verleitet, Gabriel sei tot. Was könnt Ihr mir über ihn berichten?«, fragte Ghause.

Amicia schüttelte den Kopf. »Madam, er war der Hauptmann einer Festung, die unter Belagerung durch die Wildnis lag, und ich bin nur eine Novizin gewesen, die dort im Krankenzimmer ihren Dienst getan hat. Als er verwundet war, habe ich zweimal meine Kräfte zu seiner Heilung eingesetzt, und dann habe ich neben Eurem jüngeren Sohn – Ser Gawin – gestanden und ihn kämpfen gesehen. Er war großartig.«

»Meine Verwalterin hat mir gesagt, dass Ihr Tätowierungen besitzt. Warum ist eine Schwester des großen Ordens tätowiert?« Ghause lächelte wie eine Katze vor einem Vogel.

»Es gab eine Zeit, da ich nicht die Kraft hatte, andere davon abzuhalten, mir ihren Willen aufzuzwingen«, sagte Amicia höflich. »Doch diese Zeit ist jetzt vorbei.«

»Ihr glaubt, Ihr seid mir eine ebenbürtige Gegnerin«, sagte Ghause. »Ich weiß, was Ihr geträumt habt«, sagte sie beinahe gurrend. »Ich habe es beobachtet.«

»Warum sollte ich Euch ebenbürtig sein?«, gab Amicia zurück. »Wenn Ihr wisst, was ich geträumt habe, dann wisst Ihr auch, was ich danach getan habe. Ich bin nicht Euer Feind, Madam, aber falls Ihr noch einmal versuchen solltet, in meinen Geist einzudringen, könnte ich mich dadurch angegriffen fühlen.«

Ghause leckte sich die Lippen. »Ihr habt meinen Sohn bewundert.« Sie legte die Hand auf ihren Busen. »Das interessiert mich sehr, Frau. Erzählt mir davon!«

Amicia machte einen weiteren Knicks. »Mylady, ich bin eine Schwester des Ordens vom heiligen Thomas, und mein einziger Gemahl ist Jesus Christus. Ihr mögt mir Eure Manipulationen auferlegen, aber ich werde sie immer nur als Folter betrachten. Ich bewundere Euren Sohn als guten Ritter und als guten Menschen.«

»Bei der Herrin Tar!«, zischte Ghause. »Mein Sohn Gabriel ist kein *guter Mensch* und auch kein *guter Ritter*. Was Ihr da sagt, ist nichts als Bockmist für die Bauern. Ich habe ihn so geschaffen, dass er einem Gott gleicht!«

*Ich hätte niemals herkommen dürfen.*

Die Luft war voll von Ghauses Macht, und der Drang zu sprechen lag wie ein schweres Kettenhemd auf Amicia. Aber sie widerstand. *Gott ist die höchste Macht. Christus, sei bei mir. Heilige Jungfrau, steh mir bei, jetzt und in der Stunde meines Todes.*

»Wer hat Euch diesen Ring gegeben?«, fragte Ghause plötzlich.

Amicia öffnete den Mund und wollte schon sprechen, denn ihr Wille war durch diese unvermittelte Frage gebrochen worden. Aber dann schnitt ihr eine Stimme hinter ihr erbarmungslos das Wort ab.

»Hör auf, dieses Mädchen zu belästigen. Heiliger Christus am Kreuz, Frau, du nimmst sie dir ja vor, als wäre sie eine Magd, die einen silbernen Löffel gestohlen hat. Kümmert Euch nicht um diese alte Hexe, Schwester. Es gefällt ihr, schöne Frauen zu quälen, und Ihr seid nun einmal eine solche.« Der Graf beugte sich in die Tür des Gemaches.

Amicia war zwischen ihnen gefangen und empfand einen Augenblick wahrhafter Angst. Sie fühlte sich wie ein Kitz, das zwischen zwei Riesen steckte.

»Sie ist aber keine Magd. Sie ist eine Zauberin mit gewaltigen Kräften und hat mehr Geheimnisse als Richard Plangere, außerdem glaube ich, dass sie mich anlügt. Ich hätte sie niemals hinter meine Verteidigungslinien gelassen, aber da das jemand anders getan hat, muss ich sie nun genau kennenlernen.« Ghause stand auf und stemmte die Hände in die Hüften. »Ihr seid keine Nonne.«

Amicia atmete tief durch. »Es steht Euch nicht an, meine Berufung infrage zu stellen«, fuhr sie Ghause an.

»Sieh dir nur diese Brüste an!«, sagte der Graf und schlug sich auf den Oberschenkel, der vom Leder des Stiefels bedeckt wurde. »Heiliger Jesus, atmet bitte noch etwas heftiger, Süßes.«

Amicia stand mit so geradem Rücken da, als hätte sie den Rang eines Grafen oder einer Königsschwester. »Darf ich mich entschuldigen?«, fragte sie. »Wenn Ihr es erlaubt, würde ich gern bei den Dienern bleiben.«

Sie schlüpfte unter dem Arm des Grafen hindurch und lief die Treppe zur Haupthalle hinunter, ohne dass jemand auch nur die Stimme erhob.

Mithilfe der Diener fand sie den Weg zu Ser Johns Zimmer. Der alte Ritter lag auf einem Bett, dessen schwere Vorhänge zugezogen waren. Seine Gesichtsfarbe schien ihr gut, außerdem war er wach. Sein Knappe las ihm etwas aus einem Buch über das Rittertum vor. Er stand auf, doch Amicia bedeutete dem jungen Mann, sich wieder zu setzen.

»Kennt Ihr die Muriens?«, fragte sie.

Ser John schüttelte den Kopf. »Ich habe den Grafen neunundvierzig oder fünfzig getroffen. Nach der Schlacht von Chevin waren wir auf derselben Seite, und dann habe ich ein- oder zweimal mit ihm gewürfelt. Das ist alles.« Er hob den Kopf. »Mädchen, Ihr seid ja rot wie eine Tomate.«

»Lady Ghause hat mich befragt. Und der Graf würde mich am liebsten entblättern und vermutlich auch fressen.« Sie warf sich auf einen Stuhl. »Ich bin eine schreckliche Nonne. Am liebsten würde ich sie zu Asche verbrennen. Es gibt mindestens fünfzig Dinge, weswegen ich zur Beichte gehen muss.«

Ser John nickte. »Nun, hier seid Ihr in Sicherheit, und ich glaube nicht, dass mir ein Angriff auf Eure Keuschheit möglich wäre, selbst wenn ich es wollte. Wie wäre es, wenn ich bei Euch beichte und Ihr mir danach eine leichte Buße auferlegt? Jehan, geh und hole uns allen ein wenig warmen Wein.«

»Danke, Ser John.«

»Nichts zu danken.« Er mühte sich an einem Lächeln ab. »Ihr habt mich vor Ungeheuern gerettet, und so werde ich Euch vor dem Grafen retten.«

Sie las ihm aus dem Evangelium vor – er besaß ein Reiseexemplar ohne Illustrationen. Nach wenigen Minuten kehrte Jehan mit dem Wein zurück, setzte sich auf einen Schemel vor das Feuer und stopfte den zerfetzten Waffenrock seines Herrn. Später schenkte Amicia dem Ritter abermals all ihre Heilkraft.

Der Graf erschien an der Tür, er war ganz in grünen Samt gekleidet. »Da seid Ihr ja«, sagte er und betrat das Zimmer. »Wie geht es Eurem Patienten?«

Ser John setzte sich auf. »Gut genug, um Euch zu raten, dass Ihr die Zähne aus dieser Nonne nehmt, bevor ich aus dem Bett steige und Euch mit einem Streitkolben bearbeite.«

Der Graf lachte. »Ich habe schon gehört, dass Ihr ein Heißsporn seid, Ser John. Darf ich ihr denn wenigstens meine respektvolle Bewunderung schenken?«

Ser John sah die Nonne an und schüttelte den Kopf. »Ich glaube, die gute Schwester wünscht keine solche Bewunderung. Davon hat sie schon mehr als genug erhalten, nämlich von einer Söldnergruppe während einer Belagerung.«

Der Graf lachte. »Verdammich, Ser John, sie müssen sie wie Wölfe angeheult haben. Und sie ist auch noch voller Hexenmacht?« Er grinste. »Schwester, ich bin keine Satansbrut. Ich werde meine Hände bei mir behalten, aber falls Ihr es Euch jemals anders überlegen solltet …«

Als er keine Antwort erhielt, schüttelte er den Kopf. »Es geht Euch besser«, sagte er zu Ser John. »Ich vermute, Ihr seid mit einem Dolch auf einen Steintroll losgegangen und habt gewonnen.«

Ser John lachte. Dann fasste er sich an die Rippen und keuchte auf. »Heiliger Jesus, Euer Gnaden, so kann man es ausdrücken. Und auch wenn Eure Worte der Wahrheit entsprechen, es wäre genauso richtig zu sagen, dass dieses schreckliche Wesen über mich gestolpert ist.«

Der Graf lachte. »Nun, an meinem Weihnachtstisch gibt es einen Platz für Euch beide. Und meine Frau wird sich von Euch fernhalten, Schwester.« Er grinste sie an, dann glitt sein Blick von ihrem Gesicht herunter zu ihren Brüsten, die, wie sie glaubte, sicher hinter zwei Lagen Wolle versteckt waren. Aber manche Männer …

Ohne jede Bemerkung wurde den dreien das Abendessen gereicht. Schwester Amicia ging danach zur Kapelle und betete zusammen mit einem Priester, dessen Gedanken in weite Ferne zu schweifen schienen. Bei der Rückkehr in ihr Zimmer fand sie ein sauberes weißes Wollkleid vor, das sie sofort anzog, und in den einzigen Träumen, die sie hatte, schwamm sie in einem sauberen See unter Sternen, die so groß wirkten, als wären sie Beeren an einem Mistelstrauch.

Der Weihnachtstag dämmerte in Ticondaga mit einem heftigen Schneeschauer herauf, der aber später von strahlendem Sonnenschein abgelöst wurde. Amicia ging zur Messe und verbrachte den ganzen Morgen auf den Knien. Als die gesamte Garnison samt ihren Frauen und Geliebten die Kapelle verließ und durch die Korridore dahinter schritt, stellte Amicia fest, dass Ghause die Seite ihres Gemahls verlassen und sich neben sie begeben hatte. Da Ser John mit unsicheren Schritten an ihrer Seite ging, fühlte sie sich fürs Erste beschützt. Meister Amato war ebenfalls nicht weit entfernt und lächelte sie an.

»Entspannt Euch, Mädchen.« Die ältere Frau legte ihr die Hand auf den Arm, und Amicia errötete unter dieser Berührung. »Wenn Ihr einmal alt und mächtig sein werdet, wird es Euch ebenso wenig gefallen, irgendein junges Ding in Eure Zuflucht eindringen zu sehen, das nur so vor *Ops* trieft und nach Macht riecht.« Sie nickte und hob eine Braue. »Und zwar umso mehr, wenn es sich bei dem Mädchen um die Geliebte Eures Sohnes handelt.«

Amicia blickte der Frau in die Augen. »Ich plane nicht, mich irgendwann in irgendeine Zuflucht zurückzuziehen. Ich werde meine Kräfte zum Guten verwenden und die Menschen glücklicher und besser machen.« Sie nickte knapp. »Kein Mann wird je mein Geliebter sein.«

In diesem Augenblick pulsierte der Äther. Der Ring gab eine Hitzewelle von sich, und sie spürte, wie sich ihr eigener Vorrat an *Potentia* – die in der Festung von Ticondaga zum Glück nicht benötigt wurde – plötzlich mit ungeheurer Geschwindigkeit ausdehnte. Jemand wirkte einen Heilzauber – und sie spürte es genau.

Ghause entfernte sich ein wenig von ihr, legte die Hand an ihren juwelenbesetzten Hals und lächelte triumphierend. »Das war sicherlich mein Sohn. Ihr beide seid miteinander *verbunden!*«

Amicia seufzte. »Euer Gnaden, ich kenne Euren Sohn, und ich mag ihn, aber er und ich haben eine unterschiedliche Wahl getroffen. Ich schenke meine Liebe allen Menschen – nicht nur einem einzigen.«

»Die Menschen sind zu ihresgleichen für gewöhnlich härter als zu Pferden oder Katzen«, sagte Ghause. »Kommt – *Pax.* Esst mit uns auf unserem Fest. Wir werden Lieder singen.« Sie nickte Ser John zu. »Und bringt Euren Patienten mit. Mein Gemahl will wissen, ob er wirklich einen Troll mit dem Dolch angegriffen hat.« Der Mund der älteren Frau verzog sich im Spott. »Männer. Es gibt so vieles, was interessanter ist als der Krieg. Seid Ihr nicht auch dieser Ansicht?«

## Liviapolis · Der Rote Ritter

Die Palastdiener verbrachten den Weihnachtsabend damit, den Schnee vom großen Platz zu schaufeln. Danach streuten sie Sägespäne aus und rollten Matten aus geflochtenem Stroh darüber. Barrieren wurden aufgebaut und in verkleinertem Maßstab auch eine Burg. Das alte Hippodrom erhielt vier Reihen mit Zuschauerbänken, und die Matrosen der Flotte holten Leinwände aus den Kellern unter den Stallungen. Die eine oder andere Leinwand war verrottet, aber die meisten waren noch frisch und weiß, und in der froststarrenden Stille machten sich die Männer daran, die Leinwände über Pfosten zu spannen. Als der Schnee leise fiel, war das Hippodrom überdacht, und ein Dutzend Adepten aus der Akademie beendeten das Werk mit einer hermetischen Verstärkung und einer Schicht aus funkelndem Licht.

Morgan Mortimir war angewiesen worden, unmittelbar unter dem Meistergrammatiker zu arbeiten, was die Geschwindigkeit andeutete, mit der seine Studien fortschritten. Der Grammatiker sah zu, wie die Arbeiter die Leinwände hoch über ihnen befestigten.

»Du verstehst das Prinzip?«, fragte er.

Mortimir zupfte sich an seinem Bart, der mühselig zu wachsen versuchte, und betrachtete die leeren Ränge. *War das eine Fangfrage?* Bei dem Grammatiker konnte man sich nie sicher sein. Panisch betrachtete er die Frage aus einem halben Dutzend Blickwinkeln und stieß schließlich hervor: »Ja?«

»Ja? Oder vielleicht? Sei ehrlich, Mortimir.« Der Grammatiker steckte die Hände unter seine mächtige pelzbesetzte Robe.

Mortimir schlug alle Vorsicht in den Wind. »Es ist nicht nur ein einziges Prinzip, nicht wahr?«

In Missvergnügen verzog der Grammatiker die Lippen und hob eine Braue. »Erläutere das«, sagte er.

»Der *Scutum-* oder *Aspis*-Zauber gehört zu den grundlegenden Sprüchen; er benutzt die *Potentia* in einer beinahe völlig rohen Form. Aber es bedarf eines weiteren Prinzips, den Zauber in die Leinwand hineinzubekommen – des Prinzips des *Gleich und Gleich.* Die Leinwand allein würde für eine Weile dem Regen oder dem Schnee standhalten und auch unseren eigenen Zauber in sich aufnehmen, weil er dieselbe Intention hat. Doch es existiert noch ein drittes Prinzip. Die Leinwand wurde aus Flachsfasern gewebt, die einmal lebendig waren, daher ist sie viel mehr an *Harmonie* interessiert.« Morgan verstummte, war von den letzten Worten überrascht. Als der Grammatiker aber nichts sagte und ihn auch nicht in Stücke riss, fügte er hinzu: »Ohne die Leinwand würde es einer ungeheuren Willensanstrengung bedürfen, die Gesamtheit des Hippodroms zu überdachen und dieses Dach auch noch den ganzen Tag hindurch aufrechtzuerhalten. Aber durch die Festigkeit der Leinwand hier im Realen ist es wesentlich einfacher, unsere Arbeit im Ätherischen zu wirken.«

Der Grammatiker lächelte. »Nicht schlecht. Hier, trink ein wenig heißen Wein. Gar nicht schlecht. Wie viele Zauber hast du schon gewirkt?«

Mortimir zuckte zusammen. »Vier«, sagte er. »Feuer – als Angriffswaffe. Licht. Ich kenne verschiedene Varianten des Lichts ...«, fuhr er fort, schüttelte dann jedoch den Kopf. »Das sind allesamt *Aspis-* und *Scutum*-Manipulationen.«

»Deswegen bist du hier«, sagte der Grammatiker.

»Und noch ein Zauber zum Öffnen eines Schlosses«, fügte Mortimir hinzu.

»Zwei der schwierigsten Manipulationen, aber keine der einfachsten – mit Ausnahme des Feuers.« Der Grammatiker nickte. »Erinnerungsschwierigkeiten?«

Mortimir sah betreten zu Boden. »Ich übe und übe, aber ich kann einfach nichts behalten.«

Der Grammatiker nickte. »Es ist schwierig, wenn man seine Kräfte spät erworben hat. Ich habe meinen Palast der Erinnerung und das Verständnis für Manipulationen und Illusionen erst bekommen, als ich schon älter als fünfzig Jahre war.« Er schaute zu den Seeleuten hoch. »Wenn einer von ihnen fiele – könntest du ihn auffangen?«

Morgan vergegenwärtigte sich die Summe seiner Manipulationen. »Äh ... ja. Ich glaube schon.«

Der Grammatiker nahm einen kleinen Schluck aus der Flasche mit dem heißen Wein. »Wirklich?«, fragte er.

»Natürlich!«, antwortete Mortimir.

Der Grammatiker nickte. »Mein Vater war ein Seemann. Ich habe ihn kaum gekannt. Ein alter Priester hat gesehen, wie ich die Macht gewirkt habe – ganz in Grün –, und hat mich dann hierhergeschickt.« Er zuckte die Achseln. »Ich bin nie wieder weggegangen. Ich mag den warmen Wein. Und Lichter, die auch wirklich leuchten. Aber warum erzähle ich dir das alles?«

Mortimir lächelte schwach.

»Kommst du mit deiner Gabe hier allein zurecht?«, fragte der Grammatiker.

Mortimir nickte. »Ich glaube ja. Aber ich werde später am Turnier teilnehmen und möchte mich nicht zu sehr ermüden.«

Der Grammatiker lachte. »Das Turnier? Du meinst diesen Unsinn, bei dem du in einem Satz Kessel herumreitest, bis du gegen einen anderen Mann stößt? Nun, junger Gelehrter, dein Platz ist hier, und wenn dir das *Ops* ausgeht, darfst du wenigstens von dir behaupten, dass du deine Kräfte im Dienst des Kaisers aufgebraucht hast. Aber ein Turnier ...« Der Grammatiker schüttelte den Kopf, und dann endete der kurze Auugenblick des Wohlwollens.

Er legte die Hand auf Mortimirs Schulter. »Öffne dich«, sagte er. »Ich will die vorbereitenden Arbeiten deines Zaubergewebes sehen.«

Mortimir mochte es nicht, wenn einer seiner Lehrer in seinen Geist eindrang, aber seit der Enthüllung seiner Macht wurden sie immer zudringlicher. Und sie hinterließen einen Nachhall ihrer selbst in ihm – einen Nachhall, der ihm hin und wieder sehr dunkel schien.

Doch dies gehörte zum Leben eines Scholaren. Er öffnete seinen Erinnerungspalast und gestattete dem Grammatiker den Zutritt, der als viel jüngerer Mann in scharlachfarbenen und goldenen Gewändern hereinkam.

Mortimirs Palast der Erinnerung bestand aus den vier Säulen des Tempels der Athena und einem etwas hastig konstruierten Abbild einer Wandtafel, an dessen Seite ein Stück silberfarbener Kreide an einer modischen Seidenschnur herabhing. Es gab keine Sitzgelegenheiten, und um die vier Säulen erstreckte sich glatter weißer Marmor, der nach wenigen Schritten von einer gestaltlosen grauen Fläche abgelöst wurde, die sich bis an die Grenzen des Äthers erstreckte.

»Beim gekreuzigten Christus, Junge, ist das deine ganze Erinnerung?« Der Grammatiker sah sich missbilligend um.

Mortimir zuckte mit den Schultern.

Im Äther roch der Grammatiker nach Heidekraut. Ein guter Duft. Und seine Gegenwart war äußerst stofflich.

Er ging zu dem Tisch aus Sand hinüber, den Mortimir in seinem Geist neben der Tafel erschaffen hatte, und betrachtete Mortimirs Notizen. Und sein Grimoire.

»Ah«, sagte er. »Das ist schon besser. Ist das die Oberfläche des Hippodroms?«

Mortimir nickte eifrig. »Ich habe es aus einem Buch über Geometrika genommen.«

Der Grammatiker bedachte ihn mit einem Lächeln. »Du hast mich übertroffen, junger Herr. Ich habe das immer tun wollen, aber am Ende musste ich stets raten.« Er fuhr mit seinem dünnen Silberstab an den Linien des Zaubergewebes entlang, die noch nicht mit Macht getränkt waren. »Ich bemerke aber zwei Dinge, die ich anders gemacht hätte«, sagte er. »Allerdings sehe ich nichts, was regelrecht falsch wäre. Also erlaube ich dir fortzufahren.«

»Wirklich, Herr?« Mortimir hatte diesen Zauber als Übung betrachtet, weil ihm dies aufgetragen worden war. Er hatte Macht für den Meister kanalisiert. Das war es eben, was Studenten taten.

»Du, der Nautarchon winkt uns zu. Das wollen wir uns ansehen, junger Mann.«

Sie standen wieder im Realen, auf dem geharkten Sandboden, und schauten auf.

*Mortimir schloss die Augen und rief seinen Arbeitsplatz herbei. Die vier zerbrochenen Säulen standen da wie eine Erinnerung an seine hermetische Unfähigkeit. Aber er folgte diesem Bild nicht. Stattdessen rief er die Macht herbei – das war nun die beste seiner Fähigkeiten – und erfüllte damit den ersten Teil seiner Diplomatika.*

Der Grammatiker neben ihm murmelte: »Aah!«

»Seht euch das an!«, rief einer der Seeleute.

*Morgan ließ sich jedoch nicht ablenken und fuhr mit den Fingern über den zweiten Teil seiner magischen Arbeit, dann senkte er seine Macht vorsichtig hinein. Die Leinwand war außergewöhnlich zart, und so bestand die Gefahr, sie zu verbrennen.*

Die Leinwand saugte die hermetische Macht wie ein Färbemittel auf; das goldene Licht der Sonne kroch vom Mittelpunkt zu den Rändern, und jedes Stück Leinwand flatterte leicht, während es sich füllte. Eine Reihe von Funken zeugte von den Bemühungen des Jungen.

»Ich liebe diesen Teil!«, rief der Seemann. Sein Gefährte auf dem nächsten Mast lachte, und sein Lachen klang hohl.

Mortimirs erstes magisches Weben hatte tatsächlich Linien der Macht an den Masten hoch und über die Leinwände geschickt, und nun erreichte sie seine hermetische Färbung in einem Geflacker von Funken. Das Ganze glühte dunkelrot, als stünde die Leinwand in Flammen.

»ASPIDES«, sagte Morgan laut.

Alle neun großen Leinwände erstarrten. Das rötliche Licht flackerte und erstarb. Ein aufmerksamer Beobachter hätte noch eine Linie aus Licht um jede Leinwand herum bemerkt, fein wie ein einzelner Faden.

Der Meistergrammatiker nickte. »Sehr schön, Meister Mortimir. Multiple Schilde – nicht bloß ein einziger.«

»Wenn einer versagen sollte, werden die anderen die Menschen trotzdem trocken halten«, sagte Mortimir.

»Und jede Leinwand bildet eine eigene Einheit«, fügte der Grammatiker hinzu. »Erkennst du das Problem, das darin liegt?«

Mortimir schüttelte den Kopf. »Nein, Maestro.«

»Du hast noch nie ein Dach gebaut, nicht wahr?« Der Meistergrammatiker lächelte, und Morgan verspürte allmählich einen echten Triumph. Die Seeleute klatschten Beifall.

»Nein, Maestro.« Mortimir schaute auf.

Der Maestro hob seinen Stab und sagte: »Scutum.«

Nichts flackerte auf, aber etwas veränderte sich. Mortimir fuhr mit der Zunge über die Ränder des Gewebes – in seinem Geist natürlich. Alles war fest.

»Zwischen den Leinwänden, mein junger Scholar. Du hast zwar jede einzelne Leinwand befestigt, aber du hast sie nicht miteinander zu einer Einheit verbunden. Schnee würde zwischen ihnen hereinwehen, wenn auch nicht viel, und um ehrlich zu sein, bezweifle ich sogar, dass es jemand bemerken würde. Deine Arbeit ist gut ausgeführt. Du hast alle Prinzipien verstanden, die damit im Zusammenhang stehen, und dein grammatischer Ausdruck war ausgezeichnet.« Der Mann verneigte sich leicht. »Du hast gute

Lehrer.« Er lächelte. »Aber ein Dach ist immer ein einheitliches Gefüge.«

Mortimir seufzte. »Ich komme mir vor wie ein Narr«, gab er zu.

Der Meistergrammatiker nickte. »Gut. Das ist das Gefühl, das wir alle haben, wenn wir etwas lernen. Ich versuche, es einmal am Tag zu verspüren. Und jetzt geh zu deinem Turnier. Ich komme vielleicht irgendwann und sehe dir zu.« Er hielt inne. »Du musst aber wirklich an deiner Erinnerung arbeiten, Junge.«

»Ja, Maestro.« Mortimir verneigte sich, und der Meistergrammatiker gab diese Geste zurück.

Er trat vom Sand herunter, und mehrere Seeleute kamen herbei und schüttelten ihm die Hand. Ihr Lob erfreute ihn.

Der Nautarchon verbeugte sich vor ihm. »Wenn du Wetterwirker werden solltest, wäre es mir eine Freude, dich auf meinem Schiff zu haben.« Er zeigte nach oben. »Du hast die Leinwand behandelt wie … nun, ich habe es genau gesehen. Ausgezeichnet. In einem Sturm kann ein fähiger Magus die Segel auf diese Weise verstärken – durch *Ops*. Ein gutes Schiff vermag einem Wintersturm standzuhalten, wenn ein Magus die Takelage zusammenhält.«

So viel Lob hatte Mortimir nicht erwartet. Er errötete, senkte den Blick zu Boden und murmelte etwas, das er selbst nicht recht verstand.

Seine Füße stießen gegen die Spitze seines Schwertes, als er davonging. Das war ihm seit vielen Wochen nicht mehr passiert. Er stolperte, schaute sich um und sah, dass ein Dutzend Akademiker in ihren Roben beim großen Eingang standen. Sie klatschten.

Antonio Baldesce lachte.

Mortimir konnte es ihm nicht verdenken. Er zwang sich zu einem Lächeln, als er den Sandplatz überquerte, und sagte sich, dass alles nur noch schlimmer werden würde, wenn er die Nadelstiche, die er zu erwarten hatte, krummnahm.

Tancreda legte ihm eine Hand auf den Arm, als er sie erreicht hatte. »Er hat gelächelt! Gnädige Muttergottes, Pest! Du hast den Meistergrammatiker zum Lächeln gebracht!«

Mortimir schüttelte den Kopf.

Baldesce grinste. »Und den alten Donatedello. Er scheint dich zu mögen.«

Mortimirs Arm prickelte dort, wo Tancreda ihn berührt hatte. Er errötete.

»Wohin gehst du?«, fragten die anderen.

»Ich ... ich nehme am Weihnachtsturnier teil.«

Baldesce lachte erneut. »Ich hoffe, du vergisst nicht die kleinen Leute, solche wie uns, die dir auf deinem Weg geholfen haben«, sagte er.

Kronmir las die Botschaft, die in Wachs auf die Klinge eines Krummschwertes geschrieben war, und zuckte zusammen. Die Verschlüsselung war alt, und die Botschaft war schlecht geschrieben; das Wachs war für jedermann sichtbar, und die Botin – ein Mädchen von höchstens sieben Jahren – hatte lange im Schnee vor seiner Herberge gewartet, sodass es seinen Feinden möglich gewesen wäre, sich seiner und damit auch der Nachricht zu bemächtigen. Glücklicherweise war das nicht passiert, aber er schüttelte trotzdem den Kopf über diese Unvorsichtigkeit, tätschelte das Mädchen und gab ihm ein Goldstück.

»Hast du eine Mutter, Mädchen?«, fragte er.

Die Kleine schüttelte den Kopf. Mit diesem Kopfschütteln enthüllte sie ihre gesamte Zukunft – eine Zukunft, die Kronmir nicht einmal seinem ärgsten Feind gewünscht hätte. Insbesondere nicht an Weihnachten.

Er legte einen zweiten Goldbyzantiner hinzu, eine wertvolle Münze. Und auch noch die dreißig Kupfermünzen, die er in seinem Beutel hatte.

»Hör mir zu, mein Kind«, sagte er. »Wenn du hier bleibst, werden dich die Menschen wegen des Goldes töten, das ich dir gegeben habe. Kannst du die Stadt verlassen?«

Sie nickte.

»Würdest du nach Lonika gehen, wenn ich dich dorthinschicke?«

Sie nickte abermals.

Er nahm ein Stück Ostpapier, faltete es auf eine besondere Weise und schrieb etwas mit Zitronensaft darauf. »Bring das zu demselben Schmied, der mir die Säbelklinge geschickt hat, mein Kind.« Er legte ihr die Hand auf den Kopf, der sehr warm war – beinahe heiß. Es schenkte ihm große Freude, eine solche gute Tat an Weihnachten zu tun.

Auch wenn sie sich vermutlich gegen ein Leben im Kloster wehren würde, wäre es doch besser als alles, was sie als elternloses Kind in der Stadt erwartete.

Als sie gegangen war, rieb er noch zweimal über das Wachs, damit er sicher sein konnte, dass er die Botschaft richtig gelesen hatte; dann warf er die Klinge ins Feuer, damit das Wachs völlig verschwand.

Danach ging er in die Stadt und machte sich auf die Suche nach einem Auftragsmörder.

Er begab sich zu einer bestimmten Tür, klopfte sechsmal dagegen und zog sich wieder zurück. Das war alles, was für den Auftrag zur Ermordung des Megas Ducas nötig war.

Er sammelte all jene ein, die an seiner Befreiungsarbeit beteiligt waren, denn in ein oder zwei Tagen würden viele seiner Leute aus der Stadt fliehen müssen.

Der Attentäter sah eine Mimin die Straße herunterkommen, ganz in Rot und Grün gekleidet und mit einem Kranz aus Beeren im Haar. Er hatte sie schon erwartet; sie kam jeden Tag zur selben Zeit und zeigte denselben Tanz. Aber heute führte sie etwas anderes vor, und er spürte, wie der Tatendrang in ihm aufwallte, als sie sich bückte – es war ein Teil ihrer Darbietung – und einen Schneeball aus dem schmutzigen Schneematsch der Straße formte. Sie warf ihn mit großer Zielsicherheit gegen sein Fenster. Dann schlug sie trotz des matschigen Untergrunds einen Purzelbaum.

Sie hielt unter seinem Fenster inne, machte einen Handstand, zog aus ihrer Tasche eine in Rot gekleidete Puppe und warf sie in den Schnee.

Und trat darauf.

Sie ließ das rote Ding hinter sich zurück, als sie weitertanzte.

Er erhob sich, zog einen einfachen, oft geflickten Kapuzenmantel aus schmutzigem Weiß an und schlang sich einen Kesselflickerkorb über die Schulter.

Eine Stunde nach Sonnenaufgang begab sich die Prinzessin vom inneren zum äußeren Hof, wo sie auf den neuen Meister des Palastes und den Megas Ducas traf. Im äußeren Hof stand die gesamte Garde zitternd, aber prächtig anzusehen in ihren feinsten Uniformen – ein Meer aus Scharlachrot, Purpur, Gold, schimmerndem Stahl. Es sah wie ein Mosaik aus, in dem jeder Mann ein einzelnes Steinchen bildete.

Ihre Diener und die Nordikaner marschierten zum Mittelpunkt des äußeren Hofes, die Garde setzte sich an den Flanken in Bewegung, und der kaiserliche Wagen, der bis auf den Kutscher leer war, rollte auf die Prinzessin zu.

»Ich dachte, Ihr hättet mich verraten«, flüsterte die Prinzessin. Sie erschien wie ein Standbild, das lebendig geworden war. Ihr Gesicht war weiß wie Milch, ihr Körper steckte in einem steifen goldenen, mit Juwelen und Perlen übersäten Tuch.

»Majestät«, sagte der Herzog sehr leise.

Die Prozession rollte über den Platz, der mit den Einwohnern der Stadt angefüllt war, die der Prinzessin und ihrer Garde nun zu der großen Kathedrale folgten, in welcher der Patriarch die Messe las.

Der Megas Ducas nahm die heilige Hostie an und ging dabei nicht in Flammen auf. Mutwill Mordling verlor deswegen einen kleineren Geldbetrag.

Nach der Messe zog die ganze Armee zusammen mit dem größten Teil der Palastbediensteten und der gesamten Akademie, den Lehrern, Studenten und Dienern in ihren schwarzen Uniformen und überdies mit den meisten Einwohnern von Liviapolis in einer Prozession um die Stadt herum. Dabei wurden die Reliquien von vierzig Heiligen mitgetragen.

Die Aura von *Potentia* durchdrang die Stadt so stark, dass der Megas Ducas die rohe Macht schmecken konnte, als er Wein erhielt.

Nach der Prozession und einem rasch eingenommenen Mahl, das kalt von goldenen Tellern gegessen wurde, nahm der Megas Ducas die meisten seiner Ritter sowie einige Scholae und ein Dutzend Ritter des Latinikons mit zum Hippodrom, in dem beheizte Pavillons aufgestellt worden waren.

Dort befand sich die Menge bereits; die meisten waren von der Messe in einer feierlichen Prozession geradewegs dorthin gezogen. Die Leute standen so dicht gedrängt, dass die Temperatur zwischen ihnen angestiegen war. Die Ritter wurden mit Jubel begrüßt und gingen zu ihren Zelten. Ser Michael hatte diese in seiner Eigenschaft als Meister des Turniers unter den beiden Parteien recht willkürlich aufgeteilt.

Der Megas Ducas sollte als Letzter eintreffen, und er wartete vor den Toren des Hippodroms mit seinem Gefolge aus Knappen und Pagen: Toby und Nell und Nicholas Ganfroy, sein Trompeter, sowie Ser Jehan, der die Führung übernommen hatte, und Ser Milus, der das Banner trug und für diesen Tag Marschall war, was dazu führte, dass er am eigentlichen Turnier nicht teilnehmen konnte. Er war von Kopf bis Fuß in scharlachrote Wolle und Leder gekleidet, trug einen Hut aus scharlachfarbenem Leder, das mit einer Pelzkrempe eingefasst war; drei gewaltige rote Federn thronten darauf. Um seine Hüften lag der Rittergürtel, und an seiner Schulter steckte ein weißes Stofftuch, das mit einer Brosche aus Rubinen und Smaragden gehalten wurde. Das Schwert an seiner Seite atmete *Potentia* aus, und seine vollkommene Form zeigte sich sogar durch die rote Scheide hindurch. Der Griff bestand aus vergoldetem Stahl, umwickelt mit Hirschleder, und der Knauf war emailliert.

Um das Tor drängten sich viele Leute; es waren mindestens tausend Männer und Frauen, die seinen Namen riefen. Er beugte sich von seinem großen Pferd herunter und küsste ein Kind. Es war das erste Mal, dass er so etwas tat, und er wurde mit einer warmen Feuchtigkeit an seinen Händen und einem bestimmten Geruch belohnt. Die Mutter strahlte ihn an.

Toby gab ihm ein Handtuch. Er wischte sich die Hände ab und lächelte die Mutter an, dann verlor sie sich wieder in der Menge.

Die Tore wurden geöffnet, und die Lärmmauer dahinter traf ihn wie eine Faust. Wenn er geglaubt hatte, tausend Menschen in einer engen Gasse vor dem Tor seien eine gewaltige Menge, dann war das, was ihn nun am Ende des Weges erwartete, zwanzigmal so gewaltig. Ihm wurde so schwindlig, als hätte ihn ein Feind mit einer Lanze getroffen.

Aber er setzte wieder ein Lächeln auf. Zu seinen Füßen schob Langpfote sanft, aber bestimmt die Menge von der Gasse in das Hippodrom. Einige junge Männer und ein paar ältere drückten sich vor den Bogenschützen gegen die Wände des Eingangstunnels und jubelten ihm mit lauten Schreien zu, die in dem Tunnel, der einen halben Bogenschuss lang war, metallisch widerhallten.

Er winkte der Menge draußen zu und ließ sein Pferd ein wenig tänzeln, worauf Beifall geklatscht wurde, und dann ritt er in den Tunnel. Ein junger Mann rannte neben seinem Pferd her und winkte, bis er über irgendetwas im Tunnel stolperte und mit einem Schrei zu Boden fiel.

Der Rote Ritter warf einen Blick nach unten und wollte herausfinden, was dem jungen Mann zugestoßen sein mochte. Dann erschien plötzlich ein blendendes Licht, etwas traf ihn an der Brust, und alles wurde dunkel.

Der Megas Ducas betrat als Letzter das Hippodrom; er ritt sehr langsam durch den kaiserlichen Tunnel hinter dem großen Tor, während die Menge in der Arena nach ihm brüllte. Aber da stimmte etwas nicht. Er saß sehr steif im Sattel, und Nell, die Pagin des Herzogs, wendete ihr Pferd und galoppierte zum Palast zurück.

Ser Michael wurde gerufen. Er beobachtete, wie ein Teil des herzoglichen Gefolges in den Pavillon des Megas Ducas strömte, doch das war nicht vorgesehen. Er gab Ser Gawin ein Zeichen und rannte auf das Zelt des Herzogs zu.

Im Innern fand er Toby kniend vor drei Schemeln, die zusammengeschoben worden waren. Mutwill Mordling war so weiß wie Pergament, und Ser Jehan und Nicholas Ganfroy beugten sich über …

»Was ist passiert?«, fragte Ser Michael.

Der Herzog lag auf den Schemeln. Eine Menge Blut quoll aus ihm hervor. Er sagte etwas, aber seine Stimme klang fremd. Überall war Blut, und Pater Arnaud schien ganz damit überzogen zu sein. Er murmelte – vielleicht betete er auch –, und sein Gesicht wirkte grau.

»Holt einen Magister!«, brüllte der Herzog. Er klang ganz und gar nicht wie er selbst. »Aber einen kräftigen. Nein, holt mir lieber diesen Jungen. Mortimir. Falls er hier ist.«

Ser Michael erkannte eine Krise, wenn er sie sah. Er stellte keine Fragen. Er drehte sich um und lief auf den Pavillon der Verteidiger zu.

»Messire Mortimir!«, rief Ser Michael, als er ins Innere drängte. Zwanzig Männer wurden soeben von vierzig Knappen in einer Kakophonie aus metallischem Klappern und Klirren und aufgeregten Rufen wegen gerissener Riemen in ihre Rüstungen gesteckt. Weidenkörbe lagen im Sand, und nur wenige glückliche Männer – sowie Ser Alison – hatten Schemel, auf denen sie sitzen konnten.

Morgan Mortimir hatte gerade seine Beinschienen angelegt. Und es gab keinen Knappen, der ihm zur Seite stand.

Aber nun trat er hilfsbereit vor. »Was ist los?«, fragte er, um dann zu erbleichen. »Mist – es ist doch nicht etwa das Dach?«, fragte er.

Ser Michael schleppte ihn am Ellbogen nach draußen, wo sie einen donnernden Applaus erhielten. Mortimir war der erste Mann in einer – zumindest teilweise angelegten – Rüstung, der ins Freie trat. Die Menge wollte Kämpfe sehen.

Ser Michael versuchte noch immer zu begreifen, was er gesehen und gehört hatte. Es schien ihm, dass die Stimme, die die Befehle gebrüllt hatte, nicht die des Herzogs gewesen war. Sie hatte eher wie die von Harmodius geklungen.

Mortimir wurde durch die Ansammlung von Männern gestoßen, die vor den Schemeln standen, auf denen der Megas Ducas lag. Er war blutüberströmt; sein Gesicht schien bereits blutverkrustet, und sein Leinenhemd hatte eine scharlachrote Färbung angenommen.

»Jesus Christus«, murmelte Mortimir. »Ich bin kein Heiler.«

*Halt den Mund und lass mich ein.*

Mortimir hätte vielleicht anders reagiert, wäre die vergangene Woche anders verlaufen. Doch so öffnete er seinen Palast, *und ein großer Mann in dunkelblauem Samt trat ein.*

*Jetzt haben wir alle Zeit der Welt, Junge. Ist das alles, was du an Erinnerungen hast?*

*Wer zum Teufel seid Ihr?,* fragte Mortimir, der nun Angst verspürte. Er hatte einen Fremden in sein Innerstes gelassen. Und er war gleichsam nackt.

*Ja, das war dumm von dir. Tut mir leid, Junge. Ich werde dich ein paar Stunden lang wie ein Hemd tragen. Am Ende wirst du unglaublich erschöpft sein und … pah. Hör auf, dich zu winden. Deine Panik mag zwar verständlich sein, aber damit verschwendest du nur meine Kraft. Heiliger Jesus, wie jung du bist. Und wie geschmeidig. Was für ein Vergnügen …*

Als Mortimir versuchte, gegen den Eindringling anzukämpfen – was ohne jede Wirkung blieb –, bemächtigte sich der Mann seines Körpers. Er spürte, wie er plötzlich vor dem Körper des Herzogs niederkniete. Da konnte er sehen, wie er seine Arme bewegte.

Aber das Schlimmste war, dass er zusehen musste, wie sich sein Palast der Erinnerung auflöste.

*Die meisten jungen Leute versuchen etwas zu errichten, das romantisch und atemberaubend und deshalb viel zu kompliziert ist.* Der Mann im blauen Samt zeichnete rasch etwas mit einem goldenen Stab in die Luft. Das Gold – sein Gleißen und die ätherische Präsenz – beruhigte Mortimir. Die Legionen des Bösen verwendeten kein Gold.

*Du spielst doch Schach, oder, mein Junge?,* fragte der alte Mann. Der Boden unter ihren Füßen wurde plötzlich zu einem schwarzen und weißen Schachbrettmuster – acht mal acht Quadrate.

Mortimir bekämpfte den Drang, sich übergeben zu müssen. Etwas so Unangenehmes war ihm noch nie zugestoßen. Sogar sein Geist gehörte nicht mehr zu ihm. Seine innere Vision – im Äther – stand unter der Kontrolle dieses schrecklichen alten …

*Bitte erlaube mir, mich vorzustellen. Mein Name ist Harmodius.*

*Du bist tot!*

*Hm. Nicht ganz. HÖR AUF ZU ZAPPELN! Gut.*

Mortimirs Palast der Erinnerung erschien plötzlich als Garten mit einem gigantischen Schachspiel in der Mitte wiedererrichtet. Jedes Blatt der Wildrosen war lebendiger als alles, was sich in seinem früheren Palast befunden hatte.

*Ich bin nie da gewesen … Herr … ich kann nicht …*

*Harmodius lachte. Niemand ist je hier gewesen. Ich habe diesen Ort gerade erfunden und erschaffen. Aber ich bin ein wenig in Eile, Junge. Würdest du jetzt bitte den Mund halten?*

*Die Schachfiguren setzten sich in Bewegung.*

*Der Kopf der weißen Königin drehte sich, und eine Linie aus reinem grünen Licht schoss daraus hervor, berührte den goldenen Knoten auf dem Kopf des Königs und verwandelte sich in einen Regenbogen, dessen Farben so lebhaft waren, dass sie wie ein Fiebertraum wirkten. Mortimir drängte es, ihnen neue Namen zu geben. Die Farben richteten sich auf einen Kristall in Harmodius' Hand – ein Kunstwerk, das Mortimir niemals zustande gebracht hätte. Der alte Mann nickte.*

*Du bist voller Macht, nicht wahr, Junge? Ich bin mir nicht sicher, ob ich jemals Zugang zu einer so rohen Kraft hatte. Er schenkte ihm ein Lächeln reinster Gier. Du kannst von Glück reden, dass ich andere Pläne habe, denn dein Körper würde meinen Zwecken sehr gut dienen. Und wie gern deine Professoren mich als Studenten hätten! Er lachte hämisch. Aber mach dir keine Sorgen. Am Ende werde ich mich als dein Wohltäter herausstellen.*

*Er warf das Juwel, das er soeben erschaffen hatte, in die Luft, und Mortimir sah, wie seine linke Hand den Handschuh der rechten ab-*

*streifte. Er konnte auch sehen, wie seine eigene rechte Hand über der Seite des Herzogs schwebte. Der Pfeil einer Armbrust stach knapp oberhalb des Herzens aus der linken Seite heraus.*

*Ein Attentäter, sagte der alte Mann. Sehr, sehr nah. Noch einen Fingerbreit nach links, und wir wären beide gestorben. Aber auch so stecken wir in Schwierigkeiten. Mortimirs Finger berührte die Seite des Herzogs. Macht flammte auf, wie eine kleine Sonne. Gift, Alchemie und Magie zusammen. Jemand wollte, dass mein junger Freund sehr, sehr tot ist. Die Sonne strahlte stärker, und Mortimir spürte, wie all seine Macht aus ihm herausfloss, ebenso wie das Wasser aus einer zerbrochenen Flasche.*

*Das war das erschreckendste Gefühl.*

*Schlimmer noch, es wurde ihnen beiden klar – gemeinsam, unauflöslich miteinander verbunden –, dass die drei – Harmodius, Mortimir und der verwundete Megas Ducas – nicht genug* Potentia *für eine Rettung besaßen. Die Macht strömte wie in einen bodenlosen Abgrund, und nichts veränderte sich.*

*Mortimir spürte, wie Harmodius besiegt zusammensackte.*

*Sein letzter, sorgfältig gehorteter Vorrat an* Ops *verschwand …*

Plötzlich ereignete sich eine Explosion aus blassem, goldgrünem Licht, das aus der Hand des tödlich verwundeten Mannes zu quellen schien.

Mortimirs linke Hand griff hinein, packte den Pfeil, zog ihn sanft aus der Wunde, was ein schrecklich schmatzendes Geräusch verursachte. Als die Stahlspitze freikam, schloss sich die Haut darunter. Vollkommen.

Tief in Mortimirs Erinnerungsgarten taumelte Harmodius gegen eine Steinsäule – der einzige Überrest des früheren Palastes – und schüttelte den Kopf. *Beim heiligen Georg, junger Magister. Mögest du so etwas nie wieder sehen.*

*Was ist passiert?, keuchte Mortimir.*

Harmodius stand keuchend da wie ein Mann, der ein langes Rennen hinter sich gebracht hatte. Dann schüttelte er den Kopf. *Dieses Geheimnis kann ich nicht mit dir teilen, junger Mann. Jetzt muss er schlafen. Was ist mit deinem Turnier?*

Jeder Ritter durchlief drei Runden. Die Turniere waren sorgfältig geplant; jeder Mann kannte die Reihenfolge seiner Gegner, und es gab vier Waffengänge. Pagen und Knappen rannten vom einen zum anderen, während Ser Michael die ganze Veranstaltung leitete.

Ser Alison stieß Ser George Brewes vom Pferd, was der Menge ein riesiges Vergnügen bereitete. Ser Francis Atcourt hob den Roten Ritter aus dem Sattel, der mit einem erstaunlichen Mangel an Anmut und Geschmeidigkeit kämpfte. Die Prinzessin legte die Hand gegen die Brust, als er auf den Boden traf. Aber er spang mit einem Rest seiner üblichen Spannkraft wieder hoch, machte sich an den nächsten Schlagabtausch und riss die Federn von Ser Bescanons Helm, dessen Lanzenspitze über den Schild des Roten Ritters kratzte und dort nicht einmal eine Delle hinterließ.

Ser Gawin beherrschte diesen Nachmittag. Er führte seine Lanze sicher, und es war ohne jeden Zweifel sein Tag. Er stieß Ser Francis Atcourt so heftig in den Sand, dass die Menge zusammenzuckte, und er zerschmetterte die Lanzen aller drei Gegner aus dem Latinikon. Danach gelang ihm ein spektakulärer Sieg gegen Ser Jehan, dem er einen so starken Schlag gegen den Helm versetzte, dass dieser an den Nähten auseinanderbrach. Der ältere Mann blieb zwar unverletzt, war jetzt aber helmlos, als er den Turnierplatz entlangritt. Dann zügelte er sein Pferd, verneigte sich vor seinem Gegner, und die Menge applaudierte.

Ser Alcaeus hingegen war der Liebling der Zuschauer, denn er war der Hauptmann der Verteidiger und besiegte gleich drei Gegner hintereinander. Aber der Podesta der Etrusker, Ser Antonio, versetzte ihm einen heftigen Stoß, ohne ihn aus dem Sattel zu werfen, und wurde zum Sieger nach Punkten gekürt. Unter dem steinernen Schweigen der Menge ritt er davon, wurde jedoch von den etruskischen Kaufleuten am Tor ausgelassen gefeiert.

Als die Sonne allmählich unterging, stand Ser Gawin dem Megas Ducas gegenüber, der sich auffallend steif im Sattel hielt. Zum ersten Mal an diesem Nachmittag saß der Herzog auf seinem neuen Kriegspferd. Trotz seiner starren Haltung war er technisch ohne jeden Makel gewesen – ebenso wie sein Bruder. Sie hatten den ersten Waffengang hinter sich gebracht, und dabei hatte jeder die Lanze des anderen zerbrochen. Als sie ihre Pferde wendeten, um sie zurück zur Ausgangsposition zu bringen, hob Gawin auf halbem Weg in der Mitte der Bahn die Hand und beugte sich über die Barriere, die sie voneinander trennte.

»Bist du das wirklich?«, fragte er.

In den Augen des Roten Ritters blitzte es. »Jetzt, ja«, sagte er.

»Warum bekomme ich nicht irgendeinen Unfähigen, der deine Rüstung trägt?«, meinte Gawin. Dann salutierte er und ritt weiter. »Du bist einfach zu gut.«

Auf ihrem zweiten Waffengang zerbrachen sie sich gegenseitig die Lanze. Die Menge brüllte. Das kleine weiße Taschentuch flatterte an der Helmbrünne des Roten Ritters. Die Ritter, die schon ausgeschieden waren, zeigten auf ihn und lachten.

Ser Bescanon sagte zu Ser Jehan: »Das war einer der besten Schlagabtausche, die ich je gesehen habe. Wir brauchen albische Zuschauer – das hier ist Kunst, die vor die Säue geworfen wird.«

Ser Jehan gab ihm einen Becher Wein. »Er führt eine brillante Lanze«, gab er zu. »Er ist besser, als ich es je gewesen bin.«

In der dritten Runde rutschte Ser Gawins Lanze vom Schild des Roten Ritters ab, prallte gegen die linke Schulterplatte und riss sie ihm vom Körper.

Der Rote Ritter hielt sich im Sattel, als wäre dieser aus Stahl geschmiedet, aber die kreisrunde Schulterplatte rollte wie eine Anklage durch den Sand. Der Rote Ritter begab sich zu seinem Pavillon, wo ihm das Visier abgenommen wurde, und dann ritt er wieder zum Turnierplatz, umarmte seinen Bruder, und die beiden Männer klopften sich gegenseitig auf den Rücken.

»Heiliger Jesus, Bruder!«, rief Ser Gawin. »Du blutest!«

»Allerdings. Aber das war großartig«, sagte sein Bruder, während sie gemeinsam den Platz hinunterritten, vor der Prinzessin salutierten und sich dann in einen der beheizten Pavillons begaben.

»Ein Nahkampf bei Fackelschein?«, fragte Ser George Brewes, nachdem er eine stählerne Umarmung mit seinem Hauptmann ausgetauscht hatte. »Das würde die Leute da draußen endgültig verrückt machen.«

Toby hob das Kettenhemd des Roten Ritters über seinen Kopf, und nun konnten alle die Bandagen sehen.

»Was zum Teufel ...!«, rief Francis Atcourt.

»Eine Armbrust«, sagte der Rote Ritter. »Der Pfeil wurde entfernt, und die Wunde ist verheilt. Alles ist gut. Entspannt euch.« Er winkte Morgan Mortimir zu, der noch in voller Rüstung steckte. Der junge Mann wirkte, als wären seine Augen von einem Töpfer glasiert worden, aber er war ein sehr kundiger Heiler. »Vergiftet und mit Magie getränkt. Jemand hat geglaubt, es wäre ein sicherer Schuss.«

»Den Schützen haben wir nicht erwischt«, sagte Ser Michael.

Die anderen Ritter im Pavillon wirkten entsetzt.

Der Rote Ritter holte tief Luft, als zwei Scholae aus der Akademie sein Hemd hoben. Blaues Feuer spielte über seine linke Schulter. Mortimir fuhr mit der Hand über die Wunde und nickte.

Tancreda Comnena lächelte ihre Pest an. »Wann hast du denn so gut zu heilen gelernt?«, fragte sie.

»Während der Belagerung von Lissen Carak«, sagte Mortimirs Mund. »Verdammt, Despoina, vergiss bitte, dass ich das gesagt habe.«

Sie blinzelte ein wenig.

»Du bist sehr schön, und ich glaube, ich habe mich in dich verliebt«, sagte Mortimir.

Sie errötete.

Er kniete sich mit der Art von Anmut vor sie, die gewöhnlich bei älteren Männern zu beobachten war. »Mylady, wenn du mir ein Zeichen deiner Zuneigung gibst, wäre ich stolz, deine Schönheit gegen alle anderen zu verteidigen und dich und nur dich allein als die Dame meines Herzens anzunehmen.«

Sie legte ihm die Hand auf den Kopf. »Was für eine hübsche Rede«, sagte sie. »Zeigt sie bei den albischen Mädchen auch Wirkung?«

Ihre Hand lag nun auf seiner Schulter, er ergriff und küsste sie. Und dann küsste er das Handgelenk.

»Ah«, sagte sie. »Das wirkt bei den albischen Mädchen bestimmt, wie ich annehme.« Sie beugte sich zu ihm herunter. »Plötzlich bist du so selbstsicher.« Sie fuhr mit ihren Lippen über die seinen – es war so sanft wie die Berührung durch einen Schmetterling.

*Da hast du es, Junge. Das ist alles. Du kannst wirklich von Glück reden, dass ich dir diesen Palast aus Fleisch und Lust und Macht zurückgebe. Ich könnte es so viel besser machen als du.*

Als Mortimir zu seinem letzten Waffengang hinausritt, trug er ein großartiges Stück Stoff in Rot und Purpur an seiner Schulter. Und Despoina Comnena zog ihren Mantel enger um sich und weigerte sich, ihrer Kusine zu zeigen, dass sie ihren Ärmel hingegeben hatte.

In den letzten Runden – bei denen es sich in der Hauptsache um Wiederholungen von früheren Zweikämpfen handelte, bei denen ein Pferd oder ein Mann verletzt worden war – brach Mortimir eine Lanze gegen Ser Antonio und erschütterte den Podesta in seinem Sattel schwer – zur großen Freude der Menge und Mortimirs selbst, der die Faust in voller Zufriedenheit in die Luft reckte. Doch dann beherrschte er sich wieder, und die beiden waren zu sehen, wie sie einander umarmten. Ser Alcaeus traf Ser Alison hart, konnte sie aber nicht vom Pferd stoßen, und die Menge jubelte. Es war der letzte Durchgang zweier Favoriten, und als er vorbei war, trafen sich Ritter und Ritterin in der Mitte des Platzes an der Barriere. Ser Alison sagte etwas, und Ser Alcaeus legte die Hand auf sein Herz und schüttelte den Kopf; dann umarmten sich die beiden.

Sie alle ritten in einer Kolonne um den Turnierplatz, und die Prinzessin überreichte den Ehrenpreis an Ser Gawin – gegen ihren Willen, wie die Menge deutlich sehen konnte, die ebenfalls dem Roten Ritter zujubelte.

Und dann kehrten sie alle in ihre Pavillons zurück.

»Es tut mir so leid«, sagte Ser Gawin.

»Mir nicht. Das ist Magie gewesen«, sagte der Rote Ritter. »Ich glaube, du bist der beste Turnierkämpfer, der mir je begegnet ist.«

Francis Atcourt schüttelte den Kopf. »Jemand hat Euch mit einer Armbrust beschossen, und Ihr habt trotzdem an dem Turnier teilgenommen?«

Der Rote Ritter zuckte zusammen. Einer der Scholae – der junge Mortimir – hob die Hand, und ein dritter Akademiker trat vor. Eine Linie aus Macht verband sie; der junge Student gab sein rohes *Ops* an seinen Gefährten weiter.

»Ich hatte gehofft, er wäre dumm genug, es noch einmal zu versuchen«, bemerkte der Rote Ritter. »Glück gehabt, Morgan?«

Der albische Student zuckte die Achseln. »Wir suchen noch nach der Waffe, aber wer immer das getan hat, er weiß genug, um die Verbindung zwischen Bogen und Pfeil trennen zu können«, sagte er mit einer Stimme, die für einen Jugendlichen äußerst tief und erstaunlich selbstbewusst klang.

Toby hielt den Kopf gesenkt und war beschämt. Er sagte: »Ich bin zu sehr daran gewöhnt, für Ser Thomas zu arbeiten. Und für Ser Ranald. Ich war viel zu nachlässig.«

Der Rote Ritter streckte die Hand aus und zwackte die Wange des Knappen. »Unsinn, Toby, wir sind alle ein wenig angespannt. Und dieser Bastard ist *gut*. Er hat den Augenblick sehr weise ausgewählt.«

»Warum müsst Ihr wieder nach draußen gehen?«, fragte Ser Michael.

Der Blick des Herzogs ruhte nun auf ihm – sardonisch, düster und ein wenig zu glänzend. Rot loderte es in den Tiefen seiner Augen. »Michael, wenn ich aufgebe, wird die Hölle losbrechen, das kann ich dir versprechen. Wenn sie aber sehen, dass ich nicht einmal zögere, dann werden sie in Schwierigkeiten geraten.« Er lächelte.

»Wer ist *sie?*«, wollte Ser George wissen.

Ser Gawin drängte sich vor. »Verdammt!«, sagte er. »Von mir aus kann dieser Ort bis auf die Grundmauern niederbrennen.«

Der Rote Ritter schüttelte den Kopf. »Meine Herren, wir werden vermutlich einen sehr turbulenten Weihnachtsabend erleben. Wir wussten schon, dass etwas auf uns zukommen würde. Gelfred hat einen Boten abgefangen, aber es muss noch einen zweiten gegeben haben.« Er richtete sich auf, dabei wirkte er sehr blass. »Aber wenn ich den öffentlichen Tanz überlebe, dann sollten wir aus dem Gröbsten heraus sein. Wenn nicht, möchte ich diesen Augenblick dazu nutzen, euch allen zu sagen, welche Freude es für mich war, euer Hauptmann gewesen zu sein.«

Atcourt wandte sich an Ser Michael. »Er ist wahnsinnig geworden. Er sollte unbedingt zu Bett gehen. Müssen wir nicht die Prinzessin warnen?«

Der Rote Ritter machte eine ausdruckslose Miene.

»Sie warnen?«, spuckte Ser Michael aus. Er drehte sich um und sah Ser Alcaeus an, der mit vor der Brust verschränkten Armen dastand.

Der moreanische Ritter schüttelte den Kopf, sagte aber nichts. Er wirkte um zehn Jahre gealtert.

Es war Ser Alison, die schließlich den Fehdehandschuh aufnahm. Sie lachte, und ihr heiseres Gelächter klang wie eine Herausforderung des Schicksals. »Die Prinzessin warnen? *Sie ist es doch vermutlich, die diesen verdammten Attentäter bezahlt hat.*«

## Harndon · Die Königin

Die Königin hatte zusammen mit Diota ihre Gemächer gesäubert und aufgeräumt. Danach traf sie Meister Pyle, der ihr das Geschenk für den König brachte. Darauf beschäftigte sie sich damit, es einzupacken. Dann kleidete sie sich an – in braunen Samt mit bronzenen und goldenen Perlen und Smaragden, die die Größe eines Nagelkopfes hatten. Ihr Bauch war inzwischen zwar zu sehen, aber Diota hatte wahre Wunder gewirkt und den braunen Samt so zurechtgeschnitten, dass er sich den jüngsten Wölbungen anpasste.

»Wo ist Rebecca? Und Emmota? Und wo sind meine anderen Damen?«, fragte sie, als die Winterdunkelheit langsam über den Schnee herankam. Sie sah zu, wie die Schatten länger wurden – die Türme schienen durch den schmutzigen Schnee im Haupthof zu kriechen. Und sie dachte mit einem Schaudern an die andere *Dunkelheit* in den Korridoren unter dem Alten Palast.

»Sie sind spät dran, meine Liebe. Jedermann ist heute zu spät«, sagte Diota mit ihrer üblichen Sachlichkeit. »Das liegt daran, dass Weihnachten ist, Liebes, und so ist das nun einmal an Weihnachten.«

»Ich bin fett«, sagte die Königin und blickte ihre alte Amme an. »Emmota macht mir Sorgen. Sie sieht krank aus.«

Diota rollte mit den Augen. »Ihr bekommt ein Kind, *Euer Gnaden.*« Sie grinste. »Es ist allgemein bekannt, dass man in diesem Zustand ein paar Pfunde zulegt.« Sie sah nachdenklich in den Spiegel. »Emmota … Ich bin eine grobe alte Frau. Ich würde sagen, sie hat im Stall die falsche Tür genommen.«

»Emmota? Sie ist kein Flittchen«, sagte die Königin.

Ihre Amme zuckte die Achseln. »Männer sind Schweine. Und sie verhalten sich dementsprechend.«

»Was weißt du?«, fragte die Königin.

»Wissen? Gar nichts. Aber ich glaube, einer der Gallyer hat ihr den Kopf verdreht, und die Kleine spioniert uns für ihn aus.« Diota nahm eine Bürste und fuhr damit etwas zu grob durch die Haare ihrer Herrin. »Ich habe gehört, wie einer von ihnen sie eine Schlampe und eine Hure genannt hat.«

Die Königin schüttelte den Kopf. »Warum sind sie bloß so dumm? Heilige Jungfrau, mein eigener Gemahl glaubt, dass ich ihm untreu geworden bin«, sagte Desiderata. Plötzlich schluchzte sie. Diese Worte hatte sie noch nie laut ausgesprochen.

»Er ist ein Dummkopf«, sagte Diota. »Aber er ist ein Mann, und so sind die Männer nun einmal.«

»Wie kann er so etwas bloß denken?«, rief die Königin. Sie hatte nicht laut werden wollen. Die Wut war wie aus dem Nichts auf sie zugesprungen.

Die Tür zu ihren Gemächern wurde geöffnet. Lady Rebecca trat ein und machte einen Knicks; ihr Gesicht war so blass wie frische Milch.

»Oh, Rebecca, was ist los?«, fragte die Königin.

Lady Almspend schüttelte den Kopf, schürzte die Lippen und sagte gar nichts.

»Ich befehle es Euch«, sagte die Königin.

»Es ist Weihnachten, und wie alle anderen bin auch ich zu spät dran«, sagte ihre Sekretärin. »Die Männer in der Halle und auf den Gängen sagen pausenlos unanständige Dinge.«

»Ihr seid von einem der Gallyer angegriffen worden!«, rief Diota.

Lady Almspend lächelte. »Unwahrscheinlich«, sagte sie. »Besser gesagt: Es ist unwahrscheinlich, dass das mehr als einmal passiert.«

Die Königin seufzte. »Wenn nur Mary ... pah. Sie wird nach dem Dreikönigsfest zurückkommen.« Sie sah aus dem Fenster. »Ich würde viel darum geben, wenn ich diesen vergifteten Hof verlassen könnte. Ich würde gern in ein Nonnenkloster gehen und ein wenig Frieden haben, bis mein Baby geboren wird.« Der Gedanke an ihr Kind hellte ihre Stimmung eindeutig auf. Sie ließ es zu, dass ein schmales Lächeln ihre Wut durchdrang.

Lady Almspend riss sich mühsam zusammen, nahm eine Bürste und machte sich am Haar der Königin zu schaffen.

Diota sah sie an. Die beiden tauschten einen raschen Blick aus.

»Wo ist Emmota?«, fragte die Königin.

Lady Almspend zuckte die Achseln. »Beschäftigt, wie ich vermute, Euer Gnaden.« In ihrer Wortwahl war sie vorsichtig gewesen, aber die Königin drehte trotzdem den Kopf nach ihr um.

»Sie macht gerade die Beine breit – für ihren gallyschen Liebhaber«, sagte Diota verächtlich.

Lady Almspend warf ihr einen finsteren Blick zu. »Da habe ich etwas anderes gehört«, sagte sie.

»Amme, sei nicht so grob. Emmota ist die jüngste meiner Hofdamen und vielleicht nicht gerade die klügste von ihnen.« Die Königin lächelte. »Aber ich schenke ihr trotzdem all meine Zuneigung.«

»Behaltet sie ruhig«, sagte Lady Emmota von der Tür her. »Ich bin in der Tat nicht die Klügste. Ich bin dumm, langweilig und närrisch. Und außerdem schwanger. Da haben wir etwas gemeinsam, Euer Gnaden. Ich trage ein Bastardkind aus, genau wie Ihr.«

Die Königin drehte sich so schnell um, dass sich Lady Almspends Bürste in ihren Haaren verfing und dort blieb. »Emmota!«, rief sie.

Emmota zeigte mit dem Finger auf die Königin. »Ich bin ruiniert, weil *Ihr* eine Schlampe seid. Ich hatte *Euch geglaubt.* Ich hatte all diesem Gerede über den Schutz der Beschützer und das Bewachen der Wächter geglaubt, und alles, was ich dafür bekommen habe, ist ein dicker Bauch und der Ruf, eine Hure zu sein – *genau wie meine Königin!*« Sie brach in Tränen aus und warf sich auf den Teppich.

»Was ist denn passiert?«, fragte die Königin und sah die anderen Frauen an.

Lady Almspend packte die Bürste und bemühte sich, sie wieder aus den Haaren der Königin zu ziehen.

Diota rollte das auf dem Bauch liegende Mädchen herum und versetzte ihm eine ziemlich heftige Ohrfeige. »Steht auf, Ihr dumme Frau«, sagte sie.

»Er *ist* der beste Ritter«, sagte Emmota. »Und er hat mich behandelt wie … wie …«

»Seid Ihr die Dirne Jean de Vraillys?«, fragte die Königin.

»Unter anderem«, spuckte Diota aus. »Sie hat eine ganze Reihe von Kriegspferden geritten.«

»Aaagh!«, weinte Emmota. Sie jammerte so sehr, als hätte sie eine Wunde empfangen.

»Die Gallyer werden sie gegen uns einsetzen«, sagte Lady Almspend, während sie weiter bürstete. »Ihre Lüsternheit wird auch Euch in den Augen der anderen zu einer schamlosen Person machen, Euer Gnaden.«

Die Königin kniete neben ihrer Hofdame nieder. »Emmota, ich muss wissen, was genau passiert ist. Ich werde Euch nicht im Stich lassen.«

Lady Almspends Blick traf sich mit Diotas; beide waren der gleichen Meinung. »Euer Gnaden, es wäre besser, Ihr würdet sie im Stich lassen.«

Die Königin nahm das schluchzende Mädchen in die Arme. »Warum? Weil sie den falschen Mann geliebt hat? Was bedeutet das schon?«, fragte sie. »Das ist doch nur männliche Eitelkeit und Dummheit.«

Lady Almspend sah ihre Königin an. »Dieses Argument könnt Ihr nicht an einem Hof voller Männer anbringen – und dazu noch zu Weihnachten«, sagte sie. »Die Gallyer belagern uns, meine Königin. Und sie haben sich durch die arme Emmota hier eingeschlichen.«

»Eher sind sie mit dem Rammbock eingedrungen«, sagte Diota.

»Seid doch nett zu ihr. Beide. Was hat dieses Mädchen denn Schlimmes getan?« Sie wandte sich zu Lady Almspend um. »Ich verstehe Eure Gründe, meine Liebe. Ich bin ebenfalls verärgert.« Sie legte die Hand auf Lady Almspends Wange. »Und Ihr seid wütend.«

»Eher verängstigt als wütend«, sagte Lady Almspend vorsichtig.

»Was wisst Ihr?«, fragte die Königin und sah ihrer Sekretärin in die Augen. Lady Almspends Augen waren blassblau und leuchteten wie Eis an einem klaren Wintertag. Die der Königin hingegen waren tief und dunkel, grün und braun und golden – und sie schienen Geheimnisse zu hüten, alle Geheimnisse einer uralten Welt.

»Was habt Ihr erfahren?«, fragte die Königin.

Lady Almspend schürzte die Lippen und runzelte die Stirn, während ihr Blick in eine andere Richtung glitt. »Nicht heute – bitte, Euer Gnaden.« Sie betrachtete die junge Frau, die noch immer schluchzend auf dem Boden lag. »Euer Gnaden, ich bitte um Entschuldigung. Die einzige Schuld, die Emmota auf sich geladen hat, besteht darin, dass sie sich den Kopf hat verdrehen lassen. Dessen bin ich mir sicher. Aber das Gift, mit dem man uns deswegen überschütten wird …«

»Wenn Ihr mich so oft *Euer Gnaden* nennt, weiß ich, dass etwas nicht stimmen kann.« Die Königin lächelte. Sie senkte den Blick und legte die Hand auf das Mädchen. »Aber kein Mädchen, das vergewaltigt wurde, hat irgendwelche Schuld auf sich geladen, und wir werden sie nicht zum Opfer machen.« Sie fuhr mit der Hand am

Rücken des Mädchens entlang, und goldenes Licht schien den Raum zu erfüllen.

»Ah!«, seufzte Emmota.

Die Luft wirkte klar und rein.

Diota atmete hörbar ein und aus, dann seufzte sie ebenfalls. »Ihr seid ein zwar stilles, aber tiefes Wasser.«

Die Königin schüttelte den Kopf. »Sie werden dafür bezahlen. Ich werde sie für Emmota und für Mary und für jedes barsche Wort, das sie gesagt haben, bezahlen lassen. Das schwöre ich.«

Die Lichter flackerten.

Lady Almspend zitterte. »Das … ist gehört worden.«

*»Das ist mir gleichgültig. Wollen sie mit mir spielen und all jene verletzen, die ich liebe? Ich werde ihnen ihre Männlichkeit ausreißen und ihre Augen mit meinen Klauen blenden.«* Die Königin stand wie eine Bronzestatue da und leuchtete aus sich selbst heraus.

Lady Almspend machte einen Schritt zurück.

Die Königin legte sich die Hand auf die Stirn. »Maria, Muttergottes, bete für uns Sünder jetzt und in der Stunde unseres Todes. Heilige Maria, was habe ich gesagt?«

Lady Almspend schüttelte den Kopf.

Die Königin nahm ein wenig Weihwasser aus einer Phiole und bekreuzigte sich damit. Dann holte sie tief Luft. »Ich stand in Berührung mit *etwas*«, sagte sie. »Rebecca, Ihr seid besorgt, und Ihr wart es schon, bevor Emmota hereinkam.«

»Ihr habt recht«, sagte Lady Almspend, ohne den Blick zu heben. »Euer Gnaden.«

»Ist es etwas Schlimmes?«, fragte die Königin.

Nun blickte Lady Almspend auf. »Ja«, sagte sie. »Oh, wie sehr würde ich mir wünschen, lügen zu können.«

Die Königin lächelte. »Wir sollten niederknien und die Muttergottes um Beistand anflehen. Und Jesus Christus.«

Lady Almspend seufzte. Sie alle knieten sich hin und beteten.

Draußen im Hof lärmte es plötzlich, Diota schaute hinaus. Ein Dutzend Knappen – die meisten von ihnen waren Gallyer, aber es waren auch ein paar Albier darunter – marschierten mit Fackeln herbei. Sie blieben mitten im Hof stehen und sangen ein unzüchtiges Lied. Dann tanzten sie. Diota beugte sich aus dem Fenster.

Sie keuchte erst und wandte sich dann wieder um, in den Raum hinein.

»Sie haben Puppen. Sie sehen aus wie Euer Gnaden, wie Lady Mary und Lady Emmota. In Hurenkleidern. Sie tanzen mit ihnen.«

Das Gesicht der Königin verdunkelte sich. »Ruf nach meinen Rittern.«

»Euer Gnaden, die meisten Eurer Ritter sind vom König nach Norden geschickt worden.« Lady Almspend schüttelte den Kopf. »Es sind noch Diccon Crawford und Ser Malden hier. Sie können wohl kaum gegen alle Gallyer kämpfen.«

Das Gesicht der Königin wurde noch düsterer.

»Der König ist soeben auf seinen Balkon getreten«, berichtete Diota.

»Er wird etwas unternehmen«, sagte die Königin.

»Dessen bin ich mir sicher«, meinte Diota, trat an Lady Almspends Seite und nahm einen der Kämme in die Hand.

Als höhnisches Johlen vom Hof heraufdrang, schluchzte die Königin. Das harsche Lachen der jungen Männer beleidigte ihre Ohren.

Und der König unternahm nichts.

»Wie konnte es nur so weit kommen?«, fragte die Königin.

## N'gara · Der Hof zur Zeit des Yule-Festes

Die Halle war mit tausend Sternen und zehntausend Kerzen geschmückt, sehr kleinen Lichtern aus Bienenwachs, die dennoch endlos zu brennen schienen, während hundert winzige Feen von einem Licht zum anderen flogen, wie es die Bienen mit den Blumen tun. Ihr silbriges Lachen war polyphon, und darüber spielte Tapios Harfenist ein altes Klagelied – das »Lied von der Schlacht der Tränen« –, das nur zu Yule gespielt wurde.

Tamsin saß in ihren Staatsgewändern da, und Redmede, der seine eigene Gemahlin bis zum Wahnsinn liebte, musste dennoch zugeben, dass Tamsin das schönste Geschöpf war, das er je gesehen hatte. Heute war ihr herzförmiges Gesicht von ihrem schneeweißen Haar eingerahmt, und ihr Kleid aus weißer Wolle war mit goldenen Blättern und roten Beeren bestickt, die sich mit echtem Efeu und Ilex abwechselten. Dazu trug sie eine Krone aus Efeu.

Sie saß auf dem Podest links neben Mogon, der Herzogin der Westmoore, wie ihr Titel in Übersetzung lautete, und rechts von ihr befand sich ein großer goldener Bär. Zu ihren Füßen stand ein Tisch, an dem hauptsächlich Männer saßen: Redmede, zusammen mit seiner Bess, des Weiteren der junge Fitzwilliam, Bill Alan, Katz und der Graue Mann. Auf der anderen Seite saßen die Draußener: ein ungewöhnlich junger Schamane, ein älterer Jäger, der von Tamsin höchstpersönlich geheilt worden war, und ein hübscher Mann mit der seltsamsten Haut, die Redmede je gesehen hatte. Sie war so bläulich-schwarz wie Kohle, außerdem hatte er lebendige braune Augen und lockiges Haar.

Er bemerkte, dass Redmede ihn anstarrte, doch anstatt darüber erbost zu sein, lächelte er bloß. Redmede erwiderte sein Lächeln.

»Nita Qwan«, sagte der Mann und streckte den Unterarm nach Art der Draußener vor. Redmede neigte den Kopf, wie es die Wildbuben taten, und dann umarmte er den Mann. »Bill!«, rief er über die Musik hinweg. Bei den Irks war es üblich, dass sie zunächst den Klängen lauschten und sich dann miteinander unterhielten, sodass es in der Halle ziemlich laut war, auch wenn die klagenden Melodien des Liedes noch deutlich zu hören waren.

»Du kannst mich Peter nennen«, sagte der Draußener.

»Dein Albisch ist gut zu verstehen«, sagte Redmede. Er stellte den schwarzen Draußener Bess vor, die ihn angrinste, und auch Bill Alan, der kurz auf die Hand des Mannes schaute, als wäre sie ein kostbares Artefakt.

»War das ein Unfall? Oder hat es irgendein Ungeheuer getan?«, fragte Alan.

Nita Qwan lachte. »Dort, wo ich herkomme, sehen alle Menschen so aus.«

»Natürlich tun sie das, Kumpel«, sagte Bill Alan. »Gib bloß nichts auf das, was ich sage – zu viel Met.« Er hob seinen Becher. »Außerdem steht es dir sehr gut!«

»Ihr müsst die Sossag sein«, sagte Bess.

Nita Qwan grinste und trank selbst noch ein wenig Met. »Das müssen wir wohl, meine Dame«, sagte er.

Die Musik wechselte, und Paare – hauptsächlich Irks – erhoben sich von den Bänken. Es waren genug Kenecka-Draußener beiderlei Geschlechts aus dem Westen anwesend – braunhäutig und mit hohen Wangenknochen –, sodass auch die Wildbuben und Draußener tanzen konnten.

Tamsin kam vom Podest herunter, und Tapio näherte sich von den Wandbehängen der anderen Seite her und beugte sich tief über ihre ausgestreckte Hand. Sie lächelte so strahlend wie die hellste Mittwintersonne, und die Misteln in ihrem Haar schienen vor Leben und einer kaum unterdrückten Magie zu glitzern. Tapio nahm sie in die Arme und küsste sie. Dabei küssten sich auch noch viele andere in der Halle, und Redmede verlor sich in Bess' Augen.

Und dann nahm der Feenkönig einen großen Becher aus gehämmertem Gold von einem seiner Ritter entgegen und begab sich in die Mitte der Halle.

»Fühlt euch frei in meiner Halle, all meine Gäste. Aber seid gewarnt, dass wir in dieser Nacht den Sieg des Lichts über die Finsternis feiern – ob ihr es Yal'da nennt oder die Ankunft eines gesegneten Kindes begeht oder auch nur nach dem Ende der langen Nacht ruft. Wenn ihr der Finsternis dient, müsst ihr von hier weichen!«

Er hob seinen Becher, und Licht floss wie vergossener Wein aus ihm heraus. Die Irks stimmten einen lauten Ruf an, die Draußener taten es ihnen gleich, und der schrille Kriegsschrei hallte in die Nacht hinaus.

»Nun trinkt und tanzt!«, rief Tapio. »Das sind meine einzigen Befehle.«

Das Chaos in der Halle passte gut zu dem feinsten Fest, das Bill Redmede je gesehen und miterlebt hatte. Er selbst war so betrunken, dass es ihn nicht bekümmerte, was unter den Tischen, hinter den Wandbehängen oder auf dem Podest am vorderen Ende der Halle vorging.

Bess streckte die Hände nach einer Schönheit aus – nach einer Irkfrau mit schlanker Gestalt und einer Gloriole aus goldenem Haar. Die Frau ergriff ihre Hände und küsste sie auf den Mund. »Kind der Menschen«, lachte sie, »du schmeckst besser, als ich es mir vorgestellt hätte. Ein helles Yule dir und deinem Gemahl.«

Bess machte einen Knicks. »Ihr seid allesamt so wunderschön«, keuchte sie. »Wo sind denn die scheußlichen Irks geblieben? Wo sind die hässlichen Gesichter und Fangzähne?«

Die Irkmaid hielt sich den silbernen Fächer vor das Gesicht, und nun war sie eine glühende Hexe mit einer sechs Zoll langen Nase und haarigen Warzen. »Würdest du etwa in Festkleidung auf das Schlachtfeld gehen?«, fragte sie. »Oder in Kampfausrüstung zu einem Fest?« Nun nahm ihr Gesicht wieder seine ursprüngliche Feenschönheit an. »Ich habe so viele Gesichter, wie ein Menschenkind Kleider besitzt«, fügte sie hinzu und küsste nun Redmede, bis ihm der Kopf schwirrte. Dann wirbelte die Irkmaid leichtfüßig davon. »Eure Münder sind köstlich, Menschenkinder. Liebet einander!«

Einige Zeit später waren nur noch wenige hartnäckige Esser damit beschäftigt, die Knochen des Wildes auf dem Tisch abzunagen, und hundert Feen flatterten dicht unter der gewölbten Decke umher und hinterließen dabei Bänder aus blassem Feuer. Die halbe Halle tanzte, und die andere Hälfte sang oder spielte Instrumente – Oboen, Posaunen, Klarinetten, Pfeifen, Lauten, Harfen und noch hundert andere Saiteninstrumente, die Bill Redmede nie zuvor gesehen hatte und von denen einige sehr klein waren oder nur über zwei oder drei Saiten verfügten. Die gesamte große Kaverne, die die Halle des Feenritters bildete, schien sich im Takt zu drehen.

Mogon kam und hockte sich neben ihm nieder.

»Es ist so weit«, sagte sie. »Dies ist eine Zeit der Magie. Der Äther ist weit geöffnet für das Reale. Thorn ist jetzt blind wie eine Fledermaus, kann sich zu seiner Orientierung aber keiner hohen Schreie bedienen, und seine kleinen Helferlein sind bis zum Morgen taub.«

Nita Qwan, der Sossag, lag unter einem der Tische. Er kam mit einem Krug Yule-Bier hervor. Redmede fragte sich kurz, was der Draußener wohl gesehen haben mochte – er und Bess waren ziemlich … miteinander beschäftigt gewesen.

»Kann ich Lord Tapio jetzt sehen?«, fragte er Mogon.

Mogon nickte. »Du wirst ihn sehen, sobald er dich eingeladen hat.«

Nita Qwan und Redmede verneigten sich vor ihren Gefährten – zumindest vor denen, die noch aufrecht stehen konnten – und folgten der Herzogin durch die Halle. Die große Wächterin tänzelte zwischen den Tänzern hindurch, schlüpfte leichtfüßig durch die verschlungenen Wirbel und Drehungen Hunderter Paare aus zwei verschiedenen Arten.

Am hinteren Teil der Halle hing ein Gobelin mit einem Einhorn darauf, das von tausend Feen mit spinnwebfeinen Fäden auf dünnstem Stoff gebildet worden war. Der Gobelin war so leicht, dass er in einem sanften Luftzug flatterte, und das Bild darauf erschien derart lebendig, dass Redmede geradezu erwartete, das Einhorn werde sich gleich bewegen.

Sie verschwanden dahinter, und der Wandbehang blendete alle Geräusche aus – und auch das Licht. Die Rückseite zeigte dasselbe, nur umgekehrt.

Sie gingen durch eine breite Höhle, die von Fackeln erhellt wurde, betraten danach eine weitere Kaverne und kamen schließlich zu einer schweren Eichentür mit Verzierungen aus Bronze, die Halbmonde, Sterne und Kometen darstellten. Mogon klopfte sanft an, und die Tür öffnete sich.

Dahinter lag ein Raum, der sich auch in der Burg irgendeines Lords hätte befinden können. Die Wände waren mit Eiche getäfelt; es gab einen Tisch und Stühle aus Eiche und große bronzene Kerzenleuchter. Ein Feuer loderte im großen Kamin, der eine der Wände fast völlig ausfüllte. Es war ein zauberisches Feuer, denn es brannte zugleich weiß und blau. An den Wänden hingen Rüstungen und Waffen. Und Köpfe. Zwei Lindwürmer, ein Dutzend großer Untiere, ein nicht einzuordnendes Ungeheuer – und Reihen aus menschlichen Köpfen.

Bill Redmede war von den Köpfen fasziniert.

*»Willkommen, sschöne Gässste.«* Tapio schob eine Hand unter Redmedes Ellbogen und setzte ihn an den großen Tisch. Dann ging er im Raum umher und stellte die Anwesenden einander vor. *»Lorrd Gerraaarrgkh vom Stamm derr Blauen Berrge, derr alss Sprrecherr der*

*Adnaklippen-Bärren hierr isst. Mogon, Herrzogin derr Wesstlichen Seen und Herrrin derr Wächterr derr Wildniss. Tekkissmarrk, Marrquis dess Berrgess Fünf und Abgessandterr einess Bauess derr wesstlichen Kobolde. Nita Qwan fürr die Sosssag – und vielleicht auch noch fürr anderre Draußenerr. Bill Rredmede fürr die Wildbuben und vielleicht auch noch fürr anderre Mensschen auss Albia und dem Ossten.«*

Plötzlich entstand ein leises Gemurmel der Beschwerde – Bill Redmede verspürte nicht die Befähigung, für alle Menschen zu sprechen, und Nita Qwan ging es ganz genauso. Tekkismark wandte ein, sein Bau sei einer der kleinsten.

Tapio schwenkte seinen Arm in einer ausladenden Geste. *»Ich sstimme mit euch überrein, dasss keinerr von unss fürr eine ganze Arrt sprrechen kann. Dennoch isst ess Zeit zu handeln, und wenn ssie Liederr überr unss sspielen werrden, werrden wirr fürr unsserre Völkerr stehen.«* Er runzelte die Stirn. *»Falss in den kommenden Tagen überrhaupt noch Liederr gespielt werrden.«*

Mogon zeigte ihre lange rosafarbene Zunge, und der Geruch nach brennender Seife erfüllte die Luft. »Du machst es zu dramatisch, mein Freund«, sagte sie. »Wer auch gewinnen mag, es wird immer jemanden geben, der ein Lied darauf komponiert.«

Tapios Miene hellte sich zu einem Lächeln auf. *»Tamssin und ich sstehen fürr die Irrks, auch wenn keine zwei Völkerr überr irrgendetwass derr gleichen Meinung ssind, angefangen vom bessten Wein biss zurr bessten Arrt, einen Mensschen zu küsssen.«* Er setzte sich, wobei sein Hirschlederhemd in dem seltsamen Feuer leuchtete. *»Ich sstimme zu, dasss immerr jemand ein Lied sspielen wirrd, ssolange noch ein Irrk lebt.«* Er schlug die Beine übereinander – sie waren länger als die irgendeines anderen Sterblichen. Auch seine Hose war aus Hirschleder gefertigt. *»Aberr wirr ssind nicht hierr, um überr die Launen derr Kunsst zu rreden, nicht wahrr? Einige von unss befinden ssich berreits im Krrieg mit Thorrn oderr sstehen kurrz davorr. Anderre ssind noch* *unentsschieden – einerr von euch findet garr errsst jetzt den Zweck dieserr Verrssammlung herrauss.«*

»Und was ist das für ein Zweck?«, wollte Tekkismark wissen.

*»Wirr ssind hierr, umm die Wessenheitt namenss Assch zu bessiegen, die gegenwärrtig in den Zauberrerr Thorrn eingedrrungen isst und ihn beherrsscht.«*

Der Bär knurrte und lehnte sich zurück – eine sehr menschliche Geste, vor allem als er auch noch die Tatzen hinter dem Kopf verschränkte. »Was bedeutet ›Beherrschen‹ in diesem Zusammenhang?«, fragte er mit einem Grollen, das sich wie ein gewaltiges Katzenschnurren anhörte.

Mogon beugte sich vor. »Es verstößt gegen das Gesetz, in jemanden einzudringen und ihn zu beherrschen.«

Tapio zuckte mit den Schultern. *»Ach ja?«*, zischte er. *»Sseit wann rresspektierrt Assch dass Gessetz?«*

Bill Redmede beugte sich vor, sah Nita Qwan an und bemerkte in dessen ausdruckslosem Blick das gleiche Unverständnis, das er selbst genauso empfand. Er wandte sich an Tapio. »Lord, wer ist dieser Asch? Was hat er mit Thorn zu schaffen? Was bedeutet er für mich?«

Nita Qwan nickte zustimmend. »Und von welchem Gesetz sprichst du?«, fragte er.

Tapio tauschte einen langen Blick mit Mogon aus. Geraaargkh nahm die Tatzen hinter dem Kopf hervor und richtete seine glänzenden schwarzen Augen auf die beiden Männer. »Das war ja klar, dass die Menschen das Gesetz nicht kennen.«

Mogon schüttelte ihren großen Kopf. »Warum auch? Wir sorgen dafür, dass sie nicht zu viel vom Gesetz der Wildnis erfahren, selbst wenn sie – wie die Sossag – schon seit fünfzig Generationen unter uns leben.« Sie verstummte, da richteten sich die Stacheln an ihrem Kopf auf; der ganze Kamm erhob sich mit einem lauten Knacken.

»Das Gesetz hält uns davon ab, uns in Zeiten von Hunger und Dürre gegenseitig zu vernichten. Es wurde vor langer Zeit aufgestellt, als die ersten menschlichen Zauberer damit anfingen, die Elemente auf eine Art und Weise zu manipulieren, die wir nicht vorhergesehen hatten.«

»Wie lange ist das her?«, fragte Nita Qwan.

Tapio rieb sich das blanke Kinn. *»Neuntaussend Jahrre, nach Rrechnung derr Mensschen.«* Er sah Mogon an; sie zuckte die Achseln.

»Es gab keine Zeitrechnung, bevor die Menschen kamen«, sagte Mogon. »Daher ist es sinnlos, die Zeit seither zu berechnen, nur um die Unwissenheit der Menschen zu befriedigen.«

*»Ess gab einen grroßen Krrieg, derr die ganze Errde umfassste«,* sagte Tapio sehr leise.

»Die Menschen gegen die Wildnis?«, hörte sich Redmede selbst fragen. Er legte sofort die Hand vor den Mund.

»Nein«, sagte Mogon und starrte in das Feuer. »Überhaupt nicht.«

Tapio goss sich noch etwas Wein ein. *»Alss derr Krrieg vorrbei warr, besschlosssen die Überrlebenden, dasss Perrssonen mit Macht nie wiederr besstimmte Dinge tun dürrfen.«*

Mogon blickte weiterhin ins Feuer. »Natürlich wurde all das verboten, was die Gewinner getan hatten, um den Sieg zu erringen«, sagte sie. »Besessenheit. Nekromantie. Das Feuer vom Himmel.«

Tapio fügte hinzu: *»Assch warr da. Assch isst derr grrößte derr Drrachen – und derrjenige, derr allen Rrivalen am feindlichssten gessinnt isst.«*

Mogon lachte. »Asch hat keine Rivalen, aber er betrachtet uns alle – alles, was fühlen kann – als Feinde. Denn er hat das Potenzial in jedem denkenden Wesen erkannt, zur Macht aufzusteigen. Asch will ein Gott sein. Oder vielleicht will er sogar *der* Gott sein.« Ihr Lachen klang bitter. »Mit meinen halbtausend Jahren gelte ich als alt, und ich habe genug gesehen, um zu wissen, dass der Endkampf gegen Asch schon seit sehr langer Zeit vorbereitet wird. Mein Vater glaubte …« Sie sah Tapio an.

Geraaargkh schüttelte sich und hockte sich nach vorn. »Es wurde uns versprochen!«, sagte er. »Uns wurde ein König versprochen. Ein Anführer.«

Tapios Lächeln wurde zynisch. *»Ein Messsiass – isst ess nicht dass, wass wirr errwarrten?«*

»Die halbe Wildnis glaubt, dass du es bist«, sagte Geraaargkh.

»So heißt es«, bestätigte Tekkismark. »Du bist derjenige. Derjenige, der uns vom Rad befreien und die Dinge richten wird.« Er verschränkte die Arme vor der Brust. Redmede fand, dass es genauso klang, wie wenn ein Bauer seine Sichel schärfte.

Tapio wirkte angewidert. *»Ich bin nicht euerr Messsiass. Wirr müsssen von den Wolken herrunterrkommen und die Dinge sselbsst in die Hand nehmen.«*

Mogon lehnte sich schwer zurück. Ihr großer Eichenstuhl gab ein lautes Knirschen von sich, beinahe ein Ächzen. »Es wurde uns versprochen. Von der Herrin Tar.«

Nita Qwan nickte. »Tar ist ein Name, den sogar mein Volk in Ifriqu'ya kennt. Aber wir nennen sie Tara. Die Große Wölfin.«

Mogons Kamm war beinahe ein Busch aus Stacheln, die sich zu den Deckenbalken zu recken schienen. »Tar ist keine Wölfin, Mann-der-kocht. Tar ist eine weitere der großen Schlangen. Eine Drachin.«

»Die Bären nennen sie Die Erste«, sagte Geraaargkh.

Tapio nippte an seinem Wein und sang ein sanftes Lied in einer Irk-Sprache. Es hatte einen langsamen, gleichmäßigen Rhythmus, doch die Töne waren menschlichen Ohren fremd, auch wenn sie eine Würde besaßen, von der die Melodie durchdrungen wurde.

*»Die Errsste, die überr dess Waldess Lichtung gerrannt,*
*die Errsste, die nicht von den Klingen gebannt …«*

Nota Qwan räusperte sich in der kurzen Stille, die auf das Lied des Irk folgte. »Tar ist also gut? Und Asch ist böse?«

Tapio grinste so breit, dass all seine Fangzähne zu sehen waren. *»Da drraußen tanzen viele inss Yule hinein und verrkünden derr Dunkelheit dass Licht. Und trrotz derr Leidensschaft meinerr Liebssten fürss Ssauberrmachen leben kleine Krreaturren in derr Halle – Mäusse, Rratten und ssogar einige Käferr. Wenn die Abssätze einess Tänzerrss ein ssolchess Gesschöpf töten, isst dann derr Tänzerr gut oderr bösse? Währrend ssie den Ssieg dess Lichtss verrkünden, töten ssie vielleicht ein Dutzend Mäusse und hunderrt Käferr.«*

Mogon streckte den langen, klauenbewehrten Arm aus. »Und wenn sich die Mäuse und die Käfer zusammenschließen und eine Armee gegen die Tänzer aufstellen, werden sie dann genau wissen, wogegen sie kämpfen? Und werden es die Tänzer wissen?«

Redmede kam sich dumm und begriffsstutzig vor. Er stand auf. »Was sollen wir denn tun?«, fragte er.

Tapio lachte. *»Oh, wirr werrden kämpfen, an derr Sseite derr Mäusse und derr Käferr«*, sagte er. *»Glaub bloß nicht, dasss wirr Helden ssind. Ssoweit ich weiss, isst Assch in einem Kampf mit derr Sseele dess Bössen begrriffen, und wirr werrden die winzige Ablenkung ssein, die zum endgültigen Ssieg derr Finssterrniss führrt.«*

Redmede hielt sich an der Tischplatte fest. »Wirklich?«

Tapio schüttelte den Kopf. *»Nein, Brruderr. Ich bin nurr in sschlechterr Sstimmung. Hörr mirr zu: Wesstlich dess Innerren Meerres isst alless in Bewegung gerraten. Horrden kommen – grrößer alss jede Arrmee. Aberr dass issst nurr ein kleinerr Teil desssen, wass gerrade vorrgeht. Wirr – die Mäusse und Käferr – können nurr auf dass rreagierren, wass wirr ssehen. Einige Tänzerr bewegen ssich um unss herrum – einige heben unss ssogarr auf und ssetzen unss ssanft an derr Wand ab. Anderre zerrtrreten unss, wo immerr ess ihnen möglich isst.«* Er seufzte, hob eine Braue und schaute Redmede an. *»Aberr sseid ihrr*

*Wildbuben denn nicht immerr missstrrauissch, wenn euch jemand ssagt, ihrr sstellt die Sseite dess Guten und Rrichtigen darr?«*

Redmede nickte. »Die Kirche macht es so.«

Mogon schüttelte den Kopf. »Nein, jeder macht es so. Sobald das Gespräch auf den Krieg kommt, behauptet jede Seite, die anderen seien die Dämonen.« Sie wandte sich an Tapio. »Können wir nicht an diesen Thorn herantreten und ihm einen Handel anbieten? Oder können wir nicht einfach ein Bündnis eingehen und es als Schutzschild benutzen?« Sie nickte. »Und ich stimme mit dir überein, was den Westen angeht. Jemand muss dort in alle Ameisenhaufen getreten haben.«

*»Wirr können auf dass Feuerr pisssen, wenn die Flammen an unss hochloderrn. Und wass Thorrn angeht …«* Tapio zuckte die Achseln. *»Verrmutlich wärre es einen Verrssuch werrt.«*

Geraaargkh sagte: »Es ist zu spät für uns. Er hat uns schon angegriffen. In diesem Augenblick werden die Jungen meines Volkes in den Wäldern gejagt.«

Mogon sah Tapio eindringlich an. »Das ist dein Wille.«

Er schenkte ihr ein schiefes Lächeln, voller Kummer und Wissen. *»Ich bin kein Messsiass«*, sagte er. *»Aberr ich bin ein rrecht guterr Generral. Gegen Assch in den Krrieg ziehen? Niemand wirrd unss je verrgesssen!«*

Geraaargkh knurrte: »Du und deine Lieder, ihr werdet nicht das Leben eines einzigen Bärenjungen retten und auch kein Futter für einen verhungernden Bären im Winter heranschaffen.«

Tekkismark machte wieder dieses Geräusch einer gewetzten Sichel. »Im Krieg der Mächte ist mein Volk stets das Futter. Es wäre anders, wenn wir an der Seite kämpfen, die wir uns selbst ausgesucht haben.«

Tapio schien von seinen Mokassins fasziniert zu sein. *»Ich bin mirr ssicherr, dasss dein Volk immerr glaubt, ess habe ssich sseine Sseite sselbsst aussgessucht.«*

Tekkismarks Mund öffnete sich – seitlich –, und seine tief purpurfarbene Zunge schoss kurz heraus. »Nein!«, kreischte er. »Diese Selbsttäuschung bleibt den Menschen vorbehalten. Wir hören auf niemanden – außer auf unsere Duftbotschaften.« Er schnippte mit den Chitinklauen seiner zarten Hand. »Als ich herkam, war ich gegen einen Krieg mit Thorn. Doch nachdem ich dich getroffen habe, bin ich dafür. Wenn der Frühling kommt und das Wasser sich wieder verflüssigt, wird mein Volk bereit sein.«

Geraaargkh knurrte. »Mein Volk befindet sich im Krieg, auch wenn das viele noch nicht wissen. Aber im Frühling werden wir die Adnaklippen schon verloren haben. Wo sollen wir uns halten? Und wie? Thorns Macht wächst mit jedem Tag, und er versammelt Menschen und Kreaturen aus vielen Ländern um sich.«

Tapio kratzte sich unter dem Kinn. Es war eine Geste, die mit seiner feenhaften Würde in seltsamem Widerspruch zu stehen schien. *»Thorrn – wass fürr ein Verrgnügen, sseinen Namen laut ausszusprechen –, Thorrn wirrd Krrieg gegen die Mensschen führren müsssen, wenn err die Adnaklippen erroberrn will, und die Mensschen, wie wirr alle wisssen, ssind brrillante Krrieger.«*

»Es ist das Einzige, was sie können«, sagte Tekkismark trocken.

»Sie bauen gemütliche Höhlen«, sagte Geraaargkh.

*»Wie dem auch ssei, err wirrd mehrrerre grroße Sschlachten kämpfen müsssen, um eurre Berrge einzunehmen. Wirr brrauchen unss nicht zu beeilen. Ess wirrd lange dauerrn, biss err unss errreicht hat«,* sagte Tapio. Er neigte den Kopf von der einen Seite zur anderen – das war keine menschliche Geste. *»Ein Jahrr fürr ihn, oderr vielleicht auch zwei. Und drrei – mindesstenss –, biss die Flutwelle auss dem Wesssten ihrren Höhepunkt errreicht hat und unss überssspült.«*

Mogon schüttelte den Kopf; der Kamm darauf erzitterte. »Jeder Sieg wird ihn stärker machen«, beharrte sie. »Schon jetzt hat Asch ihm etwas Abscheuliches geschickt. Wenn es heranwächst, wird er ungeheuer mächtig sein.« Sie hielt kurz inne. »Steckt Asch hinter dem Aufruhr im Westen?«

*»Ess sschmeichelt mirr, Herrzogin, dasss du mich nach Assch fragsst, alss sstünden wirr auf gleicherr Ebene. Ich habe keine Ahnung, wass Assch vorrhat. Und ich weisss auch nicht, wass im Wessten gesschieht, wo es Krräfte gibt, gegen die ich – Tarra sei Dank – nie zuvorr kämpfen musssste.«* Tapio nickte nachdenklich. *»Aberr wass ihrr überr die Mensschen und den Krrieg ssagt, isst wahrr, meine Frreunde, und vielleicht wärre ess gut fürr unss, wie die Mensschen zu kämpfen. Und wie die Wildniss. Werrdet ihrr mich alss eurren Marrsschall anerrkennen?«*

Mogon lächelte. »Wenn doch bloß mein Bruder noch lebte … aber, ja, das würde ich.«

Einer nach dem anderen nickte. Tekkismark gab ein seltsames Geräusch von sich, und ein Duft nach Mandeln überflutete die anderen.

»Das ist eine Brise der Zustimmung«, erklärte Mogon.

*»Gut«,* sagte Tapio langsam. *»Wenn Thorrn darrauf beharrrt, ssich an eine Arrmee auss Mensschen zu binden, können wirr noch immerr die Berrge gegen ihn benutzen.«*

»Wir könnten uns mit den Menschen verbünden, gegen die er kämpft«, sagte Nita Qwan.

Alle Köpfe wandten sich ihm zu.

Mogons Haupt fuhr auf und ab, und ein Geräusch wie von zwei starken Männern entstand, die gemeinsam eine Säge bedienten. Die Herzogin lachte.

»Wir könnten in den Krieg ziehen und uns mit den Menschen verbinden«, sagte sie leise. »Wir, die letzten freien Völker des Westens, könnten uns mit unseren Unterdrückern verbünden, um einen der Unseren abzuwehren.«

Tapio sah ihr tief in die Augen. *»Ja«,* sagte er. *»Ja, dass könnten wirr.«* Er legte eine Hand auf Mogon. *»Derr Ssieg im Krrieg isst fürr ge-*

*wöhnlich dass Errgebniss einess Komprromisssess auss dem, wass du willsst, und derr Nachahmung dess Verrhaltenss jenerr, die du verrabsscheusst.«*

Später konnte sich Bill Redmede nicht mehr an eine Abstimmung oder ein Handheben erinnern und auch nicht an weitere Diskussionen, sondern nur noch daran, wie Tamsin zur Tür gekommen war und einen Duft nach Pfefferminze und Zimt mitzubringen schien. Und dann waren sie alle wieder in der Halle gewesen und hatten getanzt – Menschen und Irks und Bären und Wächter und sogar ein Koboldwicht.

Alle weiblichen Wesen hatten einen Kreis in der Mitte gebildet und sich gegen den Uhrzeigersinn gedreht, wobei sie sich dann unter vielen Gesten und Drehungen zunächst nach außen zu den Männern und nach innen zu sich selbst gewandt hatten, während die Männer sie wie hungrige Wölfe umkreist hatten und in die andere Richtung getanzt waren. Redmede fand sich wieder mit Bess zusammen. Sie lächelte ihn an, und er liebte sie. Er streckte die Arme nach ihr aus, ergriff ihre Hand, und sie drückte die seine fest. Dann, als die Musik schneller wurde, rauschte sie hinfort, zuerst nach links auf Mogon zu und dann nach rechts zur Herrin Tamsin und ihrem bezaubernden Lächeln.

Die Männer verließen nun das große Rund und bildeten kleinere eigene Kreise, sodass die Frauen in der Mitte von einem Dutzend kleiner Männerkreise umgeben waren. Redmede fand sich hinter einem kleinen, dunkelhaarigen Mann wieder, den er nicht kannte und der gerade mit Tapio sprach. Die Kreise lösten sich zu einer Reihe auf, und Redmede erwischte wieder Bess' Hände, als plötzlich Tamsin hinter ihnen auflachte.

»Wie in der guten alten Zeit«, sagte sie. »Alle Barrieren liegen am Boden, und jeder kann tanzen.«

Sie lachte, und der Mann bei ihr – der kleine Mann von vorhin – lachte ebenfalls, während eine winzige Rauchfahne aus seinen Nasenlöchern aufstieg.

## Harndon · Die Königin

Manchmal kam die Rettung durch nichts anderes als durch Gewohnheit und Brauch. Die Gleichgültigkeit des Königs – anders konnte sie es nicht bezeichnen – hätte zu etwas Schlimmerem heranwachsen können, aber es war schließlich Weihnachten, und er war ein großer Ritter, ein guter König und auch ein guter Gemahl. Der Umstand, dass er nach Brauch und Gewohnheit zu Weihnachten immer ein guter Gemahl war, hielt ihn davon ab, irgendetwas Schlimmes zu tun, und so dämmerte der Tag des Festes herauf.

Die Königin hatte ein Dutzend Nachrichten an ihre Verbündeten geschickt. Da die Spannungen zwischen ihren Dienern und denen der Gallyer fast zu einem offenen Krieg geworden waren, hatte sie Sicherheitsvorkehrungen getroffen, die sie am Hof ihres Vaters im Süden gelernt hatte, und nun stand ihre Ausbildung auf dem Prüfstand. Der Tag begann mit der Messe, an der sie zusammen mit Lady Almspend, Lady Emmota und zehn weiteren Hofdamen teilnahm; sie alle waren in dunkelroten Samt und Hermelin gekleidet, die ihnen so warm wie der Geist des Feuers vorkamen.

Die Messe wurde in der großen Kathedrale von Harndon gelesen, die von sechs Generationen von Wollhändlern, Goldschmieden, Rittern und Königen erbaut worden war. Ihr Turm überragte sogar den Königspalast; das Mittelfenster mit der Darstellung des Martyriums des heiligen Thomas wurde als das schönste der ganzen Christenheit betrachtet, und wenn das erste Licht eines Wintertages durch das großartige Fenster in der Ostwand fiel, das Christi Geburt zeigte, konnte man den Eindruck gewinnen, man wohne dem tatsächlichen Ereignis unmittelbar bei.

Ein Dutzend gallysche Knappen und zwanzig weitere Albier, die den Stil der Fremden nachäfften, warteten auf dem Platz vor den Toren der Kathedrale mit Knüppeln und Kübeln voller Schneewasser. Sie lungerten um das Königinnenkreuz herum, das von der Großmutter des Königs errichtet worden war, um die Geburt seines Vaters zu feiern.

Sie glaubten, dass sie in der Menge gut versteckt waren, und eine Weile lang rief der Pöbel: »Die Königin ist eine ausländische Hure!« und andere Schmähungen.

Der Anführer der Knappen war verwirrt, als er ein Dutzend Männer auf schwarzen Pferden und in passenden Mänteln herbeireiten sah. Sie versperrten den Zugang zum Platz zwischen zwei Läden; ihre gewaltigen Pferde stießen Dunstwolken aus, als seien sie Drachen.

Er zeigte sie einem anderen Knappen.

»Zeit abzuhauen!«, rief der andere. »Die Schlampe hat Freunde!«

Aber der Zugang an der Sankt-Thomas-Straße war plötzlich mit Lehrlingen gefüllt, und jeder Mann und jeder Junge hatte eine Keule in der Hand. Sie schritten bis zum Rand des Pöbels und blieben dann diszipliniert stehen.

Der Pöbel stieß nun keine Schreie mehr gegen die Königin aus.

Eine Gruppe von Trommlern kam die Sankt-Magdalenen-Straße herunter. Mit ihren Trommeln vertrieben sie den Pöbel so schnell, wie kochendes Wasser das Eis an einem Pumpenschwengel vertreibt. Es gab nur eine Möglichkeit, wohin sich die Menschen zurückziehen konnten: Sie mussten an der Taverne *Zum Königlichen Wappen* vorbei die Drachenstraße entlang. Und diesen Weg nahmen sie auch. Oder eher nahmen ihn einige, während andere zu den Rittern vom heiligen Thomas zurückwichen und so viel Platz wie möglich zwischen sich und die lärmenden Knappen beim Kreuz brachten.

Als die Königin kam, war der Platz leer. Zweihundert Ladenjungen und Lehrlinge verneigten sich tief vor ihr, als sie an ihnen vorbeischritt, und als sie sich umdrehte und die Trommler ansah, glaubte Edmund, er müsse auf der Stelle sterben.

Aber die Königin wusste nur zu gut, dass sie den Kampf nicht gewonnen, sondern den Tag der Abrechnung nur verschoben hatte.

Der König schien sich aus der ganzen Sache gar nichts zu machen, auch wenn er nach der Messe die Zahl der Bewaffneten auf der Straße bemerkte. »Eine nette Zurschaustellung von Loyalität«, sagte er.

Die Königin vermochte nicht zu sagen, ob der Captal dadurch beunruhigt war oder nicht.

Später trafen die Sänger und Akrobaten im Palast ein, während sich die Königin und ihre Hofdamen rasch umzogen. Angeführt von der Königin, schritt jede Frau aus dem Palast, die nicht mit Kochen oder dem Decken der Weihnachtstafel beschäftigt war. Sie gingen mit einer Fackel in den Hof, wo der König und viele Edelmänner, Pagen, Diener und Schaulustige sie empfingen, und die gesamte Schar strömte im Schein der Lichter auf die Straßen. Es fiel ein wenig Schnee, und die Luft war kalt, da küsste der König seine Gemahlin ein Dutzend Mal.

»Werden wir miteinander tanzen?«, fragte er.

Die Königin lächelte. »Mylord, sofern es dein Wille ist, werden wir das am besten tun, während wir die Weihnachtslieder singen.«

Der Blick des Königs wurde von etwas anderem angezogen, das sich am Rande des Fackelkreises befand. »Als ich noch ein kleiner Junge war«, sagte er mit einer Stimme, die fern klang, »war Weihnachten ein Fest der Abenteuer. Riesen und wilde Männer kamen zu uns und einmal sogar der Feenritter persönlich, der auf einem Einhorn ritt und die Ritter meines Vaters zu einem Turnier auf dem zugefrorenen Fluss herausgefordert hat.«

»Oh!«, sagte die Königin vergnügt. »Und wie ist es ausgegangen?«

»Dieser prächtige Bastard hat doch ein Dutzend der besten Ritter meines Vaters auf den Allerwertesten befördert, und wir alle haben Wein getrunken und uns wie Unterlegene gefühlt. Aber er hat uns auch wunderschöne Geschenke mitgebracht, und dann war es so, als wäre ein Lied Wirklichkeit geworden.« Er zuckte die Schultern. »Ich habe ... ich habe in der letzten Zeit einige böse Dinge gehört.« Er sah ihr in die Augen. »Über dich. Aber ich glaube sie nicht.«

»Mylord ...«, begann sie, aber nun war es Zeit zu singen.

Sie sangen *Drei Schiffe,* und danach sangen sie ein Lied über das Töten der unschuldigen Kinder, und alles, was die Königin dabei vor ihrem inneren Auge sah, war ein Soldat, der ihr Neugeborenes abschlachtete. Dann sangen sie das *Agnus Dei* und eine mächtige Hymne, und schließlich auch noch den *Aufgang der Sonne.* Kreise zum Tanzen bildeten sich, dabei stellten die Frauen die Rehe dar, und die Männer waren die Jäger.

Sie befanden sich auf dem großen Platz unterhalb der Burg und tanzten über die Treppe, die zum Fluss hinunterführte, und auch auf dem zugefrorenen Albin, dessen Eisschicht, die inzwischen auch schon etwa sechs Fuß dick war, bis zum Frühling gewiss noch um einiges mächtiger werden würde. Palastdiener kamen auf Schlittschuhen herbeigefahren und servierten warmen Wein, und dann sangen sie auch wieder; diesmal war es *Jesus, du Licht der Welt.* Danach teilten sie sich im Fackelschein in sechs große Kreise auf.

Die Menge vermischte sich mit der Dienerschaft des Palastes; Lehrlinge tanzten mit ihren Mädchen, Ritter mit ihren Damen, und auch die Kaufleute beteiligten sich. Die Königin machte einen Knicks vor Ailwin Dunkelholz, der sie sanft herumdrehte und an einen großen Gesellen weitergab, der ein eisernes Abzeichen und den Stahlring der Waffenschmiedegilde trug.

»Wie lautet Euer Name, junger Herr?«, fragte sie.

»Tom, Euer Gnaden.« Er verneigte sich ausholend vor ihr und verschwand in der Kette.

Als sie sich für die nächste Tanzfigur einander wieder näherten, ergriff der König Besitz von ihr und führte sie am Ufer entlang. Zwei Pagen hielten ihnen die Fackeln so nahe, dass sie bereits um ihre Haare bangte, doch sie schaute auf in sein Gesicht und lächelte, und er lächelte ebenfalls auf sie herab.

»Ich wollte vorhin zum Ausdruck bringen«, sagte er, »dass wir zu Zeiten meines Vaters der Wildnis an Weihnachten viel näher waren. Es hat großen Spaß gemacht. Und es war gut für die Ritter.«

Sie reckte sich, ihre pelzbesetzten Stiefel hatten einen sicheren Halt im zerstampften Schnee, und sie küsste ihn auf die Lippen. Hunderte Leute in ihrer Nähe brachen in Jubelrufe aus und taten das Gleiche.

»Die Wildnis ist immer nahe«, sagte sie. »Wir sind ihre Kinder, nicht ihre Feinde. Du kannst die Wildnis unter den Böden des Neuen Palastes finden, und sie befindet sich auch in den Wäldern jenseits der Ersten Brücke.«

»Was du da sagst, kommt der Blasphemie sehr nahe«, meinte er.

»Nein, Mylord. Es ist eine bloße Tatsache. Spürst du die Luft? Riechst du die Fichten? Heute Nacht könntest du die Hand ausstrecken und einen Baum in den Adnaklippen berühren. Die Welt schillert und fluktuiert zur Wintersonnenwende. Alle Tore stehen offen – zumindest hat Meister Harmodius das immer gesagt.«

Der König blieb stehen und warf einen Blick nach oben. Hinter ihm hielten tausend Paare inne, nippten an ihrem Wein, küssten einander oder fragten sich, was das königliche Paar gerade tat. Aber solche Pausen im Tanz kamen nicht selten vor.

»Bei der Wahrheit Gottes«, fluchte der König. »Ich habe noch nie in meinem Leben so viele Sterne gesehen.« Da nahm er sie und drehte sie herum. »Bei Gott, Madame, warum kann ich dir nicht einfach glauben? Ich will nichts sehnlicher als einen Sohn haben.«

Sie legte seine Hand auf ihren Bauch. »Da ist dein Sohn. Spür seinen Herzschlag – spür, wie stark er für Albia schlägt.«

Er beugte sich im Fackelschein vor. »Ich kann einfach nicht glauben, dass du mich betrügen würdest.« Seine Hand lag warm auf ihrem Bauch.

Dann setzten sie sich wieder in Bewegung, und der Tanz kehrte zu einer Kreisformation zurück. Bei all dem Drehen verlor sie den König in der großen Kette, von der einige alte Harndoner sagten, dass sie die Verbundenheit aller Menschen von Albia symbolisiere.

Die Königin bewegte sich weiter und drehte sich nun in einem Kreis von lauter Frauen. Hier war Lady Emmota mit angespannter Miene, und da war Lady Silvia, ein neues Mädchen aus dem Norden, und dort ein Trio rotgesichtiger Kaufmannstöchter, die panisch kicherten, als sie die Königin bemerkten, und dann wurde sie wieder in die große Kette hineingewirbelt und von einem jungen Ritter des heiligen Thomas gepackt, der sie mit einem Ausdruck glückseligen Friedens auf seinem schweren, kantigen Gesicht anlächelte. Danach kam sie weiter hinten in der Kette an einen Mann mit dunklem Gesicht und schmutzigen Händen, der sie dennoch anstrahlte. Und daraufhin an einen sehr hübschen Mann mit einem prächtigen pelzbesetzten Mantel, der aus östlicher Seide bestand und mit Figuren bestickt war, die im Fackelschein aufblitzten. Stets befanden sich zwei Fackeln in ihrer Nähe. Trotz ihrer Begeisterung vergaß sie nicht, dass sie von zwei jungen königlichen Knappen gehalten wurden, die beide bewaffnet waren. Der junge Galahad d'Acre allein konnte mit einem Dutzend Straßenräubern oder anderem Gesindel fertigwerden. Es war nicht so, dass sie Angst gehabt hätte, aber die letzten Tage hatten ihr auf erstaunliche Weise bewusst gemacht, wie verletzlich sie in Wahrheit war. Und ebenso ihr Baby.

Die nächste Figur des Tanzes brachte sie zu einem neuen Mann – einem der Gallyer. Er gab sie weiter – ein wenig grob zwar, wie sie fand, aber sie wollte lieber keine Beleidigung darin erblicken. Und dann hörte sie einen Ruf, der von einer Stelle hinter ihrer rechten Schulter zu kommen schien. Sie streckte die Hand aus, und sie wurde ergriffen. Da war der Captal höchstpersönlich. Er drehte sie um, seine Hand hatte kaum Kontakt mit der ihren, und sein Lächeln wirkte erstarrt. Seine Augen betrachteten eine Bewegung, und sie drehte sich … es war Zeit für die Frauen, sich in ihren eigenen Kreisen zu sammeln …

Galahad lag am Boden. Sie las es aus der Veränderung des Lichtes. Er versuchte wieder auf die Beine zu kommen, wurde jedoch von jemandem geschlagen.

Der Schnee löschte seine Fackel aus.

Sie reagierte, summte tief in ihrer Brust, griff mit ihrer Macht in den Ritter – und in die Sterne – hinein und nahm sich, was sie brauchte.

Die Fackel setzte sich sofort wieder in Brand, war blendend hell.

Als Galahad seinem Angreifer die brennende Fackel in den Bauch rammte, brach der Mann in Flammen aus. Anschließend taumelte er in die Menge hinein, die sich kreischend vor ihm teilte.

Galahad sprang wieder auf die Beine, hob seine Fackel und erhellte gnadenlos die letzten Augenblicke seines Angreifers. Der Mann loderte – Fleisch und Muskeln und Fett verbrannten sehr schnell, und seine Schreie hörten auf, die geschwärzten Knochen fielen in den Schnee, zischten, dann erloschen die Flammen allmählich.

Ein köstlicher Duft nach gebratenem Schweinefleisch wogte über die Menge, und eine Frau kotzte ihr Abendessen aus.

Galahad weinte.

Die Königin blickte sich um, sah Lady Almspend in ihrer Nähe und Lady Silvia ein wenig weiter entfernt. Aber Lady Emmota war nirgendwo auszumachen.

Einer der Gallyer – es war der Graf d'Eu – packte sie. »Ich glaube, Euer Gnaden schwebt augenblicklich in Gefahr«, sagte er.

Sie machte einen Schritt zurück. Die Gallyer waren überall um sie herum.

»Zu mir, Galahad. Wo ist der junge Tancred?«, fragte sie und sprach dabei so ruhig und gelassen, wie es ihr möglich war.

»Hier, gleich hinter Euch, Euer Gnaden.« Tancreds hohe, mädchenhafte Stimme stand in einem seltsamen Widerspruch zu seinem schweren Körper und der breiten Stirn.

»Bitte erlaubt mir, Euch zum König zu eskortieren«, sagte der Graf. Er verneigte sich, und der Druck seiner Hand um die ihre erschien ihr völlig normal. Es war freundlich gemeint.

Einer der Gallyer, der d'Eus Farben trug, legte einem anderen Gallyer die Hand auf die Brust und drückte zu. Der Mann ging zu Boden.

Nun lag die Hand des Grafen so schwer wie die eines Hufschmiedes auf der ihren. Dann packte er sie unter dem Arm, als würden sie ringen. Er zerrte sie mit sich. Beinahe hätte sie den Boden unter den Füßen verloren. Mit Mühe unterdrückte sie einen Schrei.

»Euer Gnaden sind in großer Gefahr«, murmelte er ihr zu. »Meine Männer tun ihr Bestes, um die Pläne der anderen zu durchkreuzen, aber auf Eure Person ist ein Attentat geplant. Ich schwöre Euch, dass es nichts mit meinem Vetter zu tun hat. Ich wüsste es, wenn es so wäre. Kommt jetzt.« D'Eu zog sie über das Eis, und es war ihr ein Trost, dass ihre beiden Knappen dicht bei ihr blieben. Beide hatten Kurzschwerter und trugen Kettenhemden unter ihren pelzbesetzten Mänteln. Galahads Fackel brannte noch immer eher weiß als rot, und das Licht, das sie warf, erhellte die Finsternis einen Bogenschuss lang.

»Meine Damen!«, sagte sie plötzlich.

Der Graf blieb stehen und drehte sich um. »Monsieur d'Herblay!«, rief er. »Die Hofdamen der Königin!«

Am Rande des Lichtkreises verneigte sich ein Mann in einer schwarzen Robe der Geistlichkeit und wandte sich um. Dann lief er in die Finsternis zurück; ein Dutzend Männer folgten ihm.

Die Menge um sie herum verdickte sich immer mehr – wie Eis, das sich in einem Kübel bildete. Die Königin spürte, wie ihre rechte Hand taub wurde, denn der Graf presste sie sehr heftig. Sie sah, wie besorgte Gesichter vorbeihuschten – der Mann mit dem schönen Hut verneigte sich, folgte ihr, und dann sah sie den großen Jungen, Tom, und auch er lief hinter ihr her.

Sie sah, wie sich ein Dutzend Fackeln auf dem Fluss zusammenfanden, und sie wusste, dass dort der König war. Die Erleichterung, die sie darüber empfand, war so groß, dass ihre Knie zitterten.

Der König lachte mit dem Grafen der Grenzmarken und dem Stapelmeister. Er drehte sich um und reichte ihr einen Becher Wein, während eine hübsche junge Frau mit roten Haaren an seinem Ärmel zupfte.

»Hier, Majestät«, sagte er.

Die Königin nahm den Becher, dann machte die rothaarige junge Frau einen Hofknicks und wich eilig in die Menge zurück.

Der König erkannte die Anspannung in ihrer Hand und an den zusammengekniffenen Lippen des Grafen d'Eu. »Was ist los?«

Der Graf d'Eu verneigte sich. »Euer Gnaden, ich weiß es nicht genau, aber einige Männer haben Euren Knappen angegriffen, und da hatte ich Angst um die Königin.«

»Er hat das Richtige getan«, sagte die Königin. »Dessen bin ich mir sicher.«

Der König erwiderte die Verneigung des Grafen. »Dann entbiete ich Euch hiermit meinen Dank, Messire, wie immer. Wir müssen zum Tanz zurückkehren, sonst werden die Leute anfangen zu reden.«

Er fuhr dem jungen Galahad durch die Haare. »Was ist denn bloß mit dir passiert? Du bist ja … weiß wie Schnee.«

»Ich … ich habe einen Mann geschlagen.« Galahads Stimme beruhigte sich wieder. »Und er hat wie eine Fackel gebrannt.«

Der König erstarrte, einen Fuß hatte er bereits gehoben. »Wirklich?«, fragte er. »Es gibt da eine Prophezeiung … ach, das ist jetzt gleichgültig.« Er kniff die Lippen zusammen und beugte sich zu seiner Königin herunter. »Dies scheint mir eine seltsame Nacht. Ich bin froh, wenn sie vorbei ist.«

Dann waren sie schon wieder auf dem Fluss, und die Königin tanzte weiter. Die Luft wurde schwer, sodass sie kaum mehr atmen konnte. Sie glaubte, es liege an den Fackeln …

Sie drehte sich mit einem Fremden, einem kleinen Mann, der einen schwarzen Spitzbart trug. Er hatte ein strahlendes Lächeln und pechschwarze Augen.

Hinter ihm im Kreis …

# 16

## Liviapolis · Der Attentäter und Kronmir

Er saß am Rand des Klobrettes und setzte seine Waffe zusammen. Die Armbrust ließ sich in achtzehn Einzelteile zerlegen, die allesamt aus Stahl bestanden. Er bettete sie nun auf die schmutzige weiße Wolle seines Umhangs. Er konnte die Waffe spannen, indem er an einer eingebauten Schraube drehte; er konnte sie nur mit einer Hand bedienen und mithilfe eines Abzugs auf der Armbrust abdrücken. Sie war von einem Meister in Etruska hergestellt worden, und die Pfeile, die sie verschoss, hatten eine Stahlspitze. Der Bogen selbst bestand aus einer Stahlfeder, die so groß wie zwei ausgebreitete Hände war, und zusätzlich zu dieser meisterlichen Konstruktion besaß sie eine hermetische Unterstützung, die beim Drehen der Spannschraube half.

Er säuberte den leuchtenden Stahl von Wasser und Schlamm und rieb ihn mit einem feinen Walöl ein.

Als er damit fertig war, spannte er die Waffe vorsichtig, legte den Pfeil ein und sicherte die Sehne; dann verstaute er sie in dem Kesselflickerkorb auf seinem Rücken. Obwohl er bereits ein Jahr mit dieser Armbrust geübt hatte, verspürte er noch immer Angst, wenn er sie geladen und gespannt auf dem Rücken trug.

Doch sein ganzes Leben bestand ohnehin darin, mit der Angst fertigzuwerden, und so nahm er den Riegel von der Tür des Abtritts, in dem er sich versteckt hatte, zog sich schwere Wollfäustlinge über die Lederhandschuhe und rückte den Korb auf seinem Rücken zurecht.

Ihm war sehr kalt, und er wusste, dass man ihn jagen würde.

Kronmir wartete genau dort, wo er es versprochen hatte: unter dem Bogen des alten Aquädukts, gerade zu dem Zeitpunkt, als die Glocken fünf Uhr schlugen. Der Attentäter war ein wenig überrascht, als er den Jubel und das Gejohle vom Großen Platz herbeidringen hörte – so laut, dass es mindestens eine Meile weit zu hören war.

Kronmir trug einen festlichen Mantel und die lange Robe eines Kaufmanns, aber der Beerenkranz auf seinem Kopf war ein Sicherheitssignal, und der Attentäter näherte sich ihm zuversichtlich.

»Christos Anneste!«, sagte er. Dies war kein Gruß zur Weihnacht, sondern einer zu Ostern – ein letztes Signal, das zeigen sollte, dass alles in Ordnung war.

»Christos Anneste!«, wiederholte sein Kontaktmann. »Du hast dein Ziel verfehlt.«

Der Attentäter schwieg zunächst, dann sagte er: »Ich erlaube mir zu widersprechen. Ich habe aus geringer Entfernung auf ihn geschossen, und ich habe gesehen, wie der Pfeil sein Ziel gefunden hat.«

Kronmir rieb sich das Kinn. »Er nimmt gerade am Turnier teil. Er ist vor knapp einer halben Stunde erschienen und hat sich vor der Prinzessin verneigt. Ich habe aufgegeben und den Platz verlassen.«

Der Attentäter biss sich auf die Lippe. »Ich vermute, ich soll es noch einmal versuchen? Aber bisher habe ich meinen eigenen Kontaktmann und auch meinen eigenen Plan benutzt. Der nächste Versuch wird im Vergleich dazu ziemlich amateurhaft sein.« Er betastete das Amulett, das ihm Kronmir gegeben hatte. »Wirst du mich herausholen?«

»Der beste Magister des Reiches hat dieses Amulett hergestellt. Wir werden dich schon freibekommen.« Kronmir nickte. »Er muss in der Öffentlichkeit tanzen. Mit der Prinzessin.«

Der Attentäter schüttelte den Kopf. »Seine Männer sind überall. Und sie suchen nach mir. Er wird bestens geschützt sein. Die Menge gibt dir nur dann Deckung, wenn niemand nach dir sucht. Und ich besitze keine zweite Verkleidung – dieser Kesselflicker ist alles, was ich habe.« Er hustete. »Es tut mir leid. Ich will mich nicht entschuldigen, aber seit dem Angriff auf den Palast läuft bei diesem Auftrag alles schief. Schon damals hätten wir nicht versagen dürfen, und heute Abend hätte ich ebenfalls nicht versagen dürfen. Es ist ganz so, als wäre Gott gegen uns.«

Kronmir nickte. »Ich stimme dir zu. Aber für gewöhnlich halte ich das, was ich verspreche.«

»Ja, genau, wie ich.«

Die beiden Männer sahen sich an. Der Attentäter zuckte mit den Schultern. »Also gut. Wenn du mir garantierst, dass du mich herausholst, mache ich einen zweiten Versuch.«

»Unser nächstes Treffen wird in der Herberge *Zum Silbernen Hirsch* in der Katherinenstraße stattfinden. Ich habe Vorbereitungen getroffen, dich aus der Stadt herauszubringen. Vielleicht werde nicht ich es sein, der sich mit dir in der Herberge trifft. Als Zeichen nehmen wir daher einen Kranz aus goldenem Lorbeer, und das Passwort ist *Stasis.*«

Der Attentäter runzelte die Stirn. »Der Rote Ritter muss einen hermetischen Schutz genießen. Mein Pfeil hätte ihn eigentlich erledigen müssen. Hast du eine Ahnung, was es sein könnte?«

»Die meisten hermetischen Schutzmittel brauchen Zeit. Schieß aus einer noch viel geringeren Entfernung auf ihn.« Kronmir zuckte die Achseln. »Ich komme mir wie ein Student vor, der seinem Lehrer einen Vortrag hält.«

Der Attentäter schüttelte den Kopf. »Ich soll einen Mann ermorden, der mir wie ein ziemlich guter Mensch erscheint – und das ausgerechnet zu Weihnachten. Und ich habe schon einmal versagt. Darüber bin ich nicht glücklich. Das Töten von Tyrannen in Etruska hat mir besser gefallen.« Er überreichte Kronmir einen kleinen Zylinder. »Das ist für meinen Partner, falls der schlimmste aller Fälle eintreten sollte. Du bist ein gerechter Auftraggeber gewesen und hast mich während meiner Heilung die ganze Zeit geschützt. Wir werden dir immer dankbar sein, wie das hier auch ausgehen mag.«

»Das ist gut«, sagte Kronmir. »Denn wenn es schlecht ausgeht, werde ich nach Etruska ziehen müssen.« Er klopfte dem Attentäter auf die Schulter. »Geh und hol ihn dir, und morgen sieht alles schon wieder viel besser aus.«

Der Attentäter zuckte die Achseln. »Wenn es so einfach ist, warum machst du es dann nicht selbst?«

Kronmir verneigte sich. »Das ist ein guter Einwand. Wenn du aufgeben willst, werde ich nicht behaupten, du hättest unsere Abmachung gebrochen.«

Zum ersten Mal lächelte der Attentäter. »Gut gesprochen!« Er reckte sich und klopfte auf die Seite seines Korbes. »Ich kriege ihn. So fühle ich mich immer, bevor ich jemanden erwische. Manche verspüren dieses Absacken nach dem Töten, aber bei mir kommt es immer vorher. Pah, ich rede zu viel.« Er neigte den Kopf. »Gehab dich wohl, wer immer du auch sein magst.«

»Und du auch«, sagte Kronmir, drehte sich um und ging durch den Schnee davon.

## Liviapolis · Der Rote Ritter

Als der Schnee weggefegt war, begannen die Einwohner von Liviapolis zu tanzen. Sie drehten sich und sprangen, und manch schöner Knöchel wurde unter einem reich bestickten Kleidsaum entblößt. Die Frauen trugen Kapuzen, die Männer Pelzhüte, die sich ganz erheblich von denen der Albier unterschieden, und auch die Tänze waren anders – athletischer. Die Frauen sprangen in die Luft, während sie sich drehten, und landeten dann auf dem einen oder anderen Fuß. Die Männer sprangen ebenfalls, rissen die Beine so hoch, dass sie mit den Händen ihre Füße berühren konnten, und trafen doch sicher wieder auf dem Boden auf.

Hand in Hand mit seiner Kaitlin schaute Ser Michael dem allen zu. Ihr Bauch war schon sehr dick, und trotzdem wollte sie tanzen. Neben ihr befanden sich Ser Giorgios und dessen Braut. Die beiden Moreaner hatten ihnen alle Tanzfiguren beigebracht.

Es war wie in Albia – und doch wieder nicht. Michael verlor sich in einem langen Strom von Gedanken und blieb gleichzeitig ganz im Hier und Jetzt. Er beugte sich vor und küsste seine Frau.

»Ist der Hauptmann schwer verletzt?«, fragte sie.

Michael zog eine Grimasse. »Ich glaube, er ist es, obwohl er es vor uns verbirgt«, sagte er und nagte an seinem Handschuh.

»Sie kommen zur Ausgangsfigur zurück«, sagte Helena und legte die behandschuhte Hand auf Kaitlins Rücken. »Ich hoffe, dass ich mein Kind genauso gut austragen werde wie du«, flüsterte sie.

Kaitlin lachte. »Die Lanthorns sind wie geschaffen zum Kindermachen«, sagte sie.

Ihr Gemahl lachte in seinen Handschuh hinein und wandte sich ab. »In vieler Hinsicht«, flüsterte er ihr zu, und sie rammte ihm den Ellbogen in die Seite, sodass er auf das Eis fiel.

Der Rote Ritter erschien unter ihnen, während sie noch lachten. Er strahlte Kaitlin an und küsste sie auf beide Wangen. »Das Urbild der Fruchtbarkeit«, sagte er.

Sie machte einen Knicks. »Ich vermute, das war höflich gemeint«, sagte sie. »Warum tanzt Ihr nicht mit der Prinzessin? Seht nur, sie wartet auf Euch.«

Ser Michael fing den Blick des Hauptmanns auf.

»Es scheint so«, sagte er und wandte sich zur Prinzessin um.

»Er ist nicht sonderlich nett zu ihr«, sagte Kaitlin. »Dabei ist sie wie verrückt in ihn verliebt. Sieh sie dir nur an. Was glaubst du, wird er sie heiraten?«

Michael zog sie an sich. »Das glaube ich nicht, Liebste. Es gibt da einiges, das du nicht weißt. Aber ich muss zugeben, dass auch ich nicht viel Ahnung habe.«

»Er hat doch sonst niemanden«, meinte Kaitlin und lachte. »Ich bin ein schreckliches Klatschweib. Aber Wäscherinnen wissen so was halt.«

Michael führte sie die Stufen vom Damenpavillon hinunter zum Tanz. »Das ist Politik. Es ist immer mehr daran, als man ahnt. Außerdem ist sie nicht gerade verrückt vor Liebe. Sie ist weit davon entfernt.«

»Oh«, meinte Kaitlin. »Wie traurig. Ich bin nämlich verliebt – und hätte gern, dass alle anderen auch verliebt sind.«

Michael packte sie und hob sie zur ersten Figur des moreanischen Weihnachtstanzes hoch. Da stieß sie ein Quieken aus. »Du wirst dir wehtun – ich wiege unendlich viel!«

Er lächelte und küsste sie, und sie drehte sich und verlor sich im Tanz.

Der Rote Ritter wandte sich der Prinzessin zu. Sie stand inmitten ihres Hofstaates, mit der Lady Maria an ihrer Seite. Ihr Gesicht war von einer purpurfarbenen Seidenkapuze eingerahmt, die mit weißem Pelz besetzt war. Ihr Mantel war mit Hermelin besetzt, und bei diesem Stoff handelte es sich um Seidenbrokat mit Goldfäden.

Sie war ungeheuer schön. Ihre blasse Haut hob die sanfte Rötung der Wangen hervor, und ihre Augen glitzerten.

Im Fackelschein trat er auf den leeren Platz vor ihr und legte sich der Länge nach in den Schnee. Seine scharlachrote Lederkleidung wirkte wie ein Tümpel aus Blut, und der Schnee war sehr kalt. Er fragte sich, ob sie ihn töten werde, während er vor ihren Füßen lag, aber es gab keine Möglichkeit, diese Zurschaustellung seiner Loyalität vor zwanzigtausend Menschen zu umgehen.

Lady Maria erhob die Stimme. »Die Prinzessin bittet Euch aufzustehen«, sagte sie.

Die Prinzessin bedeutete ihm tatsächlich mit einer Geste, er möge sich erheben, und er gehorchte. Zuerst kniete er sich, küsste den Saum ihres Gewandes, und dann kniete er nur noch auf dem einen Bein und küsste ihre Hand.

Er hinterließ drei scharlachrote Flecken im Schnee.

Ihre rechte Hand war entblößt, sie packte die seine fest. Dann beugte sie sich zu ihm herunter. »Ich war das nicht«, zischte sie.

Ihre Versicherung beruhigte ihn keineswegs. Er mochte sie mehr, als ihm lieb war, und auch wenn er ihr nicht glaubte, so war er doch froh über ihre Worte.

Er erwiderte den Druck ihrer Hand. »*Was* seid Ihr nicht gewesen, Majestät?«, fragte er. Tief in seinem Innersten hatte er ihren offenen Hass gefürchtet, auch wenn er keinen Grund dafür hatte erkennen können.

Aber es gab keine einfachen Antworten. Toby kam herbei und staubte ihn ab, dann wurde ihm heißer Wein gereicht, den er an Toby weitergab, als er glaubte, dass ihn niemand beobachtete. Sie würden versuchen, ihn zu töten. Das öffentliche Tanzen war eine ausgezeichnete Möglichkeit, um einen weiteren Versuch zu machen. Aber er würde anwesend sein müssen.

Er blutete durch seine Bandagen hindurch, und das Blut fühlte sich auf seiner Haut kalt an.

Er wünschte, er hätte Tom Lachlan an seiner Seite.

Aber er hatte Gawin, und dessen Gegenwart wärmte ihn wie ein loderndes Feuer. Er verneigte sich abermals vor der Prinzessin und wandte sich dann an seinen Bruder. »Ist jeder an seinem Platz?«, fragte er.

»Alle sind bereit«, antwortete Gawin. »Meister Mortimir hält sich ebenfalls bereit.«

Er war sich Harmodius' Abwesenheit bewusst, wie man sich des Fehlens eines schmerzenden Zahns bewusst ist, und er besuchte immer wieder seinen Palast der Erinnerung und sah sich um, als erwarte er einen Eindringling. Und er vergaß auch nicht, dass er etwas unternehmen musste, falls Harmodius in den jungen Mortimir gefahren sein sollte.

Er setzte den Kommandoposten fest – den unsichtbaren Ort, von dem die Ereignisse dieser Nacht gesteuert wurden. Mortimir schien leicht vornübergeneigt zu sein und zeigte jetzt ein zynisches Lächeln. Der Rote Ritter erkannte ihn sofort.

*Ich bin so schwach, dass ich froh bin, ihn los zu sein, koste es, was es wolle,* dachte er und warf einen zweiten Blick auf den jungen Mortimir, der bei einem Dutzend anderer Studenten aus der Akademie und bei Langpfote stand, der da draußen in der Dunkelheit sein eigenes Kontingent bereithielt und seine eigenen Befehle hinsichtlich Mortimirs hatte, falls die Sache aus dem Ruder laufen sollte.

Er wich von der Prinzessin zurück und bemerkte, dass sich seine Männer von ihren Dienern fernhielten – und der Riss zwischen ihnen zeigte sich deutlich. Ser Alcaeus stand zwischen seiner Mutter und Ser Gawin wie ein zerbrechliches Glied in einer beschädigten Kette.

»Gawin, bitte sorge dafür, dass jeder unserer Männer einen der ihren auswählt und in seiner Nähe bleibt. Das ist mir sehr wichtig.« Er nickte. »Der Feind darf nicht einmal den Schimmer einer Ahnung haben. Er muss glauben, dass der Anschlag völlig misslungen ist. Oder besser noch: dass sie sich von ihnen abgewendet hat.«

Auf Gawins Gesicht war eine dunkle Wut zu erkennen, aber er nickte zustimmend und schenkte Lady Maria ein schmallippiges Lächeln. Bevor er von der Seite seines Bruders wich, sagte er noch: »Weißt du, das alles ist die Strafe dafür, dass ich den Hof von Harndon so geliebt habe. Dies hier ist das höfische Leben in seiner ganzen Macht und Gewalt.«

Der Rote Ritter zuckte die Achseln. »Vertraue auf Alcaeus«, sagte er, wich einen weiteren Schritt zu seinen Männern und Frauen hin zurück und ging dann mit weit ausholenden Schritten genau dorthin, wo Mortimir im Schnee stand und Becher mit heißem Hippokras an die Feiernden verteilte.

Auf dem jungen Gesicht lag ein Ausdruck der Verschlagenheit. »Ihr blutet, Mylord?« Er zog eine Grimasse. »Wisst Ihr, es ist Sonnenwende. Kein hermetisches Wirken verhält sich so, wie man es erwartet.«

Der Rote Ritter beugte sich zu ihm vor. »Das ist gegen das Gesetz, Harmodius. Und du kennst das Gesetz.«

Mortimir zuckte die Achseln. »Ich biege die Regeln ein wenig, aber ich breche sie nicht. Meister Mortimir hat es in der Hand. Er kann mich entfernen, wann immer er will. Du blutest. Hier.«

Er machte ein Zeichen und sprach ein Wort. Da spürte der Rote Ritter plötzlich, wie sich seine Wunden schlossen. Wieder einmal.

Langpfote beugte sich über das Feuer. »Irgendwelche Befehle, Mylord?«

Der Rote Ritter zuckte die Achseln. »Er ist irgendwo da draußen. Gebt euer Bestes.«

Michael und Kaitlin wirbelten im Tanz an ihm vorbei. Er wandte sich wieder an die Prinzessin und verneigte sich vor ihr. »Euer Majestät, wäre es passend, wenn wir uns diesen Feiernden anschlössen? Wenn dem so wäre, würdet Ihr mir dann die Ehre geben, auch wenn ich Eurer unwürdig bin?«

Sie nickte. »Wir wollen tanzen. Sind wir etwa nicht dafür geschaffen?«

Er ergriff ihre Hand, und sie waren verschwunden.

Die Moreaner erachteten ihre Herrscher als geheiligt; sie waren fast so etwas wie die Heiligen und wie Gott selbst. Zuerst war ein deutliches Widerstreben zu spüren, die Hand der Prinzessin beim Tanz zu ergreifen, aber die Angst davor, den gewaltigen Kreis zu brechen – ein Kreis aus zehntausend Paaren erfüllte nämlich den Großen Platz –, war am Ende stärker als die Ehrfurcht. Und nach einigem Sträuben setzte sich Graf Dunkelhaar an die linke Seite der Prinzessin und schien finster entschlossen, ihre Hand gegen alle anderen zu verteidigen, welche Tanzfigur auch kommen mochte.

Sie kreisten viel länger, als es bei den Albiern üblich war, und dann sangen sie eine Hymne. Eine Gruppe von Mönchen und eine andere, die aus Nonnen bestand, kam aus der Kathedrale, während der Duft von Weihrauch den Platz erfüllte, als hundert Fässchen den heiligen Rauch in die stille, kalte Luft wirbelten. Die erste Hymne drang aus fünfzehntausend Stimmen, und sogar die alten Statuen schienen das Loblied auf den Schöpfer mitzusingen.

Dann wurde der Tanz fortgesetzt. Schneetreiben setzte ein – der pulverfeine Schnee fiel so heftig, dass es ihm die Brauen verklebte, und er musste lachen, weil es so wunderschön war. Die Nonnen und Mönche begannen mit einem Wechselgesang. Einige Trommler zu Pferd schlugen ihre Instrumente, und eine einzelne Frauenstimme erhob sich in einem polyphonen Diskant über die Gesänge der Mönche und Nonnen wie eine Personifikation der Ekstase.

Die Prinzessin packte seine Hand fester. Und dann war sie im Schnee verschwunden, als die Frauen einen inneren Kreis bildeten. Die meisten anderen Frauen waren so schlicht wie Nonnen gekleidet, dass die Prinzessin wie ein Stern an einem dunklen Firmament zu strahlen schien.

Er fragte sich, ob sie wirklich die Anweisung zu seiner Ermordung gegeben hatte. Gelfred hatte vor zwei Tagen die Botschaft aus Lonika abgefangen, die darauf hindeutete. Aber die Netzwerke der Spione waren so weit gewebt, dass der Befehl durchaus irgendwo im Palast seinen Ursprung hätte haben können. Auf alle Fälle hatte er nun den Beweis, dass die Prinzessin durch kaiserliche Boten regelmäßig mit Andronicus kommunizierte.

Er hatte genug Zeit, darüber nachzudenken, als der große äußere Kreis der Männer sich um den kleineren inneren der Frauen schmiegte.

Die Hymnen wurden weiter gesungen, und als er die Worte erkannte, sang er auch mit – er sang und sang, trotz der Wunde in seiner Seite und dem Blut, das noch immer austrat. Aber er war wütend.

*Wenn ich das hier überlebe ...*

*Wenn ich das hier überlebe, muss ich mich um Andronicus kümmern, dessen Armee dreimal so groß ist wie meine. Und dann muss ich für Michaels Vater und für die Königin alles tun, was in meiner Macht steht, während ich gleichzeitig den Norden vor Thorn schützen und mich möglicherweise auch um Harmodius kümmern muss. Falls er sich gegen uns wenden sollte.*

*Bei Gott – wenn es einen Gott gibt –, ich habe so viele Fehler gemacht, dass ich den Faden meines Plans allmählich verliere. Falls ich überhaupt je einen Plan hatte. Es ist eher wie das Zureiten eines wilden Pferdes als wie die Durchführung eines sorgfältig geplanten Feldzuges.*

*Ich bin ein Narr. Aber was für ein Ritt!*

Der Mann zu seiner Rechten durchbrach seine Gedanken. Seine Stimme klang seltsam vertraut und war glockenhell. »Glaubst du an das Schicksal, Gabriel?«, fragte er.

Der Herzog riss den Kopf herum. Er erkannte Meister Smythe sofort und grinste. »Haben wir dieses Gespräch nicht schon einmal geführt?«, fragte er.

»Und wir werden es erneut führen«, versprach Meister Smythe. »Mir gefällt die Art, wie die Menschen die Zeit sehen.«

»Das ist eine größere Hilfe, als ich sie je erwartet hätte«, sagte der Herzog. »Die Nahrungsmittel und die Logistika.«

»Um die leichte Ablenkung eines gewissen Armbrustpfeils erst gar nicht zu erwähnen. Daraus kannst du schließen, dass alles schlimmer ist, als du es dir vorgestellt hast.« Meister Smythe neigte freundlich den Kopf und schenkte einer der Frauen aus dem inneren Kreis ein bezauberndes Lächeln.

Der Herzog zuckte zusammen. »Und da habe ich geglaubt, dass ich auf einem guten Weg bin«, sagte er mit einem gewissen Sarkasmus.

Sein Gefährte wandte den Kopf. »Das bist du auch, aber unser Feind ist trotz seiner Anmaßung und seines Stolzes äußerst geschickt. Bist du bereit, zum König von Albia zu werden?«, fragte er.

»Nein«, antwortete der Herzog. »Eigentlich hatte ich geplant, mich hier in der Gegend niederzulassen und von Albia fernzubleiben. Für immer.« Er zuckte die Schultern und tanzte einige Schritte, dann wandte er sich wieder dem Drachen zu, während er zum Takt der Musik nickte. »Aber das wusstet Ihr sicherlich schon.«

»Und doch willst du alles umstoßen, um Michaels Vater und die Königin zu retten?«, fragte Smythe.

Die Miene des Herzogs erstarrte. »Ja.«

»Auch wenn das möglicherweise bedeutet, dass du mit deinem Vater die Schwerter kreuzen musst?«

Der Herzog tanzte noch ein paar Schritte. »Ist es nicht ermüdend für Euch, Fragen zu stellen, deren Antworten Ihr bereits kennt?«

Meister Smythes Tanz war ein wenig zu anmutig. Aber er nickte. »Der freie Wille übertrumpft das Vorherwissen.«

Als die Mönche und Nonnen gemeinsam zu einer Hymne ansetzten, lächelte der Herzog. »Ich glaube, das ist die beste Nachricht, die ich seit Langem erhalten habe. Ich hoffe, es entspricht der Wahrheit.«

»Das hoffe ich auch«, sagte der Drache. »Andronicus muss gehen, bevor sich Thorn mit Aeskepiles verbindet.«

»Das sehe ich genauso«, sagte der Herzog.

Der Tanz wurde schneller. »Wusstest du, dass dieser Tanz zur Winter- und Sommersonnenwende überall dort aufgeführt wird, wo gute Menschen und Irks und andere Kreaturen leben? Was immer sie glauben und welchem Gott auch immer sie huldigen mögen – dies ist die Nacht, in der die Mauern fallen und schlichtweg alles geschehen kann.«

»Das hat auch meine Mutter immer gesagt«, murmelte der Herzog.

»Wusstest du, dass es eine unendliche Anzahl von Sphären gibt? Diese hier ist lediglich eine davon«, sagte Meister Smythe.

»Ich versuche, nicht darüber nachzudenken«, sagte der Herzog.

»Ich werde dich in wenigen Augenblicken wieder verlassen. Aber vorher muss ich noch eines wissen. Hast du von dem Turnier der Königin gehört?«

Der Rote Ritter nickte. »Ja«, sagte er für den Fall, dass das gottgleiche Geschöpf in der fackelerhellten Finsternis seine Kopfbewegung nicht gesehen hatte. Links von ihm leuchtete die Prinzessin wie eine goldene Sonne der Pracht.

»Es ist ein Knotenpunkt. Dort laufen so viele Linien zusammen, dass ich nicht darüber hinaus und auch nicht die unmittelbare Umgebung sehen kann. Thorn und sein Meister haben ihre eigenen Pläne, und es ist mir nicht möglich, sie zu erkennen.« Meister Smythe hielt im Tanzen inne. »Da haben wir es«, sagte er mit einer Zufriedenheit, die ganz untypisch für ihn war. »Zeit und Raum. Unentdeckt. Mein Sonnenwendgeschenk an dich.«

»Könnt Ihr mir verraten, ob dieses Turnier mit meinem Tod enden wird?«, fragte der Herzog.

Der Drache hielt einen Augenblick lang inne. »Vielleicht«, sagte er. »Und ich würde das bedauern. Aber schon wenn ich dir das sagte, wäre dies eine Grenzüberschreitung.« Meister Smythe zuckte die Achseln. »Um ehrlich zu sein, die Gegenwart deines Attentäters war mir entgangen, bis er zugeschlagen hat. Übrigens ist er jetzt ganz hier in der Nähe, und es ist mir nicht erlaubt, etwas dagegen zu unternehmen. Aber ich glaube, du verstehst das sehr gut.«

Der Rote Ritter nickte. »Ich bin in diese Welt hineingeboren worden«, gab er mit unverhohlener Bitterkeit zurück.

»Ich weiß«, sagte der Wyrm von Erch und spreizte die Finger. »Es ist so lange her, seit ich zum letzten Mal aktiv an den Angelegenheiten der Menschen teilgenommen habe«, berichtete er wehmütig. »Was ist, wenn ich danach süchtig werde?«

»Ach, geht doch«, sagte der Rote Ritter – aber er sagte es sehr, sehr leise.

Der Ring der Männer näherte sich dem der Frauen, und ein weiterer Schneeschauer ging nieder. Überall um ihn herum tanzten die Flocken, und so schien er trotz der Hände rechts und links von ihm plötzlich ganz allein zu sein. Auch dämpfte der Schnee alle Geräusche.

Er streckte die Hand nach der Prinzessin aus und spürte eine warme Hand in der seinen. Aber zu seinem völligen Entsetzen – und dabei war er ein Mensch, der gar nicht leicht zu überraschen war – hatte er die Hand der Königin ergriffen.

Sie hielt inne und hob die Hand. »Ihr!«, sagte sie.

Sie drehten sich, als die Musik – die Polyphonie verschiedenster Musiken – um sie herum wieder anhob, und der Schnee fiel noch heftiger. Ihre Hand war leicht wie Luft. Offensichtlich war sie schwanger, und doch tanzte sie mit geradezu engelhafter Anmut. Er lächelte, und sie lächelte ebenfalls.

»Seid Ihr hergekommen, um Euch mit meinem Gemahl zu treffen?«, fragte sie.

»Nein«, antwortete er und tanzte weiter, ließ sie dann los und warf ihr über die Schulter einen Blick zu. Sie lächelte ihn heiter an.

Er drehte den Kopf, hob die Hand nach dem nächsten Tanzpartner – es war Amicia. Er war einen Takt zu spät, und sie biss sich verärgert auf die Lippe, verloren in der Musik – eine Nonne, die das Tanzen liebte!

Ihre Blicke trafen sich. Amicias Augen wurden größer, und schließlich hielt sie den Atem an.

Der Ring an ihrem Finger glitzerte.

»Ihr seid verwundet«, sagte sie. »Seid Ihr es, der schon den ganzen Tag die Kraft aus mir zieht?« Sie lächelte ihn an wie die aufgehende Sommersonne, und er wurde von einem Gefühl der Wärme durchspült.

Ihm fiel keine Erwiderung ein, und so drehte er sich einfach, wobei er ihre Hand umfasst hielt. Sie trug einen schlichten braunen Mantel mit einem blauen Kleid darunter, und an ihrer Schulter befand sich der achtzackige Stern ihres Ordens.

»Oh!«, sagte sie voller Freude. »Mein Taschentuch!«

Er öffnete den Mund, doch sie war schon in den Schnee hinein getanzt.

Sein dritter Tanzpartner war seine Mutter.

Sie ergriff seine Hand und machte einen anmutigen, gleitenden Schritt. »Heute Nacht sind die Mauern wirklich eingestürzt«, sagte sie.

Er gab ein Grunzen von sich und schaute sich über die Schulter.

Sie lachte. »Ich hege keinen Zweifel daran, dass du sie am Ende bekommen wirst«, sagte sie. »Was für ein prächtiges Bild du abgibst –

der wahre Herr dieser Welt.« Sie machte einen weiteren Tanzschritt und lachte. »Du bist alles, was ich je für dich erhofft habe, Gabriel.«

Nachdem sie ihn mit dem Rasiermesser ihrer Worte zerschnitten hatte, trat sie in den Schnee hinaus.

Er wäre zusammengesackt, wenn nicht Amicias Berührung noch auf seiner Hand gebrannt hätte. Er machte drei weitere Schritte – und zwar auf die Art, die einen geübten Schwertkämpfer auf den Beinen hält, nachdem er verletzt worden ist.

Eine weitere Königin ergriff seine Hand – aber keine, die er kannte. Es war eine schlanke Gestalt in Weiß, deren Gewänder mit goldenen und roten Beeren bestickt waren. Ihr helles Haar war auf dem Kopf zu einem Turm gesteckt – eine Schneekönigin.

»Ihr müsst der Rote Ritter sein«, sagte sie. »Ah! Wir haben es geschafft. Alle Ketten sind in dieser Nacht miteinander verbunden.« Sie lächelte ihn an und wirbelte im Schneegestöber herum – doppelt so schnell wie die Musik. »Möge das Licht über die Finsternis triumphieren«, sagte Tamsin und wandte sich ab. »Dies möge der Dolch in seinem schwarzen Herzen sein.«

Er tanzte von ihr fort und fragte sich furchtsam, wer als Nächstes aus dem Schnee treten mochte. Doch die Hand, die nun die seine packte, war ihm vertraut, und er stellte fest, dass er sich nun mit Pampe drehte. Sie grinste. »Überrascht?«, fragte sie. »Ich weiß nie, in welchen Kreis ich eigentlich gehöre …« Als sie sprach, verwandelte sich ihr Gesicht, und sie trat an ihm vorbei und warf ihn auf den Boden, als befänden sie sich in einem Ringkampf. Alles geschah im Takt der Musik, und überrascht fiel er schwer zu Boden.

Der Attentäter war über den Schnee verärgert – und doppelt verärgert über die Wachsamkeit der Soldaten, die sich überall in der Menge befanden. Nach zwei Versuchen, die ihn nicht nahe genug an sein Ziel herangebracht hatten, wusste er, dass die einzige Möglichkeit darin bestand, unmittelbar auf ihn zuzuhalten. Die Hymne verriet ihm, wo die Tänzer sein mussten. Nach wenigen Takten würden die Männer ihre fünften weiblichen Tanzpartner verlassen und in den äußeren Kreis der Männer zurückkehren.

Wenn er es schaffte, sich bis zu der nicht tanzenden Menge durchzuarbeiten, konnte er von Glück reden – aber dann wäre sein Ziel nur noch eine Armeslänge oder weniger weit von ihm entfernt. Er hielt inne, zählte die Takte und drängte sich an einer Gruppe von Frauen vorbei, die wie ein Maulwurfshügel im schmutzigen Schnee wirkten.

Doch sein Korb und seine Bewegungen zogen die Aufmerksamkeit einiger Söldner auf sich. Er sah, wie sich die Bogenschützen bewegten – wie sich das Glitzern auf ihren Helmen veränderte.

Wenn er nun beidrehte, würde er keine nächste Gelegenheit mehr bekommen.

Er kämpfte sich weiter voran.

Langpfote sah den Mann mit dem Korb zur gleichen Zeit wie Ser Gawin, und die beiden stürzten sich wie Kampfhunde in die Menge. Ser Gawin ließ Lady Maria allein zurück und durchbrach den Kreis, während Langpfote einen Bogenschuss weit entfernt größere Schwierigkeiten hatte, sich durch ein Gedränge von tausend Menschen zu quetschen.

Ein Krachen und Zischen ertönte, und der verschneite Himmel wurde von einem Lichtblitz erhellt. Ein prächtiges Farbenspiel folgte, das wie ein Nordlicht wirkte.

Morgan Mortimir packte sich an den Kopf, als hätte er einen Schlag abbekommen. Dann drehte er sich nach kurzer Orientierungslosigkeit auf dem Absatz um und rannte auf den Megas Ducas zu, der gerade mit Ser Alison tanzte.

Das Krachen des Donners erschreckte die Menschen, und sie wichen zur Seite. Aber dadurch öffneten sie dem Attentäter eine Gasse, der sie auch sofort entlangschritt, als wäre sie schon vor unvordenklichen Zeiten und nur für ihn geschaffen worden.

Aber es war *zu* leicht, und er war auch zu früh – der Megas Ducas tanzte noch mit einer Frau durch den Schnee, keine fünfzehn Schritte von ihm entfernt.

Der Attentäter schlug alle Vorsicht in den Wind, durchbrach den Kordon, der sich um die Tänzer gebildet hatte, und rannte auf den Herzog zu.

Die Frau, mit der er tanzte, bemerkte ihn und schien zu nicken. Sie drehte ihren Partner um, während der Attentäter den Fäustling seiner rechten Hand abstreifte und sie nach hinten zum Griff seiner Armbrust ausstreckte. Dann rannte er weiter auf den Herzog zu.

Im Takt mit der Musik stellte die Frau einen Fuß hinter den Herzog.

Der Attentäter war nur noch drei Schritte entfernt, und nun war es für alle zu spät. Er hob seine Armbrust, und dann …

Die Frau warf den Herzog zu Boden.

Ein großer Feuerstrahl traf das Amulett des Attentäters, und er geriet ins Taumeln.

Er wirbelte herum und schoss auf seinen Angreifer. Der Pfeil flog glatt durch die hermetische Verteidigung des jungen Mannes und riss ihn von den Beinen.

Die Frau zog ein Kurzschwert unter ihren Röcken hervor und hieb auf ihn ein.

Er fing den Schlag mit der Panzerplatte, die sich unter seinem Bauernhemd befand, ab und packte sie. Er erwartete einen leichten Sieg, stattdessen erhielt er jedoch ein Knie in die Lenden, und sein Ellbogen wurde umgedreht. Doch er trug eine Rüstung unter seiner Kleidung, und die Frau wurde durch ihre Röcke behindert. Nach etlichen Schlägen gelang es ihm, sie gegen das Knie zu treten. Nun kamen ihr aber die Röcke zu Hilfe und milderten den Tritt ab.

Dennoch fiel sie zu Boden.

Er traf sie mit dem Schaft seiner nicht mehr geladenen Armbrust am Kopf und rannte davon.

Dabei kam er an der Prinzessin vorbei, die ihn mit offenem Mund anstarrte, und dann befand er sich bereits zwischen den Statuen in der Mitte des Platzes.

Er zog sich den Bauernkittel über den Kopf. Darunter trug er die Rüstung und den scharlachroten Waffenrock eines Söldner-Bogenschützen samt Schwert und Schild. Er rannte los, schlug einen rechtwinkligen Haken, rannte noch schneller, geradewegs in südlicher Richtung, brach durch einen Haufen von Bauersfrauen und verschwand schließlich in der Menge.

Langpfote wurde nur so lange zum Narren gehalten, bis er den Bauernkittel am Boden sah. Er schnalzte mit der Zunge und folgte den Spuren durch den frischen Schnee. Es war gar nicht nötig, dass ihm die Bauersfrauen sagten, in welche Richtung der Mann gelaufen war. Er blieb kurz stehen und suchte die Menge mit seinen Blicken ab. Im flackernden Kerzenschein bemerkte er den Helm und folgte ihm – dem einzigen Helm, der sich vom Kreis der Tänzer *wegbewegte*.

Donner grollte über ihnen wie Gelächter.

## Harndon · Die Königin

Draußen in der Dunkelheit schrie eine Frau.

Die Königin hatte den König bei der Hand gepackt und erstarrte. Ihre Gedanken wirbelten umher. Einen Augenblick lang hatte sie mit dem Roten Ritter getanzt, dann mit einem Mann, der wie ein Feenprinz gewirkt hatte, und nun musste sie sich wieder fangen.

Emmota fehlte.

Der König verließ ihre Seite, und ein Dutzend Ritter folgten ihm. Sie liefen auf die schreiende Frau zu, und der Kreis wurde gebrochen, als die Schreie durch die Musik drangen.

Die Macht des Kreises zerstob wie Eis, das auf einem Teich im Frühling dahinschmilzt. Die Königin streckte die Hand aus …

Eine Frau in Grün und Gold ergriff ihre Hand und spuckte aus. Sie fühlte sich, als wäre sie in den Bauch getreten worden, und fiel auf die Knie.

Die ältere Frau warf noch einen Blick über die Schulter und verschwand. Ihre Stelle nahm die junge Nonne ein, die sie auf dem Schlachtfeld bei Lissen Carak geheilt hatte. Die Königin hob den Kopf.

Eine Frau in Weiß beugte sich über sie beide. »Wir dürfen es nicht zulassen, dass der Kreis so frühzeitig aufgelöst wird«, sagte sie. Vielleicht teilte sie auch nur stumm ihre Gedanken mit. Alles geschah so schnell, dass die Königin plötzlich mit Lady Silvias Hand in ihrer Rechten und Lady Almspends in ihrer Linken dastand, und alle drei bildeten einen winzigen Kreis und drehten sich – und die Sänger stimmten wieder das *Gloria* an.

Einen Bogenschuss entfernt fand der König Lady Emmota tot in einer Blutlache, die den Schnee um sie herum schwarz erscheinen ließ. Ihre Kehle war von der einen Seite zur anderen aufgeschlitzt worden, so wie man ein Wild schächtete oder in den alten Zeiten ein Opfer dargebracht hatte. Und dann war ihr der Dolch in den Leib gerammt worden.

Auf dem Dolch befand sich das Wappen des Grafen d'Eu.

»Warum tanzt die Königin noch?«, fragte der König wütend.

Der Herzog sprang wieder auf die Beine und streckte eine Hand nach Pampe aus, die gerade kühlenden Schnee auf ihr entblößtes Knie rieb – zum Vergnügen etlicher Männer.

Er blickte sich um. Die Musik hatte nicht nachgelassen, aber die Tänzer wurden allmählich langsamer. Einige der Frauen hatten sogar zu tanzen aufgehört und sammelten sich nun Schutz suchend.

Eine Frauenstimme an seiner Schulter sagte: »Wir dürfen es nicht zulassen, dass der Kreis so frühzeitig aufgelöst wird.« Als er sich umdrehte, war da nur die Spur eines Duftes nach Pfefferminze in der Luft. Aber er verstand das Prinzip und ergriff Pampes Hand. »Tanze!«, rief er. »Schließ den Kreis und tanze!«

Der Gehorsam ist eine Angewohnheit, die nur schwer abzulegen ist. Pampe beachtete den Schmerz in ihrem Knie nicht weiter, ergriff die Hände der überraschten Prinzessin und drehte sie herum. Lady Maria gesellte sich zu ihnen, und im nächsten Augenblick bildeten die Frauen den inneren Kreis neu.

Gawin kam schlitternd zum Stillstand, und der Herzog schob ihn in den Kreis der Männer. »Tanzt!«, befahl er. »Jemand versucht, einen gewaltigen Zauber zu wirken. Das Brechen des Tanzes gehört dazu. Tanzt, verdammt!«

Sobald sie fort waren, fiel er neben Mortimir, der am Boden lag, auf das Knie. Dieser schlug aus, seine Füße trommelten auf den festgetretenen Schnee, sein Blut war so schwarz wie Pech.

Der Herzog legte die Hände auf Mortimirs Schultern.

*Na los, Harmodius,* sagte er.

Und der alte Magister war da. *Er griff in den Äther, und seine Hand packte die des Roten Ritters. Der Rote Ritter streckte sich und wurde einen Schritt näher an die offene Tür herangeführt – an eine Tür, die sich in die schwärzeste Nacht zu öffnen schien, von keinem Stern erhellt. Ein Hauch von Kälte – von ultimativer Kälte – traf ihn von der offenen Tür her.*

*Der Rote Ritter hielt stand und beugte sich nach vorn, zum schwarzen Äther hin, und legte seine Fingerspitzen auf die des dünnen jungen Mannes im blauen Samt …*

*Es ertönte der Lärm eines Kampfes auf Leben und Tod …*

*… und die Melodie eines Weihnachtsliedes*

*der Schrei einer Frau*

*ein Schiff, das auf einem windumtosten Meer herumgeworfen wird*

*ein alter Mann mit langem Bart, der unter einer Decke liegt*

*Harmodius schoss durch die Tür, als wäre er von einer ungeheuren Kraft nach drinnen geschleudert worden, und hinter ihm wurde die Tür zugeschlagen. Harmodius lag einen Augenblick lang auf den Bodenfliesen im Palast des Roten Ritters und schüttelte den Kopf.*

*Was zum Teufel war das denn?, murmelte er.*

*Gabriel war schon wieder in Bewegung. Er deutete auf Mortimir, der in der realen Welt am Rande des Todes lag.*

*Können wir ihn retten?*

*Absolut. Dieser Bastard glaubt, er kann mich so leicht umbringen …*

*Ich glaube, ich war das Ziel.*

*Glaube, was du willst, Junge. Heiliger Jesus, das war knapp. Gibst du mir …?*

Gabriel gab ihm seinen Vorrat an *Ops*, wieder einmal.

*Nimm dies, du Bastard,* sagte Harmodius, öffnete eine Verbindung und wirkte seinen Zauber. Die Sigille des Palastes blitzten wie die Lichter einer fernen Stadt auf, als er in einem Atemzug *fünf* verschiedene Zauber aussandte.

Das Blut verschwand aus dem Schnee, und er war wieder weiß.

Mortimirs Augen öffneten sich.

Der Armbrustpfeil, der in seinem Rücken steckte, zerfloss wie schmelzendes Eis.

Und etwas platzte im Himmel über ihnen wie ein Feuerwerk – tausend winzige Sterne erhellten die Umgebung einen Augenblick lang, und dann kehrte die Dunkelheit zurück.

*Oh, oh,* murmelte Harmodius. *Gerade habe ich einem Gott in die Eier getreten.*

Thorn beobachtete, wie sich die Nacht gleich einem Theaterstück entfaltete. Die Sonnenwenden waren stets eine schreckliche Zeit für jede ernsthafte Arbeit. Weder die reale noch die ätherische Welt waren in ihren eigenen Sphären fest gefügt, und der einfachste Zauber konnte misslingen.

Sein eigenes Zaubergewebe hing schlaff herab. Er befürchtete, die Sonnenwendstürme im Äther könnten ihm Schaden zufügen, ohne dass er auch nur die einfachste magische Handlung versuchte. Und so stand er im Schnee, dunkel und still, und dachte nach.

Während er still war, waren andere aber sehr laut. Er brauchte keine Spione, um sie zu sehen. Die Macht ihrer Bemühungen war so groß und das Verströmen von *Ops* war so gewaltig, dass er es von seiner Kraftquelle im Norden spürte, wo ihm Schneeschauer auf die Arme fielen, als ob er wirklich eine alte Eiche wäre.

Bei jedem Pulsieren der Macht aus dem Süden brannte und zirpte das Ei an seiner Seite.

*Etwas Grobes will geboren werden.*

Das war der Teil eines alten Gedichtes oder einer Prophezeiung.

Im Westen befand sich ein ungebrochener Kreis, und eine mächtige Macht strahlte in den Himmel ab wie ein Ring aus weißem Feuer. Andere Ringe aus ähnlicher Macht erhoben sich an vielen Orten in die Luft – sie kamen von den einfachen Hütten der Draußener und von den Höfen der Könige und Emire und Khans.

Aber zwei waren brüchig und fielen im Äther langsam auseinander. Und etwas zerrte an ihnen.

Thorn beobachtete es interessiert, wie ein Jäger einen anderen Jäger beobachtet, der hinter seiner Beute herschleicht.

Und dann festigten sie sich wieder – beide gleichzeitig, als tanzten sie einen eigenen Tanz miteinander. Das weiße Feuer erstarb zu einem Funken, dann sprang es wieder auf, und die Ringe flammten – im Osten ereignete sich ein Ausbruch von Macht.

*Ah,* dachte Thorn, und das Wesen, das ihn beherrschte, sagte: *Harmodius lebt noch. Und er ist stärker geworden. Er wird einen perfekten Verbündeten abgeben.*

Thorn erbebte vor Überraschung. *»Warum?«,* fragte er. *»Und wer bist du eigentlich?«*

*»Jedes Wesen, das genügend Macht erwirbt, hört auf, einer der Ihren zu sein«,* sagte Asch. *»Und wird einer von uns.«* Die Stimme grollte erbarmungslos weiter. *»Du hast deine Wahl getroffen. Ich habe meine Wahl getroffen. Und nun hat auch Harmodius seine Wahl getroffen.«*

Thorn erschauerte. Und er fragte sich – nicht zum ersten Mal –, welche Wahl er eigentlich getroffen hatte.

*»Ich bin Asch«,* flüsterte die Stimme.

Thorn – der früher einmal Richard Plangere gewesen war – kannte diesen Namen nur allzu gut. *»Du bist die Schlange des Satans«,* sagte er.

Aber Asch erwiderte: *»Ich stehe in keiner Beziehung zu irgendwem oder irgendetwas, Sterblicher. Ich* bin *einfach nur.«*

## Liviapolis · Der Attentäter, Langpfote, Kronmir

Nicht weit von der Akademie entfernt trat der Attentäter aus dem hinteren Teil der Menge. Furchtlos schritt er durch die Straßen; sein Studentenabzeichen blitzte bei allen Portalen auf. Da es sich aber nicht um sein eigenes Abzeichen handelte, hatte es keine Konsequenzen für ihn persönlich, und er bezweifelte, dass seine Verfolger ebenfalls einen solchen Gegenstand besaßen. Das hatte ihm eine ganze Stunde Vorsprung verschafft.

Er stürzte sich in die Gassen hinter der Universität, huschte von einer schmalen Straße in die nächste und hielt nur an, um seinen roten Umhang und die Brustpanzerung auszuziehen. Er versteckte sie unter der Traufe eines Bordells und rannte in die Finsternis.

Langpfote gelangte bis zu den Wächterzaubern am Rande der Akademie und fluchte. Er kam nicht an ihnen vorbei, und an den Spuren war klar zu erkennen, dass es dem Attentäter gelungen war. Er drehte sich um, verschwendete wertvolle Minuten damit, zunächst nach Norden und dann nach Westen zu laufen, wo er Gelfred und Daniel Favor fand. Die beiden knieten im Schnee.

»Er ist quer durch die Akademie gelaufen, und ich kann ihm nicht folgen«, keuchte Langpfote.

Favor stieß einen Pfiff aus, ein Hundepaar erschien und rannte durch den Schnee auf ihn zu.

»Wir suchen nach einer Duftspur«, sagte Gelfred. »Wir sollten nach Süden gehen und es erneut versuchen. Hier sind so viele Menschen …« Er schüttelte den Kopf.

Die drei Männer rannten nach Süden über die Straße, die an der Universität vorbeiführte. Sie war in dieser Nacht vom Fackelschein hell erleuchtet, und Hunderte Passanten drehten sich um und starrten die drei gerüsteten Männer an, die an ihnen vorbeiliefen. Am südlichen Ende der Universität blieben sie kurz stehen und begaben sich dann nach Westen, aber jede Hoffnung, auf frische Spuren zu stoßen, verlor sich in dem labyrinthischen Gassengewirr hinter der Universität.

Doch als sie ein Drittel des Weges in Richtung Sankt Nicholas zurückgelegt hatten, stieß der ältere Hund ein Heulen und Jaulen aus, und Gelfred ließ ihn los.

»Hol ihn dir, Luadhas!«, rief er, kniete sich in den Schnee und betete. Dann löste er auch die Leine des zweiten Tieres. Der jüngere Hund bellte, drehte sich im Kreis und rannte in eine andere Richtung. Der ältere sprang auf ein Gebäude mit niedrigem Dach und schmutzigweißem Verputz zu, das auf der anderen Straßenseite stand. Er blieb stehen, solange die drei Männer noch in Sichtweite waren, und Gelfred rannte zu ihm hin und zog einen Soldatenumhang, einen Mantel und einen Brustpanzer hervor.

Er kniete sich wieder, beachtete die widrigen Wetterbedingungen nicht weiter und betete inbrünstig. Dann hob er seinen Stab und wirkte einen Zauber. Ein silbriges Feuer floss über die Gliedmaßen des Hundes in seine Nase. Das Tier atmete den Geruch des Mantels tief ein, gab ein freudiges Bellen von sich und rannte geradewegs in das Labyrinth der Gassen hinein.

Die drei Männer folgten ihm.

Der Attentäter war längst langsamer geworden, bevor er seinen Schutzraum erreicht hatte. Er kannte die Herberge, und er hatte nicht vor, seine neue Verkleidung nutzlos zu machen, indem er durch die belebten Straßen rannte. So bog er in schnellem Wanderschritt in die Katherinenstraße ein und wirkte dabei wie ein Hausvater, der ein wenig frische Luft schnappen und vielleicht einen Becher warmen Weins zu sich nehmen wollte. Wie ein freudiger Zecher sprang er die Treppe vor der Herberge hoch und drückte die Tür auf.

Er betrachtete den Schankraum. Niemand war hier, den er kannte – umso besser. Er durchquerte den Raum und stellte sich gegen eine Wand. Zu Weihnachten gab es keinerlei Sitzplätze mehr.

Er wartete auf seinen Kontakt. Zum ersten Mal erlaubte er sich nachzudenken. Er war zutiefst unzufrieden. Was hatte ihn dazu getrieben, auf den Jungen zu schießen, als sein Ziel schon am Boden lag?

Aber was geschehen war, war geschehen.

Eine Frau mittleren Alters erschien und hielt ihm einen dampfenden Becher entgegen, den er unter dankbarem Nicken annahm. Sie machte das Zeichen zum Anschreiben, und er nickte erneut. Die Leute in dieser Stadt waren zwar viel vertrauensvoller als die Menschen in Etruska, aber er würde bezahlen – schließlich war Weihnachten. Er schloss die Augen und sprach ein Gebet für den jungen Mann, den er getötet hatte.

Und öffnete sie wieder, als er Hundegebell hörte.

*Hunde.* An Hunde hatte er nicht gedacht. Natürlich, im Schnee …

Er holte tief Luft. Ein zweiter Hund bellte.

Er nahm einen Schluck warmen Wein, griff in seinen Korb, in dem sein Kurzschwert lag, und holte es so vorsichtig heraus, wie es ihm möglich war. Dann wich er in Richtung Küche zurück.

Das waren keine Anfänger. Ihm blieben höchstens wenige Minuten, bis sie ihre Leute gesammelt hatten.

Er sah sich nach seinem Kontakt um – nach einem Kranz aus vergoldetem Lorbeer –, sah aber niemanden, der einen Lorbeerkranz trug.

Er verfluchte sein Pech, legte die Hand auf sein Amulett und imaginierte das Sigill des Rufens.

Kronmir befand sich zwei Straßen weiter westlich von der Herberge in der Katherinenstraße, als er die Männer in den scharlachfarbenen Umhängen sah – und die Hunde.

Er drehte sofort um und begab sich nach Norden in das Gewirr des Studentenquartiers. Wenn sie Hunde hatten, dann würden sie seinem Mann bis zum Treffpunkt folgen. Er hatte bisher noch nicht einmal einen Boten rekrutieren können – das alles geschah viel zu schnell, und die Soldaten hatten die Herberge schon umstellt.

Dunkle Gedanken beschlichen ihn.

Hinter ihm bellte ein Hund.

Plötzlich wurde die Gasse vor ihm durch eine aufsteigende Sonne aus rotem Feuer erhellt. Kronmir blieb stehen; der nun einsetzende Donner veranlasste ihn dazu, sich die Ohren zuzuhalten. Er geriet ins Taumeln.

Was ihnen das Leben rettete, war nur Mutwill Mordlings stures Beharren, dass sie sich in die Gassen zurückziehen sollten, bis weitere Truppen eintrafen.

»Verdammte Hunde!«, rief er. »Jetzt weiß jeder Bastard im ganzen Viertel, dass wir hier sind.«

Gelfred konnte nicht verleugnen, dass er recht hatte. Also hatten sich die vier – es waren fünf, als Bent erschien, und ein Dutzend, als seine Männer hinter ihm herbeistürmten – in die Mündung einer Gasse zurückgezogen, die als »Krähenhorst« bekannt war. Favor packte den einen Hund am Halsband und brachte ihn zum Schweigen. Das jüngere Tier hingegen bellte weiter ...

Und der obere Teil der Herberge flog davon.

Eine Feuerwoge floss wie eine hermetische Welle aus der Mitte der Verwüstung und brandete gegen die Gebäude auf der anderen Seite der Straße. Nichts als das schiere Glück bewahrte die Bogenschützen in den Schatten vor der üblen *Potentia.* Gelfreds Rippen brachen, dazu erlitt er schwere Verbrennungen an Gesicht und Händen. Favor dagegen wurde von seinem Offizier geschützt und nur ein wenig angesengt, und Mutwill Mordling brach sich beim Fallen den Arm. Der Hund jedoch starb sofort.

Hundertfünfzig Zecher, die sich in der Herberge befanden, starben ebenfalls.

Ein Dutzend Häuser fingen Feuer. Mutwill Mordling kämpfte sich schließlich auf die Beine und rannte zur Feuerwehr.

Zwei Gassen entfernt lehnte sich Kronmir gegen eine Hauswand und betrachtete den roten Feuerschein am Himmel.

Weniger als drei Herzschläge lang beschäftigte sich sein Geist noch mit dem Problem, dann hatte er die so offensichtlichen Schlüsse gezogen. Er riss sich das Amulett vom Hals ... und hielt inne.

Und dann rannte er auf die Akademie zu. Wenn dieses Ding im Gewirr der Gassen losgehen sollte, würden Tausende Menschen sterben.

Kronmir rannte zum Haupteingang der Akademie zurück, wo die eisernen Schlünde des Cerberus wie schwarze Löcher in der Nacht aufklafften. Er lief auf den dreiköpfigen Hund zu und warf das Amulett mitsamt der Kette in eine der offenen Schnauzen.

Der Hund hustete wie ein krankes Kind.

Kronmir stand neben ihm, keuchte und drückte sich die Ellbogen gegen die Brust. Passanten spazierten vorbei, und auf der gegenüberliegenden Straßenseite blieb ein Mann stehen und deutete in den roten Himmel. Auch andere Leute hielten nun inne, und aus der Ferne drang Hymnengesang herbei.

Die Leute auf dem Großen Platz tanzten noch.

Er hastete an dem gesamten Strang der Logik in seinem Kopf entlang – wieder einmal. Nur damit er sich der Kette von Ursache und Wirkung sicher sein konnte.

*Sein Attentäter war umzingelt worden.*

*Die Herberge war in die Luft geflogen.*

*Aeskepiles hatte seine Überraschung darüber ausgedrückt, dass der Attentäter und seine Gesellen noch lebten.*

*Aeskepiles hatte die Amulette hergestellt.*

*Der junge Mann – der junge Scholar aus der Akademie – hatte darauf hingewiesen, dass die Amulette erstaunlich mächtig waren.*

*Quod erat demonstrandum.*

*Aeskepiles hatte ihm Mittel gegeben, seine Agenten zu töten.*

Kronmir stand so lange neben der großen Eisenstatue des Cerberus, wie eine Nonne zum Beten eines Vaterunser brauchte.

Und dann lief er quer über den Platz.

Gabriel Murien lag auf einer Pritsche im Pavillon, der für ihn auf dem Turnierplatz errichtet worden war. Sechs Kohlenpfannen und ein Torffeuer bemühten sich, die bittere Kälte im Zaum zu halten. Ein geschlossenes Bett war hereingetragen worden.

Ser Michael hatte in Absprache mit Ser Alcaeus und Lady Maria beschlossen, dass der Megas Ducas in der Mitte des Hippodroms leichter zu beschützen war.

Der Rote Ritter lehnte gegen ein Dutzend schwerer Kissen; seine Brust war fest bandagiert. Boten kamen und gingen, wurden von einer ganzen Reihe von Wächtern überprüft, die aus Veteranen der Truppe bestanden. Sie hatten den Befehl, nur wohlbekannte Männer aus der eigenen Truppe passieren zu lassen. Das war zwar nicht ganz gerecht gegenüber den Moreanern, die durchaus loyal zu sein schienen, aber es funktionierte.

»Wie schlimm ist es?«, fragte der Herzog Langpfote, der sichtlich erschüttert war.

»Heiliger Christus am Kreuz, Mylord, es war wie …« Er schüttelte den Kopf. »Wie in einem Schmiedefeuer.«

Der junge Morgan Mortimir, der neben der Schulter des Roten Ritters stand, verneigte sich leicht. »Mylord, wenn Ihr Euch stabil genug fühlt, würde ich es mir gern ansehen. All meine Scholarenfreunde könnten Euch im Fall einer Krise genauso gut unterstützen.«

Der Herzog runzelte die Stirn. »Und was macht die Akademie?«

»Nichts, Mylord.« Morgan senkte den Blick, als ob er verlegen wäre. Vielleicht war er es sogar. »Sie haben nichts unternommen.«

Der Herzog betrachtete Langpfote. »Was gibt es sonst noch?«

»Wir sind den Spuren bis zu einer Taverne gefolgt – auf körperliche und hermetische Weise. Mutwill ist mit einigen Truppen dorthin gezogen, aber ich war nicht scharf darauf, den Bastard persönlich zu erwischen.«

Der Herzog streckte die Hand aus und berührte Langpfote. »Du hast das Richtige getan. Eure Handlungen haben Leben gerettet.«

Langpfote sah elend drein. »Sagt das Gelfred. Er hat seine beiden Hunde verloren und wird vermutlich auch noch seinen linken Arm einbüßen. Oder Kanny – er ist tot. Drei Tote und drei schwer Verbrannte.« Der ältere Mann schüttelte den Kopf. »Für so etwas bin ich nicht geschaffen. Ich schneide gern jemandem die Kehle durch, aber ich mag es nicht, Befehle zu geben.«

Ser Jehan hielt ihm einen Becher Wein hin. »Es war schon eine gute Leistung von dir, überhaupt mit Überlebenden zurückzukommen. Aber, Mylord, habt Ihr die Lage in militärischer Hinsicht durchdacht? Wenn sie diese Sprengmittel besitzen, was können sie dann sonst noch tun? Ist es möglich, dass sie ganze Gebäude dem Erdboden gleichmachen?«

Der Herzog schenkte seinem Mentor ein freudloses Lächeln. »Jehan, ein Meisterhermetiker kann eine ganze Stadtmauer mit einem einzigen Streich in Schutt und Asche legen. Sie tun es bloß meistens nicht. Es bedarf einiger Zeit und Mühe, und die meisten von ihnen sind mit anderen Spielen beschäftigt.« Er schüttelte den Kopf. »Aber dieser hier nicht.«

Jehan trank ein wenig Wein. »Mylord, ich bedaure, dass ich stets der Schwarzmaler bin. Ich begreife, dass mir das einiges ...« – er lächelte – »... verbauen mag. Aber hört mir zu. Wir befinden uns auf einem Schlachtfeld, das der Feind ausgesucht hat, und er verfügt über neue Waffen und Taktiken. Es ist wie in Etruska – Attentäter. Magie. Können wir nicht zum Töten von Ungeheuern zurückkehren?«

»Wir können uns nicht einfach zurückziehen und neu formieren«, sagte der Herzog und ächzte auf, als ihn eine Welle des Schmerzes traf. »Morgan, sieh dir die Ruinen der Taverne an. Finde heraus, was da herauszufinden ist. Ich möchte wissen, wie es gemacht wurde, damit ich wenigstens einen Grund für meine Panik habe.« Langsam legte er den Kopf auf die Kissen. »Meine Herren, wir erschaffen hier etwas. Wenn wir Andronicus besiegen, werden wir viel Zeit haben. Wir werden Einkünfte und eine ganze Reihe von befestigten Orten und Burgen besitzen. Und wir werden Verbündete haben.«

»Verbündete?«, spuckte Jehan aus.

Alcaeus hatte auf einem Schemel gesessen, und nun erhob er sich. »Ja, Ritter. Verbündete. Viele Moreaner schätzen das, was du getan hast. Friede – ein starker und gerechter Friede – bedeutet, dass unsere Kaufleute mit den Etruskern und Gallyern wetteifern können. Und sogar mit den Albiern und den Occitaniern.«

Ser Jehan zuckte die Achseln. »Und das, während die Prinzessin etruskische Meisterattentäter bezahlt, um uns zu ermorden?«

Alcaeus sah ihn an und zuckte die Achseln. »Meine Mutter tut ihr Bestes, um die Prinzessin zu zügeln«, sagte er. »Wir glauben aber nicht, dass sie etwas mit dem Attentäter zu tun hat.«

Der Herzog schüttelte den Kopf. »Das ergibt keinen Sinn. Ich bin kein Narr, aber ich kann einfach nicht erkennen, gegen wen wir da kämpfen. Warum? Warum schickt die Prinzessin Botschaften an Andronicus? Warum hat der Hofmagus den Kaiser verraten? Warum unternimmt die Akademie nichts und lässt Menschen durch die Verwendung des Hermetischen sterben, die zumindest in Albia den Tod auf dem Scheiterhaufen nach sich zöge?«

Alcaeus strich sich über den Bart. »Mylord, ich bin hier aufgewachsen, und nicht einmal ich verstehe all die unterschiedlichen Parteien und Fraktionen. Es kommt vor, dass jeder einzelne Mann und jede einzelne Frau eine eigene Fraktion bildet. Und was den Patriarchen angeht – wer kann schon sagen, was er denkt? Über Euch als Albier? Über Euren Beichtvater?« Alcaeus schüttelte den Kopf. »Ich will Euch nicht beleidigen, Pater, aber der Patriarch ist der Ansicht, dass Priester nicht kämpfen sollten. Viele unserer Mönche und Priester sind da ganz anderer Meinung, und deswegen gibt es schon seit etlichen Jahren tiefe Zerwürfnisse. Und dann kommt ein Albier mit dem Mitglied eines Ritterordens als Beichtvater …«

»Er ist nicht mein Beichtvater«, sagte der Herzog. »Alles Wichtige spielt sich unmittelbar zwischen mir und Gott ab.«

Pater Arnaud saß hinter dem Baldachin und war beinahe unsichtbar. Nun aber stand er auf. »Würde es Euch töten, wenn Ihr darüber sprecht? Und habt Ihr schon einmal darüber nachgedacht, dass Eure persönliche Fehde mit Gott am Ende Eurer Truppe schaden könnte? Vielleicht geht es uns doch etwas an.«

»Vielleicht«, sagte der Herzog. »Aber eigentlich mag ich euch alle ziemlich gern – sogar Mutwill Mordling. Und wenn meine kleinen Schwierigkeiten mit Gott am Ende ans Licht kommen, bin ich mir ziemlich sicher, dass ihr alle …«

Ein Aufruhr entstand, und hinter dem Stoff und Fackelschein waren Rufe zu hören.

Der Herzog setzte sich auf. »Michael, kümmere dich darum«, sagte er. Der Herzog hielt bereits einen Runddolch in der Hand.

Michael steckte in voller Rüstung. Er und Jehan gingen gemeinsam nach draußen, und Toby, der ebenfalls gerüstet war, zog sein Schwert. Pater Arnaud tat es ihm gleich. Langpfote lockerte seines in der Scheide.

Ser Michael erschien wieder. »Mylord, da ist …« Sein Gesicht erschien weiß im Fackelschein, und er hatte die Lippen zusammengekniffen. »Da ist ein Mann, der behauptet, Andronicus' Meisterspion zu sein. Er erbittet sofort eine Audienz von Euch.«

Die rechte Hand des Herzogs bewegte sich, und ein glühender grüner Schild sprang auf – eine Blase, die vom Stoff der Bettbehänge ein wenig gedämpft wurde.

»Michael, zieh ihn nackt aus. Gib ihm meine Robe, aber nimm ihm jedes Juwel, jeden Ring ab – alles. Langpfote …«

Der Schwertkämpfer nickte. »Ich mach das schon. Ich habe in meinem Leben bereits einige Bastarde durchsucht.«

»Wenn er irgendetwas unternimmt, das auch nur entfernt an einen Angriff erinnern könnte, tötet ihr ihn sofort. Und bringt ihn nicht in eine Nähe von hundert Ellen zu diesem Zelt heran, bis er nicht vollständig entkleidet ist.« Der Herzog steckte seinen Dolch weg.

Jehan stand mit gezogenem Schwert da. »Was ist … wenn er selbst …«

Die Augen des Herzogs leuchteten. »Damit werde ich fertig«, sagte er.

»Jules Kronmir, Mylord«, kündigte Ser Michael an.

Kronmir wurde hereingebracht. Er war von gezogenen Schwertern umgeben, und dennoch hatte er sich eine gewisse Würde bewahrt. Er verneigte sich äußerst langsam – es war beinahe die Pantomime einer Verneigung.

Morgan Mortimirs Augen weiteten sich. »Ich kenne Euch!«, sagte er.

Kronmir nickte – was er wieder einmal sehr langsam tat.

»Das Amulett!«, sagte Mortimir. »Mylord, ich weiß, was da explodiert ist. Verdammt, ich habe es sogar in der Hand gehalten.«

»Nicht dieses, aber ein gleichartiges«, sagte Kronmir. »Aber ja, Ihr habt recht. Ihr habt mich gewarnt, und ich habe nicht auf Euch gehört.«

Pater Arnauds Schwert schwankte und fuhr da[illegible]hutzend hinter Mortimir.

»Ihr beide kennt euch?«, fragte Jehan.

Mortimir nickte. Wegen seiner Jugend verstand er offensichtlich nicht, wohin das hier führte. »Ja. Wir sind uns beim alten Minerva-Tempel auf dem Berg begegnet und später noch einmal in einer Herberge. Er hat mir ein Amulett gezeigt.«

*Er sagt die Wahrheit,* meinte Harmodius. *Heiliger Christus am Kreuz, ich hatte nicht in seine Erinnerungen geschaut. Aber da ist es.*

Kronmir sah vom einen zum anderen. »Ihr braucht nicht zu raten«, sagte er. »Ich werde euch alles sagen. Aber nur, wenn ihr mir Schutz gewährt.«

»Bist du hier, um die Seiten zu wechseln?«, fragte der Herzog.

»Ja. Ansonsten wäre es wohl eine seltsame Art, Selbstmord zu begehen«, erwiderte Kronmir.

»Du wirst uns alles verraten – Namen, Orte, Zeiten.« Der Herzog beugte sich vor.

»Alles über den Herzog Andronicus und seinen Plan – ja.« Kronmir senkte den Kopf. »Er hat mich verraten. Aber ich werde nichts über frühere Arbeitgeber sagen.«

»Er ist nicht gerade in einer guten Position für Verhandlungen«, sagte Langpfote.

»Doch, Mylord, das bin ich«, erwiderte Kronmir. »Schließlich weiß ich, wo sich der Kaiser befindet.«

Der Herzog erlaubte es sich, in die Kissen zurückzusinken. Er fing Pater Arnauds Blick auf. »Versteht Ihr jetzt, warum ich manchmal den Eindruck habe, dass Gott gegen mich ist?« Er drehte den Kopf wieder Kronmir zu. »Leg deine Hände auf die meinen und schwöre.«

Kronmir kniete nieder. Er leistete einen einfachen Eid, ebenso wie jeder Soldat, der der Truppe beitrat.

»Vertraut Ihr wirklich auf das Wort eines Attentäters?«, spuckte Langpfote aus.

»Der sich gerade einem Söldner verschworen hat. Sind wir nicht allesamt ehrenwerte Männer?« Der Herzog lachte schwach. »Ich muss jetzt schlafen. Schützt Meister Kronmir, der von nun an unser wertvollster Besitz ist. Versteckt ihn – vor allem vor dem Palast. Langpfote, er gehört dir. Wer führt jetzt die Späher, da Gelfred verwundet ist?«

»Ich würde es gern mit Favor versuchen«, sagte Jehan. »Allerdings hat er einen Pfeil in den Bauch abbekommen. Die Wunde ist zwar verheilt, aber er wird so lange brauchen wie Ihr selbst, bis er genesen ist.«

»Dann muss Sperling es tun«, sagte Ser Michael. »Der Mann mag zwar ein Mistkerl sein – aber ein geschickter Mistkerl.«

»Dann soll es so sein«, sagte der Herzog. »O mein Gott.« Er legte sich zurück. »Der Kaiser. Kronmir – lass dich nicht umbringen.«

Kronmir lächelte. »Das habe ich auch nicht vor«, meinte er.

Der Herzog schloss die Augen und riss sie sogleich wieder auf. »Warte!«, rief er. »Ich habe einen Plan.«

Jehan ächzte. »Jetzt kommt es«, sagte er.

TEIL DREI

# Frühling

# 17

## Ticondaga und Albinkirk · Ser John Crayford und Amicia

Am Ende konnte Amicia den alten Ritter davon überzeugen, die Adnaklippen im Winter noch einmal zu überqueren. Er brauchte einen ganzen Monat, bis er wieder gesund war – einen Monat lang musste er die gnadenlosen Fragen einer Frau über sich ergehen lassen, die sich weder in Angelegenheiten der Moral noch in denen der Manieren Beschränkungen auferlegte. Amicia hatte nie eine solche Frau wie die Herrin des Nordens getroffen, und sie hoffte auch, dass sie einer solchen Person nie wieder begegnen musste.

An dem Tag, an dem Ser John verkündete, er werde die Kaufleute begleiten, lächelte Ghause Amicia in ihrem Privatgemach an. »Vermisst Ihr ihn so sehr?«, fragte sie, und Amicias Herz hätte beinahe zu schlagen aufgehört.

Aber Ghause redete weiter. »Kennt Ihr Lady Mary, die Freundin der Königin?«, fragte sie.

Amicia war inzwischen durchaus in der Lage, sich zu verteidigen. Sie antwortete mit großer Vorsicht.

»Ich bin ihr nach der großen Schlacht begegnet«, sagte sie.

Ghause lachte. »Es gibt keine ›großen Schlachten‹, Frau«, sagte sie. »Diese Lady Mary ist mit meinem Gawin verlobt.«

»Ja, ich wusste, dass zwischen den beiden etwas war«, sagte Amicia, ohne ihre Vorsicht abzulegen. Ghause lachte laut auf.

»So sieht mein Lebensabend aus!«, sagte sie. »Ich sitze in meinem Gemach und schwatze über die Geliebten meiner Söhne.« Sie beugte sich vor. »Ich mag Euch, Hexe.«

Diese Worte würden Amicia bis ans Ende ihres Lebens begleiten.

Der Graf des Nordens schickte zwanzig Ritter und fast hundert Soldaten mit der Karawane durch den Winterschnee; sie reisten in Schlitten. Die Nordwaller kannten viele Möglichkeiten, sich im Winter zu bewegen, die in Albinkirk schon beinahe vergessen waren, falls sie überhaupt jemals dort bekannt gewesen waren, und die etruskischen Kaufleute waren entsetzt und auch ein wenig erfreut, als sie sahen, wie schnell ein Pferdeschlitten über einen zugefrorenen See gleiten konnte. Sie schafften zwei Meilen in der Stunde – manchmal sogar noch mehr –, doch dann sahen sie sich immer wieder einem Aufstieg zum nächsten See gegenüber. Manchmal war die Militärstraße so eben und glatt, dass sie auch auf ihr die Schlitten benutzen konnten. Doch einmal mussten sie jedes einzelne Gepäckstück abladen und tragen.

Der jüngste Sohn des Grafen begleitete die Karawane und kommandierte die Männer seines Vaters. Er war dunkel und mürrisch, wie viele junge Männer, aber Amicia fiel es leicht, ihn zu mögen. Er war nicht bloß ein blasses Spiegelbild seiner älteren Brüder, sondern ein Jugendlicher, der bereits Anzeichen für den ernsten und vorsichtigen Mann zeigte, zu dem er später heranwachsen würde. Er trat zu ihr, als sie beobachtete, wie die Pelzbündel an Seilen einen Felsvorsprung hochgezogen wurden.

»Der Winter ist immer bei uns«, sagte er. »Wir führen Krieg im Winter, und wir reisen auch im Winter, wenn es sein muss. Es ist die einzige Zeit, in welcher der größte Teil der Wildnis schläft.« Er beugte sich zu ihr vor. »Wie ist Gabriel jetzt?«, wollte er wissen.

Sie verschloss ihren Geist mit einem Ruck und machte ein ausdrucksloses Gesicht. »Er ist ein guter Ritter, Ser. Das ist alles, was ich sagen kann.«

Sie benötigten sechs Tage, bis sie an die Flussquerung kamen, wo das ganze Abenteuer begonnen hatte. Die Schlitten fuhren über das Eis, brachen manchmal ein, aber nie so tief, dass die Ladungen nass wurden. Die Wagenrümpfe waren wie Boote geformt und wasserdicht.

Die Nordwaller kannten sich mit dem Winter aus.

Und als sie Albinkirk zwischen den Ohren ihres Pferdes in der Ferne erblickte, erlaubte sich Amicia einige Tränen.

Das Reiten ließ ihr zu viel Zeit zum Nachdenken.

Im Hof der städtischen Zitadelle gab sie Ser John einen Abschiedskuss. Die Bevölkerung jubelte ihrem Hauptmann, den Kaufleuten und der jungen Nonne zu.

Sie hatte eine erste Unterredung mit dem Bischof und begab sich dann wieder nach Südfurt, um sich ihren Pflichten zu widmen.

## Lonika · Herzog Andronicus

Mehr als dreihundert Meilen weiter östlich entfernten die Diener die Fichtenzweige aus der Halle, die mit wundervollen Mosaiken ausgeschmückt war. Seit dem Dreikönigsfest war nun schon fast ein Monat vergangen. Der alte Herzog von Thrake saß in seiner Großen Halle, während sich sein Sohn und ein Dutzend seiner Offiziere wie Bittsteller vor ihm aufgereiht hatten – einschließlich des Magisters Aeskepiles, der wie ein Verbrecher im Hintergrund lauerte.

»Ich musste es tun, Vater. Er war eine rechte Satansbrut – er hat unsere Leute aus der Stadt getrieben und uns überall zugesetzt.« Demetrius stand aufrecht vor seinem Vater. Er schien keine Reue zu empfinden.

Andronicus hatte das Kinn auf die Hand gestützt und saß auf einem schweren Stuhl, der wie ein Thron wirkte. »Du hast mich gefragt, und ich habe Nein gesagt. Dann bist du hinter meinem Rücken mit diesem Zauberer losgezogen und hast ihn umbringen lassen.«

»Was hat das noch für eine Bedeutung?«, fragte Demetrius. »Er ist tot und begraben. Die Prinzessin hat ihn von sich gewiesen. Sie ist vorsichtig – wärest du das in einem solchen Vipernnest nicht auch? Aber sie werden in ein paar Tagen verschwunden sein, und dann können wir nach Süden marschieren.«

Aeskepiles räusperte sich. »Wir liegen Monate hinter unserem Zeitplan zurück, und wir müssen uns in Bewegung setzen.«

Andronicus hob seine Brauen. »Zeitplan? Meisterzauberer, ich habe keinen *Zeitplan*. Ich will mein Land vor einem Usurpator und der langen Zeit unter einer schlechten Regierung retten. Und das wird *Jahre* dauern.«

Aeskepiles schwieg eine Weile, und als er wieder sprach, klang seine Stimme äußerst salbungsvoll. »Natürlich, Mylord. Ich habe nur ganz allgemein gesprochen. Bitte vergebt mir.« Er beugte sich vor. »Ich bin noch immer erstaunt darüber, wie leicht es war, sich seiner zu entledigen.«

»Leicht?«, spuckte Demetrius aus. »Drei fehlgeschlagene Versuche, und dann wurde er getötet, als ein Amulett explodiert ist.«

Aeskepiles lächelte. »Ich hätte mir nichts Besseres erhoffen können«, sagte er.

Andronicus sah die beiden an, als ob sie Kinder wären. »Ihr könnt euch vorstellen, dass sie uns zurückrufen wird«, sagte er.

»Wenn sie es nicht tut, sagen wir den Leuten einfach, dass sie ihren eigenen Vater verraten hat«, schlug Demetrius vor.

Andronicus hob den Kopf von seiner Hand. »Und natürlich werden uns alle glauben. Hört mir zu, ihr zwei Narren. Was ihr erreicht habt, ist ein Patt – und zwar zu *ihren* Gunsten. Sie verfügt jetzt über die Armee; dafür hat der Rote Ritter gesorgt. Sie hat ihre eigene Flotte, und die ist bereits bezahlt. Die Etrusker, verdammt sollen sie sein, werden nun *ihr* Steuern zahlen.« Er lehnte sich zurück und legte die Arme auf die Armlehnen seines großen Stuhls. »In gewisser Hinsicht bewundere ich diesen Roten Ritter sogar. Er hat vieles von dem getan, was ich gern selbst getan hätte.« Er sah Demetrius an. »Ich vermute, dass sie dir die Ehe anbieten wird, wenn sie so weit ist, mein Sohn. Und du wirst annehmen. Meine Titel werden mir zurückgegeben werden, und du wirst ihr Gemahl sein. Wenn du Glück hast, wirst du den Oberbefehl über die Armee erhalten. Und irgendwann wird ein gottloser Mann ihrem Vater die Kehle durchschneiden oder ihn mit einer Bogensehne erdrosseln.«

Aeskepiles sah den alten Herzog an, als ob er nichts als ein Misthaufen wäre. »Was ist denn das für eine Narretei? Außerdem sagt mir kein lebender Mensch ins Gesicht, ich sei ein Narr.«

»Ihr seid aber ein Narr. Ein anmaßender, machtgieriger Narr, ganz genau so, wie es der Patriarch gesagt hat. Verhaftet ihn.« Er winkte zwei Soldaten zu. »Keine Angst, Magister, ich wollte Euch sowieso nie zum Patriarchen ernennen.« Er wandte sich an seinen Sohn. »Aber was soll ich mit dir machen?«, fragte er.

## Liviapolis · Der Rote Ritter

Die Truppe marschierte bei Tagesanbruch aus Liviapolis weg, und von dem Augenblick, in dem sie das Palasttor hinter sich ließen, war es klar, dass die Prinzessin ihr nicht mehr vertraute – nicht einmal auf den Straßen der Stadt. Die Vardarioten postierten sich entlang der gesamten Marschroute, und alle Stradioten der Stadt folgten den fremden Söldnern. Zweihundert Nordikaner ritten hinter ihrem Wagenzug her und drohten, jede Missetat sofort zu rächen.

Ser Jehan führte die Kolonne an, und an seiner Seite trug Ser Milus das zusammengerollte schwarze Banner. Die Männer waren in ihre scharlachroten Umhänge gekleidet und hielten sich mit verdrießlichem Trotz. Die meisten Bogenschützen sahen die Zuschauer böse an, und die Mehrzahl der Soldaten ritt mit gesenktem Blick. Die Frauen der Kompanie saßen auf Zeltern und trugen ebenfalls Kurzschwerter sowie scharlachfarbene Umhänge. Aber auch diese Einheitlichkeit vermochte die Aura ihrer Verzweiflung nicht zu verbergen.

Es hieß, dass die Söldner ohne Bezahlung davongejagt wurden.

In der Nähe des Tores salutierten zwei Nordikaner vor Ser Jehan, und Mutwill Mordling spuckte aus.

Dicht hinter ihm kicherte Nell. Als sie durch das große Ares-Tor ritten, stach sie Mutwill spielerisch in die Rippen. »Du übertreibst es«, sagte sie.

»Halt den Mund, Kindchen«, zischte er. »Du vermasselst es noch alles. Die Spione werden dich hören, und dann wird man uns alle umbringen. Hör auf meine Worte.«

Als die Kompanie das Ares-Tor zum letzten Mal hinter sich gebracht hatte, salutierten die beiden diensthabenden Nordikaner mit ihren Äxten, bis auch die letzte Frau unter dem eisernen Fallgitter hindurchgeritten war. Dann bestiegen sie zwei Pferde, die bereits gesattelt waren, und schlossen sich der Gruppe von Nordikanern und Stradioten an, die der Truppe folgte.

Sie marschierten auf der Straße nach Westen in Richtung Albia. Nach einer Kreuzung galoppierten hundert Vardarioten an ihnen vorbei und wirbelten von dem wieder hart gewordenen Boden Staub auf. In den Tälern war der Schnee bereits geschmolzen, die Flüsse führten viel Wasser, und in den tiefsten Gründen blühten schon Blumen. Die Sonne ging nun früher auf.

Der Soldat hinter Ser Milus – der einzige in der ganzen Kolonne, der sich den Helm aufgesetzt hatte – hob sein Visier und holte tief Luft. Toby beugte sich zu ihm vor und half ihm, den großen Helm abzuschnallen, während Pater Arnaud ihm die Spangen löste.

Als er den Helm absetzte, lächelte er. Sein schwarzer Bart wurde vom Kettenschutz um den Kopf eingerahmt, und er trieb sein großes Pferd aus der Kolonne und galoppierte nach vorn.

Wenn es Beobachter auf den Hügeln gegeben hätte, dann hätten diese nun dreimal aufbrandenden Jubel gehört.

Aber die Späher und die Vardarioten hatten dafür gesorgt, dass es keine gab. Die Nordikaner gesellten sich zu der Kolonne der Truppe, ebenso wie die städtischen Stradioten. Und sechs Meilen nördlich der Stadt wartete Meg mit Ser Giorgios und vierzig weiteren Wagen, die während der letzten beiden Wochen je zu zweit aus der Stadt herausgeschmuggelt worden waren.

Der Rote Ritter formierte seine Armee in zwei Reihen rechts und links der Straße. Er ritt bis zur Front, sodass ihn alle ohne seinen Helm sehen konnten.

»Hört zu, meine Freunde!«, rief er. Es war vollkommen still. »Ich bin ein hinterhältiger Bastard, und ich teile meine Pläne nicht immer mit euch. Aber jetzt sage ich euch, dass wir es geschafft haben, aus der Stadt herauszukommen. Die Straßen sind fest, und in den nächsten Tagen werden wir *den Kaiser retten!*«

Für die Nordikaner und Stradioten hätte das Versprechen des Himmels nicht besser sein können. Jubelgeschrei erhob sich.

Er wartete, bis es abgeebbt war.

»Und dann wird Andronicus zu uns kommen müssen«, sagte er. »Wir haben die besseren Männer. Er aber ist in der Überzahl.« Er drehte sein Pferd im Kreis. »Jeder Mann hier, ob Moreaner oder Söldner, will, dass es endlich vorbei ist. Ich habe vor, ihn in die Schlacht zu zwingen. Und dann werde ich diese gewinnen.« Er grinste. »Wir wollen nicht, dass er sich in irgendeiner Festung verkriecht. Wir wollen vielmehr, dass er uns findet und angreift. Befolgt also alle Befehle, die man euch gibt, seid wachsam und vergesst nicht, dass wir bald den Kaiser unter uns haben werden.«

Wieder brandete Jubel auf.

Gabriel Murien fragte sich, wie es wohl sein mochte, wenn sie *ihn* einmal so bejubeln würden.

»Marsch«, rief er. Und die Armee schwang sich abschnittsweise auf die Straße und folgte ihm.

Bei Kilkis wandten sie sich nach Norden. Lord Phokus stieß mit hundert weiteren Stradioten und genauso vielen Bogenschützen, die auf Ponys ritten, zu ihnen. Sie zogen nicht nach Norden. Sie schossen geradezu nach Norden – nach Thrake. Am ersten Tag brachten sie fast vierzig Meilen hinter sich. Hastig schlugen sie an der Stelle, zu der sie von ihren Spähern geführt worden waren, ein Lager auf. Vor dem Einsetzen der Morgendämmerung eilte ein kaum genesener Gelfred, dessen Haut noch weiß war, in das Zwielicht davon, und die Armee fügte sich in der Kälte des Tagesanbruchs zusammen, legte ihre Rüstungen an, verfluchte die Finsternis, zündete aber keine einzige Kerze an. Der Boden des feuerlosen Lagers war mit vergessenen Gegenständen übersät – doch die Armee schaffte es, die thrakischen Berge an diesem Tag hinter sich zu bringen. Ihnen war ein weiterer Sonnentag vergönnt, und die Straßen blieben hart und eben. Sie befanden sich auf der alten Reichsstraße, und die Brücken waren aus Stein erbaut.

Am dritten Tag schlugen sie wieder ein Lager auf und umgaben es mit gefällten Bäumen, die sie über Kreuz aufschichteten, sodass sie wie ein gigantischer Viehzaun wirkten, und sie schliefen bei brennenden Feuern. Sie waren nur noch fünfzig Meilen von Lonika und vierzig von der Küste entfernt und befanden sich in den schroffsten Bergen, die die meisten von ihnen je gesehen hatten.

An jenem Tag löste sich eine Vorhut aus sechzig Vardarioten, einem Dutzend Lanzen und genauso vielen Scholae und Nordikanern von der Hauptarmee. Alle hatten Reservepferde dabei. Sie überquerten eine große Brücke aus uralten Steinen, die sich über einen Fluss spannte, der unter ihren drei Bögen schwarz dahinrauschte. Eisstücke hatten sich an den Pfeilern aufgetürmt, und die Brücke erbebte, als weitere Eisflöße sie trafen. Doch sie war tausend Jahre alt, und frühes Tauwetter stellte keine ernsthafte Bedrohung für sie dar.

Sie ritten nach Osten. Der Rote Ritter, Gelfred und Graf Zac befanden sich am Kopf der Kolonne. Mit ihnen ritt auch Jules Kronmir. Er trug Schwert und Rüstung, ebenso wie alle anderen.

Nach einer Stunde des Galoppierens über das Wintergras hielt die Kolonne an, und alle wechselten die Pferde.

Ser Michael befand sich bei dem Priester. Er kniete kurz zum Gebet nieder, dann stand er auf und richtete seinen Gürtel. Er sah Ser Michael an und hob eine Braue. »Warum habe ich wohl den Eindruck, dass ich jeden Augenblick der kommenden Tage hassen werde?«

»Ich weiß nicht mehr als Ihr«, sagte Ser Michael. »Aber mein Bauch sagt mir, dass Ihr damit richtig liegt.«

Eine Stunde später kamen sie aus dichtem Nebel hervor und preschten durch hohes Gras und Farngewächse, die bis zu den Bäuchen ihrer Pferde reichten. Alle Vardarioten außer Graf Zac und seinem unmittelbaren Stab waren im Nebel verschwunden.

Sie hielten an, wechselten die Pferde und waren schon wieder unterwegs.

Bei Sonnenuntergang legten sie eine Pause ein, füllten die Nahrung in den Beuteln nach, die um die Köpfe ihrer Pferde hingen, und aßen selbst ein wenig Wurst. Der Rote Ritter schritt von Mann zu Mann die Kolonne entlang. Zu jedem sagte er das Gleiche.

»Wir gehen ein verrücktes Risiko ein und spielen um alles oder nichts«, bemerkte er mit einem Grinsen. »Heute Nacht wird es keinen Schlaf geben. Geht einfach immer weiter. Beachtet den Nebel nicht. So ist das bei Spähern nun einmal.« Er ging wieder an der Kolonne entlang bis nach vorn und ließ Ser Michael sowie Pater Arnaud im Unklaren über das zurück, was er vorhatte. Am Kopf der Kolonne stand ein Mann mit einem Pony. Der Rote Ritter verneigte sich vor ihm.

»Das ist eine größere Hilfe, als ich es je erwartet hätte«, sagte er. »Wieder einmal.«

»Daraus kannst du – wieder einmal – ablesen, dass die Dinge schlechter stehen, als du annimmst«, erwiderte der Führer.

Ein langes Schweigen entstand, das durch den Nebel und die Stille um sie herum noch gewaltiger und drückender erschien.

*Er wird uns geradewegs durch den Äther führen, nicht wahr?,* fragte Harmodius. *Heilige Jungfrau, stell dir nur einmal die Macht vor, die dazu nötig ist.*

*Er erspart uns vierzig Meilen unwegsamsten Geländes durchs Gebirge. Aber auf dem Rückweg müssen wir es durchqueren, oder wir sitzen in der Falle, können uns nicht mehr bewegen und werden in Stücke gehackt.*

*Bist du von uns beiden nicht der Optimist?*

Als sie aus dem Nebel herausstolperten, befanden sie sich in einem ausgedehnten, flachen Marschland, das fest gefroren war und am Fuß eines Felskammes lag, der den ganzen Himmel zu erfüllen schien, während die Sonne irgendwo weit, weit im Osten hinter ihnen aufging. Eine Burg thronte auf der höchsten Stelle des Bergkamms, und weit im Norden lag der dazugehörige Ort Ermione. Das Meer befand sich auf der anderen Seite der Berge; der Rote Ritter konnte es bereits riechen.

Der Rote Ritter sammelte seine Mannschaft. »Nun retten wir den Kaiser«, sagte er.

Alle nickten.

»Wo sind wir?«, fragte Ser Michael.

»Im östlichen Thrake«, erklärte der Hauptmann. »Das dort oben ist die kaiserliche Burg Ermione. In der letzten Nacht sind wir wirklich sehr schnell vorangekommen.«

Graf Zac kratzte sich am Bart und bemühte sich, seine übliche Gelassenheit zu zeigen. »Wo ist der Rest meiner Jungs?«, fragte er.

»Ich hoffe sehr, dass sie gerade den hohen Pass für uns erstürmen und halten und einen Lagerplatz für den Hauptteil der Armee suchen«, sagte der Rote Ritter. »Wenn nicht, wird dieser Ausflug sehr unglücklich enden.«

Die Männer begannen nun, Fragen zu stellen, und der Hauptmann hob die Arme und bat um Stille. »Es geht euch nichts an, wenn ich einen Pakt mit dem Teufel eingegangen bin«, sagte er kalt. »Es geht euch nur das eine etwas an: die Burg auf dem Bergrücken zu erstürmen. Ich habe erfahren, dass der Feind eine Armee innerhalb des Radius eines Tagesmarsches hat. Es wird also keine Belagerung geben. Wir haben lediglich einen einzigen Versuch.« Er lächelte im stärker werdenden grauen Licht. »Wenn ihr an eure letzten Übungen denkt, werdet ihr feststellen, dass ihr all das geprobt habt.«

Die Männer schauten sich um und erkannten, wie oft sie in den letzten sechzehn Wochen das Erstürmen von imitierten Burgen geübt hatten.

»Wie werden wir das Tor öffnen?«, fragte Graf Zac. »Mit Zauberei?«

Der Rote Ritter zuckte die Schultern. »Noch besser«, sagte er. »Mit Alchemie.«

Ser Michael und Gawin hatten das Ganze bereits eingehend geprobt, wie sie nun herausfanden.

Bent und Mutwill Mordling warteten lange in dem heraufdämmernden Licht am Rande des neuen Tages; sie hatten Pfeile in ihre Bögen eingelegt und beobachteten die Männer auf den Türmen. Es war so kalt, dass die Haare in den Nasenlöchern zu gefrieren schienen – so entsetzlich kalt, dass die Wachen in Bewegung bleiben mussten, wenn sie nicht an Unterkühlung sterben wollten. Müde, frierende Männer neigten nämlich dazu, sich in den immer gleichen Mustern zu bewegen.

Ser Michael öffnete den Mund, und der Rote Ritter schüttelte den Kopf und schürzte die Lippen.

Die beiden Meisterbogenschützen hoben ihre Bögen in vollkommenem Gleichklang, und alle anderen Bogenschützen ahmten sie nach, sodass zwei Dutzend Pfeile in die kristallklare Luft flogen. Diejenigen, die nicht trafen, klapperten gegen den Stein der Burg, aber es waren die wenigsten, die nicht trafen.

Die beiden Wächter starben.

Ser Gawin und Ser Michael hoben etwas hoch, das wie eine Bronzeglocke aussah und sich bei ihrem letzten Halt wie aus dem Nichts materialisiert hatte. Damit rannten sie zum Ausfalltor der Burg. Alle Soldaten folgten ihnen, während Graf Zac und seine Männer sowie die Bogenschützen wieder aufsaßen und am Rande des Waldes warteten.

Ser Michaels Hände zitterten, während seine Armmuskeln vor Schwäche kitzelten.

Der Schnee knirschte unter seinen Panzerstiefeln, und er zwang sich, schneller zu laufen.

Die beiden stärksten Männer hoben die Bronzeglocke an und stellten sie dicht gegen die Eichenplanken des Ausfalltores, das mit Eisen beschlagen war.

Ein Schwirren der Macht entstand, und die Bronze sank irgendwie in das Eisen des Tores ein. Ser Gawin ließ das Ding los, als ob es vergiftet wäre. Michael wich zurück und wäre beinahe gestürzt, als er mit dem Absatz gegen ein gefrorenes Stück Pferdemist stieß. Er fing sich gerade noch mit einer Drehung in der Hüfte, die aber ein knirschendes Geräusch verursachte.

»Lauft!«, zischte der Rote Ritter. »Hierher – drängt euch dicht an die Mauer!«

Zwanzig gerüstete Soldaten pressten sich gegen die hölzerne Palisade um die Ecke, knapp hinter dem Ausfalltor. Der Rote Ritter bewegte stumm den Mund.

Es entstand ein Lärm, als würde die Hölle ausbrechen, und dann stank es auch wie in der Hölle.

Der Rote Ritter schwang in der darauf einsetzenden plötzlichen Stille sein Schwert und rannte in den stinkenden Rauch hinein, während ihm die anderen folgten.

Ser Michael war für das Haupttor verantwortlich. Er führte sechs Soldaten über den gefrorenen Hof und fiel flach auf den Bauch, als ihn das Eis unter seinen Füßen verriet. Harald Derkensun riss ihn wieder auf die Beine, und die anderen Soldaten hasteten an ihm vorbei. Im Wächterhaus schliefen einige Männer, aber das waren keine Wachen. Sie töteten die Schlafenden in ihren Betten, und Derkensun, der sich mit Wächterhäusern auskannte, betätigte den Tormechanismus. Gleich darauf rasselten die Ketten, als sich das Fallgitter hob und die beiden Torflügel durch ihre Gegengewichte geöffnet wurden …

Ser Milus folgte dem stählernen Rücken des Hauptmanns durch die nächste Tür in die Haupthalle hinein – die sich jedoch nur als ein überdachter Durchgang herausstellte, der die Große Halle von der Kaserne abtrennte.

»Beachtet sie nicht«, sagte der Hauptmann leise und rannte durch eine Tür, die von einem Vorhang abgetrennt wurde, in die Große Halle. Auf Holzbänken lagen ein Dutzend Männer, von denen zwei wach waren.

Der Hauptmann rannte durch die Halle, und keiner der Thraker schien ihn zu sehen. Sie sprangen auf Milus und Gawin zu, und der Kampf begann. Milus stellte sich breitbeinig hin und schwang seine Axt. Die Thraker wichen zurück. Ser Giorgios rannte an dem Handgemenge vorbei und folgte dem Hauptmann mit zwei Scholae, die ihm nicht von den Fersen wichen – wie sie es gelernt hatten.

Milus' Streitaxt erwischte einen unvorsichtigen Thraker, der nicht wusste, wie groß die Reichweite des Gegners war, und fast ein Drittel seines Kopfes sowie der Arm, den er im letzten Augenblick zur Verteidigung gehoben hatte, wurden sauber abgetrennt. Er konnte gerade noch in Staunen und Entsetzen aufschreien, als ihm der obere Teil seines Kopfes in den Schoß fiel.

Dann war das Überraschungsmoment vorbei.

Ser Giorgios folgte dem Hauptmann die Turmtreppe hoch, die sich wie ein Korkenzieher drehte. Er atmete schwer, und dabei trug er weniger Rüstung als die Albier.

Sie erreichten das obere Ende der Treppe und trafen auf vier Männer, die ihre Schwerter hoben.

Der Rote Ritter erledigte einen von ihnen, noch bevor der eigentliche Kampf einsetzte, indem er ihm sein langes rotes Schwert – von einer Stelle, drei Stufen unter ihm, aus – in den Fußknöchel rammte und die Sehnen durchtrennte. Es war schon fast das Ende des Kampfes. Der Mann geriet ins Taumeln und schrie auf, ohne zu wissen, was mit ihm geschah – und fiel rückwärts die Treppe hinunter. Sein Tod in ihren Schwertern trieb die Scholae ein wenig zurück und gab seinen Gefährten die Zeit, die sie benötigten, um sich auf den Angriff einzustellen.

Der Rote Ritter ächzte gereizt. Er sprang die letzten drei Stufen hinauf, fing dabei zwei schwere Schläge ab – einen gegen seinen Helm und einen gegen den rechten Schulterpanzer. Dann weidete er mit seinem fest in der linken Faust gehaltenen Dolch den Mann aus, der sich am nächsten vor ihm befand.

Ser Giorgios war so dicht hinter ihm, dass er den Sterbenden als Schild benutzen konnte; er warf ihn dem dritten Mann auf dem Treppenabsatz entgegen und stach mit seinem Schwert so oft durch den beinahe schon Toten, bis sein Gegner dahinter gurgelte und ächzte.

Die Scholae erledigten den letzten Mann, als er auf die Knie fiel und um Gnade flehte.

Der Rote Ritter trommelte mit seiner gepanzerten Hand gegen die Tür. »Er ist da drin«, sagte er. »Majestät!«, rief er. »Öffnet die Tür! Eure Rettung ist da!«

Die Männer, die sich aus der Kaserne ergossen, formierten sich auf dem eisigen Hof. Sie waren ungerüstet, hatten aber eine Ansammlung von kurzen Schwertern und schweren Falchions, Säbeln und Pferdebögen. Ein Offizier brüllte etwas, da hoben sie ihre Schilde und stießen einen thrakischen Kriegsruf aus.

Graf Zac führte seine Reiter durch das nun offen stehende Tor. Pfeile flogen dicht wie Schneeflocken, und der Hof, der bereits schlammig gewesen war, rötete sich. Die Garnison konnte nirgendwohin fliehen, hatte keine Rüstungen und auch keine Hoffnung, gegen zwanzig berittene Männer bestehen zu können.

Der Rest der Gerüsteten ergoss sich in die Große Halle, um Milus und Ser Gawin zu helfen, die als Einzige in ernsthafte Kämpfe verwickelt waren. Beide wurden verwundet, waren in der Minderzahl und kämpften so lange allein, wie die Sonne brauchte, um einen Fingerbreit über den Horizont zu steigen.

Ser Michael hatte noch eine weitere Pflicht zu erfüllen, und zwar eine selbst auferlegte. Er sammelte seine Gruppe und rannte durch den blutigen Hof – das Eis war verschwunden – zur Küche unter dem Ostturm. Der Riegel der Hoftür wurde aufgebrochen, eine Frau kreischte, und nun waren sie im Innern.

»Auf den Boden!«, rief er. »Dann wird euch nichts geschehen!«

Der Rote Ritter hatte ihm nicht befohlen, die Frauen und Kinder zu schonen, aber Ser Michael war frisch verheiratet und hegte seine eigenen Ansichten über den Krieg.

Bevor die letzten Schreie verstummt waren, kam der Rote Ritter zusammen mit Giorgios und zwei weiteren Scholae, die den Kaiser trugen, in den Hof. Jeder Mann fiel auf die Knie – sogar die Bogenschützen, nachdem sie dazu aufgefordert worden waren.

Der Kaiser lächelte. »O meine Tapferen«, sagte er. »Bitte verschont die Rebellen.«

Sie legten ihn auf eine Bahre, die sie an einem der Pferde befestigten.

Milus traf den Roten Ritter bei Ser Michael an. »Verschonen wir sie wirklich?«, fragte er.

Der Rote Ritter grinste. »Ser Ritter, an deinem Oberschenkel hängt ein Hautfetzen von der Größe eines Pfannkuchens herunter.« Er kniete sich in den blutigen Schnee und drückte gegen die Wunde, die Ser Milus nicht einmal bemerkt hatte. »Aber ja. Wenn der Kaiser gnädig sein will, dann werde ich nichts dagegen einwenden.«

»Ihr sagtet, wir sollen sie alle töten«, meinte Ser Michael anklagend.

»Das habe ich gesagt, als wir verzweifelt waren«, gab der Rote Ritter zurück, als spreche er mit einem Narren. »Aber jetzt sind wir bloß noch in Eile.« Er sah Mutwill Mordling finster an, der unbemerkt in die Küche zu schlüpfen versuchte, und nickte Michael zu. »Du hast die Küchendiener geschont? Das war gut«, sagte er. »An sie hatte ich nicht einmal gedacht«, gestand er ein.

Bent und zwei weitere Bogenschützen stützten nun Ser Milus, und Langpfote umwickelte ihm das Bein mit einem sauberen weißen Leinenstreifen. »Wenigstens hat's nicht deinen Schwanz getroffen«, sagte der Bogenschütze, um ihn zu trösten.

»Wenn wir sie fesseln, werden sie innerhalb einer Stunde erfroren sein«, sagte Ser Milus.

»Dieses Risiko gehe ich gern ein«, erwiderte der Rote Ritter. »Es tut mir leid. Ich weiß zwar, dass ihr alle sanfte, vollkommene Ritter auf der Wanderschaft seid, aber ich möchte diese Herren heute lieber nicht mehr sehen. Und wenn Andronicus' Verstärkung hier eintrifft, wird sich jeder unserer Gefangenen ganz gewiss in einen blutgierigen Thraker verwandeln.«

»Der Kaiser hat gesagt, wir sollen sie nicht umbringen«, meinte Ser Michael. »Wenn wir sie fesseln, werden die Frauen sie wieder losbinden.« Er stemmte die Hände in die Hüften. »Ich werde es aber nicht zulassen, dass Ihr die Frauen tötet.«

Der Rote Ritter rollte mit den Augen. »Ich hatte nicht vor, sie zu töten, mein junger Idealist. Ich hatte jedoch gehofft, dir falle eine edle, aber wirkungsvolle Möglichkeit ein, uns zu schützen – auch vor deinen ausgezeichneten Freunden, wie beispielsweise Mutwill Mordling, der bloß ein bisschen vergewaltigen will.« Er zuckte die Achseln. »Also gut. Sperrt sie alle in den Keller des Ostturms. Wir können nur hoffen, dass die Schicksalsgöttinnen unsere Gnade zu schätzen wissen.« Er beugte sich vor. »Michael, wir haben es geschafft!«

Michael schüttelte den Kopf. »Natürlich haben wir das«, sagte er.

Der Rote Ritter seufzte.

»Manchmal glaube ich, ihr nehmt alles, was ich sage, für bare Münze«, erklärte er und ging davon, weil er sich das Blut von den Händen waschen wollte.

Pater Arnaud lachte so heftig, dass er beinahe zu Boden gefallen wäre.

Demetrius' Verstärkung erreichte die Burg Ermione am Meer sechs Stunden später.

Als er das Gebäude am Horizont sah und kein Rauch aus den Kaminen aufstieg, wusste sein Späheroffizier, dass sie zu spät kamen. Aber er hielt den Mund. Demetrius befand sich in mörderischer Stimmung und suchte seit dem letzten heftigen Streit mit seinem Vater, der mit dem Hauptteil der Armee zehn Meilen zurücklag, nach Sündenböcken und Opfern.

Sie ritten in den stillen Hof, und Dariusz machte sich sogleich daran, den Turm zu erklimmen, denn es war gut möglich, dass die Wächter ihre Befehle befolgt und den Raum gegen alle Angreifer verteidigt hatten. Oder dass sie den Kaiser getötet hatten, wie es ihnen für den Notfall aufgetragen worden war.

Aber alle vier Wächter lagen tot auf dem oberen Teil der Treppe. Ihre Beutel und Börsen waren leer, die Waffen verschwunden. Die Tür zum Zimmer des Kaisers stand offen. Dariusz ging in dem Raum herum, in dem der Kaiser gefangen gehalten worden war, und betrachtete seine Umgebung mit den Augen eines Mannes, der die Dinge eingehend analysierte. Er stieg über die Große Halle wieder nach unten und trat durch das Turmtor.

Inzwischen töteten Demetrius' Ostmänner die geretteten Gefangenen, einen nach dem anderen. Demetrius saß auf seinem milchweißen Pferd – ein wunderschöner Mann auf einem großartigen Pferd inmitten eines Hofes voller Blut und Schlamm. Die Männer, die die Garnison der Burg gebildet hatten, fielen auf die Knie – manche zum zweiten Mal an diesem Tag – und flehten um Gnade. Diesmal aber fanden sie keine; die Ostmänner töteten sie kaltblütig.

Dariusz wartete, bis das Schlimmste vorbei war, dann bahnte er sich vorsichtig seinen Weg quer durch den Hof. »Sechzig Männer«, sagte er. »Sie haben die Burg bei Tagesanbruch im Handstreich genommen. Ich glaube nicht, dass sie dabei auch nur einen einzigen von ihren eigenen Männern verloren haben.«

Demetrius spuckte aus. »Diese verdammten Narren«, sagte er. »Wenn wir sie getötet haben werden, wird das allen eine Lehre für die Zukunft sein.« Er spuckte noch einmal in den blutigen Schnee. »Wir müssen sie verfolgen. Wir verlieren alles, wenn uns der Kaiser entkommt.«

Dariusz sah Aeskepiles an, der von dem Massaker völlig unberührt zu sein schien. »Mylord, wir sind etwa ebenso stark wie sie, und sie sind uns viele Stunden voraus. Falls sie einen Hinterhalt vorbereiten, werden wir unweigerlich in die Falle tappen. Oder wir verfolgen sie zu langsam, weil wir stets die Möglichkeit eines Hinterhalts fürchten. Wie dem auch sei, es ist in jedem Fall sinnlos.« Er fügte nicht hinzu, dass er, wenn er der feindliche Befehlshaber wäre, in der Nähe eine Abteilung seiner Streitmacht postiert hätte, die jede Verfolgung unterbinden würde. Und dass Lord Andronicus im späten Februar seine gesamte Armee ins Feld geführt hatte, während die vollständige Stärke des Feindes noch nicht offenbar geworden war.

Dariusz verspürte so etwas wie Bewunderung für den Roten Ritter. Offensichtlich lasen sie die gleichen Bücher.

Demetrius knurrte.

Schreie waren zu hören. Frauenschreie.

Dariusz gab seinem Reittier die Sporen, sodass es den Kopf von Demetrius' Pferd berührte. Er wollte die Aufmerksamkeit des Lords erringen. »Verschont die Frauen«, sagte er.

Demetrius lachte. »Oh, sie werden nicht sterben«, sagte er.

Aeskepiles holte tief Luft, schnippte mit den Fingern, und Demetrius' Pferd warf ihn kopfüber in den Schlamm des Hofes.

Dariusz stellte fest, dass ihm plötzlich die Hände auf dem Rücken zusammengehalten wurden.

Aeskepiles befand sich hinter seinem Pferd. »Damit möchte ich nichts zu schaffen haben«, sagte er. »Verschont die Frauen und Kinder, oder, bei den dunklen Göttern, ich werde Euch beide hier auf der Stelle töten.«

Dariusz fragte sich, warum der Magister annahm, dass auch er Mord und Vergewaltigung schätzte. Aber er war jetzt hilflos. Und im Gegensatz zu anderen Männern, die in eine hilflose Lage gerieten, entspannte sich Dariusz.

Demetrius sprang auf die Beine. »Du hättest mich einfach bitten können, Hexer. Stattdessen demütigst du mich.« Er lächelte. »Wir werden sehen. Erst einmal dürfen sie weiterleben, und ihre Tugend wird nicht angetastet.« Er rieb sich die Hüfte. »Die Tugend von Armeefrauen wird von einem ehrenwerten Zauberer verteidigt«, sagte er. »Ihr seid Dummköpfe.« Er wandte sich an Dariusz. »Ich habe gehört, was du gesagt hast, Späher. Ich frage mich nur ...«

Dariusz zuckte die Schultern. Seit dem winterlichen Überfall im Westen hatten seine Überzeugungen einen Schlag nach dem anderen einstecken müssen. Er war zwar nicht mehr überzeugt, auf der richtigen Seite zu stehen, aber er war überzeugt davon, dass sie auf der Seite standen, die unterliegen würde. Und der Verlust des Kaisers ...

Demetrius kniff die Augen zusammen. »Ich hasse es zu verlieren«, sagte er. »Bleib bei mir, Hauptmann. Ich bin noch nicht am Ende.«

Zwanzig Meilen südwestlich der Burg, in der Demetrius seine Wut an den Überlebenden der Garnison austobte, schlug die Armee des Roten Ritters ihr Lager auf. Um das große rote Zelt des Kommandanten breitete sich ein behagliches Gebilde aus sechshundert Zelten aus, von denen jedes mit Holz und Gestrüpp umgeben war, sodass das Ganze wie ein kleiner Wald wirkte. Ein spätwinterlicher Schauer hatte drei Fingerbreit Schnee über den Zelten ausgeschüttet, und der Hunger der Armee nach Feuerholz hatte alle Bewohner des benachbarten Dorfes vertrieben; ihre Häuser waren abgerissen worden, soweit sie aus Holz bestanden hatten. Und alle Holzvorräte waren wie von einem Heuschreckenschwarm verzehrt worden.

Die meisten Einwohner hatten sich fliehend in das nächste Dorf aufgemacht. Die Ärmsten aber waren im Schnee erfroren.

Der Rote Ritter stand über einen Feldtisch gebeugt und hatte seine Offiziere um sich versammelt. Die Luft vor seinem Pavillon war bitterkalt – in den Bergen herrschte noch Winter –, aber im Innern machten fünf Kohlenpfannen und die Gegenwart von fünfzehn Männern die Temperatur erträglich. Am Kopfende des Tisches saß der Kaiser auf einem schweren Eichenstuhl, den Mutwill Mordling von dem reichsten der örtlichen Bauern requiriert hatte, während Graf Zac an seiner Seite kniete und ihn mit gebratenem Hähnchen versorgte. Harald Derkensun stand mit der Axt über der Schulter rechts hinter dem Kaiser, während Ser Giorgios links hinter ihm Stellung bezogen hatte. Ser Gawin und Ser Michael standen bei ihrem Hauptmann; Ser Jehan und Ser Milus saßen auf Stühlen, und Ser Bescanon stand bei Ser Alison. Gelfred befand sich am Ende des Tisches. Er hielt seinen leichten Helm unter dem Arm und flüsterte angeregt mit Pater Arnaud.

»Nun wird klar, warum große Herren große Zelte benötigen«, sagte der Rote Ritter.

Es entstand ein etwas gezwungen wirkendes Lachen, und die Moreaner wirkten gequält.

»Meine Herren, dank Gelfreds edlen Bemühungen und auch denen des Grafen Zac und seiner Männer konnten wir den Feind lokalisieren. Er hat eine große Streitmacht bei Ermione, und die Hauptarmee steht etwa dreißig Meilen weiter im Norden in der Nähe der Zitadelle von Nemea.« Mit seinem langen Finger deutete er auf die Orte, die in der Karte vor ihm eingezeichnet waren. Er lächelte die Männer an. »Leider ist die Armee des früheren Herzogs der unseren zahlenmäßig beträchtlich überlegen. Offensichtlich ist ihm das Wunder gelungen, während des Winters weitere Soldaten zu rekrutieren.«

Ser Jehan schüttelte leicht den Kopf.

»Aber andererseits haben wir jetzt den Kaiser in unseren Reihen«, sagte der Rote Ritter.

Alle Anwesenden verneigten sich. Die Moreaner knieten sogar nieder.

Der Kaiser lächelte gütig. »Ich danke jedem von euch für meine Rettung«, sagte er. »Wenn mich meine Beine tragen könnten, würde ich vor euch knien. Ich würde, wenn es mir erlaubt wäre, die Hände eines jeden Mannes und einer jeden Frau in diesem Lager küssen.« Er nickte, und Tränen glitzerten in seinen Augen. »Aber wie ich sehe, schockiert euch das. Daher will ich lediglich sagen, dass eure Rettungsaktion Gottes Werk ist, und mit Gott in unserem Rücken sehe ich keinen Grund dafür, warum unsere Schwerter nicht triumphieren sollten.«

Im Gesicht des Roten Ritters zuckte es.

*Gott ist auf deiner Seite, Gabriel.*

Harmodius lachte im Innern seines Geistes, während ein Kopfschmerz von epischen Ausmaßen heranwuchs. Die Stunden, die er von Harmodius befreit gewesen war, hatten ihm gezeigt, dass er sich unbedingt von seinem ungebetenen Gast befreien musste. Ohne dass er es wollte, glitt sein Blick zu Morgan Mortimir hinüber, der hinter Ser Alison stand.

*Bitte lass mich in Ruhe, Harmodius.*

*Oh, sind wir jetzt empfindsam geworden?*, lachte Harmodius. *Ich arbeite an einer großen Sache. Ich würde dir gern das zeigen, was ich gerade schmiede …*

*Verdammt, halt doch den Mund!*

Der Rote Ritter sah sich im Zelt um und bemerkte, dass ihn alle anstarrten. Er zwang sich, freundlich zu nicken, und enthielt sich eines Kommentars über die Einmischung des Kaisers, auch wenn er sich darüber ärgerte. Aber seine Wut würde ihn nirgendwohin bringen.

Allerdings wurde es beständig schwieriger, sich ritterlich zu verhalten, während seine Schläfen gegen den Knochen des Schädels zu klappern schienen wie lockere Schulterplatten und sich sein Gast in Bemerkungen erging, die dieser offensichtlich als gewitzt erachtete.

Er erholte sich nur langsam von der Wunde, die er an Weihnachten empfangen hatte – eigentlich waren es ja zwei Wunden –, und er war viel schwächer, als es ihm lieb war. Sein linker Arm schmerzte, wenn es kalt war, und das war es in letzter Zeit fast andauernd.

All das dachte er während eines einzigen Blinzelns.

»Wie üblich«, sagte er, »habe ich einen Plan.«

Die alte Zitadelle von Nemea erhob sich über die Ebene und gewährte den Blick über eine seichte Bucht bei Ermione im Süden. Die Berge hinter Ermione waren noch schneebedeckt, aber hier an der Küste war es bei Tage schon warm, und die ersten Blumen blühten.

Andronicus hatte das Kinn auf die Hand gestützt und dachte über eine Reihe möglicher Zukünfte nach. Sein Sohn und sein Magister hatten soeben die Hauptbrücke des Ortes überquert.

Andronicus war ein erfahrener Feldzügler. Er erkannte an der Haltung der Männer, die hinter seinem Sohn ritten, dass sie versagt hatten und der Kaiser in Freiheit war.

Andronicus seufzte. Er wirbelte den Wein in seinem goldenen Becher herum. Bitter lächelte er den früheren Kammerherrn an.

»Mylord?«, fragte der Mann. Die Niederlage hatte die hündische Ergebenheit dieses Mannes nicht vertreiben können, wie Andronicus mit innerer Belustigung feststellte.

Vorsichtig nahm Andronicus einen Schluck Wein. »Ich wette, dass wir den Kaiser verloren haben.«

Der Kammerherr zuckte sichtbar zusammen.

Andronicus nickte. »Ich glaube, es ist nun an der Zeit, einen Boten in die Stadt zu schicken und zu verhandeln.«

Der Kammerherr wusste, dass dies das Todesurteil für ihn bedeutete. Andronicus war der Vetter des Kaisers. Er würde seine Güter zurückerhalten und nur einen Schlag auf die Finger bekommen. Aber irgendjemand würde den Sündenbock abgeben müssen, und in den Augen des Kammerherrn stand deutlich die Angst geschrieben, dass er dieser Jemand sein werde.

Andronicus nahm einen weiteren kleinen Schluck und betrachtete die schneebedeckten Berggipfel. »Etruska könnte schön sein«, sagte er.

Er hatte seinen Wein noch nicht ausgetrunken, als sein Sohn angekündigt wurde und in seiner strahlenden goldenen Rüstung vor ihm erschien.

Demetrius sank auf die Knie. »Er war fort«, sagte er. Hinter ihm trat der Magister Aeskepiles ein. Der Mann sah schlimmer aus als gewöhnlich – er war bleicher und hatte schwere dunkle Ringe unter den Augen.

Andronicus hatte seinen Sohn selten so geliebt wie in diesem Augenblick. Er streckte die Hand aus. »Ich weiß«, sagte er.

Demetrius' Augen waren hell. »Hör mir zu, Vater. Wir müssen dich zum Kaiser krönen. Gleich heute. Jetzt sofort. Wir verkünden einfach, dass der wahre Kaiser tot ist. Und dann …«

Andronicus lächelte. »Nein«, sagte er.

Demetrius schüttelte den Kopf. »Nein, hör mir zu. Dieser Rote Ritter hat einen höchst närrischen Fehler gemacht, auch wenn er den Kaiser jetzt in seinem Gewahrsam hat. Er ist in den Bergen gefangen. Wir hingegen haben die ganze Kraft unserer aufgefrischten Armee. Wir fangen ihn, zerschmettern ihn und töten den Kaiser.«

»Was wir gleich zu Beginn hätten tun sollen«, warf Aeskepiles ein.

Andronicus schüttelte den Kopf. »Nein. Hört mir zu, meine Freunde. Ich wollte den Kaiser entthronen, um dadurch das Reich zu retten. Er ist – ein Narr.« Er sah sich um. »Aber wenn ich meine frisch ausgehobenen Soldaten, meine Infanterie und meine Stradioten durch die Täler von Morea in den Krieg schicke, wer ist dann der Narr? Was würden wir erreichen? Wir würden bloß weitere Leichen zurücklassen, die dann von den Etruskern und den Draußenern – und den Albiern – geplündert werden. Wir haben die Würfel geworfen und verloren. Jetzt sind wir zu den Feinden unseres eigenen Landes geworden.«

»Irene hat uns verraten«, sagte Demetrius.

Andronicus sah seinen Sohn an, und in seine Augen kehrte ein wenig von dem alten Feuer zurück. »Ich hätte mich vor einer Frau in Acht nehmen müssen, die bereit war, ihren eigenen Vater zu verraten«, sagte er.

Demetrius kniete noch zu seinen Füßen. »Ich bin nicht bereit aufzugeben«, sagte er.

Andronicus lächelte. »Du bist ein tapferer junger Mann«, sagte er.

»Wir können noch gewinnen!«, beharrte Demetrius.

»Ich stimme dir darin zu, dass du die Schlacht tatsächlich gewinnen könntest. Aber am Ende wären viele Hundert unserer besten Männer tot. Und für die Söldnertruppe wird das Gleiche gelten. Überdies werden viele Hundert der besten kaiserlichen Gardisten sterben. Und was würde uns das bringen? *Irene hält noch immer die Stadt.* Aber das Reich wird mit jedem Toten auf der einen oder anderen Seite geschwächt. Man soll Wein bringen, für meinen Rat. Wir werden nun unser Unterwerfungsschreiben verfassen.«

Aeskepiles machte eine Bewegung.

Demetrius kniete noch immer vor dem Stuhl des Herzogs. »Vater«, sagte er, und in seiner Stimme lag ein selten zu hörender bettelnder Ton. »Vater!«, beharrte er.

Andronicus lächelte ihn an.

Demetrius sagte: »Wir werden uns *nicht* ergeben.«

Andronicus nickte. »Du und der Magister und der Kammerherr?«

Plötzlich stand Demetrius auf und überragte seinen Vater in seiner strahlenden goldenen Uniform. »Ja!«

Andronicus nickte. »Dann empfehle ich euch dreien, an Bord eines Schiffes zu gehen«, sagte er. Seine Stimme wurde härter. »Weil ich vor Gott der Herzog von Thrake bin. Und die Armee, die dort draußen lagert, gehorcht mir.« Er bemerkte die Bewegung des Kammerherrn und runzelte die Stirn. »Wache!«, brüllte er.

»Vater!«, rief Demetrius. »Hör mir zu!«

Demetrius zog den schweren Dolch an seiner Hüfte. Er starrte ihn einen Augenblick lang an, als verwirre ihn das.

Andronicus erstarrte. »O mein Sohn!«, sagte er.

Demetrius schüttelte den Kopf. »Das werde ich nicht tun!«, rief er.

Andronicus wäre niemals bis zum Oberbefehlshaber der Reichsarmee aufgestiegen, wenn er eine Bedrohung nicht sofort erkannt hätte. Sein Blick flog zum Kammerherrn hinüber, der bereits auf ihn zukam, und dann zu Aeskepiles, der still neben der Tür stand und aus dessen Stab einige dicke schwarze Stränge herausquollen. Einer lief auf den Kammerherrn zu und einer zu Demetrius.

Andronicus wich nicht zurück und sagte auch nichts mehr. Er zog seinen Gürteldolch und schleuderte ihn auf Aeskepiles zu.

Er prallte gegen einen unsichtbaren Schild und verschwand in einem Funkenregen.

Aeskepiles lächelte.

Andronicus' Wurf hatte diesen selbst auf die Beine gebracht, und nun wich er nach rechts aus, in dem Glauben, sein Sohn werde ihn beschützen.

Doch Demetrius' Dolch fuhr ihm in die linke Seite, unter dem Arm. Er spürte es wie einen Schlag – er spürte den Druck des Griffes gegen die Seide seines Hemdes.

Ohne es zu wollen, wirbelte er den Körper seines Sohnes herum und steckte ihm den Daumen in die rechte Augenhöhle, noch bevor er begriff, dass er tot war. Sein Augenlicht verließ ihn. Aber der Drang zu kämpfen war noch ungeheuer stark.

Der Dolch hatte ihn mitten ins Herz getroffen.

Zusammen mit seinem letzten Gedanken lockerte er den Griff um den Kopf seines Sohnes.

»Mein …«

Er schlug auf den Boden.

»Wir müssen den Leichnam sofort wegschaffen.« Er hörte die Worte des Hexers wie von einem fernen Berg herüberhallen. Er wollte noch etwas von seinem Sohn hören. Er wollte …

Und dann war er nicht mehr.

Einen Tag nachdem sie den Kaiser an die Männer des Roten Ritters verloren hatten, griff einer von Dariusz' Patrouillen zwei Bauern auf, die von Vergewaltigung und Mord in den Bergen im Westen berichteten. Dariusz verlor einen halben Tag damit, diesen Berichten zu folgen, und als er dann wieder zurückgekehrt war, war der Herzog nicht mehr da. So musste er Demetrius Bericht erstatten. Der Offizier der Prokusatoren verließ gerade das Zelt des Despoten Demetrius und näherte sich dem Khan der Ostmänner.

Der Mann zuckte nur die Schultern und wandte den Blick ab.

Herzog Andronicus ritt anscheinend nicht länger mit der Armee, die er selber ausgehoben hatte. Hauptmann Dariusz kannte viele der Soldaten und Bediensteten. Schließlich fragte er Ser Christos' Knappen, der ebenfalls mit den Schultern zuckte und zugab, dass der Herzog Nemea nicht verlassen hatte. Viele Männer wussten, dass der Herzog verschwunden war, und Dariusz hielt die Ohren offen, aber er hörte nichts Konkretes. Er vermutete, dass der Herzog erkrankt war und dies verheimlicht werden sollte, aber er hatte auch noch dunklere Vermutungen.

Er gönnte sich einige Stunden Schlaf in der Burg von Ermione und führte dann eine schlagkräftige Patrouille nach Westen, wobei er den Spuren des Feindes folgte. Zu seiner Zufriedenheit fand er den Ort, an dem der Feind im Hinterhalt gelegen hatte.

Er zeigte seinen beiden besten Männern die Stelle. Hier war der Schnee festgetrampelt, und es gab ein kleines Feuer sowie einen Ausguck hinter einer Wand aus Schnee und Zweigen, die dicht miteinander verwoben waren.

Verki – einer seiner Besten – stocherte mit einem Stab in der Feuerstelle herum und wirkte eine kleine Magie.

»Zehn Stunden. Vielleicht sind sie im letzten Licht des gestrigen Tages aufgebrochen.« Er zuckte die Achseln; diese Geste wurde durch seinen langen Pelzmantel und die dick ausgepolsterte Rüstung, die er trug, noch erheblich verstärkt.

Dariusz hob eine Braue. »Mal sehen«, sagte er.

Dann folgte er den Spuren, die von den feindlichen Pferden hinterlassen worden waren. Es war versucht worden, sie zu verdecken, und man hatte den Schnee mit Zweigen gefegt, aber seitdem war kein Schnee mehr gefallen, und es gab Stellen, an denen Hufspuren und gefrorener Pferdemist deutlich zu sehen waren. Sechzig Kavalleristen, die schnell unterwegs waren, konnten sich in einer winterlichen Landschaft kaum verstecken.

Es war schon fast Mittag, als sie einen hohen Kamm erstiegen. Über ihnen befanden sich einige Reiter, und es kam zu einem kurzen Scharmützel, bei dem ein Pferd starb. Ein Mann brach sich das Rückgrat, als ein weiteres Pferd zu Boden ging. Um ihn von den Schmerzen zu befreien, musste er getötet werden.

Sie nahmen den Kamm ein und schauten in das nächste Tal hinunter. Der Feind ritt vor ihnen davon.

»Kennt Ihr dieses Land?«, fragte Verki.

Dariusz schüttelte den Kopf. »Ein wenig. Früher bin ich hier auf die Jagd gegangen.«

Verki runzelte die Stirn. »Da stimmt etwas nicht«, sagte er und spähte in das Tal hinunter. Der Schnee spiegelte das helle Sonnenlicht wider und erschwerte das Sehen, auch wenn tiefer im Tal der Schnee bereits schmolz und die Bäche füllte.

Dariusz bemerkte das Dorf, das mit einer Wallanlage versehen war und von einer Schleife des gewundenen Hauptflusses geschützt wurde. »Da liegt der Ort«, sagte er.

»Kein Rauch steigt aus den Kaminen auf«, sagte Verki.

Sie schauten noch ein wenig auf das Tal unter ihnen und sahen die Patrouille der feindlichen Reiter, die sie vom Hügelkamm vertrieben hatten, über den Talgrund reiten.

Dariusz verband sich die Wunde, die er bei dem Kampf an der linken Hand empfangen hatte, und dann spürte er, wie ihm immer kälter wurde.

»Ich habe die Bastarde! Folgt der Linie der Furt. Seht zum Kamm der gegenüberliegenden Hügelkette.« Verki grinste böse.

Ein ganz feiner Rauchfleck war dort sichtbar.

Dariusz nickte. »Das muss ihr Lager sein.«

Verki schüttelte den Kopf. »Es wird vom Kamm verdeckt. Da versteht jemand sein Handwerk.«

»Lass einen Posten hier zurück. Nimm zwei Männer mit, denen du vertraust, und sieh dir ihr Lager an.« Nun fiel Dariusz das Atmen leichter. Bis jetzt war ihm der Feind regelrecht geisterhaft erschienen. Er hatte noch immer keine Ahnung, wie es den Gegnern gelungen sein konnte, die Berge zu überwinden. Aber jetzt hatte er sie aufgespürt, und Lord Demetrius würde die Armee heranbringen.

Während er sein Pferd wendete und nach Osten ritt, hatte er etwas Zeit, über eine ganze Reihe von Fragen nachzudenken, von denen eine der wichtigsten lautete: Wo war Herzog Andronicus?

»Du hast sie?«, fragte Demetrius.

Er sah so aus, als hätte er seit vielen Tagen nicht mehr geschlafen.

»Wir sind mit einer Patrouille aneinandergeraten. Und wir haben den Rauch von ihrem Lager gesehen.« Jetzt hörte es sich plötzlich sehr dünn an.

Demetrius sah den Khan seiner Ostmänner böse an. »Das ist immerhin mehr, als alle anderen geschafft haben. Christus Pantokrator, einer dieser Narren, hat sogar vermutet, sie wären übers Meer herübergekommen!«

Dariusz beugte sich über die grobe Karte des Grafen. »Er sitzt in den Bergen fest, genau wie Ihr es vorhergesagt habt, Mylord, und schon in wenigen Tagen wird ihm die Nahrung ausgehen. Die Orte dort können keine Armee ernähren.« Dariusz zuckte die Schultern. »Ich glaube, wir werden nicht einmal kämpfen müssen.«

»Du klingst schon ganz wie mein Vater«, spuckte Demetrius aus.

Dariusz zuckte zusammen. Es war eine seltsame Bemerkung und wollte so gar nicht in den Zusammenhang passen.

Demetrius schaute den Zauberer Aeskepiles an. Und den früheren Kammerherrn.

Aeskepiles nickte und sagte sehr bedächtig: »Wie ich schon früher bemerkt habe, wir müssen den Kaiser töten. Und dann müssen wir es so aussehen lassen, als hätte ihn der Feind vor Verzweiflung umgebracht. Um das Letztere werde ich mich persönlich kümmern. Aber er muss getötet werden, und deswegen müssen wir angreifen.« Er zuckte die Achseln. »Wenn der Kaiser irgendwie über die Berge geschafft werden sollte …«

Demetrius lachte. »Über die Berge? Im späten Winter?« Er schüttelte den Kopf. »Dort würde jetzt sogar ein Vogel sterben.«

Dariusz hatte in dieser Gegend seit Kindertagen gejagt und musste widersprechen. »Mylord«, sagte er.

Demetrius hob die Hand. »Ich bin an deinem Genörgel nicht interessiert. Ich bin auch nicht daran interessiert, im Schnee zu lauern und zu warten, bis der Feind verhungert ist. Oder, schlimmer noch, bis er aufgibt, sodass wir eine ganze Horde von Zeugen haben.«

Aeskepiles lächelte. »Das ließe sich machen.«

Demetrius hielt inne, während sich sein Blick verhärtete. »Zauberer, ich begreife, dass ich dich brauche. Wenn das hier vorbei ist, muss es wieder ein Reich geben. Wenn ich die Garde abschlachte, wird mich niemand mehr beschützen, wenn ich Kaiser bin, oder?«

»Es wird niemand mehr da sein, der Euren Vater beschützt, wie Ihr wohl sagen wolltet«, meinte Dariusz vorsichtig.

»Mein Vater hat sich … hm … aus der Armee zurückgezogen«, sagte Demetrius. »Er hat kein Interesse mehr an diesem Kampf und wird in ein Kloster gehen.«

Aus irgendeinem Grund war es nicht Demetrius, sondern Aeskepiles, der nun wegsah.

Dariusz schürzte die Lippen und nickte schließlich. »Ich verstehe«, sagte er.

Ser Christos führte das Hauptkontingent der Kavallerie an. Jeder thrakische Stradiot hatte zwei Pferde, und sie kamen ausgezeichnet im Schnee voran, da die Späher den Weg frei gemacht hatten. Demetrius kam mit einer zweiten Division und der gesamten Veteraneninfanterie seines Vaters hinzu, und Ser Stefanos bildete die Nachhut, die aus einer starken Streitmacht aus thrakischen Bauern mit Äxten, aus Bogenschützen aus den Ländereien um Lonika und aus einer Kavallerie mit Ostmänner-Söldnern bestand.

Sie brauchten vier Stunden für dieselbe Strecke, die die Späher einen ganzen Tag lang gesichert hatten. Hastig schlugen sie am Fuß des hohen Bergkamms ein Lager auf und trafen sich mit Verkis Spähtrupp auf dem Gipfel. Sie hackten Holz im Wald und errichteten ein großes Feuer, das von den schneebedeckten Bergen verdeckt wurde. Eine Horde frierender Wächter sammelte sich darum.

Vor Anbruch der Morgendämmerung führte Verki die Armee auf den verschneiten Bergkamm. Das Mondlicht machte die Straße – falls man sie überhaupt so nennen konnte – zu einem schwarzen Band aus gefrorenem Schlamm in der weißen Wildnis. Doch sie kamen schnell voran. Im ersten Dämmerschein sahen sie das helle Lodern von vierzig Feuern und den Rauch, der aus ihnen in die Luft aufstieg. Und sie sahen den großartigen roten Pavillon in der Mitte des Lagers sowie die vierzig schweren Wagen des feindlichen Gepäcktrosses in einem eigens für sie errichteten Fort.

Dariusz hatte den Plan für unüberlegt und voreilig gehalten, und er hatte dies auch zum Ausdruck gebracht. Nun beobachtete er erstaunt, wie vorsichtig Demetrius seine Männer aufstellte.

Auf die Bitte des jungen Kommandanten hin schickte Aeskepiles einen kleinen zischenden Feuerball in den Himmel.

Die Thraker brachen schreiend wie Ungeheuer aus dem Wald hervor. Die Veteranen des Herzogs Andronicus sangen eine Hymne, während sie vorrückten. Die Kavallerie kam von den Flanken herbei.

Tief im Osten, jenseits des Meeres, stieg die Sonne über den Horizont, aber hier in den Bergen hinter der Küste war sie nicht mehr als ein orangefarbener Umriss auf den Bergen. Sie stapften schwer durch den tiefen Schnee.

Irgendjemand schrie – es war der Laut eines Menschen in herzzerreißenden Schmerzen.

Ein Pferd ging zu Boden.

Kein Alarmruf drang aus dem Lager des Feindes.

Ein weiterer Mann fiel zu Boden. Es geschah so nahe bei Dariusz, dass er sehen konnte, wie sich die Grube unter den Füßen des Mannes öffnete; er sah ihn fallen und wurde Zeuge, wie er von den Spießen auf dem Boden der Grube gepfählt wurde. Eine Schneefalle.

Dariusz hielt an.

Es war ein sehr schönes Lager und wurde bei der Eroberung nicht beschädigt. Sie nahmen das Holz und löschten die noch immer großen Feuer. Sie nahmen die Wagen – vierzig schöne Wagen, einige mit Vorräten beladen, andere voller nützlicher Dinge, einschließlich eines tragbaren Ambosses für einen Waffenschmied.

Es gab ein Dutzend Weinfässer, und sie waren geöffnet, bevor die Offiziere dazwischentreten konnten.

In der Mitte des Lagers flackerte ein Blitz auf, und dann erhob sich ein Lärm wie Donnerhall.

Es wurde beobachtet, wie Aeskepiles darauf zulief.

Dariusz bemerkte, wie Verki einem seiner Späher beim Sterben zusah. Der Mann hatte von dem Wein getrunken, und es war offensichtlich, dass er vergiftet gewesen sein musste. Seine Absätze schlugen auf den zusammengepressten Schnee, und er spuckte Blut, während weiteres Blut aus anderen Körperöffnungen austrat.

»Verdammt sollen ihre Mütter sein«, fluchte Verki.

»Wie lange sind sie schon weg?«, fragte Dariusz.

Verki schaute elend drein. »Mindestens zwei Tage«, sagte er. »Die Patrouille, gegen die wir gekämpft haben, war wohl die Nachhut.«

Sie kämpften sich eine steile Serpentine hoch, auf der die Nordikaner den Schnee mit Schaufeln wegschaffen mussten. Plötzlich versteifte sich der Rote Ritter in seinem Sattel.

*Hehe.* Harmodius schien vergnügt zu sein.

*Dein kleines Geschenk?*

*Er wird wissen, dass es derselbe Zauber ist, den er auch bei den Amuletten eingesetzt hat.*

*Dann weiß er also jetzt, dass wir Kronmir haben?*

*Und dass er zum Narren gehalten wurde. Er wird fuchsteufelswild sein.*

*Was ist, wenn er kehrtmacht? Er kann noch immer auf dem langen Weg nach Lonika zurückmarschieren, anstatt – wie wir – durch die Berge zu ziehen, und vermutlich wird er sogar schneller sein als wir.*

*In dem gemütlichen Zimmer des Erinnerungspalastes, der zum Roten Ritter gehörte, war es warm. Harmodius saß in einem Armlehnstuhl und hatte die Beine über die Lehne gelegt. Er hob einen Becher mit dampfendem Hippokras.*

*Das wird er nicht. Er wird zutiefst getroffen sein, und sein Selbstbewusstsein wird Schaden genommen haben. Und er wird dir folgen.*

*Wirke ich tatsächlich so eingebildet auf andere Menschen?*

*Harmodius zuckte die Achseln.*

*Ich sollte anhalten. Du klingst so selbstgerecht. Es ist mir inzwischen gleich, ob wir gewinnen. Ich will bloß, dass du falsch liegst.*

*Harmodius nickte. Darf ich dir meine bisher beste Arbeit zeigen?, fragte er.*

*Das Bild des jungen Hauptmanns nickte. Sie fanden sich in einer Werkstatt wieder – einem ätherischen Ort, der Merkmale mehrerer Werkstätten enthielt, die Gabriel Murien kannte. Vor der nächstgelegenen Wand stand eine Bank – eine sehr einfache hölzerne Bank, auf der etliche Werkzeuge lagen. Jedes trug ein eingebranntes Sigill.*

*Außerdem lag ein Schwert auf der Bank.*

*Was ist das?, fragte der Hauptmann, dessen Kopfschmerzen jetzt wieder zunahmen.*

*Ein Gefallenes Schwert, sagte Harmodius.*

*Für mich?, fragte der Hauptmann. Plötzlich verspürte er Angst.*

*Harmodius lachte. Es war ein schreckliches, angsterregendes Geräusch.*

*O nein, mein Junge. So undankbar bin ich nicht. Er nahm es auf und wirbelte es durch die Luft, wie es ein Junge mit einer neuen Klinge tat. Es ist für mich.*

Meg vermisste ihre Wagen. Sie vermisste die Bequemlichkeit und die Kraft der Zugtiere, aber vor allem vermisste sie warme, trockene Füße. Wenn man auf einem Wagen saß, bekam man selbst im Schnee oder im kalten Regen keine nassen Füße.

Dagegen war das Erklettern eines Bergpasses, bei dem man auch noch einen widerspenstigen Esel an der Leine führen musste, etwas völlig anderes.

John le Bailli befand sich irgendwo weit vor ihr. Die ganze Armee hatte jetzt nur noch die Breite eines einzigen Tieres und zog sich sechs Meilen lang über Berggipfel und an steilen Hängen entlang. Sie befanden sich über der Schneegrenze, was das Leben in gewisser Weise erleichterte, denn der Boden war gefroren. Aber Megs Zehen verloren jedes Gefühl, sobald sie einmal stehen blieb. Sie war einundfünfzig Jahre alt, und das große Abenteuer war nur noch eine schreckliche Übung in Ausdauer.

Gegen Mittag gelangten sie an einen Fluss. Zu anderen Jahreszeiten mochte es bloß ein trockener Bachlauf oder ein kleines Rinnsal sein.

Doch jetzt, am ersten März, war es ein zwanzig Fuß breiter Strom, der so schnell dahinfloss, dass die kleineren Steine auf dem Flussbett andauernd herumgerollt wurden. Während Meg ihn betrachtete, kam ein ganzer Baum von weiter flussaufwärts herbei, schlug mit lautem Widerhall gegen einen Felsen und setzte seinen Weg fort.

Die Kolonne sammelte sich am flachen Ufer, und die immer verzweifelter werdenden Männer und Frauen versuchten mit jedem möglichen Hilfsmittel ihre Füße zu wärmen. Dabei war es nicht einmal ein kalter Tag.

Der Rote Ritter brachte die meisten Reiter auf die herkömmliche Weise über den Fluss – mit Seilen und Pferden. Zwei Männer fielen ins Wasser, und auf der anderen Seite wurden rasch große Feuer entzündet, während eine Gruppe von Helfern die frierenden und durchnässten Opfer rettete.

Meg versuchte nicht einmal, Einwände geltend zu machen. Sie warf drei Eisbrücken über den Strom – die eine wirkte hauptsächlich als Damm, und die anderen beiden hatten hohe Bögen und zahlreiche Verstrebungen.

Korporäle und Veteranen brüllten Befehle. Sie alle hatten den Baum im Strom gesehen.

»Ich kann dir ein Pferd besorgen«, sagte der Rote Ritter. Er war zu ihr geritten, während sie zusah, wie die anderen Frauen den Fluss überquerten.

»Habt Ihr für jede Frau ein Pferd?«, fragte sie.

Er schürzte die Lippen. »Ja«, sagte er. »Diese Eisbrücken sind eine großartige Sache. Ich muss unbedingt lernen, sie besser zu bauen. Wenn ich es nämlich auf meine Weise mache, verliere ich dabei zu viel *Ops.*«

Sie sah ihm in die Augen. »Ist das hier wirklich Euer Plan?«

Er zuckte die Achseln. In voller Rüstung und dem großen kreisrunden Umhang wirkte er wie ein Riese. Das Zucken hob lediglich die großartige Goldspange an seiner rechten Schulter um einen Zoll. »Mein Plan wurde zunichtegemacht, als es Andronicus gelang, mitten im Winter fünftausend Soldaten zu rekrutieren. Das hier ist mein … hm … mein dritter Alternativplan.« Für einen Augenblick bekam seine Miene ausdrucksloser Gleichgültigkeit einen kleinen Riss. »Vermutlich ist es dumm von mir gewesen, das hier mitten im Winter zu versuchen. Aber Meister Smythe hat gesagt, dass wir uns beeilen sollen. Und Kronmir hat gesagt, dass sie den Kaiser töten wollten.«

Meg schüttelte den Kopf. Dabei wurde sie beobachtet. »Es wird nicht mehr lange dauern, bis wir die ersten Leute verlieren. Einige Scholae sind nicht an ein solches Leben gewöhnt, und die Pferde haben bald kein Futter mehr. Uns selbst bleibt vielleicht noch ein Tag, und dann …«

»… und dann werden wir die Esel verspeisen«, sagte er. »Ich weiß.«

Aber er hielt sein Wort, und beim nächsten Halt erhielt jede Frau eines der Reservepferde, einschließlich Kaitlin de Towbray, die mit ihrem dicken Bauch tapfer die ganze Ostflanke des Berges hochgeklettert war.

Beim Einbruch der Dunkelheit hielten sie nicht an.

Es wurde beobachtet, wie der Rote Ritter eine eilige Unterredung mit Ser Gelfred hatte; Feuer wurden entzündet und Essen wurde gekocht – oder eher wurde kaltes Essen zu sich genommen und heißer Tee oder sogar nur heißes Wasser in großen Mengen getrunken. Und dann waren sie auch schon wieder auf dem Weg.

Kurz nachdem sie die Feuer hinter sich gelassen hatten, ging es nach unten. Seit drei Tagen hatten sie Bergkämme erklettert und überwunden, aber jetzt stiegen sie stetig abwärts, und der eisige Pfad, der von den erschöpften Nordikanern freigeräumt worden war, wurde zuerst zu einem Weg mit eingegrabenen Wagenspuren, auf dem nicht mehr viel Schnee lag, und schließlich zu einer gepflasterten Straße.

Eine Stunde vor dem Anbruch der Morgendämmerung bestand Meg aufgrund des Mangels an Schlaf und Nahrung nur noch aus einer Ansammlung morscher Gelenke und brüchiger Nerven. Nun machte die Straße eine weite Kurve von den Bergen weg, und jeder Mann und jede Frau, die zum Rand des Hanges kamen, keuchte auf.

Rechts von ihnen fiel der Hang steil ab. Die Straße lief weiter, wurde von gewaltigen Steinbögen und gemauerten Pfeilern getragen und stieg an der Bergflanke ab wie ein zu Stein gewordener Wasserfall. Die Klippe war hier ein halbes Tausend Fuß hoch, und der Fluss am Boden des Tales lag in fast völliger Dunkelheit, sodass nur das hallende Gurgeln des eisigen Wassers seine Gegenwart verriet.

Die Klippe war zwar beeindruckend, aber es war eher der Anblick glitzernder Lichter, die wie von fernem Feenvolk herzurühren schienen, der die Rufe verursachte. Irgendwo dort hinten – irgendwo in Reichweite – gab es Licht und Wärme.

Aeskepiles betrachtete die Eisstümpfe der Brückenpfeiler und fluchte.

»Wie stark ist er?«, fragte er laut. Und nach einem kleinen Sammlungsritual erschuf er eine einzelne Brücke.

Demetrius streckte sein Schwert aus. »Er hat drei gemacht«, sagte er.

»Ich muss mit meinen Kräften sparsam umgehen«, erwiderte Aeskepiles. »Umso besser, wenn er die seinen verschwendet.«

Der Name der Stadt lautete Amphipolis, und ihre Tore wurden erstürmt. Die Veteranen der Kompanie gaben keine Warnung von sich und stellten kein förmliches Ersuchen um eine Kapitulation. Die Stadt wusste nicht, dass sich eine feindliche Armee über ihr in den Bergen befand. Vor Sonnenaufgang stellten die Veteranen Leitern gegen die niedrigen Ringmauern, als befänden sie sich in Arles. Sehr schnell starben fünfzig thrakische Soldaten auf der falschen Seite des Haupttores. Sie wurden in die Falle gelockt und ausgelöscht. Ser Jehan unterzog sich nicht der Mühe, Gefangene zu machen.

Der Kaiser gesellte sich mit dem Roten Ritter zu Pater Arnaud und Gelfred, die sich hoch zu Ross auf dem Hauptplatz der Stadt befanden. Und dann machte er sich gemeinsam mit hundert Soldaten daran, die Straßen von Bogenschützen zu säubern.

»Wenn Ihr diese Stadt zerstört, seid Ihr kein Ritter«, sagte Pater Arnaud.

Der Rote Ritter beugte sich zur Seite und erbrach sich in den Schnee.

»Ist er betrunken?«, fragte Arnaud.

Toby schüttelte den Kopf.

Ser Michael ergriff die Zügel des Priesters. »Er ist müde. Verzeihung, Padre, aber so ist der Krieg nun einmal.«

»Gegen die Wildnis führen wir keinen solchen Krieg!«, sagte Pater Arnaud.

»Die Wildnis kennt keine silbernen Kerzenleuchter und auch keine schönen Mädchen«, murmelte der Rote Ritter. »Verdammt sollen Eure moralischen Überzeugungen sein. Wir sind keine verfluchten Paladine. Wir sind Soldaten, und diese Stadt ist eine feindliche Stadt, die im Sturm erobert wird. Die Männer frieren und sind erschöpft. Noch vor einer Stunde hatten sie kaum Hoffnung auf ein wenig Wärme.« Er deutete auf John le Bailli, der gerade eine Tür eintrat und drei gerüstete Männer hindurchschickte, damit sie die entsetzte Familie und ihre Diener in den Schnee warfen. Dann übernahm ein Dutzend Frauen der Truppe das Haus.

Während sie diesem Drama zuschauten, zerrte Ser Bescanon Mutwill Mordling aus einem anderen Haus, während ein Dutzend Männer mit Lederkübeln das Feuer, das er gelegt hatte, zu löschen versuchten.

»Das alles ist vollkommen sinnlos«, sagte Pater Arnaud. »Auch wenn ich nicht an Eure Gottesfurcht appellieren kann, so appelliere ich doch an Eure Menschlichkeit.«

»Wer sagt denn, dass ich Menschlichkeit besitze?«, brüllte der Rote Ritter dem Priester ins Gesicht. »Ihr wollt, dass ich die Welt rette, aber Ihr wollt nicht, dass dabei Unschuldige getötet werden? So funktioniert das nicht. Der Krieg tötet. Und jetzt geht mir aus dem Weg, denn ich muss noch die Scheußlichkeiten des kommenden Tages planen!«

Toby wartete, bis sein Herr in dem Haus verschwunden war, das einmal dem Bürgermeister gehört hatte.

»Es ist nicht gut, was er da tut«, sagte er. »Er ist krank und steckt voller Sorgen. Ich sage das nur, falls Ihr Herren es nicht bemerkt haben solltet. Ich bin sicher, dass Ihr Verständnis haben werdet.« Er zuckte die Achseln, stibitzte einen Apfel aus einem Korb, den ein Plünderer trug, der an ihm vorbeirannte, und biss hinein. Dann folgte er seinem Herrn ins Haus.

Nach einer warmen Nacht und reichlich gestohlenen Speisen marschierte die Armee bei Tagesanbruch weiter.

Alle Nahrungsmittel und Packtiere sowie das gesamte Getreide waren beschlagnahmt worden, und die Bewohner sahen den Eroberern mürrisch nach. Nicht einmal die Gegenwart ihres Kaisers versetzte sie in Jubelstimmung.

»Wenn Ihr je die Herrschaft über Thrake erhaltet, wird diese Stadt Euch gehören«, sagte Pater Arnaud, als sie nach Westen ritten.

»Und dann werde ich ihr etwas Gutes tun. Pater, mir ist klar, dass Ihr ein guter Mann seid, und entgegen dem Anschein betrachte ich auch mich selbst als einen guten Menschen. Ich bin sogar stolz darauf. Aber leider befinden wir uns in einer Situation, die weder durch Gebete noch durch edle Kavallerieangriffe gelöst werden kann. Wäret Ihr jetzt bitte so freundlich, mich allein zu lassen?«

Pater Arnaud lächelte breit. »Niemals, Gabriel. Ich werde Euch niemals allein lassen.«

Der Rote Ritter legte sich die Hand auf die Stirn, in der es pochte, als hätte er nächtelang gezecht.

Die Armee marschierte weiter nach Westen und bewegte sich so schnell, wie es zweitausend müden Soldaten und ihren Frauen sowie den Lasttieren möglich war.

»Ihr habt uns versichert, dass er es nicht durch die Berge schafft«, sagte Aeskepiles gelassen.

Demetrius betrachtete die Stadt, die unter ihm lag.

»Jetzt steht seine Armee zwischen uns und Lonika«, fuhr Aeskepiles fort. »Wie groß ist die Garnison Eurer Hauptstadt?«

Demetrius kaute an seinem Daumen herum. Er nagte an der Hornhaut, biss sie ab und zerkleinerte sie zwischen den Zähnen. »Dieser Hurensohn«, sagte er.

»Wir müssen ihn auf der Ebene abfangen«, schlug Dariusz vor. »Dort ist die Straße breit und eben.«

Ser Christos schüttelte seinen behelmten Kopf. »Wir sind doch bereits wund geritten.«

»Das ist er ebenfalls«, sagte Demetrius. Sie hatten ein Dutzend Stadtstradioten aufgelesen, die sich so schnell wie möglich ergeben hatten. Und sie hatten schon fast hundert Nachzügler gefangen genommen.

Ser Christos gab einen langen Seufzer von sich, sagte aber nichts.

»Das Banner soll vorrücken«, sagte Demetrius, »zusammen mit den Spähern. Und ruft alle Ostmänner zusammen. Wir werden dem Usurpator das Leben zur Hölle machen.«

# 18

## Harndon · Die Königin

Vier Tage nach Weihnachten segelten drei Schiffe in den Hafen von Harndon ein. An Bord befand sich Ser Gerald Random, und er brachte die gesamten moreanischen Pelze mit, abzüglich seiner Zugeständnisse an die etruskischen Kaufleute. Zusätzlich hatte er fünfzehn Tonnen Wildhonig dabei. Die Schatztruhen der etruskischen Banken in der Stadt wurden mit etlichen Tausend Leopardenmünzen gefüllt, und der spekulative Handel mit Luxusgütern – von manchen auch als Spiel betrachtet – nahm an Fahrt auf.

Es wurde beobachtet, wie Ser Gerald zum Palast ging und eine große Zahl von Zelten, Honigfässern und Gold an den König übergab.

Auf dem großen Marktplatz in Schmiedfeld vor dem westlichen Stadttor errichteten die Arbeiter Tribünen für ein gewaltiges Turnier. Sie waren teilweise überdacht. Eine Menge Holz kam den Fluss herunter; die großen Stämme wurden einfach vom Rande der Wildnis auf dem Albin herbeigeflößt.

Ser Geralds Pelze wurden zu guten Preisen verkauft – viele gingen an Harndons etruskische Händler, die die höchsten Preise bezahlten und sich dafür wohl an ihren Kunden schadlos hielten. Der Fluss der

Silbermünzen war stetig, und wie die erste Wärme des Frühlings den Schnee schmelzen und die gefrorenen Bäche tröpfeln lässt, floss das Silber in die neue Münze des Königs, die eine bemerkenswerte Ähnlichkeit mit Meister Pyles Werkhof besaß.

Die Gussformen waren fertig, und Edmund begann mit dem Schlagen des Silbers, sobald ihn die erste Ladung erreichte. Vor Meister Pyles Tor stand eine ganze Kompanie Wacht, die in ihren leichten Rüstungen nun viel weniger stolz und prächtig wirkte als zu Weihnachten. Es war teuer, hundert Lehrlinge und Gesellen ohne Beschäftigung zu halten, damit sie mitten im Winter Soldat spielen konnten. Ihnen war kalt und langweilig.

Doch es gab keine Angriffe auf die neu eingerichtete Prägewerkstatt, und der Münzfluss setzte ein.

Sobald die neuen Münzen an den Handelsplätzen erschienen – säckeweise –, veränderten sie den Handel grundlegend. Sie waren solide. Sie waren schwer.

Sie hatten einen ausgezeichneten Silbergehalt.

Der König vermochte Meister Ailwins Triumphgefühle nicht zu teilen, da er sie weder nachvollziehen konnte noch respektierte. Aber er bemerkte den Wandel in den Gesichtern seiner engsten Ratgeber, und er war erfreut, als er hörte, dass sie die Geldmittel zur Verfügung stellen wollten, die für das Turnier am ersten Mai nötig waren.

Zwar lauschte der neue Bischof von Lorica den Plänen mit mürrischer Miene und nannte das Ganze »Wucher«, aber der König konnte es sich leisten, ihn nicht weiter zu beachten.

Doch auch wenn der König in Handelsdingen siegreich war, so war die Stimmung im Palast weitaus getrübter. Die Monate nach Weihnachten vergingen in immer neuen Niederlagen für die Königin, während ihr Bauch runder und runder wurde und der König kaum mehr Notiz von ihr nahm. Galahad d'Acre wurde verhaftet und in den Turm geworfen, auch wenn es niemanden gab, der ihn wirklich für

Lady Emmotas Mörder hielt. Ein weiterer Knappe des Königs verschwand einfach. Einige behaupteten, er sei ermordet worden, andere meinten, er sei nach Hause auf die Besitzungen seines Vaters gegangen, weil er Angst um seinen Ruf und sein Leben gehabt habe.

Die üblen Nachreden folgten immer schneller aufeinander, und die Königin vermutete ernsthaft, dass sie möglicherweise eine Rivalin habe – dass der König sich eine Mätresse genommen haben könnte. Solche Dinge geschahen schließlich immer wieder, und es war ihre Pflicht, dergleichen zu übersehen.

Doch es lag nicht in ihrer Wesensart, eine Rivalin so einfach hinzunehmen. Und sie ertrug es nicht, ein Passionsspiel über die Hure von Babylon mit ansehen zu müssen, das unmittelbar unter ihrem Fenster aufgeführt wurde, während Jean de Vrailly lauthals darüber lachte. Und der König stand ihm in nichts nach. Auch nicht der Sieur de Rohan, dessen etruskische Schauspieler das Unaussprechliche aussprachen und das Unsingbare mit Hingabe sangen.

Lady Almspend verbrachte ihre Tage mit der Übung kleiner hermetischer Kunststücke und las die Papiere des alten Königs – und diejenigen seines hermetischen Meisters sowie seiner anderen Minister. Sie verkündete, dass es eine faszinierende Lektüre sei, und machte sich umfangreiche Notizen, während ihre königliche Herrin in ihrem Gemach auf und ab schritt und Diota überflüssigerweise fegte und Staub wischte.

Nach acht Wochen in dem neuen Jahr setzte sich Desiderata an ihren Schreibtisch – der mit Stapeln von Rebeccas staubigen und schimmeligen Dokumenten sowie sauberen neuen Notizen bedeckt war –, nahm ein frisches Blatt Pergament und fragte sich dabei, wie viele Schafe bereits für ihre Korrespondenz hatten sterben müssen.

*Lieber Renaud,* schrieb sie – einen Brief an ihren Bruder, der sich viele Hundert Meilen weiter südlich in L'Occitan aufhielt.

Sie betrachtete die Worte und dachte an all die Streitgespräche, die sie miteinander geführt hatten, bevor sie den Heiratsantrag des Königs von Albia angenommen hatte. Sie dachte auch an die Erwiderungen und Einwände ihres Bruders. An seine Wut. Und an seine Freude am Streit.

Wenn sie Renaud um Hilfe bat, war das eine unwiderrufliche Handlung.

Sie starrte die beiden Worte auf dem Papier an und stellte sich vor, wie ihr würdiger Bruder seine Ritter um sich scharte und nach Norden führte. Sie stellte sich vor, dass seine westlichen Berge plötzlich ungeschützt dalägen – gegen die Wyrme und Lindwürmer und noch schlimmeren Wesen, die in ihnen hausten.

Und sie stellte sich vor, wie er gegen ihren Gemahl kämpfte.

Sie kaute auf dem Ende ihres Stiftes herum.

»Ihr werdet Tinte im Mund haben, und was werden die Leute dann sagen?«, fragte Diota.

»Mein Bauch ist so groß wie ein Haus, Frau. Mich schaut sowieso niemand mehr an.« Desiderata hasste es, schwanger zu sein. Alles tat ihr weh, die morgendliche Übelkeit war bedrückend, ihre Blase war stets voll und – was das Schlimmste war – sie hatte alle Aufmerksamkeiten der Ritter am Hof verloren. Sie sahen Desiderata nicht einmal mehr an. Das Geflüster war für sich genommen schon sehr schlimm, aber der Verlust der Ehrbezeugungen, das war die reinste Tortur.

Sie dachte an das Turnier. Doch dieses Thema ermüdete sie. Es war ihre eigene Idee gewesen, und nun …

Nun würde vermutlich die Mätresse des Königs auf dem Turnier die Königin der Liebe sein, sie selbst aber nur – die Königin. Eine hochschwangere Königin, deren Gemahl sie eines unaussprechlichen Verrats bezichtigte und der offenbar mit einem Lachen darüber hinweggehen wollte.

Gerade als sich der Gedanke in ihr bildete, ihren Bruder zum Turnier einzuladen, erregte eins von Lady Rebeccas staubigen Papieren ihre Aufmerksamkeit.

Wie von selbst fuhren ihre Blicke an der gotischen Schrift entlang. Auch wenn sie nicht Lady Almspends Fähigkeiten besaß, so kannte sie doch inzwischen die Handschriften der wesentlichen Personen. Diese hier war die des berüchtigten Verräters Plangere.

Ihr Blick blieb an dem Wort »Vergewaltigung« hängen.

Sie würgte beim Lesen, dann schloss sie die Augen, während sich ihr Mund mit bitterer Galle füllte.

Sie beugte sich so weit vor, wie es ihr überhaupt möglich war, und legte den Kopf auf den Schreibtisch.

Die Tür zu ihrem Gemach wurde geöffnet, und sie hörte Lady Almspends leise Schritte und ihr Atemholen. »Oh«, sagte sie.

Die Königin zwang sich, wieder aufrecht zu sitzen.

Rebeccas Blick war voller Besorgnis. »Ich bin eine Närrin«, sagte sie. »Ich hätte das hier nicht offen herumliegen lassen dürfen.«

Die Königin starrte sie an.

»Ich konnte es nicht ertragen, es zu vernichten, denn schließlich handelt es sich um ein Stück Geschichte«, sagte Lady Almspend.

»Mein Gemahl«, sagte die Königin. Es fiel ihr schwer zu atmen. »Mein Gemahl«, sagte sie noch einmal.

»Madam, das ist viele Jahre her. Er hat zweifellos dafür gebüßt und seinen Frieden mit Gott gemacht.« Lady Almspend ergriff ihre Hände und hielt sie fest.

Aber die Welt der Königin – die Vorstellung davon, wer sie war und wer der König war – brach zusammen, so wie ein Damm unter der Gewalt der Wassermassen im Frühling. Sie versuchte Luft zu holen.

»Der König, mein Gemahl«, krächzte sie. Ihre Finger verkrallten sich in das Pergament. »Hat seine Schwester vergewaltigt. Sie hat ihn deswegen verflucht. O mein Gott, o mein Gott.«

Lady Almspend nahm das Dokument an sich und glättete es. »Ja«, sagte sie. »Aber damals war er noch nicht der König«, fügte sie hinzu. »Er ist ziemlich jung gewesen.« Sie sah ihre Königin an und versuchte es anders. »Das sind Plangeres Worte, und er war ein Verräter.« Sie schaute auf das Datum der Notiz.

Die Königin drückte die Hand gegen ihre Brust und setzte sich zurück. Sie bemühte sich, Luft zu holen. Ihre Hände wurden kalt. Sie spürte, wie sich ihr Baby bewegte, und schrie auf. Lady Almspend legte die Hand auf den Kopf der Königin.

Die Königin sah sie an und riss die Augen auf, als die Erkenntnis sie ganz plötzlich traf ... der Augenblick in Lissen Carak, als ... Und sie schrie wieder auf, als litte sie große Schmerzen.

»Natürlich!«, sagte sie. »Der Rote Ritter ist sein *Sohn!*«

Die kaiserliche Armee – wie der Rote Ritter sie inzwischen nannte – traf auf der Ebene von Viotia ein, als der letzte Schnee in den schattigen Ecken der sauber mit Steinen eingefriedeten Felder schmolz. Aber der gefrorene Boden war noch immer so hart wie Eisen und hallte unter den Huftritten wider.

Dem Feind um einen Tag voraus schwärmten sie über das fruchtbare Land und marschierten auf der alten gepflasterten Straße nach Nordwesten.

Eavey – oder »Eves«, wie die Soldaten die Stadt nannten – öffnete seine Tore für sie. Es war kein so großes Wunder, wie es schien, denn die Erstürmung von Amphipolis hatte in den Erzählungen an Furchtbarkeit stark zugenommen. Außerdem war der Kaiser diesmal deutlich sichtbar; er trug purpurfarbene und zinnoberrote Seide und Pelze. Auf seiner prächtigen Pelzkappe saß eine kleine Krone.

Die Leute kamen aus den Häusern und jubelten ihm zu, als die Tore offen standen und es klar war, dass die Soldaten sie nicht belästigen würden.

Der Rote Ritter begab sich unverzüglich zur herzoglichen Residenz. Es war eines von Andronicus' Herrenhäusern, eine prächtige Burg mit vierzig Räumen und einer vortrefflich getäfelten Großen Halle. Und mit zahlreichen Skulpturen. Der Kammerherr ließ ihn herein, und die Armee brachte er in der Burg unter.

Dann rief er Pater Arnaud zu sich.

Der Priester kam.

Der Megas Ducas speiste zusammen mit dem Kaiser, wobei ihm der Rote Ritter vorlegte. Pater Arnaud wartete geduldig, bis er herbeigerufen wurde, denn er kannte die moreanische Etikette und hatte eine Vorstellung von dem, was ihn erwarten mochte.

Der Kaiser aß, als würde er von niemandem beobachtet werden, und er redete – höflich – mit dem Grafen Zac, der ihm Wein einschenkte, sowie mit Ser Giorgios, der ihm die Serviette hielt, und auch mit Harald Derkensun, der mit der Axt über der Schulter hinter ihm stand. Überdies gab es Diener – richtige Diener –, und für jeden der Herren war ein Edelmann aus den Scholae abgestellt, der sie beobachtete, wie eine Katze die Maus beobachtet.

Der Rote Ritter drehte sich um, fing Pater Arnauds Blick auf und zwinkerte ihm zu.

Pater Arnaud war schockiert, aber auch erfreut.

Der Kaiser sprach gerade über das Wetter und über einige Unterschiede in den religiösen Praktiken der Albier und der Angehörigen des Reiches. Pater Arnaud war überrascht, wie geläufig dem Kaiser die albischen Gepflogenheiten waren.

Schließlich aß der Kaiser etwas Süßes und Klebriges und streckte die Hand nach der Serviette aus. Jetzt erst sah er Pater Arnaud und lächelte. »Ah – der kämpfende Priester. Bitte kommt zu uns!«

Pater Arnaud trat vor und machte eine tiefe Verbeugung.

»Es würde den Kaiser freuen, wenn Ihr das Kommando über eine Abteilung von Rittern übernehmt, die in der Stadt auf Streife gehen soll«, sagte der Rote Ritter.

Pater Arnaud nickte. »Beabsichtigen wir, diese Mauern gegen eine Belagerung zu verteidigen?«, fragte er.

Der Kaiser lächelte. »Ich sähe es lieber, wenn mein Megas Ducas unsere Armee in die Schlacht führt, in der Gott uns seine Gnade erweisen könnte. Aber der Kommandant unserer Armeen hat andere Absichten.«

Der Rote Ritter nahm eine Platte mit Speisen auf, und Pater Arnaud stellte fest, dass es ihm nicht gefiel, in ihm einen Diener des Kaisers zu sehen. Er verneigte sich, hielt die Platte in den Händen, auf der sich die Überreste von zwei gebratenen Fasanen in Safran befanden, deren Haut so vergoldet war, dass sie schimmerten, als bestünden sie aus reinem Gold. Und dann trat er damit vom Podest der Halle herunter und durch die Tür, hinter der die Adligen und Frauen gespeist wurden.

Pater Arnaud verneigte sich vor dem Kaiser, nahm sich eine Speise – Rübstiele oder etwas dergleichen, überhäuft mit Knoblauch – und folgte dem Roten Ritter.

In dem Augenblick, in dem er die Halle verließ, nahmen ihm zwei Diener – richtige Diener – die Speise aus den Händen und zeigten dabei die Geringschätzung des Fachmanns für den Laien.

»Ihr bedient vollendet«, sagte Pater Arnaud zum Roten Ritter.

»Ich habe Erfahrung. Jahrelang bin ich der Page meines Vaters gewesen. Ticondaga liegt zu weit von der Zivilisation entfernt, als dass ich hätte verweichlicht werden können, und solange ich dort war, musste ich viele berühmte Männer bedienen.« Er folgte den Dienern zur Küche, und als sie dort eintraten, nahm er den größten Teil der übrig gebliebenen Fasane von der Platte, stellte sich in einen Alkoven und aß.

Pater Arnaud tat es ihm gleich und nahm ein großes Stück kaum abgebissener Hühnchenpastete mit Rosinen, Gewürzen und Zucker von einem Tablett, wo es ungewünscht und müßig vor sich hin gewartet hatte.

»In dem Krug hier ist Wein«, sagte der Rote Ritter. »Ich liebe Küchen. Zumindest gut geführte Küchen. Ich könnte hier mein ganzes Leben verbringen.«

»Aber wir werden uns dennoch zurückziehen«, sagte Pater Arnaud.

»Ja«, erwiderte der Rote Ritter. Er war mit seinem Fasan fertig und hielt nun ein klebriges Goldblatt in der Hand.

»Ihr könntet diesen Ort halten und verteidigen«, sagte Pater Arnaud.

Der Rote Ritter hielt den Kopf schräg wie ein verwirrtes Hündchen. »Man kann nicht alles haben«, sagte er.

Pater Arnauds Hände waren nun mit Ingwer und Zucker überzogen. »Nicht alles?«, fragte er und leckte sich die Finger ab, wie er es als kleiner Junge getan hatte. Die Pastete war köstlich gewesen.

»Ihr wollt nicht, dass Städte und Dörfer erobert und geplündert werden. Und habt recht damit. Ich war müde und wütend. Und ich habe das Falsche getan. Ich musste meine Gedanken sammeln und meine Männer unter Kontrolle behalten. Aber jetzt wollt Ihr, dass ich diesen Ort hier *halte?* Ist das wirklich wahr?« Der Rote Ritter schüttelte den Kopf. »Wenn wir kämpfen, dann so weit entfernt von hier wie irgend möglich.«

»Der Kaiser scheint zu glauben, dass Ihr – mit Gottes Hilfe – gewinnen könnt.« Pater Arnaud fand keinen Becher, und so trank er aus dem Krug.

»Der Kaiser ist ein freundlicher Mann, der so *nett* ist, dass er sich einfach nicht vorstellen kann, dass seine Tochter ihn verkauft, sein Kammerherr ihn verraten und sein Magister ihm einen Dolchstoß in den Rücken versetzt hat.« Er hob eine Braue. »Erhebt Ihr einen besonderen Anspruch auf den Wein, oder bekomme ich nur etwas davon ab, wenn ich mich in Euren Augen zu einem guten Menschen wandle, oder was?«

Pater Arnaud gab ihm den Weinkrug. »Er ist kein guter Stratege«, bemerkte er.

»Er ist nicht sonderlich helle«, sagte der Rote Ritter und machte eine kurze Pause. »Er ist nicht von dieser Welt«, fügte er hinzu. »Das ist eine freundlichere Umschreibung.«

»Wisst Ihr mit Sicherheit, dass ihn seine Tochter verraten hat?«, fragte Pater Arnaud.

Der Rote Ritter zuckte mit den Achseln. »Ich bin nicht dabei gewesen. Aber ich könnte darauf wetten. Ich kann zumindest beweisen, dass sie Boten zu Andronicus geschickt hat. Und Kronmir glaubt, dass sie die ursprüngliche Verräterin ist.«

Pater Arnaud schüttelte den Kopf. »Wie schrecklich.«

Wieder zuckte der Rote Ritter die Achseln. »Wirklich? Er ist ein furchtbarer Kaiser, Arnaud. Ihm sind die meisten Dinge gleichgültig, für die die anderen Menschen leben – er kümmert sich nicht einmal darum, die Etrusker im Zaum zu halten. Stellt Euch vor, Ihr lebt im Palast und seht zu, wie Euer Vater das Reich zu Erstarrung und Untergang verdammt. Stellt Euch vor, Ihr könntet diesen Prozess aufhalten. Stellt Euch vor, Ihr seid von Geburt an dazu angehalten worden, die tausendjährige Geschichte zu respektieren und zu bewundern, die nun vor Euren Augen zerstört wird.« Er lächelte.

Arnaud achtete darauf, sich nicht zu schnell zu bewegen. Er wollte den Bann nicht brechen, unter dem dieser Mann nun endlich redete. »Ist Eure Kindheit so gewesen?«

Der andere Mann lachte. »Ganz und gar nicht. Mein Vater war der beste Soldat, den ich je gekannt habe, und meine Mutter ist die schönste Frau der Welt gewesen. Wir hatten die beste Burg, die stärkste, die magischste, und sie würde eines Tages mir gehören, wenn ich mich ihrer als würdig erweisen sollte.« Er warf einen Blick in die Tiefe der Küche. »Und deshalb, als ich herausgefunden habe …« Er hielt inne, drehte sich langsam um und sah den Priester an. »Verdammt, Ihr seid gut. Wir sollten es dabei belassen, nicht wahr?«

Pater Arnaud lächelte. »Ich bin also heute Abend der wachhabende Offizier?«, fragte er.

Der Rote Ritter nickte. »Ser Gawin wird Euch zur vierten Stunde ablösen, damit Ihr zwei Stunden schlafen könnt, bevor wir losmarschieren.«

»Denk an meine Worte«, bemerkte Mutwill Mordling. Und diesmal hatte er recht. Bei Tagesanbruch marschierten sie los und mussten ihre warmen Betten sowie jede andere Bequemlichkeit zurücklassen. Die Truppe war in der Stadt einquartiert worden, und die Bewohner hatten sie wie Helden gefeiert – wie beängstigende Helden. Bent und Langpfote hatten sich ein Bett in einem Haus geteilt, das einem Wollhändler gehörte, und die Köchin hatte ihnen Bratebrot mit Eiern und Ahornsirup zum Frühstück gemacht. Bent schüttelte vor Langpfote den Kopf.

»Ich kann mich nicht erinnern, wann mir zum letzten Mal jemand freiwillig Frühstück gemacht hat«, sagte er und wischte sich mit dem Ärmel über den verklebten Bart.

»Hast du je darüber nachgedacht?«, fragte Langpfote.

»Worüber?«, fragte Bent auf die Art und Weise zurück, wie Männer es tun, wenn sie die Antwort bereits kennen. Und doch brauchte er ein wenig Zeit zum Nachdenken.

»Oh«, sagte Langpfote und nahm dann seinen Sattel vom Gestell der Familie. Es war sehr freundlich gewesen, dass er den Sattel hier hatte unterbringen dürfen, und an einem kalten Morgen wie diesem war es außerdem äußerst hilfreich und angenehm. Er legte den Sattel auf den Rücken seines Wallachs. Das Pferd wieherte auf. »Weißt du, wir hätten diese Stadt auch erstürmen können. Wir hätten die Bewohner töten können. Und die Frauen vergewaltigen. Nicht wahr?«

Bent nickte. »Jawoll.«

»Stattdessen haben wir ein Frühstück bekommen, und sie hat uns sogar die schönen Zinnteller gegeben. Hast du das bemerkt?«, fragte Langpfote.

Bent nickte, und ihre Blicke trafen sich, als er den eigenen Sattel über sein Pferd warf. »Ein paar andere Worte des Hauptmanns, und wir hätten den Ort erstürmt. Und die Köchin wäre tot – oder noch Schlimmeres. Und ich hätte die Zinnteller in meinem Gepäck.« Bent schnallte den Sattel unter dem Bauch des Pferdes fest. »Aber kein Frühstück, was?«

Langpfote lächelte. »Genau das meine ich.«

Als die Sonne aufging, wurde deutlich, dass die Thraker die ganze Nacht hindurch marschiert waren.

Sie kamen zu spät, um die Stadt zu überraschen. Graf Zac hatte Patrouillen aufgestellt, die über ihr Herannahen berichteten, während sich die kaiserliche Armee auf dem Marktplatz der Stadt formierte.

Der Rote Ritter stieg auf einen Turm neben dem Haupttor – das war in voller Rüstung eine schwierige Sache. Ser Michael und Ser Jehan begleiteten ihn und unterredeten sich kurz miteinander.

Und dann marschierte die Armee los; sie rückte aus dem Nordtor vor, während der Wächter am Südtor in Verhandlungen mit den Thrakern trat.

Graf Zac passierte als Erster das Tor mit dreihundert Vardarioten, Gelfred und fünfzig grün gekleideten Männern aus der Truppe. Sie formierten sich zu kleinen Gruppen, und auf ein Handzeichen des Grafen hin galoppierten sie über die stahlhart gefrorenen Felder rechts und links um die Stadt herum.

Als Nächste kamen die Stradioten – zuerst die Kompanien der städtischen Stradioten, und dann die Scholae, die den Gepäcktross bewachten. Es war eine lange Reihe aus Mulis, einigen Eseln, etlichen Pferden, die sie aus Amphipolis mitgenommen hatten, sowie einem Dutzend neuer Wagen. Einer nach dem anderen rollte durch das Tor. Es dauerte ungewöhnlich lange.

Südlich der Stadt, beinahe unmittelbar unter den Mauern, drangen Graf Zacs Vardarioten aus einem Olivenhain hervor und fuhren mitten unter die Vorhut der Thraker. Sie waren wie ein Rasiermesser – schnitten eine Schneise durch die Soldaten und ließen Blut zurück.

Demetrius' Ostmänner erwiderten den Angriff und kamen in Schlachtordnung von dem fernen Waldsaum herüber. Sie hatten ihre Krummschwerter jeweils über dem rechten Arm liegen und hielten sowohl den Griff als auch die gespannten Bogensehnen, sodass sie Pfeile verschießen konnten und gleichzeitig ihre Klingen bereithatten. Sie stießen ihre Kriegsschreie aus und stürzten sich auf Graf Zacs Männer. Die beiden Streitmächte prallten aufeinander. Da es noch früh im Jahr war, wurde kein Staub aufgewirbelt. Die beiden Armeen fächerten sich auf, suchten nach einer Gelegenheit, in die feindliche Formation einzudringen, und umkreisten einander.

Beide Seiten sammelten sich wieder. Unter den Truppen des Khan gab es zwar mehr leere Sättel, aber sie griffen gleich wieder an, und die gefürchteten Vardarioten brachen auseinander und flohen. Die Männer des Khan verfolgten sie, und mehr als hundert der schweren thrakischen Pferde, die vorhin von den rot gewandeten Vardarioten gejagt worden waren, änderten nun die Richtung und verfolgten die Angreifer.

Die Langbögen auf der Stadtmauer entsetzten sie. Die Thraker hatten angenommen, dass die Bogenschützen der Kompanie schon fort waren und sich zurückgezogen hatten. Der Flug von dreihundert

Pfeilen leerte selbst auf diese große Entfernung viele Sättel und tötete etliche Pferde.

Und dann schlug Gelfred zu, der seine Späher unter der Westmauer zum Angriff führte. Er hatte zwar nur fünfzig Mann, aber sie machten eine Menge Lärm, und die Soldaten des Khan fürchteten eine größere Falle. Also flohen sie.

Sofort änderten die Vardarioten ihre Richtung – das war eine lange eingeübte List. Pfeile flogen für kurze Zeit in jede Richtung, aber die Ostmänner waren überwunden. Sie hinterließen zwei oder drei Dutzend Tote.

Die Vardarioten sammelten ihre Verwundeten auf und wichen in die Schatten des Olivenhains zurück. Gelfreds Männer erlitten keine Verluste und verschmolzen mit dem Wald im Norden und Westen der Stadt.

Der Rote Ritter beobachtete das Ende der Kämpfe auf einem nach Süden ausgerichteten Turm. Dann stieg er zu seinem Pferd hinunter, ritt rasch um die Stadt herum und sah gerade noch, wie seine Bogenschützen, von Bent angeführt, aus dem Nordtor kamen.

Bent salutierte, und die Bogenschützen jubelten.

Der Kampf hatte ihn vierzig Männer gekostet und einen weiteren Tag Zeit eingebracht.

»Er lässt uns jeden Tag nach seiner Pfeife tanzen«, sagte Aeskepiles.

Demetrius kratzte sich am Kinn. »Meine Männer haben sich heute Morgen gut geschlagen. Wir konnten den besten Soldaten des Reiches standhalten.«

Aeskepiles schüttelte den Kopf. »Nein. Wir haben verloren.«

»Morgen werden wir sie packen«, sagte Demetrius. »Aber unsere Pferde brauchen jetzt Ruhe, und unsere Männer müssen schlafen.«

In jener Nacht verdoppelte Dariusz die Wachen an der Pferdekoppel. Der Überfall ereignete sich mitten in der Nacht, als die Männer im

Tiefschlaf waren, drei Stunden nach Mitternacht. Aber niemand wurde überrascht. Die Felder waren dunkel, die Wälder noch dunkler, und sie fanden nur ein Dutzend Tote. Aber Dariusz klopfte Verki anerkennend auf den Rücken.

»Es tut gut, wenigstens einmal zu gewinnen«, sagte er und betrachtete die toten Feinde.

Der Rest der Armee schlief. Und auch die Pferde ruhten sich aus.

Um Mitternacht kam Gelfred von Westen herbei und verlangte, sofort zum Herzog vorgelassen zu werden, der noch wach war.

»Er hat so fröhlich ausgesehen, wie es bei seinem sauertöpfischen Gesicht nur möglich ist«, murmelte Nell Mutwill zu.

Mutwill zuckte die Achseln. »Morgen werden wir wieder kämpfen. Denk an meine Worte.«

Nell versetzte ihm einen Schlag, als seine Hand ein wenig zu weit kroch, und er fügte sich und nahm noch einen Bissen von der Knoblauchwurst.

Drei Stunden später kam Ser Giorgios von dem Überfall zurück. Er war niedergeschlagen, denn er hatte ein Dutzend Männer verloren. »Sie hatten uns erwartet«, sagte er zu Kronmir, der sein Pferd entgegennahm.

Kronmir nickte. »Sie sind wahrlich nicht dumm«, sagte er.

»Das musst du am besten wissen«, meinte Ser Giorgios. Es war keine Anklage, sondern lediglich eine Tatsache.

»Ich muss es wissen«, sagte Kronmir und ging davon, um dem Herzog Bericht zu erstatten.

Zwei Stunden vor Sonnenaufgang war die leichte Kavallerie des Reiches wieder in Bewegung.

Und eine Stunde vor Sonnenaufgang marschierten der Gepäcktross, die Frauen und Kinder sowie alle, die nicht kämpften, nach Westen davon. Dies war der erste Tag seit einiger Zeit, an dem sie nicht in nördlicher Richtung unterwegs waren. Meg kannte auch den Grund dafür, und während sie ihrem Mann einen Lebewohlkuss gab, drückte sie ihn heftig.

»Was weißt du?«, fragte John le Bailli.

»Genauso viel wie du«, sagte Meg und zwinkerte ihm zu. »Sei nicht allzu tapfer.«

Er küsste sie noch einmal. »Nur die Tapferen verdienen die Schönen.«

»Ganz meine Rede.« Auch sie küsste ihn noch einmal und bezwang den Drang zu weinen oder den, ihm etwas Dummes zu sagen. Dann stieß sie ihn sanft von sich; ihre Finger ruhten auf seinem kalten Brustpanzer.

Schließlich kletterte sie auf ihren Kutschbock zurück und betrachtete die Karawane. Sie ballte die Faust, und die Wagen setzten sich in Bewegung. In Richtung Westen.

Die Kaiserin Livia hatte die Ebenen und Weizenfelder von Viotia als den Tanzboden des Mars bezeichnet. Beide großen Schlachten aus den Irk-Feldzügen waren hier geschlagen worden – und auch die drei Schlachten aus dem Zweiten Bürgerkrieg. Auf diesen Ebenen gab es Platz für Armeen, die viel größer waren als die kaiserliche, die nun vom Roten Ritter befehligt wurde. Die Hand der Geschichte war hier deutlich spürbar.

Der Boden war meilenweit völlig flach und eben. In einer Entfernung von etwa zehn Meilen erhob sich Lonika als ein Wald von Türmen, die die zinnenbewehrten Stadtmauern überragten.

In strategischer Hinsicht boten die Ebenen von Viotia das beste Manövergelände diesseits der Grünen Berge. Er konnte seine Armee in fast jede Richtung bewegen.

In taktischer Hinsicht jedoch war diese Gegend ein Albtraum aus Hecken, kleinen bestellten Feldern, Teichen und Steinmauern – von denen einige zehn Fuß hoch waren –, Steinscheunen und anderen Gebäuden, Kirchen mit befestigten Mauern, einem Kloster, das so groß wie eine kaiserliche Burg war, Schafspferchen und Bächen, die Hochwasser führten und über die sorgsam gepflegten Steinufer traten. All das wurde von ausgezeichneten Straßen durchzogen, die ebenfalls hohe Hecken oder Steinmauern als Begrenzungen aufwiesen. Die meisten Felder waren recht groß, einige aber auch besonders klein.

Seine Nachhut sperrte die Straße dort, wo die Wagen nach Westen abgebogen waren. Sie warteten. Eine Abteilung der berittenen Bogenschützen stieg hinter den Mauern ab, geschützt durch zwei Vardarioten-Schwadronen, bis die Sonne hoch am Himmel stand und die Wagen schon lange im Westen außer Sichtweite geraten waren. Auf so guten Straßen konnten die Wagen fünf Meilen in der Stunde zurücklegen.

Ser Jehan hielt sie eine weitere Stunde an diesem Ort. Als die ersten thrakischen Späher von Süden auf der Straße herankamen, erhielten sie einen Pfeilschwarm, der eine Handvoll Sättel leerte. Die albischen Söldner stiegen ohne Hast auf und trotteten davon, und die Thraker hielten Abstand zu ihnen.

Es war Mittag, als Dariusz endlich an der Wegkreuzung ankam.

Er warf einen Blick nach Westen, die alte Dorling-Straße entlang, und beobachtete sie für eine Weile. Die feindliche Armee konnte er auf halbem Weg zwischen sich und dem in der Ferne aufragenden Lonika ausmachen. Sie wartete. Auch er wartete eine Weile, dann schnippte er mit den Fingern.

»Stepan«, sagte er. »Teile Lord Demetrius mit, dass er seine Schlacht jetzt bekommt.«

Aeskepiles ritt auf die Wegkreuzung und sah sich die feindliche Aufstellung an. Dann machte er ein Zeichen, spreizte die Hände und rief eine schimmernde Luftlinse hervor. Er spielte einige Zeit mit ihr, fügte noch eine zweite hinzu, und als Lord Demetrius herbeikam, hatte er beide auf den Feind eingestellt.

Demetrius schaute hindurch, wie ein Kind ein neues Spielzeug betrachtet, aber er war mit den Gedanken ganz woanders. »Warum hat er angehalten? Haben sie Fallen ausgehoben?«

Ser Christos spuckte verächtlich auf den Boden. »Nein, Mylord. Der Boden ist noch immer gefroren. Wenn er das nicht wäre, würden wir jetzt bis zu den Knöcheln im Schlamm stecken.«

Demetrius saß auf seinem Pferd und beobachtete weiterhin den Feind. »Warum kämpft er überhaupt gegen mich?«, fragte er. »Die Hauptstadt liegt doch offen vor ihm. Er kann nach Lonika marschieren und es einnehmen.« Er zuckte die Achseln.»Wir haben keinerlei Belagerungsmaschinen.«

Aeskepiles lächelte. »Ihr habt mich«, sagte er. »Und Ihr habt Eure eigenen Magi, die durchaus würdige junge Männer sind.«

Demetrius zuckte noch einmal mit den Schultern. Er ritt einige Schritte nach Westen, drehte dann um und blickte wieder über die Felder. »Es ist keine schlechte Position«, sagte er. »Seine rechte Flanke wird von einem Gehöft und dessen kleinen Nebengebäuden geschützt, und seine linke steht nicht weit von einer recht hohen Mauer entfernt. Das wird eine harte Nuss werden.« Er drehte sich um und grinste. »Aber jetzt holen wir ihn uns.«

Die Thraker verschwendeten keine Zeit. Ihre Kavallerie marschierte auf das Feld, dann teilte sie sich in Kompanien auf und bildete Schlachtreihen. Die Infanterie des Herzogs Andronicus schritt auf der Straße bis zu einer Stelle, an der ihre Pioniere Löcher in die alte Mauer gehauen hatten. Dann marschierte sie durch die vierzig Fuß breite Öffnung, während der Bauer daneben stand und fluchte.

»Ihr verdammten … das ist die Arbeit eines ganzen Jahres! Eines ganzen *Jahres!*«

Eine Speerspitze stieß zu und ersparte ihm jede weitere Aufregung. Er fiel nach vorn und verblutete auf dem Feld, das er sein ganzes Leben lang bestellt hatte.

Die schwere Infanterie war fast zweitausend Mann stark – sie allein kam der ganzen kaiserlichen Armee beinahe gleich. Drei große Banner flatterten über ihr: das der Jungfrau Maria, das des Gekreuzigten und das von Christus, der in die Hölle hinabstieg. Sie marschierten in Schweigen, formierten sich unter wenigen gebrüllten Kommandos, hielten an und warteten schließlich darauf, dass sich auch die Kavallerie aufstellte.

Die Ostmänner bewegten sich weit nach Westen und galoppierten die Straße herunter. Ihnen war befohlen worden, um die kaiserliche Flanke herumzureiten und dann den Feind von hinten anzugreifen.

Die thrakischen Stradioten formierten sich zu beiden Seiten der Infanterie. Die Gruppe der Söldnerritter stellte sich rechts von den Stradioten in der Nähe der Straße auf. Der Rest der linken Flanke wurde von tausend thrakischen Bauern gebildet, die mit Ästen und Bögen bewaffnet waren.

Die thrakische Linie überragte die kaiserliche an beiden Seiten; vom einen Ende zum anderen maß sie beinahe zwei albische Meilen. In der kaiserlichen Formation klafften Löcher, außerdem war sie unterschiedlich dick; überdies war sie weniger als eine albische Meile lang.

Als sich die Linien gebildet hatten, die nur ungefähr eine Meile voneinander entfernt waren, sangen die Thraker eine Hymne. Es war zwei Uhr am Nachmittag, und sie erhoben ihre Waffen und gaben einen Schrei von sich, der über die ganze Ebene hallte.

Und dann marschierten sie auf ihre Feinde zu.

Der Rote Ritter beobachtete ihr Herannahen und schüttelte den Kopf. »Er ist zu kühn. Hat er sich denn nicht gefragt, warum ich unbedingt gegen ihn kämpfen will?« Er seufzte. »Hätte er bis morgen Nachmittag gewartet …«

Pater Arnaud hob eine Braue. »Ziehen wir uns etwa jetzt zurück?«, fragte er.

Der Rote Ritter drehte sich zu ihm um. »Nein. Jetzt sind wir gefordert. Es gibt keinen anderen Weg, ob wir nun gewinnen oder verlieren. Aber es wird eng werden.« Sein Kopf fuhr herum; sein Helm befand sich noch in Tobys Händen. »Nein!«, rief er.

Der Kaiser, der auf einem wunderschönen weißen Ross saß, galoppierte vor seiner Armee entlang.

Die Männer jubelten.

Dann wendete er sein Pferd und ritt auf den Feind zu.

»Was tut er da?«, fragte der Rote Ritter. Er gab seinem großen schwarzen Schlachtross die Sporen und preschte vor. Der Rote Ritter dachte daran, diesem Tier statt einer bloßen Nummer einen Namen zu geben. Bisher waren ihm sieben Pferde gestorben. Aber das Tier, dass Graf Zac ihm gegeben hatte …

Pater Arnaud fluchte. »Er versucht die Schlacht zu verhindern!«, sagte er und folgte dem Roten Ritter; auch er trug keinen Helm.

Der Rote Ritter legte sich über den Hals seines Pferdes, und das gewaltige Tier galoppierte los, als befänden sie sich auf dem Turnierplatz. Er ritt wie in einem Rennen und nicht wie ein Mann in voller Rüstung auf einem Schlachtfeld. Sein großartiges Kriegspferd bemühte sich, so schnell wie möglich zu sein.

»Majestät!«, schrie er.

Der Kaiser hielt sein Pferd an und winkte ihm zu.

Der Rote Ritter zügelte sein Ross und schloss zum Kaiser auf. »Majestät?«

»Ich will, dass sie mich erkennen«, sagte der Kaiser. »Wenn sie mich gesund und munter sehen, werden sie nicht kämpfen. *Ich bin ihr Kaiser.* Meine Person ist heilig.« Er nickte entschieden.

Der Rote Ritter fühlte sich, als spreche er mit einem klugen Kind. »Ja, Majestät, aber diese Männer haben Euch bereits wehgetan.«

Der schöne Mann drehte den Kopf und schenkte dem Roten Ritter die volle Wucht seines großartigen Lächelns. »Nein, Herzog. Jene Männer sind tot. Ihr habt sie doch vor meinen Augen getötet, was nur recht und billig war. Dies dort ist das Banner von Demetrius, dem Sohn des Herzogs Andronicus, der einer meiner engsten Vertrauten ist. Er ist der Bruder meiner Frau.«

»Er war es, der Euch gefangen genommen hat«, sagte der Rote Ritter sanft.

Der Kaiser dachte kurz nach.

Hinter ihm rückte die Linie der kaiserlichen Soldaten vor.

»Das hat er getan, nicht wahr?«, fragte der Kaiser langsam. »Wie konnte das geschehen? Der Logothet hatte mich gewarnt ... ich erinnere mich nicht mehr. Deshalb kann es nicht wichtig gewesen sein. Wir sollten zu den Herren hinüberreiten und sehen, ob ...«

Der Rote Ritter wusste nicht, warum seine eigene Kompanie ausgerechnet jetzt mit dem Vormarsch begann, aber das konnte nur in der Katastrophe enden. Nun spulte sich sein Plan ab – sein ungeheuer verzwickter Plan. Er packte das Zaumzeug des kaiserlichen Pferdes und drehte es um. »Diese Männer werden versuchen, Euch zu töten, Majestät. Kommt mit uns – mit Euren Freunden.«

Sie trotteten einige Hundert Schritte parallel zu den beiden Armeen, dann wendete der Rote Ritter und führte den Kaiser auf seine eigenen Linien zu. Nach hundert weiteren Schritten ließ er die Zügel des kaiserlichen Pferdes wieder los, und der Mann folgte ihm bereitwillig.

Der Rote Ritter ritt weiter, bis er auf Ser Jehan traf, der die Kompanie unter seinem eigenen schwarzen Banner anführte.

»Es hatte nach Schwierigkeiten ausgesehen«, sagte Jehan. »Wir können sofort wieder umkehren.«

Der Rote Ritter schüttelte den Kopf. »Das können wir nicht. Die städtischen Stradioten stehen kurz vor der Flucht.« Er schaute zur Sonne hoch und fluchte. »Verdammt, Jehan! Jetzt müssen wir früher anfangen. Ich hätte *Zeit* gebraucht!«

Ser Jehan wandte den Blick ab.

Der Rote Ritter sah sich um. Die Männer starrten ihn an.

Er dachte an seine erste Begegnung mit ihnen in Arles, und er musste lachen. »Starrt euch doch selber an«, sagte er, überließ den Kaiser Toby und ritt zum Kopf seiner Truppe. Alle Soldaten außer denen von Gelfred befanden sich dort in der vordersten Reihe, während ihre Knappen in der zweiten Reihe standen, die Bogenschützen in der dritten und die mit Speeren bewaffneten Pagen in der vierten. Es war die klassische Anordnung. Alle waren abgestiegen; die Diener mit den Pferden befanden sich viel weiter hinten. Die Rüstungen waren nur so gut poliert, wie man es nach einem dreiwöchigen Feldzug im Winter erwarten konnte, und die ursprünglich scharlachfarbenen Umhänge hatten ein schmutziges Braun angenommen. Aber ihre Waffen glitzerten wie böses Eis.

»Seht euch an!«, rief er wieder. »Denkt daran, wer ihr im letzten Jahr wart. Und wer ihr jetzt seid.« Er drehte sich zum Feind um, nachdem er mit raschem Blick bemerkt hatte, dass die Nordikaner und Vardarioten ihre Linie neu bildeten.

Die Scholae kamen hervor.

Er zeigte auf den Feind, der nun stetig über das gefrorene Feld auf sie zurückte. »Ein archaischer Gelehrter hat einmal gesagt, dass die Thraker die Welt erobern könnten, wenn sie bloß aufhörten, andauernd gegen sich selbst zu kämpfen.« Er grinste. »Aber er hat niemals euch kennengelernt, meine Herren. Ich will nicht lügen und sagen, dass es einfach wird. Ich will nur sagen, dass ihr den Sieg erringen werdet, wenn ihr drei Stunden gemeinsam durchhaltet, und dann wird ganz Morea uns gehören.«

Sie jubelten ihm wie einem neuen Messias zu.

Langpfote sagte in der dritten Reihe hinter Ser Alison: »Drei Stunden gegen die da? Bei Gott, wir sind verdammt.«

»Er kommt geradewegs auf uns zu!«, sagte Aeskepiles.

Demetrius beobachtete das Vorrücken des Feindes und schüttelte den Kopf. »Er schiebt seine Linie nach vorn. Was soll das bedeuten? Hat er etwa *hinter sich* Fallen aufgestellt?« Er sah dem Feind weiterhin zu. »Befinden sich seine Reihen in Aufruhr? Jetzt weicht die linke Flanke auf – das sind die Scholae. Und die Vardarioten. Ich verstehe.«

Ser Christos erschien und hob sein Visier. »Mylord, viele der neuen Rekruten haben Angst. Das vorhin war der *Kaiser*.«

»Das war nichts anderes als ein Usurpator«, sagte Demetrius.

Ser Christos kniff die Augen zusammen. Er sah Graf Stefano an, der den Blick abwandte. Dann drehte er sein Pferd herum und setzte es vor den goldenen Demetrius. »Wo ist Euer Vater, Mylord?«, fragte er.

»Er ist krank, aber er hält die Mauern von Lonika tapfer – mit einer Handvoll würdiger Männer«, sagte Demetrius.

Ser Christos sah Aeskepiles an.

Aeskepiles beachtete ihn nicht. »Da sind sie«, sagte er und stellte sich in die Steigbügel, um einen Zauber zu wirken. Aber die Entfernung war größer, als er es erwartet hatte, und der Winkel war unglücklich gewählt. Er gab seinem Pferd die Sporen und ritt vor.

»Tu deine Pflicht«, sagte Demetrius zu dem besten Ritter seines Vaters.

Ser Christos nickte. »Also gut«, sagte er, nahm das Banner und folgte Demetrius auf das Feld hinter der niedrigen Steinmauer; er war der letzte Mann, der die Wegkreuzung verließ.

Aeskepiles eröffnete die Schlacht mit einigen Zauberwerken – mit der Illusion eines Feuerballs, einer zweiten Illusion aus einem komplexen Gewebe, das sich von seinen Füßen bis zu den feindlichen Reihen erstreckte, und mit einem dritten Zauber, der aus einer organischen Sichel bestand, deren Ziel die Bogensehnen waren.

Seine Illusionen trafen mit dramatischer Wucht und entsetzten die neuen Rekruten und die Bauern überall auf dem Feld. Die brennende Kugel floss langsam dahin, brüllte wie ein Schmelzofen und explodierte gleich einem erschreckenden Feuerwerk über der Mitte der feindlichen Armee.

Er warf seinen Bogenschnitter aus, doch dieser verschwand in einem gegnerischen Schutzzauber.

Die feindlichen Bogenschützen hoben ihre Waffen.

Verärgert erneuerte er den Zauber.

Sie schossen, worauf ein Pfeilschwarm aufstieg.

Er drückte sie mit einem einfachen Windzwang zu Boden, den er vorbereitet hatte.

Die thrakische Infanterie marschierte langsam vor. Ihre Schritte wirbelten keinen Staub auf, da der Boden noch gefroren war, aber er bebte unter dem Gleichschritt. Drüben zur Linken hatten die thrakischen Bauern keine Befehle erhalten und rannten über die Felder, als seien sie verdurstende Wölfe, die Wasser gerochen hatten. Die Windzauber, die sich nun auf beiden Seiten des Schlachtfeldes erhoben, erschufen kleine Wirbel – winzige Windhosen, die sich summend herumbewegten und alte Blätter sowie Rindenmulch in die Luft hoben.

Demetrius beobachtete das ungehinderte Vorrücken der Infanterie und lachte.

»O Vater, wie sehr wünschte ich mir, dass du hier wärest und das sehen könntest.«

Mutwill Mordling stand einige Schritte hinter dem Roten Ritter, der nun abgestiegen war und seinen Platz in der Mitte der Linie beim Banner eingenommen hatte.

Die Linie regte sich nicht. Die Spitzen der Lanzen, die von den Pagen in der vierten Reihe gehalten wurden, zitterten allerdings ein wenig, denn es bedurfte wahrer Kraft, eine schwere Lanze so lange zu halten. Und die Bogenschützen bewegten sich. Der Befehl war ergangen, das Feuer einzustellen, aber jeder Mann hatte noch ein Dutzend Pfeile mit der Spitze im Boden hinter seinen Füßen stecken.

Die feindlichen Speerwerfer – die gleichen hartgesottenen Bastarde, die sie bei Liviapolis beinahe zerrieben hätten – rückten immer weiter vor und befanden sich noch außerhalb der Bogenschussweite, während die Zauberer in der Luft über ihren Köpfen kämpften. Der Hauptmann besaß nun zwei schimmernde Schilde – einer der Gründe, warum Mutwill in der Schlacht gern einer der Bogenschützen des Hauptmanns war, bestand darin, dass er stets durch die Zaubereien des Hauptmanns geschützt wurde.

Der Feuerball explodierte unmittelbar über ihnen. Mutwill zuckte zusammen. Als das Nachbild auf der Netzhaut verschwunden war, klopfte er sich auf Stirn und Arme. Dann lachte er über den Geruch.

»Jemand hat sich in die Hose gemacht!«, rief er.

Raues Gelächter ertönte. Der Hauptmann drehte den behelmten Kopf. »Das war nur eine Illusion. Es werden noch weitere kommen.«

Seine Augen glühten rot. Die feindlichen Speerwerfer waren nur noch etwa hundert albische Stoffellen entfernt.

»Anlegen!«, brüllte Bent.

*Ich muss näher an Aeskepiles herankommen.*

Harmodius war seit seinem letzten Heiterkeitsausbruch auf schickliche Weise still gewesen. Der Rote Ritter hatte schon gehofft – oder befürchtet –, dass er verschwunden wäre. Seinen Worten folgte sofort ein Stachel des Schmerzes, als hätte dem Roten Ritter jemand eine Schwertklinge zwischen die Augen gerammt.

*Daran kann ich im Augenblick leider nichts ändern, alter Mann.*

*Im Palast war alles ruhig. Harmodius stand so gelassen da wie ein Diener, der darauf wartet, behilflich sein zu können. Außerdem wirkte er jünger denn je. Er hielt das Gefallene Schwert in seinen Händen. Aeskepiles hatte an Macht gewonnen – wieder einmal. Er hatte Zugang zu irgendetwas oder zu irgendjemandem.*

*Er scheucht meine Windzauber herum wie ein Kind, das Motten tötet, und …*

*Ich wusste, dass es ein Fehler war, Meg wegzuschicken.*

*Du hast selbst gesagt, dass nur Meg die Sicherheit unserer Frauen garantieren kann. Und jetzt will ich übernehmen.*

*Halte meinen Körper nicht in deiner Gewalt, wenn ich kämpfen muss. O Harmodius, diese Schmerzen!*

*Keine Angst, mein Junge. Ich verlasse dich bald. Das verspreche ich dir. Wir müssen näher an Aeskepiles heran. Heiliger Jesus, woher hat er bloß diese Macht?*

Harmodius ergriff die Kontrolle über den Körper des Roten Ritters. Ohne die andere Präsenz als Vermittler konnte er seinen Zauber schneller wirken – und sauberer. Er hatte sechs Monate Zeit gehabt, sich auf diesen Moment vorzubereiten. Er wusste ganz genau, was er wollte, und er wusste, wie er es erlangen konnte.

»Schießen!«, rief Bent.

Die Ritter und Soldaten in der ersten Reihe knieten sich hin. Die Bogenschützen beugten sich vor und ließen die Sehnen los. Auf diese Entfernung flogen die Pfeile etwa vierzig Herzschläge lang durch die Luft und mussten nur wenig höher gezielt werden.

Bent verschoss nadelspitzen Stahl für sechs Pfennige das Stück, hergestellt von Meister Pyle. Es war gehärteter Stahl. Die Köpfe waren fünf Finger lang und liefen in eine Spitze aus, die so fein wie ein Eispickel war. Er wählte sein Ziel sorgfältig aus – den Bannerträger in der ersten feindlichen Reihe. Er hatte einen Schuppenpanzer und einen großartigen Goldhelm. Und gepanzerte Arme und Beine.

Der Pfeil wog drei albische Unzen und flog in einer Sekunde fast zweihundert Fuß weit. Die Spitze bohrte sich einen Fingerbreit von der Mitte entfernt in die Panzerung des Ziels, durchdrang die äußeren Bronzeschuppen und fuhr zwischen zwei inneren Eisenschuppen hindurch, zerfetzte das Elchleder darunter und auch die Leinenschicht, zerriss die Schafswolle und dann eine zweite Schicht aus Leinentuch. Und schließlich ein dünnes Leinenhemd.

Durch Haut ins Fettgewebe, durch das Fett in die Muskeln. Und auf den Knochen. Die Spitze schabte einen halben Finger am Knochen entlang und drückte sich wieder in das Fett – und in weitere Muskeln hinein.

Der Mann stürzte. Das schwere Banner fiel nach vorn, zwanzig Hände reckten sich ihm entgegen und fingen es auf. Aber der Pfeil war nicht allein gekommen …

Bents zweiter Pfeil lag schon in seinem Bogen, als der erste gerade das Herz des Bannerträgers durchbohrte. Und dann kam sein dritter …

Und der vierte …

In dem Raum zwischen den beiden Armeen tobte ein Pfeilsturm, und alle Schäfte flogen in nur eine Richtung. Links vom Roten Ritter hielt Demetrius seine Söldner-Kavallerie zum Todesstoß bereit, daher war das Gelände vor den Nordikanern leer.

Sie begannen mit ihrem Vormarsch. Auf einen gebrüllten Befehl hin hoben dreihundert Wächter ihre Äxte, stießen einen schrillen und sehr alt wirkenden Schrei aus und rückten auf die ferne feindliche Kavallerie vor. Die Nordikaner drängten sich so dicht zusammen, dass der Mann, der rechts außen in der Reihe lief, mit seinem wunderbaren vergoldeten Schild an der mannshohen Steinmauer der Straße, die von Liviapolis nach Lonika führte, entlangschrammte. Die nordikanische Formation war nur zwei Mann tief und bewegte sich mit einer geradezu übernatürlichen Präzision. Jeder der Männer hatte einen schweren Wurfspeer mit einer Spitze, die beinahe ein ganzes Pfund wog und oft mit Gold oder Silber oder beidem eingelegt war, während man den Schaft mit vergoldeten Runen verziert hatte. Die Spitze aus bestem gebläutem Stahl lief zu einer Nadel aus. Überdies hatten die meisten Männer noch zwei Wurfpfeile hinter ihren Schilden – mit Bleigewichten an zwei Fuß langen Schäften. Ein Geübter konnte sie achtzig Schritte weit schleudern.

Der fünfte ...

Sechste ...

Die Nordikaner passierten das hintere Ende der Truppe und rückten weiter voran, wobei Dunkelhaar den Takt in seiner eigenen Sprache vorgab. Seine Stimme hatte einen unheimlichen singenden Ton, der sich über das bösartige Zischen der Pfeile und das Schreien der Speermänner erhob.

Die feindlichen Speermänner drangen durch den Pfeilhagel vor und erlitten schwere Verluste.

Der Rote Ritter sang auf Hocharchaisch, wobei er drei verschiedene bewegliche Schilde hatte – einen lavendelfarbenen, einen in heraldischem Rot und einen in blendendem Gold.

Unmittelbar ihm gegenüber befand sich auf der anderen Seite des Feldes ein ungerüsteter Mann auf einem großen grauen Pferd, dem ebenfalls eine Reihe von Schilden zu seiner Verfügung standen: grün, purpurfarben, lavendelfarben, rot, schwarz. Der schwarze Schild hob sich zur Antwort auf einen Blitz, der wie ein Kavallerieangriff über das Feld schoss. Das Schwarz fing den Blitz ab und schleuderte ihn auf demselben Weg zurück.

Und er traf auf einen Schild aus dem gleichen schwarzen Material – einen Schild, der nicht viel größer als eine Handfläche war, aber sehr präzise geführt wurde.

Der Blitz prallte ab und fuhr so in die Frontreihe der Speermänner, dass ein Mann explodierte. Seine Eingeweide traten als Dampf und verbranntes Fleisch aus. Ein zweiter Mann wurde durch einen Teil seines Schädels getötet.

Der siebte Pfeil.

Der achte.

Rechts von dem Roten Ritter rückten die Vardarioten auf die thrakische Bauerninfanterie vor, bis sie nur noch fünfzig Fuß von deren heranstürmender Masse entfernt waren. Nun schossen sie ihre leichteren Rohrschäfte ab. Dreihundert Vardarioten breiteten sich auf der Ebene aus und leerten den Inhalt ihrer Köcher in die Richtung von Männern, die darauf nichts zu erwidern hatten. Und als sie in tapferer Verzweiflung noch schneller angriffen und vor den Pfeilen auszuweichen versuchten, drehten sich die Vardarioten, ritten ein paar Schritte zur Seite und schossen weitere Pfeile aus einer Entfernung ab, die ein Verfehlen des Ziels unmöglich machte.

Und noch einmal.

Die Bauern wurden geschunden. Bei jedem Pfeilschwarm starben mindestens zwanzig von ihnen, und die Pfeile rollten von den Fingern der Vardarioten wie die Münzen eines Taschenspielers.

Neun.

Zehn.

Die Speerwerfer kamen zu nahe. Sie waren zu tapfer und zu zuversichtlich, um einfach davonzulaufen oder sich auf den gefrorenen Boden zu werfen. Bei Liviapolis waren sie von der Gewalt der Schützen und der Durchschlagskraft ihrer großen Eibenbögen entsetzt gewesen, aber sie hatten sechs Monate Zeit gehabt, ihre Wut herunterzuschlucken und sich ihres Sieges zu rühmen. Sie traten über die

Gefallenen hinweg – über Männer, die sie zum Teil seit mehr als zwanzig Jahren kannten.

Bent hob seinen Kriegsbogen; er hatte seinen elften Pfeil eingelegt. Die Erfahrung sagte ihm, dass er keinen zwölften mehr verschießen würde. Er beugte sich über Ser Jehans Schulter, und zwar in einem Rhythmus, den die beiden so gut kannten wie zwei alte Liebende. Sein Bogenarm lag dicht an der rechten Schulter des Ritters, und seine Hüfte drängte gegen die von Ser Jehan. So schoss er einem Veteranen aus zwanzig Schlachten einen Pfeil in den Kopf, unmittelbar über der Nasenwurzel, die nicht mehr vom Schutz seines Helms bedeckt war.

Bent warf seinen Bogen über die rechte Schulter von sich. Er würde auf der gefrorenen, ungepflügten Erde etwa fünfzehn Fuß hinter ihm landen, und dort würde er ihn wiederfinden, sollte er überleben. Zunächst wich er eine Kampfreihe zurück, verließ den Knappen, der vor ihm stand, und entfernte sich von dem Speer des Pagen hinter ihm.

Er zog ein Kurzschwert aus seinem Gürtel – es bildete den Gegenwert von vierzig Arbeitstagen – und nahm den Schild ab. Dann drückte er die linke Schulter gegen die des Knappen.

Ser Jehan hob den Kopf seiner Streitaxt in einer Entfernung von etwa einem Fuß.

Morgan Mortimir stand entsetzt in der vordersten Reihe. Seine Rüstung lag ihm wie Blei auf den Gliedern, und die Speermänner sahen aus wie böse Kriegsgötter, die sein Verderben mit sich führten.

Der Rote Ritter hatte ihm befohlen, den Schild über der gesamten Front aufrecht zu erhalten, und das tat er nun. Er war gewarnt und ließ es zu, dass die Illusionen in die Menge fuhren, auch wenn er manchmal erst sehr spät erkannte, dass ein Zauber echt war.

*Halte diesen da auf.*

Mortimir warf all seine Kraft in das blasse Gold des Schildes. Feuer brüllte in seiner Ecke der Schlacht auf und drang über und unter seinen eigenen Zauber. Gefrorenes Gras fing Feuer. Er ließ es brennen. Die Speermänner kamen näher, der Lärm war so fremdartig und erdrückend, und er wollte der Enge seines Helms entkommen. Außer den harten Augen der Totschläger vor ihm konnte er nichts erkennen. Sie waren schon so nahe gekommen, dass er sie fast berühren zu können meinte.

Sein Knappe – ein hartäugiger Bastard, den ihm Ser Michael zur Verfügung gestellt hatte – drückte die Schulter gegen Mortimirs Rücken. »Macht Euch bereit, Ser!«

Mortimir hatte beschlossen, mit Schwert und Schild zu kämpfen. Er stellte sich breitbeinig hin.

»Schließt Euer verdammtes Visier«, sagte sein Knappe. Eine gepanzerte Hand rammte das Visier so heftig nach unten, dass er beinahe gestürzt wäre.

Er schaute durch die Schlitze und sah …

Die Speerspitze flog auf ihn zu, versuchte ihm das Leben zu nehmen und drang in sein Kettenhemd. Er tat nichts, um den Angriff zu parieren. Einige Kettenglieder sprangen auf, aber das Hemd war zu stark für einen fünfzehnjährigen »Soldaten«, und die Speerspitze wurde über seine Schulter abgelenkt, ritzte die Panzerung und renkte ihm die Schulter so heftig aus, dass er sich auch nach hundert Albträumen noch daran erinnern würde.

Aber nun zahlten sich Mortimirs Übungen aus. Sein Schild fuhr hoch, und der Stahl schabte an dem Speerschaft entlang. Er hob sein Schwert.

*Phontia!*, sagte er.

Der Speermann brach unter seinem Kettenhemd in Flammen aus, sodass sein Gesicht einen Augenblick lang wie das eines Dämons aus der Hölle wirkte.

Der alte Mann hatte ihm geraten, auf der Hut zu bleiben. Doch nun erkannte er, dass dies geradewegs in die Katastrophe führte. Er drängte sich an den Platz des Toten; der Geruch verbrannten Fleisches drang ihm auch durch das geschlossene Visier in die Nase, und wieder streckte er sein Schwert aus. Ein Viertel seiner ganzen *Potentia* legte er in einen einzigen einfachen Zauber.

Nun ja, ganz so einfach war er dann doch nicht.

Ein Feuerball muss irgendwo seinen Ursprung haben. Das Element des Feuers ist parasitär, denn es existiert nie ohne eine Quelle. Die Quelle ist der schwierige Teil, denn das Erschaffen einer solchen – um einen Feuerball herzustellen – erfordert Zeit und Geduld und Übung. Es ist viel leichter, wenn der Zauberer die Quelle in seiner Nähe erschafft, und es ist wesentlich schwieriger, wenn er es auf eine größere Entfernung hin versucht. Daher erschufen die meisten Schlachtfeldzauberer zunächst einen schweren Schild und dann den Feuerball, der sich aus Holz oder verschiedenen Gasen speiste und auf Armeslänge von ihnen entfernt erschien. Wenn sie pyrotechnisch halbwegs begabt waren, bewegten sie ihn ungefähr so, wie man einen schweren Gegenstand wirft. Es sei denn, der Ball wurde im Äther erschaffen.

An dieser Stelle erwies sich die Ausbildung oft als begrenzender Faktor der Macht. Ein junger Zauberer, der gelernt hatte, Petroleum zu erschaffen, war viel gefährlicher als jemand, der nur die Schöpfung von Bienenwachs geübt hatte.

Ein junger Zauberer, der mit Harmodius verbunden war, hatte gar Zugang zu einer ganzen Welt voller Substanzen, von denen ein gewöhnlicher Magister nur träumen konnte. Er war in der Lage, sehr feine alchemistische Kreationen zu benutzen. Und ein Hermetiker, der sich in der Alchemie auskannte, musste nur ein einziges Mal eine Substanz im Realen erschaffen.

Mortimirs Feuerball brannte, nachdem er sich sechs Fuß von ihm entzündet hatte, so heiß, dass er zurückwich und beinahe seinen hermetischen Schild einbüßte und die Kontrolle über das Feuer verlor. Es trieb davon. Dann verschwand es mit einem Knall, als Mortimir die Quelle nicht mehr beherrschen konnte.

Vierzig eng beieinander marschierende Speermänner wurden verbrannt. Die linke Frontecke der feindlichen Phalanx brach zusammen.

Ser Michael, der die rechte Flanke befehligte, deutete mit seiner Streitaxt auf die verkohlten Leichen. »Auf sie!«, brüllte er.

Aeskepiles war auf seinem Pferd immer näher an die Frontlinie herangeritten. Als die Speermänner langsamer wurden, mit ihren Waffen zielten und ihre Speerspitzen mit schrecklichem Getöse gegen die Rüstungen der Feinde prallten, befand er sich an einer Stelle, die nur fünfzig Schritte vom Kampf entfernt war. Hinter dem Zentrum der Schlacht war er in Sicherheit.

Je näher sich zwei Magister beieinander befanden, desto weniger waren sie in der Lage, den Zauber des anderen abzuwehren. Und auf fünfzig Schritte …

Ein gewaltiger Ball aus weiß glühendem Feuer erschien links von ihm. Er hatte nicht gespürt, wie er gewirkt worden war, und er hatte den Wirker nicht gesehen.

Genauso schnell, wie der Blitz des Entsetzens durch seinen Körper fuhr – und sein Pferd scheute, als er ihm die Sporen in die Flanken presste –, spuckte er fünf Worte in den Äther.

Der Rote Ritter spürte, wie ihn der alte Mann verließ. Es war, als lasse ein Fieber nach oder als verschwinde eine unwillkommene Erinnerung. Er wollte etwas sagen – wenn auch nur deshalb, weil er zu wissen verlangte, ob der Mann nicht mehr wiederkehrte.

Aber die feindlichen Speermänner waren nur noch zwei Speerlängen entfernt. Cully und Mutwill Mordling warfen ihre Bögen beiseite und huschten durch die Ränge zurück. Auch Toby warf den

Speer, mit dem er kämpfte, über seinen Kopf hinweg. Er hob seine Ghiavarina, die er noch nie in einem Kampf eingesetzt hatte.

Er war allein – die Kopfschmerzen waren verschwunden.

Er holte tief Luft. Rollte die Hüften nach hinten. Er hatte seinen Speer, hob ihn in einer Haltung, die *dente di cinghiaro* hieß, und als der Speer seines Feindes auf ihn zuschoss – es war ein heftiger, hingebungsvoller Wurf –, hieb er darauf ein. Sein Schlag hätte den schweren Speer nach unten ablenken sollen. Doch stattdessen durchtrennte seine großartige Waffe – das Geschenk eines Drachen – die Speerspitze seines Gegners. Das stumpfe eiserne Ende prallte gegen seinen Helm und stieß ihn nach hinten. Die Macht seines eigenen Schlages, der eigentlich den Schaft des Gegners hätte zerschmettern sollen, trieb die Spitze der Ghiavarina tief in den Boden vor seinen Füßen.

Er riss sie heraus, trat vor und rammte sie seinem Gegner in den Kopf, bevor er wieder klar denken konnte. Die Spitze prallte nicht gegen den Helm des Feindes, sondern schnitt sauber hindurch und trennte nicht nur den oberen Teil des Helmes vier Fingerbreit ab, sondern auch den Schädel des Mannes einen Fingerbreit, sodass Hirn, Schädel, Panzerhaube und Helm einen halben Herzschlag lang eine Reihe konzentrischer Kreise bildeten und wie ein wildes Nomadenkunstwerk wirkten.

Ein weiterer Speer traf seinen linken Schulterpanzer und prallte über die Schulter hinweg ab. Ein dritter fuhr gegen seinen Brustpanzer, aber Tobys Schulter in seinem Rücken hielt ihn auf den Beinen, und er kämpfte darum, sich von diesem Überraschungsangriff zu erholen.

Toby rettete ihm das Leben, als ein Feind aus der zweiten Reihe den Griff seiner Waffe packte und mit einem spitzen Dolch auf ihn einstach. Er blitzte unter seinem Sichtfeld hinweg, das durch die Visierschlitze stark beeinträchtigt war, und spürte den Schlag lediglich als Druck.

Toby rammte dem Mann seinen Kurzspeer in den Kopf. Der Schädel wurde nach hinten gerissen, Toby sprang an seinem Ritter vorbei, drehte den Speer herum, riss ihn wieder heraus und rammte ihn dem Mann gegen den Halsschutz, wodurch seine Kehle zerquetscht wurde.

Die beiden Seiten drückten gegeneinander, kamen aber kaum voran. Hier und da kämpfte jemand, doch es war eine Situation entstanden, die von den Veteranen als *die Presse* bezeichnet wurde. Es entstand ein Geschiebe, in dem Versagen sofortige Niederlage und Tod bedeutete. Die Speerwerfer waren zahlreicher. Die Truppe des Roten Ritters hingegen verfügte über die besseren Rüstungen.

Ein gewaltiger Blitz aus gelblichweißem Licht entstand im rechten Augenwinkel des Roten Ritters.

Er stieß Toby mit seinem rechten Panzerhandschuh an, und der Knappe drehte sich in der Hüfte, parierte einen letzten Stoß ihres neuen Gegners und wich zurück. Der Rote Ritter beugte den Rumpf und stellte die Füße weit auseinander. Alles geschah so präzise wie ein Dolchstoß. Er trennte den Speerschaft durch, der ihn bedrängte, und schlug dem Mann die Hand am Gelenk ab, und zwar mit einer Bewegung, die man eigentlich beim Fischen machte.

Als sein nächster Gegner mit abgeschlagener Hand zurücktaumelte, machte der Rote Ritter einen Schritt nach vorn und schwang seine Waffe.

Speere wurden durchgehauen, Männer fielen nach vorn, als sie den Halt verloren, den ihre Waffen gewährten, während sie gegen den Feind drückten.

Er hieb wieder zu, als wäre sein schwertähnlicher langer Speerkopf eine gewaltige Axt, die von einem Nordikaner-Riesen geführt wurde.

Alles, was die Speerspitze traf, wurde durchtrennt – Rüstungsstahl, Leder, Holz und Fleisch.

Ein Loch, so breit wie der Radius seines Speers, öffnete sich in der feindlichen Phalanx.

Er trat wieder vor und hieb auf fünf Männer ein, die sich vor ihm duckten. Zwei davon starben.

Die Waffe grub sich tief in den Körper des dritten. Er zog daran – und ein Speerschaft traf ihn im Rücken. Verzweifelt griff er nach der Waffe und riss sie heraus. Sie schimmerte blau-rot im Sonnenlicht des Frühlings.

Welche Kräfte seine Waffe auch immer gehabt haben mochte, nun waren sie erschöpft. Und er befand sich sechs Schritte tief in der feindlichen Phalanx.

Schläge prasselten auf ihn ein wie Hagel, und er wurde durch den mächtigen, mit beiden Händen ausgeführten Hieb eines verzweifelten Mannes zu Boden geworfen, der seinen Speerschaft wie einen Dreschflegel schwang.

Der Druck um ihn herum wuchs immer stärker an.

Ein anderer Mann riss ihm die Waffe aus den Händen. Nun waren sie überall um ihn herum, viel zu nahe zwar, aber er schaffte es, mit der rechten Hand seinen neuen Dolch herauszuziehen und stach mit ihm zu.

Und dann gab es nur noch den Kampf.

In seiner vollen Rüstung war er beweglicher und leichter als seine Gegner in ihren langen Kettenhemden und Schuppenpanzern. Sie führten schwere Schilde und lange Speere mit sich – manche warfen sie nun fort, andere nicht –, und als sie gegen ihn drückten und ihn niederzuwerfen drohten, führte er wie ein Rasender all die Übungen aus, die ihn der Waffenmeister seines Vaters in seiner Jugend gelehrt hatte. Er erwischte den rechten Arm des Mannes, der ihn seiner Waffe beraubt hatte, drehte ihn um, brach ihn und stach dem Mann in den ungeschützten Hals knapp unterhalb des Ohres. Dann packte er den nächsten Mann, rammte ihm seine Stahlfaust in das freie Gesicht, ergriff seine Schultern und nutzte die Spitze seines nach außen gebogenen Visiers, um dem Mann die Zähne einzuschlagen, während er mit seinen Stahlschuhen die Füße und Waden des Mannes zerquetschte. Schläge prasselten auf seinen Rücken und auch auf die rechte Schulter ein, die in dem Handgemenge plötzlich bloßlag. Zwei dieser Schläge waren so heftig, dass sein ganzer Körper erbebte und sein Helm zitterte. Er war benommen.

Seine Hände und Füße fuhren mit ihrem mörderischen Handwerk fort. Er trat einem Speermann zwischen die Beine; die Stahlspitze seines Sabatons zerquetschte die Hoden des Mannes, während er dessen Speer festhielt. Sein rechter Arm schoss vor, und der gehärtete Flansch seines Ellbogengelenks riss einem anderen Speermann die Nase aus dem Gesicht, als dieser versuchte, ihm auf den Rücken zu klettern.

Sein linkes Bein verfing sich in irgendetwas. Er drohte das Gleichgewicht zu verlieren, und dann kämpfte er gegen so viele Männer gleichzeitig, dass er keine Zeit hatte, das Bein zu befreien.

Er wusste mit schrecklicher Deutlichkeit, dass er bald fallen würde. Immer stärker verlor er die Balance. Er rammte seinen Dolch mit der Spitze nach unten in den Rücken eines Schuppenpanzers, und die dreieckige Spitze drang wie eine Ahle durch gehärtetes Leder.

Er versuchte den Dolch wie ein Klettereisen zu benutzen, mit dessen Hilfe er sich aufrecht hielt.

Dann gab etwas in seinem linken Knie nach.

*Verdammt. Ich habe es versucht,* dachte er und stürzte zu Boden.

Die Söldner-Kavallerie sah zu, wie die Wahnsinnigen auf sie eindrangen. Es war eine wohlbekannte Tatsache, dass die Infanterie die Kavallerie nicht angreifen kann – das wäre Selbstmord.

Aber sie griffen trotzdem an.

Der Anführer – ein südländischer Ritter aus dem fernen L'Occitan – senkte seine Lanze. »Meine wertvollsten Freunde«, sagte er in der Sprache der Romanzen, »dies sind tapfere Männer und würdige Feinde. Wenn sie sich unbedingt mit uns messen wollen …« Er lächelte. »Dann sollten wir ihnen diesen Wunsch erfüllen.«

Er hob die Hand, schloss sein Visier und warf den Kopf herum, um sich zu vergewissern, dass der große Helm sicher auf der Stahlkappe saß. Dann stemmte er den Schaft seiner Lanze gegen die Halterung an seiner Hüfte. »Für den heiligen Johannes!«, rief er.

Die Söldner kamen nicht alle aus L'Occitan, und ein vielstimmiges Kriegsgeheul setzte ein. Die Ritter senkten ihre Lanzen und preschten auf die axtschwingenden Wahnsinnigen los.

Der Augenblick des Aufpralls war wie eine Explosion aus Fleisch. Äxte trennten die Vorderbeine der Kriegspferde durch, während die Lanzen durch dicke Stahlschichten drangen. Eine ganze Gruppe von Nordikanern starb in der Frontreihe – ein Fünftel ihrer Gesamtzahl wurde in einem einzigen Moment dahingerafft.

Doch die Überlebenden wichen nicht zurück. Die großen Äxte wirbelten wieder. Die Pferde kämpften, Hufe blitzten auf, und in der Mitte standen vier Freunde unerschütterlich und unverrückbar zusammen. Die Äxte hatten zwei Pferde gefällt, sodass die anderen nicht an ihnen vorbeikamen. Dieser feste Punkt in der Nordikaner-Linie war wie der Bug eines Schiffes im Sturm.

Als sich die Ritter langsamer bewegten, wurden ihre Pferde verwundbarer. Lanzen wurden fallen gelassen, Schwerter blitzten auf.

Kein Schild der Erde konnte eine Axt aufhalten, die von einem Mann geschwungen wurde, der so groß wie ein Pferd war. Und selbst wenn der gehärtete Stahl den Hieb auffing, bestand die Gefahr, durch den Aufprall aus dem Sattel geschleudert zu werden.

Aber während ein solcher mörderischer Gigant sein Gewicht verlagerte und die Axt zu einem neuen Schlag hob, war er sehr verwundbar.

Große Männer starben. Ritter und Krieger, Veteranen, die aus früheren Kämpfen schon ein Dutzend Wunden davongetragen hatten, starben innerhalb weniger Herzschläge, ohne ihre Mörder gesehen zu haben.

Die Pferde drängten weiter voran. Und die Nordikaner taumelten zurück.

Die Linie der thrakischen Bauern löste sich auf.

Sie hatten länger standgehalten, als jeder erwartet hatte, und ihre tapfersten Männer waren mit voller Geschwindigkeit auf die lachenden Vardarioten zugelaufen und mit sorgfältig gezielten Pfeilen in ihren Körpern gestorben. Die besten wurden getötet, und nur die Zögerlichen und die Langsamen blieben übrig. Am Ende drehten sie um und rannten wie Aasfresser davon, wenn sie von einem Kadaver vertrieben wurden.

Die Vardarioten – die an diese Art des Kampfes gewöhnt waren – hatten sich erlaubt, sich bis zu den steinernen Nebengebäuden des einsam gelegenen Gehöftes zurückzuziehen. Dort sammelten sie sich, wechselten die Köcher aus und ließen die übrig gebliebenen Thraker leben.

Graf Zac zählte die Pferde. Er hatte einen Mann verloren.

»Wo ist Khengiz?«, rief er.

»Ihm ist der Bauch geplatzt!«, rief ein Aviladhar. Einige Männer lachten.

Sie sahen zu, wie sich ihnen gegenüber die Hauptkavallerie des Feindes neu formierte. Sie mussten die Mitte ihrer Reihen öffnen, um die Bauern hindurchzulassen, was eine verlorene Gelegenheit war. Aber wenn sie den Bauern zu dicht gefolgt wären, hätte es in einer Katastrophe enden können.

Zac zuckte die Achseln. »Fertig, meine Freunde?«

Die Kriegsschreie stiegen in die Luft.

Er warf einen raschen Blick nach links. Die Nordikaner würden allesamt dort sterben, wo sie nun standen. Die Mitte der Linie schien zu gewinnen. Er runzelte die Stirn.

Ser Giorgios ritt vom Kopf der großartigen Scholae aus herbei. »Das war wie aus dem Lehrbuch.« Er zuckte die Achseln. »Die Scharmützel. Die …«

Graf Zac strahlte vor Freude. »Ein großes Lob vom Grafen der Scholae.«

Der Feind hatte noch immer Schwierigkeiten mit den entsetzten Bauern, die sich vor der Kavallerie zusammenballten. *Schade,* dachte Graf Zac.

»Wir haben noch nicht gewonnen«, sagte Giorgios.

»Pah!« Graf Zac lachte. »Zweitausend feindliche Kavalleristen? Wir beide verfügen über fünfhundert Mann und werden sicherlich mit ihnen fertig.« Er grinste. »Zumindest so lange, bis die Ostmänner in einer Stunde um diese Gebäude herumpreschen und wir alle sterben.« Er zuckte die Achseln. »Aber ich bleibe mir treu. Und Ihr?«

Ser Giorgios lächelte. »Wie sollen wir anfangen?«, fragte er.

»Ah, Ihr übertragt mir Euer Kommando?« Graf Zac war ein kleiner Mann, bei diesen Worten aber richtete er sich im Sattel zu seiner vollen Größe auf.

»Allerdings.«

»Dann beginnen wir mit einer dramatischen Niederlage, oder?« Er lachte.

Ser Giorgios versuchte genauso heftig zu lachen wie er.

»Da kommen sie!«, rief Dmitry, Ser Christos' *Hypaspist*.

Ser Christos beobachtete, wie die Vardarioten und die Scholae – Männer, die er schon auf anderen Schlachtfeldern befehligt hatte – auf ihn zukamen. Die Festigkeit ihrer Reihen und die Präzision, mit der sie ihre Bögen aus den Futteralen zogen, stand in scharfem Gegensatz zu seinem *Tagma*, das gegen die eigenen Bauern zu kämpfen hatte. In vielen Fällen waren es ihre Freunde und Nachbarn. Ein Landeigner beugte sich aus dem Sattel und musste mit anhören, wie ihm ein weinender Mann erzählte, dass sein Bruder schreiend gestorben war, weil ihm die rot gekleideten Barbaren ihre Pfeile in die Eingeweide geschossen hatten.

Das war alles sehr moreanisch, und er freute sich darüber, dass sie ihre Männer liebten. Aber er sah auch, dass das alles kurz davor stand, schrecklich schiefzulaufen.

»He, ihr da drüben, seid etwas lebendiger!«, brüllte er. »Weg von meiner Front! Das ist ein falscher Angriff – seht ihr ihre Bögen? Sie werden kommen, ein paar Pfeile verschießen und wieder weglaufen. Wir werden das Feuer nicht erwidern. Habt ihr mich gehört, Hetaeroi? Haltet stand!«

Die feindliche Linie rückte in schnellem Trott vor. Zweihundert Schritte entfernt prallten die gegnerischen Söldner mit einem Lärm auf die Nordikaner, der sich wie ein Ragnarök anhörte. Die beiden Garderegimenter fielen in einen Galopp.

»Schilde hoch!«, brüllte Christos.

Die Bauern, die vor der Kavallerie hockten, hoben alle Schilde, die sie besaßen.

Die Pfeilschwärme flogen heran. Einige der Vardarioten schossen, pfiffen und schrien.

Diejenigen seiner eigenen Stradioten, die geübte Bogenschützen waren, erwiderten das Feuer.

Auf beiden Seiten fielen Männer und Pferde.

Die Wache drehte sich gemeinsam um und galoppierte davon; sie ließ eine Handvoll toter Pferde und Männer zurück. Über die Rücken ihrer Reittiere schossen sie noch einmal nach hinten. Wieder ertönten Pfiffe und Kreischen. Es bedurfte wahren Mutes, nicht vor diesem Pfeifen zu fliehen; es waren die längsten Herzschläge im Leben der Kämpfer – und vielleicht auch die letzten.

Geschrei ertönte. Ächzen.

Ser Christos sah in die Sonne, die sich am Himmel kaum bewegt hatte.

Ser Christos dachte: *Was tue ich hier? Warum kämpfe ich gegen diese Männer? Das alles ist schrecklich falsch. Wir hätten Morea retten sollen.*

Die Männer sahen ihn an. Sein Schlachtplan war einfach. Er wollte abwarten, bis die Ostmänner auf der feindlichen Flanke erschienen, und erst dann angreifen. Zwar könnte die schiere Macht seiner zweitausend Pferde die Garde vielleicht brechen, aber die Verluste würden fast eine ganze Generation von Bauern auslöschen, und die Gehöfte – Hunderte Gehöfte – mochten an die Wildnis zurückfallen. Außerdem würde die Garde nicht leicht sterben.

Doch wenn sie an den Flanken überflügelt wurden, würden sie sich geordnet zurückziehen. Und für einen neuen Kaiser kämpfen. Und seine Männer könnten ihre Wut an den Fremden in der Mitte ablassen.

»Standhalten!«, rief er noch einmal.

Demetrius gewann; er konnte es fühlen, und er hatte sein Schwert noch nicht einmal mit Blut benetzt. Er vermutete, dass sich sein Vater nun zusammen mit der Infanterie in der Mitte der Kampfhandlungen befunden hätte. Oder persönlich eine der Flanken befehligt hätte.

Dariusz stellte sich in die Steigbügel. Er war in vieler Hinsicht Demetrius' bester Mann, aber manchmal war er auch übereifrig und wusste nicht, wie er seine Kritik zu formulieren hatte. »Die Thraker sind geschlagen. Warum prescht Ser Christos nicht mitten durch sie hindurch?« Er schüttelte den Kopf.

Auch Demetrius stellte sich in die Steigbügel und sah lange Zeit zu – so lange, wie ein Priester benötigte, um eine Hostie zu konsekrieren. »Geh und sag dem alten Mann, er soll angreifen. Jetzt.« Er schaute nach rechts und sah, wie die Ritter – seine beste Erwerbung – die Visiere schlossen und sich zum Angriff auf die Nordikaner vorbereiteten, die er genauso sehr fürchtete wie andere Menschen Krankheit und Tod. Die Ausländer waren dumm genug, nicht zu wissen, was auf sie zukam, und sie waren ungeheuer tapfer. Es würde einige Zeit dauern, bis sie starben, und in der Zwischenzeit würde er die ganze Schlacht für sich entschieden haben.

In der Mitte ging es nicht mehr vor und zurück. Das hatte er erwartet. Männer starben. Und andere Männer traten über die Körper der Gestürzten – manche waren tot, manche aber lebten noch – und drängten weiter vor.

Fünfzig Schritte von der Front entfernt saß Aeskepiles allein auf seinem blassen Pferd. Kein Licht schien auf ihn zu fallen, ebenso wenig warf er einen Schatten. Er hatte den Blick ein wenig links vor sich gerichtet. Er besaß vier Schilde – einen runden, einen eckigen und zwei, die wie Ritterschilde geformt waren. Alle waren tiefschwarz. Sie bewegten sich im Einklang mit ihm.

Was immer er tat, es war viel, viel aufsehenerregender als alles, was in der bisherigen Schlacht geschah. Blitze, die aus allen Farben und gleichzeitig aus keiner zu bestehen schienen, glitzerten zwischen seinen Schilden und fuhren von dort aus in die linke Abteilung der feindlichen Streitmacht – dorthin, wo die Ausländer waren, die sogenannte *Truppe*.

Eine Detonation nach der anderen rollte gegen die fernen Berge und kam als Donner zurück. Jedes Mal starben Menschen. Sie wurden durch Kräfte in Stücke gerissen, die sie nicht verstanden.

Aeskepiles' Schultern sackten zusammen und hoben sich wieder, als führe der Mann einen großen Schmiedehammer, und erneut schlug er zu, diesmal mit beiden Händen.

Männer starben.

Aeskepiles war in der großen Fuge seiner geliehenen Zauberei verloren. In Panik begriff er, dass er seine Reserven auf diese Weise schnell erschöpfte. Und er war entsetzt über die ungeheuren Kräfte des jungen Zauberers links vor ihm. Allerdings hatte er mitbekommen, dass der alte Zauberer rechts vor ihm verstummt war.

Aber das alles spielte keine Rolle, denn seine Zauberei – seine neue, grobe Zauberei – näherte sich ihrem Höhepunkt. Sie wuchs ohne sein Zutun an, die Magie vervielfältigte sich so, wie sich lebende Kreaturen vervielfältigten.

Der Student – er hatte den Jungen aufgrund der Art seiner Magie als Studenten aus der Akademie erkannt – brachte eine äußerst beachtliche Lichtklinge hervor. Aeskepiles verlor durch sie zwei Schilde und bemerkte gleichsam beiläufig, dass in der Mitte der Schlacht nicht alles so war, wie es hätte sein sollen.

*Wenn ich das hier richtig mache, werden sie alle sterben – auf beiden Seiten.*

Aber zuerst waren die beiden Magier, die ihm gefährlich werden konnten, an der Reihe. Zuerst der junge und dann der alte.

Aeskepiles war nahe gekommen – so nahe, dass Mortimir keine Möglichkeit hatte, den Angriff abzuwehren. Der Schlag der grün-schwarzen Axt zerschmetterte alle vier von Mortimirs sorgsam errichteten Schilden.

John le Bailli starb, zu Asche verbrannt in seiner Rüstung. Bent starb, seine Lunge hatte in seinem Körper Feuer gefangen. Ser Jehan starb. Die Truppe verlor eine ganze Generation von Anführern und zwanzig Soldaten in einem einzigen Augenblick.

Aber die Hauptwucht des Schlages fiel auf Mortimir.

Und wurde abgeleitet.

Er hatte keine Zeit, sich darüber zu wundern.

*Tritt beiseite,* sagte Harmodius. Im Äther ergriff er die Kontrolle über Mortimirs Körper und seine *Potentia.* Sowie über alles andere.

*Du warst nur ein Köder,* sagte er. *Und jetzt bist du das Löwenfell.*

Eine Mauer aus funkelndem weißen Feuer erhob sich zwischen ihnen und Aeskepiles. Männer schrien – Männer verbrannten oder wurden vom Rand des gewaltigen Zaubers weggeschleudert.

*Und ich bin der Löwe.*

Schneller als ein menschlicher Gedanke ritt Harmodius auf dem Zauber zurück zu dessen Quelle, so wie Richard Plangere es ihn gelehrt hatte. Damals hatte er sich geweigert, es bei einem Hund anzuwenden, aber jetzt …

Statt einen eigenen Zauber zu wirken, folgte er dem Weg, den Thorn ihm gezeigt hatte.

Und dann war Morgan Mortimir allein.

Leichen lagen auf den Armen des Roten Ritters, und dann trat noch jemand auf seinen Brustpanzer. Eine Rippe knackte und brach. Er war hilflos. Ein weiterer Fuß – diesmal auf seinem gepanzerten Schienbein. Die Schmerzen waren gewaltig, der Schaden aber vernachlässigbar.

Er konnte sich nicht bewegen.

Panik ergriff ihn – blinde Panik, wie sie aus Hilflosigkeit und dem Bewusstsein des nahen Todes herrührt. Und der Tod stand vor ihm.

Er rannte, wie er als Kind gerannt war, zu seinem hermetischen Palast und wartete auf das Ende. *Die Zeit verlief dort anders.*

*Es ist schwierig, in Panik zu bleiben, wenn man Zeit zum Nachdenken hat.*

*Eine neue Statue stand auf dem Podest in der Mitte seiner Rotunde. Dieser Sockel war viele Monate lang leer gewesen, und er starrte dorthin und erkannte, dass er es inzwischen gewohnt war, einen anderen Geist zur Verfügung zu haben, der ihn mit Zaubermacht versorgte.*

*Und dann erkannte er, dass er selbst nicht ganz ohne Mittel war.*

Es war nichts, worin er geübt war. Er musste improvisieren. Und er wusste nicht, ob der Fuß auf seiner Brustplatte zu einem Feind oder zu seinem Bruder gehörte.

Schließlich entschied er sich für Einfachheit. Er legte sich das Ende einer ätherischen Eisenkette in die linke Hand. Und zog daran mit seinem *Ops* – langsam. Die Sigille wirbelten über seinem Kopf – Schöpfung, Verschiebung, Verstärkung, Omina (es war nötig zu wissen, in welche Richtung er sich wenden musste). Er wirkte den komplexesten Zauber seines hermetischen Lebens – nur um durchzuhalten.

Er hielt durch.

Thrakische Speerwerfer, die schon zwanzig Kämpfe in der Wildnis und ein Dutzend Schlachten gegen Menschen gesehen hatten, wurden einen Schritt langsamer. Toby, der auf ihm stand, wurde beiseite geschoben. Ser Milus nutzte das Entsetzen aus, das er beim Feind hervorrief, und knackte mit seinem großen Hammer einen Helm.

Der Rote Ritter zog sein Schwert. Es war eine fließende Bewegung, seine Hüfte drehte sich – er hatte sich selten *lebendiger* gefühlt. Das große rote Schwert blitzte, während er es aus der Scheide zog, und die schwere Spitze erhob sich über den Schild des nächsten Speerkämpfers.

»Der Hauptmann ist wieder aufgestanden!«, schrie Toby.

Es entstand ein Lärm wie von einer Wassermühle, ein Brüllen wie von einem Wasserfall, und die ganze Kompanie rückte nach vorn.

*Der Rote Ritter verabscheut es, seine Feinde durch Zauberei zu töten. Und wenn ich das hier gewinne, werde ich so viele von ihnen lebendig brauchen, wie ich nur bekommen kann,* dachte er. Er befand sich unterhalb ihrer Speere, packte sein Schwert mit beiden Händen und begann damit, die Männer in Grund und Boden zu hacken.

Links von ihm sah Ser Milus etwas, das der Rote Ritter nicht sehen konnte, und rief den Männern zu, sie sollten sich sofort zu ihm begeben.

Die Thraker wurden einen Schritt zurückgedrängt, dann noch einen.

Er drehte den Kopf – war für den Augenblick in Sicherheit – und sah Milus und Francis Atcourt sowie ein Dutzend weiterer Soldaten links von ihm laufen.

Die Truppe drehte sich von der Mitte aus, die rechte Flanke rückte vor, die linke wich zurück. Er hatte keine Ahnung, warum das geschah. Eingesperrt in der stickigen, nach Schweiß stinkenden Luft hinter seinem Visier, konnte er nicht über den nächsten Feind hinaus sehen.

Er hielt inne, drehte sich und ließ Toby an sich vorbeilaufen. Der Druck nahm ab; ein wenig Platz entstand. Ein größerer Raum öffnete sich in der Mitte, und die Thraker wichen ein Dutzend Schritte zurück und blieben stehen. Diejenigen Männer, die noch ihre Speere hielten, hoben sie in die Höhe.

Die Mitte der Truppe kam zitternd zum Stillstand.

Nachdem Toby an ihm vorbeigelaufen war, kam Cully. Und dann war er hinter Nell, deren Gesicht ganz weiß war und die vom Kinn bis zum Ansatz der linken Brust eine rote Strieme hatte, die sich mitten durch ihren Kettenpanzer zog.

Er hatte keine Zeit für sie, machte einen Schritt zurück. Und noch einen.

Ein Junge hielt sein Kriegspferd. Durch einen Akt reinen Willens gelang es ihm, sich in den Sattel zu schwingen. Er öffnete das Visier, nachdem er mit dem Halteriemen gekämpft hatte. Er wusch sich gleichsam mit Luft. Dann atmete er tief ein, nachdem er hinter seinem Visier fast erstickt wäre ...

Und dann sah er, dass die Nordikaner starben.

Sie hatten viele Ritter und noch mehr Pferde getötet, aber nun bildeten sie eine Insel in einem Meer aus Kavalleristen. Die Stradioten des Feindes hatten sich mit den Söldnerrittern vermischt – er konnte Derkensuns vergoldeten Helm erkennen, und noch immer blitzten die Äxte auf.

Am Kopf eines Drittels der Truppe warf sich Ser Milus von der Seite her in den Kampf.

Zu seiner Rechten hätte eigentlich der junge Mortimir den Schild der Kompanie verankern sollen, doch dort war ein Lichtspektakel entstanden, das keinem anderen hermetischen glich, das der Rote Ritter je beobachtet hatte. Trotzdem befand sich Ser Michael viel weiter oben im Feld und rückte noch immer vor, bis er sich Demetrius fast auf Waffenlänge genähert hatte.

Die Mitte des Feindes war nur noch wenige Augenblicke vom Zusammenbruch entfernt – ebenso wie seine eigene linke Flanke.

Aeskepiles – er erkannte den Mann über dem Wirbel des Handgemenges – zuckte hin und her wie ein Mann, der gegen ein Wolfsrudel kämpft. Doch er war allein, und all seine Schilde waren gefallen.

Hinter ihm, weiter nach rechts an der alten Straße nach Dorling entstand Verwirrung in den Reihen der feindlichen Kavallerie – eine Verwirrung, die sein Herz erfreute. Während er dorthin blickte, rückten die Vardarioten und die Scholae vor.

Ein tiefer Atemzug.

Alles wirkte vollkommen ausbalanciert.

Es war nicht die Zeit für Ritterlichkeit.

Er zeigte mit seinem Schwert auf die Söldnerritter des Feindes, und dann wirkte er seinen Zauber.

Die Ostmänner waren nicht erschienen.

Graf Zac hielt in seinem jüngsten vorgetäuschten Fluchtversuch inne, und während sich seine Reiter bei ihren Schwadronsbannern sammelten, galoppierte er um die steinerne Scheune herum und blickte nach Westen. Was er da sah, zauberte ihm ein Lächeln auf die Lippen.

Er ritt dorthin zurück, wo sich die Vardarioten und die Scholae vereinigten. »Wechselt die Pferde«, befahl er.

In Ser Giorgios' rechtem Oberschenkel steckte ein abgebrochener Pfeil. Er winkte. Er war weiß im Gesicht, hatte aber nicht die Kontrolle über sich verloren. Für einen Mann wie Zac war das Grund für ein großes Lob. »Ihr seid wie eines meiner eigenen Kinder«, sagte er.

Giorgios nickte. »Es tut verdammt weh«, murmelte er. »Die Mitte scheint sich zu halten«, sagte er. »Was machen wir jetzt?«

Zac nickte. »Jetzt gewinnen wir«, sagte er und deutete mit seiner Reitgerte nach Westen.

Ser Giorgios quälte sich ein schmerzverzerrtes Lächeln ab. »Ich sehe nichts.«

»Das ist der Grund, warum wir gewinnen!«, sagte Zac.

Die Pferdejungen kamen vor und gaben den Männern ihre Ersatzpferde. Die Truppe benötigte nur wenig Zeit zum Wechsel ihrer Reittiere.

Ihnen gegenüber befand sich das rechte Ende der feindlichen Linie. Aber dieses Ende war in Bewegung geraten und versuchte sich auf der Straße neu zu formieren. Es waren gute Soldaten; sie waren nicht im Chaos versunken. Aber sie bemühten sich im Angesicht des Feindes, ein sehr schwieriges Manöver durchzuführen.

Graf Zac beobachtete sie so lange, wie ein Kind brauchte, um bis zehn zu zählen. »Nicht schlecht«, sagte er, »aber falsch.«

Er brachte sich zwischen die beiden Regimenter.

»Vorwärts!«, befahl er.

Die beiden Kavallerieregimenter bewegten sich so präzise wie bei einer Parade nach vorn; die Pferde trotteten langsam.

Zac hatte schon hundertmal davon geträumt: ein schwieriges Feld, schlechte Aussichten auf einen Sieg. Ein frisches Pferd und ein scharfes Schwert.

Und ein Feind, der an Ort und Stelle festsaß. Das war der Traum eines Steppennomaden.

»Ziehen!«, brüllte er. Sein Pferd hatte sechs tänzelnde Schritte gemacht, bevor er hinzusetzte: »Schwerter!«

Fünfhundert Krummschwerter glitzerten wie Eis an einem schönen Wintertag.

Die Vardarioten und die Scholae drängten in das Zentrum hinein, genau so wie sie es geübt hatten, und bald gab es nur noch eine einzige Masse aus Schwertern und Pferdefleisch. Und aus Kriegshämmern und kleinen Stahläxten, je nach der persönlichen Vorliebe des Kämpfers.

Die thrakischen Kavalleristen vor ihnen erbebten. Dieses Erbeben war sogar deutlich sichtbar, denn ihre Reihen schwankten.

Die Garde rollte so anmutig vor wie ein Tänzer auf einem Fest. Ihre Präzision war unmenschlich, und sie erregten Staunen und Ehrfurcht.

Zac drehte den Kopf und sah eine Bewegung rechts auf der Straße. Er erhaschte einen Blick auf Stahl.

Dann lachte er, stellte sich in die Steigbügel und warf seinen langen Krummsäbel hoch in die Luft – er stieg auf, fiel dann wieder nieder und in seine Hand, als wäre ihm dies von seinen windzerzausten Steppengöttern befohlen worden.

Ein Kreischen erhob sich in Zacs Kehle. Unbeabsichtigt.

Die Vardarioten antworteten ihm, und die Gardisten gaben ihren frischen Pferden die Sporen und preschten weiter.

Zur Antwort kam von der Straße nach Dorling ein gewaltiger Ruf, der wie der Jagdschrei eines großen Lindwurms oder eines mächtigen Drachen über die Ebene rollte: »Lachlan! Lachlan für Aa!«

*Harmodius stand zwischen den Ritzeln und Rädern und Gießpfannen von Aeskepiles' Erinnerungspalast. Ihm blieb ein wenig Zeit, die Komplexität seiner Gebilde und den ungeheuren Druck zu bewundern, unter dem sie standen. Es gab zerfaserte Seile und Ketten, die unter maximaler Spannung standen, sowie undichte Kübel. Das Wasser, das die Räder drehte, die wiederum die verschiedenen Maschinen antrieben, war dick und zähflüssig, verschmutzt von uneingelösten Versprechen und Verrat.*

*Er schwang sein Schwert, da verschwand ein großer Blasebalg.*

*Harmodius erlaubte sich ein Grinsen. Tausendmal war ihm der Gedanke gekommen, dass das Haar, das er dem Scherenschleifer in Liviapolis abgenommen hatte, nicht Aeskepiles, sondern einem anderen Mann gehört hatte.*

*Aeskepiles' ätherische Gestalt erschien. Er war ein großer Mann mit einem schwarzen Bart und einem finsteren Blick. Zwei schwere schwarze Stränge drangen aus seiner Stirn und verloren sich im Äther.*

*Hebe dich hinweg!, tobte er.*

*Harmodius lächelte.*

*Ich bin der Löwe, sagte er und trennte eine Kette durch, die … irgendetwas in Gang gehalten hatte.*

*Ein lautes Knirschen war zu hören.*

*Aeskepiles geriet in Panik und hob einen eisernen Stab.*

*Es wird keinen Unterschied machen, sagte Harmodius. Aber es ist ein schlechter Abgang, die vollkommene Vernichtung im eigenen Kopf zu betreiben.*

*Er machte einen Schritt nach vorn.*

*Wer bist du?, wollte der Zauberer wissen. Wie kann das hier geschehen?*

*Ich bin der Löwe, sagte Harmodius und benutzte sein Gefallenes Schwert, um die Seele des Zauberers mit einem einzigen Schlag zu vernichten.*

*Dann öffnete er sich ein wenig und brachte den Erinnerungspalast des toten Mannes zum Einsturz. Er war erschüttert über die Verschwendung von Energie und Potenzial, als das ganze ungeheuerliche Gebilde im Äther und im Realen aufging. Er arbeitete schnell und kratzte es ganz so weg, wie eine Nomadenfrau das Fett von einer Tierhaut abkratzt.*

*Und dann holte er seine eigenen Dinge hervor. Er hatte viel Zeit gehabt, es zu üben, und es spulte sich aus seiner Seele in den sauberen, freien Raum ab. Manche Dinge passten ... seltsamerweise. Und manche Dinge würden nie wieder dieselben sein.*

*Harmodius erinnerte sich an seine ersten Zimmer, als er ein Student in Harndon gewesen war. Sie hatten zwar nicht zu seinen Möbeln gepasst. Aber immerhin waren es seine eigenen gewesen.*

*Die beiden schwarzen Seile, die aus der ätherischen Stirn des Magisters ausgetreten waren, waren noch da, hingen schlaff herunter, und als sich sein eigener Erinnerungspalast um ihn herum materialisierte, verwandelten sie sich zur schwarzen Pupille eines goldenen Auges. Eines goldenen Auges von der Größe einer Tür.*

»Ahhh«, *sagte eine tiefe und angenehme Stimme.* »Ich verstehe. Ich war der Meinung, du seiest tot.«

*Das Auge blinzelte.* »Du wirst nicht triumphieren«, *sagte die Stimme, als ob das die beste aller möglichen Neuigkeiten wäre.* »Aber ich gebe zu, dass es sehr klug war.«

*Das Schwert blitzte auf, und das Auge verschwand.*

*Und Harmodius stand da und erbebte mitten in seinem neuen Zuhause.*

Als alles verloren war und es keinen Sinn mehr hatte, sich um irgendetwas zu sorgen, stand Ser Christos inmitten des Aufruhrs seines Flügels und senkte seine Lanze.

Die Männer aus den Grünen Bergen waren die uralten Feinde der Thraker. Sie kannten einander sehr gut. Schulter an Schulter standen sie der Wildnis gegenüber, aber an der gemeinsamen Grenze hackten sie sich zu Stücken.

Der Feind war größtenteils zu Fuß. Es waren große Männer in Kettenhemden, wie sie auch die Nordikaner trugen, und sie waren genauso wild wie diese. Sie brandeten wie die Flut heran. Ser Christos fluchte. An einem anderen Tag und auf offenem Feld hätte er diese anmaßenden Clanmänner wie einen Teppich aufgerollt.

Aber heute konnten seine Männer nicht in zwei Richtungen gleichzeitig kämpfen, und so würden sie unterliegen. Außerdem war keiner von ihnen der Meinung, dass es sich lohnte, für Demetrius zu sterben, dachte Ser Christos, als er seine Lanze in ihre Halterung steckte.

Unter seinen Feinden gab es einen einzigen Mann, der beritten war: ein Riese auf einem Riesenpferd. Ser Christos kannte das Schicksal, das ihn erwartete. Er würde als Verräter hingerichtet werden, doch er war fest entschlossen, seinem Sohn eine andere Geschichte seines Endes zu hinterlassen.

Er gab seinem Pferd die Sporen.

Der gerüstete Riese bemerkte ihn und hob seine Lanzenspitze – war das ein Akt der Anerkennung? Und er preschte auf Ser Christos los. Die Hufe seines Pferdes schienen kaum den Boden zu berühren, die Sonne hatte die Oberfläche der Straße angetaut, und die Bewegungen von Tausenden Männern verwandelten die Wiesen und Äcker in Schlamm. Aber er und sein Feind befanden sich auf der Straße.

Er stieß seinen Kriegsschrei aus, und seine Lanze senkte sich.

Sein Gegner machte es genauso, und dann brüllte der Mann: »Lachlan für Aa!« Ser Christos musste lächeln.

Sie prallten wie ein Donnerschlag aufeinander.

Ser Christos' Lanzenspitze drang durch den Schild des Riesen, durchstach zwei Schichten aus Ochsenleder und die sorgsam übereinandergefügten Ulmenbretter darunter sowie das Kettengewebe, das die Achsel des großen Mannes schützte. Dann aber *bog* sich seine Lanze und zerbrach in drei Teile.

Lachlans Lanze stieß mitten gegen seinen Schild, und dieser zersplitterte, aber der abgebrochene Stumpf seiner Lanze stieß den moreanischen Ritter im Sattel zurück, und die Gewalt des Aufpralls brachte beide Pferde zum Aufbäumen. Ser Christos' Pferd war das erste, das sich wieder erholte, und dann taumelte es davon. Das größere Pferd biss wild nach ihm, während sich beide Ritter bemühten, ihre Schwerter zu ziehen und im Sattel zu bleiben.

Die Pferde umkreisten sich. Lachlan blutete aus seiner rechten Armbeuge. Vermutlich war sein Schlüsselbein gebrochen. Ser Christos hieb mit seinem Schwert auf den Helm des gigantischen Mannes ein, aber es schien nichts zu nützen. Zwar war es ein guter Schlag gewesen, doch er zeigte keine Wirkung.

Lachlan geriet bloß ein wenig ins Taumeln, dann hatte auch er sein Schwert gezogen und konnte im letzten Augenblick einen Schlag abfangen, der ihm andernfalls den Hals durchtrennt hätte.

Zehn Herzschläge lang tauschten die beiden Männer Hiebe aus, die so schnell kamen, wie ihre Arme die Waffen zu führen vermochten. Funken stoben, und schließlich wurden beide Männer verletzt.

Lachlans Hengst trat mit dem eisenbeschlagenen Vorderhuf gegen den Vorderlauf von Ser Christos' Pferd, und das Bein brach. Das Pferd geriet ins Taumeln. Er beachtete seine Schmerzen nicht weiter, streckte die linke Hand aus und packte mit seinem Panzerhandschuh Lachlans Schwerthand. Dann fiel sein Pferd zu Boden und riss beide Männer mit sich.

Inzwischen war Ser Christos in einem Umkreis von hundert Schritten der letzte von Demetrius' Männern, der noch kämpfte. Die Männer legten eine Pause ein, stützten sich auf blutbespritzte Äxte und Schwerter und sahen zu.

Auch die Männer, die sich soeben ergeben hatten, hielten inne und beobachteten den Kampf.

Beide Gegner erhoben sich gemeinsam, und Ser Christos rammte den Griff seines Schwertes so hart gegen Lachlans Helm, dass der Kopf des größeren Mannes zurückschnellte. Tom Schlimm wich einen Schritt nach hinten, und seine Klinge zuckte vor und brachte den kleineren Mann ins Taumeln.

Sie umkreisten sich. Lachlan blutete aus der Armbeuge und der einen Hand, und Blut rann unter seinem Kettenhemd herab. Christos hatte nur die eine Hand am Schwertgriff, und Blut tropfte an seiner linken Beinschiene herunter. Er wechselte die Stellung, drehte sich in der Hüfte und hielt das Schwert mit der Spitze nach hinten an die linke Seite seines Körpers.

Die Hochländer sangen. Ser Christos hatte keine Ahnung, was sie sangen, aber er war entschlossen, diesen Mann zu besiegen, egal was es ihn kosten mochte. Sogar, wenn er bei dem Versuch sterben würde.

Als Lachlan einen gewaltigen Hieb auf ihn heruntergehen lassen wollte, wobei er sich nicht um seine Verwundungen zu scheren schien, riss Ser Christos sein Schwert hoch.

Lachlans Schlag wurde abgefangen.

Die beiden schwankten, Schwert drückte gegen Schwert, einen halben Herzschlag lang.

Schnell wie eine Viper drehte Lachlan sein Schwert um und stieß den Griff gegen Ser Christos' Gesicht. Gerade noch rechtzeitig hob der moreanische Ritter die Hände zur Verteidigung.

Lachlan presste nun den Griff gegen den Schwertarm seines Gegners und drückte dessen Waffe nach unten. Dann zog er die Klinge über den Kopf des moreanischen Ritters und benutzte dabei den Griff mit den Widerhaken als Angelpunkt. Er hielt sein Schwert hinter den Rücken von Ser Christos, drückte diesen mit eiserner Kraft gegen sich und quetschte ihm die Kehle.

Es geschah so schnell, dass sich Christos kaum wehren konnte, als er versuchte, seine Klinge zwischen sich und den erdrückenden Griff des Riesen zu stoßen. Dann ließ er sein Schwert los, die Welt wurde dunkel, und er griff nach seinem Dolch.

Der Riese riss ihm die Beine unter dem Körper weg, sodass er in der Luft hing.

»Gebt auf!«, brüllte Tom Lachlan. »Bei den Göttern, war das prächtig!«

Ser Christos hustete. Und sackte zu Boden.

Tom Schlimm klappte sein Visier hoch und keuchte wie ein Blasebalg. Seine Männer sammelten sich um den am Boden liegenden Ritter. »Bringt diesen Verrückten bloß nicht um«, fuhr er sie an. »Ich will ihn lebend.«

Demetrius wartete nicht, bis seine Armee zusammengebrochen war. Sobald er sah, wie dieser Feigling Aeskepiles sein Pferd wendete und vom Schlachtfeld floh – ausgerechnet in westlicher Richtung –, wusste Demetrius, aus welcher Richtung der Wind wehte.

Im Osten waren die Söldnerritter neben der Straße nach Lonika durch einen hermetischen Angriff dezimiert worden und wichen nun vor den Überresten des nordikanischen Kontingents zurück. Die Mitte war zersplittert. Im Speerblock der Veteranen seines Vaters war ein deutliches Loch zu sehen, und albische Söldner drangen durch es herbei. Die besten Veteranen seines Vaters warfen ihre Waffen weg, knieten nieder und ergaben sich.

Und im Osten erschienen statt seiner Ostmänner weitere Feinde.

»Wir sollten von hier verschwinden«, sagte er.

Dariusz zuckte mit den Schultern, als langweile ihn dieses ganze Thema.

Umgeben von seiner Garde ritt er nach Süden.

*»Gabriel!«*

Der Rote Ritter zügelte sein Pferd und wartete auf den Schmerzstachel in seiner Stirn. Aber er kam nicht.

*»Harmodius?«*

*»Ich gehe jetzt meine eigenen Wege. Dieses Feld gehört dir. Du solltest das Töten so schnell wie möglich beenden.«*

*»Das wird Tom aber gar nicht gefallen.«*

*»Ich werde dich vielleicht nicht wiedersehen. Wie Meister Smythe vermutet hatte, war Aeskepiles nur ein Werkzeug – genauso wie Thorn eines ist. Asch benutzt sie. Er ist einer der Ersten, der Ursprünglichen. Ich habe etwas getan, was in moralischer Hinsicht sehr dunkel ist. Ich möchte mir von dir einen Gefallen erbitten. Ich glaube, dass du mir noch einiges schuldest, auch wenn ich deinen Körper monatelang benutzt habe.«*

*Gabriel wusste intuitiv, was geschehen sein musste. Denn es gab kein Lichterspektakel mehr.*

*»Du hast Morgan Mortimirs Körper übernommen«, gab er zurück.*

*»Nein. Diese Möglichkeit hatte sich zwar angeboten, und sie war auch sehr verführerisch, aber zum Glück konnte ich ihr widerstehen. Ich habe Aeskepiles' Körper übernommen. Tatsächlich BIN ich nun sogar Aeskepiles. Er selbst ist nicht mehr.«*

*»Und welchen Gefallen soll ich dir erweisen?«, fragte Gabriel.*

*»Verfolge mich nicht. Unsere Ziele sind dieselben.«*

*Gabriel sah seinen Lehrer eingehend an. »Du hast eine dunkle Wahl getroffen.«*

*»Für eine gute Sache.«*

*Gabriel nickte. »Ich werde dich nicht verfolgen.«*

*Harmodius streckte eine ätherische Hand aus. »Du wirst jetzt sehr mächtig werden. Mortimir wird sogar noch mächtiger sein, sobald er sein Bewusstsein wiedererlangt. Trotz der Unterstützung durch Meg und Amicia und einige andere Verbündete wirst du zwar gegen unseren wahren Feind möglicherweise nicht länger bestehen können, als eine Kerze in einem Wolkenbruch aushält, aber du musst es wenigstens versuchen.« Die ätherische Gestalt des alten Mannes zuckte mit den Schultern. »Du besitzt eine Art von unbändigem Glück, das mir Hoffnung macht.«*

*Gabriel nickte. »Danke für den guten Rat, alter Mann.« Er streckte die Arme aus, und die beiden umarmten sich im Äther – eine Geste des Vertrauens in jener Umgebung, die das Vorstellungsvermögen vieler Zauberer überstieg.*

*»Wohin gehst du?«, fragte Gabriel.*

*Harmodius schwieg eine Weile und sagte dann: »Es ist besser, wenn du das nicht weißt, Junge. Es sind verzweifelte Zeiten, die nach verzweifelten Maßnahmen rufen.« Er lächelte. »Ich habe dir ein paar Hinweise auf das hinterlassen, was geschehen wird.« Er gab ihm eine Schriftrolle – eine ätherische Rolle und damit ein Konzept, das Gabriel wieder Kopfschmerzen bereitete.*

*»Geh mit Gott«, sagte Harmodius.*

*Und dann war Gabriel wirklich allein.*

Im wilden Kriegsgetümmel gibt es immer einen Punkt, an dem keine Gefangenen mehr gemacht werden können. Dann sind die Männer entweder zu verängstigt oder zu zerstörungswütig, um noch Gnade walten zu lassen.

Doch es gibt auch einen anderen Punkt, an dem sich beide Seiten der völligen Erschöpfung nähern. Dann, aus schierer Müdigkeit, ist es möglich, an der Angst und Raserei vorbeizusehen.

Als einer der Hauptmänner von Andronicus' Veteranen sein Schwert an der Klinge von sich streckte, sah Ser Michael dies. Er packte den Griff und hob die Waffe mit beiden Armen hoch, sodass seine Armbeugen einem Angriff schutzlos ausgeliefert waren. »Sie ergeben sich!«, brüllte er.

Es dauerte einige Zeit. Für den letzten Mann, der unter den Hieben von Kelvin Ewald und Mutwill Mordling starb, dauerte es zu lange. Einige Männer konnten es unter ihren geschlossenen Helmen nicht hören. Und andere vermochten es nicht zu sehen.

Als sich die Nachricht von der Kapitulation verbreitete, mussten einige Nordikaner mit körperlicher Gewalt von weiteren Kriegshandlungen abgehalten werden. Ser Milus erhielt eine Kerbe im Helm von Harald Derkensun, der finster entschlossen war, die Ritter – *alle* Ritter – vom Antlitz der Erde zu tilgen. Schwarzhaar lag tot zwischen seinen Füßen, durchstochen von der Lanze eines Söldners.

Der Rote Ritter saß auf seinem Schlachtross und beobachtete das Ende. Er hatte eben erst herausgefunden, dass Ser Jehan tot war. Und John le Bailli ebenfalls.

Ser Gawin packte seinen Steigbügel. »Da hinten flieht der Bastard«, sagte er und deutete auf einen goldenen Helm und ein weißes Pferd, die in Richtung Süden verschwanden.

Der Rote Ritter ließ zu, dass seine Wut ihn leitete. »Wir holen ihn uns«, sagte er.

»Ich bin dabei«, meinte Gawin, humpelte zurück zu den dicht aneinander gedrängten Pferden und Pagen hinter der Kampflinie.

Links und rechts waren die geschlagenen Moreaner zu Boden gesunken. Die meisten saßen einfach im Schlamm und Blut. Der Truppe erging es kaum besser. Die Hälfte war auf den Knien und beugte sich vornüber.

Ser Alcaeus schleppte sich von der rechten Seite der Frontlinie herbei. »Ihr *müsst* Demetrius erledigen«, sagte er. »Das hier ist erst dann vorbei, wenn dieser kleine Teufel tot ist.« Er sah sich um. »Die Thraker sind sture, aber tapfere Männer. Wir brauchen sie.«

Der Rote Ritter warf einen Blick auf den moreanischen Ritter hinunter. »Ich weiß«, sagte er. *Ich weiß es sogar besser als du.*

Alcaeus packte sein Pferd, und Dmitry, sein Knappe, bestieg das seine. Ihre Pferde waren frisch; eher waren es die Männer, die von dem vierzigminütigen Kampf erschöpft waren.

Der Rote Ritter beugte sich aus dem Sattel zu Ser Michael hinunter, der lauthals verkündete, dass er unbedingt mitkommen wolle.

»Halt den Mund«, sagte der Herzog. »Ich brauche dich hier, damit du ein Massaker verhinderst. Wir benötigen jeden dieser halsstarrigen Bastarde. In Ordnung? Lass nicht zu, dass Mutwill und Langpfote Bent rächen. Hast du mich verstanden?«

Michael nickte.

»Und schick einen Boten zu Gelfred und den Spähern und sag ihnen, dass sie ihren Hintern hierher zurückbewegen sollen.« Der Rote Ritter sah seinen Bruder an. Pater Arnaud war auch da und schlang das Bein über sein nachtschwarzes Pferd.

»Pater, holt Meg. Und, Pater …«

»Ich weiß«, sagte Arnaud schwer.

»Sie muss es erfahren.« Endlich einmal wirkte der Rote Ritter jung – sehr jung sogar, aber nicht besonders glücklich. »Warum nur lässt Gott all dieses Unheil zu, Pater?«

Der Blick des Priesters wanderte über die Reihe der Toten, die die Scheitelwelle der thrakischen Angriffsflut bezeichneten. »Weil wir einen freien Willen besitzen«, sagte er. »Das Unheil haben wir verursacht, nicht er. Ich werde es Meg sagen.«

Der Rote Ritter hob eine Braue. Er öffnete den Mund, aber sein Bruder beugte sich zu ihm herüber und stieß ihn mit dem Griff seines Dolches in die Seite. Er schloss den Mund wieder, streckte die Hand nach Pater Arnaud aus und legte seinen Panzerhandschuh auf den des Geistlichen. »Danke. Ich werde so schnell wie möglich wieder hier sein.«

Als sie aufbrachen, waren sie etwas mehr als ein Dutzend: Ser Alcaeus und sein Knappe Dmitry, Ser Gawin, Toby, Langpfote, Nell, Ser Milus, Ser Bescanon, Kelvin Ewald sowie drei Pagen, die noch frisch waren und ihre Pferde bereithielten. Und einer der Lanthorn-Jungen, außerdem zwei moreanische Rekruten.

Es war eine ungewöhnlich kleine Armee.

Jeder von ihnen hatte zwei Pferde, und es dauerte ein wenig, bis sie Wasser und Nahrung geholt hatten. Die meisten kauten auf Würsten oder Käse herum, als sie die Kampflinie verließen und sich nach Süden wandten.

Sie wechselten zwischen schnellem Trab und Galopp hin und her, während die Sonne allmählich unterging. Niemand sagte etwas.

Zehn Meilen südlich des Schlachtfeldes stiegen sie ab, und Langpfote betrachtete ein totes Pferd auf der Straße. Es war noch nicht dunkel; der März in Morea war beinahe wie der späte Frühling in Albia, und die rote Sonne warf lange Schatten. Im Westen sahen sie die zerfaserten Überreste des thrakischen linken Flügels, der von den Vardarioten verfolgt wurde. Bis zu denen war der Befehl, das Töten einzustellen, offensichtlich noch nicht durchgedrungen.

Der Rote Ritter sah ihnen müde zu, dann gab er Ser Bescanon und zwei moreanischen Pagen, die als Übersetzer dienen sollten, den Auftrag, zu ihnen zu reiten.

»Ich würde lieber bei Euch bleiben, Mylord«, sagte Bescanon.

»Und ich würde lieber mit den Vardarioten trinken und das Töten beenden. Also sind wir quitt«, sagte der Herzog.

Langpfote kratzte sich unter dem Kinn. »Sie haben eine Stunde Vorsprung, und sie reiten immer schneller. Ich würde sogar sagen, sie galoppieren.«

Ser Gawin nickte. »Wenn er es bis nach Eves schafft, werden wir Schwierigkeiten bekommen, denn wir haben nicht genug Männer.«

Der Rote Ritter nickte. »Es bleibt uns nichts anderes übrig«, sagte er und trieb sein Pferd zu einem schnellen Galopp an.

Sie wechselten die Pferde, als vom Tageslicht nur noch ein roter Streifen am westlichen Himmel übrig war, vor dem sich die Gipfel der höchsten Adnaklippen schwarz abhoben. Dann galoppierten sie weiter. Bald sahen sie die Akropolis von Eves vor sich aufragen, und sie erkannten die schwarzen Flecken auf der Straße, die auf ein ganzes Dutzend Reiter hinwiesen.

Und dann zügelte der Herzog sein Pferd.

Er stellte sich in die Steigbügel und streckte blitzartig die linke Hand aus. *»Ignem veni mittere in terram«,* rief er, und eine Feuersäule erhob sich in einer Entfernung von einer Meile.

»Jesus!«, stieß Gawin aus.

»Nicht ganz«, erwiderte sein Bruder und gab seinem Pferd erneut die Sporen.

Sie galoppierten über die dunkelnden Felder, und die Männer, denen sie nachjagten, waren auf der Straße zwischen den hohen Mauern und dem Flammenturm gefangen. Sie wendeten und stellten sich zur Verteidigung auf. Es waren zwanzig – alle Berufssoldaten. Sie trugen unterschiedliche Rüstungen, aber alle hatten das goldene Leopardenabzeichen von Demetrius. Sie waren von der Flamme, die wie ein Höllenfeuer brannte, weggeritten.

Demetrius wirkte mit seinem goldenen Helm auf dem weißen Schlachtross wie ein Engel. Aber das Feuer brannte zu rot, und so machte es einen gefallenen Engel aus ihm – einen Rebellen. Er war an der Front und hielt sein Pferd fünfzig Ellen von dem Reittier des Roten Ritters an, das so heftig keuchte, dass es den Eindruck erweckte, es werde gleich zusammenbrechen.

»Mein Kriegspferd«, sagte der Rote Ritter leise.

Nell brachte es ihm.

Er stieg ab. »Einzelkampf!«, rief er. »Ihr und ich, wir sollten diesen Kampf unter uns ausfechten, Demetrius!«

»Ich glaube, ich ergebe mich einfach und warte auf die Entscheidung meiner Kusine Irene«, sagte Demetrius. »Oder meine Garde wird Euch und Eure Freunde gefangen nehmen. Wäre das nicht eine nette Umkehr des Schicksals?«

Der Rote Ritter stellte einen Fuß in den Steigbügel seines großen schwarzen Schlachtrosses und bemühte sich mit aller Kraft, in den Sattel zu gelangen. Doch er schaffte es nicht. Aber sein Pferd hielt still.

Er seufzte. »Seht Euch die Feuersäule an, die in Eurem Rücken brennt, Demetrius. Und fragt Euch, ob es Euch gelingen könnte, mich und meine Freunde zu überwältigen.«

»Ich verstehe«, sagte Demetrius mit leiser, sanfter Stimme, die ein wenig nach der eines Komödianten klang. »Dann will ich Euer Gefangener sein.«

Der Rote Ritter versuchte erneut aufzusitzen. Anscheinend gehorchte ihm der linke Oberschenkel nicht mehr. Seine Rüstung lag so schwer auf ihm wie die Welt auf den Schultern des Atlas.

Demetrius lachte. »Vielleicht sollte ich doch kämpfen. Ich höre, dass Ihr sehr gut seid, aber Ihr scheint mir auch müde zu sein.«

Plötzlich drückte er sein Visier nach unten, stellte seine Lanze in die Halterung, und sein Pferd rannte im Galopp los. Er war nur fünfzig Ellen von seinem Feind entfernt. Ein Kriegspferd brauchte für eine solche Strecke nicht mehr als zehn Sekunden.

Der Rote Ritter sprang wieder hoch, und Nell schob ihre Schulter unter seine linke Beinschiene und drückte ihn nach oben. Fast wäre er gestürzt, doch dann gelang es ihm, sich aufzurichten.

Acht Sekunden.

Er stellte die Füße in die Steigbügel.

Sechs.

Er rammte seinem Schlachtross die Sporen in die Flanken und griff nach seinem Schwert.

Fünf.

Er packte das Schwert, als das Kriegspferd in eine Bewegung ausbrach …

Drei.

Demetrius' Lanzenspitze tanzte im Feuerschein. Der Mann wurde von hinten erhellt, trug eine goldene Rüstung und glühte wie eine Kreatur, die aus der Hölle kam, oder wie einer der alten Götter. Und der Rote Ritter streckte sein Schwert vor …

Eine …

Er hieb auf die Lanze ein, hob seinen Schwertarm und senkte die Klingenspitze so, dass die Lanze an seiner ungeschützten Seite vorbeischoss. Dann drehte er die Klinge mit voller Gewalt aus der rechten Schulter heraus, rammte den Griff gegen Demetrius' Visier und hob ihn damit aus dem Sattel.

Er zügelte sein Pferd wenige Schritte vor Demetrius' Männern. Ihre Gesichter waren in dem unwirklichen Licht nur schwer zu erkennen, und so zwang er sein Pferd zu einigen Rückwärtsschritten, bevor er es wendete. Aber niemand kam auf ihn zu.

Er trottete die Straße entlang, bis er zu Demetrius kam, der auf Händen und Knien kauerte. Er stieg ab und ging zu dem jungen Mann, der an seinem Kettenkragen zerrte und verzweifelt Luft zu holen versuchte. Sein Kehlkopf war stark in Mitleidenschaft gezogen.

Der junge Graf nahm seinen Helm ab und sog röchelnd die Luft ein. Und sah den Roten Ritter.

»Ich ergebe mich«, krächzte er und streckte seine Klinge aus.

Der Rote Ritter hielt sein Schwert mit der Spitze nach unten in einem entspannten Griff, der *Tutta porta di ferro* genannt wurde. »Nein«, sagte er und hieb zu.

Demetrius' Haupt schlug in demselben Augenblick auf den Boden wie sein Körper, aber von nun an waren sie nicht länger vereint.

Weit im Norden stand der Schwarze Ritter zusammen mit zwei seiner Knappen und dem Meister de Marche unter den flatternden Herzen und Lilien Gallyens. Aufgrund sorgfältiger Vorbereitungen befanden sie sich auf einer Insel inmitten des Großen Flusses. Noch lag Schnee auf dem Gras, und die späte Wintersonne warf hin und wieder ihren Schein darauf.

»Er wird nicht kommen«, sagte de Marche, auch wenn er bedauerte, zum Schwarzseher des Schwarzen Ritters geworden zu sein. Es war keineswegs eine Rolle, die er genoss.

Ser Hartmut Li Orguelleus nickte. »Es war die Reise hierher wert, um das herauszufinden.« Er hob eine gepanzerte Hand. »Ah! Aber da ist er doch, Messires.«

Am Nordufer des Flusses kam eine Personengruppe in Sicht. Sie hatte vier schmale Boote dabei, und schon nach wenigen Augenblicken waren sie zu Wasser gelassen.

Es dauerte fast eine Stunde, bis sie zur Insel hinübergepaddelt waren. Der Große Fluss spürte die ersten Schwellungen durch das Tauwetter. Er führte ungewöhnlich viel Wasser.

De Marche beobachtete Ser Hartmut. Der Mann bewegte sich mit eisiger Präzision. Nie schien er Schmerzen in einem Gelenk zu fühlen; nie schien er müde zu werden. De Marche hingegen spürte das Gewicht seiner eigenen Rüstung überall. Seine Fußknöchel schmerzten umso mehr, je länger er an sie dachte.

Ser Hartmut stand einfach nur da.

Schließlich landeten drei Boote und gaben einige nachlässig ausgestattete Krieger in rostigen Kettenhemden sowie einen schönen jungen Mann in einer aufgetragenen Rüstung frei. Seine Verneigung war höfisch.

Ser Hartmut öffnete sein Visier. »Euch einen guten Tag, Herr.«

Der junge Mann richtete sich wieder auf. »Ihr seid der Schwarze Ritter, wie ich vermute. Mein Meister hat mich zu Euch gesandt, damit ich Euch frage, ob Ihr Ticondaga einnehmen wollt.«

»Das will ich«, sagte Ser Hartmut.

Und plötzlich war der Zungenredner da – in Schwarz gekleidet und mit einem Ast durch die Körpermitte. Er stank nach Verwesung. Seine einst hübsch gewesenen Gesichtszüge wirkten nun unbeweglich. Sein Körper war tot.

Doch Thorn steckte noch im Innern dieses Körpers, und er war nicht tot.

»Dieser junge Mann ist der rechtmäßige Erbe der Grafschaft Nordwall«, sagte Thorn. Seine Stimme sollte angenehm klingen, doch er war aus der Übung, und die Lunge seiner Larve war tot. Fliegen traten ihm aus dem Mund, als er sprach. Seine Larve gab einen faulen Gestank und ein Krächzen von sich.

De Marche übergab sich und übersetzte.

Ser Hartmut zuckte die Achseln. »Ihr seid ein Nekromant«, sagte er.

Thorns Kadaver machte keine Bewegung.

»Was wollt Ihr?«, fragte Ser Hartmut. Es war wie eine Verhandlung mit dem Satan höchstpersönlich und mit der Schar seiner gefallenen Engel. Aber Ser Hartmut hätte seine Bezeichnung »Ritter vom Schlechten Ansehen« niemals erhalten, wenn er nicht schon mit dem einen oder anderen Teufel gespeist hätte. Er hatte sich sogar bereits mit anderen Nekromanten verbündet. Also kannte er den Gestank.

Und er kannte noch vieles mehr, was ihm ein schwaches Lächeln auf die Lippen legte.

Thorn war kein Narr; er war nie einer gewesen. Er beobachtete die Reaktionen der Menschen auf seine Larve – und warf sie von sich. Er war nachlässig gewesen und hatte den Körper sterben lassen. Er gab ihn auf, ergriff einen der schlampigen Krieger und nahm von ihm Besitz.

Der neue Gastkörper war groß und dünn. Er war nie schön gewesen – dafür war sein Gesicht zu frettchenähnlich –, aber wenigstens funktionierte alles.

»Das ist schon besser«, sagte Thorn. »Ich brauche einen Verbündeten im Norden. Ich will, dass die Wildnis von den Menschen unbelästigt bleibt – von *allen* Menschen. Ich will bei der Einnahme von Ticondaga helfen und dafür ungehindert an seinen Verteidigungsanlagen in den Süden ziehen, außerdem möchte ich seine tiefen Keller als Vorratsquelle für meine Armee benutzen.«

»Eure Armee?«, fragte Ser Hartmut.

»Ich werde die Wildnis rufen, und sie wird kommen. Eine solche Koboldmenge wird die Welt noch nie gesehen haben. Und keinen solchen Ozean von Wassergeistern. Lindwürmer und Wächter und Irks und Trolle und einige Dinge werden zutage treten, die sich kein Mensch vorstellen kann.« Nun breitete Thorn die Arme aus. »Ich werde das Feuer aus dem Himmel holen.«

Ser Hartmut rieb sich die Enden seines Schnauzbartes. »Wie wollt Ihr eine solche Armee transportieren?«

Thorn zuckte mit den Schultern und genoss diese Bewegung sichtlich. »Mein Hauptmann wird sich um die Einzelheiten kümmern.« Dabei deutete er auf den jungen Mann.

Ser Hartmut nickte. »Bei wem wollt Ihr schwören?«

Thorn grub in seinen Erinnerungen, bis seine Larve ein schiefes Grinsen hervorbrachte. »Bei meinem Namen.«

»Unter diesen Bedingungen bin ich bereit, ein Bündnis mit Euch einzugehen.« Ser Hartmut wandte sich an de Marche, der verzweifelt ein ausdrucksloses Gesicht zu machen versuchte.

»Noch ein Letztes«, sagte Thorn. Ser Hartmut erinnerte ihn an all das, was ihm an den Menschen missfiel – insbesondere an kämpfenden Menschen.

Ser Hartmut hob eine Braue, was auch hinter seinem Helm eine eindrucksvolle Geste war.

»Ich hole mir Ghause. Alle anderen Muriens sind zu töten, ohne Ausnahme.« Thorns Stimme klang steinhart.

Hartmut verneigte sich. »Es freut mich zu sagen, dass ich nicht einmal weiß, wer Ghause ist. Und diese Muriens …« Er schnippte mit den Fingern.

Mehr als zweihundert Meilen weiter im Osten war Meg mit einem Zauber beschäftigt. Ebenso wie Morgan Mortimir und der Rote Ritter und jeder andere Mann und jede andere Frau, die in der Lage waren, mit *Potentia* umzugehen und sie an diejenigen weiterzuleiten, die der Heilkunst mächtig waren. Die Scheune stank nach Exkrementen und Blut, und sobald die Männer verbunden, die Knochen gerichtet und die Eingeweide wieder im Bauch untergebracht waren – oder sobald sich ihre Augen für immer geschlossen hatten –, wurden sie an sauberere Orte verbracht.

Nicht alle Arbeit, die dabei geleistet wurde, war hermetisch – keineswegs. Selbst mit Amicias Hilfe aus dem fernen Südfurt und unter Anspannung aller Fähigkeiten und Magie, die jedermann aufbringen konnte, wurde allein durch die Hände von Frauen und Männern viel Blut abgewaschen. Der Yahadut Yosef ben Mar Chiyya arbeitete, bis er einschlief, dann stand er wieder auf, arbeitete weiter und setzte seine medizinischen Fähigkeiten zur Verstärkung seiner hermetischen Künste ein.

Er war nicht der Einzige, der auch in der Sphäre des Realen arbeitete.

Pater Arnaud hatte drei Tage lang unaufhörlich geschuftet. Und während Mortimir den Kopf über den Haufen von Gedärm schüttelte, der einmal der Verdauungstrakt eines Mannes gewesen war, und die Seele des Mannes entschlüpfen ließ, während Meg wie eine Marionette mit durchgeschnittenen Fäden dasaß und weder um ihren Geliebten noch um all die jungen Menschen weinen konnte, die ihr in verzweifelter Hoffnung auf Leben in die Augen sahen und dennoch starben – und auch während der Rote Ritter erkannte, dass sich seine *Potentia* hinter einer undurchdringlichen Mauer verborgen hielt und er nichts mehr tun konnte, hob er den Blick und bemerkte, wie sich Pater Arnaud über Abwasser-Will beugte, einen Jungen, dessen einzige Verletzung in einer einfachen Fleischwunde am Bein bestand. Diese Wunde hatte er sich auf dem Hof vor der Scheune zugezogen; sie hatte sich entzündet und würde den Jungen nun das Leben kosten.

Der Priester murmelte etwas und erzitterte. Dann faltete er die Hände und betete. Und betete.

Und der Junge starb.

Pater Arnaud erhob sich wieder von den Knien und stieß einen langen Seufzer aus. Er machte das Zeichen des Kreuzes über der Stirn des Jungen und sagte: »Christus wird dich auf deiner Reise begleiten. Mögest du keine Schmerzen mehr erfahren, sondern nur noch Freude.« Er ging zu einem anderen blutdurchtränkten Sack Stroh, auf dem etwas lag, das einmal der Mann Lengkröpfer gewesen war. Diesmal versuchte er schon gar nicht mehr, seine blessierten Kräfte einzusetzen. »Ich lege dir einen neuen Verband an«, sagte er fröhlich.

Gabriel beobachtete den Priester und wollte etwas sagen. Aber er wusste nicht mehr, was es gewesen war. So stand er am Ende nur da und legte dem Mann die Hand auf die Schulter. Dann ging er auf die Suche nach Meg.

Meg saß auf ihrem Stuhl, auf dem sie nach ihrem letzten hermetischen Medizinwunder zusammengebrochen war. Ihre Tochter Sukey war bei ihr; Kaitlin de Towbray hielt ihr die Hand. Und ausgerechnet Tom Schlimm stand hinter ihr.

Meg schaute auf. »Ich werde nicht explodieren«, sagte sie.

Gabriel Murien ergriff ihre freie Hand. »Ich will nicht so tun, als hätte ich niemals daran gedacht.«

Meg wandte den Blick ab. »Irgendwann musste es doch passieren. Ein wirklich mächtiger Zauberer verliert seine Kräfte. Das ist schrecklich. Christus möge uns beschützen.«

Er kniete eine Weile neben ihr. Plötzlich und ohne Vorwarnung brach Kaitlin – die hochschwangere Kaitlin – in Tränen aus und jammerte und schluchzte, und nach einem Herzschlag fielen Meg und Sukey mit ein.

Gabriel Murien konnte durchaus Tränen vergießen. Er tat es zwar leise, aber es waren viele.

Doch lange bevor die Schluchzer endeten, packte Tom seine Schulter. »Ihr müsst etwas trinken«, sagte er, führte den Megas Ducas aus der Scheune durch den Schlamm und das Blut und die Exkremente bis auf die grünen Felder, die dahinter lagen. Der Pavillon des Herzogs stand auf sauberem, frischem Gras.

Tom geleitete den Roten Ritter zu seinem Schemel und setzte ihn darauf. Toby kam herbei und wusch ihm die Hände. Dann beobachtete er, wie das alte Blut weggespült wurde. Er beobachtete es allerdings ein wenig zu genau.

»Da ist Blut unter meinen Fingernägeln, Tom«, sagte er.

»Ja, das kommt davon, wenn man andere umbringt«, erwiderte Tom.

Toby schenkte Wein ein. Andere kamen herbei. Er sah Ser Alison, die sich natürlich im Kampf gegen die Ostmänner ausgezeichnet hatte, und Gelfred, der die letzte Operation befehligt hatte. In seinem Kopf drehte sich alles. Er bemühte sich, einen klaren Gedanken zu fassen.

»Warum bist du zu Meg gegangen?«, fragte er.

Tom streckte die Beine aus. »Ich wollte die Witwe trösten«, sagte er, als ob das ganz natürlich wäre. »Hab ihr angeboten, sie zu heiraten«, fuhr er fort. »Aber sie hat Nein gesagt«, fügte er hinzu, als wäre er darüber leicht verschnupft.

»Erzähl das bloß nicht Pampe«, sagte der Rote Ritter und hob seinen Weinbecher.

»Bei den alten Göttern, Ihr seid wirklich ein bösartiger Bastard«, meinte Tom und stellte seinen Becher mit einer heftigen Bewegung auf dem Tisch ab. »Dieses Zeug ist einfach zu dünn. Ich will Met haben.« Er ging davon, als Pampe hereinkam.

»Was ist los mit ihm?«, fragte sie. Sie hatte dem Grafen Zac bezaubert zugesehen, der draußen auf dem Feld Kunststücke auf seinem Pferd vorführte, als sei er ein weitaus jüngerer Mann.

»Du weißt doch, wie er ist«, sagte Gabriel.

Eine Stunde später waren sie noch immer nicht mit dem Umtrunk nach der Schlacht fertig. Tom Schlimm stand am Tisch, hielt einen großen Hornbecher mit Met in der Hand, während sein Lachen durch das Lager hallte. »Und dann sagt dieser Dummkopf: Hör auf zu kämpfen!« Er sah seinen Gefangenen Ser Christos an, der den Arm in der Schlinge trug. Eine Prellung bedeckte die Hälfte seines Gesichtes. »Dank Euch habe ich schließlich wie ein abgestochenes Schwein geblutet. Das war ein gewaltiger Schlag, Messire.«

Ser Christos verneigte sich.

Ser Michael erkannte, dass es dem Mann wie allen Gefangenen wehtat, bei der Siegesfeier des Gegners anwesend zu sein. Seine angeborene Höflichkeit gewann die Oberhand über seine Prahlsucht. »Ser Ritter, es gibt viele von uns, die gern die Kraft hätten, einen Tom Schlimm mit der Lanze zu rammen.«

Ser Gawin lachte, und Tom fiel ein. »Allerdings!«, krähte er. Dann drehte er sich um, hob eine Braue und sah den Priester an, der nun nicht mehr vierzig, sondern eher sechzig Jahre alt zu sein schien. »Wie ich gehört habe, sollen wir ihn jetzt Ser Gabriel nennen, was? Nicht mehr Lord und auch nicht Herzog?«

Ser Gabriel runzelte die Stirn und zwang sich dann zu lachen – über sich selbst. »Es hat mir gefallen, Herzog zu sein«, sagte er.

Pater Arnaud trank noch etwas. »Als Gabriel werdet Ihr ein besserer Mensch sein.«

Ser Alcaeus wirkte verwirrt. »Ihr seid doch noch immer der Herzog«, sagte er.

Ser Gabriel sah Tom an. »Es gibt Menschen, die der Ansicht sind, dass es keinen höheren Rang als den der Ritterschaft gibt, Alcaeus«, sagte er. »Und es gibt Menschen, die der Meinung sind, dass ich endlich meinen richtigen Namen verwenden sollte.« Dabei sah er Pater Arnaud an.

Tom nickte. »Ein jedes hat seine Zeit, würde ich sagen. Ser Gabriel – ich finde, das klingt gut.«

»Das erinnert mich an etwas«, sagte Ser Gabriel. »Toby, hol mein Schwert!«

Toby beeilte sich; auf seinem Gesicht spiegelten sich Hoffnung und Zweifel. Aber er sollte enttäuscht werden.

Der Rote Ritter zog sein Schwert und deutete mit der Spitze auf Langpfote. »Komm her und knie nieder«, befahl er.

»Das werdet Ihr nicht tun!«, sagte Langpfote. Aber er wurde von anderen Männern herbeigezerrt, und außerdem war er nicht wirklich dagegen. »Ihr wisst, was ich gewesen bin«, sagte er, als er sich schon auf den Knien befand.

»Nichts Schlimmeres als wir anderen«, sagte der Rote Ritter. »Bei meiner Ritterschaft und der Macht meiner rechten Hand schlage ich dich hiermit zum Ritter.«

»So gibt es einen weiteren guten Bogenschützen, der für immer verloren ist«, murmelte Cully, aber er umarmte seinen Kumpel so heftig, dass es diesem Rückenschmerzen verursachte. »Du Bastard«, sagte er.

Danach gingen sie zu heftigem Trinken über. Hauptmann Dariusz, der eine wunderbare Singstimme hatte, erhob sie zu einer alten Hymne – einem wunderbaren Lied, das sie alle unbedingt lernen mussten. Graf Zac kannte es bereits und übersetzte die Worte für Ser Alison, die daraufhin sehr still wurde.

Sie tranken noch mehr Wein und debattierten über die Strategie des Feldzuges.

Kaitlin kam auf der Suche nach ihrem Gemahl herbei und schaute sich um. Alle Männer verneigten sich vor ihr. »Redet Ihr denn nie über etwas anderes als über den Krieg?«, fragte sie mit heißen Wangen.

Graf Zac verneigte sich noch einmal, als ihrem Gemahl offenbar keine Worte einfielen. »Mylady, wir kippen Wein und Erde auf die Toten.«

Sie schüttelte den Kopf.

Derkensun, der betrunkener als die meisten anderen war, grinste sie an. »Ich habe beschlossen zu heiraten!«, sagte er.

Kaitlin lächelte den tätowierten Riesen höflich an. »Das ist wenigstens etwas anderes als der Krieg«, lobte sie.

Als sie wieder gegangen war, leckte sich Tom Schlimm die Lippen und grinste. »Ihr werdet den Krieg als Sportart noch völlig verderben«, sagte er. »All dieses Gerede über *Strategia* und *Taktika*. Was bleibt unsereins dann noch übrig?«

»Heute scheint es mir blutig genug gewesen zu sein«, sagte Gabriel.

Tom wirkte angeekelt. »Ihr nehmt dem Krieg die ganze Freude. Wir manövrieren sie ins Aus. Sie ergeben sich. Und jetzt kämpfen sie für uns? Heiliger Christus am Kreuz. Beim nächsten Mal werden wir wohl bloß noch würfeln.«

»Musst du dich nicht um deine Viehherde kümmern?«, fragte Ser Gabriel. Er klang jetzt besser – besser als in den vergangenen Monaten, auch wenn er dunkle Ringe unter den Augen hatte. Und obwohl er eine beeindruckende Menge Wein zu sich genommen hatte. Oder vielleicht gerade deshalb.

»Ja. Ich werde die Herde treiben. Ich bin ein geborener Viehtreiber.« Er grinste. »Das hier war mal eine nette, ruhige Abwechslung. Keine Rinder, denen man beim Scheißen zusehen muss. Keine Schafe – bei Gott, ich hasse Schafe.« Er stellte seinen Hornbecher heftig auf dem Tisch ab. »Würdet Ihr vielleicht gern nach Harndon kommen – jetzt? Ranald ist entschlossen, die Rinder bis dorthin zu treiben. Ihr habt ihn schließlich zum Ritter geschlagen. Aber im Augenblick hat er ein anderes Tierchen im Blick.«

Ranald errötete, und Ser Gabriel lachte. »Sie ist kein Tier – sie sieht viel besser aus.« Er stand auf.

Hinter ihm bewegte sich das ganze Lager. Eigentlich waren es drei Lager. Die Krankenstatt beanspruchte alle Gebäude des Gehöftes, und die Zelte des geschlagenen Feindes teilten sich den Boden mit denen der siegreichen Armee. »Darf ich wenigstens fragen, warum wir die Leibwache dieses verdammten Bastards nicht in Stücke geschnitten haben?«, fragte Tom Schlimm. »Das wäre nur gerecht gewesen. Schließlich haben sie verloren.«

Ser Gabriel nahm noch einen Schluck Wein. »Sie waren doch gar nicht der Feind. Und das sind sie auch jetzt nicht. In gewisser Weise sind sie allesamt meine Vasallen.« Er zuckte die Achseln. »Deshalb musste Demetrius sterben.«

Ser Gawin schüttelte den Kopf. »Es musste sein.« Aber er klang unsicher.

Ser Gabriel nickte. »Du magst es vielleicht nicht verstehen, aber ich habe erst einmal genug vom Tod.« Seine Stimme war ausdruckslos. »Es ist interessant, sich Gedanken über die Moralität des Ganzen zu machen. Demetrius ist nur Aeskepiles' Schachfigur gewesen, auch wenn ich vermute, dass er seinen Vater aus eigenem Antrieb getötet hat. Wo also ist sein Platz?«

»In der Hölle«, sagte Ser Milus und warf einen raschen Blick auf Ser Alcaeus. Der moreanische Ritter nickte.

»Der Kaiser hätte es nie zugelassen, dass er das Herzogtum für sich beansprucht«, sagte er. »Seine Hände waren vom Blut seines Vaters befleckt. Lebenslange Verbannung wäre das Beste gewesen, worauf er hätte hoffen können.«

»Vielleicht«, sagte Gabriel kalt. »Aber der Kaiser ist nicht von dieser Welt. Und in der Politik braucht ›nie‹ keineswegs einen langen Zeitraum zu bezeichnen.« Er zuckte mit den Schultern. »Ich musste mir sicher sein.«

Toby ging um den Tisch herum und schenkte Wein nach. Gelfred nahm noch ein wenig, und Alison, die sich gerade von einem Ostmannpfeil in ihrem linken Oberarm erholte, lehnte ab. Derkensun hingegen wollte einen vollen Becher haben.

Alle waren da – fast alle, außer natürlich Jacques und Jehan und John le Bailli und die anderen, die nie mehr da sein würden.

Der Rote Ritter hob seinen Becher. »Die Thraker waren nie der Feind. Ich hoffe aber, dass sie von jetzt an unsere Verbündeten sein werden. Wenn ich es richtig verstanden habe – falls ich es *je* richtig verstehen werde –, hatte Andronicus beabsichtigt, Morea neu zu errichten. Aber Aeskepiles wollte einen Bürgerkrieg entfachen, der das verbliebene militärische Potenzial des Reiches vernichtet hätte. Die Wildnis ist ganz nahe.« Er zeigte in die nördliche Richtung. »Stellt euch die Wildnis in Liviapolis vor. Stellt euch Thorn dort vor.«

Die Luft zitterte.

Tom Schlimm zog einen schweren Dolch aus dem Gürtel. »Nennt noch einmal seinen Namen, und wir werden sehen, wie er blutet.«

Ranald rollte mit den Augen.

Ser Michael beugte sich vor und hielt eine Hand stützend hinter seinen Rücken. Einen Augenblick lang sah er mit seinen blutunterlaufenen Augen und dem schmerzenden Rücken wie ein wesentlich älterer Mann aus. »Also haben wir gewonnen?«, fragte er vorsichtig.

»Wir haben sicherlich nicht verloren«, sagte der Rote Ritter.

»Und jetzt stellen wir die moreanische Armee neu auf?«, fragte Ser Gawin.

Michael bedachte seinen Hauptmann mit einem flehenden Blick. Doch Ser Gabriel schaute nicht weg, sondern sah ihn an und lächelte. »Nein. Diese Aufgabe überlassen wir anderen. Wir werden zusammen mit Tom nach Süden gehen. Zu einem Turnier. In Harndon.«

»Ein Turnier? Was? Kampf als Sport? Was für eine Dummheit ist das denn?«, fragte Tom. Aber dann grinste er.

»Einfach nur so, Tom«, sagte der Rote Ritter und hob seinen Becher. »Wir ziehen zu einem Turnier der Narren.«

# Danksagung

Ich bin Gillian Redfearn bei Gollancz dafür dankbar, dass sie mir nach zwanzig Jahren Schriftsteller-Tätigkeit endlich die Gelegenheit gegeben hat, Fantasy zu schreiben – es ist das Genre, in dem ich schreiben wollte, seit ich dreizehn Jahre alt war. Außerdem bin ich ihrem Assistenten Charlie Panayiotu für die große Unterstützung und tausend E-Mails dankbar, ebenso wie meiner Agentin Shelley Power, meiner Verlegerin Rebecca Lovatt, meinem Zeichner Dmitry Bondarenko, meiner Web-Designerin Jessie Durham sowie Stephen Sandfort, der die lange erwarteten Karten gezeichnet hat. Sie alle sind Freunde, die meisten von ihnen sind gleichgesinnte Reenactors, Rollenspieler und Schwertmenschen und Fantasy-Leser. Ich bin ihnen dankbar, aber nicht nur für ihre Arbeit und Begeisterung, sondern auch für die »Team-Aspekte« dieses Projekts. Zum Beispiel haben mir Steves Karten einige Einzelheiten klarer gemacht – ja, das will ich gar nicht verleugnen, denn von manchen geografischen Gegebenheiten hatte ich eine falsche Vorstellung. Besonders betrifft dies das Gebiet um die Grünen Berge. Dmitrys Kunst war sehr inspirierend und zeigt uns nicht nur, wie die Menschen aussehen, sondern auch einen Teil der Wildnis. Jessies Website hat für Fan-Mail gesorgt, die uns allen das Gefühl gibt, dass das, was wir tun, einen Wert besitzt – zumindest irgendeinen –, und Rebecca hat nicht nur für Interviews gesorgt, die wiederum dafür gesorgt haben, dass ich mehr über »meine« Welt erfahren habe, sondern sie hat meiner Tochter auch erlaubt, einen Künstlernamen für mich zu erfinden. Aber das ist eine andere Geschichte.

Überdies bin ich einer Menge Menschen und Orte dankbar – für Inspirationen und für Hilfe. Sicherlich werde ich eine ganze Anzahl wunderbarer Personen vergessen haben, wofür ich mich hiermit entschuldigen möchte. Ohne einer besonderen Ordnung zu folgen, waren dies: Maurizio Oliboni und Giulia Griogoli und all die fantastischen Menschen, die das »Torneo del Cigno Bianco« in Verona veranstalten; alle Mitglieder der Spieltruppe, die wir Hoplologia nennen (oder vielleicht auch die Gesellschaft der Auserwählten Meisterschützen oder die Gefährten des heiligen Eustachios); Greg Mele, Tasha Kelly, Nicole Allen, Joe Harley und all die anderen Reenactors und Ritter-Enthusiasten, die »Das gefallene Schwert« in seinen verschiedenen Stadien vorab gelesen haben (ich hoffe, ich habe alle Änderungen eingearbeitet); meine Schwägerin Nancy, die sich viel Mühe mit dem Korrekturlesen gemacht hat; Giorgos Kafetsis aus Alexandroupolis, Griechenland, und Giannis, Xsenia und Smaro (und auch die noch ungeborene Hylopita!) mit Dank für alle nächtlichen Gespräche über das spätbyzantinische Reich und für die Erklärung einer griechischen Burg aus dem 14. Jahrhundert – ich hoffe, meine Fantasieversion von Griechenland und Serbien entspricht euren Erwartungen; alle mittelalterlichen oder altgriechischen Kampfspieler, auch die des 18. Jahrhunderts, deren Werk mein Schreiben inspiriert hat, und alle Handwerker, deren Arbeiten mich wenigstens teilweise mit Habgier erfüllt haben … JT Palikko, Mark Vickers, Craigh Sitch, die Jungs bei Albion und Arms and Armor; Eric Schatzel, Ward Oles, die Brevaks und alle von »At the Eastern Door« (man sehe sich bloß einige ihrer verblüffendsten Stücke an), Peter Fuller, Brian Scott Wilson, Christian Darce und Jiri Klepac, Tasha Kelly (jetzt fürs Nähen und Nichtlesen) … wirklich, all diese Leute bevölkern meine Fantasie mit Artefakten, die ich beschreiben, in der Hand halten, durch die Luft wirbeln oder auf den Rücken schnallen kann, um den Regen oder auch feindliche Schläge abzuwehren.

Aber Fähigkeiten sind für deskriptive Prosa genauso wichtig wie Artefakte, und so will ich auch Guy Windsor, Tom Leoni, Greg Mele und Chris Verwijmeren danken: für all die Lektionen, Expertisen und manche kennerhafte Hilfe, was die Kunde, die Technik und den Stil des Kampfes mit Waffen betrifft. Ein weiterer Dank geht an Les Maitre D'Armes in Ottawa/Hull, die Borealis leiten, und an die Leute der Chicago Swordplay Guild, die WMAW führen.

Es macht einfach zu viel Spaß, Fantasy zu schreiben. Mein Dank geht an alle. Vielleicht sollten wir es noch einmal machen?